北京大學《儒藏》編纂與研究中心 編

《儒藏》精華編選刊

誠齋集（一）

〔南宋〕楊万里 撰
吕東超 校點

北京大學出版社
PEKING UNIVERSITY PRESS

圖書在版編目(CIP)數據

誠齋集：全四册/（南宋）楊万里撰；北京大學《儒藏》編纂與研究中心編. —北京：北京大學出版社，2024.1
（《儒藏》精華編選刊）
ISBN 978-7-301-34762-1

Ⅰ. ①誠… Ⅱ. ①楊…②北… Ⅲ. ①古典詩歌－詩集－中國－南宋②古典散文－散文集－中國－南宋 Ⅳ. ①I214.422

中國國家版本館CIP數據核字（2024）第003571號

書　　名　誠齋集
　　　　　CHENGZHAI JI
著作責任者　〔南宋〕楊万里　撰
　　　　　呂東超　校點
　　　　　北京大學《儒藏》編纂與研究中心　編
策劃統籌　馬辛民
責任編輯　武　芳
標準書號　ISBN 978-7-301-34762-1
出版發行　北京大學出版社
地　　址　北京市海淀區成府路205號　100871
網　　址　http://www.pup.cn　新浪微博：@北京大學出版社
電子郵箱　編輯部 dj@pup.cn　總編室 zpup@pup.cn
電　　話　郵購部 010-62752015　發行部 010-62750672
　　　　　編輯部 010-62756449
印 刷 者　三河市北燕印裝有限公司
經 銷 者　新華書店
　　　　　650毫米×980毫米　16開本　132.75印張　1553千字
　　　　　2024年1月第1版　2024年1月第1次印刷
定　　價　480.00元（全四册）

目録

第一册

誠齋集卷第三

誠齋集卷第四……五四

誠齋集卷第六……八八

誠齋集卷第十

誠齋集卷第十一 …… 一六七

誠齋集卷第十二……一八二

誠齋集卷第十三……一九八

誠齋集卷第十五……二二七

誠齋集卷第十六……二四〇

誠齋集卷第二十四

第二册

誠齋集卷第二十七

誠齋集卷第二十八

誠齋集卷第二十九

誠齋集卷第三十二……四九一

誠齋集卷第三十三

誠齋集卷第三十四……五二一

誠齋集卷第三十五……五三七

誠齋集卷第三十七 …… 五七二

誠齋集卷第三十八……五八八

誠齋集卷第四十一 …… 六三八

誠齋集卷第四十三

誠齋集卷第四十四

誠齋集卷第四十五……六八九

誠齋集卷第四十六……七〇〇

誠齋集卷第五十四……七六九

誠齋集卷第五十五……七七六

誠齋集卷第五十八

誠齋集卷第五十九

誠齋集卷第六十……八〇八

誠齋集卷第六十一……八一七

誠齋集卷第六十四

誠齋集卷第六十五

誠齋集卷第六十六

誠齋集卷第六十九……九三七

誠齋集卷第七十

誠齋集卷第七十一

誠齋集卷第七十七……一〇四一

誠齋集卷第七十八……一〇五一

誠齋集卷第八十二……一〇八九

誠齋集卷第八十三……一一〇二

誠齋集卷第九十九……一三五九

誠齋集卷第一百四……………………一三九九

誠齋集卷第一百五……一四一九

第四册

誠齋集卷第一百七

誠齋集卷第一百八……一四七二

誠齋集卷第一百九……一四九二

誠齋集卷第一百十一……一五二九

校點説明

楊万里（一一二七—一二〇六），字廷秀，號誠齋，吉州吉水（今屬江西吉安）人。紹興二十四年（一一五四）進士，爲贛州司户，調永州零陵丞。時張浚謫居永州，遂往謁之，張浚勉以正心誠意之學。後爲張浚舉薦，除臨安府教授，丁父憂未赴，改知隆興府奉新縣。乾道六年（一一七〇），以陳俊卿、虞允文薦，召爲國子博士，遷太常博士，尋升丞兼吏部侍右郎官，轉將作少監，出知漳州，改常州。淳熙六年（一一七九），除提舉廣東常平茶鹽。八年，除本路提點刑獄。閩盜沈師犯南粤，率師平之，孝宗稱其「仁者之勇」。十二年，以地震應詔上書，帝親擢爲東宫侍讀。十四年夏旱復應詔，遷秘書少監。高宗崩，孝宗欲行三年喪，創議事堂，命太子參决庶務，楊万里力諫不可。十五年，翰林學士洪邁不俟集議，以吕頤浩等配饗。楊万里上書詆之，以張浚配。孝宗不悦，由是以直秘閣出知筠州。光宗即位，召爲秘書監。紹熙元年（一一九〇），以焕章閣學士爲接伴金國賀正旦使兼實録院檢討官。孝宗日曆成，楊万里當擬序之職，而宰臣屬之他人，故以失職求去，出爲江東轉運副使，權總領淮西、江東軍馬錢糧。因論江南行鐵錢不便忤時宰意，改知贛州，不赴。自是乞祠，不復出仕。慶元五年（一一九九），以寶文閣待制致仕。開禧二年（一二〇六）卒，年八十，贈光禄大夫，謚文節。《宋史》卷四三三有傳，今人編有年譜。

此集卷帙浩繁，舉凡詩、賦、辭、操、表、啓、書、奏、記、序、題跋、尺牘、墓表等無不備載，又有《心學論》、《千慮策》、《程試論》、《庸言》、《〈天問〉〈天對〉解》、《東宫勸讀録》、《淳熙薦士録》、《詩話》等專論雜著側於其間，堪稱鴻富。楊万里爲人鯁而亮，風猷峻邁，操履剛正，故沉潛有守，勁直不回，封章剴切，無所避忌。羅大經稱其「立朝時論諫挺挺，如乞用張浚配饗，言朱熹不當與唐仲友同罷，論儲君監國，皆天下大事。高宗嘗曰『楊万里直不中律』，孝宗亦曰『楊万里有性氣』，故其自贊云：『禹曰也有性氣，舜云直不中律。自有二聖玉音，不用千秋史筆。』」（《鶴林玉露》卷五）今觀集中奏札及《千慮策》、《程試論》諸作，或規謀良策，或指陳時弊，援古證今，道本仁義，博辨雄放，英氣高邁。所作碑傳行狀，擅於剪裁，遣辭作句，必有本源；而傳主多爲趙宋名臣，如張浚父子、胡銓、楊邦乂、葉顒、虞允文、陳俊卿等，關涉史事極多，足訂《宋史》闕訛。「四六小篇，俱精妙絶倫，往往屬對出自意外，妙若天成。」（《四六叢話》卷三三）而楊万里尤以詩學擅名，「始學江西諸君子，既又學後山五字律，既又學半山老人七字絶句，晚乃學絶句於唐人」，後「辭謝唐人及王、陳、江西諸君子皆不敢學，而後欣如也」（《荆溪集序》）。與尤袤、范成大、陸游並稱爲乾、淳以來「四大詩家」（《瀛奎律髓》卷二〇），時目爲「誠齋體」（《後村集》卷一三一）。他若《心學論》專言六經、聖徒，《庸言》則有似論學語録，無不明經達學，淵源正大。《東宫勸讀録》爲兼太子侍讀時所講説者，多箴規篤實之言。《淳熙薦士録》乃任吏部郎中時上宰相王淮者，所薦以朱熹爲首凡六十人，每人之下略施評語，足資考鑒。《詩話》亦切理中情，有獨到之見。凡此種種，皆有可觀。

楊万里生前曾自編詩集爲八，曰《江湖集》、《荆溪集》、《西歸集》、《南海集》、《朝天集》、《江西道院集》、《朝天續集》、《江東集》；另有《退休集》，無序，殆成集於身後。此九集分别刊刻於淳熙、紹熙年間，故稱之爲「宋淳熙紹熙間遞刻本」。今國家圖書館藏有殘本一部，存《江湖集》十四卷、《荆溪集》十卷、《西歸集》三卷、《南海集》八卷、《江西道院集》五卷、《朝天續集》八卷、《退休集》十二卷，凡七集，然文字殘闕特甚，偶有鈔配；日本宫内廳書陵部亦藏有一部宋淳熙本《南海集》八卷，保存較好。嘉定年間，誠齋長子長孺將宋淳熙、紹熙間遞刻本詩集及未刊之文章、雜著等重新編定爲《誠齋集》一百三十三卷。端平初，由劉煒叔刊刻於江西，每卷卷末有「嘉定元年春三月男長孺編定　端平元年夏五月門人羅茂良校正」

字樣，此即「宋端平本」。今僅知日本宫内廳書陵部藏有一部，爲海内孤本。此本曾遭火厄，故有殘闕、鈔配之處，然大部完整，刊校精良，洵爲最善之本。鈔配年代雖不可知（《古文舊書考》卷二「誠齋集」條云：「今鑒其紙墨字畫，其鈔蓋在元末明初矣。」），然與他本相校，往往優勝。臺灣「國家圖書館」别有明毛氏汲古閣影鈔宋端平本兩卷，題《誠齋尺牘》，卷首尾及版心卷次皆闕，審其内容，即《誠齋集》卷一〇九、一〇八。取核宋本，知此本正文闕一葉，且不乏空格，異文僅見兩處，可正宋本之訛，則覆寫所據之本，或出某後印宋本殘帙亦未可知。今國内外所藏明清鈔帙甚夥，不下十數部，如汲古閣鈔本（國内藏三部）、文淵閣《四庫全書》本、道光十年（一八三〇）鳴野山房鈔本、丁丙八千卷樓鈔本、哈佛大學圖書館藏鈔本等，另有清乾隆吉水楊氏帶經軒刊本，爲宋端平以來《誠齋集》之唯一重刻本。以上數種，雖均屬宋端平本系統，但多經後人改竄，已非舊觀。唯《四部叢刊初編》影印江陰繆氏藝風堂藏「景宋寫本」（實爲普通鈔本，非影宋本）、日本内閣文庫藏江户舊鈔本，雖亦不乏訛誤，然與宋本對勘，不僅文字相近，即如殘闕、錯綴之處，亦大抵如出一轍，知其最近宋本原貌。此外，日本尚有東山天皇元禄時期（一六八八——一七〇四）摹宋端平刻《誠齋集》寫本一百三十三卷目録四卷，大阪天滿宫御文庫藏江户時代寫本《誠齋集》殘本九十一卷（嚴紹璗《日本藏漢籍珍本追蹤紀實》），静嘉堂文庫藏陸氏皕宋樓原藏朱彝尊舊藏「影宋鈔本」一百三十二卷附録一卷別（《皕宋樓藏書志》作「外」）集二卷（《静嘉堂秘籍志》卷三七），因不曾寓目，今亦未知其詳。

此次整理，以日本宫内廳書陵部藏宋端平本《誠齋集》爲底本（卷五三至五九、卷六六至六八爲鈔配），以《中華再造善本》影印宋淳熙、紹熙間遞刻本（簡稱「宋遞刻本」）、日本宫内廳書陵部藏宋淳熙刻本《南海集》（以下簡稱「日藏宋淳熙本」）、臺灣「國家圖書館」藏明毛氏汲古閣影鈔宋端平本（簡稱「影鈔本」）爲校本。底本殘闕處，以《四部叢刊初編》影印江陰繆氏藝風堂藏鈔本（簡稱「四部叢刊本」）補足，并校以《宋集珍本叢刊》影印清顧麐士校明汲古閣鈔本（簡稱「汲本」）、臺灣商務印書館影印文淵閣《四庫全書》本（簡稱「庫本」）。需特別説明者：（一）底本疑問難解之處，酌情參校汲、庫二本及今人整理本。（二）底本目録與正文篇題表述或有差異，今略擇其有價值者出校。（三）啓、書部分，正文篇題或有「啓」「書」字或無。檢底本目録，凡未損毁者皆有。今一仍其舊，不復補足。（四）卷一一七卷首原有小目，今改爲題下注。（五）底本人名如楊万里全書字皆作「万」，恐非偶然；陳後山字或作「后」，蕭岳英字或作「嶽」，皆仍底本不改。至於辛棄疾字或作「弃」，義既無別，劃一何妨。（六）底本混用字凡沿用既久可兩通者不改。如「它楊」或作「它揚」、「惟揚」或作「維楊」，本無是非可言；「檐」「擔」本係一字，與「簷」判然不同；「纈」「襭」、「蓬」「篷」其義雖别，讀者不難辨識。然「折楊」或誤作「折揚」，則逕改之矣。（七）「潁」「穎」「頴」字涉人地名而無從確定或曾有争議者不改。（八）爲避免繁瑣，常見版刻誤字如「欵」「歀」、「淅」「浙」、「陝」「陜」等，逕改不出校。（九）書末附録宋遞刻本序跋及學界輯佚成果，以供讀者參考。（十）此次收入《〈儒藏〉精華編選刊》，除對原有標點、校記、前言等略作修飾，改正破句、漏校、誤排等錯訛，並增入《睢陽五老圖題記》一則外，又補校明汲古閣影宋鈔本、已出土楊撰墓誌及他書卷首楊序。限於校點者水平，錯誤在所難免，敬祈方家指正。

校點者　呂東超

誠齋集卷第一

廬陵楊万里廷秀

詩

江湖集

壬午初秋贈寫真陳生

居士一丘壑，深衣折角巾。誰曾令子見，忽漫寫吾真。更不游方外，於何頓若人。呼兒一笑看，下筆可能親。

和蕭判官東夫韻寄之

湘江曉月照離裾，目送車塵至欲晡。歸路新詩合千首，幾時乘興更三吾。眼邊俗物只添睡，别後故人何似臞。尚策爬沙追歷塊，未甘直作水中凫。浯溪、㢈亭、峿臺，永人謂之三吾。

木犀二絶句

只道秋花艷未强，此花儘更有商量。東風染得千紅紫，曾有西風半點香。

輕薄西風未辦霜，夜揉黄雪作秋光。吹殘六出猶餘四，匹似天花更着香。

考試湖南漕司南歸值雨

我亦知吾生有涯，長將病骨抵風沙。天寒短日仍爲客，酒煖長亭未是家。又苦征夫催去去，更甘飛雨故斜斜。舊聞行路令人老，便恐霜毛一半加。

題湘中館

清境故應好，新寒殊不勝。征衣愁着盡，凭檻喜猶能。亂眼船離岸，關心山見稜。箇中有句在，下語更誰曾。

江欲浮秋去，山能渡水來。娵隅蠻語雜，欸乃楚聲哀。寒早當緣閏，詩成未費才。愁邊正無奈，歡伯一相開。

送施少才赴試南宫名淵然，蜀人，予取魁漕試。

我豈登名晚，今仍作吏卑。文能追古作，子未要人知。取第真成漫，危言良獨奇。新知誰不樂，所要白頭期。

十日九奔命，同行半倦游。出城愁不早，思子悔何由。脚底已衡嶽，眼中猶橘洲。似嫌踈過子，吾過更誰尤。

野　菊

未與騷人當糗糧，况隨流俗作重陽。政緣在野有幽色，肯爲無人減妙香。已晚相逢半山碧，便忙也折一枝黄。花應冷笑東籬族，猶向陶翁覓寵光。

衡山值雨

稍喜歸塗中半程，猶愁泥潦未知晴。雨來也不憐行客，風過何須作許聲。

至永州城外

戀戀庭闈竟北征，槐花唤我試諸生。了知歸近猶看堠，更有愁來即入城。愚水端能勸入夢，嵛峰何得嬾相迎。只應白髮持環久，見我跫然笑未成。

寄别何運判德獻移閩憲名佾，處州人。

再歲三移節，千山一據鞍。梅花錦囊古，霜月繡衣寒。民欲刑幾措，公於此豈難。誰令清廟器，未着侍臣冠。

薄技工奚取，知音一已多。從公日幾許，去我意如何。夢裏閩山月，吟邊楚水波。門闌萬珠履，更試歲寒柯。

視旱憩鏡田店

走檄堪頻捧，嚴程敢少徐。雖晴恐非久，猶熱未全無。憩息翻增倦，馳驅減壯圖。詩成兼利害，失悶得清臞。

視旱遇雨

已旱何秋雨，無禾始水聲。病民豈天意，致此定誰生。湯爪寧須翦，桑羊可緩烹。小儒空自嘆，得到鳳凰城。

水西野店皆不着宿夜抵石山虛

不着官人宿，無如野店何。見容幸有此，雖陋更嫌它。頭蝨妨歸夢，鄰雞伴寤歌。此生眠食爾，行路總蹉跎。

明發石山

明發愁仍集，寒雲又作屯。懸知今定雨，正坐夜來暄。便恐禾生耳，寧論客斷魂。山深更須入，聞有早梅村。

涉小溪宿淡山

徑仄愁斜步，溪深怯正看。破船能不渡，晴色敢辭寒。白退山雲細，青還玉宇寬。險艱明已濟，魂夢未渠安。

題龍歸寺壁

題字纔前歲，銜寒又此行。竹能知雨至，牕不隔江清。走檄還曾了，禁人未肯晴。息肩更須喜，問路可憐生。

董主簿正道壁間作水墨老梅一枝宿鵲縮脰合半眼栖焉❶

斜枝飽風雪，踈花淡冰玉。一鵲忍清寒，居然伴幽獨。

❶「焉」下，底本目録有小注「名臨」二字。

普明寺見梅

城中忙失探梅期，初見僧窻一兩枝。猶喜相看那恨晚，故應更好半開時。今冬不雪何關事，作伴孤芳却欠伊。月落山空正幽獨，慰存無酒且新詩。

寄周子充察院二首

鄉者豺當路，如今虎在山。百年諸老盡，一段好風還。誰謂永嘉末，人猶慶曆間。班心公定可，更可押廷班。

跡遠公猶記，情親勢使踈。忽思參研席，如許遽龍豬。雲步知無那，文盟肯棄予。只哦五箇字，不愈一行書。

自音聲巖泛小舟下高溪

晚日黄猶暖，寒江白更清。遠山銜岸出，釣艇背人行。舟穩何妨小，波恬爾許平。大魚不相報，撥刺得吾驚。

臘夜普明寺睡覺二首

旅夢忘爲客，簷聲忽唤愁。親庭未差遠，佛屋不勝秋。只麽功名是，如今悟解不。十年行路飽，誰不遣吾休。

作臘聊村酒，依人只短檠。略無更可數，聽到雨無聲。犬吠知何苦，雞寒肯更鳴。生來眠不足，老去夢難成。

臘後二首

待臘驚還過，留年惜欲除。雨纔三日有，雪更一冬無。遊屐妨緣濘，寒威戀爲爐。未須排旅悶，猶足助詩娱。

雲暗虛疑暮，江空分外寒。如何山雨過，便爾岸沙乾。奈此詩愁得，懷哉歲事闌。梅殘吾更忍，不折一枝看。

夜　坐

欲雪天還惜，不風寒自生。燈摇無定影，火作去聲。始然聲。又遣庭闈訊，懸知骨肉情。履端猶幾日，有夢未歸程。

東寺詩僧照上人訪予於普明寺贈以詩

故人深住白雲隈，欲到何因只寄梅。歲晚覲山吾獨立，泥中騎馬子能來。轉頭不覺三年别，病眼相看一笑開。説似少陵真句法，未應言下更空回。

題照上人迎翠軒二首

寺外秋山觸眼明，寺根秋水洗心清。晴嵐暖翠來未了，不用高人倒屣迎。

參寥癩可去無還，誰踏詩僧最上關。欲具江西句中眼，猶須作禮問雲山。

得親老家問二首

節裏難爲客，家中數有書。慈親問歸否，意緒各何如。强酒那能盡，添愁不更除。舊來貧未仕，父子豈相踈。

濟世吾無策，迎親仕屢驚。時全州兵執王守，方撫定。乾坤裂未補，簪笏達何榮。三徑猶須禄，群飛不復情。山林早回首，詩酒且平生。

立春前一夕二首

春忽明朝是，冬將半夜非。年華只不住，客子未能歸。微霰踈還密，寒簷滴又稀。撚鬚真浪苦，呵筆更成揮。

臘盡春還好，朝暄暮復寒。雨晴終日異，衣着一冬難。生菜知無分，殘梅不用看。本憑書遣睡，轉更睡相干。

霰

雪花遺霰作前鋒，勢頗張皇欲暗空。篩瓦巧尋踈處漏，跳堦誤到暖邊融。寒聲帶雨山難白，冷氣侵人火失紅。方訝一冬暄較甚，今宵敢歎卧如弓。

立春日有懷二首

飄蓬敢恨一年遲，客裏春光也自宜。白玉青絲那得説，一杯嚥下少陵詩。

玉堂着句轉春風，諸老從前亦寓忠。誰爲君王供帖子，丁寧綺語不須工。

立春新晴

宿雲送臘曉仍開，日動江光度竹來。春到更晴誰不喜，時還不道老相催。山村敢惜身猶遠，邊地應憐戰未回。春鳥豈知人意緒，新聲只欲勸銜杯。

晚立普明寺門時已過立春去除夕三日爾將歸有歎

蕭蕭淅淅荻花風，慘慘澹澹雲物容。欲雪不雪關得儂，得歸未歸一莞中。年華縱留春已换，半生作客今何恨。夜來飛霰打僧牕，便恐雪真數尺强。催科不拙亦安出，吾民瀝髓不濡骨。邊頭犀渠未晏眠，天不雨粟地流錢。

除夕前一日歸舟夜泊曲渦市宿治平寺

江寬風緊折綿寒，灘多岸少上水船。市何曾遠船不近，意已先到燈明邊。夜投古寺衝泥入，濕薪燒作蟲聲泣。冷牕凍筆更成眠，也勝踈篷仰見天。市人歌呼作時節，詩人兩膝高於頰。還家兒女問何如，明日此懷猶忍説。

癸未上元後永州夜飲趙敦禮竹亭聞蛙醉吟

茅亭夜集俯萬竹，初月未光讓高燭。主人酒令來無窮，恍然墮我醉鄉中。草間蛙聲忽三兩，似笑吾人慳酒量。只作蛙聽故自佳，何須更作鼓吹想。尚憶同登萬石亭，倚欄垂手望寒青。只今真到寒青裏，吾人不飲竹不喜。

過百家渡四絶句

出得城來事事幽，涉湘半濟值漁舟。也知漁父趁魚急，翻着春衫不裹頭。

園花落盡路花開，白白紅紅各自媒。莫問早行奇絶處，四方八面野香來。

柳子祠前春已殘，新晴特地却春寒。踈籬不與花爲護，只爲蛛絲作網竿。

一晴一雨路乾濕，半淡半濃山疊重。遠草平中見牛背，新秧踈處有人蹤。

武岡李簿回多問蕭判官東夫

客有來從天一隅，相逢喜問子何如。橘洲各自分馬首，湘水更曾烹鯉魚。心近人遐長作惡，離多合少可無書。得知安穩猶差慰，敢道韋郎跡也踈。

迓新守値雨

春雨不大音惰。又不晴，只與行人禁送迎。小溪緑漲竟何曾，官路黄泥滑不勝。今年送迎乃爾苦，去年送迎正如許。風嚴火滅未五更，暗行十里雞三鳴。行路最難仍最惡，平生歷盡今更覺。前人失脚後人笑，後人失脚那可料。

負丞零陵更盡而代者未至家君擕老幼先歸追送出城正値泥雨萬感驟集

吾父先歸吾未可，吾母已行猶顧我。兒女喜歸未解悲，我愁安得似兒癡。墻頭人看不須羡，居者那知行者嘆。昨日幸晴今又雨，天公管得行人苦。吾母病肺生怯寒，晚風鳴屋正無端。人家養子要作官，吾親此行誰使然。

送别吕令聖與名行中，申公家。

一門三相千子孫，後有公家前諸袁。有治國譜無縣譜，種愛在堂銘在門。誰能不徼鬻爵恩，民乃不識田畝錢。姓名墮在諸公口，去去雲霄穩着鞭。三年爲寮無間然，公行何得攙吾先。取别當愁今更喜，定知同醉西湖蓮。聖與不受鬻爵之賞。軍興，旁郡皆科田畝錢，惟零陵獨無。聖與之祖文靖公有門銘，聖與刻之種愛堂上。

和司法張仲良醉中論詩名材，山東人。

醉語醒猶記，來詩讀轉新。不緣朋好密，其奈客居貧。無乃陽秋誤，云何鼠朴珍。端令和者寡，敢以速爲神。

相過寧嫌數，未行先畏辭。要寬千里別，猶費幾篇詩。意得翻難售，聲希只自奇。此生詩社裏，三折或知醫。

題唐德明秀才玉立齋名人鑑

坡云無竹令人俗，我云俗人正累竹。玉立齋前一萬竿，能與主人相對寒。看竹哦詩筆生力，山童怪予遽忘食。不但不可一日無，斯須無此看何如。詩成欲寫且復歇，恐竹嫌詩未清絶。丁寧一竿不可除，竹亦何曾減風月。

張仲良久約出郊以詩督之

百花亭下花如海，子厚宅前溪似油。幕下風流法曹掾，坐牕猶未作遨頭。

只道今春不肯晴，已晴誰遣不郊行。忍違花底提壺語，不慮屋頭鳩婦鳴。

和仲良催看黄才叔秀才南園牡丹

愁雨留花花已闌，作晴猶喜兩朝寒。山城春事無多子，可緩黄園探牡丹。

謝唐德明惠笋

高人愛笋如愛玉，忍口不餐要添竹。云何又遣十輩來，昏花兩眼爲渠開。販夫束縛向市賣，外强中乾美安在。錦紋猶帶落花泥，不論燒煮兩皆奇。豬肝累人真可怍，以笋累公端不惡。

別吴教授景衡名湯輔，處州人。

道合從人笑，情親覺别難。得朋何恨晚，到老幾相看。世路今逾窄，吾徒却自寬。此心各相勉，不但道加餐。

謁張安國

帝苑花穠記並遊，萬人回首看鼇頭。也知旬月應顓面，已逼雲霄又作州。别後聞公非故我，學林着脚到前修。登門猶説同年話，未覺紅鸞映白鷗。

龔令國英約小集感冷暴下歸卧感而賦焉

客裏何煩病，春餘不謂寒。併來無計奈，那得有懷寬。憎藥猶須强，躭書更暇看。兩親問消息，敢道不平安。

吏卒稀仍散，僮奴野自親。問吾適無恙，遽病此何因。初覺身爲客，還疑老逼人。焚香發深省，一笑對殘春。

仲良見和再和謝焉

未惜詩脾苦，端令鬼膽寒。吾才三鼓竭，君思九江寬。作者今猶古，燈前捲又看。不辭鬚撚斷，只苦句難安。

誰謂陳三遠，髯張下筆親。夫何此意合，恐有宿生因。我豈慵開眼，年來寡見人。更煩彫好句，割取楚江春。陳三，後山先生也。

健論開仍闔，清規高更寒。抗章胡未報，憂世可能寬。收用今寧晚，飛騫尚會看。自憐千慮短，所願一枝安。仲良抗章，極言時事，不報。

豈不爲寮久，兹焉獨愈親。卜居如不近，同志竟何因。山鳥頻招飲，江花解笑人。風顛仍雨急，枉却一年春。

晚寒

莫道今晨熱，東風未得欺。晚來作惡甚，寒似禁煙時。約雨斜還整，吹花合且離。不應如許峭，故故惱吾衰。

和仲良病中就睡

居士何曾病，群兒錯見憐。對床正風雨，落紙忽雲煙。欲夏花全退，猶寒柳尚眠。如何睡鄉裹，只是着詩仙。

和仲良春晚即事五首

幾許春纔好，誰令緑遽深。風光曾着眼，時序只驚心。永日便甘寢，羈懷怯苦吟。春歸猶作客，晴少更多陰。

春在已愁熱，夏來還解凉。一年又如許，萬事更須忙。情薄忘花減，心危願歲穰。平生只坐嬾，何藥療嵇康。

欲與東風説，休吹墮絮飛。吾行正無定，魂夢豈忘歸。花暖能醺眼，山濃欲染衣。只嫌春已老，此景也應稀。

貧難聘歡伯，病敢跨連錢。夢豈花邊到，春俄雨裏遷。一犂關五秉，百箔候三眠。只有書生拙，窮年墾紙田。

笋改齋前路，蔬眠雨後畦。晴江明處動，遠樹看來齊。我語真彫朽，君詩妙斲泥。慇懃報春去，恰恰一鸎啼。

題潘彦政叔姪濯纓齋名師文

愚溪之口湘江左，茅齋不小亦不大。齋前看江江只流，江中望齋齋更幽。兩潘讀書韻清壯，湘妃出聽魚吹浪。大潘皎如鶴出林，小潘不減在沙金。向來姓名到天府，市人莫笑渠塵土。濯纓當屬最閑人，兩潘且彈冠上塵。

和仲良分送柚花沉

薰然真臘水沉片，烝以洞庭春雪花。只得掾曹作南董，國香未向俗人誇。

鋸沉百疊糝瓊英，一日三薰更九烝。却悔香成太清絶，龍涎生妬木犀憎。

鶴骨龍筋金玉相，詩人十襲幾年藏。已驚好手奪天巧，更遣餘芬惱楚狂。

再病書懷呈仲良

病身誰伴亦誰憐，贏得昏昏幾覺眠。睡起不知身是病，踞床看盡水沉煙。

病中嫌雨又嫌晴，自是情懷未苦平。兩日雨多端不惡，市聲洗盡只簷聲。

功名銷盡向來心，詩酒從今也不禁。夜雨遣人歸思動，不知湘水幾篙深。

方外詩豪張仲良，義風今日更誰雙。絶憐病客無半眼，粥飯隨宜到小窗。

贈蜀中相士范思齊往全州見萬先之教授

兩脚那解上金鑾，兩手只合把釣竿。比身管樂兒時態，已翻九河洗我肝。范生來自浣花里，眼中之人定誰貴。百鍊未必賢繞指，貴人正要老於事。斜風細雨又春休，落花啼鳥總春愁。試問談間立封侯，何如百錢挂杖頭。

和唐德明問病

罷却微官且客居，庭闈不近信全踈。更無竹下子唐子，誰與過逢説異書。

俟命循天更不疑，朵頤那可换靈龜。逍遥豈在榆枋外，問着扶摇總不知。

又和梅雨

管得天公雨更晴，何關客子病心情。得歸此意良不惡，且住微軀也自輕。

又和見喜病間

初病楊花猶亂飛，即今梅子已黄稀。卧驚節物遽如許，起得沉緜更解肥。雲寺耶溪招布襪，斜風細雨欠蓑衣。半生不結脩門夢，只夢家山喚早歸。

罷丞零陵忽病傷寒謁醫兩旬如負擔者日遠日重改謁唐醫公亮九日而無病矣謝以長句

料病如料敵，用藥如中的。淮陰百戰有百勝，由基百發無一失。老唐脉法明更高，閲人二豎可得逃。探囊起死無德色，掉臂不爲曳裾客。但使鄉鄰少卧痾，眼底名醫麻竹多。嗟予詩瘦仍多病，兩旬進尺退不寸。逢君已晚亦未恨，掃除何曾費餘刃。長句藉手聊爾耳，真成不直一杯水。

題黄才叔看山亭

春山華潤秋山瘦，雨山點黯晴山秀。湖湘山色天下稀，零陵乃復白其眉。作音佐。亭不爲俗人好，箇竹把茅吾事了。朝來看山佳有餘，爲渠更盡一編書。

送　張　倅

山西勁氣何曾歇，秦漢迄今幾奇傑。張公長身鬚鬢蒼，斜飛不入鵷鷺行。狂卒叫讙民震擾，不勞談笑斯須了。皇上方披輿地圖，煩公赤手繫單于。捕逐虎豹公則老，坐運籌策公尚少。

題所寓唐德明書齋

鳧鶩行中脱病身，竹林深處得幽人。只言官滿渾無事，也被詩愁攪一春。

白　含　笑

薰風曉破碧蓮萏，花意猶低白玉顔。一粲不曾容易發，清香何自遍人間。

題唐德明建一齋

城南前江後山趾，竹齋正對寒江啓。不嫌漁火亂書燈，只苦櫓聲驚睡美。平生刺頭鑽故紙，晚知此道無多子。從渠散漫汗牛書，笑倚江楓弄江水。

夜離零陵以避同僚追送之勞留一絶簡諸友

已坐詩臞病更羸，諸公剛欲餞湘湄。夜浮一葉逃盟去，已被沙鷗聖得知。思歸日日只空言，一棹今真水月間。半夜猶聞郡樓鼓，明朝應失永州山。

泊冷水浦

前夕放船湘口步，約到衡州來日午。五程一減作三程，謝渠江漲半篙清。今日雨來三四五，又閉踈篷聽暮雨。長年商量泊船所，雨外青山更青處。

憩連嶺店

此館初明眼，前山正接眉。熱嫌連日甚，凉惜兩朝遲。雨竹何其重，風鷗不自持。庭闈猶百里，早已豁愁思。

早行見螢

淺草時雙起，深叢忽獨明。情知曉月淡，意欲照人行。扇撲高無奈，風斜半欲横。書帷吾已嬾，不擬着囊盛。

和人七夕

愛月斜仍細，占星久未過。浪傳商用事，正苦汗成河。蛛喜今宵綴，蠅憎昨日多。吾文那乞巧，詩或擬陰何。杜詩：「七月六日苦炎蒸，况乃秋後轉多蠅。」

送抹利花與慶長

江梅去去木犀晚，萱草石榴刺人眼。抹利獨立幽更佳，龍涎避香雪避花。朝來無熱夜涼甚，急遣山童問花信。一枝帶雨折來歸，走送詩人覓好詩。

新居翦茅

小築初開一畝基，晚風散策已相宜。山童何急催歸去，正是涼生月上時。

讀罪己詔 時有符離之潰

莫讀輪臺詔，令人淚點垂。天乎容此虜，帝者渴非羆。何罪良家子，知它大將誰。願懲危度口，儻復鴈門踦。危度口，見《光武紀》二年注。

亂起吾降音烘。日，吾將强仕年。中原仍夢裏，南紀且愁邊。陛下非常主，群公莫自賢。金臺尚未築，❶乃至羡强燕。

只道六朝窄，渠猶數百春。國家祖宗澤，天地發生仁。歷服端傳遠，君王但側身。楚人要能懼，周命正惟新。

❶「尚未」，宋遞刻本作「未高」。

誠齋集卷第二

廬陵楊万里廷秀

詩

江湖集

題代度寺

一别重來十五年，殘僧半在寺依然。黄楊當日絶低小，已過危簷也可憐。

又題寺後竹亭

行盡空房忽畫欄，竹光和月入亭寒。壁間題字知誰句，醉把殘燈子細看。

中秋前兩日别劉彦純彭仲莊於白馬山下

怱怱離合夢非夢，續續談諧眠不眠。莫道對床容易着，試思分手幾何年。長亭更放金荷淺，後夜誰同壁月圓。要得長隨二三友，不知由我定由天。

早發建安寺過大櫟虛

睡美那能動，朝凉强作行。吾方犯星起，人已趁虛聲。近路還如許，長途作麼生。兩親今正老，三釜又須營。

中秋前一夕翫月

月擬來宵好，吾先今夕遭。纔升半壁許，已復一輪高。遷坐明相就，群飛影得逃。望秋惟有此，徹夜敢辭勞。

赴調宿白沙渡族叔文遠攜酒追送走筆取别

扁舟斜纜白沙虛，欲行未發小蜘蟵。吾家子雲來得得，爲攜碧酒買白魚。誼風多年冷似鐵，非公其誰主風月。尊前醉倒定不嗔，同來多半箇中人。季高、仲覺同至。

醉後題壁

夜寒星斗挂屋椽，我輩把酒不問天。語聲未怕驚天上，只愁驚起白鷗眠。

夜雨泊新淦

亂眼纔迷樹，回頭已濕沙。蕭蕭打篷急，點點入船斜。此夕初爲客，何時却到家。餘樽曾卧否，喚取作生涯。

明發新淦晴快風順約泊樟鎮

雨到中宵歇，心知逗曉晴。排雲數峰出，漏日半江明。風借輕帆便，天催嬾客行。不應樟鎮酒，無意待人傾。

泊樟鎮

北地三接浙，重來四肅霜。日斜秋樹轉，市散暮船忙。波捲清中白，霞翻紫外黃。汀沙渾換却，不記舊圜方。

午憩堆錢嶺

蚤作難爲飯，前途又苦飢。塵勞正未了，眠食且隨宜。小憩那思去，追程得更遲。館人只冷眼，還爲惜奔馳。

路逢故將軍李顯忠以符離之役私其府庫士怨而潰謫居長沙

貪將如中使，兵書不誤今。只悲熊耳甲，誰怨裹蹏金。賈傅奚同郡，朱游獨折心。書生何處説，詩罷自長吟。

宿楊塘店

吾生行路何時了，舊館重來身漸老。路旁松桂只十年，如今偹偹舊小小。昨宵宿處又雲邊，來宵還似今宵然。陳迹更待俛仰間，有酒不飲要稱賢。

宿長林

霧月撩人白，風燈惱客青。倦多資美睡，酒薄免遲醒。

午憩東塘近白干江西地盡於此

日以秋還短，塗緣熱故長。也知茅店小，奈此竹風凉。更遠終然到，而吾有底忙。欲行猶小駐，咫尺便它鄉。

初　寒

欲雨還晴又作陰，添衣已減却重尋。絶知不晚新寒到，更用先來破客心。

沙　溪　江　亭

漁舟竟日不知還，水碓無人也不閑。斫却江頭一叢柳，當愁無地着江山。

宿張家店壁間有趙民則一絶句云舍策投床睡便濃覺來凉葉動西風驚秋念遠無窮意客裏知誰此夜同因次其韻

督郵不敵客愁濃，那更秋宵一笛風。公子何曾知許事，曠懷也解與人同。

蔣蓮店有書柳子厚寄吴武陵琴詩三讀敬哦五言

秋晴得凉行，壁閱遇佳讀。已咽猶餘滋，將爐忽賸馥。語妙古未多，聽難今良獨。追誦惜去眼，信步遑擬足。驚心一鳥鳴，隔溪兩峰緑。

道逢王元龜閣學

秋日纔昇却霧中，先生更去恐群空。古誰云遠今猶古，公亦安知世重公。軒冕何緣關此老，江山所過總清風。我行安用相逢得，不得趨隅又北東。

宿楓平

休説江西西路行，東來骨瘦却詩清。恐緣桂玉踈雲子，敢對溪山喚麴生。

發楓平

谷暗迷牎曉，山鳴報雨來。畦丁絶須喜，菜甲正新栽。倦路愁何那，衝泥慣豈纔。吾詩未大好，也辱片雲催。

過下梅

不特山盤水亦回，溪山信美暇徘徊。行人自趁斜陽急，關得歸鵶更苦催。

九日落莫憶同施少才集長沙

九月九日今朝是，五里十里正未已。良辰美景只自美，不如且着黑碁子。濁醪不賤有如無，黄花新寄絶交書。三年客裏兩重九，去年却得登高友。醉吟嶽麓道林間，天風吹帽挂君山。倒騎蹇驢下絶頂，眼花幾落賈誼井。如今悔狂亦嬾游，不嫌清坐獨醒休。

宿度息

薄雲翳佳月，風爲作金篦。我行以事役，雲行亦忙爲。如何今夕寒，只與客子期。忘情豈我輩，能禁秋興悲。短檠不解事，喚我哦新詩。

曉泊舟廟山

平水長先曉，無風也自濤。煙昏山易遠，岸闊樹難高。去鴈鳴相報，游魚冷總逃。輕寒容可忍，清眺得辭勞。

到龍山頭

影静長安道，涼風響轡銜。海天低到水，江日晚明帆。潮遣先驅壯，聲吞絶島巉。黄塵征袖滿，却愧着朝衫。

見澹庵胡先生舍人

澹翁家近醉翁家，二老風流莫等差。黄帽朱耶飽煙雨，白頭紫禁判鶯花。補天老手何須石，行地新堤早着沙。三歲别公千里見，端能解榻瀹春芽。

爲王監簿先生求近詩

林下詩中第一仙，西風吹到日輪邊。杜陵野客還驚市，國子先生小着鞭。拈出老謀開宇宙，本來清尚只雲泉。新篇未許兒童誦，但得真傳敢浪傳。

宿徐元達小樓

樓迥眠曾着，秋寒夜更加。市聲先曉動，牕月傍人斜。役役名和利，憧憧馬又車。如何泉石耳，禁得許諠譁。

贈相士蓑衣道人杜需二首

與子生踈有底仇，談間容易説封侯。病身更遣冰山倚，野鶴孤雲也替愁。

坐來小歇過眉拄，客裏那能滿眼酤。肯脱蓑衣借儂着，鷗邊雨外且江湖。

跋馬公弼省幹出示山谷草聖浣花醉圖歌名彦輔，西人。

涪翁浣花醉圖歌，歌詞自作復自寫。少陵無人張顛死，此翁奄有二子者。不論釵股與錐沙，更數旱蛟及驚蛇。詩仙不合兼草聖，鬼妬天嗔教薄命。人言愛書緣愛賢，紫眉未必勝青編。舊時鬼門關外客，如今一字抵尺璧，何須千載空相憶。

送王監簿民瞻南歸

潮頭打雲雲不留，月波潑牕牕欲流。夜寒報晴豈待曉，天公端爲盧溪老。盧溪在山不知年，盧溪出山即日還。黄紙苦催得高卧，青霞成癖誰能那。詔謂先生式國人，掉頭已復煙林深。路旁莫作兩踈看，老儒不用橐中金。

澹庵坐上觀顯上人分茶

分茶何似煎茶好，煎茶不似分茶巧。蒸水老禪弄泉手，隆興元春新玉爪。二者相遭兔甌面，怪怪奇奇真善幻。紛如擘絮行太空，影落寒江能萬變。銀瓶首下仍尻高，注湯作字勢嫖姚。不須更師屋漏法，只問此瓶當響答。紫微仙人烏角巾，唤我起看清風生。京塵滿袖思一洗，病眼生花得再明。漢鼎難調要公理，策勳茗椀非公事。不如回施與寒儒，歸續茶經傳衲子。

謝趙茂甫惠浙曹中筆蜀越薄牋二首名師暢

公子平生無長物，几研生涯敵玉冰。二妙端能并送似，便呼毛穎試谿藤。

百楮先生十兔尖，心知奇絶敢言貪。詩無好語書仍俗，喜氣多多抵得慚。

和馬公弼夜雨

一雨未辭泥至腰，新寒癘氣喜全消。都人得此正希闊，遠客皤然成寂寥。聲在踈簷與黄葉，夢聽禁漏近丹霄。愁心却被詩勾引，始覺君家我里遥。

再和錯綜其韻

家書希到恐緣遥，豈有全無鴈拂霄。屈指大刀違破鏡，負渠縮項及長腰。何當竹外扁舟去，趁取梅梢未雪消。賴有可人同舍客，破愁得句似參寥。

和趙彦德旅懷是夕渠誦詩鼓琴名不怠

客間眼暗可逢人，公子詩琴却有神。頻掉烏紗知得句，快揮緑綺更留塵。飄零不問今何夕，邂逅相歡意便親。作許生涯渾不惡，只愁我輩轉須貧。

至日前思親

節近親庭遠，天寒日暮時。未風窻已報，欲雪脚先知。

和湯叔度雪名灝，池陽人。

道得閑來儘未閑，頗緣幽事攪心間。借。卧聽雪作披衣起，不待天明帶月看。更覺梅枝殊摘索，只驚蓬鬢却羈單。飛花豈解知人意，風裏時時戲作團。

和馬公弼雪

灑竹穿梅湖更山，客間得此未嫌寒。髯踈也被輕輕點，齒冷猶禁細細餐。晴了還成三日凍，銷餘留得半庭看。憑誰説似王郎婦，鹽絮吟來總未安。

中書胡舍人玉堂夜直用万里所和湯君雪韻和寄逆旅再和謝焉

紫禁仙人視草閑，宫雲低到綺疏間。借。玉妃爲作回風舞，金炬高燒帶笑看。得句却嫌椽筆小，衝泥遣慰客氈單。夜哦妙語鏘鸞鶴，不覺梅梢霽日團。

和符君俞卜鄰名昌言，朱崖人。

朱崖柳色欲春風，庾嶺梅花尚雪容。念子南歸騎瘦馬，只今誰解好真龍。吾鄉端是山水窟，何日來同丘壑胸。白鷺青原不妨揀，誅茅結屋看何從。

引見前一夕寓宿徐元達小樓元達招符君俞胡季永小集走筆和君俞韻

主賓呼酒卷滄溟，我亦何人與德星。高閣連雲壓潮白，前山倒影入杯青。細哦秀句清無底，匹似踈梅寒更馨。不惜坐間作頹玉，只愁宫漏又須聽。

同君俞季永步至普濟寺晚泛西湖以歸得四絶句

閣日微陰不礙晴，杖藜小倦且須行。湖山有意留儂款，約束踈鍾未要聲。

煙艇横斜柳港灣，雲山出没柳行間。登山得似遊湖好，却是湖心看盡山。

西湖雖老爲人容，不必花時十里紅。卷取郭熙真水墨，枯荷折葦小霜風。

曲曲都城繚翠微，鱗鱗湖浪動斜暉。天寒日暮遊人少，兩岸輕舟星散歸。

同岳大用甫**撫幹雪後游西湖早飯顯明寺步至四聖觀訪林和靖故居觀鶴聽琴得四絶句時去除夕二日**

湖暖開冰已借春，山晴留雪要娱人。昨遊未當清奇在，踏凍重來眼却新。

紫陌微乾未放塵，青鞋不惜涴泥痕。春風已入寒蒲節，殘雪猶依古柳根。

冰壺底裏步金沙，真到林逋處士家。未辦寒泉薦秋菊，且將瘦句了梅花。

道堂高絶俯空明，上下躋攀取意行。凈閣虚廊人寂寂，鶴聲斷處忽琴聲。

甲申上元前聞家君不快西歸見梅有感二首

官路桐江西復西，野梅千樹壓疎籬。昨來都下筠籃底，三百青錢買一枝。

千里來爲五斗謀，老親望望且歸休。春光儘好關儂事，細雨梅花只做愁。

晚春行田南原

西疇前日塵作霧，南村今日波生路。雲子從來疎廣文，衝雨學稼當辭勤。農言秧好殊勝麥，其如緑針未堪喫。吾生十指不拈泥，毛錐便得傲蓑衣。只願邊頭長無事，把耒耕雲且吾志。不愁官馬送還官，借牛騎歸不用鞍。

聞　鶯

過雨溪山凈，新晴花柳明。來穿兩好樹，别作一家聲。故欲撩詩興，仍添懷友情。鶯飛苦難見，那更緑陰成。

初夏日出且雨

笑憶唐人句，無晴還有晴。斜陽白鷗影，踈雨子規聲。臺閣非吾事，溪山且此生。詩成何用好，詩好却難成。

和文遠以作醮相踈

涉夏天勤雨，今年定有秋。試思衝熱出，何似帶泥遊。軒冕關莊子，江湖着魏牟。高人香火裏，也到酒邊不。

族叔祖彦通所居宛在水中央名之曰小蓬萊爲作長句

儂愛南溪不減公，南溪親公却踈儂。爲儂只作一兩曲，爲公繞盡雲邊屋。屋後有竹前有花，斷橋纔整已半斜。客來不惡去亦好，莫將汗脚涴瑶草。俗子只道無蓬萊，請渠且洗睫上埃。蓬萊不大亦不小，作詩示公公一笑。

彦通以詩送石菖蒲和謝之

笑拂孤芳旋汲泉，忽如身墮曉霜天。一生寒瘦知何用，只得清名垂萬年。

清曉出城別王宣子舍人

月細惟愁落，陽昇未要忙。出門雞未覺，夾路稻初香。涉世寧容嬾，侵星幸稍涼。病來詩久廢，覓句費商量。

送王吉州宣子舍人知明州二首

滿聽除書好，明州勝吉州。又爲邦伯去，政坐治聲優。過闕端能遇，居中定作留。新民莫漫喜，竹馬不須休。

碧海翻詞筆，清霜逼誼風。不應盛名下，未着玉堂中。剩欲公留此，其如帝望公。從今摩病眼，看到火城紅。

題王宣子新作吉州學前詠歸亭

使君見處我何言，且上斯亭一笑還。便有醒然新氣象，何曾改却舊江山。詠歸風味誰知點，克己工夫未減顔。箇裏諸生高着眼，仕和不仕得相關。

夜同文遠禱雨老岡祠

秋熱常年無此例，今宵有月不能涼。槁苗似妬詩人嬾，作意催成禱雨章。

霜　露

落照紅猶剩，初星白未真。霜威能奪月，寒力故欺人。哀鴈知誰怨，吟蛩獨我親。老來憂患裏，忍淚已霑巾。

理　蔬

小摘吾猶惜，頻來逕自成。青蟲捕仍有，蠹葉病還生。貧裏猶存竈，霜餘正可羹。窺園未妨學，抱甕更須營。

送傅山人二絶句

江山有約未應踈，浪自忙中白却鬚。我昔屬官今屬我，子能略伴瘦藤無。

談天渠外更誰先，聊復憐渠與酒錢。富貴不愁天不管，不應丘壑也關天。

憫　農

稻雲不雨不多黄，蕎麥空花早着霜。已分忍飢度殘歲，更堪歲裏閏添長。

絶　句

楓老顏方少，山晴氣反昏。舊貧今更甚，已冷幸猶暄。

故少師張魏公挽詞三章

出晝民猶望，回軍敵尚疑。時非不吾以，天未勝人爲。自別知何恙，從誰話許悲。一生長得忌，千載却空思。

手麾日三舍，身馭月重輪。始是岷峨秀，前無社稷臣。向來元破斧，何用更洪鈞。只使江淮草，明年不作春。

讀易堂邊路，曾聞赤舄聲。心從晝前到，身在易中行。憂國何緣壽，思親豈欲生。不應永州月，猶傍兩牕明。

和周仲覺三首

書嬾聊遮眼，詩窮只掉頭。寒醒非不睡，薄醉奈何愁。火細霜還重，風停葉自投。半生災疾裏，誰遣未休休。

月淡猶明樹，霜嚴不剩雲。天寒一鴈叫，夜半幾人聞。詩只令吾瘦，清聊與子分。頻來仍恨少，此去更離群。

春在梅邊動，寒從月外來。貧於螢不暖，心與燭俱灰。此意悠悠着，音斫。從誰細細開。病來更憂患，淚盡只餘哀。

雪用歐陽公白戰律仍禁用映雪訪戴等故事賦三首示同社

夜映非真曉，山明不覺遥。儘寒無奈爽，且落未須銷。體怯心仍愛，顏衰酒强潮。毛錐自堪戰，寸鐵亦何消。

是雨還堪拾，非花却解飛。兒童最無賴，摶弄肯言歸。向樹翻投竹，欺人故點衣。肩寒未妨聳，筆凍可能揮。

細聽無仍有，貪看立又行。落時晨却暗，積處夜還明。幸自漫山好，何如到夏清。似知吾黨意，未遣日華晴。

劉公佐親家奉議挽詞二首

已病身猶健，云瘳訃却聞。告存非不壽，有子更能文。嗟我何多難，喪親又哭君。兩家兩翁好，作麽併丘墳。

一命華其老，諸昆半作官。相高仍孝悌，不但盛衣冠。近别那云訣，臨喪獨忍看。心知公不恨，我自淚難乾。

送盧山人二首

行盡千山又萬山，山真何好子能然。青烏縱妙儂曾問，着眼煙雲也自賢。

有欠牛眠子爲尋，剩將朽齒換華簪。家阡只免牛羊到，此外窮通得上心。

往安福宿代度寺

春前臘後暖還寒，陌上泥中濕更乾。野寺鳴鍾招我宿，遠峰留雪待誰看。

歸途轎中讀參寥詩

車中無作惟生睡，卷裏何佳却勝閑。會意貪看三五句，回頭悔失數重山。

挽封州太守趙次公二首

國爾懷孤憤，麟兮嗣古風。謂宜空冀北，何意召河東。榕葉烝山浸，棃花慘殯宫。傳家今有子，身後未應窮。

鴈峰三徑古，融水貳車新。自此相從後，還成永別晨。只今耆舊傳，誰是老成人。剩欲書遺德，心悲語不真。

和元舉叔見謝載酒之韻二首

雪久自消猶半在，雨來正密更無休。硬黄字裏真添瘦，重碧杯中且避愁。

南溪溪北北山邊，風月公何得獨專。挈榼慚無桑落酒，贈詩如得漢陰鯿。

雪後晚晴四山皆青惟東山全白賦最愛東山晴後雪二絶句

只知逐勝忽忘寒，小立春風夕照間。最愛東山晴後雪，軟紅光裏湧銀山。

群山雪不到新晴，多作泥融少作冰。最愛東山晴後雪，却愁宜看不宜登。

寄題郭漢卿琴堂❶

着眼飛鴻外，欹巾韻磬邊。半忘今古操，豈校有無絃。自適何須妙，能聽也則賢。如何劃然裏，猶露祖生鞭。

乙酉社日偶題

愁邊節裏兩相關，茶罷呼兒檢曆看。社日雨多晴較少，春風晚暖曉猶寒。也思散策郊行去，其奈緣溪路未乾。緑暗紅明非我事，且尋野蕨作蔬盤。

和昌英主簿叔社雨

愁已春相背，詩仍債未還。雨聲宜小睡，竹户且深關。夢釣鷗邊雪，衰忘鏡裏顔。起來聊覓句，句在眼中山。

送談星辰吴山人

牙籌入手風前快，玉李行天鏡裏看。紫闥青規吾不夢，子言欲試故應難。

❶「堂」，宋遞刻本作「室」。

寒食上冢

逕直夫何細，橋危可免扶。遠山楓外淡，破屋麥邊孤。宿草春風又，新阡去歲無。梨花自寒食，時節只愁予。

和昌英主簿叔送花

去歲歸時正牡丹，親庭上壽撚花看。共知春好毋虚擲，更復盃深肯剩殘。誰料今兹千萬感，强從叔也兩相寬。風顛雨急關儂事，時序撩人只暗嘆。

和蕭伯振見贈

愁裏真成日似年，嬾邊覓句此何緣。雨荒山谷江西社，苔卧曹瞞臺底甎。頓有珠璣開病眼，旋生羽翼欲俱仙。車斜韻險難爲繼，聊復酬公莫浪傳。

春晚往永和

春事已如許，山居殊未知。緑光風度麥，白碎日飜池。景好懷翻惡，人嬉我獨悲。郊行聊着眼，興到漫成詩。

轎中風飜書卷

挾册登車强出山，展來未讀眼先昏。無端又被春風妬，葉葉吹開更揭翻。

農家嘆

兩月春霖三日晴，久寒初暖稍秧青。春工只要花遲着，愁損農家管得星。

三江小渡

溪水將橋不復回，小舟猶倚短篙開。交情得似山溪渡，不管風波去又來。

誠齋集卷第三

盧陵楊万里廷秀

詩

江湖集

薄晚絶句

春氣吹人不作醒，病身感物底心情。斜陽也不藏人老，偏照霜髭一兩莖。

暫出嫌喧可得除，漫游久廢未全無。路逢鹽裹知城近，店有雞聲覺日晡。

與主簿叔蔬飲聯句

蕨含春味紫如椽，酒入春風浪似山。廷秀。未信乾坤非細物，小吞螺浦半杯間。昌英。

永和遇風

未嫌春晚不多花，只愛青原緑似瓜。剩欲開懷納巖壑，可堪病眼着風沙。待船小立看鷗没，倚杖微吟儘帽斜。客裹更無詩遣悶，不愁兩鬢不成華。

金罌花聯句

兩日風狂雨更顛，取將暖去正衣單。昌英。金罌花發關誰事，何用夜來如許寒。廷秀。

彥通叔祖約游雲水寺二首

出門天色陰晴半，着雨途間進退難。知得招提在何許，只憑田父指林間。

竹深草長緑冥冥，有路如無又斷行。風亦恐吾愁寺遠，慇懃隔雨送鍾聲。

和昌英主簿叔久雨

積雨今晨也解休，慇懃日脚傍花流。半明衣桁烘梅潤，全爲農家放麥秋。更着好風墮清句，不知何地頓閑愁。新晴佳處無人會，隔柳一聲黄栗留。

憫　旱

鳴鳩唤雨知唤晴，水車夜啼聲徹明。乖龍嬾睡未渠醒，阿香推熱呼不譍。下田半濕高全坼，幼秧欲焦老差碧。書生所向便四壁，賣漿逢寒步逢棘。還家浪作飽飯謀，買田三歲兩無秋。一門手指百二十，萬斛量不盡窮愁。小兒察我慘不樂，旋沽村酒聊相酌。更哦子美醉時歌，焉知餓死填溝壑，水車啞啞止復作。

和蕭伯振禱雨

雲氣微昇又霍然，虚疑數點長三川。渚東秔稻今無雨，杜曲桑麻莫問天。餓死何愁更平糴，野夫半去只荒田。未辭託命長鑱柄，黄獨那能支一年。

旱後郴寇又作

自憐秋蝶生不早，只與夜蛩聲共悲。眼邊未覺天地寬，身後更用文章爲。去秋今夏旱相繼，淮江未净郴江沸。餓夫相語死不愁，今年官免和糴不。

旱後喜雨四首

雲頭造次便能開，雨脚商量半欲來。舊日催詩元要雨，如今雨却索詩催。

檢校西疇首忍回，雨佳小恨較遲來。抄雲淅玉何曾夢，只擬禾孫作粥材。

竟夏興雲只苦風，入秋今雨稍宜農。怪來霹靂轟枯樹，知向前山起卧龍。

密洒踈飄儘自由，通宵到曉未須休。平生愁聽芭蕉雨，何事今來聽不愁。

秋日見橘花二首

花净何須艷，林深不隔香。初聞無處覓，小摘莫令長。春落秋仍發，梅兼雪未强。縹瓷汲寒甃，淺浸一枝凉。

不夜非關月，無風也自香。着花能許細，落子不多長。玉糝開猶半，金鬚撚更强。得秋何恨晚，映暑却生凉。

題吉水余端蒙明府縣門飛鳧閣

塵外塵中儘静喧，閣前閣後且山川。秋生踈雨微雲處，月仄青原白鷺邊。眼冷庾樓聊復此，人如葉令更差賢。從公欲往其如嬾，着句無佳莫浪傳。

題周鯁臣浩齋

浩翁曲肱一浩齋，焉知廊廟與蒿萊。此翁定復死不死，舊齋又新有賢子。齋前種樹初如椽，如今過雲欲造天。作人誰無半點氣，草動風驚便心醉。回山倒海不關身，古人與我各何人。杉溪老人是翁友，拈出問渠渠領否。

送胡季永赴漕試

兔目着花官樣黃，冰輪飄子秋風香。誰騎瘦馬踏詞場，澹翁庭堦玉雪郎。天於賢佞真不省，不應阿翁有阿永。景升兒子漫谷量，未識一丁惟啗餅。阿永胸中幾許書，石渠奄有仍更餘。毛錐半點不籧篨，羽鏃一脱無犀渠。當家衣鉢更誰付，鏁廳小借梯雲路。澹翁嚴冷縱不嬉，歸來膝上安文度。

送瀛洲先生元舉叔談命郡城

誰遣談天太逼真，取憎造物得辭貧。不妨小隱君平肆，戲與人間閲貴人。

四十二叔祖母劉氏太孺人挽詞

夫人自七十，有母尚期頤。不遺千山訃，猶應一病遲。孝留天下口，身立女中師。到得君羹美，翻令潁谷悲。夫人緣得母訃，一慟而病，竟不起。

四十九叔祖母朱氏孺人挽詞❶

憶哭清湘掾，諸孤未裹頭。盛年能素節，凜氣却清秋。眼底生芻奠，身前汎柏舟。無齡還有德，此母不

❶「祖母」，此二字原誤倒，今據宋遞刻本及底本目録乙正。

應愁。

黄太守元授挽詞二首

五馬新通貴，千牛舊不全。豈渠才作祟，從古命懸天。半世風波裏，清名玉雪邊。諸郎俱偉器，樞屬更人先。

我忝通家子，公如父行親。一書雖不欠，半面遂無因。旅櫬千江遠，銘旌兩竹新。慶門寧有此，造物豈其仁。

夢亡友黄世永夢中猶喜談佛既覺感念不已因和夢李白韻以記焉二首

子在人每憎，子亡憎者惻。自吾失此友，但覺生意息。猶解夢裏來，豈子餘此憶。死生知有無，賢聖或未測。渾作白日看，不記夜許黑。尚憐紫鸞姿，未舉先折翼。只驚玉雪容，冷面帶古色。夢淚覺猶濕，悲罷喜有得。

去年客京都，子去我未至。得書不得面，安用慇懃意。猶矜各未老，相見當亦易。不知此蹉跎，交道遽云墜。一抔胡不仁，埋此經世志。絃絶諒何益，蕙歎庸不頴。吾聞佛者流，正以生作累。夢中尚微言，子豈悲世事。

次主簿昌英叔鑷白韻

滴盡思親淚，猶殘影弔形。眼花渾作黑，頷底更能青。少也投三賦，今焉忽一星。此生成底事，有脚不曾停。

次昌英主簿叔晴望韻

秋水冬全落，寒梅暖向榮。煙林明又滅，風鴈仄還平。老豈愁能避，貧非嬾不營。猶須𨫼千嶂，剩與放雙明。

次出門韻

有酒何須富，無車却好行。眼中長得句，身外豈關情。遠嶺寒逾瘦，乾楓落更聲。好懷非自閟，且道向誰傾。

次霜月韻

銀浦寒無浪，金星澹不芒。初看霜是月，併愛月和霜。萬里除纖翳，雙清作一光。詩窮只欠許，窮我未渠央。

同主簿叔暮立

旋旋前山没，鬖鬖半臂寒。鷗歸勢何嬾，林近意先安。待月遲云麽，煩公小立看。未知立玉笋，何似立江干。

晚望二首

月是小春春未生，節名大雪雪何曾。夕陽不管西山暗，只照東山八九稜。

萬松不掩一楓丹，煙怕山狂約住山。却被沙鷗惱人損，作行飛去略無還。

次主簿叔晚霞

病眼何愁未苦佳，曉看霜了晚看霞。只驚天上三冬月，那得西湖十里花。景與詩争酣未退，興如水湧去難遮。却嫌醉墨欹傾甚，整整斜斜半似鴉。

次乞米韻

魯公尚有粥爲食，盧老今無僧作鄰。文字借令真可煮，吾曹從古不應貧。詩腸幸自無煙火，句眼何愁着點塵。俗子豈知貧亦好，未須容易向渠陳。

夜雨不寐

雨急點不疎，瓦乾聲可數。滴破江湖夢，合眼無復補。更長酒力短，睡甜詩思苦。已自不成眠，如何更遭許。

新寒

寒力欺誰得，知儂典却衣。暮禽差慰眼，不作一行歸。

和羅巨濟教授雪二首

天慳聊爾落，地暖未教深。猶放遥岑碧，偏鳴密竹林。似供愁裏眼，小惱客邊心。詩卷開還闔，清寒溢素襟。

飛來須面旋，欲墮更横斜。不遣詩人嬾，惟禁酒力加。鏤冰初試手，翦水便成花。誰會歐蘇律，吟邊别一家。

次主簿叔雪韻❶

向來一雪亦草草，天知詩人眼未飽。相傳南風爲雪骨，此言未試吾不曉。昨日忽驚冬作春，暖氣吹人軟欲倒。惟餘桃李未着花，便恐蟄蟲偷出窖。南風未了却北風，一夜吹翻青玉昊。今晨冷傍筆管生，似妬吟邊事幽討。司寒作意欲再雪，凍雀求哀不容禱。令人還憶柳柳州，解道千山絶飛鳥。誰教愛雪却嫌寒，歡喜十分九煩惱。詩人凍死不足憐，凍死猶應談雪好。寄聲滕六何似休，净盡將雲爲儂掃。

次秦少游梅韻

南枝外槁中不槁，未葉先花笑人倒。已從寒裏着詩愁，可復溪邊被花惱。非渠攙出百卉前，爾許清寒誰敢早。有花無雪花只俗，有雪無梅雪何好。冷蘂不風元自香，瘦柯寫月真如掃。但令一壑蒔横斜，便挂竹皮爲渠老。秦七蘇二冰玉詞，絶唱寒盟幾秋草。梅邊尚有句可搜，更撚衰髯仰清昊。

次東坡先生蠟梅韻

梅花已自不是花，冰魂謫墮玉皇家。不餐煙火更餐蠟，化作黄姑瞞造物。后山未覺坡先知，東坡勾引后山詩。金花勸飲金荷葉，兩公醉吟許孤絶。人間姚魏漫如山，令人眼暗只欲眠。此花寒香來又去，惱損詩人難覓句。月兼花影恰三人，欠箇文同作墨君。吾詩無復古清越，萬水千山一瓶鉢。

❶「叔」，原脱，今據宋遞刻本及底本目録補。

次東坡先生用六一先生雪詩律令龜字二十韻舊禁玉月梨梅練絮白舞鵝鶴等字新添訪戴映雪高卧齧氊之類一切禁之

病身柴立手亦龜，不要人憐天得知。一寒度夕抵度歲，惡風更將乾雨吹。作祥只解誑飢腹，催老偏工欺短髭。透屋旋生衾裏鐵，隔窻也送硯中澌。攬衣起看端不惡，兩耳已作凍菌危。似明還暗静復響，索我黄絹揮烏絲。誤喜家貧屋驟富，不道天巧人能爲。忽思向來旅京國，瘦馬斷鞭包袖持。紅金何曾夢得見，蘸生脚底粟生肌。殘杯冷炙自無分，不是不肯叩富兒。獨立西湖望東海，海神駕雪初來時。眼花只怪失天地，風横併作翻簾幃。飛來峰在水仙國，九里松無塵土姿。只欠杖頭聘歡伯，安得醉倒衣淋漓。猶遭天子呼野客，催班聲裏趨丹墀。如今四壁一破褐，雪花密密巾披披。詩肩渾作遠嶺瘦，詩思浪與春江馳。茅柴乞暖却得冷，聊復爾耳三兩巵。東坡逸足電雹去，天馬肯放犛牛隨。君不見溧陽縣裏一老尉，一句曾饒韓退之。

丙戌上元後和昌英叔李花

春暖何緣雪壓山，香來初認李花繁。露酣月藥蒼茫外，梅與山礬伯仲間。剩雨殘風底無賴，明朝後日不堪看。泥深小忍春遊脚，猶遣青童去一攀。

又和春雨

向來一旱鬢成絲，敢道新年雨脚垂。未必催詩真强管，端令學稼失愁思。只今且莫傾三峽，此後時須示一犂。未愛少陵紅濕句，可人却是道知時。

和周仲容春日二絶句

春半花全退，詩人尚道遲。惟應讀書苦，聲調作吾伊。

端憂更貧病，不分又花時。只説春何好，猶堪入小詩。

和周仲容春日二律句

飢民日夜去，也有不荒田。舊雨仍新雨，今年勝去年。未嫌詩得瘦，只苦茗妨眠。花氣薰人醉，來從若箇邊。

今晨晴頗嬾，昨夜雨猶聲。欲社鷰先覺，半春鸎未鳴。詩非一字苦，句豈十分清。參透江西社，無燈眼亦明。

和王才臣

新詩不但不饒儂，便恐陰何立下風。每與勝談千古事，不知撥盡一爐紅。生兒底巧翁何恨，得子銷愁我未窮。剩欲苛留老三逕，念渠何罪亦山中。

得省榜見羅仲謀曾無逸策名夜歸喜甚通夕不寐得二絶句

淡墨高垂兩客名，夜歸到曉睡難成。却緣二喜添三喜，聽得黄鸝第一聲。

兩日陰晴較不常，嫩寒輕暖雜花香。今晨天色休休問，卧看紅光點屋梁。

和蕭伯和韻

桃李何忙開又零，老懷易感掃還生。略無花片經人眼，誰道春風不世情。睡去恐遭詩作祟，愁來當遣酒行成。子能覓句庸非樂，未必胸中有不平。

又和風雨二首

東風未得顛如許，定被春光引得顛。晚雨何妨略彈壓，不應猶自借渠權。

風風雨雨又春窮，白白朱朱已眼空。拚却老紅一萬點，换將新緑百千重。

和文遠叔行春

行脚宜晴翠，看雲恐夕黄。何村不花柳，此社要柴桑。一笑當誰領，同來得許忙。老懷翻作惡，不剩半分狂。

和子上弟春雹

雹子何孤竹屋聲，只於花事較無情。青春已在殘紅裏，更着渠儂何似生。

和蕭伯和春興

只道韶華不到儂，不妨軟日媚柔風。愁心自對春無味，老面可能花似紅。逢着詩狂兼酒聖，又忘人厄或天窮。聖人枉索方兄價，我與賢人也一中。

又和聞蛙

春來真底好，此輩政縱横。身作泥中計，聲從雨後增。北人餐未慣，南食眼猶生。灰洒知虚實，於渠似可行。

又和二絶句

一冬寒不到深山，豈有春來更會寒。幸自趁晴行脚好，却嫌沙入破鞋間。

翦翦輕風未是輕，猶吹花片作紅聲。一生情重嫌春淺，老去與春無點情。

三月三日雨作遣悶十絶句

行春莫放一日一，修禊仍逢三月三。忍遣晴光作陰雨，更將急濺涴春衫。

出門着雨不能歸，借得青蓑着片時。春染萬花知了未，雲偷千嶂忽何之。

歸得茅齋松竹邊，看風看雨亦欣然。空簷知與堦何故，須把青苔滴似穿。

舊與酴醾頗不疎，今春半朵未逢渠。千花一雨俱紅雨，問訊孤芳小住無。

今年春事底忽忽，雨急風顛惱得儂。不見一林如許笋，猶嫌三日向來風。

荒餘只怪不愁聲，好語煩君細細聽。秧早不由田父懶，蠶遲端待柘陰成。

遲日何緣似箇長，睡鄉未苦怯茶槍。春風解惱詩人鼻，非葉非花只是香。

村落尋花特地無，有花亦自只愁予。不如卧聽春山雨，一陣繁聲一陣疎。

報答春光酒一巵，貧中無酒着春欺。作詩細與東風道，未必東風肯要詩。

却是春殘景更佳，詩人須記許生涯。平田漲緑村村麥，嫩水浮紅岸岸花。

和羅武岡欽若酴醾長句

花飛十不啻五六，青子團枝失紅簇。江南桃李總成陰，不論少城與韋曲。酴醾珍重不浪開，晚堆緑雲點冰玉。體薰山麝非一臍，水洗銀河費千斛。滴成小蓓密於糝，亂走長條柔可束。醉眸須及月下來，破鼻細從風處觸。先生未必被花惱，偶與門人暮春浴。爲憐壓架十萬枝，小立傍邊領新馥。剩拚妙語寵瓊蕤，更掇清英釀醽渌。先生何得便杜門，霜鬢猶煩玉堂宿。

再　和

春風一夜吹滕六，旋落旋銷不成簇。只餘架上萬天花，照影清池三兩曲。江東詩仙花下飲，小摘繁枝簪醉玉。驚飛雪片萬許點，亂落酒船百餘斛。舊枝掠削自縈回，新枝奔迸無拘束。詩仙詩滿雲夢胸，那更相逢此花觸。只愁毛穎倦驅使，一日屢向陶泓浴。兩章洗盡眼底塵，箇字亦帶花邊馥。憑誰説與柳柳州，休道一聲山水渌。願參佳句法如何，夜雨何時對床宿。

賀澹庵先生胡侍郎新居落成二首

清廟欹斜一笑扶，歸來四壁亦元無。可憐拙計輸餘子，住破僧房始結廬。三逕非遥人自遠，萬間不惡我何須。冥搜善頌終難好，賀厦真成鷰不如。

眼高不肯住清都，夢繞江南水竹居。却入青原更青處，飽看黄本硬黄書。翦裁風月聊堪醉，拆洗乾坤正要渠。賜宅不應公得免，未知北第似林廬。

見周子充舍人叙懷

三年再謁一番逢，兩舍相望幾訊通。便有好懷安得盡，不知造物底相窮。公今貧賤庸非福，我更清愁惡似公。誤辱相期千載事，雲泥政自未應同。

和易公立投贈之句

日者論文各少年，中間歲月似風旋。老來書册惟生睡，裹許生涯未苦賢。好句撩人那得嬾，勝流覓紙便争傳。詩壇正欠風騷將，君合爲真不用權。

和昌英主簿叔求潘墨

頗怯冥搜惱藏神，却思瘞硯學元賓。墨家何以得公重，詩債又來欺我貧。鏡面松身紛楚楚，金華笏様本陳陳。嬾邊此寶端無用，送似草玄揚子雲。

之永和小憇資壽寺

石子密鋪逕，竹莖踈作行。不緣憇騶僕，幾失此山房。佛像看都好，林花静自香。未須清興盡，歸更借僧床。

過神助橋亭

下轎渾將野店看，只驚脚底水聲寒。不知竹外長江近，忽有高桅出寸竿。

過大皐渡

隔岸横州十里青，❶黄牛無數放春晴。船行非與牛相背，何事黄牛却倒行。

❶「州」，宋遞刻本作「洲」。

至永和

出城即便見青原，正在長江出處天。却到青原望城裏，樓臺些子水雲邊。

自值夏小溪泛舟出大江

放溜山溪一葉輕，山溪盡處大江横。舟中寂寂無人語，只有波聲及雨聲。

和文明主簿叔見寄之韻二首

古聲彈九寡，妙學足三多。十載纔重見，百年當幾何。入州非不肯，出伏即相過。❶安得看雲語，金盆仄白河。

黄九陳三外，諸人總解詩。甘心休作許，苦語竟何爲。所向公同我，何緣樣入時。從來大小阮，一笑更誰知。

和濟翁見寄之韻二首

只有高爲累，元無俗可離。正緣隔少面，添得許多詩。杜老吟邊樹，山公醉處池。猶須謀一笑，天許又何時。

四海皆兄弟，何如真弟兄。吾今有弟在，眼只爲渠横。剩欲驅濤壯，猶應倒峽清。青春不可又，未欲傍

---

❶「伏」，薛瑞生《誠齋詩集箋證》云當作「服」。

長檠。❶

和王才臣再病二首

鶩外將心遠，鷺邊與耳謀。如何再卧病，對此兩添愁。赤壁還坡老，黄樓只子由。二蘇三賦在，一覽病應休。

詩瘦知春瘦，時乖抑命乖。病過三日雨，門掩半扉柴。不面何曾久，於心便有懷。端能暮出否，溪水減南涯。

閑居初夏午睡起二絶句

梅子留酸軟齒牙，芭蕉分緑與窻紗。日長睡起無情思，閑看兒童捉柳花。

松陰一架半弓苔，偶欲看書又嬾開。戲掬清泉灑蕉葉，兒童誤認雨聲來。

攜酒夜餞羅季周

夜深未要掩柴門，且放清風入緑尊。淡月輕雲相映着，淺黄帊子裹金盆。

雨後獨登舍北山頂

山下生愁熱不除，山頭小立氣全蘇。自緣着脚高低別，萬壑清風豈是無。

---

❶「欲」，宋遞刻本作「用」。

題羅巨濟教授蓬山堂

蓬萊藏室盛東都，只着古書并老儒。後來許事曉星踈，登車不落問何如。廣文先生自有飯，諸公衮衮端無羡。着脚金坡不作難，問津木天何足辦。作堂聊爾題蓬山，此豈有意亦偶然。登瀛仙人多姓許，未必先生肯爲伍。書生饒舌定可憎，此話姑置莫葛藤。先生諸孫皆玉冰，誦書已作鸞鶴聲，請來欹枕細細聽。

和昌英叔夏至喜雨

清酣暑雨不緣求，猶似梅黄麥欲秋。去歲如今禾半死，吾曹遍禱汗交流。此生未用愠三已，一飽便應哦四休。花外緑畦深没鶴，來看莫惜下邳侯。

和昌英叔覓松枝作日棚

先人手種一川松，爲棟爲宗似未中。只合茅齋聽駈使，爲公六月唤秋風。

欲和新詩且撚髯，岸巾百匝繞前簷。茅齋或恐清陰薄，更遣蒼官去一添。

秋夜不寐

秋氣侵人冷欲冰，不由老境不愁生。雨聲已遣儂無睡，更着寒蛩泣到明。

元舉叔蓮花❶

不着芙蓉近路栽，菰蒲深處却花開。晚香特地清人骨，多謝西風得得來。

---

❶「花」，宋遞刻本及底本目録作「池」。

昌英叔門外小樹木犀早開

觸鼻無從覓，看林小綴黄。旋開三兩粟，已作十分香。入夜偏相惱，攙先有底忙。移床月枝下，坐對略傳觴。

寄題張商弼葵堂堂下元不種葵花但取面勢向陽二首

行盡葵堂西復東，葵花元自不曾逢。客來問訊名堂意，雪裏芭蕉笑殺儂。

主人未肯便山林，賞月吟風酒更琴。每一登堂一揩眼，誰知半點向陽心。

南　溪　暮　立

溪影明霞新月底，水聲亂石嫩沙間。欲歸小爲魚兒住，更看跳波玉一環。

晚　　望

病身似怯暮來風，老眼還驚霽後虹。落日偏明松表裏，好山分占水西東。

誠齋集卷第四

廬陵楊万里廷秀

詩

江湖集

秋夜

挑落寒燈一點青，方知斜月半窻明。無端一陣秋聲起，唤作銅缾蟹眼鳴。

夜聞蕭伯和與子上弟讀書

少日耽書病得臞，何曾燈火稍相踈。如今老懶那能許，卧聽鄰齋夜讀書。

中秋雨過月出

欲遣清風掃亂雲，先將一雨净游塵。今年大作中秋事，月色何孤我輩人。照却八方還剩在，看來千古許清新。不眠不惜明朝補，報答孤光醉是真。

和李天麟二首

學詩須透脱，信手自孤高。衣鉢無千古，丘山只一毛。句中池有草，子外目俱蒿。可口端何似，霜螯略帶糟。

句法天難秘，工夫子但加。參時且柏樹，悟罷豈桃花。要共東西玉，其如南北涯。肯來談箇事，分坐白鷗沙。

寄題劉元明環翠閣二首

閣在青圍翠繞中，何時我輩略揩筇。亦聞佳處無多子，只有千峰與萬峰。

一夜秋聲惱井桐，夢回得句寄西風。詩成却問題詩處，正在東山東復東。

濠原路中

長亭短亭三復五，總是兒時行底路。尚憶天寒日小黄，先君前行我後顧。如今悲不爲塗窮，病鴈孤飛失老鴻。三年閉户松風裏，行路又還從此始。

小雨

雨來細細復踈踈，縱不能多不肯無。似妬詩人山入眼，千峰故隔一簾珠。

連嶺遇雨

肩輿正好看山色，雨裏兩窻開不得。此外只有書可觀，斜點又來濕書册。一月秋晴一月泥，南翁此諺似可疑。山寒却要日暴背，吾衰不用雨催詩。

題赤孤同亭館

數菊能令客眼明，三峰端爲此堂横。僕夫不敢催儂去，只道長沙尚八程。

分宜逆旅逢同郡客子

在家兒女亦心輕，行路逢人總弟兄。未問後來相憶否，其如臨别不勝情。

袁州路遇晴

晴意久不果，天容今一新。如何半輪日，銷却許多雲。積雨還休雨，小春真似春。客心君莫問，山鳥亦欣欣。

將至萍鄉欲宿爲重客據館乃出西郊

哦詩渾忘路高低，忽怪松梢與路齊。準擬醉眠萍實驛，驛西西去更山西。

將至醴陵

行盡崎嶇峽，初逢熨帖坡。寒從平野有，雨傍遠山多。也自長沙近，其如此路何。披文渾不惡，凍手奈頻呵。

見張欽夫二首

克己今顔子，承家小吕申。只愁無好手，不道欠斯人。一别時飛幾，❶重來事總新。祥琴聲尚苦，可更

❶「飛」，宋遞刻本作「能」。

話酸辛。

不見所知久，有懷何許開。百書終作惡，千里爲渠來。鄒魯期程遠，風霜鬢髮催。不應師友地，只麽遣空回。

見張定叟

蜀士冠朝士，最談蘇與張。少公今是似，相國未應亡。黄閣如寒素，青春已老蒼。新功知更進，餘事出文章。

宿龍回

大熟虛成喜，微生亦可嗟。禾頭已生耳，雨脚尚如麻。頃者官收米，精於玉絶瑕。四山雲又合，奈爾老農家。

見潭帥劉恭父舍人二首

雲霧開衡嶽，波濤息洞庭。是邦誰岳牧，西掖一文星。有眼難人物，斯人尚典刑。如何閑處着，不遣肅朝廷。

道合寧嫌晚，心期不用多。於公猶未見，此恨獨如何。頗辱談間問，端須雪裏過。門闌當欠士，許寄病身麽。

蜀士甘彦和寓張魏公門館用予見張欽夫詩韻作二詩見贈和以謝之

説着岷江士，未逢眉已申。慇懃來相府，邂逅得詩人。不是胸中別，何緣句子新。談今還悼昔，喜罷反悲辛。

夜把新詩讀，燈前闔且開。一行私獨喜，兩脚不虚來。天似嫌梅晚，冬初遣雪催。與君問花信，能繞百千回。

和侯彦周知縣招飲

乘興山陰更灞橋，人間此事久寥寥。客心也欲將歸去，小爲故人留一宵。

和吴伯承提宫孟冬風雨

舊雨新更寒，晝歇夜復隕。我行十日泥，屨跡故未泯。吟聲正酸苦，已似琴促軫。更遭雪作祟，不由絃不緊。與公無詩債，何得便見窘。半生領盛名，一面辱傾囷。眼底過浮雲，誰見柳下憫。覓句許奇險，有底惱肝腎。開懷愛我多，落筆爲渠盡。獨憐禾頭濕，可歎不可哂。

題清江胡民瞻忍堂

俗物茫茫奈我何，兒女昵昵不用呵。先生笑問有酒麽，醉來得句自長哦。家風孝友春風軟，牀無黄金且青簡。君不見多愁多惱張公藝，枉却御前百餘字。

除夕宿臨川戰平

一臘天頻雪，千山梅未花。終年不爲客，除夕恰辭家。雨又垂垂落，風仍故故斜。難開愁裏眼，只益鬢邊華。

紀　聞

人道真虛席，心知必數公。賓王欺釣築，君實誤兒童。天在昇平外，春歸小雪中。何曾忘諸老，渠自愛松風。

又除夕絶句

紫陌相逢誰不客，青燈作伴未爲孤。何須家裏作時節，只問旗亭有酒無。

丁亥正月新晴晚步二首

嫩水春來別樣光，草芽緑甚却成黄。東風似與行人便，吹盡寒雲放夕陽。

急下柴車踏晚晴，青鞋步步有沙聲。忽逢野沼無人處，兩鴨浮沉最眼明。

過安仁岸

野水工穿石，踈林不掩巢。雨蒲拳病葉，風篠秃危梢。短脛知難續，長腰强自抄。兹游良不惡，物色困詠嘲。

早行鳴山二首

淡淡清霜薄薄冰，曉寒端爲作新晴。慇懃唤醒梅花睡，枝上春禽一兩聲。

靈山未見見龜山，且捲詩書子細看。春日幸從年後暖，春風須帶臘前寒。

明發弋陽縣

燈市通宵沸，朝來解一空。梅邊霜似雪，霧外日如虹。句妙元非作，人窮未必工。忽驚家已遠，身在大江東。

霧中見靈山依約不真

東來兩眼不曾寒，四顧千峰掠曉鬟。天欲惱人消幾許，只教和霧看靈山。

題小沙溪鄭氏店江亭

隔水千山又萬山，大江仍合小溪灣。岸巾獨立東風裏，眼趁鳧雛下急灘。

又題鄭店立春後一日

石壁仍叢竹，江亭更小樓。灘聲清客夢，燈影動詩愁。春日已虚過，元宵看又休。誰令不行樂，蹙破兩眉頭。

上元日晚過順溪

恰恰元宵雨脚垂，天風爲我掃除之。怪來平地寒如許，雪滿遠峰人未知。

白沙買舡晚至嚴州

重霧疑朝雨，斜陽竟晚晴。萬山江外盡，一塔嶺尖明。舟小寧嫌窄，途長已倦行。子陵臺下水，未酌意先清。

題釣臺二絶句

斷崖初未有人蹤，只合先生着此中。漢室也無一抔土，釣臺今是幾春風。

同學書生已冕旒，未將換與一羊裘。子雲到老不曉事，不信人間有許由。

和周子中韻

清愁政爾喜逢兄，一笑那知客帝城。海氣不曾晴色好，梨花半落嫩寒生。刑書夜誦端何苦，詩句春來想不平。我亦有懷無處説，對床只欲爲渠傾。

都下無憂館小樓春盡旅懷二首

病眼逢書不敢開，春泥謝客亦無來。更無短計銷長日，且遶欄干一百回。

不關老去願春遲，只恨春歸我未歸。最是楊花欺客子，向人一一作西飛。

新熱送同邸歸客有感二首

日日思親未拜親，何時乞我自由身。同來客子送歸盡，更送後來無數人。

瘦不緣詩不爲春，只教懸罄未教行。清和天裏不歸去，六月長途作麼生。

跋蜀人魏致堯撫幹萬言書

雨裏短檠頭似雪，客間長鋏食無魚。上書慟哭君何苦，政是時人重子虛。

桐 廬 道 中

肩輿坐睡茶力短，野堠無文山路長。鵶鵲聲歡人不會，枇杷一樹十分黄。

金 溪 道 中

野花垂路止人行，田水偏尋缺處鳴。近浦人家隨曲折，插秧天氣半陰晴。

將至建昌

梅雨芹泥路不佳，悶來小歇野人家。緑萍池沼垂楊裏，初見芙蕖第一花。

見王宣子侍郎二首

不作伾文客，投閑可得辭。高名真自累，了事竟成癡。到底須良匠，非渠更阿誰。莫嫌風雪惡，要試歲寒枝。

老去渾多難，愁來敢怨天。生遭文字誤，更結簿書緣。苦憶懸間榻，難回雪後船。三年纔一見，百歲幾三年。

都下和同舍客李元老承信贈詩之韻

論交何必星霜久，白頭得似傾蓋友。長安市上李將軍，挽弓舊不論石斗。只今有子似渠長，清夜讀書雪邊牖。雲端烽煙半點無，怪來將軍不好武。遺我驪珠三百顆，字字鐫鑱未曾苟。得得且看錢塘潮，莫莫言攀渭城柳。朝家金印斗樣大，情知不上書生肘。儒冠多誤儂飽諳，毛錐焉用君知否。便應早請終軍纓，徑須繫取單于首。居延蒲類水如天，吹作春風一杯酒。歸來冠劍上淩煙，剩作功名落人口。如何收斂許光芒，也趁槐花黄裏走。獻璞雖真不救脛，絶絃何如只停手。人生匹似風中花，榮瘁升沈豈非偶。與君早賦歸去來，名垂萬古知何有。不如耳熱歌嗚嗚，醉帽欹傾衣不紐。詩流唱和秋蟲鳴，僧房問答獅子吼。儘令俗客不妨來，白眼相看勿分剖。

新淦抛江

煙雨横江水着天，不曾夏潦似今年。緣堤何用千株柳，只與行人礙過舡。

還家秋夕飲中喜雨

好風有意入金臺，白酒無聲落玉杯。秋雨亦嫌秋熱在，打荷飄竹爲人來。

和李天麟秋懷五絶句

漫浪歸來歲又秋，依然風月替人愁。奉酬只麽隨緣句，嬾更雕肝與探鈎。

雙井無人後山死，只今誰子定傳燈。老夫言語渾無味，不但秋來面可憎。

小立南溪暮未還，略容老子照衰顔。頗驚瞑色來天外，未必秋聲在樹間。

綴玉聯珠辱見投，要知詞客解悲秋。儂家幸自無煩惱，却被新詩嫁許愁。

夜把新詩百遍開，句如紅藥與蒼苔。如何作許無端甚，押盡車斜始送來。

送相士高元善二首

選官選佛兩悠悠，元不關人浪自愁。洙泗生涯久春草，老夫作麽晚回頭。

穉子煩君一一看，丁寧莫道好求官。老來正要團欒坐，伴我秋風把釣竿。

出城途中小憩

未到江城已日斜，山煙白處是人家。秋風畢竟無多巧，只把燕支滴蓼花。

題周子中司户乘成臺三首

不煩營築便成臺，自有青松不用栽。只道先生忙更嬾，也須一日一回來。

只須獨立領秋光，何用安排石鼓雙。平揖青原未爲差，更於竹外見長江。

先生無劓何須補，上到乘成儘放懷。松樹尚堪驅使在，爲公一一捧詩牌。

三辰硯屏歌

文發主管叔有一硯屏，其石正紫，中有日月相並。月中有桂，其枝葉一一可數，月旁有一星。文發目爲三辰屏，予因賦之。

天小紫，日淡紅，月光正與日相通。一星雪白大於黍，走近月旁無半武。吾聞三辰不並明，如何日中見月星。霜後梨花定非瑞，春秋獲麟不應貴。君不見八月十五夜向晨，東方亭亭升火輪，西有玉李伴金盆。是時三辰正如許，君不着眼君莫論。吾家大阮嗜文字，看書到曉那能睡。三辰并光射窻几，影落硯屏不容洗。就中月輪景特奇，桂樹可數葉與枝。炯如秋水涵荇藻，天巧此豈人能爲。懷璧未爲罪，借書未爲癡。公當十襲古錦帊，如何傳翫十手把，不防夜半有力者。

題文發叔所藏潘子真水墨江湖八境小軸

洞庭波漲

湖水吞天去，湖風送浪還。銀山何處是，青底是君山。

武昌春色

花外庾樓月，鶯邊吴宫柳。我欲問廢興，春風獨無口。

廬山霽色

彭澤收積雨，廬山放嫩晴。多情是瀑布，只作雨中聲。

海門殘照

萬里長江白，半規斜日黄。焦山渾欲到，宛在水中央。

太湖秋晚

水氣清空外，人家秋色中。細看千萬落，户户水精宫。

浙江觀潮

海湧銀爲郭，江横玉繫腰。吴儂只言黠，到老也看潮。

西湖夏日

四月曾湖上，荷錢劣可穿。歸來開短紙，十里已紅蓮。

靈隱冷泉

小潘詩家子，解作無聲詩。八境俱妙絶，冷泉天下奇。

和文黼主簿叔惠詩之韻

薄宦江湖苦異途，十年骨肉隔音書。此行政爾見公面，又迫歸歟巾我車。安得從容林下去，相從漫浪物之初。念公不是漁竿客，合結絲絢立玉除。

秋曉出郊二絶句

初日新寒政曉霞，殘山賸水稍人家。霜紅半臉金罌子，雪白一川蕎麥花。

野菊相依露下叢，冷香自送水邊風。豐年氣象無多子，只在雞鳴犬吠中。

送楊山人善談相及地理

相人何似相山難，慙媿渠儂眼不寒。木末涼風無半點，如何又欲跨歸鞍。

胡英彦得歐陽公二帖蓋訓其子仲純叔弼之語其一公自書之其一東坡書之英彦刻石以遺朋友吾叔父春卿得一本有詩謝英彦和焉万里用其韻以簡英彦

聖處眇安在，談者一何易。注瓦矜細巧，岑鼎喪良貴。群兒有新舌，六學無故意。向來孟韓息，不有歐蘇繼。庸知後死者，未渠去聲。鄉原棄。同時鴟鵶噪，並起爪觜利。兩公察膏肓，與世作薑桂。挾山初作難，破竹忽乘勢。雙明日配月，再立仁與義。我有香一瓣，恨不生並世。厥今聖域裏，澹叟真守器。怪來蘭玉秀，渠以清白遺。當家有學林，英彦道號曰學林。滿腹惟典記。人間市井言，眼底寇讎視。獨於兩公帖，費此半生喜。麝煤叩山骨，卧聽丁丁美。令我竹林老，亦復拜嘉惠。敢云賡絶唱，頗欲與茲事。朝來窻几爽，盡室問何瑞。寶帖更新詩，小子汝其志。

寄題張欽夫春風樓

樂齋先生子張子，獨立春風望洙泗。四海無人萬古空，詠歌一聲滿天地。不應東閣勝東山，浮雲於渠了不關。只餘平生醫國手，未忍旁觀縮袖間。樓中古書積至斗，樓外春江緑如酒。權門得似聖門寒，萬波横流獨回首。向來沂上瑟聲希，由求相顧只心知。至今留取一轉語，不知何詠亦何歸。

四印室長句效劉信夫作呈信夫

廣文眼力自超然，作室題詩字字研。❶憤世嫉邪聊爾耳，未必崔君真鶴言。涪州别駕亦浪語，渠家四印何曾鑄。漫向世人言養生，涪州却向宜州去。❷廣文平生不解愁，只將詩句敵清秋。白浪如山風打頭，江南江北一虛舟。坐上無氈惟有客，青燈枉草强邊策。萬言萬當不如默，誤人又指庭前柏。

題劉德夫真意亭二首

湖上軒窻岸岸開，誰家不傍讀書臺。新亭自有人知處，只揀風煙好處來。

淵明有意自忘言，真處如今底處傳。客子若來問真意，鏡中人影水中天。

題蕭岳英常州草蟲軸蓋畫師之女朱氏之筆二首

常州草蟲天下奇，女郎新樣不緣師。未應好手傳輪扁，便恐前身是郭熙。

筆端春草已如生，點綴蟲沙更未停。淺着鵝黄作蝴蝶，深將猩血染蜻蜓。

過雙陂

霜後寒溪清更清，冰如溪水水如冰。閑行也有窮忙事，問訊梅花開未曾。

---

❶「研」，宋遞刻本作「妍」。

❷「向」，宋遞刻本作「回」。

夜宿王才臣齋中睡覺聞風雪大作

雨外風非細，風中雪更飛。夜聲吹不盡，寒客卧相依。一醉醒醒了，平生事事非。終年纔小款，明日又言歸。

和羅巨濟山居十詠

世方争速化，渠獨請真祠。意在昇沉外，官無冷熱宜。山如輞川畫，地似習家池。若道閑居嬾，如何有十詩。

老子朝慵起，春風苦唤行。晴邊猶着雪，寒後未聞鶯。偶見千峰翠，偏令兩眼明。倦來渾欲睡，無處避溪聲。

只擁書千卷，何須屋萬間。新堂傍溪水，大字署蓬山。恰有乘風客，來分半日閑。自煎蝦蠏眼，同瀹鷓鴣班。

漫浪真堪老，丁寧勿語人。屐痕渾似齒，巾角小於綸。從事固不惡，賢人也似醇。❶空瓶未應卧，只恐惱比鄰。

園花皆手植，梅蘂獨禁寒。色與香無價，飛和雪作團。數枝横翠竹，一夜遶朱欄。不惜吟邊苦，收將句裏看。

---

❶「似」，宋遞刻本作「自」。

花柳春全盛，池塘鷰學飛。晚晴還小立，暮色不能歸。草遠天無壁，苔深水有衣。山居自清絶，不必扣禪扉。

酒客來中散，詩僧約惠勤。共聽茅屋雨，添炷博山雲。萬事休多問，三杯且一醺。君看醉中語，不琢自成文。

秀溪何處好，臘尾與春初。山色梅邊净，人家竹裏居。先生來得得，一笑意舒舒。歸路無燈火，冰輪掛嶺隅。

且愛燈檠短，寧論劒鋏長。芝蘭照春紫，編簡着人香。賀監聊吴語，昌黎豈楚狂。豹文元炳蔚，未信霧能藏。

眼底無群子，毫端有百川。脩名如揭月，餘事亦凌煙。剩欲攜藤去，相從聽雨眠。恐渠即霄漢，泉石罷潺湲。

趙通判恭人周氏挽辭趙名永年，潁人，歸正。

早與梁鴻隱，中隨士會歸。一門忠義氣，千古日星暉。紫告金花詔，青燈錦字機。西峰今夜月，壙是昔人非。

老眼廢書有歎

老矣書無分，居然眼有花。墨兵非死友，陸謂且生涯。雪後霜逾勁，吟邊帽只斜。小兒知我嬾，夜誦故喧譁。

過蕉坑

楓葉乾餘尚小紅，茗花飛盡不留茸。經旬欲雪還無雪，只作清寒惱殺儂。

和九叔知縣昨遊長句

詩窮不但兩鬢霜，白髮緣愁千丈長。一年强半走道路，歸來又見橘柚黄。不如南鄰更此里，醉折梅花照溪水。扶藜時躡大阮蹤，覓句深參少陵髓。昨遊過眼不可留，今朝欲再亦何由。新詩已落萬人口，不應更着錦囊收。

送王無咎善邵康節皇極數二首

安樂窩中書一編，君從何許得真傳。我無杜曲桑麻在，也道此生休問天。

識盡江淮諸貴人，歸來盧水一番新。問渠福將今誰子，容我昇平作倖民。

誠齋集卷第五

廬陵楊万里廷秀

詩

江湖集

看雪

揉雪剪水作風毬，夜落連明肯便休。舊説六花元未試，偶看一片上駞裘。

送曾秀才歸永豐

白白茅柴强作春，青青燈火夜相親。超然似子真翹楚，舊矣逢人誦過秦。覔舉不應專嗜古，能文安得却嫌貧。射科速化誰無術，誤向南溪更問津。

寄題鄒公橋

吾儕一事辦不曾，鄒公一橋了此生。省齋先生三大字，此橋便有千載意。今年天亦與護持，桃花春水不多肥。濟川題柱吾無夢，夢借新橋作釣磯。

贈曾相士二首

富貴真成一聚塵，飢寒選得萬年名。心知那有揚州鶴，更問儂當作麼生。

抛了儒書讀相書，却將冷眼看諸儒。曾生肯伴誠齋否，共箇漁舟入五湖。

題蕭端虚和樂堂

玉笥風回峽山雨，兩公對床方軟語。少公一生吟樣臞，長公半醉少公扶。白頭兄弟不多有，面如橘紅不關酒。紫荆花開連理枝，孝友未要時人知。

昌英知縣叔作歲坐上賦瓶裏梅花時坐上九人七首

銷冰作水旋成家，猶似江頭竹外斜。試問坐中還幾客，九人而已更梅花。

膽樣銀瓶玉樣梅，北枝折得未全開。爲憐落莫空山裏，唤入詩人几案來。

酒兵半已卧長瓶，更看梅兄巧盡情。❶醉插寒花望松雪，人間曾有箇般清。

寒盡春生夜未央，酒狂狂似醒時狂。吾人何用餐煙火，揉碎梅花和蜜霜。予取糖霜，芼以梅花食之，其香味如蜜漬青梅，小苦而甘。

衣染龍涎與麝臍，裁雲剪月作冰肌。小瓶雪水無多子，只篸横斜一兩枝。

雪凍霜封稍欲殘，慇懃折向坐中看。綺疏深閉珠簾密，不遣花愁半點寒。

---

❶「看」，宋遞刻本作「着」。

梅香不是不寒清，參遍横枝酒未醒。夢入西湖踈影裏，覺來失却冷泉亭。

戊子正月六日雷雨感歎示壽仁子

今晨忽雷雨，天地又發春。草木閟紅緑，生意察已欣。蟄蟲且徐動，餘寒未全仁。先生起裹頭，三歎一再颦。春風吹萬物，不吹先生貧。靖怨一束書，只博兩袴塵。自倚文字工，竟取造物嗔。小兒在傍笑，笑我浪苦辛。去年作客子，椒柏羨主人。在家不差勝，更用愁此身。先生亦一莞，我不如兒真。爲我滿眼酤，不問醨與醇。杖頭日百錢，無錢借諸隣。不然衣可典，及此花柳新。

人日詰朝從昌英叔出謁

四序各自佳，要不如春時。何必花與柳，始愛春物熙。今晨駕言出，從公南山西。泥軟屨自愜，風嫩面不知。寒草動暖芽，晴山餘雨姿。水日亦相媚，蹙紋生碎暉。鳥聲豈爲我，我聽偶自怡。出門初憚煩，載塗乃忘歸。但令我意適，豈校出處爲。路人見我揖，屬我有所思。我不見其面，信口聊應之。徐悟恐忤物，欲謝已莫追。我率或似傲，彼愠獨得辭。

暮宿半塗

朝日在我東，夕日在我西。我行日亦行，日歸我未歸。勢須就人宿，遠近或難期。平生太踈放，似黠亦似癡。如何今日行，不以衾枕隨。幸逢春小暄，倒睡莫解衣。借令今夕寒，我醉亦不知。

次日醉歸

日晚頗欲歸，主人苦見留。我非不能飲，老病怯觥籌。人意不可違，欲去且復休。我醉彼自止，醉亦何告以我非是，僞笑足愁。歸路意昏昏，落日在嶺陬。竹裏有人家，欲憩聊一投。有叟喜我至，呼我爲君侯。告以我非是，僞笑仍掉頭。機心久已盡，猶有不下鷗。田父亦外我，我老誰與遊。

上元夜里俗粉米爲蠒絲書吉語置其中以占一歲之福禍謂之蠒卜因戲作長句

去年上元客三衢，衝雨看燈强作娱。今年上元家裏住，村落無燈惟有雨。隔溪叢祠稍簫鼓，不知還有遊人否。兒女炊玉作蠒絲，中藏吉語默有祈。小兒祝身取官早，小女只求蠶事好。先生平生笑兒癡，逢場亦復作兒嬉。不願着脚金華殿，不願增巢上林苑。只哦少陵七字詩，但得長年飽喫飯。心知蠒卜未必然，醉中得卜喜欲癲。

送蕭仲和往長沙見張欽夫

蕭家伯氏難爲兄，蕭家仲氏難爲弟。御史子孫今有誰，眼中乃見此二士。阿兄采蘭壽梅堂，阿弟束書參蜀張。聖門九鑰天爲守，玉匙密付蜀張手。子到長沙渠問儂，爲言真成一老翁。功名妄念雪銷了，只愛吟詩惱魚鳥。子歸好在中秋前，看子新年勝故年。

送鄒元升歸安福

我昔見子盧溪南，炯如玉雪照晴嵐。子今訪我南溪北，凛如騄驥成骨骼。袖中文字細作行，讀來病眼生寒光。尖新句子入時樣，故應破陣翰墨場。春風春雨春山路，喜子能來愁子去。故人一别二十年，且對青燈夜深語。

和昌英叔雪中春酌

南溪春寒强似冬，南溪春水走玉虹。雷公戲手行春雪，詩人嘲詞便飛屑。只嫌春雪趁春雷，春容正要渠栽培。凍作玉花銷作雨，多般點綴春庭户。酒杯如海醉即休，醉中看雪忘却愁。如何呼酒不痛飲，可令詩肩受凄凛。少時狂殺老更狂，長恐此意墮渺茫。醉鄉有地分一席，且與先生十分梨花注大白。

送劉生談命

學兵先學策，談命先談格。君看前輩富貴人，豈與寒士校日辰。星家者流有劉子，進人退人若翻水。談何容易驗他年，却是直言差可喜。

和曾克俊惠詩

眼底春光正入年，社前鷰子已言旋。雨多厭聽鳩夫婦，病起全踈酒聖賢。舊喜作詩今已懶，君能得句我先傳。略無好語償嘉惠，只麼從權只麼權。

和胡侍郎見簡

花邊雪裏撚霜髭，怪底詩來妙一時。聊復小吟開後悟，便應大用到前疑。先生此曲難先和，着句如碁且着持。每望南雲尺有咫，其人甚遠只嗟咨。

贈彭雲翔長句

讀書臺邊士如雲，盧溪門下士如麟。定知此地難爲士，後來之秀説彭子。雪裏能來訪我爲，當堦下馬雪滿衣。贈我文章無不有，出入歐蘇與韓柳。如今場屋號作家，相州紅纈洛中花。豈如彭子有律令，會當一書取張景，今年誰子司文柄。

和賀升卿雲庵升卿嘗上書北闕既歸去歲寄此詩今乃和以報之

賀子胸中自有山，結庵山底更雲間。遺才只道今無許，此士如何尚著閑。未應萬言直杯水，❶向來九虎守天關。莫嫌久不還詩債，詩債從來隔歲還。

送昌英叔知縣之官麻陽

政坐詩無半點塵，天令着句錦江春。遠民蒙惠即真學，漫仕緣親非爲身。許日相從今恨少，先生此別我誰鄰。不應更作徒勞嘆，廊廟方尋密縣人。

和周子中病中代書之韻兼督胡季文季永游山之約

吟外君何病，❷愁邊我索居。昔無今樣嬾，新欠故人書。只説遊山去，誰令作計踈。衡廬負我輩，我輩負衡廬。

除夕前一日絶句

雪留遠嶺半尖白，雲漏斜陽一線黄。天肯放晴差易耳，慇懃剩覓幾朝霜。

己丑上元後晚望

雪裏晴偏好，寒餘暖尚輕。山煙春自起，野燒暮方明。又是元宵過，端令病骨驚。遺愁聊覓句，得句却

---

❶「應」，宋遞刻本殘損不清，似作「信」。

❷「君」，原作「今」，今據宋遞刻本改。

愁生。

送文黼叔主簿之官松溪

乃翁只解日争暉，不解塵中脱叔兮。楊簿故應過習簿，建溪好處説松溪。此行詩句何須覓，滿路春光總是題。飛上金鑾穩安脚，竹林分付一鷃啼。

送周仲覺訪來又别

酒邊詩裏久塵埃，見子令人病眼開。無夕不談談不睡，看薪成火火成灰。小留差勝忽忽别，欲去何如莫莫來。渠政功名我巖壑，老身誰子共歸哉。

休日晚步二絶句

未須急訪社中狂，且到西園探海棠。今歲行春雖較晚，也勝雨裏度春光。

晚雲欲雨又欲晴，❶天借吾人作此行。莫道行春無去處，山礬香裏聽溪聲。

寒食前三日行脚遇雨

信脚那知遠，雖勞亦快哉。如何寒食近，無數野花開。碧草望中去，黑雲頭上來。吾行吾自返，雨子不須催。

---

❶ 下「欲」字，宋遞刻本殘損不清，似作「還」。

和張器先十絶

舊聞我里子張子，七字端能出六奇。窮巷有門無剥啄，怪來佳客肯差池。

向來一別十番秋，消息中間風馬牛。只道故人霄漢去，不應林壑小淹留。

誰云涸轍困波臣，合脱青鞋立縉紳。寄與有司高着眼，❶後來文格待渠新。

我自窮愁坐綴文，何堪見子可怜生。兩窮政好同詩社，一戰猶須倩酒兵。

散盡千金買盡書，短檠雨夜趁三餘。相如自倚多文富，不問家無儋石儲。

不隨俗子作蠅營，深入書林寄此生。已與杜郎争筆陣，更傳侯喜有詩聲。

漏黄官柳已垂墻，針水公畦未種秧。多謝詩人來得得，踏開三徑雨中荒。

老夫端欲買江天，抹月批風嘯聖賢。他日君來相問當，南溪溪北北山前。

學成不必要心齋，眼到前脩脚自偕。挽住春風還獨笑，更無一物可裝懷。

臺家搜遍北山萊，傾國如君不用媒。次第幽人出空谷，鶴書即傍日邊來。

挽鄭恭老少卿

天不遺耆老，人誰尚典刑。向來卿月白，無復史天青。詩派回風雪，心源貝葉經。故應書帶草，和露泣康成。

---

❶「與」，宋遞刻本殘損不清，似作「語」。

和濟翁惠詩

語妙渾忘夜，杯行未厭頻。平生憎俗子，勝處要吾人。已結詩中社，仍居族裏親。酒邊不着句，何許見天真。

文遠叔挽詞

氣爽塵埃外，川行翰墨間。忽忽未白首，去去忽青山。琴在絃安用，人亡鶴不還。竹林有前約，欲語淚先潸。

雨中送客有感

不知春向雨中回，只道春光未苦來。老子今晨偶然出，李花全落鄭花開。

題謝昌國金牛煙雨圖

金牛煙雨最相關，老子方將老是間。不分艮齋來貌取，更於句裏占江山。

春日六絶句

遠目隨天去，斜陽着樹明。犬知何處吠，人在半山行。

春醉非關酒，郊行不問塗。青天何處了，白鳥入空無。

霧氣因山見，波痕到岸消。詩人元自懶，物色故相撩。

江水夜韶樂，海棠春貴妃。慇懃向春道，莫遣一花飛。

日落碧簪外，人行紅雨中。幽人詩酒裏，又是一春風。

春色有情意，桃花生暮寒。只應催客子，不遣立江干。

和濟翁弟惠詩二首

竟歲不得面，移書焉用頻。我方得吾弟，今豈有斯人。海内友非少，談間子獨親。醉餘無浪語，尤見醉中真。

相思何所似，飢者食仁頻。此客非常客，詩人太逼人。黄初那足過，子建巧能親。臺閣俱知己，誰能薦子真。

夏夜追涼

夜熱依然午熱同，開門小立月明中。竹深樹密蟲鳴處，時有微涼不是風。

暑雨後散策

溪南稻紫似溪北，雨後山青非雨前。芒屨泥深涼不淺，今年六月箇般天。

夏月頻雨❶

一番暑雨一番涼，真箇令人愛日長。隔水風來知有意，爲吹十里稻花香。

新秋盛熱

度夏今年未覺難，那知秋熱政無端。晚林不動蟬聲苦，蟬亦無風可得餐。

---

❶「月」，宋遞刻本及底本目録作「日」。

送慶基叔往上猶二絶

南溪不住住猶溪，别駕賢孫法掾兒。莫以甘棠南國蔭，便忘萱草北堂詩。

六十慈親路一千，郎君歸省又何年。贈行句子真聊爾，且折垂楊當贈鞭。

初秋暮雨

禾穟輕黄尚淺青，村春已報隔林聲。忽驚暮色飜成曉，仰見雙虹雨外明。

濟翁弟贈白團扇子一面作百竹圖有詩和以謝之

月波初上湧寒金，桂樹風來細有音。特地此君偏作惱，爲儂隔却半輪陰。

秋日晚望

村落豐登裹，人家笑語聲。溪霞晚紅濕，松日暮黄輕。只麽秋殊淺，如何氣許清。不應久閑散，便去羨功名。

秋夜讀書

穉子慵都睡，先生唤不譍。蟲聲窻外月，書册夜深燈。半醉聊今古，千年幾廢興。有懷人未會，不樂我何曾。

睡起理髮

老態隨年覺，新涼與睡謀。鵲驚茅屋曉，臂冷葛衣秋。遠嶺元無約，開門便見投。閑中多事在，一日一梳頭。

暮歸

山色偏宜暮，桐聲小作秋。人行溪側畔，天在樹梢頭。學嬾真成嬾，知休却得休。遣愁愁不去，愁盡自無愁。

曉望

暑退誰當憶，秋生喜此逢。荒林失輕霧，寒日上危峰。忽有吟邊興，忘看鏡裹容。不須無鮑謝，始得擅詩宗。

午睡起

過雨餘秋暑，移床揀午凉。小風吹醉面，凛氣忽如霜。日脚何曾動，桐陰有底忙。倦來聊作睡，睡起更蒼茫。

和胡季永赴季文遊園良集之韻聊以致私怨於獨往云

有酒招元亮，無漿饋子居。何曾三不速，焉用一行書。乞飲殊無分，干時不已踈。猶應慰大嚼，玉軸到吾廬。

四美堂

義山禾水在處在，明月清風無地無。光禄子孫寧底巧，不應造物獨私渠。君不見謝家名子取四字，段家作堂兼四美。主人自有筆如椽，何用慇懃問楊子。

秋晚過泉口

日色全無熱，秋凉不似初。行人驚翡翠，掠水度芙蕖。平野一回顧，遠山千有餘。誰令貪眺望，却道廢看書。

豐山小憩

歸路元無遠，行人倦自遲。野香寒蝶聚，秋色老楓知。得得逢清蔭，休休憩片時。江山豈無意，邀我覓新詩。

過劉村江

波走痕痕日，江呈岸岸秋。清流堪數石，淺涉不須舟。野菊知何喜，迎風舞未休。歸塗愁欲暮，未暮我何愁。

寄蕭仲和

貧裏端何好，欣然肯不居。詩臞將到骨，室陋得關渠。我嬾今仍老，誰能强著書。談間可無子，獨判一秋虚。

題劉朝英進齋

燈火三更雨，詩書一古琴。惟愁脚力軟，未必聖門深。莫笑雲端樹，初如澗底針。不應將一第，用破半生心。

題王季安主簿佚老堂二首

造物那能惱我曹，軟紅塵裏漫徒勞。是中却有商量處，且道青原幾許高。

布韈青鞋已嬾行，不如宴坐聽啼鶯。只言此老渾無事，種竹移花作麼生。

和王元駒

向來淮海説三秦，脚踏蘇門最絶塵。莫道江山歇英氣，如今文物有斯人。黄埃九陌誰知子，青竹千年獨問津。未得相看已相識，只慚空嘆蜀莊珍。

題丘成之司理明遠閣

決曹據按塵似海，高閣退食心如冰。夜將官本校家本，萬山圍裏短檠燈。能文未得傲能吏，好官不應博丁字。何時着脚最高層，目送歸鴻揮緑綺。

和謝昌國送韋俊臣相訪

芒屩爲車不必巾，天窮未害子能文。謝家有句元無繼，枉却催詩頭上雲。

歲晚出城

温飽能消底，奔忙自作癡。平生脚已繭，今日鬢將絲。山刻霜餘骨，梅臨水底枝。只嫌長落莫，不道許幽奇。

至鷓鴣洞

岸凍樹逾瘦，日高林始明。瑶草密如積，玉泉中暗鳴。初至心爲動，欲歸脚還停。江湖千萬峰，穿儂兩鞋青。如何鷓鴣嶺，咫尺來未曾。

讀張忠獻公謚册感歎

恩視韓兼趙，名均獻與忠。禮中非不極，勳外若爲同。三聖無多學，千年僅一翁。猶憐公議在，拚淚乞秋風。

寄張欽夫二首

作郡纔佳政，留中即好音。還將著書手，拈出正君心。嶽麓風霜飽，脩門雨露深。登庸何恨晚，廊廟要山林。

工瑟曾緣利，鳴琴豈負予。髮於貧裏白，詩亦病來踈。知己俱霄漢，孤蹤且簿書。三年知免矣，一飽會歸歟。

和慶長懷麻陽叔二詩

舊雪纔追送，新梅又作繁。欣逢上林鴈，聊免管城冠。酒債多多在，詩盟久久寒。忽思十年事，有枕不能安。

自幼仍投老，相懽不解愁。政緣湖外别，負却竹林秋。佳政真餘事，聞人説甚休。不應野水渡，横此濟川舟。

送羅永年歸永豐

誰道三年聚，能勝一别多。歲寒知子可，心折奈吾何。所喜如椽筆，能揮却日戈。老夫留病眼，看子中文科。

夜坐小集

霜餘雪後夜無風，人在燈前梅影中。玉作寒蔬冰作酒，詩人猶自怨天窮。

和謝昌國送管相士韻

半世緣癡自作勞，萬人争處我方逃。憐渠識盡公卿得，一馬歸來骨轉高。

郭漢卿母挽詩

婦節今安仰，斯人古有光。雞鳴不知雨，薺茂獨凌霜。未拜金花誥，空悲玉樹郎。藤輿簾蹙繡，無復出萱堂。

庚寅正月送羅季周遊學禾川

眼邊相識蠶樣密，如子歲寒萬纔一。我往西山子義山，老裏一别堪三年。外舅陰功不知數，諸孫太半廊廟具。學文先要學忍飢，明年看子刺天飛。

過秀溪長句

去年來此上巳日，今年重來未寒食。臨溪照影老自羞，慙愧春光尚相識。秀溪何許好春容，最是溪深樹密中。海棠開盡却成白，桃花欲落翻深紅。

題薦福寺

千山底裏着樓臺，半夜松風萬壑哀。曉起巡簷看題壁，雨聲一片隔林來。

晚過黄洲鋪二絶

數峰殘日紫將銷，一片新秧緑未交。道是今年春水小，漲痕也到岸花梢。

僕夫已倦路猶賒，脚底殊勞眼底佳。緑錦堆中半團雪，千楓擁出一桐花。

誠齋集卷第六

盧陵楊万里廷秀

詩

江湖集

過白沙渡得長句呈澹庵先生

收紅拾紫消幾許，也費一春强半雨。不辭長江萬波阻，❶來聽先生夜深語。尚憶向來侍樽俎，微雪斜飛小梅吐。先生半酣染霜兔，金章玉句空萬古。今年寒食還相聚，明年寒食知何處。只道先生押班去，不道門生折腰苦。

長句寄周舍人子充

省齋先生太高寒，肯將好官博好山。又告君王覓閑散，要讀短檠三萬卷。州家新畫瑞霧圖，渠莫錯認何關渠。青原兩公復雙起，山川出雲不在此。自憐無地寄病身，四海知己非無人。老窮只是詩自悮，春色

❶「長」，宋遞刻本作「重」。

撩人又成句。

題峽江譚温父詠齋

漁郎載我下峽水，夜尋故人有譚子。柴門竹屋斷崖底，艮齋手題詠齋字。巴丘花草一番新，玉笥峰頭月半輪。如今政是暮春者，三歎春風舞雩下。

淺夏獨行奉新縣圃

我來官下未多時，梅已黄深李緑肥。只怪南風吹紫雪，不知屋角楝花飛。

晚登清心閣望雨

憫雨喜見雲，喜雲愁不雨。長風將怒點，慰此樓中暮。喜雨不但人，松竹亦鼓舞。未知今年熟，得似去年否。

登清心閣

苦遭好月唤登樓，脚力雖慵不自由。上得金梯一回首，冰輪已過樹梢頭。

立秋後一日雨天欲暮小立問月亭

雨後林中别樣凉，意行幽徑不知長。風蟬幸自無星事，强爲閑人報夕陽。

七月十二日夜登清心閣醉吟

小樓秋夜月明底，仰不見天惟見水。岸巾獨立四無人，白月青天伴楊子。誰知横玉作秋聲，❶一聲吹

❶「知」，宋遞刻本作「吹」。

盡九陌塵。月輪半仄吾未睡，樓角風生凉殺人。

月夜散策縣圃有飛蝶仍聞笛聲

月明未許人早睡，笛聲解與秋争清。夜深不應有飛蝶，渠儂似欲伴人行。

中秋後一夕登清心閣二首

昨夜雲爲祟，今宵月始妍。如何一日隔，便減半分圓。影裹偏宜竹，光中不剩天。客來休遣去，我醉正無眠。

秋夜真成晝，西山却在東。吹高半輪月，正賴一襟風。清景今年過，何人此興同。青天忽成紙，似欲借詩翁。

木犀

天將秋氣蒸寒馥，月借金波滴小黄。不會溪堂老居士，更談桂子是天香。

送客既歸晚登清心閣

誰不知儂嬾，其如送客何。葉聲和雨細，山色上樓多。出處俱爲累，昇沉儘聽他。踈鍾暮相答，也解說愁麽。

戲嘲金燈花上皂蝶

花鬚爲飯露爲漿，黑霧玄霜剪薄裳。飛繞金燈來又去，不知能有幾多香。

劉世臣先生挽詩

策第仍爲邑，於公未足論。眼中無佛國，户外即韓門。道大功非細，人亡德則存。西風寄雙淚，吹到秀峰原。

羅元通挽詩

奏賦曾三北，興能竟二南。如何雙桂子，枉着拜親衫。舊事餘詩酒，何人續笑談。生前孝友在，伐石爲公鑱。

羅价卿母李氏挽詩

孝豈天無報，慈如古所稱。百年得偕老，二子看同升。未拜鸞迴紙，先虚繡蹙藤。他時顯考叔，清淚落君羹。

過　西　山

一年兩踏西山路，西山笑人應解語。胸中百斛朱墨塵，❶雨捲珠簾無半句。慇懃買酒謝西山，慙愧山光開我顔。鬢絲渾爲催科白，塵埃滿胸獨遑惜。

豫章江皋二絶句

幸自輕陰好片秋，如何餘熱未全休。大江欲近風先冷，平野無邊草亦愁。

---

❶ 「百」，宋遞刻本作「一」。

只今秋稼滿江郊，猶記春舡掠屋茅。可是北風寒入骨，荻花争作向南梢。

同李簿養直登秋屏

大範今無寺，❶秋屏故有基。看山非不好，吊古却成悲。行役真何苦，同來也未遲。題詩只惡語，差勝不題詩。

送别吴帥

我公四海不數人，小煩江西作好春。落霞秋水只似舊，如何入筆事事新。即今諸公方衮衮，一老不應閑裏頓。政緣山水太慇懃，日夜叫閽乞此身。二天去人忽覺遠，兩地起公端不免。❷蒼生未要怨東山，未必東山當此怨。

歸自豫章復過西山

一眼苕花十里明，忽疑九月雪中行。我行莫笑無騶從，自有西山管送迎。

送何主簿歸豐城

庚寅之旱，奉新爲甚。大帥龔公擇行田之官，婺女何季華以府檄來，不怵不疑，竟以實聞。縣令楊万里

---

❶《江西通志》載秋屏閣在大梵寺，薛瑞生《誠齋詩集箋證》據此認爲「範」當作「梵」。

❷「免」，宋遞刻本作「晚」。

哦五言以餞其歸。❶

衆裏非無士，難中却幾人。如何新帥澤，偏作此邦春。未要栖鸞恨，方看報主身。青燈一樽酒，聊復話酸辛。

詔追供職學省曉發鳴山驛

數店踈仍密，千峰整復斜。冰痕猶帶浪，霜草自成花。録録堪朝列，星星已鬢華。帝城萬事好，得似早還家。

望見靈山

旱後催科惱殺儂，且隨尺一解而東。靈山忽近西山遠，回首新吴一夢中。

登烏石寺

回頭身忽在樹杪，一覽千山萬山小。怪崖不落欹欲摧，令人仰看怯眼開。小亭解事知儂倦，翼然飛出青山半。上頭最上却鏡平，百畝金碧千衲僧。高峰高寺更高閣，進步竿頭若爲脚。兹遊勝絶庯非天，山下虚行二十年。

夜宿楊溪曉起見雪

茅簷無聲風不起，誤喜夜來雨應止。開門送眼忽心驚，失却前山萬堆翠。江南只説浙西山，更令着雪

❶「言」，宋遞刻本殘損不清，似作「字」。

與人看。諸峰盡處一峰出，凜然玉立最高寒。溪聲細伴吟聲苦，客心冷趁波心去。掉頭得句恐天嗔，且喚征夫問前路。

辛卯五月送丘宗卿太博出守秀州二首

馮翊端誰可，丘遲肯去麽。繭絲臣敢後，饑饉帝云何。身達當難免，能稱未要多。但無田里嘆，不必袴襦歌。

老矣渠憐我，超然我愛渠。論詩春雨夜，解手藕花初。夢只江湖去，情知伎倆踈。未應五馬貴，不寄一行書。

代錢塘宰莫子章賀皇太子生辰

寒外乾坤凈，霜前殿閣新。如何震一索，頓有月重輪。甲觀堂初畫，青宫牓更銀。三天同日曉，一氣八荒春。東序繙周學，南陽摘漢親。承祧英類祖，問寢孝通神。帝子臨京邑，藩寮着野人。天將重九節，瑞應誕彌辰。萸菊雙爲壽，山河總效珍。前星環紫極，長照漆園椿。

題吕子明國論退庵

筆硯工爲祟，湖山苦約盟。坐忘非聖處，行樂且吾生。一笑誰當會，孤斟句恰成。何時却乘興，雪外叩柴荆。

送蜀士張之源二子維壽中童子科西歸

岷山玉様清，岷水眼様明。風流文彩故應爾，又見張家雙驥子。小兒八歲骨未成，誦書新作鸞鶴聲。

大兒十二氣已老，覓句談經人絶倒。豫章七年人得知，駃騠三日世便奇。天生異材能幾許，更飽風霜也未遲。

壬辰别頭胡元伯丞公折雙梅見贈作一絶以謝之

一花怪結雙青子，獨帶還藏兩玉花。薄相春工寧底巧，眼明初見雪枝斜。

四月二日進士唱名万里以省試官待罪殿廬遇林謙之説詩夜歸又得林束因紀其事

清曉朝帝所，就列復少須。不逢林夫子，於何得故吾。宫雲霽猶未，宸風爽亦初。説詩憐新體，信美古則無。將無古人拙，未必今製踈。夜歸辱良訊，送似談笑餘。病懷黐不樂，此意從誰舒。短歌紀幽事，老矣復焉如。

送黄仲秉少卿知瀘州二首

灎澦方如象，餘皇底似飛。相將刺天去，收拾大名歸。西掖桐陰静，瀘南茘子肥。未應經世具，便欲閉山扉。

補外公何幸，求歸我尚留。還爲萬里别，又費半生愁。安得欹黄帽，相從却白頭。醉中有話在，欲説忘來休。

晚立西湖惠照寺石橋上

船於鏡面入煙叢，寺在湖心更柳中。暮色欲來吾欲去，其如南北兩高峰。

謁永祐陵歸途遊龍瑞宫觀禹穴

我昔騎鳳超九疑，今復御風登會稽。禹穴下窺正深黑，地老天荒知是非。好峰高處偏薄霧，秋熱苦時恰輕雨。回頭却望昭陵松，雲氣成龍或成虎。

寄馬會叔

影轉郎官宿，春隨刺史天。相從忽相别，同舍况同年。我愛吴兒説，兄如邵父然。賜金真浪費，唤取從甘泉。

送傅安道郎中將漕七閩二首

一代風騷將，百年忠義家。出關稱使者，踏雪度梅花。夢破南宫被，春生北斗槎。懸知入奏日，不待貢新茶。

把酒春如許，論詩夜未央。相逢便金石，何必試冰霜。離合知難免，愁思自不忘。它年一茅屋，公肯訪荒凉。

故恭人劉氏挽詞徐通仲母

雨露低蘋沼，芝蘭上桂林。魚軒簾蹙繡，鸞紙誥塗金。死者夫何恨，歸歟乃宿心。不偕君子老，愁绝白頭吟。

王龜齡挽詞

佛以偏師勝，天能一手回。横空立萬仞，不爲作三魁。道大身無着，音酌。人亡世却哀。溪梅那解事，寂寞爲誰開。公號梅溪先生。

吴母葉氏太孺人挽詞 其子太學博士吴飛英，字德華。

髮以留賓短，家從教子貧。斑衣奉常署，象服鏡湖春。許穆詩還廢，班姑史尚新。不堪萱草露，也解泣慈親。

答章漢直

詩人今代謝宣城，舉首新年章子平。❶雨剩風殘忽春暮，花催草喚又詩成。五湖煙水三冬卧，萬里雲霄一日程。老裏睡多吟裏少，舊來句熟近來生。

西湖晚歸

際晚游人也合歸，畫船猶自弄斜暉。西湖兩岸千株柳，絮不因風暖自飛。

癸巳省宿詠南宮小桃

孤坐南宮悄，桃花故故紅。晴曛半臉日，寒慘數鬚風。昔歲山村裏，春光痛飲中。不煩渠伴宿，今我已衰翁。

送李童子西歸

江西李家童子郎，腹載五車干玉皇。選德殿後春晝長，天子呼來傍御床。口角誦書如布穀，眼光骨法

---

❶「首」，原作「手」，今據宋遞刻本改。

俱冰玉。紫綃輕衫髮錦束，萬人回頭看不足。莫言幼慧長不奇，楊文公與晏臨淄。老翁笞兒也太癡，欲鞭轅下追霜蹄。六歲取官曲肱似，春風晝繡歸吾里。生子當如李童子，至如吾兒豚犬耳。

送林謙之司業出爲桂路提刑

雨眠起宵坐，搔首偶不欣。孤念元無感，懷我同社人。昨日林先生，抱經出成均。初聞爲渠喜，忽悟誰我親。緬然記宿昔，夜款水際門。微月耿秋寂，幽蛩慨凉新。論詩煮豆粥，粥熟天已晨。先生補天手，萬象焉能春。若非千載仰，却要今世珍。聖門舊傳業，不在先生身。雪前何有松，煅中諒非碏。論思尺有咫，決去曾逡巡。誰言我無耳，老矣未有聞。先生又舍我，離別尚足云。桂山玉筍立，桂水羅帶紋。得句能寄似，不須持嶺雲。

寄題天台臨海縣白鶴廟西泉

爲司農顔魯子作。魯子始尹臨海，禱晴于祠下，見殿之東砌有泉而西獨無，因念安得西泉。未幾，有泉出焉。

東泉千年流不休，西泉千年秘不流。臨海令君一念作，猿鳥未知泉已覺。殿脚西頭蒼石根，向來元無泉眼痕。一朝擘崖迸膏乳，却與東泉作賓主。令君已昇金掌中，白鶴古祠煙雨濛。父老思君難再得，登亭飲泉三歎息，祝君公台壽千百。

和韓子雲惠詩

幸自同裘好，誰令異巷居。恭承五箇字，不但百車渠。句法端何様，先生肯乞去聲。餘。只容彈劒鋏，敢道出無車。

送丁子章將漕湖南三首

嶽麓猿聲裏，湘流鴈影邊。自天持一節，到日是新年。身退名逾重，今稀古則然。黄花非不好，只是插離筵。

湖外遊曾漫，荒餘好在麽。山應依樣瘦，民豈似田多。不是無風物，其如費拊摩。人言補外樂，且道定如何。

半世行天下，同心寡友生。故人今又去，此意向誰傾。白髪三更語，青燈一點明。看渠還玉署，老我正歸耕。

送葉叔羽寺丞持節淮東二首

呼酒東西玉，探梅南北枝。相逢長不款，此别有餘思。古道寒如水，吾儕鬢已絲。一生商略此，更待贈臨岐。

煮海誰爲祟，沿淮困不勝。民思賢使者，帝遣大農丞。玉節寒侵斗，牙檣凍作冰。來歸聞早着，紫禁要渠登。

題張興伯主簿經訓堂

范家尚有釜生魚，張家無魚釜也無。屠沽兒亦莫笑渠，渠有至富汝不如。一翁凍吟擁竹爐，諸郎映雪夜讀書。山鬼來聽鶴驚起，萬壑無人霽月孤。不論取官大門閭，始是經訓爲菑畬。❶父子每腹百斛珠，出門掩鼻馬牛裾。

馬郎中母蔣夫人挽章

文物餘三逕，芝蘭秀五常。魚軒來粉省，象服去黄堂。此母今誰似，清名死不亡。一生令吏部，廢却蓼莪章。

送韓子雲檢正將漕江東二首

宰士仍名士，詩人更德人。還家桐樹古，攬轡繡衣新。不以鬈邊雪，而忘句裏春。登庸衣鉢在，得戀大江濱。

名下得佳句，夢中哦半生。未逢心已契，相見眼偏明。復此忽忽别，蒼然惘惘情。非關風外樹，儂自作離聲。

送陳行之寺丞出守南劒甲午

甫爾丞農扈，翩然牧劒津。諸公誰不相，有子幾何人。氣節霜餘凜，辭章玉樣新。飛騰可輕料，渠亦正青春。

我召公先到，公歸我亦行。三年如夢爾，一笑可憐生。野店緣山去，春風並轡輕。先愁饒水上，話别若

❶「始」下，宋遞刻本殘損不清，似有小注「去聲」二字。

爲情。

送鄉僧德璘二首

衲子向來元士子，詩僧遮莫更禪僧。不妨參透諸方得，别有宫墻第一層。

湖上諸峰紫翠間，三年欲到幾曾閑。儂今去處渠知麽，不是南山即北山。

别蕭挺之泉州二首

郎署春同宿，州麾晚卜鄰。出山成底事，藉手得斯人。名實今無對，雲霄早致身。再逢應互笑，誰髮不如銀。

八葉今成九，一枝誰敢雙。野人應補外，賢者亦爲邦。夾岸梅臨水，孤帆雪湧江。别愁纔半掬，不遣我心降。

甲午出知漳州晚發船龍山暮宿桐廬二首

一席清風萬壑雲，送將華髮得歸身。海潮也怯桐江净，不遣濤頭過富春。

道塗奔走不曾安，却羡山家住得閑。記取還山安住日，更忘奔走道塗間。

上嚴州烏石灘

人語相聞數尺間，其如灘惡費人牽。已從灘下過灘上，却立前船待後船。

雨裏問訊張定叟通判西園杏花二首

白白紅紅一樹春，晴光炫眼看難真。無端昨夜蕭蕭雨，細錦全機卸作茵。

梅不嫌踈杏要繁，主人何忍折令殘。也知雨意將無惡，爲勒芳菲故故寒。

攜家小歇嚴州建德縣簿廳曉起

不堪久客只思歸，曉起巡簷强撚髭。偶聽梅梢啼一鳥，舉頭立看獨多時。

題嚴州新堂

郡圃舊亭面東，了無所見。太守曹仲本撤材易地爲堂，買地以廣之，正對南山。經始小築，覺江山輻湊，因得長句。

新堂略有次第否，忙裏從公一來覷。是時新晴收舊雨，小風吹花掠巾屨。江山只道不解語，云何惠然堂上聚。北山故挽南山住，東溪不遣西溪去。向來天藏在何處，遭公拈出天不拒。舊亭不爲山作主，背山起樓何以故。更煩好手鏟東阜，放出釣臺寸來許。

和馮倅投贈韻二首名頎，字子長。

先生彈鋏凍吟時，此豈求他一世知。只怨送窮窮不去，元來却不怨工詩。

繭紙松煤細作行，兩詩字字可珍藏。書生伎倆成何事，只博虚名萬古香。

積雨小霽暮立捲書亭前二首

報晴底用暮寒爲，薄薄春衫横見欺。似有如無風細甚，柳絲無賴恰先知。

淡紫斜陽嫩碧天，一春今夕始開顔。看山偶忘歸來却，月到西廊第二間。

虞丞相挽詞三首

負荷偏宜重，經綸別有源。雪山真將相，赤壁再乾坤。奄忽人千古，凄凉月一痕。世無生仲達，好手未須論。

保奭方爲左，希文自請西。不勞三尺劍，已辦一丸泥。已矣歸黄壤，傷哉夢白雞。清風誰作誦，何石不天齊。

一老堂堂日，諸賢得得來。但令元氣壯，患不塞塵開。名大天難着，人亡首忍回。東風好西去，吹淚到泉臺。

南溪山居秋日睡起

客至從嗔不着冠，起來信手攬書看。小蜂得計欺儂睡，偷飲晴窻硯滴乾。

秋夕書懷

老去還多感，歸來政倦遊。數峰愁外月，一葉静邊秋。偶憶平生事，真供獨笑休。燈花吾會得，村酒恰當篘。

秋暑二首

一年强半走塵埃，觸熱還山亦快哉。幸自西風歸較早，却教秋暑伴將來。

追凉能到竹溪無，隔水斜陽未肯晡。剩暑不蒙蕉扇扇，細雲聊倩月梳梳。

觀稼

三年再旱獨堪聞，一熟諸村稍作欣。老子朝朝弄田水，眼看翠浪作黄雲。

感秋

舊不悲秋只愛秋，風中吹笛月中樓。如今秋色渾如舊，欲不悲秋不自由。

送翁志道

平生翁子妙談天，誰愛青山不愛官。一笑同看巖下井，秋來能更起微瀾。

表弟周明道工於傳神而山水亦佳久别來訪贈以絶句二首

筆端人物更江山，外弟周郎兩不難。可把吴松半江水，博他頭上進賢冠。

儂家有軸郭熙山，墮在冰溪雪嶺間。有弟新來眼如月，爲儂洗手拾將還。

送彭元忠司户二首

觸熱能相訪，言歸有底忙。百聞纔半面，一别又三湘。詩入江西社，心傳肘後方。木天須此士，丹筆校官黄。

浯石高仍瘦，愚溪紺且寒。憑君聊杖屨，道我問平安。句好今逾進，書來剩寄看。只言官舍小，簷下過湘灘。

乙未和楊謹仲教授春興

歸歟還復换年芳，不分官梅惱石腸。黄帽政堪供短棹，白頭可更獻長楊。忽逢社裏催搜句，安得花邊對舉觴。天上含香有知己，彈冠端復爲王陽。

寄廣東提刑林謙之司業

玉節星槎下九天，祝融海若讓雲煙。故人一别還三歲，新句如今更幾篇。憶昨待班南内否，論詩看雪未央前。夢中若箇韶州路，庾嶺梅花正可憐。

送子上弟之石井

我生苦終鮮，四海皆弟兄。四海尚如許，而况吾宗盟。君年甫弱冠，已有儁異聲。作賦擬三都，著論追過秦。平生一瓣香，何曾舉似人。子上與濟翁，真若吾同生。我窮無人共，二子慰眼明。濟翁往荆州，君作石井行。一老便落莫，有話從誰評。懷哉勿重陳，呼酒且細傾。

雨中送客

閑人也解有忙時，送客誰令作許癡。一夜黑風吹白雪，昨朝紫陌總黄泥。

送客夜歸呈蕭岳英縣丞

並舍頻過亦幾曾，却因送客得同行。風船逆水四十里，雪屋吹燈三二更。老去病身禁底苦，向來危宦若爲情。天台香火儂當覓，且伴先生學養生。

二月望日

海棠着意唤詩愁，桃李纔開又落休。小雨輕風春一半，去年今日在嚴州。

醉筆呈尚長道

晚風一雨生新漲，只送仙槎到天上。十年相别一相逢，和氣春風談笑中。如今耆舊晨星似，猶及先生説遺事。舌端往往疏九河，只有剩浪無欠波。漢渠周柱幾青竹，却在先生一泓腹。諸公道是今乏才，如何此士尚塵埃。此行青規更黄閣，拭目孤鴻徑寥廓。能念南溪病客無，風來肯寄半行書。

尚長道十年離索，杯酒話舊，憮然若隔世。醉筆無律令，亦情之至也。淳熙乙未四月十四日。

初夏三絶句

麥黄秧碧百家衣，已熱猶寒四月時。雨後覓春無一寸，野薔薇發釅燕脂。

手種琅玕劣十年，今年新筍不勝繁。不知明早添多少，日暮閑來數一番。

竹間露重午方乾，松裏雲深夏亦寒。只道一溪無十里，❶爲誰百屈更千盤。

行　圃

薙本新痕割復齊，豆苗初葉合仍離。鶯聲政好還飛去，不爲詩人更許時。

看筍六言

筍如滕薛争長，竹似夷齊獨清。只愛錦綳滿地，暗林忽兩三莖。

---

❶「道」，宋遞刻本作「是」。

農家六言

插秧已蓋田面，疎苗猶逗水光。白鷗飛處極浦，黄犢歸時夕陽。

山居

鬢秃猶云少，書多却道窮。柴門疎竹處，茅屋萬山中。幽夢時能憶，閑題底要工。不知蟬報夏，爲復自吟風。

有歎

老來無面見毛錐，猶把閑愁付小詩。若道愁多頭易白，鷺鷥從小鬢成絲。

誠齋集卷第七

廬陵楊万里廷秀

詩

江湖集

梅熟小雨

風從獨樹忽然來，雨去前山遠却迴。留許枝間慰愁眼，兒童抵死打黄梅。

書王右丞詩後

晚因子厚識淵明，早學蘇州得右丞。忽夢少陵談句法，勸參庾信謁陰鏗。

飯罷登山

樹遠通鷺響，花晴帶雨痕。登山偶回首，隔水見前村。澹往孤無伴，清歸笑不言。還家更遲着，松菊未應存。

待次臨漳諸公薦之易地毗陵白媿無濟劇才上章丐祠

亦豈真辭禄，誰令自不才。更須三釜戀，未放兩眉開。道我今貧却，何朝不飯來。商量若爲可，杜宇一聲催。

梔　子　花

樹恰人來短，花將雪樣看。孤姿姸外净，幽馥暑中寒。有朵篸瓶子，無風忽鼻端。如何山谷老，只爲賦山礬。

謝傅宣州安道郎中送宣城筆

忽驚騎吏叩柴荆，厚禄移書訪死生。今日猶遲傅巖雨，前身端是謝宣城。解包免穎霜盈把，試墨山泉月一泓。老裏苦吟飄作拙，撚鬚枉斷兩三莖。

病　瘧　無　聊

病身兀兀意昏昏，急掛東窻避夕曛。坐看雲生還有雨，忽然雨止併無雲。

秋　　興

宿有青霞願，惟應白鷺知。風煙聊晚望，山水入秋宜。老裏還多病，貧中却剩詩。浪愁餘熱在，會自有凉時。

中秋與諸子果飲

幾年今夕一番逢，千古何人此興同。酒入銀河波底月，笛吹玉桂樹梢風。莫言秋色無多巧，净洗清光也費工。老子病來渾不飲，如何頻報緑尊空。

挽鄒彥明

野渡無冰涉，荒民不木飢。橋横侍郎記，墓立舍人碑。自古誰無死，何人没後思。淙淙富川水，便是挽歌詞。

探梅偶李判官餽熊掌

小摘梅花篸玉壺，旋糟熊掌削瓊膚。燈前雪裹新醅熟，放却先生不醉無。

醉後撚梅花近壁以燈照之宛然如墨梅

老子年來畫入神，鑿空幻出墨梅春。壁爲玉板燈爲筆，整整斜斜樣樣新。

釣雪舟倦睡

予作一小齋，狀似舟，名以釣雪舟。予讀書其間，倦睡，忽一風入户，撩瓶底梅花極香，驚覺，得絶句。

小閤明窻半掩門，看書作睡政昏昏。無端却被梅花惱，特地吹香破夢魂。

晚步南溪弄水

吾廬在南溪，溪北北山半。山空誰肯鄰，影静鶴爲伴。萬松當籬落，千巖上几案。花草豈厭多，不多亦堪翫。一丘萬事足，半點無外羡。如何濯雙纓，獨欠泉一眼。晚晴漫野步，偶到溪側畔。頗怪清淺流，雪後劣如線。相將二三子，一笑出奇觀。瓊砂雜瑶礫，掇拾作微堰。鏘然便淙琤，清若奏琴阮。當流立孤石，灩澦忽童丱。不塞勢何怒，惟激聲故遠。從今日日來，愁肺要湔浣。兒童俾勿壞，鷗鷺好看管。

醉眠夜聞霜風甚緊起坐達旦 二首

玉酒醺人底易醒，月低梅影恰三更。只嫌老眼清無睡，不道松聲聽到明。

雪花旋落旋成融，横作清霜陣陣風。一夜急吹君會否，妬它殘葉戀丹楓。

霜夜望月

人静蛩喧天欲霜，不眠獨自步風廊。閑看月走仍雲走，知是雲忙復月忙。

瓶中梅花長句

幽人蚤作月滿堦，月隨幽人登舫齋。推門欲開猶未開，猛香排門撲我懷。徑從鼻孔上灌頂，拂拂吹盡髮底埃。恍然墮我衆香國，欲問何祥無處覓。冥搜一室一物無，瓶裏一枝梅的皪。平生爲梅判斷腸，何曾知渠有許香。夜來偶忘挂南窻，貯此幽馥萬斛强。却憶去年西湖上，錦屏下瞰千青嶂。谷深梅盛一萬株，十頃雪花浮欲漲。是時雨後初晴前，日光烘花香作煙。政如新火炷博山，烝出沉水和龍涎。醉登絶頂撼踈影，掇蘂餐花照冰井。蜀人老張同舍郎，唤作謫仙儂笑領。如今茅屋卧山村，更無載酒來叩門。一尊孤斟懶論文，猶有梅花是故人。去年正月，予既得麾臨漳，朝士餞予，高會於西湖上劉寺。滿谷皆梅花，一望無際。絶頂有亭，牓曰錦屏。予獨倚一株老梅，摘花嚼之。同舍張監簿，蜀人，名珖，字君玉，笑謂予曰：「韻勝如許，謂非謫仙，可乎？」

夜飲以白糖嚼梅花

剪雪作梅只堪嗅，點蜜如霜新可口。一花自可嚥一杯，嚼盡寒花幾杯酒。先生清貧似飢蚊，饞涎流到瘦脛根。贛江壓糖白於玉，好伴梅花聊當肉。

釣雪舟中霜夜望月

溪邊小立苦待月，月知人意偏遲出。歸來閉户悶不看，忽然飛上千峰端。却登釣雪聊一望，冰輪正挂松梢上。詩人愛月愛中秋，有人問儂儂掉頭。一年月色只臘裹，雪汁揩磨霜水洗。八荒萬里一青天，碧潭浮出白玉盤。更約梅花作渠伴，中秋不是欠此段。

梅花下小飲

今年春在臘前回，怪底空山早見梅。數點有情吹面過，一花無賴背人開。爲攜竹葉澆瓊樹，旋折冰葩浸玉盃。近節雨晴誰料得，明朝無興也重來。

幽居三詠

釣雪舟

青鞋黄帽緑蓑衣，釣雪舟中雪政飛。歸自嚴州無一物，扁舟載得釣臺歸。

雲卧菴

十年兩袖軟紅塵，歸濯滄浪且幅巾。不是白雲留我住，我留雲住卧閑身。

誠齋

浯溪見了紫巖回，獨笑春風儘放懷。謾向世人談昨夢，便來唤我作誠齋。

寄題更好軒二首

經丘尋壑恰忙時，更有工夫到得詩。政用此時索詩債，素兄青士若爲癡。

無梅有竹竹無朋，有竹無梅梅獨醒。雪裏霜中兩清絶，梅花白白竹青青。

郡中送春盤

餅如繭紙不可風，菜如縹茸劣可縫。韭芽捲黄苣舒紫，蘆菔削冰寒脱齒。卧沙壓玉割紅香，部署五珍訪詩腸。野人未見新曆日，忽得春盤還太息。新年五十奈老何，霜鬢看鏡幾許多。麴生嗔人不解事，且爲春盤作春醉。

臘裏立春蜂蝶輩出

嫩日催青出凍荄，小風吹白落疎梅。殘冬未放春交割，早有黄蜂紫蝶來。

梅花落盡有感

五樹梅花一樹遲，花遲花早總離披。春風只解吹梅落，不爲愁人染鬢絲。

丙申歲朝

椒盤又頌一年初，多拜猶欣未要扶。山色長供青蒻笠，春光不爲白髭鬚。仙家風土閑中是，歲後闘花較早無。人事馳驅不須歎，倦來添得睡工夫。

與劉景明晚步

行盡南溪溪北涯，李花看了看桃花。歸來倦卧呼童子，旋煮山泉瀹建茶。

贈劉景明來訪

研席相從昔少年，白頭誰信兩蒼然。來從八桂三湘外，憶折雙松十載前。告我明朝還又別，對床終夕不成眠。交游存没休休説，且爲梅花釂玉舡。

曉看牡丹呈彭仲莊

牡丹新植舊來無，早起看花花更蘇。晴翠滿空天政曉，暖紅烝霧汗成珠。絶憐嫩日偏催老，猶喜輕寒爲給扶。來歲一株應百朵，只今紫笋繞根鬚。

和彭仲莊對牡丹止酒二首

病身無伴卧空山，石友相從慰眼寒。呼酒撚花談舊事，牡丹匹似夢中看。

老裏心情客裏懷，逢花不飲若爲開。虚名身後真何用，更判生前酒一杯。

暮春小雨

宿酒微醒尚小醺，似癡如病不多欣。深深池沼輕輕雨，獨倚欄干看水紋。

夏日絶句

不但春妍夏亦佳，隨緣花草是生涯。鹿葱解插纖長柄，金鳳仍開最小花。

小池

泉眼無聲惜細流，樹陰照水愛晴柔。小荷纔露尖尖角，早有蜻蜓立上頭。

題左正卿壽慈堂

萬事絲窠黏露珠，奉親最樂天下無。丘明遠孫千里駒，有母七十髮漆如。雪底笋生冰底魚，人間無覓天賜渠。三更月落堂西隅，母自挑燈兒讀書。去年生日不用扶，今年生日健過初。冰桃碧藕脆如酥，一觴千歲母子俱。

挽謝母安人胡氏

玉樹仍雙桂，金花不一書。雪封青竹笋，霧失白藤輿。天下誰無母，江西未有渠。西峰半輪月，松槚政踈踈。

雨霽幽興寄張欽夫

大官有重荷，豐廩無薄憂。草茹我豈腴，飽亦與彼侔。積雨久自霽，曙光清以幽。欣然出荆扉，不出旬已周。初意欲看竹，信步偶臨流。北鶩失故岸，東見生新洲。懷哉古與今，與此豈不猶。歸來飜不樂，隱几到昔遊。平生忘年友，草草相應酬。暫夢不多款，唤人苦鳴鳩。山林本無事，亦復擾擾休。

題劉伯山蕃殖圖二首畫禾、黍、穄、菽、麥。❶

老子平生只荷鋤，誤携破硯到清都。歸來荒盡西疇却，媿見劉家蕃殖圖。

黄雲翠莢雜玄珠，上熟今年不負渠。說似田家早收拾，一番風雨一番踈。

極暑題釣雪

暑中北閣望南窻，將謂南窻分外涼。到得南窻還更熱，芙蕖和蘂落幽香。

---

❶「穄」，原作「稌」，今據宋遞刻本及底本目録改。

讀　書

讀書不厭勤，勤甚倦且昏。不如卷書坐，人書兩忘言。興來忽開卷，徑到百聖源。説悟本無悟，談玄初未玄。當其會心處，只有一欣然。此樂誰爲者，非我亦非天。自笑終未是，擲書枕頭眠。

六月二十三日立秋

暑中剩喜立秋初，特地西風半點無。旋汲井花澆睡眼，灑將荷葉看跳珠。

聽　雨

歸舟昔歲宿嚴陵，雨打疎篷聽到明。昨夜茅簷疎雨作，夢中喚作打篷聲。

中秋前二夕釣雪舟中静坐

月到南窻小半扉，無燈始覺室生輝。人間何處冰壺是，身在冰壺却道非。

中秋無月既望月甚佳二首

去歲中秋政病餘，愛它月色强支吾。今年老矣差無病，後夜中秋有月無。

中秋無月莫尤天，月入秋來夜夜妍。且道今宵明月色，何曾減却半分圓。

月到中秋故故無，今宵月好莫渠孤。舊傳月徑圜千里，影落金杯只粒珠。

晚　興

雙井茶芽醒骨甜，蓬萊香燼倦人添。蜘蛛政苦空庭闊，風爲將絲度別簷。

約劉彦純會建安寺

解后何時可，平章後月涼。前期來一夕，古寺作重陽。白酒多多載，黄花急急香。遣詩愁已遣，何况更連床。

送客山行

嶺雲爲作小涼天，山店重來憶去年。獨樹丹楓誰不見，何須更立萬松前。

秋　月

夜氣凉於水，高齋可當樓。古來除却月，此外更無秋。寒入蘭心勁，光隨菊脚流。惟愁清不極，清極却成愁。

雨　夜

歲晚能無感，詩成只獨哦。螢光寒欲淡，秋雨暮偏多。伴老貧無恙，留愁酒肯麽。吟蟲將落葉，爲我拍還歌。

秋雨歎十解

雨入秋宵滴到明，不知有意復無情。若言不攪愁人夢，爲許千千萬萬聲。

霖霖滴滴未休休，不解教儂不白頭。却把窮愁比秋雨，猶應秋雨少於愁。

濕侵團扇不能輕，冷逼孤燈分外明。蕉葉半黄荷葉碧，兩家秋雨一家聲。

厭聽點滴井邊桐，起看空濛一望中。横着東山三十里，真珠簾外翠屏風。

籬下黄花最恨它，金鈿香少淚痕多。仙人解補銀河漏，天上無泥奈許何。
老子愁來只苦吟，一吟一嘆爲秋霖。居人只道秋霖苦，不道行人泥更深。
晝落無聲夜有聲，只堪醉聽不堪醒。簷牙半點能多少，滴入苔堦一寸青。
曉起窮忙作麽生，雨中安否問秋英。枯荷倒盡饒渠着，滴損蘭花太薄情。
似霧如塵有却無，須臾密密復疎疎。忽忘九月清霜曉，唤作濛濛二月初。
不是簷聲不放眠，只將愁思壓衰年。道他滴瀝渾無賴，不到侯門舞袖邊。

寄題劉直卿冰壺二首

外看積翠玉千峰，中有清池月半弓。更拓長堤三十里，剩栽楊柳與芙蓉。
壺裏清冰冰裏人，箇邊無地可留塵。何時去弄池中月，照我星星白髮新。

寄題王國華環秀樓二首

近山遠岫不知重，暖翠晴嵐只滿空。珍重主人將好手，盡驅秀色入樓中。
平地看山山絶低，上樓山色逐層奇。不知山與樓争長，爲復樓隨山却移。

贈尚長道簽判

今代高人尚子平，風流文采舊家聲。合於玉笋班中立，却向紅蓮幕裏行。天色惱人渾欲雪，燭花照別若爲情。日邊已辦除書着，莫戀南樓秋月明。

贈尚獻之

老鳳蒼然姿，雛鳳鏘然鳴。一見渠父子，令人英氣生。大尚傲一世，不肯揖公卿。小尚刷羽毛，勢欲追風鵬。吾州八千士，下筆雹雹聲。小尚灑墨汁，一笑萬人驚。姓名登天府，紙價高帝城。勗哉更摩厲，制勝在此行。相遭又相别，勿作兒女情。舟行得秀句，寄我增雙明。

題陳叔虎繡梅花扇

指下生寒影，針端即化工。冰痕將雪點，不受燭光融。

和彭仲莊七言

向來年少今老翁，隨身不去只有窮。請君與我共看鏡，豈復平生冰雪容。秋霖暗天瘦日色，滿掇黄花當朝食。何人裹飯問子桑，窮裏逢君自爲客。空山凍吟只自奇，故人之外誰相知。今年相從豈不好，安得到老長追隨。喜君詩思未渠薄，秋後花鷹兔邊落。慙我短才澁欲無，霜餘冰澗流還涸。君游宣溪何日來，愁城封閉待君開。定知此行脱寒谷，領取陽春一併回。

胡季永挽詞二首

澹庵潛聖學，未許外人傳。門裏存衣鉢，吟邊可管弦。浣花宗武轡，儋耳小坡舡。緑鬢成黄壤，從今更問天。

一昨官都下，同時寄客間。相從湖上寺，覽遍浙西山。駿足應千里，彪文未一斑。霜風吹病眼，老淚爲渠潸。

送徐吉水解組造朝

我住南溪溪北涯，閉門草長不曾開。風窻只怪燈花喜，雪徑傳呼縣尹來。道是朝廷舉廉吏，如何江海尚遺才。西樞東觀俱知己，拜了除書却探梅。

寄題蕭民望扶踈堂二首

不栽繁杏試晴紅，不種垂楊拂暖茸。堂下生涯無一物，月中脩竹雪中松。

株松箇竹已奇奇，那更扶踈蔭碧漪。唤醒淵明千載夢，政緣瀘水一篇詩。

送奔醫時亨往攸縣省覲

雪恰來時子恰行，白雲飛邊雙眼明。阿母幾年不相見，阿兄唤渠來作伴。探囊半粒黄金丹，湘南小兒開病顔。江西兩奔留不住，併被湘南奪將去。

晚　步

半疋輕煙束翠山，一梳寒月印青天。生憎野燒無端甚，直上高林杳靄邊。

燈下讀山谷詩

天下無雙雙井黄，遺編猶作舊時香。百年人物今安在，千載功名紙半張。使我詩篇如許好，關人身事亦何嘗。地爐火暖燈花喜，且只移家住醉鄉。

題劉直卿崇蘭軒

風亦何須過，林仍不厭深。莫將春色眼，來看歲寒心。政坐香通國，端令佩滿襟。楚人更饒舌，得免世間尋。

寄題朱景元直節軒二首

見說幽居似渭川，一川脩竹雪霜寒。如何翦得蒼蒼玉，乞與誠齋作釣竿。

月到梢頭十倍明，風來葉底百分清。儘言直節無人會，歲晚君看太瘦生。

和同年梁韶州寺丞次張寄詩

故人一别恰三年，誰與論詩更說禪。忽報一麾官嶺外，寄來七字雪梅前。人惟南内班行舊，語帶西湖山水鮮。安得對床吟至曉，旋烹山茗試溪泉。

送永新杜宰解印還朝

去年摘山初弄兵，永新縣前戈劒腥。杜侯不持一寸鐵，閉閤堅卧民不驚。軍前米作山谷聚，木牛流馬安用許。但令緑林無點塵，何須爛額畫麒麟。紫皇急才宵不寐，斯人合着班行裏。速騎匹馬謁明光，夜來溪風吹玉霜。

探　梅

山間幽步不勝奇，政是深寒淺暮時。一樹梅花開一朵，惱人偏在最高枝。

霜　夜

月影全無只有星，如何夜色照人清。素娥未必饒青女，不道霜明勝月明。

月下梅花

天恐梅花不耐寒，遣將孤月問平安。未須一夜都開盡，留取前前後後看。

訪周仲覺夜宿南嶺月色粲然曉起路濕聞有夜雨

夜晴那得曉來泥，纔見金鉦浴紺池。一陣五更松上雨，元來睡着不曾知。

過西坑

乾風無那濕雲何，吹不能開只助他。野水落溪生蟹眼，一番過了一番多。

觀陂水

波緩漚遲似讓行，忽然赴壑怒還生。東歸到底誰先後，何用争流作許聲。

劉村渡二首

隔岸輕舟不可呼，小橋獨木有如無。落松滿地金釵瘦，遠樹黏天菌子孤。

曠野風從脚底生，遠峰頂與額般平。何人知道誠齋叟，獨着駝裘破雨行。

晚歸遇雨

略略煙痕草許低，初初雨影傘先知。溪回谷轉愁無路，忽有梅花一兩枝。

和閩漕傅安道郎中送毛平仲詩韻寄謝惠書及詩

宣城訊後忽年餘，閩水風來又歲除。人品只今推正始，詩聲何止過黄初。豈無天上同朝友，不寄山中半紙書。珍重故人多問我，鬢毛半脱齒全疎。

丁酉初春和張欽夫榕溪閣五言

榕影下照水，翠蛟舒復樛。溪光逆昇簷，朱夏凍以幽。高閣昔雨荒，奇觀久風休。南軒天遺來，山谷神與謀。宇新址惟舊，景逝人爲留。不意猿飲潭，復見駟駕輈。先生何孤往，野客欠從游。願携龍文璧，去瀹兔褐甌。垂手掬寒泚，移床聽凉颼。閣迥詩更超，古往今亦猶。攬渠五字妙，覺我百疾瘳。出山未遽誤，在山未遽優。如何近來夢，夜夜在釣舟。

曾達臣挽詞二首

珠凍蘭溪水，冰封玉笥山。是翁元不死，蜕骨此中間。書畫今存否，儀刑杳莫攀。端令郡博士，陟岵淚斑斑。

議論千千古，胸懷一一奇。非關時棄我，不肯我干時。老鶴雲間意，長松雪外姿。平生獨知命，冷眼看人癡。

題劉景明百牛圖扇面

吉語聞田父，新年勝故年。借儂百觳觫，雨裏破荒田。

題劉景明百馬圖扇面

霧鬣如無筆，霜蹄不帶埃。直言明眼着，若箇是龍媒。

題鄧國材水墨寒林

人間那得箇山川，舡上漁郎便是仙。遠嶺外頭江盡處，問渠何許洞中天。

春寒絶句

幾絲微雨噀前山，半點輕寒健牡丹。只道一春晴較少，到它晴了是春殘。

雨中酴醾

翡翠堆頭亂不梳，梅花腦子糝肌膚。夜來急雨元無事，曉起看花一片無。

晚春即事二絶

尺許新條長杏栽，丈餘斑笋出墻隈。浪愁草草酴醾過，不道婷婷芍藥來。

樹頭吹得葉冥冥，三日顛風不小停。只是向來枯樹子，知他那得許多青。

寄題鄒虞卿覲仙閣

仙山去天纔一握，與山相高鄒氏閣。月波吹面寒欲冰，斗柄掛簷危不落。葉縣雙鳧那復飛，緱山一鶴何時歸。王仙肯來閣上否，共絲麟脯傾天酒。

入城

杜鵑有底怨春啼，鶯子無端貼水飛。不種自紅仍自白，野酴醾壓野薔薇。

永和放舡二首

永和不到又經秋，淡日微風好放舟。最是可憐江上路，人來人去幾時休。

瀕江樓閣秪遥看，却恐登臨不足觀。已是老來無眼力，更供兩岸萬峰寒。

誠齋集卷第八

廬陵楊万里廷秀

詩

荆溪集

丁酉四月十日之官毗陵舟行阻風宿椆陂江口

蟲聲兩岸不堪聞，把燭銷愁且一尊。誰宿此船愁似我，船篷猶帶燭煙痕。

十里江行一日程，出山似被北風嗔。東窻水影西窻月，併照船中不睡人。

舟次西徑

夜來徐汊伴鷗眠，西徑晨炊小泊船。蘆荻漸多人漸少，鄱陽湖尾水如天。

餘干泝流至安仁

半篙新漲滿帆風，兩岸千山一抹中。慙媿櫂郎能袖手，若非袖手更無功。

宿小沙溪

樹捧山煙補缺雲，風揉花雨作香塵。緑楊儘道無情着，何苦垂條拂路人。
諸峰知我厭泥行，捲盡癡雲放嫩晴。不分竹梢含宿雨，時將殘點滴寒聲。

玉山道中

村北村南水響齊，巷頭巷尾樹陰低。青山自負無塵色，盡日殷勤照碧溪。

入常山界

老隨千騎赴毗陵，騎吏朝來有喜聲。未到常山三十里，此身已在浙中行。
昨日愁霖今喜晴，好山夾路玉亭亭。一峰忽被雲偷去，留得崢嶸半截青。

小憩栟櫧

笋輿放下倦騰騰，睡倚胡床撼不膺。櫸柳細花吹面落，誤揮團扇撲飛蠅。

過招賢渡

余昔歲歸舟經此，水涸舟膠，旅情甚惡。

歸舟曾被此灘留，説着招賢夢亦愁。五月雪飛人不信，一來灘下看濤頭。
一江故作兩江分，立殺呼船隔岸人。柳上青蟲寧許劣，垂絲到地却回身。
倦游客子自無聊，不是江山景不饒。危岸崩沙新改路，斷渠横石自成橋。
岸上行人莫嘆勞，長年三老政呼號。也知灘惡船難上，仰踏桅竿卧着篙。

苕溪登舟

深於池沼淺於河，動地風來也不波。只道東來行役苦，胡床面面是菱荷。

舟過德清

人家兩岸柳陰邊，出得門來便入船。不是全無最佳處，何窗何户不清妍。

舟泊吴江

獨立吴江第四橋，橋南橋北渺銀濤。此身真在吴江裏，不用并州快剪刀。

江湖便是老生涯，佳處何妨且泊家。自汲松江橋下水，垂虹亭上試新茶。

東是吴江西太湖，長橋横截萬尋餘。江妃舞倦凌波韤，玉帶圍腰攬鏡初。

七月十四日雨後毗陵郡圃荷橋上納凉

荷葉迎風聽，荷花過雨看。移床橋上坐，墮我鏡中寒。

暮立荷橋

欲問紅蕖幾萏開，忽驚浴罷夕陽催。也知今夕來差晚，猶勝窮忙不到來。

秋熱追凉池上

圃迥人全寂，池清慮自消。萍根微着水，荷葉欲穿橋。今歲知何故，秋陽爾許驕。追凉猶有處，此老未無聊。

秋凉晚步

秋氣堪悲未必然，輕寒政是可人天。緑池落盡紅蕖却，荷葉猶開最小錢。

毗陵郡齋冬至晴寒

竹屋消殘半瓦霜，冰河凍裂一漁航。不須宫線量曦影，化日今年特地長。

蠟　梅

天向梅梢别出奇，國香未許世人知。慇懃滴蠟緘封却，偷被霜風拆一枝。

登净遠亭

池冰受日未全開，旋旋波痕百皺來。野鴨被人驚得慣，作群飛去却飛回。

戊戌正月二日雪作

雪與新春作伴回，擣霜爲片雹爲埃。只愁雪虐梅無奈，不道梅花領雪來。

夢回紙帳怪生寒，童子傳呼雪作團。已被曉風融作水，頭巾不裹起來看。

戲題郡齋水墨坐屏二面

兩客呼船一急行，樹林半落半猶青。諸峰最是中峰好，我欲峰頭築小亭。

荆溪四面四無山，不是荒林即野田。忽有石崖天半出，飛泉落處稍人煙。

郡圃小梅一枝先開

小窠梅樹太尖新，先爲東風覓得春。後日千株空玉雪，如今一朵許精神。

戲贈子仁姪

小阮新來覓句忙，自携破硯汲寒江。天公念子抄詩苦，借與朝陽小半窻。

净遠亭晚望

瀏鶒嬌紅野鴨青，爲人浮没爲人鳴。忽聞風起仍波起，乃是飛聲與落聲。

郡齋梅花

月朵千痕雪半梢，便無雪月更飄蕭。不應臘尾春頭裏，兩歲風光一併饒。

雪後尋梅

去年看梅南溪北，月作主人梅作客。今年看梅荆溪西，玉爲風骨雪爲衣。臘前欲雪竟未雪，梅花不慣人間熱。横枝憔悴涴晴埃，端令羞面不肯開。縞裙夜訴玉皇殿，乞得天花來作伴。三更滕六駕海神，先遣東風吹玉塵。梅仙曉沐銀浦水，冰膚别放瑶林春。詩人莫作雪前看，雪後精神添一半。

雪霽出城

梅於雪後較多花，草亦晴初忽幾芽。河凍落痕餘一寸，殘冰閣在柳根沙。

正月十九日五更詣天慶觀謝雪聞都下尺雪旬日而毗陵三四微雪而已

元宵風物又闌殘，閉閤何曾出一看。尚覺燭光欺病眼，旋添衣着試春寒。中都尺雪逾旬許，此地飛花逐片乾。不待珠宫香火了，海風吹上紫金盤。

雪中看梅

犯雪尋梅雪滿衣，池邊梅映竹邊池。要尋踈影横斜底，揀盡南枝與北枝。

梅　花

花早春何力，香寒曉儘吹。月摇横水影，雪帶入瓶枝。

春夢紛紜

燭花半作紫芝開，詩興頻遭白雨催。❶只有睡時愁可遣，春愁又向夢中來。

二月一日郡圃尋春

中和節裏半春天，一拂清寒半點暄。憔悴不勝梅欲落，嬌饒無對杏初繁。

花遶朱簷柳遶欄，小亭面面錦團欒。春風横欲欺詩瘦，且下東窻護嫩寒。

梅　殘

雪已都消去，梅能小住無。雀争飛落片，蜂獵未蔫鬚。

寒夜不寐

雪入迎春鬢，茶醒學古胸。夢回霜滿屋，吟到月斜鍾。

---

❶「詩」，宋遞刻本作「睡」。

新柳

壽仁子與羅永年同試南宫還郡，因談西湖柳色已佳，而郡圃方芽。

輦路金絲半欲垂，外間玉爪未渠開。上林柳色休多憶，更趁春風看一回。

小飲俎豆頗備江西淮浙之品戲題

滿盤山海眩芳珍，未借前籌已噤津。鱟醬子魚總佳客，玉狸黄雀是鄉人。

味含霜氣洞庭柑，鮓帶桃花楚水鹹。春暖着人君會否，不教淮白過江南。

雨霽

雨爲梅花遣盡塵，柳勾日影自傳神。不須苦問春多少，暖幕晴簾總是春。

蜜漬梅花

甕澄雪水釀春寒，蜜點梅花帶露餐。句裏略無煙火氣，更教誰上少陵壇。

感興

看書已怯短檠燈，覓句猶鏘澗水聲。詩瘦近來惟有骨，可憐辛苦爲虚名。

春暖郡圃散策

已覺朝來退裌衣，日光風力軟如癡。倩誰留許春寒着，更放梅花住少時。

萱草行間過履絇，杏花影裏散文書。秋風遣我踈團扇，又被春風遣唤渠。

春禽處處講新聲，細草欣欣賀嫩晴。曲折遍穿花底路，莫令一步作虚行。

休日登城

愛他休日更新晴，忍却春寒上古城。廢壘荒蘆無一好，春來微徑總堪行。

净遠亭午望

城外春光染遠山，池中嫩水漲微瀾。回身小却深簷裏，野鴨雙浮欲近欄。

竹逕殊踈欠補栽，蘭芽欲吐未全開。初暄乍冷飛猶倦，一蝶新從底處來。

池亭雙樹梅花

開盡梅花半欲殘，兩株晴雪作雙寒。團欒遶樹元無見，只合池亭隔水看。

多稼亭前小步

櫻桃抛過隔墻荄，芍藥叢抽刺土芽。最是蜜蜂無意思，忍將塵脚踏梅花。

多稼亭宴客

歸來不省醉還醒，只怪譙門打一更。秉燭徑穿梅下過，此身真在雪中行。

燒香七言

琢瓷作鼎碧於水，削銀爲葉輕如紙。不文不武火力勻，閉閤下簾風不起。詩人自炷古龍涎，但令有香不見煙。素馨忽開抹利拆，低處龍麝和沉檀。平生飽識山林味，不奈此香殊嫵媚。呼兒急取烝木犀，却作書生真富貴。

讀嚴子陵傳

客星何補漢中興，空有清風冷似冰。早遣阿瞞移漢鼎，人間何處有嚴陵。

題山莊小集

子仁姪初學作詩便有可人語，數日得五詩，予題之以《山莊小集》云。

莫笑山莊小集休，篇篇字字爽於秋。向來楓落吴江冷，一句能銷萬古愁。

春　寒

春寒儘解粟人膚，敢傍吾儕酒琖無。雨裏杏花如半醉，擡頭不起索人扶。

瓶中梅杏二花

梅花耿耿冰玉姿，杏花淡淡注燕脂。兩花相嬌不相下，各向春風同索價。折來雙插一銅瓶，旋汲井花澆使醒。紅紅白白看不足，更遣山童燒蠟燭。

書齋夜坐

棐几吹燈丈室虚，隔窗雨點響堦除。胡床枕手昏昏着，卧聽兒童讀漢書。

酒力欺人正作眠，夢中得句忽醒然。寒生更點當當裏，雨在梅花蔌蔌邊。

瑞　香　花

織錦天孫矮作機，紫茸翻出白花枝。更將沈水濃薰却，日淡風微欲午時。

樹如巖桂不勝低，花比素馨幽更奇。更作團欒小窠錦，春風不長出叢枝。

二月十四日梅花

雨打知無那，春暄絶不禁。小風千點雪，落日一鬢金。樹勁春猶瘦，花寒暮更明。平生豈無句，此外不須清。

晚　飲

旋旋哦詩旋旋抄，一尊野蔌更山肴。春風略不扶人醉，月到梅花最末梢。

二月望日勸農既歸散策郡圃

荆溪老守勸農歸，吏散還從郡圃嬉。拾得落英纔一掬，春風苦向掌中吹。今年花事許遲遲，九十春光已半歸。風急杏花吹不脱，落梅無數掠人飛。

水　仙　花

江妃虚却蘂珠宫，銀漢仙人謫此中。偶趁月明波上戲，一身冰雪舞春風。額間拂殺御袍黄，衣上偷將月姊香。待倩春風作媒却，西湖嫁與水仙王。韻絶香仍絶，花清月未清。天仙不行地，且借水爲名。開處誰爲伴，蕭然不可親。雪宫孤弄影，水殿四無人。

夜　坐

背壁青燈勸讀書，窺窻素月唤看渠。向來諸老端何似，未必千年便不如。春後春前雙雪鬢，江南江北一茅廬。只愁夜飲無供給，小雨新肥半圃蔬。

新柳

柳條百尺拂銀塘，且莫深青只淺黄。未必柳條能蘸水，水中柳影引它長。

禱雨報恩因到翟園

霧氣初迎日脚開，春光偏傍柳邊回。寒暄消息何人會，十指今朝出袖來。

草路無泥未有塵，城南城北總遊人。不緣香火來山墅，孤負今年半段春。

遶亭怪石小山幽，夾徑低枝壓客頭。幸自一來惟不早，梅花滿地訴春愁。

未必錢園似翟園，翟園窠木最宜看。茂松亭下偏明眼，矮檜平鋪翡翠盤。

垂絲海棠

無波可照底須窺，與柳争嬌也學垂。破曉驟晴天有意，生紅新曬一絇絲。

不關殘醉未醒鬆，不爲春愁懶散中。自是新晴生睡思，起來無力對東風。

送羅永年西歸

梅萼香邊踏雪來，杏花雨裏帶春回。明朝解纜還千里，今日看花更一杯。誰遣文章太驚俗，何緣場屋不遺才。南溪鷗鷺如相問，爲報春吟費麝煤。

社雨

時節從來好雨知，今朝社日頓霏微。落花只得春風舞，濕却殘香不得飛。

讀唐人及半山詩

不分唐人與半山，無端横欲割詩壇。半山便遣能參透，猶有唐人是一關。

落梅再着晚花

數日春風不奈暄，梅花落盡浄無痕。却將晚萼重收拾，更放南枝第二番。

鑷　白

五十如何是後生，呼兒拔白未忘情。新年只道無功業，也有霜髭六十莖。

春　興

着盡工夫是化工，不關春雨更春風。已拚膩粉塗雙蝶，更費雌黄滴一蜂。

夜　窻

口角哦詩細有聲，不妨半醉不妨行。青燈一點纔如黍，解作書窻徹夜明。

詩人心緒幾時休，逢着三春似九秋。數到五更仍五點，明朝還更有新愁。

春　曉

拂花紅露濺春衣，柳外春禽睡未知。天借晴光與桃李，更將剩彩弄游絲。

風光明淑奈渠何，非暖非寒直是和。春到千花俱有分，海棠獨自得春多。

一年生活是三春，二月春光儘十分。不必開牕索花笑，隔牕花影也欣欣。

米囊花

鉛膏細細點花稍，道是春深雪未銷。一斛千囊蒼玉粟，東風吹作米長腰。

鳥語蜂喧蝶亦忙，争傳天詔詔花王。東皇羽衛無供給，探借春風十日糧。

曉寒

黯黯輕寒淡淡陰，遊人便覺減行春。春風也解嫌蕭索，自送鞦韆不要人。

春光唤入百花叢，寒力平欺兩鬢蓬。吹亂衆紅還復整，海棠却不怕東風。

誠齋集卷第九

廬陵楊万里廷秀

詩

荆溪集

上巳

上巳春陰政未開，寒牕愁坐冷於灰。凍蠅觸紙飛還落，仰面翻身起不來。

雨冷風酸數日强，老懷不可更禁當。春寒幸自歸將去，喚取重來是海棠。

正是春光最盛時，桃花枝映李花枝。鞦韆日暮人歸盡，只有春風弄彩旗。

寒食雨作

雙燕銜簾報禁煙，喚驚晝夢聳詩肩。晚寒政與花爲地，曉雨能令水作天。桃李海棠聊病眼，清明寒食又來年。老來不辦琱新句，報答風光且一篇。

垂絲海棠半落

雨後精神退九分，病香愁態不勝春。落堦一寸輕紅雪，卷地風來政惱人。

寒食相將諸子遊翟園得十詩

雨罷饒晴色，松陰轉午時。堆成李花雪，開遍海棠枝。旋酌新芻酒，留題細字詩。不來真是枉，欲去更云遲。

鹿葱舊種菊新栽，幽徑深行忘却回。忽有野香尋不得，蘭於石背一花開。

柳條老去尚青鮮，下有清渠遶野田。波面落花相趁走，避風争泊岸傍邊。

儘忙也到翟園休，只見春光不見愁。屈折海棠團更密，日光下照繡燈毬。

小小茅亭短短牕，海棠圍裏柳中央。乍晴萱草渾無力，落盡梅花尚有香。

兒曹健走儘從渠，老脚微酸半要扶。未委前頭花好否，且令蜂蝶作前驅。

三月風光一歲無，杏花欲過李花初。柳絲自爲春風舞，竹尾如何也學渠。

驅使花枝苦未休，平章詩句政冥搜。無端一竇西牕日，不遣吾人略小留。

花木從渠取次栽，青山那肯入城隈。翟公不有驅山手，城裏松林底處來。

荆溪老守底風流，哦就千詩一笑休。天欲做春無去處，只堆濃緑柳梢頭。

三月十日

纔看桃李錦成圍，忽便園林緑作堆。遠草將人雙眼去，飛花引蝶過墻來。簿書節裏無多着，懷抱朝來得好開。已是七分春去了，何須鳥語苦相催。

清明雨寒

整冠忽見鏡中霜，挽樹渾無蔕上香。已貯春愁過萬斛，更令細細着升量。

脱却單衣着裌衣，禁煙無有不寒時。一年好處君知麽，寒食千門插柳枝。

今年寒食與清明，各自陰晴作麽生。細雨千絲不成點，如何也解滴簷聲。

桃李一空春已歸，不須更待絮飛時。閉門獨琢春寒句，只有輕風細雨知。

苔堦滴雨翠方濃，須把寒珠濺鹿葱。梅子猶粘雪前蘂，海棠生恨夜來風。

莫嫌細雨苦飄蕭，政要寒聲伴寂寥。杏葉猶疎不成響，且將紙瓦當芭蕉。

閉户何緣得句來，開牕更倩雨相催。只言春色都歸去，小樹桃花政晚開。

風欹衆柳自成妍，雨泣殘花不忍看。急喚麴生嘗杏子，及渠小苦未生酸。

題山莊草蟲扇

風生蚱蜢怒鬚頭，紈扇團圓璧月流。❶ 三蝶商量探花去，不知若箇是莊周。

清明果飲二首

南溪春酒碧於江，北地鵝梨白似霜。頽却老人山作玉，更加食邑醉爲鄉。春光如許天何負，雨點殊疎

---

❶「圓」，宋遞刻本作「團」。

蘘不妨。絶愛杞萌如紫蕨，爲烹茗椀洗詩腸。

深着爐香淺着梧，梧行儘緩莫教催。可憐花樹渾無賴，下却簾鉤也入來。雪藕新將削冰水，蔗霜只好點青梅。明年寒食還家去，却憶荆溪花政開。

和張倅子儀送鞓紅魏紫崇寧紅醉西施四種牡丹

朱墨勾添眼底塵，今年春盡不知春。鞓紅魏紫能相訪，西子崇寧更可人。

洛花移種到松江，國色天香内樣粧。老裏嬾邊無好思，爲渠覓句却窮忙。

次李倅子壽郡集詩韻

蒼壁新煎第二泉，博山深炷古龍涎。草玄顧我非楊子，能賦如公是仲宣。詩社自甘編下户，醉鄉何苦不開邊。窮州地主慙司業，不解時時與酒錢。

薛舍人母方氏太恭人挽章二首

熊膽平生苦，魚軒晚歲榮。芝蘭今柱史，苗裔古玄英。寒食花争泣，元宵燭半明。從今好時節，萱砌罷君羹。恭人以上元日生，寒食日死。

賦感東征句，詩愁陟屺篇。生前九齡夢，眼底五朝天。錦告渾無恙，雲車忽杳然。不堪青竹笋，歸路不迎船。恭人元祐年中生。

櫻　桃

櫻桃一雨半彫零，更與黄鸝翠羽争。計會小風留紫脆，殷勤落日弄紅明。摘來珠顆光如濕，走下金盤不待傾。天上薦新舊分賜，兒童猶解憶寅清。予舊在奉常，孟夏太廟薦櫻桃，禮官各分賜四籃。奉常有寅清堂。

雨後行郡圃

雨餘行脚古城隈，爲愛危亭首屢回。無數菊苗齊老去，多時花徑不曾來。

多稼亭前兩檻芍藥紅白對開二百朵

紅紅白白定誰先，嫋嫋娉娉各自妍。最是倚欄嬌分外，却緣經雨意醒然。晚春早夏渾無伴，暖艷晴香政可憐。好爲花王作花相，不應只遣侍甘泉。論花者以牡丹王，芍藥近侍。

小　雨

雨纔放脚又還無，葉上蕭蕭半霎餘。貯得千珠無點漏，絲窠元自不勝疎。

六月喜雨

守臣兩月禱山川，詔旨纔頒便沛然。不是格天緣詔旨，憂民天子本如天。

玄雲直下素光開，雨到前山只恐回。霹靂一聲風一陣，爲儂催上半天來。

今年不是雨來慳，不後秧時亦不前。自古浙西長苦澇，近來無澇恰三年。

和李子壽通判曾慶祖判院投贈喜雨口號

雷起嘉山半點蒼，乖龍無地著身藏。莫嫌白雨來差晚，但遣黄雲作大穰。

塵漲街頭不識泥，朝來也解滑霜蹄。兩公玉句驚風雨，把翫都忘日脚西。

雨早些時打麥殘，雨遲許日即秧乾。阿誰會得天公意，只道今年乞雨難。

夢中篘溜作灘聲，幼竹新荷總解鳴。曉色滿城渾是喜，更無一寸旱時情。

蘇湖元以水爲鄉，春旱偏欺潤與常。❶一雨忽來三晝夜，兩公卷入八詩章。

守臣閔雨幾曾欣，兩月天高叫不聞。黄紙帶將今雨至，分明端爲聖明君。

謫仙下筆不曾休，句似金盤柘彈流。我欲將渠卜鄰著，對披蓑笠刺漁舟。

南豐每見每津津，繭紙松煤幻好春。幸與李侯成二妙，更添楊子作三人。

曉登多稼亭

過雨梅無半箇黄，冬青枝上雪花香。不須更要風吹面，看着青林意自凉。

雨前田畝不勝荒，雨後農家特地忙。一眼平疇三十里，際天白水立青秧。

尚無池水泛荷香，幸有園英照竹窻。雪白葵花持玉節，柹紅萱草立金幢。

六月六日小集

青李來禽已眼明，新瓜入夏見何曾。酒邊忘却人間暑，消盡金盆一丈冰。

新蟬聲澁亦無多，强與嬌鶯和好歌。盡日舞風渾不倦，無人奈得柳條何。

雨足曉立郡圃荷橋

郡池六月水方生，便有新荷貼水輕。雨後獨來無箇事，閑聽啼鳥話昇平。

---

❶ 「旱」，原作「早」，今據宋遞刻本改。

登多稼亭曉望

風不能銷曉霧痕，天猶未放宿雲根。城腰摺處纔三徑，山觜前頭別一村。

午熱登多稼亭

矮屋炎天不可居，高亭爽氣亦元無。小風不被蟬餐却，合有些涼到老夫。
芒鞋葵扇頗蕭然，倦倚胡床不是眠。避暑無藏身去處，追涼行盡竹旁邊。
不是城中是甑中，雨餘日色更明紅。若爲飛上金山頂，獨立長江萬里風。
柳外花邊忽颯然，好風一點破愁顔。岸巾獨倚千尋樹，閑看南雲度北山。
御風不必問雌雄，只有炎風最不中。却是竹君殊解事，炎風篩過作清風。

張尉惠詩和韻謝之

下筆生波便百川，字間句裏總超然。讀來清氣涼人骨，六月真成九月天。
軟紅塵裏眼曾開，苦被新詩猛喚回。借問錦心能底巧，更從月脇摘將來。
老去才情半掬慳，不愁不退豈愁前。清風明月無拘管，與子分張更一年。

卧治齋晚坐

閉户坐不得，開牕竚微涼。樹林蔭白日，几研生碧光。信手取詩卷，細哦三數章。初披頗欣愜，再攬忽感傷。廢卷不能讀，起行繞胡床。古人恨如山，吾心澹於江。本不與彼謀，云何斷我腸。感罷翻自笑，一蟬催夕陽。

憩懷古堂

新葺懷古堂，舊臨郭璞池。去歲夏徂秋，無日不此嬉。茨菰無暑性，芙蕖有凉姿。今年池水乾，老子來遂稀。豈惟來不留，亦復去靡思。朝來偶一到，又覺景特奇。水含霽後光，荷於風處攲。便有白鷗下，驚起翠羽飛。方池灩牕東，長池横簷西。紅緑向背看，觴詠朝夕宜。此堂初無情，此池諒何知。如何涉斯世，乖逢亦有時。

望　雨

雲興惠山頂，雨放太湖脚。初愁望中遠，忽在頭上落。白羽障烏巾，衣袖已沾渥。歸來看簷溜，如瀉萬仞壑。霆裂大瑶甕，電縈濕銀索。須臾水平堦，花塢失半角。定知秧疇滿，想見田父樂。向來春夏交，旱氣亦太虐。山川已徧走，雲物竟索寞。雙鬢愁得白，兩膝拜將剥。早知有今雨，老懷枉作惡。

聞一二故人相繼而逝感歎書懷

故人昔同朝，與游每甚歡。豈緣勢利合，相得文字間。有頃各補外，不見今六年。我來荆溪上，敲榜索租錢。故人復雙入，飛上青雲端。我雖世味澹，羡心能恝然。忽傳故人去，得書墨未乾。又傳故人亡，驚悼摧肺肝。鼎貴良獨佳，安貧未遽賢。向以我易彼，安知不作難。今以彼易我，試問誰當慳。如何捐此軀，必要博好官。顧謂妻與子，官滿當歸田。我賤汝勿羞，我貧汝勿歎。從汝丐我身，百年庶團欒。妻子笑答我，脩短未易言。富貴必速殞，郭令當夭殘。貧賤果永筭，顔子壽必延。我復答渠道，薄命我自憐。我福肯如郭，我德敢望顔。造物本嗇與，我乃多取旃。借令彼不怒，退省我獨安。汝言自有理，我意不可還。

晚步追凉

老眼偏明遠岫孤，夕陽故遣樹陰踈。蟬鳴葉底無尋處，隨意閑行偶見渠。風不須多只是凉，穿花度柳到人傍。細吹病耳颼颼響，徐弄輕衫拂拂長。

荷橋暮坐

橋剪荷化兩段開，荷花留我不容回。不勝好處荷橋坐，政是凉時蚊子來。池似平鋪緑錦横，荷花爲緯藻爲經。無端織出詩人像，獨立飛橋摘斗星。水到荷花蔕，風生菰葉梢。鷗鳧晚聲散，天水夕光交。

休日清曉讀書多稼亭

携家守荆溪，忽忽已一朞。官舍非不佳，懷抱長鮮怡。若非僮僕病，定復兒女啼。昔貧歎不飽，今愁豈緣飢。晨起袖書册，急登亭上嬉。露痕尚星月，風氣無熓扉。頓覺老病身，不禁絺綌衣。昨暑何可度，朝凉乃爾奇。白鳥遠如蝶，玄蟬哦似詩。松色雪我神，荷香冰我脾。憂樂忽安在，形骸亦俱遺。稺子不解事，朝餐呼我歸。

多稼亭上望三山中峰獨秀而低

三山道是遠連天，亭上看來只近簷。可惜當初低少許，三山幸有一峰尖。

雨後晚步郡圃

畫舫鳴鉦野寺鍾，暮聲驚破翠煙重。好風不解藏天巧，彫碎孤雲作數峰。

風勒歸雲帶雨回，不容老子小徘徊。撥忙也到池亭上，昨日卷荷今盡開。

曉坐荷橋

雨後晨前絶爽時，胡床四面是荷池。荷珠細走惟愁落，爲報薰風莫急吹。

四葉青蘋點緑池，千重翠蓋護紅衣。蜻蜓空裏元無見，只見波間仰面飛。

碧玉山邊白鳥鳴，緑楊風裏翠荷聲。草花踏碎教人惜，爲勒芒鞋款款行。

簾影窺池到藕根，水光爲我弄朝暾。魚兒解作晴天雨，波面吹成落點痕。

池亭

小沼纔堦下，孤亭恰水邊。指磨一玉鏡，上下兩青天。可惜無多水，難堪着釣船。今年非不暑，每到每醒然。

卧治齋盆池

舊來菰葉已全衰，旋買新荷帶藕栽。看得荷花作蓮子，可怜時節被花催。

凝露堂前紫薇花兩株每自五月盛開九月乃衰

晴霞艶艶覆簷牙，絳雪霏霏點砌沙。莫管身非香案吏，也移床對紫薇花。

似癡如醉弱還佳，露壓風欺分外斜。誰道花無紅十日，紫薇長放半年花。

暮坐中庭

蚊子因凉減，蟬聲入暮多。有愁無處著，不飲欲如何。

食蓮子

蜂不禁人採蜜忙，荷花蘂裏作蜂房。不知玉蛹甜於蜜，又被詩人嚼作霜。

食雞頭

龍宫失曉惱江妃，也養鳴雞報早暉。要啄稻粱無半粒，只教滿頷飽珠璣。

暮雨既霽將兒輩登多稼亭

一霎滂沲一霎晴，簷間點滴尚殘聲。水將樹影亂挼碎，月與日光相對明。試數六宵還五雨，坐令夏熱作秋清。兒曹小住休歸去，更聽風蟬子細鳴。

苦熱登多稼亭

日脚斜紅欲暮天，倚欄垂手弄雲煙。兩行相對樹如許，一葉不摇風寂然。剩欲啜茶還罷去，却愁通夕不成眠。黑絲半把垂天外，白雨初生遠嶺邊。

吏散庭空便悄然，不須休日始偷閑。鷗邊野水水邊屋，城外平林林外山。偶見行人回首却，亦看老子立亭間。暮蟬何苦催歸急，只待涼生月半環。

暮熱游荷池上

玉礫金沙一逕長，暑中無處可追涼。獨行行到荷池上，荷不生風水不香。

寒甃千尋汲井花，病身一浴不勝佳。追涼不得渾閑事，燒眼生憎半幅霞。

細草摇頭忽報儂，披襟攔得一西風。荷花入暮猶愁熱，低面深藏碧傘中。

也不多時便立秋，寄聲殘暑速拘收。瘦蟬有得許多氣，吟落斜陽未肯休。

空中斗起朵雲頭，旋旋開來旋旋收。初作鬖髿松樹子，忽成髣髴柳花毬。

月下果飲

恰則天方暮，如何月正中。一年無此熱，今夕絶無風。早藕凝鬆雪，新菱剥釅紅。醉鄉堪避暑，只合著衰翁。

酒邊無物伴長瓶，一顆新蓮一段冰。月下不風終是爽，燭光何罪也堪憎。

一年遇暑一番愁，六月梢時七月頭。今夕追涼還得熱，何時遇夏却逢秋。❶

月初生處薄雲生，到得雲銷月政明。兩處打更如一處，二更還作四更聲。

坐久輕雲次第開，月光飛入酒桮來。今宵只有半邊月，一半桂枝何處栽。

斜斜花影欲愁予，唧唧蟲聲亦愛渠。月與詩人元不薄，儂於歡伯未應踈。

人静更深丈室虚，欲眠聊復小踟躕。竹床最冷也成熱，羽扇不凉差勝無。

---

❶「遇」，宋遞刻本作「過」。

誠齋集卷第十

廬陵楊万里廷秀

詩

荆溪集

曉坐多稼亭

日光烘碎一天雲，散作濛濛霧滿村。我亦知渠別無事，不教遠岫翠當門。

梳頭有感

身在荷香水影中，曉凉不與夜來同。且拋書册梳蓬鬢，移轉胡床受小風。
同郡同年總八人，七人零落一人存。如何獨立薰風裏，猶怨霜花點鬢根。

晚凉散策

飯餘浴罷趁凉行，偶憩池頭最小亭。醉倚胡床便成睡，夢聞荷氣忽然醒。
半點輕風泛柳絲，忽吹荷葉一時欹。芙蕖好處無人會，最是將開半落時。

閏六月立秋後暮熱追涼郡圃

上得城來眼頓明，暮山争獻數尖青。垂楊舞罷西風葉，一葉多時獨未停。

夏欲盡頭秋欲初，小凉未苦爽肌膚。夕陽幸自西山外，一抹斜紅不肯無。

静坐池亭

胡床倦坐起凭欄，人正忙時我正閑。却是閑中有忙處，看書纔了又看山。

荷邊弄水一身香，竹裏招風滿扇凉。道是秋來還日短，秋來閑裏日偏長。

秋　暑

不教老子略眉開，夏熱未除秋熱來。一夜凉風吹欲盡，半輪曉日唤將回。

汗如雨點湧人膚，一一鬚根一一珠。不道去年秋不熱，今年秋熱去年無。

半柳斜陽半柳陰，一蟬飛去一蟬吟。岸巾亭子鈎欄角，送眼江村松樹林。

戲　題

蜂居筆管没人知，誰遣啾啾不住時。最是蝸牛太多事，長將宅子自相隨。

曉登水亭

露氣仍荷氣，秋風更曉風。身兼水亭子，雙墮玉壺中。

讀元白長慶二集詩

讀遍元詩與白詩，一生少傅重微之。再三不曉渠何意，半是交情半是私。

白　蓮

花頭素片剪成冰，葉背青瓊刻作稜。珍重兒童輕手折，緑針刺手却渠憎。

瓶中紅白二蓮

紅白蓮花共玉瓶，紅蓮韻絶白蓮清。空齋不是無秋暑，暑被花銷斷不生。

揀得新開便折將，忽然到晚斂花房。只愁花斂香還減，來早重開别是香。

晚花特地斂新粧，莫道無情總不妨。中有黄金蓮子盞，被人瞥見即深藏。

白蓮半萏未開時，看作紅蓮更不疑。到得欲開渾别了，玉膚洗退淡臙脂。

折得荷花伴我幽，更搴荷葉伴花愁。孤芳欲落偏多思，一片先垂半不收。

早　起

不分老鈴下，苦來驚我眠。要知甘寢處，最是欲明天。未了公家事，難銷月俸錢。坐曹臨訟罷，殘燭正熒然。

曉登懷古堂

度暑過於歲，初凉别是天。獨穿秋露草，來看曉風蓮。病骨殊輕甚，幽襟一灑然。不妨聊吏隱，何必更林泉。

荷　橋

橋壓荷梢過，花圍橋外繞。荆溪無勝處，勝處是荷橋。

感　秋

今歲五十二，豈爲年少人。荷涼欣暑退，蟬苦怨秋新。澹慮翻成感，彫詩不着塵。小兒知得句，頻掉小烏巾。

南國初涼日，東吴欲盡頭。露荷幽馥曉，雲日澹光秋。也愛西風爽，其如半老休。蟬聲與蛩響，計會兩催愁。

雨後清曉梳頭讀書懷古堂

宿雨猶涼在，晨陰欲霽初。移床近秋水，正面對芙蕖。團扇淒無彩，生衣凜覺踈。欲歸仍小住，更讀數行書。

蟲響餘宵寂，荷粧赴曉鮮。梳頭花霧裏，照水柳風前。舊雨仍今雨，新年勝故年。登城有佳眺，秋稼正連天。

午坐卧治齋

雨後朝陰到午晴，空齋孤坐納秋清。一蟬也解憐幽寂，❶柳外飛來葉底鳴。

---

❶「一蟬也解」，宋遞刻本殘損不清，似作「殘蟬有意」。

謝丁端叔直閣惠永嘉縣研句容香鬲

元珍先生茁雲孫，雪竹有節豹有文。染雲作句本天巧，❶鏤冰生花無手痕。鵷鷺行邊舊聯翼，❷天禄閣中今獨直。半竿淮水將渠歸，一笑荆溪豈人力。贈我阿泓非姓陶，木家居士漆園曹。急呼陳玄導黑水，花暈千層吹海濤。句容銅山擣金屑，幻出羽淵三足鼈。兩耳踰肩一腹皤，解吐黄雲香刮骨。雙珍投贈感故人，秃翁有筆今無神。栝水博詩元不直，醬瓿覆却那作嗔。阿泓處分蛛絲裏，延置銅君居上坐。煮茶剥芡對爐薰，遮莫白駒隙中過。

檜逕曉步

老檜陰陰夾古城，露叢迎貫日華明。曉凉無箇人分却，一逕深長獨自行。

雨歇林間凉自生，風穿逕裏曉逾清。意行偶到無人處，驚起山禽我亦驚。

謝尤延之提舉郎中自山間惠訪長句

淮南使者郎官星，瑞光夜燭荆溪清。平生龐公不入城，令我折却屐齒迎。交遊雲散别如雨，同舍諸郎半爲土。二老還將兩鬢霜，三更重對孤燈語。向來南宫綾錦堆，南窻北窻桃李開。先生誦詩舌起雷，一字不似人間來。剡藤染出梅花賦，句似梅花花似句。幾年金鑰秘銀鉤，玉笢不施恐飛去。秋風呼酒荷邊亭，

❶「染雲作句」，宋遞刻本作「摩雲琢月」。

❷「舊聯翼」，宋遞刻本作「班久立」。

主人自醉客自醒。儂能痛飲渠不飲，飲與不飲俱忘形。鬢今如霜心如水，功名一念扶不起。儂歸螺山渠惠山，來歲相思二千里。

小集食藕極嫩

比雪猶鬆在，無絲可得飄。輕拈愁欲碎，未嚼已先銷。

秋　懷

隨分哦詩足散愁，老懷何用更冥搜。聿來胥宇蟻移穴，❶無以爲家燕入秋。蓋世功名吹劍首，平生憂患淅矛頭。從今歸去便歸去，未到無顔見白鷗。❷

七月既望晚觀菱壕

官壕水落兩三痕，正是秋初雨後天。菱荇中間開一路，曉來誰過採菱船。

新涼感興

初退生衣進熟衣，新凉只與睡相宜。草争人迹微踈處，荷怯秋風欲動時。又是一年將過眼，如何兩鬢不成絲。中元節後新來懶，草册纔抄第二詩。

---

❶「胥宇」，宋遞刻本作「坐地」。

❷「顔見」，宋遞刻本殘損不清，似作「機狎」。

七月二十五日曉登多稼亭

風將煙雨入亭寒，城引山林拓眼寬。六月登臨渾覺熱，朝來不敢傍危欄。

凝露堂木犀

雪花四出剪鵝黄，金屑千麩糝露囊。看去看來能幾大，如何着得許多香。

夢騎白鳳上青空，徑度銀河入月宫。身在廣寒香世界，覺來簾外木犀風。

中秋前一夕携酒與子仁姪登多稼亭

月忽飛來墮我傍，我還飛入月中央。如何桂樹許多影，不隔冰輪些子光。自古中秋多苦事，非風即雨斷人腸。醉來不信寒欺酒，露濕盃盤凍作霜。

觀　蟻

偶爾相逢細問途，不知何事數遷居。微軀所饌能多少，一獵歸來滿後車。

一騎初來隻又雙，全軍突出陣成行。策勳急報千夫長，渡水還爭一葦杭。

中秋無月至十七日曉晴

劣到中秋雲便興，中秋過了却成晴。霧横平野村村白，日上踈林葉葉明。歲事不應如許早，朝來已覺嫩寒生。春吟不似秋吟好，覓句新來分外清。

重九前五日再游翟園

翟園不到纔幾日，寒梢冷葉秋蕭瑟。只有黄花數點明，上照青松下蒼石。記得春頭來此嬉，梅花太瘦杏花肥。巷南巷北皆春色，恰似吾人年少時。忽怪翟園如許老，園應笑我衰容早。來歲春光更一來，我衰依舊園還少。

送子仁姪南歸

酒爲吾人緑，花知九日黄。風燈秋焰冷，霜鴈夜聲忙。愛子文無對，嗟予老更狂。相分即相見，不待半年强。

再歲來相款，三盃忽語離。忍將垂老淚，滴作送行詩。子去儂猶住，身留夢亦隨。南溪舊風月，千萬寄相思。

食老菱有感

幸自江湖可避人，懷珠韞玉冷無塵。何須抵死露頭角，荇葉荷花老此身。

醉　吟

古人亡，古人在，古人不在天應改。不留三句五句詩，安得千人萬人愛。今人只笑古人癡，古人笑君君不知。朝來暮去能幾許，葉落花開無盡時。人生須要印如斗，不道金槌控渠口。身前只解皺兩眉，身後還能更盃酒。李太白，阮嗣宗，當年誰不笑兩翁。萬古賢愚俱白骨，兩翁天地一清風。

和丁端叔菊花

忽忽還重九，匆匆又歲華。不妨將白髮，剩與插黄花。

懷山莊子仁姪

危亭獨上忽傍徨，欠箇山莊墮我傍。却是向來相聚日，老懷未解憶山莊。
吾家小阮未西歸，日日相從郡圃嬉。黄菊拒霜今笑我，先生也有獨來時。

張子儀太社折送秋日海棠

新樣西風較劣些，重陽還放海棠花。春紅更把秋霜洗，且道精神佳不佳。
木蕖籬菊總無光，秋色今年付海棠。爲底夜深花不睡，翠紗袖上月和霜。

晚登净遠亭

重陽纔過便新寒，去歲如今暑尚殘。雲外鴈來元不覺，一聲唤我舉頭看。
簿書纔了晚衙催，且上高亭眼暫開。野鴨成群忽驚起，定知城背有船來。

黄　菊

鷺樣衣裳錢樣裁，冷霜凉露濺秋埃。比他紅紫開差晚，時節來時畢竟開。

曉登子城

鞋響新霜後，襟暄野日初。寒溪半灣落，遠樹一行疎。老矣端何苦，歸哉不願餘。終更猶半歲，作麼度居諸。

多稼亭前黄菊

危亭俯凉囿，落葉日夜深。佳菊獨何爲，開花得我心。韻孤自無伴，香净暗滿襟。根器受正色，非緣學黃金。獨違春光早，而俟秋寒侵。豈不愛凋年，坐令淹寸陰。奈此清苦操，媿入姸華林。向來朱碧叢，亦復悴斯今。清霜慘萬象，幽芳耿森森。持以壽君子，聊爾慰孤斟。

促織

一聲能遣一人愁，終夕聲聲曉未休。不解繰絲替人織，强來出口促衣裘。

迓使客夜歸

去時岸樹日猶明，歸到州橋月已昇。水與天争一輪玉，市聲人語兩街燈。迎來送往鬢成雪，索筆題詩硯欲冰。净洗紅塵煩碧酒，倦來不覺睡騰騰。

病後霜威不見饒，吟邊月色苦相撩。重簾垂地寒猶入，畫燭無風影自摇。誰遣塵埃空老去，何曾鷗鷺不吾招。坐來已是愁無奈，草露蟲聲政寂寥。

起視青天分外青，滿天一點更無星。忽驚平地化成水，乃是月華光滿庭。筆下何知有前輩，醉中未肯赦空瓶。兒曹夜誦何書册，也遣先生細細聽。

病身已怯九秋凉，也復移樽下砌傍。只愛盃中都是月，不知身上寸深霜。清愁舊覺天來遠，寒夜新添歲様長。不是傍人俱欲睡，老人無睡亦何妨。

城頭秋望

秋光好處頓胡床，旋唤茶甌淺着湯。隔樹漏天青破碎，驚風度竹碧匆忙。

未得霜晴未是晴，霜晴無復點雲生。鷺鷥不遣魚驚散，移却惟愁水作聲。❶

生酒歌

生酒清於雪，煮酒赤如血，煮酒不如生酒烈。煮酒只帶煙火氣，生酒不離泉石味。石根泉眼新汲將，麯米釀出春風香。坐上豬紅間熊白，甕頭鴨綠變鵝黄。先生一醉萬事已，那知身在塵埃裏。

夜雨

幽人睡正熟，不知江雨來。驚風颯然起，聲若山嶽摧。起坐不復寐，萬感集老懷。憶年十四五，讀書松下齋。寒夜耿難曉，孤吟悄無儕。蟲語一燈寂，鬼啼萬山哀。雨聲正如此，壯心滴不灰。即今踰知命，已先十年衰。不知後此者，壯心肯更回。舊學日蕪蕪，書册久塵埃。聖處與天似，而我老相催。坐念慨未已，東窻晨光開。

芭蕉雨

芭蕉得雨便欣然，終夜作聲清更妍。細聲巧學蠅觸紙，大聲鏘若山落泉。三點五點俱可聽，萬籟不生秋夕静。芭蕉自喜人自愁，不如西風收却雨即休。

雨中懶困

城頭欲上苦新泥，暖氣薰人軟欲癡。睡又不成行不是，强來看打洛神碑。

❶「却」，宋遞刻本作「脚」。

胡達孝水墨妙絶一世爲余作枯松孫枝石間老栢謝以長句

東齋歸自浣花里，訪我弄泉惠山趾。隨身萬里只孤舟，一簪不曾著行李。忽拈遠物出袖中，乃是孔明廟前古栢閬州松。徑從平地便起立，上穿屋瓦到青穹。老蛟脱鱗乾見骨，厥孫碧絲作鬢髮。石間霜皮二千尺，石似孤根根似石。硬根瘦榦未要論，葉間猶帶漢唐春。歲久亦無苔蘚痕，只有雪山之雪玉壘雲。却收松栢半天裏，几上捲來一張紙。

苦　吟

蟻無秋衣鴈有裘，霜天謀食各自愁。鴈聲寒死叫不歇，蟻膝凍僵行復休。先生苦吟日色晚，老鈴來催喫朝飯。小兒誦書呼不來，案頭冷却黄虀麵。

晚　禽　野　望

上却城來忘却歸，迎他來鴈送它飛。可憐烏臼能緇素，却被清霜染作緋。

毗陵郡齋追憶鄉味

坐無黄雀牛尾狸，荆溪日日思江西。若無鵝梨與海錯，江西却恐思荆溪。舊居江西不自惜，到得荆溪却追憶。明年官滿歸江西，却憶荆溪難再得。江珍海錯各自奇，冬裘何曾羡夏絺。鵝梨黄雀無不可，荆溪江西不關我。

和　章　漢　直

宛水吹波解舫齋，南徐吊古上高臺。岸巾過我燈前語，贈句清於月底梅。對着酒船手持蟹，管渠秋井骨生苔。壁間挂舌那能許，一斗百篇真快哉。

曉坐卧治齋

夜風甚細不勝酸，霜落無聲只是寒。日上東窻無箇事，送將梅影索人看。

行　圃

飯罷來窺園，晴路忽流水。石子净無塵，一一濕如洗。夜來元無雨，霜消痕尚爾。稺子有素約，杖屨從我戲。老夫偶獨先，稺子久不至。初心一何樂，中路慘不喜。悵望行復歇，回顧亦三四。行逢木蕖開，攀翻嗅霜蘂。

壕　上

壕上朝來眼頓明，小風淺水寫秋清。新霜殺盡浮萍草，放出靴紋水面生。

白　髮　歎

素絲久即黑，黑鬢久即絲。絲黑有涴法，鬢絲無染期。日月有底忙，晝夜馳向西。江漢與之反，却向東方馳。江漢西流日東落，鬢絲漆黑還如昨。夜長何不秉燭游，自是人生不行樂。

紅　葉

詩人滿腹着清愁，吐作千詩未肯休。寫徧壁間無去處，却將紅葉强題秋。

送蔡定夫提舉正字使廣東

國朝以來妙人物，近世獨數乾道年。后皇乃武再開闢，欲傾東海洗乾坤。九淵探珠巖採璞，天地爲綱置群賢。玉堂金鉉貯稷契，蓬山璧水俱崔班。追還慶曆元祐初，突過正觀開元前。❶麟臺正字蔡夫子，乃祖元是四諫官。風流文采已碧梧，忠義慷慨仍青氈。折檻舊痕故無恙，后皇是日動龍顏。嚴霜烈日照鵷鷺，一身似葉飄淮堧。柴門偃卧三臘雪，魚釜僅續一線煙。后皇九重念五嶺，生愁雨露南方乾。詔謂正字當居中，肯爲朕行綏百蠻。梅花迎笑錦囊古，南斗退避文星寒。動摇山嶽細事耳，約束海若收波瀾。坐令百姓萬里外，墮在二陝三輔間。檳榔紅時芝泥紫，歸來徑着侍臣冠。我家江西更西處，❷白鷺洲對青原山。公歸肯訪老翁否，酤酒滿眼未必然，青蒭白飯聊隨緣。

齋房戲題

長瓶舉我充自代，短檠留人爲莫逆。醉鄉無日不瓜時，書囿何朝無菜色。欲從舉者便彈冠，回顧石交難割席。子墨客卿善運籌，更問渠儂决去留。墨卿轉問子虛子，欲説還忘一笑休。

太平寺水 郡人徐友畫清濟貫河

太平古寺劫灰餘，夕陽惟照一塔孤。得得來看還不樂，竹莖荒處破殿虚。偶逢老僧聽僧話，道是壁間留古畫。徐生絶筆今百年，祖師相傳妙天下。壁如雪色一丈許，徐生畫水纔盈堵。横看側看只麽是，分明是畫不是水。中有清濟一線波，横貫萬里濁浪之黄河。雷奔電卷儘渠猛，獨清元自不隨它。波痕盡處忽掀

---

❶「正」，當作「貞」，此避宋仁宗趙禎諱。下同，不出校。

❷上「西」字，宋遞刻本作「南」。

怒，攪動一河秋色暮。分明是水不是畫，老眼向來元自誤。佛廬化作金拖樓，銀山雪堆風打頭。是身飄然在中流，奪得太一蓮葉舟。僧言此畫難再覓，官歸江西却相憶。并州剪刀剪不得，鵝溪疋絹官莫惜，貌取秋濤懸坐側。

水　紋

池面尖風起，煙痕一拂微。無形還有影，掠水去如飛。

初作眉頭皺，還成簟面斑。小風來不住，織遍一池間。

一鷺先立池中有雙鷺自外來先立者逐之雙鷺亟去莫敢敵者

鷺鷥各自有食邑，長恐諸侯客子來。一鷺忽追雙鷺去，窮追盡處始飛回。

晚風寒林

已是霜林葉爛紅，那禁動地晚來風。寒鴉可是矜渠黠，踏折枯梢不墮空。

樹無一葉萬梢枯，活底秋江水墨圖。幸自寒林俱淡筆，却將濃墨點栖烏。

霜夜無睡聞畫角孤鴈

畫角聲從枕底鳴，愁霜怨月不堪聽。擁紬起坐何人伴，只有殘燈半暈青。

梅邊玉琯月邊横，吹落銀河與曉星。城裏萬家都睡着，孤鴻叫我起來聽。

飯罷登浄遠亭

今歲寒應少，冬深氣轉和。都緣徑差曲，添得步行多。柳色猶青在，霜威奈爾何。忽然雙野鴨，飛下一池波。

晴望

愁於望處一時銷，山亦霜前分外高。枸杞一叢渾落盡，只殘紅乳似櫻桃。

豫章王集大成惠我思古人實獲我心八詩謝以五字

孤嗜難衆悅，今聽非昔絃。美人西山秀，蕨茹飲澗泉。雪蓑韞明月，冰棹刺野船。寶祲耿不掩，球聲忽復珊。聞者已瞠若，鬻之諒悠然。良瓌彼何憎，擊缶俗所便。老我詎能聰，妙音誤至前。古人子所思，而我豈古賢。借不滿子賞，能不聊子歎。故家富彥士，梧竹映芝蘭。紫餘乃祖槖，朱遍群從轓。迅趾豈地行，逸翎當雲鶱。勗哉搏羊角，何必懷西山。

不寐聽雨

雨到中宵寂不鳴，只聞風拂樹梢輕。瓦溝收拾殘零水，併作簷間一滴聲。

送張元直尉鹽官二首

璧水寒齏客，春闈擢桂郎。折腰端小耐，整翮未須忙。德進官無小，詩癯譽更香。會看兩鸂鶒，飛下蓼灘傍。

溧水孟東野，南昌梅子真。平生一少府，千載兩高人。白馬松梢寺，朱旗雪外春。村行如得句，寄我大江濱。

和胡運幹投贈

詩似離騷與國風，一襟塵土爲君空。來從月脇天心外，墮在冰甌雪椀中。判却青燈窮活計，早歸紫禁策元功。麴生未怕愁城峻，聊遣渠儂爲九攻。

夜雨獨覺

枕上還鄉枕上回，更更點點把人催。雨將苔砌滴到曉，風揀荻簾踈處來。每到凋年每多感，不教睡眼不曾開。來宵我識華胥路，莫近茶甌近酒盃。

夜聞風聲

作寒作暑無處避，開花落花儘他意。只有夜聲殊可憎，偏攪愁人五更睡。幸自無形那有聲，無端樹子替渠鳴。斫盡老槐與枯柳，更看渠儂作麽生。

詠虀

庾郎晚菘翡翠茸，金城土酥玉雪容。如何俱墮瑶甕中，却與醯雞同閟宫。金井銀床水清泚，雪山冰谷鹽輕脆。秋風一月釀得成，字曰受辛非麴生。太學儒生朝復暮，茹冷啜寒那可度。十年雪汁凍蔬腸，一夜飢雷聽更鼓。不如甕頭吏部甕頭醒，❶一逢受辛還一醒，畢卓與爾同死生。

---

❶「醒」，原作「醒」，今據宋遞刻本改。

誠齋集卷第十一

廬陵楊万里廷秀

詩

荆溪集

鱟醬

忽有瓶罌至，捲將江海來。玄霜凍龜殼，紅霧染珠胎。魚鮓兼蝦鮓，奴才更婢才。平章堪一飯，斷送更三盃。

池冰

池底枯荷瘦不勝，池冰新琢玉壺凝。如何留到炎蒸日，上有荷花下有冰。

怕寒不敢上高臺，上得高臺急急回。日欲消冰風不允，天猶未夕月先來。

節日新晴歸自天慶

初日明鴈腹，酸風迎馬頭。如何一雨過，添却滿城秋。樓觀色俱喜，槐榆影獨愁。節中公事少，吏散得吾休。

城上野步用轆轤體

寒勁無遺暖，晴行失老懷。葉飛楓骨立，萍盡沼奩開。路好仍回首，❶泥殘敢放鞋。登臨不須盡，留眼要重來。

晴眺

野意隨宜有，山光入望無。寒曦不自暖，落木幾曾枯。不分霜前樹，長啼月下烏。苦吟徐便悔，可惜數莖鬚。

霜曉

霜重曉未覺，日高融始寒。空墻半根濕，落葉片聲乾。

晚興

老來懷抱向誰開，歲晚無花薦一盃。處分新霜且留菊，辟差寒日早開梅。只教詩句清如雪，看得榮名細似埃。管葛諸人端解事，也曾遭我笑渠來。

暮寒

過鴈雙仍急，寒鴉隻已多。絶憐晴色好，無奈暮寒何。眼病書休讀，心勞句尚哦。老生窮事業，此外豈

---

❶「路」，宋遞刻本作「鷺」。

無他。

酒蛤蜊

飲者憐渠有典刑，見渠借箸眼偏青。平生閉口不論事，晚歲搜腸求獨醒。

蒲桃乾

凉州博酒不勝癡，銀漢乘槎領得歸。玉骨瘦來無一把，向來馬乳太輕肥。

梨

掛冠大谷肯干時，飣坐風流特地奇。骨裏馨香衣不隔，胸中冰雪齒偏知。賣漿碎擣瓊爲汁，解甲方憐玉作肌。老子醉來渾謝客，見渠倒屣只嫌遲。

蠟燭

未夜身先卧，不春花已開。泣殘雙淚雨，愁得寸心灰。

小立净遠亭

清景無終極，頻來未屬厭。遠山秋後出，茅屋近來添。

新晴曉步

冬來暮暮雨絲絲，竹徑梅坡迹頓稀。作意新晴聊一出，行逢濕路却成歸。

探梅

春傍梅梢瘦處回，小花未忍折將來。却緣久住成幽事，剩看南枝一度開。

和王司法雨中惠詩二首

絶憐法曹三尺喙，不辦太倉五升米。胡奴走送今寂然，公路如何令至此。春花秋月千首詩，一字不曾堪療飢。黄獨已空鑱底用，玉徽凍脱琴爲炊。窮鬼偏隨天下士，再結柳車君但試。不應滿腹貯六奇，豈有逐貧無一計。詩中哀怨海樣深，青燈搔首夜沉沉。一尊往慰風雨晚，莫管帶圍寬一眼。

無那詩愁着莫人，風顛雨急更昏昏。登臨無地可散策，剥啄阿誰來叩門。安得與渠呼玉酒，醉餘同看落金盆。齋厨索寞如懸罄，慙媿酸寒遣一尊。

惠泉酒熟

敲冰汲山泉，炊玉釀霜醅。忽然油成泓，失却瓊作堆。抱甕輸竹渠，挈瓶注銀盃。銀盃不解飲，傾瀉入我懷。酒聖凡五傳，道統到吾儕。誰云孟氏醇，軻死不傳來。醉鄉天張幕，糟丘麴爲臺。吾欲往相宅，今夕未擬回。

晝倦

愛日曛人欲睡昏，自匀嫩火炷爐薰。蜘蛛已去惟存網，猶罥窻間一隻蚊。

戲題水墨山水屏

櫂郎大似半邊蠅，摘蕙爲船折草撑。今夜不知何處泊，浪頭正與嶺頭平。

以糟蟹洞庭甘送丁端叔端叔有詩因和其韻

斗州只解寄鵝毛，鼎肉何曾饋百牢。驅使木奴供露顆，催科郭索獻霜螯。鄉封萬户只名醉，天作一丘都是糟。却被新詩太清絶，唤將雪虐更風饕。

曉　坐

拂曉文書已罷休，却披詩卷散閑愁。只驚兩眼生光彩，日到東窻半角頭。

凍　蠅

隔窻偶見負暄蠅，雙脚挼挲弄曉晴。日影欲移先會得，忽然飛落别窻聲。

壕 上 書 事

十里長壕展碧漪，波痕只去不曾歸。鷺鷥已飽渾無幹，獨立朝陽理雪衣。

霜

天欲吹霜不作難，連宵也費許多寒。新裝瓊甲爲蔬甲，仍化朱欄作玉欄。

冬至前三日

故山千里幾時回，又見初陽動琯灰。酒不逢人還易醉，詩如得句偶然來。

鴉

穉子相看只笑渠，老夫亦復小盧胡。一鴉飛立鈎欄角，子細看來還有鬚。

朝飯罷登净遠亭

近水孤亭迥，縈城一徑斜。霜林烏鵲國，冰岸鷺鷥家。殊覺冬曦暖，還拈小扇遮。傳呼惠山水，來瀹建溪茶。

近　節

節裏非無事，忙中自有閑。因風煩白鳥，折簡唤青山。詩卷一兩册，齋房三四間。興來長得句，却道在塵寰。

冬至日歸自天慶觀

逗曉清寒未苦嚴，輕霜隨分點茅簷。霧中失却溪邊寺，不見浮屠只見尖。

節裏人家笑語饒，日高猶自燭光交。霜林遮眼八九葉，露竹出墻三四梢。

蠟　梅

栗玉圓彫蕾，金鍾細着行。來從真蠟國，自號小黄香。夕吹撩寒馥，晨曦透暖光。南枝本同姓，唤我作它揚。

蠟　梅

蜜蜂底物是生涯，花作餱粮蠟作家。歲晚略無花可採，却將香蠟吐成花。

眉間蜜酒發輕黄，對着詩人不惜香。金作仙衣元自冷，月中仍帶一身霜。

菩頭元不是花房，融蠟熬酥戲滴將。忽見微舒金爪甲，不知中有紫香囊。

江梅珍重雪衣裳，薄相紅梅學杏裝。渠獨小參黄面老，額間艷艷發金光。

霜寒轆轤體

滴地酒成凍，喧天鴉訴寒。窻風經怒響，簾日漏温痕。偶爾尋梅去，其如駐屐難。沙鷗脚不韈，故故踏冰翻。

今曉難離火，平生不擁爐。只緣青女降，便與管城疎。淡日明還暗，微暄有似無。誰能忍寒得，苦死去看書。

苦　寒

畏暑長思雪繞身，苦寒却願柳回春。晚來斜日無多暖，映着西窻亦可人。

添盡紅爐着盡衣，一盃方覺暖如癡。人言霜後寒無奈，春在甕中渠不知。

冰和菜把菜和冰，心喜冬葅齒却憎。且忍牙車寒一點，教他胸次雪千層。

晚晴獨酌

冷落盃盤下箸稀，今年淮白較來遲。異鄉黄雀真無價，稍暖瓊酥不得時。

霜熟寒輕際晚時，簾間過影一鴉歸。夕陽端與誰爲地，只照游塵絮樣飛。

城頭曉步

古城秋後不勝荒，人跡新行一逕長。竹影已摇將午日，草根猶有夜來霜。

城東行遍却城西，欲問梅花乞一枝。雪糝久團霜後朵，嗔人頻看故開遲。

送丁牧仲新除奉常寺簿入朝

帝念潛龍雪邸臣，寵光玉樹照青春。家藏履舄星辰舊，天借旂常日月新。從此雲霄君穩步，向來鵷鷺我曾鄰。曲臺簿正多廊廟，西府璇樞是一人。今樞密錢公嘗爲奉常簿。

贈節推學士

奏篇驚倒漢廷臣，一眼元無四海人。天下無雙聊小却，洛陽年少是前身。雲鵬飛上偏嫌早，霧豹深藏更幾春。寬作十年相見着，剩將風雪試松筠。

懷古堂前小梅漸開

梅邊春意未全回，淡日微風暗裏催。近水數株殊小在，一梢雙朵忽齊開。生愁落去輕輕折，不怕清寒得得來。腸斷故園千樹雪，大江西處亂雲堆。

隨意行穿翠篠林，暗香撩我獨關心。遥看小朵不勝好，走近寒梢無處尋。未吐誰知膚底雪，半開猶護蘂頭金。老來嬾去渾無緒，奈此南枝索苦吟。

絶艷元非着粉團，真香亦不在鬚端。何曾天上冰玉質，却怕人間霜雪寒。枝似去年仍轉瘦，花於來歲定誰看。老夫官滿梅應熟，齒軟猶禁半點酸。

揀得踈花折得回，銀瓶冰水養教開。忽然燈下數枝影，唤作窻間一樹梅。歲律又殘還見此，我頭自白不須催。相看姑置人間事，嚼玉餐香嚥一盃。

雪中登浄遠亭

犯雪來登浄遠亭，飛花着水旋成冰。瓊田萬頃珠千樹，真在瑶臺十二層。

數片初飛點砌苔，須臾不覺玉千堆。去年無雪非無雪，留作今年一併來。

壕水深清一鏡如，天傾瑶屑打成酥。瑠璃缸面敖瓊粥，釀出珠宫白玉腴。

忍却清寒得得來，不堪騎吏苦相催。鴈穿銀色界中去，人到水晶宫裹回。

和趙鼎輔府判投贈賀雪之句

登城放目雪光中，萬水千山一色同。逗曉月華猶在地，未春柳絮已隨風。忽傳别駕贈佳句，道是頻年當屢豐。撚斷冰鬚愁寡和，玉花飛繞正濛濛。

觀　雪

銀屋瑶堦頃刻成，緩飄急灑總無聲。屑雲作粉如何濕，琱玉爲花乃爾輕。空裏仰看元不見，日光未透不妨晴。滿庭更遣遲銷着，剩借書牕幾夜明。

坐看深來尺許强，偏於薄暮發寒光。半空舞倦居然嬾，一點風來特地忙。落盡瓊花天不惜，封它梅蘂玉無香。倩誰細撚成湯餅，换却人間煙火腸。

和吴寺丞喜雪

珠唾銀鉤贈一通，炯如密雪墮寒空。飛來數片不霑袖，剪出六花全是風。骨冷魂清殘醉裏，日光玉潔晚晴中。先生秀句今無敵，誰誦相如奏舜瞳。

雪　晴

銀色三千界，瑶林一萬重。新晴天嫩緑，落照雪輕紅。兒劣敲冰柱，身清墮蘂宫。何須師鮑謝，詩在玉虚中。

晴後雪凍

負暄尚覺日無功，炙手仍愁火失紅。本是雪前風作雪，却緣雪後雪生風。四郊凍合如相約，七日晴來不肯融。舊説醉鄉堪避暑，避寒也合此鄉中。

和丁端叔喜雪

天將一雪净乾坤，便恐湯泉亦不温。瑶草忽生無種子，梅花寒損要温存。清游未到先回棹，高卧何如且閉門。珍重故人貽妙語，追還正始最初元。

雪凍未解散策郡圃

積雪偏工霽後凝，不妨冷極不妨清。静聞簷滴元無雨，倒掛冰牙未怕晴。獨往獨來銀粟地，一行一步玉沙聲。圃中散策饒君强，敢犯霜風上古城。

雪後十日日暖雪猶未融

地凍雪起立，簷生冰倒垂。日穿銀笋透，風琢玉山攲。今曉還差暖，清寒退尚遲。生愁便銷去，將底伴吟髭。

殘　雪

殘雪堆成山數重，懸崖幽竇玉玲瓏。如何借得仙人掌，擘取瓊瑶三四峰。

多稼亭日色甚暖忽有雪數片自晴空而下已而復無

霽日何曾惹寸雲，忽飛些子雪如塵。不知底處天花落，風裏吹來數點春。

兒啼索飯

飽暖君恩豈不知，小兒窮慣只長飢。朝朝聽得兒啼處，正是炊粱欲熟時。

寒雀

百千寒雀下空庭，小集梅梢話晚晴。特地作團喧殺我，忽然驚散寂無聲。

晚眺

晚暖好登臨，吾衰也不禁。雪殘千嶂玉，日落萬梢金。

雪夜候迎使客

六花不放一塵生，晴後猶餘十日凝。新月未光輸與雪，夜風儘冷只留冰。候迎銀漢槎頭客，挑盡玉蟲窗下燈。紙帳蒲團地爐煖，自憐不及草庵僧。

燭下梅花

燭下一枝梅，欲開猶未開。渾如玉冠子，戴月上瓊臺。
窗外雪猶凍，瓶中梅不開。燭花將暖氣，催得早春回。

燭下瓶中江蠟二梅

江梅蠟梅同日折，白晝看來兩清絶。如何對立燭光中，只見江梅白於雪。

使客不至夜歸獨酌

使客夜不至，還舍欣小歇。盃盤只草草，足可相煖熱。庭前雪夜明，道是簾外月。及見盤中酥，喚作庭前雪。

謝趙行之惠霜柿

紅葉曾題字，烏椑昔擅場。凍乾千顆蜜，尚帶一林霜。核有都無底，吾衰喜細嘗。慙無瓊玖句，報惠不相當。

謝葉叔羽總領惠雙淮白

寶奩寡貢笑權臣，筠掩分甘荷故人。天下衆鱗誰出右，淮南雙玉忽嘗新。未知丙穴果何似，只恐子魚無此珍。敢遣腹腴勸年少，一盃端合壽吾親。

情知北味飲中瓌，暖律何緣到死灰。去歲海紅猶間識，今年淮白不曾來。一寒尚有綈袍贈，雙鯉仍隨尺素回。厚禄故人書盡絶，只餘計相解相哀。

詠　酥

似膩還成爽，纔凝又欲飄。玉來盤底碎，雪到口邊銷。

送客歸登净遠亭

犯寒送客只勞神，上到危亭眼頓新。雪汁滴人清入髓，莫將衫袖障頭巾。

池冰動處水生瀾，未覺今朝抵死寒。便恐雪銷難再得，不辭鞋濕數來看。

和范至能參政寄二絶句

生憎鴈鶩只盈前，忽覽新詩意豁然。錦字展來看未足，玉蟲挑盡不成眠。

夢中相見慰相思，玉立長身漆點髭。不遺紫宸朝補衮，却教雪屋夜哦詩。

卧治齋夜坐

今年一雪徧江淮，半月晴光凍不開。孤坐郡齋人寂寂，一枝紅燭兩瓶梅。

十一月二十八日雪至十二月十一日日色方暖積雪始融

日華今日始微暄，次第梅花暖更妍。只有樹陰偏得意，占它殘雪不還天。

稺子弄冰

稺子金盆脱曉冰，彩絲穿取當銀鉦。敲成玉磬穿林響，忽作玻瓈碎地聲。

寄題石湖先生范至能參政石湖精舍

萬頃平湖石琢成，尚存越壘對吴城。如何豪傑干戈地，却入先生杖屨聲。古往今來真一夢，湖光月色自雙清。東風不解談興廢，只有年年春草生。

不關白眼視青雲，四海如今幾若人。渭水傅巖看後代，東坡太白即前身。整齊宇宙徐揮手，點綴湖山別是春。解遣雙魚傳七字，遥知掉脱小烏巾。

和丁端叔歲晚書懷

嗟予不能知止如邴曼容，又不能畢昏如尚子平。軟紅塵裏白雙鬢，坐見歲律空崢嶸。催科撫字兩何有，伎倆已窮慙九九。拔薤一本水一杅，多謝同朝金石友。雪欺老病忽抵巇，西山凍裂不留薇。詩壇老將更贖武，我已三北猶窮追。老懷不中數怊悵，急漉鵝黄翻甕盎。苟留殘雪更些時，爲我裝嚴麗譙上。

郡圃殘雪

半依籬脚半依城，多傍梅邊水際亭。最是晚晴斜照裏，黃金日射萬銀星。

南風融雪北風凝，晚日城頭已可登。莫道雪融便無跡，雪融成水水成冰。

城外城中雪半開，遠峰依舊玉崔嵬。池冰綻處纔如線，便有鴛鴦浮過來。

月夜觀雪

仙人愛雪不嫌寒，挈月來看夜不眠。游遍瓊樓霜欲曉，却將玉鏡掛青天。

月光雪色兩清寒，見月初疑是雪團。看得雪光還似月，元來雪月一般般。

月色還將雪色同，雪光却與月光通。都將大地作月窟，仍牓碧天名雪宮。

雪晴窻間展唐詩得一片桃花悵然賦之❶

偶開詩卷雪窻晨，中有桃花片尚新。却憶携詩花底看，回頭又是一年春。

梅露堂燕客夜歸

藥玉船中酒似空，水沉煙上雪都融。梅堂客散人初静，椽燭燒殘一尺紅。

城壕冰泮

雪力平欺半月晴，東風今日始開冰。長壕徹底都銷盡，只有樓陰玉一稜。

---

❶「間」，原作「開」，今據宋遞刻本及底本目録改。

櫻桃煎

含桃丹更圜，輕質觸必碎。外看千粒珠，中藏半泓水。何人弄好手，萬顆搗虛脆。印成花鈿薄，染作冰澌紫。北果非不多，此味良獨美。

誠齋集卷第十二

廬陵楊万里廷秀

詩

荆溪集

郡圃雪霽便有春意

臘傍梅梢盡，春從水底歸。草拳擎雪健，桃糝隔年肥。夜夜還鄉夢，心心逐鴈飛。誰言五斗米，便勝北山薇。

郡圃雪銷已盡惟餘城陰一街雪

陽林日暖雪全銷，陰逕瓊瑶尚寸高。半疋斜鋪白花錦，倩誰裁作水霜袍。

晚　望

天墮楸枰作稻畦，啼烏振鷺當枯棊。不論勝負端何似，黑子終多白子稀。

送客歸至郡圃殘雪銷盡

三日東風入萬家，草間殘雪不留些。兒童道是雪猶在，笑指梅花作雪花。

陳能之少卿殿撰挽詩

玉立頌臺上，風生憲府中。雪霜欺兩鬢，日月照孤忠。荷橐相將紫，銘旌作麽紅。北堂萱草露，應灑碧梧桐。

梅花數枝篸兩小瓷瓶雪寒一夜二瓶凍裂剥出二水精瓶梅花在焉蓋冰結而爲此也

何人雙贈水精瓶，梅花數枝瓶底生。瘦枝尚帶折痕在，隔瓶照見透骨明。大枝開盡花如雪，小枝未開更清絶。争從瓶口迸出來，其奈堪看不堪掇。人言水精初出萬壑時，欲凝未凝如凍脂。上有江梅花正盛，吹折數枝墮寒鏡。玉工割取到人間，琢出瓶子和梅看。至今猶有未凝處，瓶裏水珠走來去。只愁窻外春日紅，瓶子化作亡是公。

遣人探梅翟園云尚未開

傳語翟園千樹梅，不應嵓苴索詩催。今年雪後悄無信，去歲臘前强半開。我欲明朝携酒去，花須連夜唤春回。東風肯報南枝否，待釂東風三百盃。

十二月二十一日迎春

星淡孤螢月一梳，迎春早起正愁予。土牛只解催人老，春氣自來何事渠。官柳野梅殘雪後，金幡玉勝曉光初。却思歸跨春山犢，藹栗仍將掛漢書。

己亥正月二日送李伯和提幹歸豫章

伯和來自西山西，西山爽氣在睫眉。胸中八索貯奇古，筆下九河走風雨。君不見李家人物它家無，老蚌一産俱明珠。郎罷致身已碧落，衆雛争先見頭角。伯珍魁名北斗傍，仲簡插脚鴛鷺行。如何伯也袖兩手，却去外臺作賓友。荆溪病守鬢星星，一見鄉人雙眼明。白雲飛處忽心動，不堪折柳還相送。我自爲客仍送君，梅邊雪裏正新春。還家燈火更青簡，給札蘭臺未渠晚。

正月三日驟暖多稼亭前梅花盛開

春被梅花抵死催，今年春向去年回。春回十日梅初覺，一夜商量一併開。

絶愛西湖踈影詩，要知猶是未開時。如今開盡渾無縫，只見花頭不見枝。

初開猶見蔕和心，今日來看花滿林。日照一團都是雪，更無紅蠟與黄金。

却緣臘雪勒孤芳，等待晴光曬麝囊。小立樹西人不會，東風供我打頭香。

春　興

窻底梅花瓶底老，瓶邊破硯梅邊好。詩人忽然詩興來，如何見硯不見梅。急磨玄圭染霜紙，撼落花鬚浮硯水。詩成字字梅樣香，却把春風寄誰子。

歲之二日欲游翟園以寒風而止

歲前問訊翟園梅，不知作麽不肯開。歲後遣人訪消息，春風一夜花都拆。老夫聞此喜欲癲，小兒終夕不成眠。南烹北果手自飣，漆櫑銀瓶色相映。千騎朝來塡戟門，雙旌已復指梅園。東風無端動地起，横作清寒止游子。老夫孤悶搔白頭，小兒勸翁翁勿愁。人言好事莫作意，雨妬風憎鬼神忌。欲游不必言，阻游不必計。從今只揀天色佳，走就梅花求一醉。

謝陳希顔惠兔耙

東郭阿㲕駞褐裳，清腹不着煙火香。姮娥唤入廣寒殿，詔許擣藥不許嘗。金丹煉成紫皇喜，玉臼自携銀漢洗。偷將缺吻吸瓊漿，蜕盡骨毛作仙子。鬢絲吹落桂枝風，人間封作管城公。先生何許得尸解，貌如枯蟾帶玄疥。麒麟擘脯未必如，耶律𩞄耙差不大。先生錦心冰雪腸，銀鈎珠唾千萬章。管城奔命困書囿，阿㲕漆身嬉醉鄉。老夫去年左車脱，匙抄爛飯猶戛戛。太息再拜謝阿㲕，尚堪挂壁縈蛛塵，一飯瞻仰齒生津。

初三日游翟園

羽衣曉謁玄元殿，霜封萬屋明飛霰。扶桑跳出丹砂丸，光射半天縈紫電。歸途微暖春衫知，小風不動旗脚垂。老夫掉頭心獨喜，翟園梅花招我嬉。呼兒㜸姍且勃窣，纔出譙門寒刮骨。東風十里卷黄塵，眼花頭眩吹倒人。劣到翟園風便止，猿鶴前導花迎門。玉林亭子絶幽絶，江梅千樹吹香雪。茂松軒裏清更清，松風一鼎煎茶聲。春光催柳未肯青，池水借日無留冰。殷勤犯寒我不枉，分付勝遊天豈輕。主人看客眼不白，鸜鵒傳呼餉肴核。桃花碎片點鱸鮓，紫茸堆盤擘鶉腊。霜餘橘顆金彈香，雪底笋芽玉版色。老夫欲醉金叵羅，穉子先唱驪駒歌。不羞冷面對風物，奈爾玉笋金柑何。

多稼亭前兩株梅盛開

翟園看梅不滿眼，載酒何曾傾一琖。空有千株半未花，欲剪一枝無可揀。歸來却登多稼亭，玉妃驟降千娉婷。素羅衣裳濯瑶水，珠宫樓閣開銀屏。國香萬斛量不盡，雪嶺諸峰互相映。身騎白鳳繞瓊林，肝膽透寒骨毛冷。看來只是兩株梅，如何遣儂心眼開。花頭密密紛無數，萼萼枝枝砌成樹。夕陽斜照光燭天，微風欲度遮無路。君不見侯門女兒真箇癡，獺髓熬酥滴北枝。又不見畫工兔穎矜好手，冰水和鉛描玉肌。先生不能奄有二子者，報答風光只有詩，今夕不醉仍無歸。

戲題所見

田家不遣兒牧豬，老烏替作牧豬奴。不羞卑冗頗得志，草根更與豬爲戲。一烏驅豬作觳觫，一烏騎豬作騏驥。騎之不穩驅不前，坐看頑鈍手無鞭。人與馬牛雖各樣，一生同住烏衣巷。叱声啞啞喙欲乾，豬竟不曉烏之言。騎者不從驅者鬬，❶争牛訟馬傍無救。豬亦自食仍自行，一任兩烏雙鬬争。不緣一童逐烏起，兩烏頃刻鬬至死。

梅花下遇小雨

偶來花下聊散策，落英滿地珠爲席。繞花百匝不忍歸，生怕幽芳怨孤寂。仰頭欲折一枝斜，自插白鬢明烏紗。傍人勸我不用許，道我滿頭都是花。初來也覺香破鼻，頃之無香亦無味。虛疑黄昏花欲睡，不知

---

❶「不」，宋遞刻本作「忽」。

被花薰得醉。忽然細雨濕我頭，雨落未落花先愁。三點兩點也不惡，未要打空花片休。

落梅有歎

纔看臘後得春饒，愁見風前作雪飄。脱蘂收將熬粥喫，落英仍好當香燒。

郡治燕堂庭中梅花

林中梅花如隱士，只多野氣無塵氣。庭中梅花如貴人，也無野氣也無塵。不疎不密隨宜了，旋落旋開無不好。珠簾遺風細爲吹，畫簷護霜寒更微。詩翁繞堦未得句，先送詩材與翁語。有酒如澠誰伴翁，玉雪對飲惟渠儂。翁欲還家即明發，更爲梅兄留一月。

細雨

孤悶無言獨倚門，梅花細雨欲黄昏。可憐簷滴不脱灑，點點何曾離舊痕。

水精膾

上饒靈山無它靈，空山滿腹着水精。炯然非石亦非玉，乃是陰崖絶壑千秋萬歲之堅冰。只知靈山有爽氣，誰知水精有奇味。詩人新試餐玉方，解遺堅凝作鬆脆。銀刀細下雪縷飛，金盤飣出瓊瑶堆。齒牙着處霜霰響，殺鯖厭後胸襟開。尊前歡伯來督戰，坐上嘉賓欲驚散。胸中自有水精宫，不怕醉鄉無畔岸。

雨後曉起問訊梅花

前日看梅風吹倒，昨日看梅雨霑帽。近梅一日或再來，遠梅隔年纔一到。夜來爲梅愁雨聲，挑燈起坐至天明。不知消息平安否，早來問訊還疾走。横枝雨後轉清妍，玉容洗粧晨更鮮。絶似孤山半峰雪，不羡玉井十丈蓮。十事八九不如意，人生巧憧天公計。簿書海底白人頭，孤負江南風月秋。憶昔少年命同社，月裏傳觴梅影下。一片花飛落酒中，十分便罰瑠璃鍾。如今老病不飲酒，梅花也合憐衰翁。

壕上感春

長壕無事不耐静，若非織綃便磨鏡。竹君不作五斗謀，風前折腰也如磬。先生節裏城上嬉，朝游暮游不肯歸。晴空大聲斗作惡，萬鴉退飛一鴉落。乃是黑風江北來，更將黑雲頭上堆。飜手爲晴覆手雨，自晴自雨何須怒。先生不妨且覓句，挽之不來推不去。坐看梅花一萬枝，化成粉蝶作團飛。紛紛掠面收不得，稍稍積砌吹還稀。落盡梅花天不管，晚來許寒朝許暖。一年待春春不回，一年探梅梅不開。春回今纔幾許日，梅開如何頓蕭瑟。少壯幾時奈老何，落花未抵春愁多。

觀小兒戲打春牛

小兒着鞭鞭土牛，學翁打春先打頭。黄牛黄蹄白雙角，牧童緑蓑笠青篛。今年土脉應雨膏，去年不似今年樂。兒聞年登喜不飢，牛聞年登愁不肥。麥穗即看雲作帚，稻米亦復珠盈斗。大田耕盡却耕山，黄牛從此何時閑。

謝親戚寄黄雀

萬金家書寄中庭，牘背仍題雙掩并。不知千里寄底物，白泥紅印三十瓶。甆瓶淺染茱萸紫，心知親賓寄鄉味。印泥未開出饞水，印泥一開香撲鼻。江西山間黄羽衣，純綿被體白如脂。偶然一念墮世網，身穚兩翼那能飛。誤蒙諸公相俎豆，月裏花邊一盃酒。先生與渠元不踈，兩年眼底不見渠。端能訪我荆溪曲，願借前籌酌酃渌。

牛尾狸

狐公韻勝冰玉肌，字則未聞名季貍。誤隨齊相燧牛尾，策勳封作糟丘子。子孫世世襲膏粱，黄雀子魚鴻鴈行。先生試與季貍語，有味其言須聽取。

得小兒壽俊家書

父子初别雙淚垂，别我既久忘却思。忽得一書喜且悲，恰似向來初别時。汝翁在官緣索米，吾兒在家勉經史。舉頭二千四百里，亘山啼鳥偏入耳。詩成自哦只自知，便風不敢寄吾兒。汝望白雲穿却眼，若得此詩恐腸斷。徑須父子早歸田，麄茶淡飯終殘年。

書莫讀

書莫讀，詩莫吟，讀書兩眼枯見骨，吟詩箇字嘔出心。人言讀書樂，人言吟詩好。口吻長作秋蟲聲，只令君瘦令君老。君瘦君老且勿論，傍人聽之亦煩惱。何如閉目坐齋房，下簾掃地自焚香。聽風聽雨都有味，健來即行倦來睡。

春草

天欲遊人不踏塵，一年一换翠茸茵。東風猶自嫌蕭索，更遣飛花繡好春。

年年春色屬垂楊，金撚千絲翠萬行。今歲草芽先得計，攙它濃翠奪它黄。

春　陰

春晴幸好却春陰，雲意涔涔半欲霖。日色忽開雲又合，急收碎影一簾金。

小瓶梅花

梅萼纔開已亂飛，不堪雨打更風吹。蕭蕭只隔窻間紙，瓶裏梅花總不知。

夜　坐

繡簾無力護東風，燭影何曾正當紅。獸炭貂裘猶道冷，梅花不易玉霜中。

寒宵老眼只長醒，蝴蝶頻催夢不成。不是三更三四點，如何一睡到天明。

燭下和雪折梅

梅兄衝雪來相見，雪片滿鬚仍滿面。一生梅瘦今却肥，是雪是梅渾不辨。喚來燈下細看渠，不知真箇有雪無。只見玉顔流汗珠，汗珠滿面滴到鬚。

鳩銜枝營巢樹間經月不成而去

鳩婦那知自不材，樹陰踈處起樓臺。可憐積木如山樣，一桷何曾架得來。

鵲營巢既成爲鳩所據

乾鵲平生浪苦辛，一年卜築一番新。如何月下空三匝，宅子還將住別人。

上元前大雪即晴

臘前三白已奇絶，年後六花仍作團。纔定忽斜偏有思，欲消還凍不勝寒。且留大地萬銀屋，要伴青天孤玉盤。今歲上元君記取，紅燈白月雪中看。

郡中上元燈減舊例三之二而又迎送使客

紅錦芙蓉碧牡丹，今番燈火減前番。雪泥没膝霜風緊，也有遊人看上元。

北使纔歸南使來，前船未送後舡催。元宵行樂年年事，兒女嗔人夜不回。

憶昔三衢看上元，玉虹横貫水精簾。窮州今夕酸寒殺，老眼看來自不忺。

兒時行樂幾時愁，老去情懷懶出遊。市上人家重時節，典釵賣釧買燈毬。

不是東風巧剪裁，如何春夜碧蓮開。江城寂寞無歌舞，唤得梅花勸一盃。

雪後樓臺欲暮時，遊人只道上燈遲。月輪貼在梅花背，錯認梅枝作桂枝。

村裏風回市裏聲，月中人看雪中燈。滿城只道歡猶少，不道譙門冷似冰。

郡圃杏花

小樹嫣然一兩枝，晴醺雨醉總相宜。絶憐欲白仍紅處，政是微開半吐時。得幸東風無與對，主張春色更還誰。海棠穠麗梅花淡，匹似渠儂别樣奇。

迥出千花合受降，不然受拜亦何妨。行穿小樹尋晴朵，自挽芳條嗅暖香。却恨來時差已晚，不如清曉看新粧。朗吟清露温風句，惱殺詩翁只斷腸。

華鏜秀才著六經解以長句書其後

河圖三畫已剩却，堯典萬言猶欠着。向來濳聖天何言，六經非渠一手作。杏花壇下撥不開，天公更遣麒麟催。乾坤造化登青竹，洙泗光芒付緑苔。堂上書生真苦相，蠹簡嚼穿渾不放。屋上架屋更屋上，後千萬年作何樣。華元夜登子反床，華鐘晨趨孔子堂。當時浪説析骸骨，今日覃思彫肺腸。華君將身博凍餒，毛穎可憐彼何罪。君不見老農驅牛耕壠頭，稻雲割盡牛亦休。毛穎爲君禿盡髪，問君何時放渠歇，短檠青燈明復滅。

上元後猶寒

雪後不妨寒較差，莫教一併放千花。舊來池上金絲柳，新學江西鷹爪茶。

夜觀庭中梅花

道是春工做物華，春工元自不由它。杏花只作去年面，萱草别抽今歲芽。

霧質雲爲屋，瓊膚玉作裳。花明不是月，夜静偶聞香。

春夜孤坐

兒女齁齁鼻息聲，虚堂誰伴一先生。春寒夜静燈花落，數盡殘更睡不成。

梅花雪後杏花風，老面逢春只强紅。詩句行來行去裏，情懷不醉不醒中。

老來覓句苦難成，細把風斤鏤薄冰。行到長廊人寂寂，隔窻一點讀書燈。

休日城上

到得荆溪鬢盡斑，二年心力不曾閑。如今歸去無餘戀，只有梅花慘别顔。

休日呼兒上古城，胡床何處不隨行。莫嫌一陣東風惡，分外教他數日晴。

望中遠樹各依行，春後新晴未斷霜。池面得風呈縐碧，梅鬚經雨褪危黃。

多稼亭看梅

先生次第即還家，更上城頭一望賒。行盡荒寒無意思，不如來此看梅花。

梅花不合太争春，政盛開時却惱人。試折一枝輕着手，驚飛萬點撲衣巾。

鑷　白

莫把菱花鑷白髭，勸君留取伴吟詩。錦囊若要添新句，繡口如何減素絲。

東窗梅影上有寒雀往來

梅花寒雀不須摹，日影描窗作畫圖。寒雀解飛花解舞，君看此畫古今無。

瑞　香

買斷春光與曉晴，幽香逸艷獨婷婷。齊開忽作欒枝錦，未坼猶疑紫素馨。絶愛小花和月露，折將一朵簪銀瓶。今年偶憶年時句，倦倚彫欄酒半醒。

燒　香

小閤踈櫺春晝長，沉煙半穗弄輕黃。老鈴略不知人意，故故搴簾放出香。

看畫常州圖迎新太守

畫工吮筆畫常州，老子來看却自羞。若遣此圖還解語，道儂調戲幾君侯。

風急落梅

梅花已是不勝癯，無賴東風特地麁。狼籍玉英渾不惜，强留嫣蔕與枯鬚。

探　春

五日纔能一日來，眼生方覺有春回。向來日日頻來探，只道園花不肯開。

晚　晴

風收點滴曉簷聲，雲放朦朧晚日明。楊柳染絲纔喜雨，梅花泣玉却祈晴。

先生老態似枯禪，解后東風也欲顛。纔雨便晴寒便暖，四時佳處是春天。

理　髮

髮脱心知不再生，新年底急頓星星。城邊老柳也欺我，春裏滿頭依舊青。

晚　照

閑對斜陽數隙塵，何曾萬事一關身。湯瓶得火自相語，酒琖爲人先作春。

新除廣東常平之節感恩書懷

已愧雙旌古晉陵，更堪一節古羊城。❶偶逢舊治年頻熟，忽署新銜手尚生。山與君恩誰是重，身如秋葉不勝輕。向來百鍊今繞指，一寸丹心白日明。

---

❶「古」，宋遞刻本作「五」。

芥　虀

茈薑馨辣最佳蔬，孫芥芳辛不讓渠。蟹眼嫩湯微熟了，鵝兒新酒未醒初。棖香醋釅作三友，露葉霜芽知幾鋤。自笑枯腸成破甕，一生只解貯寒葅。

正月將晦繁星滿天

兔冷蟾寒不出時，群仙無睡尚遊嬉。可憐深夜無燈火，碧玉枰前暗着棊。

辭滿代者未至

一麾來此恰三年，到得終更分外難。老眼看燈渾作暈，愁心得酒不成歡。

試毗陵周壽墨池樣筆

舊來雞距說宣城，近來墨池說毗陵。不知阿誰喜柔懦，毛穎只今泥樣軟。筆頭政要挽千鈞，渠自無力隨人轉。兔尖如針利如錐，方能幻出抉石猊。少年免冠已禿鬢，老去種種將奚爲。就中周壽差可意，鋭頭將軍殊解事。銛鋒不用洮州礪，剛腸頗學汲都尉。先生焚香坐明牕，中書奮髯蝟毛張，願翻墨汁詩戰場。先生一揮十萬行，梅花微笑看在旁。吾詩雖非雲錦章，中有梅花玉雪香。

春寒初晴

峭寒穿屋透衣裘，欺得詩人兩鬢秋。從此莫教三日暖，花開花落却成愁。

柳　色

春到四經旬，元來未見春。柳條將軟碧，争獻上番新。

行　圃

摘杞搜枯梗，攀花脱脆包。蝶呈新様粉，柳送隔城梢。

澹天薄日倦春遊，蒼檜叢篁引逕幽。忽有小風人未覺，薺花無數總摇頭。

春半聞歸鴈

春光深淺没人知，我正南歸鴈北歸。頭上一聲如話别，一生長是背人飛。

毗陵辭滿出舍添倅廳

小住丞廳更一旬，客魂先入故鄉春。未離鼓角聲中夢，已是譙門外面人。

寓倅廳寒夜不寐

不堪斜雨打虚牕，只願晴陽送曉光。自是老人眠不着，近來春夜幾曾長。樓頭吹動梅花曲，夢裹猶疑燕寢香。道是官居如客舍，等閑一宿兩年强。

春　望

春光放盡百花房，開到林檎與海棠。青却子城千樹柳，高枝猶有一梢黄。

掠削嬌雲放嫩晴，三朝五日即清明。垂楊幸自風流殺，莫着啼烏只着鸎。

送醫家孟宗良漢卿

醫家者流多盧人，亦如許靖浪得名。有眼何曾識内經，有手何曾赦方兄。一丸足可殺一命，却道良醫逢死病。荆溪此輩端不稀，向來吾兒命如絲。孟君談笑能起死，吾兒更生一彈指。我今挂帆上江西，君來送我别荆溪。赠别只有七字诗，千萬珍重尉相思。它年荆溪説神醫，非吾孟君更阿誰，倉公華佗何必奇。

遊翟園

花枝劣相絓人衣，蜂子顛狂觸面皮。一巷海棠千架錦，兩堤楊柳萬窩絲。

柔風軟日斬新晴，釃白嬌紅鼎盛春。借問主人何處去，春光分付守園人。

翟園從此即相辭，園裏春歸我亦歸。蜂踏殘花容易落，蝶隨數片往來飛。

上印有日代者未至

不是新人不肯來，天教老子小徘徊。坐看桃李繽紛落，等得酴醿爛熳開。

誠齋集卷第十三

廬陵楊万里廷秀

詩

西歸集

初離常州夜宿小井清曉放船

攔街父老不教行，出得東門已一更。一事新來偏可意，夢中聞打放船鉦。
晨炊只煮野蔬湯，更揀鮮魚買一雙。病眼未能禁曉日，西窻莫閉閉東窻。
春旱愁人是去年，如今説着尚心酸。篙師莫遣船遲着，見説蘇州好牡丹。

雨中遠望惠山

準擬歸時到未遲，歸時不到悔來時。惠山不識空歸去，枉與常州作住持。
詩人也是可憐生，不及穿雲渡水僧。不是惠山看不見，只教遥見不教登。

酌惠山泉瀹茶

錫作諸峰玉一涓，麯生堪釀茗堪煎。詩人浪語元無據，却道人間第二泉。

舟中雨望二首

雨裏船中只好眠，不堪景物妬人閑。岸如玉案平鋪却，飣餖真山作假山。

船窻深閉懶看書，獨倚船門撚白鬚。雨共長河織青錦，金錢暈上滴真珠。

曉經潘葑

油牕着雨光不濕，東風忽轉西風急。篷聲蕭蕭河水澁，牽船不行人却立。雨中篙師風墮笠，潘葑未到眼先入。岸柳垂頭向人揖，一時唤入誠齋集。

惠山雲開復合

二年常州不識山，惠山一見開心顔。只嫌雨裏不子細，髣髴隔簾青玉鬟。天風忽吹白雲坼，翡翠屏開倚南極。❶政緣一雨染山色，未必雨前如此碧。看山未了雲復還，雲與詩人偏作難。我船自向蘇州去，白雲穩向山頭住。

泊舟無錫雨止遂游惠山

天教老子不空回，船泊山根雨頓開。歸去江西人問我，也曾一到惠山來。

---

❶「開」，宋遞刻本作「風」。

出惠山遥望横山

三日横山反覆看，慇懃送我惠山前。常州更在横山外，只望横山已杳然。

舟過望亭

常州盡處是望亭，已離常州第四程。柳線絆船知不住，却教飛絮送儂行。

雨罷風回花柳晴，忽然數點打窻聲。遊蜂誤入船窻裏，飛去飛來總是情。

此去蘇州半日期，歸心長是覺船遲。一村樹暗知何處，兩岸草青無了時。

將近許市望見虎丘

許市人家遠樹前，虎丘山色夕陽邊。石橋分水入别港，茅屋垂楊仍釣船。

舟中晚酌

竹陵春酒絶清嚴，解割詩腸快似鎌。雪藕逢暄偏覺爽，鵝梨欲爛不勝甜。

一日寒暄自不同，繡簾下却護輕風。楊花可是多情思，飛入船中落酒中。

泊船百花洲登姑蘇臺

二月盡頭三月初，繫船楊柳拂菰蒲。姑蘇臺上斜陽裏，眼度靈巖到太湖。

客裏逢春了不知，牡丹剩買十來枝。東風動地從渠惡，吹盡楊花無可吹。

舟中小雨

漠漠輕寒粟曉膚，酴醿半落牡丹初。顛風無賴難拘管，小雨多情爲破除。半世光陰行路裏，一年春事客愁餘。浙西尚遠江西在，何日章江買白魚。

從范至能參政游石湖精舍坐間走筆

孤塔鷗邊迥，千巖鏡裏看。折花倩人插，摘葉護窻寒。不是無相識，相從却是難。歸舟望精舍，已在白雲端。

震澤分波入，垂虹隔水看。何須小風起，生怕牡丹寒。政坐諸峰好，端令落筆難。催人理歸棹，落日許無端。

夜飲周同年權府家

老趁漁船泊館娃，月明夜飲故人家。春風吹酒不肯醒，嚼盡酴醾一架花。

再登垂虹亭

紅塵不解送詩來，身在煙波句自佳。銀漢光中有詩客，玉虹背上曳芒鞋。

宿醒作惱未惺鬆，一對湖光酒病空。身到吴中無好處，三年兩度上垂虹。

長年三老不須催，且據胡牀未擬回。白晝驚人星滿地，日光碎處萬波來。

已過吴江阻風上湖口

五日姑蘇一醉中，醉中看盡牡丹紅。阻風只怕松江渡，過了松江却阻風。

南風捲水入湖去，落盡波痕不復回。更被綱船礙歸舫，一船過盡一船來。

夜泊平望終夕不寐

船中新熱睡難成，聽盡漁舟掠水聲。不分兩窻窻外月，如何不爲别人明。

櫻桃湖裏月如霜，偏照征人寸斷腸。醉裏不知家尚遠，夢回忽覺路初長。

一生行路便多愁，落得星星兩鬢秋。數盡歸程到家了，此身猶未出蘇州。

小泊梅堰登明孝寺

泊船梅堰日微昇，一逕深深喚我登。隨分垂楊兼老檜，備員野寺更殘僧。

湖州三里橋取道德清

浙西只欠到湖州，三里橋頭轉却舟。不到湖州妨底事，不如元不到橋頭。

宿湖甫山

夜泊湖甫山，綠楊護危堤。迅雷將殘雨，似猛竟復微。曉月解風纜，熟睡初不知。起來問宿處，千山翠相圍。霽峰有剩謁，旭溪無停輝。遠樹蘆外出，若與船争馳。多情東林塔，寸步不相離。後送欣已遠，前迎復在兹。不知塔意厚，爲復船行遲。誰能仆此塔，庶不淹吾歸。獨感夜來雨，政作朝凉資。

過雪川大溪

菰蒲際天青無邊，只堪蓮蕩不堪田。中有一溪元不遠，摺作三百六十灣。政如綠錦地衣上，玉龍盤屈於其間。前船未轉後船隔，前灣望得到不得。及至前灣到得時，只與後灣纔咫尺。朝來已度數百縈，問知德清猶半程。老夫乍喜櫂夫悶，管有到時君莫問。

霅　溪

道場山背是吳興，只不教人到德清。霅水相留別無計，却將溪曲暗添程。

春盡舍舟餘杭雨後山行

前夕船中索簟眠，今朝山下覺衣單。春歸便肯平平過，須做桐花一信寒。

樹樹低桑不要梯，溪溪新漲總平堤。杜鵑知我歸心急，林外飛來頭上啼。

新　竹

東風弄巧補殘山，一夜吹添玉數竿。半脱錦衣猶半着，籜龍未信没春寒。

轎中絶句

雪洗林花頰，金挼隴麥鬚。捲簾雙眼遠，隔樹一峰尖。

晨炊白昇山俗傳葛仙翁於此白日昇天，故名。

千峰爲我旋生妍，我爲千峰一灑然。雲掠石崖啼鳥樹，雨添山澗落花泉。心知僮僕多飢色，目斷茅簷半穗煙。只道晨炊食無肉，竹根斤筍兩三錢。❶

晚憩富陽

苕溪到得富春灘，度緑穿青半日間。未出浙西心已喜，眼中初見浙東山。

---

❶「筍」，原作「荀」，今據宋遞刻本改。

春餘客裏政無聊，忽報潮頭雪樣高。急喚清空竹陵酒，旋嘗梅子與櫻桃。

富陽登舟待潮回文

山接江清江接天，老人漁釣下前灘。寒潮晚到風無定，船泊小灣春日殘。

小舟晚興

蒻篷舊屋雨聲乾，蘆蓆新簷暖日眠。枕底席邊俱緑水，脚根頭上兩青天。

人在非晴非雨天，船行不浪不風間。坐來堪喜還堪恨，看得南山失北山。

潮痕初落水猶肥，雨點纔來已復微。半濕岸沙危欲落，牽船稚子去如飛。

一船在後忽攙前，前後篙師各粲然。山入春來肥更秀，向人依舊聳寒肩。

明發窄溪晚次嚴州

夕照落帆烏石灘，朝來解纜窄溪邊。篙師好語君知否，一日風行兩日船。

過横山塔下

六年三度過蘭溪，總是殘春首夏時。最感横山山上塔，迎人東去送人西。

過金臺天氣頓熱

江雲山翠借朝凉，晚日晴波挾暑光。舊説長江無六月，暮春已自不禁當。

日曬船篷四面炊，幾時却得出船時。江西未到何須恨，且到三衢也自奇。

入到船中氣鬱蒸，出來船外日侵陵。緑波欲沸清何在，青蓋張來似不曾。是日舟中張青蓋亦不凉云。

宿潭石步

三更無月天正黑，電光一掣隨霹靂。雨穿天心落篷脊，急風横吹斜更直。踈篷穿漏濕床席，波聲打枕一紙隔。夢中驚起眠不得，攬衣危坐三嘆息。行路艱難非不歷，平生不曾似今夕。天公嚇客惡作劇，不相關白出不測。收風拾雨猝無策，如何乞得東方白。垂頭縮脚正偪仄，忽然頭上復一滴。

過安仁市得風挂帆

明發山溪一雨餘，昨來暑氣半分無。何人道是三衢遠，挂起東風十幅蒲。
西望柯山正蔚藍，衢州只在此山南。却愁路盡風猶剩，回納清風與破帆。

舟中戲題

花處青山柳處溪，新來宿處舊曾炊。到家失却行程曆，只檢西歸小集詩。

上章戴灘

脱巾枕手仰哦詩，醉上諸灘總不知。回看他船上灘苦，方知它看我船時。

三月二十七日送春絶句

只餘三日便清和，儘放春歸莫恨他。落盡千花飛盡絮，留春肯住欲如何。

春盡感興

春事怱怱掠眼過，落花寂寂奈愁何。故人南北音書少，野渡東西芳草多。筍借一風争作竹，鷰分數子别成窠。青燈白酒長亭夜，不勝孤舟兀緑波。

四月一日三衢阻雨

無朝無夕雨翻盆，村北村南水接天。斷却市橋君莫笑，前頭野渡更無船。

小詩苦雨當雲牋，寄似南風一問天。漏得銀河乾見底，却將什麽作豐年。

明發三衢

拔盡新秧插盡田，出城一眼翠無邊。不關雨水愁行客，政是年年雨水天。

衝風破雨正愁人，愁得心情没半分。風處吹來好消息，諸峰放散夜來雲。

雲欲開時又不開，問天覓陣好風催。雨無多落泥偏滑，溪不勝深岸故頽。

插秧歌

田夫抛秧田婦接，小兒拔秧大兒插。笠是兜鍪簑是甲，雨從頭上濕到胛。唤渠朝餐歇半霎，低頭折腰只不答。秧根未牢蒔未匝，照管鵝兒與雛鴨。

明發平坦市

花霏滋曉寒，葉哢新野聽。萬象宿雨餘，潔齋無欠浄。霽曦耿欲吐，遠峰忽復暝。林廬居者誰，户與碧山映。薔薇上木末，不架得初性。彼卧晏未興，我征漂靡定。悄然懷吾廬，花竹幽更盛。兹焉獨足羨，自視不差勝。顧瞻江之西，心速路逾敻。似聞前溪水，盡還舊沙徑。

晨炊江山縣驛

聞道常山水壯哉，問途何惜小紆回。平生不到江山縣，臨老須教作一來。

過景星山山頂一石孤立又名突星山

山頭孤立玉玲竮，天上何年墮景星。四面萬峰非不峻，如何只是一峰青。

江山道中蠶麥大熟

衢信中央兩盡頭，蠶姩今歲十分收。穗初黄後枝無緑，不但麥秋桑亦秋。

黄雲割露幾肩歸，紫玉炊香一飯肥。却破麥田秧晚稻，未教水牯卧斜暉。

新晴户户有歡顔，曬繭攤絲立地乾。却遣繅車聲獨怨，今年不及去年閑。

午　憩

嫩緑桐陰夾道遮，爛紅野果壓枝斜。日烘細草香無價，况有三枝兩朵花。

晴邊雨後麥秋時，風色輕輕日色微。已隔深溪仍蘸水，却教人折野薔薇。

過　髦　塘　渡

雪浪無堅岸，金沙有退痕。斷橋猶半板，漱樹欲枯根。爲問新來漲，今年第幾番。昨來愁此渡，已濟不堪論。

江郎峰三石山在江山縣南三十五里禮賢鎮望之極正里人又呼爲郎峰

走偏名山脚不停，見渠今我眼偏明。郎峰好處端何似，筍剥三竿紫水精。

轎中望泛仙山

上却籃輿卷却簾，曉寒旋索熟衣添。孤松已自三千丈，更在仙山第一尖。

度小橋

危橋度中半，深溪動人心。欲返業至此，將進眩下臨。已涉尚回顧，溪水知幾深。誰能大此橋，以安往來人。

小憩二龍争珠蓋兩長嶺夾一圓峰故名自此出官路入山路云

田路直復縈，肩輿斜還正。如何晴三日，猶自滑一徑。缺岸有危踐，方軫無穩輿。不跌先獨驚，稍坦深自慶。肯信坐者安，不及行者病。昨來九軌塗，可思不可更。忽逢兩蒼虬，争此一照乘。頗欲問故老，雙争誰孤勝。水聲亂人語，一辭無真聽。輕風泛秧疇，衆緑久未定。崎嶇從此始，辛苦何時竟。

早炊楊家塘

枯樹藤爲葉，遥峰石作鬟。如何每行路，不勸自加餐。浙界殘零處，江東咫尺間。炊煙戀茅店，飛出却飛還。

四月四日午初出浙東界入信州永豐界

外面千峰合，中間一逕通。日光自摇水，天静本無風。村酒渟春緑，林花倦午紅。莫欺山堠子，知我入江東。

過蘇巖

仰望蒼巖高更深，巖中佳處着禪林。瓊泉萬仞峰頭落，一滴泉聲一醒心。

松陰小憩

不但先生倦不蘇，僕夫也自要人扶。青松數了還重數，只是從前八九株。

宿靈鷲禪寺

暑中帶汗入山中，霜滿風篁雪滿松。只是山寒清到骨，也無霜雪也無風。

初疑夜雨忽朝晴，乃是山泉終夜鳴。流到前溪無半語，在山做得許多聲。

初五日曉寒浙人謂之蠶寒蓋麥秋寒也

歲歲春寒欲去時，麥牽蠶惹不教歸。早知今曉猶差冷，未肯踈它舊裌衣。

道傍小憩觀物化

蝴蝶新生未解飛，鬚拳粉濕睡花枝。後來借得風光力，不記如癡似醉時。

山行

山行兩日厭荒凉，田少山多多更長。一望不曾虧碧草，半分何似借青秧。

晨炊玉田聞鸎觀鷺

曉寒顧影惜金衣，着意聽時不肯啼。飛入柳陰多去處，數聲只許落花知。

清溪欲下影先翻，隻鷺還將雙鷺看。緑玉脛長聊試淺，素瓊裳冷不禁寒。

過石磨嶺嶺皆創爲田直至其頂

翠帶千鐶束翠巒，青梯萬級搭青天。長淮見説田生棘，此地都將嶺作田。

將至永豐縣

清和天氣半陰晴，下轎攜笻取次行。不奈永豐山色好，雲窺霧看未分明。

永豐驛逢故人趙伯庭過叔

同官贛水總青春，消息中間兩不聞。道我未衰君莫戲，不須看我只看君。

出永豐縣西石橋上聞子規

花愁月恨只長啼，雨夕風晨不住飛。自出錦江歸未得，至今猶勸別人歸。

怨笛哀筝總不如，一聲聲徹九天虛。若逢雨夜如何聽，幸得花時莫管渠。

入上饒界道中野酴醾盛開

千朵齊開雪面皮，一芽初長紫蘭枝。一芽來歲還千朵，誰見開花似雪時。

走上松梢繞却它，爲他滿插一頭花。未論似得酴醾否，且是幽香野得些。

憩冷水村道傍榴花初開

蒨羅緵薄剪薰風，已自花明蔕亦同。不肯染時輕着色，却將密緑護深紅。

晚雲釀雨

昨來一雨斷人行，恰則晴時雲又生。梅月如何休得雨，麥秋却是要它晴。

只消舊雨已驚心，莫遣新晴更作陰。路轉緑荷仍翠柳，眼隨白鳥度青林。

誠齋集卷第十四

廬陵楊万里廷秀

詩

西歸集

詩情

只要琱詩不要名，老來也復減詩情。虚名滿世真何用，更把虚名賺後生。

四月十三日度鄱陽湖湖心一山曰康郎山，其狀如蛭浮水上。

泊舟番君湖，風雨至夜半。求濟敢自必，苟安固所願。孤愁知無益，暫忍復永歎。夜久忽自睡，倦極不知旦。舟人呼我起，順風不容緩。半篙已湖心，一葉恰鏡面。仰見雲衣開，側視帆腹滿。天如瑠璃鍾，下覆水晶椀。波光金汁瀉，日影銀柱貫。康山杯中蛭，廬阜帆前幔。豁然地無蔕，渺若海不岸。是身若虚空，御氣遊汗漫。初憂觸危濤，不意拾奇觀。近歲六暄凉，此水三往返。未涉每不寧，既濟輒復玩。游倦當自歸，非爲猿鶴怨。

已至湖尾望見西山

好風穩送五湖船，萬頃銀濤半霎間。已入江西猶未覺，忽然對面是西山。

蘆荻中間一港深，蔓蒿如柱不成簪。正愁半日無村落，遠有人家在樹林。

千里都無半點山，如何敢望有人煙。不教遠樹遮攔却，蘆荻生來直到天。

送鄉人余文明勸之以歸

一別高人又十年，霜筋雪骨健依然。席門未害車多轍，斗酒尚能詩百篇。蒼狗白衣俱昨夢，長庚孤月自青天。故山松菊平安在，何日歸歟解釣船。

送王季山主簿省覲樞府

六館名流王季山，十年風雨短檠寒。不曾文字饒群子，勉爲庭闈就一官。伯也騰身紫極上，叔兮着眼白雲端。會當再奏河東賦，姓字從頭揭牓看。

豫章光華館苦雨

阻水水不退，苦雨雨不收。天不遣人行，我豈願此留。客間亦何娛，勝踐或銷憂。西山天下奇，東湖塵外幽。駕言欲一往，雨濕且復休。懷哉滕王閣，咫尺城南陬。舉武便可至，登臨亦無由。平陸幻成海，高屋瞬失樓。南浦水正長，何時放歸舟。

葉教授鎬乃翁致政一百三歲屢加封仍錫朱銀取告命之詞名其堂曰介壽

蘭玉初攀桂，朱銀降自天。堂中有一老，物外百三年。紫誥行充棟，霜毛儘滿顛。仁人元自壽，端不羨臞仙。

秋　蟲

蟬哀落日恰纔收，蛩怨黄昏正未休。催得世人頭總白，不知替得二蟲愁。

病中感秋時初喪壽佺子

臨曉睡偏重，不知窻已明。高梧下清露，宿鳥有寒聲。愁豈關鬚事，秋來添雪莖。病身仍哭子，併作老來情。

秋　熱

多難幽懷慘不舒，秋風殘暑掃難除。一生最怕西窻日，長是酴醾架子踈。年年極暑與秋期，日日秋陽在暮時。我自愁吟無意思，蟬聲移近入簷枝。

夜　坐

夜永留清坐，詩臞稱病容。溪鳴風處竹，月濕露中松。喜事何曾夢，燈花誑殺儂。欲歸歸已得，歸得却無悰。

中秋病中不飲二首後一首用轆轤體

去年兩浙浙西州，今夕南溪溪上頭。滿着玻瓈一盆水，洗開玉鏡十分秋。病來不飲非無酒，老去追驩總是愁。自笑獨醒仍苦詠，枯腸雷轉不禁搜。

無風無雨併無雲，今歲中秋儘十分。畢竟冰輪誰爲轉，碾穿玉宇不生痕。坐看兒輩紛然飲，也遣先生半欲醺。自是清樽負明月，不關明月負清樽。

中秋月長句

西山走下丹砂丸，東山飛上黄金盤。徑從碧海昇青天，半濕尚帶波濤痕。初輝淡淡寒不動，月華猶輕桂華重。黄羅團扇暗花紋，蹙金突起雙龍鳳。須臾正面天中央，銀鉦退盡向來黄。乾坤鎔入冰壺裏，萬象都無只有光。平生愛月愛今夕，古人與我同此癖。去年中秋天漆黑，今年中秋月雪白。先生舊不論升斗，近來畏病不飲酒。月下醒眼搔白首，明年月似今宵否。

秋雨初霽

松竹陰寒分外蒼，芭蕉花濕夢中香。抽身朱墨塵埃裏，入眼山林氣味長。今日更無秋熱去，曉晴猶帶雨餘凉。却將白髮三千丈，繰作霜絲補錦囊。

子上弟折贈木犀數枝走筆謝之

我家殊未有秋色，君家先得秋消息。西風夜入小池塘，木犀漏洩月中香。一粒粟中香萬斛，君看一梢幾金粟。門前雙桂更作門，路人知是幽人屋。數枝寄我開愁眉，欲狀黄香無好詩。君到廣寒折一枝，香無兩般君自知。

西齋舊無竹予歸自毗陵齋前忽有竹滿庭蓋墻外之竹迸逸而生此也喜而賦之

平生取友孤竹君，館之山崦與卜鄰。風衿月珮霜雪身，只談風節不論文。我開西齋對清潤，每嫌隔窻不相近。别來桃李一再花，我長在外君在家。歸來西齋掛窻處，此君忽在窻前住。繞墻檢校無來路，此君來路從何許。向來先生初出去，遣猿看墻鶴看户。如何鶴睡眼未開，此君一夜過墻來。明朝穉子滿庭砌，豹文玉骨龍苗裔。春風吹墮錦衣裳，仰看青士冠劍長。先生豈惜窻前地，與君同醒復同醉。

病後覺衰

病着初無惱，安來始覺衰。人誰長健底，老有頓來時。山意凄寒日，秋光染瘦詩。小松能許劣，學我弄吟髭。

昨日訪子上不遇裴回庭砌觀木犀而歸再以七言乞數枝

昨攜兒輩扣雲關，繞遍叢花恣意看。苔砌落深金布地，水沉烝透粟堆盤。寄詩北阮賒秋色，供我西牕當晚餐。小朵出叢須折却，莫教折破碧團欒。

芭蕉

骨相玲瓏透八牕，花頭倒挂紫荷香。繞身無數青羅扇，風不來時也不凉。

蕭蕭洒洒復婷婷，一半風流一半清。不爲暑牕添午蔭，却來愁枕作秋聲。

簷牙牕額兩三株，只欠王維畫雪圖。開卷不題元字脚，碧牕圜蠟有如無。

拒霜花

木蕖何似水芙蕖，同箇聲名各自都。風露商量借膏沐，燕脂深淺入肌膚。唤回春色秋光裏，饒得紅糚翠蓋無。字曰拒霜渾不惡，却愁霜重要人扶。

不寐

老來只願酒難醒，酒力纔醒夢便驚。露滴新寒欺病骨，宦游如夢記平生。深山五鼓雞吹角，落月一牕鵑打更。等待曉光琱好句，曉光未白句先成。

非關枕上愛哦詩，聊復銷愁片子時。老眼强眠終不夢，空腸暗響訴長飢。飜來覆去體都痛，乍暗忽明燈爲誰。只道晝長無那着，夜長難奈不曾知。

暗蟲夜啼不肯停，直從黄昏啼到明。不知討論底事着，爲復怨嗟誰子生。至竟通宵千萬語，真實只是兩三聲。❶ 唧唧唧唧復唧唧，此外何言君試聽。

初聞一犬兩犬聲，次第遠近雞都鳴。今夕明朝何日了，南村北巷幾人行。忽思春雨宿茅店，最苦僕夫催去程。是時懶起惜殘睡，如今不眠愁獨醒。

寄題保静庵

劉賢礪取司馬温公《無爲贊》中語名其庵，謝昌國記之。「治心以正，保躬以静」，温公語也。

洙泗九淵閟玄珠，没人下取龍怒鬚。迂叟勃興章甫徒，刺手一探珠炯如。正心保躬四顆餘，一顆光照千乘車。艮齋竪起麈拂子，保静居士一笑喜。試着此珠狂波底，波自拍天珠在水。江南江北起秋風，庵前庵後吹霜松。居士焚香於其中，手揮五絃送歸鴻。

---

❶「真」，宋遞刻本作「其」。

戲題常州草蟲枕屏

黄蜂作歌紫蝶舞，蜻蜓蚱蜢如風雨。先生晝眠紙帳温，無那此輩喧夢魂。眼中了了華胥國，蜂催蝶喚到不得。覺來忽見四摺屏，野花紅白野草青。勾引飛蟲作許聲，何緣先生睡不驚。

子上持豫章畫扇其上牡丹三株黄白相間盛開一貓將二子戲其旁

暄風暖景政春遲，開盡好花人未知。輸與狸奴得春色，❶牡丹香裏弄雙兒。

和李與賢投贈之韻

雲海不教鵬怒飛，玉堦也合鳳來儀。如何天下李元禮，未遇人間鍾子期。夜誦子虚無路達，夢生春草只心知。願君更奏三千牘，金牓青衫染柳絲。

李與賢來訪自言所居幽勝甚似剡溪因以似剡名其庵出閑居五詠因次其韻

玉壺冰段露金莖，未抵閑居五詠清。休道曹詩成七步，不須三步已詩成。

山似剡溪溪似油，人如詩句句如秋。無邊春裏花饒笑，有底忙時草喚愁。

溪上新橋是鳳林，殘風剩雨做秋陰。先生小試南風手，寫得一川山水音。

見説幽居繞萬松，栽梅能白杏能紅。人行剡曲溪山裏，家住輞川圖畫中。

漫浪江湖天一方，故人不見兩三霜。對床説盡平生話，黄葉聲中秋夜長。

---

❶「輸」，原作「輪」，今據宋遞刻本改。

寄題李與賢似剡庵

四明狂客一茅屋，敕賜剡川纔一曲。安福詩人李與賢，大書似剡山扉前。我曾着脚勾踐國，奉詔昭陵省松柏。是時八月欲半頭，鏡湖不是人間秋。稽山影落水精闕，荷花露滴波中月。季真茅屋荒蒼苔，古木哀猿啼禹穴。今君結屋阿那邊，疋似剡川若箇言。我到剡川君未到，似和不似然不然。君不見興公舊草天台賦，元不曾識天台路。一俛仰間已再升，何用瘦藤與芒屨。

試蜀中梁杲桐煙墨書玉板紙

木犀煮泉漱寒齒，殘滴更將添硯水。子規鄉裏桐花煙，浣花溪頭瓊葉紙。先生老去怯苦吟，琢無肝肺嘔無心。芙蓉在左木犀右，漫與七言真藉手。秋光一點入骨清，有筆如椽描不就，先生不瘦教誰瘦。❶

蕙花初開五言

幽人非愛山，出山將何之。山居種蘭蕙，歲寒久當知。初蓺止百畝，餘地惜奚爲。先生無廣居，千巖一茅茨。四面秖蓺蕙，中間纔置錐。鋭緑紛宿叢，脩紫擢幼枝。孤榦八九花，一花破初蕤。西風澹無味，微度成香吹。燈夢得幽馥，月寫傳静姿。我欲掇芳英，和露充晨炊。眷然惻不忍，環翫自忘飢。豈無衆花草，不願秋不遲。種時亂不擇，歲晚悔可追。

---

❶「誰」，原作「難」，今據宋遞刻本改。

木犀落盡有感

一歲秋香又一空，落英顚顇怨西風。開時占斷西風曉，豈念荷花脱病紅。

姮娥收去廣寒秋，太息花中無此流。花品已高香更絶，却緣韻勝得清愁。

秋蠅

秋蠅知我政哦詩，得得緣眉復入髭。欲打群飛還歘去，風光乞與幾多時。乞，去聲。

白魚羹戲題

秋水寒魚白錦鱗，薑花棖實獻芳辛。東坡玉糝真窮相，得似先生此味珍。

松聲

哦詩口角恰微鳴，唤得風從月脇生。端爲先生醒醉耳，繞山搜出萬松聲。

寄題邵武張漢傑運幹萬卷樓

書生都將命乞去聲。書，願身化作蠹書魚。蠹魚生得針來大，徒箇切。日啖銀鈎三萬箇。書生一腹無十圍，經炊史酌不曾飢。君家一編本黄石，積書至今與山齊。玉川搜腸纔一半，鄴侯插架端無羨。如何萬卷樓上人，却去黄鶴樓前作賓贊。

戲筆

野菊荒苔各鑄錢，金黄銅緑兩争妍。天公支與窮詩客，只買清愁不買田。

哦詩只道更無題，物物秋來總是詩。着意染鬚玄尚白，梳頭得蝨素成緇。

飯罷散策遇細雨

秋暄團扇尚堪攜，病脚朝來健似飛。偶到溪頭晴喚出，未窮山頂雨催歸。
極知秋旱已難醫，所喜陰雲忽四垂。畢竟不成簷半滴，辛勤枉費雨千絲。

重九日雨仍菊花未開用轆轤體

良辰巧與賞心違，四者能并自古稀。恰則今年重九日，也無黄菊兩三枝。閉門幸免吹烏帽，有酒何須望白衣。政坐滿城風雨句，平生不喜老潘詩。

西齋睡起

小睡西齋聽雨凉，竹雞聲裏夢難長。開門山色都争入，只放青蒼一册方。

讀陳蕃傳

仲舉高談亦壯哉，白頭狼狽只堪哀。枉教一室塵如積，天下何曾掃得來。

銅雀硯

摸索陶泓不忍研，阿瞞故物尚依然。浪傳銅雀簷間瓦，恐是金䖍海底甎。

黄雀食新

鵝黄染線織秋衣，楊柳吹綿細細披。詩債被渠渾索盡，醉鄉邀我不容歸。
侯門信口總稱珍，只見陳人不見新。三日荔枝香味變，况開醬瓿拂蛛塵。

夜寒獨覺

兒啼驚覺夢中身，恰則華胥政問津。脚到五更偏作冷，老來萬事不如人。若無牕月誰相伴，聽盡雞聲不肯晨。尚有布衾寒似鐵，無衾似鐵始言貧。

雨晴得毗陵故舊書

雀聲只喜晚晴新，不管畦蔬雨未勻。日與山光弄秋色，風將竹影掃窗塵。多時浙右無消息，忽有書來問老人。知我近來頭白盡，寒暄語外更情親。

憂患感歎

醉裏還多感，醒來却更愁。醉醒都不是，愁感幾時休。

老去情懷已不勝，愁邊灾患更相仍。胸中莫着傷心事，東處銷時西處生。

霜曉

荒荒瘦日作秋暉，稍稍微暄破曉霏。只有江楓偏得意，夜挼霜水染紅衣。

寄題蕭邦懷步芳園

群鷺亂飛春晝長，極目千里春草香。幽人自煮蟹眼湯，茶甌影裏見山光。欣然藥囿聊步屧，戲隨蜜蜂與蝴蝶。楊花糁逕白於雪，桃花夾逕紅於纈。

慶長叔招飲一桮未釂雪聲璀然即席走筆賦十詩

晚飲西鄰大阮家，天風吹雪入簷牙。呼僮浄掃青苔地，莫遣纖塵涴玉花。

長廊盡處繞梅行，過盡風聲得雪聲。醉裏不愁飄濕面，自舒翠袖點瓊英。

老子那知鬢脚凋，忍寒拚命看珠跳。却嫌地暖無冰凍，恰則飛來恰則銷。

梅花得雪更清妍，折入燈前細撚看。下却珠簾教到地，横枝太瘦不禁寒。

雪政飛時梅政開，倩人和雪折庭梅。莫教顫脱梢頭雪，千萬輕輕折取來。

急雪穿簾繞蠟燈，梅花微笑古銅瓶。朔風惡劇驚人殺，吹倒琉璃六曲屏。

南烹北果聚君家，象箸冰槃物物佳。只有蔗霜分不得，老夫自要嚼梅花。

不是今宵雪不清，只愁清殺老書生。不知落得幾多雪，做盡北風無限聲。

酒香端的似梅無，小摘梅花浸酒壺。莫遣南枝獨醒着，一桮聊勸雪肌膚。

燕寧軒裏集群仙，薄宦歸來又兩年。梅影舞風風舞雪，勸人何苦怯金船。

糟蟹六言

霜前不落第二，糟餘也復無雙。一腹金相玉質，兩螯明月秋江。

別業抛離水國，失身墮在糟丘。莫笑草泥郭索，策勳作醉鄉侯。

克信弟坐上賦梅花二首

對酒初驚鬢半華，折梅還覺興殊佳。如何屋角西南月，只照梢頭一兩花。自是向來香寂寞，不須更道影横斜。北枝別有春無價，和靖何曾覓得些。

月波成露露成霜，借與南枝作淡糚。寒入玉衣燈下薄，春撩雪骨酒邊香。却於老樹半枯處，忽走一梢如許長。道是踈花不解語，伴人醒醉替人狂。

德遠叔坐上賦肴核

糟　蟹

横行湖海浪生花，糟粕招邀到酒家。酥片滿螯凝作玉，金穰鎔腹未成沙。

牛　尾　狸

瓊瑶風骨褐衣裘，野果初紅玉露秋。僧孺喚渠登牓尾，季貍只合隱山頭。

蕁　菜

齏臼文辭粲受辛，子牙爲祖芥爲孫。勸君莫謁獨醒客，只謁高陽社裏人。

蜜　金　橘

風餐露飲橘洲仙，胸次清於月樣圜。俠客偶遺金彈子，蜂王撚作菊花鈿。

藕

荷衣芰製雪爲容，家住雲煙太華峰。外面看來真璞玉，胸中瑚出許玲瓏。

人　面　子

喜時能笑醉能歌，眉映青山眼映波。舊日美如潘騎省，只今瘦似病維摩。

糖　霜

亦非崖蜜亦非餳，青女吹霜凍作冰。透骨清寒輕着齒，嚼成人迹板橋聲。

銀杏

深灰淺火略相遭，小苦微甘韻最高。未必雞頭如鴨脚，不妨銀杏伴金桃。

送談命曾南翔

官職牽人也可憐，老來那更問行年。渠儂解事無它語，道我慈親壽八千。

今年見説也無錐，政坐談天泄密機。舉世近來憎直語，貴人剩許未爲癡。

題孫舜俞府判瑞石圖

廬陵治中孫昌言，字舜俞，居越之諸暨縣，作祭享之亭於龜浦雞冠山先龍圖之塋，得石，剖之，中有文如松桂，枝葉可數，圖之以示士大夫，賦詩者甚衆。來求予詩，因爲賦之。

雞冠山青龜浦碧，松桂捎雲三萬尺。何年星霣化爲石，風吹未凝冰玉色。仙人擘開光燭天，山下人家夜不眠。松花桂子落如雪，飛入石中堅似鐵。石中種樹人不知，石中生樹人始奇。君不見只今瑞圖滿四海，騷人詩卷牛腰大。

過周陂江

溪暖無冰可得銷，清波白石小魚跳。忽逢寸碧翩然起，翡翠驚飛上柳條。

送談星辰許季升

許子儒冠怨誤身，如今投筆説星辰。未須道我何時貴，且道何時子脱貧。

連珠合璧轉璇霄，也被星家不見饒。災曜元來怯檮杌，福星不是背簞瓢。

紀羅楊二子游南嶺石人峰

吾弟廷弼與羅惠卿游石人峰，幾爲虎所得，嘗爲予道其事，因作長句紀之。

二子同游石人峰，深行翠篠黄茅中。初嫌微徑無人蹤，行到半嶺徑亦窮。來時猶自聞雞犬，且行且語不覺遠。上頭無梯下無岸，前頭難攀後難返。黄茅翠篠深復深，忽有笛聲出暗林。草根一把牛骨骼，血點濺地驚人心。二子相看面無色，疾趨山後空王宅。野僧聞此叫絶天，拊破禪床椎倒壁。荒山豈有吹笛聲，乃是卧虎鼻息鳴。二子歸來向儂説，猶道兹游最清絶。兹游清絶豈不佳，二子性命如泥沙。

題黄辰告愚齋

聖門如天不可梯，諸子欲以智取之。杏壇獨立無箇事，只有回愚也大奇。吾黨少年子黄子，問津陋巷參顔氏。只今此事冷如漿，來年八月槐花黄。

寄題萬安縣劉元襲横秀閣

玉簪成陣雪成堆，秀氣横空撥不開。楚岫蒼寒五雲外，贛江白寫九天來。煙銷日出皆詩句，月色波聲唤夢回。早晚攜家過高閣，寄詩聊當一枝梅。

廷弼弟座上絶句

黄雀初肥入口銷，玉醅新熟得春饒。主人更恐香無味，沉水龍涎作伴燒。

十二月二十七日大雪中過吉水小盤渡西歸

風卷寒江浪濕天，斜吹亂雪忽平船。碧琉璃上瓊花裏，獨載詩人孟浩然。

臘殘滕六不歸家，白晝乘風撒玉沙。旋種瓊田茁瑶草，更栽琪樹着銀花。
雪吹醉面不知寒，信脚千山與萬山。天甃瓊街三十里，更飛柳絮與君看。

山居雪後

春近能餘幾許寒，雪花纔落便銷殘。青松梢上蘭根下，猶得三朝兩日看。
一點紅塵未敢生，松間雪後政堪行。日光半破風微度，時作高林落果聲。

誠齋集卷第十五

廬陵楊万里廷秀

詩

南海集

庚子正月五日曉過大皐渡

霧外江山看不真，只憑雞犬認前村。渡船滿板霜如雪，印我青鞋第一痕。

危沙崩岸欲侵墻，直下清江百尺强。過了筍輿元未覺，忽然回首冷思量。

曉　霧❶

不知香霧濕人鬚，❷日照鬚端細有珠。政是春山眉樣翠，被渠淡粉作糊塗。

❶「曉霧」，原殘闕，今據宋遞刻本及底本目録補。

❷「不知香霧濕」，原殘闕，今據宋遞刻本補。

送胡端明赴召

紫泥夜下日星暉，赤舃朝看衮繡歸。中國如今相司馬，四夷見説問非衣。金魚玉帶明霜鬢，斗極台符拱太微。衛武年齡子儀考，一身雙美古來稀。

曉出郡城往值夏謁胡端明泛舟夜歸❶

郡城至值夏，兩日非寬程。奔走豈吾願，詔書促南征。出郭星未已，歸棹月已生。問人水深淺，舟子喧未膺。水石代之對，淙然落灘聲。危峰起夕蒼，暗潭生夜清。江轉風颯至，病肩難隱稜。添衣初嬾尋，忍寒良不能。近城一二里，遠岸三四燈。望關恐早閉，驅舟秪遲行。多情半環月，久矣將西傾。欲落且小留，知我要入城。月細光未多，大星助之明。至舍心未穩，麗譙才一更。

之官五羊過太和縣登快閣觀山谷石刻賦兩絶句呈知縣李紳公垂主簿趙蕃昌父

閣中陳迹故依然，欲問風流已百年。南岸一峰東一塔，自言曾識老詩仙。

廬陵山水説西昌，天遣金華印此邦。詩本道他將取去，如何遺下一澄江。

題龍舜臣遜志齋

龍子辛勤蒔紙田，少年筆勢已翩翩。欲知聖處真消息，不是原夫一兩聯。

❶「曉」，原作「晚」，今據宋遞刻本及底本目録改。

二月一日曉渡太和江

緑楊接葉杏交花，嫩水新生尚露沙。過了春江偶回首，隔江一片好人家。

曉翠妨人看遠山，小風偏入客衣單。桃花愛做春寒信，只恐桃花也自寒。

二月初頭春向中，花梢薄日柳梢風。折花客子渾無賴，狼藉須教滿路紅。

晨炊黄宙鋪飯後山行

山行行得軟如綿，急上籃輿睡霎間。夢裏只聞人喝道，不知過盡數重山。

宿灘頭海智寺

平生行路敢求安，便要求安也大難。古寺無門更無壁，若教半夜作春寒。

明發海智寺遇雨

枉教一月費春風，不及朝來細雨功。草色染來藍樣翠，❶桃花洗得肉般紅。

可惜新年雨未多，不妨剩與決天河。農人皺得眉頭破，無水種秧君奈何。

題太和主簿趙昌父思隱堂

西昌主簿如禪僧，日餐秋菊嚼春冰。西昌官舍如佛屋，一物也無唯有竹。俸錢三月不曾支，竹陰過午未晨炊。大兒叫怒小兒啼，乃翁對竹方哦詩。詩人與竹一樣瘦，詩句與竹一樣秀。故山蒼玉摇緑雲，月梢

❶「來」，宋遞刻本作「成」。

風葉最關身。勸渠未要思舊隱，且與西昌作好春。

萬安道中書事

玉峰雲剥逗斜明，花徑泥乾得晚行。細細一風寒裏暖，時時數點雨中晴。

攜家滿路踏春華，兒女欣欣不憶家。騎吏也忘行役苦，一人人插一枝花。

桃花薄相點燕脂，輸與梨花雪作肌。只有垂楊不脂粉，縷金鋪翠襯腰支。

萬安出郭早行

玉花小朵是山礬，香殺行人只欲顛。風掠水衣無處去，柳塘着在角頭邊。

皇恐灘

兩山夾岸走蒼龍，未放中間過玉虹。只愛當頭一峰好，一峰外面更三峰。

只愁江水去無還，石打銀濤倒上灘。道是此灘天下惡，古今放過幾檣竿。

小煩溪友語陽侯，好遣漂沙蓋石頭。能費奔流多少力，前頭幸有一沙洲。

過皂口

贛石三百里，春流十八灘。路從青壁絶，船到半江寒。不是春光好，誰供客子看。猶須一尊渌，併遣百憂寬。

宿皂口驛

倦投破驛歇征驂，喜見山光政蔚藍。不奈東風無檢束，亂吹花片點春衫。

曉過皂口嶺

夜渡驚灘有底忙，曉攀絶磴更禁當。周遭碧嶂無人跡，圍入青天小册方。半世功名一雞肋，平生道路九羊腸。何時上到梅花嶺，北望螺峰半點蒼。

道傍小桃

吹盡殘桃無可殘，也無地上落花痕。獨行尋到青苔處，拾得嫣紅一片看。

晨炊皂徑

問路無多子，驅車半日間。行穿崖石古，踏破蘚花斑。緑語鸎邊柳，青眠水底山。人家豈無地，争住小溪灣。

步過分水嶺

路險勞人殺，儂須下轎行。石從何代落，蕨傍舊根生。古樹無今態，幽泉有暗聲。只言章貢近，猶自兩三程。

憩分水嶺望鄉

嶺頭泉眼一涓流，南入虔州北吉州。只隔中間些子地，水聲滴作兩鄉愁。

嶺北泉流分外忙，一聲一滴斷人腸。浪愁出却廬陵界，未入梅山總故鄉。

桂源鋪

萬山不許一溪奔，攔得溪聲日夜喧。到得前頭山脚盡，堂堂溪水出前村。

社日南康道中

東風試暖却成寒，春恰平分又欲殘。淡着煙雲輕着雨，近遮草樹遠遮山。人行柳色花光裏，天接江西嶺北間。管領社公須竹葉，在家在外匹如閑。

小溪至新田

人煙憔悴不成村，溪水微茫劣半分。流到前灘忙似箭，不容雨點稍成紋。
只愛孤峰惹寸雲，忽驚頭上雨飜盆。北來南去緣何事，路上君看屐子痕。
晚雲解事忽離披，放出千峰特地奇。欲揀一峰誰子是，總如筆未退尖時。
懊惱春光欲斷腸，來時長緩去時忙。落紅滿路無人惜，踏作花泥透脚香。

二月十九日度大庾嶺題雲封寺

梅山未到未教休，到得梅山始欲愁。知道望鄉看不見，也須一步一回頭。
小立峰頭望故鄉，故鄉不見只蒼蒼。客心恨殺雲遮却，不道無雲即斷腸。
梅葉成陰梅子肥，梅花應恨我來遲。明年若寄江西信，莫折南枝折北枝。
行者南來今幾春，一回舉似一回新。鉢盂奪得知何用，不怕梅花解笑人。

題南雄驛外計堂

攜家度嶺夜乘槎，小泊淩江水北涯。二月山城無菜把，一年春事又楊花。舉頭海國星辰近，回顧梅山草樹遮。客子相逢聞好語，看山只欠到南華。

二月二十三日南雄解舟

昨夜新雷九地鳴，今朝春漲一篙清。順流更借江風便，此去韶州只兩程。

水没蒲牙尚有梢，風吹屋角半無茅。急灘未到先聞浪，枯樹遥看只見巢。

舟過黄田謁龍母護應廟

遠山相别忽相尋，水到黄田漸欲深。見説前頭山更好，且留好句未須吟。

南康名酒有殘樽，急唤荷杯作好春。紫幕能排北風冷，夕陽偏惜半船温。❶

舟過謝潭

風頭纔北忽成南，轉眼黄田到謝潭。髣髴一峰船外影，褰帷急看紫巉巖。

夾江百里没人家，最苦江流曲更斜。嶺草已青今歲葉，岸蘆猶白去年花。

碧酒時傾一兩盃，船門纔閉又還開。好山萬皺無人見，都被斜陽拈出來。

明發階口岸下

破曉篙師報放船，今朝不似昨朝寒。夢中草草披衣起，愛看輕舟下急灘。

過鄭步

漸有人家松桂叢，韶州山水勝南雄。未須青惜峰巒過，過了諸峰得好峰。

---

❶「惜」，宋遞刻本作「借」。

過鼓鳴林小雨

淅淅船篷雨點聲，踈踈江面縠紋生。石峰斗起三千丈，身在假山園裏行。

下瀧小舫戴尖篷，未論千峰與萬峰。只是舟人頭上笠，也堪收入畫圖中。

明發韶州過赤水渴尾灘石山七峰皆尖秀，而一峰最高。

船下驚灘浪政喧，花汀水退走沙痕。一峰忽自雲端出，只見孤尖不見根。

三月一日過摩舍那灘阻雨泊清溪鎮

一聲霹靂霽光收，急泊荒茅野渡頭。摩舍那灘衝石過，曼陁羅影漾江流。山纔入眼雲遮斷，船欲追程雨見留。夜宿清溪望清遠，舉頭不見隔英州。

過盡危灘百不堪，忽驚絶壁翠巉巉。倒垂不死千年樹，下拂奔流萬丈潭。隔岸數峰如筆格，倚天一色染春藍。真陽此去無多子，到日應逢三月三。

小泊英州

人人藤葉嚼檳榔，户户茅簷覆土床。只有春風不寒乞，隔溪吹度柚花香。

數家草草劣無多，跕水飛鳶也不過。道是荒城斗來大，向來此地着東坡。

過真陽峽

玉削雙崖一水通，一重一掩更重重。平生山水看多少，最愛真陽第二峰。石山四峰，北來第二峰絶奇。

莫道無人逕亦窮，尚餘碧篠伴青楓。白雲不是從天降，坐看生從翠崦中。

仰見青天尺許青，無波江水不勝平。只驚白晝山竹裂，杜宇初聞第一聲。
堪笑跳波數百灘，如何入峽頓無喧。人言此峽如巴峽，只欠三聲墮淚猿。
榕樹陰中一葦横，鷓鴣聲裏數峰青。南人到此亦腸斷，不是南人作麽生。
百灘千港幾濤波，聚入真陽也未多。若遣峽山生塞了，不知江水倒流麽。

晨炊光口砦

泊船光口薦晨炊，野飯匆匆不整齊。新摘柚花熏熟水，旋撈萵苣浥生虀。儘教坡老食無肉，未害山公醉似泥。過了真陽到清遠，好山自足樂人飢。

出　峽

朝來入峽悶船遲，也有欣然出峽時。山色亦如人送客，送行倦了自應歸。
船行儘緩底須忙，詩卷聊堪度日長。瓶裏柚花偷觸鼻，忽然將謂是燒香。

過　沙　頭

非煙非雨淡濛濛，深閉牕扉護晚風。船外山光簾裏翠，岸頭花影鏡中紅。
過了沙頭漸有村，地平江闊氣清温。暗潮已到無人會，只有篙師識水痕。
昨來飛檣下危瀧，不敢窺窻只閉窻。莫歎江平船不進，只將行役當遊江。

題清遠峽峽山寺

只道真陽天下稀，不知清遠亦幽奇。攀崖下照龍湫水，細詠東坡老子詩。

見説巖中雪色猿，嘯聲時出翠微間。不看新月初三夜，却覓當時舊玉環。

船中蔬飯

食蕨食臂莫食拳，食笋食梢莫食根。何曾萬錢方下筯，先生把菜亦飽去。嶺南風物似江南，笋如束薪蕨作籃。先生食籍知幾卷，千巖萬壑皆厨傳。

過胥口鎮

桄榔葉垂翠羽鮮，木綿花暖紫霞黏。疾雷急雨忽開霽，淡白雲拂濃青山。❶

清明日欲宿石門未到而風雨大作泊靈星小海

風雨來從海外天，靈星海裏泊樓船。坐吟苦句斟愁酒，也是清明過一年。

峽山前夕石間行，泊得船時破膽驚。驚到今宵已無膽，聽風聽浪到天明。

石門欲到更無疑，隔海風濤未可期。到得石門非不好，只愁未到石門時。

一生行路竟如何，樂事還稀苦事多。知是風波欺客子，不知客子犯風波。

波濤端不爲君休，風雨何曾管客愁。自古詩人磨不倒，一樽大笑謝陽侯。

石門未到未爲遲，小泊靈星也自奇。此去五羊三十里，明朝還有到城時。

五羊官舍春盡晚步西園荷橋

波底金鴉奪眼明，脚根螮蝀界天横。瘦藤欲度還休去，試數荷錢幾箇生。

---

❶「青」，原作「清」，今據宋遞刻本改。

讀天寶事

日晚無煙起御厨，野人豆飯未嫌麁。問知雲子炊香日，政是梨花帶雨初。

西園晚步

龍眼初如菉豆肥，荔枝已似佛螺兒。南荒北客難將息，最是殘春首夏時。

爲愛荷池日日來，一來一度眼雙開。畫船不曉風相戲，猛觸花堤得倒回。

三月晦日游越王臺

榕樹梢頭訪古臺，下看碧海一瓊杯。越王歌舞春風處，今日春風獨自來。

越王臺上落花春，一掬山光兩袖塵。隨分杯盤隨處醉，自憐不及踏青人。

四月八日嘗新荔子

一點臙脂染蔕旁，忽然紅遍緑衣裳。紫瓊骨骼丁香瘦，白雪肌膚午暑凉。掌上冰丸那忍觸，樽前風味獨難忘。老饕要啖三百顆，却怕甘寒凍斷腸。

夏日書事

一字看成兩，霜鬚摘轉多。既無書册分，奈此日長何。荔子紅初皺，春醅碧欲波。醉來愁自去，不去亦從它。

四月中休日聞蟬

荔枝葉底暑陰清，已有新蟬一兩聲。荷露柳風餐未飽，怪來學語不分明。

觀　書

客從遠方至，遺我書一編。覽舊眼全痛，誦新神頓還。初披愁欲盡，久翫翳不妍。情知無佳處，閔免復竟篇。庶幾槁滓中，或瀝腴一涓。終然寂無獲，所獲倦且昏。倦甚得佳睡，猶勝不得眠。

得壽仁壽俊二子中塗家書

二子别我歸，兼旬無消息。客有饋荔枝，盈籃風露色。絳羅蹙寶髻，冰彈濺柘液。老夫非不饞，忍饞不忍喫。急呼兩健步，爲我致渠側。默數川陸程，幾日當返役。惟愁香味壞，色變那敢惜。十日兩騎還，千里一紙墨。把書五行下，廢書雙淚滴。不如未到時，當喜黐不懌。

子壯秪覺幼，子學秪覺遲。二子忽頎然，語離又作悲。今年來官下，二子暫我隨。懸知住不久，且復相從嬉。鶴書自天降，槐花呼汝歸。伯也恐我愁，願留不忍辭。仲也慘不釋，飛鳴思及時。豈有鳳將雛，雛長禁其飛。決焉遣還家，一笑更不疑。傍人怪無淚，淚入肝與脾。

我昔如汝長，壯志在四方。集賢給筆札，秉燭促夜裝。平明出門去，振衣不傍徨。先君泫然泣，感我令我傷。先君顧我語，汝行勿斷腸。它日汝養子，此悲會身當。老懷追陳迹，心折涕泗滂。

繙破篋得張欽夫唱和詩

年年不是不吟詩，❶吟得詩成寄阿誰。留取朱絃不須斷，只將瑶匣鏁蛛絲。

❶　下「年」字，宋遞刻本作「來」。

休　日

休日稀公事，炎天廢故書。未須搔白首，留取試新梳。不是平生嬾，何緣作計疎。閑攜小兒女，橋上看芙蕖。

宴客夜歸六言

月在荔支梢上，人行抹利花間。但覺胸吞碧海，不知身落南蠻。

端午後頓熱

只今新暑已歊然，作麽禁當六月天。飛上風前最涼處，年年輸與柳梢蟬。

夏至後初暑登連天觀

登臺長早下臺遲，移遍胡牀無處移。不是清涼罷揮扇，自緣手倦歇些時。

六月九日曉登連天觀

小立層臺岸幅巾，除鷗作伴更無人。曉風草草君知麽，不爲高荷惜水銀。

七夕新涼

商量秋思是寒蛩，將息荷花得早涼。五嶺從來説炎熱，朝來已怯葛衣裳。

誠齋集卷第十六

廬陵楊万里廷秀

詩

南海集

雨霽登連天觀

高臺十日不曾登，雨後揩藤拄晚晴。城外諸峰迎落照，松根細草總斜明。眼穿嶺北書不到，秋入海南愁頓生。只有荷花舊相識，風前翠蓋爲人傾。

秋夕雨餘

虛堂無人獨自行，畫簷雨歇殘點聲。朝來餘暑忽然過，昨來初暑誰能那。一生畏暑如於菟，老年畏暑菟不如。人言嶺南分外熱，匹似江南猶可説。今年六月雨如秋，只今七月當更愁。短檠幸未卧墻角，喚取渠來相博約。老眼那能舒簡編，只要玉蟲伴杯酌。

游蒲澗呈周帥蔡漕張舶

勝日從公蒲澗游，❶萬壑聲滿千崖秋。一逕如虵三百曲，繞盡山腹到山頭。穹巖千仞欹欲裂，仰看飛泉瀉雲窟。鏘成環佩奏成琴，濺作珠璣霏作雪。步穿危磴攀蒼藤，忽上穹巖頂上行。人在半天泉在井，不敢下瞰惟聞聲。只怪前驅深不見，須臾却向前山轉。海風吹袖萬丈長，海水去人一弓遠。老僧雲卧晏未興，先遣長松夾道迎。小參古殿黄面老，不見舊日安期生。景泰上方半堵壁，城中望之雪山白。却從景泰望城中，曉日樓臺焕金碧。君不見中流千金博一壺，不如游山飢時粥一盂。金印纍肘大如斗，不如游山倦時一杯酒。安期飛昇今幾年，祖龍不是不求仙。至今年年七月二十五，傾城游人來訪古。

得壽仁壽俊二子書皆以病不及就試且報來期

二子何時到，三秋欲盡頭。收渠半張紙，洗我一年愁。不得毛錐力，元非子墨羞。海山寒更碧，整駕待同游。

滿望鵬飛上，誰令馬不前。草玄真浪苦，曳白亦無緣。兄弟年二十，塵埃路四千。速來飲官酒，不用一銅錢。

送蔡定夫赴湖南提刑

菊後霜前换繡衣，湘南嶺北看梅枝。還將方策汗青語，拈出圜扉草緑時。四海幾人憐我老，三年兩作

❶「勝」，原殘闕，今據宋遞刻本補。

送君詩。借令貴殺衡陽紙，半幅無妨慰夢思。

方丈蓬萊第一人，星軺玉節正青春。只今回鴈峰頭客，曾觸神龍頷下鱗。未遣五紋朝補衮，便應三字夜司綸。湘江綠浄不可唾，却要珠璣欬唾新。

和石湖居士范至能與周子充夜游石湖松江詩韻

石湖醉眼小太空，烏紗白紵雙鬢蓬。翰林來從昭回上，滿袖天香山水中。青山半邊日欲没，珠宫湧出初圜月。兩仙一棹軟琉璃，碎撼廣寒桂花雪。中流浪作凛不回，兩手播灑千銀堆。不知浩浩洪流後，曾有兹遊奇特來。古人今人煙一抹，誰煎麟角續弦絶。一生句裏萬斛愁，只白秋來千丈髮。

遣騎問訊范明州參政報章寄二絶句和韻謝之

南海人從東海歸，新詩到日恰梅時。撚梅細比新詩看，未必梅花瘦似詩。

一别姑蘇江上臺，綠波碧草恨悠哉。忽然兩袖珠璣滿，割取三吴風月來。

至日薄寒

舊傳冬不到南中，今歲南中稍稍冬。曦幕暖吹紅皺起，霜橋冷步縞聲鬆。裁縫苦思詩千首，排遣清愁酒一鍾。不是梅花開獨早，似憐北客老相逢。

晚登連天觀望越臺山

暮山如淡復如濃，煙拂山前一兩重。山背更將霞萬疋，生紅錦障裹青峰。

近臘暄甚

霜日知春有信歸，臘前偷暖漏春暉。北風也蓊寒梢葉，吹作鵝黄亂蝶飛。

西園早梅

已刻酥花趁臘前，更團蠟糝等春妍。不知天巧能多少，一朵梅花占兩年。

小朵生來便瘦斜，蘂宫桂殿即渠家。只言瘴雨無南雪，爲底横枝雪作花。

病中夜坐

月流銀漢小徘徊，似戀空庭獨樹梅。玉漏聽來更二點，燭花蓊了暈重開。病身不飲看人醉，乾雪無端上鬢來。後日老衰知健否，只今六九已摧隤。

辛丑正月二十五日遊蒲澗晚歸

桃李深酣日，池塘淺試春。霽暉摇遠水，新暖軟遊人。生酒清無色，青梅脆有仁。煙鍾能底急，催我入城闉。

二月一日雨寒

南方氣候北方殊，春裹清寒臘裹無。雨入竹林渾不見，只來葉尾作真珠。

補盡窻櫺閉盡門，茶甌火閤對鑪熏。中庭淺水休教掃，政要留看雨點紋。

梳頭正美睡相催，理盡霜絲夢恰回。窻隙小風能幾許，也吹蛛網去還來。

姚黄魏紫向誰賒，郁李櫻桃也没些。却是南中春色别，滿城都是木綿花。

只見春晴道是晴，不知半夜嫩寒生。疾風吹落林間雨，細雨還成大雨聲。

謝福建茶使吴德華送東坡新集

黄金白璧明月珠，清歌妙舞傾城姝。他家都有儂家無，却有四壁環相如。此外更有一床書，不堪自飽飽蠹魚。故人遠送東坡集，舊書避席皆讓渠。兒時作劇百不嬾，説着讀書偏起晚。乃翁作惡嗔兒癡，强遣飢腸饞蠹簡。老來萬事落人後，浪取故書遮病眼。病眼逢書輒着花，筆下蠅頭成老鵶。病眼將奈故書何，故書一開一長嗟。東坡文集儂亦有，未及終篇已停手。印墨模糊紙不佳，亦非魚網非科斗。富沙棗木新雕文，傳刻疎瘦不失真。紙如雪繭出玉盆，字如霜鴈點秋雲。老來兩眼如隔霧，逢柳逢花不曾覷。只逢書册佳且新，把翫崇朝那肯去。東坡癡絶過於儂，不將一褐易三公。只將筆頭拄月脇，萬古凡馬不足空。故人憐我老愈拙，不寄金丹扶病骨。却寄此書來惱人，挑落青燈搔白髮。

新晴西園散步

久雨令人不出門，新晴唤我到西園。要知春事深和淺，試看青梅大幾分。大，音惰。

池水初生蓋玉沙，雨餘碧草卧堤斜。日摇波影纏橋柱，繡出欒枝遍地花。

紅雨斑斑竹外蹊，黄金嫋嫋水邊絲。舉頭揀遍低陰處，帶葉青梅摘一枝。

厭見山居要出來，出來厭了却思回。人生畢竟如何是，且看桃花晚莟開。

連天觀望春憶毗陵翟園

中和節後社前時，春到園林最晚枝。弄水不冰攜扇手，登臺猶粟向風肌。烏烏聲裏山光濕，花柳陰中日脚遲。北望翟園春正鬧，海棠錦繞雪荼蘼。

二月將半寒暄不常

南中冷暖直難齊，一日之間具四時。脱了又添添又脱，寒衣暑服鎮相隨。

二月十三日謁西廟早起

起來洗面更焚香，粥罷東窻未肯光。古語舊傳春夜短，漏聲新覺五更長。近來事事都無味，老去波波有底忙。還憶山居桃李曉，酴醾爲枕睡爲鄉。

寄題蕭國賢佚我堂

軟紅塵裏幾時休，重碧杯中且拍浮。坐看癡兒夸絶足，可憐到老不回頭。幅巾藜杖聊三徑，明月清風自一丘。我亦年來厭奔走，夢騎野鶴訪沙鷗。

題桄榔樹

化工到得巧窮時，東補西移也大奇。君看桄榔一窠子，竹身杏葉海椶枝。

春晴懷故園海棠

故園今日海棠開，夢入江西錦繡堆。萬物皆春人獨老，一年過社燕方回。似青如白天濃淡，欲墮還飛絮往來。無那風光餐不得，遣詩招入翠瓊杯。

竹邊臺榭水邊亭，不要人隨只獨行。乍暖柳條無氣力，淡晴花影不分明。一番過雨來幽徑，無數新禽有喜聲。只欠翠紗紅映肉，兩年寒食負先生。予去年正月離家之官，蓋兩年不見海棠矣。

初食筍蕨

庖鳳烹龍世浪傳，猩脣熊掌我無緣。只逢筍蕨杯盤日，便是山林富貴天。稺子玉膚新脱錦，小兒紫臂未開拳。只嫌嶺外無珍饌，一味春蔬不直錢。

上巳前一日欲雨復晴

去年上巳政南來，明日初三忽又催。雨壓雲頭渾欲落，風翻日脚急吹開。莫因嶺外無花卉，便對春光廢酒杯。只揀茂林脩竹處，蘭亭禊事足追回。

寒食對酒

荔支園園花，寒食日日雨。先生老多病，頗已踈緑醑。兒童喜時節，笑語治樽俎。南烹俱前陳，北果亦草具。蝤蛑方絶甘，筍蕨未作苦。先生欲獨醒，兒意難多拒。初心且一杯，三杯亦漫許。醒時本强飲，醉後忽快舉。一杯至三杯，一二三四五。偶然問兒輩，卒爵是何處。兒言翁但醉，已忘酒巡數。

三月晦日閑步西園

嶺南春去儘從伊，元自無花可得飛。只有草花偏稱意，强留蝴蝶不教歸。

閏三月二日發船廣州來歸亭下之官憲臺

詩人政坐愛閑遊，天遣南游天盡頭。到得廣州天盡處，方教回首向韶州。

曉過石門回望净慧塔

昨晚匆匆解畫船，石門未到已黄昏。殷勤净慧煙中塔，送我今朝過石門。

舟行得風晚至靈洲

春盡儂隨去，江行興未窮。時煩數點雨，輕洒一孤篷。岸樹蒼茫外，人家點綴中。海神能餞我，借與半帆風。

明發青塘蘆包

青塘無店亦無人，只有青蛙紫蚓聲。蘆荻葉深蒲葉淺，荔支花暗楝花明。船行兩岸山都動，水入諸村海旋成。回望越臺煙雨外，萬峰盡處五羊城。

過胥口江水大漲舟楫不進

北江西水兩相逢，胥口波濤特地雄。萬事向儂冰與炭，一生行役雨和風。急流欲上人聲閙，近岸還移牽去聲。路窮。河伯喜歡儂苦惱，併將恩怨惱天公。

岸　沙

水嫌岸窄要衝開，細蕩沙痕似翦裁。蕩去蕩來元不覺，忽然一片岸沙摧。

遣　悶

江樹深春色，村雞薄晚聲。雨添青笠重，人減畫船輕。遣悶惟須睡，哦詩只强成。獨判連日雨，却惜半朝晴。

曉發黄巢磯芭蕉林中

清遠山前煙雨濛，黄巢磯畔水連空。旋芟蘆荻炊朝飯，更斫芭蕉補漏蓬。

水落

桑椹垂紅似茘支，荻芽如臂與人齊。夜來水落知深淺，看取芭蕉五尺泥。

輕寒瑟瑟入船中，閉却船門下却篷。要得新晴江水落，不應更恨打頭風。

蜑户

天公分付水生涯，從小教它踏浪花。煮蟹當粮那識米，緝蕉爲布不須紗。夜來春漲吞沙觜，急遣兒童斸荻芽。自笑平生老行路，銀山堆裏正浮家。

回望黄巢磯之險心悸久之

夜雲到曉不教收，初日微明又却休。雨爲岸花新洗面，水撩江草只摇頭。千篙百棹力都竭，十里九磯船正愁。若到峽中應更險，却思峽外是安流。

入峽歌

峽山未到日日愁，峽山已到愁却休。不是朝來愁便散，愁殺人來山不管。昨宵遠望最高尖，今朝近看雲隔簾。樓船銜雨過山下，兩扇屏風生色畫。江神不遣客心驚，雲去雲來遮巖扃。忽然褰雲露山脚，仰見千丈翠玉削。篙師相賀漲痕落，今夕可到鵶磯泊。

峽山寺竹枝詞❶

峽裏撑船更不行，櫂郎相語改行程。却從西岸拋東岸，依舊船頭不可撑。

---

❶「寺」，宋遞刻本及底本目録無此字。

一水雙崖千萬縈，有天無地只心驚。無人打殺杜鵑子，雨外飛來頭上聲。
鼉魚到此總回頭，不但鼉魚蟹亦愁。底事詩人輕老命，犯灘衝石去韶州。
一灘過了一灘奔，一石横來一石蹲。若怨古來天設險，峽山不到也由君。
天齊浪自説浯溪，峽與天齊真箇齊。未必峽山高爾許，看來只恐是天低。

峽中得風掛帆

樓船上水不寸步，兩山慘慘愁將暮。一聲霹靂天欲雨，隔江草樹忽起舞。風從海南天外來，怒吹峽山山倒開。百夫絶叫椎大鼓，一夫飛上千尺桅。布帆掛了却袖手，坐看水上鵝毛走。

夜泊鵶磯

峽中盡日没人煙，船泊鵶磯也有村。已被子規酸骨死，今宵第一莫啼猿。

過顯濟廟前石磯竹枝詞

石磯作意惱舟人，束起波濤遣怒奔。撑折萬篙渾不枉，石磯贏得萬餘痕。
大磯愁似小磯愁，篙稍寬時船即流。撑得篙頭都是血，一磯又復在前頭。

泊光口

風平浪静不生紋，水面渾如鏡面新。忽有暗流江底出，衮翻水面作車輪。

過虎頭磯

虎卧中流扼兩涯，目光鬚怒首仍回。真陽峽裏君須記，箇是瞿塘灧澦堆。

真陽峽

清遠雖佳未足觀，真陽佳絶冠南蠻。一泉嶺背懸崖出，亂灑江邊怪石間。夾岸對排雙玉筍，此峰外面萬青山。險艱去處多奇觀，自古何人愛險艱。

夜泊英州

旅病情先惡，愁眠夢更驚。犬須終夕吠，月到五更明。未解波頭意，偏來枕底聲。平生厭行路，投老正追程。

阻風鍾家村觀岸傍物化❶

水蟲纔出緑波來，細看爬沙上石崖。化作蜻蜓忽飛去，幾時飛去却飛回。

殼如蟬蜕濕仍新，那復浮嬉浪底春。却把今身飛照水，不知石上是前身。

題鍾家村石崖

莫愛懸崖萬丈高，只工險峭作風濤。看來一一生窠眼，解與行人着過篙。

水與高崖有底冤，相逢不得鎮相喧。若教漁父頭無笠，只着蓑衣便是猿。

阻風泊鍾家村離英州已三日纔行二十里

南游端爲看山來，過眼匆匆首屢回。不是阻風船不進，何緣看盡萬崔嵬。

---

❶「化」，原作「花」，今據宋遞刻本及底本目録改。

滿船兒女厭江行，我愛江行怕入城。慙愧風師教款曲，爲分一舍作三程。

檄風伯

峭壁呀呀虎擘口，惡灘洶洶雷出吼。泝流更着打頭風，如撑鐵船上牛斗。風伯勸爾一杯酒，何須惡劇驚詩叟。端能爲我霽威否，岸柳掉頭荻摇手。

嶺雲

好山幸自緑嶄嶄，須把輕雲護淺嵐。天女似憐山骨瘦，爲縫霧縠作春衫。

病中止酒

葛衣着了却生寒，風勢顛時正上灘。客裏無聊已無奈，更教止酒過春殘。

江草江花怨阿誰，山風山雨總成悲。春愁萬斛無安頓，旋旋分張乞小詩。❶

明發陳公徑過摩舍那灘石峰下

遥松煙未銷，近竹露猶滴。石峰矜孤鋭，喜以江自隔。清潭涵曦紫，碧岫過雲白。回瞻宿處堤，路轉不可覓。

地迥人絶影，山僻虎留跡。下有無底潭，上有欲落石。是間一逕横，夾以萬松直。樹從何時有，陳公所手植。陳公今焉在，逕松自寒碧。

---

❶「乞」下，宋遞刻本有小注「去聲」二字。

昨宵望石峰，相去無一尺。今日行終朝，秖遶石峰側。石峰何曾遠，江路自不直。仰瞻碧孱顏，清峻如立壁。反覆得細看，何必更登陟。

後顧江已遠，前睨山若塞。棹進岸自回，天水未有極。簾欣入絶巘，舟愕觸潛石。東暾澹未熹，北吹寒更寂。岸草不知愁，向人弄晴碧。

澄潭湧暗暈，不風自成花。回流如倦客，出門復還家。江晴已數日，新漲没舊沙。知是前溪雨，濕雲尚横斜。

山轉江亦轉，江行山亦行。風鬟照玉鏡，素練縈青屏。我本山水客，澹無軒冕情。塵中悔一來，事外懷孤征。忽乘滄浪舟，仰高俯深清。餐翠腹可飽，飲渌身頓輕。鷓鴣不相識，還作故園聲。

危峰瑩無土，平地岌孤石。如何半巖間，亦有小樹碧。走空根苦辛，倚險榦寒瘠。芳蘭間叢生，紫蕤濯幽色。近香許世聞，遠秀絶人摘。而我雲外身，方兹喟行役。

城中安得山，無山安得詩。我入五羊城，遂與山水辭。有鏡不敢覽，塵面我自知。解維來歸亭，山水奔相隨。水光動我巾，山色染我衣。舟行將一月，恨速不恨遲。山雲來未已，江月皎無滓。平聲。開懷放之入，出語頗似之。

我從靈洲來，惟見芳草渡。蒹葭隨水遠，曠野無立樹。掛席上真陽，好山忽無數。好山如隱士，避世不自露。不應官道傍，乃有見山處。借識衛叔玠，未覩樂彦輔。石峰難再得，舟過更回顧。

南中山絶佳，所恨人煙稀。略無好事人，結茅臨深溪。峰頂可月亭，岸石即釣磯。空令煙中猿，掛崖弄漣漪。山多人自少，人遠山益奇。我舟行不留，過眼山如馳。過眼意已足，久留亦何爲。

遠　峰

孤巘秀何似，碧蓮含未開。誰將脩月斧，斸取一尖來。

江上松徑

一日江行百折中，回頭猶見夜來峰。好山十里都如畫，更與横排一徑松。

上　濛　瀼　灘

清江斜抱嶺根來，暗石衝波却倒回。幸自瑠璃青一片，落灘碎作雪花堆。

回望摩舍那灘石峰

好山近看未爲奇，遠看全勝近看時。回望七峰雲外筍，兩峰高絶五峰低。

明發白沙灘聞布穀有感

提壺勸我飲，杜鵑勸我歸。不如布穀子，勸我勤耘耔。我少貧且賤，不但無置錐。筆耒墾紙田，黑水導墨池。借令字堪煮，識字亦幾希。啼飢如不聞，飢慣自不啼。駿奔三十年，辛勤竟何爲。髮從道塗白，面爲風雪黧。夜來白沙灘，老命輕如絲。洪濤舞一葉，呼天叫神祇。生全乃偶然，人力初何施。曉聞布穀聲，如在故山時。坐令萬感集，初悟半世非。一險靡不悔，數悔庸何追。有田不歸耕，布穀真吾師。

寄賀建康留守范參政端明

衮衣不是未教歸，不合威名滿四夷。天與中興開日月，帝分萬乘半旌旗。春生錦繡山河早，秋到江淮草木遲。臥護北門朞月爾，却專堂印鳳凰池。

一生狂殺老猶狂，只炷先生一瓣香。不爲渠儂在廊廟，無端將相更文章。江南海北三千里，玉唾銀鈎十萬行。早整乾坤早巖壑，石湖風月剩分張。

荔枝堂晝憩

荔子陰中風絶凉，菖蒲節後日偏長。落殘數柄荷花蘂，浸得一瓶泉水香。多病早衰非破硯，欲行復倦且胡床。曲江近北差遲暑，不道江山勝五羊。

風　雨

殘風剩雨故欺人，垂箔關牕護病身。自拾荷花揩面汗，新將筍籜製頭巾。梅天筆墨都生醭，棐几文書嬾拂塵。帽子一峰青可掇，隔墻不敢略開門。

謝從善挽詞

一腹儲三篋，雙鈎挽萬牛。行身平中準，閲世澹於秋。紫誥猶新墨，霜髯忽古丘。清風未作記，挂劍淚川流。

送彭元忠縣丞北歸

君從循州來，却向饒州去。拍天海浪拂日峰，瓊尺裁成錦機句。學詩初學陳後山，霜皮脱盡山骨寒。近來别具一隻眼，要踏唐人最上關。三春弱柳三秋月，半溪清冰半峰雪。只今六月無此物，君能喚渠來入筆。恰則新鸎百囀聲，忽有寒蛩終夜鳴。瀟湘故人江漢客，爲君一夜頭盡白。我欠天公詩債多，霜髭撚盡未償它。君懷玉槃金叵羅，合騎天駟超天河。如何也鑄一大錯，自古詩人多命薄。黃茅起煙如黃沙，瘴母照水曼陀花。❶廣東之游樂復樂，勸君不如早還家。

行部決獄宿新隆寺觀鄒至完題壁

道鄉千古一清風，雪壁銀鈎墨尚濃。若愛殿前蒼玉佩，斷無身後碧紗籠。

題望韶亭

新隆寺後看韶石，三三兩兩略依稀。金坑津頭看韶石，十十五五不整齊。一來望韶亭上看，九韶八音堆一案。金鍾大鏞浮水涯，玉瑟瑤琴倚天半。堯時文物也麁疎，禮樂猶帶鴻荒餘。茅茨殿上椎土鼓，葦籥聲外無笙竽。黃能郎君走川嶽，領取后夔搜禮樂。嶧山桐樹半夜鳴，泗水石頭清晝躍。山祇川后争獻珍，姚家制作初一新。帝思南嶽來時巡，宫琛廟寶皆駿奔。曲江清澈碧瓊軟，海山孤尖翠屏展。天顔有喜后夔知，一奏雲韶供亞飯。帝登九疑忘却歸，不知斑盡湘笛枝。后夔一脛跛莫隨，坐委衆樂江之湄。儀鳳舞獸掃無跡，獨留一狻守其側。至今喚作獅子石，雨淋日炙爛不得。洞庭張樂已莓苔，犍爲獲磬亦塵埃。不如九韶故無恙，戛擊尚可冬起雷。何時九秋霜月裏，來聽湘妃瑟聲美。曲終道是不見人，江上數峰是誰子。

憩楹塘驛

夾路黃茅與樹齊，人行茅裏似山雞。長松不與遮西日，却送清陰過隔溪。

---

❶「水」，原作「永」，今據宋遞刻本改。

松鳴竹嘯響千崖，爲底炎蒸吹不開。自是笋輿趁北去，薰風不是不南來。

官道古松

翠旌緑纛夾車輪，龍作長身鐵作鱗。莫笑道傍數松樹，古來老却幾官人。

誠齋集卷第十七

廬陵楊万里廷秀

詩

南海集

南雄驛前雙柳

外計堂前柳絶奇，南中無此兩渦絲。午風不動休嫌暑，要看枝枝自在垂。

南雄解舟

一昨春江上水船，即非上水是登天。如今下瀨江無水，始信登天却易然。

過建封寺下連魚灘

江收衆水赴單槽，石壁當流鬬雪濤。將取危舟飛過去，黄頭郎只兩三篙。

夢裏篙師忽叫灘，老夫驚殺起來看。前船過盡知無慮，末後孤舟膽自寒。

六月十八日立秋送客夜歸雨作

青天赤日更黄埃，迎送紛紛正往來。一夜炎蒸無計奈，三更風雨領秋回。人生作麽禁寒暑，世事何如付酒杯。遮莫鬢間點霜雪，何曾筆下減瓊瑰。

送廣帥秩滿之官丹陽

北門卧護要耆英，小試胸中十萬兵。天借金山吟落月，身兼鐵甕作長城。何如嶺上因歸路，摘取梅酸去作羹。已有紫泥教詣闕，便應留住付鈞衡。

南海元戎禁從臣，却昇北斗捧星辰。回頭五嶺忽千里，屈指十賢添一人。笑别廣平堂下月，歸看太極殿前春。一尊話别端何有，緑水青山更白雲。

晚　步

晚暑無凉可得尋，小風一點慰人心。斜陽碎入高榕葉，飜作青瑶覆作金。

寄題臨武知縣李子西公廨君子亭

王家唤竹作此君，周家唤蓮作君子。泥中懷玉避俗塵，水上開花超大地。紅裳翠蓋在眼中，欲往從之隔秋水。牡丹貴人非吾徒，籬菊隱士堪鄰居。李侯岸巾對芙蕖，不寄新詩來起予。

謝木韞之舍人分送講筵賜茶

吴綾縫囊染菊水，蠻砂塗印題進字。淳熙錫貢新水芽，天珍誤落黄茅地。故人鸞渚紫微郎，金華講徹花草香。宣賜龍焙第一綱，殿上走趨明月璫。御前啜罷三危露，滿袖香煙懷璧去。歸來拈出兩蜿蜒，雷電晦冥驚破柱。北苑龍芽内樣新，銅圍銀範鑄瓊塵。九天寶月霏五雲，玉龍雙舞黄金鱗。老夫平生愛煮茗，十年燒穿折脚鼎。下山汲井得甘冷，上山摘芽得苦硬。何曾夢到龍遊窠，何曾夢喫龍芽茶。故人分送玉川子，春風來自玉皇家。鍛圭椎璧調冰水，烹龍庖鳳搜肝髓。石花紫笋可衙官，赤印白泥牛走爾。故人氣味茶樣清，故人風骨茶樣明。開緘不但似見面，叩之咳唾金石聲。麴生勸人墮巾幘，睡魔遣我抛書册。老夫七椀病未能，一啜猶堪坐秋夕。

荔枝堂夕眺

夕峰褪日半鉦多，秋漢吹雲一絮過。寂寂庭松今兩月，鶴雛去盡只留窠。

病骨秋臞怯暮清，凉風偷帶北風輕。❶ 迎寒窻隔重糊遍，只放書邊數眼明。

閏年秋淺似秋深，蟋蟀將愁傍砌吟。今夕初三元未覺，西樓西角一鈎金。

羅仲憲送蕁菜謝以長句

學琴自有譜，相鶴自有經。蔬經我繙盡，不見蕁菜名。金華詩裏初相識，玉友尊前每相憶。坐令芥孫薑子芽，一見風流俱避席。取士取名多失真，向來許靖亦誤人。君不見鄭花不得半山句，却參魯直稱門生。

曲江重陽

煙描水寫老秋容，嶺外秋容也自濃。如見大賓新露菊，若歌商頌曉風松。插花醉照濂溪井，吹髮慵登

❶「凉」，宋遞刻本作「西」。

帽子峰。莫問明年衰與健，茱萸何處不相逢。

九日郡中送白菊

未應白菊減於黄，金作鈿心玉作裳。一夜西風開瘦蕾，兩年南海伴重陽。若言佳節如常日，爲底寒花分外香。挼蘂浮杯莫多着，一枝留插鬢邊霜。

擬題綿州推官廳六一堂

《唐子西集》載謝固爲綿州推官，推官之廨，歐陽公生焉。謝作六一堂，求子西賦詩云：「即彼生處所，館之與周旋。」予謂此非子西得意句也，輒擬而賦之。

一代今文伯，三巴昔産賢。白珩光宇宙，藍水暗風煙。有客曾高枕，升堂見老仙。夢中五色筆，猶爲寫嗚蟬。

擬進士金波麗鳷鵲詩

曳練爲銀漢，鎔金作月波。桂華斜麗處，鳷鵲得光多。雲葉三秋净，菱花一鏡磨。宫簷暉水竹，觀影澹星河。霧濕殘宵柝，霜明欲曉珂。螭頭餘映在，劒佩已相摩。

督諸軍求盗梅州宿曹谿呈葉景伯陳守正溥禪師

南斗東偏第一山，白頭初得扣禪關。祖衣半似雲來薄，金鑰纔開霧作團。一鉢可能盈尺許，千年有底萬人看。今宵雪乳分龍焙，明日黄泥又馬鞍。

曉炊黄竹莊

染練江山宿雨餘，枝枝葉葉潤如酥。絲窠瓔珞消多少，破費天公百斛珠。

琯灰蔌蔌欲飛聲，日到牽牛第幾星。地底陽生人不覺，燒痕未冷已青青。

城中殊未有梅看，莫是冬暄欠淺寒。行到深山最寒處，兩株香雪照冰灘。

上岑水嶺

危峰上面更危峰，特地無梯上碧空。遥望白雲生絶頂，如今身在白雲中。

天上雲泉脚下鳴，玉虹倒掛客心驚。試教轉落峰頭石，衮到深溪作麽聲。

過岑水

石瘦銅苗緑，溪腥膽水黄。是間無馬跡，何處更羊腸。惡路今方始，平生夢未嘗。如何寒刮骨，行得汗如漿。

野炊白沙沙上

半日山行底路塗，欲炊無店糴無珠。旋將白石支燃鼎，却展青油當野廬。一望平田皆沃壤，只生枯葦與寒蘆。風餐露宿何虧我，玉饌瓊樓合屬渠。

至節宿翁源縣與葉景伯小酌

此縣誰言是强名，古來十室亦琴鳴。只嫌六七茅竹舍，也有兩三雞犬聲。村酒分冬勝虚度，霜風一夜辦新晴。半生客路逢佳節，佳節何曾負半生。

至日宿藍坑小民居竹柱荻壁壁皆不土

一路都岑寂，藍坑分外荒。屋疎茅送月，壁密荻分霜。病趾催趺坐，殘更妬曉光。暖寒無上策，來早借朝陽。

曉晴過猿藤逕

厭雨欣初霽，貪程敢晏眠。排天雙壁起，受日一峰先。入逕惟逢樹，無人况有煙。藤深猿不見，聲到客愁邊。

古　路❶

我生倦行路，此行欣不辭。我豈與人異，厭閑樂驅馳。王事當有行，忘身那自知。閩盗入吾部，梅川作潢池。白羽飛赤囊，碧油走紅旗。覆霜戒不早，蔓草要勿滋。士皆衝冠怒，人挾報國私。我行梅始花，我歸柳應絲。會當揮蝥弧，一笑封鯨鯢。休愁犖确路，即賦競病詩。

野炊猿藤逕樹下

逕仄旁無地，林開忽有天。丹楓明遠樹，黄葉暗鳴泉。苔錦銀槍竈，蘆茸玉帳氈。從軍古云樂，乞與箇山川。

---

❶「古」，宋遞刻本作「石」。

泉　聲

初聞蟹眼雪花聲，忽有仙人玉珮鳴。時作微吟清入骨，又成幽咽怨多情。問知古澗飛泉落，起看寒泓遶石行。欲解塵纓聊一濯，無塵可濯濯誰纓。

羽檄召諸郡兵

閩盜宵窺粵，南兵曉盡東。軍聲動巖谷，旗影喜霜風。貔虎諸方集，欃槍一笑空。區區鼠子輩，不足奏膚公。

明發瀧頭

黑甜偏至五更濃，强起侵星敢小慵。輸與山雲能樣嬾，日高猶宿夜來峰。

過烏沙望大塘石峰

城中長恨不見山，出城見山如等閑。曹溪過了過岑嶺，不惟山矗石仍獷。山如可師癩滿頂，石如陳三瘦聯頸。一路令人眼不開，眼開令人悶不醒。烏沙未到一溪横，水清見底心已清。大塘六峰争出迎，水精筆架琉璃屏。兩峰玉筍初出土，三峰冰盤飣角黍。❶ 一峰新琢金博山，霧作沈煙雲作縷。忽然前岡平截斷，萬丈青尖餘寸許。山神解憐客子愁，平地跳出蒼琳璆。更借天公修月斧，神工一夜忙琱鎪。近看定何者，遠看真可畫。山神自賀應自詫，古來此地無車馬。

---

❶ 「飣」，原作「釘」，今據文義改。

竹魚

晨炊烏沙，有賣竹魚者，身首如鯿，而厚鱗如鯉，而正緑如竹色云。

銀魚色如銀，竹魚色如竹。渭川千畝秀可掬，都將染成一身緑。魚生竹溪中，家在竹根菱荇叢。晝餐竹葉與竹米，夜飲竹露吹竹風。前身王子猷，今身赤鯶公。只知愛竹判却命，化作此君蒼雪容。漁翁夜傍竹溪宿，魚驚釣絲冰底縮。朝來釣得水蒼玉，先生笑捫藜莧腹。

蕈子

空山一雨山溜急，漂流桂子松花汁。土膏鬆暖都滲入，蒸出蕈花團戢戢。戴穿落葉忽起立，撥開落葉百數十。蠟面黄紫光欲濕，酥莖嬌脆手輕拾。響如鵝掌味如蜜，滑似蓴絲無點澁。傘不如笠釘勝笠，香留齒牙麝莫及。菘羔楮雞避席揖，餐玉茹芝當却粒。作羹不可疎一日，作腊仍堪貯盈笈。

食鷓鴣

江南厭聽鷓鴣曲，嶺南初嘗鷓鴣肉。年年細雨落花春，鈎輈格磔惱殺人。竹雞泥滑報行客，鷓鴣更道行不得。方兄百輩買一隻，可惜羽衣錦狼藉。

宿小粉村

暮宿溪邊小粉村，一峰如筆正當門。看來山色元無粉，拂殺濃藍淺黛痕。

塘闇

山逢塘闇冠南中，小大高低十九峰。東畔連尖尤秀絶，一雙銅緑翠鋪茸。

入陂子逕

下一嶺，上一嶺，上如登天下如井，人言箇是陂子逕。猿藤逕裏無居民，陂子逕裏無行人。冷風蕭蕭日杲杲，露濕半青半黄草。前日猿藤猶有猿，今此一鳥亦不喧。樹無紅果草無蘂，縱有猿鳥將何餐。兩山如壁岸如削，一逕緣空劣容脚。溪聲千仞撼林壑，崖石欲崩人欲落。來日長峰逕更長，陂子逕荒未是荒。蔣家三逕未入手，嶺南三逕先斷腸。

過陂子逕五十餘里喬木蔽天遣悶柒絶句

林中亭午始微明，楓倒杉傾滿路横。黄葉青苔深一丈，先生却愛此中行。

草光葉潤亦清佳，翠裏生香不是花。一事説來人不信，蕨長如樹蚓如蛇。

蘆深石路旋芟開，藤絓肩輿却倒回。蘭蕙連山爲誰好，芭蕉滿谷不緣栽。

爲憐上轎鬣人肩，下轎行來脚底穿。客子心心愁欲暮，碧雲偏作半陰天。

晚風寂寂樹陰陰，松不悲鳴竹不吟。只有清泉逢白石，向人刺口説山林。

澗泉勸我出山遲，曲曲遮留步步隨。泉自多情儂自悶，今宵會有出山時。

山窮喜見一平川，不似林中不識天。只出此山災便散，何須更問小行年。

過長峰逕遇雨遣悶十絶句

南人謂深山長谷寂無人煙、中通一路者謂之逕。自翁源至河源，其逕有三。猿藤、陂子各五十里，惟長峰餘百里，過者往往露宿，鑽火以炊。予以半夜一晝疾行出逕，宿秀溪云。

説着長峰十日愁，夜來發處四更頭。莫令炬火風吹黑，未説紅紗絳蠟休。
百里如何一日行，晴天猶自急追程。山雲管得儂愁雨，强做催詩數點聲。
野炊未到也飢嗔，到得炊邊却可人。傘作旅亭泥處坐，水漂地竈雨中薪。
石上菖蒲鐵作鬚，寸根九節許清臞。安期自是叅渠底，却重安期不重渠。世傳安期生食蒲澗九節菖蒲而仙云。
一眼空山空復空，欹蘆倒荻雨和風。却緣小隊旌旗過，教得青楓學着紅。
何須人跡到來曾，點汙松風澗水聲。不是先生愛山水，是間却遣阿誰行。
猿藤陂子枉驚吁，未抵長峰小半塗。今夕前頭何許宿，不知出得逕來無。
下到危坡斗處泥，旁臨崩岸仄邊溪。不須杜句能驅瘧，只誦長峰遣悶詩。
出得山來未見村，已知村近稍多田。坐看雲脚都垂地，回望峰頭已入天。
鰌是鰕兄非善地，橘和瓣種帶禳災。烏榜不熟還無事，小艇難乘莫載來。

明發曲坑

雲横平野近人低，似縠如紗只隔溪。行到溪東元不見，回頭却復在溪西。
露草欣逢曉日新，各將珠琲鬬呈珍。紅光影裹如何揀，顆顆圜明顆顆勻。

明發龍川

山有濃嵐水有氛，非煙非霧亦非雲。北人不識南中瘴，只到龍川指似君。

儍入蠻溪受瘴煙，一生誰料到龍川。早書實歷還山考，便是中書九閏年。

發通衢驛見梅有感

忙中掠眼雪枝斜，落片紛紛點玉沙。虚過一冬妨底事，不曾欵曲是梅花。

過五里逕

瘦日當中暖稍回，冷山未許瘴全開。溪光遠隔深深竹，特地穿簾入轎來。

野水奔流不小停，知渠何事太忙生。也無一箇人催促，自愛争先落澗聲。

入山無路出無門，鳥語猿聲更斷魂。當處迷塗何處問，一溪引我得前村。

晨炊浦村

水出何村尾，橋横亂篠叢。隔溪三四屋，對面一雙峰。過午非常暖，疑他不是冬。踈梅照清淺，作意爲誰容。

宿長樂縣驛驛皆用葵葉蓋屋狀如椶葉云

都將葵葉蓋亭中，樹似桄榔葉似椶。欲問天公覓微雪，裝成急響打船篷。

題興寧縣東文嶺瀑泉在夜明場驛之東

笋輿路轉崖欹傾，只聞滿山泉水鳴。卷書急看已半失，眼不停注耳細聽。石如鐵色黑，壁立鏡面平。水從鏡面一飛下，蘄笛織簟風漪生。石知水力倦，半壁鍾作天一泓。水行到此欲小憩，後水忽至前水驚。分清裂白兩派出，跳珠躍雪雙龍争。不知落處深幾許，千丈井底碎玉聲。安得好事者，泉上作小亭。釀泉爲酒不用麴，春風吹作蒲萄緑。醉寫泉聲入枯木，何處更尋響泉曲。

入程鄉縣界

長樂昏嵐着地凝，程鄉毒霧噀人腥。吾詩不是南征集，只合標題作瘴經。

明發梅州

市小山城寂，船稀野渡忙。金暄梅蘂日，玉冷草根霜。

霜草

霜前亂碧未全枯，霜後紛黄却更蘇。偷喫瑶臺青女粉，都生瓊髮與銀鬚。

夜宿房溪飲野人張珣家桂葉鹿蹄酒其法以桂葉爲餅以鹿蹄煮酒釀以八月過是則味減云

桂葉揉青作麴投，鹿蹄煮醁趁涼篘。落杯瑩滑冰中水，過口森嚴菊底秋。玉友黄封猶退舍，齏湯蜜汁更論籌。野人未許傳醅法，剩買雙缾過別州。

明發房溪

山路婷婷小樹梅，爲誰零落爲誰開。多情也恨無人賞，故遣低枝拂面來。

青天白日十分晴，轎上蕭蕭忽雨聲。却是松梢霜水落，雨聲那得此聲清。

瘴霧

午時猶未識金烏，對面看人一似無。臘月黄茅猶爾許，不知八月却何如。南中八月，黄茅瘴盛之時。

過水車鋪

盡日塗中斷客行，兩邊山色到雲青。溪光摇碎黄金日，波面跳成白玉星。

轎裏看書得晝眠，夢中驚浪撼漁船。覺來書卷風吹亂，忘却前篇與後篇。

宿萬安鋪

來朝還入鱷魚鄉，未到潮陽到揭陽。休説春風歸路遠，只今去路不勝長。

過罩竹洋逕

兩山何許來，此焉忽相尋。摩肩不少讓，争道各載駸。喬木與脩竹，相招爲茂林。無風生翠寒，未夕起素陰。天垂木末近，日到谷底深。空山時自響，已動客子心。行至幽絶處，更聞啼怪禽。

自彭田鋪至湯田道旁梅花十餘里

一行去聲。誰栽十里梅，下臨溪水恰齊開。此行便是無官事，只爲梅花也合來。

觀湯田鋪溪邊湯泉

下泓堪浴上堪煎，陰火熬成未必然。海底日昇波自沸，偶分一眼作湯泉。

湯田早行見李花甚盛二首

此地先春信，年年只是梅。南中春更早，臘日李花開。

似妬梅花早，同時鬪雪膚。新年三二月，還解再開無。

雨中道旁叢竹

竹色豈不好，道旁端可嗔。只教寒雨裏，將冷洒行人。

雨中梅花

霜晴三日不勝佳，忽作陰霖送歲華。客裏清愁自無奈，却教和雨看梅花。

過瘦牛嶺

行盡天涯未遣休，梅州到了又潮州。平生豈願乘肥馬，臨老須教過瘦牛。夢裏長驚炊劍首，春前應許賦刀頭。夜來尚有餘樽在，急唤渠儂破客愁。

題瘦牛嶺

牛頭定何向，牛尾定何指。我不炙汝心，我不穿汝鼻。如何不許見全牛，霧隱雲藏若相避。行行上牛背，上下三十里。一雨生新泥，寸步不自致。胡不去作牽牛星，渴飲銀河天上水。胡不去作帝藉牛，天田春風牽黛耜。却來蠻村天盡頭，塞路長遺行人愁。夕陽芳草只依舊，瘦牛何苦年年瘦。

道旁草木

山無人跡草長青，異彩奇香不識名。只是苔花兼薜葉，也無半點俗塵生。

古樹何年澗底生，只今已與嶺般平。千梢萬葉無重數，一一分明報雨聲。

葵葉

蒻笠端能直幾錢，騎奴不擬雨連天。蓋頭旋折山葵葉，劈破青青傘半邊。葉之狀如此。

過金沙洋望小海

海霧初開明海日，近樹遠山青歷歷。忽然咫尺黑如漆，白晝如何成瞑色。不知一風何許來，霧開還合合還開。晦明百變一彈指，特地遣人驚復喜。海神無處逞神通，放出一斑夸客子。須臾滿眼賈胡船，萬頃一碧波黏天。恰似錢塘江上望，只無兩點海門山。我行但作遊山看，減却客愁九分半。

揭陽道中

䟃穿山徑石嶔嶔，喜見川原路坦夷。更着兩行團樹子，引人行遠不教知。

地平如掌樹成行，野有郵亭浦有梁。舊日潮州底處所，如今風物冠南方。

宿潮州海陽館獨夜不寐

醉來還睡睡還醒，長是三更夢便驚。細數更聲有何益，不然作麽到天明。

臘前蚊子已能歌，揮去還來奈爾何。一隻攬人終夕睡，此聲元自不須多。

謁昌黎伯廟

南海行幾徧，東潮欠一來。若無韓子廟，只有越王臺。文字天垂日，興亡草上埃。聊吹鰐溪水，灑起六丁雷。

題韓亭韓木

老大音惰。韓家十八郎，猶將雲錦製衣裳。至今南斗無精彩，只放文星一點光。

笑爲先生一問天，身前身後兩般看。亭前樹子關何事，也得天公賜姓韓。

誠齋集卷第十八

廬陵楊万里廷秀

詩

南海集

登南州奇觀前臨大江浮橋江心起三石臺皆有亭子

梅邊樓閣海邊山，銀竹初收霽日寒。看着南州奇觀了，人間山水不須看。

玉壺冰底卧青龍，海外三山墮眼中。奇觀揭名渾未在，只消題作小垂虹。

平賊班師明發潮州

不是潢池赤白囊，何緣杖屨到潮陽。官軍已掃狐兔窟，歸路莫孤山水鄉。便去羅浮參玉局，更登浴日折扶桑。還家兒女搜行李，滿袖雲煙雪月香。

潮陽海岸望海

動地驚風起海陬，爲人吹散兩眉愁。身行島北新春後，眼到天南最盡頭。衆水更來何處着，千峰赴此却回休。客間供給能消底，萬頃煙波一白鷗。

除夜宿石塔寺

醉後先眠客莫嗔，誰能守歲費精神。幸無爆竹驚寒夢，休羨椒花頌好春。今歲明年纔隔夕，人情物態頓趨新。遥憐兒女團欒處，政欠屠酥第十人。每飲屠酥，予居第十。

壬寅歲朝發石塔寺

曉鍾夢裏苦相呼，强裹烏紗照白鬚。只有銅爐燒栢子，更無玉盞瀉屠酥。佛桑解吐四時艷，鐵樹還如九節蒲。省得一朝疲造請，却教終日走長塗。寺法堂前有紅佛桑，四時有花。又有小木名鐵樹，葉似蒻而紫，榦似密節菖蒲。

晨炊黄岡望海

望中雪嶺界天横，雪外青瑶甃地平。白底是沙青是海，捲簾看了却心驚。

海岸沙行

海濱半程沙上路，海風吹起成煙霧。❶行人合眼不敢覷，一行一步愁一步。步步沙痕没芒屨，不是不行行不去。若爲行到無沙處，寧逢石頭齧足拇。寧踏黄泥濺袍袴，海濱沙路莫再度。

❶「煙」，宋遞刻本作「黄」。

榕樹

直不爲楹圜不輪，斧斤亦復赦渠薪。數株連碧真成菌，一脛空肥總是筋。

食車螯

珠宮新沐净瓊沙，石鼎初燃瀹井花。紫殼旋開微滴酒，玉膚莫熟要嗚牙。棖拖金線成雙美，薑擘糟丘併一家。老子宿酲無解處，半杯羹後半甌茶。

食蠣房

蓬山側畔屹蠔山，❶懷玉深藏萬壑間。也被酒徒勾引着，薦它尊俎解它顔。

食蛤蜊米脯羹

傾來百顆恰盈奩，剥作杯羹未屬厭。莫遣下鹽傷正味，不曾着蜜若爲甜。雪揩玉質全身瑩，金緣冰鈿半縷纖。更淅香秔輕糝却，發揮風韻十分添。

銀魚乾

初疑柘繭雪争鮮，又恐楊花糝作氊。却是剪銀成此葉，如何入口軟於綿。

烏賊魚

秦帝東巡渡浙江，中流風緊墜書囊。至今收得磨殘墨，猶帶宫車載鮑香。

❶「蓬山」，原殘闕，今據宋遞刻本補。

泊流潢驛潮風大作

忽看草樹總離披，記得沙行昨日時。除却潮來無別事，海風動地亦何爲。

潮來潮去有何功，費盡辛勤辦一風。若使無風潮自至，信他海伯有神通。

正月三日宿范氏莊四首

開歲又涉三，我征良未休。沙行地一平，百里縱遐眸。景穆物自欣，磧迥情反愁。中田緬雲莊，聊復税我鞅。追程有底急，行急能至不。三峰從何來，駿奔若鳴騶。當户不忍去，裴回爲人留。對之成四友，呼酒與獻醻。我醉山自醒，相忘却相求。

野踐得幽詠，不吐聊自味。健步忽傳呼，云有遠書至。開緘秖暄凉，此外無一事。奇懷坐消泯，追省寧復記。方驩遽成悶，俗物真敗意。山鵲下虚庭，對語含喜氣。一笑起振衣，吾心本無滯。

酒名忘憂物，未盡酒所長。醉後忘我身，安得憂可忘。我飲初不多，不可無一觴。平生難爲酒，甘醴斷不嘗。要與水争色，仍復菊敵香。氣盎春午花，味凛秋旭霜。三杯合自然，一滴詣醉鄉。朅來困行役，名酒安可常。甘淡俱不擇，芳冽那得將。酒味何必佳，一醉徑投床。但令有可飲，不醉亦何妨。

山歷愁寡天，沙征恨多地。兩日行海濱，雖近彌不至。遐瞻道旁堠，我進渠秖退。大風來無隔，午燠皎安避。今夕范氏莊，初覿三峰翠。愈遠故絶瑕，不多始足貴。巉然半几出，蹙若一拳細。輕霏澹晚秀，隤照燁春媚。翫久有餘佳，繪苦未必似。今夕勿掩扉，月中對山睡。

初四日晨炊橫翠亭

近看三峰失一峰，其餘都與昨來同。多情橫翠亭前玉，伴我同行兩日中。

人日宿味田驛

破驛荒凉晚解鞍，急呼重碧敵輕寒。南中氣候從頭錯，人日青梅已釃酸。

登大鞋嶺望大海

杖屨千崖表，波濤萬頃前。瓊天吹不定，銀地濕無邊。一石當流出，孤尖卓筆然。更將垂老眼，何許看風煙。

晨炊叱馭驛觀海邊野燒

南海驚濤卷玉缸，北山野燒展紅幢。山神海伯争新巧，併慰詩人眼一雙。

海岸七里沙

大風吹起翠瑶山，近岸還成白雪團。一浪攙先千浪怒，打崖裂石與君看。

行人莫近岸邊行，便恐波頭打倒人。若道岸高波不到，玉沙猶濕萬痕新。

鮓魚潭登舟

船閣寒沙待晚潮，行人舟子各相招。銀山一朵三千丈，隔海飛來對面銷。

宿南嶺驛

蕨手猶拳已箸長，菊苗初甲可羹嘗。山村富貴無人享，一路春風野菜香。

茅花似雪復如茸，一望平原淺草中。盡日向人揮玉麈，知將何事語春風。

初十日早炊蕉步得家書并家釀

潢池東定得西還，病後塗中竟鮮懽。爲許朝來有新喜，庭闈一騎報平安。

年年自漉雪前醅，今歲無緣得一杯。政是荒村愁絶處，家中送得六尊來。

惠州豐湖亦名西湖

左瞰豐湖右瞰江，五峰出没水中央。峰頭寺寺樓樓月，清殺東坡錦繡腸。

三處西湖一色秋，錢塘潁水更羅浮。東坡元是西湖長，不到羅浮便得休。

正月十二日游東坡白鶴峰故居其北思無邪齋真蹟猶存❶

詩人自古例遷謫，蘇李夜郎并惠州。人言造物困嘲弄，故遣各捉一處囚。不知天公愛佳句，曲與詩人爲地頭。詩人眼底高四海，萬象不足供詩愁。帝將湖海賜湯沐，堇堇可以當冥搜。却令玉堂揮翰手，爲提椽筆判羅浮。羅浮山色濃潑黛，豐湖水光先得秋。東坡日與群仙遊，朝發崑閬夕不周。雲冠霞佩照宇宙，金章玉句鳴天球。但登詩壇將騷雅，底用蟻穴封王侯。元符諸賢下石者，秪與千載掩鼻羞。我來剥啄王粲宅，鶴峰無恙江空流。安知先生百歲後，不來弄月白蘋洲。無人挽住乞一句，猶道雪乳冰湍不。當年醉裏題壁處，六丁已遣雷電收。獨遺無邪四箇字，鸞飄鳳泊蟠銀鈎。如今亦無合江樓，嘉祐破寺風颼颼。

---

❶「齋」下，宋遞刻本及底本目録有「額」字。

解舟惠州東橋

南宦寧差北，西歸敢再東。猿聲雲樹月，客枕露船風。緑髮春全白，蒼顔酒不紅。莫憎愁與病，留取伴衰翁。

放　船

岸岸人家住，門門面水開。老翁扶杖立，穉子看船來。一夜鳴春雨，諸灘漲緑醅。順流行自快，更着北風催。

感　興

行役忘衰暮，逢春感物華。一來梅嶺外，三見木綿花。山鹿寧游市，江鷗本卧沙。紅塵無了日，白髮未還家。

夜泊曲灣

順流一日快舟行，薄暮風濤特地生。不是江神驚客子，勸人早泊莫追程。

曲灣放船

梅子成陰夾道周，木綿吐焰滿江頭。春來不是無桃李，臘月開花已落休。

石灣雨作得鞏帥采若書約觀燈

昨暮顛風浪打頭，那知今日得安流。元宵不爲遊人好，細雨先供客子愁。病骨支離妨酒琖，詩仙招喚試燈毬。書生薄命多磨折，樂事良辰判却休。

舟中望羅浮山

羅浮元不是羅浮，自是道家古蓬丘。弱水只知斷舟楫，葛仙夜偷來惠州。羅浮山高七萬丈，❶下視日月地上流。黄金爲橋接銀漢，翠琳作闕横瓊樓。不知何人汗脚迹，觸忤清虚涴寒碧。天遣山鬼絶凡客，化金爲鐵瓊爲石。至今石樓人莫登，鐵橋不見空有名。玉匙金籥牢鐍扃，但見山高水泠泠。我欲騎麟翳鸞鳳，月爲環佩星爲從。前驅子晉後安期，飛上峰頭斸丹汞。

南海東廟浴日亭

南海端爲四海魁，扶胥絶境信奇哉。日從若木梢頭轉，潮到占城國裏回。最愛五更紅浪沸，忽吹萬里紫霞開。天公管領詩人眼，銀漢星槎借一來。

題南海東廟

羅浮山如萬石鍾，一股南走如渴龍。雷奔電邁遮不住，直抵海濱無去處。低頭飲海吐絳霞，舉頭戴着祝融家。珠宫玉室水精殿，萬水一日朝再衙。青山四圍作城郭，海濤半浸青山脚。客來莫上浴日亭，亭上見海君始驚。青山缺處如玉玦，潮頭飛來打雙闕。晴天無雲濺碎雪，天下都無此奇絶。大海更在小海東，西廟不如東廟雄。南來若不到東廟，西京未睹建章宫。海神喜我着綺語，爲我改容收霧雨。乾坤軒豁未能許，小試日光穿漏句。

---

❶「丈」，宋遞刻本作「尺」。

鑷白

止酒愁無那，哦詩意已闌。鑷髭非急務，也遣半時閑。

和鞏采若游蒲澗

南中道是島夷居，也有安期宅一區。屐齒苔痕猶故跡，霓旌鸞佩已清都。元戎解領三千騎，勝日來尋九節蒲。萬壑松風和澗水，鳴琴漱玉自相娛。

船過靈洲

却緣野闊覺天低，政值潮平苦槳遲。洲背兩船歸別港，岸頭數屋出踈籬。江山慘淡真如畫，煙雨空濛自一奇。病酒春眠不知曉，開門拾得一篇詩。

近岸

十日都無一日晴，牽船客子總斜行。一川黄犢朝朝飽，岸草何曾減寸青。

泊鴨步

江流自在水風輕，雲去天來半欲晴。兩岸東西三十里，李花獨樹隔江明。

明發鴨步

兩歲春船各一時，今年船快去年遲。青山面目何曾改，清曉看來别樣奇。

過黄巢磯

黄巢磯與白沙灘，只是聞名已膽寒。自笑南來三換歲，一年一度犯驚湍。

望清遠峽

刺船又入峽山間，江水初平失惡灘。道是峽山天下險，老夫今作坦塗看。

舟人吹笛

長江無風水平緑，也無鞾文也無縠。東西一望光浮空，瑩然千頃無瑕玉。船上兒郎不耐閑，醉拈横笛吹雲煙。一聲清長響徹天，山猿啼月澗落泉。更打羊皮小腰鼓，頭如青峰手如雨。中流忽有一大魚，跳破琉璃丈來許。

近峽

望峽初愁遠，當前忽不知。如何船進處，却在棹停時。

清遠峽四首

峽水都是泉，非雨元自足。不知幾滴珠，成此一川玉。旁將山染翠，仰爲天寫緑。何當雪月夜，孤艇葦間宿。

清晨霧雨重，不敢開船門。小窻試微啓，逗入一船雲。何曾燒龍麝，香霏遶吾身。身在雲水上，何許覓點塵。

清遠望峽山，山脚無半里。小舟行其間，五日翠未已。並馳兩蒼龍，中夾一玉水。送我到英州，渠當自回轡。

誰開峽山寺，政要避世喧。深潭無來路，斷崖有青天。療飢摘山果，擊磬煩嶺猿。人跡今擾擾，秪緣一漁船。

光口夜雨

峽江清空峽雨急，寒聲夜半蕭蕭發。玻瓈盆面跳萬珠，一顆一聲清入骨。夢中搔首起來聽，聽來聽去到天明。一生聽雨今頭白，不識春江夜雨聲。

出真陽峽

過盡危磯出小潭，回頭失却石峰巉。春寒料峭元無事，知我猶藏一布衫。

細雨初來刺水紋，三針兩線未教繁。不知忽有何忙處，急灑千千萬萬痕。

峽嶺分明是假山，亂堆怪石入雲間。上頭更種青瓊樹，下照春江玉鏡寒。

峽中出了又逢灘，破浪牽船分外難。只是峽山臨欲別，此灘留我再看山。

江楓新染緑衣衫，知費春風幾把藍。道是春光在桃李，試除桃李儘教參。

入峽長思出峽行，出來却憶峽中清。一江碧水供詩硯，兩岸青山作硯屏。

只言英石冠南中，未識真陽一兩峰。遮莫坡陁將不去，將詩描取小玲瓏。

今歲春流漲又銷，水痕猶印石間茅。浮槎却被春流誤，長掛江邊小樹梢。

春光濃裏更江行，畫舫分明是水亭。出了真陽恰惆悵，數峰如筍雨中青。出峽即見碧落洞數石峰。

未必陽山天下窮，英州窮到骨中空。郡官只怨無供給，支與真陽數石峰。

山　雲

春從底處領雲來，日日山頭絮作堆。戀着好峰那肯去，欲開猶遶兩三回。

碧落洞前灘水

水知山近已先狂，❶箭往星奔趁下瀧。灘下洄流能耐事，漩漚百轉看它忙。

石峰背後即英州，只不教人到岸頭。羅帶春風吹不直，故將數摺惱行舟。

碧落峰前上一灘，篙師叫得口都乾。開門將謂舡行遠，只在峰頭蘆荻灣。❷

北　風

山雨無休歇，江雲政鬱葱。如何急灘水，更着打頭風。草作傷心碧，花能可意紅。一年春好處，却在道塗中。

正月二十八日峽外見鷰子

社日今年定幾時，元宵過了鷰先歸。一雙貼水嬌無奈，不肯平飛故仄飛。

不宿青楓學子規，不穿緑柳伴鸎啼。雙飛只愛清江水，自喜身輕照舞衣。

---

❶「山」，日藏宋淳熙本作「灘」。

❷「頭」，宋遞刻本作「前」。

回望峽山二首

英州挽不來，峽山推不去。行了一日船，依舊朝來處。

浪喜出峽來，峽亦何曾出。兩岸只無山，依舊江刻屈。

碧落洞

碧落諸峰是碧簪，忽於平地插瑶岑。洞中定有神仙宅，玉室金堂不可尋。

夢中曾泊洞前船，落絮飛花是去年。今日來尋泊船處，一江風雨草連天。

洞裏仙人枉費功，鑿江屈曲做神通。千縈萬繞留江住，畢竟奔流入峽中。

際會諸灘吼怒雷，遭逢江勢更縈回。今宵不到英州定，何用山雲送雨來。

郎石峰

四旁不與衆山連，特地孤尖立半天。碧落諸峰非不好，讓它郎石一峰先。

正月晦日自英州舍舟出陸北風大作

北風吹得山石裂，北風凍得人骨折。南來何曾識此寒，便恐明朝丈深雪。今朝幸不就船行，白浪打船君更驚。只是山行也不好，笋輿寸步風吹倒。

英石鋪道中

一路石山春更緑，見骨也無斤許肉。一峰過了一峰來，病眼將迎看不足。先生盡日行石間，恰如蟻子緣假山。穿雲渡水千萬曲，此身元不離巖巒。莫嫌宿處破茅屋，四方八面森冰玉。孤峰高絶連峰低，圜者如廪尖如錐。蒼然秀色借不得，春風領入玉東西。英州那得許多石，誤入天公假山國。

神堂鋪前桃花

北江二月政春寒，初見桃花喜未殘。臘月潮州見桃李，元來不作好春看。

過陳公逕

去歲陳公逕裏松，船中仰看愛松風。只今身在松風裏，下看江船西復東。

江行十日厭船遲，却換籃輿踏路泥。江水別來纔兩日，陳公逕下再相隨。

鵝鼻鋪前桃花

歸來長恐已春遲，恰是東風二月時。路上桃花亦懽喜，爲人濃抹濕燕支。

南華道中

清曉新晴物物熙，小風淡日暖歸旗。不堪回首南華路，去歲梅花細雨時。

騎吏歡呼不要嗔，二千里外北歸人。慇懃自掬曹溪水，净洗先生面上塵。

荔枝歌

粵犬吠雪非差事，粵人語冰夏蟲似。北人冰雪作生涯，冰雪一窖活一家。帝城六月日卓午，市人如炊汗如雨。賣冰一聲隔水來，行人未喫心眼開。甘霜甜雪如壓蔗，年年窨子南山下。去年藏冰減工夫，山鬼失守嬉西湖。北風一夜動地惡，盡吹北冰作南雹。飛來嶺外荔枝梢，絳衣朱裳紅錦包。三危露珠凍寒沘，火傘燒林不成水。北人藏冰天奪之，却與南人銷暑氣。

嘗瓜

病骨那禁暑，衰年更作愁。有風依舊熱，初伏幾時秋。瓜果誰新餉，饞涎小忍休。金盆井花水，且看玉雙浮。

風露盈籃至，甘香隔壁聞。緑摶罌一搦，白裂玉平分。蘚甃開冰段，梅山失火雲。老夫供晚酌，不用辨羶葷。

讀武惠妃傳

桂折秋風露折蘭，千花無朵可天顏。壽王不忍金宮冷，獨獻君王一玉環。

聖筆石湖大字歌有序

淳熙聖人錫宴，臨遣端明殿學士參政臣范成大居守金陵，觴次肆筆作「石湖」二大字賜之，以寵其行。臣成大刻石，以碑本分似小臣楊万里，敢拜手稽首，敬賦長句。

石湖仙人補天手，整頓乾坤屈伸肘。爾來化作懶卧龍，簸弄珠璣漱瓊玖。五雲萬里天九重，❶玉皇深拱蓬萊宮。豈無九虎守閶闔，北門半扉當朔風。夜令雲師敕風伯，鞭起卧龍湖底月。湖水卷上天中央，却煩北門護風雪。仙人馭風乘緑雲，玉宸殿上朝帝真。帝將北斗酌天酒，冰桃碧藕脯麒麟。傳呼玉蜍吸銀浦，黟霜調冰澆月兔。灑成羲畫河洛書，白璧一雙浮雨露。石湖二字天上歸，奎星壁宿落山扉。昭回下飾吴花草，姑蘇臺前近太微。詩人不直一杯水，自是渠儂命如紙。教人妬殺石湖仙，手攬星辰懷袖底。

---

❶「里」，宋遞刻本作「重」。

誠齋集卷第十九

廬陵楊万里廷秀

詩

朝天集

淳熙甲辰十月一日擬省試萬民觀治象詩

魏闕春風裏，王城曉日端。三朝垂治象，萬姓得榮觀。老穉看如堵，章程炳若丹。九天新雨露，一札妙龍鸞。遠覽周官舊，重瞻漢詔寬。歡聲將喜氣，銷盡柳邊寒。

仲冬詔追造朝供尚書郎職舟行阻風青泥

東闕催人赴赤墀，北風欄我泊青泥。會當老子有行日，未信北風無住時。

破籬外面即江流，枯樹梢頭總客愁。隔水遠山濃復淡，殷勤點綴一川秋。

江神風伯戰方酣，北浪吹翻總向南。未放人扶下江柁，却教眼看上江帆。

明發青泥銜雪刺船

冰棹風船雪滿篷，詩人醉卧水晶宫。追程未到君休問，且啓瓊窻看玉峰。

碧玉波頭緑錦絅，玉妃踏舞襪生塵。先生奇觀誰分却，不分孤舟獨釣人。

紅玉麒麟未作灰，自温瓊液寫銀杯。雪花萬片江千頃，更欠人間底物來。

過招賢渡

歸船舊掠招賢渡，惡灘横將船閣住。風吹日炙衣滿沙，嫗牽兒啼投店家。一生憎殺招賢柳，一生愛殺招賢酒。柳曾爲我礙歸舟，酒曾爲我消詩愁。

三衢登舟午睡

午思昏昏不肯醒，倦投竹枕睡難成。曉然有夢疑非夢，聽得人聲及水聲。

望横山塔

水面生風分外嚴，竹根剩雪更新添。六年不見横山塔，茅屋東邊忽半尖。

曉泊蘭溪

金華山高九天半，夜雪裝成珠玉案。蘭溪水清千頃强，朔風凍作瑠璃缸。日光雪光兩相射，病眼看來忘南北。恨身不如波上鷗，脚指爲楫身爲舟。恨身不如沙上鴈，蘆花作家梅作伴。折綿冰酒未是寒，曉寒真欲冰我肝。急閉篛篷擁爐去，竹葉梨花十分注。

蘭溪解舟

兩岸千千萬萬峰，看來冷白復寒紅。人言雪嶺非銀嶺，三日晴光曬不融。
日開五色暖征裘，雪滿群山爽病眸。道是詩人窮到骨，暖邊爽裏放蘭舟。
只愁灘淺閣行舟，到得江深又不流。水鳥避人飛不徹，看他没去看他浮。
際晚江風刮面來，曉寒已去却重回。也知青女嫁滕六，巽二何須强作媒。

梳頭看可正平詩有寄養直時未祝髮等篇戲題七字

却因理髮得披文，看盡廬山筆底春。寄語可師休祝髮，癩邊猶有去年痕。
老子平生湯餅腸，客間湯餅亦何嘗。怪來今晚加餐飯，一味廬山笋蕨香。

暮泊鼠山聞明朝有石塘之險

下水船逢上水船，夕陽仍更澁沙灘。鴈來野鴨却驚起，我與舟人俱仰看。回望雪邊山已遠，如何篷底暮猶寒。今宵莫説明朝路，萬石堆心一急湍。

夜泊釣臺小酌

牛狸送我止嚴陵，黄雀隨人或帝城。海錯未來鄉味盡，一杯今夕笑先生。

追和尤延之檢詳紫宸殿賀雪

錫山詩老立層霄，黄竹賡歌宴在瑶。有客夢中聞雪作，曲肱篷底信船摇。雪時余方解舟三衢。遥知端葉飄香袖，笑向梅花趁早朝。未嘆山人負猿鶴，負渠縮項與長腰。

和陳蹇叔郎中乙巳上元晴和

御柳梢頭晚不風，官梅面上雪都融。如何閶闔新春夜，頓有芙蕖滿眼紅。十里沙河人最鬧，三千世界月方中。買燈莫費東坡紙，今歲鼇山不入宫。十四日晚有旨徹禁中山棚。

二月望日遞宿南宫和尤延之右司郎署疎竹之韻

此君見我眼猶青，笑我吟髭雪點成。憶昔與君同舍日，聽渠將雨作秋聲。夜來遞宿三更悄，葉底春寒一倍生。夢入故園數新笋，穿籬破蘚幾莖莖。

春寒早朝

十載江湖今又歸，朝雞不許夙興遲。每聞撲鹿初鳴處，正是鬔鬆好睡時。病眼生憎紅蠟燭，曉光未到碧桃枝。誰能馬上追前夢，坐待金門放玉笢。

二月二十四日寺丞田丈清叔及學中舊同舍諸丈拉予同屈祭酒顔丈幾聖學官諸丈集於西湖雨中泛舟坐上二十人用遲日江山麗四句分韻賦詩余得融字呈同社

正月一度游玉壺，二月一度游真珠。是時新霽曉光初，西湖獻狀無遺餘。君王予告作寒食，來看孤山海棠色。海棠落盡孤山空，湖上摹糊眼中黑。夜來三更湖月明，群仙下墮嬉殊庭。東坡和靖相先後，李成郭熙在左右。惠崇捧硯大如箕，大年落筆疾於飛。磨墨爲雲灑爲雨，湖波掀舞山傾攲。畫作西湖煙雨障，今晨掛在孤山上。同來諸彦文章公，不數錢起兼吴融。何如玉船一舉百分滿，一笑千峰煙雨散。

類試所戲集杜句跋杜詩呈監試謝昌國察院

有客有客字子美，日糴太倉五升米。錦官城西生事微，盡醉江頭夜不歸。青山落日江湖白，嗜酒酣歌拓金戟。語不驚人死不休，萬草千花動凝碧。稺子敲針作釣鈎，老夫乘興欲東流。巡簷索共梅花笑，還如何遜在楊州。老去詩篇渾漫與，蛺蝶飛來黄鸝語。往時文采動人主，來如雷霆收震怒。一夜水高數尺强，濯足洞庭望八荒。閶闔晴開映蕩蕩，安得仙人九節杖。君不見西漢杜陵老，脱身事幽討。下筆如有神，汝與山東李白好。儒術於我何有哉，願吹野水添金杯。焉知餓死填溝壑，如何不飲令心哀。名垂萬古知何用，萬牛回首丘山重。

予因集杜句跋杜詩呈監試謝昌國察院謝丈復集杜句見贈予以百家衣報之

棘圍深鏁武成宫，華裾織翠青如葱。謝公文章如虎豹，林間一嘯四山風。天下幾人學杜甫，千江隔兮萬山阻。畫地爲餅未必似，更覺良工心獨苦。誰登李杜壇，浩如海波翻。奄有二子成三人，古風蕭蕭筆追還。我詩如曹鄶，拆東補西裳作帶。令人還憶謝玄暉，崑崙虞泉入馬蹄。我願四方上下逐東野，只有相逢無别離。

楊　花

只道垂楊管别離，楊花一去不思歸。浮蹤浪跡無拘束，飛到蛛絲也不飛。

擬花蘂亞枝紅詩

花密非無蘂，繽紛亂眼中。千枝相亞鬧，一色總成紅。赴曉桃如積，争晴杏欲烘。金鬚迷不見，玉頰醉來同。頓覺江山麗，都將錦繡籠。春光誰畫得，分付少陵翁。

四月五日車駕朝獻景靈宫省前迎駕起居口號

鳳輦雲行露未銷，鸞旗風動柳相高。晴雷出地傳清蹕，霽日吹紅染御袍。喜見天顔浮玉藻，歸從原廟薦櫻桃。小臣再得瞻黄繖，兩鬢星星不滿搔。

沈虞卿秘監招游西湖

蘇公堤遠柳生煙，和靖園深竹映關。船入芰荷香處去，人從雲水國中還。似寒如暖清和在，欲雨翻晴頃刻間。能爲蓬萊老僊伯，一杯痛快吸湖山。

陳蹇叔郎中出閩漕别送新茶李聖俞郎中出手分似

頭綱别樣建溪春，小璧蒼龍浪得名。細瀉谷簾珠顆露，打成寒食杏花餳。鷓斑椀面雲縈字，兔褐甌心雪作泓。不待清風生兩腋，清風先向舌端生。

送鄉僧德璘監寺緣化結夏歸天童山

一别璘公十二年，故當刮目爲相看。問儂收得曹溪水，雩下春風吹已乾。七百支郎夜忍飢，木魚閉口等君歸。還山大衆空歡喜，只有誠齋兩首詩。

答提點綱馬驛程劉修武翰

公幹當年子建親，景文今代大蘇賓。絶知將種仍詩種，不放騷人與外人。解道征鴻數字秋，清於雪椀映冰甌。老來筆底心無毒，交割風光與子休。

吴春卿郎中餉臘豬肉戲作古句

老夫畏熱飯不能，先生饋肉香傾城。霜刀削下黄水精，月斧斫出紅松明。君家豬紅臘前作，是時雪没吴山脚。公子彭生初解縛，糟丘挽上淩煙閣。却將一臠配兩螯，世間真有楊州鶴。

戲作司花謡呈詹進卿大監郎中

靈君觴客滕王家，鼇頭仙人作司花。仙人一笑春風起，開盡仙源萬桃李。李花冶白桃倡紅，坐客桃霞李雪中。仙人半酣舞造化，風吹雨打千花空。嫣香菸色付一掃，病蕊殘英又嫌老。落花已對春風羞，新花也對春風愁。姚黄魏紫世無種，且據眼前桃李休。

直宿南宫

獨直南宫午獨吟，祥雲淡淡竹陰陰。小風慢落鵝黄雪，看到槐花一寸深。

今年秋暑更禁它，無計商量奈熱何。一霎飄蕭凉一日，雨來銷得幾多多。

秋熱連宵睡不成，移床换枕到天明。今宵不熱還無睡，却爲宫簷瀉雨聲。

大司成顔幾聖率同舍招游裴園泛舟繞孤山賞荷花晚泊玉壺得十絶句

鳳城魚鑰曉開銀，國子先生領搢紳。山水光中金鑿落，芙蕖香裏葛頭巾。

小步深登野寺幽，古松將影入茶甌。鈴聲忽起九天半，有塔危峰最上頭。

岸岸園亭傍水濱，裴園飛入水心横。旁人莫問游何許，只揀荷花鬧處行。

船開便與世塵踈，飄若乘風度太虚。坐上偶然遺餅餌，波間無數出䱐魚。

西湖舊屬野人家，今屬天家不屬他。水月亭前且楊柳，集芳園下儘荷花。
小泛西湖六月船，船中人即水中仙。外鋪雲錦千弓地，中度瑠璃百摺天。
城中擔上買蓮房，未抵西湖泛野航。旋折荷花剥蓮子，露爲風味月爲香。
故人京尹劇風流，走送厨珍佐勝游。青李來禽沈去聲。冰雪，黄金白璧斫蝤蛑。
人間暑氣正如炊，上了湖船便不知。湖上四時無不好，就中最説藕花時。
游盡西湖賞盡蓮，玉壺落日泊樓船。莫嫌當處荷花少，剩展湖光幾鏡天。

謝胡子遠郎中惠蒲大韶墨報以龍涎心字香

墨家者流老蒲仙，碧梧採花和麝煙。華陽黑水煎膠漆，太陰玄霜作肌骨。龍尾磨肌飲鼠鬚，落點髹几几不如。夷甫清瞳光敵日，一見墨卿驚自失。後來夔川有梁杲，爾來黟川有吴老。亦追時好得時名，竟爲蒲生竪降旌。吴滋往往玄尚白，梁墨濕濕黐黏壁。南宫先生來自西，惠然贈我四玄圭。我無鵲返鸞迴字，我無金章玉句子。得君此贈端何似，兀者得韡僧得髢。安得玉案雙鳴璫，金刀繡段底物償。送似龍涎心字香，爲君興雲繞明窻。

新凉五言呈尤延之

暑極無可增，夏餘亦復幾。幽人暍欲臘，日日望秋至。秋至凉不隨，夏去熱未已。一夕睡美餘，秋從簟波起。新凉來何方，灑若清到髓。夕前輕雨作，雨後微風駃。凉偶與之偕，未必凉因此。向來亦風雨，既止暑更倍。但令暑爲凉，老病有生意。何必問所來，亦莫悲徂歲。

小齋晚興

不會隣家養鴿兒，清晨齊放晚齊歸。網絲到處縈人鬢，欲打蜘蛛揀最肥。

尤延之和予新涼五言末章有早歸山林之句復和謝焉

投分詎云稀，會心諒亡幾。從君澹何奇，與我凛獨至。相逢情若忘，每別懷不已。偶因新涼篇，令予懦全起。藉草分澗芳，陟巘共石髓。松陰俯逝波，不徐亦不駃。平生還山約，終食能忘此。可憐各異縣，千里復三倍。它日寄相思，百書那寫意。從今可相踈，却嘆日爲歲。

省宿題天官廳後竹林

秋聲偷入翠琅玕，葉葉竿竿玉韻寒。聲在樹間元未是，秋聲只在竹林間。

賀皇太子九月四日生辰

地出雷初震，天昇日更重。高飛千里鵠，潛躍九淵龍。隆凖如高帝，虬鬚似太宗。八荒陰賜裏，户户是華封。

代邸躬仁儉，湯孫世聖賢。誰云無二日，今恰見三天。甲觀初寒夕，神光似晝然。前星那解老，何但八千年。

重九吹花節，千齡夢日時。東朝分菊水，南内賜萸枝。禹酒無多酌，堯樽更一巵。三宮千萬壽，剩費若干詩。

繼照姿天縱，分陰學日勤。橘中招綺夏，瓜處屏伾文。老別魚竿月，來依鶴禁雲。還將古爲鑑，聊當野人芹。

和同年李子西通判

走馬看花拂緑楊，曲江同賞牡丹香。向來年少今俱老，君拜監州我作郎。北闕小遲蒼玉佩，南征聊製芰荷裳。病身只作家山夢，徑菊詩葩兩就荒。

九日都下黄雀食新

九日新霜薄，群飛一網遮。裘披楊柳絮，色染木犀花。下箸欣鄉味，知儂憶故家。金杯浮菊蘂，相映兩光華。

九日即事呈尤延之

昨日茱萸未苦香，今朝籬菊頓然黄。浮英泛蘂多多着，舊酒新醅細細嘗。節裏且追千載事，鬢邊管得幾莖霜。正冠落帽都兒態，自笑狂夫老不狂。

和周元吉左司東省培竹

雞省有貞植，鴛行銷晝煩。憎柳媚緑暗，伴梅耿黄昏。何須雪貿貿，始愛渠軒軒。堅守孤竹國，肯折先軫元。如何桃李時，筍短不出垣。周郎夜入直，挾策攜酒尊。爲渠問玄夫，乃遇震爲坤。喜渠必蕃昌，吟到落金盆。曉喚郭橐駝，提耳細細言。汲水龍井泓，輂土天竺原。妙偷造化窟，仁及冰霜根。爲賦淇奥詩，絶去筆墨痕。何時淮陰市，能報漂母恩。周郎顧之笑，吾自哀龍孫。

和周元吉左司夢歸之韻

半似清狂半白癡，不須人笑我心知。煙霞平日真成癖，山水中年却語離。錯計浪隨雲出岫，感君能遣雨催詩。居然唤起還家夢，橘刺藤梢隔槿籬。

給事葛楚輔侍郎余處恭二詹事招儲禁同寮沈虞卿祕監諭德尤延之右司侍講何自然少監羅春伯大著二宫教及予泛舟西湖步登孤山五言

曉雨擣珠屑，吹作空中塵。拂水無落暈，映巒有遮痕。承華兩端尹，嘉招出城闉。一尊澆雲師，借風開畫昏。諸鬟忽脱帽，孤鏡亦捲衵。西湖翳復皎，南山洗如新。舍舟步柳堤，曳杖啄松門。乃是小上林，亦有虎守閽。桂落賸金粟，蓉粧濃繡屏。高堂竹梢上，幽榭荷葉濱。群仙此小憩，呼酒領一欣。秋花隔水笑，笑我墮紗巾。更疇不知籌，互嘲還作春。行樂戒多取，况復仄羲輪。歸鬢兀頽玉，那知醉與醒。

賀皇孫平陽郡王十月十九日生辰

玉曆當千運，天潢第一源。本支堯百世，有道宋曾孫。接武前星曜，依光太極尊。年年會慶節，更慶茁蘭孫。

送王成之中書舍人使虜

帝遣唐朝第一人，玉門關外賜金銀。使星芒動梅花早，漢月光垂塞草春。故國山河迎詔旨，中原父老識詞臣。十分宣慰華戎了，歸爲君王轉大鈞。

李聖俞郎中求吾家江西黄雀醝法戲作醝經遺之

江夏無雙小道士，一丘一壑長避世。裁雲縫霧作羽衣，蘆花柳緜當裘袂。身騎鴻鵠太液池，脚踏金蟇攀桂枝。渴飲南陽菊潭水，飢啄藍田栗玉芝。今年天田秋大熟，紫皇遣刈神倉穀。一雙鳧舃墮雲羅，夜隨弋人卧茅屋。賣身不直程將軍，却與彭越俱策勳。解衣戲入玉壺底，壺中别是一乾坤。水精鹽山兩岐麥，身在椒蘭衆香國。玉條脱下澡凝脂，金叵羅中酌瓊液。平生學仙不學禪，刳心洗髓糟床邊。諸公俎豆驚四筵，猶得留侯借箸前。昔爲飛仙今酒仙，更入太史滑稽篇。

食蒸餅作

何家籠餅須十字，蕭家炊餅須四破。老夫飢來不可那，只要鶻崙吞一箇。詩人一腹大於蟬，飢飽翻手覆手間。須臾放筯付一莞，急喚龍團分蟹眼。

早朝紫宸殿賀雪呈尤延之二首

雪花將瑞獻君王，晴早銷遲戀建章。不肯獨清須帶月，猶嫌未冷更吹霜。

雪妃月姊宴群仙，珠閣銀樓集玉鸞。老子來看收不徹，梅梢拾得水精盤。

擬乙巳南郊慶成二首

已醱方諸月底泉，更昇爟火桂梢煙。熉黄幄坐明金炬，太紫虚皇下碧天。玉路旂常龍十二，繡衣鹵簿虎三千。萬人隨駕還閶闔，看奪金雞雪柳邊。

上瑞今年特地奇，大田多稼與雲齊。星沈析木天街北，波静崑崙渤澥西。帝在紫壇神在次，穹如蒼蓋月如珪。一人執玉千官肅，萬馬和霜不敢嘶。

代賀郊祀慶成二首

聖主勤民歲自豐，德威懷遠塞塵空。鬱金裸鬯周茅屋，瑄玉親郊漢竹宫。已刺六經新作制，却追三代與同風。雞竿更霈如天澤，殿柳宸梅雪正融。

天爲君王幸泰禋，飛雲踈雨凈香塵。金波玉李浮蒼璧，風馬雲車降紫旻。萬寶豐年真上瑞，八方和氣藹成春。受釐未肯專宣室，鴻號還將壽兩親。

和周元吉左司郊祀慶成韻

八觚泰畤六郊天，一柱明堂再饗先。日月旂常寒映雪，冕旒珠玉暖生煙。風回韶濩龍鱗外，花覆貔貅鳳闕前。喜溢天顔應未了，又迎慶壽入新年。

送章德茂少卿使虜

雪後聞君策馬蹄，長纓自請繫撑犂。光華劒佩伊吾北，彈壓風濤瀚海西。漢苑秦關愁外眼，邊花塞月醉中題。歸來聽履星辰上，誰道淮陰假鎮齊。借尚書。

送詹進卿大監出宣城

今代稽山賀季真，前身江左謝宣城。向來詔策無雙手，已逼雲霄尺五程。銀杏木瓜分我否，鴛鴦野鴨莫渠驚。玉皇香案方虚佇，看即徵黄侍紫清。

和章德茂少卿拉館學之士四人訪王德脩提幹

西玉南金價則同，帝城相對落花風。人如天上珠星聚，談到尊中竹葉空。白紵烏紗青寶玦，紫鸞黄鵠碧梧桐。千齡此遇還孤往，恨殺燈前欠老翁。

送何一之右司出守平江

十年一别再從游，又見魚書拜徹侯。人物只今何水部，風流不減柳蘇州。白蘋洲上春傳語，烏鵲橋邊草唤悲。報政不應遲五月，鷺花紫禁竚歸舟。

送羅春伯大著提舉浙西

晁董聲名彼一時，夫君下筆與渠齊。承明厭直辭金馬，英蕩非關訪碧雞。山嶽動摇增氣色，詔書宣布舞群黎。歸期只在千秋節，留賦蒼苔鳳掖西。

德壽宫慶壽口號

淳熙丙午元日，聖上詣東朝，慶壽八秩，積陰頓晴，飛雪弄日，聖孝昭格，萬姓呼舞，擬作口號十解。

長樂宫前望翠華，玉皇來賀太皇家。青天白日仍飛雪，錯認東風轉柳花。

清曉鞭聲出禁中，驚開剩雨及殘風。金鴉銜取紅鸞扇，飛上玻瓈碧海東。

春色何須羯鼓催，君王元日領春回。牡丹芍藥薔薇朵，都向千官帽上開。

雙金獅子四金龍，噴出香雲繞殿中。太上垂衣今上拜，百王曾有箇家風。

帝捧瑶觴玉座前，綵衣三世祝堯年。天皇八十一萬歲，休説莊椿兩八千。

天父晨興未出房，君王忍冷立風廊。忽然鳴蹕珠簾捲，萬歲聲傳震八荒。

花外班行霧外天，何緣子細望龍顏。小窺玉色真難老，底用臞仙九轉丹。

甘露祥風天上來，今回恩數賽前回。都將四海歡聲裏，釀作慈皇萬壽杯。

堯舜同時已甚都，祖孫四世古今無。誰將寫日摹天手，畫作皇王盛事圖。

甲戌王春試集英，小臣曾是老門生。蒼顏華髮鵷行裏，也聽鈞天九奏聲。

題曹仲本出示譙國公迎請太后圖自肅天仗以下皆紀畫也

德壽宮前春晝長，宮中花開宮外香。太皇頤神玉霄上，都人久不瞻清光。今晨忽見肅天仗，翠華黄屋從天降。一聲清蹕萬人看，天街冰銷樓雪殘。北來又有一紅繖，八鸞三騑金轂端。輦中似是瑶池母，鳳舄霞裳剪雲霧。太皇望見天開顏，萬國春風百花舞。乃是慈寧太母回鑾圖，母子如初千古無。朔雲邊雪旗脚濕，御柳宮梅寒影踈。向來慈寧隔沙漠，倩鴈傳書鴈難託。迎還騩馭彼何人，魏武子孫曹將軍。將軍元是一縫掖，忽攘兩臂挽五石。長揖單于如小兒，奉歸慈輦如折枝。功蓋天下只戲劇，笑隨赤松蠟雙屐，飄然南山之南北山北。君不見岳飛功成不抽身，却道秦家丞相嗔。

正月二十四夜朱師古少卿招飲小樓看燈

光射瑠璃貫水精，玉虹垂地照天明。風流誰似朱夫子，解放元宵過後燈。

南北高峰醒醉眸，市喧都寂似巖幽。君言去歲西湖雨，城外荷聲到此樓。

送劉孔章縣尉得官西歸

早宴黄花詣粉闈，晚掭春草染朝衣。却提猛士弓彎月，去掃封狐雪打圍。緑鬢朱顔君勝我，青春白日我思歸。何時共瀹青原茗，下看江鷗來去飛。

和陸務觀惠五言

官縛春無分，髯踈雪更欺。雲間墮詞客，事外得心期。我老詩全退，君才句總宜。一生非浪苦，醬瓿會相知。

雲龍歌調陸務觀

墨池楊子雲，雲間陸士龍。天憎二子巧言語，只遣相别無相逢。長安市上忽再值，向來一别三千歲。王母桃花落幾番，北斗柄爛銀河乾。雙鬢成絲絲似雪，兩翁對面面如丹。借問别來各何向，渭水東流我西上。金印斗大直幾錢，錦囊山齊今幾篇。詩家不愁吟不徹，只愁天地無風月。君不見漢家平津侯，東閣冠蓋如雲浮。又不見當時大將軍，公卿雅拜如星奔。秖今雲散星亦散，也無鹿登臺榭羊登墳。何時與君上廬阜，都將硯水供瀑布。磨鎌更斫扶桑樹，擣皮作紙裁煙霧，雲錦天機織詩句。孤山海棠今已開，上巳未有游人來。與君火急到一回，一杯一杯復一杯。管他玉山頹不頹，詩名於我何有哉。

再和雲龍歌留陸務觀西湖小集且督戰云

我願身爲雲，東野化爲龍。龍會入淵雲入岫，韓子却要長相逢。作意相尋偏不值，不知今年是何歲。剡藤玉板贈一番，廷珪烏丸灑未乾。乃是故人陸浚儀，詩骨點化黄金丹。謂宜天禄貯劉向，不然亦合雲臺上。却令去索催租錢，枉却清風明月三千篇。夜裝明發走不徹，半篙刺碎嚴灘月。老夫不願萬户侯，但願與君酒船萬斛同拍浮。老夫不怯故將軍，但怯與君筆陣千里相追奔。少陵浣花舊時屋，太白青山何處墳。二仙死可埋丘阜，二仙生可着韋布。名挂廣寒宫裏樹，非煙非雲亦非霧，長使玉皇掉頭誦渠句。詩府誰得玉筦開，詩壇誰授黄鉞來。留君不住君急回，不道西出陽關無此杯。西山金盆儘渠頽，斯游明日方懷哉。

上巳日予與沈虞卿尤延之莫仲謙招陸務觀沈子壽小集張氏北園賞海棠務觀持酒酹花予走筆賦長句

東風吹我入錦幄，海棠點注燕支薄。不論宜雨更宜晴，莫愁傾國與傾城。半濃半淡晚明滅，欲開未開最奇絶。只銷一線日脚紅，頃刻千株開絳雪。偉哉詩人桑苧翁，持杯酌酒澆艷叢。坐看玉頰添醉暈，爲渠一醉何須問。

再　和

太空無壁不可幄，顛風莫動花肌薄。一春纔有一日晴，帝里游人争出城。青天如水緑煙滅，晴與海棠成兩絶。坐中賓主詩中仙，開口揮毫俱玉雪。清泉白石欠此翁，若爲插脚鵷鷺叢。老眼作花花作暈，多慙猿鶴頻相問。

醉卧海棠圖歌贈陸務觀

帝城二三月，海棠一萬株。向來青女拉滕六，戲與一撼即日枯。東皇夜遣司花女，手挼紅藍滴清露。染成片片浄練酥，亂點梢梢酣日樹。蓬萊仙人約老翁，寄牋招喚陸龜蒙。爲花一醉也不惜，就中一事最奇特。海棠兩岸繡帷裳，是間横着雙胡床。龜蒙踞床忽倒卧，烏紗自落非風墮。落花滿面雪霏霏，起來索筆手如飛。卧來起來都是韻，是醉是醒君莫問。好箇海棠花下醉卧圖，如今畫手誰姓吴。

誠齋集卷第二十

廬陵楊万里廷秀

詩

朝天集

寒食雨中同舍約游天竺得十六絶句呈陸務觀

游山不合作前期，便被山靈聖得知。只等五更傾一雨，三更猶是月明時。

筍輿衝雨復衝泥，一徑深深只覺遲。孤塔忽從雲外出，寺門漸近報儂知。

住山何敢望他僧，只是游山也不曾。可惜一條杉檜路，都將濕了不教行。

破雨游山也莫嫌，却緣山色雨中添。人家屋裏生松樹，穿出茅簷却覆簷。

小溪曲曲亂山中，嫩水濺濺一線通。兩岸桃花總無力，斜紅相倚卧春風。

老檜如幢翠接連，山茶作塔緑縈纏。山僧相識渾相忘，不到山中十五年。

三峰小石一方池，下有機泉仰面飛。坐看跳珠復拋玉，忽然一噴與簷齊。

清遠溪中小閙頭，遮欄溪水不教流。山僧爲我放一板，濺雪奔雷怒未休。

城裏哦詩枉斷髭，山中物物是詩題。欲將數句了天竺，天竺前頭更有詩。

忽見金絲嫋綺疏，又驚寒食到來初。不知折盡西湖柳，插遍長安萬户無。

禪房寂寂水潺潺，澗草巖花點綴間。忽有仙禽發奇響，頻伽來自補陁山。

雨裏匆匆怨出郊，晴時不出却誰教。西湖北畔名園裏，無數桃花只見梢。

户户游春不放春，只愁春去不愁貧。今朝道是游人少，處處園亭處處人。

若道尋春被雨催，如何隨處兩三杯。晚晴曉雨如翻手，有底虧儂不好來。

萬頃湖光一片春，何須割破損天真。却將葑草分疆界，葑外垂楊屬别人。

轎頂花枝儘鬧裝，游人未暮已心忙。無端更被千株柳，展取蘇堤分外長。

和皇太子雨中賞梅偶成

日到青宫分外長，梅兼白雪一時芳。儲皇更着瓊瑶句，句裏天葩别樣香。

玉淵堂下一梢長，倚賴春風壓衆芳。妙句忽從天上落，千花從此總無香。

謝皇太子三月十九日召宴榮觀堂頒賜金杯纈羅❶

春草池塘太液旁，水精宫殿牡丹香。塹非綺里攀鴻翼，也侍承華宴鳳莊。玉唾銀鈎看落筆，繡袍金椀

❶「纈」，原作「襭」，今據底本目録改。

拜盈箱。迎門兒女牽衣袖，搜得隨侯與夜光。

餞趙子直制置閣學侍郎出帥益州分未到五更猶是春二十八字爲韻得猶字

錦水花潭照碧油，西清學士舊鼇頭。隨身琴鶴如清獻，治蜀功名更武侯。無晚十行看暮召，不應三峽隔辰猶。垂楊管得人離别，舞破春風勸玉舟。

鏁宿省中心氣大作通昔不寐得兩絶句

酒病春愁恰併來，更銜花信宿鸞臺。睡鄉堠子無三里，玉漏聲聲只唤回。

絶恨詩人浪許癡，四更無睡只哦詩。老鈴枕手眠窻底，急雨顛風總不知。

送王恭父監丞倅潼川

淡墨倫魁政少年，蓬山璧水得詩仙。集賢學士看文筆，國子先生費酒錢。濯錦江頭頻入夢，桃花水面送歸船。平分風月真聊爾，不日來朝尺五天。

題徐載叔雙桂樓

遥憐天上桂華孤，月中何不種兩株。唐人此句真絶唱，後來詩人半語無。向來何夕秋風起，吹脱廣寒雙桂子。落向君家樓閣前，種玉開花今幾年。清宵雙影寫窻户，却兼月裏成三樹。年年八月九月時，黄金粟綴青瑶枝。秋風吹香入月去，風回却帶天香歸。容齋仙人爲作碑，誠齋老人爲作詩。金蟇玉兔已傳誦，莫問姮娥知不知。

招陳益之李兼濟二主管小酌益之指蠶豆云未有賦者戲作七言蓋豌豆也吴人謂之蠶豆

翠莢中排淺碧珠，甘欺崖蜜軟欺酥。沙瓶新熟西湖水，漆楪分嘗曉露腴。味與櫻梅三益友，名因蠶繭一絲絢。老夫稼圃方雙學，譜入詩中當稼書。

初夏清曉赴東宫講堂行經和寧門外賣花市

剩雨殘風一向顛，花枝酒琖兩無緣。忽逢野老從湖上，擔取名園到内前。芍藥截留春去路，鹿葱禮上夏初天。衆紅半霎聊經眼，不枉皇州第二年。

積雨新晴駕幸聚景園擬口號

帝心憂麥復憂桑，一念通天轉雨暘。五色日華銷積靄，三春花草殿餘芳。黄雲暖照天顔喜，紅藥濃熏禁籞香。見説都人争出郭，歡聲舞倦萬垂楊。

跋陸務觀劒南詩藁二首

今代詩人後陸雲，天將詩本借詩人。重尋子美行程舊，盡拾靈均怨句新。鬼嘯狨啼巴峽雨，花紅玉白劒南春。錦囊繙罷清風起，吹仄西牕月半輪。

劒外歸乘使者車，浙東新得左魚符。可憐霜鬢何人問，焉用詩名絶世無。彫得心肝百雜碎，依前塗轍九盤紆。少陵生在窮如蝨，千載詩人拜蹇驢。

新晴讀樊川詩

江妃瑟裏芰荷風，净掃癡雲展碧穹。嫩熱便嗔踈小扇，斜陽酷愛弄飛蟲。九千刻裏春長雨，萬點紅邊花又空。不是樊川珠玉句，日長淡殺箇衰翁。

駕幸聚景晚歸有旨次日歇泊

身在長安夢故山，故山未去且長安。落紅滿地莫教掃，新緑隔墻聊借看。竹葉勸人行樂事，榴花爲我遣春寒。賜休又得明朝睡，不問三竿與兩竿。

都下食筍自十一月至四月戲題

竹祖龍孫渭上居，供儂樽俎半年餘。斑衣戲綵春無價，玉版談禪佛不如。若怨平生食無肉，何如陋巷飯斯蔬。不須庾韭元脩菜，喫到憎時始憶渠。

酴　醾

以酒爲名却謗他，冰爲肌骨月爲家。借令落盡仍香雪，且道開時是底花。白玉梢頭千點韻，緑雲堆裏一枝斜。休休莫斸西莊柳，放上松梢分外佳。

蚤謁景靈宫聞子規

帝里都無箇裏寬，苑深地禁到應難。蔚然緑樹去天近，上有子規啼月殘。便覺恍如還故里，不知聞處是長安。野薔薇發桐花落，孤負南溪老釣竿。

南海陶令曾送水沈報以雙井茶二首

嶺外書來謝故人，梅花不寄寄爐熏。瓣香急試博山火，兩袖忽生南海雲。苒惹鬚眉清入骨，縈盈牕几巧成文。瓊琚作報那能辦，雙井春風輟一斤。

沈水占城第一良，占城上岸更差强。黑藏骨節龍筋瘠，斑出文章鷓翼張。衮盡殘膏添猛火，熬成熟水趁新湯。素馨熏染真何益，畢竟輸他本分香。

以六一泉煮雙井茶

鷹爪新茶蟹眼湯，松風鳴雪兔毫霜。細參六一泉中味，故有涪翁句子香。日鑄建溪當退舍，落霞秋水夢還鄉。何時歸上滕王閣，自看風鑪自煮嘗。

謝人送常州草蟲扇

生怕炎天老又逢，草蟲扇子獻奇功。還將多稼亭前月，卷盡西湖柳上風。蚱蜢翅輕塗翡翠，蜻蜓腰細滴猩紅。舊時緑鬢常州守，今作霜髯一秃翁。

謝福建提舉應仲實送新茶

詞林應瑒繡衣新，天上茶仙月外身。解贈萬釘蒼玉胯，分嘗一點建溪春。三杯大道醺然後，七椀清風爽入神。聞道閩山官况好，何時乞得兩朱輪。

嘗 枸 杞

芥花菘薹餞春忙，夜吠仙苗喜晚嘗。味抱土膏甘復脆，氣含風露嚥猶香。作齏淡着微施酪，芼茗臨時莫過湯。却憶荆溪古城上，翠條紅乳摘盈箱。

幼 圃

蒲橋寓居，庭有刳方石而實以土者，小孫子藝花窠菜本其中，戲名幼圃。

寓舍中庭劣半弓，鷰泥爲圃石爲墉。瑞香萱草一兩本，葱葉蔊苗三四叢。稺子落成小金谷，蝸牛卜築別珠宫。也思日涉隨兒戲，一逕惟看蟻得通。

同三館餞王恭父監丞分韻予得何字

去歲從遊泛緑波，西湖今日又新荷。生來長是歡悰少，老去更堪離别多。客裏送君留不住，尊前爲我飲無何。休休萬事付一醉，爲報驪駒未要歌。

送伍耀卿監廟西歸

敬軒居士子胥孫，河出昆侖學有源。秋鶚屢看書禰表，春風兩度對堯軒。釣竿已拂珊瑚樹，拄笏新霑雨露恩。暫作祝融香火吏，裹輪早晚到柴門。

謝岳大用提舉郎中寄茶果藥物三首

瓷瓶蠟紙印丹砂，日鑄春風出使家。白錦秋鷹微露爪，青瑶曉樹未成芽。松梢鼓吹湯翻鼎，甌面雲煙乳作花。唤醒老夫江海夢，呼兒索鏡整烏紗。

右日鑄茶。

新羅上黨各宗枝，有兩曾參果是非。入手截來花暈紫，聞香已覺玉池肥。舊傳飲子安心妙，新擣珠塵看雪飛。珍重故人相問意，爲言老矣只思歸。

右紫團參。

三韓萬里半天松，方丈蓬萊東復東。珠玉鍊成千歲實，冰霜吹落九秋風。酒邊膃肭牙車響，座上須臾漆櫑空。新果新嘗正新暑，繡衣使者念山翁。

右新松實。

西府直舍盆池種蓮

飛空天鏡墮莓苔，玉井移蓮旋旋栽。坐看一花隨手長，挨開半葉出頭來。稍添菱荇相縈帶，便有龜魚數往回。剩欲遶池三兩匝，數聲排馬苦相催。

西府寒泉汲十尋，深澆淺灑碧森森。高花已照紅粧鏡，小萏新抽紫玉簪。鈿破尚餘新雨恨，纖踈纔作半池陰。西湖瘦得盆來大，音惰。更伴詩人恐不禁。

東宮講退觸熱入省倦甚小睡

承華下直直幾廷，新暑醺人睡不成。到得曲肱貪夢好，無端急雨打荷聲。起看翠蓋如相戲，亂走明珠却細傾。歸路關心最凉處，水風四面一橋横。

和周元吉省中新竹

青士何年下大荒，羽儀禁省立如墻。錦綳半脱娟娟玉，粉節新塗拂拂霜。帶雨小酣三日後，出林忽喜一梢長。今年秋閏防多暑，剩供先生格外凉。

題尤延之右司遂初堂

漫仕風中絮，歸心水上鷗。把茅新結屋，藜杖舊經丘。花底春勾引，燈前夜校讎。何如添我住，二老更風流。

詩瘦山如瘦，人遐室更遐。荒林庾信宅，古木謝敷家。醫國君臣藥，逃名子母瓜。只愁歸未得，緑却白鷗沙。

七字謝紹興帥丘宗卿惠楊梅

梅出稽山世少雙，情知風味勝他楊。玉肌半醉紅生粟，墨暈微深染紫裳。火齊堆盤珠徑寸，醴泉繞齒柘爲漿。故人解寄吾家果，未變蓬萊閣下香。

越絶諸楊盛一時，與儂瓜葛不曾知。老夫自笑吾衰矣，此客何從夢見之。也解過江尋德祖，政緣作尹是丘遲。渠伊不是南村派，未分先驅事荔支。

小　桃

小桃着子可憐渠，踈處全踈無處無。併綴一梢三十顆，縋枝欲折没人扶。

送周元吉顯謨左司將漕湖北

君詩日日説歸休，忽解西風一葉舟。黄鶴樓前作重九，水精宫裏過中秋。職親六閣仍金馬，喜入千屯看木牛。繡斧光華誰不羡，一賢去國欠人留。

又見周郎攜小喬，武昌赤壁醉嬌饒。蜀江雪水來三峽，吴苑風煙訪六朝。秋月春花出肝肺，新詞麗曲入笙簫。歸來却侍金鑾殿，好看霜毛映珥貂。

彼此江湖漫浪翁，相逢遞宿省西東。兩窮握手論詩後，一笑投膠入漆中。臨水登山公别我，青鞋布襪我從公。貂裘已博江西艇，只待黄花半席風。

簡陸務觀史君編修

聞道雲間陸士龍，釣臺絶頂嘯清風。却將半掬催詩雨，灑入山村作歲豐。

員外治中高帝孫，幕中何幸有詩人。主人不減西湖長，青眼無妨顧德麟。故人趙彦先願託翁歸，故云。

送王季德提刑寶文少卿

寶儲依舊接英游，璽節何曾遠藻旒。卿月使星銀漢曉，繡衣綵服太湖秋。豺當道上狐何問，鷹擊霜前兔已愁。火急平反供一笑，紫荷玉笋待君侯。

贈都下寫真葉德明

我昔山林人不識，或疑謫仙或狂客。仰看青天不看人，醉裹那知眼青白。一攜破硯入長安，素衣成緇緑鬢斑。上林麒麟着野馬，滄洲鷗鷺綴孔鸞。漢宫威儀既不入貴人樣，灞橋風雪又不見詩人相。不須覽鏡照清溪，我亦自憎塵俗狀。葉君着眼秋月明，葉君下筆秋風生。市人請畫即唾罵，只寫龍章鳳姿公與卿。肯來爲予寫衰貌，擲筆掉頭欣入妙。相逢可惜遲十年，不見詩翁昔年少。

初秋玩月

月華只是尋常月，如何入秋頓清絶。潑在中庭滿地冰，飛上寒窻一堂雪。今宵無雨風亦無，凉氣却如風雨餘。九州四海幾人看，作意獨來尋老夫。仙人餐霞噉朝日，老夫不願受此術。不如掇月入杯中，酒浪月波供一吸。老夫病肺怯清秋，對酒不飲月莫愁。老夫未眠月未落，相伴且到三更頭。

送孫檢正德操龍圖出知鎮江

潤州太守去明州，誰寄長江萬里流。雞省却煩三語掾，龍章卧護兩淮秋。古來北府多名酒，今復南徐説勝游。聊奉雙親小行樂，即持荷橐侍宸旒。

看花走馬紹興間，彼此春風各少年。黄甲諸儒今幾許，白頭同舍省東偏。昨宵歸夢月千里，餘債欠君詩兩篇。已乞閩山一窠闕，老身只要早歸田。

食雞頭子二首

江妃有訣煮真珠，菰飯牛酥軟不如。手擘雞頭金五色，盤傾驪頷琲千餘。夜光明月供朝嚼，水府龍宫恐夕虚。好與藍田餐玉法，編歸辟穀赤松書。

三危瑞露凍成珠，九轉丹砂鍊久如。鼻觀温芳炊桂歇，齒根熟軟剥胎餘。半甌鷹爪中秋近，一炷龍涎丈室虚。却憶吾廬野塘味，滿山柹葉正堪書。

跋尤延之左司所藏光堯御書歌

光堯太上皇帝御書《西漢書》列傳，目上有璽文曰「帝録」。臣袤得之，以示臣万里，謹拜手稽首，作歌敬書于後。

鸞臺長史老野僧，月前病鶴霜後蠅。文書海裏衮不了，黑花亂發雙眼睛。故人同舍尤太史，敲門未揖心先喜。袖中傾下十斛珠，五色光芒射牕几。自言天風來帝旁，拾得復古殿中雲一張。向來太上坐朝罷，勝日光風花柳暇。浣花𠈁理冰雪容，宣城雞距針芒鋒。天顔有喜聊小試，西京書目供游戲。韓彭衛霍欣掛名，舒向卿雲感書字。漢廷多少失意人，九京寸恨不作塵。一朝翻入聖筆底，昭回之光喚渠起。小臣濫巾縫掖行，手抄孝經不徹章。何曾下筆寫史漢，再拜恭覽汗透裳。太史結廬伴鷗鷺，錫山山下荆溪渡。紅光紫氣上燭天，箇是深藏寶書處。

賀皇太子九月四日生辰

万里恭遇皇太子殿下誕彌令辰，謹齋沐吟成《龍樓曲》十解，仰祝眉壽。恭惟令慈，俯賜采覽，万里下情無任頌禱之至。

日日龍樓問寢時，雞人未動漏花遲。前星一點朝天帝，只有清臺太史知。

清賞堂中無管弦，鳳山樓上有雲煙。儲皇側畔何人侍，黄卷團欒是聖賢。

子晉吹笙未是仙，阿丕横槊少全篇。小吟春着梅梢句，一日東風四海傳。

二聖多能似仲尼，儲皇家學自庭闈。銀鉤已有淳熙脚，玉句仍傳德壽衣。

明河查上有仙翁，犯月撞星到碧穹。金闕東邊銀牓處，大書天地長男宫。

大安宫裏漆園椿，子榦孫枝葉葉新。今日四株高下碧，相承一樣八千春。

菊花潭上菊花開，不是花潭是壽杯。天賜生朝千斛水，一年一斛送將來。

禹子湯孫兼聖賢，一身雙美古無前。願陳萬國元良句，不用金昭玉粹篇。

少陽拜賜太陽旁，黄菊紅萸滿壽觴。陽德重重在初四，不須九日是重陽。

光堯初御六龍天，上直維參大火躔。天意分明昌宋德，誕辰三世總丁年。

尤延之檢正直廬牕前紅木犀一小株盛開戲呈延之

水沈國裏御風歸，粟玉肌膚不肯肥。元是金華學仙子，新將柿葉染秋衣。不應裝束追時好，無乃清癯悔昨非。爲妬尤郎得尤物，故將七字惱芳菲。

送張定叟

直上雲霄未遣休，分符京兆帝王州。赤丸窟裏無白額，碧落班中政黑頭。兩地好官纔半武，扁舟歸興恰中秋。只應銀信從天降，莫戀融峰與橘洲。

紫巖衣鉢付南軒，介弟曾同半夜傳。師友别來真夢耳，江湖相對各潸然。但令門户無遺恨，何必功名在早年。君向瀟湘我閩粤，寄書只在寄茶前。時予方上章乞閩漕。

新寒戲簡尤延之檢正

逗曉添衣併數重，隔晡剩熱尚斜紅。秋生露竹風荷外，寒到雲牕霧閤中。半點暄凉能幾許，古來豪傑總成空。木犀香殺張園了，雪嗅金挼欠兩翁。

跋姜春坊梅山詩集

松風澗水打牕聲，玉佩瓊琚觸眼明。當晝如何挂秋月，未春特地轉新鶯。只銷一卷梅山集，幻出多般景物情。老子平生有詩癖，爲君焚却老陶泓。

承華寮寀集鴛鸞，❶不減應徐讌魏園。中有釣璜清渭叟，❷向來授鉞少陵壇。錦心繡口搴花草，雪椀冰甌瀉肺肝。身到梅山得梅魄，老夫更借一枝看。

早朝垂拱殿晚出東省

請外天難達，留中日不遑。烏啼金殿月，鷺集玉墀霜。出晚緣堂白，歸時報録黄。來年六十一，六十鬢蒼蒼。

跋京仲遠所藏楊補之紅綾上所作着色掀篷梅

朔雲暗天垂到地，朔風裂山吹脱耳。長江萬頃一艇子，一夜雪寒不成睡。詩翁曉起鬢髼鬆，縮頸微掀黄篾篷。夜來急雪已晴了，東方一抹輕霞紅。江梅的皪開獨樹，篷間截入梅尺許。老榦新枝紫復青，花瑚白玉鬚黄金。滿身滿面都是雪，梅雪却與霞争明。不知詩翁何處得霜鋸，和雪和梅斸將去。恐是并州快剪刀，不然吴剛修月斧。下無根榦上無梢，一眼横陳梅半腰。東省拈出寒蕭蕭，至今花頭雪未銷。

秋　山

梧葉新黄柿葉紅，更兼烏臼與丹楓。只言山色秋蕭索，繡出西湖三四峰。

---

❶「承」，原殘闕，今據四部叢刊本補。

❷「釣」，原殘闕，今據四部叢刊本補。

秋雨蚤作有歎

細雨濽無質，安得更有聲。如何却作泥，亦能妨晨征。宿昔忽過暄，心知非堅晴。何須暄晴極，然後寒雨生。寒暄使人覺，妙物亦何曾。翦翦自神妙，無乃與物矜。造物本非作，觀者或强名。老夫近稍聾，此事無暇聽。平生感秋至，此意今已平。獨念老病身，頗不耐夙興。何時歸故園，晏眠閉柴荆。鳴雞亦不留，好夢無吾驚。他年憶此詩，惘如宿酒醒。思歸已可喜，而况真歸耕。

寄題王梾德脩知縣成都新居

子美百花潭北莊，君今占作詠歸堂。山分劒閣雲根瘦，江送蓬婆雪汁香。漱石枕流紅錦浪，浮家泛宅白鷗行。何人夜誦相如賦，給札蘭臺看堵墻。

左藏南庫西廡下紙閣負暄戲題

左帑火禁，清寒非人間有也。而庫官孔仲石、段季承、史伯載心匠天巧，創一火閤，不薪不炭，暖亦非人間有。予以小暘谷名之，且賦絶句。

水衡仙客住冰天，雪嚙風餐更禁煙。不是移來小暘谷，老夫凍折兩詩肩。

賀皇孫平陽郡王十月十九日生辰

万里恭遇皇孫節使郡王誕彌令辰，謹齋沐吟成七言律詩一首，仰祝眉壽。恭惟鈞慈，❶俯賜采覽，万里

❶「鈞」，原重文，今據文義删。

下情無任祝頌之至。
前星炳煥領孫星，環拱中天日兩輪。四葉重光同聖世，千秋佳節近生辰。本支秀茂旦復旦，典學熙明新又新。喜入威顔天一笑，壽觴分賜一枝椿。

白紵歌舞四時詞

春

人生春睡要足時，海波可乾山可移。珠宫宴罷曉星出，不是天上無鳴雞。昨來坐朝到日落，君王何曾一日樂。上林平樂半蒼苔，桃花又去楊花來。

夏

四月以後五月前，麥風槐雨黄梅天。君王若道嫌五月，六月炎蒸又何説。水精宫殿冰雪山，芙蕖衣裳菱芡盤。老農背脊曬欲裂，君王猶道深宫熱。

秋

星芒欲滅天風急，月輪猶帶銀河濕。青女椎冰作冷霜，吹到璇閨飛不入。苧羅山下浣紗人，萬妃無色抵一身。嬌餘貴極醉玉軟，强爲君王踏錦絪。

冬

秖愁窮臘雪作惡，不道雪天好行樂。玻瓈琖底回青春，蒲萄錦外舞玉塵。陽春一曲小垂手，勸君一杯千萬壽。今年斛穀才八錢，明年切莫羡今年。

行路難

君不見河陽花，今如泥土昔如霞。君不見武昌柳，春作金絲秋作帚。人生馬耳射東風，柳色桃花却長久。秦時東陵千户侯，華蟲被體腰蒼璆。漢初沛邑刀筆吏，折腰如磬頭搶地。蕭相厥初謁邵平，中廷百拜百不膺。邵平後來謁蕭相，故侯一拜一惆悵。萬事反覆何所無，二子豈是大丈夫。窮通流坎皆偶爾，搏扶未必賢槍榆。華胥别是一天地，醉鄉何曾有生死。儂欲與君歸去來，千愁萬恨付一杯。

老夫少時不信老，長笑老人恃年少。如今老矣不笑人，却被少年開口笑。少年何苦笑老人，老人舊日顔如春。興來百錢山隤玉，醉後千篇筆有神。自古聖賢皆白骨，誰道今人不見古時月。孔子盜跖俱塵埃，杜陵老人今亦安在哉。

黄金築臺賜白璧，車前八騶門列戟。徹侯萬户秩萬石，珠户玉房貯傾國。傳呼一聲萬人開，將軍相國天上來。不知道旁雍門子，已歎麋鹿登高臺。雍門解遣孟嘗泣，孟嘗不泣渠何急。只知富貴如雲浮，不知貧賤飢死寒死愁不愁。

長門陳阿嬌，却要一生金屋貯嬌饒。長信班婕妤，却要一生紈扇從玉車。妾心秖作專房地，别人亦有承恩意。妾心不肯着别人，君心還肯如妾心。春風秋月渾不管，花落花開空自怨。千秋萬歲一笑休，月明空照古今愁。

造化小兒不耐閑，阿兄阿姊一似顛。兩手雙弄赤白丸，來來去去繞青天。赤丸才向西山没，白丸又向東山出。只銷三萬六千回，雪色少年成皺鐵，鐵色頭鬢却成雪。雙丸繞從地下復上天，少年一入地下更不還。日日喜歡能幾許，况有煩惱無喜歡。莫言酒不到劉伶墳上土，劉伶在時一醉曾三年。明珠一百斛，更添百斛也只心不足。侯印十九枚，更添一倍也只眉不開。先生笑渠不行樂，莫教人笑先生錯。

誠齋集卷第二十一

盧陵楊万里廷秀

詩

朝天集

寄題喻叔奇國博郎中園亭二十六詠

金谷惟堪貯俗塵，輞川今復得詩人。先生道是貧到骨，猶有山園斗大春。

右亦好園。

洞庭張樂起天風，❶玉磬吹來墮圃中。❷却被仙人鎔作水，爲君到底寫秋空。

右磬湖。

❶「天」，原殘闕，今據四部叢刊本補。

❷「磬吹」，原殘闕，今據四部叢刊本補。

烏龍灘下白雲堆，上有狂奴舊釣臺。一夕被君偷取去，至今猶帶漢莓苔。

右釣磯。

春有兒孫夏有朋，月中寒影雨中聲。臘晴銷盡一園雪，爲底林間雪不晴。

右蘆葦林。

亦好園中亦好亭，兩重好處兩重貧。客來莫道無供給，抹月批風當八珍。

右亦好亭。

冰爲仙骨水爲肌，意淡香幽秪自知。青女素娥非耐冷，一生耐冷是横枝。

右横枝。

横枝直下是清池，花映清池水映枝。知是君描和靖句，不知和靖寄君詩。

右清淺池。

舊繞新縈緑萬蟠，架餘籬剩復垂欄。先生醉帽堆香雪，知自荼蘼洞裏還。

右荼蘼洞。

湧岫跳峰尺許寬，坐看雲霧起巖間。九疑荒遠巫陽嶮，未必真山勝假山。

右小山。❶

---

❶「右」，原脱，今據底本目録補。

錦障豪華笑騃童，松圖冷淡惱山翁。玉山頽處誰扶着，花作屏風倚暖紅。
右花屏。
青士從來一徑幽，碧衫翠袖佩蒼璆。何年筆戰明光殿，奪得詩仙紫綺裘。
右紫君林。
水精方局石橋仙，知是柯山幾代孫。月借繁星作碁子，夜寒睹得一金盆。❶
右方池。
亦好亭兼弄月亭，磬湖不許兩通行。誰抛螮蝀湖光尾，便有先生拄杖聲。
右野橋。
身在京師夢在鄉，黄花又是一番黄。平生不解淵明語，菊却猶存徑却荒。
右菊徑。
雨餘想見藥苗肥，薯蕷堪羹杞可齏。老賊何須投益智，先生只要買當歸。
右藥畦。
碧天如水水如天，月入湖中璧樣圜。却被先生來弄碎，一團成百百成千。
右弄月亭。

❶「睹」，疑誤，汲本、庫本作「賭」，薛瑞生《誠齋詩集箋證》作「覩」。

桃李無言照水光，玻瓈盆底洗新粧。不須水上紅雲句，水上紅雲不解香。

右花嶼。

柳下湖光净一天，湖邊垂柳起三眠。小蠻自倚腰支裊，照鏡梳頭曉月前。

右柳隄。

名園曲水費工夫，玉甃瓊磨滴水無。❶ 誰把流觴借詩老，天生九曲一冰渠。

右曲水。

秧疇水落荇渠尖，玉石當中碧一奩。石面平鋪波面皺，千花織出水精簾。

右水簾。

渠水來從林外泓，水知湖近各争鳴。何人月下攜枯木，寫取穿雲落澗聲。

右水樂。

石友拳然萬仞姿，竹君嘯處一川漪。更無二客隨巾屨，誰見先生覓句時。

右竹巖。

鴈下菰蒲報夕寒，鷺將荇藻作朝餐。野塘只許野人到，不要金張許史看。

右野塘。

❶「玉」，原殘闕，今據汲本、庫本補。

詩人性癖愛看山，曉坐堂中夕嬾還。只對月山無限好，月山外面八雙鬟。正對十六峰。

右愛山堂。

細雨初憐濕翠裳，新晴特地試紅粧。無人會得東風意，春色都將付海棠。

右海棠塢。

昔人只解笑移山，未信移山不作難。一昨月山三里外，先生掇取近欄干。

右月山。

題永新吴景蘇主簿梯雲樓

誰道青雲不可梯，君家樓閣與雲齊。諍臣内相名垂日，諫草詞頭字印泥。我昔曾爲禾水客，夢中猶憶義山西。仇香自有家聲在，豈使鸞皇棘上栖。

題安城趙寬之慈順堂

天潢龍種與人殊，五鳳仍傳萬卷書。象服在堂萱草暖，綵衣上壽棣華初。雪中密竹能抽筍，冰底寒江更躍魚。趙氏弟兄俱玉樹，艮齋文字即瓊琚。

寄題曾子與競秀亭

老夫上下蓼花灘，每過君家輒繫船。尊酒燈前山入座，孤鴻月底水連天。暄凉書問二千里，場屋聲名三十年。競秀主人文似豹，不應霧隱萬峰邊。

送朝士使虜

又見皇華賦北征，謫仙俊氣似秋鷹。詩成紫塞三更月，馬渡黃河十丈冰。趙北燕南有人否，禽胡歸漢竟誰曾。天家社稷英靈在，佳氣時時起五陵。

冬至稱賀紫宸殿及德壽宮

宮燭奔忙下玉除，晨曦拂掠麗儲胥。東西班動雲開合，警蹕聲來電卷舒。隆準衣裳紅一點，御香煙霧碧千廬。勛華二聖天齊壽，亞歲年年賀帝居。

冬至後賀皇太子及平陽郡王

長樂鍾聲攪夢驚，建章星影照人行。千官燈語聽殘點，一夜霜寒在五更。金鑰玉笎開北闕，銀鞍絲控謁東明。青宮朱邸環天極，五色祥雲覆帝城。

跋張功父通判直閣所惠約齋詩乙藁

句裏勤分似，燈前得細嘗。孤芳後山種，一瓣放翁香。苦處霜争澀，臞來鶴校强。不應窮活計，公子也忙忙。

張功父舊字時可慕郭功父故易之求予書其意再贈五字

冰雪相投處，風期一笑間。只今張桂隱，絕慕郭青山。功父雙何遠，相如了不關。鳥飛暮天碧，此句急追還。

走筆和張功父玉照堂十絶句

健青新走一梢長，外日東風引得狂。定自今番春色裏，新枝别樣占年光。

年年春信遣人疑，賺出詩人枉覓詩。着意探梅偏不發，月斜偶見一横枝。

騃女癡兒總愛梅，道人衲子亦争栽。何如雪後瓊瑶跡，印記詩人獨自來。

梅詩脱口已流傳，要趁梅前更雪前。唤醒誠齋山裏夢，落英如雪枕甎眠。

紅紅紫紫儘紜紜，韻處終輸庾嶺君。未説玉花冰雪骨，新陰先緑半春雲。

常年十月未花開，雪片今年九月回。便有早梅隨早雪，一枝笑看萬花摧。

今歲略無霜報寒，忽然一夜雪漫漫。雪花要作梅花地，十月早梅和雪看。

老見千花眼便昏，憶梅長爲賦招魂。只今身住西湖上，不羡淮南嶺上村。

玉照堂中瀹早茶，下臨溪水織紋紗。十詩小試春風手，催發溪梅兩岸花。

老嬾狂吟不要工，愛君七字晉唐風。更煩傳語梅花道，火急齊開小至中。

曉經八盤嶺赴東宫講堂

至前至後恰多晴，山北山南間一登。瘦石經霜乾脱蘚，細泉滴澗旋成冰。海波貫日紅千丈，江霧縈樓玉萬層。資善堂前得春早，宫梅一朵掠觚稜。

出北關門送李舍人使虜

同寮緩轡出承華，又送雙星水北涯。霜外汀洲蘆葉曉，雪餘園圃竹梢斜。只驚睡起猶殘月，不覺歸時已落霞。白首鴛行徒索米，故山今日政梅花。

赴文德殿聽麻仍拜表

蒼龍觀闕啓槐宸，白玉堦除振鷺群。仗外諸峰獻松雪，霜前一鴈度宮雲。舍人就日宣麻制，丞相瞻天進表文。夙退自欣還自笑，素餐便當策殊勳。

跋尤延之山水兩軸

水際蘆青荷葉黄，霜前木落蓼花香。漁舟去盡天將夕，雪色飛來鷺一行。

水漱瓊沙冰已澌，野梟半起半猶遲。千竿脩竹一江碧，只欠梅花三兩枝。

紫宸殿拜表賀雪

怪來臘日起春風，一夜瓊花發禁中。大地山河銀色界，九重樓觀水精宮。紫宸廊迴寒無價，文石庭乾掃不融。又喜來年書大有，誰知聖主是天公。

稍緩鳴靴不住催，一聲再拜忽如雷。封章進了儀曹退，文武班齊上相來。白髮兩年陪賀雪，紫衣數輩小傳栖。賜休退食端何恨，未到西湖探早梅。

銜雪送陸子静

猛落還中歇，踈飛忽驟繁。平欺蘆屋脊，偏護竹籬根。對面看童子，低頭印手痕。銷魂送行客，行客更銷魂。

雪中送客過清水閘

雪中出去雪中回，深閉牕櫺偶一開。墻裏人家掃簷瓦，玉塵打入轎牕來。

肩輿九步十傾欹，下有冰河不敢窺。冰上水禽行似箭，忽逢缺處得魚兒。

和皇太子梅詩

清賞堂前隔俗塵，南枝得雪曉争新。獨將却月凌風影，攙獻儲皇第一春。

梅仙踏雪步生塵，儲后梅詩雪共新。玉句金章雲錦字，問天覓得隔年春。

和吴監丞（景）雪中湖上訪梅❶

朔風敢傍貴人嚴，約束天花莫入簷。藥玉船寬初瀲瀲，銷金帳暖政厭厭。

七字全勝五字城，清於庾信及鍾嶸。君詩妙絶端何似，不似梅花似麼生。

雪與梅花兩逼真，不知誰好復誰新。無端更入吴融手，剪取西湖半段春。

聞君踏雪訪梅花，不怕蘇堤十里賒。老子怯寒那敢出，地爐榾柮是生涯。

早謁景靈宫

夜雪猶飄天目峰，曉晴先暖太清宫。雲氅孔雀金花碧，日射鴛鴦玉瓦紅。百辟焚香官柳影，一鴉飛立殿簷東。仰瞻九聖聯龍衮，萬歲千秋對昊穹。

---

❶「梅」下，底本目録有「詩」字。

送吴監丞季行知簡州名景

勳烈涪陽異姓王，手扶西極漢天長。有孫文武千人傑，透紙風騷萬字香。小涉移中公事筆，又懷劒外史君章。同朝多日相從少，不唱陽關也斷腸。

送陸子静删定宫使

朝路江西不十人，又看一箇奉仙真。可憐議論長傾坐，不管聲名解誤身。苦憶去年郊祀日，與渠並轡笑談春。何時相趁滄洲去，雪笠風蓑釣白蘋。

雪　晴

仙人翦水作花飛，忽化瓊瑶已大奇。復把瓊瑶化成水，滴來平地總琉璃。

晴光雪色忽相逢，雨滴空堦日影中。珍重北簷殊韻勝，苟留殘玉不教融。

和皇太子瑞雪

白玉花開碧玉天，縈樓繞殿舞翩然。儲皇善頌天皇德，瑞應金穰萬萬年。

揉雲挼霧碎成塵，落不曾休酉達辰。鶴禁鏤冰成七字，野人拜賜敢辭頻。

雪後曉過八盤嶺詣東宫謝受左司告

扶桑梢上上朝暾，起早行遲却載奔。玉作宫城三萬雉，呼僮换馬入金門。

玉京世界大千中，銀屋樓臺一萬重。好上寶蓮山上望，南高峰照北高峰。

晴後再雪

幸自晴光雪半開，誰將泥脚涴瓊瑰。水仙上訴姮娥泣，再遣天花散一回。
滕家仙子六瓊娘，煮露爲酥不剩漿。滴作玉虫千萬隻，一時飛滿白雲鄉。
天上瓊樓萬玉妃，月宫學舞試雲衣。霓裳未徹天風起，腦子花鈿星散飛。
八盤嶺上雪偏清，萬斛瓊塵作一傾。空裹仰看都不見，碧山映得却分明。

讀子房傳

笑睹乾坤看兩龍，淮陰目動即雌雄。興王大計無尋處，却在先生一躡中。

雪中講堂賜酒

玉果金柈碼碯觴，春坊傳令賜雲漿。雪中上馬渾如夢，一片飛來醉面凉。
袖手垂鞭出帝闉，萬花欄馬舞新春。是時也有青油幰，天上歸來雪滿身。

立春後一日和張功父園梅未花之韻

前夕三更月落時，東風已動萬花知。江梅端合先交割，春色如何未探支。只欠梁溪冰柱句，追還和靖暗香詩。張家剩有葱根指，不把瓊酥滴一枝。

白頭吟

文君自製白頭吟，怨思來時海未深。怨殺相如償底事，初頭苦信一張琴。
除却共姜是女師，柏舟便到白頭辭。勸渠莫怨終難勸，不道前夫怨阿誰。

丁未元日大慶殿拜表賀正

獻歲朝未央，新霽快明發。晨曦耿五色，宿靄斂四徹。洗清萬溝尾，銷盡一月雪。素光從何來，晶熒落寒笏。回瞻背陰處，猶藏半簷白。夜來有微霜，雪上辨不得。時於翠幕頂，拂掠見瓊屑。還將黄金日，正射白銀闕。忽然捲班出，紅緑亂眼纈。歸來飲屠酥，笑向兒女説。

元日癸卯占云大熟

造物今年印，司花昨夜交。雪留蘆荻脚，日到瑞香梢。白叟占嘉應，青精看滿抄。游絲也驩喜，不住舞蠨蛸。

送趙民則少監提舉

漢庭近日少宗盟，博選宗英副匠卿。高帝子孫誰宿德，翰林風月得先生。又持一節湖南去，政是三湘鴈北征。但使遠民蒙福了，早歸詞禁賦新鸎。

座主門生四十年，江湖契闊幾風煙。同朝再接鴛行裏，握手相看鶴髮前。誤喜論詩追舊事，不知呼酒是離筵。老懷只作還山夢，輸與先生早着鞭。

雙峰定水璘老送木犀香

春得鄞江信，香從定水來。今年有奇事，正月木犀開。

萬杵黄金屑，九烝碧梧骨。詩老坐雪窻，天香來月窟。

山童不解事，着火太酷烈。要輸不盡香，急喚薄銀葉。

傳語雙峰老，汝師是如來。如何一瓣香，却爲楊誠齋。
誰言定水禪，入定似枯木。飛入廣寒宫，收得香萬斛。

人日出游湖上

放閘冷泉亭，抽動一天碧。平地跳雪山，晴空下霹靂。
去時數點雨，歸時數片雪。雨雪兩不多，山路雙清絶。
舊臘緣多雪，新年未有梅。慇懃下天竺，隔水兩株開。
肩輿豈不穩，萬象非我有。呼童换馬來，湖山落吾手。
樹隱重重竹，溪穿曲曲峰。林深那有寺，煙遠忽聞鍾。
城中雪一尺，山中雪一丈。地上都已消，却在松梢上。
去歲遊春屐，苔痕故可尋。人家隨岸遠，塔影落湖深。
客愛清殊絶，僧愁凍不勝。可憐兜率寺，齋供一湖冰。
上竺雪來時，四山都作凍。團團玉屏風，圍繞渾無縫。
此行殊忽忽，天色不肯借。更待海棠晴，滿意孤山下。

誠齋集卷第二十二

廬陵楊万里廷秀

詩

朝天集

瑞香花新開

外着明霞綺，中裁淡玉紗。森森千萬笥，旋旋兩三花。小霽迎風喜，輕寒索幕遮。香中真上瑞，蘭麝敢名家。

老子觀書倦，昏然睡思來。夢中誰喚醒，牕外瑞香開。只道花頭細，❶能追國艷回。慇懃伴幽獨，渠與一瓶梅。

短短熏籠小，團團錦帊圍。浮陽烘酒思，沈水着人衣。抹利通家遠，楠花具體微。春愁渾瘦盡，別有瘦

❶「頭」，原殘闕，今據四部叢刊本補。

中肥。

雪裏移蒼斛，梢頭點翠芒。只銷三日暖，便坼數花房。紫袖染難透，瓊膚曬轉香。小留供鼻觀，開去未須忙。

馨德潛丘壑，春風是往還。新從衆香國，移種洞庭山。孤韻真無對，千花敻莫攀。騷經吾欲續，譜入芷蘅間。

謝李元德郎中餉家釀

長史銜杯太白醺，詠詞笑殺古來人。至今太白一船酒，不飲還將飲子雲。

惠山山下玉泉香，釀作鵝兒一拂黄。吏部只知防姓畢，不知吏部有它楊。

初出貢院買山寒毬花數枝

寒毬着意殿餘芳，小底來禽大海棠。初喜艷紅明萼子，忽看淡白散花房。風光不到棘圍裏，春色也尋茅舍旁。便有蜜蜂三兩輩，喙長三尺繞枝忙。

紫　牡　丹

萬花不分不春妍，至竟專春是牡丹。紫錦香囊金屑暖，翠羅舞袖掌文寒。恨無國色天香句，借與風條日萼看。家有洛陽一千朵，三年歸夢繞欄干。

歲歲東風二月時，司花辛苦染晴枝。夜輸百斛薔薇水，曉洗千層玉雪肌。寒食清明空過了，姚黄魏紫不曾知。春愁蹙得眉頭破，何處如今更有詩。

上巳同沈虞卿尤延之王順伯林景思游湖上得十絶句呈同社

鵠袍林裏過芳辰，聞道春來不識春。及至識春春已老，於中更老是詩人。

總宜亭子小如拳，着得西湖不見痕。湖上軒牕無不好，何須抵死揀名園。

孤山山後北山前，十里長堤隔兩邊。一行垂楊緑無縫，石橋通處過春船。

天色鬖髿未肯收，吾儕自樂不曾愁。隨宜旋旋商量着，晴即閑行雨即休。

籃輿休上馬休騎，濕却青鞋也不辭。揀取雨絲踈處去，攜筇且謁水仙祠。

雨催杖屨却須回，捲上踈簾眼頓開。十里湖光平似鏡，柳梢梢外一船來。

湖上春游只愛晴，何朝何夕不晴明。絶憐踈雨微雲裏，點綴湖山分外清。

凭久欄干可一栖，湖山飛入水中來。多情燕子能相勸，舞破東風去却回。

今年山路少人來，酒肆蕭然綺席埃。政爾坐愁春寂寞，畫船簫鼓忽如雷。

岸上湖中各自奇，山觴水酌兩皆宜。只言游舫渾如畫，身在畫中元不知。

跋淳溪汪立義大學致知圖

杏壇何物是家風，只在當人阿堵中。誰作新圖漏消息，淳溪溪上釣魚翁。

此事元無淺與深，着衣喫飯送光陰。却緣説似癡人夢，便向汪家圖裏尋。

景靈宮聞子規

今年未有子規聲，忽向宮中樹上鳴。告訴落花春不管，裴回曉月恨難平。斜風細雨又三月，柳絮浮雲空一生。豈不懷歸歸未得，倩渠傳語故園鷗。

寄題劉成功錦里

嘉林市中廛一丈，嘉林寺後竹千竿。先君授徒竹窻底，我初識君俱少年。同師同舍同筆硯，火冷燈青飛雪片。春風一夜吹林花，南北飄零各星散。我今頭白苦思歸，羨君山園芋栗肥。爲君題作小錦里，君應一笑巾墮几。

讀淵明詩

少年喜讀書，晚悔昔草草。迨今得書味，又恨身已老。淵明非生面，稺歲識已早。極知人更賢，未契詩獨好。塵中談久睽，暇處目偶到。故交了無改，乃似未見寶。貌同覺神異，舊翫出新妙。琱空那有痕，滅跡不須掃。腹腴八珍初，天巧萬象表。向來心獨苦，膚見欲幽討。寄謝潁濱翁，何謂淡且槁。

送謝子肅提舉寺丞

天台山秀古多賢，晚向池塘識惠連。十載江湖州縣底，一言金石冕旒前。方陪廷尉甘棠舍，又賦皇華小雅篇。拾得澄江春草句，端能染寄仄釐牋。

誰遣孤舟蓑笠翁，强隨桃李競春風。交情頃刻雲翻手，古意凄凉月印空。可笑能詩今謝眺，也能載酒過楊雄。待渠歸直金鑾日，我已煙沙放釣筒。

送錢寺正出守廣德軍二首

四十專城古已稀，君侯五七更英奇。九重臨遣廷尉正，千里驩迎循吏師。鴻鴈同科金玉律，鵷鶵先集鳳凰枝。少年勇退無人會，孤竹初心遜伯夷。寺正與兄同大法之科，寺正先召用。今其兄補外將還朝，寺正力請外，以遜其進取。

辛卯中書落筆年，曾陪學士堵墻間。看渠手把州麾去，故里春迎晝繡還。我似青蒿君玉樹，君方緑鬢我蒼顏。一尊話别休辭醉，報政歸來紫禁班。

鄉士李英才得老潘墨法善作墨梅復喜作詩艮齋目以三奇贈之七字予復同賦云

吾鄉李君磊嵬胸，夜持雲梯倚秋空。月中奪得修月斧，斫倒南山千歲松。束歸丹竈和玉桂，燧出緑霧霏鸞龍。擣成玄圭與蒼璧，灑作横枝歲寒色。庾嶺霜林和靖園，掇入生綃供戲劇。幻松作璧璧作梅，豪氣勃鬱尚不開。瓊艘滿釃梅雪下，吐出西湖有聲畫。

送姜夔堯章謁石湖先生

釣璜英氣横白蜺，欬唾珠玉皆新詩。江山愁訴鬻爲泣，鬼神露索天泄機。彭蠡波心弄明月，詩星入腸肺肝裂。吐作春風百種花，吹散瀕湖數峰雪。青鞋布韈軟紅塵，千詩只博一字貧。吾友夷陵蕭太守，逢人説君不離口。袖詩東來謁老夫，慙無高價當璠璵。翻然却買松江艇，徑去蘇州參石湖。

三月二十六殿試進士待罪集英殿門

金戺瑶瑎日月邊，曉風花柳帶非煙。千官劒佩鳴雙闕，萬國英豪到九天。玉座忽臨黄繖正，御題初出紫衣傳。小臣何幸陪諸老，待罪重來十六年。余壬辰春亦以省試主司待罪。

九虎遮藏造化機，御題過午始聞知。乾坤闔闢兼文武，雲漢昭回具訓詞。武帝上嘉真戲耳，放勳清問政如斯。諸儒莫作公孫子，千載何曾遇聖時。

趙達明太社四月一日招遊西湖

今日清和和又清，王孫領客出都城。好天勝日能多少，三到西湖始一晴。

畫舫侵晨繫柳枝，主人生怕客來遲。嬌雲嫩日無風色，幸是湖船好放時。

船從詠澤過孤山，徑度琉璃一簟間。隔岸多情楊柳樹，向人招喚俯煙鬟。

御池水滿苑門開，泥帶飛花路帶苔。到得孤山翻作惡，海棠鬧日不曾來。

萍生兒子點踈星，荷捲文書立萬丁。回首南高峰上塔，手中攀得玉玲瓏。

橘花如雪細吹香，杏子團枝未可嘗。行到陳朝枯柏處，孤山山背水中央。

和靖先生墳已荒，空餘松竹故蒼蒼。王孫自洗鸕鷀杓，滿酌真珠酹一觴。

行盡孤山碧四圍，却尋初路得來時。好風借與歸船便，吹近瓊林却不吹。聚景園前小泊。

風撩太液小荷欹，日麗長楊花影低。闌入苑中啼不歇，恨身不及一黄鸝。

葱蘢晚色正佳哉，苦被歸鞍緊緊催。船壓浮荷沈水底，須臾船過却浮來。

紅玫瑰

非關月季姓名同，不與薔薇譜諜通。接葉連枝千萬緑，一花兩色淺深紅。風流各自燕支格，雨露何私造化功。别有國香收不得，詩人熏入水沈中。

省中直舍因敲新竹懷周元吉

老眼逢書怯細看，抄書一事更應難。昨攜如意敲新籜，右臂朝來作許酸。

尚有周郎手種痕，懷人將竹當人看。寄言黄鶴樓前客，今歲新添十五竿。

老竹堅剛幼竹柔，此君年少也風流。錦衣脱體未全瘦，雪粉圍腰猶半愁。

含　笑

大笑何如小笑香，紫花不似白花粧。不知自笑還相笑，笑殺人來斷殺腸。

枇　杷

大葉聳長耳，一梢堪滿盤。荔支分與核，金橘却無酸。雨壓低枝重，漿流冰去聲。齒寒。長卿今尚在，莫遣作園官。

走筆送濟翁弟過浙東謁丘宗卿

出省還家思已昏，答書見客腹仍煩。政愁獨酌無佳客，家裏詩人忽扣門。

若見丘遲問老夫，爲言臞似向來臞。更將雙眼寄吾弟，帶去稽山看鑑湖。

題西湖僧房

竹林深處着禪房，下却踈簾自炷香。書畫隨宜遮四壁，閑欹瓦枕小藤床。

省中見樹上啄木鳥戲題

一啄高高一啄低，一聲聲急一聲遲。可憐去蠹勞心口，蟻入枯梨自不知。

山丹花

春去無芳可得尋，山丹最晚出雲林。柿紅一色明羅袖，金粉群蟲集寶簪。花似鹿葱還耐久，葉如芍藥不多深。青泥瓦斛移山蘤，聊着書牕伴小吟。

四月十七日侍立集英殿觀進士唱名

殿上臚傳第一聲，殿前拭目萬人驚。名登龍虎黄金牓，人在煙霄白玉京。香滿乾坤書一卷，風吹鬢髮雪千莖。舊時脱却銀袍處，還望清光侍集英。

無題

坐看胡孫上樹頭，旁人只恐墮深溝。渠儂狡獪何須教，説與旁人莫浪愁。

張功父索余近詩余以南海朝天二集示之蒙題七字

作者于今星様稀，凄其望古駟難追。空桑孤竹陶元亮，玉佩瓊琚杜拾遺。自笑唫秋如嬾婦，蟋蟀也，❶見《古今注》。可能擊鼓和馮夷。報章不作南金直，慙愧君家丙藁詩。

蒲萄架

纔喜盤藤捲葉生，又驚壓架暗陰成。夏裹凉潤青油幕，秋摘甘寒黑水精。近竹猶争一尺許，拋鬚先罥兩三莖。今年乞種西江去，長是茅齋怯晚晴。

❶ 「蟀」，原作「蟋」，今據《四部叢刊三編》影印宋刊本《古今注》中《魚蟲》改。

送沈虞卿祕監脩撰將漕江東

蓬萊仙伯沈東陽，領袖諸儒太極旁。東壁二星雲漢近，西崑群玉簡編香。雞翹豹尾無多子，錦纜牙檣有底忙。建業江山入詩集，却歸天上侍虚皇。

再入脩門訪舊遊，故人相見喜還愁。茂林脩竹君髯碧，折葦枯荷我鬢秋。莫把昇沈着懷抱，古來賢聖幾公侯。一尊追送江東棹，夢逐清波弄白鷗。

臨賀别駕李子西同年寄五字詩以杜句君隨丞相後爲韻和以謝焉

我本南溪老，手弄溪中雲。誦詩愛招隱，讀騷續湘君。忽捧公府檄，遂遠先人墳。春暮歸未得，落花政紛紛。

老拙誰肯伴，束書自相隨。此外無長物，猶有一鴟夷。小醉即孤詠，自遣不要奇。西湖妙天下，未羨習家池。

謫仙幾代孫，今日臨賀丞。風月三千首，吾子豈未能。長把脩月斧，細彫玉壺冰。天池羽翼就，即看垂天鵬。

曲江與臨武，彼此昔相望。一嶺大如礪，誰云隔尋丈。離合非人力，此事要天相。昇沈亦偶然，豈問優與髒。

買山蓺花竹，長恐落人後。不見竹林人，山王非俎豆。市門能幾許，掉臂日奔湊。遲子來朝天，商略陳薄陋。

游水月寺

菸日蔫雲乍暑天，倦投山寺借床眠。清凉世界誰曾到，却在紅塵紫陌邊。

題水月寺寒秀軒

小寺深門一逕斜，繞身縈面總煙霞。低低簷入低低樹，小小盆盛小小花。經藏中間看佛畫，竹林外面是人家。山僧笑道知儂渴，其實迎賓例瀹茶。

歸塗觀劉寺新疊石山

風月肝脾冰雪胸，道人妙手鑿虛空。斸翻諸嶺雲煙骨，幻出山巖紫翠峰。細看分明非飣餖，如何彫得許玲瓏。爲誰苦死忙歸去，知是斜陽是晚鍾。

題劉寺僧房

曾醉山間金叵羅，山應識我我懷它。頓添花竹明松檜，依舊菰蒲暗芰荷。試問錦屏無恙否，向來梅樹已無多。未須看遍新亭榭，勝日重來一一過。

和嚴州添倅趙彥先寄四絶句

不見王孫今九春，新詞麗曲爽心神。只言風月平分破，却是江湖一散人。

自搏蒼壁自抄書，雪乳一甌香一爐。有得俸錢無吏責，如公官況世間無。

昌歜佳辰風自南，黃梅釀出雨鬖鬖。綺琴繡段能分似，報不如儀獨不慙。

雛鳳今年又一鳴，芝蘭秀發不曾停。州前争探黃金牓，却報城隅最冷廳。

戲題簷間蜘蛛

屋角籬尖竹樹陰，可憐用盡許機心。凝身不動如無物，頓網輕摇試有禽。絲貫日華明五色，戲隨風舞忽千尋。看渠經緯來還去，忘却摧隤立不禁。

跋忠敏任公遺帖諱伯雨。卞、京，謂二蔡也。

市中貨鴆作參苓，遮莫秦和苦口争。殺盡蒼生消底物，卞京兩把老蔓菁。公帖中謂曾布爲參，故首句云。

同尤延之京仲遠玉壺餞客

南漪亭上據胡床，不負西湖五月凉。十里水風已無價，水風底裏更荷香。

金栢玉酒沈去聲。寒冰，青李來禽尚帶生。不是此間無暑氣，湖風吹取過臨平。

玉壺餞客獨趙達明末至云迓族長於龍山且談道中事戲爲紀之

南山行盡到西湖，却上扁舟赴玉壺。十里便成三十里，暑中何處不長塗。

公子從來火傘中，解衣未定語怱怱。山行觸熱端何事，夾路楊梅樹樹紅。

食　蓮　子

緑玉蜂房白玉蜂，折來帶露復含風。玻瓈盆面冰漿底，醉嚼新蓮一百蓬。

白　蓮

井花新插白芙蕖，坐看紛紛脱雪膚。自拾落英浮水面，玉舟撩亂滿江湖。

酷暑觀小僮汲水澆石假山

堂後簷前小石山，一峰瘦削四峰攢。忽騰絶壁三千丈，飛下清泉六月寒。乃是家僮聊戲事，倒傾古井作驚湍。老夫畏熱年來甚，更借跳珠裂玉看。

清曉湖上

山腰輕束一綃雲，湖面初鞶半蹙痕。未説湖山佳處在，清晨小出湧金門。

菰月蘋風逗葛裳，出城趁得上番凉。荷花笑沐燕支露，將謂無人見曉粧。

六月西湖錦繡鄉，千層翠蓋萬紅粧。都將月露清涼氣，併作侵晨一噴香。

大兒長孺同羅時清尋凉鹽橋

燈火希踈夜向中，追凉只與熱相逢。意行行到新橋上，兩岸無人四面風。

曉出兜率寺送許耀卿

天竺興雲線許長，須臾遮盡衆蒼蒼。何如灑作千峰雨，乞與都城六月凉。

兜率山深露氣清，柳陰暗處藕花明。無端拾得閑煩惱，背却西湖又入城。

蒲橋寓舍劇暑

三歲都城寓遠坊，今年一熱古無雙。夜來何處山村雨，凉到蒲橋橋北窻。

林景思寄贈五言以長句謝之

華亭沈虞卿，惠山尤延之。每見無雜語，只説林景思。試問景思有何好，佳句驚人人絶倒。句句飛從月外來，可羞王公薦穹昊。若人乘雲駕天風，秋衣剪菊裁芙蓉。暮宿銀漢朝蓬宫，我欲從之東海東。西湖柳色二三月，相逢一笑冠纓絶。醉招和靖叫東坡，一吸西湖湖欲竭。我醉自眠君自顛，路人往往指作仙。此輩何曾識此樂，識與不識俱可憐。别時花開今已落，思君令人瘦如鶴。夢裏隨君攜酒瓢，同登天台度石橋。瀑泉界天瀉雲窟，長松拔地攙煙霄。與君聯句章未了，帝城鍾動西峰曉。海風吹墮珊瑚枝，乃是先生寄我詩。火雲燒江江水沸，君詩清凉過於水。定知來自雪巢底，恍然坐我天台寺。

李仁甫侍講閣學挽詩

紫橐猶黄帽，青燈到白頭。芝庭過晁董，金鐀續春秋。曉月承明寂，東風玉壘愁。慇懃倩潮水，將淚去西州。

高議春江壯，長身野鶴孤。生涯一杯酒，行李五車書。凡例今迂叟，聲名後老蘇。岷峨氣悽愴，不爲玉將珠。

故王氏令人挽詩陳安行舍人妻

貝葉參祇樹，蓍簪當副笄。來嬪舍人樣，如古大夫妻。鸞誥金花濕，芝庭玉樹齊。藥成奔月去，寂寞海山西。

西掖梧方茂，南瀕藻已蕪。謝庭風絮遠，潘室月窻孤。有訓才吾子，無人乳阿姑。弔賓成白鶴，卜地得青烏。

錢仲耕殿撰侍郎挽詩

易髓三爻表，恩波九里强。貫珠程氏傳，炊玉范家莊。荷槖中年紫，芸籤到老香。不應踰耳順，便返白雲鄉。

使節三持玉，州幡兩畫熊。雪山郇寶白，冰漕太倉紅。理世非輕士，才難會憶公。石峰當西子，作殉送青楓。

周子及監簿挽詩

科目連雙中，聲名莫二渠。手曾攀折檻，客有泣辭車。速化非吾事，偷閑只古書。黑頭黄壤去，有昊定何如。

投老欣相得，論心恨較遲。披文流涕疏，分韻泛湖詩。天奪過逢樂，人興殄瘁悲。何須金馬客，解製玉樓辭。

洪丞相挽辭

乾道扶初旭，中台焕五雲。纔登右丞相，已拜大觀文。胡不遲朞月，看渠集茂勳。一朝驚玉折，千載歎芝焚。

家譜忠仍孝，詞林博更宏。牧羝無是子，雛鳳有難兄。誰謂身非達，其如道不行。青蠅滿天地，白日轉清明。

太令人田氏挽辭王侍郎謙仲之母

天竺瓊爲岫，西湖錦作春。輕軒過微雨，小宰太夫人。游覽年年好，恩封日日新。如何君氏瞑，忽費水衡銀。

家食初偕隱，君羹晚得嘗。金花千軸告，玉樹五枝香。咫尺相山室，葱曨瓦廟岡。真令淮水絶，依舊慶源長。

誠齋集卷第二十三

廬陵楊万里廷秀

詩

朝天集

寄題劉凝之墳山壯節亭用轆轤體

見了廬山想此賢，此賢見了失廬山。胸中書卷雲凌亂，身外功名夢等閑。一點目光牛背上，五絃心在鴈行間。欲吟壯節題崖石，筆挾風霜齒頰寒。

寄題周元吉湖北漕司志功堂

周郎昨贊元戎幕，夜眺秦川登劍閣。函關不用一丸泥，談笑生風掃河洛。君王尺一喚渠回，貯之鳳閣與鑾臺。不贊元戎贊丞相，筆補造化裨鹽梅。龍媒志在横八極，天閑玉轡羈不得。又揮白羽岸綸巾，却去武昌尋赤壁。一覽亭前山月明，志功堂下大江横。前稱公瑾後元吉，君家世有千人英。公瑾小喬在何許，元吉小蠻花解語。看君一箭落胡星，如皐一笑傾人城。金印如斗帶萬釘，何人爲作燕然銘。

曉出浄慈送林子方

出得西湖月尚殘，荷花蕩裏柳行間。紅香世界清凉國，行了南山却北山。

畢竟西湖六月中，風光不與四時同。接天蓮葉無窮碧，映日荷花別樣紅。

題北山教場亭子

掌樣毬場五百弓，帝城何地似亭中。北山南畔南山北，獨受西湖萬頃風。

送林子方直閣秘書將漕閩部

纔趁鋒車入帝闕，又持使節過家山。作仙茶囿芝田裏，寓直蓬萊藏室間。握手清談紗帽點，羡君白日繡衣還。來年貢了雲龍璧，便綴金鑾玉笋班。

梅花國裏荔枝村，頗記張燈作上元。一别頻蒙訪生死，七年再見劣寒温。屬當閔雨祈群望，不得臨風共一尊。誰爲君王留國士，吾衰猶擬叫天閽。

亦聞小泊贊公房，清曉扶藜叩上方。君與一僧游别嶂，我行百匝遶長廊。風巾霧屨來雲外，雪檜霜松滿袖香。政是炎官張火傘，不應多取海山凉。

送李伯珍主管西歸

淡墨題名冠子衿，一星州縣歎浮沈。向來寄我南樓賦，不减古人東武吟。几閣文書聊韞玉，蘭臺筆札即紬金。李家兄弟鵷鸞侣，一日雙飛入上林。

聖上閔雨徧禱未應下詔避殿減膳感歎賦之

夏旱焚如復入秋，聖皇避殿減瓊羞。數峰北峙雲垂合，一陣西風雨又休。逐日望霓穿却眼，何時倒海作奔流。諸賢袖有爲霖手，不瀉天瓢洗主憂。

七月二十三日題李亨之墨梅

夏熱秋逾甚，寒梅暑亦開。無塵管城子，幻出雪枝來。

牽　牛　花

素羅笠頂碧羅簷，晚卸藍裳着茜衫。望見竹籬心獨喜，翩然飛上翠瓊簪。

莫笑渠儂不服箱，天孫爲織碧雲裳。浪言偷得星橋巧，只解冰盤染茈薑。

曉思歡欣晚思愁，繞籬縈架太嬌柔。木犀未發芙蓉落，買斷西風恣意秋。

江　下　送　客

却因送客動歸心，過市逢喧悶不禁。偶見人家好池館，柳行盡處一亭深。

和姜邦傑春坊續麗人行

即東坡集中周昉畫背面欠伸内人，東坡賦之，韓子蒼又賦之，今姜君又賦之，予因和姜韻。

玉人自惜如花面，不許黄鸝鸚鵡見。若令畫史識傾城，寫徧人間屏與扇。春光嬾困扶不起，吹殘玉笙也慵理。是誰瞥見一梳雲，微月影中掃穠李。阿昉姓周不姓顧，筆端那得蓮生步。無妨正面與渠看，看了丹青無畫處。古來妍醜知幾何，嫫母背面謾人多。君不見漢宫六六多少人，畫圖枉却王昭君。是時當面看寫真，却遣琵琶彈塞塵。不如九京喚起文與可，麝煤醉與竹傳神。

和姜邦傑春坊再贈七字

可笑詩人死愛名，吻間長作候蟲聲。鍊成九轉丹砂着，贏得千莖白雪生。政使古今傳不朽，不知身世竟何成。老夫老去真休去，一聽梅山主夏盟。姜有《梅山集》。

木犀初發呈張功父

塵世何曾識桂林，花仙夜入廣寒深。移將天上衆香國，寄在梢頭一粟金。露下風高月當户，夢回酒醒客聞砧。詩情惱得渾無那，不爲龍涎與水沈。

又　和

詩人家在木犀林，萬頃湖光一徑深。夾路兩行森翠蓋，西風半夜散麩金。邀賓把酒香浮玉，擘水庖霜膾落砧。掇取仙山入京洛，不妨冷眼看昇沈。

分得吴剛斫處林，鵝兒酒色不須深。系從犀首名千木，派别黄香字子金。衣濺薔薇兼水麝，韻如月杵應霜砧。餘芬薰入旃檀骨，從此人間有桂沈。

端能小脱簿書林，招唤詩流卜夜深。老我愁隤半山玉，憑君淺酌一荷金。水邊賞桂秋圍坐，雨後摘蔬香滿砧。乘醉却來湖上戲，手翻波月看浮沉。

約齋詩客坐詩林，派入江西徹底深。縫霧裁雲梭織錦，明堂清廟玉摐金。已呼毛穎哦齏臼，更約姮娥聘稾砧。細詠新來木犀句，一燈明滅夜沉沉。

老子江西有故林，萬松圍裏桂花深。憶曾風露飄寒粟，自領兒童拾落金。割蜜旋將揉作餅，擣香須記不經砧。一枝未覺秋光減，燈影相看萬籟沉。帝城底裏有山林，桂樹團團煙霧深。玉臂折來數枝月，銀髯羞插滿頭金。談間千首有此客，空外一聲何處砧。酒亦銷愁亦生病，不須不醉不須沉。

題徐衡仲西牕詩編

江東詩老有徐郎，語帶江西句子香。秋月春花入牙頰，松風澗水出肝腸。居仁衣鉢新分似，吉甫波瀾併取將。嶺表舊游君記否，荔支林裏折桄榔。

題吴夢與古樂府

金麥褰帷銀蒜鈎，水光殿後月華樓。鸎歌花笑柳起舞，何處人間更有愁。吴郎那得吴宫語，夢裏苧羅人道許。低紅揜翠曲未終，小兒索飯啼門東。

賀皇太子九月四日生辰

金莖分露與黄花，銀漢非煙作瑞霞。萬國元良當誕節，重輪日月正光華。祖堯父舜真千載，禹子湯孫更一家。清曉壽觴天上至，蟠桃如甕棗如瓜。

典學光陰璧不如，簡編燈火卷還舒。極知儲后勤稽古，却是儒生嬾讀書。心到帝王圖籍外，手追雅頌國風初。人間未見瑶山集，十倍曹丕尚有餘。

題薰陝中興慶壽頌

炎暉十葉生太皇，即宋光武趙少康。皇穹柱折地無軸，再闢三極紀八荒。與天同仁自同壽，八十萬歲登九九。淳熙天子駕蒼龍，春王三朝領群后。是時雪花曉尚飄，日華飛來雪即銷。玉巵灔海泛椒柏，寶册錯錦凋瓊瑶。虞典漢儀照億世，可無鴻筆描天地。下帷窺園幾代孫，濃墨大書三萬字。點竄封禪典引辭，塗改皇武貞符詩。珠璣金玉槌作屑，鑄出夏鼎仍商彝。岐陽石鼓魚貫柳，浯溪石崖非好手。誰將臣陝中興慶壽篇，刻之玉版藏名山，何千萬年千萬年。

石榴

深著紅藍染暑裳，琢成紋玳敵秋霜。半含笑裏清冰齒，忽綻吟邊古錦囊。霧縠作房珠作骨，水精爲醴玉爲漿。劉郎不爲文園渴，何苦星槎遠取將。

九月十日同尤延之觀净慈新殿

昨雨敗重九，謂併敗此行。雲師出小譎，垂曉偷放晴。初愁落君後，我反先出城。竚立已小倦，喜聞馬來聲。南山有新觀，大殿初落成。入門山脊動，仰目天心横。柱起龍活立，簷飛鵬怒昇。影入西湖中，失盡千峰稜。天竺拉靈隱，駿奔總來庭。老禪定何巧，幻此壯玉京。書生茅三間，饑眠方曲肱。

看劉寺芙蓉

初約山寺游，端爲怪奇石。那知雲水鄉，化作錦繡國。入門逕深深，過眼秋寂寂。隔竹小亭明，稠紅漏竦碧。山僧引幽踐，絶巘恣佳陟。三步綺爲障，十步霞作壁。爛如屏四圍，搭以帔五色。滿山盡芙蓉，山僧所手植。秋英例臞淡，此花獨腴澤。却憶補外時，朝士作祖席。是間萬株梅，冷射千崖白。舊游不可尋，雪枝半榛棘。

劉寺展繡亭上與尤延之久待京仲遠不至再相待於靈芝寺

南山十日菊，秋酌有前諾。東省三同舍，山行何用約。也復相丁寧，彼此撥忙著。清晨到劉寺，寸步輒倚薄。望君久未來，細意揀巖壑。上到展繡亭，聊復休倦脚。回覽西湖天，向我懷中落。山幽人轉孤，境勝情反惡。昔賢願獨往，對影誰與樂。或者欣群遊，避喧那可却。我隨梁溪叟，觴次饒讙謔。坐無山浦翁，談間頓蕭索。斜陽更待渠，小向靈芝泊。

買　菊

老夫山居花繞屋，南齋杏花北齋菊。青春二月杏花開，抱瓶醉卧錦繡堆。凉秋九月菊花發，自折寒枝插華髮。湘纍落英曾幾何，陶令東籬未是多。吾家滿山種秋色，黄金爲地香爲國。就中更有一丈黄，霜葩月蘂耿出墻。飲徒亡酒尋不得，尋得一身花露香。如今小寓咸陽市，有口何曾問花事。百錢檐上買一株，聊伴詩人發幽意。

朱新仲舍人灊山詩集其子輒叔止見惠且有詩和以謝之

灊山詩伯錦裁篇，玉樹郎君手爲編。美似洛花争曉靚，清如江月赴秋圓。力追杜老今誰擬，親得陵陽夜半傳。再拜一吟三太息，青燈細雨伴凄然。

再和謝朱叔止機宜投贈獎及南海集之句

重陽風雨不全篇，春草池塘豈滿編。好句誰言較多少，古人信手斲方圓。自慙下下中中語，只合休休莫莫傳。珍重銀鈎揮玉唾，竟無瑶報只空然。來詩有獎二千篇之句，故首章及之。

經和寧門外賣花市見菊

病眼仇冤一束書，客舍葭莩菊一株。看來看去兩相厭，花意索寞恰似無。清曉肩輿過花市，陶家全圃移在此。千株萬株都不看，一枝兩枝誰復貴。平地拔起金浮屠，瑞光千尺照碧虚。乃是結成菊花塔，蜜蜂作僧僧作蝶。菊花障子更玲瓏，生採翡翠鋪屏風。金錢装面密如積，金鈿滿地無人拾。先生一見雙眼開，故山三逕何獨懷。君不見内前四時有花賣，和寧門外花如海。

九月十五夜月細看桂枝北茂南缺未經古人拈出紀以二絶句

桂樹冰輪兩不齊，桂圓不似月圓時。吴剛玉斧何曾巧，斫盡南枝放北枝。

青天如水月如空，月色天容一皎中。若遣桂華生塞了，姮娥無殿兔無宫。

和張功父病中遣懷

人自窮通詩自詩，管渠人事與天時。鶴長未便賢鳧短，梅早那須笑杏遲。公子近來忺説病，老夫秋至不曾悲。人生隨分堪行樂，何必蘭亭與習池。

早入東省殘月初上

秉燭趨省署，兩街猶閉門。素娥獨早作，碧沼瀞黝盆。竇釦剥見漆，半稜光剩銀。忽作青白眼，圜視向我嗔。黑氣貫瞳子，側睨不敢真。皎然一玉李，前行導征輪。熒然數金粟，後扈從車塵。朝雞傳三令，都騎争載奔。星芒銷欲無，月影澹失痕。金鴉飛上天，吐出紅龍鱗。

緩轡入東宫門望見漁浦山

漁浦孤峰入九城，承華門裏最分明。馬頭看得山低去，夾道芙蓉紅露聲。

和徐衡仲惠詩

風騷壇上徑雄趨，不作俳辭笑矣乎。紙落雲煙看醉旭，氣含蔬筍薄僧殊。夜來霜月千家滿，雨後風埃半點無。安得與君幽討去，一觴一詠惱西湖。

和張功父夢歸南湖

一生兩事苦相關，從仕居貧併作難。顧我雪穿行脚韈，羡君身作在家官。曉分京兆月半璧，夕問南湖水幾竿。桃李能言春滿坐，向人猶自訴霜寒。

張功父請祠甚力得之簡以長句

老夫不及朱師古，納却太常少卿得潼府。老夫不及張約齋，乞得華州仙觀名雲臺。金印如斗床滿笏，富貴何曾膏白骨。一世窮忙爲阿誰，終日逢人皺兩眉。賣身長鬚仍赤脚，忍面墦間乞東郭。添丁德曜喜欲顛，孤竹一簞真箇錯。張君有宅復有田，朱君歸去無一錢。老夫老矣不歸去，五柳先生應笑汝。

三老董公

一色三軍雪染衣，拔山氣力陡然衰。三王事業無多子，却是良平不得知。

利州路提刑秘書張季長送洮研發視乃一段柏木也作詩謝之

繡衣使者凛霜威，方丈仙人舊羽儀。别去十年真一夢，書來萬里寄相思。如何緑石涵風面，化作青銅溜雨枝。却送新詩報嘉惠，偷兒當不要新詩。

送德輪行者

瀝血抄經奈若何，十年依舊一頭陀。袈裟未着愁多事，着了袈裟事更多。

擬上舍寒江動碧虚詩

江遠澄無底，秋深分外寒。太虚元碧净，倒影動清湍。浪雪飜空碎，天藍落鏡看。光揺蘆葉冷，聲戰蓼花乾。畫手𤥨心苦，詩脾覓句難。人間那有許，我欲把漁竿。

送朱師古龍圖少卿帥潼川

璧水蓬山徧羽儀，頌臺公府更光輝。紫荷到眼垂持橐，黄菊關心便拂衣。鬻子運籌年尚少，買臣衣繡日思歸。小煩諭蜀須還報，却袖香煙侍太微。

甲戌花時策集英，相看鬚鬢各青青。曲江初别春三月，北闕重來再一星。百石去官君似邴，千年歸鶴我輸丁。因書若寄楊員外，莫道山寒少茯苓。

高宗聖神武文憲孝皇帝挽詩

芒動長星帚，親揮却日戈。再令天有柱，一定海無波。黄屋非堯樂，薰琴付舜歌。秖書魏蕩字，誄語不須多。

更造今光武，中興昔武丁。雲昭河洛畫，天作典謨經。立極餘三紀，頤神再一星。堯山鄰禹穴，松雪蔚争青。

記夢

夢遊一山寺，山水清美，花草芳鮮。未見寺而聞鍾，夢中作三絶，覺而記之。

雲袖危相複，霜鍾韻政遲。忽然數聲急，却是住撞時。

水動花梢動，花摇水影摇。不知各無意，爲復兩相招。

霧外知何寺，鍾聲只隔山。望來無里許，還在九霄間。

題眉山程侅所藏山谷寫杜詩帖

杜家碧山銀魚詩，黄家虎卧龍跳字。六丁難取真宰愁，程家十襲今三世。程家蘇家元舅甥，子瞻正輔外弟兄。正輔有孫文百鍊，筆倒三江胸萬卷。公車獻策五十篇，玉札國體航化源。遠謀小扣囊底智，瓌詞未出海内傳。三年抱璞咸陽市，子虚無因達天帝。如今却買巴峽船，峩眉山月秋正圓。丈夫身健恐不免，即召枚臯未渠晚。

題臨川李子經文藁

聖經賢傳緊關津，騷客詩家妙斧斤。總被先生漏消息，不令後輩隔知聞。都城一日紙增價，天下幾人貧似君。不要綈袍却歸去，平生笑殺送窮文。

送喻叔奇工部知處州

厭直含香與握蘭，一麾江海泝冰灘。括蒼山水名天下，工部風煙入筆端。新國小遲懷印綬，故園暫許理漁竿。即看治行聞天聽，紫詔徵還集孔鸞。

送劉童子

天上麒麟地上行，掌中珠玉月中生。瀾飜六籍吞諸子，聲動三公及九卿。别有詩書真事業，不應童子是勳名。長成來奏三千牘，桃李春風冠集英。

題劉道原墓次剛直亭

山南山北蔚松楸，四海千年仰二劉。迂叟餽縑寧凍死，伯夷種粟幾時秋。平生鐵作三尺喙，土苴人間萬户侯。廬阜作江江作阜，始應父子不傳休。

除夜張功父惠詩索荆溪集次韻送泚

早泚荆溪集，應無桂隱詩。梅邊五字律，管底一斑窺。新歲來朝是，流年去浪移。誰能守除夕，妨我夢歸時。

題畢少董繙經圖

畢敷文少董，名良史，紹興初陷虜境，居汴，閉户著《春秋正辭》、《論語探古》書，有宋哲夫、李願良輩執經師之。好事者寫爲《繙經圖》：宋執一卷書，背立，且讀且指；李執一卷書，向其師，若有問者；而少董坐一榻上，後有二女奴，各有所執；而阿冬者坐其間，少董之季子也。女奴之髽者曰孫壽，冠者曰馬惠真；哲夫名城，願良名師魏云。

宋生把卷讀且指，李生把卷問奇字。榻上坐著一老子，右手秉筆袒左臂。春秋論語訓傳成未成，胸中有話頗欲告兩生。欲呼小白拉重耳，同討犬戎尊帝京。蠶妾不解事，兩生未可語。冬郎政兒癡，誰能復憐許。繙經未了報歸期，攜書歸來獻玉墀。胡沙蒲面無人識，回首兩生斗南北。

戊申元日立春題道山堂前梅花

今年元日不孤來，帶領新春一併回。夜雨初添石渠水，東風先入道山梅。不妨數朵且微破，未要十分都盡開。江路野香元自好，阿誰移取種蓬萊。

龍山送客

念念還鄉未得還，偶因送客到龍山。分明認得西歸路，只是回車却入關。

無奈鄉愁只强忘，龍山唤起再思鄉。故鄉依舊千山外，却被龍山斷殺腸。

問　春

今歲春歸不小心，合將消息報園林。蘇公堤上千株柳，二月猶慳半縷金。

元日春回不道遲，怱怱未遣萬花知。道山堂下紅梅樹，速借晴光染一枝。

曉入秘書省過三橋

船底吴儂尚晏眠，一船炊飯數船煙。行人各自東西岸，抵死回頭看兩邊。

謝譚德稱國正惠詩

今年日瘦天不喜，玉皇顔慘方諸淚。草木無光紅紫遲，春半何曾有春意。誰將好手挽春回，割取錦江春色來。七星橋邊楊柳動，百花潭上桃李開。乃是國子先生贈詩卷，筆下東風隨手轉。君不見李家謫仙吟掉頭，解道峨眉山月半輪秋。又不見蘇家老仙冰啄句，更説只恐夜深花睡去。先生辦着錦繡腸，竭來西湖山水鄉。乞君湖山入詩囊，法嗣兩仙一瓣香。

連日二相過史局不到省中後園杏花開盡

史館頻催史筆遲，道山還解有忙時。後園兩日不曾到，開盡杏花人不知。

省中新柳

元日新春已早歸，却緣春雪勒春遲。一年柳色今何似，政是猶黄未緑時。

讀梁武帝事

眼見臺城作劫灰，一聲荷荷可憐哉。梵王豈是無甘露，不爲君王致蜜來。

跋悟空道人墨蹟

臨川蔡教授詵之母徐氏，諱蘊行，自號悟空道人，學虞書得楷法，手抄佛書，跋以五言。

葱嶺書如積，銀鈎墨尚新。前身虞學士，今代衛夫人。曲水脩蘭禊，明珠採洛神。更令添此帖，急就不須珍。

誠齋集卷第二十四

廬陵楊万里廷秀

詩

朝天集

偶送西歸朝天二集與尤延之蒙惠七言和韻以謝之

西歸累歲却朝天，添得囊中六百篇。垂棘連城三倍價，夜光明月十分圓。競誇鳳沼詩仙樣，當有雞林賈客傳。我似岑參與高適，姓名得入少陵編。

右延之詩。

梁溪歸自鏡湖天，筆捲湖光入大篇。傾出錦囊和雨濕，炯如柘彈走盤圓。許分句法何曾付，自笑蕪辭敢浪傳。兩集不須求序引，秖將妙語冠陳編。尤丈號梁溪居士，新歸自朝陵所。

右和。

跋王順伯所藏歐公集古録序真蹟

遂初欣遇兩詩伯，臨川先生一禪客。三人情好元不疎，秪是相逢逢不得。渠有正觀碑，儂有永和詞。真贋争到底，未説妍與蚩。珊瑚擊得如粉碎，趙璧博城秖手悔。不似三家鬭斷碑，夜半戰酣莫先退。皇朝愛碑首歐陽，集古萬卷六一堂。玄珪漆玉堆墨寶，黟霜黑水塗緇裳。臨川無端汲古手，席卷歐家都奄有。岣山科斗不要論，嶧山野火不經焚。尤家沈家喙如鐵，未放臨川第一勳。不知臨川何許得尤物，集古序篇出真筆。遂初心妬口不言，君看跋語猶悵然。遂初、欣遇，尤延之、沈虞卿自號也。二公與順伯皆喜收碑刻，各自詩尚。

和趙禝臣惠詩軸

今代宗英政駿賢，同居江介更同年。别來十載長相憶，新聽千詩喜欲顛。爽似月華秋艷艷，韻如荷葉夏田田。吹燈把翫舒還卷，老眼惺鬆夜不眠。

和段季承左藏惠四絶句

箇箇詩家各築壇，一家横割一江山。秪知輕薄唐將晚，更解攀秖晉以還。

遮莫蟠胸書似山，更饒落筆語如泉。陰何絶倒無人怨，却怨渠儂祕不傳。

道是詩壇萬丈高，端能辦却一生勞。阿誰不識珠將玉，若箇關渠風更騷。

四詩贈我儘新奇，萬象從君聽指麾。流水落花春寂寞，小風淡日燕差池。

和張功父梅詩十絶句

今歲柴車總未巾，孤山龍井不曾行。老無半點看花意，遮莫明朝雨及晴。

道山堂後數株梅，爲底偏於雨裏開。到得晴來無一朶，亂飛白雪點蒼苔。

不是春光不早回，却緣春雪勒疎梅。詩人縱有催花手，有雪堪推花只推。

淡淡梅花不要裝，真珠樓閣水精鄉。騷人詞客猶愁冷，紫蝶黄蜂更敢忙。

東皇歲歲駕蒼龍，只許仙妃萬玉從。天上冰霜清入骨，人間桃李若爲容。

約齋句子已清圜，更賦梅花分外妍。不飲銷金傳玉手，却來囓雪聳詩肩。

道是梅兄不解琴，南枝風雪自成音。玉繩低後金盆落，獨與此君談此心。

横斜影裏惜花殘，忘却人間一鼠肝。莫怨梅殘看不足，請君明歲早來看。

要與梅花巧鬭新，恨無詩句敵黄陳。約齋詩好人仍好，不怕梅花賽却人。

老子年來不願餘，秪慙霜鬢入金鋪。故山自有梅千樹，夢繞横枝撚斷鬚。

去瑞香病葉

紫蕤落盡長青枝，政是添新換舊時。辛苦爲渠耘病葉，慇懃挽住是游絲。

和袁起巖郎中投贈七字二首❶

故人一别兩相思，不但平生痛飲師。胸次五三真事業，筆端四六更歌詩。閉門覓句今無已，刻意傷春古牧之。卧雪高人家譜在，春風政着紫蘭枝。

---

❶「字」下，底本目録有「之韻」二字。

道場山下弄山泉，餐菊紉蘭萬物先。送眼飛鴻高四海，補天健筆震三川。池塘碧草回春夢，衣鉢黄梅肯夜傳。雨不饒人有新句，怨渠未許見全篇。

跋袁起巖所藏後湖帖并遺像一軸詩中語皆檃括帖中語也

先生向來落異縣，故人十載不相聞。歸來不但荒三逕，點檢松菊無一存。裹輪加璧豈不好，朝廷禮數優遺老。紅旗黄紙久罷休，青山白雲苦死留。咫尺西岡歸未得，只待桃花水生半篙碧。便拏短艇歸結茅，共尋赤松與黄石。風煙之表非人間，别有天地寬且閑。周山賣却不要錢，袁家送酒一破顔。猶嫌孤斟太落莫，更覓高人共杯杓。銀鈎四紙墨尚鮮，妙處難與俗人言。忽逢先生自天降，手扶太一青藜杖。仙容可望不可親，飄然飛去青霞上。白蘋滿棹何時歸，秋着蘆花知不知。

謝邵德稱示淳熙聖孝詩

古人浪語筆如椽，何人解把筆題天。崑崙爲筆點海水，青天借作一張紙。作商猗那周皇矣，廷尉簿正邵夫子。淳熙聖孝貫三光，題大如天誰敢當。夫子一洒金玉章，銀河吹笙間琳琅。吉甫奚斯鴻鴈行，彼何人哉唐漫郎。夜來玉蟲雜金粟，老夫春寒眠不足。起來拾得聖孝詩，燈花阿那聖得知。

題曾無己所藏高麗疋紙蔡君謨歐公筆蹟

三韓玉葉展明繭，諸老銀鈎卷碧鮮。幸自不逢文與可，一竿秋竹掃風煙。

夢種菜

予三月一日之夜，夢游故園，課僕夫種菜，若秋冬之交者，尚有菊也。夢中得菜子菊花一聯，覺而足之。

背秋新理小園荒，過雨畦丁破塊忙。菜子已抽蝴蝶翅，菊花猶著鬱金裳。從教蘆菔專車大，音惰。早覺蔓菁撲鼻香。宿酒未銷羹糝熟，析酲不用柘爲漿。

謝曹宗臣惠雙溪集

君不見東陽沈隱侯，君不見宣城謝玄暉。兩處雙溪清徹底，二子詩句清於溪。千載却有曹夫子，天借古人作詩地。家在東陽寶婺邊，官在宣城蓮幕裏。溪光滴作兩眼明，溪秀吐作五字清。開卷看來掩卷坐，詞波跳作雙溪聲。無人寫作雙溪操，收拾新篇句中妙。莫將沈謝鴻鴈行，便與猗那薦清廟。

過霸東石橋桐花盡落

老去能逢幾箇春，今年春事不關人。紅千紫百何曾夢，壓尾桐花也作塵。

春雨呈袁起巖

昨日晴暄儘十分，無端寒濕復今晨。蒼顏華髮差排老，急雨顛風屏當春。只有觀書堪遣日，從來病眼不如人。詩名滿世真何用，更賺先生願卜鄰。

再　和

三月陰晴頃刻分，晚來非午午非晨。閉門細草新蒲雨，過眼飛花落絮春。顧我江湖釣竿客，識君臺閣步雲人。柯山不患無人作，音佐。便合留中作近鄰。

擬玉水記方流詩

觀水那無術，曾於往記求。是間還韞玉，其外必方流。縝栗淵潛久，英華氣上浮。清波皆中矩，寶浸直横秋。金海芒相貫，瓆源折以幽。端如君子德，不病暗中投。

擬歸院柳邊迷詩

玉殿朝初退，金門馬不嘶。院深歸有處，柳暗迹都迷。紫陌春無際，青絲舞正齊。風煙忘近遠，樓閣問高低。殘雪鷪聲外，斜陽鳳掖西。少陵花底路，物物獻詩題。

擬汲古得脩綆詩

學子研終古，難將短淺求。汲深欣得得，操綆要脩脩。遠酌源千載，長縲思萬周。初如泉眼隔，忽若井花浮。意到言前達，詞於筆下流。昌黎感秋句，聖處極冥搜。

謝張功父送牡丹

病眼看書痛不勝，洛花千朵唤雙明。淺紅釅紫各新様，雪白鵝黄非舊名。擡舉精神微雨過，留連消息嫩寒生。蠟封水養松窻底，未似琱欄倚半酲。

張功父送牡丹續送酴醿且示酴醿長篇和以謝之

溪桃紅霞作紅雨，海棠飄盡春無處。約齋錦幄一夜空，行李移歸雪宫住。只道青蛟弱無力，飛上朱簷還有翼。貪看翡翠積成堆，忽吐瓊瑶真作劇。素影與月相將迎，緑雲和露相扶擎。南枝暗香久寂寞，此花與梅同一清。老夫最愛嚼香雪，不但解醒仍滌熱。牡丹未要煎牛酥，酴醿相領入冰壺。約齋知我春愁重，併遣二友來相娱。惜無老盆一快舉，淡日微風花自舞。約齋詩瘦浪作癡，君不見酒不到劉伶墳上土。

和張功父送黃薔薇并酒之韻

海外薔薇水，中州未得方。旋偷金掌露，淺染玉羅裳。已换桃花骨，何須賈氏香。更煩麴生輩，同訪墨池楊。功父詩云：「已從槐借葉，更與菊爲裳。」

和張功父聞子規

久雨今朝忽作晴，老人懷抱不勝清。仲宣久作登樓賦，望帝更吟當殿聲。春去春來渾是夢，花開花落若爲情。歸心不用渠催喚，自有江鷗與狎盟。

跋范文公與尹師魯帖

帖云：「承朝車憩歇南亭，未敢拜謁，且請與通判喫食，所事不須與衆云云也。」當是尹責均州監酒，自均來訪范於南陽時也。

佳客千山得得來，主人雙眼爲渠開。逢人莫説當時事，且泊南亭把一杯。

跋韓魏公與尹師魯帖

帖中語蓋韓公經略西事時，以書與尹往還，多謀畫軍事。

侍中尺箠撻羌酋，更得河南共運籌。到得降書來北闕，河南騎馬去均州。

跋陳簡齋奏草

詩宗已上少陵壇，筆法仍抽逸少關。真蹟總歸天上去，獨留奏草在人間。

又跋簡齋與夫人帖

帖云：「平江尚留兩日，書中説錢盡，再遣四尊。」

家在錢塘身在蘇，戾寥消息近來踈。極知薪水無錢買，且遣長鬚送乘壺。

丘母太碩人臧氏挽詩丘宗卿之母

行樂潘慈母，榮封衛碩人。金花五色誥，雨葉六番春。白露凋萱慘，青山拱木新。九齡真上壽，一子更名臣。

共伯松楸後，宗文玉雪初。吹燈夘夜績，聽子讀殘書。帥閫方蘭膳，王畿又版輿。藥成人不見，月裏踏蟾蜍。

劉平甫挽詩

忠孝元家法，經綸豈嬾心。日邊遲信息，霞外且山林。風月詩天巧，乾坤酒陸沉。一生欠半面，五字寄哀音。

忠顯肩雙廟，屏山籙二程。嶺寒松節苦，壇暖杏花明。君也孤傳業，天乎獨短生。子孫無一物，故紙付渠耕。

江西道院集

戊申四月九日得請補外初出國門宿釋迦寺

出却金宫入梵宫，翠微緑霧染衣濃。三年不識西湖月，一夜初聞南澗鍾。藏室蓬山真昨戲，園翁溪友得今從。若非朝士相追送，何處冥鴻更有蹤。

題南屏山興教寺清曠樓贈擇訥律師

清曠樓中夕眺間，落暉殘雨兩生寒。樓中占盡南山了，更占西湖與北山。

明發南屏

新晴在在野花香，過雨迢迢沙路長。兩度立朝今結局，一生行客老還鄉。猶嫌數騎傳書札，剩喜千山入肺腸。到得前頭上船處，莫將白髮照滄浪。

過南蕩

秧纔束髮幼相依，麥已掀髯喜可知。笑殺槿籬能耐事，東扶西倒野酴醿。

近岫遥峰翠作圍，平田小港碧行遲。垂楊一徑深深去，阿那人家住得奇。

政好行時莫嬾行，猶寒未熱雨初晴。江西休問何時到，已離南屏第一程。

過楊村

石橋兩畔好人煙，匹似諸村别一川。楊柳陰中新酒店，蒲萄架底小漁船。紅紅白白花臨水，碧碧黄黄麥際天。政爾清和還在道，爲誰辛苦不歸田。

側溪解纜

夢裏喧聲定不凡，順風解纜破晴嵐。起來職事惟洗面，此外功名是掛帆。莫笑一蔬兼半菽，飽餐萬壑與千巖。蓬萊雲氣君休望，且向嚴灘濯布衫。

洗面絶句

浙山兩岸送歸艎，新擣春藍淺染蒼。自汲江波供盥漱，清晨滿面落花香。

舟過桐廬

瀟洒桐廬縣，寒江繚一灣。朱樓隔綠柳，白塔映青山。稚子排窻出，舟人買菜還。峰頭好亭子，不得一躋攀。

近縣人人喜，來船岸岸移。偶因小泊處，恰是早餐時。喚僕答相亂，看山寒不知。横洲猶半在，今歲水生遲。

後面山無數，南頭柳更多。人家逼江岸，屋柱入滄波。老去頻經此，重來更幾何。牛山動悲感，曾侍板輿過。

溜港灘

此去嚴州只半程，一江分作兩江横。忽驚洲背青山下，却有帆檣地上行。

午睡聞子規

睡眼鬖髿未爽時，一聲杜宇頓開眉。不須報道思歸樂，今我真歸不用思。

已過胥口將近釣臺

睡起衣襟亂，頭巾百摺痕。帆端風色緊，船底水聲喧。胥口冤餘浪，嚴灘釣處村。因行還訪古，故老莫能言。

釣　臺

釣石三千丈，將何作釣絲。肯離山水窟，去作帝王師。小范真同味，玄英也並祠。老夫歸已晚，莫遣客星知。

蘭溪女兒浦曉寒

前年寒早熱亦早，去年寒遲熱亦遲。何曾寒暑有遲速，通融三年那兑支。人生何必早得意，芍藥榮時牡丹瘁。榮枯遲速一笑休，順風今日好行舟。

横　山　塔

相識横山塔，于今十五年。孤標立絶頂，秃影照清川。寂寞無香火，將迎幾舫船。吾衰豈重過，珍重塔中仙。

舟　過　蘭　溪

駕雨顛風過即虚，殺風急雨有還無。雲山奔走無停住，岸樹攲斜不要扶。船底石聲知淺水，沙頭笠影倦牽夫。金臺秖在横山背，便到金臺也日晡。

嘲　稺　子

雨裏船中不自由，無愁稺子亦成愁。看渠坐睡何曾醒，及至教眠却掉頭。

雨　中　遣　悶

船蓬深閉膝難安，四面千峰不得看。莫厭霏微悶人雨，插秧怕熱愛輕寒。

橫山江岸

近船古岸不勝高，浪劃濤刓似削刀。層石層砂層膩土，僧厨蒸出栗黄糕。

舟中午睡

一葉摇無定，昏然妙思通。化爲漆園蝶，飛入大槐宫。有酒相勾引，無茶作寇戎。平生眠不足，還債觽聲中。

炙蒸餅

圓瑩僧何矮，清鬆絮爾輕。削成瓊葉片，嚼作雪花聲。炙手三家市，焦頭五鼎烹。老夫饑欲死，汝輩且同行。

睡起觀山

過雨前汀未可登，搴篷小散睡瞢騰。船頭政好看山色，一點江風冷似冰。

柴步灘

江闊水不聚，分爲三五灘。遂令客子舟，上灘一一難。小沙已成洲，大洲已成山。山有樹百尺，樹圍屋數間。水底復生洲，沙濕猶未乾。從此洲愈多，安得水更寬。憶從嚴陵歸，水落不能湍。拖以數童僕，折却十竹竿。今兹過吾舟，念昔猶膽寒。

東磧灘

江船初上灘，灘水政勃怒。船工與水鬭，水力攔船住。琉璃忽破碎，冰雪迸吞吐。竟令水柔伏，低頭船底去。朝來發盈川，已過灘十許。但聞浪喧闐，未覩水態度。却緣看後船，偶爾見奇處。從此至三衢，猶有灘四五。

將至地黄灘

未到地黄灘，十里先聞聲。檣竿已震掉，未敢與渠争。舟人各整篙，有如大敵臨。搴篷試一望，濺雪紛淙琤。乃是水碨港，爲灘作先鳴。真灘定若何，老夫虚作驚。

蘇木灘

灘雪清濺眸，灘雷怒醒耳。落洪翠壁立，跳波碧山起。船進若戰勝，船退亦遊戲。若非篙師苦，進退皆可喜。忽逢下灘舟，掀舞快雲駃。何曾費一棹，纔瞬已數里。會有上灘時，得意君勿恃。

遼車灘

東岸上不得，西岸上更難。五船往復來，經緯灘兩間。一船初徑進，當流爲衆先。濤頭打澎湃，退縮不敢干。一船作後殿，忽焉突而前。瞬息越湍險，回顧有矜顔。老夫與寓目，亦爲一粲然。

舟中新暑止酒

新暑酒不宜，作熱妨夜睡。不如看人飲，亦自有醉意。彼飲吾爲嗤，所美過於味。同舟笑吾癡，吾不羨渠醉。安知醉與醒，誰似誰不似。

過查瀨

眼底常山一武中，上灘更得半帆風。青天以水爲銅鏡，白鷺前身是釣翁。舊日岸頭渾改盡，數尖山背忽攙空。老夫只費五六日，行盡浙山西復東。

舟過大水旁羅灘渴甚小飲

熟水無多喫，烹茶未要來。從教十分渴，連掃兩三杯。岸樹背船走，江波閃日開。靈山定能飲，分爵碧蓮醅。信州酒名碧蓮堂。

過鉛山江口

下却諸灘水漸平，舟行已遠上饒城。酒家便有江鄉景，緑柳梢頭掛玉瓶。

過弋陽觀競渡

急鼓繁鉦動地呼，碧瑠璃上兩龍趨。一聲飜倒馮夷國，千載凄凉楚大夫。銀椀錦標夸勝捷，畫橈繡臂照江湖。三年端午真虚過，奇觀初逢慰道塗。

靈　山

饒水回回轉，靈山面面逢。展成青步障，斂作碧芙蓉。變態百千様，尖新三兩峰。遠看方更好，還隔翠雲重。

龜　峰

明發大琛山，龜峰引頸來對面。亭午過弋陽，龜峰縮頭不相見。緑毛蒙茸浄如染，紫殼輪囷有斑點。不知七十二鑽神不神，桃花市裏看最真。

五月一日過貴溪舟中苦熱

半月陰凉天氣佳，今朝新暑不饒些。一生怕熱長逢熱，千里還家未到家。入却船來那得出，恰方日午幾時斜。勸君莫愛高官職，行路難時却怨嗟。

初二日苦熱

人言長江無六月，我言六月無長江。只今五月已如許，六月更來何可當。船倉周圍各五尺，且道此中底寬窄。上下東西與南北，一面是水五面日。日光煮水復成湯，此外何處能清凉。掀篷更無風半點，揮扇只有汗如漿。吾曹避暑自無處，飛蠅投吾求避暑。吾不解飛且此住，飛蠅解飛不飛去。

端午前一日阻風鄱陽湖觀競渡

惡風夜半阻歸船，端欲留人作勝緣。千里擕家觀競渡，五湖新漲政黏天。棹飜波浪山如雪，醉殺兒郎喜欲顛。得去更佳留亦好，吾曹何處不欣然。

初六日過鄱陽湖入相見灣

阻風兩日卸高桅，笑傲江妃縱酒杯。及至絶湖纔一瞬，飜令病眼不雙開。蘆洲荻港何時了，南浦西山不肯來。相見灣中悶人死，一灣九步十縈迴。

過趙家莊

老子方孤悶，西山忽在旁。回頭鄔子砦，明眼趙家莊。試飲章江味，中涵吉水香。望鄉儂已喜，而况到吾鄉。

十五日明發石口遇順風

泝流淺水刺樓船，百棹千篙秪不前。一夜波聲喧到曉，北風氣力欲黏天。掛帆未了青泥過，轉眼相將玉笥邊。無數小舟俱在後，追儂不及指爲仙。

山居午睡起弄花

五年出仕喜還家，雙桂成陰不闕些。午睡起來無理會，銀盆清水弄荷花。

數片荷花漾水盆，忽然相聚忽然分。從教壓捺沉盆底，依舊浮來無水痕。

浸得荷花水一盆，將來洗面漱牙根。凉生鬚鬢香生頰，沉麝龍涎却是村。

賀必遠叔四月八日洗兒

年年四月初八日，水沉湯浴黄金佛。今年大阮當此時，真珠水洗白玉兒。吾家英傑相間起，胄出關西老夫子。公家宣和中大夫，大江之西推名儒。六十年來誰繼渠，願兒長成讀祖書，再起門户光鄉閭。

七月二十三日南極老人星歌上叔父十三致政一杯千歲之壽

淡溪居士登九齡，朱顔青鬢如後生。横拖仙人緑玉杖，倒誦上帝黄庭經。璇霄仙籍書姓名，丹霞染誥金花綾。近來更覺雙眼明，夜抄蠅頭窻下燈。登山臨水兩脚輕，御風騎氣不用行。何人有筆筆無塵，鵝溪一幅爲寫真。烏紗白苧坐鼓琴，上有千歲長松青。令威旁舞玄夫聽，箇是活底南極老人星。

秋　暑

夏暑減未曾，秋暑增愈劇。老翁避無處，茅齋聊憩息。銀盆滿注水，銀水同一色。中涵雙桂影，倒卧一天碧。清光湛不動，欲弄還復惜。偶然一播灑，樹影碎相激。洗面凉已滋，漱齒痛仍逼。平生畏秋暑，老去畏彌極。

讀漢書二首

猿臂生何晚，彫蟲死較遲。晚生妨底事，遲死獨堪悲。
乃祖寬仍豁，曾孫察作明。不將囊底智，分減及元成。

北京大學《儒藏》編纂與研究中心 編

《儒藏》精華編選刊

誠齋集

（二）

〔南宋〕楊万里 撰

吕東超 校點

北京大學出版社
PEKING UNIVERSITY PRESS

誠齋集卷第二十五

廬陵楊万里廷秀

詩

江西道院集

送吉州太守朱子淵造朝

廬陵難做定何如，請看黟川朱大夫。秋月滿懷春滿面，視民如子吏如奴。萬艘白粲何曾欠，百雉金城舊更無。歸侍玉皇香案了，甘棠便是瑞蓮圖。郡中三瑞堂前生數枝雙頭蓮，子淵畫爲圖。

公在鄉邦我在京，百書終不慰生平。西歸一見還傾蓋，夜坐相看話短檠。老去可堪頻送客，古來作惡是離情。雲泥隔斷從今始，肯倩征鴻訪死生。

感秋五首

昨扇猶午攜，今裳覺晨單。起來且復臥，未敢窺柴關。不知病至此，爲復老使然。平生性剛燥，畏熱長喜寒。念昔忝鄉賦，踐雪詣春官。布褐背不纊，芒鞋繭且穿。長亭夜濯足，吹燈呻故編。買酒破孤悶，浩歌殷屋椽。何曾悲廩秋，山稜聳臞肩。秋風吹我髓，秋露滴我肝。我欲與秋敵，秋先令我酸。歎息復歎息，誰是長少年。

盥漱已云畢，危坐正冠衣。攬鏡忽見我，不識我爲誰。自倚身尚强，不悟年已衰。舉頭視嘉木，向人慘無姿。我欲訴渠老，渠乃懷秋悲。木悲不解飲，瑟瑟聲怨咨。我且呼麴生，細細斟酌之。我醉不知我，更知春秋爲。

隤照趣夕黯，孤燈啓宵明。老夫倦欲睡，似醉復如醒。寸心無寸恨，坦如江海清。秋蛩何爲者，四面作怨聲。凄惻竟未已，抑揚殊不平。切切百千語，遞遞三四更。遶砌尋不得，静坐復争鳴。有口汝自苦，我醉不汝聽。

秋曉寒可忍，秋夕永難度。青燈照書册，兩眼如隔霧。掩卷却孤坐，塊然與誰語。倒卧卧不得，起行行無處。屋角忽生明，山月到庭户。似憐幽獨人，深夜約清晤。我吟月解聽，月轉我亦步。何必更讀書，且與月聯句。

平生畏長夏，一念願清秋。如何遇秋至，不喜却成愁。書册秋可讀，詩句秋可搜。永夜宜痛飲，曠野宜遠遊。❶江南萬山川，一夕入寸眸。請辨雙行纏，何處無一丘。

---

❶「野」，宋遞刻本作「晚」。

寄題蕭民望齊雲樓

下泳山尖碧雲起，添得奇峰三四背。老人登樓來看雲，下瞰雲端在平地。急呼雲師令執鞭，我欲乘此追群仙。蓬萊閬風偏遊覽，歸來落月滿晴川。

寄題李俊臣南樓

庾家南樓天下無，李家南樓何似渠。玉篸碧山羅帶水，眼界風煙且千里。何須横陳鸚鵡洲，月挂欄干西角頭。謫仙子孫五鳳手，安得長江化作一杯酒。

送劉子思往衡湘

浩齋先生第一孫，秀峰後進第一人。向來著論三分國，喚起阿瞞戮姦魄。有司手持金粟尺，越羅蜀錦遺道側。洞庭昨夜起霜風，翩然欲登石廪與祝融。歸來定有驚人句，肯寄江西道院翁。

夢作碾試館中所送建茶絶句

天上蓬山新水芽，群仙遠寄野人家。坐看寶帶黄金銙，吹作春風白雪花。

寄題安福彭文昌春風樓

沂水何人解問津，樓中蠹簡拂蛛塵。杏花壇下朱絃瑟，十指風生別是春。

不到安成二十年，故人相憶兩依然。彭家樓上春風裏，夢倚危欄俯百川。

將赴高安出吉水報謁縣官歸塗宿五峰寺

風暄雨暖日和柔，道是穠春不道秋。楚楚江楓新結束，柿紅衫子錦纏頭。

野寺重來記昨遊，一彈指頃幾經秋。五峰絶頂雙松樹，相識兒時到白頭。

明發五峰寺

歸時路何近，去時路何遠。山路無短長，人心有往返。每因赴官期，一出謁鄉縣。若非人事牽，無奈老身嬾。初心作此行，夜雨醒醉眼。孤愁念群騶，尺泥滑雙趼。首塗天全濕，回轍雲半捲。投寺借松牀，呼僧同野飯。頹然佳眠足，得此行役倦。暫勞新不堪，遐征舊所歎。松菊豈不懷，樊籠何時免。瘦藤要覓閑，到了古道院。

初入筠州界高岡鋪

千尺霜松夾道周，國初涼繖至今留。筠州舊是朝天路，六十年來行信州。路人號夾道松爲涼繖樹。

贈別羅時清

四歲相從亦快哉，東游興盡却西回。詩中風月無疆界，聖處宫庭元洞開。握手論文兩淒斷，登山臨水重徘徊。亦山亭下梅花徑，明日先生獨自來。

己酉上元後贈劉子才

書臺城西幽絶處，古木排霄草荒路。空齋深夜四無人，維予二人聽春雨。我如病鶴子茁蘭，長幼不同同少年。聞子誦書金應玉，看子落筆山飛泉。別來幾何如昨日，我老過前子非昔。來年裹硯試集英，側耳臚傳第一聲。

二月十一日夜夢作東都蚤春絶句

道是春來早，如何未見春。小桃三四點，偏報有情人。

和尤延之見戲觸藩之韻以寄之

儂愛山行君水遊，尊前風味獨宜秋。文戈却日玉無價，器寶羅胸金欲流。欬唾清圜談者詘，詩章精悍古人羞。子房莫笑身三尺，會看功成自擇留。

郡圃上巳

旋收雨夕放晴晨，禊日風光正可人。間白参紅方是錦，踈桃散李不成春。散音上聲。尋春不見只思還，却在來僊小崦間。映出一川桃李好，只消外面矮青山。

看小舟除萍

花伴吟哦柳伴行，生憎庭外晚衙聲。獨攜便面巡荷沼，自課蘭舟掠水萍。歲歲荷花苦未多，緑萍蓋水礙新荷。請君六月重來看，雲錦千機不犯梭。

讀退之李花詩

桃李歲歲同時並開，而退之有「花不見桃惟見李」之句，殊不可解。因晚登碧落堂，望隔江桃李，桃皆暗而李獨明，乃悟其妙，蓋「炫晝縞夜」云。

近紅暮看失燕支，遠白宵明雪色奇。花不見桃惟見李，一生不曉退之詩。

郡圃曉步因登披僊閣

昨來風日較暄些，破曉來遊特地佳。也自低頭花下過，依前撞落一頭花。
李花半落雪成堆，末後桃花録續開。白錦地衣紅錦障，侵晨供張等儂來。
百五佳時更絶晨，園丁猶未放遊人。瘦藤拄上披僊閣，四面花光照殺春。
只道春來不見痕，風邀雨勒未忺人。暄雲淑日消多少，花柳忽忽了却春。

嘲報春花

嫩黄老碧已多時，騃紫癡紅略萬枝。始去聲。有報春三兩朵，春深猶自不曾知。

垂絲海棠盛開

垂絲别得一風光，誰道全輸蜀海棠。風攬玉皇紅世界，日烘青帝紫衣裳。嬾無氣力仍春醉，睡起精神欲曉粧。舉似老夫新句子，看渠桃杏敢承當。

酴醾初發

一春長是怨春遲，過却春光總不知。已負海棠桃李了，再三莫更負酴醾。

荷亭倚欄

魚跳龜戲不曾閑，萍盡荷生尚未繁。水面圜紋亂相入，玻瓈盆旋玉連環。

披僊閣上觀酴醾

仰架遥看時見些，登樓下瞰脱然佳。酴醾蝴蝶渾無辨，飛去方知不是花。

酴醾約我早來看，及至來看花已殘。動地寒風君莫怯，亂吹香雪灑欄干。

亦山亭前梅子

道傍小樹復低枝，摘盡青梅肯更遺。偶爾葉間留一箇，且看漏眼幾多時。

塹荷池水

雨中來看塹池塘，自與畦丁細校量。更放水痕高幾許，浮荷猶剩若干長。

初夏玉井亭晚立

冶蘂倡花一雨空，鮮晴新漲未虧儂。竹兼樹影眠天底，人凭欄干立鏡中。看盡水衣投北岸，方知今日是南風。黄鸝對語無尋處，忽見雙飛入別叢。

送曾無逸入爲掌故

吉文江水走玉虹，我家水西君水東。有時相思即命駕，連牀夜雨聽松風。中間薄宦各分散，南飛駕鵝北飛鴈。朝來驛騎打譙門，有客有客來相見。聞君攜家入帝京，椎鼓發船天上行。也能枉轆九十里，來訪江西道院僧。詩家兩僊宿臺省，紅藥蒼苔紫薇影。若問山僧作麼生，日晏鷖啼眠不醒。

觀荷上雨

細雨霑荷散玉塵，聚成顆顆小珠新。跳來跳去還收去，秪有瓊柈弄水銀。

筠　庵

故老談李僊，晉日上寥廓。隨身無長物，止跨一隻鶴。鶴本非胎生，古卵尚遺殼。千年石似堅，覆在鳳山脚。寒宵晦風雨，神光照巖壑。犬嘷雞夜鳴，龍泣人寢愕。秖今筠庵是，因物非繩削。當時菴破處，作門不關鑰。蓋以一把茅，聊以護霜雹。遐瞻如釣翁，蓑衣逐層著。我來驗幽討，意尚疑諺謔。霧中披羽衣，砌下脱芒屩。入户環仰觀，中空生響諾。不見朱頂雛，猶存雪色膜。松梢雙老鶴，戛然下簷角。老夫忽心驚，不敢小盤礴。

晚　步

清水芙蓉未肯開，暑天花草底差排。鹿葱金鳳何爲者，也得園亭護兩堦。

翠樾亭前鷽巢

仰聽金衣語，偶窺鷽婦巢。深穿喬木裹，危挂弱枝梢。啄菴雙雙子，經營寸寸茅。何時雛脱㲉，新哢響交交。

新暑追凉

去歲衝炎横大江，今年度暑卧筠陽。滿園無數好亭子，一夏不知何許凉。待等老夫親勘當，更招幽鳥細商量。朝慵午倦誰相伴，貓枕桃笙苦竹牀。

書孫公談圃談圃載子由爲黄白術將舉火一貓據爐而溺須臾不見

少許丹砂和水銀，鍊成紫磨賺癡人。潁濱莫笑貍奴着，却恐貍奴笑潁濱。

無訟堂觀簷間蛛絲

蜘蛛作網秖愁踈，密了還遭小雨餘。漏却飛蟲渾細事，無妨網得萬真珠。

黄世成挽辭

文行高無對，功名莫動渠。寧登逸民傳，不著茂陵書。誰謂風流盡，猶疑信息踈。九京何所憾，玉樹滿庭除。

筠庵午憩

筠庵稍不至，一至一回好。風從林梢落，吹亂竹根草。巾屨上下凉，鶖鵲左右噪。市聲元不近，静聽遠亦到。石磴坐來温，蘚徑净如掃。書空作愁字，已忘偏旁了。猶自忘了愁，而况記得老。客來談世事，欲笑還嬾笑。

玉井亭觀荷花

藕僊初出波，照日穉猶怯。密排碧羅蓋，低護紅玉頰。館之水精宫，環以瑠璃堞。珠明浮盤戲，酒漾流杯曄。青筆尖欲試，緑牋皺還摺。老龜大於錢，辛勤上團葉。忽聞人履聲，入水一何捷。

碧落堂暮景轆轤體

碧落堂中夕眺餘，一聲哀角裂晴虚。滿城煙靄忽然合，隔水人家恰似無。坐看荷山沉半脊，急歸道院了殘書。意行花底尋燈處，失脚偏嗔小史扶。

金鳳花

細看金鳳小花叢，費盡司花染作工。雪色白邊袍色紫，更饒深淺四般紅。

雨後郡圃行散

劒池一日百週遭，雨後閑來照鬢毛。主管園林鬬稱意，巡行荷芰鷺宣勞。不須見我還飛去，便與移文告汝曹。一事惱人無問處，南山高是北山高。

閏五月十四日因哭小孫子蓬孫歸志浩然

憲孫哭了哭蓬孫，老眼元枯也濕巾。名宦何須深插脚，山林從此早抽身。禍無避處唯辭福，命不如渠强學人。吟了此詩還毁了，莫令一讀一傷神。憲、蓬，二孫小字。

感興

去國還家一歲陰，鳳山錦水更登臨。别來蠻觸幾百戰，險盡山川多少心。何似閑人無藉在，不妨冷眼看昇沉。荷花正鬧蓮蓬嫩，月下松醪且滿斟。

後圃散策

花徑雨後凉，樹聲風外戰。杖屨頓輕鬆，兒女同行散。少者前已失，老者後仍倦。隔林吹笑語，相聞如對面。明明去人近，眇眇彌步遠。松杉滿地影，一瞬忽不見。仰觀紫日輪，偶度白雲片。佳處留再來，前山未須徧。

筠庵晚睡

碧玉新篁翳洞天，紺珉方斛貯山泉。脱巾赤脚長松下，何處人間更有僊。

一户元無白板遮，兩牕新染藕絲紗。竹床品字排三隻，睡殺山風醉殺霞。

亭了荷花上番去聲。香，却穿竹徑百弓長。滿園亭榭都參遍，秪有�庵第一凉。

觀迎神小兒社

花帽銖來重，綃裳水樣秋。强行終較嬾，妍唱却成羞。鸜鵒棲葱指，芙蕖載錦舟。休看小兒社，只益老人愁。

寄奉新鍾宰

傳語清心閣，欣逢詩主人。鷺花無恙否，風月一番新。舊日行吟處，今來跡已陳。應憐楊縣尹，鬚鬢兩如銀。

雨後曉登碧落堂

清晨上碧落，親手啓後户。斜東見西山，粹碧無纖霧。須臾半崦間，冉冉動微絮。吹作千峰雲，立變萬姿度。正北尋米山，遥隔一片雨。亭亭如仙子，曉起濘月露。天衣異人世，一色製輕素。兩山誰不奇，裴回未能去。

玉井亭觀白蓮

紅芙蕖雜白芙蕖，紅底終稠白底踈。速折當頭一蓮葉，莫令遮却雪肌膚。

白蓮出水是青蓮，昨日微舒帶酒顔。踏月來看開盡了，露華新洗玉杯寒。

新秋晚酌

胡床東鄉坐，秋風忽淒其。老夫衰病骨，急令閉東扉。西扉亦半掩，壓風作東吹。何必風及我，風入凉自馳。晚蟬見誰説，我飲渠便知。飛從何方來，徑集庭樹枝。三歎復九詠，話盡新秋悲。我老悲已忘，汝語復爲誰。老烏啼一聲，不知蟬所之。

碧落堂曉望荷山

荷山非不高，城裹自不見。一登碧落堂，山色正對面。如人卧平地，躍起立天半。指揮出伏兵，萬騎横隔岸。後乘來未已，前驅瞻已遠。晨光到巖壑，人物俱蒨絢。緑屏紛開闔，翠旗閃舒卷。安得垂天虹，橋虚度雲巘。老鈐偶報事，郡庭集賓贊。忽忽换山巾，默默下林坂。

午憩筠庵

筠庵偶坐處，適當樹闕間。遠山不見我，而我見遠山。清風隔江來，宛轉入松關。翠蕉自摇扇，白羽得暫閑。可憐三竹床，睡徧復循環。秋暑自秋暑，山寒自山寒。小吟聊適意，美惡不必删。

題無訟堂屏上袁安卧雪圖

雲牕避三伏，竹床横一丈。退食急袒跣，病身聊偃仰。有夢元無夢，似想亦非想。滿堂變冥晦，寒陰起森爽。門外日如焚，屏間雪如掌。蕭然聳毛髪，皎若照襟幌。拔地排瑶松，倚天立銀嶂。遥見幽人廬，茅棟壓欲嚮。有客叩柴門，高軒隘村巷。剥啄久不聞，徙倚覺深悵。幽人寐政熟，何知有令長。誰作卧雪圖，我得洗炎瘴。

七月十日大雨曉霽登碧落堂

青天送歸雲，整如勞還師。顔行有喜色，厮役争奔隨。晨曦映踈雨，寶燈貫銀絲。落面何曾濕，灑空不勝微。老夫鋭登山，半嶺驚欲歸。仰視得奇觀，徙倚爲久之。誰言李成巧，此畫天下稀。却登碧落堂，四面天風吹。葛製忍秋寒，前夕酷暑時。

微雨玉井亭觀荷

猛雨打萬荷，怒聲戰秋鼙。水銀忽成泓，一寫無復遺。不如微雨來，翠盤萬珠璣。荷飜珠不落，細響密更稀。清如雪觸窻，三更夢聞時。語君君不信，對境當自知。

碧落堂晚望

暮笳聲裏暮雲生，白白非煙覆一城。秪有青林遮不得，兜羅綿上緑琴横。

觀　書

書册不可逢，逢得放不得。看得眼昏花，放了還太息。掩卷味方深，豈問忘與憶。是身何曾動，忽然超八極。秪言半窻間，不是華胥國。

中元日曉登碧落堂望南北山二首❶

節裏少公事，底忙起侵晨。望秋怯殘暑，及此東未暾。登山俯平野，萬壑皆白雲。身在白雲上，不知雲繞身。

米山不知重，近見三兩疊。遠者淡不真，眇與天相接。晨光染紅雲，正向山外貼。映出青萬層，還與雲

❶「落」，原脱，今據宋遞刻本及底本目録補。

俱滅。

答陸務觀佛祖道院之戲

老禪分得破叢林，薄供微齋也不曾。道院敕差權院事，筠庵身是住庵僧。人間赤日方如火，松下清風獨似冰。別有暮春沂水在，爲君一滴灑千燈。

寄中洲茶與尤延之延之有詩再寄黄檗茶仍和其韻

詩人可笑信虚名，擊節茶芽意不輕。爾許中洲真後輩，與君顧渚敢連衡。山中寄去無多子，天上歸來太瘦生。更送玉塵澆錫水，爲搜孔思攪周情。

延之寄詩覓道院集遣騎送呈和韻謝之

與君鬢髮總星星，詩句輸君老更成。別去多時頻夢見，夜來一雨又秋生。故人金石情猶在，贈我瓊琚雪似清。誰把尤楊語同日，不教李杜獨齊名。

祗召還京題江西道院

病身秪要早投閑，乞得高安政小安。山水秋來渾是畫，樓臺高處自生寒。登臨未足還辭去，老大重來畢竟難。碧落翠微好將息，清風明月夢中看。郡圃，鳳山佳處，有碧落堂、翠微亭。

問塗有日戲題郡圃

今年郡圃放遊人，懊惱遊人作撻春。到得老夫來散策，亂吹花片總成塵。商量歲後牢關鏁，拘管風光屬病身。造物嗔儂先遣去，遣儂儂去不須嗔。

辭棲真室蓋晉僊人李八百故居之址中有遺像云

李真宅子故依然，道院西偏古洞前。一日身遊八百里，三番花落九千年。劒池丹井俱蒼蘚，絳節霓旌已碧天。借問飛僊那用步，步行猶是地行僊。

留題筠庵以茅蓋層出如蓑衣然❶

茂林脩竹翠光中，那得披蓑一老翁。白石砌成珠子徑，黄茅裹却水晶宫。夏凉冬暖非人境，雪打霜封即釣篷。老子明朝便東去，更攜瓦枕享松風。

留題碧落堂

僊人白日上青冥，千載如聞月下笙。南北萬山俱在下，中間一水獨穿城。江西箇是絶奇處，天下幾多虚得名。滕閣孤臺非不好，秪緣猶帶市朝聲。

明發生米市西林寺進退格

貪睡能無起，挑燈强未殘。春聲忙野店，月色澹柴門。又踏黄塵路，前追紅葉村。秋衣那敢薄，病骨自難温。

自生米小路出舞陽渡

獨徑千盤繞水田，初逢官路一欣然。舞陽渡口新河水，白髮重來二十年。

❶「庵」，底本目録重文。

羲娥謡

中秋夜宿辟邪市，詰朝早起，❶曉星已上，日欲出而月未落，光景萬變，蓋天下奇觀也，作《羲娥謡》以紀之。

羲和夢破欲啓行，紫金畢逋啼一聲。聲從天上落人世，千村萬落雞争鳴。素娥西征未歸去，簸弄銀盤浣風露。一丸玉彈東飛來，打落桂林雪毛兔。誰將紅錦幕半天，赤光絳氣貫山川。須臾却駕丹砂轂，推上寒空輾蒼玉。詩翁已行十里强，羲和早起道無雙。

小憩土坊鎮新店進退格

下轎逢新店，排門得小軒。中間一棐几，相對兩蒲團。椽竹青留節，簷茅白帶根。明窻有遺恨，接處紙痕班。

過羅溪南望撫州泉嶺

泉嶺諸峰太劣生，與儂争走學儂行。蒼官總上山頭去，一色前驅妃翠旌。

羅溪望夫嶺

小憩村店，問嶺名，云望夫七娘，歲旱禱雨必應。

藁砧不寄大刀頭，化作峰頭石也愁。豈有心情管風雨，向人彈淚繞天流。

---

❶「詰」，原作「誥」，今據文義改。

題羅溪李店

棟宇整齊窻户明，一峰對面一江横。下程長是無佳店，佳店偏當未下程。

羅溪道中

每歲秋猶熱，今年閏故凉。松稀青有數，山遠碧無常。陣陣金風細，家家玉粒香。秖言官路短，堠子暗添長。

誠齋集卷第二十六

廬陵楊万里廷秀

詩

江西道院集

戲贈江干蘆花

避世水雲國，卜鄰鷗鷺家。風前揮玉麈，霜後幻楊花。骨相緣詩瘦，秋聲訴月華。欲招盧處士，歸共老生涯。

詠十里塘姜店水亭前竹林

一見此君面，荒村不是村。斜陽與可筆，棲雀子猷魂。客思方無那，詩愁得共論。問渠能飲否，把酒酹霜根。

題姜店水亭子

簾拂雲間竹，牕摇水下天。欄干斜倚處，風物正淒然。送眼看群叟，收罾得小鮮。可憐碧玉沼，不種一枝蓮。

待家釀未至且買姜店村酒

奔走人都倦，檐罄酒未來。那能待竹葉，隨喜唤茅柴。蘆菔仍多煮，菴摩帶淺煨。深村市無肉，草草兩三杯。

十里塘觀魚

予晚宿十里塘姜店，見漁者紛集，勞而無獲。蓋塘主已盡其利，因不禁漁者故也，嘲以絶句。

銀塘打盡萬銀梭，岸上笭箵來正多。船載月明猶有月，無船無月欲如何。

再觀十里塘捕魚有歎

漁者都星散，那知不是真。忽然重舉網，何許有逃鱗。暗漉泥中玉，光跳日下銀。江湖無避處，而况野塘濱。

題十里塘夜景

物色當秋半，登臨更夜闌。山光倒眠水，水影上摇山。宿鷺都飛去，漁人獨未還。老夫與明月，分割一清灣。

南望閤皂山

予去歲歸舟至豫章，即望見閤皂山。今月十四日曉過生米渡，復見此山。自此日見之，愈遠愈見，十七日未至進賢縣五里所乃不見。

慙愧多情閤皂山，去年迎我上西船。今來送我還東去，四日相隨到進賢。

晨炊熊家莊

朝饑一眼望炊煙，繞盡長溪過盡山。承露絲囊世無樣，蜘蛛偷得掛籬間。

道傍小松

小松如小兒，能坐未能立。亂髮覆地皮，勁氣排雪汁。誰將救暍手，種此青戢戢。秋陽暴行人，清蔭何時及。

行役有歎

去年丐西歸，謂可休餘生。今年復東下，駕言入神京。卧治方小安，趨召豈不榮。何如還家樂，醉吟聽溪聲。百年幾暄凉，再歲三征行。却羡路旁叟，白首不到城。人生如風花，去來能與争。且隨風吹起，會當風自停。

山店松聲

倏塗殘暑僕夫勞，午憩茅簷尺許高。忽有凉風颯然起，小松呼舞大松號。

松本無聲風亦無，適然相值兩相呼。非金非石非絲竹，萬頃雲濤殷五湖。

池陂鄧店松林

破店誰相伴，疎松對作行。捲鱗乾不脱，落子拆猶香。聲攪三更夢，陰和片月凉。吾廬萬株碧，回首暮蒼蒼。

嘗諸店酒醉吟二首

飲酒定不醉，嘗酒方有味。清濁與醇醨，雜酌注愁肺。偶爾遇真趣，頹然得佳寐。醒人作醉語，語好終不是。

我飲無定數，一杯復一杯。醉來我自止，不須問樽罍。白眼望青天，青天爲我開。青天不開時，我醉眠蒼苔。

煙林曉望

一疊青松一疊煙，横鋪平野有無間。真成萬丈鵝溪絹，畫出江西秋曉山。

也没炊煙也没雲，日光烘起楚山氛。却將重碧施輕素，不見天工一筆痕。

過土筧岡

木落初宜菜，亭荒不復茅。牛分叉路口，鸛立秃松梢。秋熱方昇日，朝凉更迥郊。衰年走塵鞅，何計返雲巢。

曉　風

賸暑遲旋旆，新風急解紛。白飜蕎處雪，黄擺稻中雲。動地休多怒，披襟且一欣。長松十里徑，樹樹供清聞。

晨炊旱塘

一歲官拘守一州，天將行役賜清游。青山緑水留連客，碧樹丹楓點綴秋。夜夢晝思都是景，左來右去不勝酬。我無韋偃丹青手，只向囊中句裏收。

進賢初食白菜因名之以水精菜云

新春雲子滑流匙，更嚼冰蔬與雪虀。靈隱山前水精菜，近來種子到江西。

江西菜甲要霜栽，逗到炎天總不佳。浪説水菘水蘆菔，硬根瘦葉似生柴。

田家樂

稻穗堆場穀滿車，家家雞犬更桑麻。漫栽木槿成籬落，已得清陰又得花。

道傍怪松

夾道長松去去幽，一松奇怪獨淩秋。兩枝垂地却飜上，活走雙龍戲翠毬。

過潤陂橋

潤陂初上板橋時，欲入江東尚未知。忽見橋心界牌子，脚根一半出江西。

却憶庚寅侍板輿，過橋橋斷費人扶。重來一見新橋了，淚濕秋風眼欲枯。

歷覽溪中有底鳴，蕭然蘆葉蓼花汀。元來轎頂嗚嗚響，將謂風聲是鴈聲。

小憩揭家岡謫觀桐陰

仰看陽光只見空，不如影裏看梧桐。莫言日脚無行跡，偷轉零分破寸中。

宿花斜橋見雞冠花

出墻那得丈高雞，只露紅冠隔錦衣。却是吴兒工料事，會稽真箇不能啼。

陳倉金碧夜雙斜，一隻今棲紀渚家。別有飛來矮人國，化成玉樹後庭花。

小箬嶺望見靈山

青鞋紫陌倦黃埃，送眼靈山一快哉。碧玉熏爐天半立，青蓮花萼霧中開。宿雲準擬偷將去，曉日殷勤喚出來。欲琢新詩鑱絶壁，梯空上去御風回。

入玉山七里頭

諸村不雨數旬餘，此地瀕江萬寶蘇。晚紫豆花初總角，早黃稻穗已長鬚。回頭金步野徑遠，當面玉山秋塔孤。偶見年時解船處，客愁依舊掛菰蒲。筠、洪小路，至餘干金步市初出官路。

過玉山東三塘

筍輿拾得小涼天，旋與開窗急捲簾。十里輕雲閣秋日，日光移在遠峰尖。

遠峰隔水醒人心，一半斜陽一半陰。僊子更衣晚粧束，紫茸領子翠毛衿。

赤日中塗緑樹陰，肯將碧繖借行人。片雲忽在樹頭上，失却勳勞庇得身。

身行衢信兩中間，夾路尖峰面面寒。只道秋山似春笋，不知春笋似秋山。

繰車香裏過征衫，白繭黃絲兩兩三。不是秋風上饒路，一生不信有冰蠶。

金雞石在玉山東❶

相傳石裏兩金雞，不記胡商鑿取時。一隻遭擒一飛去，至今月落不曾啼。

❶ 「玉」，宋遞刻本無此字。

頭高尾下翠毿毿，却恐相傳是妄談。十七里頭徐老店，簷東道北北橋南。

秋　山

休道秋山索莫人，四時各自一番新。西風儘有東風手，柿葉楓林别樣春。

烏臼平生老染工，錯將鐵皂作猩紅。小楓一夜偷天酒，却倩孤松掩醉容。

宿查瀨

寒流一帶檻前橫，落日諸峰霞外明。水斷新洲添五里，客尋舊路却重行。江車自轉非人踏，沙碓長春徹夜鳴。疇昔稺桑今禿樹，如何白髮不教生。

栟櫚江濱芙蓉一株發紅白二色

芙蓉照水弄嬌斜，白白紅紅各一家。近日司花出新巧，一枝能著兩般花。

司花手法我能知，説破當知未大奇。亂剪素羅裝一樹，略將數朵蘸燕支。

過上湖嶺望招賢江南北山

遠山高絶近山低，未必低山肯下伊。定是遠山矜狡獪，跳青湧碧角幽奇。

嶺下看山似伏濤，見人上嶺旋争豪。一登一陟一回顧，我脚高時他更高。

一水橫拖兩岸峰，千痕萬摺碧重重。誰言老子經行處，身在江山障子中。

曉日秋山破格奇，青紅明滅舞清漪。畫工著色饒渠巧，便有此容無此姿。

觀田中鸜鵒啄粟因悟象耕鳥耘之説戲題

烏衣緇布外無華，白錦中單分外嘉。❶只麽跳行人不覺，忽然飛起自成花。

粟黄蒿白未全秋，誰報烏衣早作偷。只在林梢築倉廪，便知去處若爲搜。

衢州近城果園

未到衢州五里時，果林一望蔽江湄。黄柑緑橘深紅柿，樹樹無風縋脱枝。

過三衢徐載叔採菊載酒夜酌走筆

征塗半月客塵黄，今夕初逢一雨涼。冷笑菊花堪計會，爲君八月作重陽。

疾風動地雨傾荷，❷一事商量君信麽。試問糟床與篘溜，雨聲何似酒聲多。

浮石清曉放船遇雨

破曉開船船正行，忽然頭上片雲生。秋江得雨茶鼎沸，怒點打蓬荷葉鳴。遠聽灘喧心欲碎，近看浪戰眼初明。夜來暗長前村水，絶喜舟人好語聲。

船過硯石步

雨中初厭蒻篷遮，撑起篷來景更佳。岸上長松立如筆，波中寒影走成蛇。忽看雲外吐銀鏡，一點晨光

---

❶「嘉」，宋遞刻本作「佳」。

❷「荷」，宋遞刻本作「河」。

射玉沙。却出船頭聊放目，遠峰無數碧横斜。

下雞鳴山諸灘望柯山不見

地近蓮花江漸深，一灘一過快人心。貪看下水船如箭，失却柯山無處尋。
莫怯諸灘水怒號，下灘不似上灘勞。長年三老無多巧，穩送驚湍只一篙。
却憶歸舟是去年，上灘渾似上青天。諸灘知我懷餘怨，急送秋風下水船。

過章戴岸

山水教無暑，牛羊報有村。近沙經雨净，遠樹入煙昏。奔走何時了，升沉未要論。江鷗大自在，雪影正孤飜。
港汊村村出，江流節節添。可憐千嶂好，輸與一峰尖。過雨日初軟，順風波更恬。旋褰篷作屋，更掛簟爲簾。

江　水

水色本正白，積深自成緑。江妃將底藥，軟此千里玉。詩人酒未醒，快吸一川渌。無物嚥清甘，和露嚼野菊。

晨炊泊楊村

沙步未多遠，里名還異原。對江穿野店，各路入深村。秋水乘新汲，春芽煮不渾。舟中争上岸，竹裏有清樽。

觀水歎二首

我方卧舟中，仰讀淵明詩。忽聞灘聲急，起視惟恐遲。八月濺飛雪，清覽良獨奇。好風從天來，倏然吹我衣。凉生固足樂，氣變亦可悲。眷然慨此水，念我年少時。迄今四十年，往來九東西。此日順流下，何日泝流歸。出處未可必，一笑姑置之。

亂石厄江水，要使水無路。不知石愈密，激得水彌怒。回鋒打别港，勇往遮不住。我舟歷諸灘，閲盡水態度。一聞一喜觀，屢過屢驚顧。不是見不多，觀覽不足故。舟人笑我癡，癡黠未易語。

九月一日夜宿盈川市

下灘一日抵三程，到得盈川也發更。兩岸漁樵稍燈火，滿江風露更波聲。病身只合山間老，半世長懷客裏情。西畔大星如玉李，伴人不睡向人明。

舟過柴步寺

野寺隔踈樾，遠舟見深殿。獨逕通絶崖，長縈度微線。曩遊攜童弱，攀岸已震眩。前瞻足未到，下窺意先轉。朝來經雲根，塵思起清羡。野夫三二輩，走過疾於箭。俛仰二十年，今老懷昔健。

舟過青羊望横山塔

莫問蘭溪雙隻牌，青羊已見玉崔嵬。去年辭了横山塔，不謂今年却再來。

孤塔分明是故人，一回一見一情親。朝來走上山頭望，報道蘭溪酒恰新。

過金臺望横山塔

昨夜愁勤雨，今朝喜嬾風。金臺斜岸北，玉塔正船東。灘改呈新磧，山回隱暗峰。蘭溪水亭子，作意定留儂。

下横山灘頭望金華山❶

篙師只管信船流，不作前灘水石謀。却被驚湍漩三轉，倒將船尾作船頭。

山思江情不負伊，雨姿晴態總成奇。閉門覓句非詩法，只是征行自有詩。

道是蘭溪水較寬，蘭溪欲到怪生難。後船只羨前船快，不覺前船閣在灘。

玉立金華霄漢間，帝封天女錫仙山。被他走下巖灘去，一水窮追竟不還。

過横山塔下

隔岸山迎我，沿江柳拜人。日揺秋水面，波閃白龍鱗。不遣船迷路，俱從塔問津。一生將玉鏡，千古照金身。

出横山江口

白壁當江岸，青旗定酒家。斷崖侵屋窄，細路入門斜。縣近瞻雙塔，洲横隔一沙。何須後來客，始信此

❶「頭」，宋遞刻本及底本目録無此字。

詩嘉。❶

蘭溪雙塔

高塔無尖低塔尖，一披錦衲一銀衫。問渠何故終不語，却倩灘聲替佛談。

宿蘭溪水驛前三首

繫纜蘭溪岸，開襟柳驛窻。人争趨夜市，月自浴秋江。燈火疎還密，帆檣隻更雙。平生經此縣，今夕駐孤幢。

合眼波吹枕，開篷月入船。奇哉一江水，寫此二更天。剩欲酣清賞，龘愁敗醉眠。今宵懷昨夕，雨卧萬峰前。

水色秋逾白，山光夜不青。一眉畫天月，萬粟種江星。小酌居然醉，當風不覺醒。誰家教兒子，清誦隔踈櫺。

過石塘

萬石中通一線流，千盤百折過孤舟。灘頭未下人猶笑，下了灘頭始覺愁。

烏祈酒

入到嚴州不識田，一江兩岸萬青山。烏祈酒味君休問，費盡江波賣盡錢。

---

❶「嘉」，宋遞刻本作「佳」。

毛永烏祈山兩崖，家家酒肆向江開。也知第一蒲萄色，只問米從何處來。毛永、烏祈皆地名。

過白沙竹枝歌

穹崖絶嶂入雲天，烏鵲纔飛半壁間。遠渚長汀草如積，牛羊須上最高山。
田畝渾無寸尺强，真成水國更山鄉。夾江黄去堤堤粟，一望青來谷谷桑。
絶憐山崦兩三家，不種香杭只種麻。耕徧沿堤鋤徧嶺，都來能得幾生涯。
東沿西泝浙江津，去去來來暮復晨。上岸牽檣推稗子，隔船招手認鄉人。
昨日下灘風打頭，羡他上水似輕鷗。朝來上水帆都卸，真箇輕鷗也自愁。
絶壁臨江千尺餘，上頭一徑過肩輿。舟人仰看膽俱破，爲問行人知得無。

過烏石大小二浪灘俗呼浪爲郎因戲作竹枝歌二首

灘聲十里響千鼙，躍雪跳霜入眼奇。記得年時上灘苦，如今也有下灘時。
小郎灘下大郎灘，伯仲分司水府關。誰爲行媒教作贅，大姑山與小姑山。

過嚴州章村放歌

石崖削得瘦到筋，半點也無塵土痕。正如狻猊走得渴，下赴江水一口吞。嚴灘過却烏龍觜，兩岸秋山夾秋水。舟中小酌亦不遑，眼底生愁失蒼翠。尖峰已自刺太虛，峰頭更立玉浮屠。好山千隻復萬隻，家裏門前一隻無。

晚過側溪山下

看山妙處幾曾知，落照斜明始覺奇。皺盡衣裳紋欲裂，争先頭角遠相追。松梢别放六峰出，江底倒將千嶂垂。一路詩篇渾漫與，側溪端的不相虧。

自嘲白鬚

强惜數莖鬚，惟愁白却渠。朝來都白盡，愁惜兩何如。客傳涅鬚法，老子付一笑。借令白再玄，能令年再少。涅髭只誑客，那可誑妻兒。誑得妻兒著，還能誑面皮。

夜宿東渚放歌三首

前山欺我船兀兀，結約江妃行小譎。乘我船摇忽遠逃，見我船定還孤出。老夫敢與山争强，受侮不可更禁當。醉立船頭看到夕，不知山於何許藏。

看山須看山表裏，不然看山還誤事。平時只愛萬峰青，落日惟存數尖紫。浙江船上多少人，往來看山誰識真。丁寧舟人莫浪語，却恐兒輩不肯去。

天公要飽詩人眼，生愁秋山太枯淡。旋裁蜀錦展吴霞，低低抹在秋山半。須臾紅錦作翠紗，機頭織出暮歸鵶。暮鵶翠紗忽不見，只見澄江净如練。

舟中夜坐

與月隔一篷，去天争半篷。若無篷與篷，身在大虚中。

富陽曉望

江氛海霧暗前村，四望秋空一白雲。忽有數峰雲上出，好山何故總無根。

楊村園户栽芙蓉爲塹一路凡數萬枝

楊村江上繞江園，十里霜紅爛欲燃。都種芙蓉作籬落，真將錦繡裹山川。❶ 晚粧照水密如積，春色入秋寒更鮮。客舍瓶中兩三朵，可憐向客强嬋娟。

贈法才師

平江浄慧法才長老求予書「壺天歸雲」四大字，因作四十字以問之。

才公南華別，不見八年許。瓣香宗混融，隻眼半唐舉。聊將笋蕨觜，戲作冠劍語。天還在壺中，雲却歸何處。

爲崇辨法澐師作林野二大字

天下何人不愛官，棄官出世古今難。向來一覺鈞天夢，便作林居野處看。

跋徐恭仲省幹近詩

仰枕糟丘俯墨池，左提大劍右毛錐。朝蘭夕菊都餐却，更斫生柴爛煮詩。

君家詩伯老師川，解道蘆花落釣船。莫笑東湖秋水冷，近來新吐一枝蓮。

---

❶「錦」，原作「綿」，今據宋遞刻本改。

傳派傳宗我替羞，作家各自一風流。黃陳籬下休安脚，陶謝行前更出頭。

送顔幾聖龍學尚書出守泉州

聽履星辰北斗寒，三能只隔寸雲間。周家冢宰均四海，漢制尚書本百官。鵷鷺班齊瞻進步，鳳凰池近却飛還。河圖冠出西清上，莫作尋常五馬看。

右一。用進退格。

我昔綾衾下直時，公爲璧水大宗師。清風明月行樂耳，布襪青鞋隨所之。顛倒壺觴留落日，飜騰山水入新詩。我來公去如相避，送眼行塵不得追。

右一。用近體。

寓仙林寺待班戲題

聽盡鍾魚半月聲，浪傳移住竟何曾。莫教少欠叢林債，更作今宵旦過僧。

送殘秋

余七月間在高安郡治，一夕夢至脩門外，宿留旅邸，問逆旅主人地名謂何，答云「送殘秋」，莫曉其意。八月十二日拜召命，是日啓行。九月十二日入脩門，寓仙林寺。至十月三日奏事選德殿，竟送殘秋云。

夢游帝里送殘秋，重九真爲帝里游。十月初頭方賜對，癡兒枉却一生愁。

自跋江西道院集戲答客問

問我來朝南内南，便從花底趁朝參。新詩猶作江西集，爲帶筠州刺史銜。時召命以筠州守臣奏事。

誠齋集卷第二十七

廬陵楊万里廷秀

詩

朝天續集

和陸務觀見賀歸館之韻

君詩如精金，入手知價重。鑄作鼎及鼒，所向一一中。我如駑並驥，夷塗不應共。難追紫蛇電，徒掣青絲鞚。折膠偶投漆，異榻豈同夢。不知清廟茅，可望明堂棟。平生憐坡老，高眼薄蕭統。渠若有猗那，心肯師晉宋。破琴聊再行，新笛正三弄。因君發狂言，湖山春已動。

銜命郊勞使客船過崇德縣

北關落日送船行，欲到嘉興天已明。睡起一河冰片滿，槌瓊摐玉夢中聲。

水面光浮赤玉盤，也應知我牽去聲。夫寒。滿河圭璧無人要，吹入詩翁凍筆端。

岸樹低欹一雪餘，枝頭半葉已全無。油窻過盡千梢影，濃處還濃枯處枯。

讀笠澤叢書

笠澤詩名千載香，一回一讀斷人腸。晚唐異味同誰賞，近日詩人輕晚唐。
松江縣尹送圖經，中有唐詩喜不勝。看到燈青仍火冷，雙眸如割脚如冰。
拈着唐詩廢晚餐，傍人笑我病詩癲。世間尤物言西子，西子何曾直一錢。

船過蘇州

垂近姑蘇特轉灣，盤門只隔柳行間。望來望去何時到，且倚船窻看遠山。
暮風似箭復如刀，落照那能暖客袍。天遠地平城更闊，千尋玉塔尺來高。

五更過無錫縣寄懷范參政尤侍郎

蘇州欲見石湖老，到得蘇州發更了。錫山欲見尤梁溪，過却錫山元不知。起來靈巖在何許，回首惠山亦無處。人生萬事不可期，怏然却向常州去。

午過横林回望惠山

道是冰銷快水程，不知青女解藏冰。蘆花多處竹陰底，砌作瑶堤不計層。
雪餘官路已生塵，猶喜長河水稍深。恨殺惠山尋不見，忽然追我到横林。

晚過常州

常州曾作兩年住，一别重來十年許。岸頭楊柳記得無，總是行春繫船處。自笑恍如丁令威，老懷成喜亦成悲。人民城郭依然是，只有向來鬢鬢非。

望多稼亭

遥望城頭多稼亭，亭邊霜檜老更青。當年老守攜稺子，芒鞋葵扇繞城行。臘前移梅春插柳，蹋雪衝泥不停手。柳未成陰梅未花，著帽又迎新太守。後來新守復迎新，到今新舊知幾人。向來手植今在否，寄與此詩聊問春。

晚　日

日影穿波跳碎銀，波光弄日走寒星。一時飛入船窻裏，萬草千花變未停。貪看波日弄船窻，奇觀人間不作雙。忽被竹陰偷捲去，只餘一面撥醅缸。

舟中追和張功父賀赴召之句

兩歲千愁寡一欣，故人多問謝張君。又瞻東闕闕前月，只負南溪溪上雲。賓日扶桑遭聖旦，客星釣瀨愧天文。人生離合風前葉，聚首亡何復離群。余所居里名南溪。

又追和功父病起寄謝之韻

霜何曾傍繡簾寒，酒不能令客臉丹。勤向竹爐温手脚，嬾尋銅鏡正衣冠。無人孤坐月將落，擁鼻清吟夜向闌。忽憶約齋詩債在，自吹燈火起來看。

曉過丹陽縣

朝來稍敢出船門，霜熟依然冷逼人。刮地風來何處避，可憐岸篠猛回身。

風從船裏出船前，漲起簾幃紫拂天。點檢風來無處覓，破窻一隙小於錢。

朱簷碧瓦照青瀾，潔館佳亭使往還。船上高橋三十尺，市人倚折石欄干。

雞犬漁翁共一船，生涯都在篛篷間。小兒不耐初長日，自織筠籃勝打閑。

水從常潤路都迷，曲曲長河曲曲堤。不是兩牕供日脚，更無南北與東西。

練湖放閘

滿耳雷聲動地來，窺窻銀浪打船開。練湖纔放一寸水，跳作冰河萬雪堆。

水簹南舒去轉虚，天簷北卸望來無。相傳一萬四千頃，老眼初驚見練湖。

過張王廟

地迥人煙寂，山盤水勢回。怪松欹岸出，古廟背河開。晚色催征棹，斜陽戀去桅。丹徒誰道遠，一眺正悠哉。

舟中晚望

河岸前頭松樹林，樹林盡處見行人。行人又被山遮斷，風颭酒家青布巾。

晚浪飜風玉作鱗，夕陽捲玉蘂成金。忽然濯出西川錦，製就霞衣不用針。

晚　風

晚日暄温稍霽威，晚風豪横大相欺。做寒做冷何須怒，來早一霜誰不知。

晚風不許鑑清漪，却許重簾到地垂。平野無山遮落日，西窻紅到月來時。

未到丹徒二十里間見石翁石婆

詔許詩人江海游，丹徒初到晉徐州。爐邊暘谷日長晝，琖底醉鄉天不秋。六代興亡何處問，一生奔走幾時休。石翁石媪霜前笑，管得南朝陵墓愁。

暮經新豐市望遠山

小市寒仍静，斜陽澹欲晡。偶看平野去，不是遠山無。處處遮船住，家家有酒酤。朱樓臨碧水，曾駐玉鑾輿。高宗親征嘗小憩於此，樓至今扃鑰，土人云。

小泊新豐市

也知小倦泊樓船，何苦争先柳岸邊。須把碧篙摇緑净，舟人不惜水中天。

曉泊丹陽館

夕凍朝還積，寒曦暖未多。霜輕猶著草，冰重亦浮河。山盡酣餘勢，潮歸殿去波。六朝遺迹在，故老尚傳麽。

題連滄觀呈太守張幾仲

開窻納盡大江秋，天半飛樓不是樓。獨立南徐鼇絶頂，下臨北固虎回頭。蒜山舊址空黄鶴，瓜步新城照白鷗。好事主人酹詩客，風煙一眼到揚州。

丹陽舍舟登車渡江

小泊樓船鐵甕城，匆匆又作絶江行。看佗蠟燭幾回剪，聽盡雞聲不肯明。水底霜寒還十倍，夜來月上恰三更。篙師好語君知否，江面侵晨鏡樣平。

過楊子江

秪有清霜凍太空，更無半點荻花風。天開雲霧東南碧，日射波濤上下紅。千載英雄鴻去外，六朝形勝雪晴中。攜瓶自汲江心水，要試煎茶第一功。

天將天塹護吴天，不數殽函百二關。萬里銀河瀉瓊海，一雙玉塔表金山。旌旗隔岸淮南近，鼓角吹霜塞北閑。多謝江神風色好，滄波千頃片時間。

過瓜洲鎮

夜愁風浪不成眠，曉渡清平却晏然。數棒金鉦到江步，一檣霜日上淮船。佛狸馬死無遺骨，阿亮臺傾只野田。南北休兵三十載，桑疇麥壠正連天。元顔亮辛巳南寇，❶築臺望江，受誅其上，土人云。

皂角林

水漾霜風冷客襟，苔封戰骨動人心。河邊獨樹知何木，今古相傳皂角林。

舟過楊子橋遠望

此日淮堧號北邊，舊時南服紀淮堧。平蕪盡處渾無壁，遠樹梢頭便是天。今古戰場誰勝負，華夷險要豈山川。六朝未可輕嘲謗，王謝諸賢不偶然。

❶ 「元」，當作「完」，此避宋欽宗趙桓諱。下同，不出校。

晚泊楊州

楊子橋西轉綵航，粉城如練是維楊。百年舊觀兵戈後，近歲新開草木荒。傑閣高臺雲上出，野梅官柳雪中香。史君領客週遭看，走馬歸船欲夕陽。

過高郵

解纜維楊欲夕陽，過舟覆盎已晨光。夾河漁屋都編荻，背日船篷尚滿霜。城外城中四通水，堤南堤北萬垂楊。一州斗大君休笑，國士秦郎此故鄉。

過甓社諸湖進退格東西長七十里南北闊五十里

爲愛淮中掌似平，忽逢巨浸却心驚。怪來萬頃不生浪，凍合五湖都是冰。碧玉湖寬容我到，白銀地滑没人行。兹游只道清無價，清殺詩翁老不勝。高郵西北有新開、甓社、塘下、五湖、平阿、七里、張良、味湖，又有羙里、石臼、鵝兒白，凡十一湖相連，内有一灣名子父灣，見《圖經》。

湖天暮景

湖面黏天不見堤，湖心茭葑水周圍。暮鴻成陣鵶成隊，已落還飛久未棲。

坐看西日落湖濱，不是山銜不是雲。寸寸低來忽全没，分明入水只無痕。

抵暮漁郎初上船，一竿摇入水精天。忍寒不睡妨底事，來早賣魚充酒錢。

琱碎肝脾只坐詩，鬚髯成雪鬢成絲。暮雲薄倖斜陽劣，合音閤。造清愁付阿誰。

斷腸浪説賀方回，未抵秦郎翦水才。欲向湖邊問遺唱，鴛鴦鸂鶒兩相推。

曉霜過寶應縣

江南霜重莫嫌渠，草上還多樹上無。淮甸曉來霜似雪，瓊田千里玉平鋪。

看來不信是霜華，白日青天散曉霞。只怪野田生玉樹，更於臘月發瓊花。

落木枯林一夜蘇，枝枝節節糝瓊酥。看來忘却臘前景，一色李花三月初。

登楚州城

望中白處日争明，箇是淮河凍作冰。此去中原三里許，一條玉帶界天横。

初食淮白

淮白須將淮水煮，江南水煮正相違。霜吹柳葉落都盡，魚喫雪花方解肥。醉卧糟丘名不惡，下來鹽豉味全非。饔人且莫供羊酪，更買銀刀二尺圍。淮人云白魚食雪乃肥。

清曉洪澤放閘四絶句

起來霜重滿淮船，更覺今朝分外寒。放閘老兵殊耐冷，一絲不挂下冰灘。

滿閘浮河是斷冰，等人放閘要前行。劣能開得兩三板，争作摧瓊裂玉聲。

遮藏水面被殘冰，流盡殘冰水正明。幸自奔流總驩喜，落洪須做不平聲。

沿河過閘夢中聞，奇觀何曾似此晨。雪濺雷奔乍明眼，天跳地踔也驚人。

初入淮河四絶句

船離洪澤岸頭沙，入到淮河意不佳。何必桑乾方是遠，中流以北即天涯。

劉岳張韓宣國威，趙張二相築皇基。長淮咫尺分南北，淚濕秋風欲怨誰。
兩岸舟船各背馳，波痕交涉亦難爲。只餘鷗鷺無拘管，北去南來自在飛。
中原父老莫空談，逢着王人訴不堪。却是歸鴻不能語，一年一度到江南。

題盱眙軍東南第一山

第一山頭第一亭，聞名未到負平生。不因王事略小出，那得高人同此行。萬里中原青未了，半篙淮水碧無情。登臨不覺風煙暮，腸斷漁燈隔岸明。

建隆家業大於天，慶曆春風一萬年。廊廟謀謨出童蔡，笑談京洛博幽燕。白溝舊在鴻溝外，易水今移淮水前。川后年來世情了，一波分護兩涯船。

題盱眙軍玻瓈泉

清如淮水未爲佳，泉迸淮山好煮茶。鎔出玻瓈開海眼，更和月露瀹春芽。仰看絶壁一千丈，削下青瓊無點瑕。從事不澆愁肺渴，臨泓帶雪吸冰花。

盱眙軍東山飛步亭和太守霍和卿韻

杏花巖左斸東巖，驅使淮山指顧閒。招信上流總奔赴，僧伽孤塔政彎環。今來古往空陳跡，遠草斜陽秪慘顔。走馬看山真懡㦬，忙中拾得片時閒。

初食太原生蒲萄時十二月二日

淮南蒲萄八月酸，只可生喫不可乾。淮北蒲萄十月熟，縱可作羓也無肉。老夫臘裹來都梁，飣坐那得馬乳香。分明猶帶龍鬚在，徑寸玄珠肥十倍。太原青霜熬絳餳，甘露凍作紫水精。隆冬壓架無人摘，雪打冰封不曾拆。風吹日炙不曾腊，玉盤一朵直萬錢。與渠傾蓋真忘年，君不見道逢麴車口流涎。

檃栝東坡餅笙詩序

餞飲東坡月三更，中觴忽聞笙簫聲。杳杳若在雲霄間，抑揚往返中八音。徐而察之出雙餅，水火相得自歗吟，食頃乃已不可尋。坐客驚歎得未曾，八月四七歲庚辰。

與長孺共讀東坡詩前用唐律後用進退格❶

急性平生不少徐，讀書不喜喜觀書。十行俱下未心醒，兩目頓昏還月餘。偶與兒曹繙故紙，共看詩句煮春蔬。問來却是東坡集，久別相逢味勝初。

枉看平生多少書，分明便是蠹書魚。萬籤過眼還休去，一字經心恰似無。急讀何如徐讀妙，共看更勝獨看渠。麴生冷笑仍相勸，惜取殘零覓句鬚。

嘲淮風進退格

絮帽貂裘莫出船，北窻最緊且深關。顛風無賴知何故，做雪不成空自寒。不去掃清天北霧，只來捲起浪頭山。便能吹倒僧伽塔，未直先生一笑看。

---

❶「孺」下，宋遞刻本及底本目録有「子」字。

嘲淮浪

碧瑠璃地展青羅，橫作一波仍萬波。突起銀山倚空立，碎成雪陣掠人過。爭先打岸終誰勝，淘盡浮沙奈汝何。借與樓船泄餘怒，搖來兀去儘從佗。

舟中不寐

醉去昏然卧緑窻，醒來一枕好凄涼。意中爲許無佳況，夢裏分明到故鄉。淮水打船千浪雪，燕鴻叫月滿天霜。山城更點元無準，偏到雞鳴分外長。

檃栝東坡觀棊詩引并四言詩

老坡獨往到廬山，白鶴觀中俱晝眠。只有棊聲人不見，寂然流水古松間。

五老峰前松蔭庭，風光清美日華明。獨游略不逢一士，時有紋枰落子聲。

雨作抵暮復晴

棲鵲無陰庇濕衣，行人仄傘避斜絲。船兵歸後轎兵去，獨立淮河暮雨時。

細雨如塵復似煙，兩淮渡口各收船。南商北賈俱星散，古廟無人燒紙錢。

雨痕拂水有如無，雨點飛空密復踈。白鷺窺魚渾欲下，被風吹起不由渠。

清平如席是淮流，風起雷奔怒不休。一浪飛來驚落膽，早知秪要打船頭。

風伯顛狂太劣生，雨師嬾困灑來輕。若言不被雲君誤，誰放斜陽作晚晴。

盱眙軍無梅郡圃止有蠟梅兩株

只道橫枝春未回，又疑不肯犯寒開。逢人問訊花消息，不識江梅只蠟梅。

臘裏花開已是遲，西湖十月見瓊肌。嶺頭猶説南枝暖，却向淮南覓北枝。

前苦寒歌

四大海潮打清淮，三萬里風平地來。龜山横身攔不住，潮波怒飛風倒回。欲晴不晴雪不雪，併作苦寒凍人絶。古寺大鍾十字裂，東山石崖一峰墮。勸君莫出君須出，冰脱君鬚折君骨。

淮河舟中曉起看雪

三日顛風刮地來，❶不成一雪肯空回。何曾半點漏春信，只怪千花連夜開。頃刻裝嚴銀世界，中間偏滿玉樓臺。瓊船撐入玻瓈國，琪樹瑤林不用栽。泊船正在玻瓈泉下。

梅花腦子撒成雲，明月珠胎屑作塵。愛水舞來飛就影，怯風斜去却回身。真成一臘逢三白，併把三冬博一春。開放船窻儘渠入，天差滕六訪詩人。江西田家諺云：「三冬不博一春。」

舟中雪作和沈虞卿寄雪詩韻

霜風吹船著淮陰，淮山高高淮水深。津亭飲散浪如屋，篷牕曉起雪滿林。兩袖拂空捎舞片，數點落几撩孤吟。卷舒東陽琢冰句，不羨銷金歌淺斟。

煖熱兩生行

禿穎凍得鬚作冰，老泓飲湯成水精。先生定交兩書生，兩生號寒語不能。先生自作飢蟲鳴，夜檄祝融

❶「地」，宋遞刻本作「骨」。

戰玄冥。更遣紅玉十麒麟，相與部領有脚春，煖熱兩生出精神。兩生炙手淚縱橫，疆和先生仄仄平。

淮河再雪

風打波頭波打船，併來枕底攪清眠。先生夜起篷牕看，月滿長淮雪滿天。

昨晡日脚盪波紅，今早天花舞鏡中。雪了又晴晴又雪，海神渾不惜神通。

淮河中流肅使客

淮水中流各一波，南船小住北船過。生憎兩岸旌旗脚，引得霜風分外多。

歸舟大雪中入運河過萬家湖

雪漫水面淡模糊，釀出羔兒酒一壺。已被羶腴翳酹醁，更添牛乳點春酥。銷金帳下有此否，藥玉船中不用酤。忽見瓊缸清徹底，蒲萄一色萬家湖。

過淮陰縣題韓信廟前用唐律後用進退格

來時月黑過淮陰，歸路天花舞故城。一劒光寒千古淚，三家市出萬人英。少年跨下安無忤，老父圯邊愕不平。人物若非觀歲暮，淮陰何必減宣成。❶

鴻溝秖道萬夫雄，雲夢何銷武士功。九死不分天下鼎，一生還負室前鍾。古來犬斃愁無蓋，此後禽空

---

❶ 「宣」，疑當作「文」。按：岳珂《桯史》卷一二「淮陰廟」條改作「文」，並云：「本題『文成』爲『宣成』。余按：張留侯謚與霍博陸自不同，後得麻沙印本《朝天續集》，乃亦作『宣』字，尤可怪也。」

悔作弓。兵火荒餘非舊廟，三間破屋兩株松。

後苦寒歌

白鷗立雪脛透冷，鸊鷉避風飛不正。一雙野鴨欺晚寒，出没冰河底心性。絶憐紅船黄帽郎，緑蓑青篛牽牙檣。生愁墮指脱兩耳，蘆花亦無何許藏。遺騎前頭買乾荻，速烘餒火與一炙。三足老鴉寒不出，看雲訴天天不泣。

晚寒熾炭

老子平生不附炎，雪間爐炭晚間添。紅光亂拆銀花碎，翠餤雙抽柳葉尖。愛惜麒麟牢禁手，驅除鹽絮密垂簾。急分一炬牽船底，岸上霜風正似鎌。

雪小霽順風過謝陽湖

都梁三日雪没屋，小船行水如行陸。山陽一朝帆遇風，大船行水如行空。昨來牽夫凍得泣，買蘆燎衣蘆自濕。朝來牽夫皆上船，收纜脱巾篷底眠。樓船忽然生兩翼，橫飛直過陽侯國。千村一抹片子時，四岸人家眼中失。似聞咫尺是楊州，更數寶應兼高郵。青天萬里當徑度，不堪回首都梁路。

夜過高郵

水鳥舟人兩不棲，波聲風響總堪悲。覺來枕上三更後，夢到江南一霎時。邵伯問來還漸近，高郵過了不曾知。滿天星月銀河濕，明早新晴也大奇。

誠齋集卷第二十八

廬陵楊万里廷秀

詩

朝天續集

雪曉舟中生火

烏銀見火生緑霧，便當水沉一濃炷。却因斷續更氤氳，散作霏微煖袍袴。須臾霧霽吐紅光，炯如雲表昇扶桑。陽春和日熏滿室，蒼顔渥丹疑醉鄉。忽然火冷霧亦滅，只見紅爐堆白雪。窻外雪深三尺强，牕裹雪深一寸香。

烏銀玉質金石聲，見火忽學爆竹鳴。腷腷膊膊久不停，白日坐上飛繁星。不知何怒泄不平，不知何喜唧唧吟。待渠自静勿與争，切莫借箸怒復生。到渠緘口兩耳熱，銅缾在旁却饒舌。

雪　晴

天公有詔放朝晴，排遣雲師嬾未行。頭上忽張青玉傘，海東湧出紫金鉦。雪山冰谷居然暖，銀屋瑶臺分外明。二十四船人笑語，寒聲一變作春聲。

晚晴

日光射雪雪透紅，雪光射日日吐虹。何人鑄銀作大地，萬象都入銀光中。詩翁兩眼老病裹，愛看晚晴聊仰視。眼睛空花忽亂起，紫暈一輪三萬里。

甘露子一名地蠶

甘露子，甘露子，唤作地蠶亦良似。不食柘葉不食桑，何須走入地底藏。不能作繭不上簇，如何也蒙賜湯沐。呼我果，謂之果。呼我蔌，謂之蔌。唐林晁錯莫逢它，高陽酒徒咀爾不摇牙。

夜過楊州

秖今何許問迷樓，更有垂楊記御溝。除却瓊花與紅藥，楊州不是古楊州。
新晴殘凍未全銷，月戀冰河雪戀橋。兩岸紅燈成白晝，楊州臘月看元宵。

雪霽曉登金山

焦山東，金山西，金山排霄南斗齊。天將三江五湖水，併作一江字楊子。來從九天上，瀉入九地底。遇嶽嶽立摧，逢石石立碎。乾坤氣力聚此江，一波打來誰敢當。金山一何强，上流獨立江中央。一塵不隨海風舞，一礫不隨海潮去。四旁無蔕下無根，浮空躍出江心住。金宫銀闕起峰頭，槌鼓撞鍾聞九州。詩人踏雪來清游，天風吹儂上瓊樓。不爲浮玉飲玉舟，大江端的替人羞，金山端的替人愁。

題金山妙高臺

金山未到時，羡渠奄有萬里之長江。金山既到了，長江不見只見千步廊。老夫平生不奈事，點檢風光難可意。老僧覺我見睫眉，引入妙高臺上嬉。不知老僧有妙手，卷舒江山在懷袖。挂上西牕方丈間，長江浮在爐煙端。長江南邊千萬山，一時飛入兩眼寒。最愛簷前絶奇處，江心巉然景純墓。僧言道許乃浪傳，龍宫特書珠貝編。初云謝靈運，愛山如愛命。掇取天台鴈蕩怪石頭，疊作假山立中流。又云王逸少，草聖入神妙。天賜瑠璃筆格玉硯屏，仍將大江作陶泓。老夫聞二説，沉吟未能决。長年抵死催上船，徘徊欲去空茫然。

竹枝歌有序

晚發丹陽館下，五更至丹陽縣，舟人及牽夫終夕有聲，蓋謳吟歗謼以相其勞者。其辭亦略可辨，有云：「張哥哥，李哥哥，大家着力齊一拖。」又云：「一休休，二休休，月子彎彎照幾州。」其聲凄婉，一唱衆和，因櫽括之爲竹枝歌云。

吴儂一隊好兒郎，❶只要船行不要忙。着力大家齊一拽，前頭管取到丹陽。

莫笑樓船不解行，識儂號令聽儂聲。一人唱了千人和，又得蹉前五里程。

船頭更鼓恰三槌，底事荒雞早箇啼。戲學當年度關客，且圖一笑過前溪。

❶「一」，宋遞刻本作「小」。

積雪初融做晚晴，黄昏恬静到三更。小風不動還知麽，且只牽船免打冰。
岸旁燎火莫闌殘，須念兒郎手脚寒。更把緑荷包熱飯，前頭不怕上高灘。
月子彎彎照幾州，幾家驩樂幾家愁。愁殺人來關月事，得休休處且休休。
幸自通宵暖更晴，何勞細雨送殘更。知儂笠漏芒鞋破，須遣拖泥帶水行。

過京口以南見竹林

行從江北别梅兄，歸到江南見竹君。却憶西湖湖上寺，梅花如雪竹如雲。

過吕城閘

閘頭洲子許團欒，古廟蕭條暮雨寒。榆柳千株無半葉，冬青一樹碧琅玕。
泊船到得暮鍾時，等待諸船不肯齊。等得船齊方過閘，又須五鼓到荆溪。
昨宵聽盡棹謳聲，愁裏無眠達五更。今夕雨寒泥又滑，作何計會速天明。
等到船齊閘欲開，船船捩拖整帆桅。一船最後知何故，日許時間獨不來。
纔聞開閘總驩欣，第一牽夫有喜聲。只得片時天未黑，後來天黑也甘行。
道是行船也未行，老夫誤喜可憐生。要知開閘真消息，記取金鉦第二聲。

再過常州

淮浦回春舫，荆溪又早炊。向來迎客處，還似迓儂時。父老今餘幾，山川别後奇。舊游休再至，再至只成悲。

晝睡聞鴈

夢裏霜鴻叫絶天，鬔鬆睡眼起來看。愍懃甓社湖中客，送我南歸到惠山。

横林望見惠山寄懷尤延之

惠山一别十年强，雪後精神老更蒼。白玉屏風三萬丈，半天遮斷太湖光。

惠山孤絶未爲孤，下有詩仙伴却渠。占斷惠山妨底事，無端更占洞庭湖。

平生玉樹伴蒹葭，晚歲春蘭隔菊花。咫尺遂初堂下水，寄詩猶自怨人遐。

遣騎迎家久稽來訊

還家家尚緬，迎家家未來。去住兩不知，安否更相猜。偶思十年事，誰謂今歲乖。始我離高安，述職朝天街。中外理難必，骨肉心與偕。同室忽分塗，老情非不懷。入京就一列，汲汲營尺椳。墻屋亟求完，婦子豈我催。前知來期杳，更用辛苦爲。屬以王事出，寒舲如江淮。風霜厲宵泳，山水薦曉瓌。六朝幾宿草，事往空餘哀。夢收兒女書，喜極睫爲開。一欣雖非實，差慰腸九回。歸帆拂惠山，良訊傳荆淮。啓緘復非真，旅思彌不佳。船門且看雪，呼僮滌荷杯。

舟中奉懷三館同舍

岸樹枝枝瘦，汀蕪節節枯。雲留雪且住，風與屋相呼。一老凍欲死，群仙知也無。更緣詩作祟，病骨轉清臞。

過望亭

望亭昔歲過歸船，柳爲蹁躚杏爲妍。今日溪山渾似舊，雪蘆風荻兩蕭然。

牕間雨打淚新斑，破處風來叫得酸。若是詩人都富貴，遣誰忍餓遣誰寒。

暮鴻作陣猛相追，風有何忙也急吹。惱殺詩人真枉却，雲牕霧閣不曾知。

兩岸山林總解行，一層送了一層迎。天公收却春風面，拈出酸寒水墨屏。

朝朝暮暮見長河，見了長河只厭它。却愛畫師能畫水，不看死浪與生波。

晴河不似雨中看，晴裏波紋只簟斑。却是雨河新樣巧，簟間織出小金鐶。

跋黃文若詩卷

五字長城璧不如，鼠肝蟲臂得關渠。竹坡集裏曾相識，驚見蘭亭繭紙書。

垂虹亭觀打魚斫鱠

橋柱踈踈四寂然，亭前突出八魚船。一聲礫礫鳴榔起，驚出銀刀躍玉泉。

六隻輕舠攬四旁，兩船不動水中央。網絲一撒還空舉，笑得倚欄人斷腸。

漁郎妙手絶多機，一網收魚未足奇。剛向人前撰勳績，不教速得只教遲。

鱸魚小底最爲佳，一白雙腮是當家。旋看冰盤堆白雪，急風吹去片銀花。吴人號鱸鱠曰玉鱠。太湖鱸魚四腮，通白色，肉細，味美不腥；松江鱸三腮，黑脊，肉麄，味淡而腥，見《圖經》。

過太湖石塘三首

纔轉船頭特地寒，初無風色自生湍。堤横湖面平分白，水拓天圍分外寬。一鏡銀濤三萬頃，獨龍玉脊百千蟠。若爲結屋蘆花裏，月笠雲蓑把釣竿。太湖三萬六千頃，見《圖經》。

每過松江得偉觀，玻瓈盆底飣乾坤。天邊島嶼空無際，煙外人家澹有痕。笠澤古今多浪士，包山近遠在何村。季鷹魯望何曾死，雪是衣裳月是魂。

兀坐船中只欲眠，不如船外看山川。松江是物皆詩料，蘭槳穿湖即水仙。將取垂虹亭上景，都歸却月觀中篇。正緣王事游方外，鑿齒彌天未當賢。

過八尺遇雨

垂虹登了劣歸船，又復毛空暗水天。節裏無多好天色，闌風長雨餞殘年。長，去聲。

去年今日鳳山頭，兒女團欒争勸酬。不及松江煙雨裏，獨搔華髪一扁舟。

細雨無聲忽有聲，亂珠跳作萬銀釘。呼僮速買庉村酒，更煮鱸魚蓴菜羹。庉音遁，吴江地名，其酒清洌。

過上湖

上湖名是實全非，只合松江鴈鶩池。若與五湖通譜系，澹臺湖弟太湖兒。澹臺湖屬吴縣，有澹臺滅明墓。

過平望

豈但湖天好，諸村總可人。麥苗染不就，茅屋畫來真。行止隨緣着，江山到處新。十年三過此，贏得鬢如銀。

行得三吴徧，清奇最是蘇。樹圍平野合，水隔別村孤。震澤非塵世，松陵是畫圖。更添一詩老，載雪過重湖。

小麥田田種，垂楊岸岸栽。風從平望住，雨傍下塘來。亂港交穿市，高橋過得桅。誰言破書篋，檐取太湖回。

葉叔羽集同年九人於櫻桃園錢襲明何同叔即席賦詩追和其韻

八座能分一日光，題名猶記牓間黄。看渠超出金閨彦，顧我曾爲同舍郎。高會九人尋水石，縱談一笑間宫商。越王孫子瓊瑶句，細把重吟恐脱忘。

右和錢襲明韻。

天門金牓出槐宸，四海同年骨肉親。走馬看花纔幾日，曉星殘月半無人。談間平叔元如玉，句裏司勳別有春。欲把清新比梅雪，却愁梅雪未清新。

右和何同叔韻。

秀州嘉興館拜賜春幡勝

中使傳宣下紫宸，鏃頭濃染御香雲。綵幡耐夏宜春字，寶勝連環曲水紋。癡似土牛鞭不動，老登金馬媿無聞。强簪華髮知難稱，只有新詩頌萬分。幡勝用鏃頭紙貼。

立春日舟前細雨

急風陣陣吹白塵，着人怪底濕衣巾。隔溪平林横素練，起從山脚縈山面。近山如霧復如煙，遠山失却只餘天。今朝春日得春雨，潤物無聲非浪語。

漁舟

絶小漁舟葉似輕，荻篷密蓋不聞聲。無人無釣無蓑笠，風自吹船船自行。

入長安閘

船入長安恰五更，歸人都喜近臨平。陰晴天色知何似，篷上惟聞掃雪聲。

記夢中紅碧一聯

喜教兒聯句，那知是夢中。天窺波底碧，日抹樹梢紅。覺後念何説，意間難强通。元來一夜雪，明曉散晴空。

過臨平

臨平放目渺無涯，蓮蕩蘋汀不釘牌。雪後輕船四撈漉，斷蘆殘荻總成柴。

人家點綴荻花林，水繞堦除雪濕衿。最是疎籬與脩竹，脚根半入小河深。

庚戌正月三日約同舍游西湖

不到西湖又兩年，西湖風物故依然。道旁松檜俱無恙，笑我重來雪滿顛。

春光欲動意猶遲，未許游人浪見伊。只有梅花藏不得，隔籬穿竹出横枝。

黄金牓揭集芳園，只隔墻頭便是天。西母雲車寒未降，鬧花作意辦新年。

南北高峰巧避人，旋生雲霧半腰横。縱然遮得青蒼面，玉塔雙尖分外明。

下竺泉從上竺來，前波後浪緊相催。泉聲似説西湖好，流到西湖不要回。
補種杉松逕已成，泥乾塵浄正堪行。草芽併作傷心碧，只欠先生屐子聲。
上竺諸峰深復深，一重一掩翠雲衿。只言人跡無來路，動地鍾聲與梵音。
家家砌下過清泉，寺寺雲邊占碧山。走馬來看已心醒，更教選勝住中間。
樹生石上土全無，只見青葱不見枯。好在冷泉亭下水，爲渠憑檻數游魚。
鬧住清泉似鏡平，鬧開奔浪作潮聲。放開一板還收去，依舊穿沙繞石行。

題浩然李致政義概堂

非俠非狂非逸民，讀書謀國不謀身。一封北闕三千牘，再活西州六萬人。雨露晚從天上落，芝蘭親見掌中新。仁心義概絲綸語，長掛巴山月半輪。

謝李君亮贈陳中正墨

麝煙薰透大夫松，膠國吹成赤鯶公。龍尾研磨碎蒼璧，鼠鬚飛動出晴虹。誰言陳子草玄手，突過蒲家讀墨功。老我久無椽樣筆，爲君小楷注魚蟲。

贈倪正甫令子阿麟

精神玉雪眼點漆，總角兩髦錦纏碧。郎君未出客已驚，隔牕讀書鸞鶴聲。松煙兔潁小三昧，蠆尾銀鈎略無對。鍾王筆法老始成，阿麟今纔十二齡。七十列傳十二紀，白頭書生不能記。亂抽架上聊試渠，横誦倒誦如流水。二雅三頌已作箋，要與毛鄭争先鞭。吟詩作賦更餘事，不論五言兼七字。奉常先生有陰功，翰苑仙人有家風。高科好官手可唾，更看聲名塞天破。老夫還曾浪語麽，老夫還曾浪語麽。

記張定叟煮笋經

江西貓笋未出尖，雪中土膏養新甜。先生别得煮簀法，丁寧勿用醯與鹽。巖下清泉須旋汲，熬出霜根生蜜汁。寒芽嚼作冰片聲，餘瀝仍和月光吸。菘羔楮雞浪得名，不如來參玉板僧。醉裏何須酒解醒，此羮一椀爽然醒。大都煮菜皆如此，淡處當知有真味。先生此法未要傳，爲公作經藏名山。

和丘宗卿贈長句之韻

君入脩門纔一見，我出脩門風刮面。歸來急問有新詩，句句舉似君不疑。殿門握手冠纓絶，烱如雲破瞻秋月。老懷勃鬱久不開，爲君傾豁情既竭。君詩元自過黄初，古雅可敬麗可娱。詩壇端是一敵國，乃不自惜下取予。向來交游半生死，悼往喜今同彼此。老夫懶性不便書，毛穎爲君浴清泚。聖賢何時同一中，縱談社鷰與秋鴻。芒鞋藤杖尋春風，天竺靈隱九里松。古來樂事天慳與，怪珍未必逢良賈。即今又欲駕官船，淮水中流送歸虜。金山獨上妙高臺，再與海若相詼諧。歸時藉手無一字，教君笑殺老誠齋。

大兒長孺赴零陵簿示以雜言長孺舊名壽仁

好官易得忙不得，好人難做須着力。汝要作好官，令公書考不可鑽。借令巧鑽得，遺臭千載心爲寒。汝要作好人，東家也是横目民。選官無選處，却與天地長青春。老夫今年六十四，大兒壯歲初筮仕。先人門户冷如冰，豈不願汝取高位。高位莫愛渠，愛了高位失丈夫。老夫老則老，官職不要討。白頭官裏捉出來，生愁無面見草萊。老夫不足學，聖賢有前作。譬如着碁着到國手時，國手頭上猶更儘有着。

正月五日以送伴借官侍宴集英殿十口號

殿下鞭聲再掣雷，玉皇徐下九天來。陰晴不定朝來定，五色祥雲霍地開。

一點胡星朝漢天，❶英符來自玉門關。舊時千歲琵琶語，新學三聲萬歲山。

金鬣狻猊立玉臺，雙瞻御坐首都回。水沉山麝薔薇露，漱作香雲噴出來。

千官拜舞仰虚皇，奉上瑶池萬壽觴。殿上雙傳送御酒，檻前一曲繞虹梁。

太極重開萬物新，紹熙天子宴群臣。梨園好語君須聽，玉曆初攽第一春。詞臣倪正甫撰致語口號云：「玉曆初頒第一春。」

已賜儀鸞錦坐蒲，起來再立聽傳臚。君王欲勸群臣酒，宣示天杯一滴無。

猛士緣竿亦壯哉，踏空舞闊四裴回。一聲白雨催花鼓，十二竿頭總下來。

賜花新剪茜香羅，簪徧烏紗未覺多。花重紗輕人更老，擡頭不起奈春何。

廣場妙戲鬬程材，未得天顔一笑開。角觝罷時還宴罷，卷班出殿戴花回。

賀老如何尾從班，真官也作借官看。君恩至重無真假，賜酒何曾味兩般。

三　花　斛

省前見賣花檐上有瑞香、水仙、蘭花同一瓦斛者，買置舟中，各賦七字。

❶「星」，原作「行」，今據宋遞刻本改。

侵雪開花雪不侵，開時色淺未開深。碧團欒裹笋成束，紫蓓蕾中香滿襟。别派近傳廬阜頂，孤芳元自洞庭心。詩人自有薰籠錦，不用衣篝炷水沉。

右瑞香。

生來體弱不禁風，匹似蘋花較小豐。腦子醲薰眾香國，江妃寒損水精宫。銀臺金琖談何俗，礬弟梅兄品未公。寄語金華老仙伯，凌波仙子更凌空。

右水仙。

雪徑偷開淺碧花，冰根亂吐小紅芽。生無桃李春風面，名在山林處士家。政坐國香到朝市，不容霜節老雲霞。江蘺圃蕙非吾耦，付與騷人定等差。

右蘭花。

再併賦瑞香水仙蘭三花

水仙頭重力纖弱，碧柳腰支黄玉萼。娉娉嫋嫋誰爲扶，瑞香在旁扶着渠。春蘭初芽嫩仍短，嬌如稚子無人管。瑞香緑蔭濃如雲，風日不到況路塵。生時各在一山許，畦丁作媒得相聚。三花異種復異粧，三花同韻更同香。詩人喜渠伴幽獨，不道被渠教斷腸。

寄題朱元晦武夷精舍十二詠

精　舍

憶我南溪北，千巖萬壑亭。妬渠紫陽叟，詫殺一峰青。

仁智堂

學子可憐生，遠來參老子。仁智若爲談，指似秋山水。

隱求堂

夢裏長逢孟，羹中亦見顔。癡兒入吾室，真作采薇看。

止宿寮

一老説淡話，❶諸君未要眠。開牕放山月，把酒奏溪泉。

石門塢

亂石堆成玉，雙峰便是門。莫將塵底脚，踏涴塢中雲。

觀善齋

觀碁不作秋，觀斲不作石。要知麗澤功，秖箇是消息。

寒栖館

錬王雲粘杵，朝真露濕衣。一聲半夜鶴，月裏羽人歸。

晚對亭

大隱翠屏孤，何許最正面。日落未落時，亭上來相見。

❶「淡」，原作「談」，今據宋遞刻本改。

鐵笛亭

誰將點漆金，鑄作孤竹笛。林外吹一聲，震落千峰石。

釣磯

月夜乘醉來，垂竿曲溪曲。水清無寸鱗，釣得半輪玉。

茶竈

茶竈本笠澤，飛來摘茶國。墮在武夷山，溪心化爲石。

漁艇

精舍何曾遠，秖在九曲北。漁艇若不來，弱水萬里隔。

和劉德脩用黃文叔韻贈行

碧玉長篙黄篾篷，兩淮煙月五湖風。金梭織錦煩詩匠，瓊尺裁雲補化工。去路江山隨意緑，歸時桃杏斷腸紅。岷峨二妙貽雙璧，萬丈光芒照病翁。

誠齋集卷第二十九

廬陵楊万里廷秀

詩

朝天續集

泊舟臨平

前牕向市下却簾，後牕臨水開却門。岸頭楊柳報春動，溪底雲天隨浪飜。隔溪數間黄草屋，繞屋千竿翠瓊竹。三老鳴鉦檥柂樓，今宵又向臨平宿。

拂溪十點五點雨，縠紋織出團花縷。花頭細大雖不匀，一花銷時一花吐。北風卷雲如卷簾，忽然收盡玉廉纖。天光却在水光下，天水鎔作鏡一奩。好山隔市望不見，秖有清溪照人面。

謝王恭父贈梁杲墨

君不見蜀人文字天下工，前有相如後揚雄。君不見蜀人烏丸天下妙，前有蒲韶後梁杲。初得梁墨穪摹糊，老夫道渠不及蒲。蓬山藏室王校書，笑我未識真玄菟。兩圭水蒼笏，雙團點漆璧。一併贈老夫，此意已金石。洮州緑玉試松花，星潭黑雲走風沙。龍蛇起陸鷹入骨，却愁雷電奪神物。

蜂兒

蜜蜂不食人間倉，玉露爲酒花爲糧。作蜜不忙採花忙，蜜成猶帶百花香。蜜成萬蜂不敢嘗，要輸蜜國供蜂王。蜂王未及享，人已割蜜房。老蜜已成蠟，嫩蜜方成蜜。蜜房蠟片割無餘，老饕更來搜我室。老蜂無味秖有滓，平聲。幼蜂初化未成兒。老饕火攻不知止，既毁我室取我子。

千葉水仙花

世以水仙爲金琖銀臺，蓋單葉者其中真有一酒琖，深黄而金色。至千葉水仙，其中花片捲皺密蹙，一片之中，下輕黄而上淡白，如染一截者，與酒盃之狀殊不相似，安得以舊日俗名辱之。要之，單葉者當命以舊名，而千葉者乃真水仙云。

薤葉葱根兩不差，重蕤風味獨清嘉。❶薄揉肪玉圍金鈿，淺染鵝黄剩素紗。臺琖元非千葉種，丰容要是小蓮花。向來山谷相看日，知是它家是當家。

臨平解舟

竹籬短短門小小，少年獨立春風曉。柳芽縮瓜尚怯寒，金粟斑斑滿枝了。過船橋下橋絶高，波清深見一截篙。市人夾水争出看，無數漁舟避東岸。

---

❶「嘉」，宋遞刻本作「佳」。

過臨平蓮蕩

蓮蕩層層鏡樣方，春來嫩玉斬新光。角頭一一張蘆箔，不遣魚鰕過別塘。
蓮蕩中央劣露沙，上頭便着野人家。籬邊隨處插垂柳，簷下小船縈釣車。
朝來採藕夕來漁，水種菱荷岸種蘆。寒浪落時分作蕩，新流漲後合成湖。
人家星散水中央，十里芹羹菰飯香。想得薰風端午後，荷花世界柳絲鄉。

藏船屋

吴中河畔多鑿小沼與河相通，架屋其上，藏船其中。
望見官旗銜舳艫，漁船争入沼中蘆。藏船蘆底猶有雨，屋底藏船雨也無。
非港非溝別一涯，茅簷元不是人家。不居黔首居青雀，動地風濤不到它。

岸樹

岸頭樹子直如筠，誰遣相招住水濱。不合鏡中貪照影，照來照去總斜身。
岸樹枝枝秃影中，雪風一半半春風。楝梢落盡黄金彈，猶有紛紛綴彈茸。

麥田

無邊緑錦織雲機，全幅青羅作地衣。个是農家真富貴，雪花銷盡麥苗肥。

桑疇

夾岸瀕河種穉桑，春風吹出萬條長。船行老眼渾多忘，唤作西湖插拒霜。

竹　林

珍重人家愛竹林，織籬辛苦護寒青。那知竹性元薄相，須要穿來籬外生。

賦金盤露椒花雨

吾家酒名敷腴者曰金盤露，芳烈者曰椒花雨。

金盤夜貯雲表露，椒花曉滴山間雨。一涓不用鴨綠波，雙清釀出鵝黄乳。老妻知我憎官壺，還家小槽壓真珠。江西檐取來西湖，遣我醉倒不要扶。更携數尊往淮上，要夸親舊嘗家釀。秪堪獨酌不堪分，老夫猶要入脩門。

崇德道中望福嚴寺

一徑青松露，三門白水煙。殿横林外脊，塔漏隙中天。地曠迎先見，村移眺更妍。追程坐行役，不得泊春船。

岸　柳

柳梢拂入溪雲陰，柳根插入溪水深。秪今立岸一幣帚，歸時弄日千黄金。人生榮謝亦如此，謝何足怨榮何喜。秋霜春雨自四時，老夫問柳柳不知。

春　菜

雪白蘆菔非蘆菔，喫來自是辣底玉。花葉蔓菁非蔓菁，喫來自是甜底冰。三館宰夫傳食籍，野人蔬譜渠不識。用醯不用酸，用鹽不用鹹。鹽醯之外别有味，薑牙棖子仍相參。不甑亦不釜，非烝亦非煮。壞盡蔬中腴，乃以煙火故。霜根雪葉細縷來，甆瓶夕羃朝即開。貴人我知不官樣，肉食我知無骨相。秖合南溪嚼菜根，一尊徑醉溪中雲。此詩莫讀恐嗤殺，要讀此詩先捉舌。

過平望

望中不着一山遮，四顧平田接水涯。柳樹行中分港汊，竹林多處聚人家。風將春色歸沙草，天放晴光入浪花。午睡起來情緒惡，急呼蟹眼瀹龍牙。

合路馬坊年年四月殿前諸軍牧馬於此十月復歸都下

地迥湖寬春草酥，年年此地牧天駒。玉花驄裹龍歸去，金粟堆前鳥自呼。苑廐尚虛三萬柱，柳林集得許多烏。即今未有王良眼，山子飛黄豈是無。

過鸎鬪湖

畫舫如山水上奔，小船似鴨避河濱。紅旗青蓋鳴鉦處，都是迎來送往人。

忽聞江上四驩呼，❶知近吴江鸎鬪湖。火炬燈籠不須辦，使家行住按程塗。

春來已自兩旬餘，欲借春看未見渠。煙樹隔湖三十里，寒梢依舊向人踈。

晚寒題水仙花并湖山

水仙怯暖愛清寒，兩日微暄嬾欲眠。料峭晚風人不會，留花且住伴詩仙。

---

❶「江」，宋遞刻本作「岸」。

水面無風也自寒，船門已幕更深關。莫將若下三杯酒，博與湖邊幾點山。

鍊句爐槌豈可無，句成未必盡緣渠。老夫不是尋詩句，詩句自來尋老夫。

月夜阻風泊舟太湖石塘南頭

到得松江每不欣，何曾晴快遇清真。此行作意追勝境，入夜阻風還悶人。萬里青天一輪月，三更雪浪太湖春。若教白日來經此，不見新鎔萬頃銀。

動地顛風政打頭，吴江未到且維舟。五湖波起衆山動，一片月明千里愁。且更放遲些子睡，看它盛怒幾時休。陽侯要與詩人敵，未必詩人輸一籌。

過湖未得匹如閑，何幸湖心泊畫船。宇宙中間都是月，波濤外面更無天。誰知造物將奇觀，不與傖人付謫仙。管領渠儂無一物，鏤冰剪雪作新篇。

新年乘興看春風，來過垂虹東復東。誰有工夫寒夜底，獨尋水月五湖中。今宵頓覺乾坤大，下筆惟愁造化窮。太白青山謝公海，可憐一笑偶然同。

題吴江三高堂

范　蠡

霸越亡吴未害仁，不妨報國併酧身。風雲長頸無遺恨，雪月扁舟更絶塵。還了君王採香徑，須饒老子苧羅人。鴟夷若是真高士，張陸何堪作近鄰。

張季鷹

京洛緇塵點素衣，秋風日夕唤人歸。鱸魚不解踈張翰，羊酪偏能留陸機。二晉興亡幾春草，三吴人物尚漁磯。空令千古華亭鶴，猶爲諸賢説是非。

陸魯望

讀盡詩書不要官，飢寒欲死豈無田。生憎俗子慵開眼，逢着詩人便絶絃。笠澤弁山三益友，筆床茶竈一魚船。羡渠赤脚弄明月，踏破五湖光底天。

松江曉晴

昨夜何緣不峭寒，今晨端要放晴天。窻間波日如樓上，簾外霜風似臘前。近水人家隨處好，上春物色不勝妍。歸時二月三吴路，桃杏香中慢過船。

松江鱸魚

鱸出鱸鄉蘆葉前，垂虹亭上不論錢。買來玉尺如何短，鑄出銀梭直是圓。白質黑章三四點，細鱗巨口一雙鮮。秋風想見真風味，秪是春風已迥然。鱸魚以七八寸爲佳。

松江蓴菜

鮫人直下白龍潭，割得龍公滑碧髯。曉起相傳蘂珠闕，夜來失却水精簾。一杯淡煮宜醒酒，千里何須更下鹽。可是士衡殺風景，却將羶膩比清纖。沈虞卿云：「太湖有白龍，嘗横水上，不知丈數。」

泊平江百花洲

吴中好處是蘇州，却爲王程得勝游。半世三江五湖棹，十年四泊百花洲。岸傍楊柳都相識，眼底雲山苦見留。莫怨孤舟無定處，此身自是一孤舟。

姑蘇館夜雪

昨朝晴色動春熙，入夜星河弄碧漪。誰信雪花能樣巧，等它人睡不教知。起來紅日恍開霽，照得玉花光陸離。歸去中都説奇事，姑蘇館裏上元時。

姑蘇館上元前一夕觀燈

茂苑元宵亦盛哉，千紅百紫雪中開。牡丹自是吴門有，蓮萏移從都下來。光射瑠璃最精彩，吐成蝃蝀貫昭回。歸船尚有殘燈在，更與兒曹飲一杯。

走筆和袁起巖元夕前一夜雪作

天公極意辦元宵，頃刻挼雲作雪飄。茂苑長洲花剪玉，蘇臺香徑砌成瑶。千燈剩喜開紅蘂，兩鬢還驚插素標。客子孤舟寒折骨，無端詩伯苦相撩。

再和袁起巖韻

一歲驩聲沸此宵，游人麗服正飄飄。病夫未暇磚引玉，惡語黐成李報瑶。天遣素娥提雪月，江涵公子更風標。君家道是關門卧，却有新詩來見撩。

雪中登姑蘇臺

我亦閑來散病身，游人不用避車塵。插天四塔雲中出，隔水諸峰雪後新。道是遠瞻三百里，如何不見六千人。吴亡越霸今安在，臺下年年花草春。《圖經》云：「姑蘇臺高可見三百里外。」

姑蘇館上元前一夕陪使客觀燈之集

節物催人又一年，銀花蓮炬照金尊。麝䭔官樣陪公讌，粉繭鄉風憶故園。何似兒孫談草草，不妨燈火半昏昏。人生行止誰能料，今夕蘇州看上元。廬陵之俗：元夕粉米爲繭，中藏吉語，剥之以占一歲蠶事。

雪後陪使客游惠山寄懷尤延之

已到蘇州未到常，惠山孤秀蔚蒼蒼。一峰飛下如奔馬，萬木深圍古道場。錫骨中空都是乳，玉泉致遠久偏香。眠雲跂石梁溪叟，恨殺風煙隔草堂。惠泉行千里，經數月不腐。

惠泉分茶示正孚長老

寒泓不到十餘年，老眼重看意惘然。漱裂蒼崖玉龍口，墮成清鏡雪花天。須煩佛界三昧手，拈出茶經第二泉。珍重贊公驚久别，且談詩句未談禪。

回望惠山

潘葑回望惠山，真如龍形。其鼻爲寺，寺前起一小峰，極圓如珠。山尾皦回，豐本鋭末，極有力云。

惠山分明龍樣活，玉脊瓊腰百千折。錫泉泉上吐一珠，簸弄太湖波底月。蒼石爲角松爲鬣，鬣裏黄金古佛廬。請君更向潘葑看，龍尾皦到珠南畔。

題陸子泉上祠堂

先生喫茶不喫肉，先生飲泉不飲酒。飢寒秪忍七十年，萬歲千秋名不朽。惠泉遂名陸子泉，泉與陸子名俱傳。一瓣佛香炷遺像，幾多衲子拜茶仙。麒麟圖畫冷似鐵，凌煙冠劍消如雪。惠山成塵惠泉竭，陸子祠堂始應歇，山上泉中一輪月。

過洛社望南湖暮景

南湖隔水見漁燈，鴈落蘆汀八字横。對面雙峰煙雨裏，雙峰外面是宜興。

暮煙如雨雨如煙，一把珠簾隔遠山。簾影漸濃山漸淡，怳然移入畫屏間。

一陣南風似箭來，蒲帆飛上最高桅。兩邊岸柳都奔走，不及追船各自回。

舟中元夕雨作

道是今宵好上元，新晴白晝雨黄昏。紅燈皎月儂無用，關上船門倒一尊。

佳辰三五是今宵，恰則今宵細雨飄。天念孤舟人寂寞，不教月色故相撩。

此生萬事有期程，多取抛饒竟不曾。誰遣夜來南館裏，千花預借上元燈。姑蘇館中送伴使泊南館，北使泊北館。

夜過五牧

船頭更鼓打兩聲，如何未到常州城。道旁火炬如晝明，道上牽夫如蟻行。今宵到得荆溪館，我欲眠時夜還短。明朝擁被窺舡窻，百尺柳條垂兩岸。

明發荆溪館下

常州太守曾獨弄，回首向來真一夢。五月炎天十月寒，東亭迎客西亭送。自從別却翟家園，豈謂三經金斗門。莫教物色有欠處，剩與新詩三五句。猶有歸塗更一來，是時百花開未開。

戲題岸柳

斫盡江邊楊柳梢，要教新歲换新條。老夫也鑷霜鬢鬢，鑷却霜根出雪苗。

舟中即事

阿翁阿囝自相隨，賞徧江淮春盛時。態白同嘗臘前酒，雌黄自改曉間詩。醉來忽笑天地窄，老去那能兒女悲。身後昇沉各何有，到頭誰黠復誰癡。

雨中過沙灘

常州草蟲天下無，可憐枉却許工夫。濛濛拂拂沙灘艇，别是荆溪煙雨圖。煙雨新圖學不成，煙能明晦雨能聲。莫教一點春風起，卷盡空濛寫晚晴。

小舟

豎起青篙便是桅，片帆掛了即帆開。❶漁郎袖手船頭坐，一葉如飛不用催。

❶ 上「帆」字，宋遞刻本作「篷」。

微　雨

要知微雨密還踈，空裏看來直是無。不被波間三兩點，阿誰見破妙工夫。

過犇牛閘

春雨未多河未漲，閘官惜水如金樣。聚船久住下河灣，等待船齊不教放。忽然三板兩板開，驚雷一聲飛雪堆。衆船遏水水不去，船底怒濤跳出來。下河半篙水欲滿，上河兩平勢差緩。一行二十四樓船，相隨過閘如魚貫。

蘭花五言

護雨重重膜，凌霜早早春。三菲碧彈指，一笑紫翻唇。野竹元同操，官梅晚卜鄰。花中不兒女，格外更幽芬。

次韻寄題馬少張致政亦樂園

亦樂園將獨樂園，兩園誰窄復誰寬。似聞閭里溪深處，下有蛟龍水底蟠。黄帽已捐蒼玉佩，朱顔不借紫金丹。刺桐花發梅花落，安得乘風去一觀。

高郵野望

望中四野掌般平，遠樹成行一帶横。樹外天容仍淡白，不愁樹影不分明。

江南十里九青山，江北無山只野田。更遣野田無遠樹，郭熙儘巧若爲傳。

過新開湖

奇哉萬頃水精盆，一線青羅緣却唇。只有向南接天去，更和一線也無痕。
漁郎艇子入重湖，老眼慇懃看着渠。看去看來成怪事，化爲獨鴈立横蘆。
白葦黄蘆尚帶秋，長風遠水幾時休。愁人對着君休問，不是愁人也作愁。
一鷗得得隔湖來，瞥見魚兒眼頓開。只爲水深難立脚，翩然飛下却飛回。
遠遠人煙點樹梢，船門一望一魂消。幾行野鴨數聲鴈，來爲湖天破寂寥。

瓦店雨作

斜風吹雨打船窻，一陣踈來一陣忙。聽作山齋聲點滴，不知作客在山陽。
天嫌平野樹分明，便恐丹青畫得成。收入晚風煙雨裏，自將水墨替丹青。
詩人長怨没詩材，天遣斜風細雨來。領了詩材還又怨，問天風雨幾時開。
近岸人家欲閉門，遠林煙樹半昏昏。鸕鷀白鷺歸何晚，今夜定投何處村。

曉出洪澤霜晴風順

又從洪澤泝清淮，積雨連宵曉頓開。霜凍水涯如雪厚，波摇日影入船來。辛勤送客了未了，珍重順風催復催。明早都梁各分手，順風便借一帆回。

題龜山塔前一首唐律後一首進退格

龜山獨出壓淮流，寶塔仍居最上頭。銀筆書空天作紙，玉龍拔地海成湫。向來一厄遭群犬，挽以六丁兼萬牛。逆血腥羶化爲碧,空餘風雨鬼啾啾。逆亮南寇,嘗以絹爲繩,令數萬人隔淮河拽之,不動,裂而復合。

舊歲新年來往頻,孤標數面便多情。獨將白髮三千丈,上到瑶臺十二層。萬里海風吹不動,半輪淮月爲誰明。東坡舊跡無尋處,試問龕中錦帽僧。塔十二層。

誠齋集卷第三十

廬陵楊万里廷秀

詩

朝天續集

薌林五十詠

薌　林

一代薌林老，吾生不並時。來尋白玉柄，秖見紫蘭枝。

虎　川

居士欹黄帽，曾來照晚晴。❶至今流滮滮，猶學詠詩聲。

❶「晴」，宋遞刻本作「清」。

歸來橋

已賡彭澤辭，更擬輞川詩。未老還山了，猶嫌歸較遲。

泛宅

猶道山中淺，仍移水上居。俗人又剥啄，掉入白芙蕖。

北垞

住處何曾遠，林間别是凉。清風酣一枕，底許覓羲皇。

退齋

争進千岐捷，辭榮一著難。生龜教脱殼，試作个般看。

寓齋

宇宙一行店，誰爲店主人。主人亦解去，而况爨餘薪。

叢桂

不是人間種，移從月脇來。廣寒香一點，吹得滿山開。

山齋

老子齋中宿，同來無一人。若非明月客，誰伴白雲身。

醉石

晚酌居然醉，昏昏不自持。奇哉蒼玉枕，眠到月來時。

蘭　畹

健碧繽繽葉，斑紅淺淺芳。幽香空自秘，風肯秘幽香。

駕　月　橋

紫霓入聲。橫天度，銀盤湧水來。先生騎霓脊，盤上捲金杯。

墨　坳

坳中一池墨，腕中百斛力。灑作五十詩，千年照泉石。

竹　齋

凛凛冰霜節，脩脩玉雪身。便無文與可，不有月傳神。

三　老　亭

雙樹有古色，一几非今樣。秖言此老亡，月夜聞屐響。

通　幽　徑

點檢苔花暈，微茫拄杖痕。酴醾幾開落，山雨濕黄昏。

讀　書　堂

老以書爲命，眼將書作讎。薌林與誠叟，同販短檠愁。

碧　蘆　滦

春笋肥堪菜，秋花暖可氈。何須雙野鴨，屏上五湖天。

無熱軒

南北與東西，溪光仍樹色。人間無熱軒，物外清凉國。陸龜蒙詩云：「溪山自是清凉國。」

柔桑陌

繭館三眠老，桑村獨樹春。坐看黄更隕，應有一寒人。

柑子園

秋顆酣天酒，春花噀國香。薌林親手種，中有洞庭霜。

放魚磯

爲惜丹砂尾，親投碧草潭。前頭有香餌，千萬不須貪。

白鶴亭

可憐林下鶴，獨肯伴先生。猶有冲天志，君聽叫月聲。

冪翠庭

軟甃瑠璃地，生挼翡翠幃。莫教星月入，玉鏡點金徽。

鵝篆灘

不博右軍字，且留房相池。新雛黄似酒，把酒看群嬉。

南埭音逮，以土堨水曰埭。

高謝三公府，來耕五畝園。園中有何好，老子笑無言。

過花橋

北垞通南埭，前花映後花。雨多橋板斷，拆碎兩涯霞。

桃李蹊

白雪堆穠李，紅藍染靚桃。晨粧須蚤看，莫待日華高。

企踈堂

堂上清如水，鄰林對兩踈。只今詩社裏，畫作企踈圖。

梅坡

自昔花如雪，而今葉入雲。先生已仙去，誰與共天醇。鄰林酒名。

梨花原

禁火曉未暖，踏青昏恰歸。何堪一原雪，將冷入春衣。

海棠洞

艷翠春銷骨，妖紅醉入肌。花仙別無訣，一味服燕支。

歲寒亭

冷笑元無味，孤高別有心。誰將桃李眼，雪裏解相尋。

菊坡

西風破幽馥，東籬散清好。淵明不可作，解后鄰林老。

文杏塢

道白非真白，言紅不苦紅。請君紅白外，別眼看天工。

藥欄

日出花藥麗，風生芝术香。枕中兼肘後，別有不傳方。

玉井

誰言玉井春，不作雙井味。會有眠雲客，領略兩相似。

芙蓉 泮泮音泮，散也，破也。

岸植木菡萏，池栽水拒霜。那知一家種，同艷不同香。

槐陰 𡓞音亦。𡓞、街，陌，道也。

陰作官街緑，花催舉子黄。公家有三樹，猶帶鳳池香。

東皋

避世無功酒，臨流元亮詩。鶴鳴入天聽，葉下報秋悲。

聽水亭

泠泠無絃箏，洶洶自鳴鼓。最是醉夢中，喚作松風雨。

雪臺

玉樹參差出，天花頃刻開。先生倚欄處，指點是瑶臺。

西　崦

坡壟端何似，波濤起復低。醉眠桂花雪，不覺月華西。

碧　梧　堄音蹇，塗也。

往往游西崦，時時憩午陰。鳳來人不見，飛入碧枝深。

百　花　洲

茂苑猶香名，南陽已荒草。更兼薌林中，三洲是三島。

有　山　堂

閤皂風煙外，江西小有天。兹山本無主，掇入筆牀前。

松　湖

已訝松生市，更將湖入城。如何造物者，百巧供先生。

折　蔬　亭

蘆菔鼠尾大，音惰。蔓菁兔耳長。先生不忍摘，野客却同嘗。

瓜　田

獨酌聖賢酒，新嘗子母瓜。丁寧林下友，莫道故侯家。

連　輝　觀

極目斜陽樹，乘風落月梁。更和山與水，併作一秋光。

瀆頭阻風

天寒春淺蟄未開，船頭一聲出地雷。老夫驚倒卷簾看，白浪飛從東海來。東海復東幾萬里，扶桑頃刻到長淮。琉璃地上玉山起，玉山自走非人推。似聞海若怒川后，雨師風伯同抽差。夜提横水明光甲，大呼一戰龜山頹。老夫送客理歸棹，適逢奇觀亦壯哉。豈不懷歸船不進，繫纜古柳依雲堆。須臾驚定却成喜，分付客愁金縷杯。

至洪澤

今宵合過山陽驛，泊船問來是洪澤。都梁到此只一程，却費一宵兼兩日。政緣夜來到瀆頭，打頭風起浪不休。舟人相賀已入港，不怕淮河更風浪。老夫摇手且低聲，驚心猶恐淮神聽。平聲。急呼津吏催開閘，津吏叉手不敢答。早潮已落水入淮，晚潮未來閘不開。細問晚潮何時來，更待玉蟲綴金釵。

過淮陰縣

索寞淮陰縣，人家草草中。荻籬緯春勝，茅屋學船篷。今日非昨日，南風轉北風。霍然香霧散，放出一輪紅。

過磨盤得風掛帆

兩岸黄簾小隊兵，新晴歸路馬蹄輕。全番長笛横腰鼓，一曲春風出塞聲。鵲噪鴉啼俱喜色，船輕風順更兼程。却思兩日淮河浪，心悸魂驚尚未平。

望楚州新城

已近山陽望漸寬，湖光百里見千村。人家四面皆臨水，柳樹雙垂便是門。全盛向來元孔道，雜耕今是一雄藩。金湯再葺真長策，此外猶須子細論。

阻風泊黄浦

回顧山陽北，前瞻寶應東。又逢翻手雨，更着打頭風。不了行程債，從來賦命窮。客愁無訴處，摇指畫船篷。

過寶應縣新開湖

寒裏船門不可開，試開一望興悠哉。空濛煙雨微茫樹，都向湖光外面來。

細雨初如弄隙塵，須臾化作舞空蚊。作團面旋還分散，只見輕煙與薄雲。

雨絲拂水不曾沉，一一如珠一一明。亂走不停跳不住，忽然跳入水精瓶。

漁家可是厭塵囂，❶結屋圓沙最盡梢。外面更栽楊柳樹，上頭無數鷺鷥巢。

湖堤插柳早去聲。青葱，猶帶隋家舊土風。莫笑千株尺來許，看渠攬盡夕陽紅。

雨裏樓船即釣磯，碧雲便是緑蓑衣。滄波萬頃平如鏡，一隻鸕鷀貼水飛。

半濃黛汁點遥林，微淡鉛膏抹暮雲。似白如青都不是，淮南弄色五湖春。

---

❶ 「厭」，原作「壓」，今據宋遞刻本改。

天上雲煙壓水來，湖中波浪打雲回。中間不是平林樹，水色天容拆不開。
兩隻釣船相對行，釣車自轉不須縈。車停不轉船停處，特地縈車手不停。
五湖佳處是荒寒，却爲無山水更寬。歸去江南無此景，未須喫飯且來看。

過九里亭

水渚纔容足，漁家便架椽。屋根些子地，簷外不勝天。岸岸皆垂柳，門門一釣舡。五湖好風月，乞去聲。與不論錢。

過楊子橋

浪説春歸已四旬，淮南元自不知春。明朝却是中和節，野次誰憐寂寞人。
客愁滿目政無聊，忽報船經楊子橋。未到江南心已喜，隔江山色碧相招。

瓜州遇風

金鉦三聲船欲發，天地蒼茫忽開闔。惡風吹倒多景樓，怒濤打碎金山塔。濤頭抛船入半空，船從空中落水中。勢如崩山同日二十九，聲如推墮萬石之簴千石鍾。岸人驚呼船欲没，舟人絶叫船復出。平生所聞楊子江，無風已自波相撞。莫教風動一波起，三日奔騰收不止。君不見逆酋投鞭欲斷流，藁街自送月氏頭。

再賦石翁石婆

石翁誰怒猶睅目，石婆多愁鬢先禿。荒山野水四無人，一老對立今幾春。珠襦玉匣化爲土，金鴈銀鳧亦飛去。知是六朝何帝陵，摩挲碧蘚俱無語。

觀張功父南湖海棠杖藜走筆

看盡都城種海棠，只將一徑引教長。約齋妙出春風手，人在中央花四傍。

百株都好却嫌渠，揀中東邊第一株。開與未開相間着，濃紅密密淡踈踈。

天工信手灑明霞，若遣停勻未必佳。却得數株多葉底，慇懃襯出密邊花。

送薛子約下第歸永嘉

河東鸑鷟志青天，冀北麒麟受玉鞭。二十年前元脱穎，五千人裏又遺賢。請君更草凌雲賦，老我重看斫桂仙。趁取春風雙鬢緑，收科誰後復誰先。

和張功父榿木巴欖花韻

南湖窠木已交加，種欖栽榿更北涯。生眼錯呼爲夜合，新鷴知不是桃花。緑陰四合藏雲屋，翠浪全機織素紗。桂隱主人臞見骨，不餐酥酪却餐茶。榿木花似夜合，巴欖花似桃花。

走筆謝張功父送似酴醾

西湖野僧夸藏冰，半年化作真水精。南湖詩人笑渠拙，不如儂家解乾雪。藏冰窨子山之幽，鑱透九地山鬼愁。儂家藏雪有妙手，分明曬在翡翠樓。向來巽二拉滕六，玉妃夜投玉川屋。剪水作花吹朔風，揉雲爲粉散寒空。醉揮兩袖拂銀漢，梢頭萬斛冷不融。瓊田挈月拾翠羽，砌成重樓天半許。盤作青蛟吐緑霧，亂飄六出薰沉炷。人間雪脆那可藏，天上雪落何曾香。三月盡頭四月首，南湖香雪今誰有。分似誠齋老詩叟，碎挼玉花泛春酒，一飲一石更五斗。

和祝汝玉作舉子語之句

玉奴何必減花奴，省識春風作畫圖。臨水隔花看走馬，翻身射鴈落彫弧。詞場君擅傾城色，詩社儂凋覓句鬚。摩壘致師仰餘勇，政慚連叔答肩吾。

和徐盈贈詩

不謁長安衆富兒，不隨舉子脫麻衣。片雲出袖元無事，催我詩成翻手歸。無鬼玄談彫苦空，端能問字過楊雄。韓琮不生王駕死，乞音氣。君明月與清風。

送劉德脩殿院直閣將漕潼川

烏府何緣着佞臣，紫皇親擢得斯人。金丹半粒回元氣，玉宇崇朝作好春。不惜孤身輕一葉，坐令九鼎重千鈞。萬牛回首求梁棟，未要沱江理釣緡。半世西風吹盛名，晚同朝路慰平生。一言半語到金石，四海九州成弟兄。雪嶺錦城君理棹，青鞋黄帽我歸耕。長江萬里通吴蜀，逢着雙魚各寄聲。

送馬莊父游金陵

東華踏徧軟紅塵，却去秦淮釣月輪。朱雀烏衣王謝宅，黄旗紫蓋晉梁春。江山拾得風光好，杖屨歸來句子新。秖恐參卿署軍事，醲薰薦墨到槐宸。

跋吴箕秀才詩卷

君家子華翰林老，解吟芳草夕陽愁。開紅落翠天爲泣，覆手作春翻手秋。晚唐異味今誰嗜，耳孫下筆參差是。一徑芙蓉十萬枝，喚作春風二月時。旁人笑渠眼花恐落井，渠方掉頭得句呼不醒。老夫向來守荆溪，郡有詩人元不知。贈我連城雜照乘，一夜空齋横白蜺。「芙蓉春風」之句，乃吴之警句也。唐吴融字子華云：「不勞芳草色，更惹夕陽愁。」

記丘宗卿語紹興府學前景

鏡湖泮宫轉街曲，纔隔清溪便無俗。竹橋斜度透竹門，墻根一竿半竿竹。恰思是間宜看梅，忽然一枝横出來。霜餘皴裂臂來大，只著寒花三兩箇。

和御製瓊林宴賜進士余復等詩

聖主臨軒士褎然，曲江花底宴群賢。九天日月開清照，四海豪英看廣延。秖合致君上堯舜，不應侔德止宗宣。草萊憂國從今始，記取雲章第一篇。

送徐宋臣監丞補外

出處何心一似雲，世間萬事不關身。補天鍊石無虚日，憂國如家有幾人。千載芬香只忠孝，百年富貴竟埃塵。看君兩鬢青青在，不晚歸來侍玉宸。

題瀏陽縣柳仲明致政雲居山書院

雲居山高三萬尺，下插瀏江上撞日。柳下和風百世師，有孫避地來築室。奕葉隱居三百年，栽桃種杏今滿川。當家相傳一破硯，此外文字九千卷。旄頭畢方書散亡，維仲明父再耿光。木葉衣裳野蕨腸，牙籤玉軸還堆床。更於山下起高閣，竹户松牕照林壑。閣上諸郎夜誦聲，太一真人降雲鶴。向來有子中文科，泮宮彈琴詠菁莪。子世南爲荆南教授。柳氏門閭人刮目，仲明依舊一漁蓑。

小樓晚眺雲日

小樓掛上綠窻櫺，落日孤雲萬態生。碧玉峰巒白銀緣，峰巒暗處緣偏明。

記丘宗卿嚥冰語

醉嚥冰丸不作難，不須碎嚼不須餐。聽渠歷歷胸中過，一寸詩腸一寸寒。

送李制幹季允擢第歸蜀

名埜，仁甫之季子也。其兄通判壁，❶同登庚戌第。壁除將作監簿，埜赴蜀任。兄弟五人今存者三人，其長即賢良公垕。

玉立長身太史公，諸郎箇箇有家風。高文大册傳書種，怨句愁吟惱化工。鴻鴈雙銜月宮桂，鵷雛獨戀蜀山桐。何如天網籠雲表，三鳳都歸上苑中。

林宏才秉義挽辭其仲子嘌，武舉狀元，今爲閤門舍人。

行盡江南北，於何隱去休。福清好雲谷，老子得菟裘。風采今千古，英靈閟一丘。庭堦俱玉樹，仲氏立鼇頭。

---

❶「壁」，原作「璧」，此字宋遞刻本殘損不清，今據宋遞刻本下一「壁」字及本書卷五四《謝李壁通判啓》改。下一「壁」字同此。

題沈子壽旁觀録

逢着詩人沈竹齋，丁寧有口不須開。被渠譜入旁觀録，四馬如何挽得回。

送吴敏叔待制侍郎

脚踏雞翹豹尾間，心飛碧岫白雲端。人看踈傳如圖畫，帝念嚴光返釣灘。玉殿松班唐次對，竹宫茅立漢祠官。自憐病鶴樊籠底，萬羡冥鴻片影寒。

寄吴宜之

罨畫溪頭老詩伯，夜榜仙槎鬱林石。要令南斗避文星，却歸北辰捧天極。頃逢桂江雙鯉魚，慇懃兩寄尺素書。山長水遠到不到，未必韋郎跡也踈。書中只有相思字，更及融州一寒士。泮水曾參冷似冰，等待春風放桃李。

和沈子壽還朝天集之韻

愁城不着狂詩客，❶徑超天外華胥國。苦海惟愁熱惱人，别有月中水精域。❷浣花一老已九京，何人再築五言城。竹齋衣鉢傳錦里，咄咄雲煙飛落紙。胸中磊隗有餘地，語下飄蕭無俗氣。詩壇筆陣制中權，勢如常山看率然。觀者堵墻顔色沮，驚聞柘彈金盤句。老夫性癖耽此趣，被渠夜半赤手取。重陽過了元不

---

❶「城」，原漫漶不清，今據宋遞刻本補。

❷「月」，宋遞刻本作「風」。

知，猶有黄花三兩枝。

雨中出湖上送客

細雨輕煙着地昏，湖波真箇解生塵。净慈靈隱君休覓，失却諸峰不惱人。

入北昭慶寺

兩岸芙蓉雨洗粧，愁將紅淚照銀塘。擡頭不起珠璣重，柳外西風特地狂。

張幾仲侍郎挽詞

半世金閨彦，中年碧落班。一般俱紫橐，千古忽青山。秋入篇章裏，春生岳牧間。汾陽舊部曲，白髮萬人潸。

烈考同心德，中興異姓王。勳勞貫三極，文獻在諸郎。公也山林味，天乎日月忙。一生非不達，晚達却堪傷。

京口連滄觀，洪都孺子亭。飛觴回落月，灑筆濕寒星。別去長離索，歸來遽杳冥。知公喜儂句，五字酹英靈。

徐氏太淑人挽詞大理卿王季德母

三子官期至，同時各致勤。争迎阿潘母，獨就大馮君。喜入烏巢舍，驚傳鶴弔墳。傷心是廷尉，目斷太行雲。

赤矢生名族，烏衣媲德門。萱堂登九秩，蘭砌頷重孫。樂飲占蛇日，翻隨藥兔魂。一生參貝葉，夢幻了無痕。

跋眉山程仁萬言書草

峩眉山下三蘇鄉，至今草木文章香。近時英妙有程郎，數寸管底翻錦江。向來曾草三千牘，流涕太息仍痛哭。九虎當關北斗深，十年買桂炊白玉。荆溪溪上相識初，君猶少年我壯夫。帝城再見各白鬚，袖中一紙梁溪書。剡藤方策一萬字，猶帶權書衡論味。君不見古來富貴掃無痕，只有文章照天地。

題鞏仲至脩辭齋

人道莊周夢蝴蝶，我言蝴蝶夢莊周。莊周解飛蝶解語，説向蝴蝶應點頭。脩辭齋中子鞏子，年少詩狂狂到底。蹇驢破帽衝達官，白眼清談對餘子。東萊一翁印斯人，世人皆憎翁不嗔。爲渠落筆三大字，政自不妨詩入神。❶

秋夕不寐

每到炎天只願秋，如何秋到却成愁。官居也有寒蛩語，不似山間聽得幽。

夏熱通宵睡不成，秋涼老眼又偏醒。牕虚月白清無夢，却爲西風數漏聲。

跋符發所録上蔡語

洙泗淵源一線寒，再從伊洛起濤瀾。偶看上蔡先生語，滿目淙淙八節灘。

---

❶「政自不妨詩入神」，宋遞刻本重此句。

符君天秀擢炎方，蔮足擔簦學北方。不是澹菴謫南海，姓名那得許芬香。

贈墨工張公明

廬陵舊墨説潘衡，廬陵新墨説張生。潘家衣鉢嗣蘇子，張家苗裔出易水。易水松花煙一螺，漲起倒流三峽波。人言天下無白墨，那知真有玄尚白。磨光漆几奪眼睛，試點一點傾人城。

跋丘宗卿侍郎見贈使北詩一軸

太行界天二千里，清晨跳入寒牕底。黄河動地萬鼛雷，却與太行相趁來。青崖顛狂白波怒，老夫驚倒立不住。乃是丘遲出塞歸，贈我大軸出塞詩。手持漢節娖秋月，弓挂天山鳴積雪。過故東京到北京，淚滴禾黍枯不生。誓取胡頭爲飲器，盡與遺民解魋髻。詩中哀怨訴阿誰，河水嗚咽山風悲。中原萬象聽驅使，總隨詩句歸行李。君不見晉人王右軍，龍跳虎卧筆有神。何曾哦得一句子，自哦自寫傳世人。君不見唐人杜子美，萬草千花句何綺。秪以詩傳字不傳，却羨别人雲落紙。莫道丘遲一軸詩，此詩此字絶世奇。再三莫遣鬼神知，鬼神知了偷却伊。

謝湖州太守王成之給事送百花春糟蟹

烏衣巷裹批敕手，整頓乾坤渠儘有。天風吹入水精宫，一夜陽和徧花柳。愛殺苕溪波底雲，揉雲釀出蒲萄春。更挼百花作香塵，小槽濺破真珠痕。一杯吸盡太湖月，郡齋忽念山中客。遠澆白首草玄人，伯雅仲雅俱清絶。一介不肯遣長鬚，却遣郭索持尺書。二執戈者争走趍，登彼糟丘勸腹腴。可憐郭索與陸謂，不傍貴人熱門户。却訪誠齋老病翁，多謝苕溪賢地主。

贈寫真水鑑處士王温叔

我不如森森千丈松，我不如濯濯春月柳。髯踈鬢秃已雪霜，皮皺肉皺真老醜。葉生畫時顔尚朱，王生畫時骨更臞。一生愛山吟不就，兩肩化作秋山瘦。君不見褒公鄂公圖凌煙，腰間羽箭大如椽。君不見浣花醉圖粉墨落，日斜泥滑驢失脚。貴人寒士兩相嗤，畫圖猶在人已非。王生王生且停手，不如生前一杯酒。

題汪季路太丞魏野草堂圖

汾陰西祀告昇平，四海無波鏡樣清。乞去聲。與幽人好風月，萬山裏許聽泉聲。奉常夫子半錢無，不問田園況室廬。聞道買來新宅子，借看却是草堂圖。

題汪季路所藏李伯時飛騎斫鬃射楊枝及繡毬圖

虎夫馳射殿西偏，一箭穿毬不再彎。飛騎新圖天上本，龍眠偷得到人間。君王將幸寶津園，刷洗天駒尚未乾。禁地何緣有闌入，考官應奉得來看。

曉登小樓霧失南高峰塔

日日南高峰，知我登小樓。笑回紫翠面，擎獻新鮮秋。獨將詩魂去，恣繞月脇游。得句寄與渠，月姊不敢搜。絶頂珥瓊筆，仰空書銀鈎。今晨招不來，開牕得孤愁。折簡呼屏翳，能爲追亡不。

跋羅春伯所藏高氏樂毅論

右軍樂毅論，大令洛神賦。王家小楷天取將，秖餘鷩鸞尚雙翥。昭陵銀海閟銀鈎，秦王卧看偷兒偷。秣陵井苔剥山骨，祝融復遣山鬼搜。裂瓊劃玉各分散，遺下寶圭三五段。墨卿收拾驪頷珠，菫菫一百八十餘。江西今代韓吏部，古心古道生好古。雷電勃興急捉取，阿那精靈會飛去。國初高紳學士得此石秣陵井中，後其子孫以石質錢於錢氏。錢氏家火，石碎，尚有五六段，有字一百八十九。

贈周敬伯

鄉里親黨周敬伯補入太學，散遣僮僕，歲晚不歸。嘉其有志，贈以長句。

萬方英傑集橋門，作麽吾州不數人。之子獨攜一方策，短檠以外四無鄰。歲云暮矣猶爲客，歸去來兮未立身。待上六鼇頭上立，還家藉手拜雙親。

贈翦字吴道人

翦李義山「經年別遠公」詩，用青紙翦字，作米元章字體逼真。

寶晉雲煙雜海濤，玉谿花月寫風騷。一生不倩毛錐子，只倩并州快翦刀。

題汪聖錫墳庵真如軒在玉山常山之間

東吴南垂楚北際，中央不合大如礪。百灘千嶂自一川，清空不是人間世。玉山先生攜老禪，把茅結庵開小軒。身前身後來醉眠，一醉不醒三千年。先生杖屨半宇宙，每到此軒去還又。爲憐雪立孤竹君，月骨風筋如許瘦。向來種笋今排天，先生手痕故依然。騎龍帝旁爲飛仙，玉棺寂寞空寒煙。

誠齋集卷第三十一

廬陵楊万里廷秀

詩

江東集

和陸務觀用張季長吏部韻寄季長兼簡老夫補外之行

今代老龜蒙，無書遺子公。也能將好句，特地寄西風。遲暮甘三已，飄零笑兩窮。絶憐張與陸，百戰角新功。

别去公懷我，詩來我夢公。半輪笠澤月，一信鏡湖風。豈有詩名世，而無鬼作窮。管城言曉事，猶欲策元功。

之官江左舟中梳頭

耐痒呼僮理亂絲，一梳一快勝千篦。是中妙處無人會，合眼垂頭到睡時。

題張以道上舍寒緑軒

菊芽伏土糝青粟，杞笋傍根埋紫玉。雷聲一夜雨一朝，森然迸出如蕨苗。先生飢腸詩作梗，小摘珍芳汲冰井。風爐蟹眼候松聲，罛羅親撈微帶生。爛炊凋胡淅青精，芼以天隨寒緑萌。飢時作虀仍作羹，飽後龍鳳同庖烹。太官蒸羔壓花片，宰夫胹蹯削瓊軟。豹胎熬出禍胎來，貴人有眼何曾見。天隨尚有愁作魔，愁杞作棘菊作莎。君不見黄金錢照紅玉豆，秋高更覺風味多。先生釀金鍊紅玉，自莎自棘如予何。金空玉盡苗復出，喫苗喫花并喫實。天隨白眼屠沽兒，不道有人頭上立。

宿長安閘

野次何銷追水程，昏時即住曉時行。驚眠幸自無更點，猶有船頭擊柝聲。

讀詩

船中活計只詩編，讀了唐詩讀半山。不是老夫朝不食，半山絶句當朝餐。

夜泊平望

夜來微雪曉還晴，平望維舟嫩月生。道是燭花總無恨，爲誰須暗爲誰明。

一色河邊賣酒家，於中酒客一家多。青帘不飲能樣醉，弄殺霜風舞殺它。

平望夜景

二鼕鼕，三當當，夜泊平望更點長，新月無光湖有光。昨宵一雪今宵霜，犬吠兩岸歸人忙。夜深人静無一事，晝燭泣殘人欲睡。忽有漁舡外水來，一棹波聲風雨至。半生墮在紅塵中，浮家東吴東復東。樓舡夜宿瑠璃國，誰言別有水精宫。

遠　樹

行行遠樹慘無聊，脱盡清陰只有梢。霜幹瘦來無可庇，更能庇得鷺鷥巢。

望　姑　蘇

曠野平中天四垂，凍雲罅裏日平西。水村人遠看來短，茅屋簷長反作低。最愛河堤能底巧，截他山脚不勝齊。喜聞借得姑蘇館，百尺高臺入杖藜。

風定過垂虹亭

松江未過不勝愁，過了垂虹百不憂。忽見石湖山上塔，定知塔背是蘇州。

鱸　魚

兩年三度過垂虹，每過垂虹每雪中。要與鱸魚償舊債，不應張翰獨秋風。買來一尾那嫌少，尚有杯羹慰老窮。秖是蓴絲無覓處，仰天大笑笑天公。

泊姑蘇城外大雪

夜燒銀燭卷金巵，猛落天花醉未知。若怯一寒都不看，却教六出更投誰。開門片片灑人面，送眼山山呈玉肌。纔雪又晴晴又雪，吴中風物許清奇。

今日晴光滿碧空，也無霧雨也無風。寂然窻户黄昏後，霍地瓊瑶一望中。千里湖山銀作地，半篙舴艋玉爲宫。丁寧浮蟻非常緑，計會祥麟分外紅。

跋袁起巖所藏蘭亭帖

南朝千載有斯人，拈出蘭亭花草春。俛仰之間已陳跡，至今此紙尚如新。

謁范參政并赴袁起巖郡會坐中熾炭周圍遂中火毒得疾垂死乃悟貴人多病皆養之太過耳❶

後炭前爐便是窑，饒君是鐵也教銷。不須泉下火山獄，新制人間法外條。今日晴明殊可喜，病夫意緒自無聊。看來只欠刀圭藥，脚踏層冰雪没腰。

辛亥元日送章德茂自建康移帥江陵

極知借寇未多時，道是徵黄有近期。不割半青江令宅，却飛大白習家池。湖山解語云來暮，淮水無情也去思。莫近鄉關動歸興，輕黄一點上雙眉。

西湖一别忽三年，白首相從豈偶然。到得我來恰君去，政當臘後與春前。醉餘犯雪追征帽，送了憑欄望去船。待把衣冠掛神武，看渠勳業上凌煙。

金陵官舍後圃散策

江梅未落杏先繁，萱草都齊柳半匀。却是淺寒花較耐，東風未要十分温。

旋種花窠二百株，不知種了有花無。阿誰便向春工説，急擣紅藍染玉酥。

❶「皆」，底本目録作「者」。

過秦淮

曉過新橋啓轎窻，要看春水弄春光。東風作意驚詩眼，攪亂垂楊兩岸黄。

後圃杏花

小樹手初種，當去聲。年花便稠。揀枝那忍折，繞徑秖成愁。淡了猶紅在，留渠肯住不。無端萬銀竹，判却一春休。

戲綵堂前海棠

露揉雨漬柳方濃，日曬風熏杏政烘。秖有海棠非旋染，粟來大音惰。小便鮮紅。

櫻桃花

櫻桃花發滿晴柯，不賭嬌饒只賭多。落盡江梅餘半朵，依前風韻合還他。

春寒

陣陣風寒樹樹斜，不容老子出簷牙。繡簾半捲門偏啓，深倚胡床遠看花。

春陰忽霽

雲膜辛勤護日華，一重縠子一重紗。玉奩忽透菱花影，淡與油窻描杏花。

過筥橋

輕風欲動没人知，早去聲。被垂楊報酒旗。行到筥橋中半處，鍾山飛入轎牕來。音离。

登鳳凰臺

千年百尺鳳凰臺，送盡潮回鳳不回。白鷺北頭江草合，烏衣西面杏花開。龍蟠虎踞山川在，古往今來鼓角哀。只有謫仙留句處，春風掌管拂蛛煤。

上巳寒食同日後圃行散

百五重三併一朝，風光不怕不嬌饒。鹿葱引道心猶卷，楊柳膺門手對招。笻未喚隨非是强，扇聊作伴不須摇。先生道是無歌舞，花勸鸎𪇰酒自銷。

代書呈張功父

不見子張子，令人夢亦思。只應依舊瘦，近作幾多詩。聯句平生事，看花去歲時。海棠今好不，傳語併酴醾。

移瑞香花斛

夜掇香窠沐露華，晝移翠斛馥牎紗。將身挨起簾帷着，生怕簾帷挨着花。

三月三日上忠襄墳因之行散得十絶句

暖轎行春底見春，遮欄春色不教親。急呼青繖小凉轎，又被春光着莫人。

草藉輪蹄翠織成，花圍巷陌錦幃屏。早來指點遊人處，今在游人行處行。

淮山脚下大江横，御柳梢頭絳闕明。覽盡山川更城郭，雨花臺上太奇生。

天公也自喜良辰，上巳風光忽斬新。點檢一春好天色，更無兩日似今晨。

游人不是上墳回，便是清湍褉事來。最苦相逢無處避，天禧寺及雨花臺。

女唱兒歌去踏青，阿婆笑語伴渠行。只虧郎罷優輕殺，去聲。榼了雙檐挈酒缾。

粉捏孩兒活逼真，象生果子更時新。輸贏一擲渾閑事，空手入城羞殺人。

長干橋外即烏衣，今着屠沽賣菜兒。晉殿吴宫猶碧草，玉亭謝館儘黄鸝。

除却鍾山與石城，六朝遺跡問難真。里名只道新名好，不道新名誤後人。

切忌尋春預作謀，教君行樂定成愁。老夫乘興翩然出，不遣風知雨覺休。

折　花

指似青童折海棠，繁枝仍要艷花房。癡眉騃眼生踈手，顫脱花房悶一場。

行闕養種園千葉杏花

不信東皇也有私，如何偏寵杏花枝。於中更出紅千葉，且道此花奇不奇。

白白紅紅兩不真，重重疊疊是精神。誰言跂石眠雲客，也見長楊五柞春。

清明日雨雪來早晴霽

清明一雨壞花時，梅杏櫻桃總脱枝。挽住落英供細舞，東風猶自妬游絲。

清明一雪怪生寒，逗曉新晴雪未殘。要見海棠還傅粉，捲簾不徹急來看。

海　棠　四　首

小園不到負今晨，晚喚嬌紅伴老身。落日争明那肯暮，艷粧一出更無春。樹間露坐看摇影，酒底花光併入唇。銀燭不燒渠不睡，梢頭恰恰掛冰輪。

暖醉寒醒各自奇，千花誰是復誰非。燕支濃透春風面，翡翠新裁生色衣。破落東皇能許劣，莊嚴西子較些肥。癡兒猶恨無香在，紫蝶黄蜂政打圍。

競艶爭嬌最是他，教人嫌少不嫌多。初酣曉日紅千滴，晚笑東風淡一渦。自是花中無國色，非關格外占春窠。開時慳爲渠儂醉，却恨飄零可若何。

吾詩多爲海棠哦，花意依前怨不多。已拆未開渾是韻，乍濃還淡總由它。留連春色能銷底，請託東風定肯麽。豈是少陵無句子，少陵未見欲如何。海棠，唐詩多未見，至鄭谷詩方見。

花下夜飲

夜深移入小杯盤，回首花枝不忍看。豈與海棠情分薄，老夫自是怯春寒。

柳　絮

寒勒花遲却速殘，暖將絮過忽吹還。雪翻霽日光風急，毬衮回廊曲榭閑。萬里雲天皆去處，群飛蹤跡恣中間。道渠催得春闌着，春不緣渠獨不闌。

折杏子

天暖酒易醺，春暮花難覓。意行到南園，杏子半紅碧。輕風動高枝，可望不可摘。聳肩跂一足，偶爾攀翻得。攀條初亦喜，折條還復惜。小苦已自韻，未酸政堪喫。聊將插鬢歸，空樽有餘瀝。

紅錦帶花

天女風梭織露機，碧絲地上茜欒枝。何曾繫住春歸脚，只解縈長客恨眉。節節生花花點點，茸茸曬日日遲遲。後園初夏無題目，小樹微芳也得詩。

送劉覺之歸蜀

余少時師事清純先生雩都知縣朝奉劉世臣，世臣復令其子三人從余學，其季則覺之也。覺之留落大寧監，後二十九年復相見於金陵，爲留十日而别，贈之長句，以寫悲喜。

大江東西湖南北，鵠袍學子森如竹。何人開口不伊川，阿誰初道此水源。清純先生劉夫子，冷笑俗儒鑽故紙。夢中親見大小程，爲渠刺船入洙泗。嗟我結髪從先生，日日看子趨鯉庭。先生命子却從我，小窻短檠共燈火。陋巷柴扉共寒餓，安知頭上天幾大。子今行李寄大寧，翩然束書游帝城。袖中一卷經濟策，天關九虎叫不膺。朝來忽見毛生刺，看來看去驚且喜。風花聚散三十年，何許飛墮老眼前。相逢幾日又相别，珍重兩字不忍説。我有故山江之西，秖遺思歸不遣歸。贈行聊借退之詩，石頭城下一杯酒，便是此生長别離。

跋余伯益所藏張欽夫書西銘短紙

一高一下一中央，怙恃兼儂豈别房。撞過煙樓休劣相，秖如郎罷也無良。横渠方寸着乾坤，傳到南軒更莫論。四海交朋霜葉落，半張翰墨雪濤翻。

遊定林寺即荊公讀書處

鍾山已在萬山深，更過鍾山入定林。穿盡松杉行盡石，一庵猶隔白雲岑。

一箇青童一蹇驢，九年來往定林居。經綸枉被周公誤，罷相歸來始去聲。讀書。

半破僧庵半補籬，舊題無復壁間詩。秖餘手植雙桐在，此外仍兼洗硯池。

踏月敲門訪病夫，問來還是雪堂蘇。不知把燭高談許，曾舉烏臺詩帳無。

半　山　寺即荊公舊宅

霜松雪竹老重尋，南蕩東陂水自深。鳳去宅存誰與住，不如作寺免傷心。公哭元澤詩云：「一日鳳鳥去。」

老無穉子爲麿門，病有毗耶伴此身。相府梵宫均是幻，却須捨宅即離塵。

日邊賜額寺名新，雞犬猶迎舊主人。見説小兒齊拍手，半山寺主裹頭巾。名崇報寺。

初　夏　即　事

今日風光定自佳，不寒不熱恰清和。百年人世行樂耳，一歲春歸奈老何。芍藥晚花終是小，戎葵新莟許來多。俸錢自笑渾無用，秖合文江買釣蓑。

賀建康帥余處恭迎寶公禱雨隨應

大士多時不入城，入城猶未炷爐熏。忽吹淮水千峰雨，不費鍾山半朵雲。桑葉秧苗俱起舞，葵花萱草亦歡欣。尚書款送公歸去，留下豐年二十分。

跋虞丞相與趙撙節使帖還其猶子濟

虞丞相與趙將軍，同策江淮第一勳。大羽進賢今寂寞，凌煙頌裏感風雲。

側厘一幅落雲煙，意豁神傾歎兩賢。從古將門長出將，眼看小阮勒燕然。

送李君亮大著出守眉州

老夫匄外自緣老，復聞建鄴江山好。不應夫子亦翩然，一柁江花更江草。黄金宫闕三神山，蓬萊五雲霄漢間。仍將弱水三萬里，隔斷塵世無往還。西州名勝李太史，豈徒國士天下士。玉皇催入道山堂，知費臺家幾黄紙。似聞郎罷對薰風，忽思錦江荔枝紅。人生奉親行樂耳，金印斗大何關儂。峨眉山月却入手，影落庭闈一杯酒。蚤賦中和樂職宣布詩，會看夔龍集鳳池。

晝倦

睡眼鬖髿倦日長，却拋詩卷步回廊。貍奴幸自雙雙戲，忽見人來走似獐。

陪留守余處恭總領錢進思提刑傅景仁游清涼寺即古石頭城

山自新亭走下來，化爲一虎首重回。平吞雪浪三江水，卧對雨花千丈臺。點檢故城遺址在，凄涼浩歎宿雲開。六朝蹤跡登臨徧，底事兹游獨壯哉。

萬里長江天上來，石頭却欲打江回。青山外面周如削，紫府中間劃洞開。蘇峻戰場今草樹，仲謀廟貌古塵埃。多情白鷺洲前水，月落潮生聲自哀。寺後有吴太帝廟。

已守臺城更石城，不知併力或分營。六師只遣環天闕，一壘真成借寇兵。向者王蘇俱解此，冤哉隗協可憐生。若言虎踞渾堪倚，萬歲千秋無戰争。

和傅景仁游清凉寺

舊時月過女墻頭，風雨摧頹廢不脩。地老天荒無處問，松聲灘響替人愁。祥刑使者來何暮，弔古詩篇清更幽。收拾江山入懷袖，却歸講席進鴻疇。

夏日雜興

金陵六月曉猶寒，近北天時較少暄。打盡來禽那待熟，半開萱草已先翻。獨龍岡頂青千摺，十字河頭碧一痕。九郡報來都雨足，插秧收麥喜村村。

新亭送客

六朝豈是乏勳賢，爲底京師不晏然。栢壁置人天一笑，楚囚對泣後千年。鍾山唤客長南望，江水留人懶北還。音旋。强管興亡談不盡，枉教吟殺夕陽蟬。

戲詠陳氏女剪綵花二絶句

拒霜

染露金風裏，宜霜玉水濱。莫嫌開最晚，元自不争春。

菊

味苦誰能愛，香寒只自珍。長將潭底水，普供世間人。

謝余處恭送七夕酒果蜜食化生兒

踉蹡兒孫忽滿庭，折荷騎竹臂春鷖。巧樓後夜邀牛女，留鑰今朝送化生。節物催人教老去，壺觴拜賜喜先傾。醉眠管得銀河鵲，天上歸來打六更。予庚戌考試殿廬，夜漏殺五更之後復打一更。問之雞人，云宫漏有六更。

新釀秦淮鴨緑坳，旋熬粔籹蜜蜂巢。來禽濃抹日半臉，水藕初凝雪一梢。豈有天孫千度嫁，枉同河鼓兩相嘲。渠儂有巧真堪乞，不倩蛛絲罥果肴。

初秋行圃

今年六月不勝涼，七月炎蒸不可當。一陣秋風初過雨，箇般天氣好燒香。

小小園亭亦自佳，晚雲過雨却成霞。爛開梔子渾如雪，已熟來禽尚帶花。

花梢飛下兩鳴鳩，欲住還行行復留。拾得來禽吞不得，啄來啄去竟成休。

落日無情最有情，偏催萬樹暮蟬鳴。聽來咫尺無尋處，尋到旁邊却不聲。

跋澹庵先生辭工部侍郎答詔不允

高卧崖州二十年，黑頭去國白頭還。身居紫禁鷖花裏，心在青原水石間。

願挽天河洗北夷，老臣底用紫荷爲。丹心一寸凌霜雪，秪有隆興聖主知。

跋澹庵先生繳張欽夫賜章服答詔

平生師友兩相知，苦爲君王惜一衣。刺口争來争不得，青蠅猶傍太陽飛。

紫綬當時賜兩人，一爲乳臭一名臣。老韓不要今同傳，誰會先生此意真。是時同日欽夫與一吴氏子同賜命服，獨繳欽夫。

中元前賀余處恭尚書禱雨沛然霑足

數點飄蕭供晚清，二更傾瀉到天明。雷驅雲氣如旋磨，雨徧山村却入城。簟面頓無秋後暑，簷牙最愛夢中聲。尚書幸有爲霖手，偏灑江東作麽生。

竹　牀

已製青奴一壁寒，更揩緑玉兩頭安。誰言詩老眠雲榻，不是漁郎釣月竿。醉夢那知蕉葉雨，小舟親過蓼花灘。蹷然驚起天將曉，牕下書燈耿復殘。

中元日午

雨餘赤日尚如炊，亭午青陰不肯移。蜂過無花絶糧道，蟻行有水遏歸師。今朝道是中元節，天氣過於初伏時。小圃追涼還得熱，焚香清坐讀唐詩。

偶　成

珍禽飲盆池，將扇撲牕户。一聲驚得飛，再聲驚不去。

秋日早起

我眠亦甚安，夢中初無驚。如何作夢語，反側意不平。起來不復寐，郡樓撾五更。牕紙尚昏昏，看到漸次明。卷簾啓後户，披衣步中庭。汲井漱新泉，滿面吹寒冰。仰看天宇曠，微白復淡青。猶挂爛銀梳，未昇紫金鉦。砌蛩餘夜唧，樹鵲作曉鳴。群動俱擾擾，競若有所營。而人居其間，獨欲免夙興。出山三見秋，一年一征行。今茲秋又至，歸心捺還生。會當挂其冠，高卧聽松聲。

誠齋集卷第三十二

盧陵楊万里廷秀

詩

江東集

月臺夜坐

秋日非無熱，秋宵至竟清。老夫連數夕，露坐到三更。風急星明滅，雲行月送迎。追𪆂追不得，𪆂却偶然成。

日落片時許，星纔數點明。須臾玉棊子，徧滿碧瑶枰。向晚垂垂雨，通宵得得晴。秋蛩伴儂語，苦底是誰聲。

初凉與次公子共讀書册

暑嬾歸投篳，凉醒打當書。罷吟唇欲裂，起坐膝難舒。汲古微瀾動，悲秋小雨餘。五言未針線，百過且堦除。

後圃秋步

夏簟秋新茹，暄牕冷早侵。病葵萱未悟，落果草偏深。老矣曾榮望，歸歟更嬾心。此冠彈與掛，若箇不山林。

戲用禪觀答曾無逸問山谷語

「昨日評諸家詩，偶入禪觀，如杜之詩法出審言，句法出庾信，但過之爾。白樂天云『笙歌歸院落，燈火下樓臺』，不如杜子美云『落花游絲白日静，鳴鳩乳燕青春深』也；孟浩然云『氣蒸雲夢澤，波動岳陽城』，不如九僧云『雲間下蔡邑，林際春申君』也，漫及之。」右山谷語，無逸云見墨蹟於張功父處，功父云屢問人不曉。

前説人間無漏仙，後説世上無眼禪。衲子若全信佛語，生天定在靈運前。

聽蟬八絶句

披襟散髮晚風清，細細孤斟緩緩行。道是江東官事冗，緑楊陰裏聽蟬聲。

一隻初來報早秋，又添一隻説新愁。兩蟬對語雙垂柳，知鬭先休鬭後休。

渠與斜陽有底讎，千冤萬恨訴清秋。更從誰子做頭抵，只放斜陽不落休。

一殼空空紙樣輕，風前却有許多聲。叫來叫去渾無事，叫到詩人白髮生。

説露談風有典章，詠秋吟夏入宫商。蟬聲無一些煩惱，自是愁人枉斷腸。

乍來忽去爲誰忙，短氣抽教强作長。道是渠儂聲不歇，一吟一續萬低昂。

望帝啼春夜更多，不知蟬意却如何。還來入夜便無語，明日將詩理會它。

罪過渠儂商略秋，從朝至暮不曾休。莫嫌入夜還休去，自有寒蛩替説愁。

行部有日喜雨

一雨天良苦，連宵釀不成。强摩昏睡眼，來看滴堦聲。環細開來大，音惰。珠跳滅又生。稻花知我出，噴雪待相迎。

八月朔曉起趣辦行李

雨後晨先起，花間濕也行。破除棼尾暑，領略打頭清。蠹果無遲落，枯枝忽再榮。便須秣吾馬，及此半陰晴。

行部暫辭金陵同列有感

爽氣來江外，秋容上柳梢。生遭女顉罵，❶老解子雲嘲。衰病聊飛屐，行藏鎮把包。君看社後燕，還憶社前巢。

木犀初發

可笑詩人山澤臞，平生枯淡不敷腴。已搜杞菊到詒厥，絶與木犀親友于。挼入杯中金粟走，滿澆天上桂華孤。醉眠繞枕兩三朵，香冰去聲。肝脾酒更無。

❶ 「顉」，原作「頽」，今據文義改。

明發金陵晨炊義井

薄薄雲收日，霏霏雨散池。平波光去遠，踈點暈來遲。所部餘千里，初程第一詩。先驅問行李，雙堠且晨炊。

道旁槿籬

夾路踈籬錦作堆，朝開暮落復朝開。抽心粔籹輕拖糝，近蔕燕支釅抹顋。占破半年猶道少，何曾一日不芳來。花中却是渠長命，換舊添新底用催。

圩　田

週遭圩岸繚金城，一眼圩田翠不分。行到秋苗初熟處，翠茸錦上織黄雲。

古來圩岸護隄防，岸岸行行種綠楊。歲久樹根無寸土，綠楊走入水中央。

蚤起秣陵鎮

人趁村中市，雞鳴檐上籠。忽看一天紫，未吐半輪紅。誰撼扶桑露，吹來楊柳風。詩肩忍涼冷，已出兩臞峰。

山路秪言迴，農家俱夙興。短長群穲子，迴避一田塍。隨犬能知路，騎牛底用繩。兹行有勝事，何處不豐登。

觀　稼

井字行音杭。都整，花香遠已甜。穗肥黄俯首，芒勁紫掀髯。風攪平雲陣，聲鬆缺月鐮。不愁禾把減，高廩却愁添。

路口回望方山

鍾阜回頭失，方山戀眼寒。似巾簷短帽，如覆玉瑚槃。每恨青蒼遠，因行反覆看。歸時記面目，城裏指雲端。

甯橋小渡

橋壞仍泥滑，舟横隔水呼。岸頭危徑窄，轎子莫人扶。午漏相將裏，秋陽未肯無。明知近前店，暗覺展脩途。

横　山

已過方山了，横山更絶奇。争高一尖喜，妬逸衆青追。萬馬頭驚掇，千旗脚恣吹。娟峰恰三五，隔柳尚參差。凡十五峰，從南數起第三最高尖。

入溧水界閱堠子

纔入溧水界，休教勤吏民。是誰差堠子，久立待車塵。苔蘚今仍古，風霜秋復春。不知雙與隻，迎送幾行人。

午憩方虚坐睡

午暑殘偏力，長亭歇未行。睡鄉蠅俶擾，詩陣筆專征。今夕南吾枕，何時北我旌。不應菊花酒，兒女不同傾。

樊　系

册文不做也由伊，做了何須死不辭。可惜一杯金屑酒，飲來秪較早些時。

方虚日斜再行宿烏山

日已衰容去，風仍劈面來。征徒歇得醒，老子不須催。緑蔭凉過平聲。傘，黄泥曬作埃。欣然片雲起，半霎又吹開。

多稼村村過，垂楊店店迎。偶然逢客子，問得好山名。投宿欣猶早，斜陽落更明。僕人休進扇，得似晚風清。

發烏山入溧水縣中山驛

雨脚依山見，風頭觸樹回。泥深行不去，轎兀睡還來。栩栩情微適，喧喧眼竟開。夢殘那可續，續得轉悠哉。

圩丁詞十解

江東水鄉，隄河兩涯而田其中，謂之圩。農家云：「圩者，圍也，内以圍田，外以圍水。」蓋河高而田反在水下，沿隄通斗門，每門疏港以溉田，故有豐年而無水患。余自溧水縣南一舍所登蒲塘河小舟至孔鎮，水行十二里，備見水之曲折。上自池陽，下至當塗，圩河皆通大江，而蒲塘河之下十里所有湖曰石臼，廣八十里，河入湖，湖入江。鄉有圩長，歲晏水落，則集圩丁，日具土石揵畚以修圩。余因作詞，以擬劉夢得《竹枝》、《柳枝》之聲，以授圩丁之修圩者歌之，以相其勞云。

圩田元是一平湖，憑仗兒郎築作圩。萬雉長城倩誰守，兩隄楊柳當防夫。
何代何人作此圩，石頑土膩鐵難如。年年二月桃花水，如律流歸石臼湖。
上通建德下當塗，千里江湖繚一圩。本是陽侯水精國，天公敕賜上農夫。
南望雙峰抹緑明，一峰起立一峰横。不知圩裏田多少，直到峰根不見塍。
兩岸沿隄有水門，萬波隨吐復隨吞。君看紅蓼花邊脚，補去脩來無水痕。
年年圩長集圩丁，不要招呼自要行。萬杵一鳴千畚土，大呼高唱總齊聲。
兒郎辛苦莫呼天，一日修圩一歲眠。六七月頭無點雨，試登高處望圩田。
岸頭石板紫縱横，不是修圩是築城。傳語赫連莫烝土，霸圖未必賽春耕。
河水還高港水低，千枝萬派曲穿畦。斗門一閉君休笑，要看水從人指揮。
圩上人牽水上航，從頭點檢萬農桑。即非使者秋行部，乃是圩翁曉按莊。

宿孔鎮觀雨中蛛絲

雨打蛛絲不打蛛，雨來蛛入畫簷隅。網羅滿腹輸渠巧，也只蠅蚊命屬渠。
雨罷蜘蛛却出簷，網絲小減再新添。莫言辛苦無功業，便有飛蟲密處粘。
空中仰面却飛身，寂似毗耶不動尊。忽有一蚊來觸網，手忙脚亂便星奔。
走得團團織得窠，群飛來往不逃它。網羅外面逃多少，枉了辛勤設網羅。
網羅最密是蛛絲，却被秋蚊聖得知。粘着便飛來不再，蛛絲也解有踈時。

蛩聲

山行我已厭征塵，夜語誰能伴老身。幸有暗蛩同店宿，被渠告訴却愁人。
床根吟夜句冥搜，莎底啼寒泣怨秋。人世如何無苦樂，一般蟋蟀兩般愁。
莫憎苦調太酸辛，月思霜哀亦可人。村路小家無此客，溧陽少府是前身。

發孔鎮晨炊漆橋道中紀行

夢中一夜雨浪浪，曉過田間尚雨香。塘水溉田能幾許，雨餘田水却歸塘。
可堪衰病兩相纏，更苦懸車尚五年。羨殺雨中山上水，留它不住竟歸田。
雨入秋田恰及時，禾頭相枕卧相依。路南路北皆秋水，净洗行人屨上泥。
不但秋原雨冒田，坐看平地路成川。隔田山下青松外，不見人家只見煙。
斫地燒畬旋旋開，豆花麻莢更菘栽。荒山半寸無遺土，田父何曾一飽來。
君看人跡蝶來輕，踏得林間路作坑。古路今人行不得，一時移上上聲。上頭行。
行穿詰曲更崔嵬，野店柴門半未開。皂莢樹陰黄草屋，隔籬犬吠出頭來。
雨入秋空細復輕，松梢積得太多生。忽然落點拳來大，音惰。偏作行人滴傘聲。
清曉新凉愜老懷，只愁傔從可憐哉。泥行寸步無由到，雨去前山却復回。
水夾横隄柳萬株，雨餘新沐更新梳。柔條如綫長而細，不貫雙魚只貫珠。

過平公橋

高岸行成路，清渠淡不波。荇花深似菊，芡葉皺於荷。聞道新橋好，還成帶雨過。如何平氏店，宿處不逢它。店極新潔。

水漚

淡日輕雲雨點踈，大漚隨雨起清渠。跳來走去瓊槃裏，創見龍宫徑寸珠。
至寶何緣識得全，驪珠浮没只俄然。金仙額上莊嚴底，只許凡人見半邊。

攸山望石臼湖

雨中深閉轎牕紗，驚見孤光射眼花。一顧平湖山盡處，碧銅鏡外走青蛇。

野店二絶句

不勞官吏出將迎，山店如何遠有聲。人報官來争出看，牛逢轎過忽然驚。
山店茅柴强一杯，梨酸藕苦眼慵開。深紅元子輕紅鮓，難得江西鄉味來。江西以木葉汁漬鴨子，皆深紅，曰元子。

菱沼

柄似蟾蜍股樣肥，葉如蝴蝶翼相差。蟾蜍翹立蝶飛起，便是菱花着子時。

山村

一搭山村一搭奇，不堪風物索新詩。稻花雪白糝柳絮，柘子猩紅團荔枝。行者自愁居者樂，晴時即熱雨時泥。問知桐汭多程在，未説宣城與貴池。

歇處何妨更歇些，宿頭未到日頭斜。風煙緑水青山國，籬落紫茄黄豆家。雨足一年生事了，我行三日去程賒。老夫不是如今錯，初識陶泓計已差。

發銀樹林

莫過溪橋銀樹林，溪深未抵路泥深。清風一陣掠人面，晴色半開關客心。遠嶺惹雲秋裏雪，淡天刷墨曉來陰。幾多好句争投我，柳奪花偷底處尋。

入建平界

溧水南頭接建平，丫頭兒子便勤耕。踈麻大豆已前輩，蕎麥晚菘初後生。席卷千山爲一圃，天憐春種賜秋成。不如老圃今真箇，樊子何曾透聖扃。

一歲昇平在一收，今年田父又無愁。接天稻穗黄嬌日，照水蓼花紅滴秋。風有炎凉纔頃刻，雨無朝暮政滂流。浪言出却金陵界，入却廬陵界始休。

早炊童家店

長亭深處小亭奇，雜蘤蘢葼亦有姿。羊角豆纏松葉架，雞冠花隔竹槍籬。不辭雨卧風餐裏，可惜橙黄橘緑時。行到前頭楊柳逕，平分紅白兩蓮池。

過謝家灣

行盡牛蹊兔逕中，忽逢平野四連空。意隨白鷺一雙去，眼過青山千萬重。近嶺已看看遠嶺，連峰不愛愛孤峰。一丘一壑知何意，踈盡官人着牧童。

轎中看山

買山安得錢，有錢價不賤。住山如冠玉，人見我不見。世言游山好，一峰足雙繭。峰外復有峰，歷盡獨能徧。不如近看山，近看不如遠。請山略退步，容我與對面。我行山欣隨，我住山樂伴。有酒唤山飲，有蔌分山饌。隔水絶高寒，縈雲偏蒨絢。雨滋青彌深，日炫紫還淺。端居忽飛動，遐逝即回轉。孤秀呈復逃，層尖隱還顯。掇入轎中來，置在几上玩。劣行三兩驛，已閲百千變。非我去旁搜，皆渠來自獻。寄言有山人，勿賣亦勿典。金多汝安用，價重山亦怨。估若爲我低，傷廉又非願。山已在胸中，豈復有餘羡。羡心固無餘，更借山一看。

嘲蜻蜓

餌花春蝶即花仙，飲露秋蟬怕露寒。只道蜻蜓解餐水，元來照水不曾餐。

發中橋

濕轎乘涼入，斜燈借路明。柳欹元不倒，橋闊自多驚。宿霤停殘滴，朝曦放快晴。溪流太無賴，不作一聲聲。

新雨豐今歲，初晴屏積陰。猛收千疋練，微露一稜金。天熨粉青嫩，山描愁黛深。誰言殘剩暑，卓午不相尋。

早炊高店

過雨溪山十倍明，乍晴風日一番清。白鷗池沼菰蒲影，紅棗村虚雞犬聲。肉食坐曹良媿死，囊衣行部亦勞生。不堪有七今成九，傖父年來老更傖。

午熱憩忠義渡

秋陽嗔我緊追程，急泊臨流一短亭。摘索風巾些子倦，蒼茫水枕霎時醒。單牌雙堠頭都白，萬壑千巖眼强青。不及溪邊老亭父，一生卧護竹牕欞。

宿雞林坊

路覺往而復，意迷東與西。元來八九渡，只是一條溪。亭午雖微暑，兹辰較少泥。諸峰雲上出，不但與雲齊。

草有清無俗，田生不用耘。菰花瑚品字，荇葉缺錢文。出水浮難没，摇風浄更芬。物情豈難狀，作麽未前聞。

初九夜月

珍重姮娥住廣寒，不餐火食不餐煙。秋空拾得一團餅，隨手如何失半邊。

也知月姊是天姝，天上人間絶世無。霧刷雲撩何不可，却須插一水精梳。

村店竹床

村店事事無，秋熱夜夜至。一雙好竹床，無人將去睡。

問月二首

月色幸自好，元無半點雲。移床來一看，雲月兩昏昏。

月入雲中去，呼他不出來。明宵教老子，何面更相陪。

將　睡

老夫豈不眠，只是眠未得。若到睡思來，華胥是誰國。

一更打二點，夜夜此時睡。今夜當此時，不睡緣底事。

已被詩爲祟，更添茶作魔。端能去二者，一武到無何。

睡去非不願，熱來無奈何。蒙渠致西爽，爲汝守南柯。

曉行望雲山

霽天欲曉未明間，滿目奇峰總可觀。却有一峰忽然長，方知不動是真山。

歸　雲

可殺去聲。歸雲也愛山，夜來都宿好山間。偶看一絮翩然起，引得崩騰相趁還。

三足鴉兒出海東，飛光一朵染天紅。只銷半點歸雲動，立地濛濛暗太空。

坐看山頭託宿雲，一雲纔動萬雲奔。霍然散作千村霧，遠處昏來近處昏。

日　出

散雲作霧恰昏昏，收霧依前復作雲。一面紅金大圓鏡，盡銷雲霧照乾坤。

道旁店

路旁野店兩三家，清曉無湯況有茶。道是渠儂不好事，青瓷瓶插紫薇花。

蛛網

深山無水又無人，曬網攤罾奪日明。却是蜘蛛遭積雨，經綸家計趁新晴。

加餐

脱髪星星徧，加餐日日新。二升卧龍玉，一斗謫仙春。雲子恐稱屈，麴生能笑人。吾方有公事，公等不須嗔。

道旁竹

竹竿穿竹籬，却與籬爲柱。大小且相依，榮枯何足顧。

曉行山煙

曉煙横抹碧山隅，只在松梢疋練如。作意行前尋一看，遠濃近淡忽都無。

雨漱紫泥

道旁雨漱紫浮泥，高底成山下底溪。谷轉峰回雲出岫，沙翻石走草緣堤。波生蟋蟀漂新宅，水落蚍蜉識舊蹊。大地山河亦如此，看來只是許高低。

炬火發誓節渡勇家店

飄燼飛空落曉星，隨風入草化秋螢。莎蟲誤認天明了，却變寒聲作暖聲。

昨午秋陽尚壯哉，今晨莫待日光催。麻蒸一照三十里，底用金蓮花炬來。

曉過花橋入宣州界

路入宣城山便奇，蒼虯活走緑鸞飛。詩人眼毒已先見，却旋褰雲作翠幃。

敬亭宛水故依然，疊嶂雙溪阿那邊。謝守不生梅老死，倩誰海内掌風煙。

近山淺緑遠深青，兩様風姿一様清。似怨朝陽卷雲霧，被儂看着太分明。

不是青山是畫圖，南山瘦削北敷腴。兩山名姓君知麽，一字玄暉一聖俞。南山名文脊，北山名敬亭。

野店多賣花木瓜

天下宣城花木瓜，日華露液繡成花。何須堠子强呈界，自有瓊琚先報衙。

誠齋集卷第三十三

廬陵楊万里廷秀

詩

江東集

花果

野花山果絶芳馨，借問行人不識名。蜂蝶行糧猿鶴飯，一生口分兩無争。

午熱

也無半點爽風吹，坐轎分明是甑炊。宿處問來猶五里，火輪煽得正炎時。

月中炬火發仙山驛小睡射亭

道是宵征即曉光，若言明發未朝陽。月華露氣山兼水，享盡人間第一凉。

踏月何銷秉炬行，也防月落未天明。果然留下長庚去，更賺行人作曉星。

月輪已落尚殘光，一似西山没夕陽。次第長庚都落去，日華猶未出扶桑。

長庚初讓月先行，不料姮娥也世情。趣駕冰輪渡銀浦，亂抛玉李擲長庚。

轎中兀得軟如癡，逢店投床片子時。睡覺不知天曉未，半牕花影木犀枝。

甘　瓠

笑殺桑根甘瓠苗，亂它桑葉上它條。向人更逞廋藏巧，恠道桑梢挂一瓢。

五更入宣城詣天慶觀朝謁

曉霧雙溪水，秋風百舫橋。行穿子城過，却望女墻遥。落月能相伴，疎鍾似見招。小亭憩山半，換馬上岧嶢。

中秋前一夕雨中登雙溪疊嶂已而月出

州在三峰最上頭，上頭高處更高樓。都將萬壑千巖景，堆作雙溪疊嶂秋。晚雨纔收山盡出，暮天似水月如流。敬亭堪喜還堪恨，領得風光攬得愁。樓正北對敬亭山。

雙溪疊嶂舊知名，投老初登眼不醒。一雨飛來四天黑，亂雲遮斷萬峰青。急呼月色開秋色，奪得昭亭與敬亭。自笑詩翁猶狡獪，不饒山鬼弄精靈。昭亭山有上昭、下昭。

新　涼

毛空兩日散霏微，勒住陰雲且四垂。一路新涼君會否，晴無日色雨無泥。

中秋無月宿青弋江曉行新寒

新寒催我索衣裘，凉雨凄雲總是愁。耐冷素娥今老去，夜來桂殿罷中秋。

秋　花

顦顇牽牛病雨些，凋零木槿怯風斜。道邊籬落聊遮眼，白白紅紅匾豆花。

過青陽縣望九華山雲中不真來早大霧竟不見其全

山長百里玉孱顏，百里何緣盡好山。只是縣前青一簇，九芙蓉出五雲間。

肩輿過了九華西，恨殺秋雲故故低。遮盡奇峰時放出，逐峰放出不教齊。

懊惱西來不見山，五更指準月中看。却將香霧寬裁幕，性燥和天總一漫。

四更發青陽縣西五里柯家店

轎中萬兀路千縈，死盡村雞無一鳴。落月正明知未曉，暗泉甚遠只聞聲。自緣客子行來早，豈是秋天不肯明。午熱未來先下店，却將晝睡補宵征。

宿池州齊山寺即杜牧之九日登高處

我來秋浦政逢秋，夢裏曾來似舊游。風月不供詩酒債，江山長管古今愁。謫仙狂飲顛吟寺，小杜倡情冶思樓。問着州民渾不識，齊山依舊俯寒流。齊山五洞，其一曰妙峰，峰下有山谷題名於蕉筆巖。李白書堂在化成寺西六里。

從提舉黃元章登齊山寺後上清巖翠微亭望郡城左清溪右大江蓋絕境云

西山落日浴長江，併貫清溪作一光。千嶂圍來天四合，孤城涌出水中央。樓臺玉塔雲間見，楊柳金隄鏡裏長。客子要窮秋浦眼，翠微亭上上清旁。

秋浦登舟阻風泊池口

午眠化蝶化未成，夢中澒洞發大聲。軍鼙雷鼓百千面，援桴齊下作一鳴。起來推牕無一物，海潮打入齊山窟。數洲翻覆相盪摩，四山動摇皆突兀。錢塘潮來聲驚天，金陵潮來聲寂然。此去金陵一千里，那得潮聲來到此。長年三老笑復嘲，云是波聲不是潮。清溪波頭高過屋，大江波頭潑日轂。清溪去江一步地，大江可望不可至。北風向晚動地來，跳出銀峰萬萬堆。儂船莫管行不得，且看銀峰永今夕。

池口移舟入江再泊十里頭潘家灣阻風不止

北風五日吹江練，江底吹翻作江面。大波一跳入天半，粉碎銀山成雪片。五日五夜無停時，長江倒流都上西。計程一日二千里，今踰灔澦到峨眉。更吹兩日江必竭，却將海水來相接。老夫蚤知當陸行，錯料一帆超十程。如今判却十程住，何策更與陽侯争。水到峩眉無去處，下梢不到忘歸路。我到金陵水自東，只恐從此無南風。

舟中買雙鱖魚

金陵城中無纖鱗，一魚往往重六鈞。脊梁專車尾梢雲，肉如大武千秋筋。小港阻風泊烏舫，舫前漁艇晨收網。一雙白錦跳銀刀，玉質黑章大如掌。洞庭根子青欲黄，香膚作線醯作漿。供儂朝喫復晚喫，秃尾槎頭俱避席。可憐秋浦好秋山，儂眼未飽即北還。江神挈月作團扇，一夜揮風卷波面。留儂看山仍看江，更薦鮮魚庖玉霜。江神好意那可忘，江神惡劇那可當。

舟中排悶

江流一直還一曲，淮山一起還一伏。江流不肯放人行，淮山只管留人宿。老夫一出緣秋凉，半塗秋熱難禁當。却借樓船順流下，逆風五日殊未央。老夫平生行此世，不自爲政聽天地。只今未肯放歸程，安知天意非奇事。平生愛誦謫仙詩，百誦不熟良獨癡。舟中一日誦一首，誦得偏時應得歸。

舟過大通鎮

淮上雲垂岸，江中浪拍天。順風那敢望，下水更勞牽。蘆荻偏留纜，漁罾最礙船。何曾怨川后，魚蟹不論錢。

從丁家洲避風行小港出荻港大江

蓼岸藤灣隔盡人，大江小汊繞成輪。園蔬放荻不争地，種柳堅隄非買春。匏瓠放教俱上屋，漁樵相倚自成鄰。夜來更下西風雪，蕎麥梢頭萬玉塵。

荻籬蕭灑織來新，茅屋横斜畫不真。乾地種禾那用水，園中有禾，元非田畝。濕蘆經火自成薪。斫蘆卧地而火其枝葉。島居莫笑三百里，菜把活它千萬人。丁家洲闊三百里，只種蘿蔔，賣至金陵。白浪打天風動地，何曾驚着一微塵。

蘆揮麈尾話清秋，柳弄腰支舞緑洲。引得江風顛入骨，戲抛波浪過於樓。十程擬作一程快，一日翻成十日留。未到大江愁未到，大江到了更添愁。

江天暮景有歎

只争一水是江淮，日暮風高雲不開。白鷺倦飛波政闊，都從淮上過江來。

一鷺南飛道偶然，忽然百百復千千。江淮總屬天家管，不肯營巢向北邊。

江行七日阻風至繁昌舍舟出陸

日日江行怖殺儂，逆風惡浪打船篷。只今判却肩輿去，遮莫掀天浪與風。

山行辛苦水行愁，只是詩人薄命休。管取如今遵陸了，雲開風順水東流。

過宜福橋

水鄉澤國最輸農，無旱無乾只有豐。碧豆密争桑蔭底，緑荷雜出稻花中。是田是沼渾難辨，何地何村不一同。若遣明年無種子，却愁閑殺雨和風。

過若山坊進退格

緑漲空中幄，黄鋪地上雲。風條鈎過轎，雨穟没行人。夾路桑千樹，平田稻十分。泥行殊不惡，物色逐村新。

宿峩橋化城寺

一溪秋水一横橋，近路人家却作遥。柳遶溪橋荷遶屋，何須更着酒旗招。

忽從平地上高城，乃是圩塘隄上行。厚賽柳神銷底物，長腰雲子闊腰菱。

過石硊渡

峩橋小渡十里長，石硊小渡五里强。斜風細雨寒蘆裏，下有深潭黑無底。渡船劣似紙半張，五里却成一千里。中流風作浪如山，前進不得後退難。隔溪市井只咫尺，安得飛墮於其間。大江風濤堪着力，小渡風濤更無格。咫尺性命輕於毛，只恐一毛猶不直。

天絲行

天孫嬾困抛雲機，却倩月姊看殘絲。玉兔偷將乞去聲。風伯，和機失却天未知。風伯得絲那解織，未嘗躬桑那解惜。掀髯一笑戲一吹，散入寒空收不得。曉來翠嶺瑩無痕，片雲忽裂落嶺根。須臾吹作萬縷銀，乃是天絲不是雲。遠山成練不曾捲，近林成紗未經翦。❶ 坐看斜飛拂面來，分明是絲尋不見。元來着面化成水，是水是絲問誰子。

怪菌歌

雨前無物撩眼界，雨裏道邊出奇怪。數莖枯菌破土膏，即時便與人般高。撒開圓頂丈來大，音惰。一菌可藏人一箇。黑如點漆黄如金，第一不怕驟雨淋。得雨聲如打荷葉，脚如紫玉排粉節。行人一箇掇一枚，無雨即闔有雨開。與風最巧能向背，忘却頭上天倚蓋。此菌破來還可補，只不堪餐不堪煮。

曉晴發蕪湖縣吴波亭

八日川塗九雨風，船中出得入泥中。老夫强項誰能那，雨止風休伎自窮。
雨來初做養禾天，雨久還成害稼年。今日一晴無準在，金鴉飛出卯牌前。

晨炊黿鞭亭

老賊平欺晉鼎輕，一輪五色夢中驚。寶鞭脱急非無策，何似休將日遶營。

---

❶「紗」，原殘闕，今據四部叢刊本補。

問着無聲是阿兄，坐看家賊只吞聲。戮屍大放經綸手，長柄判平聲。將錫茂弘。

過獺橋湖

圩路抨絃白，圩溝夾柳青。藻明潛撥刺，日暖凍蜻蜓。只箇新茅店，分明是水亭。行來惟恐盡，覽處不容停。

望謝家青山太白墓

阿朓青山自一村，❶州民歲歲與招魂。六朝陵墓今安在，只有詩仙月下墳。墓次有庵，庵中有太白祠，州郡歲遺教授祭之。

玄暉舊宅略無存，太白來游愛是間。占作醉眠床一隻，謝家山是李家山。州民上塚踏青，畢集祠下。

登牛渚蛾眉亭 在采石廣濟寺

謫仙攜妓戲人寰，也被千花妬玉顏。半點閑情千古恨，一波秋水兩春山。錦袍宮燭雲霄上，白苧烏紗江海間。欲寄雙魚招醉魄，月輪捉了蚤言還。

山拆江通萬里流，菱花雙照藕眉頭。掃除却月橫雲樣，別有顰風蹙雨愁。明月入波那可捉，長庚伴月本同游。君看夜夜青天上，渠與姮家分管秋。亭旁有一片石，曰捉月臺。

宿牧牛亭秦太師墳庵

函關只有一穰侯，瀛館寧無再帝丘。天極八重心未死，台星三點坼方休。只看壁後新亭策，恐作栘中

---

❶「朓」，原作「眺」，周汝昌《楊萬里選集》：「『阿眺』，即指謝朓，『眺』當作『朓』。」今據改。

屬國羞。今日牛羊上丘壠，不知丞相更嗔不。暮年起大獄，必殺張德遠、胡邦衡等五十餘人，不知諸公殺盡，將欲何爲？奏垂上而卒，故有「新亭」之句，然初節似蘇子卿而晚繆。

鴈來紅

開了元無鴈，看來不是花。若爲黄更紫，乃借葉爲葩。藜莧真何擇，雞冠却較差。未應犀菊輩，赤脚也容它。

早炊新林望見鍾山

辭奉鍾山一月前，如何知我北歸軒。不通姓字慇懃甚，忽到新林野店邊。

兒姪新亭相迎

送客新亭恰放燈，兒曹迎我復新亭。百年事業何爲者，送往迎來過一生。

送孫從之司業持節湖南

全家先遯却誰知，匹馬西歸也大奇。出晝莫嫌三宿戀，壞麻不待七年遲。風生折檻人無古，水遶圜橋士有師。六一澹菴喬木在，今秋新長雪霜枝。白頭燈火共書林，自少論交老慰心。官職壞人錫裏燒，忠賢到骨鍛中金。朝陽鳴鳳秖今見，夜雨對床何日尋。回鴈峰前鴈回後，紫薇紅藥待渠吟。

跋天台王仲言乞米詩

敢言縮項更長腰，黄獨青精也絶苗。尚有囊中餐玉法，藍田山裏過明朝。

十月朝補種杏花

百株種杏自今春，度夏榮枯不解匀。要看補栽新樹子，荼蘼紅刺絓頭巾。

下元日詣會慶節所道場呈余處恭尚書

琳宫朝謁早追趨，漏盡銅壺殺點初。半縷碧雲横界月，一規銀鏡裂成梳。自拈沉水祈天壽，散作非煙滿玉虚。已被新寒欺病骨，柳陰偏隔日光疎。

余處恭和

殊庭冠佩儼晨趨，聯轡朝真下馬初。簾透晴曦金碎剪，霜彫細柳髮新梳。三呼獻瑞聞班列，萬籟收聲入步虚。祝聖歸來無一事，時平翻恨酒杯疎。

和余處恭贈方士閻都幹

河出崑崙江出岷，風吹不斷浪花春。但看此水源無竭，底用玄談谷有神。老健便爲仙放杖，斧斤秖在轑生塵。東家自有仁山訣，方士何曾悟一真。

題榠查紅葉

榠查將葉學丹楓，戲與攀條撼晚風。一片飛來最奇絶，碧羅袖尾滴猩紅。

拾栢子

皺殻傾來紫麥新，中藏瓊米不勝珍。胡桃松實何曾喫，却嚼秋風栢子仁。

新酒歌

官酒可憎，老夫出意，家釀二缸，一曰桂子香，一曰清無底，風味泠洌，歌以紀之。

酸酒齏湯猶可嘗，甜酒蜜汁不可當。老夫出奇釀二缸，生民以來無杜康。桂子香，清無底，此米不是雲安米，此水秪是建鄴水。甕頭一日遶數巡，自候酒熟不倩人。松槽葛囊纔上榨，老夫脱帽先嘗新。初愁酒帶官壺味，一杯徑到天地外。忽然玉山倒，甕邊只覺劒鋩割腸裏。度撰酒法不是儂，此法來自太虛中。酒經一卷偶拾得，一洗萬古甜酒空。酒徒若要嘗儂酒，先挽天河濯渠手。却來舉杯一中之，换君仙骨君不知。

睡覺

小醉如無酒，寒宵似度年。覺來因記夢，醒去不成眠。萬事從心下，三更到眼前。清愁政無那，一鴈叫霜天。

菜圃

此圃何其窄，於儂已自華。看人澆白菜，分水及黄花。霜熟天殊暖，風微旆亦斜。笑摩桃竹杖，何日拄還家。

觀化

道是東風巧，西風未減東。菊黄霜换紫，樹碧露揉紅。須把乖張眼，偷窺造化工。只愁失天巧，不悔得詩窮。

冬暖

小春活脱是春時，霜熟風酣日上遲。晚蝶頻移獵殘蘂，驚禽銜過倒垂枝。暫閑何似長閑好，無事非關了事癡。三徑一筇人不見，假山以外菊花知。

至後睡覺

忽忽又過一陽生，睡恰濃時夢忽驚。簾幕深沉人四寂，堦除點滴雨三更。燈摇芒角開成暈，風吸牕檽過後聲。不是寒雞寒似我，如何不肯唤天明。

送江東集與王謙仲樞使樞使和至後睡覺一首

池塘春夢草初生，江左詩來得我驚。開秩快觀醒倦眼，挑燈細讀度寒更。追參李杜今無敵，揮斥侯劉獨有聲。一首敬酬三百首，深慚坡老和淵明。

寄題王亞夫檢正不啻足齋

既得隴，復望蜀，未求賨劒先求玉。秦相後車一千轂，唐相胡椒八百斛。黄金肘印駕黄鵠，身前佞佛身後福。九潦瀉入無底谷，匹似人心猶易足。九州四海王同年，三江五湖春水船。便應犯斗入月邊，餘事猶堪濟巨川。天風吹來墮人寰，水精宫裏作詩仙。寄牋排雲叫穹昊，願賜江湖散人號。玉皇留渠作豐年，早晚唤歸香案前。詩仙掉頭不肯住，田園將蕪夢歸去。括蒼山勝道場山，向來結茅非霧間。齋房恰則斗來大，去聲。中藏世界三千箇。門前蠻觸戰方酣，鼻息如雷政高卧。

題王亞夫檢正峴湖堂

西峴山光照舊廬，北湖水色漾新居。翠鬟夜欲凌波去，玉鏡晨當掃黛初。萬壑千巖雙不借，輕風細浪一夫須。來書便當催詩雨，雪後燈前卷復舒。書來催詩甚急，故云。

壬子正月四日後圃行散

淡日微舒又急收，兜羅緜隔紫燈毬。更將數點無聲雨，不濕人衣却濕頭。

勃姑偶下小梅枝，要看渠儂褐錦衣。柱後藏身教不見，却因不見轉驚飛。

雙鵲營巢浪苦辛，揀條銜折不辭頻。舊條老硬新條靭，却向籬根拾落薪。

傳語春光恰好穠，太穠恐怕惱衰翁。日華五色無尋處，只在蛛絲來去中。

雪後霜晴元宵月色特奇

玻瓈盆瀉瑠璃水，素娥晚粧欲梳洗。報道虛皇築雪宮，一架半間三萬里。却嫌廣寒未苦寬，要借新宮作上元。先煩玉妃整羽衛，次遣青女褰雲關。渠儂舊有七寶藏，封在瓊樓樓頂上。中藏腦子萬斛强，輕明片片梅花樣。急呼滕六取將來，更和端葉挼作埃。狂抛亂撒不停手，滿空碎下真珠胎。乾坤立變水精闕，雲衢透冷天街滑。姮家催索水霜袍，肌粟衣銖添不徹。銀輪凍作一團冰，望舒墮指推不行。兔啼蟾泣滴成露，海東飛上金鴉精。

清曉出郭迓客七里莊

却爲迎賓得探春，白門官柳早去聲。尖新。如何霜瓦纔逢日，半作青瑤半作銀。

偏得春憐是柳條，腰支别作一般嬌。微風不動渠猶舞，剛道東風轉舞腰。

探　杏

紅藍細細糝晴包，紫玉森森走膩條。枯梗折教無一寸，併驅春力奔去聲花梢。

曾見乾條撼雪飛，一暄爆出萬英枝。從今日日須來看，看到紅紅白白時。

梅　花

東風微破野梅心，着骨清香已不禁。緑刺一尖雙蕊子，錯書小字帶懸針。

帶雪雖奇秪粉粧，酣晴别是好風光。却緣白日青天裏，照得花明暖得香。

跋汪省幹詩卷

向來劉翰有詩聲，近日汪經更得名。月在梅花冰在月，與君句子各争清。

自古詩人太瘦生，可憐辛苦選虚名。詩家雜壓君知麽，壓盡三公況九卿。

和謝石湖先生寄二詩韻

老夫寄《江東集》與石湖先生，先生寄二詩，一稱賞《江東集》，一見寄《石湖洞霄集》，和以謝焉。

一張五色石湖雲，天上吹來墮小軒。化作虹橋倚鍾阜，渡將老子到吴門。黄鍾路鼓鳴清廟，玉戚金支舞泰尊。乃是寄儂詩數紙，却拈瓌怪向誰論。

康鼎才來頓解頤，盧能自笑未經師。分無楓落吴江句，博得池生春草詩。木李抛將引瓊玖，詩筒從此走符移。蛤蜊龜殼非難辨，只問先生汗漫期。

領客南園

南園多日不曾來，領客閑行始去聲。此回。獨樹小梅開一朵，被它欄住勸三杯。

人間俗殺是公筵，最苦沉煙雜燭煙。何似大家行幾步，逢花即飲醉還眠。

和余處恭尚書清凉寺勸農

石城諸峰入天半，曾隨騎吹經行遍。梅花换歲初不驚，驚報行春再出城。官甑晨炊雲子玉，兵厨夜壓秦淮緑。尚書親餉老農夫，塞道夫須兼獨速。勸農文字不怪奇，知道尚書愁我飢。有如山農出南溪，老穉隨觀韓退之。叟攜群穉穉扶叟，一生秖識茅柴酒。尚書賜酒誰得嘗，瓦盆滿引無升斗。今年好風來自東，五風十雨堯日同。尚書歸去作相公，當寄豐年書一封。

誠齋集卷第三十四

廬陵楊万里廷秀

詩

江東集

與次公幼輿二子登伏龜樓

周遭故國是山圍，對境方知此句奇。偶上伏龜樓上望，一環碧玉缺城西。

寒食前一日行部過牛首山

嶺花袍紫不知名，澗草茸青取次生。便是常州草蟲本，只無蚱蜢與蜻蜓。

頭上高垂碧玉盆，誰將漂絮尚殘痕。青天幸自秋江樣，須惹三絲兩縷雲。

緜山恨骨已寒灰，儘禁厨煙肯更回。老病不禁餿食冷，杏花餳粥湯去聲。將來。

出了長干過了橋，紙錢風裏樹蕭騷。若無六代英雄骨，牛首諸山肯爾高。

單車一節又行春，敢爲觀風惜病身。只是檐頭無欛子，枉教唤作踏青人。

擣藍作雨兩宵傾，生怕難乾急放晴。一路東皇新曬染，桑黄麥緑小楓青。

一春今歲雨中和，信道韶華定較多。二月半頭花已盡，脱空日月退還他。

宿金陵鎮棲隱寺望横山

再見横山滴眼新，山曾勸我脱官身。燈籠簫鼓年年社，酒醆鷺花處處人。忽憶諸公牡丹會，轉頭五柞去年春。野雲墟月空荒寺，兩袖寒風一帽塵。

明發棲隱寺

木魚一呼衆僧聚，老夫登車欲前去。仰頭見天俯見路，明明是晝不是暮。如何今晨天地間，咄咄怪事滿眼前。將爲是夜着，音斫。月輪已没星都落。將謂是晝休，銀河到曉爛不收。皎如江練横天流，中流點綴金沙洲。元來海底蚤浴日，雲師閉關不教出。羲和揮斧斫雲關，取將一道天光還。天光淡青日光白，道是銀漢也則得。雲師强很趕不奔，堆作沙洲是碎雲。

寒食日晨炊姜家林初程之次日也

百五佳辰匹似無，合教追節却離居。萬家寒食初歸鷰，一老春衫政蹇驢。毶柳已僧何再髮，孺槐纔爪可遲蔬。兒書早去聲。問歸程日，不用嗔渠只笑渠。

午憩褚家方清風亭

此老忒踈放，與春無怨私。何須寒食日，恰是别家時。荒店兩三隻，野花千萬枝。前山有底恨，也學客間眉。

莫道迎春好，迎春是送春。可憐一條路，知老幾多人。坦緑偏宜韈，飄紅併可絪。青帘好消息，今日榨頭新。

宿新市徐公店

籬落踈踈一逕深，樹頭新緑未成陰。兒童急走追黄蝶，飛入菜花無處尋。

春光都在柳梢頭，揀折長條插酒樓。便作在家寒食看，村歌社舞更風流。

風　花

海棠桃李雨中空，更着清明兩日風。風似病癲無藉在，花如中酒不惺鬆。身行楚嶠遠更遠，家寄秦淮東復東。道是殘紅何足惜，後來併恐没殘紅。

曉過菜家橋

雞唱嗔人睡，鵶啼唁客勞。近山煙外遠，矮竹苣邊高。老矣猶長鋏，悠哉未大刀。繞圩無雜樹，一色柳新繅。

圩峻愁今路，山行羨昨朝。閉牕深坐轎，合眼過危橋。岸近何由到，魂驚半欲銷。寄言薛丞相，最穩是輕軺。

過楊二渡

春跡無痕可得尋，不將詩眼看春心。鷺邊楊柳鷗邊草，一日青來一日深。

兩日山尋儘野花，今晨水眺始去聲。桑麻。春風嬌得千垂柳，恰限身才箇箇斜。

柳見風時舞便輕，解將衮遍趁鶯聲。道它誇逞腰肢着，音斫。風罷元來倦不勝。

宿青山市

青山業主是玄暉，太白無錢典得伊。總是詩仙休更訟，兩蓑分釣一魚磯。
雲塗霧抹澹葱曨，萬匹霜綃罩玉龍。中有雙峰不争長，諸峰情願長雙峰。
近看青山却朗然，更無半點霧和煙。一峰是石高多少，到得峰頭即到天。

題青山市汪家店

市心酒店客來嘗，且酹仙家十二郎。鸐鵶鸕鷀何處覓，只將老瓦當瑶觴。
小小樓臨短短墻，長春半架動紅香。楊花知得人孤寂，故故飛來入竹窻。

過廣濟圩

圩田歲歲鎮逢秋，圩户家家不識愁。夾路垂楊一千里，風流國是太平州。
兩渠水夾一堤寬，箇是東皇大音隋。御園。旋插緑楊能幾日，新枝已自不勝繁。
桑疇一眼鬱金黄，麥壠千機緑錦坊。詩卷且留燈下看，轎中只好看春光。

清明日午憩黄池鎮

莫笑孤村小市頭，花邊人出浦邊游。緑楊拂水雙浮鴨，碧草粘天一落鷗。嬾困風光酣午睡，陰沉天氣嫁春愁。阿誰道是清明節，我對清明唤作秋。

宿橫岡

我豈忘懷一畝居，誰令愛讀數行書。秋南春北鴈相似，柳思花情鬪不如。上市魚鰕村店酒，帶花菘芥晚春蔬。長亭一醉非難事，造物相撩莫管渠。

夜雨曉發橫岡

醖造通宵雨，慇懃數日風。加三濃穲緑，第一淡蔫紅。潤物初非惠，司春豈有功。老農私獨喜，不羨去年豐。

道旁雨中松

莫信秦人五大夫，一生清苦不敷腴。也將青玉琱釵子，一一釵頭綴雨珠。

宿新豐坊詠瓶中牡丹因懷故園

客子泥塗正可憐，天香國色一枝鮮。雨中晚斂寒如此，燭底宵暄笑粲然。自覺玉容微婉軟，急將翠掌護嬋娟。江南也有新豐市，未羨賓王酌聖賢。

天下花王絶世無，儂家移得洛黴蘇。花頭每朵一千葉，親手前春五百株。雪白猩紅相映帶，嬌黄釅紫更敷腴。鄉魂開眼歸將去，飛過長江彭蠡湖。

宛陵道中

溪繚雙衣帶，橋森百足蟲。傘聲松徑雨，巢影柳塘風。犬誤隨行客，牛偏識牧童。追程非要緩，路滑試怱怱。

題趙昌父山居八詠

竹隱

大隱隱於酒，小隱隱於竹。何不呼麴生，來同此君宿。

晏齋

五陵槿梢花，千駟草頭露。富貴人始去聲。傳，屢空今不數。

苔竹軒

青士長得瘦，翠兄工買貧。向來素愛者，已賺一詩人。

兩峰堂

踏得草鞋穿，行得汗脚損。却換一枝藤，拄到雙玉笋。

已矣軒

鑾觸無休日，菟裘有別天。撫松非已矣，采菊未悠然。

倚雲亭

俗子令眼白，瑞峰令眼青。自移聽雨榻，且上倚雲亭。

霞牖

夕借月爲燭，晨將霞作簾。猶言貧到骨，不悟取傷廉。

青氈堂

客來借氈看，笑指一書策。不管賣不行，且圖偷不得。

曉晴發黄杜驛

望後月不落，偏於水底明。對懸雙玉鏡，併照一金鉦。忽值山都合，渾無路可行。多情小花徑，導我度千縈。

巷竹欹將倒，林花濕不飛。總將枝上雨，洒入轎間衣。晴色猶全嫩，春寒肯便歸。秖能欺客子，户户閉荆扉。

初曉明朗忽然霧起已而日出光景奇怪

明發望遠山，一一粲可數。幽人萌望心，便被山靈妬。逡巡出神通，變化足驚怖。初將兜羅綿，擘作霏微絮。週遭裹世界，仰視失天宇。高懸赤瑛盤，不計丈尺許。下照空濛間，紅光貫輕素。中有人物影，紛紜競來去。亦各有所持，莫辨是何具。猶嫌未奇怪，别出奇怪處。珠立一路幢，瑶森四山樹。横空金橋梁，拔地玉窣堵。駭目方諦觀，捲地急收去。恍疑刮眼膜，依舊認山路。那知幻與真，不記夢兼寤。神遊峨眉山，誑俗笑佛祖。笑誑却被誑，佛祖還笑汝。

晨炊杜遷市煮筍

金陵竹筍硬如石，石猶有髓筍不及。杜遷市裏筍如酥，筍味清絶酥不如。帶雨斸來和籜煮，中含柘漿雜甘露。可齏可膾最可羹，繞齒蔌蔌冰雪聲。不須呪筍莫成竹，頓頓食筍莫食肉。

新路店道中

去秋行部慘山容，得似春山意態濃。嫩緑峰當新雨後，亂紅花發爛晴中。仙姿玉骨丹青寫，霧鬢風鬟錦綉幪。染得筆頭生五色，急將描取入詩筒。

嘲道旁楓松相倚

雙楓一松相後前，可憐老翁依少年。少年翡翠新衫子，老翁深衣青布被。更看秋風清露時，少年再換輕紅衣。莫教一夜霜雪落，少年赤立無衣着，老翁深衣却不惡。

雨後田間雜紀❶

稻田滴水價千金，溪澗求分不肯分。一雨萬畦都水足，却將傾瀉作溪渾。

田水高低各鬬鳴，溪流奔放更驩聲。小兒倒撚青梅朵，獨立茅簷看客行。

行到深村麥更深，放低小轎過桑陰。再三傳語春寒道，好爲農家惜緑針。

晴路無泥亦未埃，野雲儘薄不全開。滿山都是長松樹，無數楊花何處來。

正是山花最鬧時，濃濃淡淡未離披。映山紅與昭亭紫，有木花而淺紫，名昭亭花。挽住行人贈一枝。

宿白雲山奉聖禪寺

徑夾長松照地青，眼看高閣與雲平。出林殿脊先知寺，滿路花枝未見鶯。上到峰頭千嶂合，下臨嶺脚一溪横。山寒入骨冰相似，冰去聲。殺人來却道清。

---

❶「間」，底本目録作「中」。

登奉聖寺千佛閣

一隻奇峰入眼中，看來隻隻是奇峰。好山道是無重數，少説青蒼十萬重。

遠山細膩近山麄，別處求麄也則無。更向遠山山外看，教君病眼一雙枯。

長誦懸崖置屋牢，此詩此閣晚相遭。閣中未覺高低在，下到山門始去聲是高。

何許飛來雙白鷗，碧山貼出雪花浮。倚欄只管移床立，看到雙鷗没處休。

過寧國縣

薄日烘雲未作霞，好峰怯冷着輕紗。絶憐山色能隨我，政用花時不在家。騎吏那愁千里遠，牡丹各插一枝斜。細看文脊空多肉，不似青陽看九華。文脊山正在寧國縣，其高大不減九華，但無九峰。

桑茶坑道中

兩邊山束一溪風，盡日行程在井中。猶喜天圍能里許，井中那得箇寬通。

田塍莫笑細於椽，便是桑園與菜園。嶺脚置錐留結屋，盡驅柹栗上山顛。

沙鷗數箇點山腰，一足如鉤一足翹。乃是山農墾斜崦，倚鉏無力政無聊。

下山入屋上山鉏，圖得生涯總近居。桑眼未開先着椹，麥胎纔茁便生鬚。

秧疇夾岸隔深溪，東水何緣到得西。溪面秪銷横一梘，水從空裏過如飛。

蠶麰今歲十分强，催得農家日夜忙。已縛桁竿等新麥，更將丫木撐去聲欹桑。

晴明風日雨乾時，草滿花隄水滿溪。童子柳陰眠正着，一牛喫過柳陰西。

山根一徑抱溪斜，片地纔寬便數家。漫插漫成堤上柳，半開半落路旁花。

明發周村彎

不住寬鄉住甕門，那知世上有乾坤。環將峻嶺包深谷，圍出餘天與別村。茅屋相挨無着處，花溪百摺不教奔。江淮地迥寒無價，宣歙山寒更莫論。

過主嶺

昨日山行尚有村，今朝嶺塞更無門。仰攀苔磴上絶頂，却倒去聲。籃輿下峻巒。身覺去天纔寸許，岸臨無地不堪看。前頭尚有芙蓉在，此嶺難登未是難。芙蓉嶺最險，在婺源五嶺之數。

過胡駱坑

説盡山寒未識寒，此間寒不是人間。巖崖泉凍琉璃澗，冰雪雲封翡翠山。一檐衣裳都着盡，兩邊牕子更深關。聳肩縮頸仍呵手，無策能温兩脚頑。

已被山寒病老身，車徒溪涉更艱勤。霧皆成點元非雨，日出多時未脱雲。猿鳥一聲人不見，松杉四塞徑無痕。十分晴暖儂何福，肯借曦光三五分。

安樂廟頭

誰遣詩家酷愛山，愛山説得口瀾翻。千峰萬嶺争投奔，一陟三休却倦煩。堆案滿前何處着，枯腸飽後豈能餐。殘嵐賸翠渾無用，包寄金陵同社看。

未至安樂坊隔林望見霜鏗嶺兩峰特奇

天知老子厭凡山，別放潛瓌伏寶看。一行音巷。橫林遮嶺脚，兩峰如笋出雲端。舉頭瞥見還驚遯，到骨清奇特地寒。彼此相遭有緣法，悔將嗔喜觸巑岏。

安樂坊牧童

前兒牽牛渡溪水，後兒騎牛回問事。一兒吹笛笠簪花，一牛載兒行引子。春溪嫩水清無滓，音查。春洲細草碧無瑕。五牛遠去莫管它，隔溪便是群兒家。忽然頭上數點雨，三笠四蓑趕將去。

宣歙道中

天齊玉立萬孱顔，三日深行紫翠間。便是昨來千佛閣，望中見此兩州山。詩家寒刮少陵骨，宮樣高梳西子鬟。秖好遥看莫登覽，今晨登處鬢都斑。

新安江水自績溪發源

金陵江水只鹹腥，敢望新安江水清。皺底玻瓈還解動，瑩然酃渌却消醒。泉從山骨無泥氣，玉漱花汀作珮聲。水記茶經都未識，謫仙句裏萬年名。太白云：「借問新安江，見底何如此。」又云：「何謝新安水，千尋見底清。」

宿黄土龕五更聞子規

通宵不睡睡方奇，夢裏驚聞新子規。秖是一聲已腸斷，况當三月落花時。不論客子愁無那，便遣家人聽亦悲。歸到江西歸始去聲。了，江東歸得未爲歸。

明發黄土龕過高路

又過峥嶸兩峽間，也無溪水也無田。嶺雲放脚寒垂地，山麥掀髯翠拂天。碧玉屏風吹不倒，青綾步障買無錢。詩人富貴非人世，猶自凄凉意惘然。

寄題周元吉左司山居三詠

酣賦亭

詩酒如今誰主盟，須還酣賦老先生。三杯兩醆鶯花底，一斗百篇談笑成。太白自翻新樂府，小蠻度入妙歌聲。生前身後名兼飲，二事何曾有重輕。

可止亭

金印龍章屬市朝，清風明月屬漁樵。世皆蠻觸君知止，渠自王公我豈驕。真箇歸田何必賦，自家甘隱不緣招。老夫三徑都荒了，松菊雖存已半凋。

適菴

莫道尊爐不近名，儘談鵬鷃未忘情。醉中賭得苕溪月，醒後還輸茂苑鶯。豈但二豪俱不見，向來三傑亦何成。有人來問適菴趣，便是公榮也一觥。

晨炊泉水塘村店無肉只賣笋蕨嘲亭父

屠門深閉底須愁，土銼無煙也莫羞。笋便落林猶勝肉，蕨纔出土更燒油。萬錢下箸今安在，一飯流匙飽即休。吾道藜羹元不糝，至今諱殺古陳州。陳州人諱「餓殺孔夫子」。

高梘石嶺雨中雲氣蔽虧山色隱顯

絶頂仙人富寶熏，水沉山子不論斤。堆從平地到天半，併作清香一炷焚。煙繞翠鬟蒼玉佩，身披白縠素羅帬。更將萬斛薔薇露，洒作桑麻萬頃雲。

詠績溪道中牡丹二種

絲頭粉紅

淡醋紅，千葉蹙皺，渾是花片，無蘂，甚麗。其香清軟，花頭重五六兩許。

看盡徽蘇譜與園，牡丹未見粉絲君。春羅淺染醋紅色，玉板蹙成帬摺紋。頭重醉餘扶不起，肌香淑處澹仍芬。老夫生有栽花癖，客裏相看爲一醺。

重臺九心淡紫進退格

明紫，外有大片托盤，甚瑩，不皺，中盛碎花片，而碎片之中又突起九高片，高下皆皺。蘂鬱金點綴，生於高下花片之上，甚佳。其香清媚而微酷。

紫玉盤盛碎紫綃，碎綃擁出九嬌饒。却將些子鬱金粉，亂點中央花片梢。葉葉鮮明還互照，婷婷風韻不勝妖。折來細雨輕寒裏，正是東風拆半包。

宿三里店溪聲聒睡終夕

破驛荒村山路邊，斜風細雨客燈前。子規一夜啼到曉，更待溪聲始去聲。不眠。

曉行道旁杜鵑花

泣露啼紅作麽生，開時偏值杜鵑聲。杜鵑口血能多少，不是征人淚滴成。

曉行聞竹雞

山行三日厭泥行，幸自今晨得一晴。又聽數聲泥滑滑，情知浪語也心驚。

一番行路一番愁，還自兒時到白頭。路不喚君君自去，爲誰着直略切。急不歸休。

曉過新安江望紫陽山懷朱元晦

紫陽山下紫陽翁，今住閩山第幾峰。退院歸來罷行脚，被他强占一江風。

明發茅田見鷺有感

自歎平生老道塗，不堪泥雨又驅車。鷺鷥第一清高底，拂曉溪中有幹無。

雨中春山

誰作春山新幛子，尖峰爲筆天爲紙。近看點綴八九山，山外遠山三萬里。紙痕慘淡遠山昏，上有長松青到雲。自嫌松色太青在，旋拈粉筆輕輕蓋。須臾粉淡松復青，至竟遠山描不成。

明發西館晨炊藹岡

盤蔬盂飯趁朝飢，争指枯腸作地基。不覺南山新笋蕨，攙先占却未多時。

人家争住水東西，不是臨溪即背溪。摎得一家無去處，跨溪結屋更清奇。

也知水碓妙通神，長聽舂聲不見人。若要十分無漏逗，莫將戽斗鎮隨身。宣、歙就田水設碓，非若江溪轉以車輻，故碓尾大於身，鑿以盛水，水滿則尾重而俯，杵乃起而舂。

何須名苑看春風，一路山花不負儂。日日錦江呈錦樣，清溪倒照映山紅。

明發祈門悟法寺溪行險絶

右緣絶壁左深溪，頭上春霖脚底泥。溪裏仰看應落膽，閉牕關轎不教知。

一派泉從千丈崖，轟霆跳雪瀉將來。無論驚殺行人着，音斫。兩岸諸峰震欲摧。

山不人煙水不橋，溪聲浩浩雨蕭蕭。何須雙鷺相温暖，鷺過還教轉寂寥。

溪行盡處却穿山，忽有人家併有田。幸自驚心小寧貼，誤看田水作深川。

山行政好又逢溪，況是危峰斗下時。知與此溪有何隙，遣它不去秖相隨。

已是山寒更水寒，酸風苦雨併無端。詩人瘦骨無半把，一任殘春料理看。

過閶門溪

祈門縣悟法寺下並大溪，陸行二十里許，兩山環合，復立雙石刺天如門。溪水過雙石之間，極險，名曰閶門，縣之得名以此也，門外乃可登舟。

黟祈二邑水分源，到此同流怒政奔。忽值兩山盤作峽，更峩雙石插爲門。中通翠浪纔容線，仰看青天細似盆。灔澦瞿唐姑未問，秖經此險已銷魂。

閶門外登溪船

步下新船試水初，打頭攬載適逢予。一椽板屋纔經雨，兩面油牕好讀書。剩買春風木芍藥，亂簪棐几竹籧篨。清溪浮取松亭子，賞徧千山不要驢。

上得船來恰對山，一山頃刻變多般。初堆翠被百千摺，忽拔青瑶三兩竿。夾岸兒童天上立，數村樓閣電中看。平生快意何曾夢，老向閶門下急灘。

當面峰頭些子雲，坐看吹作雨紛紛。朝來山路能愁我，今者溪船正要君。遠嶺輕盈橫皺縠，明牕撩亂觸驚蚊。猶争新漲一篙碧，遮莫飄蕭二十分。

選甚天時晴未晴，舟行終是勝山行。蓬忺雨點斜偏好，枕慣波聲夢不驚。幸自車徒小休息，又聞鼓笛鬧將迎。偶然回首來時路，一夜霜毛一倍生。

無家不住曲溪邊，秪種高山不種田。絶壁入天天入水，亂篙鳴石石鳴船。百灘春浪雪頭過，兩岸林花鏡底眠。歸路商量更舟楫，廬山彭蠡好風煙。

誠齋集卷第三十五

廬陵楊万里廷秀

詩

江東集

舟過城門村清曉雨止日出

五日銀絲織一籠，金烏捉取送籠中。知誰放在扶桑樹，秪怪滿溪煙浪紅。
深村可笑是居民，生長深山野水濱。總出籬東攜稺子，走來岸上看官人。
鬖鬆睡起攬詩編，信手繙來誦數篇。忽有篙聲仍絶叫，隔篷知是上灘船。
行人都上半山青，記得前朝傍險行。左右回身看不徹，兩邊已失一灘聲。
地錦花鋪地錦衣，碧茸上織紫花枝。垂楊舞罷鸎停唱，不捲華絪待阿誰。

入浮梁界

濕日雲間淡，晴峰雨後鮮。水吞隄柳膝，麥到野童肩。漚漩嬉浮葉，炊煙倒入船。順流風更順，只道不雙全。

小灘

溪水無情知有情，落灘告訴不堪聽。前波到此方鳴咽，後浪依前作許聲。

水到灘頭似語離，自知無復再歸溪。臨流莫灑離人淚，幸自灘聲未苦悲。

船裏征人政念歸，居人來看却嗟咨。居人秪羨征人着，音斫。世世安生不自知。

秧疇

田底泥中跡尚深，折花和葉插畦心。晚秧初撚金狨線，先種輸它緑玉針。雲蘢霧疇俱水響，絲風毛雨政春陰。莫聽布穀相煎急，且爲提壺强滿斟。

水中山花影

閉轎那知山色濃，山花影落水田中。水中細數千紅紫，點對山花一一同。

宿樂平縣北十里西塘

破店能無漏，孤燈肯更明。中間通客路，終夜有人聲。坐又坐不得，眠來眠未成。如何故山友，抵死怨躬耕。

道旁桐花

春色來時物喜初，春光歸日興闌餘。更無人餞春行色，猶有桐花管領渠。

過樂平縣

笋蕨都無且則休，菜無半葉也堪羞。滿城都賣雪花薺，昨日愁人未是愁。

過蕎山渡

自閏月十九日過宣城，入寧國、績溪、新安、休寧、祈門、浮梁，至樂平，皆山行。三月四日出樂平南二十里許過渡處，始得平地。江流甚闊，喜而賦之。

千重溪水萬重山，半月深行井底天。井外還來天大音惰。在，江心一眼四無邊。

過白土嶺望見芙蓉峰七八峰最東一峰特奇里人名爲芙蓉尖云

看山須是高處看，低處看來元不見。君看矮子仰高人，只識長身那識面。今晨雨止昇火輪，一光銷盡千山雲。千山數日眼中失，今晨頭角都争出。初登峻嶺也心驚，上到絶頂忽眼明。天外數枝青玉筆，飛入錦囊寒突兀。問來還是芙蓉尖，闊開兩牕高捲簾。

田路泥行

路是新泥作，泥逢積雨滂。如緣大鮎脊，更繞九羊腸。前店看殊近，行人覺轉長。商量避五嶺，辛苦恰相當。初欲取婺源路，孫德操力勸云不若避五嶺之險，故取祈門。

入弋陽界道旁兩石山一曰蘆山絶妙一曰石人峰次焉上有一石起立如人形云

一色將蒼玉，雙堆作假山。峰巒妙天下，花草半巖間。舊瘦天風骨，新晞雨髻鬟。何人緣底恨，化石立孱顔。

芙蓉渡酒店前金沙芍藥盛開

山店春光也自妍，芙蓉渡口數家村。笋輿低過金沙架，籬落踈圍芍藥軒。孤客倦游殊寂寞，兩花作意與温存。可憐經眼忽忽去，不拆紅香倒緑尊。

晨炊横塘橋酒家小牕

飢望炊煙眼欲穿，可人最是一青帘。雙渠走水穿三店，獨樹欹流蔭兩簷。牕扇透明仍挂上，爐香未爇更多添。山村秖苦無良醞，嫌殺芳醪似蜜甜。

午憩馬家店

兩日田間路，泥深惱殺儂。却從平地上，再入亂山中。水送隨行日，牕留退後峰。生衣兼草鞁，年例試春風。

過松源晨炊漆公店

側塞千山縫也無，上天下井萬崎嶇。昨朝曾過芙蓉渡，尋到溪源一線初。

山北溪聲一路迎，山南溪響送人行。也知流向金陵去，若過金陵莫寄聲。

後山勒水向東馳，却被前山勒向西。道是水柔無性氣，急聲聲怒慢聲悲。

日高谷底始去聲。微暄，嵐翠依然透骨寒。説與行人忙底事，金雞聲裏促銀鞍。

莫言下嶺便無難，賺得行人錯喜懽。政入萬山圍子裏，一山放出一山攔。

政是行人腸斷時，子規得得向人啼。若能淚得居人臉，始去聲。信春愁總爲伊。

獵橋午憩坐睡

路是山腰帶，苔爲石面花。隔溪聞鳥語，踈竹見人家。雨足晴須耐，神勞睡却佳。睡魔推不去，知我怯新茶。

答徐子材談絶句

受業初參且半山，終須投換晚唐間。國風此去無多子，關棙挑來秖等閑。

過丫頭巖

告老身心日互催，又將烏帽點黄埃。丫頭巖下來仍往，四十三年十二回。

野薔薇

紅殘緑暗已多時，路上山花也則稀。藞苴餘春還子細，燕脂濃抹野薔薇。

道旁石榴花

待闕南風欲炷香，東風打併住西堂。石榴已着乾紅蕾，却問春歸有底忙。

宿月巖

月華無滿亦無虧，天借寒光劣半規。長挂冰盤下弦魄，新生丹桂出輪枝。偏令南省登金客，争賦東堂片玉詩。傳語姮娥還有妹，請分一箇住幽奇。

解舟上饒明暉閣前

玉水風船擘岸開，一帆飛到雨花臺。思量饒歙山溪路，夢裏征行也莫來。

和王道父山歌

夜卧舟中聞有唱山歌者倚其聲作二首王道父

生來不識大門邊，一片丹心石樣堅。聞道阿郎難得婦，無媒争得到郎前。

種田不收一年事，取婦不着一生貧。風吹白日漫山去，老却郎時懊殺人。

和

東家娘子立花邊，長笑花枝脆不堅。却被花枝笑娘子，嫁期已是蹉去聲。春前。

阿婆辛苦住西鄰，豈愛無家更願貧。秋月春風擔閣了，白頭始去聲。嫁不羞人。

雨後泊舟小箬回望靈山

靈山相識已平生，雨後精神見未曾。一朵碧蓮三萬丈，數來花片八千層。雲姿霧態排天出，竹杖芒鞋欠我登。羡殺峰頭頭上寺，厭山不看是諸僧。

小箬舟中望月

偶於古柳繫春船，雲放千峰月滿川。跳入廣寒宫裏坐，下看碧玉鏡中天。斯須萬象都成雪，遮莫三更且未眠。歸到金陵入官府，夢中説夢也無緣。

過龜峰

大龜昂首瞻南天，仙人赤脚騎龜肩。小龜一雙走隨母，指爪穿盡追不前。仙人不知卜何事，踏脱緑毛紛滿地。老夫也要鑽一鑽，何日故園遂歸計。

寄題程元成給事山居三詠

葵心堂

人笑戎葵定自癡，不愁曦景蚤兼遲。便令隔霧光難到，也則傾心苦爲誰。衛足平生非我志，向陽一點只天知。話頭試問伯休父，休父丹衷便是葵。

秀野堂

梅竹來禽帶月栽，牡丹菡萏照江開。新安見底正如此，舊雨故人從不來。秀色野香供雪飲，名章俊語用雲裁。無論獨樂兼同樂，𥴊面春風翠作堆。

攬有亭

葵心一岫卓南涯，秀野諸峰走北來。中起新亭雙奄有，盡驅景物四邊回。木居士作猥塵歎，孤竹君真梁棟材。知有此亭無此樣，併煩與可灑松煤。亭材不用寸木，以竹爲之。

野荼蘼

去歲諸司賞物華，荼蘼一會屬儂家。今年不識荼蘼面，却買茅柴對野花。不識荼蘼恨殺人，野花香裏度芳晨。寄牋爲報東皇道，不理今年一箇春。

舟過安仁

恰則油牕雨點聲，霎時花嶼日華明。不須覆手仍翻手，可殺春雲没十成。初受遥山獻畫圖，忽然卷去淡如無。莫欺老眼猶明在，和霧和煙數得渠。

一葉漁船兩小童，收篙停棹坐船中。怪生無雨都張傘，不是遮頭是使風。

南風作音佐。雨北風休，豈是春雲得自由。只者去聲。天時過湖得，長年報道不須愁。

渭川千頃在詩胸，不管屠羊肆裏空。踏破菜園妨底事，莫教踏到竹園中。

過鄱陽湖天晴風順

湖外廬山已見招，春風好送木蘭橈。青天挾日波中浴，白晝繁星地上跳。萬頃琉璃吹一葉，半篙霜雪快今朝。廬陵歸路從西去，却峭東帆趁落潮。

舟至湖心望豫章西山雲起風雨驟至

横洲送我忽俱還，四顧無邊已慘顏。雪浪撞天吞几子，湖心山名。砲雲將雨起西山。一聲霹靂從空下，萬丈金蛇掣斗間。舟子驚呼總無色，平生忠信且今番。

悶歌行

阻風泊湖心康郎山旁小洲三宿，作《悶歌行》。

山行舊路不堪重，及汎湖波又阻風。世上舟車無一穩，乾坤可是剩詩翁。

同列諸公總勸予，歸時切莫過重湖。婺源五嶺祈門峽，今是危塗是坦塗。

一夜顛風翻却天，簸將白浪到天邊。康郎尚自無根脚，斗大音惰。洲頭却繫船。

問來鄔子到南康，水路都來兩日强。屈指行程誰道遠，如今不敢問都昌。都昌至南康尚百里。

書策看來已覺煩，詩篇厭了更休論。客心未便無安頓，試數油牕雨點痕。

一風抛起萬瓊樓，几子康郎總掉頭。莫怕浪高洲盡没，海船下碇併無洲。
新詩哦罷倦來眠，蝴蝶飛游八極邊。船外風濤如霹靂，一聲不到睡鄉天。
湖心何許有人煙，上下雙天兩點山。犬吠雞鳴四船裏，旋成水國一家村。
船上猶餘一日糧，湖心糧盡糴何鄉。仙家辟穀從誰學，明日無炊即秘方。
南人方理北歸舟，北地風來便作愁。不道北船等多日，北風不作不成休。
大風動地卷波頭，索酒頻添醉未休。不判明朝教作病，却圖今夕要忘愁。
風力掀天浪打頭，只須一笑不須愁。近看兩日遠三日，氣力窮時會自休。

明發康郎山下亭午過湖入港小泊棠陰砦回望豫章西山慨然感興

大江日東流，我坐自向西。亦復拜新月，不爲學蛾眉。恭惟月生處，下臨故園池。青松一萬株，牡丹三千枝。床下枕北山，簷前漱南溪。歲歲身不到，夜夜魂必歸。魂歸諒何益，夢覺心自怡。魂夢尚如許，而況真歸兮。前日至鄡子，西山出湖湄。如見鄉人面，一笑相娱嬉。旅情得暫欣，鄉愁動長思。今朝發康郎，一路能相隨。我船趨都昌，回首尚見之。偶爾轉港汊，極目煙水迷。不得一揖别，悔懊庸可追。

解舟棠陰砦

湖盡有殘渺，情知無博瀾。縱眺猶杳空，至竟濟者安。回思遇險時，分晷過亦難。亦豈有奇畫，死生聽之天。安知天矜否，此外無控摶。一風動旬月，三日忽自闌。未涉浪自怖，既涉焉用驩。畏塗已數践，老命偶再全。還家切勿訴，空遺兒女潸。亦勿訴同列，同列已預言。

宿四望山下望廬山

過湖見遠岫，澹若横碧煙。晨蔚動霽暉，春滋涵雨鮮。人世那有此，心疑是廬山。宿驚恍未定，欲問無暇言。落日泊四望，諸峰森在前。老夫急親指，舟子答果然。平地起屏障，倚空開旗旜。潛抱秀潤質，不露奇怪顔。乃知名山尊，未與凡嶺班。嚴重王公體，雍容德人賢。何必出鋒鋭，要駭俗子觀。坐令我生敬，瞻仰忘憂端。更待孤月出，開篷望晴巒。

明發四望山過都昌縣入彭蠡湖

衆船争取疾，直赴兩山口。吾船獨横趨，甘在衆船後。問來風不正，法當走去聲。山右。不辭用盡力，要與風相就。忽然挂孤帆，吾船却先走。

宿廬山栖賢寺示如清長老

清風迎衣襟，白雲捧脚底。飄然徑上廬山頭，誰道栖賢三十里。鄉禪引到獅子峰，旃檀噴出香霧濃。此一瓣香爲五老，一笑問我顔猶紅。右看南嶽左東海，方丈祝融抹輕黛。群仙遥勸九霞觴，金盤玉箸鯨魚膾。急呼清風與白雲，送我更往會列真。鄉禪恐我忽飛去，挽着衣襟復留住。下視落星石一拳，長江一線湖一涓。醉掬玉淵亭下泉，磨作墨汁灑醉篇。

題栖賢寺三峽橋

栖賢與楞伽，初本共一山。古潭宅神龍，睡醒厭久跧。是夕起雷雨，震得天地翻。此山拆爲兩，一溪斷中間。下窺黑無地，上攀青到天。從此兩禪寺，路絶不往還。祖師見之笑，彈指降神姦。問天借横蜺，搭渡溪兩邊。倒傾千崖雪，飛下一玉淵。餘怒尚雷吼，聲拔諸峰根。我來不能去，輕生倚危欄。忽然心爲動，毛骨森以寒。上人指斷岸，猶帶初拆痕。

徧游廬山示萬杉長老大璉

余夜宿栖賢，詰朝行散，同臨川危科逢吉、南豐黄文冨世高、永嘉周寓泰叔、宣城郭儀令則、栖賢老如清、萬杉大璉、開先師序、歸宗道賢徧觀廬山，紀行示萬杉。

肩輿小斑筠，地志古青册。初穿千長松，忽仰萬絶壁。觀山不知名，披志失山色。行行問不住，一一漸可識。何代五老人，登峰化爲石。年齡今幾春，齒牙諒無力。天賜五玉乳，與渠供朝食。淵明醉眠處，石上印耳迹。逸少養鵝池，蘚花漬餘墨。鶴鳴南天青，龜拜北斗白。栖賢緣不淺，月枕借雲席。萬杉與開先，弄泉碎珠璧。病眸貪窮眺，跰趾怯周歷。同游多俊人，淡話半禪伯。兹來殆天假，不爾豈人及。歸船載曉星，回首兩相憶。五老、五乳、鶴鳴、龜行，皆峰名。龜行者，行而朝北斗也。山上有淵明醉石、右軍鵝池。

題漱玉亭示開先長老師序

山根玉泉仰面飛，飛出山頂却下馳。自從廬阜瀉雙練，至今銀灣乾兩支。雷聲驚裂龍伯眼，雪點濺濕姮娥衣。寄言蘇二李十二，莫愁瀑布無新詩。

又跋東坡太白瀑布詩示開先序禪師

東坡太白兩詩翁，詩到廬山筆更鋒。倒挂銀河分一派，擘開玉峽出雙龍。天孫織錦機全别，仙子裁雲手自縫。界破青山安用洗，涴它瀑布却愁儂。

贈歸宗長老道賢

地下歸宗天下傳，老夫剩欲到雲邊。王弘送酒催歸去，且省遠公沽酒錢。

過江州岸回望廬山

廬山山南刷銅緑，黄金鋸解純蒼玉。廬山山北潑藍青，碧羅幃裏翡翠屏。昨日山南身歷徧，今朝山北舟中看。山南是我所部民，山北是我鄉中人。部民鄉人何厚薄，有人問我山美惡。詫南賒得鄉里嫌，評北又道月旦嚴。兩平只在一言内，山如西子破瓜歲，山南是面北是背。南石山，北土山。

大　孤　山

小姑小年嫁彭郎，大姑不嫁空自孀。小姑有夫似織女，大姑無夫如阿姮。盧慈也曾作媒妁，執柯教與五老約。東方一老差妙齡，五老峰東一峰短小。匹似彭郎却老成。大姑背面啼更道，豈有老人會年少，大姑年來年去今亦老。

過湖口縣上下石鍾山即東坡所記者是夕宿其下

上鍾山，下鍾山，兩鍾爾大音惰。何處懸。滄波作杵天作簴，懸在江湖都會間。蜀江西來一萬里，章江南來會於此。更着鄱陽與彭蠡，混同四水作一水。萬歲千秋撞不止，兩鍾可是難當抵。上鍾打得到骨髓，下鍾打穿胸腹底。世無坡老辨古器，誰知出自周與魏。老夫不能認欵識，願聞大聲開病耳，今夜月明正無滓。

發楊港渡入交石夾

朝雨匆匆霽，春山歷歷嘉。老青交幼緑，暗錦出明花。漁艇十數隻，雞聲三五家。人生須富貴，此輩亦生涯。

入夾寬中窄，臨流慢處深。朝陽明衆岫，西崦自多陰。脱袴嗔人儉，提壺侑我斟。老來除飲外，半點没春心。

山斷情相接，江同派暫分。無風猶細浪，有日却輕雲。生熟衣中半，陰晴氣兩熏。還家渾欲早，徐棹也堪欣。

荻岸何時了，松舟幾日停。波來全蜀白，樹去兩淮青。柔櫓殊清響，征人自厭聽。不知誰子醉，垂手瞰江亭。

過彭澤縣望淵明祠堂

夢裏邯鄲熟，談間栗里親。不聞擔板漢，曾羨采薇人。停待容來日，商量尚小貧。只欺五斗米，典没萬金身。

小孤山

大姑老已醜，小姑少而秀。婷婷獨立水精宮，羅襪生塵飄翠袖。彭郎坦腹方醉眠，小姑起舞春風前。古來同室無雙美，天壤乃有彭郎子。大孤一方石，立中流，前昂後低，與小姑相去二百里。小姑一尖石，峰甚秀。彭郎磯一横石，山與小姑對立兩岸，舟過其間。

水蝗蜋歌

清晨洗面開篷門，巨蝗蜋在水上奔。前怒兩臂秋竹竿，後拕一腹春漁船。偶然拾得破蛛網，挈取四角沉重淵。柳上蝗蜋工捕蟬，水上蝗蜋工捕鱣。捕蟬頓頓得蟬食，捕鱣何曾得魚喫。

阻風鄉口一日詰朝船進雨作再小泊雷江

朔吹憎船進，東暾讓雨行。雲移青嶂動，鴉度白雲明。淹泊寧吾願，吟哦且客情。江邊一株柳，憔悴似餘生。

幸自無多雨，其如不釃晴。嚮陰踈復密，暈水滅還生。鷺競波中影，山凝島外情。殘春只五日，留取作江行。

山已多姿了，雲仍太劣生。濃橫半嶺白，淡掃數峰青。照水影顛倒，迎曦時晦明。吾泓不孤殺，去聲。天賜碧瑶屏。

解舟雷江過東流縣

雲散煙還合，天昏日半烘。青山猶淡白，碧水欲輕紅。棹進欣恬浪，公無怨逆風。回思五湖裏，敢望大江東。

阻風泊舒州長風沙

苦被淮西市，苛留江表船。聞村紅酒賤，看網白魚鮮。元是滄浪客，况逢花柳天。山川嗔老我，醒眼對風煙。

解纜鷺溪北，浮舟鴈汊東。纔逢一日順，却阻四程風。萬事乘除裏，千年瞬息中。請君明着眼，造物一狙公。廬山下有鷺溪橋。

江　雨

雨點飛來水面初，濕銀盤裏走真珠。龍宫可是忙收拾，萬斛齊傾半霎無。

雨裏油牕莫要關，滴來堪翫洒堪聞。萬珠貢入龍宫了，賸得簷前數顆看。

翡翠洲横緑錦山，真珠汁洗水精甎。江天萬景無拘管，乞去聲。與詩人塞滿船。

三　月　晦　日

春光九十更三旬，暗準三旬賺殺人。未到曉鍾君莫喜，暮鍾聲裏已無春。

過池陽舟中望九華山

役役催行邁，怱怱過此春。杯翻五湖月，筆掃九華雲。不是風煙好，何緣句子新。兹游四千里，今日過三分。

解舟銅陵望淮山白雲

天惜淮山不惜銀，渾銀砌起一長城。淮山裹在銀城裏，半出諸峰越樣青。

銀城遮不盡淮山，許事何緣便達天。誰遣詩人强饒舌，和山失却忽蒼然。

隔　岸

隔岸淮南樹，中流渡北人。數來無急務，一數一回新。

題東西二梁山

發蕪湖，舟過東梁、西梁二山，皆石峰，夾大江對立兩涯，即採石蛾眉亭所望見如雙眉者。

二梁雙黛點東西，牛渚看來活底眉。阿敞畫時微失手，一眉高着音斫。一眉低。

莫恨當初畫得偏，却因偏處反成妍。喜來舒展愁來蹙，各樣嬌饒更可憐。

傳道臨春昔麗華，不從陳帝入隋家。獨將亡國千年恨，留下雙顰寄岸花。

舟過淩歊臺望謝家青山

南風久别忽言還，又苦河流九曲灣。若要順風兼順水，柂頭背指謝家山。

發慈湖過烈山望見歷陽一帶山

夢繞天津月再灣，慈湖解纜已開顔。淮山到眼渾相識，直北青梢是定山。

一出還添二百詩，風光投到費推辭。江湖物色休吟盡，留取西歸一半題。

舟過鵝行口回望和州雞籠山

兩月青山不暫離，入城未見有山時。萬峰送我都回去，只有雞籠未肯辭。

讀唐人于濆劉駕詩

劉駕及于濆，死愛作愁語。未必真許愁，説得乃爾苦。一字入人目，蜇出兩睫雨。莫教雨入心，一滴一痛楚。坐令無事人，吞刃割肺腑。我不識二子，偶覽二子句。兒曹勸莫讀，讀着恐愁去。我云寧有是，試讀亦未遽。一篇讀未竟，永慨聲已屢。忽覺二子愁，併來遮不住。何物與解圍，伯雅煩盡護。

跋常寧縣丞葛齊松子固衡永道中行紀詩卷

宜江風月冉溪雲，總與誠齋是故人。老向煙波詩句裏，一朝雙看兩州春。葛君自號煙波子。

跋葛子固題蘇道士江行圖

江行圖上指君山，寄語煙波不用看。烝水買船歸霅水，全家般入畫圖間。

送丘宗卿帥蜀

人似隆中漢卧龍，韻如江左晉諸公。四川全國牙旗底，萬里長江羽扇中。玉壘頓清開宿霧，雪山增重起秋風。近來廊廟多西帥，出相誰言只在東。

諭蜀宣威百萬兵，不須號令自精明。酒揮勑律天西椀，鼓卧蓬婆雪外城。二月海棠傾國色，五更杜宇説鄉情。少陵山谷千年恨，不遇丘遲眼爲青。

蜀人詫蜀不能休，花作江山錦作州。老我無緣更行脚，羨君來歲領遨頭。碧雞金馬端誰見，酒肆琴臺訪昔游。收入西征詩集裏，憶儂還解寄儂不。

題曾無疑雲巢

蘭芷溪頭子曾子，日飯蘭花飲溪水。猶嫌塵土涴荷衣，移家龍山西復西。清晨芒屨上山背，瞥見寸雲石邊起。急追捉得絮一毬，襟包袖裹不放休。須臾奔騰觸懷出，散滿晴空那可收。雲師却與曾子戲，展爲大幕褰爲帔。獨擕曾子登雲巢，其上無天下無地。忽聞阿香笑一呼，曾子驚顧巢亦無。歸來作巢學雲樣，夜夜雲來宿巢上。

寄題廬山楞伽寺三賢堂呈南康太守曾致虛

山房牙籤三萬軸，六丁下取歸群玉。空餘坡老枯木枝，雪骨霜筋插雲屋。楞伽老僧懷兩賢，作堂要與祠千年。只供清風薦明月，不用秋菊兼寒泉。江西社裏曾常伯，李家玉潤蘇家客。併遣巫陽招取來，分坐廬山泉上石。

自金陵得郡西歸曉發梅根市舟中望九華山進退格

山外雲濃白，峰頭日淺紅。横拕一疋絹，直掃九芙蓉。奔走來船裏，提攜入袖中。寄言杜陵老，不用剪吴松。

發趙屯得風宿楊林池是日行二百里

動地風來覺地浮，拍天浪起帶天流。舞翻柳樹知何喜，拜殺蘆花未肯休。兩岸萬山如走馬，一帆千里送歸舟。出籠病鶴孤飛後，回首金籠始欲愁。

題謝昌國桂山堂

艮齋引袖出明光，歸卧西江一草堂。種滿山中渾是桂，怪來月窟更無香。九秋金粟供朝飯，三徑黄花併夕糧。履上星辰冠上豸，一時脱却濯滄浪。

誠齋集卷第三十六

廬陵楊万里廷秀

詩

退休集

自金陵西歸至豫章發南浦亭宿黄家渡

過了重湖雪浪堆，章江欲盡淦江來。到家無此江山景，畫舫行遲不用催。

送劉惠卿

安成劉惠卿，舊字彦仁，善醫，有子讀書，攜艮齋詩見過，作兩絶句書于後。

活却千人藥一囊，陰功吹作滿城香。靈椿丹桂君家有，莫羡燕山竇十郎。

舊病詩狂與酒狂，新來泉石又膏肓。不醫則是醫還是，更問無方定有方。

十月四日同子文克信子潛子直材翁子立諸弟訪三十二叔祖於小蓬萊酌酒摘金橘小集戲成長句

誠齋老子不奈静，偶拄烏藤出苔徑。獨游無伴却成愁，群從同行還起興。每過一家添一人，須臾保社如煙雲。褰裳涉溪溪水淺，着屐度橋橋柱新。蓬萊一點出塵外，南溪裹在千花裏。芙蓉照波上下紅，琅玕繞屋東西翠。槿籬竹户重復重，雞鳴犬吠青霞中。蓬萊老仙出迎客，朱顔緑髮仍方瞳。餐菊爲糧露爲醑，染霧作巾雲作屨。欣然領客到仙家，行盡蓬萊日未斜。更傾仙瓢酌仙酒，酒外瓢邊亦何有。偶看小樹雙團欒，碧瑠璃葉黄金丸。主人忍喫不忍摘，笑道未霜猶帶酸。小僮隨我勇過我，不管仙翁惜仙果。争挽風枝揀霜顆，争獻滿盤來飣坐。隔水蓬萊看絶奇，蓬萊看水海如池。主人勸客對絶境，不飲令儂怒生癭。何如寄下未盡瓢，留待早梅賞踈影。

水仙盛開留子上弟小酌

手種凌波香，今歲便十斛。要知誠齋中，富底水仙國。有酒偏欠花，有花恨無客。與子對花前，不醉便了得。待勸已非真，不勸兩自索。安知醉與醒，今夕定何夕。

癸丑正月新開東園

長恨無錢買好園，好園還在屋東邊。週遭旋闢三三徑，只怕芒鞋却費錢。

與子上雪中入東園望春

草草東園未整齊，却於看雪最清奇。莫嫌踏濕青鞋子，自有瓊瑶隔路泥。

松　關

竹林行盡到松關，分付雙松爲把門。若放俗人來一箇，罰渠老瓦十分盆。

萬花川谷

無數花枝略說些，萬花兩字即非夸。東山西畔南溪北，更没溪山只有花。

度雪臺

二月盡頭三月來，紅紅白白一齊開。酴醿正要金沙映，莫道金沙只漫栽。

碧瑶洞天

青松萬樹竹千竿，蒼翠中間别一天。從此洞天三十七，初頭且數碧瑶仙。

三三徑

東園新開九徑，江梅、海棠、桃、李、橘、杏、紅梅、碧桃、芙蓉九種花木，各植一徑，命曰三三徑云。

三徑初開自蔣卿，再開三徑是淵明。誠齋奄有三三徑，一徑花開一徑行。

雪後東園午望

天色輕陰小霽中，晝眠初醒未惺鬆。梅横破屋無多雪，雲放東山第一峰。不道風光虧此老，將何功業答殘冬。土羔菜甲鵝兒酒，醉入梅林化作蜂。

玉盤盂

旁招近侍自江都，兩歲何曾見國姝。看盡滿欄紅芍藥，只消一朵玉盤盂。水精淡白非真色，珠璧空明得似無。欲比此花無可比，且云冰骨雪肌膚。

泉石軒初秋乘凉小荷池上❶

芙蕖落片自成舡，吹泊高荷傘柄邊。泊了又離離又泊，看它走徧水中天。

寄朱元晦長句以牛尾貍黄雀冬猫笋伴書

大武尾裔名季貍，目如點漆膚凝脂。江夏無雙字子羽，九月授衣先着絮。何如苗國孤竹君，排霜傲雪高拂雲。子孫總角遁歸根，金相玉質芝蘭芬。三士脂韋與風節，借箸酒池俱勝絶。先生胸次有皂白，一醉不須向人説。

跋臨川梁譯居士孝德記

雪裏星奔避亂兵，母先子後赴寒冰。秖知判得身俱死，不料還同母再生。

秖箇當時發一心，通天通地總渠臨。芝蘭玉樹今争秀，豈但一枝生桂林。一孫登第。

南齋前衆樹披猖紅梅居間不肆因爲翦剔

道是司花定有神，元來造化在詩人。掃除碧樹無情朵，放出紅梅恣意春。

七字長句敬餞提刑寺丞胡元之持節桂林

江西太守説誰子，只説吉州有新事。棘闈照日動碧鱗，粉堞入雲横爛銀。三年八邑邑邑熟，一任千日日日春。君不見吉州太守清何似，白鷺江心秋見底。除却太倉五升米，不曾遣人來向市。四鄰束脩來相

❶「石」下，宋遞刻本有「膏肓」二字。按：本書卷七四有《泉石膏肓記》。

看，不將入家將入官。清名襲人冰霜寒，隨風一夜入九關。帝曰桂林五千里，象犀珠玉生海裏。安得使者人人皆如此，金捐於山珠抵水。却從吉州奪吾侯，一州奪與三十州。梅花一笑迎漢節，桂花八株吹嶺雪。使星歸去作台星，跳音去聲。過郎星與卿月。

答賦永豐宰黄巖老投贈五言古句

吾友蕭東夫，今日陳后山。道肥詩彌瘦，世忙渠自閑。不見逾星終，每思即凄然。鄰邑黄永豐，與渠中表間。黄語似蕭語，已透最上關。道黄不是蕭，蕭乃墮我前。佳句鬼所泣，盛名天甚慳。詩人只言黠，犯之取飢寒。端能不懼者，放君據詩壇。

甲寅二月十八日牡丹初發

排日上牙牌，記花先後開。看花不子細，過了却重回。

燕脂樓子

樓子燕脂色，燈前艷更鮮。看花直到曉，今夕不成眠。

賞牡丹

把酒看花繞畫欄，病身只得忍輕寒。主人半醉花微倦，下却珠簾放牡丹。

上巳日周丞相少保來訪敝廬留詩爲贈

楊監全勝賀監家，賜湖豈比賜書華。回環自闢三三徑，頃刻常開七七花。門外有田聊伏臘，望中無處不煙霞。却慚下客非摩詰，無畫無詩只謾誇。

和　謝

相國來臨處士家，山間草木也光華。高軒行李能過李，小隊尋花到浣花。留贈新詩光奪月，端令老子氣成霞。無論藏去傳詒厥，拈向田夫野老誇。

因種酴醿金沙作度雪臺以下臨之酴醿瘁而金沙獨茂

獨種酴醿冷却伊，金沙作伴暖相依。酴醿枯了來年補，且看金沙也自奇。

東園墻隅雙松可愛栽酴醿金沙以繞其上

雙松樹子碧團欒，紅錦纏頭白錦冠。儘放花枝過墻去，不妨分與路人看。

登度雪臺

欲問金沙信，聊登度雪臺。碧桃良解事，開過架梢來。

雨後登度雪臺

三日東園近却睽，東風翦翦雨斜斜。春容雨打風吹盡，猶有金沙最後花。

東園幽步見東山❶

日日花開日日新，問天乞得自由身。不知白髮蒼顏裏，更看南溪幾箇春。何曾一日不思歸，請看誠齋八集詩。到得歸來身已病，是儂歸早是歸遲。

---

❶「步」下，宋遞刻本有「偶」字，底本目録誤作「隅」。

爲愛東園日日來，未曾動脚眼先開。南溪頃刻都行徧，更到東山頂上回。

天賜東園食實封，東山加賜在園東。東山山色渾無定，陰處青蒼曬處紅。

東園新種桃李結子成陰喜而賦之

桃李今春勝去春，添新换舊却重新。冥搜奇特根窠底，妙簡團欒樹子勻。移處帶花非差事，登時着子亦娱人。坡云十載方成蔭，未解誠齋別有神。

芍　藥　宅

風雨敗花，爲花作宅，上棟下宇，瓦之壁之，皆以油簾。

何以築花宅，筆直松樹子。何以蓋花宅，雪白清江紙。紙將碧油透，松作畫棟峙。鋪紙便成瓦，瓦色水精似。金鴟暖未焰，銀竹響無水。汗容漬不泣，晴態嬌非醉。盡收香世界，關在閑天地。風日幾曾來，蜂蝶獨得至。勸春入宅莫歸休，勸花住宅且小留。昨日花開開一半，今日花飛飛數片。留花不住春竟歸，不如折插瓶中看。

爲牡丹去草

手種名花夢亦隨，一年年望好花枝。爲花去草優饒處，兩袖青苔十指泥。

雨後步東園

晴繅金線不勝垂，寒勒青針未放齊。拄杖能言忽相報，三三徑裏已無泥。

初夏即事

旋作東陂已水聲，纔經急雨恰新晴。提壺醒眼看人醉，布穀催農不自耕。一似老夫堪笑死，萬方口業拙謀生。嘲紅侮緑成何事，自古詩人没十成。

枕上聞子規

半世征行怕子規，一聞一歎一霑衣。如今聽着渾如夢，我自高眠汝自啼。
去年借宅寄生兒，今歲群兒又學伊。羞面見它鷺與鸞，向人强道不如歸。

趙　村

白樂天《洛陽春》詩云：「明日期何處，杏花遊趙村。」自注云：「洛陽城東地名趙村，有杏花千樹。」又《遊趙村杏花》詩云：「趙村紅杏每年開，十五年來看幾回。」予東園杏花徑亭子因命曰趙村。
杏花千樹洛陽春，白傅年年愛趙村。月蘂晴葩風露格，老夫移得在東園。

有　歎

飽喜飢嗔笑殺儂，鳳皇未可笑狙公。儘逃暮四朝三外，猶在桐花竹實中。

四月三日登度雪臺感興

高臺喜登眺，登眺觸老情。入夏又涉三，餘春安得停。雨欄漂毿丹，風架舞壯青。秧生麥將熟，桑盡繭已成。盛衰亦其常，無頳豈有榮。古今非千載，一瞬即古今。慨然顧八荒，此理誰與評。我友諒無益，有益或麴生。生雖不能言，其言如震霆。但令我懷遣，未問醉與醒。

寄陸務觀

君居東浙我江西，鏡裏新添幾縷絲。花落六回疎信息，月明千里兩相思。不應李杜翻鯨海，更羨夔龍集鳳池。道是樊川輕薄殺，猶將萬户比千詩。

寄張功父

問訊子張子，詩狂除未除。年時一健步，寄我數行書。舊矣哦招隱，誰歟誦子虛。江湖隔京洛，不是愛相疎。

清曉行散

清曉東園政好嬉，忽然竚立小遲遲。爲逢咫尺青松上，無數群鸎政亂啼。

喜雨

欲知一雨愜群情，聽取溪流動地聲。風亂萬疇青錦褥，雲摩千嶂翠瑶屏。行人隔水遥相語，立鷺摧枝忽自驚。歲歲只愁炊與釀，今愁無甑更無缾。

雨後子文伯莊二弟相訪同游東園

北阮稀相見，東園肯到無。鞋留沙跡淺，扇答雨聲疎。新長水三尺，倒漂梅一株。炊煙起山崦，好箇晚村圖。

嘗桃

金桃兩飣照銀杯，一是栽來一買來。香味比嘗無兩樣，人情畢竟愛親栽。

菊夏摘則秋茂朝涼試手

種菊君須莫惜它，摘教禿禿不留些。此花賤相君知麼，從此千千萬萬花。

雲際院小池荷花纔落一葉急承之❶

欲落荷花先自愁，如何落後免沉浮。誰將碧玉圓盤子，和蘂和花一一收。

六月初四日往雲際院田間雨足喜而賦之

高下田疇水鬭鳴，泥深路滑不堪行。請君聽取行人語，只箇愁聲是喜聲。

去年今日政迎神，禱雨朝朝禱得晴。今歲神祠免煎炒，更饒簫鼓賽秋成。

題王才臣南山隱居六詠

莊敬日强齋

居人晏猶眠，行子夕未宿。此心從何生，却道力不足。

格　齋

讀書輪何知，問羊馬何與。二理仍兩心，終無研究處。

南　谷

我生本南溪，我長寓南谷。是子底無良，奪我谷中菊。

❶「一」下，宋遞刻本及底本目録有「荷」字。

竹亭

春亦只如是，冬亦只如是。别有一清風，請君參此味。

松庵

與花不同色，與竹元同德。風月偏相尋，携手清涼國。

腴亭

蜀張與蜀花，鄉人相解后。人存花更腴，人去花亦瘦。

夏夜誠齋望月

山居道是没空庭，不道誠齋敞更明。萬里青天元是水，半輪皎月忽成冰。只今夏熱已如此，若到秋高何似生。玉兔素娥兼老子，三家一樣雪髭鬙。

誠齋步月

先生散髪步庭中，孤月行天露滿空。已入廣寒宫裏去，如何别覓廣寒宫。

桂樹何曾不長枝，月輪却有不圓時。若教桂樹只管長，撐拆月輪誰補伊。

止酒

止酒先立約，庶幾守得堅。自約復自守，事亦未必然。約語未出口，意已慘不驩。平生死愛酒，愛酒寧棄官。憶昔少年日，與酒爲忘年。醉則卧香草，落花爲繡氈。覺來月已上，復飲落花前。衰腸不禁酒，此事今莫論。因酒屢作病，自祟非關天。朝來腹告痛，飲藥痛不痊。鋭欲絶伯雅，已書絶交篇。如何酒未絶，告至愁已先。我與意爲仇，意慘我何便。不如且快意，伯雅再遣前。來日若再病，旋旋商量看。

跋蕭彦毓梅坡詩集

西昌有客學南昌，衣鉢真傳快閣旁。坡底詩人梅底醉，花爲句子蘂爲章。想渠蹋月枝枝瘦，贈我盈編字字香。若畫江西後宗派，不愁禽賊不禽王。

入郡城泊文家宅子夜熱不寐

毒熱通霄不得眠，起來弄水繞庭前。大星跳去聲。下銀盆底，翻動琉璃一鏡天。

六月將晦夜出凝歸門

暑裏街頭可久停，今霄無月也宵征。一天星點明歸路，十里荷香送出城。山轎聲聲柔艣緊，葛衣眼眼野風清。五更月出還家了，不早相期作伴行。

荷池小立

點鐵成金未是靈，若教無鐵也難成。阿誰得似青荷葉，解化清泉作水精。

幽居感興

葛製冰餐消幾錢，雲栖水宿本臞仙。❶ 回頭背汗渾如雨，賺却閑身四十年。

---

❶ 「本」，宋遞刻本作「一」。

觀魚

老夫不奈熱，跣足坐瓦鼓。臨池觀游魚，定眼再三數。魚兒殊畏人，欲度不敢度。一魚試行前，似報無它故。衆魚初欲隨，❶皤然竟回去。時時傳一杯，忽忽日將暮。

秋涼晚酌

寄老山林度懶殘，新秋又是一年年。青編翠竹風牕月，白酒紅蕖水檻天。暑欲謝時偏更毒，儂當醉後恕渠顛。者稀尚隔來年在，且釂今宵藥玉舡。

荷池觀魚

截山剜沼貯泉流，旋種鯈魚絶善游。細數未齊還已亂，群嬉半没忽全浮。荷錢荇帶來復去，雪片銀花稀却稠。我樂自知魚似我，何緣惠子會莊周。

同子文材翁子直蕭巨濟中元夜東園望月

雜碎輕雲白錦鱗，十分圓月濕銀盆。錦鱗散盡銀盆在，依舊青天無點痕。月到東園分外光，行行坐坐間傳觴。生愁踏碎千花影，回顧千花總不妨。

十六日夜再同子文巨濟李叔粲南溪步月

際晚溪游暮欲歸，追涼逐勝却成遲。月如醉眼生紅暈，山作愁眉帶淡姿。天下無人閑似我，秋邊有句

❶「欲」，宋遞刻本作「亦」。

説從誰。弟兄一再更相送，行到更深笑不知。

重九前四日晝睡獨覺

睡思初酣過午强，起來四顧已斜陽。添糊牕隔無風氣，旋曬衣裘有日香。舊雨不來從草緑，新豐獨酌又花黄。去年重九窮忙過，可遣今年更作忙。

重九後二日同徐克章登萬花川谷月下傳觴

老夫渴急月更急，酒落杯中月先入。領取青天併入來，和月和天都蘸濕。天既愛酒自古傳，月不解飲真浪言。舉杯將月一口吞，舉頭見月猶在天。老夫大笑問客道，月是一團還兩團。酒入詩腸風火發，月入詩腸冰雪潑。一杯未盡詩已成，誦詩向天天亦驚。焉知萬古一骸骨，酌酒更吞一團月。

寄題劉巨卿家六詠

詣齋

紫鸞自超詣，一日可天地。兒郎但讀書，聖處底難至。

蒙齋

是心如維斗，萬物所取正。蒙之以微雲，孤光更淵靚。

拙庵

天下無箇事，巧着敕略切。事便生。濂溪一賦在，座右不須銘。

西　隱

山林與朝市，隱處俱未是。只箇西枝西，默坐且求志。

壺　天

其大彌九蒼，其小貯一壺。静觀性中天，大小竟何如。

來　薰　軒

薰風自南來，萬象皆披襟。老子本不熱，看他度青林。

題玄潭觀雪浪閣

贛江西來千里許，流到閣前虎鬚怒。旌陽横劒居上頭，却喝長江教倒流。跳作漩花雪山立，濺得琳房滿山濕。即今水落未足觀，桃花浪起君來看，一波打牕君膽寒。

贈寫真劉敏叔秀才

水鑑傳神苦未工，❶傳來恰恰五秋風。又將老醜形骸子，般入劉家畫苑中。

江右傳神下筆親，杉溪集裏識劉君。君今有子能傳業，撞過煙樓更入神。

跋寫真劉敏叔八君子圖

寫趙韓王、韓魏公、文潞公、司馬温公、王荆公、六一先生、東坡先生、山谷先生小像手軸。

---

❶ 「水」，原作「冰」，今據宋遞刻本及本書卷三〇《贈寫真水鑑處士王温叔》改。

一代一兩人，國已九鼎重。如何八君子，一日集吾宋。古人三不朽，諸老一一中。久别忽相逢，相對恍如夢。

詩人王季廉挽詩

手探盧溪頷下珠，詞林再嘯老於菟。不餐煙火惟存骨，吟殺江山失却鬚。錦里鬻花餘故宅，灞橋風雪入新圖。只今醉卧長松下，猶要熊兒捉鱓無。

乙卯春日三三徑行散有感

東園一日走千巡，又見龍飛第一春。桃李成陰儂已老，江山依舊歲還新。穿花踏影渾無日，隔徑聞聲不見人。學省同寮各星散，白雲珍重伴閑身。

立春檢校牡丹

牡丹又欲試春粧，惱得閑人也作忙。新舊年頭將替换，去留花眼費商量。東風從我袖中出，小蕾已含天上香。只道開時恐腸斷，未開先自斷人腸。

曉起探梅

一生劫劫只長塗，投老山林始定居。夢破燈青牕欲白，猶疑雪店聽雞初。

打併人間名利心，萬山佳處一溪深。仙家忍餓禪家苦，老子梅邊政醉吟。

一祖南枝派五房，紅黄蕚緑蠟鴛鴦。杏紅千葉元無種，誰子飜騰箇樣粧。

江梅小樹打頭開，便有紅梅趁脚來。趲得杏紅開火急，春風已落第三回。

題曾無媿月牕

阿兄作音佐。雲巢，阿弟作月牕。乾坤清氣只雲月，一家兩手併取將。作巢不用木，只架雲爲屋。作牕不用櫺，只掇月爲庭。兜羅緜上住兄子，銀色界中着吾弟。阿兄雲向筆下生，阿弟月向詩中明。弟兄雲月兩清絶，雲月何曾有分别。不知雲月入胸中，爲復胸中有雲月。

人日後歸自郡城

倦來睡思酒般醲，曉起東園看曉風。孤負梅花三四日，新年人事到城中。

久雨小霽東園行散

雨寒兩月勒春遲，初喜雲間漏霽暉。道是攀花無雨點，忽然放手濺人衣。

中和節日步東園

兩晨又不到東園，沙徑朝來合小乾。可惜紅梅將落去，怕風怕雨不來看。
五出桃花千葉緋，團欒繞樹問芳菲。攀來欲折還休去，看到殘紅教自飛。
一年佳節又中和，三分春光一已過。莫恨峭寒花較晚，留連春色儘從他。

誠齋集卷第三十七

廬陵楊万里廷秀

詩

退休集

二月十日留子西材翁二弟晚酌

丁流迷沉一小炷，聚作香雲散香霧。清尊相屬對花前，政是一年春好處。海棠初試川樣粧，垂絲新出濯錦江。杏花欲落桃李拆，牡丹未拆已國香。酒行莫忙且一琖，一琖一番一行散。偏行九徑却重行，莫遣一花不相見。酒教少酌花多看，看盡千花却深勸。今宵無月不須燈，千樹李花如晝明。

登度雪臺下臨桃李徑

桃花夾外李當中，三徑花開兩徑紅。獨繞畫簷無箇事，自攜團扇撲黄蜂。

萬花川谷海棠盛開進退格

四面週遭國艷叢，危亭頓在艷叢中。天開錦幄三千丈，日透紅粧一萬重。積雨乍晴偏楚楚，東風小緩莫忽忽。爲花一醉非難事，且道花醲復酒醲。

積雨小止暫到東園雨作急歸

咫尺東園千里遥，欣逢小霽略逍遥。鷺穿秧稻新黄脚，蟲秃金沙嫩紫條。城市簷間堪繫纜，山溪夜半失危橋。忽忽行散還歸去，一陣飄蕭不見饒。

四月二十八日祠禄秩滿喜罷感恩進退格

隨牒江湖四十年，寄名臺閣兩三番。全家廩食皆天賜，晚歲祠官是地仙。匹似分司轉閑散，也無拜表及寒温。明朝更省毛錐力，十字名銜尚請錢。白樂天得分司官，作詩夸拜表、行香、寒温之外並無職事，未知今日祠官，併行香、拜表亦皆不赴。予以中大夫、祕閣修撰提舉隆興府玉隆萬壽宫，辭滿繫階，遂省十字云。

荷 池 小 立

池小泉多强欲留，留它不住恣它流。荷盤不放荷尖出，穿破盤來却又休。

贈閣皁山嬾雲道士詩客張惟深

閣皁峰頭半朵雲，化爲道士到吾門。問渠真箇如雲嬾，爲許隨風處處村。羽客來從閣皁山，慇懃告訴病詩癲。古今此病元無藥，癲到陰何便是仙。

料理小荷池

側塞浮荷更泛苔，爲芟數路水痕開。魚兒便喜新開港，繞去繞來千百回。

六月十六日夜南溪望月

溪水留我住，溪月愁我歸。望後月更佳，昨宵未爲奇。大都月色好，一歲能幾時。人散長是早，月來長是遲。初出如大甕，纔露金半規。不知獨何急，下如有人推。忽然脱嶺尖，行空安不危。似愛溪水浄，下浴青瑠璃。明珠徑餘尺，沈在千頃陂。我欲刺雙手，就溪取團暉。白小忽亂跳，碎作萬金徽。須臾波痕定，化爲水銀池。夜久看未足，風露欺病肌。我能尚小留，瘦藤歌式微。一笑顧群從，來夕肯集兹。

送吉守趙山父移廣東提刑

越臺海山清更雄，曲江間出曲江公。憲臺師表光且耿，濂溪留下濂溪井。趙侯端是宋問平，妙年策名千佛經。陽春有脚來江城，銀漢乘槎移使星。嶺上梅花莫遲發，先遣北枝迎玉節。寄聲多賀帽子峰，今歲峰頭有霜雪。提刑衙後一峰名帽子。

擬吉州解試秋風楚竹冷詩

客子征行日，偏逢楚水秋。一風來瑟瑟，萬竹冷脩脩。吹作清霜骨，聲酣古渡頭。斑林寒欲裂，碧節爽還幽。不復披襟快，長懷落帽愁。少陵詩思苦，送别更冥搜。

題星子縣黄宰世高問政堂

黄子儂故人，危子儂門生。向來同登漱玉亭，銀河洗面醉不醒。四年二子不見面，過眼光陰掣飛電。今晨忽得問政碑，黄子作堂危子詞。危子筆力乃爾進，黄子佳政不須問。寄言二子各努力，古人也是人作音佐。得。

大丞相益國周公訪予於碧瑤洞天劉敏叔寫以爲圖求予書其後

平叔曾過魏秀才，何如老子致元台。蒼松翠竹青苔逕，也不傳呼宰相來。

丞相周公招王才臣中秋賞梅花寄以長句

素娥大作中秋節，一夜廣寒桂花發。天風吹墮緑野堂，夜半瑤堦丈深雪。梅仙不知天尚秋，只驚香雪點搔頭。笑隨玉妃照粉水，洗粧同入月中游。晉公賞梅仍賞桂，獨招子猷雪前醉。明朝有客訴天公，不喚香山病居士。

寄題開州史君陳師宋柴扉

屋是茅一把，門是柴一束。是間着宇宙，太倉半粒粟。吾聞陳家扉，樣似陶家屋。孤松不須雙，五柳何用六。竹籬東復東，添種數叢菊。賸肯蚤歸來，盈尊酒初緑。

寄題吴仁傑架閣玩芳亭

洞庭波上木葉脱，巫山宅前野花發。子規啼殺不見人，空令千載憶靈均。春蘭九畹百畝蕙，自榮自落誰能佩。澤國東山最上頭，有客玩芳杜若洲。扁舟夜上人鮓甕，手掇騷人衆芳種。歸來夢到閬風臺，靈均花草和露栽。寄言衆芳未要開，更待誠齋老子來。

題子文弟南溪奇觀

行盡三江與五湖，江湖元只近吾居。一陂秋水鎔銀汁，萬里青天落玉壺。每約弟兄人定後，恣看風露月來初。老夫詩句休拈出，漏洩南溪奇觀圖。

賞　菊

老子平生不解愁，花開酒熟萬緣休。更教不爲黃花醉，枉却今年一片秋。

菊花肯爲別人黃，長怨先生不斷腸。兩鬢盡凋無地插，一杯細嚼入神香。

菊生不是遇淵明，自是淵明遇菊生。歲晚霜寒心獨苦，淵明元是菊花精。

物性從來各一家，誰貪寒瘦厭妍華。菊花自擇風霜國，不是春光外菊花。

白　菊

白菊初開也自黃，開來開去白如霜。小蜂劣得針來大，不怕清寒嗅冷香。

霜後黃花頓不中，獨餘白菊鬬霜濃。與霜更鬬晴天日，鬬得霜融菊不融。

芙蓉盛開戲簡子文克信

芙蓉得雨一齊開，開盡秋花客不來。到得客來花已老，晚粧猶可兩三杯。

曉穿芙蓉徑❶

晚粧懶困曉粧新，火急來看趁絶晨。夾徑花枝欺我老，競將紅露洒烏巾。

芙蓉佳處不勝佳，花不中藏秪外斜。恰似曲江聞喜宴，緑衣半醉戴宮花。

---

❶「徑」，宋遞刻本作「城」。

送簡壽玉主簿之官臨桂

蘭溪傾蓋杏風殘，桂嶺離裾菊露寒。聽子新詩過夜半，吹儂秋思入雲端。往吟平地千蒼玉，還憶孤舟一釣竿。四海如今習鑿齒，大官莫作小官看。

柴門草徑儘莓苔，不放黄塵俗子來。詩客清晨衝雨入，梅花一夜爲君開。飄蕭落葉殘燈火，陸續清談濁酒杯。二十六年纔四見，驪駒抵死秖相催。

殘　菊

腸斷黄花霜後枝，花乾葉悴兩離披。一花忽秀枯叢裏，更勝初開乍見時。

秋　圃

何處秋深好，山林處士家。青霜紅碧樹，白露紫黄花。一熟餓頻雨，朝晴禱暮霞。連宵眠不着，猶自愛新茶。

與侯子雲溪上晚步

人入溪園自掩門，溪流新落兩三痕。杖藜紫菊霜風徑，送眼丹楓夕照村。行住忽然忘近遠，陰晴未肯定寒暄。多時不出今聊出，牧子樵兒一笑喧。

十一月朔早起

抛笏投簪四見秋，宦情世味兩俱休。塵隨日影穿牕喜，葉卷風聲刮地愁。文武自勻香底火，聖賢教帶老時篘。夜來富貴非人世，夢釣滄浪雪滿舟。

新晴

瑶霜珠露兩相鮮，玉宇金鉦萬里寬。欲作音佐。一晴多少日，早知秖費數朝寒。暴禾場裏鷄豚樂，試筆牕前紙墨乾。兒女莫餐新淅飯，打頭荷甑且輸官。

嘲蜂

薰籠供藥較香些，引得蜂兒繞室譁。笑死老夫緣底事，蜂兒專用鼻看花。

留蕭伯和仲和小飲

野果山蔬未要多，濁醪清酒儘從他。不於兩琖三杯裏，奈此千愁百惱何。山倒莫教扶玉樹，尊空別得借銀河。少陵一語君知麼，不見堂前東逝波。

誰曾白日上青天，誰羡千鍾況萬錢。要入詩家須有骨，若除酒外更無仙。三杯未必通大道，一斗真能出百篇。李杜飢寒纔幾日，却教富貴不論年。

新晴東園晚步

一月秋陰一日晴，山禽相賀太丁寧。不愁白髪千莖雪，隨喜黄庭一卷經。晚霧薄情憎遠嶺，夕陽死命戀危亭。孤吟道是無人覺，松竹喧傳菊細聽。

忙裏清流也帶塵，閑中底物不長新。水將樹影揮空帚，楓换秋容作好春。自是不歸歸便得，老來下筆筆如神。鷺花煎燭無虚日，賤相誠齋一老人。

新霜

得得今年未有寒，天公小靳不全判。欲呈瑞雪飛花樣，先遣濃霜起草看。瓦脊生塵總瓊玉，梅梢着粉忽琅玕。老夫到老嫌冬熱，十指朝來出袖難。

餐霜醒酒

宿酒朝來醉尚殘，胸懷旺燥腹仍煩。牡丹壇上欄干脚，自刮霜毬衮舌端。

梅菊同插硯滴

兩枝殘菊兩枝梅，同入銀罌釀玉醅。待得陶泓真箇渴，二花酒熟與三杯。

冬至霜晴

油簾雪白日華紅，老子良圖策雋功。自曬緜裘并衲袴，誰知衣桁是薰籠。絶憐寒菊枯根底，留得殘霜過日中。舊説冬乾年定濕，試將今歲試南翁。

朱伯勤同子文弟幼楚姪來訪書事

板橋再葺岸頭横，茅屋新添樹外明。山勢追回一溪水，波光飛到萬花亭。沉煙久冷爐猶馥，簾子閑垂脚自平。坐看千林總黄落，只餘蘭蕙向人青。

與伯勤子文幼楚同登南溪奇觀戲道傍群兒

鬖髿睡眼熨難開，曳杖緣溪啄紫苔。偶見群兒聊與戲，布衫青底捉將來。

曉行東園

霜後前林一向踈，丹楓落盡況黄梧。犯寒侵早看殘菊，怕熱平生不擁爐。老眼讀書長作睡，病身得酒忽全蘇。好詩排闥來尋我，一字何曾撚白鬚。

至後十日雪中觀梅

小樹梅花徹夜開，侵晨雪片趁花回。即非雪片催梅發，却是梅花唤雪來。琪樹横枝吹腦子，玉妃乘月上瑶臺。世間除却梅梢雪，便是冰霜也帶埃。

飲　酒

今日偶不飲，無事亦有思。偶然舉一杯，事至我不知。豈獨忘萬事，此身亦如遺。此酒本何物，秫先麯還隨。飯秫秖醒眼，嚼麴無醉時。秫麴偶相逢，清泉媒妁之。不知獨何神，幻出忘世姿。莊周不須周，惠施不須施。貴賤與死生，不齊元自齊。我本非搢紳，金華牧羊兒。秖坐讀詩禮，一出不得歸。歸來今四年，似早其實遲。海中無蓬萊，蓬萊在酒池。今夕一杯酒，乘風駕雲旗。猶遭世緣縛，未掛神武衣。

雪後領兒輩行散

今日意不愜，出游聊逍遥。父子自爲伴，何須外招邀。過溪足小倦，臨流坐危橋。回頭顧吾廬，竹樹翳草寮。獨有萬花亭，巋然出山椒。高陂瀉溪水，環佩鏘瓊瑶。飛流迸空起，平水和天摇。春淙到潭底，勢盡自浮漂。蟹眼沸不停，雪山湧還消。近觀絶洶洶，遠聽漸蕭蕭。忽逢緑頭公，攜孥鼓丹橈。喧呼葦間出，得意似見驕。我行爲小立，流魚偶雙跳。人物各自適，兹游定誰超。

中塗小歇

山僮問游何許村，莫問何許但出門。脚根倦時且小歇，山色佳處須細看。道逢田父遮儂住，説與前頭看山去。寄下君家老瓦盆，它日重游却來取。

雲際寺前山頂却望幡竿鶻鵃諸山

幡竿嶺帶鶻鵃山，雪後霜前紫翠間。自掇胡床移好處，莫教漏眼一煙鬟。
遠近青山列畫屏，近山濃抹遠山輕。高屏已出低屏外，更有孤峰出一層。

游雲際寺諸僧皆出因過田家

游徧諸峰欲晚霞，倦投野寺覓煎茶。更無一箇殘僧在，歸路却投田舍家。

歸路過南溪橋

霜風一動嶺雲開，雲外樵歌暮更哀。童子隔溪呼伴侶，併驅水牯過溪來。
愛它風物重徘徊，歸路遲遲却快哉。曲折緣溪非細好，忽逢斷岸却回來。

荷　池

小池歲晚石泉寒，荷葉低垂緑柄乾。一似漁人暮歸後，敗蓑破笠掛魚竿。

簷　滴

簷滴踈踈亦幾何，滴將苔砌出圜窠。就中漱滌偏精巧，泥土都無石子多。

與山莊子仁姪東園看梅

仰樹看花不見梅，聞香疑在別園開。更行數步偶回首，却被青松映出來。
梅花不是雪家仙，雪裏如何不怕寒。凍脱龍鬚冰却海，千花試與鬬來看。
手種江梅五百窠，小窠開早更花多。就中一樹尤清絶，惱殺先生看殺它。
步繞梅花偏一園，得花妙處忽欣然。元來別有看花眼，笑向山莊死不傳。

歲暮歸自城中一病垂死病起遣悶

索居獨寡歡，巾車入城闉。親舊久不見，一見交相欣。挽衣招我飲，惟恐我出門。不招我亦往，不留我亦存。慇懃復如許，不住我豈真。是時梅始花，吹香落金尊。酒冽肴果富，咀啜俱芳珍。丞相我知己，太守吾故人。言非汰塵雜，塵雜不入言。初談聖賢髓，終談天地根。而况銜杯酒，不樂復何云。出郭雲尚明，及郊日忽暮。不思日晷短，却信雲色誤。駿奔六七里，逢店破亦住。澆愁幸殘尊，照睡聊短炬。荒雞唤野夢，晨起念速步。升車乃復下，故疾動中腑。昏眩懍欲絶，低佪不能去。僮僕强我歸，偶不隕中路。老至猶倚强，疾在自不悟。及兹一委頓，去死僅寸許。人生信浮脆，可笑何足懼。所懼棄官晚，行樂今已遽。

食罷游東園，慨然傷我懷。昨日卧病時，自謂不復來。入門大風起，萬松聲頓哀。病骨念不堪，欲行重裴佪。裴佪南齋前，小倦坐苔堦。齋前花不多，亦有兩古梅。似知我至此，頃刻忽盡開。多情梅間竹，偃風特奇哉。不知喜風舞，爲復怯風回。萬象皆迎春，我獨老病催。明日能來否，且歸撥爐灰。

病起行不得，坐久情不舒。倔强妻子前，欲扶羞索扶。且呼斑竹君，寸步與我俱。遠行亦未決，聊復循庭除。平地誰云覺，陟降即少徐。平生四方志，八極視若無。西飛折若木，東厲騎鯨魚。即今卧藜床，一起還九嘘。力憊志猶在，床頭尋湛盧。

丙辰歲朝行東園

元日扶衰看早春，嫩苔一徑落梅新。何人舞罷凌波襪，踏匾真珠滿緑絪。

題張坦夫腴莊圖三首

百里青山十里溪，荷花萬頃照紅衣。臨平山下西湖上，總被腴莊掇取歸。

花光泉響不相參，城市山林難兩兼。不分腴莊最無賴，一時奄有忒傷廉。

花開還喜落還嗟，君被腴莊惱却些。何似老夫展横軸，一朝看盡四時花。

東園晴步

淺暖踈寒十日晴，桃花紅暗李花明。小蜂撲得渾無益，羽扇徒勞不作聲。

金沙遶架卧春風，節節新條出嫩叢。一色匀排緑瓶子，忽然半縷漏深紅。

曉登萬花川谷看海棠

夜雨朝晴花睡餘，海棠傾國萬花無。館娃一様三千女，露滴燕脂洗面初。

準擬今春樂事醲，依前枉却一東風。年年不帶看花福，不是愁中即病中。

走筆送趙正則司户來訪歸覲親庭

捧檄親庭歸帽斜，肯臨破屋玉川家。小留詩客三杯酒，試看山園幾處花。君到東湖與南浦，時當芍藥替金沙。却來書滿參卿考，徑泛銀河犯斗槎。

東園社日

風雨摧殘桃李枝，東園無樹不離披。海棠過後殘花在，恰似上春初發時。

觀社

作社朝祠有足觀，山農祈福更迎年。忽然簫鼓來何處，走殺兒童最可憐。虎面豹頭時自顧，野謳市舞各争妍。王侯將相饒尊貴，不博渠儂一餉癲。

上巳後一日同子文伯莊永年步東園

兄弟相過看牡丹，牡丹看了看東園。攀翻花木來還去，九徑還行十八番。

九徑陰陰一一穿，前談後笑各欣然。緩行不是身無力，滿地殘紅不忍前。

只愛酴醿雪作葩，不知雪後減金沙。春歸道是無情着，試看游絲舞落花。

積雨小霽

雨足山雲半欲開，新秧猶待小暄催。一雙百舌花梢語，四顧無人忽下來。

題劉高士看雲圖

茅山詩人凝神高士劉先覺遭遇孝宗皇帝，嘗因宣召講《莊子》，輒進苦口之言，曰親君子，遠小人，近莊士，踈嬖倖，此可以道家者流俟之歟？ 慶元丙辰三月二十二日，次謝艮齋韻書《看雲圖》後。

偶爲看雲且罷琴，萬山寒隔一溪深。 誰言嚥月餐雲客，中有憂時致主心。

送黃巖老通判全州自號白石居士

瀟湘之山可當一枝筆，瀟湘之水可充一硯滴。 白石得官斑竹林，天錫筆硯供醉吟。 好將湘山點湘水，灑滿青天一張紙。 臺家旁搜清廟珍，奇珍墮在湘水濱。 烏衣樞相今水鏡，手提一道人材柄。 外臺況復有三賢，看即吹噓送上天。 歸來肯過誠齋裏，分似錦囊新句子。

送劉北秀

劉子過逢二十年，別來風月幾千篇。 黃金賣盡延賓友，囊底何須看一錢。

贈我盆花十小詩，菖蒲一詠最清奇。 洞庭卷入堅昆椀，更卷青天入寸漪。

暑中早起東齋獨坐

松竹陰中逗曉光，無風有露自生涼。 黃筠倚子十二隻，倚遍瑠璃背滿霜。

誠齋待月

紅稠碧秀暗山園，只有誠齋眼界寬。 月近竹梢偏不上，要人不看要人看。

六月晦日

今年六月熱全無，不是雲陰即雨餘。 松葉落階休掃動，黃金線織滑氍毹。

寄題儋耳東坡故居尊賢堂太守譚景先所作

東坡無地頓危身，天賜黎山活逐臣。萬里鯨波隔希夷，千年桂酒弔靈均。精忠塞得乾坤破，日月伴渠文字新。秖箇短簷高屋帽，青蓮未是謫仙人。

先生初落海南垂，茅屋三間不到伊。更有高堂懸畫像，幸無過客首音去聲。新詩。古來賢聖皆如此，身後功名屬阿誰。底事百年譚太守，却教賓主不同時。

小池荷葉雨聲

午夢西湖泛煙水，畫船撑入荷花底。雨聲一陣打疎蓬，驚開睡眼初鬖鬆。乃是池荷跳急雨，散了真珠又還聚。幸然聚作水銀泓，瀉入清波無覓處。

贈左元規

誰道古人今不如，龍生龍駒鳳鳳雛。太冲千載有孫子，筆端真可四三都。向來鹿鳴首送渠，至今銀袍雙袖烏。會逢玄晏爲拈出，殿前作賦聲第一。

八月十二日夜誠齋望月

纔近中秋月已清，鴉青幕掛一團冰。忽然覺得今宵月，元不黏天獨自行。

蛩聲

誠齋老子一歸休，最感蛩聲五報秋。細聽蛩聲元自樂，人愁却道是它愁。

送王子林節推之官融水

桂嶺梅花欲争發，融水幕賓來訪別。可憐疋馬犯霜風，吟徧梅花更吟雪。我如病蠶已三眠，作繭不就黏壁乾。君如雲表秋健鶻，政好搏扶整羽翰。中書落筆看給札，歸時過我聊投轄。

寄錢湖廣總領張子儀少卿赴召

君不見紹興初載毗陵公，亂後身作夾日龍。功存社稷報不盡，秖遣千載高清風。當家衣鉢付誰子，蘭砌孫枝渾是似。哦詩五字如淵明，讀書萬卷如子美。士飽木牛今幾年，月昇金掌歸九天。胡不令舍人咄咄趣行李，早上星辰聽珠履。

偶生得牛尾貍獻諸丞相益公侑以長句

風林露圃天欲霜，柿紅栗紫橘弄黄。老夫忍饞不忍嘗，丁寧簻人莫取將。朝來栗姬羽化去，逋其木奴三百户。烏椑士子散如煙，檢校不知渠去處。山僮相傳皂衣郎，字曰季貍氏奇章。上樹千回一霎强，連夜剽掠積迺倉。并吞又向黎侯國，羅人救黎遂禽獲。白茅面縛來獻俘，玄端貂裘瓠肥白。解驂薦渠登相門，立談封作糟丘君。旁招披緜拉通印，日侍尊俎嬉平園。玉肌生憎麄手削，須防東坡誦冤着。平園乃益公園名。

題益公丞相天香堂

益公新植洛中絶品牡丹數十本，作堂臨之。誠齋野客楊万里請名以「天香」，且爲賦長句。

君不見沉香亭北專東風，謫仙作頌天無功。君不見君王殿後春第一，領袖衆芳捧堯日。此花司春轉化鈞，一風一雨萬物春。十分整頓春光了，收黄拾紫歸江表。天香染就山龍裳，餘芬却染山水鄉。青原白鷺萬松竹，被渠染作天上香。人間何曾識姚魏，相公新移洛中裔。呼酒先招野客看，不醉花前爲誰醉。

誠齋集卷第三十八

廬陵楊万里廷秀

詩

退休集

冬暖絶句

今歲無寒秪有暄，臘前渾似半春天。醉中苦有薰香癖，燒得春衫兩袖穿。

臘前月季

只道花無十日紅，此花無日不春風。一尖已剥臙脂筆，四破猶包翡翠茸。别有香超桃李外，更同梅鬭雪霜中。折來喜作新年看，忘却今晨是季冬。

南齋前梅花

山園臘裹日蔬蕪，只有南齋最起予。竹映梅花花映竹，翠毛障子玉妃圖。

朝朝蚤起掛南牕，要看梅花試曉粧。兩樹相挨前後發，老夫一月不燒香。

寄題周子中監丞萬象臺自號乘成居士

昔從永和望青原，永和在地山在天。今從青原望萬象，青原在下臺在上。乘成先生學海龍，眼高四海空復空。如登中天騖八極，下視積蘇同絳宫。萬物一馬喻多少，漆園小家窮計校。須彌芥子亦未妙，葱嶺老胡烏知道。此詩解嘲仍索鬧，舉似先生應絶倒。

添盆中石菖蒲水仙花水

舊詩一讀一番新，讀罷昏然一欠伸。無數盆花争訴渴，老夫却要作閑人。

小醉折梅

死愛花枝不忍吹，醉來恣意折芳菲。鬢邊插得梅花滿，更撚南枝滿把歸。

送錢文季僉判

東海珠胎清廟珍，璧水秀孝第一人。胡爲俯首蓮泛渌，如有用我試治民。古來幕中要婉畫，君乃不肯作此客。囊篋細碎吾不能，玉壺清冰朱絲直。梅花雪片迎新年，送君摶風上九天。鳳池雞樹只咫尺，致君堯舜更努力。

南溪早春

還家五度見春容，長被春容惱病翁。高柳下來垂處緑，小桃上去末梢紅。卷簾亭館酣酣日，放杖溪山欵欵風。更入新年足新雨，去年未當好時豐。

春夜無睡思慮紛擾

不堪萬慮攪中腸，打破愁城入醉鄉。酒力盡時還又動，春宵短後却成長。浮思閑念紛無數，飛絮游絲徧八荒。看到東窻窻欲白，忽然一夢到羲皇。

雪後寄謝濟翁材翁聯騎來訪進退格

封胡連璧雨中來，目送歸鞍悵獨回。隱几讀書寒入骨，開門落雪皓平堦。急尋火閤温雙手，自喚兒郎共一杯。念汝野梅官柳路，地爐松葉買茅柴。

東園醉望暮山

我住北山下，南山横我前。北山似懷抱，南山如髻鬟。懷抱冬獨暖，髻鬟春最鮮。松鬖沐初净，山藹插更妍。我來猶斜陽，我望忽夕煙。一望便應去，不合久憑欄。山意本日惜，如何許人看。急將白錦障，小隔青髻顔。近翠成遠淡，縹緲天外仙。誰知絶奇處，政在有無間。頃刻萬姿態，可玩不可傳。

小　酌

酒入春逾勁，天寒燭始明。偶然傾一琖，政爾忽三更。

芍　藥　初　生

芍藥新移種，紅拳餐萬雛。看來已可愛，未問有花無。

上章休致奉詔不允感恩書懷

納禄惟愁晚，蒙恩未聽辭。狷狂思再瀆，感戀獨多時。但有花開日，無非飲醉時。白頭何所用，滿與插花枝。

寄題萬元亨舍人園亭七景

意　山

不識弁山面，相逢笠澤詩。秪應晚雲散，玉立對門時。

蒲　魚　港

蒲牙長幾何，已足庇玉尺。只恐如主人，潛逃逃不得。

溪　雲

閣前三面山，閣下一溪水。雲出戲作霖，却歸宿簷裏。

閑　世　界

要尋閑世界，不在世界外。明月與清風，何朝不相對。

也　賢

架亭元用木，一夕化爲竹。醉眼碧成朱，若箇是蒼玉。

倚　苕

何處苕溪好，請君來倚樓。西山也驩喜，奔走入簾鈎。

緜　隱　堂

試問隱緜上，何如隱東山。出處兩無閡，世間出世間。

送趙寬之排岸之官章貢

監河曾賦鹿鳴篇，又奉潘輿上貢川。五子循環迎一母，十分酌玉祝千年。鬱孤馬祖饒行樂，柿栗來禽肥過拳。蘭膳餘閑繙故紙，曲江早趁燕花邊。

積雨新晴二月八日東園小步

醉來忽墮錦綳窩，無奈桃圍李繞何。八角小亭無處坐，見花多處背花多。

去歲春時政病身，對花不飲被花嗔。如今急報千花道，還我前來未足春。

春半雨寒牡丹殊無消息

今歲芳菲儘未忙，去年二月牡丹香。寒暄不定春光晚，榮落俱遲花命長。纔一兩朝晴炫野，又三四陣雨鳴廊。鞓紅魏紫拳如蕨，而况姚家進御黄。

題李子立知縣問月臺

高臺走上青天半，手弄銀盤濯銀漢。唤起謫仙同醉吟，一面問月一面斟。初頭混沌鶻崙樣，阿誰鑿開一爲兩。是時燧人猶未胎，那得火鑄銀盤來。此盤能團復能缺，團是誰磨缺誰齧。中有桂枝起秋風，何處移來秧此中。謫仙似癡還似黠，把酒問月月無説。老夫代月一轉語，月却問君君領否。君能飲酒更能詩，一夕無月君不嬉。月能伴君飲百斛，月能照君詩萬玉。君但一斗百篇詩，莫問有月來幾時。謫仙遠孫證明着，笑脱烏紗看月落。

初秋戲作山居雜興俳體十二解

暑入秋來午更强，風排雨遣曉差涼。如何遶砌千枝蕙，只是開門一陣香。

蚤起翻成坐睡昏，鵲聲喚我步前軒。竹扉日隙針來大，音墮。射壁千千彈子痕。

暑後花枝輸了春，雜英小巧亦忺人。素馨解點粉描筆，金鳳愛垂雞下唇。

風騷開國胙寒巖，勞績批書課翠嵐。梨子要肥千取百，菊苗每摘一生三。

昨夜天垂破玉盆，今宵辛苦補盆唇。看它補到十六七，滿得十分虧二分。

甑頭雲子喜嘗新，紅嚼桃花白嚼銀。笑殺官人浪驩喜，村人殘底到官人。

七月初頭六月闌，老夫日醉早禾酸。莫將煮喫只生喫，更洩天機向達官。諺謂早秫酒爲早禾酸。

自暴群書舊間新，净揩白醭拂黄塵。莫羞空腹無丁字，且免秋陽曬殺人。

獨對秋篘倒晚壺，喜無吏舍四歌呼。柳梢一殼茲緇滓，上聲。屋角雙斑谷古孤。

湖蜜青房蛹剥瓊，沼犀紫骶腦藏冰。先生病暑無多酌，堆飣金柈作麽生。

卓午從它火繖張，先生別有睡爲鄉。竹床移徧兩頭冷，瓦枕飜來四面涼。

月色如霜不粟肌，月光如水不沾衣。一年没賽中元節，政是初涼未冷時。

謝潭帥余處恭左相遺騎惠書送酒三首

小煩上相領元戎，潭府千年一日雄。鏡樣洞庭那得浪，身爲天柱不須峰。子房富貴雲相似，中立安危國與同。帝恐我公招不出，那時虚左到今冬。

鵲語燈花兩太謾，三朝五夜强相驩。打門軍將還驚枕，破屋山人起着冠。知己書從天上落，焚香手把月中看。少陵泛愛虛名句，羡殺寒儒眼不寒。

相思命駕竟成休，投老寒盟豈自由。雪後風濤難訪戴，山間生死總依劉。煩公赤手回青昊，容我清溪弄白鷗。穉子尚堪驅使在，門闌桃李未應秋。

陳安行舍人閣學挽詞

嬀水祀百世，莆田生此公。賢如太丘長，忠似了齋翁。玉色猶山立，皇居折棟隆。孝宗最知己，交臂火城紅。

循吏今爲冠，高文妙草麻。龔黄低一着，班左共三家。風度春無價，身名玉絶瑕。可憐人士淚，滴損紫薇花。

我昔游璧水，公時宿石渠。重來十鑽火，兩省共周廬。小語趍丹陛，嘉招煮雪蔬。破心搜誄些，淚落不能書。

同王見可劉子年循南溪度西橋登天柱岡望東山

親交久别忽相從，飯罷相將拄瘦筇。深澗小橋聊駐步，胡床羽扇對西風。水聲流入肝脾裏，日影輕遮雲氣中。玉潤即看朝玉闕，山居獨自卧山翁。

偶因閑步散頑麻，倦唤胡床小歇些。飛上山頭人似鶴，回看溪畔路如蛇。雲煙極目知何處，松竹爲門是我家。下得山來飢更渴，也無麥飯也無茶。

和曾無疑贈詩語及歐陽公事

烏帽紅塵媿子陵，緑蓑青笠晚尋盟。三千里外還家後，七十二回看月生。與子兩人長對酌，笑渠萬古浪垂名。醉翁若是真箇醉，皂白何須鏡樣明。

演雅六言

觳觫受田百畝，蠻觸有宅一區。蚍蜉戒之在鬬，蠅蚋寔繁有徒。果蠃周公作誥，鶺鴒由也升堂。白鷗比德於玉，黄鸝巧言如簧。

登天柱岡

雲外千峰鬬速行，山尖一樹獨分明。不知林下人家密，倚杖忽聞鷄犬聲。

晚歸再度西橋

歸近溪橋東復東，蓼花迎路舞西風。草深一鳥忽飛起，儂不覺它它覺儂。

水落沙灘倍有情，漩來漩去不成行。暗叢飛下小瀑布，攔住溪聲獨作聲。

盡日山行意未銷，歸來再與坐溪橋。山童抛石落溪水，唤作魚兒波面跳。

朝過溪頭聽水鳴，似哀如怨百般聲。歸來依舊鳴未了，知向何人訴不平。

題族弟道卿貧樂齋

雪茹冰餐入骨香，帽欹驢瘦儘詩狂。人傳幼婦皆稱絶，鬼笑家兄不姓方。細雨寒燈初夢短，斷絲枯木一聲長。上天已辦河東賦，豈有長貧執戟郎。

睡起即事

午時睡起忽心驚，❶一事關心太嬾生。速摘荼蘼薰白酒，不愁香重只愁輕。

送永州唐德明

忽報故人至，知從何許來。滿懷俱玉雪，半語不塵埃。聚散千江月，悲驩一酒杯。檣烏有底急，一夕百相催。

送趙文友知府謁告省親

邦人寧食三斗葱，莫逢向來薑尾公。邦人寧臥文江路，莫放今侯霅川去。今侯箇是隆準孫，蚤排月脇斸桂根。所至與民作陽春，帝遣來活廬陵人。是時薑尾正搖毒，邦人生愁總魚肉。今侯下車蔭未移，春臺載民翁與兒。鳩鳴雀乳一千里，鴟梟半聲不到耳。今侯冰蘗清到底，一粒不嚼廬陵米。一芽只瀹青原水，玉皇知渠是廉吏。如何尊公小愆和，何恙靡已應無它。侯望白雲淚雙落，❷棄印謁告歸侍藥。尊公喜歸即日安，一見綵服還加餐。玉皇詔侯結絲履，徑上金門簉鵷鷺。借令小緩作尚書，也合追趁趙工部。

和虞軍使易簡字知能所寄唐律二首

四海九州虞雍公，擎天一柱雪山峰。厥孫俊逸詩無敵，下筆縱横劍有鋒。舊日門生今白髮，故人書札

❶「時」，宋遞刻本作「間」。

❷「雲」，原作「雪」，今據宋遞刻本改。「淚雙」，宋遞刻本此二字互乙。

照蒼松。掉頭讀得紗巾落，如對青雲阮仲容。

柴桑卧病一茅廬，或棹孤舟或命車。道喪今朝逢祖謝，詩工獨步過應徐。萬山不隔相思字，數月之間兩得書。廊廟方將訪喬木，碧梧翠竹看新除。

酹閤皂山碧崖道士甘叔懷贈美名人不及佳句法如何十古風

桂林户掾舊能文，有弟抛家作音佐。道人。詩似道人人似鶴，看來若箇覓纖塵。贈我新詩字字奇，一奩八百顆珠璣。問儂佳句如何法，無法無盂也没衣。

送羅宣卿主簿之官巴陵

印翁三子十一孫，❶六人擢桂兩特恩。惟君有子又擢桂，父子仇香仍一門。君今初泛洞庭柂，湖水黏天天更大。音惰。請君先上岳陽樓，送眼君山最上頭。將詩寫取一湖秋，將秋寄來銷我愁，爲君酒船卷拍浮。

送羅必高赴省

印山先生羅天文，一卷周雅遺子孫。一門三世六七人，月中桂枝斫到根。近來書種將絶却，兩度秋天虚一鶚。今年有孫康鼎來，問天還我北斗魁。印山草木也驩喜，印山風雲有生氣。君不見普州衣鉢付仇香，仇香衣鉢付此郎。年未三十筆力强，百斛龍鼎一筆扛。殿前春風更努力，莫放别人居第一。

---

❶ 「翁」，原作「孫」，今據宋遞刻本改。

除夕留子上伯玉子西小酌

諸弟山行歸意忙，老夫雪卧病身僵。維風及雨歲云暮，不醉無歸夜未央。五醆更攙三醆麽，四更偏覺五更長。也知栢酒明朝近，且爲梅花盡此觴。

己未春日山居雜興十二解

今歲春遲雨亦然，生愁無水打秧田。不消三日如麻脚，線様溪流浪拍天。
半月春晴探物華，山園走得脚酸麻。從教三日風和雨，閉户燒香不看花。
海棠雨後不勝佳，子細看來不是花。西子織成新様錦，清晨濯出錦江霞。
百舌慇懃報曉晴，花梢做出百般聲。饒渠學偏山禽語，至竟何曾學得鸎。
海棠重葉更妖伊嗟切。斜，青帝翻騰别一家。格外出奇人不識，大紅抹利小蓮花。
春寒偏勒牡丹遲，晚似常年半月期。上巳清明同一日，那時恰好放花枝。
手種花王五百窠，半來枯瘁半萌芽。東風未要都開了，每日教開三兩花。
金作林檎花絶穠，十年花少怨東風。即今偏地欒枝錦，不則梢頭幾點紅。
寒久花遲也大奇，雨膏飽足土膏肥。牡丹芍藥君須記，管取花房二尺圍。
日影雲光學鍍金，好風不肯碎花陰。人言春色醲於酒，不醉衰容只醉心。
半晴半雨半暄凉，拖帶春光未要忙。爲報州家兼縣裏，吾鄉改作萬花鄉。
一春兩脚滯東園，柳絆花牽不暫閑。今日釃晴天氣好，杖藜看水更看山。

送談命周從龍

周子囊螢初學儒，學儒不就學星書。五丸玉李無逃處，折得今年錐也無。

暮春即事

花時追賞夜將朝，花過癡眠日儘高。又與山禽争口腹，執竿挾彈守櫻桃。

送蕭瑞卿

異縣二百里，分襟五十年。肯來尋病者，相對各蒼然。舉似兒時話，茫如夢裏煙。殘花猶可醉，細酌未須眠。

聖恩增秩進職致仕感恩述懷

雨露絲綸下玉宸，問天乞得箇閑身。一生無恨長多感，三請歸休恰四春。手板抽還大丞相，安車懸示後來人。從今萬八百場醉，忽自稱冤五柳巾。

春盡有感

等春不到怨春遲，又是紅稀緑滿枝。雨後晚花猶好在，檻前殘醉欲醒時。百年人事皆如許，千載詩聲亦浪垂。金印不争争釣石，更饒争得鬢邊絲。

送分寧主簿羅宏材秩滿入京

要知詩客參江西，政似禪客參曹溪。不到南華與脩水，於何傳法更傳衣。吾家親黨子羅子，只今四海習鑿齒。花紅玉白幾百篇，塞破錦囊脱無底。三年簿領脩水涯，夜半親傳雙井芽。定知誦向百僚上，不道長江與落霞。

書黄廬陵伯庸詩卷

句法何曾問外人，單傳山谷當家春。截來雲錦花無樣，倒寫珠胎海亦貧。汗竹香中翻墨汁，扶桑梢上挂頭巾。詩名官職看雙美，向道儒冠不誤身。

賦益公平園牡丹白花青緣

東皇封作萬花王，更賜珍華出尚方。白玉杯將青玉緣，碧羅領襯素羅裳。古來洛口元無種，今去天心别得香。塗改歐家記文着，音斫。此花未出説姚黄。

和益公見謝紅都勝芍藥之句

江西春好不關渠，只説平園絶世無。牡丹百種移洛苑，海棠千樹賽成都。坐令浮花并浪蘂，誰敢塗鉛更抹朱。不應一朵翻堦艷，博得龍宫八十珠。

益公和白花青緣牡丹王字韻詩再和以往

渠是花中異姓王，平園小試染花方。冰霜洗出春風面，翡翠輕稜疊雪裳。夜領素娥酌青女，曉看國色帶天香。更將秋菊潭心水，滴作芊茸月蘂黄。

題黄唐伯一經堂

人言天地生仲尼，不知仲尼生兩儀。易中先自有太極，生天生地誰得知。一經以後派爲六，六經以前一經足。學子要探天地心，詩書執禮皆可尋。吾鄉後身黄叔度，教子一經有佳處。寄言韋家父子間，浪比籯金良汗顔。

送廬陵丞劉約之

忠顯聞孫定不虛，西樞猶子故應殊。鸞停梧上遺風在，鴈進松間得句無。剩有老農歌贊府，未多薦墨送清都。晦翁若問誠齋叟，上下千峰不要扶。

謝張子儀尚書寄天雄附子北果十包

今古交情市道同，轉頭立地馬牛風。如何聽履星辰客，❶猶念孤舟蓑笠翁。饋藥雙奩芬玉雪，解包百果粲青紅。看渠即上三能去，大小毗陵説兩公。乃祖全真參政封毗陵公。

初秋小雨殘暑未退

雨好夫何小，涼新竟未多。飄蕭才響瓦，點滴不霑荷。龍亦如儂否，渠還畏熱麼。敢勞頻上水，諺謂電光爲龍上水。只倩挽天河。

送王子林節推歸融州

吾州佳士子王子，深入黄茅作從事。捧檄還家侍老親，端能過我誦近文。問渠鶚表幾張紙，笑道孤寒那得此。老夫已把釣月竿，安能爲子插羽翰。似聞融水新一天，外臺使星俱好賢。願子西去早着鞭，歸來薦墨滿袖猶未乾。

---

❶「辰」，原作「晨」，今據宋遞刻本改。

詠荷花中小蓮蓬

山蜂愁雨損蜂兒，葉底安巢更倒垂。只有荷蜂不愁雨，蠟房仰卧萬花枝。

病中屏肉味獨茹菜羹飯甚美

雲子香抄玉色鮮，菜羹新煮翠茸纖。人間膾炙無此味，天上酥陀恐爾甜。渾是土膏含雨露，何須醬豉與醯鹽。茹毛裼首雍巫出，饞到熊蹯未屬厭。易牙，雍人，名巫，見《左傳》注。

木犀芙蓉盛開

先生深住萬山村，霧裏雲包不見痕。也被閑人知去處，芙蓉巷裏木犀門。

賀張功父寺丞新長鳳雛

念君只欠一英雛，萬事今君足也無。想見碧梧森翠竹，敢嘲老蚌出明珠。只今小德囀春鳥，後日熊兒捉蹇驢。自古相門長出相，煙樓一撞莫教輸。

題彭孝求碧雲飛觀

寸雲如絮起青原，飛空化作一碧山。天風吹上南斗邊，砰然墮在快閣前。老彭有孫拉雲住，海蜃吐樓壓雲去。日暮佳人來不來，朗誦湯休斷腸句。

跋劉敏叔梅蘭竹石四清圖

老夫老伴竹千竿，湖石江梅更畹蘭。不道外人將短紙，一時捲去也無端。

戲跋朱元晦楚辭解

注易箋詩解魯論，一帆徑度浴沂天。無端又被湘纍喚，去看西川競渡船。

霜後藜枯無可羹，飢吟長作候蟲聲。藏神上訴天應泣，支賜江蘺與杜蘅。

贈劉漢卿太醫

爐底金丹妙入神，月中玉兔擣成塵。臣門如市心如水，只要陰功活萬人。

鵝兒黃似酒

野水浮天碧，鵝兒弄日黃。傍人殊秀色，似酒更風光。破殼雙翎嫩，眠沙百草香。却將金鬱鬯，試比菊衣裳。未博山陰墨，先娛錦里觴。滄波兼鳳沼，莫遣後鵚鶬。夢中作此詩，初止得四句，覺而足之。

送清江王守赴召

世言富貴易得家世難，有賢父兄子弟未渠去聲。賢。君不見祖孫父子兄與弟，根蘭樹玉枝亦桂。魏晉以來誰子家，只數江淮一王氏。世言淮水若絶渠不昌，不知淮水有絶渠更長。請看南朝到吾宋，中間人物無闕空。去聲。有曾有旦繼茂弘，即今紫樞繼子明。昔纔一人今三人，後者玉振前金聲。阿樞更有金玉阿兄子，兩有剛方兼豈弟。清江五馬來自東，三年一日一春風。又聞一節喚歸去，父老攔街遮不住。喚它父老且細聽，朝家也要好公卿。父老莫與朝家争，打鼓發船催速行。

贈王堉時可

忠襄先生有賢甥，盧溪先生有賢孫。只今二十能綴文，超然下筆如有神。忠襄大節争日月，盧溪清風敵霜雪。兩家不是無家法，何須外人問衣鉢。老夫卧病南溪旁，芙蓉紅盡菊半黄。子來問訊維摩詰，分似家風一瓣香。

題安成劉伯深爵瑞里報德堂上白爵圖

君不見書臺之北爵瑞里，安成令君旌孝子。報德堂前松造天，卜宅浩然老居士。居士元無一物遺子孫，只有牙籤三萬存。郎君飯此三萬軸，落紙雲煙動場屋。雪中負土成先塋，感得路人雙涕零。更傳雪爵雲上墮，天表孝子踏雪行。即看黄告來告第，❶是時雪爵應再至。

❶「第」，原作「弟」，今據宋遞刻本改。

誠齋集卷第三十九

廬陵楊万里廷秀

詩

退休集

益公新作三層百尺新樓署曰圍山觀賀以唐律一章

萬峰飛入子城頭，千里長江几上流。外面週遭蒼玉笋，虛空幻出水晶樓。簾開雪月非三界，人立雲霄更九州。一騎紅塵北來底，平章軍國惱公不。

崖谷求仙底有仙，金梯上去即仙源。山川第一江西景，風月無邊相國園。十倍黄樓况黄閣，千尋青筆是青原。寫成脚力猶强句，燈火笙歌特地村。公《登樓》詩有「老夫脚力猶强在」之句。

送丁卿季吏部赴召

吾州史君五十年，不曾召節來日邊。老夫送人作太守，不曾送人上九天。玉皇去年選丁寬，遣來螺浦蘇煢鰥。玉皇今年喚渠還，州民遮道不得前。文儒佳政萬口傳，近世能吏了不關。道渠豈弟父母然，凜如冰霜照人寒。道渠明斷神一般，秋毫不擾田里安。一州天下孰後先，要渠筆橐侍甘泉。尚書履聲再接連，更進一步百尺竿。紫樞黄閣半武間，梅花滿枝雪滿山。雪花能舞梅能言，滿餞史君金玉船。

庚申東園花發

曉風細細復鮮鮮，也不鳴條也不喧。却被花枝勾引着，掀桃舞柳恣它顛。
桃蹊李徑舊分栽，紅白教它各自開。可是桃花遑顔色，一枝穿過李花來。

與子仁登天柱岡過胡家塘蕁塘歸東園

嫩晴無日也無風，政是春光酒㨾醲。行到中峰元未覺，回頭已度打頭峰。
胡床脚底萬峰寒，拄杖錐尖亂蘚斑。天柱岡頭行未飽，相攜更上一重山。
數間茅屋傍山根，一隊兒童出竹門。只愛行穿楊柳渡，不知失却李花村。
厭看家園桃李春，踏青行徧四山村。芳菲看盡還歸看，看得園花特地新。

登度雪臺

金沙歲歲占先回，不等荼蘼一併來。今歲香紅與香雪，兩花同日忽齊開。

山莊李花

山莊又報李花穠，火急來看細雨中。除却斷腸千樹雪，别無春恨訴東風。

送韓漕華文移節江東

公家文公天斗星，可雙孟氏再六經。姓名不上凌煙去，只與日月争光明。君家魏國天一柱，拄天無傾日無霧。唯天唯堯唯永昭，阜旦以還俱避路。只今百年三百年，文獻衣被芝與蘭。華文使者典刑存，一生流坎晚乃騫。臺家拔士兼人門，如君兩有今誰先。德星纔照翼軫地，寒士驩呼細民喜。鍾山石城何物神，奪與東民天不嗔。寄語東民也未穩，渠是鸞臺鳳閣人。

太寧郡夫人張氏挽詞蕭照鄰參政妻

蓋世金甌譜，傳家象笏囊。藁砧八葉相，桂子一枝香。葱嶺參西學，蘭陔揜北堂。能詩飽經史，箇是女班楊。

我憶定齋老，壺觴父子間。西湖梅半落，東館月初彎。俄頃王姑酒，嶔岑杜母山。升堂遲一拜，作誄費頻刪。

送周起宗經幹赴桂林帥幕

乃翁昔夢飛入月，東字分明篆銀闕。明朝占夢占者云，一甲八人更何說。紹興大對奏集英，天風吹下臚傳聲。作者七人拜恩了，乃翁甲科第八名。十年一武可鳳沼，邵陽別駕今宿草。子今端能讀父書，伏犀美髯一似渠。當時父執今左相，鴻鈞播作幕府梧。問天一雪乃翁屈，早入鵷行綴簪笏。

故太恭人董氏挽詞劉公實母

誰別夫人孝，惟天與病姑。每云吾婦在，底用别人扶。愉色春相似，彌年倦更無。蒼蒼不汝報，種黍定生菰。

貧是儒家事，誰貧奉直如。也無一瓢飲，劣有半床書。婦婦能攻苦，卿卿不負渠。竟令鴻與侃，相繼大吾閭。

親見卿爲月，頻移使者星。藻虚南澗碧，萱落北堂青。遺下新褕狄，空傳訓寧馨。又孫還又子，玉樹滿堦庭。

九秩開鴻筭，前春祝壽觴。秦淮作椒栢，鍾阜當星香。花壓藤輿重，游回繡幰凉。諸臺誰有母，羨殺綵衣郎。

溧縣初栖鳳，金陵復木牛。重來喜城郭，一夕閟山丘。終始非無數，東西豈自由。銘旌二千里，處處哭歸舟。

十一月十九日折梅二首

初愛寒香一朵斜，又逢奇朵出高丫。折來折去花多了，忘却前花與後花。

也知春向歲前回，不道春前早去聲。有梅。折得數枝撚歸去，蜂兒一路趁人來。

謝張功父送近詩集

十年不夢軟紅塵，惱亂閑心得我嗔。兩夜連繙約齋集，雙明再見帝城春。鶯花世界輸公等，泉石膏肓歎病身。近代風騷四詩將，非君摩壘更何人。四人：范石湖、尤梁溪、蕭千巖、陸放翁。

贛守張子智舍人寄詩送酒和韻謝之

誰言天上張公子，飛下崆峒看曉晴。爲愛東坡題八境，却同嚴助厭承明。詩來風雨荒凉後，語帶江山紫翠横。更遣麯生相暖熱，十年同社再尋盟。

送趙判官端國趁班改秩

金陵一見恍如夢，君爲過客儂相送。廬陵再見春欲殘，君來入幕儂挂冠。是時猛虎初出境，赤子凛如兵在頸。帝選良牧蘇疲民，前趙後丁廉且仁。更得君作幕下賓，四年千里日日春。與君相逢又相别，人生聚散如霜葉。桂林一枝三十年，諸公交章薦遺賢。去揖侍郎趁立班，端能别我南溪邊。爲我一醉春風前，看君摶風上九天。

送周彦敷通判之官臨川

益國今姬旦，治中小吕申。留家視蘭膳，疋馬見州民。慈訓二六句，寒牕三十春。校書天禄閣，才子即雲津。

送曾文卿入京

如君大似陸雲龍，一歎詞場萬馬空。文透退之關捩子，騷傳正則祖家風。三年拄笏南雲裏，兩手投竿西日中。璧水蓬山剩虚席，爆筵趁取牡丹紅。朝士初上，高會集同僚，謂之爆會。

送趙英仲司户

紹興人物趙户部，身作長城護瓜步。佛狸送死緣有人，猨臂不侯得非數。只今曾孫户掾公，吏能官政有祖風。南山可摇判難奪，東海不冤陰有功。吾州上了本曹印，謁帝明光當得覲。秋風正緊送摶扶，九萬程塗人莫問。

送聶士友通判上印入朝

君家樞相扶天極，氣凌霜雪忠貫日。史家有筆歎無人，今有此人無此筆。君侯名家千里駒，拱璧盈尺徑寸珠。合登清廟薦六瑚，合參豹尾隨屬車。胡爲小綏雲間翮，揭來螺浦分風月。開軒不與俗客談，明月清風入牙頰。只今上印去朝天，春風玉筍催綴班。相門有相君勉旃，凌煙再寫進賢冠。

送次公子之官安仁監税

汝仕今差晚，家庭莫恨離。學須官事了，廉忌世人知。争進非身福，臨民只母慈。關征豈得已，龍斷欲何爲。

寄題南城吴子直子常上舍兄弟社倉

有虞有宋雙重華，兩聖一心民一家。緑針刺水農事起，重華愁早從此始。黄雲登場萬寶秋，重華對天失却愁。二十八年臨玉座，太半光陰愁裏過。天顔憂喜丞相知，常平使者陳便宜。倡爲社倉首建溪，盱江吴札承君師。伯霜仲雪發爾私，支奇虐魃手莫施。活幾佩子幾凍黎，詔子又孫孫又子。箇是重華聖人意，無論十世百千世。

題劉翔卿蔚然樓二首

誠叟顛狂與醉題，艮翁珍重灑瓌詞。山稜莫學詩肩瘦，月寫雲描總是詩。

樓上青編入骨香，樓前碧岫透簾光。乘風飛上廣寒殿，下看秋容一點蒼。

贈高德順

予年十有四，拜鄉先生高公守道爲師，與其子德順爲友，同居解懷德之齋房。予既謝病免歸，德順杖藜躡屩訪予於南溪之上，留之三日。告歸，贈以長句。

兒時同客水中蟹，鴨脚林間索詩債。只今白髮共青燈，一尊濁酒話平生。我才不及君才美，毛穎負君真差事。見説君家千里駒，看渠高大君門閭。

送安成羅茂忠

書臺佳士君章孫，句法來自西溪門。向來家住金谷園，珊瑚四尺蠟作薪。床頭黄金已散盡，買書却鑄文章印。印成一字不療飢，仰天大笑還哦詩。諸老先生總參徧，只欠一瞻晦翁面。晦翁今已作貴人，君從何許去問津。勸君努力戰今舉，來年拜渠爲座主。

曾伯貢主簿挽詩二首

練練蘭溪秀，家家玉樹榮。興安有才子，艮老是先生。師與三冬學，詩專五字城。一官纔祭竈，作麽便銘旌。

我壯君初冠，相逢便定交。即今俱白首，赴告忽黄茅。人物王兼謝，詩聲島與郊。病來無氣力，不得奠蘭肴。

黄司法妻歐陽氏孺人挽詩

法掾無雙裔，夫人六一孫。夙勤南澗藻，晚享北堂萱。蒲圃嚴新櫝，潘輿閟舊軒。庭堦森玉樹，駟馬看高門。

題曾景山通判壽衍堂

人家具慶已燕喜，人家重慶更奇偉。宜春臺上賢治中，妙齡斫桂廣寒宫。親年九十身六二，芝蘭玉樹森庭砌。上堂綵衣稱壽觴，下堂繡口喧雪牕。紫樞相公喜嘉祥，大書壽衍名其堂，五世其昌未渠央。

送劉茂材主簿之官理定

陸機二十作文賦，劉君二十詣太常。桃花浪險阿香怒，點破龍頷歸西江。平津六十策第一，劉君五十賜袍笏。一官初入八桂林，官無早晚在努力。大帥大漕兩德星，總是青原舊使君。若問公堂堦下吏，便是三瑞堂前門生前進士。

蕭照隣參政大資挽詩

父子雙晁董，中興只一家。裹剛金百鍊，表粹玉無瑕。死力扶忠善，生平嫉佞邪。古人少全傳，公傳即非夸。

右一。

東府辭金印，南園伴赤松。門闌無薏苡，泉石自從容。忽作丁威鶴，云亡老子龍。一哀緣殄瘁，不是涕無從。

右二。

贈盱江謝正之

盱江天上銀河冰，麻姑人間白玉京。不生金珠不生玉，只生命代千人英。前有泰伯後子固，後無來者前無古。九州四海何同年，濃墨大字薦惠連。君家春草池塘句，只今又見君着語。袖中繡出詩一編，清新不減春草篇。願君努力古人事，再光麻姑與盱水。

太守趙山父命劉秀才寫予老醜索贊

香山有箇狂客，恣游三十六峰。不是河南賢尹，誰贈明月清風。

寄題舒州宿松知縣戴在伯重新紫霄亭

一代名臣張右丞，玉山頭作紫霄亭。如今再得戴安道，拈出舊時山色青。萬里長江一線横，好風時送晚潮聲。江州司馬叫不醒，叫得廬山分一觥。

寄題荆南撫幹胡仲方公廨信美樓

大資孫子大參甥，磊隗胸中萬卷横。樓上已堆千古恨，晚潮更作斷腸聲。古有仲宣今仲方，二樓分貯一秋江。散愁幸有杯中月，莫下南牕下北牕。

題劉子遠春風堂

艮齋先生門下士，寒星向曉今餘幾。春風堂上劉更生，十年桂山問奇字。艮齋正派誰真傳，更生得髓仍得肝。春風卷着兩袖裏，放出摶扶天地間。

題劉子遠宴坐畫圖樓

大年小景真兒戲，郭熙遠山閑故紙。東山一塔作毛錐，試點盧溪一溪水。灑出樓前千萬峰，一一奔騰入樓裏。金華仙翁强解事，攘我樓中新句子。

題太和宰卓士直寄新刻山谷快閣詩真蹟

快閣江鷗遠避人，西昌山月暗吹塵。百年卓茂傳詩印，印出風光色色新。太史留題快閣詩，舊碑未必是真題。六丁搜出嚴家墨，白日青天横紫蜺。

同次公觀細陂小坐行店

店歇疑爲旅，溪行當出郊。莓苔依斷蓼，翡翠上寒梢。

南溪細陂

仙家有藥世無比，能乾水銀作銀子。老夫却把水晶環，鎔作南溪一溪水。閑隨稺子作音佐。兒嬉，金沙玉礫磊細陂。水從陂上瀉凋底，椎碎水晶聲滿耳。忽然流下片蒼苔，一朵碧雲影千里。

訪蓬萊老人

不到蓬萊又幾時，凉花漸盛暑花稀。我來不是忘歸去，忘却來時况道歸。

觀棊感興

本是輸棊强作贏，看來終與好棊争。君看國手無雙底，何用旁人捄敗兵。

寄謝蜀帥袁起巖尚書閣學寄贈藥物

卧雪先生冰雪胸，小迂星履領元戎。草堂衣鉢風騷將，花屋笙簫造化工。杜宇催歸波正緑，海棠不睡燭斜紅。遨頭未了詞頭下，四世重新六五公。

抛官歸隱七經年，睡殺山雲笑殺天。剩雨殘風黄帽底，顛詩中酒白鷗前。少年行路今已矣，厚禄故人書寂然。只有錦城袁閣學，寄詩贈藥意悁悁。

謝淮東漕虞壽老寶文察院寄詩

詩吸三江捲五湖，彫瓊爲句字爲珠。前身謝守吟澄練，今代世南行祕書。獬豸峩冠久塵躞，星辰聽履即須臾。夜來飛入東園去，夢裏分明覺後虚。

鵷行接翼復分襟，酒病詩愁老不禁。十載江湖千里月，一生金石兩知心。悼亡君有安仁戚，歸隱儂爲梁父吟。早晚故人天上去，未應廊廟忘山林。

寄題安福劉道協涌翠樓

讀書臺南山繞屋，恰如萬簪削青玉。讀書臺北山更多，又似碧海躍萬波。臺邊高人子劉子，架樓南北山圍裏。醉中領客上上頭，忽驚平地翠浪浮。一浪抛雲入天半，衆浪翻空濕銀漢。砰轟打到欄干前，天跳地踔乾坤顛。主賓拍手呼釣船，定眼看來還不然，只是南北幾點山。

送胡聖聞入太學

春風吹開孝廉船，撞星犯斗上九天。夜書細字燈前月，朝茹寒齏甕中雪。何蕃省親間一歸，陸暢擢第各一時。此行歸來上親壽，桂枝滿把香滿袖。

程泰之尚書龍學挽詞

廟器圭璋骨，儒林虎豹章。韋編雙輔嗣，禹跡再平當。月冷談經幄，塵昏弄筆床。西州何處路，谿水咽梅鄉。

公弭江西節，儂橫南浦舟。相逢便金石，一別幾春秋。問訊頻黄耳，歸休各白頭。豐碑那忍讀，未讀涕先流。

讀白氏長慶集

每讀樂天詩，一讀一回好。少時不知愛，知愛今已老。初哦殊驩欣，熟味忽煩惱。多方遺外累，半已動中抱。事去何必追，心净不須掃。追歎欲掃愁，自遣還自擾。不如卷此詩，喚酒一醉倒。狂歌謫仙詞，三杯通大道。

送幼輿子之官澧浦慈利監税

估人耕貨不耕田，也合供輸餉萬屯。若道厚征爲報國，厚民却是負君恩。

素王開國道無臣，一牓春風放十人。莫羡牓頭年十八，舊春過了有新春。

題贛州重建思賢閣

趙公遺愛虎頭城，直到張公續此聲。前趙後張俱可閣，贛民不用羡西京。

題章貢道院

江西道院賦金華，近日當塗共兩家。更着崆峒三道院，只銷卧治醉酇花。當塗號江東道院。

與子上野步

籬落深深巷，茅茨小小家。冬晴好行脚，何處不梅花。

送贛守張子智左史進直敷文閣移帥八桂

龍尾名臣進賓奎，虎頭移鎮赴榕溪。握刀將帥迎牙纛，解辮戎蠻貢象犀。翠浪玉虹餘昨夢，碧篸羅帶入新題。鳳池雞樹公栖處，早箇雲飛不要梯。

抛官九載卧柴荆，有底生涯底友生。白鷺鸕鷀雙屬玉，青鞋布韈一笭箵。贛江府主憐逋客，尊酒綈袍篤故情。天上故人今又去，碧雲西望暮天横。

至後與履常探梅東園

雨後霜前梅欲開，欲開猶嬾雪風催。一秋不到東園裹，從此朝朝暮暮來。

兩朵三枝梅正新，不疎不密最佽人。花枝夾徑嗔人過，絓脱老夫頭上巾。

雨澀風酸悶却春，日光初暖倍精神。天如一面青羅扇，仰看横枝自寫真。

題永豐劉伯英雙清亭

銀河一派天上來，霜松萬本水際栽。公幹作亭占佳處，攔住清風入牕户。醉餘緑綺膝上横，學得松聲與水聲。更待九秋月亭午，白玉壺中有新句，煩君赤手雙拾取。

寄題彭澤王尉名自適**廨舍二境**

不遇黄山谷，那傳石橘林。巖欺小孤頂，影落大江心。試聽秋蟲語，如聞夜誦音。梅仙癖嗜古，此外更幽尋。

右讀書巖。

人道書巖好，誰知石洞奇。外纔一徑盡，中忽萬峰攲。竅石天成屋，泓泉鬼斸池。弘中遠孫子，宴喜又添詩。

右潛玉洞。

題湖北唐憲桂林義學

梅花五嶺八桂林，青羅帶繞碧玉簪。祥刑使者兩唐裔，親領諸生到洙泗。七星巖畔築齋房，獨秀峰尖作筆床。買書堆上天中央，海表學子來奔忙。中州淑氣無間斷，南斗文星方炳焕。君不見日南姜相曲江張，萬古清風裂雲漢。

除夜小飲歎都下酥乳不至

雪韭霜菘酌歲除，也無牛乳也無酥。貧中却富何人會，自有村醪不用沽。

辛酉正月十一日東園桃李盛開

千萬重山見復遮，兩三點雨直還斜。行穿錦巷入雪巷，看盡桃花到李花。

溪邊回望東園桃李

看花不合在花間，外面看來錦一般。每一團花三丈許，紅花團繞白花團。

上元後一日往山莊訪子仁中塗望見莊裏李花

莊裏李花何似生，山頭轉處最分明。轎中舉首聊東望，不見花枝見雪城。李花十里縱長圍，漏出桃花片子兒。千丈越羅初水凍，中間一點涴燕脂。

新栽德安牡丹透根生孫枝皆千葉種也即非接頭二月二日瑞雲紅初開清曉起看喜而賦之

日上渾遲在，花乘絶早看。精神百倍好，風露七分寒。夜宴醒猶醉，晨粧濕未乾。子孫更千億，紫笋繞團欒。

送俞漕子清大卿赴召

帝求耆舊憶吾公，紫詔斜行下碧穹。勵操蘭薰仍雪瑩，作民冬日與春風。便登鳳閣鸞臺上，小試雞翹豹尾中。十載江湖訪民瘼，一時傾倒沃天聰。

自笑孤蹤霜葉輕，宦游何幸並耆英。合符先後分江郡，接武差池綴月卿。愛我從來兩膠漆，與公别是一親情。老身無用難提挈，尚有兒曹累使令。

謝江東耿漕曼老寄書并與沈侍郎唱和詩

朱雀橋邊舊使星，五年再照大江明。端能記憶誠齋叟，千里書來訪死生。

右謝詒書勞苦。

碧落侍郎金作句，瀛州學士玉爲章。兩公唱和君知麽，箇是安期却老方。

右謝唱和佳句。

題王子宣主簿青山讀書堂

謝家青山李家據，王家青山當家住。上頭新作讀書堂，牙籤玉軸古錦囊。萬夫攘臂儂掉臂，萬事無味書有味。時挑野菜煮一字，兒輩不須來染指。

夏至雨霽與陳履常暮行溪上

西山已暗隔金鉦，猶照東山一抹明。片子時間弄山色，乍黄乍紫忽全青。

夕凉恰恰好溪行，暮色催人底急生。半路蛙聲迎步止，一熒松火隔籬明。

送子上弟赴郴州史君羅達甫寺正之招

郴山奇變水清寫，郴江幸繞郴山下。韓秦妙語久絶弦，誰煎鳳觜續此篇。君章詞客山水主，雲錦聘君君好赴。爲尋兩公舊游處，得句寄儂儂不妬。休道郴陽和鴈無，也曾避雪羅浮去。

走筆謝吉守趙判院分餉三山生荔子

吾州五馬住閩山，分我三山荔子丹。甘露落來雞子大，曉風凍作水晶團。西川紅錦無此色，南海緑羅猶帶酸。不是今年天不暑，玉膚照得野人寒。五羊荔子上上者名緑羅包。

夏夜翫月

仰頭月在天，照我影在地。我行影亦行，我止影亦止。不知我與影，爲一定爲二。月能寫我影，自寫却何似。偶然步溪旁，月却在溪裹。上下兩輪月，若箇是真底。唯復水是天，唯復天是水。

夏夜月下獨酌

誰道今年熱，今宵分外清。竹風秋九夏，溪月晝三更。此景天慳與，無人酒自傾。明朝火繖上，別作一經營。

月忿雲遮却，雲遭月輥翻。斬新燈世界，特地玉乾坤。兔舞催詩句，蟾醒笑醉魂。姮家且莫睡，照管失金盆。

謝蜀帥劉仲洪尚書龍學遺騎詒書之惠

紫衣軍將打門來，雲錦書從錦水回。箇是國西天一柱，早歸斗下位三能。致身將相黑頭在，憐我漁樵青眼開。舊日雪山寒刮骨，秪今移取上春臺。

足痛無聊塊坐讀江西詩

兩脚偏雲水，群書久網絲。却因三日痛，理得數編詩。不借雙高挂，毋追一任欹。老來非愛病，不病亦何爲。

夏夜露坐

火老殊未熱，雨多還自晴。暮天無定色，過鳥有歸聲。坐久人將睡，更深月始明。素娥欺我老，偏照雪千莖。

山翠都成黑，天黄忽復青。月肥過半璧，雲瘦不遮星。瓦鼓三四隻，村酤一兩瓶。人皆笑我醉，我獨笑渠醒。

誠齋集卷第四十

盧陵楊万里廷秀

詩

退休集

讀正觀政要

拔士新豐逆旅中，❶懷賢鴨緑水波東。酒傾一斗鳶肩客，醋設三杯羊鼻公。

七月十一夜月下獨酌❷

今歲秋陽曬人死，今宵秋月呼人起。月光如水澡吾體，月色如霜凍吾髓。老夫畏熱如於菟，平生愛月如冰壺。望舒可客不可孤，麴生可親不可踈。更招玉兔金蟾蜍，同酌山杯煮澗蔬。來朝秋陽再作惡，今夕

❶「士」，原殘闕，今據四部叢刊本補。

❷「一」下，宋遞刻本及底本目録有「日」字。

秋光且行樂，遮莫參横并月落。

月下聞笛

天色鎔成水，蟾光鍊出銀。碧香三酌半，玉笛一聲新。小婉還清壯，多歡忽苦辛。何人傳此曲，此曲怨何人。

中元日早起

欲借微凉問萬松，萬松自熱訴無風。清晨秋暑已如許，那更斜陽與日中。

露坐戲嘲星月

東生定西歸，月豈不識路。何須倩長庚，夜夜引行步。星住月不行，星行月不住。無人問阿姊，此事竟誰主。不知聽金蟇，無乃由玉兔。來夜偷此星，看月歸何處。

蓮子

蜂兒來自宛溪中，兩翅雖無已是蟲。不似荷花窠底蜜，方成玉蛹未成蜂。

秋暑午睡起汲泉洗面

大桶雙擔新井花，松盆滿瀉莫留些。刺頭蘸入松盆底，不是清凉第二家。

久旱禱雨不應晴天忽落數點

烈日秋來曬殺人，青天半點更無雲。忽傳天上真珠落，未到半空成水銀。

秋日早起

雞鳴鍾未鳴，不知鄉晨否。起來恐驚衆，未敢啓户牖。殘燈吐芒角，上下兩銀帚。定眼試諦觀，散作飛電走。

晚　飲

大醉或傷生，不醉又傷情。此事兩難處，後先有重輕。醉後失天地，餘生底浮萍。愁城不須攻，醉鄉無此城。

送陳墒履常縣丞之官泰寧

玉潤非冠玉，東床忽易東。一官斯立樣，五字後山風。明月來宵共，清尊何日同。看君即飛兔，老我自冥鴻。

送羅仲仁試藝南宫

紹興廉吏誰第一，君家郎罷真無匹。腰纏墨綬不請錢，妻啼兒號窮刮骨。清無人知有天知，四囝三箇攀桂枝。不應一箇獨見遺，今秋君與一鶚飛。君不見吾州狀元晚得意，董公五十有三歲。君今加渠更三年，春風射策君勉旃。君之父元亨爲永之東安令，秩滿，有奉錢千餘緡未得，委之而去。

古風送劉季游試藝南宫

西溪先生劉夫子，个是國士天下士。家庭孝友春裏風，義氣高寒秋後水。艮齋薦書叫九關，重華表閭上半天。人寃有德却無位，天報芝蘭滿堦砌。諸孫箇箇九鳳雛，此郎軒軒千里駒。槐花再登鄉老書，桃花一跳化龍魚。堂上雙親黑頭在，日喚子孫倚門待。緑衣歸上千歲觴，還我西溪讀書債。

送盧陵宰黃伯庸赴召

君寄梅花道別腸，我攀官柳送歸艎。東都循吏似名茂，南浦詩人更姓黃。白鷺青原留惠愛，蒼苔紅藥入篇章。故人若問誠齋叟，化作沙鷗弄夕陽。

同劉季游登天柱岡

兩隻胡床小憩些，一枝笻杖拄傾斜。煙雲慘淡天將雪，風日荒寒梅未花。人去客來酤酒市，雞鳴犬吠野人家。清游不用忙歸去，强管行程是暮鴉。

我行誰與報江楓，旋擺旌旗一路紅。朔吹崩騰危兩耳，東山踊躍獻諸峰。松陰好處皆亭子，瑶草香邊即坐猊。漸陟漸高元不覺，忽然身在半天中。

穿青度碧白雲中，山正奇時路忽窮。引道老農辭我去，與君更上最高峰。

偶然乘興上孱顔，若待偷閑何日閑。脚力到時皆我有，不須更問是誰山。

夜　飲

夜飲空齋冷，移歸近竹爐。酒新今晚醡，燭短昨宵餘。紫蔗椽來大，黃柑蜜不如。醉中得五字，索筆不能書。

飲酒無奇訣，且斟三四分。初頭只嫌淺，忽地有餘春。身外多少事，燈前子細論。絶憐青女老，忍冷撒瓊塵。

不睡

夜永無眠非爲茶，無風燈影自横斜。擁裯仰面書帷薄，數盡承塵一簟花。
望後更深月未明，暗蛩涷得總無聲。閑心幸自清如水，萬感還從不睡生。
清愁無數暗相隨，酒是渠讎也是媒。醉裏不知何處彈，等人醒後一時來。
眊矂渾如病起初，冬烘又似酒醒餘。睡鄉幸有閑田地，不放詩人僦一居。

醉吟

十載人間樂與憂，幾曾半點到心頭。梧桐葉上秋無價，蟋蟀聲中月亦愁。暮角曉鍾何日了，蒼顔華髮此生休。吟顛醉蹶知無益，利走名奔有命不。
三春草草眼中過，未抵三冬樂事多。燭焰雙丫紅再合，酒花半蕾碧千波。孤寒霜月儂相似，跌宕雪風誰奈何。道是閑人没動績，一枝樵斧一漁蓑。

烏臼燭

焰白光寒淚亦收，臼燈十倍蜜燈休。忘情也似誠齋叟，燒盡心時不淚流。

送王文伯上舍歸豐城兼簡何侍郎

碧落先生少可人，銀鈎繭紙苦稱君。談間口吸西江水，句裏家傳南浦雲。千里端能來命駕，一尊得與細論文。還家剩草三千牘，看策平津第一勳。

題曾良臣思堂

曾尉良臣迎母王於樂氏，母許新居成即歸，於是築第高沙。母欲遷而逝，乃虚中堂，榜之曰思。求詩，爲賦四韻。

謝墅新成了，潘輿竟不歸。升堂仰遺像，下拜泣沾衣。反哺烏何在，卧冰魚自肥。夢中環佩響，驚喜覺來非。

送彭子山提刑郎中赴召

帝想丹青憶老成，公兼竹潤更蘭馨。獨追洙泗人無訟，再使成康世措刑。召節自天回使節，郎星朝斗作台星。花邊獨坐黄昏句，剩寄江西白鷺汀。

瓊樹初瞻二紀中，玉京再别一星終。我隨病鶴欹黄帽，公駕雲鴻上碧穹。寄徑絲綸紫薇閣，押班冠劍大明宫。錦園尚欠桃栽否，兒輩河陽待曉風。

送族弟子西赴省

吾家詞伯達齋翁，阿季文名有父風。筆陣千軍能獨掃，馬群萬古洗來空。嗟予還笏歸林下，看子乘船入月中。淡墨榜頭先快睹，泥金帖子不須封。

寄題福帥張子儀尚書禊遊堂

子儀之祖全真參政，紹興初元爲福帥，於三山城西之外南湖上作堂，名禊遊，以爲邦人修禊之地。後六十六年，子儀帥福，再新此堂，自作記以書其事，以石刻示予，因寄題七字。

祖孫接武禊堂前，風物重新六十年。無恙鈞衡舊棠蔭，有光台斗繼蒲鞭。手提西郭三山月，下照南湖萬頃天。不要外人來作記，當家自有筆如椽。

南溪弄水回望山園梅花

梅從山上過溪來，近愛清溪遠愛梅。溪水聲聲留我住，梅花朵朵喚人回。

火閤午睡起負暄

火閤紅銷雪尚香，睡魔引我入渠鄉。覺來一陣寒無奈，自掇胡床負太陽。

黄菊霜枝已懶殘，瑞香紫笋政團欒。盆池影裏看題壁，上字還成下字看。

曬　衣

亭午曬衣晡褶衣，柳箱布襆自攜歸。妻孥相笑還相問，赤脚蒼頭更阿誰。

讀張文潛詩

晚愛肥仙詩自然，何曾繡繪更琱鐫。春花秋月冬冰雪，不聽陳玄只聽天。

山谷前頭敢説詩，絶稱漱井掃花詞。後來全集教渠見，别有天珍渠得知。

壬戌人日南溪暮景

坐看青天起白雲，化成龍子鈒銀鱗。霎時塞得青天滿，只見龍鱗不見身。

春暖溪暄出小魚，沉浮上下巧相娱。一跳一浪錢來大，開作瑶環忽丈餘。

翡翠驚飛不作行，沙鷗亂下自成雙。一天霞綺沉波底，便是西川濯錦江。

雨後至溪上

夜雨無端忽曉晴，南溪便長半篙清。斜衝亂石雪霜碎，快瀉深陂金玉聲。慢處回頭縈作漩，急邊眨眼不留行。李成覤着如何畫，却是詩中畫得成。

寄題太和宰趙嘉言勤民二圖

歲歲桃花水到時，野航客子命如絲。趙侯小試濟川手，雪浪翻天不濺伊。

右題通濟渡船圖。

半山辱國賣叢祠，鍾步諸坊卷酒旗。村裏山農語音好，孔方兄已赦鵝兒。

右題停罷坊場圖。

上元前一日遊東園看紅梅❶

欲折紅梅朵，看來不忍攀。週迴尋四處，恰得一枝繁。

偶看紅梅到小園，憑欄送眼過前村。山頭茅屋隔孤樹，籬外行人出半身。

兒牽黄犢父擔犂，社鼓迎神簇紙旗。不是豐年那得此，今春大勝去春時。

南溪薄晚觀水

誰將沙礫壅隄斜，水怒衝隄自決沙。無數小魚齊亂跳，瑠璃盤底簸銀花。

❶「紅」，宋遞刻本無此字。

溪邊月上

正月十四夜，如何月便團。似知吾輩出，預借上元看。片子黄金餅，看來只管高。忽然落溪水，雜碎作銀濤。

同才翁弟遊東園

東園花徑半莓苔，老子多時不到來。一巷江梅都落盡，秖今開底是紅梅。

近故太師左丞相魏國文忠京公挽歌辭

孝廟深知己，今皇正宰官。一言能定國，二聖得重懽。立節山相似，容人海未寬。至今死諸葛，虜使膽猶寒。

鎮蜀雙清獻，回天再子明。何曾動聲色，一笑付權衡。臨絶緣憂國，平生不近名。中興賢相傳，日月奪光精。

柏府公峩豸，荆溪我把麾。聞風無半面，折簡兩相知。偕掾膠投漆，分襟雲與泥。樓成扁山浦，灑淚欠題詩。

近故魏國夫人盧氏挽歌辭

胄出開元相，賢稱魏國嬪。秖教紀彤管，不見轉鴻鈞。瓜葛春風裏，蘋蘩南澗濱。古今書列女，仁孝幾何人。

唐代崔家母，升堂乳阿姑。姑言吾報婦，孫孝婦如吾。此段前無古，夫人獨與俱。秖看秦國語，更恐李唐無。

素節勤仍儉，清風冷似冰。秋衣孟光布，夜績敬姜燈。拱木霜何早，同塋雪政凝。郎君一夔足，再看九霄鵬。

東園探桃李

偶逢李徑一花開，從此東園日日來。更約桃花同坼好，紅紅白白兩相催。

有花無葉也孤寒，有葉無花草一般。最是桃花饒態度，醉紅嬌緑惱人看。

李　花

李花宜遠更宜繁，惟遠惟繁始足看。莫學江梅作踈影，家風各自一般般。

春　晴

日透微風暖，風揉嫩日佳。秪知攢桃李，不道落梅花。

寄題太和丞公沈君公館亭臺四詠

蒼髯秦大夫，瘦骨孤竹君。主人似二子，二子似主人。

右真清亭。

秋月弄長江，平地點遠岫。贊府詩句中，字字江山秀。

右特秀亭。

紅雨未隨風，白雪忽滿枝。秪今正月尾，政是斷腸時。

右成蹊亭。

庭散帘尾鶖，總聚案頭螢。無端循除水，也學夜誦聲。

右讀書臺。

寄題分宜李克明上舍高居二詠

想見謫仙裔，卷簾雙眼寒。雲山千疊碧，飛舞入欄干。

右不礙雲山樓。

一鳳領四雛，夜作吾伊聲。梧桐高拂日，好去瑞堯庭。

右東塾。

春　寒

風日晴暄一併來，桃花告報李花開。待君減盡衣裘了，夜半春寒特地回。

和張寺丞功父八絶句

約齋太瘦古僊真，寄我詩篇字字新。受業陳三能幾日，無端參換謫仙人。

古來官職妬詩篇，二物雙違不肯全。君被詩篇折官職，如何又寄一新編。

與子相望天一方，有書無使倩誰將。歸鴻欲下還飛去，不作書郵有底忙。

金華不敢比東坡，此後東坡爾許多。擾擾胸中百周孔，不愁柳柳笑人何。

問訊南湖作麽生，日撞金玉奏英莖。無人打殺浄飯子，放出渠頭七步行。

新歲南湖春又濃，海棠舊入我詩中。别來若有相思字，寄與江西花信風。

湖邊花底舊論詩，再要尋盟今若爲。道是鷺啼無點淚，教鶯聞此也垂洟。

斷當湖山我與公，問公别後却誰同。一生海内金石友，萬事人間牛馬風。

謝襄陽帥楊侍郎用轆轤體

合志同宗憶嗣清，尋盟繼好感難兄。關西伯起今夫子，後世子雲重易經。金薤銀鈎詒妙墨，貂裘玉札寄交情。本朝未有楊家相，留待公歸兩兩星。

王式之直閣不遠千里來訪野人贈以佳句次韻奉謝

君才陸海與潘江，句裹芒寒萬丈長。雪椀冰甌翻筆墨，錦機綉段出肝腸。王家龍鳳重英特，謝砌芝蘭讓耿光。相國登庸衣鉢在，郎君努力續前芳。

寄題張縣尉敬之南昌官寺重新子真祠堂

梅郎絳節朝玉臺，朝游五城暮九垓。遺民香火答遺愛，何年祠屋荒蒼苔。劍津詩客子張子，住持仙壇判山水。上書台斗大居士，作緣冰漕皇華使。二臺併檄孔家兄，經始新祠不日成。西山南浦作賀賓，野梅官柳俱驩聲。

送趙吉州判院器之移利路提刑

趙侯邁往隆準孫，未年五十專三城。千里秋豪無遁情，兩眼洞照如秋鷹。何須奮髯走百吏，棠陰晝寂清如水。年年州人喫賤米，伥子踏歌凍黎喜。去冬苦暖未有梅，使君一笑梅花開。夜吹平地一尺雪，留下豐年今歲回。使星移照天西去，白鷺青原遮不住。即隨丹詔歸握蘭，遂持紫橐甘泉班。

雨中入城送趙吉州器之

拂溪楊柳縷生金，欄路山礬香殺人。不是衝泥送行客，外頭放過若干春。

村店農忙半不開，入城客子去還來。阿耶烏傘兒青笠，賣却松柴買菜回。

宿城外張氏莊早起入城

燈火頻挑只管殘，雨聲終夜惱空山。幸蒙曉月多情白，又遣東風抵死寒。

破店無雞報五更，只將夢覺當雞鳴。匆匆上却藍輿了，隔壁人家政睡聲。

眠雲跂石十餘年，回首抛官一瞬間。送舊迎新也辛苦，一番辛苦兩年閑。

次公滿秩來歸偶上巳寒食同日父子小酌

又是一年脩禊時，何須曲水泛金巵。遍嘗衆酒少亦醉，坐到三更眠未遲。上巳巧當寒食日，春風慳放牡丹枝。白頭父子燈前語，忘却江湖久別離。

送金元度教授辭滿赴部改秩

金華唐吕兩儒先，夜半黄梅君併傳。不日經筵重坐席，蹔時黌舍冷無氊。引班曉漏槐楓裏，出宰春風桃李邊。莫遣垂楊知別恨，一篙新漲解歸船。

嘗 茶 蘼 酒

予與客嘗茶蘼酒，客求其法，因戲答之。

月中露下摘荼蘼，瀉酒銀缾花倒垂。若要花香薰酒骨，莫教玉醴濕瓊肌。一杯墮我無何有，百罰知君亦不辭。敕賜深之能幾許，野人時復一中之。

劉季澄投贈新詩次韻爲謝

君操筆耒啓新畬，耕徧西溪萬卷餘。藜杖芒鞵來得得，柳風花雨政踈踈。是家人物孫如祖，驚代詩文我愛渠。努力收科無早晚，不須燈下獨長嘘。

餞洪帥張伯子華學尚書移鎮京口

周家天球祇一隻，張家今有雙白璧。前稱紫薇後文昌，銜官二陸僕兩唐。金章玉句迭清鏘，天孫雲機織錦裳。松心竹節争老蒼，冰壺水鏡明秋霜。君不見于湖先生掌綸綍，二典三謨纔一筆。君不見篤素先生立朝端，五臣十亂半武間。聽履星辰踐台斗，翻身鳳池屈伸肘。夢入飛雲卷雨簾，袖却築巖作霖手。滕王閣上唐阿舒，春生秋殺震江湖。吏部未見張尚書，春生儘有秋殺無。江西十州百萬户，父非姓召母非杜。也秖周人兩句詩，豈弟君子民父母。又去南徐作好春，落霞秋水亦眉顰。南徐父老錯欣欣，玉皇催渠轉鴻鈞。

春雨不止

無計奈何春日長，辛予介紹謁羲皇。蟻緫問陣天又雨，蜂欲春糧花政香。

春雨如毛又似埃，雲開還合合還開。怪來春晚寒如許，無賴桐花領取來。

踏　青

雨换溪溪玉，花呈嶺嶺春。秧田暄處早，茅屋補痕新。

寒　燈

老稺都眠我獨醒，寒燈半點伴三更。雙花忽作蜻蜓眼，孤焰仍懸玉膽瓶。

雨夜獨酌

清明未到未和柔，過了清明春又休。燭下看花偏有思，❶醉中聽雨也無愁。

瓶中淮陽紅牡丹落盡有歎

只愁風雨妬花枝，翦入瓷瓶養却伊。更下重簾深閉閤，忽然花落又關誰。
眼中姚魏過匆匆，只有淮陽打底紅。杜宇一聲花睡醒，却教老子怨東風。
又是明年看牡丹，未開芍藥怯春寒。落英滿地不須掃，一片蔫紅也足觀。

寄題龍泉李宗儒師儒槐陰書院

龍泉二李繼謫仙，朝議朝散相後先。鳳雛二妙繼乃祖，宗儒師儒賢弟昆。手種兔目今幾年，日茹葉淘呻斷編。陰似王家三樹緑，異時官職追前躅。花作唐人八月黄，來歲能書催趣裝。

---

❶「偏」，原作「徧」，今據宋遞刻本改。

李師儒上舍稽古堂

青楓金剎依然在，黄石圯橋元不改。只有謫仙稽古堂，兵燒水毁草樹荒。二大夫家有孫子，去珠復還堂再起。朱甍碧瓦拂金波，❶牙籤玉軸拄銀河。山鬼吹燈聽夜誦，秋兔獻穎供晨哦。向來二李名父子，今來二李佳兄弟。鷽鴝雙去集上林，李家大夫看二二。

❶ 「甍」，原作「薨」，今據文義改。

誠齋集卷第四十一

廬陵楊万里廷秀

詩

退休集

初夏即事十二解

蓮葉頭巾道樣裁，仙桃扇子午時回。撲蠅墮地猶能旋，閉閤生塵底處來。

瑞香端合譜離騷，有子傳芳韻亦高。失却薰籠紅錦被，化爲矮樹紫櫻桃。

百日田乾田父愁，只銷一雨百無憂。更無人惜田中水，放下清溪恣意流。

從教節序暗相催，曆日塵生懶看來。却是石榴知立夏，年年此日一花開。

檻中紅藥趁春歸，蘚裹苛留三兩枝。一片落來能戀我，葉梢閣住不教飛。

密有花紅緑刺長，似來作伴石榴芳。金櫻身子玫瑰臉，更喫餳枝蜜果香。

玉磬金鍾天半鳴，夢中驚我起來聽。萬松花上三更雨，政事堂中有此聲。

東渚西陂萬馬奔，浪花吞盡舊波痕。山童莫掃中庭水，要寫錢錢雨點紋。

更無一箇子規啼，寂寂空山花自飛。啼得春歸它便去，元來不是勸人歸。

柳外花梢啼亂鶯，行人過盡不曾聽。得人聽處君知麽，天欲明時第一聲。

狹斜只解賞春紅，秋菊冬梅不負公。我道四時俱富貴，一杯催喚藕花風。

王家麈柄緑瓊香，萱草偷來柄更長。藏却柿紅纓拂子，菖蒲節裏放風光。

詩酒懷趙德莊

舊日張三影，今時趙半杯。誰將牌印子，牒過草廬來。一代風流盡，餘年鬢髮催。愁邊對詩酒，懷抱向誰開。趙德莊每對客，不瀹茗，必傳觴半杯，笑謂客曰：「某名趙半杯，君知否？」余老病，亦只能飲半杯，故云。

紀聞悼舊

莫説湘南寺，令人絶痛渠。中間緣國論，偶似絶交書。衫短枯荷葉，墻高過筍輿。人生須富貴，富貴竟何如。

郭母孺人李氏挽歌辭

李郭俱名族，華媚合兩家。藁砧巾角雨，郎罷筆頭花。樹秀庭雙玉，蓀榮砌百芽。半生冰雪節，再賦白山茶。

七字敬餞周彦敷府判直閣之官虎城

碧落仙人出作州，青原詩伯佐承流。江山得助催新句，風月平分入勝遊。清獻溓溪兩賓主，崆峒章貢再賡酬。舊時緑水紅蓮客，南望旗幢鬢已秋。僕五十年前爲贛掾。

端午前一日含笑初拆

一點瓜香破醉眠，誤它酒客枉流涎。如何滴露牛心李，化作垂頭玉井蓮。初喜曉光將莞爾，竟羞午影不嫣然。忽看吐下金櫻核，蔌蔌聲乾暮葉邊。

端午獨酌

招得榴花共一觴，艾人笑殺老夫狂。子蘭赤口禳何益，正則紅船看不妨。團糉明朝便無味，菖蒲今日麼生香。一生幸免春端帖，可遣漁歌譜大章。

送吉州通判趙德輝上印赴闕

太守九秋霜，通守三春風。太守鏡照膽，通守淵涵空。古來人才在寒士，皇家人才在宗子。君看二趙作廬陵，寬猛晦明兩相濟。太守已乘八使車，通守合分五馬符。行看二趙俱法從，老夫别獻中和頌。

暑中待月小酌

火傘朝張復暮張，若教無月底禁當。隔林欲上光先漏，窺户無多氣已涼。萬里無雲天似水，一奩新鏡色如霜。廣寒宫裏應無酒，挽住姮娥勸一觴。

夏日小飲分題得菱用轆轤體

不是齊堂觳觫生，如何雙觝獨峥嶸。犀中忽有紅尖角，天上也無甜底冰。只愛衣裳桃杏淺，誰知肌骨雪霜明。酒徒苦問渠名姓，無姓無名字子陵。

移床

清晨暑氣已愁予，何况暍蟲午及晡。尋得松風小凉處，移床來坐又還無。

午睡起

永晝能不倦，亭午思小睡。竹床熱如曬，展轉竟無寐。起來搔白首，百匝繞簷際。政當旺暵中，忽有一奇事。一風北户來，穿度南窗外。窗外蕙初花，❶披拂動香氣。老夫得一凉，灑然有生意。來日當此時，未知復何似。

送章漢卿歸宣城 綍

竹葉孤斟久，梅花遠信疎。如何窮巷轍，忽枉故人車。伯仲俱佳士，雲霄政望渠。相從又相别，欲别重躊躇。

夏夜喜雨

聽雨初假寐，還成睡着休。夢中簷奏樂，夜半簟知秋。今歲應須熟，餘生有底愁。無人知喜事，課僕織新篘。

題長沙鍾仲山判院岫雲舒卷樓

天柱峰尖半點雲，散爲嶽麓橘洲春。盡供詩客揮毫裏，怪底春空態度新。

---

❶ 「外」，宋遞刻本作「前」。

入夜雲來宿兩牕，明朝雲去照三湘。也知遠岫無心出，解后爲霖亦不妨。

立秋日聞蟬

老火薰人欲破頭，喚秋不到得人愁。夜來一雨將秋至，今晚蟬聲始報秋。

二含笑俱作秋花

秋來二笑再芬芳，紫笑何如白笑强。只有此花偷不得，無人知處忽然香。

秋夜極熱

只怨西風不早歸，早歸何似且歸遲。姮娥一夜揺團扇，更説明朝日午時。

秋神今歲也癡獃，行李如何草草回。白帝羽衣渾不帶，炎官火傘却將來。

葵扇頻揮手已麻，竹床偏熱冷無些。面凉却感鬚根汗，省得開門汲井花。

題安福劉虞卿敏齋

君不見杜家阿宜開雪窻，日讀十紙月一箱。君不見崔家阿立染霜兔，暮作千詩朝百賦。讀書臺北卯金刀，齋前不種李與桃。滿堦只種書帶草，黄金非寶書爲寶。郎君玉樹臨風前，咀嚼青竹夜不眠。何須多羨崔與杜，諸郎努力青雲路。

九月三日喜雨蓋不雨四十日矣

玉帝愁聞旱，雷公怒見鬚。搜龍無彈處，倒海不遺餘。稻裏雲初活，蕎梢雪再鋪。老農啼又笑，欲去且安居。

謝蘇州史君張子儀尚書贈衣服送酒錢

香山老益窶，欲賣宅與田。荆南贈春服，侍中送酒錢。何如韋蘇州，一日兼兩賢。酒錢隨春服，併至南溪邊。寄物已不輕，意更在物先。僕也拙生理，巧亦營不前。病廢非爲高，抛官餘十年。紙田蝸牛廬，縱賣誰作緣。故人豈云少，衮衮青雲端。王弘不可作，范叔空自寒。忽擡蘇州書，冷牕回春暄。急褫九月絺，徑追八酒仙。竹煙爲我喜，波月爲我妍。籬菊凍不花，一笑亦粲然。醉中化爲蝶，飛墮虎丘山。齊雲已在眼，忽然遠於天。南溪，僕所居村名。「竹煙」、「波月」，用來教語。

九日招子上子西嘗新酒進退格

但令有酒對籬東，管得山名不是龍。榨裏潑醅迎節裏，雨中移菊自城中。多時不飲今辭醉，一笑相懽古罕逢。我輩明年當更健，不須子細看萸紅。

九日菊未花

舊説黃楊厄閏年，今年併厄菊花天。但挼青蘂浮新酒，何必黃金鑄小錢。半醉嚼香霜月底，一枝却老鬢絲邊。阿誰會得開遲意，暗展重陽十月前。

寒雞

寒雞睡着不知晨，多謝鍾聲喚起人。明曉莫教鍾睡着，被它雞笑不須嗔。

南溪上種芙蓉

夾水芙蓉密密栽，緣溪斜立照溪開。放教十里紅將去，不盡溪流不要回。

曉看芙蓉

兩歲芙蓉無一枝，今年萬朵壓枝低。半紅半白花都鬧，非短非長樹斬齊。臨水靧粧新雨後，出墻背面曉風西。春英笑殺秋英淡，秖恐穠於桃李蹊。

瑞慶節日同王式之詣雲際寺滿散❶

金刹深藏翠巘間，鍾聲吹下白雲端。誰知東浙能詩客，也到南溪祝聖山。重碧清池染衣溼，軟紅香霧襲人寒。祝君來歲千秋節，着脚含元鵷鷺班。

寄王用之判府監簿兄弟八人

寅清堂上初相識，君如玉樹逢春碧。滕王閣下重相從，君如天驥追秋風。九州四海王魯公，有子不減漢八龍。君才况是廊廟具，登庸衣鉢親分付。筭班小試雲霄步，州麾妙琢湖山句。君不見西京韋家父子間，阿成官職似阿賢。皇朝吕家也不惡，大申小申相後先。看君一武超韋吕，奄有龜蒙再封魯。

王式之命劉秀才寫予真因署其上

浙水東兼浙水西，千巖萬壑總遨嬉。游山秖欠金華債，乘興今隨王式之。

久雨妨於農收因訪子上有歎

君能過我意殊傾，我每看君脚便輕。若爲泥塗斷還往，端令老病底心情。未霜楊柳秋猶碧，既雨芙蓉

❶「寺」，宋遞刻本作「院」。

晚更明。旱歲嫌晴不嫌熟，今年教熟不教晴。

益公題三老圖

郡士劉訥以乘成兄生於乙巳，而予丙午，誠齋丁未，寫《三老圖》，爲題四韻。

同辭宦路返鄉閭，兩驌驦中間以駑。前後顧瞻羞倚玉，支干引從偶連珠。三人不必邀明月，九老何妨續畫圖。從漢二疎唐尹後，相親相近此應無。

誠齋題三老圖

劉訥敏叔秀才寫乘成先生、平園相國及予爲《三老圖》，因署其後。

旦奭行間着季真，黄冠不合附青雲。二南風裏君知麼，添箇委蛇退食人。

劉郎寫照妙通神，三老圖成又一新。只道老韓同傳好，被人指點也愁人。

南溪堰灘

爲愛溪流箭樣湍，戲抛亂石障清瀾。忽如亞父撞玉斗，又似仲尼鳴象環。整北移南教儘怒，從朝至午不知還。便饒灎澦三巴峽，❶也當龍門八節灘。

至後入城道中雜興

至後寒梅未苦繁，臘前暖蝶已偷還。隔林日射池光動，碎却池中倒影山。

❶「便」，宋遞刻本作「縱」。

大熟仍教得大晴，今年又是一昇平。昇平不在簫韶裏，只在諸村打稻聲。

問渠田父定無飢，却道官人那上聲。得知。未送太倉新玉粒，敢先雲子滑流匙。

畦蔬甘似卧沙羊，正爲新經幾夜霜。蘆菔過拳菘過膝，北風一路菜羹香。

長亭阿姥短亭翁，探借桃花作面紅。酒熟自嘗仍自賣，一生割據醉鄉中。

豐年物物總欣驩，不但人和畜亦蕃。簸處金膚肥㲋母，春餘珠屑飽雞孫。

山路肩輿倦僕夫，家兄爲我酒頻沽。賣薪人散知城近，啼柳烏忙覺日晡。

誰練茗花作雪茸，更將楓葉染猩紅。姮娥不認推青女，青女又還推化工。

忽見輕綃三兩重，橫遮萬丈翠屏風。老夫細熨鬖鬆眼，却是青原隱霧中。

春時宿處雨浪浪，至後重投張氏莊。際晚烏銀何許買，夕陽特地戀寒牕。

歐陽伯威挽詞

酒魄飛穿月，詩星流去聲。入脾。豪來無一世，貧不上雙眉。瀘水奇唐律，香城賞楚辭。前身定東野，又得退之碑。益公作誌銘。

題東江劉長元勤有齋

蠹簡三更寂，寒燈半點慳。不知門外雪，已失月中山。白璧非愁禹，黃金只鑄顔。時來漫拈出，掇取桂枝還。

謝永新大夫楊叔裕惠詩

今代吾家後子雲，新詩也解乞去聲。陳人。銀河波浪痕痕玉，花縣風光字字春。大勝十年燈火讀，更無半點簿書塵。鶚章塞得公車破，便合留渠立紫宸。

寄袁起巖樞密賀新除仍謝送四縑并詩集兼懇求陳堦薦書

樞相身通貴，恩書意轉親。四端香雪縠，一卷錦江春。公即專堂印，儂方理釣緡。五公今果六，詩讖也如神。僕舊有詩寄樞密云：「四世行看六五公。」

知己熙鴻化，陽和被九臯。自憐今老病，無分惱鈞陶。獨念東床客，猶沉左選曹。春風半張紙，立地作宜敎。朝士謂宣教爲宜敎。

再入城宿張氏莊早起進退格

夢覺月如晝，誤驚天欲明。起吹松葉燼，自點臼花燈。山轎已十里，譙門才四更。脚根豈無火，鬚上也成冰。

與次公夜酌

湯盂深淺任橫斜，酒力微醺略減些。翦燭小童殊解事，不留燭燼却留花。

不寐

脚底神通也自强，三更報我有飛霜。人言冬夜長如歲，不寐方知歲未長。

野望

也知口業欠消磨，造物嗔人奈口何。莫管詩人例寒餓，且容老子小婆娑。

野童擷菜踈移步，客子追程有底忙。茅屋破時偏入畫，布衫洗了曬枯桑。

瑞香盛開呈益國公二首❶

近看丁香萬粒攢，遠看却與紫毬般。誰將玉膽薔薇水，新濯瓊膚錦綉襌。净界薰脩爾芬馥，無人翦剔自團欒。下元前至上元後，省得龍沉與麝蘭。

針來大笋束仍攢，作麽開時色兩般。荀令金爐炷沉水，昭容紫袖襯中襌。同花異葉株株異，一種欒枝節節欒。雪裏寒香得三友，溪邊梅與畹邊蘭。

余處恭少師左相郇公挽辭

上聖臨三極，維師正百工。忠清兩楊綰，誠一再温公。衡嶽摧天柱，明堂失棟隆。初元得名相，不待卦非熊。

右一。

孝廟乘乾日，光宗宅震宫。夔龍池集鳳，黄綺翼高鴻。初政扶皇極，三朝抗大忠。朞年坐黄閣，萬古一清風。

右二。

天下非無士，胸中自有人。如何初拜相，首薦一遺民。恩我丘山小，懷公骨肉親。白頭哭知己，東望獨

❶「國」，宋遞刻本及底本目録無此字。

傷神。

右三。

寄題龍泉項聖與盧溪書院

三顧先生得麟筆，付囑遺經誰第一。獨將麟髓飯澹翁，項家阿英亦其乙。澹翁孤忠貫兩儀，阿英卓行徹九扉。旌門一日插天半，却把此筆傳阿宜。阿宜阿囝續弓冶，盧溪書院聲無價。不論當家與外人，不日天池看渾化。忠簡胡先生與項德英同師蕭子荆先生，傳《春秋》學。蕭先生自號三顧隱客。

送西昌大夫趙嘉言上印赴闕

西昌難作音佐。自古傳，卓令趙令不作難。一令來時民頓寬，一令去日官餘錢。從來美政人難繼，二君雙美今誰似。卓令已作中都官，趙令也合即綴卓令班。

山　茶

樹子團團映碧岑，初看喚作木犀林。誰將金粟銀絲膾，簇飣朱紅菜椀心。春早横去聲。招桃李妬，歲寒不受雪霜侵。題詩畢竟輸坡老，葉厚有稜花色深。東坡《山茶》詩云：「葉厚有稜犀甲健，花深少態鶴頭丹。」

夙興待旦二絶

覺後難重睡，醉餘還獨醒。東牕不肯白，挑盡一燈青。

村裏無銅漏，金鷄管殺更。百聲猶未曉，却等第三聲。

癸亥上巳即事

怪底風光好，還當上巳辰。柳鷺樊子口，梁鷰趙家身。花落春容瘦，陰濃夏意新。曬書仍焙藥，幽事也勞神。

登度雪臺觀金沙荼蘼❶

金沙餅子荼蘼粟，一一尖紅映圜綠。只銷三日雨和風，化作真珠堆錦褥。饒渠飛度雪前開，開了却吹香雪來。紅紅白白照天半，醉倚瑚欄眼凌亂。

古風敬餞吉州梁史君

南方儒先囿三山，山中豹蔚推伯鸞。手挐枝桂下廣寒，❷身作德星南斗間。治行第一聞九關，再分魚書朱兩幡。豐湖夜敲坡老門，螺浦曉酌六一泉，露冕朞月惠化傳。青原改色白鷺妍，❸白叟鼓腹黃童顛。麴生打開禁酒國，雲子湊集移粟船。向來醉人號一瑞，如今醉人横路眠。滿城米賤酒更賤，盡道人皆有一天。如何癖愛香火緣，三章叫閶覓散仙。定知不晚當賜環，金貂玉佩香案前。

古風敬餞都運焕章雷吏部祗召入覲

高皇中興社稷臣，紫巖先生第一人。來從紫巖住紫蓋，鴻鈞轉作湘中春。風流人物被草木，香滿橘洲

---

❶「登」，宋遞刻本無此字。
❷「枝桂」，宋遞刻本此二字互乙。
❸「青」，原作「清」，今據宋遞刻本改。

連嶽麓。一時賓客盛鄒枚，明月夜光和結緑。雷家夫子龍鳳章，優入其室升其堂。朱幡玉節徧南紀，錦帳綾衾推望郎。使星下照翼軫旁，西山南浦回風光。渠儂別有經世具，袖却兩手惟深藏。玉皇喚渠登廟廊，小却猶在持橐行。野人亦忝同門者，久挂衣冠卧林下。病身只合釣煙波，兒輩猶堪累甄冶。

子年劉郎寫余老貌求贊

鬢少梳欲無，髭短鑷更少。搔鬢秪撚髭，覓句何日了。

暮行田間

布穀聲中日脚收，瘦藤叫我看西疇。露珠走上青秧葉，不到梢頭便肯休。

水滿平田無處無，一張雪紙眼中鋪。新秧亂插成井字，却道山農不解書。

清曉趁郡早炊幽居延福寺

小轎欹還正，荒蹊細又紆。危峰上金鏡，遠草亂瓊珠。霧外鍾聲近，花梢殿脊孤。老僧知我冷，展席傍紅爐。

午過烏東

險盡塗初坦，寒輕日向中。稻雲遲雨碧，蕎雪早霜紅。五日再行役，一年三鞠躬。只言棄官久，却與在官同。

晚宿小羅田

青林化作萬黄金，落日光寒色却深。仰看松梢數松子，不妨更與數松針。

倒盡菰蒲折盡荷，芙蓉臨水恨無多。一花却有兩花影，東卧斜陽西卧波。
蕭灑低低屋，虚明小小窻。客問那得許，窻外更寒江。
白酒聊三琖，青燈欲二更。倦來乘急睡，過了睡難成。

後一月再宿城外野店夙興入城謁益公

吹燈覽鏡又忽忽，烏帽新時白鬢空。殘月忙追曉星上，飛霜先到轎牕中。如何五鼓寒十倍，不肯半分饒一翁。到得火輪相暖熱，山霏特地碧曚曨。
歸途未信欲斜陽，只怪行人影轉長。松壽已高猶緑髪，楓年方少更紅裳。秋光便是天金谷，畫本偷歸我錦囊。只怨衝寒歎行役，青鞋布襪却芬香。

題胡季亭觀生亭取觀天地群物生意之義

誰信秋霜臘雪中，雪中霜裏有春風。菊花未了梅花發，休説桃花入嫩紅。
漏泄春光有阿亭，一雙詩眼太乖生。草根未響渠先覺，不待黄鸝第一聲。

胡季亭贈集句古風效其體奉酬

秋氣集南磵，清風來故人。遺我一端綺，桃李不成春。大句斡元造，高詞媲皇墳。百衲收寸錦，一字買堪貧。苦恨鄰里間，良覿渺無因。今日是何朝，始聞扣柴荆。黄菊有佳色，寒水各依痕。且共歡此飲，重與細論文。何以報佳惠，山中有白雲。

十月久雨妨農收二十八日得霜遂晴喜而賦之

雨脚麻相似，禾頭耳欲生。風收白癡霧，霜作上牢晴。逗曉雙栖鵲，巡簷數喜聲。呼兒洗塵甑，忍餓待新秔。

早　起

黄菊花繁依舊耀，牡丹葉落恰如枯。霜中蚱蜢凍欲死，緊抱寒梢不放渠。

蠅虎六言

長有青蠅入夢，初無白額負嵎。傳業羲皇網罟，齊名鬭穀於菟。

進退格寄張功父姜堯章

尤蕭范陸四詩翁，此後誰當第一功。新拜南湖爲上將，更差白石作先鋒。可憐公等俱癡絶，不見詞人到老窮。謝遣管城儂已晚，酒泉端欲乞移封。功父詩號《南湖集》，堯章號白石道人。

寄題八桂張松卿義莊

張氏避氊裘，邢遷來桂州。買田同族食，作計豈孫謀。公藝君今是，希文古罕儔。荆花再連理，萱草更千秋。張氏避地，自邢來桂。此莊松卿奉母夫人之命爲之，夫人高年康强云。

陳商卿挽辭

遠緒傳嬀水，高風似太丘。萱堂魚躍雪，蘭砌鶚横秋。杖屨踈金谷，鷺花冷玉舟。行看紫鸞紙，告第賁松楸。

誠齋集卷第四十二

廬陵楊万里廷秀

詩

退休集

題曾世夫頤齋

吾友子曾子，滋蘭澗溪幽。藥房動波底，韋編著斫。床頭。夢吞六畫香，身從三聖游。上瞻岐山開，下聆雷聲收。告于闕靈龜，潛淵騎玉虯。食菲足自養，朵頤非所求。一朝浮洛書，緑字獻禹疇。分半啖虞翻，相視一笑休。

曉起

霜挾清寒凍殺人，袖中十指怯頭巾。金篦落地拾不得，却是穿窻曉日痕。❶

❶「是」，宋遞刻本作「似」。

日午

揭竿借日自烘衣，背立晴暄片子時。雪後春生人未覺，弄絲蠕子獨先知。

賀胡守寺正禱雪響應

廬陵新事一奇絶，老農七年不識雪。史君領取六花來，一夜九天開玉闕。萬家鑄作銀樓臺，千峰琢出瓊崔嵬。頻歲魃兒祟穲稏，來秋雲子如芋魁。老夫與雪亦久别，滕六參儂求普説。爲渠拈此一瓣香，今身胡姓前身黄。只愁潁川歸廟堂，不愁寰宇無豐穰。東閤官梅應解語，緑毛么鳳仍能舞。合詞再拜壽史君，滿爲天花中玉醑。

十二月二十七日立春夜不寐

冬夜嫌長只望春，春宵又永更何言。睫梢强合終無睡，脚底相摩也不温。竟夕松風聽到曉，忽明燈火看來昏。擁紬却起蒙頭坐，顧影真成一病猿。

送黄幾先司户

吾友黄編修，用不究其挾。有子傳父書，潛心泣麟業。胸中石渠牘，筆底秋鷹捷。蟾兔贈一枝，衣鉢續四葉。不應千里來，乃欲一揖别。恰當新酒熟，幸與故人接。細酌且短檠，軟語更長鋏。去去謁九扉，天路看高躡。

寄題南昌尉廳思賢亭

南昌尉廳之右有孺子墓，墓前故有思賢亭，中更兵餘，亭毁墓湮。今尉劍津張敬之因葺公廨，披榛得墓。按圖諜，墓旁有九里井，求之，得井。又有甿耕桓伊墓下，得甓三，款識云：「晉平南將軍墓，去聘君墓七里。」驗其遐邇而信，因表其墓，復其亭云。敬爲賦之。

有客栖霞外，無名沇黨中。南州一高士，東漢獨清風。舊國已禾女，荒阡猶石翁。更煩吹笛魄，端爲洗榛叢。

甲子初春即事

老子燒香罷，蜂兒作隊來。徘徊繞襟袖，將謂是花開。

臘去寒猶在，春來花未開。東風忽然到，放盡一園梅。

徑李渾穠白，山桃半淡紅。杏花紅又白，非淡亦非穠。

只有觀書樂，其如病眼何。但令吾意適，不必卷頭多。

驟暖如初夏，通身退裌衣。只言寒已去，却等五更歸。

人怨花遲發，天教暖早催。不知要催落，却道是催開。

二月十四日曉起看海棠

過雨天猶濕，新晴日尚寒。懸知曉粧好，破霧急來看。

初日光殊薄，晴梢露正濃。真珠粧未穩，更着柳邊風。

晚得看花訣，丁寧趁絕晨。乘他醉眠起，別是一精神。

四面花光合，一身香霧紅。忽從霞綺上，跳下錦城中。

花密無重數，看來眼轉迷。化爲花世界，忘却日東西。

外種百來樹，中安一小亭。放眸紅未了，紅了是天青。

老子侵星起，蜂兒先我忙。淵才無鼻孔，信口道無香。

除却牡丹了，海棠當亞元。艷超紅白外，香在有無間。

寄題袁機仲侍郎殿撰建溪北山四景

妙淨庵

韓子不肯佛，饒操苦出家。何如妙凈老，紫橐碧蓮花。

冰壺閣

竹國風世界，梅兄雪友朋。地清無可比，且道玉壺冰。

玉虹橋

銀河月外來，玉虹天上落。騎虹弄銀河，人間無箇樂。

抗雲亭

脚底一朵雲，乘之繞空碧。前身王子喬，今代李太白。

題張季長少卿飾庵庵名取告詞云學足以自飾

吾友張飾庵，學到賁上白。真賁初非文，至飾亦無色。君看瑄玉姿，豈借青黄飾。寶氣不自中，白虹貫空碧。飾庵隱岷嶺，英名震京國。魯論感鳳歎，春秋辯麟獲。孝廟聘丘園，有來校墳籍。光皇訪忠賢，再起貳卿棘。未應兩朝舊，不待九重側。訓詞揭昭回，聖意深記憶。盍歸贊人文，小却猶講席。未要從子真，帶月耕巖石。

十山歌呈太守胡平一

螺岡市上惡少爲群，剽掠行旅，民甚病之。太守寺正胡公命賊曹禽其魁，杖而屏之遠方，道路清夷，遂無豺虎。塗歌野咏，輒摭其詞，隱括爲山歌十解，庶采詩者下轉而上聞云。

豺虎深交鴈鶩行，到官管取汝無妨。只將剽劫爲喧閙，喝放歸來儘陸梁。

群盜常山蛇勢如，一偷捕獲十偷扶。十偷行賂一偷免，百姓如何奈得渠。

淦客前春荷一豬，城門賣得兩千餘。明朝回到石斧嶺，連喫數刀今在無。

説似行人且細聽，螺岡門外莫宵征。前頭石斧韓婆嶺，第一單身不要行。

後趙前丁兩使君，群偷望見總星奔。後人却笑渠儂猛，仁及偷兒不及民。丁卿季囚賊土牢，趙器之椎折賊脚。

王黄二盜久馳聲，❶手棒腰刀白晝行。逢着村人持一物，喝令放下敢誰争。

近有村人帶血論，使君親與驗傷痕。鶩行剛道非行劫，只是行人兩作喧。

賢尹如何受吏謾，青天白日萬人看。忽然一展霹靂手，盡杖偷魁竄遠蠻。

北門今早頓然清，懷璧操金儘夜行。却有一般可憐底，群偷枉却費家兄。

❶「聲」，宋遞刻本作「名」。

行人滿路喜歌呼，小盜何須辱廟謨。早箇使君歸鼎軸，爲禽頡利繫單于。

五月十六夜病中無聊起來步月

抛官放浪十三年，底事今年病嬾殘。舊健肯饒梅摘索，新羸翻羡竹平安。無求不必位三公，一飽何須禄萬鍾。只有人生安樂好，❶亨它明月與清風。人睡方酣雞未知，起來叫轉月華西。南風吹落北斗柄，細數月中丹桂枝。夏日雖炎夜却清，四更還更勝三更。露從玉兔鬚根落，風在銀河浪底生。道是月明星便稀，阿瞞此句未爲奇。今宵斗柄也不見，一鏡孤光天四垂。

題李季章中書舍人石林堂

紫微仙人今太白，不愛好官愛奇石。頃從道山歸雪山，一葉漁船一横笛。船過宣池月滿空，乘雲飛上九華峰。十指一掇九芙蓉，和月擎取歸船中。歸到鴈湖秋水碧，萬斛酒船觴九客。蓋頭諸峰作不速，不待折簡登几席。儂與石兄殊不踈，問訊别來安穩無。米元章見奇石，具衣冠拜之，呼爲石兄云。

與長孺共讀杜詩

病身兀兀腦岑岑，偶到兒曹文字林。一卷杜詩挼欲爛，兩人齊讀味初深。斵肝枉却期千載，漏眼誰曾更再尋。筆底姦雄死猶毒，莫將饒舌泄渠心。

---

❶「安」，宋遞刻本作「平」。

食蓮子

白玉蜂兒緑玉房，蜂房未綻已聞香。蜂兒解醒詩人醉，一嚼清冰一嚥霜。

城中蓮子買將歸，未問嘗新早與遲。偶憶湧金門外曉，畫船帶露摘來時。

戢戢蜂兒出露房，未生翅股及鋒芒。丁寧莫遣它人剥，要染儂家十指香。

族人同諸友問疾

老無星事可營爲，政是長閑好病時。兩脚倦行贏得坐，一生欠睡頓上聲。還伊。夢聞有客欣然起，兒道勤翁乃爾癡。抵掌縱談天亦笑，此身安否更曾知。

摩詰沉痾未易排，文殊一問失妖災。老夫何幸群賢集，倒屣出迎雙眼開。語造極時全愈了，病知客去即重來。呼兒細揀新書策，體不佳時看一回。

病中復脚痛終日倦坐遣悶

滿眼生花雪滿顛，者稀又過四雙年。誰知病脚妨行步，只見端居道坐禪。墮扇几旁猶嬾拾，檢書牕下更能前。世人總羨飛仙侣，我羨行人便是仙。

六月二十四日病起喜雨聞鶯與大兒議秋涼一出游山

末伏將催中伏休，忽忽送夏又迎秋。暑中竹色風仍雨，病裏鶯聲喜破愁。大熟十年無此作，微生一飽更何求。急須剩踏蓮花麴，藥玉新船待拍浮。五羊酒法用蓮花作麴。

病勢初來敵頗强，排山倒海也難當。老夫笑把東西玉，竪子難藏上下肓。酒陣時聞報三捷，詩壇元不費單槍。夜來夢入清凉國，風月冰人别是鄉。

暑氣朝來掃地空，南風畢竟讓西風。秋生楚尾吴頭外，凉殺天涯地角中。萬疊山連千澗水，雙行纏伴一郫筒。初程道是窮忙着，且宿東山東復東。

雨後曉起看山

晨起出蓬户，换却隔水峰。細看只舊山，色與昨不同。雖經夜來雨，未必有許功。雲師挈衆巉，置在藍水中。沙土俱緑净，草樹添青葱。不然近秋衰，那得還春容。此意殊不淺，要將調詩翁。判斷索一語，可惜語不工。正使語工着，不如山色濃。

病中七夕

良辰美景底須來，苦惱如山正滿懷。蟬度清歌侑溪柳，花吹黄雪灑官槐。新秋風物俱堪賞，久病心情自不佳。説與兒童休乞巧，老夫守拙尚多乖。

秋熱

今年秋熱倍常年，更住西峰落照村。最是櫻桃梢上日，裴回不落等黄昏。

食菱

雞頭吾弟藕吾兄，頭角嶄然也不争。白壁中藏煙水晦，紅裳左袒雪花明。一生子木非知己，千載靈均是主盟。每到炎官張火傘，西山未當聖之清。

晚酌

暑天寒果飣來餽，水果清於木果休。蓮入新秋何便瘦，菱沉到底竟能浮。山泉釀酒香仍冽，野蔌堆盤爽更幽。方丈食前非不愛，風蟬一腹飽詩愁。

七夕後一夜月中露坐

火雲散作鬱金雲，簷際移床偃病身。古井石崖新汲水，花洲苔砌蕩晴塵。風纔小動即停吹，竹自不涼那及人。獨感今宵上弦月，桂梢分露滴紗巾。

今古詩人愛月圓，未堪商略玉嬋娟。脩眉半璧各自好，團鏡磨鎌俱可憐。一夜一般新樣出，幾回幾換爲人妍。教渠也學金鴉扇，未必清光直一錢。

夜熱不寐曉起步溪上

夜氣積到曉，微涼方滿川。老夫乘早起，落月正娟然。拄杖丫疲檐，行人憩痛肩。勞生誰獨免，客路最堪憐。

寄題趙澧祕閣東山堂充夫

阿旦東山着乾坤，十雨世界三登村。阿安東山着一身，白雲保社明月鄰。此山秖合館此客，千載阿誰敢争席。趙侯玉立隆準孫，洗空凡馬追古人。千山萬水略行徧，一錐卓住東洋岸。東洋山麓東復東，築堂折簡招兩公。倒提北斗酌銀漢，靈山作樽江作鍾。浩歌小袖經綸手，笑與兩公舉天酒。東山今屬趙家莊，敬請兩公遷别鄉。

送吉州解魁左人傑詣太常年十五

高皇一馬化龍日，臨軒策士誰第一。玉山山下汪端明，年財十八第一人。聖上來年集英殿，黄纖中央横玉案。何人再續老尚書，禾水左家千里駒。春秋三傳貯胸臆，買紙待傳鼂董策。君才盍與汪相先，君年更少汪兩年。

送左元規三詣太常

晉侯三駕楚莫争，薛侯三箭天山平。江西今代再丘明，親到杏壇授麟經。筆陣獨掃萬人軍，兩魁槐花再薦名。來年蘭省與集英，三元不數馮家京。

送廬陵宰趙材老

趙侯龍種秀天潢，金玉肝脾錦繡腸。未復九人黄閣相，猶堪三字紫微郎。飢餐蘭菊枝枝月，醉灑雲煙句句霜。誰與邦民頌遺愛，老夫端欲續甘棠。唐宗子相者九人，近世趙大本除西掖。

送項聖與詣太常

盧溪書院一番新，千里學子來如雲。天教書院名日起，速化先從主人始。主人主盟爲阿誰，楚漢名家今項斯。胸中五車載書卷，筆端三峽傾冰硯。魯秉周禮説一經，有司把燭題秋薦。鵠袍詣闕柳袍歸，來年書院更光輝。

淋疾復作醫云忌文字勞心曉起自警

半似枯禪半似癡，也無何慮與何思。偶看清曉雙雙蝶，飛徧黄花一一枝。

荒耽詩句枉勞心，懺悔鶯花罷苦吟。也不欠渠陶謝債，夜來夢裏又相尋。

題朱伯勤千峰紫翠樓

秀嶺西頭鳳嶺東，周遭略數一千峰。商量没頓新樓處，頓着音灼。穠藍釃紫中。一色千峰翠作圍，忽然齊換紫綃衣。客來欲識樓中景，秖等金鵶浴海時。

易允升畫像贊

踈髯撚欲無，短鬢搔已禿。定知得句來，暗喜見眉目。

嚴陵決曹易允升自官下遣騎歸寫予老醜因題其額

玉泉半潭冰，釣臺萬壑雪。汝往訪客星，剩挾一磨衲。

又 自 贊

清風索我吟，明月勸我飲。醉倒落花前，天地即衾枕。

寄題永新昊天觀賀知宫方外軒

君家祕監唐詩客，飲中八仙渠第一。君家水部晉仙真，曾拜東封玉路塵。秖今孫子方外士，羽衣霞佩雲爲袂。月下緱山吹鳳笙，霧裏華陽割龍耳。何當踞龜食蛤蜊，大嚼碧藕嬉瑶池。若見君家兩仙伯，爲儂寄聲好將息。

寄題萬安蕭和卿雲岡書院

君不見南軒先生以道鳴，嶽麓書院陶諸生。君不見晦庵先生妙經學，廬山書院榜白鹿。吾鄉蕭君八葉孫，雲岡築齋高入雲。芝蘭玉樹争績文，江湖鵠袍争駿奔。願師朱張兩先生，駟馬高蓋塞里門。

題王晉輔專春亭

向來王家癖於馬，今來王家癖於花。洛陽城裏花如海，一半移取來君家。此花就中最穠麗，姚家黄兼魏家紫。花王更有王中王，看却姚魏千花降。一春好處君知否，上巳前頭寒食後。千花不用妬渠伊，此外春光更屬誰。

題王晉輔桂堂

諸天别有金色界，金粟如來更奇怪。玉露洗面晞金風，黄雲迎下月姊宫。未與群芳較顔色，寒香世界誰較得。一箇世界一粟中，萬粟世界香無窮。詩人夢入廣寒殿，香殺詩人天不管。

贈臨川嚴泰伯秀才

臨汝嚴夫子，搘笻扣敝廬。文如漆園壯，人似客星孤。善相遺驎瘦，深參得腹腴。行看最先進，辨論詘諸儒。嚴助最先進，❶辨論，大臣數詘。莊周後爲嚴子。

送羅季周主簿之官八桂

憶昔相從夜誦時，子垂兩髫我初髭。梧桐葉落猶無睡，❷桃李春歸總不知。我已懸車老巖壑，子方斂

❶「助」，原作「功」，今據《漢書》卷六四上《嚴助傳》改。

❷「葉」，宋遞刻本作「月」。

板走堦墀。莫嫌衰病人皆棄，桂嶺梅花寄一枝。

乙丑改元開禧元日

開禧元祀更元正，宿雨新收放曉晴。夜半梅花添一歲，夢中爆竹報殘更。方知人喜天亦喜，作麼鍾鳴雞未鳴。老子年齡君莫問，屠蘇飲了更無兄。

立　春　日

何處新春好，深山處士家。風光先着柳，日色款催花。

寄題鄒有常愛蓮亭

道鄉先生有族子，卜築富川弄江水。更穿兩沼磨碧銅，分種芙蕖了秋事。一沼花白一沼紅，新亭恰當紅白中。此花不與千花同，吹香别是濂溪風。

題分宜李少度燕谷

君不見向來吹律談天衍，能令寒谷回春暖。君不見秖今桂山謝艮齋，能回燕谷爲春臺。謫仙耳孫有仙骨，家傳謫仙好風月。斸開别墅一谷中，管領春光醉煙雪。艮齋作記印此山，山與主人千載傳。谷中花柳莫放過，乞取風月三千篇。

答胡伯圜贈詩

澹老郎君阿永賢，渥洼財駕折金鞭。只今兩子似連璧，一建雙旌開二天。白馬將軍震交阯，青錢學士即甘泉。弟兄蕙茂仍蘭發，頓有機雲在眼前。

答胡仲方贈詩

疇昔昭王渡楚江，得萍斗大嚼甘芳。因君黄綬作此縣，問古青蘋何處鄉。民樂弦歌愛言偃，天將桃李醉河陽。望郎舊説爲邑宰，邑宰今看爲望郎。

病中春雨聞東園花盛

萬類欣欣一老悲，物華豈是不佳時。病夫自與春無分，好景非於我獨遺。花底報來開已鬧，雨中過了更曾知。風光九十今强半，又約芳菲隔歲期。

雨霽看東園桃李行溪上進退格

藥裹關心正腹煩，强排孤悶到東園。行穿一一三三徑，來往紅紅白白間。繞樹仰看渾不見，隔溪回望不勝繁。村村桃李家家柳，脚力酸時坐看山。

春盡夜坐

春光草草病中休，病眼逢春道是秋。秪有青燈憐此老，伴人無睡照人愁。

疾痛呼天天豈知，知而不管亦何爲。偶拈白傅長慶集，又得驪欣片子時。

病夫説病訴旁人，它自開眉我自顰。後有病夫看病句，不須告訴亦沾巾。

去歲四月得淋疾今又四月病猶未愈

去歲四月病，如今一歲來。越吟三百日，凉劑一千杯。極痛過平聲。於割，通身總是灾。花時久斷酒，紅藥爲誰開。

自　遣

莫將一病苦憂煎，山尚能游石可眠。匹似病風兼病脚，老夫猶是地行仙。

久病小愈雨中端午試筆

病較欣逢五五辰，宫衣忽憶拜天恩。舊時疊雪含風眼，今看空山雨點痕。

愛與陳玄酷作緣，餘波染指黑斕斑。呼童汲水無來底，自掬垂簷一滴慳。

春去無花可得攀，石榴不艷却明鮮。昨朝花發今朝落，留得梢頭一蔕看。

月季元來插得成，瓶中花落葉猶青。試將插向蒼苔砌，小朵忽開雙眼明。

送吉州太守胡平一寺正赴召

憶昔乾道游璧水，君爲秀孝儂博士。逮今嘉泰歸青原，儂爲州民君刺史。人生離合風中雲，白髮相逢有幾人。與君相逢又相别，不待折柳眉先顰。如君豈弟民父母，春風風人夏雨雨。忽然一夜飛秋霜，鷙殺鴈鶩兼豺狼。政聲無翼到天上，玉皇詔君登廟廊。郎星卿月小借路，金華玉堂即高步。中興賢關育鳳麟，向來未有秉鴻鈞。秪今丞相破荒了，第一衣鉢當傳君。

病起覽鏡

病起長新骨，居然非舊容。眼添佩環帶，腰減採花蜂。對面不相識，何人忽此逢。吾身無定在，更要問窮通。

覽鏡忽自問，何方一病翁。生涯管城外，本貫醉鄉中。筆硯今都廢，尊罍久屢空。又將數莖雪，顛頷見西風。

病中感秋

病中一刻抵三秋，況見西風再樹頭。老去能禁幾回病，秋來不爲別人愁。書帷夢覺疑僧榻，竹户凉侵似客舟。壽外康寧方是福，不然徒壽不須休。

秋衣

晨興換新衣，視身忽潛愕。腹皮皺百摺，髀肉寬一握。沈痾兩年餘，衰體半標落。且留宿塵垢，莫遣新澡濯。未澡體尚肥，既濯肌轉削。無髮已是僧，有骨不如鶴。明年方八十，似覺九十着。音酌。寡食幸自清，辟穀底須學。便可作飛仙，御風上雲幕。如何肥瘠想，猶有秋衣作。

夜讀詩卷

幽屏元無恨，清愁不自任。兩牕兩横卷，一讀一沾襟。秖有三更月，知予萬古心。病來謝杯杓，吟罷重長吟。

病中止酒

平生萬事輕，惟以酒自娱。當其愛酒時，一日不可無。老來因屬疾，不飲五月餘。客飲我不羨，而況逢麴車。見杯不思斟，見樽不思酣。終日但清坐，此心長泊如。只悟世人情，❶逐物非一途。仕者嫪貂蟬，貨

❶「只」，宋遞刻本作「因」。

者珍金珠。賜泰嗤原貧，由勇誚孔迂。何物真樂憂，何人定巧愚。病後得反身，曠然同太虛。其餘君莫問，麴生尚可疎。

病中喜雨呈李吉州

兩日炎暉烈未收，連宵甘澍沛如流。大田今日非昨日，多稼新秋賽舊秋。凉氣隔簾深亦透，香煙穿袖散難留。史君小試爲霖手，便作江西第一州。

送戴良輔藥者歸城郛❶

君欲問淋疾，便是法外刑。封劚備百毒，更以虐焰烹。玉皇夜半敕六丁，押差戴君爲藥丞。倒囊刺手探玉札，一洗愁肺冰雪清。一生百病都好去，不但膏肓驅二豎。寄言仲景與安常，古今何代無醫王。

寄題張仲寅甘老堂

屏山十論抉聖心，甘老十論刮古今。古今刮得都見髓，持獻玉工逢刖趾。玉皇左相華陽封，上與阿旦雙周公。薦渠金門可登仕，金門送渠外臺試。渠儂掉頭不肯行，有雪可釣月可耕。恩山紫蕨椽來大，音惰。恩江白魚船樣箇。緑蓑青蒻霞上卧，不知畢逋明睎東西過。

送藥者陳國器

竇憲一舉空朔野，曹霸一筆空凡馬。吾鄉藥者有陳生，一丸洗空萬藥者。庸醫皆笑道旁莎，陳生拈出

❶「戴良輔藥者」，宋遞刻本作「藥者戴良輔」。

便是玉山禾。庸醫皆笑澗下水，陳生酌來便是上池底。也只不離神農書，書外别得一亡珠。也只不出歧伯論，論外别得舌一寸。舊遭痔疾惱殺儂，新遭淋疾與合縱。恰如住在圃田國，晉楚腹背來夾攻。陳生贈我玉菌子，乃是華陽洞中乖龍耳。陳生贈我紺葉紗，乃是金鴉脚底扶桑花。汲泉親手煮蟹眼，一浣枯腸如浣沙。平生舊疾蟬殼退，秋風吹落青天外。更傳枕中鴻寶方，戒勿浪傳泄天藏。君不見回巖仙客逢貧子，指石成金吾濟爾。貧子再拜不要金，秖覓指頭吾自指。

送王長文赴上庠

吾鄉前輩王南賓，讀書萬卷筆有神。婁登天府獻和璞，玉工過眼珉奪真。秖今有孫又奇絶，踏雪攜書詣金闕。玉皇書院璧水中，賜子半牕挑玉蟲。❶端能健筆追乃祖，斗藪寸心寫千古。廣寒掇取第一枝，早爲雙親開兩眉。

賀吉州李守臘雪

仁侯妙手作音佐。廬陵，民歌敏惠如神明。歌聲動天天降瑞，一夜幻出瓊瑶城。麗譙一新玉樓觀，郡治别起銀設廳。曉上青原臺上望，千門萬户皆水晶。八邑山川一千里，盡種琪樹璣爲英。幕僚秉燭争入賀，老夫抱病獨僵卧。寄言賀客此未奇，來年玉粒滑流匙。萬艘真珠貢京師，老夫已草周頌豐年詩。

---

❶「賜」，疑誤，汲本、庫本作「賜」。「挑」，原作「桃」，王琦珍《楊萬里詩文集》校記：「玉蟲，燈花。本書卷十一《和范至能參政寄二絶句》，其二有句：『錦衣展來看未足，玉蟲挑盡不成眠。』」今據改。

除夕送次公子入京受縣

過眼光陰又歲窮，相看父子一尊同。春回雨點溪聲裏，人醉梅花燭影中。汝趁暄和朝北闕，我扶衰病見東風。弟兄努力思報國，放我滄浪作釣翁。

丙寅人日送藥者周叔亮歸吉水縣

拔草不拔根，塞水不塞源。忽然草生更水長，敗却禾稼仍滔天。老夫昔歲得淋疾，初謂一日今兩年。服藥六千六百䟽，望舒二十二回圓。偶逢周郎顧，一脉擒二竪。發藥何用多，刀圭起沉痼。向來肝腸痛如割，今來疾痛全然脱。捉着根源盡掃除，周郎神毉天下無。

病中感春❶

老去春來已薄情，體中病後更竛竮。海棠紅𩋆飛成雪，楊柳金濃染作青。到得當家饒景物，不如舊日借園亭。一杯欲把還休去，遮莫鶯花笑獨醒。

落　花

紅紫成泥泥作塵，顛風不管惜花人。落花辭樹雖無語，別倩黄鸝告訴春。

雨中問訊金沙

金沙道是殿群芳，不道荼蘼輸一場。十里紅粧踏青出，一張錦被曬晴香。只須舊蔭已無暑，更走新條

---

❶「病」上，宋遞刻本有「丙寅」二字。

如許長。若恨昨朝來草草，夜來風雨更禁當。

寄題劉正卿雙清軒

吾鄉今代劉更生，新序説苑落筆成。問渠才思寧底巧，玉泉繞屋供雙清。此泉來從何境界，銀河飛下雙羅帶。便好乘槎犯斗星，斫桂廣寒天上行。

初夏病起曉步東園

低枝碧李壓人頭，過雨黄梅滿道周。紅日漏雲初試暑，緑陰酣露已偷秋。

病起烏藤强自扶，三三逕裏曉晴初。鸎聲只在花梢近，行去行來不見渠。

送羅正夫主簿之官餘干

君家人物已數世，後有祕丞前給事。近來復見鄉先生，武岡使君五經笥。君才自是一世英，珠玉照乘仍連城。妙年已號萬人敵，强仕初登千佛名。番君小屈習鑿齒，且與刺頭簿書底。即看給札試蘭臺，飛上木天校文字。

五月三日早起步東園示幼輿子

雨香不及露華香，竹液花膏馥葛裳。儂與曉星成二客，更無人共上番凉。

�箕苕帚兩無蹤，竊果畦丁職不供。老子不來纔幾日，松花槲葉滿亭中。

端午病中止酒

病裏無聊費掃除，節中不飲更愁予。偶然一讀香山集，不但無愁病亦無。

誠齋集卷第四十三

盧陵楊万里廷秀

賦

浯溪賦

予自二妃祠之下，故人亭之旁，招招漁舟，薄遊三湘。風與水其俱順，未一瞬而百里。欻兩峰之際天，儼離立而不倚。其一怪怪奇奇，蕭然若仙客之鑑清漪也；其一蹇蹇諤諤，毅然若忠臣之蹈鼎鑊也。怪而問焉，乃浯溪也。蓋唐亭峙其南，峿臺巋其北。❶上則危石對立而欲落，❷下則清潭無底而正黑。飛鳥過之，不敢立迹。予初勇於好奇，乃疾趨而登之。挽寒藤而垂足，照衰容而下窺。忽焉心動，毛髮森竪。乃蹟故步，還至水滸。剥苔讀碑，慷慨弔古。倦而坐於釣磯之上，喟然歎曰：「惟彼中唐，國已膏肓。匹馬北方，僅獲不亡。觀其一過不父，日殺三庶，其人紀有不斁矣夫？曲江爲篋中之羽，雄狐爲明堂之柱，其邦經有不

❶「峿」，原殘闕，今據四部叢刊本補。

❷「上」，原殘闕，今據四部叢刊本補。

蠹矣夫？水蝗税民之畝，融堅椎民之髓，其天人之心有不去矣夫？雖微禄兒，唐獨不賨厥緒哉？觀馬嵬之威垂，涣七萃之欲離；殪尤物以説焉，僅平達於巴西。吁！不危哉？嗟乎！齊則失矣，而楚亦未爲得也。靈武之履九五，何其亟也？宜忠臣之痛心，寄《春秋》之二三策也。雖然，天下之事，不易於處而不難於議也。使夫謝奉册於高邑，稟重巽於西帝，違人欲以圖功，犯衆怒而求濟，天下之士，果肯欣然爲明皇而致死哉？蓋天厭不可以復祈，人潰不可以復支。何哥舒之百萬，不如李郭千百之師？推而論之，事可知矣。且士大夫之捐軀以從吾君之子者，亦欲附龍鳳而攀日月，踐台斗而盟帶礪也。一復泣以耄荒，則夫一呼萬旟者，又安知其不掉臂也耶？古語有之：『投機之會，間不容穟。』當是之時，退則七廟之忽諸，進則百世之揚觶。嗟肅宗處此，其實難爲之，九思而未得其計也。」已而舟人告行，秋日已晏。太息登舟，水駃於箭。回瞻兩峰，江蒼茫而不見。

歸歟賦

緊端月之涉七兮，諏其日則曰人。倦予游於道路兮，念求以憩予神。豈不愛窻月之娟好兮，睡鄉檄予以卜鄰。曾不及於解衣兮，遑暇脱予之巾。怳栩栩以一適兮，忽乎還家而及門。忘予身之爲羈兮，驟喜覿予之親。烱鶴髮之予照兮，一哂以勞予勤。環兒女之挽袖兮，犬雞亦爲之載欣。予親呼酒以予酌兮，奚未舉而既失。驚客舍之已晨兮，惚不見月而見日。風挾寒以薄人兮，巧尋罅以入室。纔予親之膝下兮，夢覺而千其里。湛清盧之易溢兮，潸予面其如洗。推予枕其不能寐兮，捐衾裯而又不能起。嗟予生之艱勤兮，墨兵納我於學林。慕黄口而輕予之明月兮，以耒耜而易搢紳。既自山海之棄而粥於市兮，又何歎池活而籠馴。羌初心之豈其然兮，亦曰負米而爲貧。家焉釜吾親兮，公爾以芹吾君。惟是行之狷狂兮，隨薦書以叫閽。謁帝久而乃覲兮，豈不就於一列。其如釜甑之空兮，履無當而衣有結。樂調飢而濟渴兮，猶幸有曾冰之與積雪。仰王都之造天兮，非都盧其奚躡？反而顧予之躄足兮，欲自雜於汗血。夢歸而不歸兮，不念吾親之指囓。歸歟！歸歟！豈南溪之無泉兮，南山之無蕨！

中秋月賦

乾道丙戌中秋，因與友人王才臣野酌，言及師友，有懷紫巖先生，慨然賦之。

湛秋旻之不瑕兮，泝佳月其耿然。駕玉車以隻輪兮，挂孤鏡之明罽。何秋半而明倍兮，乃大異於他之夕。豈望舒之革面兮，抑羿妃之增飾？緊天地潔齊之氣兮，肇允乎否而兑乎澈。蓋風露無所容其清兮，播爲秋而哀爲月。竟歲年以俟此月兮，一之遭而百違。幽人得此豈不偉兮，乃未懌而既悲。始予行之詰曲兮，志乎南而趾北。不臨深乎孟之海兮，矧踐迹乎顔之域。自德人之振我兮，初予導夫康莊。予竭蹷以無愛兮，奈之何阻且長。巠予馬以疾其驅兮，僕夫告予以餒而。舉一世以好徑兮，予乃獨背而馳。予蘭茹而菊餐兮，豈求飽之故也。矖予躬以鷺立兮，彼腴者哂予誤也。予既瞭而忽眩兮，欲陳詞於德人。痛斯人之九京兮，滔滔者知其津。清莫清兮秋之節，明莫明兮秋之月。所美之不可雙止兮，予豈不知其可悦。裹乎慨而感表兮，亦不自知其奚爲而苑結。嗟人生之處此兮，前萬斯古而後億年。競權利之屑窣兮，奚甘帶之異旃？逐逐焉金椎之控頤兮，纍纍焉蒼苔之蝕其骨。何如予與子之迨暇兮，又邂逅此秋月。悲秋豈其達人兮，愛月乃我輩事。及金樞之未央兮，獨可有酒而無醉？

秋雨賦

楊子心疲於詩而病臞，目疲於書而病眚。故其畏熱如喘牛之見月，其喜冷如渴井而得綆。丁亥八月，秋暑特甚，蓋歲行之十朞，未有今歲秋陽之强梗。楊子不堪其熱，仰而歎曰：「江南何物以餉餽，惟春寒秋暑之二味，古諺有謂也。安得萬里之長風，吹層雲滿太空，以蕩此秋陽之餘紅者耶？」疇昔之夜，袒肩露足。呼竹君以爲床，命桃笙而同宿。見一熒之青燈，猶憎其助秋暑而爲酷。夜半驚起，飛雨驟至。劃悲風之怒號，借一鼓之聲勢。淅淅乎牖户之欲洒急雪也，洶洶乎松竹之摧落枝葉也，磔磔乎茅屋之震響將壓也。犬雞夜鳴，兒女咿嚶。縮頸入腹，皆作寒聲。楊子亦震掉瑟縮而不寧，視絺綌其若讎，歎衣褐之未營。既不能寐，坐而太息曰：「凍者願烈日之不夕，暍者思秋氣之一滌。不得則思，既得則悲。悲與思其循環，老忽至而不知。俛仰千載，孰能逃造物之此機？」蓋有能逃之者矣：春不能燠，秋不能肅，天地不能老，今古不能局。聞之前修，太上立德，次功次言，所立惟擇三者。必不得已而去，惟功則繫乎通塞。至於德也者，照宇宙之珠玉也；言也者，載仁義之舟轂也。禀焉於穹，富以其躬。莫歉其豐，莫塞其通。不曰國功，而曰聖功。楊子則窮且老矣，抑知其有未嘗老未嘗窮者耶？彼造物者，自寒自暑，自風自雨，亦何關於汝。

月暈賦

楊子與客暮立於南溪之上，玩崩雲於秧疇，聽古樂於蛙水，快哉所欣，意若未已。偶俗士之足音，予與客而亟避。退而坐於露草之徑，衣上已見月矣。寒空瑩其若澄，佳月澈其如冰。一埃不騰，一氛不生。楊子喜而告客曰：「吾聞東坡先生之夫人曰：『春月之可人，非如秋月之悽人也。』吾亦曰：『今之時則夏矣，月尚春也。』」言未既，微風颯然，輕陰拂然。驚五色之晃蕩，恍白虹之貫天。使人目亂而欲倒，如觀江波之漩，而身亦與之回旋。楊子懼而呼客曰：「月華方明，奚驟眩焉？紺旻方潔，奚忽變焉？」客曰：「適有薄雲，莫知所來。非北非南，不東不西。起於極無之中，忽乎明月之依。輪囷光怪，相薄相盪而爲此也。殆紫皇爲之地，而風伯爲之媒歟？」楊子釋然，曰：「所謂月暈如蜺者，不在斯乎！不在斯乎！」方詳觀而無厭，乃霍然而無見。蓋月以有雲而隱，復以無雲而顯也；雲以一風而聚，還以一風而散也。楊子若有感焉，乃告客曰：「天下之物，孰非月之暈耶？暈之生也，其可洗耶？暈之消也，其可止耶？而天下之士，以晉楚之富爲無竭，以趙孟之貴爲有柢，其去則持之而不忍，其來則居之而不耻，其癡黠何如也？」客未對，童子請曰：「人語既寂，子盍歸息？」楊子與客一笑而作，曰：「今夕何夕，見此奇特。」

木犀花賦

秋氣已末，秋日已夕，楊子觴客，客醉欲出。偶雲物之凈盡，吐霽月之半璧，楊子鼻觀，若有觸焉。澹空山之何有，驚妙香之郁然，急謂客曰：「是必有異，吾與子盍小觀之？」行而求之，無物可即也；舍而不求，又不能自息也。天風驟來，其香浩蕩，楊子乃凝神而從之，忽欣然而獨往。蓋吾履未出於柴門之裏，吾身已超於廣寒之上矣。水國湛湛，不足以爲其空明而深靚也；雪宫皚皚，不足以爲其高寒而迥映也。玉堦之前，有團其陰。蔚乎瑠璃之葉，撼乎瑟琴之音。天葩芬敷，匪玉匪金。細不逾粟，香滿天地。蓋向者之所聞，乃於兹其良是。摩挲玉蟾蜍而問焉，亦不知其名，而字之曰「桂」。吾甚愛之，欲求其裔。將刈其枝以修月之玉斧，瀹其根於銀河之秋水。移之以歸，蓺我庭砌。羿妃頩然而不悦，曰：「予將白之於帝。」楊子聳然而悟，月尚未午，客亦未去，顧而見木犀之始花，宛其若天上之所覯。笑而問客曰：「吾之兹遊，夢耶醉耶？」惘然不知其處。

學林賦

吾友胡英彦，取班孟堅序傳之卒章，與黄豫章求益牕下之意，命其齋房曰「學林」，誠齋野客楊万里爲賦之。其辭曰：

學林先生，宇宙一室，書册永日。江聲山影，排户而顧交；詩臞書癡，牢關而不出。客有念其幽獨者，闖然詣之。仰瞻其玄霧之巾，則垢以銖兩計也；俯視其烏皮之几，則埃以分寸量也。客意若不釋然者，而問先生曰：「子奚若是哉？癡臞之爲雙，埃垢之爲鄉，世與子忘乎？子與世忘耶？」先生塊然若不聞者，徐顧客曰：「子可與談乎？」俄掀眉而奮袖，粲玉齒之有光。源以開闢，波以帝皇。幽以天緯，焯以人綱。

脞以虞初之破碎，粹以東家之文章。初松風而澗水，忽玉磬而金簧。客驚而自失，曰：「吾鄉也病子，吾今也敬子。子殆近於道者耶？不然，何癡於今而黠於古歟？何臞於貌而腴於文歟？何埃其几而不埃其心歟？何垢其巾而不垢其德歟？子殆近於道者也。雖然，子之幽且遐者，吾不能以問子，子亦不能以告吾也，願聞其膚而已。吾聞檀柘有鄉，不朋不植也；玉石有琢，不友不益也。今子也十趾之下無百里之歷，兩耳之竇無單辭之獲，則子也既絶學乎諒直矣，不幾於不羽而翺書囿，不脛而趍聖域哉？此吾之所以不惑而不得也。」先生曰：「非竹實林，惟書爲林。今吾百聖之與居，群書之與曹，蓋終日揖遜其間之不暇，子猶病吾虛空之逃耶？」客聞而悟，出而喜，謂其人曰：「吾有聞矣！吾有聞矣！」其人曰：「子烏聞此？」客曰：「吾聞之學林之叟，學林之叟聞之小德之父，小德之父聞之叔皮之子。」

交難賦

客有問焉於楊子曰：「蒙學射於羿，羿爲盡技。技在羿則羿安，技在蒙則羿危。孟子不罪蒙而罪羿，子無疑歟？」楊子曰：「子虛之子不可以問本系，言有託也；周子之兄不可以談夢寐，言罔覺也。子以爲孟子之言無爲而作也耶？」客曰：「擇而後友，其友端矣；友而後擇，其盟寒矣。且蒙之爲人也，薄乎云爾，羿何與之盡驩？射之傳與否，不足道也。羿獨不於交而難之乎？」楊子曰：「客知其一，未知其二也。昔者孔壬詐堯，晝寢詆孔，象以愛兄之道來，雖舜亦爲之動。蓋天之生物，有萬其品，彼淑慝之不齊，造物不能爲之禁。闕梟心於鸞喙，予施旨甘而報予以鴆，雖聖哲兮奈何？羿何爲兮已甚？其或免而或遭，惟繫幸與不幸。且夫孟子之於欒克，誅其舍館之未定。今使皐陶而爲理，與蘇公而同聽，一則訴殺師之寃，一則責見師之敬。羌皐蘇兮於斯，將二罪兮孰訂？嗟乎！人之生世，孰無朋儔？言合則金春而玉應，意適則雲凝而風休，蓋亦天與之樂、道與之謀也。若夫嚚之與居，驵之與徒，思一射之愈己，則反目而相圖，如羿者，政可哀耳。莊周曰：『求其至此而不得者，命也夫！』其羿之謂乎？」客笑曰：「子言則美矣，吾則異於子矣。繼自今息交以絶遊，雞肋不足以煩一矢。公等皆去，吾亦從此逝矣。」

誠齋集卷第四十四

廬陵楊万里廷秀

賦

糟蟹賦

江西趙漕子直餉糟蟹，風味勝絶，作此賦以謝之。

楊子疇昔之夜，夢有異物入我茅屋。其背規而黝，其臍小而白。以爲龜又無尾，以爲蚌又有足。八趾而隻形，端立而旁行。唾雜下而成珠，臂雙怒而成兵。寤而驚焉，曰：「是何祥也？」召巫咸卦之，遇坤之解，曰：「黄中通理，彼其韞者歟？雷雨作解，彼其名者歟？蓋海若之黔首、馮夷之黄丁者歟？今日之獲，不羽不鱗。奏刀而玉明，披腹而金生。使營糟丘，義不獨醒。是能納夫子於醉鄉，脱夫子於愁城。夫子能親釋其堂阜之縛，俎豆於儀狄之朋乎？」言未既，有自豫章來者，部署其徒，趍蹌而至矣。謁入視之，郭其姓，索其字也。楊子迎勞之曰：「汝二浙之裔耶？抑九江之系耶？松江、震澤之珍異，海門、西湖之風味，汝故無恙耶？小之爲彭越之族，大之爲子牟之類，尚與汝相忘於江湖之上耶？」於是延以上客，酌以大白，曰：「微吾天上之故人，誰遣汝慰吾之孤寂？」客復酌我，我復酌客，忽乎天高地下之不知，又焉知二豪之在側。

壓波堂賦

陳晞顔作堂洮湖之上，榜以「壓波」，命其友誠齋野客廬陵楊某賦之。其辭曰：

敦復先生，宅于洮湖。日與湖而居，猶以湖爲踈。乃堂其涯，去湖寸餘。蓋城虎牢以逼鄭、晉退三舍而子玉不止者歟？一夕波歇，鏡底生月。忽失洮湖之所在，但見萬頃之平雪。先生欣然曰：「吾又將載吾堂於扁舟，對越江妃之貝闕。我芰我裳，我葛我巾。筆床茶竈，瓦盆藤尊。左箇齋之詩，右退之之文。」舟人之櫂一縱，而先生飄然若秋空之孤雲矣。先生方獨酌濁酒，悲吟苦語。攬鬚根之霜，搜象外之句。管城子、楮先生環而攻之，麾之未去也。有風颯如，有瀾燁如。舟人曰：「浪將作矣，夫子其歸乎？」先生未及答，而小波屋如，大波山如。黿魚陸梁，蛟龍睢盱。馮夷擊鼓而會戰，川后鞭車而疾驅。眇一葦之浮没，眩秋豪之有無。舟人大恐，相顧無色。先生投袂而起，仰天而歎曰：「吾與洮湖定交久矣，而未嘗識此奇觀也。子産曰：『它日吾見蔑之面而已，今見其心。』請改事湖，庶幾歲晚之斷金。」

放促織賦

楊子朝食既徹，步而圃嬉，遥見一二穉子，集乎遠華之堂，環焉其若圍，俯焉其若窺，躡焉其若追也。楊子趨而往視之，蓋促織之始生而尚微，墮地而未能飛者也。嘉遯而不市，故高步而不卑；辟穀而不飪，故癯貌而不肥。既蚱蜢其脩髯，亦翡翠其薄衣。彼其臂短而脛甚長，是故將進而赼趄，翹立而孤危也。楊子笑謂稺子曰：「汝豈識之乎？是固夫霜凄露感而恤緯征人之裳者歟？身勤心苦而提耳女功之荒者歟？晝閴宵嘯，自基而徂堂者歟？多言强聒，身隱而聲彰者歟？若悲若怨，若憤若嘆，而吟歗秋夕之清長者歟？奚失據於幽茂而阽身於躪藉，若是其幼且孱也？」迺命稺子，藉以羽扇，遷之叢間。見密葉其躍如，曝冬日其欣然。稺子反命曰：「是蟲也若子產之魚，圉圉焉洋洋焉矣。」楊子使稺子反視之，至則行矣。

雪巢賦

天台林君景思之廬字以「雪巢」，尤延之爲作記，廬陵楊某復爲賦之。其辭曰：

赤城兮霞外，天台兮雲表。有美兮先生，相宅兮木杪。厭人寰兮喧卑，薄市門兮囂湫。壑谷奧渫，蝸廬褊小。陟彼懸崖，天紳之涯。奇夆日拂，枯松霄排。飛上萬仞之顛，旁無一寸之階。我營我巢，維條伊枚。命黄鵠而銜枝，驅玄鶴而曳柴。斧辛夷以爲柱，刈山桂以爲棟。蘭橑椒其有芬，荷蓋岌其不動。將旁招樵夫、朋盍溪友以落之，且有日其善頌矣。夜半風作，頓撼林薄。天駭地愕，山跳海躍。已而寂然，四無人聲。黯天黑而月落，忽八牕之夜明。恍身墮於冰谷，羌刮骨其寒生。窮猿曹嗥，飢烏獨鳴。先生夙興而視之，但見千里一縞，群山失碧。翔玉妃以萬舞，飄天葩之六出。皓皓的的，繽繽籍籍。蓋朔雪十丈，乾没吾巢而無人跡矣。先生舉酒酹曰：「巢成雪至，雪與巢會。式瑶我室，式珠我廨。空無一埃，點我勝概。繼自今匪仙客其勿迎，匪詩人其勿對。」迺擣冰漿與雪汁，飲兔鬚於墨瀋，大書其楣曰「雪巢」，標俗子出諸大門之外。

清虚子此君軒賦

吾友清虚子，家有竹軒，命曰「此君」，誠齋楊某爲賦之。

客有問於清虚子曰：「昔者子猷愛竹，字之曰『君』，謂此君一日之不可無。古之知竹者，未有若子猷之勤者歟？」清虚子曰：「子猷可謂愛竹矣，知竹則未也。古之知竹者，其惟吾夫子乎？蓋嘗聞之，夫子適衛，公孫青僕。子在淇園，有風動竹，聞蕭瑟檀欒之聲，欣然忘味，三月不肉。顧謂青曰：『人不肉則瘠，不竹則俗，汝知之乎？』其詩曰：『瞻彼淇奥，緑竹如簀。』『言念君子，温其如玉。』吾乃今知竹之所以清、武公之所以盛也。蓋君子於竹比德焉。汝視其節，凛然而孤也，所謂『直哉史魚，邦有道如矢』者歟？汝視其貌，頎然而臞也，所謂『伯夷、叔齊餓于首陽之下，民到于今稱之』者歟？汝視其中，洞然而虚也，所謂『回也其庶乎，屢空，有若無』者歟？故古之知竹者，其惟夫子乎？子猷非知竹者也。」客曰：「甚哉，清虚子之言似夫子也！敢賀此君。從陳蔡者皆不及門，君何修何飾，乃得與四子而同席？願堅晚節於歲寒，以無忘夫子之德。」

梅花賦

紹熙四祀，維仲之冬。朝煖焉兮似春，夕凄其兮以風。楊子平生喜寒而畏熱，亦復重裘而厚幪。呼濁醪而拍浮，嗔麟定之未紅。已而月漏微明，雪飛滿空。楊子欣然而歎曰：「舉世皆濁，滕六獨清；舉世皆暗，望舒獨明。滕也挾其清而不洿，終歲遯乎太陰之庭；舒也倚其明而不垢，當晝閟其廣寒之扃，蓋工於相避而疑於不相乎也。今夕何夕，惠然偕來。皎連璧之迴映，蹇欲逝兮裴回。吾獨附冷火而撥死灰，顧不詒二子之咍乎？」爰策枯藤，爰躡破屐，登萬花川谷之頂，飄然若絶弱水而詣蓬萊。適群仙，拉月姊，約玉妃，讌酣乎中天之臺。楊子揖姊與妃，而指群仙以問焉，曰：「彼縞裙而侍、練帨而立者爲誰？」曰：「玉皇之長姬也。」「彼翩若驚鴻、矯若游龍者爲誰？」曰：「女仙之飛瓊也。」「彼膚如凝脂、體如束素者爲誰？」曰：「泣珠之鮫人也。」「彼肌膚若冰雪、綽約若處子者爲誰？」曰：「藐姑射之山之神人也。」其餘萬妃，皓皓的的。光奪人目，香襲人魄。問不可徧，同馨一色。忽一妃起舞而歌曰：「家大庾兮荒凉，系子真兮南昌。逢驛使兮寄遠，耿不歸兮故鄉。」歌罷，因忽不見。旦而視之，乃吾新植之小梅，逢雪月而夜開。

海鰌賦有後序

辛巳之秋，牙斯寇邊。既飲馬於大江，欲斷流而投鞭。自江以北，號百萬以震擾；自江以南，無一人而寂然。牙斯抵掌而笑曰：「吾固知南風之不競，今其幕有烏而信焉。」指天而言：「吾其利涉大川乎！」方將杖三尺以麾犬羊，下一行以令腥羶。掠木𩣺估客之艓，登長年三老之船。並進半濟，其氣已無江壖矣。南望牛渚之磯，屹峙七寶之山，一幟特立于彼山顛。牙斯大喜曰：「此降幡也。」賊衆呼萬歲而賀曰：「我得天乎！」言未既，蒙衝兩艘，夾山之東西，突出於中流矣。其始也自行自流，乍縱乍收。下載大屋，上横城樓。縞於雪山，輕於雲毬。翕忽往來，頃刻萬周。有雙壘之舞波，無一人之操舟。賊衆指而笑曰：「此南人之喜幻。不木不竹，其誑我以楮先生之儔乎？不然，神爲之楫，鬼與之游乎？」笑未既，海鰌萬艘，相繼突出而争雄矣。其迅如風，其飛如龍。俄有流星，如萬石鍾。賈自蒼穹，墜于波中。復躍而起，直上半空。震爲迅雷之隱谹，散爲重霧之冥濛。人物咫尺而不相辨，賊衆大駭而莫知其所從。於是海鰌交馳，攪西蹂東。江水皆沸，天色改容。衝飆爲之揚沙，秋日爲之退紅。賊之舟楫，皆躪藉于海鰌之腹底。吾之戈鋋矢石，亂發如雨而横縱。馬不必射，人不必攻。隱顯出没，争入于陽侯之珠宫。牙斯匹馬而宵遁，未幾自斃于瓜步之棘叢。予嘗行部而過其地，聞之漁叟與樵童。欲求牙斯敗衄之處，杳不見其遺蹤。但見倚天之絶壁，下臨月外之千峰。草露爲霜，荻花脱茸。紛櫂謳之悲壯，雜之以新鬼舊鬼之哀恫。因觀蒙衝海鰌于山趾之河汭，再拜勞苦其戰功。惜其未封以下瀨之壯侯，册以伏波之武公。抑聞之曰：「在德不在險，善始必善終。」吾國其勿恃此險，而以仁政爲甲兵，以人材爲河山，以民心爲垣墉也乎！

右采石戰艦，曰蒙衝，大而雄；曰海鰌，小而駃。其上爲城堞，屋壁皆堊之。紹興辛巳，逆亮至江北，掠民船，指麾其衆欲濟。我舟伏于七寶山後，令曰：「旗舉則出江。」先使一騎偃旗於山之頂，伺其半濟，忽山上卓立一旗，舟師自山下河中兩旁突出大江。人在舟中，踏車以行船，但見船行如飛，而不見有人，虜以爲紙船也。舟中忽發一霹靂礟，蓋以紙爲之，而實之以石灰硫黄。礟自空而下落水中，硫黄得水而火作，自水跳出，其聲如雷。紙裂而石灰散爲煙霧，眯其人馬之目，人物不相見。吾舟馳之，壓賊舟人馬皆溺，遂大敗之云。

後蟹賦

昔趙子直漕江西，餉予糟蟹，因爲賦之。江西蔡帥定夫復餉生蟹，風味十倍曹丕，再爲賦之。

司徒道明來自洛師，至止江湄，逢一湖海之仙。貌肖乎晉之解楊而其怒有赫，骨像乎漢之彭越而其圓中規。獨愛其二執戈者前矣，視其趾二四而有踦。意以爲吴中介士郭先生也，不知其姓則彭，其字則蜞也。亟攜其手而上，曰：「吾自渡江以來，取友不少矣。如孔之金，如玉之瓊，吾皆得而友朋；如魏之玉，如庾之穀，吾皆得而款曲。夫子安在，何相見之暮而不夙也？」於是齒牙嗜焉，胸懷寄焉，與之一飲一食而同醉焉。夜半客起，若有所刺者；司徒腹心岑岑，若有所祟者。詰朝下逐客之令，屏之陽侯之遐裔焉。佗日以天子之命，作牧于豫章。幕府初開，延見俊良。望見一客，又似乎彭越與解楊。命典謁曰：「是嘗祟我而幾我傷者矣。予不汝殺，世無黄祖，其生致之，於遡江而上之楊乎！」楊子方晚飲，聞其至，揖而進之，曰：「吾有二友，惟彼麴生與爾郭索。老夫與之同死生，不減顔氏子之樂。彼也日從予遊，爾也久予云邈。何相忘江湖，莫我肯顧也？何使我清風明月，必思元度也？爾之德，吾能言之：洗手奉職，德之上也；就湯割烹，德之次也；餔靈均之糟，臥吏部之甕，德斯爲下矣。」客於是涕唾流沫，圜視而顰，謝曰：「士固有以贗亂真，以遠間親。聖而受圍，肖乎形也；孝而投杼，同乎名也。僕之主公，昔以彭爲郭，今以郭爲彭。不遇蔡司徒，幸遇楊子雲。願借先生《蒼頡》之篇與《太玄》『後蚓』之文，詳註《爾雅》彭、郭之異族，庶解嘲於司徒之門。」

誠齋集卷第四十五

廬陵楊万里廷秀

辭

張丞相詠歸亭詞二首

湘之山兮幽幽，湘之水兮舒舒。我來兮桂之陽，春聿云莫兮上下緑净而交如。鳥鳴兮花乾，彼湘之人士兮詠游而魚魚。長者兮矩步，童子玉雪兮趨亦趨。挾策兮抱琴，若將游兮物之初。野風兮倐倐，吹萬而不可執兮所過而敷腴。長者顧謂童子曰：「快哉此風！吾爲汝援琴而歌之。」歌曰：「滄浪兮濯纓，風凉兮舞雩。微德人兮焉歸，以斯道兮金玉。予欲問津兮沂之水，其則不遠兮又焉知湘江之非歟！」

茝蘭圃兮沼芙蕖，有美君子兮何斯其燕居。孚尹兮袖間，陛白虹兮斗之虚。章甫兮深衣，御風騎氣而天游兮與造化而爲徒。獨立萬物之表兮室邇而人甚遠，山立而淵靚兮道德燕及乎蟲魚。韋編兮在手，隱几而卧兮夢一丈夫。首肖乎尼山兮河其目，莞爾而笑兮告予以「下學而上達，知我者其天乎」。忽寤兮四顧，欸乃一聲兮亭之西隅。

和張欽夫望月詞有序

欽夫示往歲五月詠歸亭侍坐大丞相《望月詞》。予於辛巳二月既望夜歸，讀書於誠齋。甲夜漏未盡二刻，月出於東山，清光入窻，欣然感而和焉。

玉蟲暈以貫虹兮學林之顛，閴其宵兮聖賢畢參於前。心超兮千載，忽乎納自牖兮光寒而静娟。吾興視兮何祥，望舒推轂兮轔大圜。生兩儀兮虚白，飾萬物兮清妍。彼何居兮榛兹，挈一規兮破幽偏。代天兮宣精，扼歙兮惡盈。似道兮日損，縮於一晦弦兮萬斯年而求伸。宅天下兮至晦，鏡天下兮至明，燭吾心中之月兮貫地緯而洞天經。吾奉月兮周旋，月踵吾兮後先。夫君寄我兮三章，招月而與寓目兮炯筆勢之翩翩。想它日之獨立兮過庭而侍側，誰其耳剽於玉振兮惟此月知其然。月不予留兮予亦詠而歸，歌三終兮謝明月，何夕復惠然兮臨我於亭乎而。

延陵懷古❶

予假守延陵，蓋州來季子之虚也。迨暇登城，游目四顧，慨然想見季子之風烈。既而問諸故老，古今之士或邑於斯或寓於斯者得三人焉，作《延陵懷古》辭。

❶「古」下，底本目録有「辭」字。

荆之溪兮澹以幽，惠之山兮雲侔。思君子兮不見，莽草樹兮脩脩。面句吴兮東而坐，背朱方兮北卧。齊楚豈不强而大兮，吾王以妥。賢於國其無禪兮，不曰季子存而吴賀。彼懵者之簧言兮，謂兆亡於讓王。弗丕承於考心兮，用永五湖之與三江。祀太伯其忽諸兮，顧襲譽於子臧。曾不知民無讓而不立兮，自古皆有亡。諏屺岵與鋤箕兮，疇莫知其重輕。若千乘暨簞豆兮，絜豐約而則明。迨躬逢而利怵兮，亦幾何而靡争。謂吾札之不懿兮，札亦恬受而茹聲。思復思兮君子，乾坤毁而日月息兮則君子之亦死。

延陵季子。

密雲兮終風，健順閉兮罔寸蹊之通。喟葵丘踐土而迹熄兮，矧冀方岐山之與逢。單棠谿以鑄兵兮，靡遺蒲於董澤。燕篋無趾而造齊廟兮，楚甿而秦其魄。鬬六王於一説兮，微儀衍之舌而不國。嗟若先生兮，雞知時之不如。儲唐虞之故冕兮，鬻洙泗之敝裾。乘方輪與折軸兮，欲先鞭而疾驅。豈不家捐而人棄兮，載之萬世之亨衢。緊素王兮中都，若蘭陵兮聖之徒。征九伯而佩六印兮，睎一邑宰而不得俱。儻不欲以天球玉磬而貿康瓠兮，嗟爾後死者其舍諸。

蘭陵令。

吹赤壁之月笛兮，瞻黄州之雪堂。彈湘妃之玉瑟兮，織天孫之錦裳。招先生其來歸兮，何必懷眉山之故鄉。歷九州而猶隘兮，誕寘之祝融之汪。酌乳泉以當醴兮，餐荔子以爲糧。葺榕葉以作屋兮，託桄榔之蔭以爲堂。驅海濤以入硯滴兮，挽南斗文星於筆鋩。昌黎兮歐陽，視先生兮鴈行。韞不洩兮忠憤，炯不揜兮文章。乞鏡湖兮九關，營菟裘兮是邦。予之來兮云暮，與先生兮相望。視履跡兮焉在，問故宫兮就荒。

俯仰兮永懷，渺山川兮蒼蒼。

東坡先生。

跋李允蹈思故山賦辭允蹈，月巖先生豸方叔之曾孫也。

月巖含章兮，噫！孰貰之璜兮，噫！逋不其償兮，噫！眉山之下兮，噫！既億其價兮，噫！胡漏于鎛兮，噫！籲于眉山兮，噫！山籲于天兮，噫！天蹙其顔兮，噫！有斐孫子兮，噫！花披秀啓兮，噫！烈祖是似兮，噫！筆似其鋒兮，噫！骨似其窮兮，噫！栖栖其逢兮，噫！爾詞則古兮，噫！爾騷則楚兮，噫！爾璞孰估兮，噫！招招巫咸兮，噫！有篿爾占兮，噫！曷焯爾潛兮，噫！曷窨不濟兮，噫！曷蔀不賁兮，噫！咷初笑既兮，噫！

和淵明歸去來兮辭

予倦游半生，思歸不得。紹熙壬子，予年六十有六，自江東漕司移病自免，蒙恩守贛，病不能赴，因和《歸去來兮辭》以自慰。其辭曰：

歸去來兮，平生懷歸今得歸。有未歸而不懌，豈當懌而更悲。媿一陶之不若，庶二踈兮可追。肖令威之歸遼，喟物是而人非。捐水蒼兮今佩，反芰製兮昨衣。戀豈諼夫太紫，分敢踰於少微。如鹿得草，望緑斯奔。如鶴出籠，豈復入門。屨雖未得，而趾故存。謂予不信，有如泰罇。月喜予之言歸，隤清暉而照顔。山喜予以出迎，相勞苦其平安。江喜予而舞波，擊碎雪於雲關。紛鄰曲之老穉，羌堵墻以來觀。沸里巷之犬雞，亦喜翁之蚤還。驚鬢髯之雨霜，尚赳赳而桓桓。歸去來兮，半天下以倦游。飢予驅而予出，奚俟飽而無求。觀一簞之屢空，躬自樂而人憂。暨一區之草玄，娛羲畫與箕疇。豈慕胥靡，濟川作舟。矧先人之敝廬，有一壑兮一丘。後千尋兮茂林，前十里兮清流。耿靡羨而載營，蹇何鶩而不休。已矣乎！用舍匪吾，行止匪時。何至啜醨如漁父，何必乎誓墓兮如羲之。吾行可枉塗，吾止可預期。應耘耔而端委，猶端委而耘耔。對天地而一哂，酢風光以千詩。抵槁莖與朽殼，豈復從詹尹而決疑。

黃世永哀辭

乾道乙酉秋七月，予因謁鄉先生武岡史君羅公，公曰：「予之友黃世永者死矣。世永之父元授得州南雄，六月某日，世永自行都侍南雄公西歸，至貴溪逆旅，南雄公疾不起，後一日，世永亦卒。或曰皆暍也，或曰世永毁也。」予聞之心折，泣且疑。後月餘，得中書舍人周公子充與友生胡季永書，與武岡公之言不異，於是哭之盡哀。

世永名文昌，南豐人。自其祖至世永，三世策進士第，而世永策第時年最少，蓋生二十有一也。初主贛之贛縣簿，予時爲州户掾。予之來去後於世永者一年，而爲寮者三年，一見即定交。世永之高遠深博者，予不能竟也。其學以不媿屋漏爲宗，於文無所不能，能無所不工，嘻笑立成而不似立成者也。予每往觀其政，則見老穉叢於堂，莫見世永也。披而入，則世永執筆，決遣如飛。前者未出後者入，夜分乃已。世永不煩，民亦不咨，吏亦不欺。初以爲世永勤且嚴，然旋觀三年，如初之觀，竟不見其呵一民，笞一吏。勤者亦懈，嚴者亦窮矣，世永果勤且嚴者耶？

紹興戊寅三月，世永白太守去，出城五十里不得行。田里之民環而止之者數十百人，曰：「主簿去我，我不可生矣。」相與執輿，折山花以簪世永，持濁醪以觴世永，而其老者五六十人疾走贛之憲臺，列辭以乞留。司憲御史黃公無以遣，則好謂之曰：「汝不愛黃主簿乎？」皆怒曰：「否。」曰：「留而塞與去而通，孰愛孰不愛也？」乃皆曰：「然。」不得已泣而散。予時親見此事，以爲今之守令，罷則先期戒吏民以卧其轍，此足榮不足榮耶？以今之欺而謂古皆然，若世永於贛之民乃有此。古之所書卧轍云者，久矣乎使予之不信也。使予無所不信於古之云者，世永哉！雖然，予於世永之事親見者也，古之書者又不知其親見否耶？

未幾，浙水西部使者邵公，辟世永秀州崇德縣令。時某令者待崇德次三年矣，適及期而辟書下。世永抗章力辭，士大夫義之，或者曰矯也。見義則不懦於避，見利則勇於不避，此或者之所賢也，世永得辭其矯哉？世永在都下未調，勢家子有階中人得法從者，臺諫相視不怪。世永袖文書謁御史朱其姓者，責以天下公議。御史怒，未有以發也。會中書舍人張公安國聞世永之風而悅之，曰：「天下乃有此士！」即薦於朝。得召，世永辭焉，而御史亦言於光堯曰：「黃某沽名躁進。」世永自是偃蹇江淮間。

上之二年冬十二月，以人望起故大丞相魏國張公於督府而再相之。公至，首薦世永，授樞密院編修官。未赴，公爲群小擠去，而世永亦復論罷。今二年矣而遂死耶？嗟乎，哀哉！世永年止三十有八，而官止左從政郎，而其立已如此。遐其年，亨其位，以訖其施，其立何如哉？雖然，壽且貴而莫之有立，有立而莫之壽且貴，政使世永自擇，宜何擇也？然則世永可無憾矣，而予猶哀之耶？嗟乎！才珍於天而捐於人，厚一邑而薄天下，吾意當世君子之用心，不宜有此也。不宜有而有焉，則予之哀獨爲吾世永哉？乃書以寄其子樞，而爲之辭曰：

聖門際天而不可逕兮，子聚糧以疾趨。古文熄而哇鄭兮，子獨追而雅諸。衆皆賞其襮而遺其裏兮，知全者不在予。仕者謂贛民之嚚兮，不啻妹邦之夫。何子之仁以莅兮，若膝下之乳雛。予惟子之覩兮，則未知封屋之迂。沐猴豸而罔靦兮，子髮上而衡盱。舍己躁進而謂子躁進兮，宜不曰沽名之非愚。世切齒於彼之晚賈兮，流涕於子之不晚殂。庸知天之不子祉兮，不厚彼之辜。惟師友之恩紀兮，一飯而九其吁。天不予棐而奪予朋兮，半其濟而亡艫。決汝漢而東之兮，曾足爲予淚之餘。若子之死而不死兮，不亦名星日而骨幽墟。

曾叔謙哀辭

故興安縣令曾君，諱敏恭，字叔謙，韞韜瓌材，不襮不鬻，竟不用世，中壽而逝。其名實爵里，謝昌國既銘之，里人楊某復誄以哀辭曰：

歲紹興之壬午兮，余負丞於零陵。汩夫君之南征兮，臨一松之寒廳。聞跫然於逃虛兮，辭未接而情親。分一日之光景兮，載鴟夷乎吾與行。沛吾擊其蘭橈兮，亂湘江以揚舲。維余笮於愚溪兮，叩柳子之柴荆。陟西山以茹芳兮，降鈷鉧以漱泠風。吹衣以拂雲兮，舉手攬乎南斗之星。君與我其俱醉兮，夜解手於丘亭。

余未幾而北歸兮，君忽返乎銘旌。曾合離之俛仰兮，奄古今乎死生。羌夫君之淵偉兮，允江山之載英。蔚豫章之離奇兮，森梗梓其峥嶸。自拱把而培溉兮，俟百圍乎千尋。崒雪山與冰谷兮，凛霜影而雨聲。細猶堪於薄櫨兮，豈大者之不可宷。仰神臯於太紫兮，矩厚載而規圜清。屹建章以亘明光兮，連蕙草與蘭林。詔班爾以駿奔兮，旁搜巖崖之欹傾。締皇居及帝室兮，將涓休乎落吾成。蹇棟榦槁乾於空山兮，匠不獲以督繩。紛后皇之揠材兮，壑何幽之不徵。喟一擷而萬捐兮，夫孰有遺而無營。君方舍斯世而去之兮，豈達欣而窮憎。耿精爽之未泯兮，嗤彼啄腐而吞腥。裁斯文以寄哀兮，聊復寫久要平生之情。

范女哀辭

石湖先生參政范公，有愛女名某字某，嫕德淑茂，年十有七。紹熙壬子五月，從公汎舟之官當塗，至公舍得疾，旬日而逝。公哀痛不自制。八月，命其同年生誠齋野客楊某作辭以哀之，曰：

有齊石湖之季女兮，肇葰茂而青葱。蘭茁芽以芬播兮，玉在璞而光融。茹采蘋以爲粻兮，築內則爲之宮。樂彤管以俶載兮，逝將眇青竹而論功。製菡萏以爲裾兮，裼之以秋江之芙蓉。紛蕙纕而菊佩兮，豈江蘺揭車之與縫。掇衮丈之朔雪以澡德兮，襲萬壑之清冰而在躬。耿吾獨傳中郎之素業兮，豈曰矜蕭然林下之風。沛吾乘乎桂舟兮，無小無大焉從吾公。何若而人之不淑兮，奄一疢而長終。忍舍蘭陔之孝養兮，莽玉女虙妃之與從。父曰嗟予膳之孰視兮，母曰嗟予命之疇同。盡兩親之哀潸兮，遺九宗之長恫。蹇石湖之慟而莫之釋兮，小極而隱几乎書之叢。夢漂漂而行遠兮，求吾兒乎四方上下之青穹。杳碧海之際天兮，蹋三山之倚空。蓬萊方丈之攸宅兮，浮金宮銀闕之崇崇。若有人乎山之阿兮，飛騰往來而不可逢。羌可逢而不可執兮，若迴映乎復朣朧。摘玉李而弄金波兮，遨嬉乎倒景有無之濛鴻。忽臨睨乎舊鄉兮，望見石湖之仙翁。泫初咷而後哂兮，唁吾翁乎奚戚容。緊天地萬物之逆旅兮，兒與翁父子適相值於逆旅之中。汩倏合而忽分兮，邈千變萬化而何窮。淬割愁之劍而不滿一笑兮，非我翁《春日覽鏡》大篇之春容。翁顧笑而驚寤兮，皦寒日其生于東。

悼雙珍辭

傅口劉光宗字廷瑞，弟紹宗字廷碩，❶受伏生《尚書》，經明行修，文詞蔚然。年三十餘，一病旬時，相繼而逝。誠齋野客楊万里惜其才，悼其不幸短命，作辭以哀之，命曰「悼雙珍」云。其辭曰：

有傅者嶺兮，有玄者潭。崒乎瓊臺與玉堂兮，天垂光而蔚藍。寶祲下蟠乎九淵兮，瓌彩上絢乎千巖。羌旁礴轇轕而不漓兮，耿虹貫乎晴嵐。劬玉衡之望氣兮，九載旭考而宵參。曰西江之軫墟兮，孕雙珍乎泥之濳。匪珠胎之雙止兮，則瑴玉其美兼。帝令雷公以持斧兮，敕陽侯以發函。逝將修貢于玉府兮，旅清廟而爾瞻。夫何夔魖獝狂之予妬兮，肆爲伯明之讒。蹇訴帝以不好兮，未聽六丁之窮探。飛巨石以載震兮，洶怒濤以有嚴。連璧毀于石韞兮，雙珠裂于波涵。卞和慟以叫帝閽兮，隨侯泣以衣沾。帝亦悲傷而末如之何兮，礫不若魑魅而不厭。安得雙珍之再芒兮，迴映乎西江之北南。

❶「字」，原作「子」，今據文義改。

有宋死孝毛子仁哀辭

子仁諱洵，吉之吉水人也。年十九第進士，年二十六中拔萃制科，杜祁公有詩美之，其文集亦有詩寄歐陽公。父母之喪，廬墓死焉，時年三十二。天子賻之粟帛以旌其孝，書在國史。後百有餘歲，邑人楊万里讀其文集，作辭以哀之。其辭曰：

灝穹睠宋，方郅隆些。篤生仁皇，實叡聰些。二堯兩舜，復時雍些。杜韓富范，再夔龍些。巍蕩奮熙，起丕功些。歐陽伯仲，軻與雄些。雲昭漢回，炳文風些。麟在靈囿，鳳在桐些。金芝専車，朱草叢些。懸藜結緑，牣紫宫些。靈蛇照乘，玉府充些。大江之西，文江東些。毛伯苗裔，河嶽鍾些。三辰五緯，韞心胸些。如漢賈生，與終童些。年未弱冠，收科崇些。連收制科，天動容些。玉映漢臺，驚群公些。棄官如泥，子職恭些。死孝倚廬，神明通些。文行有煒，垂無窮些。與宋一經，相始終些。凍棃百年，養萬鍾些。草腐菌朽，花實空些。有宋孝子，蔚岱嵩些。

操

趙平甫幽居八操

筠居操

公子誅茅，不木不土。此君惠然，聿來胥宇。

我娱齋操

一室容膝，納萬壑而有餘；一几凝塵，載千古而不重。暮四朝三，吾不復夢。

醉石操

望之温其玉，即之寒於冰。一飲五斗，一石解醒。衆人皆醉石獨醒。

竹齋操

客來何聞，客去何嗔，左右前後惟此君。德不孤，必有鄰。

北窗操

一枕之甘，萬户不願；清風之快，萬玉不價。爲我謝避俗翁，誰在羲皇之下。

梅亭操

竹屋夜明，竹户寒聲。幽人舍琴而起視，香通國而白連城。梅耶雪乎，四問而四不膺。

棊臺操

争名不亢則朝者嘻，争利不贏則市者吁。君子無所争，必也弈乎？

龜潭操

風耆其武，波赫斯怒。油然者淵，未遽如許。

誠齋集卷第四十六

廬陵楊万里廷秀

表

謝賜御書表

聖訓馭臣，用勸廉勤之操；宸章逮下，無遺踈遠之邦。寶軸璧連，薦紳風動。臣某中謝。竊以湯陳六事，儆有位之苞苴；成正百官，董攸司之功業。惟今明詔，兼善古王。恭惟皇帝陛下，生德自天，以躬率下。體乾之健，樂勤勞而不疲；酌損之脩，自奉養而有節。尚虞中外，或狃懦貪。爰肆筆以成書，示吐辭而爲法。倬彼雲漢，焕乎文章。善者祇師，丕承謨訓之告；姦邪震虩，知懼《春秋》之嚴。臣敢不惟曁乃僚，對揚休命。戴星愛日，忍爲視蔭之媮；嚙雪飲冰，勉企拔葵之潔。

代賀立皇太子表

聖謨經遠，永圖宗社之休；上嗣正名，懋建元良之重。告于太室，對越昊穹。臣某中賀。竊以離兩而明，大人麗乎繼照；震一而索，長子體夫洊雷。上際緝熙之朝，肇稱久大之典。恭惟皇帝陛下，光昭先烈，啓佑燕謀。出獨斷於宸衷，舉縟儀於儲禁。東序舞籥，爰舉四時之宜；西學尚賢，兼徽三代之禮。臣遠將隆指，阻造大廷。長發其祥，載歌濬哲之頌；少成若性，願獻治安之書。

代賀會慶節表

繼明以照，大一統以惟新；彌月爲良，於萬年而鼎盛。暨于海表，罔不嵩呼。臣某中賀。竊以天欲太平，爲時而生乃聖；民思長治，俾壽以祝其君。三靈交歸，諸福用永。恭惟皇帝陛下，由仁如舜，立武惟宣。化日自舒，安取再中之異；帝齡所與，更昭二聖之同。臣遠服委輸，初逢慶賴。却金鑑之獻，既無路以效珍；想釦砌之崇，惟望雲而舞手。

代福建憲何德獻謝到任表

七閩深秀，地望匪輕；庶獄平亭，人命所寄。大恩驟至，小己莫勝。即受命以首塗，既入疆而問俗。見民鼓舞，爲言天子之聖神；聞臣布宣，更感詔音之仁厚。皆相規而遠罪，其忍負於好生。臣某中謝。伏念臣才則非長，用將安取。策十駕之蹇，寧不顧於先鞭；試一割之能，了蔑聞於餘刃。一朌郡紱，再領使軺。頃師干之濯征，遴使指而給饟。豈其乏使，以飛輓而諉臣；迨此當朞，未譴何而已幸。敢謂繼明之始，亟叨布憲之除。茲蓋伏遇皇帝陛下，乃聖天同，於民子視。約三章以示之禁，不曰尚威；俾萬姓之興於仁，其歸去殺。夫何淺陋，亦詭奉承。臣敢不務在盡心，戒於留獄。必使人之無訟，雖則未能；得其情而則矜，庶乎自竭。

代宰相賀雪表

神功所格，冬大雪以應期；天意謂何，年屢豐而表瑞。吉之先見，序則不愆。臣中賀。恭惟皇帝陛下，乾以君之，聖之時者。日月所會，臨地統於三正；造化爲工，琱天葩之六出。知麥禾之有望，舉稚耋以載欣。臣遭世泰和，罔功爕理。驗時寒之若，端自聖謀；懷履薄之如，敢忘臣節。臣無任。

知常州謝到任表

承流閩徼，初叨江海之麾；易地浙西，忽畀股肱之郡。分顧憂而益重，豈薄陋之克堪。臣中謝。伏念臣嗜古成迂，信書故退。頃從山水之縣，入陪鵷鷺之班。心乎愛君而直前，慨然遇事而妄發。非聖明之全度，則孤拙之疾顛。尋將母以告歸，乃拜州而得請。玉色臨遣，金聲撫柔。憩公幹漳濱之身，三年于外；易獨孤常州之任，再命兹恭。敢謂戴盆而望天，今復舉頭而見日。兹蓋伏遇皇帝陛下，纂堯乃武，蹈舜斯仁。道在太極之先，不居其聖；明見萬里之外，以臨其民。咨諏慈惠之師，布宣寬大之詔。顧捐輔郡，以詭下臣。臣敢不既竭駑才，底綏秸服。惟郡邑先惠養之治，所願盡心；使田里無愁恨之聲，庶乎報上。

謝降官表

奉詔弗莊，宜抵誅而萬坐；征商失察，止貶秩之兩階。戴天斯仁，蹐地無所。臣某誠惶誠懼，頓首頓首。伏念臣受才不敏，馭下太踈。乘障無循良之稱，已孤任使；所部有愆違之屬，乃罔聞知。方肇布於細書，俾緩征於行旅。夫何下邑之近，如彼監河之官。公違温言，私越里所。事從其長，蓋厥咎之有歸；罪疑惟輕，豈始望之及此。兹蓋伏遇皇帝陛下，惟堯濟衆，如舜好生。雖離明之照四方，何幽不燭；然乾元之利萬物，所覆無殊。曾是卑微，曠然怙冒。臣敢不往欽厥訓，兹率乃僚。仰體成湯，儆官刑于有位；願學孟子，疾龍斷之賤夫。

廣東提舉謝到任表

守延陵季子之虚，媿無治行；使南粤尉佗之境，復拜恩言。戴仁如天，反己惟谷。臣中謝。伏念臣學非世用，才不人先。幼而讀書，亦竊探壁中之科斗；長而試吏，顧安知柱後之惠文。三年朝班，再歲輔郡。進亦思磨礪於名誼，退則欲布宣於詔條。訖無涓埃，小補河嶽。九天曉日，念孤身將遠於長安；四乘秋封，忽寵命載驅於原隰。至于南海，保彼東方。惟所部十有四州，去脩門幾四千里。物衆地大，壤沃泉甘。臣始入疆，告厥父老。上不忘遠，翕然驩呼。海若祝融，彈壓波瀾之險；朔雲邊雪，驅除江嶺之氛。暨于幽遐，罔弗嘉靖。臣以使事，官于海邦。焕乎榮光，展也徼福。兹蓋伏遇皇帝陛下，丕釐駿命，怙冒函生。日月宣精，照朔南而不隔；乾坤有造，均雨露以無偏。曾是薄材，俾將隆指。臣敢不輯寧凋瘵，拔去姦貪。出納有司，豈但欲委積茗鹺之滋殖；澄清當路，庶幾使豺狼狐狸之一空。

謝除直祕閣表

在疢餘生，延及外除之制；拜嘉光命，有聯中祕之班。曷云枯槁之蹤，曾是深嚴之夢。寵榮所被，祇懼靡寧。臣中謝。伏念臣無用世之才，有負俗之累。癡不足以了事，其拙宜然；成或出於因人，何力之有。頃播刑於百粤，偶奔命於群蠻。奉天威而有行，緊廟筭之是禀。遂令醜類，罔不殄殲。矧帥臣鞏湘指縱之謀，抑將臣張喜觀獲之力。景風若僭，汗雨其滂。雲近蓬萊，遥集西崑之群玉；霧浮金篆，仰窺東壁之二星。施則不訾，受之何説。兹蓋伏遇皇帝陛下，其仁天若，乃武雷行。清渤澥之波瀾，于誰奸命；賣潢池之刀劍，奚足論功。曾不遐遺，式昭遠馭。臣敢不丕承天寵，允荅帝暉。包以虎皮，雖則干戈之偃；裹之馬革，無忘肝腦之捐。

知筠州謝到任表

需章匄外，退以其私；便郡疏恩，過於自擇。地與期而俱近，感及喜以來并。不勞載驅，已抵所治。臣某中謝。伏念臣學問將落，行能無稱。巖居川觀，施諸時而莫可；草耕木茹，顧其外以奚爲。際熙運之休明，彙群才而登進。再收遠跡，誕寘周行。念父教之忠，云既勞而後食；然身其餘幾，如未老而先衰。兒女滿前，昏嫁未畢。方抒情而地蹐，忽從欲以天矜。海上僊山，隔蓬萊於弱水；江西道院，製菡萏於劍池。仰惟君父之恩，何有中外之間。兹蓋伏遇皇帝陛下，立心咸五，侔德函三。疇若予厚下之仁，怙冒率土；曰咨汝宅生之吏，惠鮮小民。無愛珪符，下逮㮳櫟。臣敢不祗若德意，宏敷詔條。令修庭户之間，所先豈弟；民和壠畝之上，玆謂答揚。

賀紹熙皇帝登極表

帝出乎震，雷動風從；龍飛在天，雲行雨施。乾坤再闢，日月重光。臣某中賀。竊以王纘帝，帝纘皇，相承自昔；堯授舜，舜授禹，復見于今。聚三聖於一家，冠百王而獨步。恭惟皇帝陛下，聰文作睿，統運集躬。育德東明，元良正于萬國；繼離南面，大人照于四方。歷選古初，疇若我宋。蔚後先其相望，凜揖遜以彌高。文祖文孫，鼇紹興之景命；是父是子，受乾道之丕基。天人交歸，年世方永。臣近辭儲隸，遠守侯藩。鸞鳳冲霄，夙欣攀附之久；鴻鵠橫海，敢言調護之勤。

賀壽皇聖帝傳位表

立愛惟親，結戀東朝之養；傳歸於子，辭尊南面之居。玉音渙揚，鼎象安妥。臣某中賀。恭惟至尊壽皇聖帝陛下，循堯乃聖，命禹厥中。謂天下解憂，未若綵衣之戲；俾壽母燕喜，遂輕黄屋之心。當崑崙渤澥之太寧，釋璿璣玉衡之庶政。親挈神器，付畀嗣君。王假一家，世授三聖。珍臺閒館，儲思大安之穆清；夕膳晨羞，允恭長樂之定省。抱槧創見，結繩未聞。臣身遠帝暉，心藏天顧。五十而慕，更加大舜之年；八千爲春，願效華封之祝。

賀至尊壽皇聖帝受尊號表

爲天子之父，尊之至以何加；得大德之名，道之高而無象。發于嗣聖，酌彼民言。臣某中賀。竊以商云甚武之王，固非自伐；漢曰太平之帝，孰以爲宜。雖聖愚之不侔，豈稱謂之毋我。恭惟至尊壽皇聖帝陛下，視古無遜，與天爲徒。夏凊冬温，欲躬曾閔事母之敬；朝政夕令，遂託堯舜倦勤之辭。既脱屣以甚輕，視鴻號而不屑。然壽爲五福之首，而聖則萬善之元。二者何先，兼此而有。牒鏤白玉，宜冠以至尊之稱；日射黄金，更牓以重華之目。於赫鉅麗，用光前聞。臣身留遐方，目擊盛事。有虞二典，未必如今日之兼隆；作宋一經，顧可料諸儒之乏使。

賀皇帝奉上壽皇壽成尊號表

御天有俶，首勤萬乘之尊；熙號維新，丕顯二親之懿。盡厥愛敬，通于神明。臣某中賀。恭惟皇帝陛下，聖德無加，皇猷允塞。乃命以位，方當系統接緒之初；欲報之恩，有在侍膳問安之外。踐熙春之和暢，奉大册之烈光。有父之尊，有母之親，用欽崇於嘉慶；謂天蓋高，謂地蓋厚，極擬議於鴻名。掩竹帛之所書，亘開闢而未睹。三宫相望，萬福攸同。臣屬以守符，邈在外服。振鷺于下，雖莫綴在廷之班；倉庚鳴春，或能詠太平之盛。

賀紹熙皇帝册立皇后表

歷服初元，天臨諸夏；家邦内助，册拜長秋。慶先宫闈，驩浹寰宇。臣某中賀。竊以乾健坤順，一氣密運於二儀；日光月明，萬物仰瞻於兩曜。惟帝及后，若陽與陰。美教則人倫明，正家而天下定。恭惟皇帝陛下，修己以敬，化民以躬。王業艱難，念久同於勞佚；慈親定省，復多歷於晨昏。既六龍之御天，宜四星之正位。表儀中禁，幬載函生。惟内有《關雎》、《鵲巢》之風，則外有《無逸》、《立政》之治。臣名在儲隸，迹非遠臣。恭儉服澣濯之衣，已相觀而身履；夙夜有警戒之道，豈小補於君尊。

賀壽皇立紹熙皇后表

大君有命，屬元子而宅中；同令而言，誘冢婦而治内。正始周密，詒謀深長。臣中賀。恭惟至尊壽皇聖帝陛下，至誠如神，游心於淡。謂養以天下，何如釋位以事親；而對于嗣君，自有同德而作合。付以家國，夫何顧憂。長發其祥，不顯亦世。臣珪符有守，覲闕惟懷。望穆穆之清光，遠而無極；舉欣欣而喜色，樂且有儀。

誠齋集卷第四十七

盧陵楊万里廷秀

表

謝復直祕閣表

守地云何，蔑外庸之善狀；自天有隕，復中祕之榮名。敢云舊物之反躬，允出新君之加惠。臣中謝。伏念臣少也狷介，老而頓頑。非不知與世而同波，明哲無忤；既未能枉道以合轍，退休則宜。詭民社以西征，寖山林之幽屏。聖人復起，品物咸亨。覆載無私，豈獨軫遺簪之舊；日月所照，亦何有覆盆之偏。兹蓋伏遇皇帝陛下，始初清明，德澤洋溢。十行一札，雷厲風飛；四海九州，陽開陰閉。展如孤遠，與被昭蘇。臣敢不銜戢寵光，策磨衰病。假以歲月，畢輸宣布之勤；歸于丘園，於樂隆平之化。

謝宮寮轉兩官表

御天介賚，已增一秩之優；儲隸廣恩，亟拜兩階之寵。邦榮狎至，心震靡寧。中謝。伏念臣生而一寒，仕亦三已。晚際乾坤之真主，獲依日月之末光。當高鴻横海之秋，臣幸陪於羽翼；及飛龍在天之旦，臣自隔於風雲。夫何皇極之尊，尚記承華之舊。翦焉孤介，紛此榮懷。冒之則無翊運之勳，遜之則爲異衆之行。曹衛偕命，既並受於王明；黄綺終辭，敢獨爲於君子。兹蓋伏遇皇帝陛下，唯天爲大，如日之升。鳳已冲霄，未弭忘攀附之雅；蛇斯入宇，不遐棄賤微之畸。臣敢不載丹乃心，益素其履。雖夕曛已迫，寖收耕釣之餘生；然朝露未先，不疢縻捐之義死。

進和御製賜進士余復詩狀表

鈞天廣樂，秩有踐之初筵；雲漢爲章，賁思皇之多士。湛恩至渥，隆禮惟新。臣中謝。恭惟皇帝陛下，樂育英才，旁招俊乂。君子有酒多且旨，間以笙鏞；聖人之言遠如天，寫之琬琰。情文雙止，懷感萬斯。臣等典校簡編，均霑慈惠。慶霄在上，與被昭回之光；儒館獻歌，敬修賡載之職。

謝御寶封回自劾狀表

霈章再瀆，力請祝鼇之官；聖筆洊頒，俾安典校之職。巋然恩重，沱若涕零。臣某中謝。伏念臣行能空虛，經術淺薄。山哦浦咏，未閑華國之文；蟹躁螳剛，烏識立朝之體。屬緣撰述之拙，自列投劾之辭。蒙天日之龍光，涣雷風而響答。惟君父待小臣之禮，前比所無；舉搢紳皆拭目而觀，盛時創見。誰謂衰朽，所能克堪。兹蓋伏遇皇帝陛下，乾覆博臨，離明洞照。憐臣老而幸會，親逢賓日之清明；知臣野而朴忠，未聽客星之漁釣。臣迫於威命，恪所居官。危跡難安，少緩東門之車馬；踰時申控，終采南山之蕨薇。

江東運副謝到任表

依日瀛洲，汔無補報；觀風江渚，遠有光華。職超七閣之先，境入六朝之勝。厖洪所被，緜薄何堪。臣某中謝。伏念臣資未有奇，學亦寡要。蚤粗聞於先哲，恥墮在於凡民。學之而欲行之，每懷徇國；老矣無能爲矣，非曰忘君。屬緣昏嫁之逼人，輒控封章而丐外。自天從欲，將指于征。爰陞華於小龍，俾給餉於流馬。篆金浮璧，仰淳化之寶書；炊玉連檣，下陪京之冰漕。兹蓋伏遇皇帝陛下，丕承舜授，廣運禹思。居九重之靚深，所憂民瘼；擇十道之採訪，以布寬條。夫何衰遲，亦在臨遣。臣敢不慰彼黎庶，周爰咨諏。九郡旱乾，要令鴻鴈之集；百吏清濁，當謹羊狼之分。既竭歲時之宣勞，終祈田里之歸老。

辭免贛州得祠進職謝表

謝病摧頽，尚賦珍臺之餼；屬文論譔，復超延閣之班。上無棄人，下則徼福。臣中謝。伏念臣老不事事，才非奇奇。三聖旁招，蚤墮鷺廷之數；初潛豫附，晚參鶴禁之僚。方衆賢依乘風雲之秋，乃微臣僵卧山林之日。把麾江海，此朝士之榮光；麗日崆峒，亦詩人之佳郡。矧席過家之寵，曾微待次之淹。夫何右臂之偏枯，虛辱左符之重寄。陳力就列，不能者止；投閑置散，乃分之宜。籲天以聞，伏地而俟。閔勞均佚，仁不遐遺；進律示褒，禮亦異數。兹蓋伏遇皇帝陛下，篤叙故舊，惠兹罷癃。軫少原之遺簪，是將厚俗；存子方之老馬，非取長塗。而臣薾然卧痾，行矣歸盡。燭青藜而談古，豈復與英俊游；立白茅而祝釐，尚能使聖人壽。

謝除特授焕章閣待制表

竹宫望祭，洊綴奉瑄之司；松殿通班，復塵持槖之選。走循墻而莫避，進惟谷以遑寧。戴仁不貲，感涕有隕。臣中謝。恭以高皇之淵懿，焕乎堯帝之文章。森天上之寶書，庋露下之玉宇。河洛浮出，太極是生於兩儀；雲漢昭回，垂光下飾於萬物。次對有列，非賢不居。如臣者，少而才踈，老以病去。逢聖明之求舊，亟號召以拔淹。顧以有采薪之憂，遂違不俟駕之禮。逃刑已幸，即拜更優。久歸守東岡之陂，扁舟載月；忽夢入西清之序，榮光屬天。兹蓋伏遇皇帝陛下，聖孝通神，仁恩詡物。念吾父有所愛之犬，而况於人；謂微臣如遺野之蛇，未旌其隱。曾是正元之朝士，得見會昌之新春。告厥臣工，昭其德意。臣敢不吉蠲若厲，顯相必齋。仰瞻奎壁之芒寒，俯嚴香火之尊奉。弱水三萬，恍親銀闕之雲；大椿八千，祝爲黄屋之壽。臣無任感天荷聖、激切屏營之至。

賀郊祀大禮赦書表

惟皇作極，禮再舉於明禋；見帝於郊，躬八觚之肇祀。備成熙事，敷錫庶民。臣某中謝。竊以儲精穆然，斯格神明之感；有孚顒若，乃來郊廟之驩。偉上聖之勃興，赫祲容之於鑠。乘觀臺之日至，款泰畤以星陳。嘉薦令芳，衆樂融洽。乾端呈露，月穆穆以金波；神來宴娭，靈裔裔其風馬。一人慶賴，百姓昭明。恭惟皇帝陛下，德弇往初，恩被動植。克綏先王之禄，祀以配天；故得萬國之心，告于后帝。均受釐之萬壽，式歸胙於三宫。臣老矣山林，邈焉天日。奉璋左右，有慙薪槱之詩；鍔玉激揚，願上休成之頌。

謝郊祀大禮進封開國子食邑表

帝望竹宫，慶侈兩圭之祀；子執穀璧，恩陞五玉之班。仰在上以高高，俯臨深而戰戰。臣中謝。竊以煇胞翟閽之畀，匪勞不讎；公侯伯子之封，可輕以假。而臣老歸栗里，病卧漳濱。逢天子親郊之初，隔諸侯助祭之後。籩豆維旅，顧何力於駿奔；土田附庸，乃不功而下拜。兹蓋伏遇皇帝陛下，唯天爲大，如日之升。受命穆清，俶載欽柴之燎；湛恩汪濊，溥將枯木之榮。臣謝生不貲，矢死無貳。歸美報上，願賡《小雅》之章；助順自天，永祈大有之吉。

謝致仕轉通議大夫除寶文閣待制表

請老而瀆再三，始蒙制可；增秩而職四等，重拜恩隆。敢圖暮景之桑榆，倍費慶霄之雨露。臣中謝。伏以漢歸疏傅，蔑聞及嗣之文；唐遣孔戣，且乏留資之養。未有國朝之仁惠，曲全臣子之行藏。自祖宗而相傳，至明聖而彌篤。如臣淺陋，首被厖洪。年已至而呼天，數斯瀆矣；王留行而曠日，久而聽之。若不得已而乃從，且無不盡其加厚。豈唯老馬之罔棄，復許見犀而後行。陟以文階之優，進以寶儲之峻。雖卧野水白鷗之草，未離春風玉筍之班。大隱而乃隱於朝廷，在外而如在於王室。一命再命三命，身及子以俱榮；大書特書屢書，言如綸而下飾。油雲朝沛，落木秋萌。茲蓋伏遇皇帝陛下，所性乾坤之仁，斯心父母之愛。念士之砥節也在進退，不使其虧；而上之待下也有始終，必過其願。遂假三錫，以張四維。臣餘生幾何，大德不報。歌頌盛業，媿非雙宋玉之才；壽富多男，惟有萬堯年之祝。

謝明堂大禮進封開國伯食邑表

惟皇有慶，奉瑄玉於合宫；曰叟何功，執躬圭而啓宇。三加厚矣，重拜榮如。臣中謝。伏念臣已致爲臣，猶進以律。蓋以孝理天下者，不遺於小國；而有事于上帝者，或及於配林。奄有龜蒙，荒魯僖之錫土；益以邶殿，靦晏子之辭封。大德溥博以如天，小心進退而維谷。茲蓋伏遇皇帝陛下，精禋熹載，報本祖宗。祀乎明堂，以教諸侯之孝；光于四海，故得萬國之驩。惠此翟闇，燕及悠邁。臣敢不礪乃末路，慨然永懷。臣三千人，同一心而報上；伯七十里，誓九死以于蕃。

謝除寶謨閣直學士表

聖謨新閣，森天上之寶書；法從崇班，綴西清之學士。墮慶霄之異數，賁山澗之遠臣。戴恩不貲，圖報無所。臣中謝。恭以光皇之立極，焕乎丕訓之詒謀。曰都曰俞，禹無間矣；有典有則，宋其興乎。屹琁題之造天，乾坤闔闢；藏金匱而鏤玉，雲漢昭回。盍簡英奇，以司文獻。如臣者，學焉將落，老矣無能。分甘痼疾於煙霞，敢夢末光於日月。楓林楚水，久違長樂之鍾聲；銀闕金宫，忽近瀛洲之雲氣。茲蓋伏遇皇帝陛下，慕親如舜，對食見堯。謂臣在昭考之廷，嘗陪鴻鵠之羽翼；俾臣聯柱史之職，盡護龜龍之圖書。而臣歷事四朝，蔑聞寸効。媿彼十八仙之盛，以文辭鳴；惟兹三萬歲之呼，使聖人壽。

謝賜衣帶表

瀛洲方丈，驚頭白以初登；内帛宫衣，偕腰黄而並受。迺九重之異數，非八柄之彝章。自天有來，蹐地而傴。臣某中謝。兹蓋伏遇皇帝陛下，典嚴在笥，惠篤薦紳。軫仲由之緼袍，錫之三服；惻啓期之帶索，束以兼金。而臣感恩不貲，圖報無所。蔑然緜薄，多慚疊雪之香；藾爾摧頽，第怯萬釘之寶。

謝郊祀大禮進封廬陵郡侯加食邑表

觚壇饗帝，莫助宵衣之勤；梓里建侯，惠徼畫繡之寵。家有即拜，巷無居人。咸謂煙波之釣徒，亦錫山川而啓宇。臣某中謝。竊以士伯之賞瓜衍，地豈故鄉；買臣之守會稽，位非列爵。小臣何者，異數兼之。兹蓋伏遇皇帝陛下，興禮從周，由仁蹈舜。郊祀天地，式尊祖而敬宗；聲教朔南，溥行慶而施惠。而臣功無横草，恩與分茅。執以信圭，誦三復斯言之玷；佩之侯印，肩萬邦維屏之忠。

謝以長男長孺官係陞朝該遇郊祀大禮封叙通奉大夫表

白烏九子，天矜反哺之情；丹鳳十行，雨施流根之澤。永錫爾類，以及其親。臣某中謝。竊以神祖建官，元豐改制。有若右光禄之秩，實視小司寇之聯。非考績與異恩，豈僭賞而虚授。如臣所履，久挂其冠。巢由外臣，不在翟閽之數；堯舜行德，尚同仁壽之民。赫然龍光，飾是駑蹇。兹蓋伏遇皇帝陛下，孝通壽載，恩被肖翹。謂能仕而教之忠，子承父訓；故率親則等而上，人欲天從。而臣雲月爲家，漁樵争席。三春寸草，莫報青陽之暉；億載萬年，永祈黄屋之壽。

謝除寶謨閣學士表

臣某言：昨具狀奏，乞免召命。正月十五日伏準去年十二月十五日奉聖旨依所乞除寶謨閣學士，臣尋具辭免。伏蒙聖恩，頒降詔書，賜臣不允，仍準告授臣寶謨閣學士、通奉大夫致仕，臣已於三月二十九日望闕謝恩祇授訖者。績無可考，進所職以爲真；禮過乎優，更於家而即拜。民之多幸，人謂斯何。臣某中謝。竊惟學士之名，首出從班之右。非星辰聽履，舊入長於六卿；則雲漢爲章，久代言於兩禁。望實具美，朝野乃孚。如臣者，少也顓愚，老而災疾。六十六而解組，夢隔日邊；七十四而挂冠，蹟荒霞外。夫何下澤之叟，遽躡登瀛之仙。花底玉堂，月伴桃源之棹；雲間銀闕，風恬蓬渚之舟。覆載無私，豚魚其信。兹蓋伏遇皇帝陛下，天仁老老，聖澤淵淵。文獵渭濱，上誤熊羆之繇；漢招商嶺，何裨《鴻鵠之歌》。祇辱詳延，不稱明詔。臣被恩汪濊，次骨榮懷。擬《周易》八八卦辭，俯慙家學；同天皇九九萬歲，仰祝帝齡。臣無任感天荷聖、激切屏營之至，謹奉表稱謝以聞。

除寶謨閣學士謝賜衣帶鞍馬表

宮衣疊雪，帶分寶以垂金；天廄亞龍，鞍被銀而歕玉。一之謂甚，四者難并。拜君賜之便蕃，媿恩榮而瑟縮。臣中謝。伏念臣奮身徒步，抱膝一寒。何四年俛仰之間，被再錫服乘之寵。裂荷製芰，初驚齊服之華；破帽蹇驢，未識宛駒之駿。玆蓋伏遇皇帝陛下，衣被萬物，駕馭群材。察臣罷駑，皮連霜而遠放；念臣藍縷，頭戴笠而苦吟。萃此衆珍，賁于一叟。臣敢不服之無斁，喜以長鳴。安吉新衣，脱儒酸於陋巷；敲推緩轡，歌帝力於康衢。

遺表

臣某言：日華難縶，方翳入於崦嵫；霞痼弗瘳，忽溘先於溝壑。須臾忍死，冥漠長辭。臣某誠哀誠戀，頓首頓首。伏念臣資也樸忠，學焉狂狷。少有聞於師友，直道而行；長無必於功名，得時則駕。叨賜第於高廟，受深知於孝宗。光皇羽翼之不遺，其如疾疢；聖主弓旌之屢及，俾玷論思。臨其將終，賁以今召。遂視星辰之履，預加帷蓋之恩。平生所蒙，晚歲彌寵。而臣冰澌以盡，器覆於盈。氣息奄奄，已咫尺於黄壤；精神眇眇，猶奔騰於赤霄。徒深慕戀之誠，莫効縻捐之報。伏願皇帝陛下，聰明神武，剛健正中。乾清坤夷，暨聲教于四海；天長地久，爲父母於萬年。臣無復再瞻於槐宸，自此永沉於蒿里。潸然出涕，仰止𠻳詞，臣無任攀戀永訣之至。

誠齋集卷第四十八

廬陵楊万里廷秀

牋

代賀皇太子牋

恭審對越帝暉，宅于儲嫡。行一而得三善，遹駿元良之聲；明兩以照四方，丕承中正之吉。恭惟皇太子殿下，系隆禹子，右序湯孫。和惠通于神明，仁孝聞於天下。久問龍樓之寢，肇新銀牓之宮。漢家雜霸之言，是將奚取；老氏養性之福，以次有陳。某綴以司存，阻於班賀。山暉海潤，方觀樂舞之新；秋實春華，何俟賓僚之助。

代賀皇太子冬節牋

土圭景至，有融重日之光；葭琯氣浮，丕應一陽之復。宜鼎來於祉福，以鍾美於元良。恭惟皇太子殿下，仁孝日躋，温文天粹。東序舞籥，泳禮樂之緝熙；西學尚賢，挹詩箴之儆戒。俶臨華始，翕受邦休。某縻以攸司，隔於稱慶。仰惟子職，欽承二聖之歡；樂只時和，奉上萬年之壽。

賀皇太子冬節牋

日在北陸，占景至之重光；帝臨中壇，均休成於亞獻。兼此疊雙之祉，集于明兩之暉。某中賀。恭惟皇太子殿下，天縱徇齊，月將學問。裒對陽生之復，導迎邦慶之崇。出則執圭，贊多儀於五時；入而舉玉，介萬壽於兩宮。諸福之祥，如川方至。某靖惟謏聞，虞侍末光。詔冬讀而典書，何裨周序；銘日新而進德，願誦湯盤。

賀皇太子年節牋

頌柏葉於王正，有開震治；奉玉巵於慈禁，式介壽祺。肇允非常之元，棐迪麗明之吉。恭惟皇太子殿下，在躬實叡，立愛如春。當獻歲之始和，慶東朝之八帙。堯年舜壽，驩同二聖之重；禹子湯孫，見過三天之一。稽諸載籍，曠不前聞。某自媿庸虛，叨陪虞侍。東風解凍，莫窺少海之兩涯；春日載陽，徒仰重輪之五色。

謝皇太子頒賜誠齋二字牋

玉字寶書，賜一雙之白璧；槿籬茅棟，騰千丈之瑞光。自媿野人，恭承嘉惠。某中謝。此蓋伏遇皇太子殿下，學闕百聖，天縱多能。於兩宮問寢之餘，傳二聖揮毫之秘。龍跳虎卧，得精妙於太皇；霧結煙霏，憲昭回於今上。某敢不刻之琬琰，垂厥子孫。袖有驪珠，函山川之輝媚；家無儋石，藏星斗之文章。

謝皇太子令侍宴榮觀堂牋

宣猷清宴，陳有踐之多儀；陋巷臞儒，際不貲之榮遇。仰承隆施，俯極中藏。某等中謝。此蓋伏遇皇太子殿下，生而叡聰，緝以問學。眷在宫之賓贊，久服采於後先。秩鶴禁之初筵，集鳳莊之邃宇。花迎劍佩，鶯避傳呼。賦横枝却月之詩，灑渴驥奔泉之字。晝漏稀簡，色辭晏温。至於酒肴之旨且多，箱篚以將其厚。香羅疊雪，織天上之七襄；醉椀揮金，出幣餘之三品。自朝至昃，不醉無歸。某等自視欿然，一寒如此。瓊樓元圃，❶恍驚奇麗之觀；黄卷青編，願竭研覃之助。

賀皇太子冬節牋

珠連璧合，聚七曜於圜穹；泉動芸生，復一陽於亞歲。宜函蒙於多祐，用詒燕於元良。中賀。恭惟皇太子殿下，作貳儀辰，承規景數。淵冲玉裕，仰進德之日新；海潤山輝，格産祥之川至。對于穀旦，集厥閎休。某自視抱虚，叨塵奉帙。待陰陽之定，願陳吕令齋戒之辭；見天地之心，請玩羲爻來復之理。

---

❶「元」，當作「玄」，此避宋聖祖趙玄朗諱。下同，不出校。

賀皇太子年節牋

春日載陽，臨泰亨之肇序；盛德在木，表震治之承天。斂時休嘉，用集冲裕。中賀。恭惟皇太子殿下，英姿天縱，典學日新。繼明以照四方，紹休二聖之緒；元良以正萬國，卜年百世之長。獻歲在辰，洪禧有衍。某叨塵儲隸，虞侍末光。栢葉椒花，竊鄙辭人之頌；山輝海潤，願陳雅樂之章。

賀壽聖皇太后牋

重華慕親，決聖謨而與子；慈福就養，慶天統之立孫。命與惟新，尊其有極。臣某中賀。恭惟壽聖皇太后殿下，象月臨照，法坤静專。仰太一之常居，密移躔度；近思齊之京室，親執清温。有衍萬年之壽臧，永膺二帝之虞侍。臣屬分符竹，遠在江湖。銀闕金宫，望蓬萊之雲氣；楓林楚水，隔長樂之鍾聲。

賀壽成皇后牋

乃聖養親，后丕承於厥志；自天與子，母克相於其猷。俯仰相輝，清寧咸若。臣某中賀。恭惟壽成皇后殿下，懿恭有煒，持載無疆。釐降嬀汭之嬪，欽于虞舜；嗣徽京室之婦，媚于大任。躬慈福之婦功，佐重華之子職。三宫齊聖，萬壽維祺。臣屬以守符，遠在外服。周廬千列，莫陪班綴之趨；嵩嶽三呼，不勝頌禱之極。

賀皇后牋

壽皇戀母之誠，遜于元子；嗣聖禀親之命，宅乃當陽。慶緜宗祧，福益寰宇。恭惟皇后殿下，禀資淵懿，迪德静方。暘谷昇輝，初得天而臨照；望舒載朏，實助日之光明。德與之齊，祺無有艾。臣舊塵家令，新覿邦榮。虎嘯龍興，敢作依乘風雲之想；鳶飛魚躍，幸居鼓舞造化之中。

賀壽成皇后牋

萬乘來朝，鋪閎休而於鑠；二親受祉，發嘉號以攸同。邦家榮懷，動植奮豫。臣某中賀。恭惟壽成皇后殿下，發祥渭涘，媲德河洲。贊壽皇之燕謀，抵龜而決；啓聖子之凝命，定鼎于中。宜勒崇而垂鴻，以歸美而報上。必得其壽，娥暨舜以匹休；遹觀厥成，姒與文而均福。天地相似，日月並明。臣抅以守符，遠在外服。千官雲片，莫陪鵷鷺之充庭；萬歲嵩呼，不勝燕雀之賀厦。

賀壽聖皇太后牋

聖子神孫，世相傳於大寶；壽皇成后，福並受於鴻名。仰惟慈極之尊，對越在宫之慶。臣某中賀。恭惟壽聖皇太后殿下，肇修内治，同濟中興。如月之常，久照東朝之數躍；與天齊壽，長瞻南極之一星。觀子婦婦之榮光，集老老幼幼之虞侍。冠三宫於霄漢之上，備萬福於書契之前。臣嬰以珪符，隔於軒陛。天顔有喜，豈云將母之不遑；地勢無疆，更祝歷年之多所。

賀皇后牋

一人必有所尊，以言具慶；萬物不足以報，莫重鴻名。典章焜煌，聲教溥博。臣某中賀。恭惟皇后殿下，柔儀載穆，淑問有孚。始初清明，躬行子職之恪；晨昏定省，日勤婦道之供。從玉車於東朝，奉寶册於南極。錫福而得其壽，二親攸同；作聖而觀厥成，一字盡美。庭闈慶賴，海寓榮懷。臣不意凋年，親逢盛際。金銀宮闕，咸仰五雲之靚深；珠玉山淵，幸同萬物之輝潤。

賀皇后受册牋

壽皇作書，自天有命；聖主立后，與月合明。慶發宮闈，化刑海寓。臣某中賀。恭惟皇后殿下，令儀淵靚，懿行柔嘉。夙佐青宮，久問龍樓之寢；同升紫極，是宜象服之尊。荇菜參差，蘭林發越。佩環鳴玉，既啓夜未央之勤；笄總衣紳，更陪暮又至之敬。臣舊塵儲隸，欣覩邦榮。仰乾緯之四星，光華首出；占坤爻之五位，元吉在中。

賀壽聖皇太后牋

外屏初臨，中宮乃建。是爲甫田之孫婦，益廣進饘之供；仰事思齊之祖姑，用介含飴之樂。臣某中賀。

恭惟壽聖皇太后殿下，道侔坤厚，壽與天長。見堯舜禹之丕承，世傳斯道；若姜任姒之並處，家嗣徽音。三宮相輝，萬福方永。臣屬嬰符竹，邈在江湖。雅意本朝，敢作班庭之想；乃心王室，實勞賀厦之悰。

賀壽成皇后牋

聖聖相授，本再造而繼承；婦婦克諧，祇重慶之温凊。椒壁有焕，蘭陔載欣。臣某中賀。恭惟壽成皇后殿下，德媲帝尊，躬嚴家檢。化天下以婦道，媚于慈闈；正朝廷之人倫，式是中禁。仰奉含飴之樂，俯膺佩帨之怡。於萬斯年，既多受祉。臣屬分符竹，邈在江湖。衆星之環北辰，遥瞻象緯；一日而仰三后，與被化光。

誠齋集卷第四十九

盧陵楊万里廷秀

啓

賀周子充察院

恭審綠綈錫命，白簡察廉。本本洽聞，久鬱行秘書之望；行行且止，頓高真御史之風。一臺得人，群目改視。恭惟某官，絶俗以立於獨，追古而與之齊。揭日月而行，名昭垂而旁達；引星辰而上，文迴映以芒寒。壯年自致於雲霄，妙手連收於科目。時須士重，天豈賢遺。然册府淹留，閲兩周而未徙；惟宸衷洞照，度衆雋以超遷。伸於久屈之中，詭以盡言之地。士之未用，志亦甚高。環而顧天下之無人，爲之太息；及乎受主知於當世，竟以無聞。衆皆艷於公榮，愚獨知其任重。責備者四面而畢至，過時則多悔而弗追。它人處之，假以作仕塗之嵩少；賢者得此，定知爲群枉之鷹鸇。欲垂千載之芬香，争觀一舉之奇絶。仄俟隆眷，擢專中司。某辱在鄉鄰，最蒙愛遇。少而取所棄之竹馬，自以不如；今也望之似於木雞，居然失旦。仰英游而雨别，讀除目以霜凝。已分飄零，敢作綈袍之想；未忘雅素，或尋敗襖之盟。

賀永守沈侍郎德和啓

湖山悠遠，何至煩天子之從臣；水石驩迎，今乃得主盟之詞伯。惟雅度兩忘於出處，而爲邦一視於邇遐。斯民承師旅飢饉之餘，適求少愒；明公挾經濟惠康之具，汔可小施。恭惟某官，所養要以佐時，其文出於餘力。兩科之名若日月，不以自多；壯歲而身致雲霄，蓋非所欲。綸省發帝之令，天官除吏之精。盤誥四方，衡尺諸彦。是皆儁甚，孰不聳然。况當舉朝阿匼之秋，莫悟黠虜包藏之計。一賢孤憤，九拜極言。犯忌諱以直前，旁觀喪膽；吐忠嘉而徑去，曾不顧身。一日掩漢廷之公卿，群凶憚汲直之節義。雖言本憂國，豈願得鯁亮之聲；然士知嚮方，遂争先名節之學。其於扶世，厥有大功。正恐未蓄宣之間，又將見奮熙之拜。某愚而好古，拙以居今。俗物茫茫，若爲道合；此心炯炯，端向誰開。欻符竹之肇分，撫庭松而獨喜。亦豈有敲金擊石之技，以俟眷知；庶幾作集鳥跳魚之詩，載歌尤異。

賀王宣子舍人知吉州啓

恭審得覲脩門，拜州江介。又屈雲霄之步，何足爲君子而喜之；獨念父母之邦，今乃得大夫之賢者。况以故吏，而爲新民。出處不離於二天，眷知雅辱於一日。則其距躍，顧不切深。恭惟某官，北斗璇魁，左螭法從。人謂非久而大用，歎其不可及之年；公乃特立而徑行，耻爲毋甚高之論。既弗詭遇，力求外庸。甫解龜於湘流，復分虎於螺浦。除書布出，遺老驩呼。知鰥生舊出於門闌，皆寄聲問訊於治狀。雖媿周昌之吃，口不能言；爲賦少陵之詩，眼未見有。眷首尾之親炙，剽聲光而屬饜。若《循吏傳》之所書，與《講德論》之所頌。昔聞其語，今在斯人。至於不察而秋毫分，匪怒而刻木畏。陳陳滯訟，涣若澌流；猝猝饞師，了無箕斂。聞者頓歌於來暮，翹然願見以争先。然無疾其驅，士方惜陸君之去；而最宜爲誥，帝且思王某之文。正恐未開府之間，即有不俟駕之召。某終更不遠，夢寐焉依。問柳野亭，敢望占星於霧裏；看舟草閣，竚觀立馬於花邊。

回施少才謝漕司發解第一名啓

文之劭者，不應無以異於人；舉以褒然，抑或足以當其價。繄外臺之論秀，任一路之拔尤。私憂無瓌奇傑出之英，以塞屬望；竟得此簡古天成之作，更益光華。恭惟某官，詞則油然而幽，氣則浩乎其沛。平生所聞於聲實，久矣神交；一旦得見於儀形，驩焉心契。莫知筆陣之合，謬與堵墻之觀。過眼而迷，豈日賦之不別；垂竿而釣，果查頭之至前。幸藉手以見諸公，將貴紙而誇列郡。能未忘於私謝，知貪得於大篇。方當新天子太息願治之初，敷求剴切；行上子大夫悉意正議之對，願畢忠精。側聽第一之臚，式快少雙之望。其於感頌，難以歷陳。

回黄監庫謝解

説經之宏以肆，得臣與寓目焉；論秀之抑以揚，士燮有何力也。蔚儀觀之獨煒，執禮文之更優。私謝有司，要是忠愛之誼；朗詠俊語，端令寒陋之華。恭惟某官，志不人隨，學惟古是。由典謨以放乎誓，蓋豈全書；脱訓故以詣其微，詎非遠識。得人幸甚，詢衆曰然。屈元愷之班，庸何軒輊於鵬背；上晁董之對，立見句傳於鼇頭。感銘滋多，撰叙猶未。

代何運使德獻賀史參政啓

恭審疇咨國勳，參秉機政。光堯之託以子，不待致商山之老人；嗣皇之選於朝，無以易甘盤之舊學。望重故人，不以爲驟；功高故位，必極其酬。凛然風生，聞者心服。恭惟某官，所學純乎仁義，其躬蹈乎直方。儲禁詳延，天獨以忠賢而遺上；英游莫並，世固知台宰之屬公。豈非以其承華之燕閒，蓋嘗深竭細旃之密勿。沃心以堯舜之道，正色若皐伊之倫。治原後先，人物良窳。厚下足國，訓兵箬戎。其在初九之潛，已定畫一之講。清風發而日出，應龍翔而雲從。不崇朝徧兩禁之華，乃朞月贊萬微之務。天之欲平治也，時則可爲；學焉而後臣之，政將焉往。竚登顓面，永相昌暉。某綴以司存，隔於賀列。拊身幸會，已居廟堂覆燾之中；屈指太平，當在樽俎笑談之頃。

代福建何提刑與汪福州聖錫啓

伏以戎閫關於安危，端求禮樂詩書之帥；帝心爲之憂顧，特輟言語侍從之臣。擁高牙大纛之多，爲上家過家之寵。光映行路，氣回先春。公方自鵷行而鼎來，我亦持虎節而繼至。以平生想見其風采，殆不知年；乃今日協同於寅恭，若有所相。恭惟某官，正心誠意之學，尊主庇民之謨。奏篇冕旒，早居諸老之右；致位簪槖，已歎十年之遲。蓋其特立而獨行，宜其自重而難合。既陟禁近，果屹然而不隨；發爲論思，皆凛乎其可仰。又厭承明之直，來作諸侯之師。將盡行六籍之言，以散作百城之福。顧一方之幸甚，如四海之望何。弼諧之須，朝夕以冀。某問塗無幾，望履不遐。君子爲邦，故應憩甘棠而無訟；有司布憲，當亦閣丹筆以蒙成。

賀張丞相判建康啓

恭審制詔舊德，藩宣陪京。留丞相於關中，深寄本根之重；用真儒於天下，大和朝野之瞻。恭惟某官，學術函三，道原貫一。得仁者之静，應群動而不窮；參化育之誠，聽萬物之自遂。補天而莫見其妙，洗日而不言其功。顧德裕何負於敏中，乃元稹自憎於裴度。憂以王室，居江湖而未忘；樂乎韋編，去洙泗而無間。人仰傅巖之雨，天開衡嶽之雲。帝亟召之，已恨不早；公其來止，勿徐其驅。姑煩東土之保釐，暫倚北門之卧護。乾旋坤轉，方用夏以變夷；風揮日舒，要整軍而經武。仰惟動德之元老，素定國家之遠謀。諸將震于威名，百蠻問其容貌。正賴指縱，迄成廓清。安石其如蒼生何，已快老成之起；司馬復相中國矣，竚觀書贊之新。某自賀荒凉，恭承教載。丈席之侍，玉振每得而聞；尺書之論，《金縢》今近乎識。

謝張丞相薦舉啓

上既起公，將屬之大事；公初薦士，宜簡於異能。何誤及於羇單，雅不緣於造請。衆皆歆艷，己則懼思。竊以士有常言，每病干時之無遇；古之炯戒，又歎知人之甚難。且如門下之旁招，前此人材之豈少。不負所舉，於今幾何。或賣知己以進身，居之罔怍；或自毁節以求合，穢不忍聞。謂懲羹而吹虀，聽懸榻之挂壁。而大丞相好賢之誠意，終不少衰；視小丈夫敗類之深情，付之一莞。惟忠義專圖於報國，凡薦延本務於滅私。覬得其真，以裨於治。如某者，自知已審，用世則迂。仰止前修，非無願學之志；欿然朽質，未有日新之功。故其在翹材之中，最號爲列士之下。庶幾受教，於以反躬。敢崇蠟言，睎售玉表。爲老聃之役，亦既數年；干相國之恩，了無半語。此其所嚮，夫豈自它。蓋身在於洪鈞，何憂不達；恐名浮於實行，以累所知。頃於取别之辰，示以兼收之諾。迨衮衣之再焕，果薦墨之先施。至若一字之褒，奚啻三倍之價。才之爲用，昔人所以解事物之盤根；識以馭才，君子所以爲正邪之止水。兼其才識，昭以文辭。在名流避席而莫當，寧謏聞披襟而拜辱。讀炳蔚敏明之譽，知庸虚稱塞之難。兹蓋伏遇某官，道隆帝者之師，身任聖人之耦。天以一老，復祖宗之太平；相維幾人，留功業於今日。世方拭目，心佇告廷。式眷湘中之士夫，曾依墻仞之訓誨。剡公車之奏，舉之僅及於四三；在零陵之邦，得者乃踰於十半。惟是行也，愚實在焉。凡兹同挂於品題，已入異時之坱圠。誰不望賜，以爲至榮。某敢不請事贈言，深藏嘉惠。豈有毫髮，可補報於恩光；不辱門闌，獨保全於名節。

賀張魏公少傅宣撫啓

恭審召升亞傅，命撫征師。太上皇非不知耆德之深，留遺嗣聖；新天子欲盡復中原之舊，首擢我公。於皇彼天，將降是任。必有所試，使大其成。彰之於大夫破斧之時，凛其不折；啓之於族庖更刀之後，用則無前。厥惟相之，夫豈人只。恭惟某官，道德之温如玉，忠義之明於霜。扶炎祚而置諸安，皆本其力；遭讒邪之壅於上，益增其光。一飯不忘於君尊，四海惟憖於公老。今而復起，時正可爲。仰涵養之素優，諒規摹之先定。辯幕孰智，齋壇孰才。形勝於何而居彊，敵情若爲而得實。虜之殄滅必有日，國之恢復必有期。得一韓以在軍中，倚而須慶曆之捷；捲三秦而取天下，當不使漢高之淹。然後布大册之焜煌，冠維師之崇極。歸相興運，納民隆平。某于役載奔，置郵以告。喜不能語，豈特以知己之進爲；義動于心，端復爲本朝而欣賀。

賀張丞相除樞使都督

恭審疇咨元老，首冠鴻樞。自祖宗欲再相於舊臣，先施此典；宜神聖又一新於督府，爰舉徽章。國重以人，德浮於位。恭惟某官，道侔三代之佐，學關百世之師。即之温然，乃名滿寰區而不處；識其小者，謂材兼文武之有餘。國論萬變而守如初，孤忠百鍊而難於合。胡馬南牧，折箠以斃其酋；衮衣東征，投戈而拜吾父。與其淹恤於邊圉，曷若端歸於廟堂。蓋欲傾海以洗乾坤，公之始願；則不以賊而遺君父，誓不俱生。上勉徇於精誠，禮姑崇於宥密。關河響動，華夏氣舒。萬口驩呼，孰不誦諸葛出師之表；諸生延竚，又將賡武公入相之詩。某吏畢言還，郵傳聿至。語心獨喜，尚見太平於桑蔭未徙之間；引頸非遥，行望餘光於槐陰已成之下。其爲頌詠，罔既敷宣。

賀張丞相再相啓

伏以風雪方壯，公承帝命以遄歸；乾坤爲開，天喜公歸而復相。旄倪如堵，驩抃成春。惜其懷玉而久淹，愛其據鞍而未老。恭惟某官，巍然三代之佐，展也百世之師。惟有孤忠，流坎不爲之改；使無讒口，恢復豈待於今。運屯則亨，天定乃勝。上方廓英明之度，人始知平泰之期。閱百曹參，曾何損益；得一傅説，足可枝梧。蓋將正君以《中庸》、《大學》之書，强國以慶曆、元祐之政。山川出雲而有時雨，亟蘇吾民；日月亭午而無邪陰，更求衆正。次第起惟新之治，庸詎曰中興之難。聳觀遠圖，倚俟丕烈。某所欣則大，况適其逢。挹彼梅羹，敢萌染指之想；顧如麥飯，或助加籩之須。

除臨安府教授謝張丞相啓

漫仕爲親，曾或美官之暇擇；中都分教，誰云宰物之弗遺。蓋初心未敢於乞漿，不自意何從而得鹿。古之所謂知己，今不在於我公。伏念某生而丘園，少也筆研。墮在百僚之底，忽其半世之催。頗欲陳所抱於事功，萬分其試；獨不見若昔之賢聖，幾許其逢。則復性以自怡，彼在天其何與。覓官聊復爾耳，干澤則謂之何。三入脩門，肯投書於光範；再隨宦牒，甘摘紙於藍田。不擬此來，適遭大拜。方震築巖之雨，首沾惠棘之雲。緊天府之學官，次賢關之教職。立諸生於館下，盍揀文儒；授弟子於國中，是資矜式。奚其誤墨，及爾淺聞。惟愁倚講席以不譚，此非子座；敢歎無客氊而獨冷，反教人爲。兹蓋伏遇某官，忠大而天爲通，德盛而人自服。十年江海，草木亦望其耑歸；再秉鈞衡，社稷頓從而增重。方將文武之並用，欲卷關河於一征。寸長不捐，小子何取。某敢不職思其報，學殖其耘。售生徒以場屋速化之方，堪羞薄陋；醫士俗於名節久頹之後，所願宣明。

代零陵呂令迎龔令啓

伏審馬蹄踐雪，叱徒御以南來；山意放梅，撩詩人之遠興。聲隨風而先至，仁與春而併回。欲罷不能，我自笑故將軍之陋；式歌且舞，民争迎新令尹之賢。恭惟某官，收斂垂天之翔，低徊製錦之巧。蓋小試惠綏於巖邑，以養成經濟之壯懷。愚溪西丘，端未妨於覓句；石渠東觀，即祇召以讎書。某日跂光塵，宵馳夢想。千里命駕，能無跋履之勞；一尊論文，行有親炙之樂。

賀兵部胡侍郎啓

恭審對天之寵，行夏之卿。持橐豈非至榮，人輕則否；選衆而得此老，國重方增。一賢已多，四海有恃。恭惟某官，傳道爲諸儒之倡，御風與造物者游。見於文章，蓋其土苴。凛然忠義，塞乎乾坤。群邪重足而恐其來，吾君注想而歎其屈。召歸表著，再閲星霜。夫何屢免而稀遷，政緣自重而難合。迨兹人望之極，乃陟從班之崇。方虞正道之寖微，所賴我公之獨在。靈脩數化，要回天却日之功；申椒不芳，待轉石拔山之論。至於珠璣境土，疥癬裔夷。憂不自它，慮非所急。諫行則就，道合則從。其遂相之，登要路於百僚之上；又有大者，舉明主於三代之隆。某得之傳聞，跫然欣喜。豈特爲鄉里而賀，與蒙其光；以此卜朝廷之興，實受其賜。

誠齋集卷第五十

盧陵楊万里廷秀

啓

謝胡侍郎作先人墓銘啓

丘園遺老，豈倖身名之必傳；道德宗師，所憂潛晦之遂泯。有華峻極之筆，施及不肖之孤。感非不多，悲曷能語。追惟先子，早企前脩。負米爲親，肯辭瀕死。絶甘教子，殆不可生。曾極天之罔酬，盍隕地之小緩。彼蒼不弔，莫白此寃。卜其宅兆而安厝之，欲留何及；惟是窀穸從禰廟者，所美未彰。蓋將無以揄諸幽，殆不可以謂之子。披肝爲紙，滴淚到泉。控于仁人，屬此大事。亦知言語精神之方亂，何遽以聞；所恃州閭鄉黨之未忘，或爲之動。孰云望外，已挂經端。表出先人之孝廉，寵貽驚代之詞翰。昔昌黎獨擅碑板之任，未免劉叉之譏；至東坡不作銘誌之辭，乃爲陳慥之傳。豈要人有賣文之瓜李，而匹士無點人之埃塵。並韓之文而去其貪，踐蘇之戒而兼其妙。是惟具美，不在我公。豈繄寒門，專響此福。兹蓋伏遇某官，古之愛直，志在《春秋》。觀其請劒以斷佞臣，夫誰或恕；今也納石而銘處士，獨得曰私。某敢不思其所來，是必有勸。罔俾九京之憾，以忝所生；庶幾一字之褒，有代之答。

代胡峽州謝宰執啓

廊廟勤民，是先遐僻；珪符乏使，亦逮羈孤。恐誤所蒙，敢榮於得。伏念某志空自苦，才則安施。少也結交，頗聞諸老之餘論；慨然求道，不悟流年之去人。半生林泉，卒歲編簡。冀自得致知之要，或庶幾濟務之功。出而試焉，颯欲老矣。頃再乘於貳廣，悦十閲於周星。忽知己之此逢，乃單言之偶合。播以大鈞之造，假以夷陵之麾。兹蓋伏遇某官，所養天全，其貞玉立。方力行顔孟之妙學，不曰空言；以追還唐虞之絶風，一陶斯世。故雖片善，舉在兼收。某敢不究宣君相之寛恩，惠綏田野之黎庶。瞿唐歷險，當更堅鐵石之心；巴峽云遥，使如居畿甸之地。

回劉簡伯縣尉

頃於二水，甚喜聞於收科；隔以萬山，乃獨未之修慶。重緣貧病之迹，彊作都城之行。聊爾覓官，近兹還舍。頗欲鞭鷗鷺之野性，無奈嬾何；念將隨燕雀之賀成，或云晚矣。政含毫而莫决，遽下教以相先。于謙有光，反己則媿。恭惟某官，其文天秀，有譽川增。方其在萬人場屋之中，脱然無半點舉子之氣。此行我里，其獲幾人。取之寡則見其精，得之難而後可貴。况如近世之士，止以登名爲榮。朝拾笏袍，暮焚筆研。惟執事器閎而量博，於古學心慕而手追。粲然偉辭，發乎交際。觀其小者，知遠大之莫量；願少安之，看摶扶之無晚。孰謂一尉，能淹若人。某嘗辱與游，豈不有耀。

代李直卿謝漕司發解啓

鏁廳弄翰，聊爾逢場；漕榜挂名，居然充數。豈亦造物之見苦，又使壯懷之勃興。雖非所欣，獨得自棄。伏念某學本求道，才無痛人。閲世故以寖多，悠悠嚼蠟；捬塵編而有見，往往得魚。以兹彷徉，乃至迂拙。蓋嘗誦《子虚》而首送，竟亦與考官而舛馳。晚遇飛龍之初，墮在特恩之列。南宮年少，見謂陳人；仕路達官，半有德色。姑求爲步兵而隱耳，將速營糟丘而老焉。偶兔目之又黄，顧鬢毛而未白。親故逼迫，子弟開陳。遠引菑川牧叟之復行，近援恩江鼇客之大用。天其或者，時不再來。遂此强顔，更讎故藝。扁舟徑下，頗欲快秋水落霞之觀；破硯久荒，豈復作春草生池之夢。莫知是舉，其必有從。兹蓋伏遇某官，道隆百世之師，身爲天下之老。孤忠所貫，猶足開衡山之雲；萬目是瞻，恨未沛傅巖之雨。論思小輟，注想彌深。眷言空踈，允出鑒裁。則其波及，亦復言揚。某敢不改圖所新，更策其鈍。題於淡墨，豈以爲士君子之榮；造在彤廷，庶少吐子大夫之對。

代羅武岡得祠禄謝蔣右相啓

老之將至，豈乘障之敢安；貧不能歸，乃丐祠之得請。適當吾相延登之始，首在大鈞块圠之中。恩藏於心，感至於骨。伏念某半生孤立，暮節倦飛。處宣和之成均，頗參耆舊；脱建炎之場屋，亦欲騰騫。古風一頹，世路九折。作吏而信所學，衆方尊城旦之書；干時而售以文，彼焉用毛錐之子。晚得小壘，邈在三湘。方漢宣帝循名責實之秋，此爲時矣；誦孟浩然多病不才之句，其如命何。退無族親朋友之依，進無蚍蜉蟻子之援。方將四顧，聊復一鳴。人皆謂愚，公獨憐我。兹蓋伏遇某官，人物兩朝之望，典刑千載之英。咸造在庭，早如晁董之奉大對；爰立作相，今若臯伊之冠倫魁。乃於籌邊之餘，不忘寒畯之恤。僕之受賜，士皆歸心。某敢不愧於空餐，知此厚德。頌聖主賢臣之盛，雖曰未能；當門人小子之勤，則從此始。

回黄解元啓

伏以有司論秀，能者其誰；宅相登名，人亦賀我。文既弊而極矣，子獨洗而新之。恭惟某人，以陸機二十之年，有江夏無雙之譽。彈湘妃之玉瑟，追還雅頌之聲音；織天孫之錦裳，自出文章之機杼。懋乃此舉，甲于大廷。曾多賀之未遑，何大篇之先辱。

賀吉守蔡寺丞子平冬啓

野人雲卧，焉知魯觀之書；茅舍日長，忽悟漢宫之線。惟陽福類升之伊始，非君子道長而何祥。人皆願然，天其或者。恭惟某官，源源伯喈之學，繼繼端明之忠。翠竹碧梧，蔚有向來之文物；雪山冰谷，凛然清出於班行。乘風來自於帝旁，把麾出守於江上。官梅之動詩興，未妨揮毫；王春之度玉墀，當不俟駕。某承顔雖淺，辱愛已深。占夫子七日之爻，不遠而復；上僖公千歲之頌，俾壽而昌。

賀蔡寺丞年啓

珠星璧月，布清臺正朔之新；栢酒椒盤，詠大府風流之勝。天地交泰，池塘生春。君子履之，福禄萃只。恭惟某官，海流學問，山立班行。二千石之唯良，遠出西京循吏之上；十萬户之受福，皆在春風和氣之中。載臨道長之辰，敷錫彙征之吉。梅邊覓句，小吟山意之衝寒；花底退朝，行對天顔之有喜。某窮居無似，餘映焉依。注玉傾銀，既未得修壽觴之敬；染雲剪水，又不能瑂頌語之工。

回陳德卿縣尉啓

上方以飛龍而造金牓，所求極諫之聞；公猶以嬰鱗而殿鼎科，無乃有司之諱。知偉度非榮於一第，然還家足尉於兩親。恭惟某官，士之拔尤，文則近古。爛其若天孫之織雲錦，彬乎成章；清其如騷客之餐菊英，苦而有味。賦料楊雄之敵，詩過黄初之先。人所難能，此則餘事。一鼓不勝，豈前之慙；再舉乃亨，非後之巧。以孝秀之英而作尉，兹獨曰宜；發天人之學以致君，則由此起。所期者遠，何慙於初。某辱在比鄰，恭承惠顧。知名久矣，覿德躍然。坐客無氊，自笑柴門之冷；文書銜袖，但驚車轍之臨。

代李省幹直卿通長沙帥劉舍人恭父啓

輟耕作吏，乃墮在步兵之厨；拄笏拜庭，將望見舍人之樣。雖文字不盡依劉之憫，而仁賢獨無問李之心。凄其千載之逢，或者片言之合。恭惟某官，名蓋當世，文高前修。一武以趍雲霄，蔚其未老；孤忠之貫日月，凛不可回。掌制西垣，寓直内閣。人皆以爲公喜，公豈以爲己榮。蓋其所期，有不在是。以中興未成爲大戚，以生民尚困爲深辜。今非無人，誰有此意。置之於湖山之遠，了不聞知；倚之以邊疆之寧，是則談笑。波静郴江之沸，天開衡嶽之雲。不惟藩宣之勤，實繫社稷之衛。要之好手，屈此外邦。曷若還歸於廟堂，坐令整頓於宇縣。某場屋百戰，權輿一官。收飯山清苦之身，入糟丘喧卑之地。記醉鄉而避世，聊復優哉；頌酒德以垂名，真成狂者。每顧初心而自歎，猶幸大賢以爲歸。必有異之於白眼之中，未遽隔之於清流之外。

謝曾主簿啓

恭承車轍，肯顧田廬。識異人於山林幽獨之中，偶然不後於衆；稱弟子於科第光華之始，意者其近於歟。禮有踰於其情，世久無於此事。恭惟某官，氣蓋萬人之表，名重大江之西。以古自嬉，欲超詣聖賢之地；於詞横騖，其肯作時俗之文。結梅實於桃李之場，鬻罍洗於盆盎之市。孰不莞爾，子獨悠然。不再戰而有功，衆而後定；雖五甲而無愠，忠矣何傷。但令所立之芬香，曷校厥科之高下。

代慶長叔回郭氏親啓

聲氣之求，不緣利合；昏姻之故，所要歲寒。既兩家之相忘，則一語之可決。伏承某人令似，少而汗簡，已翻夜誦之波瀾；而某第幾女子，教以條桑，粗知春服之刀尺。羔鴈戾止，牋牘煇如。敢拜大夫之重勤，庶幾君子之偕老。

賀陳應求右相啓

恭審登庸正人，使宅次輔。非難得宰相之位，進賢則其國尊；不必問太平之期，用公則其效敏。天有所待，世未或知。恭惟某官，續洙泗以後之淵源，追唐虞未遠之人物。動容貌以肅天下，已皆趍風；舉夷夏而置胸中，了如觀火。召來兩地，亦既三年。所挾愈大而合愈難，求去者堅而留者衆。深觀其守道之如許，不付之大事而其誰。用之小遲，是以國人懷不滿之意；試之既效，然後聖主有必信之心。右席久虚，君子是荷。宜有遠略，用宏儁功。治道無多，止在一正君之妙學；敵人易與，終將九頓首於大廷。某自知其迂，敢速於售。抱賈誼積薪之疏，空有狂言；哦少陵看鏡之詩，真成半老。獨恃知己，不虚此生；郵傳贊書，喜絶流輩。

賀陳丞相拜左相啓

恭審陞自揆路，宅乃首台。惟上相之顓面正朝，虚焉已久；非天下之鉅人長德，膺此者誰。厥聲既覃，所暨咸聳。恭惟某官，喜怒不形於色，安危自任於身。如大山喬嶽之靚深，無爲而人自仰；若和風慶雲之氣象，不肅而物已孚。登庸有朞，經濟方懋。觀其恢張萬化之意，固非鹵莽一切之圖。民亦有言，得無委付之未盡；上既歷試，是用尊信而愈隆。告于大廷，陟以左席。雖廟堂之維舊，而風采之一新。魁柄不分，豈復有牽而莫可；同列既協，猶曰無助而何爲。正君在初，拔士宜博。民之貧者無富國，將之勝者無敗軍。朝廷治而四海從，華夏强而百蠻服。古未有改，言之似迂。置乾坤一擲之中，世豈不爲之快；然帝王萬全之舉，公必有處於斯。某頃以狂言，最蒙殊遇。乃至延譽於西府，相與薦進於嚴宸。事有作難，退而静俟。今兩賢合處而並相，此其時哉；當大鈞所播而不春，信乎命矣。

賀虞樞密還朝啓

恭審詔下云屢，公歸毋徐。當旌旆欲東之初，國威已壯；舉關河以北之外，敵氣自銷。如何四海之重輕，止在一賢之出處。恭惟某官，所學自得於聖，非天不知其忠。三顧隆中，此豈有求於斯世；一正天下，其來蓋爲於生民。方其敗狄於立談，不應今日而未相。英蕩萬里，星霜幾周。惟以身爲社稷之依，則其心奚遠邇之擇。誰爲帝之計者，復斯人而謀焉。如不欲中興之速成，無所事我；既久虚冢席而有待，舍之其誰。揚于贊書，傒以朝夕。某惟古之嗜，以拙而窮。頃辱取其一編之書，欲薦進於九重之覽。許以東南之人物，至於傾倒其腹心。見則盡歡，去乃太息。退而矜國士之遇，聞者猶疑；雖未拜知己之恩，此已不淺。

誠齋集卷第五十一

廬陵楊万里廷秀

啓

賀虞右相啓

恭審祇召自西，爰立在右。何國人喜極而繼以恨，不曰大用之遲；當天下將合而未有形，庸非今日之俟。言觀氣象，忽見古初。恭惟某官，凛乎人物之英，慨然忠烈之氣。足居首上，病惟賈生之能醫；兵在胸中，賊見范老而破膽。疇昔之役，殄殲彼渠。於是時而相之，則中興之久矣。小人何怨，而願其去；君子欲留，而莫之能。上非不知，天則未定。萬里灔澦，魚龍亦憫其獨勞；三入脩門，鼎軸乃得其所付。洪鈞一轉，乾清坤夷；泰階六符，❶芒寒色正。國患無人，而非無治；賢有不用，而無不能。既登我公，夫復奚慮。發丹衷不盡之挾，兹獨非其時乎；了紫巖未爲之勳，更於誰而責者。儒効豈細，休期鼎來。某其立既孤，宜

❶「符」，原作「府」，《漢書》卷三〇《藝文志》著録「《泰階六符》一卷」，卷六五《東方朔傳》：「願陳《泰階六符》，以觀天變。」本書卷五三《廣東提舉到任謝趙丞相啓》：「位極六符之泰階。」今據改。

踈於合。頃以民望之所在，見而無求；敢云廟堂之辱知，驟焉不淺。取其狷狂之末議，謂可薦進於公朝。事無必成，勢若有待。茲聳聞於顯拜，悵莫與於賀賓。今孰非相國之人，惟我所用；而况於門下之士，當憂其遺。

與湖南漕黄仲秉給事啓

伏以士何必知己之多，惟愈寡而後貴；古所謂會心之契，不待見而已乎。况門間半面之未忘，辱坐上千人之小異。眷焉非淺，舍是安歸。恭惟某官，岷嶓之英，洙泗之嫡。夜讎天禄，茲不曰異時將相之儲；夕拜瑣闈，久無此正人封駮之手。蓋雲霄之已逼，奚原隰之載驅。豈其深言之不容，抑亦孤立而莫助。今之君子，遑恤位隆而道洿；凛然我公，政緣身退而名進。加惠鰥寡，覓句湖山。信此樂之未央，於外物其何有。天方欲治，又將聚善類而有爲；上知其忠，不應舉大政而它付。某學無適用，人不謂才。有取其六太息之書，薦延其迹；竟復以七不堪之癖，聞罷而行。所幸西府之後陳，得參重客之末至。寵以半語，云識子於文字之間；懷哉此恩，非知心於肝鬲之上。徑馳病身歸倚之意，敢作流俗暄凉之言。自分雲昇而泥潛，已如霜降而水落。豈競於利，猶僥於求。惟不出大賢之門，乃所甚慼；儻或在可教之域，其忍弗收。

與洪帥吴明可啓

伏以提孤身而進門下，將何從而信之；恃我公之如古人，蓋有望而來者。不然以縣令之賤，而仰望大帥之光。以言自鳴，於分則僭。非曠度脱拘攣之表，敢盡情寫歸倚之誠。恭惟某官，其清有延陵之風，所至若河南之治。立於侍從論思之地，蓋十餘年；問其人物宗派之評，纔一二老。望之若怯，而諫甚勇；名之既重，而國不輕。云胡至今，未正其拜。更枉盛名之下，來牧大江之西。落霞孤鶩之辭，照映翼軫；春生秋殺之政，彈壓湖山。取回前輩之光芒，曾有今日之奇偉。百城甚樂，其能解愛君之深憂；衆正方亨，肯或令舊德之久外。起以端揆，何必崇朝。坐令八區之民，復見三代之治。某於時莫售，其病在迂。墮在作邑湯火之中，未知脱身罪戾之處。催科撫字，若爲並行而兩全；燈火簡編，將遂絶交於千載。所幸微蹤之託，乃得至仁之歸。教之以其所未能，端復師承之望；庇之以其所不及，兹謂父兄之賢。

與吴參議啓

伏以同登紫巖之門，至今十年其如夢；還望西山之爽，豈曰再見之非天。自憐江湖雲月之身，墮在米鹽湯火之地。不有知舊，於何據依。恭惟某官，超然光風霽月之標，粹乎東序清廟之器。辭章甚古，要自是文人之雄；談笑不勞，已足了天下之事。一登删潤之要地，屢遷參贊於价藩。聽履而上星辰，知衣鉢之未遠；回首而班鵷鷺，即公侯之復初。某憂患頻年，形影獨笑。不圖流落之末路，乃遇愛忘之已知。踏凍衝泥，未辭芒屩之濕；煖湯剪紙，所恃綈袍之私。

回蘇縣尉啓

老困簿書，無復夢《太玄》之草；新從寮宷，不謂見潁濱之孫。未瞻故家眉宇之有光，已覩長牋翰墨之是似。恭惟某官，閥高一代，才繼三君。胸中策謀，凛有《權書》、《衡論》之藴；筆下詞采，猶存《黄樓》、《赤壁》之風。不應作尉之酸寒，亦肯折腰而淹泊。聲實不掩，紳綏已乎。豈朝夕之久如，即薦召之至止。欲修敬而未果，竟賜言之先施。

知奉新縣到任謝虞右相啓

帶經一丘，誰其貧病之或恤；得地百里，敢曰徧小而不爲。以二相遣之而姑來，故黎民見之而差敬。責苟云塞，功奚足言。伏念某涉世作癡，信書成誤。頗參諸老之杖屨，守其所聞；備嘗仕塗之濤瀾，聽其自靖。頃緣下客之末，墮在薦書之中。一日虚名，旁行四海；半生孤憤，上徹九闗。忽忘其愚，凛欲自試。夫何東南之二士，召見於君；皆爲滕薛之大夫，而况於我。罷歸天只，流落安之。自分遂收其聲光，從此永遯於江海。兹逢衆正，復聚本朝。但欣同類之先登，未覺孤蹤之猶棄。曹與衛偕命而偕復，援例敢乎；凡與楚曰亡而曰存，置論已矣。蓋春風不能泮陰崖之雪，而膏雨亦難使枯木之芽。非主人之不憐，皆薄命之至此。惟是新吴之邑，密邇山谷之居。士多能文，民亦簡訟。儻無兵革，得免催科之繹騷；或遇豐穰，庶幾盜敚之衰止。足安迂拙，苟活老窮。兹蓋伏遇某官，天下之安危寄諸身，夷狄之操縱在其手。氣鍾舊國，綽有東坡、紫巖之風；人仰英名，坐期慶曆、元祐之治。顧盼攸暨，孤陋有輝。乃若不才，亦在所譽。某敢不心乎撫字，老矣塵埃。非不知吾君吾相之難逢，其如奇蹇；所願與老農老圃而欣詠，仰答昇平。

知奉新縣到任謝吴帥啓

伏以地尊洪府，見於三王序賦之文；邑有新吴，尚存二蘇眠食之迹。夫何儒緩，亦畀男邦。延見遺老之初，無以藉手；爲言大帥之意，教以愛民。靡不歡忻，至於呼舞。伏念某才不逮志，學無近功。以虚名自誤其半生，困窮坐此；知治道不在於高論，習氣奈何。今之士皆以濟世而自期，及乎上使之爲邑而不敢。小猶如許，大亦可知。非逢天下之通才，孰起書生之廢疾。不圖末路，乃始得師。訓之以無政則無財，本乎孟氏之旨；啓之以不威則不惠，契乎孔明之言。坐令狐疑，涣若冰釋。兹蓋伏遇某官，心潛百聖之妙，才得四科之全。言皆可行，耻爲畫地之餅；上方夙寤，急此濟川之舟。不應一路之民，久借二天之庇。自惟幸會，得在走趨。某敢不佩金玉之音，憂民社之寄。才疎意廣，縱不能了官事於笑談；政拙心勞，猶足以報知己之恩遇。

謝吴帥舉陞陟啓

鳴千室之絃，正復犯其所短；寵一字之衮，何忽被於此榮。莫知紹介之從，或者聽聞之誤。如某者，技能奚有，迂拙不勝。亦知捨己而從時，進而云獲；又念所學之何事，退而益慙。自量爲邑之不堪，其如立法之難避。字民則必廢其職，辨職則必厲其民。怳若失船之人，茫無問津之地。一逢師匠，屢侍話言。雖金聲玉振之聞，服之無斁；然朽木糞墻之禀，頑不可鐫。既竭戴星之勞，增慨捕風之效。辱全安而多矣，望薦進以敢哉。不謂需頭之章，驟驚頓首之拜。至蒙所譽，尤過其情。幼而業文，竟非典麗之體；疎於聞政，烏得詳明之稱。兹蓋伏遇某官，察見秋毫而乃容，愛如冬日而有别。致身法從，猶恐寒士山林之遺；挂名薦書，皆入異時鈞陶之造。未應淺陋，亦預激揚。某敢不無迷厥初，更鞭其後。豈曰富貴而圖報，斯爲感恩；庶幾名誼之不瑕，罔玷知己。

賀龔實之運使啓

恭審召從帥藩，就拜計相。六月初吉，方深旱而望雨之勤；二天所開，頓有穆如清風之喜。不但轉輸之侍，坐令凋瘵之蘇。恭惟某官，大節凛乎冰霜，孤忠動乎金石。當其在天子争臣之列，蹇然追慶曆諫官之名。補虞舜之裳，用綫深藏於五色；解陽城之褐，裂麻無待於七年。方群憸之有驕，盱萬目其相視。士之勍者，太半掃門摩足之莫遑；公獨擊之，借曰排山倒海而不置。卓哉奇偉之舉，絶乎古今之時。惟難而後見其賢，非退何以增其望。織天孫之雲錦，既一新嶺表之文風；賦秋水之落霞，又復見洪都之盛事。正未妨江海之興，夫豈嘗中外之知。其如天人之心，屬以平治之責。蓋將迫之而不釋，曷云辭之而或容。某自信其狂，愈寡於遇。流涕太息之疏，雖略施行；不才多病之詩，竟成疎棄。退則三逕之未具，進則四顧之疇依。强爲一來，聊復百里。民亦愁止，驚水旱於旬月之間；官獨奈何，問錢穀於星火之頃。顧初心而自怍，脱世網以奚從。忽聞日邊之除書，臨遣天下之正士。是將收拾於氣類，靡不兼容；自幸遭逢於仁賢，從此有託。

與荆南劉帥恭父啓

望三光五嶽之氣，無日不仰於緒風；隔千巖萬壑之雲，此意獨馳於清夢。亦知寓書莫如於覿面，然非修辭何足以寫心。未審中台之餘輝，能照微尚之或否。恭惟某官，孤忠貫乎霜日，百蠻震于威名。當其立朝，社稷豈徒於九鼎；及其乘塞，金湯不在於長城。頃登樞廷，頓起國勢。使朝夕謀謨於廊廟，則笑談整頓於乾坤。惟其持方而入圓，是以易間而難合。初來洪府，覺西山爽氣之逾清；旋領荆州，喜赤壁風流之未遠。將尅復神州之是恃，何卧護北門之足云。登庸之期，跬步而近。某迂無所用，老復奚爲。題慈恩之名，要自是門生一人之數；受新吴之邑，獨後於屬吏半年之間。尚憶拜公於道林嶽麓之時，頗辱借譽其波濤雲霧之句。雖前古所謂之知己，未必有之；故半生不恨於無遭，得此足矣。向者居中而未嘗密，今兹在外而不敢踈。此豈緣勢利而相求，庶幾蒙肝膽之洞視。其爲歸倚，未究敷陳。

與鄭惠叔簽判啓

幕府粹清，不妨尋東湖西山之勝；江城踈遠，未應屈石渠天禄之英。或謂其羈離而愁思，夫豈緣中外而欣厭。恭惟某官，以海内寡二之學，收天下第一之科。舉首子大夫之中，蓋今日之董相；誦言諸宦寺之輩，乃登第之劉蕡。奏篇一傳，紙價十倍。何上意驟用而不可，猶舊章相襲之或拘。翩然斜飛，來此外補。民豈無瘼，正恐非在位之敢陳；公於是時，力行其所言而孰禦。必能絛白，以次罷行。上禆仁賢之主人，下慰歡呼之父老。六月之息鵬背，未必云然；十年而到鳳池，故應無晚。某自知其拙，世指其狂。少也勃乎，欲徑造古人之處；今而老矣，聊坐觀半世之非。周章折腰，瑟縮掣肘。宦情寂歷，冷於楓落之江；歸夢紛紜，空遶菊荒之逕。敢圖貧病之末路，焉依蔭映之餘光。

賀龔帥正言冬啓❶

伏以天喜大帥之開府，日華增一線之長；公有和氣以破寒，雲物紀屢書之瑞。鼎來諸福，鍾美厥躬。恭惟某官，立朝風生，厲操玉立。排小人於不用之地，陰積於冬；扶正道於將墜之時，陽生於子。幾年江海，一節冰霜。又逢來復於韋編之爻，即見處中如《太玄》之首。某棄於爲邑，隔此拜庭。望北斗五雲之星，遥瞻台曜；哦西嶺千秋之雪，仰頌壽祺。

除國子博士謝虞丞相啓

上有恩言，許解男邦之役；生無朝蹟，驟爲國子之師。出諸金布之塵埃，覿以誦弦之文物。一陶厚矣，

❶「冬」下，底本目録有「節」字。

重拜瞿然。伏念某命與仇謀，老將疾至。垂獨鈞於冰井，是將何求；駕隻輪於羊腸，乃以望進。既未能以此而易彼，又何病持方而入圜。環顧此生，渺無所立。落月滿梁而不寐，山鬼吹燈而莫驚。搔首著書，頗欲爲千載之計；折腰作吏，長恐寒三逕之盟。凄其歸心，已焉榮望。忽郵傳於細札，俾教胄於成均。起高士於鷗鷺之群，近時已寡；擢俗吏於山水之縣，此事久無。玆蓋伏遇某官，身爲太平之基，首出中興之相。盡發其七六經之學，以斡萬微；將恢此一四海之功，乃兼群策。惟是門下之賤士，倍費化工之密庸。蓋數年傾倒，以奇其人；乃一日甄冶，而有其決。某敢不勉耘其業，無負所知。士自有吾相以爲之師，如周公者；愚當與諸生而激於義，獨何蕃歟。

朝陵與方帥務德啓

帝命攸司，往省昭陵之松栢；星言載路，是經越境之山川。側聞方伯連帥之賢，實維簪筆持槖之舊。借曰駿奔而靡盬，亦將參拜而後歸。恭惟某官，繁劇則見其才，老成而邵於德。守河東股肱之郡，殆且遍之；立春風玉笋之班，或云晚爾。其退甚勇，厥聲益高。沛然堯言，寄以禹會。令既修於庭户，人自得於耕桑。雨自葉以流根，河及京而蒙潤。弱翁治狀，蓋已深知；次公長材，行且賜召。某不圖于役，得見斯人。無因至前，故應無按劒之悔；不言失子，其敢虚攜手之逢。

賀龔參政啓

疇咨正人，參秉大政。惟天佑于有宋，將開平治之期；惟后非其我公，不在弼諧之選。罔曰一賢之寡，已底萬邦之孚。恭惟某官，表粹而裏之剛，人今而道之古。所立卓爾，皆詩書未作之傳；舉而措之，非秦漢已還之業。頃在諫省，人謂冰霜；及臨帥藩，民稱父母。觀者異視，吾惟一初。然抗疏宸居，排群小於不用之處；而救荒江介，活百城於既死之時。雖云緒餘，獨不雋偉。人望欲逃而莫可，上心既用而乃驩。將階兩地之嚴，遂冠三能之極。抑天下無難療之病，惟藥者有宜先之方。儻苦口之貯儲，則元氣之充實。此執事平生之所挾，豈今日得時而不爲。某舊供走趨，雅辱知遇。歸歟空谷，方鋤三徑之荒；仰止慶霄，忽覺五雲之遠。

誠齋集卷第五十二

廬陵楊万里廷秀

啓

賀王同知啓

陞從西府，進貳北樞。名重而威自伸，夷狄想聞其風采；賢用而天以喜，斗極亦爲之光華。恭惟某官，道得洙泗之傳，人如唐虞之盛。觀襲六爲七之作，文不在兹；啓咸五登三之隆，天其或者。閲平生之流坎，凛孤操之冰霜。獨當夙夜基命之司，備殫朝夕納誨之益。遂從有著，爰陟同寅。借箸以籌於前，小遲遐舉；肖築而置諸左，未必淹辰。某雅蒙眷知，自笑奇蹇。卧漳濱而引疾，亦既有年；以泰山而易田，莫知奚自。惟是失優而得劇，所謂未安而既危。豈敢作夢於尺五之天，乃復薄命於斗升之水。姑俟成期之及，尚圖祠禄之干。東望側身，有四愁而莫致；南飛繞樹，徒三匝以無依。

回王數文民瞻家定親啓

賢者有後，仰玉樹之森然；儒冠多貧，顧席門而陋甚。云何猶子之二女，得配執事之兩孫。伏承某人第一令孫，乃吾家忠襄之甥，生而獨秀；而某姪子第五女孫，爲詩人瀘溪之婦，媿其非宜。發幣載欣，揮毫莫叙。

謝周待制待講舉自代

拜辱需頭之章，踐脩稽首之遜。曩者單進，誤蒙援引於友朋；歸歟潛深，敢希推擇於鄉里。此舉創見，古風言還。至於孝謹廉方之稱，經術藝文之懿。一之謂甚，四者難并。以門下平生許可之不輕，乃筆端一旦推揚而無愛。或榮所被，自省則慚。罣罣有懷，詹詹未既。

答吉州余倅啓

風巾霧屨，方卜鄰鷗鷺之群；玉句金章，忽拜賜雲霞之牘。如何三逕之寒陋，乃辱貳車之寵光。恭惟某官，人品今代之英，典刑前輩之烈。有若歐陽詹之文行，再秀全閩；豈使余襄公之功名，獨高吾宋。偶公朝之重外，借賢業於治中。風月平分，不妨覓詞人之好句；雲霄已逼，即看綴香案之近班。某老矣無堪，歸歟自屏。所願托青天之庇，不勝望紫氣之來。蒙投分以先之，愧修敬之後矣。

賀吉州守王穉川年節啓

臘前梅蘂，香浮蓮幕之光風；勝裹金花，寒映椒盤之嘉頌。占履端於天序，介盛福於邦君。恭惟某官，仁行如春，名起若日。紫山白水，小吟冰雪之章；金掌玉墀，即綴鵷鸞之列。某遁身漁釣，遠迹門墻。耿然寸心之載馳，寓諸尺素之善禱。

答常州守陳時中交代啓

仰豸冠之執法，昔嘗受察於一臺；煎麟角以續絃，今乃合符於三輔。初謂成期之差遠，或容書禮之姑徐。忽贈言以先之，愧修敬之後矣。恭惟某官，正心修身之學，開物成務之才。形諸藝文，蓋玉振金聲之餘響；羅以科目，亦鸞翔鳳翥之俯從。頃法守於憲綱，凛風生於表著。職雖在於去惡，心實存於愛賢。故排小人如排邪陰，然護善類若護元氣。左右國是，慘舒朝端。至今未衰，繄誰之力。二年于外，談者不以爲宜；一節以趨，天乎將大其用。某抱虛無挾，投老盍歸。迺初心竊禄於遐陬，不自意改轅於近郡。代大匠之斲，甚憂其傷；告令尹之新，必有其政。

答常州李倅啓

效公幹漳濱之卧痾，心知其拙；易獨孤常州之舊治，人豈曰宜。所賴分風月之仁賢，乃是同草木之氣類。庶乎知免，幸矣何多。恭惟某官，敬簡而居其全，剛毅而養以晦。嚴霜烈日之節，凛然先正之無朋；故國喬木之臣，蔚若象賢之有繼。文獻挺挺，典刑存存。借未登卿月金掌之班，亦合在春風玉筍之綴。乃乘貳廣，同理輔藩。帝方有開宇宙之心，洒濯斯世；公久懷貫日月之氣，蘊蓄於中。祗召不遐，顯用可必。某抱虚無挾，投老盍歸。迺初心竊禄於遐陬，不自意改轅於近郡。負乘豈小人之事，夙夜自危；同列得君子之僚，細大必請。

答常州趙添倅啓

折梅而逢驛使，未辦一行之書；呼童而烹鯉魚，先披尺素之贈。風月平等，不必更分；雲天清明，行且快覩。敢修不腆之敬，以結平生之驩。恭惟某官，重瞳苗裔之英，隆準子孫之秀。涵今茹古，陵三軍於文士之雄；飲水嚼冰，争一概於寒儒之苦。自足有立，不緣其先。頃者南豊之政聲，實居江右之最狀。惟其盡辭不正之俸，是以能鋤莫拔之姦。能令諸公，争出薦口。何下乘於貳廣，來共理於輔藩。祇召不遐，顯用可必。某抱虚無挾，投老盍歸。乃初心竊禄於遐陬，不自意改轅於近郡。惟時同列，繄我故人。斵鼻端之漫，顧雖慙於妙質；縮袖間之手，亦豈望於交情。

與吉州朱守啓

一麾出守，千騎東來。入奏自天，帝喜其忠信慈惠之長；班春有日，民已無歎息愁恨之聲。恭惟某官，有德以養其才，以學而發於政。少而似舅，與聞取河北之謀；晚乃作州，誰知經天下之志。柳江種柳，衡嶽謁衡。稽其所臨，皆有可述。眷乃吾郡，雄于上流。江山清斯，人物茂止。世傳東坡送客之句，連百萬艘；公有西漢循吏之風，良二千石。政恐朝夕，即歸禁嚴。某違離末光，倏忽幾歲。詩狂酒聖，豈復平生款集之歡；夜夢晝思，如見向來談笑之狀。不圖桑梓，乃屈珪符。夫何故人之鼎來，又逢賤子之行役。所願邂逅，洗此鬱陶。心則有懷，言焉未究。

與蔣丞相啓

輔郡去天，辱在近長安之地；高門拂日，則有大丞相之居。昔嘗九頓首於下風，今乃一交臂而親炙。奏假茵憑之記，震于喜懼之懷。恭惟某官，妙學察乎淵泉，大忠塞乎健順。孔以是傳之孟，全所付於斯文；虞以下迄于周，未有盛於吾相。貴極上台而年尚少，名滿薄海而貌若無。流俗載呶，其何傷於日月；皇明有覺，是以有於袞衣。即還奮熙，再播化育。某頃以客見，頗蒙心期。惟雲泥之益懸，故影響之遂隔。自收朝蹟，老棄諸侯。猶幸是邦之仁賢，乃逢平昔之知舊。子夏問政，不寧求赦小過之規；仲尼燕居，所願聞集大成之秘。

回吕秀州啓

黄帽青鞋，方小泊吴松之艇；金章玉句，忽鼎來檇李之邦。三讀故人之書辭，重拜善鄰之信睦。恭惟某官，異材而養以晦，達學而遡其源。實大聲閎，鍾懸千石之簴；芒寒色正，天垂五緯之星。頃檢押於樞機，屢咨諏於原隰。物迎之而刃解，事觸之而風生。上有意於召歸，詔斯人而自近。聽華亭之鶴，不妨山水之徜徉；問省樹之雞，即侍禁嚴之清切。某自收朝蹟，老棄諸侯。大庇焉依，知唇亡之必免；報章極陋，慚舌在以奚爲。

常州到任謝執政啓

一麾出守，初引疾於清漳；再命茲恭，忽考功於馮翊。欣去天之無遠，感易地之有從。伏念某乃心山林，漫仕州縣。頃緣諸老，頗悅其狷者之風；上達四聰，偶墮在勝流之數。拔乎靡密米鹽之列，寘彼寒空鵷鷺之班。顧患在於好脩，乃忽忘其賈禍。又復妄發，不勝汲黯之狂；非所宜言，正坐漢家之法。微公朝之寬大，豈孤迹之全安。載言將母之歸，有獲拜州之請。既違拱北，自分落南。有命自天，對越十行之寵；舉頭見日，怳兮三輔之還。謂播物之不私，奚窮人之及此。茲蓋伏遇某官，道隆開闢，忠貫昭回。舉五三六經之微言，盡發揮於當世；書二十四考之丕績，將遠過於古人。旁招逸遺，布列中外。夫何近郡，輕畀非才。某敢不策其鈍頑，繼以夙夜。仰惟美意，豈詭其俗吏健决之能；借曰不功，猶守其腐儒撫字之説。

賀范至能參政啓

恭審對越册書，置諸丞弼。自初元以至於今日，知政幾二十人；求天下之所謂正臣，如公纔一二輩。嘉與方夏，適觀隆平。恭惟某官，心潛百聖之又玄，身載兩儀而不重。屹立西垣之大節，聞者膽寒；盡護全蜀之中權，凛如虎卧。君側之所以頓肅，戎心之所以弗生。倬彼厥功，誰歟之力。繄小試之若爾，則大用之斯何。茲四近之延登，舉萬物而奮豫。昔孔孟挾經世之具，老於道塗；至房杜亦得君之專，窮於禮樂。惟道與位，有乖無逢。凄其古心，言之太息。今以君子之有韞，乃惟聖主之與遭。此而不爲，其又奚俟。即超虚左之拜，永正處中之崇。某爲貧所驅，懷歸不勇。惟半生誠服之知己，不在我公；豈自意身墮於鴻鈞，無復餘恨。翦焉頌語，贄諸涓人。欣驩惟深，揆序罔究。

賀陳丞相判建康啓

疇咨上宰，居守陪京。一相揭日月之光，俯江淮而下燭；萬乘分旌旗之半，俾夷夏之聳觀。恭惟某官，至學潛天，孤忠貫日。惟其凝然之風度，歷萬變而不摇；是故坐之於廟堂，則四海之自治。既道大而難合，乃身退而愈高。嘯歌古人，漁釣丘壑。閲諸公之衮衮，次第星稀；獨一老之堂堂，崔嵬山立。帝欲起之以自近，公雖辭焉而可逃。赤舄來朝，儼一童而及馬；蒼生相賀，幸兩鬢之未霜。亦奚不留，以答斯望。其如留籥，無易耆英。保釐東郊如畢公，卧護北門如裴度。暫大金陵之纛，即青王氏之氊。某違離門墻，荏苒歲月。不自意其末路，得再見於下風。意豁神傾，視疇昔而彌厚；頭輕目朗，覺病身之頓蘇。開府維新，賀厦敢後。永言善頌，式寄所宣。

上趙丞相啓

萬物播於大鈞，不越一陶之外；百穀仰夫膏雨，誰非三沐之餘。矧惟控地之卑，已絶戾天之望。所求褊矣，有謁可乎。伏念某行身多憂，嗜學寡要。彫一生之肝肺，老而未休；争百世之聲名，得之奚益。寸心霜降而水落，萬事雲凝而風休。立朝幾何，甚矣其憊；補外再易，惴焉遑寧。奪諸漳濱清凉之鄉，墮在延陵煎急之地。罷於奔命，哀此勞人。惟茲作吏及瓜之期，近在嗣歲昌歜之節。亦思黽勉，以汔終更。眷乃室家，歷十旬而嬰疢；稟諸聖善，迫八秩以懷歸。念既動而莫收，居之安而則否。承板輿之意，秋風豈爲於鱸魚；困仕塗之艱，夜月孰憐於烏鵲。不有君子，其將疇依。恭惟某官，以雪山、玉壘之英，人物千載；集紫巖、雍國之望，文武兼資。知天道貴華而賤夷，相吾君振策而御宇。當國近爾，其聲藹然。傾東海以洗乾坤，挽天河而净兵甲。推挽鉅宋，濟登丕平。某幸逢筆端膚寸之新，敢陳胸中磊隗之藴。願垂惻若，俾脱屯如。或畀廬陵近舍之麾，不然閒館祝釐之吏。野馬也，塵埃也，一聽造化之氤氲；鼠肝乎，蟲臂乎，咸在肖翹之長育。懇款既極，鋪張未詳。

誠齋集卷第五十三

盧陵楊万里廷秀

啓

新除廣東提舉謝丞相啓❶

帝賚璽書，從天而下；恩敛玉節，遵海而南。疏榮祇荷於九重，密啓端由於一相。頓首幸甚，自視欿然。伏念某無挾而迂，何恃而進。入陪鵷鷺，徒竊食於太官；出玷珪符，媿奉法之循吏。亦千慮之既竭，曾萬分之何裨。❷乃眷延陵，❸今爲甸服。民惟既庶，❹事亦滋豐。善政之得民財，❺安知錢穀源流之處；❻

❶「謝」下，底本目録有「趙」字。

❷「曾萬」、「裨」，原殘闕，今據四部叢刊本補。

❸「乃眷」，原殘闕，今據四部叢刊本補。

❹「民惟」，原殘闕，今據四部叢刊本補。

❺「善」，原殘闕，今據四部叢刊本補。

❻「錢穀」，原殘闕，今據四部叢刊本補。

飾厨而稱使客，長在齒舌風波之中。❶曾治行之蔑如，問成期而近止。屬緣畫室之番病，重以慈親之懷歸。控于秉均，請從置散。天高日遠，將何地以叫閽；雷厲風飛，不崇朝而出綍。釋兹治劇，詭以觀風。衣繡而歸故鄉，庭闈驩喜；出關而稱使者，道路光華。非播物之無垠，寧始願之及此。兹蓋伏遇某官，學潛三極，忠貫兩儀。江漢炳靈，豈相如、子雲之足數；天地交泰，蓋築巖、釣渭之復生。旁招群材，緝熙萬務。翦焉孤陋，遐不斁遺。某敢不飲冰在躬，嚙雪厲操。要令五嶺萬里之外，凋瘵其蘇；如在二陜三輔之間，詔條無壅。過此以往，未知所裁。

定羅氏親啓

百歲論交，久忘年於鄰曲；兩家生子，復託契於婚姻。夫何聲氣之相求，蓋緣草木之同味。某人令弟某人弟二小娘子，幼而自異，已傳柳絮之吟；而某姪子某弟四子某，生未有知，殊媿蘭之茁。❷惟是斷金之舊，願言倚玉之新。發幣菲然，别牋敬止。

答羅氏定親啓

兩家居五里之間，相聞雞犬；一日結再世之好，如鼓瑟琴。羔鴈交馳，蓍龜習吉。某人令弟某弟幾令

---

❶「波之」，原殘闕，今據四部叢刊本補。

❷「蘭」下，疑有脱文，汲本、庫本有「芽」字，四部叢刊本有「芳」字。

似，娟好静秀，已如玉雪之可憐；某姪子某長男某房下長女子，婉娩聽從，庶幾蘋藻之言采。委幣甚寵，拜嘉有華。

廣東提舉到任謝趙丞相啓

假守延陵，見謂催科之拙；觀風南粤，又叨禮樂之華。戴恩不貲，圖報無所。伏念某狷而自信，愚且不移。幼癖於書，欲策勳翰墨文章之籙；長隨於牒，亦載贄功名事業之塗。馬不進以奈何，鳥倦飛而知止。頃邂逅於風雲之會，欲奮發於鵷鷺之班。方遇事而直前，已誤身而取敗。一麾江海，頗念求安；三輔浩穰，更令治劇。終夕五起，二年百憂。如漢詔厨傳過客之勞，長恐笞罵之不免；若唐人燕寢凝香之樂，雖或夢寐而亦無。荷播物之見恫，未及瓜而脱去。駕言將母，于邁還家。黄獨無苗，方絶歎木柄長鑱之雪；緑蓑細雨，政獨釣桃花流水之魚。詢彼乘軺之期，尚在嗣歲之臘。不堪留渴而須井，忽焉有命以自天。奉使而爲見大夫，曾何待次；露肘而見聖天子，仍免造朝。曲爲之私，不謁而獲。兹蓋伏遇大丞相，潛心貫一，致主登三。位極六符之泰階，容光必照；身作萬間之廣厦，寒士俱懽。曾是羈孤，載霑化育。某敢不潔己律下，齋心勤民。攬轡而思澄清，革嶺海姦貪之習；褰帷而問風俗，布朝廷寬大之書。過此以還，罔知所措。

賀葛正言啓

恭審籲俊著廷，拾遺諫省。古者所以責難於丕后，非舜不陳；今代豈無敢言之正人，如尊乃勇。聞者興起，躍如欣驩。恭惟某官，議論通乎古今，名實孚於上下。以星翻漢回之光采，作新斯文；以山高水深之風流，照映當世。諏儒先於三館，俾廷争於四聰。方聖天子從諫如流之秋，曷嘗罪夫言者；惟諫大夫憂國若渴之志，可曰無其時哉。扶皇極於將微，護善類於既弱。儻元氣無不實之處，則外敵亦何强之云。即冠上坡，用懌寰海。某少而自好，晚乃早衰。誦鵷經雞檄之聯，十年於此；想龍章鳳姿之偉，一覿何從。善頌惟深，敷言未究。

賀黄侍御啓

恭審皇咨上坡，位事横榻。屬者進格君心之論，九重亦爲之回天；移而爲糾官邪之司，群枉自然而見晛。此非平日之素，焉得崇朝之孚。恭惟某官，以海内寡二之辭章，收天下第一之科目。彼於權門炙手可熱之日，竭蹷而趨；及聞高賢掉臂不顧之風，其顙有泚。逮公道之既白，知寸心之獨丹。廷争未幾，臺端益峻。士有攸挾，恨無所施。靖而觀流涕太息之書，孰不以古人而自詭；起而當君子小人之會，其無負所學者幾希。今聖主既求惟木之繩，在執事必爲赴壑之水。即疇孤立之操，遂登獨坐之崇。某自分摧隤，何辭漂泊。瞻烏柏府，晚乃依成蔭之餘；振鷺柳溝，夢不到末行之舊。不勝善頌，未究所宣。

通問廣西漕梁次張寺丞啓

問李絳之同年，早自附英游之下走；與衛侯而偕命，晚乃分臨遣之末光。誦玉壺春光飲别之詩，覽梅嶺夜半逃禪之句。憶平生故人之驩若，遣一个行李而候之。恭惟某官，議論諸老之先，人物千載之上。懷連城而佩明月，至寶不琱；餐秋菊而紉春蘭，清暉自遠。蓋貯之以玉堂而未快，乃攽之以金節而斯何。善類憮然，遠民幸甚。持使者之繡斧，已聳摇山之風；織天孫之錦裳，即煩揮翰之手。某童而怪怪，老矣休休。誦北山之移文，長慙夜鶴之見怨；登東皋而舒嘯，自憐倦鳥而猶飛。

回向梧州開叔啓

仰止薌林之喬木，今秀一枝；靄然蒼梧之暮雲，墮來雙鯉。呼長鬚而近止，搔短髮而問焉。恭惟某官，文雅追乎前脩，聲光超乎當代。昔先正以名相之勳德，若引星辰；惟執事有故家之典刑，如生蘭玉。尚屈雲天之翼，小留江海之麾。既治行之上聞，即召音之旋至。某夙聞高誼，幸邇賓鄰。每從事諸公之間，皆劇談盛名之下。觀鸞飄鳳泊之古隸，長想其人；得日光玉潔之瓌詞，似見其面。報章不腆，善頌何窮。

賀周子充參政啓

恭審疇咨儒英，參秉機政。欲治者無多術，不過用天下正人之宗；選衆而得我公，豈復有國人遺恨之處。善類訢合，隆平紹開。恭惟某官，道得函三之原，文傳襲六之統。湛然厚德宏度之凝遠，孰知有百鍊之至剛；崒乎孤忠直節之高寒，中乃備四時之和氣。當衆正綴旒之日，倚一賢砥柱之功。於今延登，或謂臯緩。抑嘗歷選於賢聖，未始輕試於進爲。顧其道顯晦之如何，豈其身淹速之是計。故莘渭布衣而陟三事，莫之或誹；若夷夔終身而效一官，則又誰懟。季世寖薄，古風不歸。至於一游説之間，便萌取卿相之意。豈有平日不爲當世之所許，乃欲任人之事權。彼其初心，惟以無位而爲憂，不思既得之愧怍。今執事致身於台斗，而曠懷寄夢於江湖。半生兩禁之裴回，五載六官之濡滯。逮其望磅礴鬱積而極其盛，維嶽峻天；舉斯民咨嗟歎息而屈其淹，如防制水。上心雪釋，渙號雷行。酌彼公言，置諸近弼，然後談者罔不翕如。喜哉吾道之亨，曷曰歲時之晚。即奮熙於端揆，用稾飫於群心。某老矣倦飛，已焉榮望。蓋伏櫪久忘於千里，獨巢林尚戀於一枝。曩者或人之得醯，乞諸鄰而後獲；繼今爲母而請粟，與之釜以何難。此其欣欣之獨私，豈與悠悠者爲比。不勝贊喜，罔究誦言。

答吉水知縣蕭擇可啓

屬者鵷行，得從大阮竹林之勝；暇而燕語，每傳小謝春草之吟。想其賢，固一世之未多；問其室，乃兩州之孔邇。帝遣就子男之國，公聿來父母之邦。亦嘗一再以致書，忽貽四六之妙斲。咀華蔚若，拜賜躍如。恭惟某官，以槐庭八葉之英，取桂林一枝之秀。粹乎名章俊語之藻，維玉及瑤；投之盤根錯節之間，非斤則斧。欲便潘輿之奉，聊從茂宰之除。側聽魯山蔿于之歌，足追武城莞爾之喜。即表章於尤異，遂翔集於禁嚴。某倦游落南，夢寐還舍。今創見忠信慈惠之明府，照臨故鄉；獨莫隨耕桑隴畝之野人，鼓舞佳政。其爲欣賀，未究播敷。

賀王僑卿運使啓

恭審涓選休成，佩服印組。饟餽不絶，已聞冰解漕下之稱；父老縱觀，皆有雪釋水順之意。建臺肇允，成厦載欣。恭惟某官，探道極先，立言覺後。雖刃往牛解，閲十九年而若新；然地負海涵，容數百人而何止。頃以丞相司直之重，俯試中丞平準之書。今從臬司，即拜計相。仰南斗文星之緯，已三徙於芒寒；侍北天玉几之尊，竚一超而直入。某歸仁在宇，遠跡序賓。靖言代匠之承承，豈云託契之淺淺。哦豫章小草之句，顧相倚於平生；視宣子嘉木之陰，顧敢忘於封殖。善頌九折，敷言萬分。

答廣西梁漕啓

奉使無狀，蔑聞中率之稱；有命自天，更詭爰書之寄。繄欲宣朝廷去殺之德意，抑亦答知舊吹生之惠心。真毀瓦以言功，類暴尫而好雨。忸怩而已，摧謝惕然。敬惟年丈博哉之仁，輔以聖賢淵乎之學。言漢九事而八爲律，邁主父之明謨；知秦十失而一尚存，有温舒之鯁論。推向來代爲諸老之對，爲今日責善朋友之書。舉惠文而相規，請事斯語；問刑鼎而宜答，其敢飾非。佩服于心，條陳莫狀。

除直祕閣謝宰相啓

廓祥堊室，未平風樹之悲；寓直石渠，忽被絲綸之渥。控辭不獲，震虩載深。伏念某丘園槁人，書策漫仕。其出也馬不進而非後，其處也烏倦飛而知還。頃將繡指以落南，偶殄緑林而逐北。上焉天威廟筭之是奉，下焉帥臣將士之服勤。因人而成，何力之有。孰謂戰多之僭，冒膺儒館之除。置蘭錡於蓬山，雜僕姑於芸簡。下筆而妙言語，我無能焉；上車而問寒温，技止此爾。茲蓋伏遇大丞相，文武維憲，精神折衝。遡彼蹕林，尚不逃於借箸；蠢茲符澤，顧何辱於爬梳。睠顔行之微勞，亦功令之並録。某敢不仰塹坏冶，俯策罷駑。旅力既愆，雖乏適時之用；桑榆非晚，益堅報國之忠。過此以還，未知所措。

除吏部郎官謝宰相啓

湖海十年，分絶脩門之夢；雲天一札，忽傳省户之除。孰云處士之星，復近長安之日。伏念某老當益嬾，病使早衰。落葉空山，晝拾狙公之橡栗；寒江釣雪，夜隨聱叟之笭箵。自知甚明，無所可用。方攬牛衣而袁卧，驚聞騶谷之馮招。蓬門始開，山客相慶。載命吕安之駕，旋彈貢禹之冠。搔白首以重來，問青綾之無恙。玄都之桃千樹，花復蕩然；金城之柳十圍，木猶如此。慨其顧影於朝蹟，從此寄身於化工。茲蓋伏遇大丞相，舜使是君，稷思由己。謂郎官上應於列宿，任惟其人；而宰相下遂於物宜，器非求舊。眷前魚而罔棄，使去鶴之復歸。某敢不乃心銓衡，所職夙夜。豈惟春選，守光庭之聖書；儻或秋豪，賛山公之啓事。

賀皇孫郡王冬節啓

史筆登書，瞻宫雲之有爛；土圭測日，映邸雪以初長。宜帝祉之鼎來，錫天文而有羡。恭惟皇孫節使郡王，繼承漢緒，濬哲湯孫。三世親郊，紹開千歲之統；六親嘉慶，奉上萬年之觴。某叨侍儲闈，密依德宇。願謹天氣嚴凝之令，永符曾孫壽考之詩。

誠齋集卷第五十四

啓

廬陵楊万里廷秀

賀皇孫郡王年節啓

頌椒上日，遹觀七始之華；奉玉慈宫，式介萬年之壽。開必先而有衍，昌厥後以無疆。恭惟皇孫節使郡王，茂質蘭芬，芳猷玉振。九重春色，繚漢殿以一新；三世綵衣，慶堯年之八秩。曾孫來止，福禄攸同。某辱在儲寮，仰逢邦慶。允極欣欣之喜，莫陳翼翼之思。

回譚提舉啓

白髮千莖，老思故友。梅花萬里，難得一枝。夫何漢水之錦鱗，遠寄蒼梧之雲物。嘅其歎矣，欲往從之。載惟南溟摶扶之池，未遠中州清淑之氣。山有龍目離支之實，水有夜光明月之珍。蓋地産不足以當其奇，故人物間出而蔚其傑。曲江振開元、天寶之烈，余襄起嘉祐、慶曆之名。今兹復見於一賢，吾亦何畏於二老。文則甚古，凜有柳州雅健之風；用雖未宏，已著韓子精荒之解。眷乃作鹹之筴，壞於言利之臣。粤之東西，病及上下。帝擇儒者，福彼遐甿。謂宜毋我以酌民言，開其敢議；不必避礙以合上意，幸其樂聞。惟不計俗吏速化之勳，自能得斯民久利之實。辱在末契，願裨下風。

賀皇孫郡王冬節啓

緯協珠囊，占五星之同軌；時和玉燭，吹六琯之浮灰。穀旦維新，閎休紹至。恭惟皇孫節使郡王，生而宣哲，學以明誠。日月就將，上動三宫之喜；春秋鼎盛，下開萬嗣之祥。哀對昭時，導迎純嘏。某叨塵儲隸，得望容暉。方天地閉藏之時，所先安性；則壽富康寧之福，於以延年。

賀皇孫平陽郡王年節啓

節在椒盤，慶集頌花之詠；春回蘭殿，祥開奕葉之光。錫厥鴻禧，集于朱邸。恭惟皇孫節使郡王，聰明生禀，學問夙成。新而又新，副兩親之歡喜；旦而復旦，承二聖之光華。某自媿陋儒，叨塵儲隸。遲遲春日，願勤輕璧之功；秩秩德音，動中式金之度。

回二廣譚提舉賀新除祕書少監啓

伏以作掾西曹，安得將無同之對；校文東觀，俾讀所未見之書。可能下筆之有神，自笑上車而不落。永懷平生久要之友，超然命世淵偉之英。龍翔韶鈞之文，桔槔昭代；鳳舉金碧之使，光華遠郊。挈攜輩流，推擇氣類。已蒙噓枯吹生之力，更詒浮聲切響之牋。遠所不如，故應舉韓泰而自代；佩之無斁，庶勿忘王粲之好音。

回郴州丁端叔直閣謝到任啓

恭審一麾出守，五馬來南。令修於庭户之間，不嚴而治；民和於壠畝之上，式舞且歌。恭惟判府直閣，發身以文，賦政以學。中外多譽，士皆曰非小用之才；邇遐並觀，公豈有不可爲之郡。建牙近止，拄笏蕭然。平心蠻俗之悍輕，送眼郴山之奇變。橘暗蘇仙之井，苔荒義帝之碑。御板輿，升輕軒，不妨將母而行樂；凌太虛，横碧落，即看奮翼而怒飛。某辱在與游，偶遲修慶。攬四六之妙語，讀再三而益慙。善頌惟深，嗽詞未既。

與吉州守王弱翁啓

一麾出守，五馬南來。威惠先庚，不待賢史君之三令；吏民旁午，載欣郡博士之重臨。無勞施爲，講若寧壹。恭惟判府寺丞，剛大以直之氣，鬼壘絶俗之材。當其在布衣之中，名滿兩學；及其立朝端之右，望傾一時。丞哉農扈之繁，偉矣風稜之峻。君子之所恃以爲砥柱，小人之所憚以爲肅霜。惟其持方而入圜，是以難進而易退。孰知上意，似厚江西。擇兩禁論思之英，于宣帥閫；至一道採訪之使，特起儒先。復疇勝流，作填吾郡。雲飛川泳，將見諸賢意氣之協同；雨卧風餐，側聽百姓詠歌之和樂。又恐有先一州之怨，當不免選諸表之求。某請外天從，歸田日逼。就荒三徑，喜淵明松菊之猶存；願受一廛，效許子衣冠之自織。襞𧚨不腆，遣騎以聞。

回筠州交代俞守寺正啓

蹋鳳沼之瓊瑶，舊綴鵷鸞之末；製劍池之菡萏，新分符竹之餘。矧辱從於大小籍咸之游，兹復託於前後趙張之契。此其情誼之不淺，豈俟聲畫而後明。恭惟交代判府寺正，人門之懿兩隆，學政之源一致。懷連城而佩明月，中涵珠玉之輝；提干將而運青萍，外迎犀兕之解。蚤横翔於九棘，斐決讞於二桃。草緑圜扉，星沈貫索。至今籍甚，談者韙之。作江西道院之主人，佳政自是其餘事；侍天上玉皇之香案，細書即趣於遄歸。某倦飛作癡，幽討成癖。摧隤病鶴，出樊籠而未能；摩挲曉猿，幸蕙帳之無恙。荷上恩之優渥，畀近郡之便安。圍棊而燒襖衣，知故人之尚爾；折梅而寄驛使，媿芳訊之先焉。敢拜重勤，願言多謝。

筠州到任謝周右相啓

天上僊山，既收朝蹟；江西道院，復畀便藩。未容卒歲之淹，已趣班春之蚤。伏念某山林野性，筆研苦心。作賦非工，敢自許同時之司馬；草玄何用，焉知有後世之子雲。偶當聖賢相逢之辰，墮在英俊並游之列。紛十年其奔奏，耿再命以來歸。或甚之以繞月之烏，或怵之以遇風之鷁。彼意非惡，此愚不移。居亡幾何，又復妄發。顧子平昏嫁之役，咄咄逼人；乞牧之江海之麾，忽忽就道。方還舍而税駕，將息交以絶游。平章溪山，檢校松菊。忽戍瓜之接近，戒行李於斯須。求閑得忙，暫静復動。自無仙骨，非關羞薄於蓬萊；猶假守符，來酌清泠於丹井。服之無斁，揆厥所元。兹蓋伏遇丞相，盛德格于皇天，孤忠貫乎白日。所期相業，至周召而乃留；豈俾吾君，爲堯舜而弗克。旁招諸彦，同底隆平。有如木彊，亦在匠斵。某敢不策其後倦，礪乃既慭。於斯何先，願賦豈弟宜民之雅；以報其上，庶幾《中和》、《樂職》之詩。

回余復狀元啓

伏審入奉制策，遂冠倫魁。新天子將大有爲，端不喜阿匼苟容之士；諸老生皆未能對，忽驚聞忠慨深烈之言。恭惟狀元先輩，氣鍾七閩海山之英，名出六館秀孝之表。問學河漢，豈屑原夫之兩聯；時世文章，政堪莞爾之一笑。惟厚於藴而不市，故搜其珍而獨逢。首褎然而嘉之，其無曰問津速化之徑；先立乎其大者，可緩夫識路疾驅之功。某老矣涔朝，歸歟在夢。春蠶食葉，偶得聞下筆之聲；秋鷹當雲，復預觀整翮之舉。凛然高誼，惠我好辭。何以報之，聊復爾耳。其所稱述，未詳發揮。

答第二人曾漸殿元啓

伏審言揚大廷，名亞舉首。劉蕡過董，豈惟二三策之嘉；曹參次蕭，猶在十八侯之右。恭惟殿元先輩，以英妙未壯之齒，挾磊落不世之才。把釣而拂珊瑚，矐然山林枯槁之士；排雲而叫閶闔，勇哉忠義奮發之辭。徒步來大江之西，一日驚盛名之下。平生學力，當不爲摘頷之資；後日壯懷，以此占攖鱗之舉。某舊鄰鄉社，新識風裁。偶陪集賢之堵墻，與聞九賓之臚句。未遑進牘，先辱贈文。不敏有云，何足以謝。

答第三人王介殿元啓

伏審奏篇乙覽，分鼎甲科。探曲江之花，豈計較王盧之後；起明光之草，終追隨季孟之間。恭惟殿元先輩，稟寶婺山川之英，傳東萊伊洛之學。簡編燈火，不作老生陳腐之談；師友淵源，吐爲忠臣剴切之對。言鋪張而有萬，名臚句以在三。家理故可移於官，事無難者；學不能行謂之病，子其懋之。某老矣無悰，黯然懷舊。不迴東野，悵題字以相看；如見元賓，喜惠書之甚似。未遑脩慶，乃辱見臨。不敏有云，何足以謝。

謝李壁通判啓仁父之子

伏以荆溪假守，嘗識李君父子之間；蓬島校文，適逢元方兄弟之至。知來臨之再枉，亦走見而兩乖。如相避然，政不解此。恭惟府判中大，家傳金匱石室之學，身爲瑶林瓊樹之英。詒我五七之篇，重以四六之語。明月之珠，夜光之璧，忽衔袖以滿襟；虎豹之文，鸞鳳之音，併眩眸而盈耳。已戒走卒，謹偵行塵。折屐候門，順下風而三肅；揮麈落飯，聽新雨而一談。摧謝惟深，修辭何述。

謝李皇制幹啓

伏以長身玉立，猶及瞻一老之下風；有子璧連，今又仰二難之偉器。彼此交謁，來往不逢。何人事之好乖，念親友而作惡。恭惟制幹，傳學奕葉，擒文載英。伯仲並游於上都，聲名傾動於朝著。《雪山》、《藥園》之賦，轇轕莊騷；雲溪、草堂之詩，盪摩甫白。自笑年過於半百，忽逢敵至而作雙。左枝右梧，覺應接之不暇；前茅後勁，欲進退而未能。摧謝惟深，修辭莫稱。

與淮東劉總領啓

伏以江西道院，嘗依刺史之天；京口計臺，復託王人之庇。緊一生淺陋之迹，乃再逢庥蔭之私。恭惟奉使總領郎中，氣蓋諸公，名高當世。尊主庇民之學，夙蘊胸中；經天緯地之文，不專紙上。早擢東堂之桂，焕騰南斗之星。中外踐更，譽處焯著。朝廷議論，出諸老未言之先；州部按行，震百吏澄清之表。帝心妙簡，事任彌隆。昭哉列宿之華，給此上流之饟。即歸簪筆持橐之列，豈待積日累月之淹。某老矣懷歸，謁焉補外。不圖衰病之迹，辱在存全之餘。修禮以恭，依仁則篤。其爲欣頌，未究敷陳。

誠齋集卷第五十五

廬陵楊万里廷秀

啓

與前盱眙葛寺丞啓

題慈恩之鴈塔，初託同年；過荆溪之鷁舟，再分一日。慨雲散之滋久，喜霧披之此逢。恭惟宫使判府寺丞，氣蓋諸公，名高當世。尊主庇民之學，素藴胸中；經天緯地之文，不專紙上。蚤擢東堂之桂，騰輝南斗之星。從鳴弦治行之最高，膺賜環嚴召而入覲。簿正外府，吏無遁情；制除爲丞，國乃既富。一麾出守，千騎東方。賢於七百里之長城，自當十萬兵之並塞。暫此珍臺之少憩，即看廣厦之論思。某十載違離，寸心鑒寐。不意凋年之遲暮，得親盛德之高明。其爲驩欣，未究宣寫。

謝陳左藏啓

屬聞鈐齋，小寓長卿之重客；誰謂草徑，亦迂韓子之高軒。折屐齒以驩迎，聽衝牙之清越。恭惟判院，有譽寡二，收科疊雙。潛心覃思，研百聖之淵藴；下筆摛藻，暗衆作之嚶鳴。將總轡於石渠東觀之清躔，聊發軔於都内水衡之劇務。某少而嗜學，耄矣息心。照乘連城，驚逢至寶之投贈；擊轅拊缶，第媿報章之蕪蕪。感激有懷，鋪張何極。

回韓撫州賀年啓

御溝新柳，初回天上之春；江路野梅，忽寄隴頭之信。感故人之相慶，與元日以俱來。恭惟判府郎中，人門雙高，聲實兼茂。臨康樂山水之郡，不妨清游；哦少陵鶯花之詩，即還近列。某立朝無補，視蔭又新。撫歲月之如流，慨林泉之未返。

辭免贛州得祠進職謝宰執啓

閒館珍臺，奉僊真於霞外；道山延閣，聯論譔於日邊。曾是山澤之臞，洽于雨露之渥。伏念某景薄朽止，分甘晏如。幼學之，壯而欲行之，豈不願仕；今老矣，無能爲也矣，加之卧痾。頃落黄茅之鄉，屬嬰清漳之痾。臂使指而衡决，指與潁而仇謀。吹燈而作蠅頭，故非所辨；涉筆而署紙尾，亦復作難。虚辱千騎之東來，敢把一麾而出守。籲天自免，下詔曲從。羸牛輟耕，聽林間之横笛；老馬倦路，脱果下之鳴珂。兹蓋伏遇某官，亮天曰仁，下士以禮。播鈞德，普遂萬物之攸宜；納隍思，深憂一夫之不獲。若爲老病，尚賦餼牽。某方息交絶游，處陰休影。濯清泉以自潔，一洗滿裾之埃；抱明月而長終，未知報德之所。

賀周丞相遷入府第啓

恭審五卜習吉，三神前驅。兩兩上能，有嚴有翼；潭潭新府，是斷是遷。兹謂天下之廣居，曷云一國之鉅室。巖壑迎六一之思潁，水石繞衛公之平泉。楚畹滋蘭，淮山移桂。雨簾雲棟，不但春深將相之家；樓影花光，别有天入滄浪之瀨。恭惟驩慶。某凍吟甕牖，跂足宫墻。室邇而人則遐，空有渴心之勞止；厦成而燕不賀，自笑病身之攣如。

賀太守冬啓

伏以雲低魯觀，紀華衮一字之書；日麗魏宫，詠刺繡五紋之句。瑟彼賓贊，蔚乎府庭。恭惟某官，政隨日新，身法天運。名章俊語，争珠星璧月之光；義氣仁風，回冰谷雪山之暖。聊復折梅於東閤，即看鳴玉於紫宸。某争席漁樵，遁身江海。華裾織翠，自憐賀客之莫隨；凍硯流澌，更媿慶牋之不琢。

賀周監丞冬啓

伏以日華五色，初行北陸之虚；雲氣萬重，特書南至之瑞。仁者賢者，神之聽之。厥有善祥，集于眉壽。恭惟某官，性辯造乎白雪，文律中於黄鍾。所謂伊人，粹然冰釋而理順；在彼空谷，淡乎霜清而水寒。盍乘一爻陽復之辰，遂簉三點鵷行之羽。某羸然病骨，老矣空山。製江南落毛之衣，聊以卒歲；試囊中餐玉之法，可以御冬。趨賀未由，占詞不敏。

賀周丞相冬啓

伏以景至特書，紀三台五雲之瑞；客來作頌，賡萬有千歲之章。協氣横流，沍寒載燠。恭惟某官，補天道妙，播物功崇。徒杠成而横野水之舟，微霰零而縮霖雨之手。巡簷索笑，幽尋驛使而折梅；登樓銷憂，遠睇漁翁之釣雪。長於上古而不老，永與造物而爲徒。某拾橡樂飢，束薪附火。稍遥賀厦，仰瞻相府之潭居；不腆壽觴，奉上田家之老瓦。其爲頌詠，罔既敷陳。

謝周監丞冬節餽海錯果實啓

伏以味鏡潭之魚蝦，覺海雨江風之入齒；飣冰盤之柿橘，粲烏椑金彈之照人。敢期四者之難并，乃肯一時而分付。恭惟某官，軫交游之雲散，感節物之日新。舉白飛觴，忽念山中之客；絶甘分少，送將席上之珍。頓首拜嘉，占辭抒謝。

謝周丞相賀轉中大夫啓

伏以飛龍在天，重開太極；春雨潤木，四達函生。野不遺於外祠，秩增視於内史。我聞有命，尚未敬授於贊書；公將衹驩，相先下逮之慶語。小遲九頓首之謝，敢忘一援手之恩。占辭不莊，全度是望。

回新知通州葛寺丞啓

布帆無恙，尚記江頭楓葉之秋；尺素相思，忽得隴首梅花之信。蓋清風朗月，必思於玄度；而高山遠水，久隔於昌黎。側聞千騎之除，不越兩淮之近。如欲占公論之存否，胡不眡善人之屈伸。恭惟某官，所學深造於道原，餘事通達於國體。語妙天下，親傳前輩之典刑；虜在目中，自任當世之勳業。舊嘗在漢廷群臣之右者，晚乃取唐家一障而乘之。袖間之手幾年，塞上之馬再至。未容茸纛之建，即有璽書之追。某卧病荒寒，懷人悁跂。誰其見太白於禹穴，願言問信於何如；安得逢杜甫於飯山，空想別來之太瘦。抒謝不敏，摛詞未殫。

除煥章閣待制謝余丞相啓

祝鼇報上，溶陪漢時之祠官；第頌展詩，復玷堯文之次對。方朝廷求舊，以示盛德之事；何草茅下客，乃爲多士之先。仰惟七閣之穹崇，臧去列聖之制作。惟我高后，如彼陶唐。以巍煥之文章，式經緯於天地。金聲玉振，紹二典與三謨；星翻漢回，舉萬物而五色。顧典領之已重，况論思之至榮。如某者，老而益衰，病以自免。二節以走，阻造大明之朝；三命滋恭，躐陞法從之列。使宅珍臺之拂日，得參仙侶之御風。據龜殼而食蛤蜊，游汗漫九垓之上；揭斗柄以斡海水，嬉蓬萊方丈之間。庸有爲人而擇官，乃令超世而絕俗。兹蓋伏遇大丞相，學詣乾坤之緼，忠爭日月之光。以周公父師之尊，弼于嗣聖；謂商山羽翼之舊，野有遺民。傒太上之意先，廣初元之孝理。某敢不堅此歲晚，答于己知。放鶴出籠，尚竊壯哉雀鼠之饑；縱魚入海，遂獲沛乎風壑之歸。過此以還，未知所措。

賀周丞相年啓

伏以嗣聖初年，慶三朝之元會；鴻鈞一氣，轉萬國之春風。恭惟上相，顓面正朝之崇；超然倫魁，珍臺閒館之表。法天之運，希聖之時。隤祉發祥，應期紹至。水横梅影，舊嘗和玉鉉之羹；地出醴泉，新釀作椒花之酒。願奉上魯公萬有千歲之遐壽，更永觀尚父二十四考之屢書。嘉頌無央，修辭不腆。

回周子中監丞賀年啓

伏以王者大一統，肇新謹始之元；君子法四時，哀對履端之慶。是叢壽富康寧之福，畢集氣志清明之躬。恭惟某官，德行淵騫，伯仲伊吕。東風解凍，吹成白雪之詞章；春日載陽，藹入紫芝之眉宇。即覲天門之金牓，徑昇卿月於玉墀。某幽屏山寒，不知歲换。冰花徹骨，怯如難至之鷽；柏葉稱觴，慙於相賀之燕。寸心孤往，尺牘萬分。

謝周丞相啓

屬入州府，獲登相門。初求仰潭府而觀光，既乃下懸榻而設醴。登樓假日，縱觀晴吴曉楚之天；説詩解頤，朗詠老蜀歸秦之句。雲間梁棟，世界鶯花。江山遠開，應接不暇。超然欲羞蓬萊而薄員嶠，浩乎若決雲漢而略扶桑。觀瞻少雙，榮感於萬。謹抒謝臆，仰惟鈞察。

誠齋集卷第五十六

廬陵楊万里廷秀

啓

答周子中監丞賀除待制啓

伏以接靈囿於閒館，已冒祠官之除；森寶書於玉堂，復塵次對之選。方抗章而祈免，致抒謝之少阜。恭惟某官，文行追乎前脩，名實冠乎昭代。晉伯之與微仲，仰玉山兩峰之並寒；東坡之及潁濱，豈金支秀華之小異。除進退通塞之外，無優劣季孟之間。晚袖手以旁觀，請懸車而不得。清標絶俗，高節邁倫。元方之難爲兄，中表每慙於先用；❶卓茂之拜太傅，功名何必於早年。某幼辱與游，永矢同志。忘形而到爾汝，晝分燈燭之光；握手而出肺肝，静看衣狗之變。一出而試，兩俱無逢。豈其所操之畸，皆非速售之韞。雖枕流漱石，終隨高蹈以相依；然濁泥清塵，曷曰下風之敢望。偶誤膺於異數，遽先辱於慶牋。燁霜開雹坼之光，以華其老；鏘玉佩瓊琚之韻，大振厥詞。先之以河東吹送之私，申之以渭北論文之好。心萬其感，言

❶「每」，原漫漶不清，今據四部叢刊本補。

多奚爲。

答撫州周通判

恭審端策辰良，紆印組之方寸；下車燕喜，割風月以平分。朝發六一其郊其里之鄉，暮登半山若蟠若踞之閣。庭闈咫尺，官府穹崇。雖名兩地之暫殊，其實一望而可接。忠孝兼美，家國俱榮。恭惟府判直閣，學傳省齋之衣，職屈士元之驥。以三十年涵養之充實，久遁其光；與二千石協同於寅恭，姑小其試。獨不見虹蜺紫翠之暈，其下乃珠玉潛伏之暉。有至珍而未沽，無深閟之能掩。過庭詩禮，瞻夫子之在前；錫山土田，竚魯公之拜後。某自笑老病，其誰嘉矜。擁高蓋以及門，繽其觀者；焚枯魚而酌醴，豈曰禮云。忸燕賀之末伸，駭鯉封之先甲。靖言多謝，不蓋有訧。

回周丞相賀進爵開國子轉太中大夫

伏以進周家列爵之封，其班視子；增賈傅超遷之秩，有命在塗。顧同時冒寵之疊雙，甫邇日拜嘉之先一。有待而謝，乃失之臯。茲蓋伏遇致政少傅大觀文左丞相國公，洪化噓枯，上仁播物。柳舒梅放，皆在春風吹萬之中；川泳雲飛，孰出元氣函三之外。某身其餘幾，望已無它。久争席於漁村，尚挂名於官簿。連城明月，首勤相慶之瓌詞；墜露落英，頓覺再回於生意。惓惓有感，嚧嚧無央。仰惟鈞慈，俯賜燭照。

答周丞相送糟蟹朽木團

恭承妙擿，走送幽餉。疊雙戾止，則百拜斯。郭索束裝，更挾帶糟之味；餦餭彫朽，新翻寒具之油。豈加籩之敢嘗，敬造禰而先薦。同我婦子，分此絶甘。俾公壽臧，餘無以報。

再答周丞相賀除待制

帝有恩言，陞之次對；臣無虚受，方且控辭。適寸心恍駭之不遑，致尺牘催謝之小緩。首蒙相國，軫記腐儒。先之以瓊琚玉佩之偉詞，申之以鐵畫銀鉤之妙墨。非煙非霧，豈不榮色正而芒寒；如絲如綸，尚未獲下拜而登受。姑徐有頃，别摯謝牋。不容騎吏之空歸，先爲感悰而張本。

答吉守

比蒙聖恩，擢寘次對。自顧弗稱，甫兹固辭。致小緩於謝牋，迺先勤於慶牘。發緘朗詠，擿詞有瑲。玉佩瓊琚，恍從霄漢而下墮；破甑敝帚，忽覺名價之頓高。俟登受於絲綸，顓敬修於札翰。姑謝誨剳，非曰報章。仰惟台慈，俯垂亮察。

賀周丞相年

伏以二年正月，挈天地以趍新；泰階六符，開月星之明槩。倬彼造化爲工之處，郁乎雲煙非霧之祥。

恭惟某官，一氣轉乎鴻鈞，二儀爲之交泰。揭載陽之日，以照平泉之水石；斂解凍之風，以熙曲阜之山川。侵雪色，漏春光，玩萱草柳條之變；餐朝霞，飲沆瀣，迫方瞳緑髮之仙。某青笠遺心，白鑱託命。聯句洛社，願聞中立拉花之詞；守歲咸家，敬獻子美頌椒之祝。

賀周子中監丞年

伏以三日立春，方過寒氣土牛之送；二年正月，又見盍簪櫪馬之喧。有美一人，來同萬福。恭惟某官，人物標的，文章主盟。剪水鏤冰，瑚天葩而覰巧；御風騎氣，與造物以同游。衷對履端之告元，乘成泰吉而彙進。雲隨白水，聊小詠於鷺花；日射黄金，即高吟於煙草。某老兼疾至，坐感時遷。江路野梅，敬寄一枝之信；椒盤栢酒，阻稱千歲之觴。

答周子中

屬聞二難胥集，方尋對床聽雨之盟；一乘載奔，願箎會弁如星之列。望行塵而未至，悵人事之好乖。衝泥而歸，弛擔甚憊。忽傳魚繭之良訊，共歎燕鴻之失期。辭旨丁寧，意氣凄斷。其爲感激，罔既敷宣。

賀太守年

伏以送寒氣以土牛，春方迎於帝皡；喧盍簪之櫪馬，歲又慶於王正。有韙邦君之賢，允洽國人之頌。

恭惟某官，奉詔寬大，頒條中和。春日載陽，散作萬家之叶氣；東風解凍，潛消千里之歎聲。哀對履端之告元，即觀泰吉之彙進。某違離半月，瞻仰二天。江路野梅，敬寄一枝之信；椒盤柏酒，阻稱千歲之觴。

答廣東唐憲

恭審崇朝而易三節，洊疏東闕之恩；出使而占二星，不離南斗之次。光芒所被，中外載瞻。恭惟某官，以清節兩唐之子孫，有高名千古之風烈。秀林間之桂，拂蒼玉之嶒峨；折嶺上之梅，潄碧海之芳潤。爰自珠宮之市，就領冰坻之鹺。曾不踰時，復移司憲。欲知聖主急賢之意，於屢遷而小觀；從此春風立笋之班，即一超而直入。某新摩病眼，快睹除書。曾燕賀之未遑，忽鯉封之先墜。媿喜兼集，攄寫奚窮。

答廬陵黃宰

伏以乘槎犯斗，泊秋日之樓臺；拄杖穿花，步寒溪之金碧。窮十里九山之險，抵千巖萬壑之幽。未童子之膺門，已羽人之響屐。恭惟某官，鐔城寶氣，脩水聞孫。句法親傳，出月脇天心之上；❶淵珍孤映，分珠胎水府之中。尋盟快閣之江山，償債鈞臺之笋蕨。弦歌旁縣，衣鉢祖風。能窮人亦能達人，誰謂詩家之寒瘦；有《小雅》故有《大雅》，即扶清廟之隆平。某移病休休，遁身得得。泉肓霞痼，非鵲能砭；花徑蓬門，惟

❶「出月」至篇末，原殘闕，今據庫本補。

鷗之處。怪咄咄山林之寂，驚憧憧車馬之喧。與俗酸鹹，自有癖羊棗昌歜之嗜；同古臭味，更投贈瓊琚玉佩之詞。有萬其悰，未一其述。

答江西提刑俞大卿

屬者夜占天文，❶德星臨於翼軫；晨望雲物，紫氣至於函關。驚喜廣厦萬間之新，已是受賜一民之數。念欲遮見，即圖駿奔。老病所纏，願言莫遂。乃令兒輩，亟代躬行。兹謂敬乎，良可恧矣。不謂交代提刑尊契丈，❷折節繡斧之威重，篤契布衣之素交。雲錦封書，恍從天落；玄纁厚幣，莊以禮將。野人者世之所同輕，惟公獨否；古事者今之所不作，非賢孰能。九頓首以拜嘉，一出言而何謝。复許詘甚都之騎，將下臨常關之門。開蓬掃花，當出迎千里之命駕；折荷薦芰，庶小欸一尊之論文。

賀周丞相戊午年冬

伏以日在牽牛，應周官之測景；月居繫馬，申吕令以警農。仰占東垣上相之躔，正集南極老人之次。恭惟致政少傅大觀文左丞相國公，鈞陶萬類，寅亮兩儀。迎一丈三尺之暉，載臨履永；上萬有千歲之頌，以

❶「屬者」至「門開」，原殘闕，今據庫本補。

❷「契」，原脱，今據汲本補。

慶踐長。某齧雪絶甘，鏤冰自苦。惡風動地，誰憐獨冷之餘；愛日行天，幸在負暄之下。謂之善禱，未易立談。仰惟鈞慈，賜之下燭。

賀余丞相得祠禄

恭審謁告五旬，屹然堅卧而不動；遣使十反，詔以留行而莫回。奔騰東華之紅塵，追送出關之紫氣。觀者歎息，光于古今。恭惟某官，謨合皋陶之嘉，身任伊尹之重。故邦家之杌隉，拯之以一手；而天下之危疑，決之以片言。昇啓明，掃朝霞，寅賓出日；降元精，扶太極，昭格于天。方當命珪相印賞功之秋，乃賦清風明月閑人之句。車幾兩，馬幾駟，豈惟帝賜疏傅之金；蕃四國，宣四方，更醉王餞申伯之酒。分十連之重寄，冠三殿之大稱。竟請真祠，歸榮鄉社。凜全名高節之獨著，夐前侯故相之未曾。鷗鷺候門，爭前飛而相導；鵷鸞回首，仰遐舉之孤騫。某辱知彌深，聞問欲舞。千里命駕，當尋山行水宿之盟；一尊論文，已作金春玉應之夢。喜而不寐，情見乎辭。

誠齋集卷第五十七

廬陵楊万里廷秀

啓

己未賀周益公年

五年王春，先問建杓於北斗；正月元日，頓回入律之東風。自非少傅寅亮之功，那得太平有象之慶。恭惟某官，身爲造化，手挈陬維。轉一氣之鴻鈞，昔嘗入甄陶之下；調四時之玉燭，今猶蒙土苴之餘。即拜周公而爲師，更與廣成而同歲。某牛衣僵卧，鷄唤不醒。忽報頌椒之辰，忙寄折梅之信。西江萬頃，釀作聖人之清；南極一星，祝爲仁者之壽。

答周監丞己未年

伏以書函交馳，誰無施而不報；使者係道，亦何往而不來。初謂先人有奪人之心，今乃求繫而得繫之戚。恭惟某官，揮毫珠玉，滿紙雲煙。倚馬萬言，視桑蔭而未徙；解牛十二，拂刀刃以如新。敢當孫子正正之旗，遂應虢公焞焞之策。此既豎降幡而棄甲，公其振旅凱以還師。擢謝不莊，仰惟台察。

回周丞相賀年送羊麵

伏以玉衡之正泰階，密運發春於隴首；銀鈎之明璽紙，有來守歲之咸家。舉林鴉櫪馬以皆驚，顧官柳野梅而亦喜。恭惟某官，以整頓乾坤之手，而對盛德之木；以開闔日星之機，而哦逐頌之椒。吐辭爲經，妙者三天而兩地；染雲作葉，忽然萬草而千花。既下詒謂一之瓌文，復飫賜疊雙之節物。霏霏落雪，如聞天旋雷動之聲；濈濈飲池，想見風吹草低之狀。自嗤一室之懸磬，那得二美之所鍾。已飽而歌，益習其讀。瞠若奔逸，恍失一交臂之間；待其春容，惟有九頓首而坐。摧謝不恪，誦言未央。

答周監丞送錦鳩十四隻兔羓酒香橼

伏以錦羽在桑，翩翩二七；褐衣缺口，躍躍一雙。挾驩伯以俱來，併木奴而畢集。恭惟某官，邦家麴蘖，儒學鳳麟。游梁王之兔園，夙推能賦；賜漢廷之鳩杖，晚冠耆英。《橘頌》續騷，《酒箴》飽德。填然四美，醉此一翁。某已嘗占詞，敬致追節。忽拜辱於珍餉，敢復抒於謝誠。

賀趙守冬

兒童騎竹，初迎五馬之臨；律吕吹葭，忽報一陽之復。誰謂大冬之在序，頓回小至以如春。惠化川行，善祥山則。恭惟某官，德同愛日，文妙書雲。非煙祥風，轉天地嚴凝之氣；雪山冰壑，照旌旗錦繡之香。斂時十萬户之驩聲，散作一千里之暖翠。恐即飛於鳳詔，遂趣入於鵷行。某忽忽望塵，咄咄還舍。倚南溪之沙柳，方狎漁樵之游；仰東閣之官梅，莫陪賓贊之賀。善頌無斁，多言未殫。

答趙守

屬勤折簡，招致初筵。捧移檄以載奔，玆謂州民之敬；侍盛饌而變色，更爲野老之榮。退省清羸，久嬰沈痼。爲心病，爲耳痛，殆百疾以交攻；不飲酒，不茹葷，每十物而九忌。僭瀝危悃，敢辭縟儀。自知方命之辜，必祇大何之譴。乃重煩於厨傳，特飫賜於珍芳。下乳酒於青雲，出瑚盤之白玉。紫衣織，緋衣走，紛吏卒之鼎來；朝食饔，夕食飧，湊饈羞而畢集。加籩既秩，折俎屢豐。靖言餘生，尚竊厚禄。歲糜廪粟，已耗蠹於邦儲；肉繼庖人，復饕擾於臺餽。其爲媿感，莫究周諄。

答周丞相遠迎

衝雨入郛，仰謝洪鈞之坱圠；登車載路，忽傳真帖之光華。辱問訊其良苦於泥中，則俯伏而下拜於道左。方將迎應接之罔暇，覺進退周旋之弗能。盈耳煇如之玉鏘，横空詭然而鳳躍。恩勤至厚，感愧來并。善用兵者出奇無窮，驁逢突騎；不待期而薄人於險，願竪降幡。

賀趙守丁巳年

使君千騎，方瞻高牙大纛之新；春王三朝，復慶列炬盍簪之盛。恭惟判府提舉太中，頒條朝徹，出令春生。汜東風解凍之崇光，揭遲日載陽之清淑。緑攬原野，青歸桑麻。問斗杓於天邊，暫帶江城之月；詠龍池於花外，即聞長樂之鐘。某已矣年衰，居然歲换。椒盤栢酒，阻稱千歲之觴；官柳野梅，敬寄一枝之信。

謝周丞相送冬節羊麵

嚼冰飲水，久甘木客之山飧；落雪卧沙，走送玳筵之綺饌。夫何天上之相國，猶念山中之病身。餽節疊雙，拜嘉則百。恭惟某官，有粉米舜裳之妙巧，有鹽梅商鼎之丕功。以德飽人，豈空爲畫地之餅；作羹食士，未嘗偏前日之羊。嗟腐儒之莧腸，駭厨珍之飫賜。既將之以鐵畫銀鈎之牘，復華之以瓊琚玉佩之詞。炙硯燃薪，聊寫苦吟而摧謝；冷牕凍壁，頓回春意之暄妍。懷感孔多，頌言無斁。

入城回周丞相遠迎

市有虎以殺人，久不夢碧瓦朱甍之城郭；門登龍而爲御，願再瞻青天白日之清明。方夙興炊桂以風餐，已首勤行李之郊勞。霞發簡牘之字，天落雲錦之書。三過讀以清鏘，九頓首而距躍。頭白眼暗，安得拜北平王於馬前；意豁神傾，即當候龐德公之牀下。卒卒摧謝，拳拳未宣。

謝周丞相年節送一麞十兔

適遣山僮，疾馳賀幅；忽逢騎吏，交賜誨函。既以一鏃逆相直之鋒，自笑五更起侵早之晚。瓊琚戛擊，金薤紛披。先之以柳條花塢之春，申之以白獸綵旗之寵。野人拜此，何福如焉。獵雪後之銀麞，更哦庾信之句；失月中之玉兔，不羡聖俞之詩。二珍疊雙，十輩登一。摧謝薄遽，蔬蕪不勝。

答贛州黄侍郎年

伏以日麗崆峒，揭載陽之五色；春生隴首，啓華始之三朝。仰賢帥於德鄰，函神天之祉福。恭惟某官，邦家司直，岳牧詞人。問斗杓於天邊，暫帶江城之月；詠龍池於花外，即聞長樂之鐘。遂轉鴻鈞，永調玉燭。某年衰甚矣，歲换惘然。方僵卧以沈緜，乃洊勤於勞苦。顧微生高之可笑，安敢乞醯；惟嚴鄭公之垂憐，時蒙送酒。其爲感戢，罔究敷陳。摧謝不莊，仰惟委照。

寒食享祀謝王才臣送北果

伏以熟食按節，春祠享先。野蔌山肴，方酌言於老瓦；胡桃松實，忽盈止於加籩。緊宗祊之曰靈，徼祉福以冥報。豈惟無似之孫子，分賓有朋之令芳。抒謝不莊，捈心靡已。

答周丞相

丞相之子彦敷來訪，予草具一飯。彦敷入京，與予二子往還。丞相以啓見謝，併報予長子改秩，小男就銓。

茅簷覆地，敢枉東閤郎君之車；旌旆拂天，肯臨北山愚公之舍。自笑春韭黄粱之寒陋，安得青芻白飯之滋豐。瞻巍冠之切雲，聆崇論之振玉。驩然促席，舉似過庭。誦頓挫清壯之箴，紬嚴恕敬謙之旨。坐使回聞而知十，底須亢問而得三。不圖談笑相親之間，盡窺宗廟百官之韞。欲摧謝而未克，忽誨言之有來。顧惟荷蓧二子之賤微，曾何足算；乃至長安共客之落寞，其罔不矜。諗以得覲之日辰，與夫考藝之姓字。河陽桃李，兹可忘一紙之春風；吏部銓衡，恐難遁諸公之刀尺。仰感烹魚之素，俯寬舐犢之私。奏記不莊，捈心靡已。

答周丞相賀長男改秩幼子中銓

長男老矣，初臨壯縣之萬家；幼子斐然，偶試吏部而一得。民之多倖，揆厥所元。繄我公頭章破白之恩，及平日口講拾青之誨。率俾先人之門户，未荒數畝之蓬蒿。藏之中心，感焉至骨。繽其慶語之洊至，嗟若謝詞之數窮。名位卑微，誤辱二雛之賀；衣冠盛事，敢當一字之褒。泚筆有齋，傃風孤往。

誠齋集卷第五十八

盧陵楊万里廷秀

啓

答新太和張縣丞啓

三世與游，豈曰薄乎云耳；一書未至，久已聞而知之。竊惟英妙之年，載飛俊茂之望。水循除而漉漉，小助藍田之哦；鳳高逝以縹縹，即還阿閣之邃。某老披獨速，病挈笭箵。舉厚禄之故人，茫無一字；微薄雲之高誼，焉得八行。報雖不莊，情則靡已。

賀趙守加恩食邑

恭審膺受贊書，光啓封國。分茅胙土，允爲儒學之榮；增秩賜書，即表公卿之選。恭惟驩慶。某卧痾山墅，阻造府廷。不勝狗馬之誠，敬馳燕雀之賀。

答周丞相再賀生孫啓

伏以童孫載毓，鄉衮踰褒。方馳摧謝之緘，重拜屢書之帖。儗上天歸平地之將相，偶同物而類生；近當去聲。日是中元之公台，云着鞭之先我。曾謂穉騃，僭希勳賢。仰止兵萊崇崛之功，敬惟刀益峻極之德。俱絶出於百世，迺併期於一嬰。若彼借寇恂於明年，❶已恨雌而恨薄；矧此與周公而並處，敢亦步而亦趍。雖心知其不然，感意愛之非淺。欣悰何數，對臆未央。

謝周丞相冬節送十鳩四兔啓

伏以鳲鳩在梅，方與七雛而啄雪；狡兔入草，深藏三窟以卧霜。夫何相府之虞衡，小試平園之鷹犬。併掩羽毛之美，以給刀匕之鮮。分似謏聞，飫以大嚼。錦翼倍五漿之餽，褐衣餘四矢之瘕。喙三尺以流涎，食方丈而在眼。不狩不獵，第厚愧《伐檀》之詩；非熊非羆，恐再歸釣渭之叟。

答周監丞賀冬啓時益公冬啓同至

昨遣長鬚，敬致短札。以修亞歲之賀，仰祝大年之祥。介者未還，使乎踵至。方與南北阮之族，小語竹

---

❶「彼」，原誤書作「借」，後以雌黄塗之，今據四部叢刊本補。

林；忽報東西周之師，併攻楊邑。雲合霧集，車馳卒奔。焉敢仰關而攻，分甘曳兵而走。尚蒙四酒以飲子反，先以乘韋而犒孟明。既效郤至之趨風，即出檀公之上策。左支伯兮偉節之怒，右梧仲氏丞相之嗔。紛紜之間，應接不暇。摧謝不恪，多言未窮。

答撫州周通判冬啓

伏以微陽萌動，小至晴寒。恭惟某官，捧二尺之木書，對一丈之綫日。歸省天上之二老，敬浮長至之重觴。州里榮光，薦紳歆艷。歌萬有千歲之頌，祝眉壽於一家；賦五更三點之詩，看鵷行之首入。其爲善禱，未易縷陳。

賀周丞相自長沙移帥豫章啓

膺天贊書，謀帥鄉部。孤忠貫日，已開南嶽之雲；餘事作詩，却卷西山之雨。上釋宵衣之憂顧，下觀晝繡之榮光。即命唐叔而歸于東，復立傅説而置諸左。俟入而賀，今未足云。某老以病身，寄于知己。修方伯連帥之職，舍我誰哉；忘平生久要之言，非予望者。拳拳之悃，尚面以陳。

謝周丞相餽歲三物鳩麞驢肉啓

蕪詞引玉，已萬其榮；綺饌席珍，復三有賜。披鲜公之尺素，得鳩婦之五紋。驅馬獵麞，細哦庾信之句；取驥逐虎，更味退之之言。敢不拜嘉，知何以謝。罜罜之悃，詹詹莫窮。

答周丞相謝看樓啓

昨巾私車，擁彗公府。豈惟拭目，縱觀元龍百尺之新；端欲折腰，雅拜方朔六符之耀。誰謂山林之老叟，得參衮繡之後塵。筍輿金梯，我公忽在於天半；黄冠野服，賤子瞠若於雲間。笑語一聲，江山千里。食前方丈，知主人何愛於絶甘；尊底十分，顧病骨不堪於作苦。此外泛應，亦復孔艱。知我者以爲嵇康命駕之相過，傍觀者或謂樂克圖餔之有在。僕所有寸心難處之事，誰爲言之；公乃以尺紙隃度之辭，不可加矣。感焉罜罜，謝則匆匆。

答賀吉水王縣丞啓

恭審喜傳雙鵲，文視四羊。巨竹對松，朗詠循除之水；崇桃積李，平分壯縣之春。播播仁風，欣欣民氣。恭惟某官，膠庠先進，湖海勝流。蚤馳雋聲，孰不誦秋水落霞之句；晚成大器，尚未施瑶林瓊樹之材。初吟溧水之星心，今署藍田之紙尾。以儒術而飾吏事，蓋老成而有典刑。逢兹休明，行矣騫翥。某眠雲巖石，釣雪寒江。三徑就荒，誰其顧者；四騏沃若，公乃過之。更詒瓊琚玉佩之詞，足爲山鹿野麋之寵。摧謝不恪，榮感無央。

謝周丞相賀年送羊麪并麞啓

伏以花燃錦帳，占玉蟲金粟之何祥；冰照雪山，映柏酒椒觴而呈瑞。忽騎吏瓊瑶之跡，臨野人雲月之家。天落上台之書，風清垂露之字。龍蛇動篋，湌然霧結而煙霏；珠璧連文，皭若霜開而雹坼。長哦吉語，足制隤齡。加饋歲之兼三，賞迎春而無兩。烝花壓玉，笑渠沈氏之飲朝；煮餅澆葱，試作廣微之薄夜。更珍餉銀麞之美，覺揮毫玉兔之窮。攉謝不莊，仰惟鈞察。

謝衡州陸守回書并送書籍黄雀北果啓

伏以門掩候蟲，那得可羅之雀；月明烏鵲，忽報所罶之魚。烹之得書，怳若見面。恭惟某官，人今而學之古，德清而政之和。瓊芳玉暉，蔚機雲秀傑之氣；淵回霆啓，凜遜抗英雄之風。乃作意於陳人，至垂憐而鄭重。靡叩弗應，如鼓答枹。瞻祝融紫蓋之峰，崒乎峻極；顧野服黄冠之狀，耄矣摧頽。莫勝舐犢之私，僭中巢燕之託。不寧墮翰墨文章之絶妙，端復拜策書肴核之滋豐。東觀西崑，怪底牙籤之未見；南烹北果，快哉犀筯之新嘗。願推老老之仁，貺爲子子之惠。大德不報，雖負衛平之言；中心何忘，敬賦周人之雅。

回太和卓宰庚申年賀年送酒啓正月一日戊子

伏以歲在申而先庚，符藝祖興王之運；日維戊而配子，應吾皇誕聖之辰。惟賢履端，與國咸慶。恭惟某官，以閩川孝秀之冠，續山谷弦歌之聲。春閣風煙，興寄鄰封之桃李；釣臺筍蕨，夢回古寺之林塘。後先百年，標韻一致。勿歎江西之飲水，即看花底之退朝。某釣雪孤舟，眠雲巖石。聽澗松之清吹，方哦茗椀之動；下乳酒於青雲，忽拜山瓶之味。感悰靡已，摧謝不莊。

回萬安趙宰賀年送金橘山藥焯菜啓

伏以王春六年，又臨獻歲；正月元日，阻慶履端。初驚市橋柳色之新，忽拜隴首梅花之信。恭惟某官，頌椒絶唱，夢草偉詞。遲日暖風，放河陽之桃李；黄鸝紫鸞，和武城之絃歌。即升度於玉墀，遂頡頏於霞佩。某嚼冰萬壑，披雪一蓑。自東白茅，歸煮黄獨。誰謂紅塵之騎，飛墮紫山之章。鑄金柈之柘丸，更詒嘉橘；熬瓊糜於山蕷，貳以珍蔬。芬然焯頭之芳辛，醒此莧腸之清苦。感懷無斁，占謝未央。

庚申臘回周丞相送一麂四兔啓

鼻息晝眠，方齁齁而成曲；足音午夢，驚啄啄以叩門。雙玉寸金，忽披妙札。一麇乘娩，加勞珍烹。味超逢澤之介麋，群掩中山之明視。薦新屏攝，分餕室家。爲公酌竹葉以先嘗，尉存窮鬼；恐僕蹴蔬畦而見怪，駭愕藏神。摧謝不莊，獻笑斯在。

誠齋集卷第五十九

廬陵楊万里廷秀

啓

謝臨江軍葉守送酒啓

伏蒙台慈，特屈二千石之達尊，分似三十輩之驩伯。百末玉色，一卮重錫。首㰹屏攝以薦新，次與室家而受餕。徑醉公瑾醇德之惠，媿無少陵濃香之詩。摧謝不莊，感藏何極。

回吉州趙司户得憲臺舉縣令小啓

伏以户掾屈杜，有光緑水之芙蕖；憲臺薦衡，先種花封之桃李。惟中之充者，其表自燁；顧價之重而，所讎尚輕。僕何力之有焉，入而賀則後矣。更往而教，以媿其心。不勝主臣，夫復何道。

回廬陵黄宰謝得審察指揮啓

恭審茂宰報政，諸臺薦賢。膺天家待除之恩，錫公府察廉之命。恭惟驩慶。某蒙藾沃若，聞音躍如。

緊雀賀之小皐，已鯉封之下墮。咎在不敏，言之起羞。

答周丞相謝訪及啓

昨入州府，獲登相門。仰瞻泰階之六符，曲承留欵；亟返衡宇之三徑，政坐病衰。小皐摧謝之函，已拜勞還之牘。震震以懼，詹詹未詳。

回贛守新除廣帥彭子山郎中賀年送酒啓

貧居卧雪，安知梅柳之春；軍將打門，踏作瓊瑶之跡。乃諫議茶書之問訊，致拾遺柏酒之慇懃。恭惟某官，節瑩飲冰，詞清剪水。崆峒麗日，方布耕桑隴畝之和；觀閣連天，又新戟纛櫜兜之盛。即頒銀信，遂度玉墀。某似范一寒，如鄭獨冷。故人别我，尚蒙分乳酒於青雲；閑官病身，自此寄誰家之大厦。

謝韓提舉賀正送碧香酒并鵝鮓啓

伏以元日至人日，初回遲麗於雪中；長懷復短懷，政仰光華於天半。忽辱隴首梅花之信，更分蒲城竹葉之春。恭惟某官，志在澄清，威行刺舉。傳吏部之學，自六藝下逮於百家；紹荆州之名，願一識乃榮於萬户。哀對東風解凍之序，峻陞西清寓直之聯。小屈使星，槎上光浮於銀漢；竚瞻卿月，春前徑度於玉墀。某行李白鑱，生涯青笠。方與狙公而拾橡，驚聞軍將之打門。對酒而愛新鵝，一之謂甚；得玉而求寶劒，二者得兼。便覺冷牕凍壁之温，頓解啼飢號寒之色。感藏何數，摧謝未央。

答吉水秦宰啓

伏以錦纜牙檣，泝濤江而夜上；桃蹊李徑，覺花縣之春生。仁聲四馳，邦域咸喜。恭惟某官，秦淮山川之秀，紹興師相之孫。翠竹碧梧，載瞻鸞鵠之停峙；紫樞黄閣，尚有老成之典刑。小屈子男之封，即慶公侯之復。某老矣冉冉，歸歟休休。方幸病身，仰託萬間之庇；敢圖謙德，先詒一字之褒。摧謝不莊，誦言靡已。

答聶倅送談風月軒記一軸啓

伏以層軒偉然，一新風月之壯觀；蕪詞陋矣，不啻巴渝之俚音。既涴翠珉之鑱鐫，復點華綺之藻藉。賜以墨本，覽之赬顔。摧謝不莊，誦言靡已。

答胡季亨啓

辭奉談間，居諸易久。妙帖下逮，長牋偕來。明月連城，驟驚滿把；落英墜露，頓覺回春。某三章乞骸，四載俟命。蒙恩從欲，謝事歸田。顧摧謝之未能，忽慶語之先辱。

答宿松知縣戴在伯賀致仕啓

追數同寮於金陵，相驩不少；其爲投分之石友，今復幾何。怒飛者莫顧於榆枌，漂零者恍如於霜葉。

豈謂在伯知縣，朝議僚友。才名絶世，高誼薄雲。志乎古，違乎今，不鬻於市；炎而附，寒而棄，無貳爾心。尚憐長鋏之歸，未忍短檠之棄。方親朋舉無於一字，莫往莫來；乃星月獨垂於兩章，以引以翼。非特暄凉之問，加遺藥物之珍。望清淮之幾山，空隨落照；慨長江之萬里，不隔相思。罨罨有懷，詹詹不盡。

謝新雷州劉教授啓

伏以太學賢士，新折東堂之桂枝；廣文先生，肯顧南溪之鷗鷺。掃苔錢而三肅，瀹茗椀而一談。恭惟某官，學《易》詣於畫前，出語妙於天下。短檠勳績，❶屢先鳴館下之諸儒；長劍光芒，誰能揜斗間之寶氣。果摘髭於慈塔，遂奪席於泮宮。曾謂陳人，乃迂齊趾。詒我佩玖，出銜袖之文書；報之木瓜，媿抽毫之蕪拙。罨罨以感，詹詹未殫。

賀周丞相年啓

伏以六年王春正月元日，❷乃占三陽道長之繇，❸爲賦千歲眉壽之詩。舉五福以川增，集一相之山立。

---

❶「檠」，原殘闕，今據四部叢刊本補。

❷「元」，原殘闕，今據四部叢刊本補。

❸「占三陽」，原殘闕，今據四部叢刊本補。

恭惟驩慶。某屏居林野，遠蹟火城。莫陪華裾織翠之賓，奉上椒盤頌花之壽。敬哦儷語，寫諸楮生之前；亦有村醪，旅于庭實之末。❶

賀黄經略啓

恭審碧幢拂日，紫氣過家。自長沙益國之歸，久不瞻元帥之禮樂；繄建炎丞相之後，今復見大將之鼓旗。小憩午橋之莊，即前乙夜之對。屬兹癃老，未拜羽儀。敬染小夫之竿，仰徹連敖之謁。

答周丞相啓

恭承玉字，送似憲書。惟小子得爲入幕之賓，皆我公賜以薦禰之墨。❷拔之汙瀆，❸濯以清波。免争龍斷之錐刀，得託外臺之覆露。何以報德，藏之中心。

❶「之」，原殘闕，今據四部叢刊本補。
❷「以」，原殘闕，今據四部叢刊本補。
❸「拔」，原殘闕，今據四部叢刊本補。

答本路張提舉啓

一别瑶林瓊樹之姿，十年夢耳；再覿秋月華星之字，❶三讀恍然。❷仰惟南宫之望郎，❸自是東序之祕寶。❹蚤馳大手筆之譽，❺載揚飛霞佩之程。❻拄笏設囊，盍踵曲江之步武；❼乘槎犯斗，❽小迂博望之光華。誰謂二天之崇，未忘一日之雅。錦書彪列，繡口劬愉。茅棟槿籬，覺春風之入户；荷衣芰製，驚華衮之繞身。稱謝未詳，❾伏惟原省。❿

❶「覿秋月華」，原殘闕，今據四部叢刊本補。
❷「然」，原殘闕，今據四部叢刊本補。
❸「仰」、「宫之望郎」，原殘闕，今據四部叢刊本補。
❹「自」，原殘闕，今據四部叢刊本補。
❺「馳大」，原殘闕；「之譽」，原漫漶不清，今據四部叢刊本補。
❻「載揚飛」，原殘闕，今據四部叢刊本補。
❼「步武」，原殘闕，今據四部叢刊本補。
❽「乘」，原殘闕，今據四部叢刊本補。
❾「詳」，原殘闕，今據四部叢刊本補。
❿「伏」，原殘闕，今據四部叢刊本補。

誠齋集卷第六十

盧陵楊万里廷秀

啓

與本路運使權大卿啓

恭審膺受璽書，肅將冰漕。錦江玉壘，回岷峨曉日之旗；雲棟雨簾，焕桑梓晝衣之繡。過家邇止，即拜榮如。恭惟某官，嗣中興佐命之英，爲昭代典刑之老。郎星卿月，徧春風玉筍之班；使傳仙槎，犯北斗銀河之浪。乃底可績，式遄其歸。即陪紫禁之鸎花，❶密綴彤庭之筆橐。❷某十年不見，千里相思。獨有二天，❸晚託故人之覆焘；憑將尺素，小攄慶語之慇懃。

❶「花」，原殘闕，今據四部叢刊本補。
❷「密」，原殘闕，今據四部叢刊本補。
❸「獨」，原殘闕，今據四部叢刊本補。

賀周丞相致仕啓

恭審三請告老，九重莫回。雖周傅益崇，亮天地於孤保之右；然陶仙徑去，挂衣冠於神武之前。恭惟某官，太極之學，先乎兩儀；王佐之材，周乎萬物。致君而上堯舜，是殆見善者之德機；有道而出羲皇，表獨立超然之燕處。人猶望其再相，己乃决於一歸。八千爲春，方觀壽福之未艾；七十致仕，首舉禮經而力行。眇近世諸公之絶無，凛天下烈士之却立。或謂平章軍國之重，時未釋於潞公；孰知富貴名節之全，天併還於郭令。某幼侍場屋，老贊鈞樞。玩海上之鷗，已辱俯同於保社；眷籠中之鶴，自憐未脱於馬羈。稱慶不勝，摛詞何述。

答雷運使啓

伏以候紫氣於東關，仰紛郁煙雲之表；揭文星於南斗，俯照臨翼軫之虚。未伸燕賀之惟寅，拜辱鯉封之先甲。恭惟都運焕章吏部，一世儒先之冠，四朝俊彦之宗。英識絶人，不待三十里辨外孫之字；名章傳後，咸曰二百年無吏部之文。方直上以干霄，曷斜飛而取勢。鸞旂茸纛，分閫宣威；玉節仙槎，乘軺問俗。轍環久矣，駟召宜之。屬登攬於日畿，示遄歸於天闕。浮家泛宅，駕言靈巖香徑之游；返斾南轅，又賦秋水落霞之句。小淹朞月之頃，即綴三能之躔。某獨速在躬，笭箵入手。誰謂繡衣之使者，肯顧黄冠之野夫。先施裁金截玉之聯，以爲漱石枕流之寵。浩歌緑水，恐詒聽者之清愁；持寄白雲，式表山中之遠信。

答廬陵趙宰啓

伏以命代風騷，久誦長笛倚樓之佳句；拂天旌旆，驟臨束薪煮石之山人。怪曉猿夜鶴之先鳴，報問柳尋花之將至。瑲衡牙之入户，折屐齒以出迎。恭惟某官，以翩翩公子之佳，乃戛戛陳言之去。宅不土之里，蔚爲今日之德麟；集上古以來，再見西京之子政。啓夕秀於未振，吐天葩之奇芬。悄古道無人而獨行，技將安售；炯渫井不食而莫惻，聖者所艱。顧不屑千室之邑而割雞，真辱此六鈞之弓於射鼠。公肯以儒而飾吏，民知學道之愛人。載路風謡，已入魯山于蔿于之曲；第頌臺閣，即賡卿雲旦復旦之歌。某行李一蓑，生涯半菽。脛寒山雪，慨黄獨之無苗；舟載月明，盟白鷗而爲友。曾未修玉川參韓尹之敬，何以蒙洛令訪袁安之謙。掃花徑而開蓬門，惜未容於小款；用木李而報瓊玖，慚不稱於所蒙。悃愊無央，誦言罔既。

答江西提舉張郎中賀年啓

伏以御溝新柳，催省郎花底之朝；東閤官梅，寄驛使隴頭之信。怪底玉蟲之報喜，鼎來金薤之有華。恭惟某官，粹德春遲，清名雪瑩。池塘入夢，掞緑波碧草之詞；原隰觀風，賡紫燕黄鸝之句。立繡衣於霄漢，倚玉節於雲霞。盍乘泰陽，哀對晉晝。登車攬轡，回漢家八使之輪；上馬設囊，傳唐相九齡之笏。某柴立槁項，木茹空山。短褐風霜，自笑一寒之如此；長瓶塵土，懶吟五斗之自然。敢期天上之故人，尚憶門間之半面。分正字之水衲，頓回冰氏之温；拜司業之酒錢，更覺窮兒之富。銜戢不淺，揆叙未央。

與新吉守劉伯協啓

恭審涓選岳牧，保釐藩維。偉然斗南一狄之英，大名垂於宇宙；倬彼江右三劉之裔，茂閥冠乎雲霄。不待見而識耿介拔俗之標，望其來而起《中和》、《樂職》之頌。恭惟判府太中，經天潛地之學，挈國躋民之謨。泝子政、子駿之淵源，海同川會；續公是、公非之光艷，電拆霜開。播郴山之最聲，爲湘江之表選。緊我枌榆之社，爲今鄒魯之邦。鵠袍萬人，來游半水；台星三點，下燭平泉。疇咨可績之賢，宅乃承流之帥。良二千石，後稱西京循吏之遺風；連一萬艘，前借東坡送行之佳句。小漱白鷺青原之芳潤，竚登紫荷玉筍之班聯。某久挂雙綬，將撰二屨。扶杖聽詔，即望見於葱珩；當戶抱兒，敢妄規於薤本。踆踆迂迓，喋喋未央。

答新吉水王宰啓

恭審載錫之邑，有銅其章。文江爲文字之祥，誰其盟主；王姓乃王者之後，今屬仁侯。恭惟某官，世擅鵝經，詞傳雞檄。斫桂月脇，名高賢士之關；種花河陽，身爲廉吏之表。民亦勞止，公其念哉。聞將解瑟以更弦，豈有張弓而不弛。若石壕無捉人之吏，賢於猛獸之渡河；或溪水照催租之瘢，顧曰圜扉之鞠草。即疇密縣之績，入冠漢廷之班。某久矣挂冠，跫然望履。連城明月，媿先枉於瑰詞；枯木寒灰，已頓回於煖意。推謝不敏，多言未窮。

答吉水顧縣尉啓

開蓬門而掃花徑，方知暘谷之暾；乘回風而載雲旗，忽報梅仙之降。恍蒼茫而折屐，迎岌嶪之巍冠。恭惟仙尉學士，揆度庚寅，收科甲乙。瞻虎頭之金粟，凛然江左之祖風；詠雞口之月星，妙絶溧陽之句法。乃如壯縣東南一尉之職，未補太學朝暮十年之勤。即占𪆟鶒之祥，遂集孔鸞之綴。某與蝶同夢，從鷗争沙。久矣管城之絶交，塵封破硯；遽焉墨客之投贈，玉振空山。但矜臧去之榮，莫稱言讎之報。

答徐教授啓

伏以晝眠如醉，方詒孝先弟子之群嘲；午夢若驚，忽辱廣文先生之一顧。亟整冠而肅客，已銜袖而贈言。恭惟教授學士，落落千齡之古心，混混九川之詞力。南州高士，具存孺子之風流；太學諸儒，屢薦何蕃之行誼。蚤收科於秀孝，首分教於膠庠。必手決忠孝仁義之淵，釀郁斯士；俾人皆棟榦琬琰之器，光煇有邦。夫誰知中沚莪蒿之動，端不下凌煙冠劒之傑。今焉在泮，我自樂無氈之寒；行矣談經，衆争榮奪席之寵。某笭箵漉月，襏襫披雲。已忘魚魯之偏旁，敢言識字；况復龍鍾而健倒，久不入城。遥睇賓墻，敬馳謝牘。

答新韓安撫字子及啓❶

恭審皇咨元臣，帥我洪府。金印紫綬，映三公衮冕之九章；玉珂青幢，分萬乘旌旗之一半。湖山春動，父老堵觀。恭惟判府安撫太尉節使相公，忠孝雙美而不矜，文武兩有而無對。北斗喉舌，可虚聽履之星辰；南紀波瀾，又俟洪源之舟楫。繄名德纘戎於先正，宜台符淵曜於象賢。潁濱上太尉之書，屹然河嶽之望；永叔記武康之節，蔚乎彝鼎之勳。不崇朝黄麻之一新，兼二者青氈而復舊。乃輟槐位火城之邃，聿來雨簾雲棟之游。山上有山，小哦樂府之句；相門出相，即賦遄歸之詩。某寒栖滄浪，遐矚霄漢。花迎新使，曾未隨扶杖之民；葉滿空山，首辱問束薪之客。既對月偕星而折簡，復染雲剪水以摛詞。藏尺牘以爲榮，白珩非寶；操寸管而書紙，丹心已灰。占謝不莊，永懷何極。

賀周敬伯以幸學恩免省啓

恭審九重尊道，萬乘臨雍。詔褒東序之名儒，各揚乃職；恩視南宫之淡墨，咸造在廷。允爲鄉黨章甫逢掖之榮，匪直公家瑶林瓊樹之慶。恭惟新恩省元學士，以凡、蔣、邢、茅之胄，傳翼、康、師、伏之詩。❷論

---

❶ 篇題，底本目録作「答新江西安撫韓兩府（下闕）」。

❷ 「康」，當作「匡」，此避宋太祖趙匡胤諱。下同，不出校。

正而葩，回狂瀾於既倒；詞麗以則，謝朝花乎已披。二十辭家，八千鼓篋。將軍百戰，久矣不侯；永平三朝，於焉賜爵。即復吾州戊辰之典，再魁聖時乙丑之科。某如已得之，恨身老矣。燕雀賀廈，自憐衰病而未能；鸞鳳冲霄，更期摩厲而待敵。

答本路陳漕寶謨大卿啓

恭審出節少府，觀風上流。卿月之度玉墀，方騁雲霄之步；使星之汎銀漢，忽臨翼軫之虚。父老争扶杖而往觀，官吏有解印而自免。恭惟都運寶謨大卿，海涵地負之學，星翻漢回之文。使之進讀於金華，必力陳於仁義；使之代言於玉署，當丕變於訓詞。迺讞于張之平，式致皐蘇之律。有德者進，惟邦之榮。豈無他人，可充唐使於十道；不有君子，孰重漢廷之九卿。偉進退之甚都，曾眷留之莫可。爰陞内閣之邃，俾福大江之西。光華一臨，威惠兩有。春生南浦，回緑波碧草之風光；雨卷西山，凜秋水落霞之霜氣。不應黔突之久，即綴紫荷之聯。某嘗以姓名，徹于几格。致老牛舐犢之愬，昔被厖恩；藏渴驥奔泉之書，今猶永寶。屬聞攬轡之始，偶苦採薪之憂。譚子賀齊，已幸逃不至之伐；李白道甫，乃首寄何如之聲。感懼交如，摧謝惕若。

致仕轉通議大夫除寶文閣待制謝宰執啓

伏以掛衣冠於神武，已叨增秩之一階；侍奎璧於寶儲，復進隆名之四等。恩華其晚，望過厥初。伏念某爲貧覓官，未老先病。偶憶瀼西之茅屋，遂别江東之暮雲。雙鬢蒼浪，紛霜華之滿鏡；孤身疾痛，獨藥裹之關心。誤膺天上之榮光，俾作山中之法從。懼濡其尾，宜乞其骸。蓋禮經賜杖之年，故應謝事；而邦典垂車之令，盍致爲臣。況朝廷淬礪於士風，欲臣子保全於名節。儻乾没而不已，斯倒行而何觀。四年于兹，屢牘以請。聖主奚資於敝帚，眷眷留行；賢相未忍於遺簪，遲遲報可。忽俞音之來下，驚病骨之頓蘇。爰出腦詞，雖解縱滄江之鷗鷺；已抽手板，猶追隨紫禁之鸎花。竊自憂其始終，乃蒙護其玷缺。不辱知己，庸非至仁。兹蓋伏遇某官，一德昭天，大忠揭日。謂正臣表治，可令廉恥之不張；故大夫閔煩，式聽山林之長往。仰承明詔，下飾餘生。某感恩則多，圖報無所。鍾鳴漏盡，雖然縱浪大化之中；雨卧風餐，豈在一氣鴻鈞之外。

答陳勉之丞相啓

恭審皇咨真儒，册拜端揆。人主之論一相，蓋弄印以久虚；冢宰之正百工，宜秉鈞而獨運。告廷風偃，挈國山安。恭惟驩慶。某夙依仞墻，喜加十倍。耿幽潛而遠蹟，隔班賀之下陳。卧痾薾然，奏記後矣。迺先傳於寶牘，外發雲霞；仍下墮於除書，中含雨露。懔乎自失，感甚而慙。再念某解組一終，還笏五稔。仰聖主儲精九重之邃，何繇記憶於病夫；微丞相造膝片言之恩，其誰薦進於孤迹。雖然是舉，其者未安。緊上台熙載之惟新，正天下具瞻之攸屬。伊欲建格天格帝之烈，獨不在持衡之大公；儻弗避非親非故之嫌，庸詎曰清濟之無玷。可私墜屨之舊，或承播物之羞。寧惟自愛以全軀，將恐上累於知己。願賜密啓，亟回誤恩。俾餘生終逭於鑠金，庶末路罔愁於碎璧。

除寶謨閣直學士謝陳丞相啓

伏以退居南畝，方尋壑以崎嶇；進律西清，忽登瀛而榮耀。允出大鈞之播，不令小物之遺。伏念某少也信書，長而載贄。柴車言邁，必遇九縈之羊腸；布帆斯張，又逢七日之鹿角。偶以老癃而移病，非云高謇以取名。解組一星，挂冠五稔。笭箵乎緑岸之雨，獨速乎白鷗之沙。抱明月而長終，寧鈞天之復夢。縶光皇之寶訓，新天禄之玉函。炳若丹青，與八卦九章而表裏；倬彼雲漢，争三辰五緯之光芒。曾是耄荒，乃叨典領。頃辭彭澤，號葛天之遺民；晚伴香山，班元和之學士。兹蓋伏遇特進大丞相國公，清忠瑩乎冰雪，盛德格乎天淵。謨合臯陶之嘉，兼温廉而翕受；才有周公之美，篤故舊而不遺。春日載陽，勾萌盡達。某邈未參拜，凄其感懷。仰之彌高，跂望東關之紫氣；何以報德，持寄山中之白雲。

誠齋集卷第六十一

盧陵楊万里廷秀

啓

答周監丞賀除寶謨閣直學士啓

伏以帝奉先猷，新禹謨之天禄；恩叨寓直，登唐館之瀛洲。繄乘成先生借月旦之評，致吾黨小子進奎躔之職。伏念某漁樵争席，雲月爲家。木柄長鑱，斸同谷之山雪；桃花流水，釣西塞之江風。敢期尺一詔之頒，誕寘十八人之列。目昏青簡，頭渾白以奈何；身被緑蓑，腰縱黄而不稱。何修臻此，揆厥所元。兹蓋伏遇致政提舉監丞，學詣三五之源，文傳六一之統。金口木舌，駕所説以無前；玉珮瓊琚，著厥詞而愈偉。親執杏壇之牛耳，俯視槐宫之鼠肝。獨無愛於游談，喜推表於同輩。老夫耄矣，蒙暖律之一吹；暮色蒼然，忽秋草之更緑。某屬者自欿，惕焉控辭。紙落雲煙，首辱一幅八行之牘；聲諧韶濩，更詒駢四儷六之章。迨及謝恩於公朝，乃能答賦於齋閣。今已後矣，真魯人二國之臯；何以報之，媿平子《四愁》之詠。

答本路陳漕送冬酒啓

伏以斗仰巖瞻，望清風於天外；陽生道長，舒和氣於人寰。慶先集於一臺，福遂均於十部。恭惟都運寶謨大卿，文炳日星之紀，學見天地之心。雪山倚空，方輝映孔鸞之集；卿士惟月，乃照臨翼軫之虚。即乘七日來復之期，徑造五花判事之處。某密依陳榻，未辦猷舟。下乳酒於青雲，忽拜山瓶之賜；寄魚書之白錦，更詒煙樹之詞。摧謝不莊，頌言靡已。

答本路陳運使送元正節酒啓

伏以寒盡春生，轉光風於七始；冰解漕下，溢喜氣於一臺。福以類升，道隨陽長。恭惟都運安撫寶謨大卿，筆補造化，紙落雲煙。椒盤頌花，又入杜陵之新句；官梅動興，更追何遜之高吟。即上直於玉堂，供履端之春帖。某嚼冰松下，釣雪溪頭。幸獨有於二天，乃不陰於元日。遠勞青州從事之嘉惠，實獲我心；媿無黄絹幼婦之好辭，以拜君賜。

與寧國府傅樞使啓

伏以辭奉上台之光，今一終矣；願在下風之悃，夢多見之。隔天關九虎之崇深，覺漢水雙魚之疏闊。或者未忘於末至，不然敢逆於顔行。恭惟判府大資樞使相公，文冠唐朝之兩科，家傳商相之一傅。有草堂先生之烈，兹老成典刑之尚存；有司馬君實之風，辭樞機周密而不拜。請迺翁之舊治，尉故老之去思。杭謝守之澄江，乃賡净練；筆梅郎之疊嶂，迓續絶絃。即書名姓於金甌，襲作鹽梅於玉鉉。某生涯獨速，行李笭箵。千里同風，悵相望於兩地；一子從政，喜獨有於二天。敢匃恩斯而閔斯，庶容饘是而鬻是。有嗽懇款，靡所終窮。

賜衣帶謝陳勉之丞相啓

久製荷衣，豈識宫衣之蒨絢；内分金帶，反觀韋帶之酸寒。未聞老退之遠臣，與被匪頒之異數。兹蓋伏遇大丞相特進國公，上扶天造，下遂物宜。發晏子之仁言，前陳造膝；廣周王之好賜，施及病身。某來日無多，前塗就窄。潭潭相府，想厭聞結草之諂詞；喋喋嗇夫，竟莫報拔茅之恩紀。

賜衣帶謝雷朝宗左司啓

孤雲無依，方宿巖而翻月；自天有賜，爰錫帶以遺衣。白發其端，烏得無自。兹蓋伏遇左司，仁言迺玉，欬唾成珠。酇侯論功，允出鄂秋之建議；琅邪就國，率本田春之立談。感德何窮，占詞已淺。

賜衣帶謝户部王少愚侍郎啓

孤雲無依，方宿巖而翻月；自天有賜，爰錫帶以遺衣。費大農金帛之所儲，命有司出納而不吝。兹蓋伏遇判部侍郎，持心近厚，博愛謂仁。肯若叔孫之裂裳，曰其褊矣；端爲武公而請服，安且吉兮。感德何窮，占詞已淺。

謝趙德老大資舉女婿陳丞京狀啓

伏以挂冠神武之門，居然一紀；望履翹材之館，邈若九霄。于何冰氏子之寒，欲動雪山佛之聽。真持方寸之木，輕撞萬石之鍾。頃不自量，迺竊有請。僭以東床之下客，控于北斗之鴻樞。懇陳鵲繞之依，仰祈鶚表之薦。敢謂觀使大資相公，其應如響，有味其言。既稱其禀不世之才，又重以行有用之學。使老僕當二語之寵，敢云披襟；豈後生蒙一字之褒，可不避席。而況揚清之公舉，尤艱破白之首章。惟元勳鉅德之相臣，欣爲之唱；則使節州麾之執事，和者争先。是一紙之春風，兼五奏之秋實。岱宗造化，難方化筆之穹崇；渤澥波瀾，莫測恩波之浩蕩。感深次骨，言不寫心。

謝福帥何樞使許薦陳丞啓

伏以卧疾清漳，箭激一星之紀；上書光範，莛撞萬石之鍾。頃不自量，乃竊有請。僭以東床之下客，控于北斗之鴻樞。僂陳鵲樹之依，仰匃鶚章之染。敢謂判府安撫觀文樞使相公，以衮衣繡裳之崇崛，不忘貧賤之交；以銀鈎玉唾之光華，允答迪忱之懇。云薦紙之罔缺，許嗣歲之兼收。立談賜白璧之雙，一諾重黄金之百。屬子淵之頌蜀，援建武以借恂。朝徹九關，夕頒一札。即舊邦而因任，布大册之焜煌。峻紫宸絶等之班，示赤舄端歸之信。天其或者，我有遇焉。極知帥閫之需頭，歲中不再；亦聞祕殿之薦目，囊底有三。偶時制立限員之文，至來年乃拜賜之日。息壤在彼，奚事荀庚之尋盟；秉燭夜行，猶恐靈均之先路。倚俟瓊琚之報，不勝狗馬之情。

答新廬陵陳宰啓

伏以廬陵壯縣，非方六七十之小邦；邑長邇年，財堇數二三之佳政。今衆口又談於明府，舉萬人想望其仁賢。恭惟判縣中大，太丘德閥之聞孫，碧落仙真之猶子。管城泓楮，初欲策勳二尺之檠；玉樹芝蘭，晚乃折腰五斗之米。身中清而雪潔，手奉職以風生。諸公輩薦鶚之五章，九重遣割雞於百里。河陽桃李，已先春而作花；武城絃歌，不崇朝而偃草。某漁樵爭席，雲月爲家。忽驚剥剥啄啄之叩門，更詒怪怪奇奇之妙牘。暗投明月，故應無按劒之譏；報乏英瓊，竟虚辱錯刀之贈。罣罣之悃，詹詹未央。

謝太守胡平一斷盜葬墓啓

伏睹判府寺正台判，以賊人羅十六發妻父故承事郎羅天文墓盜葬斷罪訖者。發冢元惡，服刑府廷。當三人夜盜於墟墓之林，其誰知者；乃一日暴冤於神明之政，此舉赫然。昭黄泉之憤於九天，嘘白骨之枯而再肉。從此衣冠之松檟，安若泰山；遂使椎埋之姦宄，罔不落膽。兩族雨感恩之淚，萬人歌掩骼之仁。某嘉與外家，同沐膏澤。屬嬰癃疾，抱至痛者一朞；仍苦痔風，忽下血之數斗。薾然垂死，力趁造而未能；惕若占詞，字欹傾而不恪。其爲悲感，罔究鋪張。

通吉州李守啓

恭審出紆西垣，分符南服。偉然人望，久應寘紫橐之班；邈是江城，乃復枉朱幡之轍。自非重外，何至煩公。先庚一臨，旁午相慶。恭惟判府太中，英名山重，雅德川流。夜光之璧，隋侯之珠，焯爲宗廟之寶；徂徠之松，新甫之柏，自是棟梁之材。小試合淝監貳之聲，大振臨賀循良之政。繄吾鄉佳山水之郡，有先正分風月之堂。召伯昔臨，撫砌下甘棠之蔚若；王戎幼戲，歎道旁苦李之宛然。故老喜東閤郎君之來，太史占南斗文星之粲。第恐促馳於召節，庸或不俟於建牙。某投老歸歟，受廛幸甚。紹興晚歲，嘗拜老龐公之後塵；淳熙初年，又忝大馮君之前秕。乃今得託於世契，將獲大庇於老癃。寸心載欣，千諄莫寫。

謝何樞使舉女婿陳丞改官啓

相門之老賓客，手援坦腹之親；幕府之舉賢才，首剡需頭之奏。望不及此，幸危得之。側聞十連之薦員，止限一削於滿歲。閩山人物，有今日小朝廷之名；樞極相臣，負一世大宗師之望。士經題品，衆所聳瞻。豈惟京秩之階梯，已入化工之坏冶。矧以廣文先生之親近，每朝暮叩門而求之；庸有藍田負丞之闒踈，無左右先容之進者。初笑亡弓於楚國，終爲得鹿之鄭人。遂濟登茲，孰維綱是。兹蓋伏遇判府安撫觀文樞使相公，道綜乾坤之緼，望隆社稷之臣。周公之非吝驕，篤故舊而無棄；仲尼之本忠恕，記久要而不忘。尚憐諸父之門生，同是貞元之朝士。老而不死，巋然獨存。薦其東床，詣于北闕。獻蛇雀銜珠之語，知所厭聞；肩出處斷金之心，永以爲好。過此以往，未知所裁。

賀李吉州小啓

恭審練日唯良，建牙有俶。仁風義氣，不減鼓琴之南薰；天時人和，更沛隨車之甘雨。恭惟驩慶。某受廛所部，卧病空山。騎竹而迎郭侯，已落兒童之後；扶杖而聽漢詔，莫陪父老之班。

羅氏定親啓

朱陳二姓，繪嫁聚以成圖；劉范兩家，締昏姻而以世。久矣古風之汩振，俟乎吾黨以追還。恭惟宣卿知丞學士尊伯翁令姪必隆主簿學士親家位長小娘子，穉而惠和，有外氏之内則；而万里長男具位長孺房下長孫子具位泰伯，學而彊勉，乃公家之彌甥。十世可知，繼好復從於今始；兩端而竭，菲儀仍守於舊規。

誠齋集卷第六十二

廬陵楊万里廷秀

書

上壽皇乞留張栻黜韓玉書

臣聞人主無職事，進君子，退小人，此人主之職事也。昔者舜之功亦多矣，而《傳》獨以舉十六相、去四凶爲舜之大功；魯平公非不賢矣，而後世乃以信臧倉、疑孟子爲平公之恨。人主之職事，豈復有大於進退賢否者乎？

恭惟皇帝陛下，以治功之不振爲大憂，以國勢之不强爲大耻。比年以來，選置宰相，更易百官，凡負天下之望、稱士林之秀者，陛下朝取一人，夕取一人，羅而致之朝廷之上，山林之士幾無遺矣。慶曆、元祐之盛，殆不過此。《詩》曰：「靡不有初，鮮克有終。」臣切觀近日之一二事，而私憂陛下之變於初也。

臣竊見左司郎中張栻，有文武之材，有經濟之學。蓋其父浚教養成就之者三十年，以爲陛下一日之用。陛下知之亦十年矣，陛下試之亦屢更煩使矣。寘之都司，處之講筵，陛下亦駸駸用之矣。天下方拭目而觀，非觀朝廷也，觀栻也。積平生之學，天下恐其負所學；膺聖主之知，天下恐其負所知。而栻自立朝以來，凛凛自奮。其在都司，有所不知，知無不爲；其在講筵，有所不言，言無不盡。天下不以爲栻之賢，而以爲陛下之聖。蓋身賢非賢，而用賢者爲明；能言非難，而聽言者爲聖。且如前日樞臣張説之除，在廷之臣無一敢言，獨栻言之。人皆以爲成命之難回，而陛下即爲之改命。是時天顔之喜，聖語之褒，行路之人皆能言之，以爲堯舜之舍己從人，成湯之改過不吝，陛下兼而有之。然一旦夜半出命，逐之遠郡，民言相驚，以爲朝廷之逐張栻，是爲張説報仇也。臣以爲不然。陛下如惡其人，必不聽其言；陛下既聽其言，必不惡其人。然天下之人難以户曉，此意未必出於陛下，而此謗獨歸於陛下，此臣所以不勝其憤，而爲陛下一言也。

至於小人如韓玉者，士論籍籍，謂其人狼子野心，工於誕謾，深於險賊。當陛下厲恢復之志，推豁達之度，使功使過，不疑不貳，故如玉者亦偶得以備使令於前。而玉小人，不知聖恩之深，陰懷兩端之志。其大姦大惡之狀，臺臣既言之矣。臣獨聞之士大夫之間，玉有書與知識云「不勝秋風鱸魚之思」，識者聞之，莫不寒心。昔陳平背楚歸漢，終爲漢之用；侯景背魏歸梁，終不爲梁之福。今之待玉，幸其有陳平之用，而不察其有侯景之詐，豈不危哉！且臺諫者，古之法官，蓋天子之耳目，朝廷之紀綱也。宰臣聞其有言，則狼狽而出府；大將聞其有言，則犇走而釋兵。非畏臺諫也，畏國法也。今臺臣之言玉者至於七八矣，而玉頑然坐曹，不以爲意，是無國法也。法存則國安，法亡則國危。他日萬一有姦雄焉，其誰肯爲陛下言之？借使言之，其誰畏之？議者皆曰：「陛下逐一君子，如彼其易，而去一小人，如此其難。」陛下何以得此聲哉？此臣所以不勝其憤，而爲陛下一言之也。

大抵小人之言，不可聽也。救君子，則小人必以爲黨；排小人，則小人必以爲訐。臣聞昔者孔戣之去，韓愈上書留之，唐帝不以爲黨；張湯之姦，李息畏禍不言，汲黯深以爲責。臣雖無汲黯之見責，不敢不發韓玉之姦。臣知陛下之不罪諫臣過於唐帝，不敢不留張栻之去。劉向曰：「用賢則如轉石，去佞則如拔山。」此漢成帝之爲也。陛下之聖，必不爲此。但恐言之而利害不明，諫之而忠誠不切，不足以感動聖心爾。臣願陛下沛然改命，留其所當留，去其所當去，朝廷輕重，在此一舉。臣區區獻忠，不勝萬死。

上壽皇論天變地震書

五月二十四日，朝奉郎、尚書吏部員外郎臣楊万里，謹齋沐裁書，昧死百拜，獻于皇帝陛下。臣聞言有事於無事之時，不害其爲忠也；言無事於有事之時，其爲姦也大矣。昔者賈誼陳治安之策，有厝火積薪之喻，此文帝最盛時也；蘇洵獻審敵之策，有弊船深淵之喻，此仁宗最盛時也。西漢之文帝，本朝之仁宗，何君也？後世堯舜之君也。以後世堯舜之君，而二子有積薪弊船之喻，何也？臣故曰「言有事於無事之時，不害其爲忠也」。

今則不然，南北和好踰二十年，一旦絶使，虜情不測。而或者曰：「彼有五單于争立之禍。」又曰：「彼有匈奴困於東胡，元魏擾於柔然之禍。」既而皆不驗。或者曰：「彼將畏我。」或者曰：「彼不敢圖我。」使果畏我而不敢圖我乎？道塗相傳，繕汴京之城池，開海州之漕渠；又於河南北簽民兵，增驛騎，製馬櫪，籍井泉；又收彼之海舟，入彼之内地，葺而新之。其意甚祕，其禁甚嚴，而吾之間諜不得以入，此何爲者耶？今夫千金之家有巨盜焉，日夜摩厲，以圖行劫而奪之貨。爲千金之子者，方且外户不閉，般樂飲酒，處之以坦然。

夫有其備而示之以坦然，可也；無其備而處之以坦然，可乎？ 而説者以爲「畏我」且「不敢圖我」也。 臣所謂「言無事於有事之時」者，一也。

或以謂「老胡北歸，可以爲中國之賀」。 臣以爲中國之憂，正在此也。 何也？ 昔者逆亮之南侵也，空國而盡鋭於一舉，不知夫此胡乘其虚而奪之國。 今此胡之北歸，蓋創於逆亮之空國而南侵也。 是胡將欲南之，必固北之。 北之者何？ 或者以身填撫其巢，而以其雛與壻經營其南也，而説者以謂「可以爲中國賀」。 臣所謂「言無事於有事之時」者，二也。

臣竊聞論者或謂「緩急淮不可守，則棄淮而守江」，是不然。 有淮所以有江也，淮苟無矣，安得而有江哉？ 吾果棄淮乎？ 虜以兵居之，居之而不去，近則通、泰之鹽利爲彼所據，將無以給吾之財用；遠則吴、蜀之形勢爲彼所裂，將無以通吾之脉絡。 蓋昔者吴與魏力争而得合肥，然後吴始安；李煜失滁、揚二州，自此南唐始蹙。 今曰「棄淮而保江」，既無淮矣，江可得而保乎？ 臣所謂「言無事於有事之時」者，三也。

陛下近日之舉，亦可觀矣。 如曰「舉邊帥」，如曰「舉都統」，其説是也，其意未也。 何也？ 今淮之東西凡十五郡，所謂守帥，不知陛下將使宰相擇之乎？ 抑將使樞廷擇之乎？ 使宰相擇之，宰相未必爲樞廷慮也；使樞廷擇之，則除授不自己出也。 一則不爲之慮，一則不自己出，緩急敗事，則皆曰非我也，陛下將責之誰乎？ 至於都統，則令侍從勿以見任，而必曰未顯者，是求他日之將才，而非求今日之將才也。 舉者得以塞今日之責，受舉者得以逃今日之責，是上下相與爲媮而已。 臣所謂「言無事於有事之時」者，四也。

且南北各有長技。 若騎若射，北之長技也；若舟若步，南之長技也。 今爲北之計者，尚收其海舟而繕治之，至於南之海舟，則不聞繕治焉。或曰：「吾舟素具也。」或曰：「吾之舟雖未具，而憚於擾也。」自紹興辛巳，南北之戰今幾年矣。當時山東之功，采石之功，不以騎也，不以射也，不以步也，舟焉而已。當時之舟，勝則勝矣，今幾年矣，素具之舟，其可復用乎？且夫斯民一日之擾，與社稷百世之安危，孰輕孰重也？《易》曰：「除戎器，戒不虞。」聖人豈不知其擾哉？夫固有大於擾者也，而曰「素具」，又曰「憚於擾」。臣所謂「言無事於有事之時」者，五也。

大抵天下之事有緩急。當周公相成王之時，其急在於膺戎狄；當宣王中興之時，其急在於伐玁狁。當今之時，陛下以爲何等時耶？金虜日逼，疆埸日憂，而未聞防金虜者何策，保疆埸者何道，但聞某日修某禮文也，某日進某書史也，是以鄉飲理軍，以干羽解圍也。臣所謂「言無事於有事之時」者，六也。

臣聞古者人君，人不能悟之，則天地能悟之。今也國家之事，虜情不測如此，而君臣上下處之如太平無事之時，是人不能悟之矣，故上天見異。相傳異時熒惑犯南斗，邇日鎮星犯端門，熒惑守羽林。臣書生不曉天文，未敢以爲必然也。至於王春正月，日青無光，若有兩日相摩者，茲不曰大異乎？然天猶恐陛下不信也，至於春日載陽，和氣播物，復有雨雪殺物者，茲不曰大異乎？然天猶恐陛下又不信也，迺五月庚寅，又有戊夜地震者，茲又不曰大異乎？且夫天變在遠，臣子不敢奏也，不信可也；地震在外，州郡不敢聞也，不信可也。今也天變頻仍，地震輦轂，陛下豈得不信乎？信之矣，豈得不懼乎？臣聞康衡云：「陰變則靜者動，陽蔽則明者晻。」曷謂陽？曰君也，德也，中國也，君子也。曷謂陰？曰臣也，兵刑也，夷狄也，女謁近習也。今也日而無光，春而雪寒，地而動搖，其爲陰之咎證也昭昭矣，而君臣不聞警懼，朝廷不聞咨訪。人不能悟之，則天地能悟之，臣不知陛下於此悟乎？否乎？臣謹按國史，本朝宣和五年十月，京師地震，未幾有粘罕寇汴京之役；紹興三年八月，行在所地震，未幾有金虜寇淮甸之役。宣和遇烖而恬不知懼，我是以有靖康之禍；光堯遭變而詔求直言，我是以有韓世忠、劉光世之捷。此近事之驗也，不必遠稽之上古也。今或者曰「天變不足畏，地震不足畏」，陛下胡不引宣和、紹興之事而觀之乎？臣所謂「言無事於有事之時」者，七也。

自頻年以來，兩浙最近則先旱，江淮則又旱，湖廣則又旱。一方有旱，則民之流徙者相續，道殣者相枕。常平之積，名存而實亡；入粟之令，上行而下不應。静而無事，尚未知所以振之救之；動而有事，將何仰以爲資耶？昔者漢之伐匈奴，必實塞下之粟；伐先零，必糴湟中之穀。今也倉廩府庫非徒無餘也，且不足也，而或者以爲無足慮。臣所謂「言無事於有事之時」者，八也。

古者足國裕民，惟食與貨。所謂貨者，今之錢幣是也。今之所謂錢者，富商巨賈、近習閹宦、權貴將相皆盈室以藏之，列屋以居之，積而不洩，滯而不流。至於百姓三軍之用，則惟破楮券爾。一旦緩急，破楮券可用乎？當是之時，萬一如唐涇原之師，因怒糲食，蹴而覆之，出不遜語，遂起朱泚之亂，可不爲寒心哉！臣之大憂，實在於此，而或者曰「楮券可以富國」。臣所謂「言無事於有事之時」者，九也。

臣聞善爲備者，備兵不若備糧，備糧不若備人。古者立國，必有可畏，非畏其國也，畏其人也。故苻堅欲圖晉，而王猛以爲不可，謂謝安、亘冲江左之望，❶是存晉者二人而已矣。異時名相如趙鼎、張浚，名將如

❶「亘」，當作「桓」，此避宋欽宗趙桓諱。下同，不出校。

岳飛、韓世忠，此金虜所憚也。近時劉珙可用則蚤死，張栻可用則沮死，萬一有緩急，不知可以督諸軍者何人，可以當一面者何人，而金虜之所素憚者又何人耶？而或者謂「今日文武之才，皆有其人。人之有才，用而後見」。臣聞之《記》曰：「苟有車，必見其式；苟有言，必聞其聲。」今曰「有其人」，而未聞某人如古之名相，某人如古之名將，是有車而無式，有言而無聲也。且夫「用而後見」，非臨之以大安危，試之以大勝負，則莫見其用也。平居無以知其人之能否，必待大安危、大勝負而後見其成事，幸矣；萬一見其敗事，悔何及耶！昔者謝元之北禦苻堅，而郗超知其必勝；亘温之西伐李勢，而劉惔知其必取。蓋元於履屐之間，無不當其任；温於蒱博，不必得則不爲。二子於平居無事之日，蓋必有以察其小而後信其大也，豈必待用而後見也哉？而今之説者曰「文武之才，皆有其人。人之有才，用而後見」。臣所謂「言無事於有事之時」者，十也。

臣願陛下超然遠覽，昭然遠寤。勿矜聖德之崇高，而增其所未能；勿恃中國之生聚，而嚴其所未備；勿以天地之變異爲適然，而法宣王之懼災；勿以臣下之苦言爲逆耳，而體太宗之導諫；勿以女謁近習之害政爲細故，而監漢唐季世致亂之由；勿以夷狄仇讎之包藏爲無他，而懲宣、政晚年受禍之酷。責大臣以通知邊事軍務如富弼之請，勿以東西二府而異其心；委大臣以薦進謀臣良將如蕭何所奇，勿以文武兩塗而殊其轍。勿使賂宦官而得旄節，如唐大曆之弊；勿使貨近倖而得招討，如梁段凝之敗。以重蜀之心而重荆襄，使東西形勢之相接；以保江之心而保兩淮，使表裏脣齒之相依。勿以海道爲無虞，勿以大江爲可恃，增屯聚糧，治艦扼險。君臣之所咨訪，朝夕之所講求，姑置不急之務，精專備敵之策。平居無事，常若敵至，庶幾上可消於天變，下不墮於戎心。《詩》云：「迨天之未陰雨，徹彼桑土，綢繆牖户。」若曰陰雨既至而後徹桑土，則伊尹、周公、孫武、穰苴亦不能爲矣。

雖然，天下之事，有本根，有枝葉。如臣前之所陳者，皆枝葉而已。所謂本根，臣請誦之。

臣嘗讀《三國志》，見杜恕上疏於魏明帝，臣以爲深有當於人心者。如曰：「陛下憂勞萬機，或親燈火，而庶事不康。」又曰：「今朝臣不自以爲不能，以陛下爲不任也；不自以爲不知，以陛下爲不問也。」又曰：「每有軍事，詔書常曰：『誰當憂此者耶？吾當自憂爾。』」又曰：「知其不盡力也，而代之憂其職；知其不能也，而教之治其事。」恕之意，蓋謂人主不可以自用，而人臣之不忠者，幸於人主之自用；人臣不可以不任責，而人臣之無能者，患於己之任責。細故小物，而人主自用，人臣不任責，若未害也。至於軍事，而猶曰「誰當憂此，吾當自憂」，今日之事，將無類此？

臣聞之《易》曰：「乾爲君。」乾之道，何道也？代有終者，坤也；行水火山澤雷風之用者，六子也，乾何爲哉？君道亦然。故孔子曰：「天何言哉？四時行焉，百物生焉。」自堯舜至於文武，罔不行此道；自六經至於《語》、《孟》，罔不講此言。惟漢之晁錯以爲不然爾，其説曰：「人主不可以不知術數。」夫以孝景恭儉之資，去成康不能以寸，然德減於孝文，變生於七國，錯實誤之也。陛下之聖，舍己如舜，從諫如湯，毋我如孔子，無可無不可如漢高帝，而太平未致，中興未開，夷狄寇讎若未有以備之者，得無有如晁錯者惑聖聽而誤聖心者乎？《傳》曰：「木水有本源。」陛下聖學高明，惟思其所以本源者。

臣昧死上愚言，惟陛下財擇。臣一介小臣，不勝愚忠，冒犯天威，罪在不赦，臣無任惶懼戰慄之至。臣万里昧死百拜。

旱暵應詔上疏淳熙丁未七月十三日上

臣伏准今月八日尚書省劄子，七月七日三省同奉聖旨：「政事不修，旱暵爲虐。可令侍從、臺諫、兩省、卿監、郎官、館職疏陳闕失及當今急務，無有所隱。」臣仰惟聖主在上，德政溥博，和氣昭格，頻年告豐。迺五月以來，上天不雨，聖心焦然，不遑朝夕，親御法駕，禱于群望，至惻怛也。而亢陽爲戾，時雨未應，誕布明詔，疇咨在廷。臣職在宰掾，列在卿監，無以報國，惟有盡言。然臣久不聞聖世求言之詔，而驟當聖主下詢之勤，竊喜憂民之意，足以轉災而爲祥。又竊歎求言之詔，無乃似遲而猶隘也。旱及兩月，然後求言，不曰遲乎？上自侍從，下止館職，不曰隘乎？臣請爲陛下歷言致旱之由，然後精講備旱之策。

臣聞天地之氣，與人之氣貫通而爲一者也。是氣也，常通而不隔，則爲豐穰，爲治安；一有隔而不通，則爲水旱，爲危亂。今歲之所以旱者，何也？是必有隔而不通者也。《易》曰：「天道下濟而光明，地道卑而上行。」《記》曰：「天氣下降，地氣上騰。」皆言天地之氣相爲升降，然後相爲貫通也。今也陽亢於上而不下濟，陰伏於下而不上行，是必有戾氣隔於其間也。然則孰爲戾氣？斯民歎息之聲，此至微也，而足以聞于皇天；斯民愁恨之念，此至隱也，而足以達于上帝。此戾氣之所從生，而天地之氣所從隔也。愛民如陛下，憂民如陛下，而安得愁恨歎息之事哉？蓋上澤不下流，下情不上通而已矣。何謂上澤之不下流？上有薄賦斂之君，而民不受其實惠；上有省刑罰之君，而民不被其深仁，此臣所謂上澤之不下流也。何謂下情之不上通？陛下之耳目，内寄之於臺諫，而臺諫之情有所不盡達；外寄之於監司，而監司之情有所不盡聞，此臣所謂下情之不上通也。

臣請先言民不受實惠之説。陛下之於民，田租之課，所蠲者不知其幾；酒稅之課，所蠲者不知其幾；茶鹽之課，所蠲者不知其幾，可謂上有薄賦斂之君矣。然民之不受其實惠者，何也？下之人有以隔之也。陛下蠲之，版曹督之，監司督之，州縣督之，則是蠲之者言也，督之者意也；蠲之者名也，督之者實也。言不掩意，實不蓋名，是罔民也。或曰：「此經常之費也，不可得而蠲也。」若曰經常之費不可得而蠲乎？真宗之世，嘗因蠲民之賦，而出内藏之錢，以賜三司，以代所蠲矣。大臣何不舉此故事，以聞於陛下也？或曰：「人主愛民，人臣愛官，故蠲之者未幾，而督之者愈峻也。」且陛下之愛民，令之則必行，禁之則必止，人臣安得以愛官之故而隔陛下及民之惠也？或曰：「沈复之爲秀州，蓋嘗以獻羡餘而進，自此而得樞密矣；錢良臣之爲總領，蓋嘗以巧聚斂而進，自此而至參政矣。上之人設大官以誘之，故下之聚斂者奔而趨之。」臣竊以爲不然。陛下之用二臣，或以其寸長，或以其一能也，豈以其獻羡餘、巧聚斂而用之哉？雖然，《詩》不云乎：「人之多言，亦可畏也。」願陛下謹其用人之端，而勿啓其愛官之源，庶乎斯民蒙陛下之實惠也。臣故曰「上有薄賦斂之君，而下不受其實惠」者，此也。

臣請次言民不被深仁之説。陛下邇者御殿，慮囚多，從末減，非不欽恤；又推之於京畿輔郡，罔不末減，非不欽恤；又推之於天下郡縣，罔不末減，非不欽恤，可謂上有省刑罰之君矣。然民之不被其深仁者，何也？或曰：「京畿縣令之獄，非有訟也，邏者興之也；左帑監官之獄，亦非有訟也，邏者興之也；淮商鄭雱之獄，亦非有訟也，中人興之也。」且夫京幾縣令之罪，信有罪矣，恕之不可也；左帑監臨之官，信有罪矣，恕之不可也。然下無吏民之訟，上無官長之劾，而邏者興之則不可也。天下之事，惟公可以服人，惟正可以治人。所謂邏者，豈盡公正乎哉？周之監謗，秦之偶語，其端甚微，其禍甚大，皆此曹爲之也，宜其人之不服也。至於鄭雱之獄，其有罪無罪，臣不得而知也，但聞其發於中人鄧⿰王堯之請，人已不服矣。幸而陛下付之於淮西之監司方有開者鞠之，果以無罪告。陛下赫然震怒，貶鄧⿰王堯之秩，此齊威王烹左右者之舉也，人已大服矣。今又有貴戚近習曰鄭興裔者，爲淮西之帥，再欲實鄭雱之罪，以快中人之憤，以結中人之援，詔下再鞠，中外凜凜也。邇日復聞鄭雱者詣登聞而乞付廷尉矣，此蓋恃陛下之明，而自歸於君父。然今之所謂廷尉者，其如張釋之乎？其如徐有功乎？其能不諂附中人而昭洗無罪乎？中外凜凜也。漢黨錮之獄，唐甘露之禍，皆此曹爲之也，可不杜其漸乎？臣故曰「上有省刑罰之君，而下不被其深仁」者，此也。

臣請復言臺諫之情有不盡達之説。臣竊見臺臣蔣繼周言及軍中鞭死二婦之事，其一軍婦也，其一民婦也。既而又聞繼周以言事失實，求罷所職。使其果以軍婦爲民婦，是失實也。然臺諫言事，許以風聞，此祖宗之法，所以防姦雄隱伏不測之變也。既曰風聞，則豈能事事盡實也哉？今也以言一事失實而遽罷臺職，萬一他日有意外不測之姦，欲言則無其迹，不言則養其患，而臺諫之臣懲於失實之罪，是豈可不爲寒心哉？且言一軍婦而失實，其罪微矣，未至於罷職也。罪不至於罷職而遽罷之，中外相顧，或曰繼周以觸天威而罷也，或曰繼周以言近習而罷也，或曰繼周以擊權貴而罷也。是三説者，初無是事也，而天下不可以户曉也。無是事而有是説，皆非所以章陛下之聖德，而適以損聖德；非所以重天朝之國體，而適以傷國體。陛下受其名，繼周受其榮也。繼周受其榮，亦繼周受其屈也。陛下豈得而知之乎？臣故曰「臺臣爲陛下之耳目，而臺臣之情有不盡達」者，此也。

臣請復言監司之情有不盡聞之説。臣竊見浙東監司朱熹以言台州守臣唐仲友而畀祠禄，至今六年。朝廷藐然不省，亦廢然不用，天下屈之。或曰：「熹之經學，上祖孔孟，下師程顥、程頤，舉而用之，必有可觀。」臣未論也。或曰：「熹之才氣，大用之則應變，小用之則撥煩，置之散地，深有可惜。」臣亦未論也。臣獨怪熹以監司而劾郡守，郡守廢而不用，監司亦廢而不用。以郡守爲是乎，猶當伸監司以養其直也，不當廢監司也；以監司爲是乎，則當廢郡守矣。今也熹與仲友兩廢而兩不用，臣不知此爲賞耶？爲罰耶？使仲友而無罪，仲友何不請詣廷尉以辨之？使熹而舉按之不實，朝廷何不聲熹之罪以罰之？何直爲此憒憒也？況於細民之冤而求白乎？臣故曰「監司爲陛下之耳目，而監司之情有不盡聞」者，此也。

由前之二説而推之，則上澤之不下流者非一端；由後之二説而推之，則下情之不上通者非一事，亦姑舉臣之所知者而已。

抑又有可言者。臣聞能節用而後能愛人，能不傷財而後能不害民。故韓昭侯愛一敝袴以待有功，非愛敝袴也，一絲一縷皆自寒女出也。小民絲粟十百之逋，官捕而笞之繫之，鞭血流地，陛下不得而見也；號呼徹天，陛下不得而聞也。然則財之在官者，豈可妄用哉？如往歲之雪寒，如邇日之火災，陛下皆發帑廩以賜軍民，誰不悦服者？至於史浩之賜金，至以千計焉；夏侯恪之賜錢以買宅，至以萬計焉。塗之人皆曰：「此民之膏血也，是二人者何功而得此也？」弱者嫉焉，强者憤焉，此亦召戾氣之一端也。

臣聞聖人擇狂夫之言。且狂夫者，喪心無知之人也，其言果何足取？而聖人擇焉者，將以來天下之嘉言也。側聞講筵讀《正觀政要》，至於太宗之導諫而悦從，陛下慕焉；讀陸贄《奏議》，至於德宗恥屈於正論，陛下譏焉。人誰不恃陛下之好諫而争爲狂言者？然自近年以來，如賈偉以妄言兵將而貶，自此外之小臣相戒而不敢言事矣；許知新以妄引指揮而黜，自此内之群臣相戒而不敢言事矣。是二事者，必不出於陛下之意也，而中外大惑也，此亦召戾氣之一端也。

雖然，臣前所言者，皆非其大者也。臣聞《洪範》之五事，其一曰「貌曰恭」，又曰「恭作肅」，又曰「肅時雨若」。蓋恭肅者，謙而不自盈、卑而不自高之謂也，即《易》之「天道下濟」、《記》之「天氣下降」之理也，是以爲時雨之證。故堯之聖，不過於允恭；舜之聖，不過於温恭；商之中宗享國五十九年，而猶嚴恭以自度；衛之武公享壽百年，而猶作《抑》之詩以自儆，皆「肅時雨若」之理也。陛下有睿聖不世之資，無聲色盤游之過，而又春秋寖高，享國愈久，閱天下之義理愈多。威德外洽，而無疆埸之虞；政教内修，而有屢豐之應。是以大臣仰其清光而莫望，敢於將順而不敢於正救；臺諫知其無過之可指，事於悟言而無事於拂辭。是陛下有堯舜舍己從人之聖，而群臣無禹皋予違汝弼之忠。臣恐陛下忽心之易生而驕心之易至也，何以望「肅時雨若」之速應哉？今日之旱，天意或者以是儆陛下之心而進陛下之德乎？成湯遇旱而禱，不在於以身爲犧，而在於六事自責之一語；宣王遇旱而懼，不在於靡神不舉，而在於側身修行之一事。臣之此言，聞者以爲甚迂，而知之者以爲甚大也。惟陛下毋忽，惟陛下毋忽。

至於備旱之急務，則臣復有四説焉：曰寬州縣，曰核積藏，曰信勸分之賞，曰賞捄荒之官。所謂寬州縣者，非寬州縣也，所以寬吾民也。朝廷近時有拘催之官者，是代版曹而行督責之政也，此已失朝廷之體矣。古者錢穀之問不至廟堂，而陳平亦曰：「陛下問錢穀，當責治粟内史。」蓋古之治粟内史，即今之版曹也。版曹，有司也。有司峻急，則朝廷或解而寬之，朝廷所以統有司也。有司急矣，朝廷復自急焉，何以解有司之急哉？是上下俱行急政也，民何堪焉？况當旱歲而督逋益急，州縣將何出哉？出於旱荒之民而已。臣謂版曹逋欠之多如湖、秀之類，因此大旱而蠲之以非常之恩，可乎？拘催所逋欠之數，皆有名無實，無可催理之物，亦因此大旱而蠲之以非常之恩，可乎？

所謂核積藏者，常平之粟是也。今天下常平之粟，不許他用，其法至重也。然有至重之法，而無不用之實，何也？州縣窮空，軍人待哺，不幸而省倉無粟，則不得不支常平之粟矣。故常平之粟，往往徒有其數耳。今核之者，核其盈虚多寡，而朝廷預爲來歲捄荒之備，不至於臨時而無所錯手足也。

所謂信勸分之賞者，朝廷非無賞格也，常患於不信而已。如淳熙十一年吉州之旱，守臣趙師羼設賞以募富民，有鍾其姓者出粟萬斛，以輸之官。州聞之朝廷，至今無一級之爵。今江西又告旱矣，來歲富民之粟，肯從官司之勸分乎？此可慮也。

所謂賞捄荒之官者，如乾道江西之旱，賞小官者四人；如淳熙浙西之旱，併賞常平使者，擢而登朝之類是也。

是四説者，陛下皆嘗行之矣，而臣重及之者，所以望陛下之力行也。雖然，備旱之四説抑末矣，請循其本。

臣一介小臣，蒙陛下不鄙夷其愚陋而垂清問焉。臣空臆盡言，不知忌諱，席藁私室，以待天誅。干冒天威，罪當萬死，臣無任皇懼屏營之至。謹録奏聞，伏候敕旨。

上壽皇論東宫參決書

十一月初七日，朝請郎、新除祕書少監兼太子侍讀臣楊万里，謹齋沐裁書，昧死百拜，獻于皇帝陛下。臣伏見陛下自宅憂以來，聖情摧傷，至意惻怛。五十而慕，同於大舜；七日不飲，過於曾子。仗衛所過，憔悴形於玉色，涕淚被於天顔。臣民瞻之，無不感泣，莫能仰視。自三代以來，一人而已；漢唐以降，未之有也。及伏讀今月三日詔書，令皇太子參決庶務，此尤足以見聖心盡孝之篤，執喪之專。天下之大，不足以解憂；先王之禮，不足以奪情也。然非常之元，黎民懼焉。今太上升遐之初，内有大喪，外有强寇，人情皇皇，未有所定，而又出此非常之舉。詔下之日，國人大驚，中外相顧；訛言繁興，不可禁止。此治亂安危之幾也，臣請爲陛下極言之。

臣伏思詔書有「參決庶務」之語。所謂庶務者，何務也？非禮樂征伐之政、福威玉食之權乎？是政也，是權也，可以出於一，而不可出於二者也。出於一，則治則安則存；出於二，則亂則危則亡。蓋政出於一，則天下之心聽於一；出於二，則天下之心聽於二。《傳》曰：「國不堪二。」又曰：「民無二王。」今陛下在上，而又置參決，無乃國有貳乎？自古未有國貳而不危者。蓋國有貳，則天下向背之心必生。向背之心生，則彼此之黨必立。彼此之黨立，則讒間之言必起。讒間之言起，則父子之隙必開。開者不可復合，隙者不可復全。昔趙武靈王命其子何聽朝，而從旁觀之；魏太武命其太子晃監國，而自將于外。既而間隙一開，四父子皆及於禍，而二國遂大亂。故夫君父在上，而太子監國，此古人不幸之事也，非令典也。

或曰：「正觀嘗行之矣。」臣以爲亦非令典也。監國不過旬日，而太子承乾卒以罪廢。非承乾之罪也，太宗陷之也，豈有臣子而可使之攝行天子之事乎？或曰：「天禧嘗行之矣。」臣以爲此亦非美事也。蓋丁謂、王欽若幸真宗之近醫藥，而群小自相貴也，自相賜也。宰臣皆兼東宮之保傅，而賜白金者人五千兩。下至三軍，莫不有賜，以取悦天下之情。當時若非寇準、王曾，幾生大變。今國有大喪，其費不貲，而詔書又援天禧故事以示之，小人無知，已人人有望賜之心矣。陛下空國而悦之，日亦不足矣。故夫監國之事，古之盛時無有也，本朝之盛時亦無有也，豈可創見於聖世，爲後世藉口乎？

或曰：「聖主欲行三年之喪，故舉行監國之典。」今不行監國之典，是使聖主不行三年之喪乎？臣謂此俗儒之論也。臣聞有天子之孝，有士庶人之孝。孔子曰：「一人有慶，兆民賴之。」此天子之孝也。《傳》曰：「天子之大孝，莫若安社稷。」是亦夫子之意也。又況古者一代之治，各有一代之家法。夏不法堯舜而法禹，《書》曰「皇祖有訓」是也；周不法禹湯而法文王，《詩》曰「儀刑文王」是也。若夫本朝之治，亦自有家法矣。宫中行三年之喪，而外朝聽天下之政，此列聖之家法也；徽宗顯仁之喪，自有紹興之制，此光堯之家法也。今議者不使陛下循列聖之規，蹈光堯之行，以合孔子所謂天子之孝，而顧欲使陛下與曾閔匹夫校一行之高，立一節之苦，是非俗儒之論乎？

昔英宗久不出，國人皇皇。大臣請車駕一出祈禱，於是見者大悦，國情乃安。今陛下欲徇俗儒之論，守匹夫之節，而下參決之詔，國人已皇皇矣。臣願陛下遠鑒古人國貳之禍，近念光堯王業之艱，沛然從群臣御殿之請，而親法宮之事；幡然從太子力辭之請，而寢參決之詔，則可以安國人，可以示夷狄。祖宗及光堯付託之業，可以有泰山之安；陛下及太子父子之親，可以無纖芥之疑矣。古人所謂轉敗爲功，轉危爲安，於此在矣。惟陛下深圖之。

臣一介小臣，預國大議，自知言出於口，戮及於身。然使臣殺一身以利國家，臣之願也。使臣言不用，而安危有不可測，則臣雖生何益？臣冒犯天威，罪在不赦，臣謹席藁以待。臣無任惶懼戰栗之至，不備。臣万里昧死百拜。

駁配饗不當疏

三月二十日，朝奉大夫、守秘書少監兼太子侍讀臣楊万里，謹齋沐裁書，百拜獻于皇帝陛下。

臣聞之王通曰：「議，其盡天下之心乎。」蓋堯之衢室，舜之總章，周有卿士庶民之謀，漢有博士廷臣之議，此皆王通之所謂議也。既曰議矣，則君之所可，臣必有所否；卿士之所從，庶民必有所違。君人者酌其議而擇之，擇其善而從之，然後下無不盡之心，上無不善之舉。今者議臣建配饗功臣之議則不然，曰欺，曰專，曰私而已。先之以本朝之故事，惟翰苑得以發其議。抑不思列聖之廟有九，而廟之有配饗者八。發配饗之議者非一，而出於翰苑者止於三。且如罷王安石之配饗神廟，則司勳外郎趙鼎之言也；請以韓忠彥配饗徽廟，則刑部尚書胡交修及中書舍人樓炤等之議也，豈盡出於翰苑哉？今舉其三以自例，不顧其餘之不然，非欺乎？申之以聖諭之所及，惟一己得以定其議，非專乎？終之以止令侍從數人之附其議，使廷臣皆不得以預其議，非私乎？是説一行，自今以往，一議之出，必欲有可而無否，必欲以一人之口而杜千萬人之口也，何以盡天下之心乎？有可而無否，其弊必至於以水濟水之喻；以一人之口而杜千萬人之口，其弊必至於指鹿爲馬之姦。臣之所憂，不特一配饗之議而已。

恭惟陛下，秉大公，廓至明，如天之清，如水之止，無偏如周武，毋我如仲尼，必不徇議臣一己之私説，而盡違天下之公議也。臣惟恃此，敢陳其愚，惟陛下垂聽焉。

臣伏見故太師、忠獻魏國公張浚，身兼文武之全才，心傳聖賢之絶學，遭遇先皇聖神武文憲孝皇帝，擢任不次，出將入相。而浚捐軀許國，忠孝之節，動天地而貫日月。武夫悍卒，孺子婦人，裔夷絶域，聞其名者皆翕然歸仰，中興以來，一人而已。臣嘗論其概，以爲耆德卓行，忠諫嘉謀，動爲人師、言爲世則者，固不可勝舉也，而其尤大焯著，有社稷之功者五：

建炎之間，逆臣苗傅、劉正彦之變，先皇忍耻。僞赦之出，四方驚惑，然莫有敢誦言討之者。惟浚興平江之師，内則倡率韓世忠、張俊以爲之用，外則結約吕頤浩、劉光世以爲之助，不崇朝而建復辟之勳。首復辟者誰歟？浚也。此其有社稷之大功者，一也。

紹興之間，浚初拜右相，未皇他議，首上封章，請建儲嗣。入謝之日，繼以面陳，而先皇嘉納。雖先皇選建之公，宗社靈長之福，上天眷顧之命，曆數有歸，在於陛下，然發此議者，紹興五年八月十五日也。發大議者誰歟？浚也。此其有社稷之大功者，二也。

先是，大將范瓊來赴行在，挾其兵衆，居然悖傲，不復有人臣之禮，肆然邀求，且乞貸苗、劉之黨。浚召瓊至都堂，數其罪狀，縛置廷尉，論抵之死，而優撫其軍，從容指麾，釋兵聽命，分隸他將，無敢譁者。然後國法以正，紀綱以張，强臣悍將始知有朝廷之尊。立國之基，實肇於此。立國基者誰歟？浚也。此其有社稷之大功者，三也。

浚之守蜀，備禦既固，虜至輒敗。大酋粘罕病篤，召諸將謂曰：「吾自入中國，未有敢嬰吾鋒者，獨張樞密與我敵。我在猶不敢取蜀，爾曹宜息此意，姑務自保而已。」兀术出而怒曰：「是謂我不能耶！」粘罕既死，兀术來寇。浚令吴玠、吴璘大破之，俘獲萬計。兀术僅以身免，髡鬍鬚髯而遁。自虜入中原，其敗衄未嘗有此也。我是以有和尚原之捷，虜自是不敢窺蜀矣。浚之出蜀而歸也，復薦吴玠等九人將帥之才，後皆獲其用，至今朝廷無西顧之憂。全蜀安而後中國安，安蜀者誰歟？浚也。此其有社稷之大功者，四也。

浚之貶福州也，劉麟乘此引兀术之兵數路入寇。先皇即日召浚，浚亦即日就道。既至江上，兀术聞之曰：「聞張樞密貶嶺外，何得已在此？」未幾宵遁。先皇之幸建康也，劉猊挾虜衆來寇。時相臣趙鼎、樞密折彦質皆欲退淮上之師，爲保江之計。浚力争，以爲收兵渡江則無淮南，而長江之險與虜共矣。先皇決策從浚，我是以有藕塘之捷，自此兩淮始可立矣。兩淮定而後中國定，定淮者誰歟？浚也。此其有社稷之大功者，五也。

蓋浚之用心，以堯舜致君之道爲己任，以《春秋》復讎之義爲己責，以文武境土未復之業爲己憂。其論諫本仁義似陸贄，其薦進人才似鄧禹，其奮不顧身、敢任大事似寇準，其志在滅賊、死而後已似諸葛亮。《孟子》曰：「有社稷臣者，以安社稷爲悦者也。」浚有焉。今先皇行且祔廟，方議配饗之臣，非有社稷之大功者，其誰實宜之？臣謂有社稷之大功，宜配饗於新廟者，莫如浚也。且陛下賜浚謚忠獻，制辭有曰：「慮國忘家曰忠，獻可替否曰獻。」又曰：「若趙普平定四方，若韓琦弼亮四世。雖成功之不一，要易地以皆然。」訓辭具存，昭若日星。蓋普則配饗太祖之廟，琦亦配饗英宗之廷，陛下以此比浚，則今日配饗新廟者，舍浚而誰哉？而議臣懷私，故欲黜浚而不録，以沮天下忠臣義士之氣，公議甚憤而不平也。且議臣以復辟之功爲重乎？浚倡之，吕頤浩和之，張俊、韓世忠稟而行之。今録其同功者三人，而黜其元功者一人，可乎？且議臣以建儲之功爲重乎？趙鼎言之，浚亦言之，今録其一黜其一，可乎？至於固長淮以保江，守全蜀以保吴楚，則浚一人而已矣，此又非諸將所敢望者。臣故曰「配饗新廟者，舍浚而誰哉」。

或謂浚嘗爲隆興之相矣，非没於紹興之年也。臣以爲不然。趙普嘗相太宗矣，而配饗太祖之廟；韓琦、曾公亮嘗相神宗矣，而配饗英宗之廷。然則浚之宜配新廟，又何疑焉？

昔唐以苗晉卿配肅宗而遺裴冕，蘇氏駁之。當時竟行其説，裴冕得以復收。臣雖學術淺陋，竊有志焉。又况議元和配饗之臣，則令尚書省、御史臺四品以上，兩省五品以上同議焉；議會昌配食之禮，則出於宗正少卿李從易所奏焉，豈翰苑之臣所得而專哉？蓋專則有弊，衆則無私故也。臣願陛下遵中興之典，酌李唐之制，斷自聖衷，照破私議，以臣所駁之章，詢之大臣，下之禮官、博士，令與臺諫、兩省、侍從及在廷之臣雜議其事，如蘇軾論配饗必都省集議者，而陛下擇其中。録元勳於既黜，釋公議於既鬱，可以伸屈抑，可以决壅蔽，可以盡天下之心，可以爲忠義之勸。一舉而衆美具，誠非小補。冒瀆天聽，無任惶懼屏營之至，不備。

臣万里昧死百拜。

貼　黄

奏爲議臣挾私，論新廟配饗功臣，獨黜張浚，不合公議。乞如蘇軾論配饗事，謂祖宗所不敢專，必命都省集議。如有可采，乞賜睿覽，付外施行。伏候敕旨。

上皇太子書

某伏讀今月初三日詔書，令殿下參決庶務，此主上聖孝之至，哀痛之極，無聊不平之深，而爲此舉、出此言也。然詔音一下，國人大驚。蓋太上升遐之初，外有大敵，内有大喪，天下皇皇，人情靡寧，而復見此非常可駭之事，安得而不驚？而況殿下驟承君父甚異之詔，亦安得而不驚乎？

某聞國不堪貳，君不可以代匱。在《易》之乾九四一爻，先儒以爲此太子之位也。九四之位，近九五君位者也。位近者其勢逼，勢逼者其道危，故聖人戒之曰：「或躍在淵，無咎。」或之者，疑之也。疑之者，未可以躍之謂也。未可以躍，故宜在淵。淵之爲言静也，静則無咎，動則有咎矣。今殿下於此，必有以處之矣，必不忍怵於君父哀痛之辭，迫於君父威命之重，而奉承之不暇也。不然，是國有貳而君可代匱也，豈九四在淵之義哉？

天下之職皆可共理，惟人主之職，非可共理之物也。何也？天無二日，民無二王。惟其無二王，故合萬姓百官而宗一人。今聖主在上而復有監國，無乃近於二王乎？於此使萬姓百官之心宗一人乎？宗二人乎？自古及今，未有天下之心宗父子二人而不危者。蓋天下之心宗乎二人，則向背之心生，則彼此之黨立。彼此之黨立，則讒間之言必起。讒間之言起，則父子之隙必開。開者不可復合，隙者不可復全，此古今之大憂也。主上之聖，殿下之賢，必無是也。

然古人已往之事，有不可不慮者。殿下獨不見魏太武太子晃父子之事乎？其初亦曰監國也，既而父子之隙一開，其禍有不忍言者。某侍講堂，讀《通鑑》至此，嘗慨歎反覆爲殿下講之矣。夫魏太武以自將出師於外，而置監國於内，猶有説也，然其禍尚如此。今而置監國，此何説哉？且詞臣代言，引正觀、天禧之故事，皆非美事也。殿下何不令宫吏檢正觀之事爲何事、天禧之時爲何時而熟觀之乎？嘗觀古人，一履危機，悔之何及。與其悔之而無及，孰若辭之而不居乎？某願殿下三辭五辭十辭百辭而必不居也，如此則可以安殿下之子職，可以增殿下之仁孝，上可以解天顔之戚，下可以慰天下之望，實宗社之福，生民之福，主上及殿下父子萬世無疆之福也。

昔者子從父之命，孔子不以爲孝。非欲其不從父命也，蓋從其所可從，而不從其所不可從也。惟殿下勿謀於人，勿惑於多言，勿迫於君父之威命，斷然决之於心而力行之，某不勝惶懼懇切願望之至。

上皇帝留劉光祖書

臣昨被命，覆考殿試進士，鎖宿半月，不知近事。至二十五日、二十六日唱名，蒙恩賜告，少休私室。忽聞殿中侍御史劉光祖除太府少卿，又聞光祖即欲出國門，上章丐祠，奉聖旨不允。有以見光祖不負陛下之知，又見陛下眷留光祖之勤也。

臣頃守筠州，恭遇陛下龍飛九五之初，日夜翹首跂足，仰觀陛下維新之政，責己愛民，尊賢納諫，勤學問，遠聲色，斥近佞，凛凛乎漢宣帝、唐太宗之上矣。惟一二執法言責之臣，孤陛下之器使，往往假彈擊之權，以濟修怨之私意；文姦邪之説，以排異己之正士。識者歎息，四方何觀。臣是時蒙陛下收召，臣子大義，豈宜俟駕而行；世路孔艱，又欲自崖而返。辭不獲命，進退徊徨。積憂熏心，鬚髮盡白。既蒙賜對，再寘周行。閔免就列，愧無補報。邇者陛下赫然震怒，斥退一二之臺諫，親擢光祖爲副端。而光祖忠氣奮發，知無不言，言無不盡；陛下虚懷嘉納，言無不聽，聽無不行。在廷相賀，以爲公道之昭明，太平之濟登也。而今也光祖之遷，外議籍籍，或謂光祖以言事犯天威，或謂論權倖除授，未蒙施行。臣以爲聖明在上，必無此事。及見不允光祖丐祠之請，益知聖主之可恃而外議之未然也。

昔何武之去，鮑宣留之而復召；孔戣之去，韓愈留之而不從。臣與光祖，初無一日之雅，今兹偶然同朝，竊慕二臣爲國留賢之義，願陛下勿詒唐帝失賢之悔。儻聖意幡然，遂行其言，而復光祖言職，固足以大慰中外之望。若其未也，亦當略行其説，使近倖不至輕視陛下耳目之官，朝廷益尊，而光祖亦藉以可留，實天下幸甚。臣謹昧死以聞。

誠齋集卷第六十三

廬陵楊万里廷秀

書

上張子韶書

某嘗言之，士窮於窮，亦通於窮；達於達，亦病於達。且夫爵三公，禄萬鍾，達矣。謂道必待達而後達，則公孫之相，徒足爲其曲學阿世之資。飯糗茹草，曲肱飲水，窮矣。謂道必以窮而遂窮，則顏氏之巷，乃適借之以心齋坐忘之地。嗟夫！吾然後知富貴者中人之膏肓，而貧賤者君子之穀粟歟！

昔者孔孟嘗稱如有用我而舍我其誰矣，豈嘗矯情而不願於達哉？蓋其用也，意乃在於爲東周；其不舍也，意乃在於平治天下爾。此孔孟之不忍獨樂其樂，而欲以天下樂其樂也。若其所以真樂者，豈用不用、舍不舍之謂耶？自常人觀之，忠恕之味，固不足以療不糝之飢；仁義之悦心，亦豈足以蘇轍環之疲也哉？然非不糝，非轍環，非伐木，非削迹，❶非自衛反魯，非退之齊梁，則吾之真樂，猶爲未達其極。❷不然，重圍

❶「迹非」至「吾之」，原殘闕，今據四部叢刊本補。

❷「未達」至「胡爲」，原殘闕，今據四部叢刊本補。

之中，胡爲援琴而歌其出晝也？初無不悦之色，此其心果何所屬，而其樂果將安寄耶？故曰：「吾得之於桑落之下。」又曰：「我豈若處畎畝之中。」此聖賢之意也。

厥今天下之士何病哉？志欲澤物而忘其我，道欲被乎天下而曾不用其一身，皆曰：「達則行之，而惜乎吾之窮也。」幸而達矣，叩之則空空無有矣。蓋前日之惜窮，所以爲今日之無有也歟？某也生乎今之世，而慕乎古之樂，獨嘗歎中庸一貫之妙，致知格物之學，此聖賢授受之秘，而六經流出之源。子思不識堯舜，而以是識堯舜；孟子不見孔子，而以是見孔子。聖賢之所以内而正心誠意，外而開物成務，不待富貴而欣，不因貧賤而悲者也。蓋有志焉，而其學莫之傳，其盟莫之主也。

竊聞浙江之西有君子焉，異時策多士之先，居朝廷之上，人皆賀其達，而曾不以爲達。一旦寘之於蠻徼，❶投之以寵辱，❷人皆惜其窮，而不以爲窮。❸居約置散者且將二十年矣，而聞其貌夷然無自失之色，其氣盎然無不平之憤，方且日泳洙泗，登杏壇而入由也未入之室，在回也所在之巷；啓《中庸》、《大學》之管籥，而決《論語》、《孟子》之淵泉，渺渺焉若仲尼居而參侍，若與回言而終日也。此其心必有至樂乎其中，而不可以聲臭窺測者。某也願撰履攝齊，以躬洒掃應對之役，求聞所以好之樂之之旨屢矣，而未之得。比來

❶「徼」，原殘闕，今據四部叢刊本補。
❷「投」，原殘闕，今據四部叢刊本補。
❸「不以爲窮」至篇末，原殘闕，今據庫本補。

天誘其衷，筦庫於此，而適遇從者之至，是以踽踽焉自進於函丈，而竊有請也。夫語道於非，其人不智；語人以非，其道不仁，先生必不其然。

上張丞相書❶時公尚謝客

某始讀《論語》，見夫子厄於向魋而言曰：「天生德於予。」又曰：「知我者其天乎？」則欣然賀吾夫子雖困於人而遇於天。至讀《孟子》，則曰：「夫天未欲平治天下。」又曰：「吾之不遇魯侯，天也。」則又爲之蹙然以悲，曰：「天何不仁夫！」天下之生而未欲平治，亦何憎夫孟子，而故使之不遇哉？孟子之不遇於人，可也。抑不遇於天乎？❷殆不然也。❸聖賢君子之所以爲聖賢君子者，❹惟安於天，故極於天。極於天，故遇於天。何謂安？曰數。何謂極？曰理。數非天之私也，天且不能違也，吾烏乎而不安？若夫理者，天之至也，而非天之獨也。吾同乎天也，盡吾之理以極天之理，亦奚而不能？孟子之不遇者，天也，數也。夫子之見知於天者，天也，理也。以孔孟而終身匹夫也，果遇也歟哉？匹夫而安焉，安而極焉，以匹夫而爲聖

❶ 篇題至「孟子之不遇於人可」，原殘闕，今據庫本補。
❷「於天乎」，原殘闕，今據四部叢刊本補。
❸「殆不然也」，原殘闕，今據四部叢刊本補。
❹「賢君子之」，原殘闕，今據四部叢刊本補。

賢君子焉。彼之困，此之亨，果不遇也歟哉？安斯極，極斯遇矣。

先生早年而起遠方，宰天下，定王室，開中興，功亦不細矣，何其遇也。功高而忌至，道大而嫉生。訾先生者無罪，擠先生者無禁，又何其不遇也。人乎？天乎？天乎？數乎？然其未遇而有遇，既遇而復不遇，先生初不之知，而惟斯道之知。斯道何道也？誠也，中也，公也，天之理也，孔孟之道也。先生潛而得之也，發而爲忠孝，溢而爲功名。先生且不自知也，而何遇不遇之知？安於數而極於理，人通而天通，❶先生於此，❷不既遇矣乎？噫！先生之遇於天，❸先生之遇也，❹非天下之遇也。雷風之啓金縢，其天下之遇乎？夫金縢之啓閉，何關乎先生之痛痒，而關乎天下之憂樂。民之欲，天之從，昔既然矣。古厚而今於薄，天其然哉？

某也與天下同仰先生之道，而未得與天下同瞻先生之容。作吏此來，而及門者四三焉，入其庭而起敬焉，想其風而起愛焉，雖未得見，如見之矣。如見且然，況親見乎？天其或者使小子得與於斯道，則必有得見之日。使天下得福於斯道，則亦必有啓金縢之日。雖然，豈先生意哉？小子意也，天下意也，天意也。

❶「通而天」，原殘闕，今據四部叢刊本補。
❷「於此」，原殘闕，今據四部叢刊本補。
❸「之遇」，原殘闕，今據四部叢刊本補。
❹「先生」，原殘闕，今據四部叢刊本補。

先生試静聽而深察之。不宣。

見陳應求樞密書

士之見王公貴人，而曰我無求者，信乎？無求則不見矣。雖然，有求則當無所不見，而士或有所見、有所不見，何也？孟子之見梁見齊，不知者真以爲有求也。及觀其答不見諸侯之問，則其不見者亦不加少矣。孟子而果有求也，其又奚擇？❶某也以小吏而登樞密之門，❷其誰曰無求哉？夫所急乎求者，❸以利言也。如以利，則今日之王公貴人，其能利人者何數也，而某也無足迹於彼之家，而獨求於此之門，某之求之也，不可謂不小異矣。故某也私竊自信，以爲有所不見而後可以有所見。

自樞密之召也，天下皆曰：「此吾陳公也，其不以爵位而來。」及其至也，國人皆曰：「吾能識之，此吾小都督也。」樞密其必有以得此也，此某之所以見也。且夫負天下之望，而當天下之愛者，紫巖一老而已耳。今天下之人不見紫巖，而其愛樞密也與紫巖不異。樞密其必有以得此也，此某之所以見也。某也紫巖門下之士也，思紫巖而不見，見紫巖之與，則如見紫巖焉，而況天下之愛之如此也哉？此某之所以見也。

---

❶「擇」，原殘闕，今據汲本、庫本補。
❷「也」，原殘闕，今據四部叢刊本補。
❸「乎」，原殘闕，今據四部叢刊本補。

然某至都下旬日矣，彷徨躑躅而未敢前，以詳觀樞密之施，則又有以信天下之愛者。古之人蓋有當天下之愛而虛其愛者矣，是故不難於得天下之愛，而難於信其愛。信之爲難者，何也？後不渝於其前，❶而實無所不逮於其名也。樞密之相其君亦近爾，而能不動聲色，不驚觀聽，不觸威怒，不泄機括，不崇朝而清群小，何其神哉！古之君子之於小人也，蓋皆有意焉。未除其人，先危其身；未就其功，先迎其凶，若此者紛如也。蕭太傅、劉更生之徒，今猶不忘其憫，而樞密之舉，奇偉如此，何其神哉！此真有以信天下之愛也，此某之所以見也。

雖然，君子於此，賀與憂相兼。唐憲宗蓋嘗出吐突承璀矣，然欲相李絳則出承璀，欲召承璀則罷絳，則是出之者召之所倚也，相之者罷之所伏也。蓋憲宗之任絳也，得非有所未堅；其出承璀也，亦必有所未厭。使諸君子有以消其君未堅之心，而生其既厭之心，則元和季年之衰，又何自而來？今日之事，樞密亦嘗憂之乎？憂之矣，亦嘗有以處之乎？

某也著書三十篇，極言當世之病，而無所悦於時之耳目，欲有獻於上，貧未能也。友人廣漢子張子曰：「陳公不可不投以副。」某是以來如樞密之門。雖不見其欠一士，亦豈不能收一士？樞密之用某與否，則非某也，樞密也，命也，天也。不宣。

---

❶「不」，原殘闕，今據四部叢刊本補。

與陳應求左相書

某悚恐頓首再拜：伏以仲冬之月，恭惟僕射樞使平章相公，首運化鈞，一陶品彙，大忠天助，鈞候動止萬福，相門玉媿受祉增增。

某侍老母，待戍期，帶經擊壤，得以自樂而忘其貧且賤者，有吾相以置天下於樂國之賜也。山間幽獨，晚聞郵音，得城中親舊書，乃知相公膺受典册，濟登左席，恭惟驩慶。某自怜踈遠，無跡於百寮班賀之列，惟有牋啓之一敬。而今以爲禮則已後矣，然猶哦數語者，不敢廢禮故也，仰乞省覽。

某頃侍坐於東閤，親聞金玉之音，謂聖上之英明，漢宣帝、唐太宗不足道也。是時相公雖在兩地，然尚居第五。天下之事，有欲爲而不得爲者。不在其位，固不論也，蓋有在其位而不得爲者矣。言而莫或忌之，動而莫或制之，鮮乎哉！相公之在頃者是矣。天下皆曰：「陳公惟無相，相之則國無餘事，民無遺恨矣。」今日之事，相公猶可諉曰「吾欲爲而不可」耶？有君如聖上，有相如我公、如虞公，而曰天下難治者，否也。

雖然，取守異執則作息異機，曰天下易治者，亦否也。高帝之威，施之秦、項則伸，施之冒頓則屈，以取爲守也；光武之勇，遇尋邑則彰，遇匈奴則晦，不以作爲息也。是二君者，其利病何如哉？然猶未難也，惟守而取者爲至難。蓋以吾之無取彼之有者，取也；以吾之有守吾之有者，守也；以吾之有取彼之有者，守而取也。天下莫易於以無而取有，莫難於以有而取有，何則？以無取有者無所顧，以有取有者有所惜也。以有所惜之資而欲爲無所顧之舉，此諸葛恪之所以弊孫氏，而王元謨之所以挑佛狸也。是故守而取者，非遇天下之大機，其法不可動。今日之事，願相公爲其所可爲，而不爲其所不可爲，則天下幸甚。未再見，所禱愛此不貲之身，以畢天下之能事，不勝大願。

與左相陳應求書

某悚恐頓首再拜僕射樞使平章相公：即辰閏夏勤雨，恭惟總領衆職，尹正天下，天助上公，鈞候動止萬福，相門蘭玉之眷疇祉。

某受職爲邑之初，偶未抵罪，以辱知己，蓋素教者入之堅也。每念山林枯槁之身，登門在人後，而受知在人先。至於手携其三十篇之書，薦之於今右相虞公，欲相與言之上而立之朝，此意之淺深厚薄何如也？事之濟否，尚足校哉？故其心之於門下，雖未拜賜，過於拜賜矣。然違離三年，而每歲無一書以修敬者，遠與貧實爲之也。抑相公之所以知某，與某之所以事相公者，在兹乎？不在兹乎？以是不自疑，亦不自畏。非不疑不畏也，其所以當疑且當畏者，有大於此也。倏而合，忽而離，四而喜，三而怒，是之可畏爾。使其有此，人雖不疑，豈不自疑？吾雖不畏人，豈不畏今之事人者？吾見其初而已矣。如某區區之守正，不願得相公之悦於今日者也。相公之於此心，察否也？雖然，見不數者愛不篤，隔不久者忘不亟。某之去門下，無見之數而有隔之久，其何能使相公有其愛而無其忘哉？雖其心不自畏，亦不得不疑矣。近此得簽判鄭君僑書云：「昔韓退之鬱不得逞，蓋時相不相知耳。今左右揆之知足下以國士，亦足以撥置其窮愁。」此皆鄭君語也。以其客之語，可以知其主人之意也，用此又不復自疑。

某塞員於兹者朞月矣。半生病於爲邑，既已爲之，亦無甚病焉。借曰不熟於刀筆，猶將不悖於仁義；借曰無以利其民，猶將不蠹於其民。蓋今之爲邑者，能吏不病之，書生病之。然不病者必有受其病者矣，病之者必有受其不病者矣，可與智者道也。且用有小大，道無小大。士大夫之言曰：「小官不足以行吾道也。」某始亦惑之，今則釋矣。井不食則泥，才不試則腐。某昔者之空言，烏知其非五十九之非歟哉？故其身雖棄於荒山野水之外，而其心不自知其折腰之爲卑且辱也。東閣之中，名士如林，皆羞蓬萊而薄閬風者，使聞此語，豈不大笑之？然蜩與鷽鳩之視鯤鵬，亦各笑其笑也。仰惟相公之達觀，必有以超乎子莊子者，其於門下之士，大論小言，固將一視也。

知己之前，狂率如此，死罪死罪。未見，所願二相同心，不疑不忌，不躁不折，以濟登宋氏之中興。不宣。

見虞彬甫樞密書

某聞之，天下之情必有憂，有憂必有所在。不在民則在君，不在君則在相。天下有事，無一人出而任之者。當是之時，其憂在君與民。雖然，天下之所甚憂，而君子以爲不足憂。何者？無一人任此事，安知果無一人任此事者？至於有一人焉出而任之，任之而不堪，不堪而不能憂，此真可憂者也。蓋吾既相吾君而任此事，則吾君不復憂矣。天下之民舉其憂以歸之君，君舉其憂以諉之相，至於相則復誰諉者？故夫天下之憂，至於相之身而止矣，不去矣。憂不去於吾身，而吾乃趯然欲自寧於憂之外，嗟夫，殆哉！

昔者白公之役，楚子高之入也，楚之人或曰：「恐傷君，若之何不胄？」或曰：「國人望君如望歲，若之何胄？」欲子高之胄者，愛之者也；欲子高之不胄者，亦愛之者也。子高何修而得此於民哉？蓋子高者，楚之命也。無子高，是無楚也，憂其不胄而至於傷。雖然，斯言也，既見子高者之言也。見子高者一人，而未見子高者千萬人。千萬人未見，則有千萬人之憂。國人欲解此憂，而皇皇焉不知所付。子高而胄也，國人何從而識也？國人無從而識，則憂無從而解。子高何修而得此於民哉？無乃任之而能堪故歟？無乃堪之而能憂故歟？任之而能堪，堪之而能憂，楚無事矣。

今之天下，其可爲耶？其不可爲耶？聞之曰：「孟賁之手無重負，倉公之鄉無沈痼。」何則？天下之事，自有能之者也，獨患能者不得爲，爲者不能爾。異時虜酋乘我積安不戰之後，卒然而臨長江，天下之憂何如也？樞密與紫巖張公、今副樞陳公起而麾之，天下之不憂何如也？然則任之而能堪，堪之而能憂，不在樞密而誰耶？自樞密之歸蜀也，國之人西其首者幾何時矣。至於屢召而未至也，不特天下之憂，吾君亦憂之矣。三數日以來，竊怪國之人何其喜也，問之則曰「吾相虞公既至」云耳。非喜也，喜其憂之解也。非喜其憂之解也，喜樞密之來果足以付此憂也。

某也遠方書生，未嘗有足迹於王公貴人之門，非敢倨也，重於從也。有從則無改矣，可不重乎？自至都下，獨一見副樞陳公，天幸又逢樞密之至，私竊自喜將得其從也。且陳公曰：「吾將言子於虞公。」某之所以來也。某有書三十篇，極陳天下之事，而不知時之所諱，欲有獻於上而未能，某貧故也。敬納其副於東閤。當今之世，不惟士求宰相，宰相實求士。古者不相求而相值者有矣，兩相求而不相值者有矣。某之此來也，樞密不謂之去不敢去，不謂之留不敢留，將惟樞密之所以命。不宣。

與虞彬甫右相書

某恐悚頓首再拜：伏以仲冬之月，恭惟僕射樞使平章相公，進顓國秉，天人大和，神之相之，鈞候動止萬福，相門玉娩茀禄滋至。某侍親讀書，待次於寂寞之濱，仰依廣厦之萬間，豈不知幸？頃者側聞端歸廟堂，蓋嘗奏記黄閤，計已徹聞矣。今兹敬審播告大庭，延登右輔，恭惟驩慶。某謹綴牋啓一通申賀，仰乞省覽。某門下之士也，相公高大深博者，某不得而窺測也。竊觀忠義忼慨之氣，恢廓兼容之度，説者謂有寇平叔、范希文、張紫巖之風。然人同而功異者，兹不在於天乎哉！今日之事，相公以爲天乎？人乎？當其無人，歸譏於人；及其有人，未必有功，又將何譏焉？有得乎人，無得乎天，君子謂之躁。古之人有爲之者，孔明是也。有得乎人，有得乎天，君子謂之遇。古之人有爲之者，謝安、劉裕是也。天不違乎人，人實違乎天，君子以爲媮。古之人有爲之者，亦謝安、劉裕是也。漢氏之人，晉氏之天，二者相求而不相值，相避而不相待，是可歎也。今以聖天子英明願治之資，得相公與陳公而爲之佐，某之所謂得乎人者，未有盛於今日者也，夫復何歎焉。雖然，先乎天則爲漢，後乎天則爲晉。爲漢者無功，爲晉者無業。人與天並，功與業偕，是以難也，敢以告門下。未占參拜，東望戀戀，所祈愛身以及其君，愛君以及其社稷，不勝心禱。

與虞彬甫右相書

某悚恐頓首再拜僕射樞使平章相公鈞坐：即辰詔閏當暑，恭惟首出百辟，獨運一化，相維天只，鈞候動止萬福，相門襲吉。

某捐棄之迹，侍親携孥，已抵官下者朞月矣。偶未逐去，緊仲尼之覆燾是賴。重念某地寒而能薄，意廣而事左，其身之所操者皆非時之所售，而時之所售者又非身之所操，半生挈挈，無所於逢。雖逢亦何所就？自分老死於茂林脩竹之間、山鹿野麋之群，而頃者一見之初，便辱待以國士。别去三年，疇昔之遇，謂相公忘之矣，而近此里中羅主管某之歸，又辱寄金玉之音，然則區區之姓名，公猶未忘也，幸甚過望。

某之至奉新，其始不民事之憂，而催科之憂。非不民事之憂也，民事不外乎理曉也。非催科之憂也，民財不可以仁免也。既不可以仁而免，又不可以威而取，於是立之期而示之信，罷逮捕，息笞箠，去囚縶，寬爲之約而薄爲之收，行之一月，民無違者。某嘗見今之言辦事者，以爲恩信不如才力，書生不如健吏。非以身試之，烏敢以意疑之哉？世之師申商者爲是言固也，師孔孟而不爲是言者希矣，所謂陽尊懷王爲義帝而實不用其命者歟？非相公不可以言此言也。

某之言又有狂於此者，相公能聽之否？某之里中有富人焉，其田之以頃計者萬焉，其貨之以舟計者千焉。其所以富者，不以己爲之，而以人爲之也。它日或説之曰：「子知所以居其富矣，未知所以運其富也。子之田萬頃，而田之入者歲五千；子之貨千舟，而舟之入者歲五百，則子之利，不全於主而分於客也。」富人者於是盡取其田與舟，而自耕且自商焉，不三年而貧。何昔之分而富，今之全而貧哉？其入者昔廣而今隘，其出者昔省而今費也。且天下之理，豈有盡廢於人而並爲於身哉？則亦以人易人、以客易客而已矣。近此復修發運之廢官，何以異此？小言可以大喻，相公毋忽，天下之福也。

相公能不恕虜使之悖，而不能不恕祝懷之責，此其所以賢於天下也，某是以言之而不懼。「未見君子，惄如調飢」，敬賦是詩以聞焉。不宣。

上虞彬甫丞相書

某雖愚不肖，頗知擇其所從，未嘗輕以一武詣人，未嘗妄以一身許人。丁亥之春，一見相公，見其慨然有英霸之略，恢然能兼容天下之士，於是自喜，以爲得其所從矣。既而相公當國，盡起山林枯槁之士，置之朝列，將以共成中興太平之功。此千載一時也，而某實在焉。每思所以報知己，非不感憤激切、欲効其萬分也，而因仍至今，竟未有一言上補廟堂之末議。方欲投劾而歸，甚不樂也。今者竊見張栻驟逐而韓玉堅留，此朝廷黜陟之大失也，門下士可以一言乎？

說者謂栻之議論與丞相議論間有異同，某以爲不然。昔者晏子謂齊景公曰：「梁丘據非和也，同也。和如和羹，同如濟水。」子思謂衛君曰：「自今以始，君之行事將日非矣。君出一言，群臣贊以爲善者如出一口。」然則古者廟堂之上，議論之間，固貴於可否之相濟，而不以異同爲相忤也。孰謂相公之賢，肯以小異爲忤，而以逐賢爲快哉？某知相公之必不然也，是必栻前此樞廷之議，有以召近習之怨，日浸月潤，以至於此爾。

雖然,相公於此,亦不得以辭其責。蓋其實出於近習,而其名歸於相公也。以爲出於近習歟,何前日之抗章而諫行言聽也?以爲不出於相公之意歟,何以有議論異同之謗也?大抵君子若不足樂也,久而有味;小人若可喜也,終必受其禍。今韓玉以可喜而留,張栻以不足樂而逐,不特朝廷之憂也,亦門下之憂也。昔王介甫之於吕惠卿,初喜其順己,卒逢其賣己;温公之於東坡,初欲逐其役法之異議,卒能容其異議。相公於此二者,將奚擇焉?

狂言之罪,相公察之則以爲忠,相公不察則以爲罪,恕之斥之,俯伏俟命。

與虞宣撫書

某皇恐頓首再拜某官鈞座:屬者茸纛啓行,百官班送於都門之外,後者攙前,旁者捷出,以見面争先爲勤,某也僅得一覿鈞顔而已。方未至祖帳,别語離思,勃勃乎排肺肝而上浮也。既而一語不得吐,作惡之懷又甚於未至祖帳之先。人事好乖,莫苦於離合,尤莫苦於有語而不得吐。不見朞月,已不勝其思,久則當如之何?即辰冬日晏温,恭惟衮繡勞勩,山川悠遠,天助大忠,鈞候動止萬福,恩閎相娭受祉方增。

某侍老母,仕養如初,惟是空餐無補而免於大譴大何者,皆恩紀所覆護也。某重自惟念山林枯槁之人,何曾作朝蹟之夢,身行天下,恤恤乎無所於歸,受知者我丞相先生、張魏公、陳丞相而已。知己之稀,豈不信稀乎哉!知之者三人,而用之者一人而已。知己之稀,不愈稀乎哉!丞相之高深博大者,與造物同道,與百聖同學，某無得而稱也。不惟無得而稱也，亦無得而探也。至如憂國如憂家，好士如好色，雖叔孫、武叔復生，不能以其口而勝天下之口也。天下之口可勝，天下之心不可欺；天下之心可欺，叔孫、武叔之心不可欺也，是紛紛者其如予何？且元顔之役，微先生起而麾之，雖武叔輩亦有吾其左衽之歎矣。古者思其人則愛木，愛其人則及烏。今也稱其功而掩其人，被其仁而忘其自，此殊不可解也。至於一旦歸志浩然，視去相位若脱屣，若遺蜕，是紛紛者又何以云哉？可付一笑也。

抑聞盛名難全，儁功不數。公瑾赤壁之役，不聞再赤壁也；幼度淝水之役，不聞再淝水也。不然，由基之百發百中，未免觀者有一發不中之規矣。先生之西也，登之亞保，授之節鉞。或者以爲先生榮，不知其棄相位且如脱屣遺蜕，而獨榮此哉？出祁山，封函谷，或者又以爲先生責，不知其古者英雄之與功名，此二事也，而獨我責哉？釋重負者不可驟，吾固知先生之非樂於不釋者也。雖然，由基百發之論，願先生毋忽。君子之道，非出則處，非處則出。是二者，道非徇君子，而君子徇道。裴晉公在緑野時，豈自知其再相也哉？而我先生何必焉。

崔子淵之歸，因之問訊何如。惟愛重不貲之身，以濟登百年之上壽。

見執政書

某聞之，天下之情，有所利，有所難。古之君子，以其所難者先身而後民，以其所利者先民而後身，天下之所以治也。後之天下所以不治者，其君子反此而已矣。清介潔廉之行，此豈非天下之所難？而貴富饒樂之事，此豈非天下之所利者耶？君子於所難者，有諸身而後可以責諸民；於所利者，無諸身而後可以譏諸民。今也難者不能後民，執法而臨之曰：「天下無良民。」誰之過也？古之君子，不動而民隨，不令而民應於影響，不求不爭於民而民知遜，不求不貪於民而民知廉，何爲其然也？某也嘗竊有歎，以爲天下之不治，至今日亦極矣。不極不復，物之理也。復之者，不于其政于其人。有一人焉，獨爲天下之所不爲，而不爲天下之所爲，則天下之治如指其掌。參政者，豈非某之所謂其人者耶？世皆浮，我獨静；世皆刻，我獨仁；世皆洿，我獨潔。天下亦曰：「我公，古之君子也。」不爲天下所利之事，不曰不爲天下之所爲耶？力爲天下所難之行，不曰獨爲天下之所不爲耶？賈子曰：「使回心而向道，類非俗吏之所能爲也。」惜乎賈子之不見參政也。某也得與參政同時，而得見賈子之所不得見，樂哉！某之見參政也，今日之來既以爲賈子惜，又以爲某賀，又以爲天下賀，惟參政不虛其所以賀也。

誠齋集卷第六十四

廬陵楊万里廷秀

書

答李天麟秀才書❶

某辱書甚尉。足下徒步走數千里詣太常，甚廑；以絶異之才而無遇於有司，❷甚屈；❸家貧親老，父子之心各何如也，報罷而歸，甚戚。細讀來書，求三者之氣象無一焉。今之士，誰不急於仕哉？不惟今也，古亦不免。而足下悠然不急其所急，乃急其所宜緩，某之所不曉也。

士之擇藝，猶賈之擇貨。適於好，故售不遲；諧於用，❹故利不狹。今也遠古之器是儲，遐方之産是居，

❶ 篇題至「而平易」，原殘闕，今據四部叢刊本補。
❷「遇」，原作「過」，今據汲本、庫本改。
❸「屈」，原作「窟」，今據汲本、庫本改。
❹「諧」，原作「詣」，今據汲本、庫本改。

而又深藏於無人之鄉，自翫其奇可矣，非所以爲不鈍也。不有懲者不有改。足下之貨已鈍矣，亦可改矣。而不懲也，又方力求其愈鈍之貨。鈍不極則意不滿，又虛疑某之藏是貨而問焉，而求觀焉。甚矣，足下之與人異心也！

某也初無異藏，何以塞足下？獨有一語似若可獻。塗行而病於暍，有乞漿於道傍之野，❶野夫無之，而其東鄰則有焉。乞鄰以與，則惠而僞。指鄰而使其人自求，則不僞，而亦不惠。與其樂於惠，孰若不怍於僞？某也無以惠足下，顧不敢僞足下耳。

洙泗之水，有天地之至寶焉，泳之深者得之富也。而得之者亦無異於人，人亦莫知其得也，惟識寶者能候之。蓋得之者貌必睟如，辭必藹如，其止也光，其流也滂，惟以是察焉。不惟觀者之以是察人，而求寶者亦以是自察。足下自謂高深遠妙者不足以知，而平易處時復窺見，足下於何得此密訊哉？足下泳其波毋怯其瀾，挹其涯毋病其淵，將必有能候足下之得寶者矣。然是寶也，天閟之，神韜之，得之者非有大慶，必有大咎。絶糧轍環之厄，自孔孟猶不得辭，而況其徒耶？孔孟之不得辭也，亦孔孟之不肯辭也。不惟不肯辭也，而又樂之。其樂之也，必有在也。不然，無一物之可樂，而獨甘於捐不貲之身，以疾駈於飢寒窮苦之域，此豈情也哉？

---

❶「野野」，汲本、庫本不重文。

昔人有學仙者，以爲仙可學且可樂也。❶而其師置之於深山，環之以猛獸，又懸千鈞之巨石於其上，繫之以一髮，而卧斯人於其下。斯人者不勝其懼，棄而歸。使足下自此得寶，則造物者必盛怒矣。飢寒之猛獸，窮苦之巨石，從此始矣。足下恬不之憂，而又奮而直前，吾代足下懼矣。

足下謂于齊之瑟者，是矣。齊固不好瑟，亦尚好竽。若秦人，則併與竽而不好矣，顧獨好擊缶嗚嗚耳。且彼均技也，而不能無易與難。語人曰琴與弈孰難，必曰琴之難也。既曰難矣，鼓琴者不專則不工，而晉人手揮五絃，目送飛鴻，精故也。審精於弈，則援弓繳鴻鵠，於弈何病？足下謂科舉文字爲鴻鵠，足下何慮焉？某之爲足下慮者，終日爲弈而不暇食，不若射鴻鵠而臛炙之之可以飽也。

思與足下劇談而未得，故盡吐之於此，聊以當一夕之對床，餘惟自厚。

再答李天麟秀才

某之敬足下，如足下之好我也。情親而不得親，平陸之風濤實隔之爾。騎吏觸熱以書來，獨犯吾所不敢，真勇者歟！敬審侍側怡愉，尊候萬福。

某拙且懦，人之所競，吾之所避。或者喜其介，非也。介雖非聖人之中道，亦君子之事也。吾小人也，吾焉能介矣哉？至於不察者，又以爲吾辜，曰：「是矯者也。」嗟乎！是又過於待吾者也。夫矯云者，謂其

❶「也而其師」至「既曰難」，原殘闕，今據四部叢刊本補。

淑於初而慝於終者也。吾之於善，非不欲踐也，欲而未能也。使能矯而之善，豈不信美哉！矯諛以之直，矯洿以之潔，矯愚以之明，壯猶少也，老猶壯也。大哉矯乎！吾何足以進此。吾所以踽踽者，門寒而資怯，立之單而助之鮮，故其履地也若履冰焉。

舍腴而趨瘠，舍燠而趨涼，吾其憎夫趨哉？人方不後於此塗，而吾亦不後焉，禍之招也；人先焉，吾後焉，則又爲罪；人舍焉，吾不舍焉，則又爲罪。貪亦罪，廉亦罪；不學亦罪，學亦罪；貶不善亦罪，褒善亦罪。甚矣乎，爲人之不易也！吾則大惑矣。平日之所以質諸聖賢、求諸師友者，自以爲庶乎其免矣。出而試之於鄉，已大鬧如此，然則試之又大於此者，其鬧何如？

自今年來有三守焉：一曰貌，二曰口，三曰筆。平居無事，孰使吾無故而召鬧者？非斯三者歟？樂於求士，聞一善則欲輕千里而交焉。一言相契則肆其所談，不知經而談經，不能文而談文，不知人而談心。至於技癢而不自制，則又云云而筆之於其書，見者或味焉，或嘁焉，或猜其有刺焉，或詈其狂焉，或忌其異焉。貌以施諸人，口與筆以施諸己，此真四十二年之非也。今日之所守者，又自以爲庶乎其免矣。足下乎將不知今日之吾乎？將知之而破之以歸於舊乎？甚矣，朋友之不憐我，而又欲搔我譁我以病我也！

如足下，欲知今日之楊子乎？畏足音如於菟，聞論文如聞父母之名，將疾走掩耳，猶懼罪悔之及己也，而何敢倡和應答如影響哉？朋友間每辱寄聲，極知不相忘，其如多畏何？暴客不足畏，朋友大可畏。畏生於憎，憎生於褻，褻生於習，習生於親，故夫子曰：「朋友數，斯疏矣。」嗟乎！吾聖人其亦身履而知之乎？夫數所以爲親也，而乃所以致疏，則朋友之道可知矣。

觀足下之意，若以與吾相遠爲恨，以日相見爲樂者。足下乎此意，不惟非所以愛我，亦非所以自愛也。何也？吾二人幸相愛相敬足矣，何必自親而之習，自習而之褻，自褻而之憎，自憎而之畏哉？朋友本以相樂，反以相憂，既以憂與人，又以憂自與，豈所謂愛人與自愛也哉？久不見，聊以奉惱足下之好懷也。須《論語解義》序篇，不敢辭。然吾之三守又爲足下破其一，豈非命哉！豈非命哉！

答歐陽清卿秀才書

某啓：頃辱過我，得軟語一再夕，叩而聆焉，清越愈出，知進學之功非昔日之隱几者也。初爲吾友惜於失舉，至是不復惜。學進而身退，與身進而學退，此宜何惜？則子之失有司乎？有司之失子乎？辱書，其詞暇，其意迫，安於貧而勇於道，此某之所願學者也，而子之心正如此，不知吾心之合於子乎，抑子心之吾合也。某性足以取孤，學足以取窮，漠然爲世之棄，固也。然吾友輩獨與世異，取其棄而不棄其棄焉，使某之孤者朋，窮者亨。謂吾之非，則子何取焉？謂子之是，則去衆以就其孤，合於窮而離於達，吾之所以增於子者，恐不足以補其減也。子其悔耶？樂乎？子則樂矣，不悔矣。然負暄者温，觀雪者凍，所近者戒所累也。以吾之孤窮而子近焉，子不慮於累乎哉？世皆以爲子笑，而子不悟，則亦可憐矣。則子之相從，吾以爲我賀，而未敢以爲子賀也。子以爲若之何？子誠不惡於累，則吾之孤窮，吾敢獨而不分也哉？所戒館地，已達之矣，然行止人能爲之哉？子以才爲馬，以見爲路，以力爲鞭，烏在乎與吾近若遠也。然猶當博詢，以塞子勤。

答學者書

某啓：某作性僻違，絶不喜與富貴者遊，非敢有傲也，避彼之傲耳。故着破褐，煮野蔬，而讀書之聲滿天地，則吾之貧賤未始不富貴，而彼之富貴未始不貧賤也，故得以自負。

向也清卿與足下來吾門，初未知足下何如人也，泛而揖，儻而言，未有以異。足下可與游乎？不可與游乎？吾之僻違之病，似未易痊也。既而夜坐於族人家，不敢與諸任齒，而足下獨亦不親彼而不踈我，論文問學，一語便與吾心如印印泥。於是驚焉，不意鄉里之有足下，又悔其初之幾失足下也。吾之病忽脱然去吾體，幸甚幸甚。

然獨有怪焉。足下天資如此之秀朗，而未至於東流淙淙者，抑豈天者高而人者下耶？今鋸一松以爲兩，一則爲鸞路，王公式焉；一則爲破甑，皂隷蹵焉。木不異也，而器不同，何也？前之遭者輪扁，而後之遭者庸工也。雖然，輪扁不易致也。敬之如敬父師，饗之如饗大賓大客，則輪扁可致也。致而不饗，則怠於斲；饗而不敬，則嗇於斲。至於庸工，嗟來可饗也，輿臺可待也。貪於庸工之不財費，而忘其木費，亦甚可惜哉！然蓋有家無宿舂者矣，而亦責以力致輪扁，是亦教餓者以何不食肉糜之智也。無力而不能致，與有力而不肯致，君子於此，將不能致者譏耶？不肯致者譏耶？

足下之天者，松也，爲鸞路不難也，而足下之所謂人者，輪扁耶？吾不得而知也。庸工耶？吾亦不得而知也。吾但見足下之松未有以妙斵者，足下真不能致輪扁耶？抑能致而不肯致耶？足下之病有一焉。將足下之於輪扁，雖能致之，而未能使之大者不嗇、小者不怠耶？足下之病兼焉。三病有一焉，善醫者憂之。足下有前之一以合後之二，此吾之所以爲深憂也。能致輪扁而不肯致，得輪扁而以庸工視之，不得輪扁而不力求焉，安於缺斧鈍斤之下，而曰「吾之材，松也，吾求爲鸞路也」，必也烏頭白，馬生角，木象生肉脚而後成也。足下於此，有憂乎？無憂乎？願爲鸞路乎？願爲破甑乎？爲鸞路，知足下之願也，而吾未見其成也；爲破甑，知足下之不願也，而吾未見其免也。足下之三病未痊也，足下能有憂焉則無病矣。病去而後成者可成，不免者可免矣。

某僻違之病，荷足下而稍痊。足下之病，其不以吾藥而痊乎？雖然，服之吐之，又非吾力之所能及。爲足下惜此松，故誦言至此，足下不怪否？足下怪焉，則吾僻違之病亦懼復作矣。故吾不惟爲足下憂，而又爲我懼也。不宣。

再答學者書

某久不見，因循又不通書，謂足下必絶之也。專使鼎來，惠書百千言及新文一編，甚尉，知足下於我猶勤勤如此也。往來者相傳足下之學退矣，今所見舉子事業，詞氣尚洶湧也，但書詞中不無病耳。然大旱金石裂，土山焦，而廬山之泉一綫不絶，可以爲難矣，甚喜甚喜。

歐陽秀才，鄉曲之名士，澹庵之所前席，某之所敬畏。足下與之居，真得其人矣，而來書欲作遠遊之興，何也？豈足下所挾者不凡，鄉里之中不足以容足下，而外地之有司不足以知足下耶？容與不容，知與不知，吾曹本不必介意，而足下之懷，似有所大不能忘者，何也？足下家富而力裕，何病乎飢寒，所病者正在乎不飢不寒耳。若飢寒二字，天不輕以與人，有以與之必有以當之也。某半生了無所得，止得此二字耳。足下何理欲一旦分之？似不得如此。然觀足下之志與才，則頗有脱温飽而趨飢寒之氣。飢寒本非美事，足下何樂於此而趨之？

太學者，菁莪之陵沚也，而有所甚不宜於士：不才則不宜，不近則不宜，不貲則不宜。非貲之尚也，去鄉里而久羈旅，非貲則何以自存？足下之所不宜者，其二也。其一則足下有進焉，其三則足下有餘焉。以其餘，持其進，以與天下之士角於文字百戰之場，何不可之有？然足下進則進矣，而未就也。足下果有此志，盍待其就也乎？未就而輕於戰，一有不勝，則足下之不樂，恐有甚於今之不樂者矣。君子之有異才，要當不自輕恃其異而速於勝，豈得爲不自輕也耶？

雖然，足下之書，吾知之矣，必有所不快，故不吐之於他人而吐於吾。足下自以爲快矣，而吾有所甚不快。某本無一日之長，妄爲朋友所許，故後進之不知者隨其聲而從之游，其心則愛我也。一者之學，十者之憎，則是愛我者憎我之招也。足下亦愛我之一也，愛未畢而憎已至，故足下之愛有所不願承也。若曰懼於人之憎，而遂罪足下之愛，則不可；樂於足下之愛，而不恤人之憎，亦不可。《莊子》曰：「相煦以濕，相濡以沫，不如相忘於江湖。」惟足下察之。

舉業容細看，有疵不敢默。雖然，足下又豈可終以富而廢才乎？不宣。

答陳國材書❶

辱惠長牋，細讀皆仁義之言、深博之文也。但見勉以歐陽子，公何不仁之甚？某何罪，公必欲試之以舉鼎，而置之於絶臏耶？富者資人，窶者資於人。反顧其家無宿舂焉，而曰：「我將爲發棠之舉。」妻妾羞之。國才曰：「何忘於覺民？」不知吾之無宿舂也。覺之之説，某深求之三十年矣，如初也。國才責吾以覺民，不知以覺覺之耶？以不覺覺之耶？指虛廩以告飢者，而曰：「此有粟。」不知夫廩之自飢也，而安能飽人？使聽者視而求，求而虛，仁者也則付之一笑耳。不然，指於怒而廩於災，不焚之不置也。國才曰：「何拒學者於千里之外？」使學者誤聽國才之言而視焉而求焉，則吾之虛廩殆矣哉！人心之病，莫甚於一私不易於去而易於留。某嘗以爲易其所不易而不易其所易，惟賢者能之。及讀國材之書，則又悔此論。且天下佳處，襏襫乎東山之巔，笭箵乎溪水之上。國材以爲佳乎否也？否也，國材何取之之亟也？佳也，國材何不以分於我，而先焉而擅焉？國材之於朋友，佳者則不分，而置人於絶臏，又使人焚其虛廩而偃然曰：「我仁也，我忠也，我不私也。」其誰敢與國材友哉？今之作人甚難，懦者曰重，勇者曰躁，泛泛者爲賢，昂昂者爲矯。一事未作而群咻至，積毁銷骨，其何可當？某孤苦貧病之身，脆弱不足以堪之，秪欠聚徒，造作語言，私立名字以召齒舌耳。國材授之以召齒舌之方，而好謂之曰「可以震六合而響雷霆」，此正季子之鳩叔

---

❶「材」，正文或作「才」，未知孰是。

牙，而曰「飲此則有後於魯國」，荷意雖厚，敬再拜以避。

見何德獻提舉書

某聞之，天下之物，不售然後售。宗彝罍洗，不鬻於市，而貴於宗廟之中；深衣逢掖之服，田夫野婦之所怪笑，而庠序之士不可一日無，何也？古器固不合於今，而文物固不諧於俗也。天下之人，亦豈盡俗而不好古也哉？有所不好，必有所甚好。惟其無所合也，人則以爲無所可用也。及遇夫識而好之者，然後知其可貴爾。今有人焉，嗜古而與時之背，信己而不人之徇，世皆以譽諛取容悦，而獨蹇訥無可喜之言，直情徑行，又不能隨巧進善游者之後，此亦天下之癡絶，而人之所共棄者也。雖然，不遇於今之君子，安知不遇於古之君子乎？閣下之文行，超然絶人，而退然無自得之色；經世濟務，其聲凛然，而不改一丘一壑之心。然不求進而諸公進之，不求知而天子知之，拔於俊乂之中，而分朝廷一路之憂寄。登攬未幾，民頌其賢而吏憚其正，此非所謂古之君子者耶？某也不佞，區區所嚮，偶有前所稱之病，坐是落落而窮也。窮而不終窮，或者有俟於古之君子歟？不遇於今之君子者，命也；遇於古之君子者，道也。惟命能勝道，惟道亦能成命。言道不言命，不在閣下乎？謹贄文一編，進見乎坐隅，可教教之，可進進焉，惟閣下財幸。不宣。某再拜。

見蘇仁仲提舉書

某聞之，君子之於世，無意於合也。有意於合者，折旋委曲，惟合之求，然未得其所無，而先喪其所有。古之君子所以合者，惟無意於合也。無意於合人者，有守於己者也。有守於己者，是惟無合於人，合則膠固而不可解。

昔齊人鼓瑟以干齊王，而有駡之者曰：「王好竽而子鼓瑟，瑟雖工，如王不好何？」説者往往笑齊人之工於瑟而不工於求齊，以爲不求合者之戒。嗟乎！是知齊人之拙於合而不合，未知唐人之巧於合而不合。韋蘇州之詩，天下之所同美也。客有効韋公之體以見公者，而公不悦。既而以己平生之詩見公，而公悦之。當其効人之詩體以求合於人，自以爲巧矣，而其巧適所以爲拙，則夫舍己以徇於人，與夫信己以俟於人，其巧拙未易以相過也。彼齊人者，患瑟之不工而已矣。瑟果工矣，天下其必有好瑟者矣。無遇於此，安知不有遇於彼哉？且吾之所能者，瑟也；所不能者，竽也。今舍瑟而學竽，竽未能而瑟先忘矣。吾且不吾信，安能使王之吾信乎？與其學竽而未必能也，孰若工瑟以有待也。世之君子，不懲於唐人之巧，而懲於齊人之拙，則亦誤矣。

閤下乘使者車，方春而行部，其風采之所動，聲光之所臨，士之挾寸長、負片善者，孰不翹首企足願忠而望賜也哉？甲則曰「蘇公之所好者何道」，乙則曰「蘇公之所惡者何事」，趨其所好而避其所惡，惟恐後也。噫！是知所以求合之合，而未知不求合之合也。閤下以元祐名相之子孫，而退然若一介之寒士；文學行藝加人數等，而欿然如有所不及。其未用也，初不愠於退；用之而未盡也，亦不懌於進。小人之所異而忌焉，君子之所同而怙焉。公之於人，蓋未始有意於求合者。公則不欲求合於人，而顧欲人之求合於己耶？某也生晚而學無朋，地寒而時無遭，將欲挈不肖之身以自進於門下，既無可喜之狀以取悦，又無求合之言以取售，而獨持此書以見焉，不知者又以爲拙也。夫以巧而求合於人者，某實耻之。不惟某耻之，閣下實耻之也。

見章彦溥提刑書

某聞之，求諸人者，必得其所以天。得其所以天而不遇於人者有矣，未有不得其所以天而遇諸人者也。古之人有三及門而閽人辭焉者，何其有求而不合？有未相識而通夢寐於三年之前者，又何其無求而合也？蓋求不求者，人也；遇不遇者，天也。是故不得於天，勿求於人；不得於己，勿求於天。天下之士，狗苟茅靡，求於人而不求於天，求於天而不求於己，抑見其費心於外而失己於内而已，烏在其有遇哉！就使其遇，天實厭之。惟忘於求天，而後得於己；惟忘於遇人，而後可以求於天。彼王公大人之存心，不合乎天理則已，如合乎天理，則天也，人也；人也，我也。精神之感召，道藝之貫通，蓋有不求而合、不介而親者。

某也廬陵之匹士也，出於山林之中，而列於州縣百吏之後。此豈有聲勢之自振而親黨之相援，以登于當世王公大人之門乎？而閣下之名，天下莫不聞。以光明俊偉之德，致身于九卿，立朝之節，皜乎有耀，天下莫不仰。方且徇道而不徇勢，身雖外而望益重，聖天子用是起之於江湖，而寄之以一路耳目之寄，天下莫不悦。則閤下之賢，固未可以泛然求而卒然遇也。某也雖有慕向歸倚之誠心，將何以爲見耶？又況行部照臨弊邑之日，某乃以職視民旱於田里，曾不得與官吏負弩、父老扶杖之列，以望見使華之末光。見且猶不可得，而況於求知乎？乃聞閤下稱引其姓名，而訪問其所在。嗟乎！此古之君子折節下士之美意，而古之人以望賓而取於知己者也。遥遥千載，此風之熄久矣，而某也獨何爲者，乃得此於閤下乎？求諸己則何有，求諸人則何從，豈非閤下之存心合於天理而不顧流俗歟？愛士之心通於天而天同神比歟？抑某有歸向門下之心，而天人之間自然遇合歟？雖然，某之遇乎閤下，則存乎閤下也。

鄙文一卷，藉手爲贄，幸賜之覽觀，察其心，收其迹，而成其所以天。不宣。

答趙季深書

君子之學，心以心之，身以身之，文以文之者也。文能昭之，身不能履之；盈尺之花，方寸之萼，而不能成一粟之實，君子謂之窽。身能履之，心不能不病之，如鑄鉛以爲東序之鍾，黄其外以金而丹其追蠡以漆，叩其音則瓦缶之不若，君子謂之贗。季深不亟其己之仕，而憂其弟之未仕，遜其所宜得之官以與弟。此雖於聖人之中道爲未契，而清風高誼已足以媿汙俗而震貪夫矣。季深之心，季深之身，類非俗子之所能至也。涵於經而肆於史，出入於韓柳三蘇之源流，身肖其心，文肖其身，季深有焉。而反執禮甚卑，求益甚勇，責報於僕甚豐，此人之所以爲季深喜而爲僕懼也。明知其中之空虚，而姑樂乎人之繆敬，此有若所以見窮於群弟子，而沈重之所以見棄於徐文遠也歟？車覆於前，吾又從旃，季深盍舍我哉！季深之文，大抵義説不如論篇，論篇不如策，策不如詩。季深厚意不可虚辱，故以三不如之説藉手於將命者，季深楙之而已。

上史侍郎書

某聞之，天下之不治，不生於有所不顧，則生於有所不屑。夫天下之事，過於恤者敗，過於不顧者又敗；過於詳者無成，過於不屑者亦無成。天下之難治，何爲其如此也？

昔者秦人之治，蓋嘗懲於不屑之無成矣。吏不肅則國媮，秦人無不肅之吏；民不力則國貧，秦人無不力之民；兵不威則國弱，秦人無不威之兵。然秦人無三者之短，而秦祚無一日之長，何也？知懲其所不屑，而不知墮於其所不顧也。昔者晉人之治，蓋嘗懲於不顧之必敗矣。秦人言利，晉人不言利而言名；秦人言事，晉人不言事而言理；秦人言法，晉人不言法而言道。然晉之與秦，有異治而無異亂，何也？知懲其所不顧，而不知墮於其所不屑也。且夫民之力竭而無餘也，秦人猶疑其有餘力也；國之亂伏而有形也，晉人猶信其無亂形也。故夫晉人過於不治，秦人過於治。

某生好爲治亂之學，力探之而非不幽也，洞視之而非不白也，而二者之説往來於胸中者三十年，而未有所决也。豈其學之罪歟？抑未見其人之罪歟？索之古不若索之今，見其學不若見其人。如侍郎者，豈非某之所謂其人哉？蓋嘗得侍郎之五策而讀之矣，其論治也似不高，其論兵也似不工，此世俗之所以觀侍郎之論者也，不知夫治無高下，而先用者爲高；兵無工拙，而後於機者爲拙。侍郎之論治而談兵也，知先於用而止耳，知不後於機而止耳，高下工拙，侍郎何心焉？此某之所以竊窺侍郎之論者也。

昔者老聃將出關，人莫知之也，而抱關之吏有尹喜者，能候其氣而知之。人莫之知，五千言之書所以不作也；尹喜候而知之，五千言之書所以作也。某好爲治亂之學而未能決，夫不顧不屑之説，今得逢侍郎之過此而見焉而質焉，非幸歟？五千言之得聞與否，可傳與否，侍郎其圖之。

誠齋集卷第六十五

盧陵楊万里廷秀

書

與任希純運使寶文書

某皇恐，伏以季春之月，恭惟都運寶文大卿，冰漕整暇，使華輝光，相維自天，台候動止萬福，台閎蘭玉之眷，中表襲吉。

某盧陵書生也，所學者既非時之所可施，而所任者又非才之所能爲。今以抱虚之學，無適用之材，驟而語作邑，其不敗績也幾希。所幸天假之福，得寶文以爲之依，意者其或免乎？

屬者具雙緘以修下吏之敬者，禮也。寶文報之以翰墨之榮，而還却其世俗之禮者，道也。蓋嘗以謂自渡江以來，禮流而道隱。禮流則僞勝，道隱則情亡。夫使天下之相與，舉不以情而一出於僞，則是引天下之人而盡納之於面訴背不汗之地可也。孰爲此者？士類實汙染之耳。以酒而酲者，必以酒而解；以士類而汙染者，必以士類而洗濯。今日之事，洗僞而歸之情，復禮而近於道，不在寶文乎！不在寶文乎！欣賀欣賀。

雖然，寶文之名滿天地，而位未充其名，使之治天下，則其澤不啻於一路。前之説不宜然而然，後之説宜然而反不然。我知之矣，正與邪不同門，直與枉不合轍，如是而已耳。不然，自卿士之列，膺受書贊，秉執事樞，亦已久矣，中之不居而外之不去，緩於相業而亟於使事，不樂於廟堂之顯嚴而樂於東湖西山之寂寞，此豈人之情也哉？此其中必有不以道徇世、不以利易義者矣，而世俗何足以知之。

某也不敏，固不足以語於斯，嘗竊有意於斯。雖然，今則大惑矣。蓋今日之爲邑者，非古之所謂爲邑者也；今之俟爲邑者，又非古人之所以俟爲邑者也。瘠上肥下，古之爲邑也，今則反是。俟之以士大夫，古之所以俟爲邑者也；俟之以盜賊，今之所以俟爲邑者也。夫固有爲邑而盜賊自爲者矣，天下之大，士類之衆，而曰爲邑者舉盜賊焉，可乎不可也？利孔盡歸於上，而月獻不減於邑。夫爲邑者，豈家有銅山哉？則於是不詢取之之法，而詢取之之比。比朝行而訟夕起，上之人則曰「此盜也」。大抵縣令一縣令耳，而又有百縣令焉。豪民則縣令也，游士則縣令也，里居之士大夫則又縣令也。有請謁者焉，有强禦者焉，有不輸租者焉。徇之則無縣，不徇則無令。一不徇焉則誹，十徇而一違焉則誹。誹不已則怨，怨不已則訟。未必其身訟令也，或飛語焉，或謗書焉，或貨不逞之民使爲之焉，上之人則又曰「盜也」。夫以一縣令敵百縣令，寶文以爲孰勝哉？

奉新之令，接耳目者有五人焉，不以罪去者無一人焉。夫豈無盜乎哉？夫豈盡盜乎哉？是未可知也。某也繼此五人者之後，其爲危栗之易而安全之難也昭昭矣。雖然，有寶文與諸君子以爲之天，清水明鏡，其必有别也。有危栗而無安全，非某之所當憂也。無廉於其躬，無仁於其民，此某之所當憂也。苟廉矣，苟仁矣，竇文且將爲知己矣，又何憂之有？短啓一通，不敢廢禮故也，仰惟省鑒。拜庭小遲，所禱頤神養氣，用對于爰立作相之書。某伏紙不勝震懼之甚。

見龔實之運使正言書

某聞之，賤生於有餘，貴生於不足。無急其所不足，無緩其所有餘者，可與經天下矣。急其所不足，君子知其無蓄；不緩其所有餘，君子知其有儲。有餘而不急，不足而後急，則亦無及矣。

昔者趙襄子有智伯之難，入於晉陽，顧謂張孟談曰：「吾有財矣，而無箭，奈何？」張孟談曰：「吾聞董安于之治晉陽也，以狄蒿爲宫之垣。」襄子發之，皆箭材也。又謂張孟談曰：「無兵，奈何？」張孟談曰：「吾聞董安于之治晉陽也，以銅爲宫之柱。」襄子取之，皆兵器也。且夫董安于之時，晉未有患也，而狄蒿有餘也，銅有餘也。至於襄子之時，箭不足矣，兵不足矣，不有董安于之儲，何以有襄子之蓄哉？

今天下之士，當其未用，則緩其所有餘；及其既用，則急其所不足，無乃非董安于之意乎？文如正言，德如正言，慷慨敢言如正言，觝排擘近不遺餘力如正言，而猶淹恤在外，庸人必曰：「此正言之所慼而不怡也。」是烏足以知正言哉！不惟不知正言也，是亦未知天之意也。且天之意安在？將欲置正言於甚急之地，不得不置於甚緩之地，蓋使其緩而有儲，不至於急而無蓄也。正言儻又曰：「今有餘之時也，吾不必儲焉可也。」萬一有不足之時，正言其獨能無急歟？

某也不肖，亦不足與於此，然得事正言，不敢不忠於正言，夙而爲正言思之，夜而爲正言思之：安于之狄蒿，正言有之乎未也？安于之銅柱，正言有之乎未也？有之矣，天下幸甚。不然，吾君一旦舉正言而相焉，正言獨能無急歟？正言之所當急，今日之日也；正言之所不當急，後日之日也，正言試思之。不宣。某再拜。

與胡澹庵書

某悚息再拜。屬者客裏落莫，乃得望見玉立之容於東湖之西、西山之東，一聽談間之淙琤，便覺滿面康衢之埃拂拂吹去矣。「君子不可得而侍也」，吾家子雲此語，豈可誹其不解事也哉！登仙之行，獨不得與追送之列，折腰之役，實使之然。涉世之禮，事賢之敬，久矣二者之不相爲用也，而況以涉世者而事其師乎？雖然，語離之際，遠送之情，此古人所爲登山臨水黯然銷魂者也。某獨無情哉？情生於中而不可制，勢禁於外而不得遑，所謂「一行作吏，此事便廢」，言之太息。即辰夏氣歸奇，恭惟遄歸脩門，得覲帝所，忠勤天助，台候動止萬福，師門玉眷均祉。

某以四月二十六日受職，今且踰月矣。上官見容，吏民見信者，不曰自澹庵門下來乎？始至之日，深念爲邑者平生之所病，欲試行其所學，而有所未敢信；欲效世之健吏，而又有所必不能。二者交於心而莫知所定，卒置其所必不能者，而守其所未敢信者，於是治民以不治，理財以不理。非不治民也，以治民者治其身也；非不理財也，以理財者理其政也。其身治者其民從，其政理者其財給。某雖不佞，行之朞月，亦庶幾焉，用此知天下無不可爲之事也。士大夫見一邑而畏之，則大於一邑者何如也？畏事生於不更事，更事則不畏事矣。然作邑有可畏者，重爲任而罰不勝，遠其塗而誅不至，此其可畏也。以作邑者之心爲作州者之心，則何畏之有？而今則不然也。敢私布之先生，或造膝所陳，儻可及此乎？

先生是行，必居中，必得政，必盡言，必伸道，必尊主而芘民，必强中國而弱夷狄。天下所以望先生，先生所以許天下者，於此不更舉矣，多賀多賀。麻陽叔父有書干先生，欲求一字之褒於劉帥恭父，先生豈嗇此於門弟者？蒙揮毫斜行，使傔人領之以歸，某當即送似於麻陽也。欽夫猶外補，先生獨無意乎？函丈之侍，眇在天半，惟先生以身爲社稷之依，可不愛重！

與張嚴州敬夫書

某頓首再拜欽夫嚴州史君直閣友兄：屬者曾迪功、蕭監廟、江奉新過桐廬，因之致書，計無不達之理。春風孤宦飄零，一别如雨，欲登春風之樓，究觀三湘之要領，此約竟復墮渺茫中，不但客子念之作惡而已。春風主人不爲造物之所舍，人事好乖，前輩此語暗與人合，言之三嘆也。即辰小風清暑，恭惟坐嘯釣臺，人地相高，佳政藹如，令修於庭户之間，而民氣和於耕桑壠畝之上，天維相之，台候動止萬福，相門玉姥均慶。

某將母携孥，已至奉新，於四月二十六日交職矣。半生惟愁作邑，自今觀之，亦大可笑。蓋其初不慮民事而慮財賦，因燕居，深念若恩信不可行，必待健決而後可以集事，可以行令，則六經可廢矣。然世皆舍而己獨用，亦未敢自信。又念書生之政，舍此則又茫無據依，因試行之，其効如響。蓋異時爲邑者，寛己而嚴物，親吏而踈民，任威而廢德。及其政之不行，則又加之以益深益熱之術。不尤其術之不善，而尤其術之未精，前事大抵然也。某初至，見岸獄充盈而府庫虛耗自若也，於是縱幽囚，罷逮捕，息鞭笞，去頌繫。出片紙，書某人逋租若干，寬爲之期，而薄爲之取。蓋有以兩旬爲約而輸不滿千錢者，議者初以爲必不來，而其來不可止；初以爲必不輸，而其輸不可却。蓋所謂片紙者，若今之所謂公據焉，里胥而家給之，使之自持以來，復自持以往。不以虎穴視官府，而以家庭視官府，大抵民財止有此，要不使之歸於下而已。所謂下者，非里胥，非邑吏，非獄吏乎？一雞未肥，里胥殺而食之矣；持百錢而至邑，群吏奪而取之矣，而士大夫方據案而怒曰：「此頑民也，此不輸租者也。」故死於縲紲，死於飢寒，死於癘疫之染汙，豈不痛哉！

某至此朞月，財賦粗給，政令方行，日無積事，岸獄常空。若上官儻見容，則平生所聞於師友者，亦可以略施行之。前輩云：「孔子牛羊之不肥，會計之不當，則爲有責。」牛羊肥而已矣，會計當而已矣，則亦不足道也。某之所以區區學爲邑者，言之於眼高四海者之前，真足以發一莞也。方衆賢聚於本朝，而直閣猶在輔郡，何也？某無似之迹，直閣推挽不少矣，其如命何？三逕稍具，徑當歸耕爾。

鄙性生好爲文，而尤喜四六。近世此作，直閣獨步四海，施少才、張安國次也。某竭力以効體裁，或者謂其似吾南軒，不自知其似猶未也。與虞相牋一通，今泩一本，能商略細論以教焉，至幸至幸。戒仲今何曹？定叟安訊不踈否？不貲之身，願爲君民愛之重之。不宣。

代蕭岳英上宰相書

某聞之，私者，君子之甚惡也。利於私必不利於公，公與私不兩勝，利與害不兩能，故夫私者，君子之所甚惡也。雖然，私足以害公矣，亦有以公而害公者；利於私必不利於公矣，亦有利於私而利於公者。

昔者楚有直躬，其父竊羊而告之吏。令尹曰：「殺之。」謂其直於君、曲於父也。魯人從君戰，三戰三北。問其故，對曰：「吾有老父，身死莫之養也。」君子以爲孝而舉之。由楚人而觀之，公莫甚焉；由魯人而觀之，私莫大焉。然而公者見殺而私者見舉，何也？《孟子》曰：「於所厚者薄，無所不薄也。」人能賣其父，則君何有焉？楚人之公非公也，以公而害公者也，是以君子殺之也。人能不棄其父，則豈忍棄其君？魯人之私非私也，以私而利公者也，是以君子舉之也。嗟乎！天下不難治也。善立法者能如楚之殺直躬，魯之舉敗卒，則天下不難治矣。

古今之法，至於吾宋備矣。吾宋之法，至於吾君吾相密矣。雖然，亦猶有備中之缺、密中之踈者乎？某請得而言之。吏部之法曰：「爲從政郎有六考，而願致仕者與之遷通直郎，遇郊祀則有封贈之典。」此聖人立法之意，所以厚人子之私者也，而近歲之言者曰：「選人有以嶽祠補考而關陞改秩者，亦有全用兩任嶽祠而改秩者，僥倖之啓，莫此爲甚。」於是乎選人嶽祠並不理考矣。朝廷更法之意，所以破群議之私者也。夫厚人子之私者，豈非教以孝而責其忠乎？破群議之私者，豈非塞其濫而責其實乎？法之備且密，未有妙於此者也，而某猶曰備中有缺、密中有踈者，何也？前之法教之以孝，此法備矣。然以奉祠理考而改秩者，法之所不及防也，故曰「備中有缺」也。後之法塞其濫進，此法密矣。然革其以奉祠理考而改秩者，併及其以奉祠理考而致仕榮親者，故曰「密中有踈」也。且夫以祠考而關陞，是誠濫也；以祠考而改秩，是誠濫也，謂其利於私，不害於公，不可也。若夫以祠考而致仕者，是固利於私矣，亦豈有不利於公者乎？告老者多，則廪給者寡矣，其利一也；因告老之身以及其親，忠孝之教於是乎在，其利二也；封贈之典有榮名而無實費，然上有不貲之恩，而下有不貲之榮，其利三也。一舉而三利從之，亦何憚而不聽其以祠考致仕乎？以某之管見，謂宜爲之法曰：「以祠理考而關陞改秩者勿聽，以祠理考致仕而遷官封贈者聽。」如是則破群臣之私以塞其濫，厚人子之私以教之忠，可以並行而兩利矣。某所謂利乎私亦有以利乎公，不在兹耶？

雖然，某也年六十有餘矣，改秩榮進非某事矣。獨念父母罔極之大恩，三釜之養則不及矣，所以爲之報者，惟贈典而已矣。今又絶望焉，豈非痛之極乎？仰惟相公以孔子、孟子之所以事君者事君，以孔子、孟子之所以澤民者澤民，朝廷之深仁厚澤，如天斯寬，如地斯大，無一物之不得其所者。而某也有榮親之階，又有絶望之痛，豈非所謂一夫不獲，而吾相之所深耻者耶？滌其耻，療其痛，造化之力直餘事爾。

昔者孟嘗君至楚，楚獻象牀，使登徒氏送之，登徒氏不欲行。孟嘗君之門人有公孫成者，受其寶劒，入諫曰：「君奚受象牀哉？」孟嘗君辭焉。公孫成出，孟嘗君返之，曰：「子教我甚善，子何志之喜也？」公孫成曰：「君得廉名，臣得寶劒也。」孟嘗君善之。夫公孫成之得寶劒者，私也；然而能成孟嘗君之廉名者，公也。不以私廢公，不以公咎私，孟嘗君之所以爲賢歟？今某妄議朝廷之法，而出於自榮其親之私，豈不有公孫成之嫌哉？然因家以及國，因親以及君，是亦以私利公之議也。以私廢公，以公咎私，相公豈其然哉？進越而言，震懼無所。不宣。

答劉興祖教授書

某奉别云久，踈得上狀。自到中都，兩蒙翰墨，足見不忘。但禀目之禮，此胥史施之於長官，鶡夫施之於元戎，非章甫輩所宜效也。古人云：「尺書千里，面目吾友。」不師山谷老人簡牘，而顧作此俗禮，何也？知故人必不怪，輒僭及之。承問進學之説。古之聖賢在方策，今之風烈有前輩，心肖則行肖之矣，而况於文辭乎？仕之通塞，命也；身之淑慝，非命也。敬脩其非命者，以聽其命者，此吾所聞於古人也。不淑諸身，以求不塞夫命，豈吾所聞於古人？所聞止於此，所以聞者不止於此，吾友自求之則自知之矣。餘惟珍重。

答曾主簿書

某再拜主簿學士：久無闘中端便，踈於上狀。辱翰墨之賜，感刻則多矣，愧又倍之。即辰冬温，恭惟台候萬福。示戒澹庵先生之説，敢不服于箴言？但澹庵之彈文，言者憾之，假薦士不實以擊之。澹庵初薦李秀實，蓋應詔書求財賦獄訟之才。澹庵以秀實充薦，未爲失也。特當時薦章不曾説破，秀實雖有隱年之謫，而其才不可廢，以此遂爲言者所排爾。若夫澹庵貫日月之忠，塞天地之名，言者可得而掩之哉？孔北海曰：「今之後生，喜謗前輩。」此近世尤甚之病也。澹庵紛紛之論，無乃出於孔北海所云者耶？願吾友勿輕信之。生則爲東家，而萬世以爲仁義禮樂之主，此吾夫子所不免也，澹庵獨得而免乎？可付一笑也。所冀保重，立俟薦用。

答惠州陳叅仲羽秀才書

某初未識風裁之時，得名實於林司成，謂仲羽以南之秀也，多讀古書，能文辭，喜哦詩句，超然不凡。及蒙一再惠顧，袖出長牋，大氐其文鎔百氏而鑄以己者也。雅不陳蹈，奇不怪歸，林先生之學全付之子矣。以極暑，且不小住，欲奉款未能也。辱寓書，便如對面縱談。何時真得對面縱談耶？或出山來見臨，甚佳耳。汗如漿反，筆外之意，雖欲盡吐，焉能盡吐？强飯强學，以發舒大業，震于一世，至望。

答劉子和書

某屬嘗上狀修慰，審關聽聞。兹承遣騎下教，感悚萬斯。恭承過聽，乃以母夫人銘詩下諉，兹事重大，當今鄉曲宜爲者，澹庵先生、省齋詹事兩公而已。不之彼而之此，豈戲我哉？伯仲問深於伊洛明誠之妙學者，必非戲也，過也。抑區區之文辭，固學道者之所羞薄，故不以所賤者諉兩公，亦不必擇其人而後爲歟？而某少也賤，粗知學作舉子之業，以干斗升爲活爾，烏識夫古文摚轍哉？文於道末爲尊，固也。然譬之瑑璞爲器，瑑固璞之毁也，若器成而不中度，瑑就而不成章，則又毁之毁也。君子不近，庶人不服，亦奚取於斯？某承命之次，㦤然汗出。辭焉則於年兄若已疎；不辭而受簡焉，則於自詭爲已重。志文當因丁、張二子之所書，而某姑擬作數語爲銘，以致年家子姪之悼於年母，庶乎其塞命也。亦不敢自必其可用也，取之紬之，惟裁擇焉。願少寬數日之期，當走山僮送似。子澄聞既歸，已於前書附慰，兹不重出。

答周子充内翰書

某再拜。某拜辱四月二十日手筆，至感至榮。竊知考文殿廬，土苴之餘，陶鑄晁董，甚盛甚賀。即辰夏氣已熱，恭惟台候動止萬福。

欽夫書信，仰荷轉致。徵《山谷祠堂記》，今往一本，所望斲其堊也。紙尾有施南局得某近詩而獨鄙棄門下之語，極知戲言。然讀之面熱汗下，不勝大懼。某少也賤且貧，亦頗剽聞文墨足以發身，騃不解事，便欲以身殉文，不遺餘力以學之，竟何所成？雖成，竟何所用？自吾家子雲苦一生之心於《太玄》、《法言》之二物，以待後世之子雲，子雲死近千載，竟未有子雲，此韓子所歎也。某以爲不然。韓子之歎，過也；子雲之慮，亦過也。且何必待後世之子雲也，同時亦自有子雲矣。所謂醬瓿者，非同時之子雲乎？不人之逢而醬瓿之逢，未爲無逢也。古今文士每以子雲爲嘲，不知嘲子雲之末既，而其家醬瓿復嘲之在旁矣。文之成者止如此，而況如某之學焉而不成者耶？是故昔也自憙，既而自笑。今則不然，不惟不自笑也，亦復無可笑者矣。忍性於飢凍之場，背馳於權利之轍，而顧斲心於破硯，凋鬢於敗素，是其初豈不若可憙哉？其究良可笑也。雖然，是猶可笑者也。今則朱墨之與曹，錢穀之與諏，日與胥史争席，顧昂首睅目與高人勝流競上駟於文囿，雖求所謂可笑者亦空空矣。投畀醬瓿，醬瓿且不受也，而況内翰商盤禹謨之手，杜詩韓筆之妙？此固小巫之所以心驚，族庖之所以愧動者也。而某也當空空無可笑之時，乃敢自進其薄技哉？

屬因施子寄近作詩文一卷而責其報，某也與施子布衣交，且均貧且賤焉，既不可無報，且不容但已，則亦抄一二詩以塞焉而已矣。蓋霜夜之蛩，相遭於草根；後栖之禽，胥命於風枝，則唧唧互歎，啾啾交訴，其理然也。而朝陽鳴鳳，覽於千仞之表，俯而視曰：「之二蟲獨相語而鄙我也。」不亦左乎？儻不以岐山之妙音而賤啾唧之寒聲，而欲聽焉，而或悦焉，則亦將奏而聒焉。政恐鳳聞之而愁思焉，則二蟲者未足以起鳳之悦，而適足以爲凰之悲爾，鳳亦奚樂於此乎哉？信筆縱言，一笑。某再拜。

答施少才書

某再拜少才尊兄足下：某之於兄，如兄之於某，蓋身離而心合，口異而嗜同也。使得相從而鳴焉，不寧惟天地無春秋而已。既相别十七年，今又相去五百里，藉弟令數致書，吾猶不快乎爾，而况所謂不快者又不數耶？賈子云：「以簿書不報，期會爲急。」某昔讀書至此，必掩鼻而過之。今則不然，豈惟不掩鼻，又將褰裳而踐之焉。然則某之於兄，雖欲及事外之勝談，而中書君已如田神功輩，不受光弼約束矣，以是自恨。得兄書則加恨，豈兄有可恨？蓋曹太子之歎，中山王之悲，褜乎觸，裏乎感也。

兄云：「吾儕所自得於己者，必有以行於今而傳於後。如是而不行於今，命也；其不傳於後，亦命也。」幽哉，施子之言也！而某之見與兄似有小異者。蓋命職乎彼，道職乎己。職乎彼者，其畀也奚以禦？其不畀也奚以取？若是者，不聽乎彼不可也，聽乎己亦不可也。至於職乎己者，己之不勗，職之不劬，拱手而聽乎彼曰「命也」。吾有目於此，閉之則不覩泰山，開之則察秋毫。今也自閉焉，自不睹焉，而曰「吾有聽乎彼也」，可不可乎？孰使吾行於今者？非命也歟？孰使吾不行於今者？非命也歟？若夫傳於後與不傳於後，此誰之罪功，而又以尤乎彼哉？以不傳於後而尤乎彼，則妄尤乎命；以傳於後而不尤乎彼，則妄德乎命。且命也者，既能通塞吾於今，亦足矣；又能通塞吾於後，不已甚乎？使其果能若是，則孔孟顏曾久哉其泯也。然楊雄、韓愈命能不伸其生，而不能不伸其死。二子之死，其言行之巨力，猶足以不制於命，而况孔孟顏曾也哉？

某昔者竊聞之孟子曰：「舜爲法於天下，可傳於後世。我猶未免爲鄉人也，是則可憂也。」孟子曷嘗曰舜之傳者命也？吾之未免鄉人者亦命也，而不憂乎哉？願與兄楙焉。所謂命者，論而勿議可也，存而勿論亦可也。行於今不行於今，吾既知其彼之職也，吾奚以越職乎哉？蓋有非彼之職者矣。書生之論，世以爲迂。若某此論，乃欲楙其非彼之職者，而不越夫彼之職者。今之言曰：「越之斯通，聽之斯窮。不楙不塞，愈楙愈塞。」而吾二人者反之，豈特迂而已哉！夫子所謂下愚不移者，殆謂某輩乎？雖然，行於今，傳於後，匪舜匪堯，未有兼焉者也。不然，苟職於己者盡矣，果不行於今乎？不行於今矣，果不傳於後乎？傳於後而不行於今，吾奚病哉？既傳於後又欲行於今，不既傷廉矣乎？以是而求於彼，彼亦必告匱矣。不然，吾姑置其一求其一可也，若曰不畀其二，併奪其一，則吾不能知矣。

江之西，湖之南，山可鋤，溪可漁，吾與子其盍歸乎？不宣。某再拜。

誠齋集卷第六十六

廬陵楊万里廷秀

書

答盧誼伯書

某再拜誼伯丞公學士：即日良月晴寒，伏惟涉筆有相，台候動止萬福，庭闈壽康，長幼有慶。

某孤苦餘生，不自意全。故人不遠千里遣一个行李訪問生死，此意厚矣，無以當之，如何？寄新作兩軸，盥病手，摩老眼，疾展快讀，所謂如行山陰道中，山川映發，使人應接不暇也。諸牋如《謝蔡卿薦書》者最佳，慘澹之味，剞劂之功，大氐神駿祖蘇氏，蕭散宗后山，非今所謂四六者也。至於古文如《送蔡漕序》，其初論遠近等詞數行，布置似韓；至中間數語，圜折反覆，氣骨殊似半山老人也。雖泳之未幽，咀之未永，育之未就，然譬之學良庖者，一旦使之爲周人之蚳醢，魯人之薉羹，晉人之腼蹯，未必盡似也，而其風味小異，嘗者知其非族庖之所能、市脯之所有也，甚賀甚賀。惟詩似未甚進，蓋體未宏放，句未鍛鍊，字未汰擇。借使一兩聯可觀，要之未可摘誦，令人洞心駭目也。如「成敗蕭何」等語，此不應收用。詩固有以俗爲雅，然亦須曾經前輩取鎔，乃可因承爾。如李之「耐可」，杜之「遮莫」，唐人之「裏許」、「若箇」之類是也。昔唐人寒食詩有不敢用「餳」字，重九詩有不敢用「糕」字，半山老人不敢作鄭花詩。以俗爲雅，彼固未肯引里母田婦而坐之於平王之子、衛侯之妻之列也。何也？彼固有所甚靳而不輕也。知下問文字之意甚誠且迫，故盡言而無忌，足下能不督過否？不督過矣，能不芥蔕否？不芥蔕矣，能樂從否？

徵詩文，某自常州及歸途及山居有七百詩，廣東四百詩，多未能致。居憂三年，守「言不文」之禮，詩文皆不作。近財免喪，程帥來覓《江西宗派詩序》，蓋渠盡得派中二十六家全集，刻之豫章學官，此一鉅題也。初得程之書，頗有楚莊王「不德而貪，以遇大敵」之歎，亦既强作數百言泚矣。今送一本，足下詞源方如桃華水生，見此可以笑老人筆力之退，當曰吾不敬子矣。

湖南諸司皆無一日雅，坐視名勝，不能誦佳句於百寮之上，獨有媿悵而已。然至寶所在，神光異氣，天且不祕，人其能揜之哉？所幾强飯自愛，不宣。

答徐賡書

某再拜載叔徐君足下：宿昔辱臨，晤語有頃，知嗜學之不淺，鑽文之不惰，將有以應吾君俊茂之求，而赴當世經濟之用也，甚欣甚賀。兹又蒙移書，諏以今日科目文詞之利病。某，陳人也，敢知時世詞章之利若病哉？方掩苟躒之耳、閉彌明之口之不暇，而暇答乎哉？非不敢也，非不暇也，聞之者必不信也。信與不信，固非所宜恤，而又足下諏之而不置，聊復狂言。蓋聞文者，文也，在《易》爲賁，在《禮》爲繢。譬之爲器，工師得木，必解之以爲朴，削之以爲質，丹雘之以爲章。三物者具，斯曰器矣。有賤工焉，利其器之速就也，不削不丹不雘，解焉而已矣。號於市曰：「器，莫吾之速也。」速則速矣，於用奚施焉？時世之文，將無類此？

抑又有甚者。作文如作宮室，其式有四：曰門，曰廡，曰堂，曰寢。缺其一，紊其二，崇庳之不倫，廣狹之不類，非宮室之式也。今則不然，作室之政不自梓人出，而雜然聽之於衆工，堂則隘而廡有容，門則納千駟而寢不可以置一席，室成而君子棄焉，庶民哂焉。今其言曰：「文烏用式，在我而已。」是廢宮室之式而求宮室之美也。

抑又有甚者。作文如治兵，擇械不如擇卒，擇卒不如擇將爾。械鍛矣，授之羸卒，則如無械爾；卒精矣，授之妄校尉，則如無卒。千人之軍，其裨將二，其大將一；萬人之軍，其大將一，其裨將十。善用兵者，以一令十，以十令萬，是故萬人一人也。雖然，猶有陣焉。今則不然，亂次以濟，陣乎？驅市人而戰之，卒乎？十羊九牧，將乎？以此當筆陣之勍敵，不敗奚歸焉？藉弟令一勝，所謂適有天幸耳。

抑又有甚者。西子之與惡人，耳目容貌均也。而西子與惡人異者，夫固有以異也。顧凱之曰：「傳神寫照，正在阿堵中。」又曰：「額上加三毛，殊勝。」得凱之論畫之意者，可與論文矣。今則不然，遠而望之，巍然九尺之幹；迫而視之，神氣索如也，惡人而已乎！

抑又有甚者。昔三老董公說高帝曰：「仁不以勇，義不以力。」惟文亦然。由前之說，亦未離乎勇力邦域之中也。盍見董公而問之？問而得之，則送君者皆自崖而返矣。

若夫前輩所謂古文者，某亦嘗耳剽而手追矣。顧足下方業科目，夫業科目者，固將有以合乎今之律度也。合乎今未必不違乎古,合乎古未必售於今。使足下合乎古而不售於今,足下何獲焉?分土炭無愛也,其它日之俟。不宣。某再拜。

答王季海丞相問爲嫡子報服書

某再拜。昨承誨答,至感。即朝恭惟鈞候動止萬福。某今早原廟會尤檢正、京右司,復告之以鈞誨欲從「宜加服以重大宗,抗章釋位以免朝服」二説,可行以否,皆合詞以爲未安。蓋禮所以别嫌明微者也。嫌莫大於尊卑之疑,微莫嚴於豪髮之差。是故君子於所尊者伸,則於卑者不得不詘矣;於公義有所隆,則於私恩不得不殺矣。母者,尊也。嫡子雖重,然而卑也。孝者,天下之大公也;慈者,天下之達私也。尊卑無二極,公私無兩隆。若夫禮重大宗,律有明文,此禮之常也。今也仰則怡壽母,俯則悼嫡子,此禮之變也。常則經用,變則權行。權者,非權術之權也,權衡之權也。權,然後知輕重。且《禮經》「不純素」,老萊子必戲綵。丞相不忍於服朝服,宜也。至於加服,丞相必有所大不忍矣。當大不忍之心發見之時,丞相從而察之,此即「天高地下,禮制行焉」之本意也。《春秋》爲尊者諱,豈惟諱其過差而已哉?凡吉凶哀樂,無往而不諱也。從其所當諱者而求之,則思過半矣。古人舍魚而取熊掌者,正於大小輕重之疑而決之以從其一也。孝與慈,二者不可得兼,豈特魚與熊掌比哉?聞見所及,不敢泯默,願更與博習於禮者熟議而酌取之。《詩》不云乎:「赫赫師尹,民具爾瞻。」丞相此舉,可不敬乎?不宣。某再拜。

與周子充少保書

某伏以涉秋益熱，恭惟觀使少保丞相，小泊雲莊，天棐忠藎，鈞候動止萬福，相眷鈞慶。某自得邸報，知釋位去國，而莫知風帆所指。近得尤延之書，乃知度夏於陽羨。吾人仕宦，有進便有退，有出便有處。丞相學力豈不能築河隄以障屋霤？所可憾者，君子得時行道，而不得究其緼耳。然道之興廢，聖人歸之命；斯文之興衰，聖人歸之天，則丞相又奚憾焉？當庚午試南宫，丞相雪中騎一馬於前，某荷一繖於後之時，豈知丞相至此？布衣位極上宰，此外復奚須哉？抑湯朝美飲醇酒之論，丞相尚記憶否？已矣，姑置是事，獨世路風濤，真可畏耳。近有《讀邸報感事詩》：「去國還家一歲陰，鳳山錦水更登臨。別來蠻觸幾百戰，險盡山川多少心。何似閑人無藉在，不妨冷眼看昇沈。荷花政鬧蓮蓬嫩，月下松醪且滿斟。」當左席進步時，高揖辭去，此舉甚善，惜再留耳。聲利之場，輕就者固不爲世所恕，蔡定夫是也；而不輕就者亦復不恕，何哉？朱元晦是也。論至於此，則去就辭受皆不可耶？可畏可畏。某此間隨分支吾，儘可卒歲，但年來家私事殊惱懷抱。今年閏月，中男房下一男孫未晬而夭，止有此一孫耳，苦哉！苦哉！丞相何時西歸？別得修敬。心事無聊，草草奏記。黄糵茶二斤，聊復伴書。竦仄竦仄，願言盡珍重理，以繫善類之望。

答胡季解書

某頓首再拜復書季解判院執事：某今月二十七日有皮秀才來訪，坐定，袖出執事書一封，云有累舉得官蕭君者，以此書託轉致。某發書讀之，蒙執事命，戒令作先忠簡大資老先生文集序引。某即日下筆，今以獻焉。然是舉也，初而驚，中而喜，卒而疑。夫焦僥氏者，其長三十寸，今有人詭之以負泰山，豈其任哉？某是以始而驚。世蓋有學畫三十年者，問其平生所寫，則盡塗之人也。一日乃得見子都而寫焉，一何其遭，又何其榮也。某是以中而喜。世有藏曹將軍之馬者，或者病其瘠而加之肉。又有藏滕王之蝶者，或者病其淡而加之鉛黃。馬不瘠矣，蝶不淡矣，然豈其真哉？某是以卒而疑。

某之所以驚喜未畢而疑又繼之者，何也？昔者執事嘗命某作老先生行狀矣，某不自量其不能，而輒不辭遜，遂擬作以獻焉，執事不以爲不可也。它日得石本，則或者增加其辭，與某所獻者小異矣。且如老先生上皇帝書論和戎事，某掇其粹精之尤者書之矣，而或者增加之以全文。謹案《論語》二十篇，而太史公作《孔子世家》，所載者僅三十餘條。由或者之見，則太史公之書缺矣，曷不盡二十篇而載之之富也？揚雄《元后誄》七百餘字，作《元后傳》所載此文十六字而已。由或者之見，則班書亦缺矣，曷不盡七百餘言而載之之華也？又如老先生論士大夫之懦，某述其辭曰「謂無勇婦人」，而或者增加之曰「謂無勇爲婦人」。謹案《左氏傳》曰：「楚人謂乳穀，謂虎於菟。」由或者之見，則左氏之文缺矣，曷不曰「謂乳爲穀，謂虎爲於菟」之明也？大抵作者豐，述者約。非好約而惡豐也，每事而載之之豐，將不勝其載也。

某也慮淺而無深湛之思，辭拙而無絺繪之工，固也，然非或者所當過憂也。夫斯文之淺且拙，自有斯人之職其咎，或者何必任斯文之咎，代斯人之憂乎？不曰過憂而奚也？而執事不察，從而行之。意者非執事之不察耶？意者執事是時哀戚之中，不暇於察耶？夫某昔以行狀而蒙或者之增加矣，今又以序篇而取或者之增加。退之不云乎：「足下之玉凡幾獻，而足凡幾刖？再尅之刑，信如何也？」某雖欲不疑，得而不疑乎？今所獻序篇之文，萬一有不得當於孝子慈孫之意，非敢遂其非也，不自見其睫也。願離婁子吹毛以盡告之，某當敬受教，一易再易數易，敢以勞爲解哉？惟勿使或者之説再行焉則幸矣。

吾曹相從群居，商略文字之間，初喧而忿爭，中静而嘲戲，此書生故態也。此事寂寥久矣，聊復供一莞。不宣。八月二十九日，某再拜。

答沈子壽書

某再拜子壽史君寺丞詩弟：即日冬初，恭惟台候動止萬福。某頃在金陵，聞子壽宅太夫人之憂，嘗走一騎涖唁辭。念喪不二事，書中欲它及，忍它及乎？此心耿然，今未釋然也。未幾，某以臂痛謝病免歸，如病鶴出籠，如脱兔投林。此意此味，告之野人，野人笑而不答；告之此心，此心受而不辭。自此惟山不深、林不密之爲恨，山深而林密，予何恨哉？猶有恨者，不蚤焉耳，蚤非所恨也。自此幽屏，遂與世絶，上之不敢以無用之姓名入於脩門，下之不敢以無滋之書問至於通貴。惟是平生方外之交，一世詩文之友，遺於心而不去，去於心而復來，此一事獨擾擾焉於吾心。萬事俱遺，一事猶在，雖與世絶，有未絶者，是亦心之一病也。臂病無藥可療，心又病焉，何藥可療哉？一身有一病，不幸也。今吾一身而二病焉，幸乎？不幸乎？抑又有幸者。遺之而不去也，去之而復來也，如吾子壽也。念之而不可見也，問之而不能往也，不以其遠乎哉？不以其病乎哉？以予之病且遠，念子壽而不可見，問子壽而不能往，是又大不幸者。而曰「幸」云者，相温以濕，相濡以沫，相忘於江湖，三者孰愈乎？故曰抑又幸焉。不然，能詩如子壽，能文如子壽，與人交不以燥濕凉燠兩其心如子壽，此而可踈，孰不可踈？

有風北來，吹墮好音，知故人之不我忘，如我之不故人忘也。乙集新詩，一篇三過也。不惟三過也，又將百過焉。使予駭然立，躍然唶曰：「是非復吴下阿蒙矣。」大篇若春江之壯風濤也，短章若秋水之落芙蕖也。歐公云：「老夫當避路，放它出一頭地。」今則不然，雖欲避路，子壽已斷吾路矣；雖欲不放出頭，子壽已嶄然其頭矣。勍敵如此，尚何言哉！尚何言哉！九江，山水國也，天賜詩人。賜之大江，爲之旨酒、兕觥；賜之廬山，爲之籩豆、大房；賜之庾樓風月、陶逕松菊，爲之毛炰、胾羹。醒於傷而飽於過，是吾憂也；詩於貧而句於匱，豈吾所憂哉！側聞前茅未至，葱佩未瑲，而水石驩迎，鷗鷺候門矣。吾不以爲子壽賀，而以爲江山賀也。它日得句，肯我寄乎？有渝此盟，詩神厄之，俾隊其詩，毋入杜域，一笑。

某幼無知識，妄意學道愛人之事，誤墮在一世争奪之場，今幸天脱。謝家東山，已决終焉之志，青鞋布韤，從此始矣。子壽方爲時用，而顧欲與吾游，子壽利乎哉？若曰非利之謂也，然而未敢求絶乎爾，則亦未敢求絶乎爾。惟强飯自愛，永爲風月之主人，惟此之望。世俗暄凉頌禱之辭，知子壽必不欠此。如欠此，其問諸水濱。

答葛寺丞書

某一昨謝病免歸，僵卧空山，泉石之與曹，猿鶴之爲使，已與世絶，惟恐姓名之落人間，聲光之墮塵中也。有如年丈，以四海九州同年之契，三年江上從游之樂，風亭月觀、尊酒論文之友，亦復影響昧昧，久不通元字脚。非疎也，顯晦之勢，雖欲不異，獨得而不異乎？郡中白粲之橋西歸，長年三老劉其姓明其名者，闖然剥啄荆扉，持雙鯉，挈乘壺及八缶云：「我葛同年之寄遠也。」端拜函書，披讀牋辭，裂下錦機，鏘鳴瓊琚，奇怪闘進，應接不暇。煙霞爲我驩喜，松竹爲我鼓舞，便如揖絶俗出塵之標，聆登峰造極之論，相羊乎賞心白鷺之間，覽觀乎三山二水之外也。顧獨有可怪者，一紙情話，吾人事哉；雙緘世俗之禮，豈吾人事哉？若曰施之於所尊，則我與公非同等乎？若曰施之於所敬，則公於我非繆敬乎？深源所謂咄咄怪事，不於此乎在，復於何在哉？久不奉譴，小庚此債，當爲我抵掌絶倒也。

老來心中不挂一事，獨有一苦事，使我不悵惘而不得也。孰使吾悵惘而無與者？非孤斟而無佳客乎？孰使吾悵惘而無聊者？非有山珍而無海奇乎？呼酒未至，愀然不怡。酒既至，愈愀然不怡。豈酒使我至此？使我至此者，前之二無也。今開乘壺則糟丘之郭索不介紹而至，啓八缶則東海之鯨魚不波濤而來。是夕爲公持以左手，洗以苦酒，邀歡伯，酌大白，忽乎不知烏紗之落與否，玉山之頽與否也，而况太白之死與未死，伯倫之埋與不埋哉！吾之苦事，不覺脱然去吾心也，非公賜而誰賜也？而來書云某方味道腴，而乃以滋味爲寄則陋矣。某敢有問年丈，謂道烏在？道在瓦礫，道在坑谷，獨不在糟蟹鯨鮓乎？道不在糟蟹，道不在鯨鮓，是爲道乎？是爲非道乎？併供夫子之一莞。

新除名城，未足多賀。年丈既以爲某謝，某獨得不以爲年丈賀乎？小啓别紙呈似，久不請益，併求匠石之斵其蠅翼也。傳檐茶七十銙，萬安産也。里之士以此見饟者，矜之以爲不減雙井、日鑄也。及章貢雪糖八角，併以伴書，匪報也。某待盡山林，而公方登用，合并渺無前期，願言爲斯文珍重。某臂痛，不能親札，敬占兒輩代書，皇恐。不宣。

答朱侍講

某再拜。伏以春事將中，苦雨未解，恭惟宫使侍制侍講契丈，辭帥不拜，謁祠聽請，天相台候動止萬福。某間者闊焉，久不脩問。非踈也，宜也。自不俟駕辱書語離之日嘗稟及，病廢之人，書問不應至朝貴矣。向丈忽以所賜手札來，得之驚喜。當其入也，固知其不久也。執古之道以强今之踐，持己之方以入時之圜，是能久乎？不久何病？不久然後見晦老，甚歎甚賀。若老夫者，不但老而已，今真成一病夫矣。人日後一日，略入州府，一見益公。又後三日歸，則大病矣。倒卧如死，欲起如癡，坐則呻，行則僊，自斷此生已與世絶。而不我知者猶欲見分所啖嗜者，而謂吾晦老亦有是語乎？世有噬腊而遇毒者，歸而諗其徒曰：「爾欲腊乎？」何以異於是。久缺謔浪，一笑。所願貴珍，以棟孔子堂。安得合并，以窮游方之外？

與余右相書

某再拜。伏以即辰仲夏之月，暑風清微，恭惟大丞相，精忠格天，獨力挈國，三神隤祉，鈞候動止萬福，相門玉眷、諸郎直閣，蒙休惟均。某謝病免歸，掃軌幽屏，自分此生已與世絶。伏自鈞座遣騎問訊生死之後，未幾恭聞還朝堂，徑兩社，遂宅一相，皆不能奉尺書爲賀。蓋山林野人，姓名不應入脩門，書問不應至王公，其勢則然耳。今者敬拜尺一之版，休有弓旌之招，榮光赫然，下飾泉石。仰荷聖天子不忘於遺簪，大丞相尚軫於舊物，便應朝聞命不待夕而引道也。伏念某年運而往，來日無多，精神日以摧隤，氣志日以槁落，形容日以清羸。親舊在三里七里之間，每欲訪之，升車復下，出門復反。惟請俸在郡中，念它人耕之，某炊之，不見地主心不安焉，歲時間一往焉。既歸，必大憊，卧如死，坐如癡，立如履冰，行如蹈虚，蓋三日而後復初。每竊自歎材不適時，性多忤物。是身本無用，今又衰病，真無用矣。如有用我，將作底用哉？其勢如此，大丞相以爲是能自駕柴車，水浮陸走，不遠二千里而詣東闕北闕之下哉？其不能明也。又况進之難未若退之難，進之得機會未若退之得機會。今大丞相以其門墻之舊，矜其老朽而收召之，以風天下，此真某退歸之機會也。某得此機會而不乘之以歸，它日求歸，其將焉歸？已具公劄申聞，欲望大丞相力賜開陳，俾遂老懷之大願，特免此行，再畀祠禄，以活餘生，此實惠也，惟大丞相洞視而財幸焉。渺無參侍之期，願言愛身以及國，永爲天下國家之福。

再與余丞相書

某再拜。叨蒙上恩，頒以召節，實以抱病日久，形影僅存，心與身謀，各不相保，已具公劄懇辭。方跼蹐以俟可，而今月十一日再準三省奉六月十二日聖旨不許辭免。恭承鈞慈，親染煙霏霧結之妙畫，報以玉佩瓊琚之偉詞，綈袍之恩，遺簪之念，皭然鋪張於繭紙之上，感極至泣，不知所云。仰戴皇上之異知，重媿丞相之故意，惕然震懼，無地寘躬。蓋亟欲力疾而造前，又自度衰羸之難强，深恐垂死之病身，終不能寸步自致也。再殫悃欵，仰瀆聰聽。

伏念某平生萬事，無以痛人，至於愚誠，有所必不爲者。如矜異衆之行，如立欺世之論，如干矯俗之名，皆深耻而必不爲者。故靡召不應，未嘗僞辭；靡官不拜，未嘗力免。此等事人皆信之，非惟某自信而已也。丞相亦信之，非惟人信之而已也。而今也聖主詳延之意，丞相旁招之勤，何獨不洋洋焉動其心乎？誠以年日益侵，病日益加，心往而形不隨，身行而力不應故也。古人云：「隨時三年，時去我走。去時三年，時在我後。」某之仕也，其不類此乎否也？非命也夫！非命也夫！❶某嘗三入朝，見士大夫力疾而不得辭者多矣，❷有既至朝列而死者矣，有僅至脩門而死者矣，有將至半塗而死者矣。其未至也，朝廷遲之；其既死也，朝廷惜之。臣之事君，其死亦何足惜哉？然有有益之死，有無益之死。死於國事，死於道路，其死均也，然孰有益，孰無益也？其有益也，爲下者奚以惜？其無益也，爲上者奚以不惜？某自計至熟，借使力疾而强行，恐未至脩門，未及半塗，已先狗馬填溝壑矣，豈不上詒君相之憫惘乎？

意迫者無緩詞，不自知其煩且瀆也。謹再具手劄申尚書省，欲望大丞相力賜敷奏，特寢召命，再畀祠禄，以保全垂死之餘生。生死肉骨，在大丞相一言而已。不宣。

❶「也」，原殘闕，今據四部叢刊本補。

❷「辭」，原殘闕，今據四部叢刊本補。

與四川制置書

某再拜。伏以即辰春雪小霽，寒競已甚，恭惟判府制置龍學尚書尊契丈，往護國西，宗社倚重，華裔震疊，❶天人交孚，台候動止萬福。某疇昔之秋，❷小兒幼輿入京，因之奏記於金華之賢府主，❸故當無復石頭驛事否？❹始望期月報政，❺即歸鈞軸，未幾乃聞有清獻一琴一鶴之行。❻天之西北，一柱孤撑，八極永妥，兹任顧不重，兹事顧不偉耶？抑隆興初元，王龜齡自吏部侍郎出帥夔子，有臨安府録事參軍祝櫰者，抗疏銀臺，以諍孝宗；上書政府，以責執政。大意以謂王某之忠義謇諤，借令不容於朝廷，亦盍寘之近藩，緩急呼來，疏附奔奏，無倉卒乏使之憂。今遣往萬里外，非策之良也。雖不報，亦不留行。然一時翕然，善類壯其殺，吾道怙其助，豈其今日而謂天下無一祝櫰，可不可也？此某所以爲門下賀，而未敢爲朝廷賀也。姑舍是，西岷庸無疾苦，西備庸無罅漏，門下備嘗而多閱之矣。今之可以盡言者，昔之未敢盡言者也；今之

---

❶「華裔震疊」，原殘闕，今據四部叢刊本補。
❷「昔之秋」至「入京」，原殘闕，今據四部叢刊本補。
❸「因之奏」，原殘闕，今據汲本、庫本補。「之賢府主」，原殘闕，今據四部叢刊本補。
❹「故當無復石頭驛事」，原殘闕，今據四部叢刊本補。
❺「月報政即歸鈞軸」，原殘闕，今據四部叢刊本補。
❻「乃聞有」，原殘闕，今據汲本、庫本補。

可以盡行者，昔之未得盡行者也。留意留意，勖之勖之。此某所以不爲門下賀，而爲朝廷賀也。妻姪羅全材，❶受知及恩，❷其不淺而深也昭矣。無禄不及蒙被，❸「故人作尹眼爲青」也。有開州太守陳師宋，❹名公璟，❺純誠可親，謀慮可諏，❻居於宜春，❼亦江西鄉人也。頃與某同寮於高安，渠爲高安宰，官賴其集事，而民蒙其福，敢以爲薦。儻台座不疑其欺己，或賴其用也。一别十年，此行萬里，願言珍重，即歸而間兩社云。

❶ 「材」，原殘闕，今據四部叢刊本補。
❷ 「受知」至「也昭」，原殘闕，今據四部叢刊本補。
❸ 「及蒙」至「青也」，原殘闕，今據四部叢刊本補。
❹ 「有」、「陳師宋」，原殘闕，今據四部叢刊本補。
❺ 「名公璟純誠可親」，原殘闕，今據四部叢刊本補。
❻ 「謀慮」，原殘闕，今據汲本、庫本補。
❼ 「宜春」至「某同」，原殘闕，今據四部叢刊本補。

北京大學《儒藏》編纂與研究中心 編

《儒藏》精華編選刊

誠齋集

（三）

〔南宋〕楊万里 撰

吕東超 校點

北京大學出版社
PEKING UNIVERSITY PRESS

誠齋集卷第六十七

廬陵楊万里廷秀

書

答萬安趙宰

某再拜。伏以即辰仲夏之月，南風之薰，恭惟載道判縣中大契丈，巖邑政成，民咏豈弟，天棐循良，台候動止萬福。

某老病餘生，乘化歸盡，世味旅百，羶薌旨嘉，滑甘調脜，一生未嘗一染子公之指，此心冷於陂水、淡於秋也。獨於文士詩人，一簡半札，吾目合而不可使之覩，吾手縮而不可使之攝，吾口噤而不可使之讀也。不幸覿焉攝焉讀焉，則推倒牖下之几，掉脱頭上之冠，饋我我不食，問我我不應也。已而自悟自笑，求其所以使我至此者而不可得也。旁觀者往往怪此翁百無所嗜，而何物啗之，乃中其欲如此。夫我且不自知，而彼之怪與不怪又何知焉。初得載道騷詞、賦篇、《七發》等文，是日之喜，政如是耳。蓋騷與賦，固剞劂要眇，動吾目、貫吾心不淺也，然我猶可能也。至於《七發》，自枚乘之後，惟張景陽之《七命》足以摩其壘而與之周旋，其餘作者皆自鄶以下者也。惟河東柳子負固賈勇，自倚其異書奇字，盤盤囷囷乎滿腹填膺，小決之於永、柳之諸記，答韋、杜之諸書，而大注之於《弔屈》、《乞巧》之騷詞。然猶婪落文囿而無厭，懋遷枚、張之號名，竄其七而增其一，以爲吴武陵庬祁、冀北之問，雲詭電譎，風砰波澒，奇怪端欲拉枚、張而出其上，此文人之狡獪、姦黠之渠魁者歟？自本朝諸公，而枚乘此體無復嗣響。非不爲也，絶唱所在，不可爲也。而吾載道刺手一取枚、張、柳子之光芒而回之，某也安得不適適而驚、芒芒而自失也哉？見其文，恨不識其人。班春亭上，誠不自意兩不相謀而兩適相值，其喜又若之何？昔人聞長安之樂者出門而西笑，而況真到長安者乎？

別去數閱月，欲寄相思二字而未能。遣騎墮一紙之書，諏暄凉，訪生死，耿耿之心，喋喋之談，我所欲吐者，公皆盡得之、盡道之矣，快哉！快哉！餉來禽，山風滿把，露液未乾，薦之屏攝而後敢與婦子嘗之也。一味珍感，二色羽扇，萬安黎庶闓懌之仁風，忽吹翻山扉之花竹，清凉次骨，那復知人間之暑氣乎！示教學記并圖，當細細披讀也。未見君子，願言珍重，即看密縣茂宰之徵。

答福帥張子儀尚書書

某再拜。伏以即辰火老金柔，近秋益熱，恭惟判府安撫華學尚書尊契丈，奄七閩軍府之雄，分萬乘旌旗之半，威惠允洽，天人是孚，台候動止萬福，契家玉媲均慶。

某老病餘生，尚爾未死，皆知己光映所逮也。自去冬小兒入京换官，敬寓一書，以候暄凉，連辱報賜兩緘，其一領略託子之請，其一諗以將爲三山之行，是何意氣之勤勤、詞旨之諄諄也。某自毗陵初得定交於執事，見其眇然山澤之癯，淡然雲水之僧，讀書清苦，澡身高潔，以爲一世之佳公子也。已而同朝，過逢益密，志趣益親。又見其一議不苟隨，一事不苟止，一情不苟合，以爲中朝名勝士也。一日以王事同齋宿於浮屠之宫，談間忽聞誦五字古詩，則抵掌頓足，舍牀起立，驚而自失曰：「此陶淵明輩人語也，此聲不嗣響久矣。」即索紙手抄一通，以歸于執事，乃悔前日之知執事，未嘗知執事也。以執事之賢且文，豈前之日異於後之日乎？蓋前之日不輕爲某出，而後之日不覺爲某出也。不輕，故鈎之而愈沈；不覺，故闓之而愈白。夫能使執事闓之而愈白，則某也亦必有以致之矣。以後之日能致執事之白，則前日之沈，豈執事之爲某惜哉？某是以悔而益悔也。知與不知，悔與不悔，執事何與焉，蓋自有職其咎者矣。是時戊申四月五日也，今十有三年矣。相别十有三年，而相憶如一日，豈惟使某不能忘執事，乃執事未嘗忘某也。且此十有三年之間，某與執事，進歟退歟？升歟濳歟？通歟塞歟？奚翅鵬之與鳩，飛黄之與蟾蜍哉！執事上赤霄，踐台斗，而不以是嫮於我。某卧蘆花，刺釣船，而亦不以是歉於公。然二人者，千里而常接膝，異塗而常合志，此豈調胹飴蜜以成其甘，諧合哇俚以傳其娱哉！

顧某又辱知於執事者。某生好爲文，深不願人之知，人亦卒莫之知者，而執事前一書評某《答徐達書》，謂酷似柳子。易牙死已千載，合淄、澠二水以飲人，人飲之者，淄猶澠也，澠猶淄也，而執事望而知其某爲淄水，某爲澠水，固不待飲而後能别也，其又加於易牙一等乎？執事又云：「某雖不能作文，至於見他人所作，亦粗能識之。」昔曹孟德、袁本初同爲游俠，二人嘗抽刃夜劫人之新婚，而本初失道墜枳棘中。孟德大呼云：「偷兒在此。」本初一擲而得出，是時主人知棘中爲偷兒，而不知呼偷兒者亦偷兒也。執事不能作柳子，何以呼柳子？聊發千里之一笑，且以謝棘中之惠。

答建康府大軍庫監門徐達書

某再拜。伏以即日寒盡春生，恭惟總幹學士年契，自公整暇，神勞素履，台候動止萬福。某一昨謝病自免，歸卧空山，遂與世絶。獨愛賢好文之心，若瘕癖沈痼，結於膏之上、肓之下，而無湯熨鍼砭可達者，而何敢望其瘳乎？望其瘳固不敢，望其小寧而不作，亦且不敢也。每以此自苦，亦以此自樂。病而至於樂，雖秦越人視之，亦末如之何矣，而何湯熨鍼砭之尤乎哉！

退休五年，寖覺小寧。今日大兒忽遞至總幹五月二書及詩、文、史評一編，披讀未竟，我頭岑岑，我體淅淅，我心憒憒，於是舊疾復作矣。甚矣乎，斯文之奇奇，斯士之落落！如腊之毒，如酒之酖，怳然墮我於沈緜之鄉，而不知其所從，不克以自拔也。抑某與總幹有何宿負，有何沈冤，而使我至此極乎？

詩甚清新，第賦興二體自己出者不加多，而賡和一體不加少，何也？大氐詩之作也，興上也，賦次也，賡和不得已也。我初無意於作是詩，而是物是事適然觸乎我，我之意亦適然感乎是物是事。觸先焉，感隨焉，而是詩出焉，我何與哉？天也，斯之謂興。或屬意一花，或分題一草，指某物課一詠，立某題徵一篇，是已非天矣，然猶專乎我也，斯之謂賦。至於賡和，則孰觸之，孰感之，孰題之哉？人而已矣。出乎天猶懼戕乎天，專乎我猶懼强乎我，今牽乎人而已矣，尚冀其有一銖之天、一黍之我乎？蓋我未嘗覿是物而逆追彼之覿，我不欲用是韻而抑從彼之用，雖李杜能之乎？而李杜不爲也。是故李杜之集無牽率之句，而元白有和韻之作。詩至和韻而詩始大壞矣，故韓子蒼以和韻爲詩之大戒也。

書數篇皆閎以肆，不能免乎千世而皆不喪己。嘗從事乎場屋之文，而此乃不類乎場屋之文，是難能也，其它可能也。史評妙絶一世矣，如「蕭相國之門得士之多」，如「項羽善將兵而不善將將」，如「史不載蕭何所奇韓信之語而探知其語」，如「項羽、英布時分軍爲三之或得或失」，如「世未嘗無士」，如「洪羊當誅而不可烹」，❶如「衛霍之客去留不以兩將軍之盛衰」，如「公孫洪、張湯接天下士而未嘗得一士」，此數條乃古人眸子所未嘗覷見者，而今獨發擿之。至於「晁錯東市之禍乃教人主以術數之效」、「公孫洪險賊之隱心與張湯暗合者九」、「婁敬、蕭望之、雋不疑不肯易衣露索解劍以趍合上好」，此三條者尤足以塹刑名之鍵，誅姦邪之齒，障河曲之瀾，其有補於吾道世教豈小也？兹又一編之中珠之靈蛇、玉之連城也。

先察院非不得位而非得位者，德浮於位而位不浮於德也。今有子如此，不得位而得子，其不賢於得位乎？某也諸子鹿鹿，真景升兒子不啻也。既以爲先丈賀，又以爲某媿耳。然大兒乃得親炙賢同僚，豈不足以爲某賀乎？

命戒諸上官書，此某之責也。知士不薦，自同寒蟬，吾尤昔人而又爲之。然今之能爲人軒輊者，勢焉而已矣。而某也，韓安國之死灰，柳子厚之糞壤也，是能爲總幹之軒輊乎？先是，大兒來求某之薦書以徹聞於諸公間，有不待某之書而已舉之者，有待書而即舉者，財一二而已矣。有雖不及舉而猶答書者，有得一書

❶「洪」，當作「弘」，此避宋宣祖趙弘殷諱。下同，不出校。

而不答者，有得一書再書三書而不答者。爲子受詬，其不淺之爲丈夫乎？爲子受詬，孰若爲賢受詬，况未必盡詬乎？然計其必應而扣焉，猶未必應也，然猶可扣也；知其必不應而扣焉，是欺友也。與其欺也，寧已。張板曹，頃某在金陵時，渠以其叔父泉幹公京削爲囑，既而某不能及。若扣焉，縱彼不言籍，獨不媿於心乎？尚書帥亦聞已深相知且相許，總卿、漕、監亦與帥同此意，似不必更假某之言以分其特達之恩也。或持是書以呈似焉，即薦賢之至公也，又奚以私扣之陋爲哉？其餘皆無半面，惟石漕乃故人之至不薄者，且嘗以大兒之舉扣之。今既未拜其賜，敬納一書，然亦未敢必也，特自計其可必者止如此。

臂痛，視管城子如寇讎，久不與通，乃今與從事不獨痩癖之疾復作，臂痛遂大作矣。惟自貴珍，善刀藏器，以待時須。

答興元府章侍郎書

某再拜。西望奏記興元大帥顯學侍郎尊契丈，即日獻歲華始，萬寶趨新，恭惟身作金城，華戎寧壹，天棐忠賢，台候動止萬福。

某伏自壬子八月謝病自免，歸卧空山，我南公西，楚星蜀月，同光共影，從此分矣，從此遠矣。我書安得至於公之側，公書乃忽墮於我之前，快哉！快哉！還家五年，相去萬里，未嘗烹長鬚之鯉，未嘗射上林之鴈，未嘗逢吴中之黄耳，而乃得故人萬金之書，其從天降耶？飲食起居頓異於常時者數日，而不自覺也。妻孥覺之，且怪之，以爲吾翁未嘗有此喜事也。

某定交海内，未嘗得罪於一人，亦未嘗泛交於一人，獨於蜀中之士大夫，若釋氏所謂宿緣者，往往見而合者獨多於它處。如紫巖先生，我師也；雍公，我知己也；欽夫、仲秉、德茂，我友也。是數公者，我初不以世俗之求求之，彼亦不以世俗之知知之，皆一見而合，合而久，久而不渝。澹乎若水，乃過於醴之甘；汎乎若萍之適相值，而確乎若金石之不可解。求其所以合而無以合，求其所以久而不知其何以久，非徒我不曉此也，數公者當亦莫曉乎此也，不歸之於宿緣，於何而歸哉？

台座輕裘緩帶，投壺雅歌，掌國西門之管，用儒者道德之威，折敵人千里之衝，不既多歷年所矣乎？召希文於慶，起彥國於青，獨不可歟？而來教乃有「去家不過半月程，乃未能一去」之語，非所望於蕭傅也。君子之道，或出或處，或默或語。若二事也，而實一事也。聖人曷嘗貴處而賤出，褒默而貶語哉？要歸於是而止耳。某之不出也，非某也，老喚之於前而病嗾之於後也。某羸然之骨，瘦無一把，而或喚焉，或嗾焉。某雖欲出，亦烏得而出？台座以一世人物而任國西事，其不輕而重也昭昭矣。顧欲拔漁蓑，把釣竿，與老友競一概之節，未聞臯夔爭箕山之瓢，蕭曹妬商山之芝也。德茂無怠！德茂無怠！

徵近詩，今洴一編，獻樵歌於清廟之頌，奏蛩聲於阿閣之鳳，當不嗔也，當一笑也。心事皺積，非故人誰吐？對俗人有不吐而已耳。今於台座之前可吐乎否也？吐矣而又不盡。非不盡也，萬此寧有盡乎？且截斷葛藤，喫茶去，喫茶去。願言加餐良食，以爲吾道之鎮公子。世俗之祝，公不欠此。真蜀附子荷遠餉，得以扶衰降拜，有萬其感。台閎玉眷郎娘，恭惟受祉山則。向來令似相見於金陵者，今官何許？醉筆惡語，尚能記憶耶？家有師匠，何必問外人也。

與材翁弟書

某啓材翁主簿學士賢弟：某不幸，平生多以忠信獲罪於人。且如歲前入城，偶聞衆論，謂令兄濟翁入京，欲一見言者而辯之。又謂此行小遽，恐言者不察。而吾弟下問當如何處此，某不思而對，謂止有今日參部，明日射闕，徑出國門而去，屏跡不與物交，上不見廟堂，下不見故舊，雖幼輿來見，亦勿見之。蓋族姪尚不見，則豈有見諸公干進之謗？處患難，行乎患難，當如此耳。而濟翁有書與長孺，其詞盛怒，謂：「公見廟堂，明納闕劄，何害？何必匿形藏跡？又非姦黨，便至累幼輿也？」且某本獻屏跡避謗之説，而乃生姦黨累人之疑，一何反也？幼輿自换授注部闕，何憂乎濟翁之累？而某又豈排陷族弟爲姦黨者哉？

昔楚靈王見辱於慶封，不勝其忿，而回師滅賴。賴未嘗犯靈王也，犯靈王者慶封之詬也，賴何辜焉？楚文夫人曰：「萬舞者，戎備也。今令尹不尋諸仇讎，而於未亡人之側，不亦異乎？」濟翁遭别人譖諸言者，其怒不尋諸仇讎而施於族兄，不快於慶封而快於賴，何以異此？且某獻忠之時，言者無恙也。濟翁至京，則言者寒矣。若言者尚炎，則某必爲忠；言者既寒，故某爲罪。言一也，而時則二也。

某老謬不死，三忤濟翁矣。自丙午之秋，濟翁自吉州入京，是時某爲都司，濟翁欲求作親弟牒試。某不敢欺君以踈族爲親弟，濟翁大怨，一忤也。戊午之春，濟翁又來求，以假稱外人不相識，而以十科薦。某不敢欺君以族人爲外人，濟翁又大怨，二忤也。今又有姦黨累人之怨，三忤也。某雖已挂冠，然滅賴之師，若未快其意，可無懼乎？况三子未免薄宦，宦途相遭，大憂未艾也。願吾弟以一言解老謬妄言之罪，或繳此紙以呈似焉。臨紙足如履冰，背如負霜，誅之釋之，皆不敢自必也。不宣。

與南昌長孺家書

今月初五日，誠齋老人得大兒南昌令長孺家書，并送至大帥報書。今口占，令幼輿秉筆書之，以告汝曰：

章允至，得汝書，知汝一室長幼安平，二老甚喜。又盥手披讀大帥書詞，益喜。汝辭行時，謂吾有三子，中男次公去年最先出仕，今長孺又出仕。次第十月，小男幼輿又出仕。恐吾索居無聊，欲迎侍二老就養官寺，善如汝之請也。

然吾平生寡與，初仕贛掾，庀職一月，有所不樂。欲棄官去，先太中怒，撻焉乃止。後三立朝三棄官，至江東漕遂永棄官，是時吾年六十六耳。若曰几案吏道，猶可以勉而能也，然決焉舍去，還家待盡。至七十而納禄，三請而得俞。汝視我平生之出，此心樂否也？今汝之請，父子之至情，豈不欲相聚之樂？然一出如移山之難，則亦憮然陽應曰諾而已，汝以爲我真從汝乎？今不知此聲奚自而徹于大帥之聽乎？大帥報書之中，謂吾若肯來，豫章之草木魚鳥皆有喜色。汝書中又傳大帥面命之詞，謂吾若肯來，則西山南浦皆有光華。又有傳大帥之意者，許以廩人之繼粟，許以客右之殊禮，許以樓船之浮家。吾老棄山林，每謂一生罕逢特達之知己如古人者，乃今忽有之，汝知吾此時之心樂否也？即與汝母謀，秖俟幼輿之官澧浦之後，戒行李，卜吉日，遣人前期白大帥假舟楫矣。

既而取汝家書旋觀之，則有不可者。汝書有「今日作縣，真不可爲」之詞，又有「窮空煎熬，入寡出多」之詞，又有「最苦最苦，千悔萬悔」之詞，又有「雩禜不應，原田盡槁。催科之考，定入下下」之詞。今有人嘗犯風濤而屢見險者，幸而舍舟登岸矣，入山而居、入林而安矣，一日偶游江皋河濱，復見有一葉之舟，掀舞於衝風駭浪之中，有不掩目而走、悸心而歸者乎？今大帥招我以恩書，待我以殊遇，而乃聞汝之言如此，有以異於登岸之人見一葉之危乎？蓋家人饋我而我不餐，問我而我不應者，自此三數日而不寧也。聞其言且然，若遂翩然而東下，就汝而與居，日夕見汝之煎熬，坐卧見汝之愁苦，汝謂吾心樂否也？吾幸而歸來九年，優優其休，坦坦其遊，進不羨伊周，退不羨巢由。汝今移汝之煎熬爲吾之煎熬，嫁汝之愁苦爲吾之愁苦，而乃愁酒以壽我，愁飯以飴我，愁容愁聲以侑我，而曰「此參之養志，賈之擊鮮也」，汝謂吾心樂否也？汝欲吾一報果來之期，將以白大帥，吾是以艱於此報也。

《易》曰：「安其身而後動。」蓋不有所安，不可以動；不有所不去，不可以來。今使汝母不來，而吾獨來乎？不可也。今使吾遽與汝母偕來乎？不可也。今使吾暫來而忽去乎？不可也。汝將奚以爲吾慮乎哉？汝欲別鑿一門，與汝異户而出，固善矣。然自西而北，復自北而南，復自南而東，亦恐反勤兩司車騎之迂遠，仍恐翦棘除道之勞費也，如之何？果來之問，汝更精思之，熟計之。汝有以吾報，而後吾有以汝報也。然大帥知我甚深，愛我甚勤，招我甚度，終當一往以答此恩意，今未可耳。九月七日，吾付長孺。

答虞祖禹兄弟書

十月一日，具位楊某謹西望再拜，復書于恩館制參直閣、判府直閣、知丞直閣伯仲閤下：某於今年二月二十日，遠承伯仲各賜手書，又申之以長牋，以先師相先生銘詩授簡於退休之野人，其禮若施之於所尊，其意若惟恐其辭避者，一何禮之踰、憂之過也。某，先師相之老門生也，某而辭避，將誰諉乎？且某受先師相之恩，竊意伯仲間亦未必盡知也，某何忍辭避哉！

某自乾道庚寅爲邑於洪之奉新，是時年四十有四矣。自張魏公先生薦試館職而不克就，至是知己希矣，自分老死州縣矣。庀職六閱月，忽有命自天，擢某爲國子博士，蓋先師相薦之孝宗皇帝而用之也。嗟乎！宰相之不敢薦士久矣，况敢用之乎？彼其所以不敢薦用人士者，何也？是有三私焉，蓋曰人其謂我私親暱也，私鄉黨也，私貨利也，是以不敢也。人惟有所歉者，不敢於天下之至公；人惟無所怍者，敢於天下之至私。是故非能私乎士，不能拔乎士；非能不私乎己，不能私乎士。所謂私乎士者，非前所謂三私也，私其賢且才以報國也。夫惟不私乎己而私乎士，所病不私耳。私非所病也，惟愈私則愈公耳。先師相之薦某而用之也，惟其去前之三私，以就後之一私，是以一舉而上無疑心、下無異論，然某不足以當也。此其恩之輕重大小何如也？

然此恩猶小也。先是，歲在丁亥，先師相召來自西，初拜樞密。一日，莆田陳魏公攜某所著論時事三十策以觀於公，公曰：「不意東南有此人物。」於是招某一見，待以國士，面告以將薦于上。夫古人感一飯尚殺身以報知己，而况受國士之知乎？亦何俟成均之除而後爲大恩也哉！

然此恩猶小也。先是，紹興辛巳，某爲零陵丞。其冬，逆亮大舉入寇，傳聞朝廷將有浮海避狄之議，同官相顧，❶皆無人色。某與妻子自分無地措足，此不足道也，而二親亦相顧無色。微先師相牛渚之役，一家豈有更生之望哉？豈惟一家，四海萬姓豈有更生之望哉？孔子曰：「微管仲，吾其被髮左衽矣。」其不然乎？此恩恩之輕重大小又何如也？❷

某與二親蒙更生之恩，某又蒙拔之州縣、寘之朝列之恩，此恩之輕重大小果何如也？受恩之不貲也如此，獨不能效古人感一飯之報乎？殺身猶可，獨辭大書勳德以詔萬世之責乎？故曰伯仲「一何禮之踰、憂之過也」。雖然，抑恐有以遺伯仲孝子仁人之大憂者。王文正公非六一先生銘之，司馬温公非東坡先生銘之，亦安能與天地相永，與日月争光乎哉？今以先師相之忠孝文武、元勳鉅德，視王、馬二公之賢，無所與遜也。顧屬之於野人之蕪詞，某也且將與腐草共盡而自無傳者，乃能使先師相之有傳乎？伯仲獨不憂此者，何也？然先師相之勳德，雖無某之斐文，猶將必傳無疑也。是先師相之傳，無待於某之文，而某之姓名與其文，乃有待於先師相而附之以有傳也。某何其幸哉！

來書示以行實三大編，凡二十餘萬字，某撮其要者約而爲七千言，似簡而實詳，似疏而實密，無遺善，無

---

❶「同同」，疑誤，四部叢刊本、汲本、庫本不重文。

❷「恩恩」，疑誤，四部叢刊本、汲本、庫本不重文。

溢美。惟先師相私於某，故某不私於先師相，所以報也，惟孝子仁人加察焉。不宣。某再拜。

答徐居厚史君寺簿

某伏以即辰良月初寒，小春猶暖，恭惟居厚史君寺簿契丈，燕燕宅里，飄飄僊官，神介台候動止萬福。某自壬子八月棄泥而西，逮丙辰五月還笏而竢，三歲三請，乃危得之。半生薄宦，十里九山，姑置是事，堇保初服，不作朋友羞，猶堪上先人之丘墓也。自此與世掃軌，自閟自匿，惟愁「不知何許人」五字誤落人間，便敗吾事，而况與百工交易，開門通水火乎？故人知我憐我，當不督過我，相忘於江湖也。姜掾來訪，袖出妙帖，未暇發而占之。亟問别來何如之狀，則聞頃有亞夫之疾，今苦子春之足，則又問：「其或者將無藥動乎？」曰：「否。」「抑有伐之者乎？」曰：「否。」問其奚事，則曰：「浩然之氣有激之者。」某竊怪其有動心而無忍性也，荷荷。回首浮梁之集，山寺野酌，我自斢竹葉，公自傾真珠紅，相視而笑，旁若無人，自莊周、惠施死二千年無此樂矣。當是時，二人者皆不知其爲樂也。由今思之，可復此乎？又聞盡倒陸賈之橐，以歸維摩之月，上郎罷晨炊，不懸罄否？猶能下帷授徒以自食否？貧自是吾徒之郿殿，陋巷一簞，未肯易方丈與數百也，亦要未至餓不能出户耳。「不賴固窮節，百世當誰傳」，長哦此詩，使人三歎也。未見，願言珍重，即對宣室之問。豈終窮者？我則異於是。

與鄭惠叔知院催乞致仕書

某伏以即辰禀秋暑退，清風戒寒，恭惟知院樞密相公，首斡鈞樞，忠貫高厚，三神咸贊，鈞候動止萬福。某屬者奏記，力祈休致，俯伏待命，寂然罔聞。方切憂懼，不知所出，忽張永州歸，送似鈞翰，告教之詞，周諄煩悉，若惟恐其意之不遑安，其惑之不盡解也。夫坐廟堂而深軫山林之野夫，被衮繡而不忘平素之墜屨，此古昔大臣盛德之事，而近世君子絶響而莫續者。今乃獨見於相公，而獨賜於某，再拜三讀，不知激烈之勃興而涕泗之横集也，感謝至骨。

竊觀鈞諭有云：「有請降等，頗覺眼生。」信哉，斯言可謂切中某書詞之病矣！蓋其心本生於憂之太深，懼之太迫，故其詞愈措而愈拙也。竊嘗聞之夫子曰：「臧武仲以防求爲後於魯，雖曰不要君，吾不信也。」《傳》曰：「臣之禄，君實有之。專禄以周旋，戮也。」東坡謝表曰：「草木被慶雲之渥彩，魚鰕借滄海之榮光。雖若可觀，終非其有。」某也竊自惟念，内之無才德之可稱，外之無勳勞之可紀，一日拔自庶僚之卑冗，而躐陞法從之華職，人雖不言，己獨不愧？今也求致其仕而安然據而有之，請守其本職本階而歸老焉，豈不干要君之誅，抵專禄之戮，而犯非其有而有之之戒乎？私竊以謂下之人當奉而還之，以聽上之與奪。若下之人奉而還之，上之人聽之，是其分也；下之人奉而還之，上之人還以畀之，此朝廷不測之命，而吾君吾相不貲之恩也，非其分也，又敢據而有之乎？竊恐聖君疑焉，願相公賜片言以啓焉；丞相及諸公疑焉，願相公賜片言以釋焉。

鈞翰又云：「謝事之奏，似乎太遽。」此又深中某舉措之病矣，然抑又有説。某舊與鄉衮益公，鄉舉則同，征行又同，試春官又同，晚與朱元晦厚善。每與二公書問還往，皆談心事。某辛亥、壬子官建康時，已動挂冠之興，與二公書，必自歎年齒之未及，歸休之未得。每書，或云「恨尚有六年」，或云「恨尚有五年」。今年及之，乃遲之，遲而又久，豈非躬言之、躬背之乎？是欺人也。非欺人也，欺天且欺己也。欺之爲罪，以天準人，君子不以人爲重；以天準己，君子不以己爲輕。是三罪者，有其一已不可立於天地間矣，况兼之乎？相公之所謂遽，乃某之所謂遲也。其所以遲者，何也？聖恩與知己之賜，使人彷徨而不忍去也。今年正月宜有此請矣，正月不請而六月乃請，非遲而何？今夫千金之家置酒高會而召鄰里，禮已成矣，三爵可出，卜晝可止，而主人歌「客毋庸歸」之詩，又歌「不醉無歸」之詩，此主人之恩也，而客乃忘歸，必至於淋浪顛倒、號呶蜩螗而不知止焉，杜蕢之觶，其得免乎？夫愛客而厚其恩，與全客而成以禮，爲主人者宜何擇也？

某也區區匹夫之尚，而欲取必於聖君賢相，某之罪死，宜有餘也。《記》曰：「古之君子，進人以禮，退人以禮。」又曰：「君子之愛人也以德。」使某而及今年七十之時，未踰冬之日，聖君賢相沛然湛恩厖洪，退以禮而愛以德，全其歸以華其老，此非人間世之恩也，實高天厚地、察父慈母之恩也。若猶未也，故當特請屢請不一請而止也。放鶴出籠，縱魚入海，生當榮感，死當冥報，天地鬼神實照臨此心，仰惟鈞慈察之則幸。某不勝惶恐，祈扣迫切之至。

答陸務觀郎中書

某伏以即辰良月初寒，微霰已集，恭惟致政華文國史南宫舍人尊契丈，立萬物之表，期九垓之上，天相台候動止萬福。某自頃蒙遺「詩可以妬」之帖，得之於新仲舍人之孫朱司理許，亦隨因之寄一行以謝焉，故當無復石頭事否？昨暮杜掾又送似妙帖，偶一二士友相訪野酌，吹燈發書，乃推僕以主盟文墨，爲之司命，則抵掌大笑。其一人曰：「譎哉放翁！既妬之，又推之，一何反也？是可笑也。」其一人曰：「謙哉放翁！何可笑也？古者文人相輕，今不相輕而妬焉推焉。曰妬云者，戲詞也。妬者，推之至；推者，謙之至。舍己主盟司命，而推人以主盟司命，不已謙乎？」之二人者，蓋皆墮放翁計中，益可笑也。大氐文人之姦雄，例作此狡獪事，韓之推柳是已。韓推之，柳辭之。辭之者，伐之也。然相推以成其名，相伐以附其名，千載之下，韓至焉，柳次焉，言文者舉歸焉，僕何足以語此？雖然，亦豈不解此？柳謂韓之言不足信，若放翁之幣重言甘，僕敢信之乎？有揜耳而走、退舍而避耳。信與不信，辭與不辭，之二人者知之乎？螺江門外私酒，豈敢望新做一箇布衫，而況「唯有羊叔子，名與漢江流」乎？以雅故也。厭祈招之愔愔，羡拊缶之嗚嗚，何也？耘叟之曲，僕所傳者與世同前之一疊也，後一疊小異，嘗聞之否？宅相桑君詩句，得夜半之真傳矣。杜掾，故人趙憲之玉潤，舊嘗識之，況長者之稱乎？葛藤且止。「上言加餐飯，下言長相思」，珍重。新來做得一箇寬袖布衫，著來也暢，出户迎賓，入城幹事，便是楊保長云云，荷荷。

答袁機仲寄示易解書

某今月二十二日入城郛，謁新尹趙丈。趙丈一見某，因首問機仲、元晦、宋臣皆故人無恙外，趙丈因取機仲《易書》五編，及《辯歐陽子〈易説〉》一紙，云機仲小忙，不暇作書，託以此文面授而口諗某焉。某老病，久不作書問體中如何，何敢以無書望機仲也。抑機仲之賜，有大於暄凉之書者，何大乎此賜也！五編一紙之作，探天造之機緘，發聖門之管籥，皆先儒之所未覿，後學之所未聞。某也何人，乃得覿而聞諸乎？歐陽先生云：「不意老年見此奇特。」藉弟令得機仲一幅八行之書，孰與仲多也，此某之所以大之也。機仲之言曰：「《易》者，剛柔相易之謂。」又曰：「乾坤者，《易》之太極。」又曰：「《易》之象數，盡在乾坤。」又曰：「道之變遷，微而難知。」又曰：「學《易》者不可不原象數。」淵哉，子袁子之言乎！切哉，子袁子之言乎！引天下後世之學者自葉而根、自支而源者，必此之言乎！而某之款啓，何足以與於斯？此某之所以大之也。某也，儒其號而不儒其實者也。然抑嘗有志於斯，而悾悾如者也。蓋嘗以謂，聖人之經，如日在天，一人仰之，不若使衆人仰之，庶各有得於日也；如射有侯，一人射之，不若使衆人射之，庶各有中於侯也。若曰「非離婁子無與於觀日，非后羿無與於射侯」，則日無乃孤而侯無乃棄乎？是以不度其陋，而妄有志於斯也。注六十四卦，自戊申發功，至己未畢務。嘗出屯、蒙以降八卦於尤延之矣，延之我愛不我棄也，皆有所竄定焉。某皆聽從而改之焉，是以樂爲延之出，而忘其瀆焉。又嘗出家人一卦於元晦矣，元晦一無所可否也，但云「蒙示《易傳》之祕」六字焉。某茫然莫解其意焉，是以不敢復進焉。今再以出之於元晦者出之於機仲，正犯機仲「變遷難知」之戒也。機仲能如延之之不我棄而我教乎？幸也。不然，又曰「蒙示《易傳》之祕」乎？戲也。幸之戲之，惟命焉。

誠齋集卷第六十八

廬陵楊万里廷秀

書

答徐宋臣監丞書

某伏以即辰凋年逼春，清霜佐雪，恭惟都運監丞尊契丈，里居清逸，德望崇崛，天棐忠賢，台候動止萬福。某老病餘生，棄官十年，乞骸三請，挂冠神武又三載矣。閉門待盡，人事盡廢，書問都絶，不寧唯執事而已。遠蒙詒書訪問生死，何喜如焉！何感如焉！來帖告訴門生排报。嘗聞前輩謂受人之恩而不忘者，爲子必孝，爲臣必忠，蓋推是心而信其人也。又聞惟以怨報德者爲不可測，蓋以有人之形者，必有人之情也。故盧杞之於顔公，敏中之於文饒，之奇之於永叔，邢恕之於君實，孰測其報恩一至此極哉！昔孟嘗君有一客，孟嘗遇之甚厚，而客每毁孟嘗。或問其故，客曰：「人皆譽君，而我獨毁，人必以我爲小人，而以君爲長者，此吾所以報君也。」前五子者，其意將無出於此歟？至如逢蒙殺羿之事，孟子不責蒙而責羿。然則先生之與門生，其責果誰在哉？久不縱談，聊以發千里之一莞。蒙餉小春，碾春風，落飛雪，候蟹眼，瀹兔褐，風味勝絶，媿無枯腸五千卷可搜攪耳。未見君子，願言珍重。青天白日，讒波聿消，即聆召音，遂登郎從。偶江東耿漕送至宣筆，分納二十輩，匪報也。

答張功父寺丞書

某伏以即日春寒，恭惟功父寺丞約齋先生，堅卧南湖，彈琴賦詩，詠歌先王之風，神介台候動止萬福，契家玉媄均慶。某行年七十有六，而未有聞焉，宜捐而收，宜疏而休，功父之於某何如也？古人投分之義，每有相思，千里命駕，而功父身居帝城，非野人之蹟所宜至。既不得相見而心欲相見者，不以面，則以書，而野人姓名又不宜入脩門，不知功父察否也。敢謂不遠千里，走一个行李，移書寄詩，后山清厲刻深之句，寶晉沈著痛快之字，盪耳目而醒肝膽，此惠已不貲矣，又加遺筆墨、吴牋、北果、海錯、厚幣焉。禮加渥，意加劬，野人何以拜此？獨竊怪功父之趨舍有不可曉者。功父近九重之居，若此其甚也；瞻光範之門，若此其不遐也。操數寸之穎，奏三千之牘，頌聖明而陳治安，朝侣鄒枚，暮參夔龍，直易易耳。顧乃尋葦茗之巢於霜松雪竹之内，訪麋鹿之跡於兔远牛涔之外，所嚮一何左也？此其不可曉者一也。問其奚事，則講雲議月；問其奚求，則唱風和雪。既徵子雲之牛柢，又索子厚之土炭。舍爐而冰之附，吐飴而蘗之茹，所欲又何詭也？此其不可曉者二也。然尚有可諉者：古之詩人文士，所挾異於人，則所趨固異於人也。至於其所施於某者，則有可大駭者矣。孟子曰：「人之患在好爲人師。」柳子答人士書，絫絫百千言，其慮患微也。昔之人，固有毅然不顧而居然當仁者矣。然的之立，矢之集；矢之來，的之災。今功父號我以師，而自號以弟子，詰其實則朝同朝也，游同游也，志同志也。友云者，實也；師弟子云者，浮也。浮而非實，無乃欺乎？

無乃諛乎？功父固非欺且諛者，然而云云若爾者，尚古人敬老之義，而欲行之以厚俗也。此在功父不失爲盛德事，在某則有所大不安者。敬我不若安我，安我不若免我之爲的。它日賜書，惟無曰師弟子云者，則老友之盛福也。諏及陳詩，有點勘而無去取，此本今在南昌大兒許。惟曾端伯《百家詩選》，則嘗爲兒輩擇其粹者爲一編，凡四帙，此非爲作者設也。今附便了呈似不晚，次公入京受署，却望畀之以歸，要遮老眼也。近睹邸吏報，竊承功父已有進擢之命，即日遂爲貴人，所謂「家貧願鄰富」也。然「從此蕭郎是路人」矣，一笑。《南湖》第三集詩，老而逸，夷而工，亦磨丹以摘佳句，以爲盜竊裨販之府。❶二碑得榮觀，尤幸。未見，惟愛重大業，以世其官，以宏其施。建茶五十銙，聊伴空函，匪報也。

再答陸務觀郎中書

某伏以即日夏令有俶，暑風清斯，恭惟致政華文國史郎中契丈，招月西塞，聽鐘東林，天棐高蹈，台候動止萬福。

某老病餘年，今七十有六矣。加我數年，亦可以齊執事矣。來教未得便以八十康寧之福嫥我也。來教又謂陶朱、猗頓之富，汾陽、西平之貴，世俗羡娟者可笑，是固然矣。然謂壽考富貴皆出偶然者，然哉？然哉？謂壽考果出於偶然矣乎？若聃，若萊，蓋以其德者也，顯乎淑，幽乎祜也；若啓期，蓋以其窶者也，彼

❶「販」，原作「敗」，今據文義改。

乎靳，此乎優也。謂之偶然，不可也。至膾人肝而永，德乎？寠乎？茹簞瓢而短，非德乎？非寠乎？謂之偶然，亦可也。謂富貴出於偶然矣乎？若蠡，若頓，富以其力者也，不賈不贏也；若郭，若李，貴以勳者也，不武不登也。謂之偶然，不可也。至黄帽郎而贏也，力乎？車戲而登也，勳乎？若夫力足以裕天地而枵于在陳，勳足以澤萬世而萎于泣麟，又何歟？謂之偶然，亦可也。聞之曰：「事有粹乎不偶然者，有駁乎偶然不偶然之間者。」孔子曰：「如不可求，從吾所好。」孟子曰：「强爲善而已矣。」此粹乎不偶然者也。至於齡之永也短也，貲之贏也縮也，位之崇也庳也，此駁乎偶然之間者也。粹焉者，爾力也，吾徒不可以不懋也，斃而後已可也；駁焉者，非爾力也，其如彼何哉！前言戲之爾可也，存而勿論亦可也，置而勿存亦可也，執事以爲然乎哉？不然乎哉？

來教諏及某惡詩，當有萬篇。不聞居肆而市脯者乎？族庖者日囂囂然號於肆曰：「吾脯也，胾也，羹也，皆旨且多也。」夫旨則不多，多則不旨。旨而又多，其皆熊蹯猩脣乎哉？其皆鮑魚鼠朴乎哉？「采菊東籬」，焉用百韻；「楓落吴江」，一句千載。風人之勍者，肯與僕較少量多於可弔之滕哉？近嘗於益公許窺一二新作，邢尹不可相見，既見不自知其泣也。獨其間有使人怏怏無奈者，如「湖山有一士，無人知姓名」，又如《寄湖中隱者》是也。斯人也，何人也？謂不可見，則有欲拜其床下者；謂不可聞，則有聞其長嘯吹篴者。斯人也，何人也？非所謂「不夷不惠」者耶？非所謂「出乎其類，遊方之外」者耶？非所謂「逃名而名我隨，避名而名我追」者耶？公欲知其姓名乎？請索瓊茅，爲公卦之，其繇曰：「鴻漸之筮，實維我氏。不知其字，視元賓之名；不知其名，視言偃之字。」既得是占，頗欲自祕，又非聞善相告之義，公其毋謂龜策誠不能知事。許教以令子送行詩，尚未寄似，方且徵之。某頃亦有送三子之官者，别紙呈似，決曹掾將非能作史論者耶？新守將至，某當入州府修州民之敬，首就阿戎語也。未見，萬萬珍重，日聽裹輪賜杖之命。

答張子儀尚書

某伏以即日顥氣已末，風露高寒，恭惟判府閣學尚書尊契丈，左馮繁雄，惠化滂被，及京之潤，天人是孚，台候動止萬福。某以病棄官，以耄得謝，亦既十有一年矣。今兹犬馬之齒七十有六矣，士者視之，寒爐之灰、墻角之檠也。而執事之在姑蘇，相去二千有餘里，乃未及下車，亟走一介，汲汲而詒之書，拳拳而致其意。跡彌疎，心彌親；地彌遠，情彌邇，獨何歟？不寧唯是，蓋十年之間，自奉使而總饟餽，立朝而踐台斗，昨帥七閩，今牧三輔，無歲而無書。不唯無歲而無書，無時而無書也。不唯無時而無書，又亟問而亟餽也，又何歟？夫合以勢者，勢盡而交踈；合以利者，利盡而交踈。此固世俗市道之交，不足陳於君子長者之側也。然「無友不如己者」，非經之箴乎？「貴有常尊，賤有等威」，非傳之儀乎？而執事德尊一代，而不遺淺陋之友；仁在六長，而不忘貧賤之交，又何歟？聞之子張曰：「我之大賢歟，於人何所不容？」《易》曰：「以貴下賤。」此古人盛德之事，今人之所不能爲者。執事毅然獨爲今人所不能爲之事，凛然追還古人盛德之事者，政在是耳，而又何足以疑？某亦何必致疑於其間哉？而某一書之中三致疑者，蓋舞陽之門不足詘淮陰之車，玉川之屋不足辱諫議之書，以其不應有而有也。惟其不應有而有，是以不應疑而疑。豈執事之舉有可疑，乃無似之人無以堪之，故不能不自疑耳，非敢有疑於青天白日之下也。《詩》之小序不云乎：「言之不足，故嗟嘆之。嗟嘆之不足，故永歌之。」古風一篇，别紙呈似，此亦詩人「言之不足」與「嗟嘆之不足」而作也。一覽而抵諸溝，幸矣。未有見期，萬萬珍重。若夫世毗陵之爵，囊曲江之笏，金嘉貞之甌，此公家分内事耳，頌之則諂。

答袁起巖樞密書

某伏以即辰歲事聿遒，天意欲雪，恭惟樞密端明相公，謨明廊廟，柄執事樞，華戎聳瞻，天人盡護，鈞候動止萬福。某恭審膺受書贊，登崇幾廷，正人其昌，善類載穆，恭惟驩慶。某於今月十九日得女壻泰寧陳丞經送似樞密八月一日所賜報章，再拜披讀，五色芒寒，紙長連連，筆飛翩翩，反復百折，卷舒三過，語如對面，情如家書。峻極之位彌高，而勞謙之詞彌卑；雲泥之勢愈踈，而金石之誼愈親。至於舍己之衮衣繡裳，見其黄帽青鞋而羡之；舍己之紊絪列鼎，見其木茹雪潔而愛之；舍己之緯乾坤、扶日月，見其耕莽蒼、釣滄浪而慕之。追記雪屋之説詩，歷陳雲牕之聯句，若欲往從之而不可得者。而又寄以西州之雅歌，俾擊缶者得聞金鍾玉磬之聲，蓋句句錦江之春，字字雪山之冰也；贈以四端之縑素，俾緼袍者一識萬草千花之紈，戀戀范叔之袍，依依退之之衣也。此古者名相巨公所以篤布衣之交，存嚶鳴之音，盛德事也。千載絶響，一往不返，豈謂今日乃忽有之，何其幸也。今日有此事，吾身見此事，吾身見此事，吾身蒙此惠，何其又幸也。棄官十一年，挂冠亦三年，偶未死耳。一日而逢三幸焉，死且不朽矣。陳丞竟蒙銓曹通理，此恩不自樞密而奚自耶？懷之感之，有藝極哉！病身柴立，焚棄筆研，不知年矣。所謂四六，漫不復記矣。且慶牋賀啓之至門下者，當齊熊耳矣，樞密少此哉？敬哦五字詩二章，章八句，以代啓事之陳賀，且謝寄詩贈衣之嘉惠，亦於卒章僭致無厭之求焉。蓋陳壻已得漕泉二使及太守三京削矣，尚缺其二。樞密儻慨然興孺子入井之心，賜以閩中憲倉之兩書，求嘉泰三祀上半年之京削，則合窣堵之尖，脱選坑之火，在樞密一染化筆之頃耳。再三之瀆，某則有罪，抑啓寵納侮者誰乎？想讀至此，當大噱也。未占侍見，不勝大願，願言金玉厥躬，柱石吾道，即正上能之躔，民之所欲，天必從之。

答朱晦菴書

某伏以即日初冬猶暖，恭惟宫使侍講待制契丈，珍臺育德，天棐忠嘉，台候動止萬福，台眷均慶，諸郎進學日新。某伏自八月間於葉尉許得台翰，即嘗寓書爲報，「登山臨水，公不如我」之書是也。楊子直出守鄉郡，首訪山間，亦頗能談契丈近況，甚慰。

某昨日入城修州民之敬，夜宿城外一茅店，通昔展轉不寐。五更忽夢至一嵓石之下，見二道士對弈，意以爲仙也。問某何自至此，答以僕棄官遊山今四年矣，獨未至此山，故來。且談且弈，二人皆敵手。至末後有一著，其一人疑而未下，其一人決焉，徑下一子，疑者頩頩。某默自念：「仙家亦有争。」頩者覺，笑曰：「君子無所争，必也弈乎？」忽青童自外來，曰有客。二仙趨而出，肅客而入。云二客，蓋東坡、山谷也。既啜茶，二仙謝二客曰：「局不可不竟，請寓目焉。」復且弈且談。二客行談寖遠，若未忘前事者，似頗及元豐、元祐間紛紜事，且嘆且泣。二仙起曰：「何兩先生相語之悲也？」二客吐實。一仙笑顧東坡曰：「先生之詩不云乎：『惟有主人言可用，天寒欲雪飲此觴。』」又顧山谷曰：「『南山朝來似有意，今夜儻放新月明』，非先生詩乎？」客主俱大笑。某一笑而寤，追憶其事，莫曉其故，天已明矣。

入城，郡官皆郊迎。令親程糾袖出契丈六月二十一日手書，讀之，若督過其不力疾一出山者，乃悟夢中事。程糾又出契丈與渠書，有「欲令老僧升講座普説，使聽者通身汗出，快哉快哉」之語。偶記憶嘗見一史書，似荀悦《漢紀》之屬而非也，載子房事，「至欲王諸吕之時，子房猶及見之。王陵、平、勃私於子房曰：『子以三寸舌爲帝者師，今爲之奈何？』子房不答，退而復招商山四人者，使者往，則皆遯矣。某嘗笑子房動不動推與閑人，契丈嘗見此書否？荷荷。契丈蓍占有知，抑猶在僂句之後乎？蓋蓍告契丈以遯之初與四，而僂句告僕以上九也。發書占之，云「在外則已遠，無應則無累」，曾謂晦菴之蓍，不如某之僂句乎？荷荷。兒輩蒙下問，極感先生長者幸教之意，列拜起居。未占參侍，願言珍重，以爲吾道之鎮公子。

上陳勉之丞相辭免新除寶謨閣直學士書

某皇恐再覆：已拜公劄，然區區之懇，有未竟者。嘗聞之曰：「天下之事，有名是而實非者，有跡同而情異者。」蓋古之舉逸民者，天下所以歸心；古之存老馬者，君子所以篤舊，二者五帝三王尊賢敬老之遺意也。今也某無故而錫命，無功而進律，不識此何謂也？意者聖主有五三尊賢之心，如古之舉逸民；有五三敬老之心，如古之存老馬。訪之大丞相，而未有以塞明詔、稱隆指也，姑以某而寘諸選中。恭惟大丞相造化生成之恩，良不細矣；而某感激銜戢之心，亦豈淺哉？然某竊謂其名是矣，其實非也；其跡同矣，其情異也。蓋古之所舉逸民者，謂山林長往之賢也，非謂謝事之臣工也；古之所存老馬者，謂德力並稱之驥也，非謂齒長之駑蹇也。某則不然，歲在壬子，年六十有六，以移病而去官；歲在丙辰，年至七十，以引年而納禄。夫去官納禄，則謝事之臣工也，非山林長往之賢也；移病引年，則齒長之駑蹇也，非德力並稱之驥也。以某而塞明詔，不曰名是而實非，迹同而情異乎？竊恐開素隱盗名之門，長鄉原欺世之風，必自某始矣。惟亟陳於上，而追寢某之除命，使某上不犯於公議，下不隳其晚節，不勝悃誠迫切之懇。

答潯州廖子晦書

某伏以露滋月肅，霜戾秋登，恭惟子晦潯州史君，十乘以先，千騎居上，天棐前茅，台候動止萬福。某自頃於雷倉許得所移書，且寄書策、石刻等，欲報而無驛使，蹉跌至今。此宜獲大何，而反辱嗣音，賢者難量，固若是哉！某山樊一槁人耳，雉兔之與處，魚鰕之與侶，以貧而求抱關，以憊而上印綬，以疾而辭皮冠，以年而抽手板，此其異於桃林之歸牛、柳營之汰卒者幾希。而來教有「去就勇決」之褒，正與朝菌論年、夏蟲語冰耳。至儗之以范蜀公，尤非其倫，是何子晦胸中擾擾多蜀公也。子晦業可大而卷之懷，齒鼎盛而縮其袖，「日亦愛矣」者當如是乎？來教又有「坦然忘世」之語，若有深望於僕者，又何不自望而僕望也？然竊聞子晦有青雲故人籲焉而弗之往，唉焉而弗之享。晦庵先生之門，不曰「魯無君子」者耶？敬畏敬畏。自亡友敬夫一去八桂，西民奪其母也久矣。今又得子晦，西民可無賀乎？學道愛人，努力努力。未見自珍，吾道亨窒，惟馬首是瞻。

答袁機仲侍郎書

某再拜。伏以熙春過中，淑景初麗，恭惟宫使殿撰侍郎尊契丈，祝釐竹宫，待問宣室，天迪昢晦之忠，神聽正直之與，台候動止萬福。某狗馬齒今七十有八矣，人間萬事，不到胸次，不待掃溉而自除，不煩排遣而自遠，不足勤執事之心惻也。惟是挾策讀書，此書生之餘習；登山臨水，此野人之滯癖。二病痼之，一居膏之上，一居肓之下。秦緩之鍼，攻之而不達；華佗之劑，澆之而不入，執事何以爲我謀哉？然二病者又有淺深。每遇書册，財入佳境，目輒痛而告勞，興輒敗而作惡。至於登臨，則足愈輕而不知倦，行愈遠而不知反。前之病不若後之病之深也，執事又何以爲我謀哉？燕居深念，又有一病。每懷我執事，相與金石之處，相忘形骸之表，璧水講習之樂，嚴瀨詩酒之娱，如夢中事。夢中之喜不足償覺後之慨也，執事又何以爲我謀哉？今日寒食，方欲躡青鞋，唤烏藤，鷗鷺前導，❶猿鶴旁扶，❷相將挑野菜於芳洲，拾瑶草於杜渚，而李尉乃以執事往歲九月之書來。發而占之，正冠盥手，再拜三讀。瑶林瓊樹，瞻之在前；金聲玉振，洋洋乎盈耳也。夢喜覺慨之一病，於是脱然去吾體，甚幸甚荷，甚幸甚荷。示教《北山四詠》新作，朗誦未既，忽乎追參步趍，陟降林壑。攀上巖之刺天，俯中巖之倚空。冰壺清寒以逼人，玉虹飛動而奪目。執事且謂某何

---

❶「導」，原爲空格，今據四部叢刊本補。
❷「旁」，原爲空格，今據四部叢刊本補。

如其喜，又何如其幸也！徵及拙句，甚願充員湛輩也。山谷云「衰懷對勝境，更覺落筆難」也，牽課四絶句呈似。第公輸之門乃敢揮其斤，西子之牖乃敢衒其醜，不如是則公輸不哂，西子不矉爾。未見，惟覯頤金軀、考祥玉燭之是禱，惟蒲輪遄歸、靈壽錫命之是禱。

答張季長少卿書

某再拜。伏自乾道之季年，執事初來，落筆中書，一日聲名震于京師，一何偉然也。迨及紹熙之初載，執事再至，握蘭省户，二老相對，鬢髮蒼浪，又何頽然也。居亡幾何，僕使江東，公歸岷嶺，兩舟解后，一揖而别，一何黯然也。居亡幾何，僕歸林下，公牧漢中，一書遠來，訪問生死，又何跫然也。楚星蜀月，萬里相望，自此遠矣。遣騎再臨，復拜尺素，教以石刻之新作，覯以經術之訓傳。老病衰謝之中，忽得異書於異人，唐人一日賞徧長安之花，何如僕一日盡覯群玉之府也。文辭高寒，山巑泉潺；楷法奇崛，鐵屈石出。陶泓諸銘，山谷之菁；房湖諸記，柳子之裔。《魯論》明微，闖神之機；《春秋》述義，泄聖之祕。濟河焚舟，如子荆之於康伯，僕病未能也；奪攘盜竊，如郭象之於向秀，僕又不敢也。望洋向若，送君自崖，僕則已伏矣。且姡且熱，喘如筒吹，僕其能忘乎？寓目至此，公不絶倒，僕不信也。

答户部王少愚侍郎書

某再拜。恭承命戒，令撰述令弟樞使觀文銘詩，自顧淺陋，固不當披襟，然詭以交情，尤不當避席。去秋專遣便了走淮上致奠於樞使，蒙令姪報教，亦以此文見囑，已愴然心許之矣，况重之以台座諄諄之誨乎？第某才鈍思遲，少紓其期，僅能屬藁。若責以七步三步而成，刻燭擊鉢而就，雖臨之以亡酒之軍法，迫之以泣釜之死刑，亦終不能也。如陳應求丞相之銘，其子郎中宁四年乃來取。如權樞密之銘，其孫大卿安節五年乃來取。權卿今造朝，可問而知，非敢紿也。至如虞彬父、王季海、京仲遠三相之銘，皆一年後乃來取。最近者如余處恭丞相，❶去夏襄事畢，送行狀來，今垂一年，❷尚未來取也。❸而台座賜大兒長孺書，乃有「速爲下筆」之語，某敬讀至此，汗不敢出。此與程督里胥不報期會之爰書有以異乎？所幸者，特未蒙書判榜百而封其文案耳。孔子曰：「君使臣以禮。」杜子美曰：「五日畫一水，十日畫一石。」能事不受相促迫，王宰始肯留真迹。」子思曰：「今而後知君之犬馬畜伋。」王公貴人之輕士，未有甚於此時者也。某亦安能嘔心胼手，竭蹷奔命，以奉此急急之符哉！行狀奏議，敬以歸納，可別選才敏思湧者而往役焉。臨紙戰栗。

與建康帥丘宗卿侍郎書

某伏以稟秋暑退，天高物肅，恭惟判府安撫留守大學侍郎尊契丈，式是南邦，卧護北門，忠貞昭天，釐事

❶「相」，原殘闕，今據四部叢刊本補。
❷「今」，原殘闕，今據四部叢刊本補。
❸「來」，原殘闕，今據四部叢刊本補。

萃止，台候動止萬福，契家玉娩尊穉咸慶。諸郎騤騤堂閣，甚喜甚賀。某卧痾山墅，未先朝露，皆餘映所逮也。每燕居深念，顧獨有可恨者。吾二人者，一居東海之東，一居西江之西，秋風一起，側身東望，慨然以懷，山立玉色之標，偉然在人目中矣。凝神小定，則其人甚邇，而其室甚遠矣，則又怊然以喟，斯可恨不可恨也？然挍之十五年之前，則吾二人者可以欣然相賀矣，其又奚恨。何也？當時道山史館並游者幾何人？今之存者幾何人？吾二人者獨可不相賀乎哉？若挍之三十有四年之前，則吾二人者尤不可以不相賀矣。何也？中興以來，宋德盛在乾道。何盛乎乾道也？主德日新於上，治化日隆於下。人物日盛於朝，民氣日熙於野。當時不自知也，由今望之，信如何哉！信如何哉！是時成均、奉常曁朝列並游者幾何人？今之存者幾何人？交游之淺者姑置也，至其深者，如執事，如欽夫，如伯恭，是可多得乎哉？是可不貴珍乎哉？可貴珍也，不可多得也，而今則亡其二也。言之則令人悲，言之不忍也；不言則令人思，不言亦不忍也。然言之可得而言矣，見之可得而見乎？然則吾二人者，獨不可以尤相賀乎哉？某則老矣，今犬馬之齒七十有八矣。自六十有六病而棄其官，已而致其仕矣。朝與樵夫乎拾薪，夕與漁父乎叉魚，尚何爲哉！尚何爲哉！而執事剖麟符，擁茸纛，總貔虎百萬之師，當金湯一面之寄，其不輕而重也焯焯矣。然薦紳先生之論咸曰，以執事廣大精微之學，雄深健雅之詞，經綸康濟之才，忠孝武文之望，上焉者置之鳳池雞樹，則必唐虞乎斯世；次焉者置之廣厦細旃，則必堯舜乎吾吾；❶又次焉者置之鑾坡玉署，則必灝噩乎斯文；詭

❶ 下「吾」字，疑當作「君」。

以外庸，則爲斲大木而小之。某曰不然。不久幽者不速晰，不小堙者不大決。執事韜龍文，翳豹章，巖登川臨，月琢風追，超然物表，悠然事外者十年矣。時有求於執事，非執事有求於時也。開壽域，轉洪鈞，不在兹乎！不在兹乎！道之將行也歟？小人猶有望焉。不寧惟小人而已，欽夫、伯恭猶有望焉。不寧惟欽夫、伯恭而已，仲尼、子輿猶有望焉。執事毋怠，執事毋怠。未見君子，萬萬愛之重之，以爲吾道之鎮公子云。

誠齋集卷第六十九

廬陵楊万里廷秀

奏對劄子

壬辰輪對第一劄子

臣聞國之命如人之命，人之命在元氣，國之命在民心。故君之愛養斯民，如人之愛養元氣也。然愛民者，君也；推君之惠而致之民者，吏也。陛下身居乎九重，而心周乎比屋；儲神於蠖濩，而見民情於耕桑隴畝之間。頃嘗捐半賦以與民，古者艱難之時所未嘗有也；近嘗出官帑以賑饑，古者匱乏之時所不能爲也。有愛民之君如此，爲監司、守令者，其忍負之？顧乃不然，或郡境實旱而不受民之訴，或縣無上供而預借民間來年之租，甚者攘肌而及骨，剥民以進身。兩税自有省限也，或先限而責其至足；常賦自有定數也，或厚斂而獻其羨餘，甚不稱陛下憂恤惻怛之意也。澤不下流，感召旱暵，江湖之上，旱遍數州，天意若曰遠民有不被陛下之澤者也。吏之壅閼上澤如此，可不昭然遠寤哉！臣聞令不自行，不有所勸則令不行；惡不自止，不有所沮則惡不止。唐代宗之時，秋霖損稼，渭南令劉藻稱縣境苗獨不損。代宗命御史朱敖視之，損三千餘頃。代宗歎曰：「縣令字人之官，不損猶應言損。」乃貶藻南浦尉。若代宗者，可謂知勸沮矣。唐宣宗之時，補闕張潛上疏，以爲藩府每以羨餘甄奬，「竊惟藩府財賦，所出有常，苟非賦斂過差，及減刻將士衣糧，則羨餘何從而致」，宣宗嘉納之。若宣宗者，可謂知勸沮矣。臣謂當今監司、守令，有如劉瀑之所爲、張潛之所論者，願陛下有以深沮之，仍詔臺諫以論列之。勸沮一明，則聖主之澤，如流水之源，沛然而下，無敢壅閼矣。取進止。

壬辰輪對第二劄子

臣聞人主之要道有一，而所以爲要道者有二。何謂一？曰用人是也。何謂二？曰任賢、曰使能是也。有正直中和之德者謂之賢，有聰明果敢之才者謂之能。賢者有所必不爲，故可任而不疑；能者無所不爲，故可使而難御。漢高帝之於蕭何、張良，託之以國，託之以子，託之以心腹。至於韓信、黥布，使之將兵，使之殺敵，而高帝之心腹未嘗敢以託之也。此任賢使能之效也。至於東晉，所謂賢者，不善任之，而乃使之，故使商浩將兵則無成功；❶所謂能者，不善使之，而反任之，故任亘温以國秉則幾僭竊。此失於任賢使能之效也。陛下以英明之資，當艱難之極，廣覽豪傑，博延俊乂，蓋將紹開中興，坐致太平。任賢使能之道，兼舉而並得之，視周宣有光焉，漢高之事，不足進也。然任賢非難，知賢爲難；使能非難，知能爲難。故知人則哲，帝堯猶難之；人不易知，侯嬴亦嘆之。如臣之愚，何敢措其説？抑嘗參稽古先，斟酌聖賢，而得其

❶「商」，當作「殷」，此避宋宣祖趙弘殷諱。下同，不出校。

至精至粹之要矣，敢以爲陛下獻。臣聞觀賢者必觀其所主，觀能者必觀其所試。主司城正子，所以爲孔子；主癰疽瘠環，則不足爲孔子。然則人君欲知其臣之賢德歟？主於司城正子，則其賢德無疑矣。欲知其臣之姦邪歟？主於癰疽瘠環，則其姦邪無疑矣。賢者任之，姦邪者不任之，則任賢之道盡矣。臣故曰「觀賢者必觀其所主」。嗇夫之利口而無補於漢，周勃之訥而能安劉氏。然則人君欲知其臣之才能歟？似不能言而能立功立事者，其才能無疑矣。欲知其臣之誕謾歟？敢爲大言而不能成事者，其誕謾無疑矣。能者使之，誕謾者廢之，則使能之道盡矣。臣故曰「觀能者必觀其所試」。臣區區千慮之一得，惟陛下裁擇。取進止。

癸巳輪對第一劄子

臣恭遇陛下親郊，底于休成。而臣得駿奔其間，國之大慶，臣之至榮也。然臣竊觀其初，微雨既降，而陛下惕然寅畏，憂形天顔。既而天表之應，步自太室而瑞雪紛至，燎熏紫壇而雲物開除，肆眚丹鳳而日光清照。此蓋陛下一念之誠，天應之速也。且夫雨暘者，天也；變雨而暘者，陛下之一念也。然則災祥雖在乎天，而變災爲祥者實在乎陛下矣。然臣竊怪比年以來，江湖之間，水旱間作。陛下敕監司，諭守臣，捐内帑之錢，發太倉之粟，所以畏天憂民者盡矣。而嘉氣未應，豐年未屢，此豈天道之遠，有所難格歟？臣聞之《易》曰：「君子以自强不息。」《記》曰：「文王之所以爲文也，純亦不已。」昔者唐太宗即位之初，元年饑，二年蝗，三年水，宜其治之難也。然太宗聽魏證仁義之言，❶黜封倫刑名之論，導人使諫，勤而撫民，未幾大稔，米斗三錢。蓋太宗不以天之未應而少怠，亦不以天之既應而自足，此其所以致正觀之隆也。今以陛下畏天之誠，憂民之切，以念郊祀雨暘之心爲念斯民水旱之心，以郊祀三數日寅畏之心爲純亦不已之心，聖心不息，天意自格，變水旱爲豐穰，銷氛祲爲泰和，豈特致正觀之治而已。臣不勝愚忠。取進止。

癸巳輪對第二劄子

臣恭惟太祖創業，太宗繼之，真宗、仁宗守之。四聖相承，所以酌百王之制，立一代之法，雖堯舜復起，不能易也。自王安石變法，而天下始弊；自章惇、蔡卞和之，而天下始亂。光堯中興，盡復舊貫。陛下紹統，一遵家法，社稷之福。然臣竊聞《乾道新書》猶有抵牾，陛下有命再修飾之。臣嘗思抵牾之説，大概有二：有因一人之請而改法者，如利害劄子是也；有徇一人之欲而改法者，如援例陳請是也。且夫陳利害者，志在於對揚之塞責而已，或聞之道塗，或假之他人，豈可輕信其請哉？援舊例者，志在於恩紀之僥倖而已，或不應得而得，或不應貸而貸，豈可輕徇其欲哉？臣願陛下深詔有司，於修法之際，凡有此類，乞如范仲淹之論，凡百官起請條貫，令中書會議，必可經久，方得施行。如事干刑名，更令大理寺官參詳之。如此則祖宗之法庶盡復其舊矣。臣又聞之，立法不如守法。今新法再修之後，臣願陛下與大臣力持之於上，凡法之

❶ 「證」，當作「徵」，此避宋仁宗趙禎諱。下同，不出校。

所無者，一皆執而不行。又詔給舍、臺諫之臣力糾之於下，凡法之所無者，一皆議而不阿。有害吾法，罪在必罰，此又非特有司之事而已也。取進止。

得臨漳陛辭第一劄子

臣仰惟陛下聖心惻怛，視民如傷，知爲民之蠹者莫大於貪吏，有抵罪者必寘典憲，甚盛德也。然臣猶有愚見，欲上裨朝廷之末議。臣聞將欲閉不善之門，必先開爲善之路。示以所畏者，所以閉不善之門也；表以所慕者，所以開爲善之路也。今夫某貪吏某貪吏，上之人從而刑之，則貪者將懼，而曰貪不可爲，此所以閉不善之門也。今夫某廉吏某廉吏，上之人從而舉之，則廉者將勸，而曰廉不可不爲，此所以開爲善之路也。爲善之路一開，不惟廉吏有所勸，貪吏亦知所慕矣。廉吏知所勸則廉者衆，貪吏知所慕則貪者革而爲廉，風俗一變，貪汙自戢。臣願陛下内委宰相、侍從、臺諫，外委監司、太守，歲舉廉吏一人，必有實狀，勿爲虚美，無其人則闕之。陛下親擇其尤者而旌異之，或增其秩，或賜之金，亦庶乎廉吏之俗盛，貪吏之俗衰矣。惟陛下財擇。取進止。

得臨漳陛辭第二劄子

臣竊聞比年大農廩食歲計，每患諸路綱船不以時至。及其既至，又多折閲。二者之弊，其咎安在？臣聞國朝之法，綱船不許住滯一時，所過場務不得檢税。蓋以舟不住則漕運之至者甚速，税不檢則商販之微者可附。雖無明條許其商販，而法意則稍許之矣。大抵小人之情，啗以利則喜而易使，奪其利則怨而難役。有以利之，則其用足；無以利之，則其用窘。利其私，乃所以利於公也。今則不然，綱運所過税場，類多苛留以檢税爲名，冥搜細索，秋豪必征。小人既無所利，又無以爲用，不有以足其私，則不得不取於官。於是飲食衣服之用，資糧屝屨之用，不盗舟中之米，將焉取之？綱運之至，多不以時，既至而又多折閱，其原蓋出於此。臣聞蘇軾在揚州日，陳綱運之弊，請罷緣路隨船檢税。臣愚欲望朝廷行下諸路，綱運所過税場，不得苛留以檢税爲名，如有違戾去處，必議其罪。庶幾千艘銜尾，日至中都，無住滯折閲之弊。取進止。

甲辰以尚左郎官召還上殿第一劄子

臣聞安民莫如弭盗，弭盗莫如素備。臣竊見天下郡邑，有外砦巡檢，或以鎮荒林，或以扼險要者，所以爲弭盗之素備也。今則不然，名爲外砦，而將士實居城中者，若潮州之外砦、惠州之外砦是也。潮之外砦，其地大氐茂林千里，大木百圍，在潮、梅之兩間。人行其中，終日不逢居民，不見天日。盗藏其山而人莫之覺。朝廷於此設一砦者，所以鎮其荒林，使盗不得而發也。惠之外砦，其地右背崇山，前左大海，其間僅通一路。自循、梅及潮三州來者，必由此塗。朝廷於此設一砦者，所以扼其險要，使盗不得而過也。臣前任廣東提刑，嘗因求盗經從惠之外砦，問其巡檢公廨，則化爲瓦礫之場矣；問其兵之屋廬，則鞠爲榛棘之墟矣；問其將士所在，則皆居城中矣。盗賊每起於山林，而將士乃居於城市，此盗之所以無所畏忌也。潮之外砦，臣雖未嘗至，而見其將士亦皆居於城中。臣嘗符下兩州，委守臣興修各砦廨舍營屋，起發將士移屯復歸舊處，不得依前安居城中。未幾而臣去官，其復舊與否，臣不得而知也。臣愚欲望從朝廷行下廣東憲司，催督潮、惠守臣，照臣淳熙九年内措置兩砦移屯事理施行，仍差官核實，保明以聞。及行下諸路憲司，稽考郡邑外砦，有僑居城中事體相類潮、惠二砦者，並令蓋造廨舍營房，移屯復舊，使荒林之處有所鎮而盜不敢發，險要之地有所扼而盜不敢過，庶幾山林之遠，枹鼓不鳴；田里之間，民甿安業。取進止。

上殿第二劄子

臣仰惟仁聖在御，一意加惠百姓，每發德音，下明詔，爲民而下者十九。而州郡不能宣布德意，取民無制，其害尚存。其尤害民者，改鈔一事是也。何謂改鈔？縣以新鈔而輸之，州必改爲舊鈔以受之。夫一歲止有一歲之財賦，一政止有一政之財賦。今也不然，今歲所輸往往改鈔以補去歲之虧，甚者或以補數歲之虧；後政所輸往往改鈔以償前政之欠，甚者或以償累政之欠，是以歲歲有負，任任有逋。廣右已有此弊矣，江浙又甚焉，至有一縣必令償十餘萬緡之逋者。揭浩穰之數，以爲督責之符，又豈容酌中制而免害民之患哉！夫所謂積欠者，或以凶荒而減免，或以恩霈而蠲除，或窮民逋負而不可償，或貪吏奄有而不可校，是特其名存耳。以其名而責其實，從何出哉？不過驅縣令以虐取於民爾。臣愚以爲莫若截然自今日始，今歲所輸止爲今歲之數，後政所輸止爲後政之數，取其累政舊欠之虚數而與之蠲除，覈其任内逋負之多少而爲之殿最，庶幾縣令自此可爲，而民力不至重困。臣之愚言，儻可仰裨聖主䘏民之德意，願下其事，推而行之，以禁戢州郡改鈔之弊，仍令監司覺察，毋致違戾。取進止。

上殿第三劄子

臣聞箕子曰：「無偏無陂，遵王之義。無有作好，遵王之道。無有作惡，遵王之路。無偏無黨，王道蕩蕩。無黨無偏，王道平平。無反無側，王道正直。」此言王者之平心稱物，法當如是也。蓋偏陂也，好惡也，偏黨也，反側也，皆人欲也，非天理也；皆人心之私也，非道心之公也。然是數者之私皆一言之，而偏黨、黨偏獨再言之，反覆言之，豈不以是二者尤害心之大者乎？蓋執己之見之謂偏，好己之同之謂黨。執己之見則必舍人之長，好己之同則必惡人之異。以此處事，皆昏昏矣，而用人者尤不可有此心也。後之用人者不然，某人進則某人之所引其類者皆進，某人退則某人之所引其類者皆退。如其所引之不善也，皆隨某人而退也，不亦善乎？如其所引之皆善也，亦皆隨某人而退也，是可惜也。人才之所以難得，其或在此歟？此偏黨之一也。古人云：「人非堯舜，安得每事盡善。」後世則不然，天地四時尚有易也，法令三年尚有赦也，人有百善而不幸有一過，或以一過而廢其終身之百善。錮人没世，已可惜矣，其人豈無片善一能可以濟國家緩急之須乎？此偏黨之一也。人之才有短長，己之心有好惡。當其惡之也，或以有功能而廢；當其好之也，或以無功能而遷。有功能而見廢，則人自此惰於赴功；無功能而遷，則人自此躁於倖進，此偏黨之一也。人主之心，天之心也。何謂天心？無親無疎，無近無遠，是謂天心。後世不然，親且近者則舉信之，疎且遠者則舉疑之。信之則欺者皆以爲忠，疑之則忠者皆以爲欺，此偏黨之一也。臣生當聖世，覽觀聖主之設施，固未必有此慮。然臣蒙陛下之收用，受陛下之教育，君父之於臣子，非止責其效一官、勤一職而已也，必將以古人聖賢之學，責望臣子之報上。然則三代聖賢之心，後世偏黨之失，臣豈敢不以聞於君父乎？唐太宗云：「以古爲鑑，可知興替。」惟陛下留神省察。取進止。

乙巳輪對第一劄子

臣聞惟天愛君，惟聖畏天。天之於君，厭之者則驕之以嘉祥，愛之者則譴之以變異；絶之者則誤之以强盛，愛之者則懼之以災害。故夫災異者，天之所以愛君也。聖人以己占天，而不以天占天。太戊修德而桑木即枯，成王怛然而偃禾盡起。故夫警懼者，聖人所以畏天也。仰惟陛下聖神之資，與天同德；寬大之政，與天同仁。上天眷之，享國久長，固無適而不得乎天意矣。然迺者上天見異，時則有星變地震之災；頻年無秋，時則有水旱相仍之患；外夷多詐，時則有邊防危疑之慮。陛下法堯之兢兢，體舜之業業，恐懼修省，夙夜靡遑，是以一念禱於此，而妖星退於彼。前日之災異，一變而爲清寧；前日之水旱，一變而爲豐穰；前日之危疑，一變而爲安靖。至於告廟郊天，前期而雪，既雪而霽，既霽而欲雨，欲雨而復霽。頃刻之間，感召轉移，汔成熙事。孰謂天道之遠乎？此惟聖畏天之明効也。

然臣聞之，聖人不畏多難，而畏無難。非畏無難也，實自畏驕心之易生也。臣願陛下移前日之恐懼爲今日之恐懼，移前日之修省爲今日之修省。屬任大臣，非不推誠也，得無猶有遠嫌顧身而不敢任事者乎？延納臺諫，非不聽言也，得無猶有避怨畏禍而不敢深言者乎？中外臣子，不問小大，無不賜對，許以盡言，此固善矣，豈無聞見輕信，得失相半，或犯嚴忤勢而以言爲諱者乎？權貴近習，無所親疎，苟有弄權，即從退斥，此固肅矣，豈無上畏聖明，下憚物議，或陽退陰進而害政無形者乎？朝政修明矣，必思或舉其小者近者，而遠者大者未有講也；邊備整輯矣，必思或先其虛名末節，而實務宿弊有未察也；懲贓吏以惠民，非不嚴也，必思以懲疎遠小吏之法爲懲貴近權要之法也；禁軍債以惠軍，非不峻也，必思以禁軍債剥割之意爲禁債帥交結之意也。以此推之，其類非一，惟陛下思之思之又重思之，戒之戒之又重戒之，則聖德日新，天命永保，實宗社無疆之休。取進止。

輪對第二劄子

臣聞事君者必嚴進退之節，用人者必養其進退之節。古之事君者，三揖而進，言其難進而緩也；一辭而退，言其易退而速也。古之用人者，進人以禮，言其不誘之以爵禄之利也；退人以禮，言其不毁其廉耻之操也。在下者以進退之節而嚴諸身，凜凜然如執玉而憂其墜；在上者以進退之節而養其下，恤恤然如藝苗而望其成。進退嚴，然後廉耻立；廉耻立，然後名節全；名節全，然後國家重。故以西漢之盛治，至於單于來朝，而王莽以一孺子而取其國；以東漢之衰微，至於獻帝不能自存，而曹操終身不敢去臣位。何也？名節之立與不立而已。然則名節之關人國家，豈細事哉？

臣竊觀近世之俗，駸駸乎嚮於名節之不立矣。公卿大夫以靖恭爲大體，有將順而無弼違；百官有司以柔伏爲厚德，有依阿而無奮發。政事之得失，卷舌而不敢議；人物之忠邪，閉目而不敢分。以守正爲拙，以敢爲爲狂，以中立不倚爲後時，以處穢由徑爲速化。古人進退之節，往往視爲迂闊無用之具矣。此風一成，豈國之福哉？臣請試言其一二。州縣之吏，有以滿秩而去者，有以成資而去者，官期及代而不求去，則士皆賤而笑之。今朝廷之百官，未聞有以秩滿而去者，亦未聞有以成資而去者。幸而其間有知廉耻者，謁朝廷而求去，然其意未必誠也。有以去爲留者，有以退爲進者，朝廷未必信也。幸而有誠欲去者，朝廷亦併以前之不誠者視之，亦未必信也。懷禄顧位，惟恐失之，此風一成，豈國之福哉？

臣愚欲望陛下明告大臣，凡在朝之百官，或以三年爲滿秩，或以二年爲成資。其及代者，朝廷以其賢而欲留之，則畀之以再任。不然，朝廷隨其才力，因其資格，而畀之以外任。何必以爵禄羈縻之，使之裴回徬徨，欲留不可，欲去不能，進不以禮，退不以義，以壞其進退之節，而納之於苟賤之地哉！此亦長養名節之一端也。取進止。

輪對第三劄子

臣聞法不難於立，而難於守。立法而能守，雖非良法，法無不行；立法而不能守，雖有良法，法無不壞。未必下之人敢壞法也，或者上之人自立其法、自壞其法也。故賈誼曰：「執此之政，堅如金石。行此之令，信如四時。據此之公，無私如天地。」使金石有時而渝，四時有時而反，天地有時而私，亦何足取信於天下哉？

臣竊見陛下自臨御以來，尤嚴銓試之法。上至於公卿，下及於大夫士，近至於權貴，遠至於寒畯，其子弟以門蔭補官者，非中銓試，不許出官。此非特爲國選才也，乃所以爲公卿士大夫教養其子弟之才也；此非特爲國惜名器也，乃所以使權貴寒畯之子弟得之之難而愛惜其官也。人惟教而成才，然後可以使之臨民；人惟愛惜其官，然後可以責之律己，此近世之至良法也。

然臣竊怪有以國戚而與宫觀差遣者，如張似續；有以勳臣之後而特差帥司幹官差遣者，如楊文昌；有特令吏部差充憲司幹官差遣者，如劉球。此三人者，問其嘗中銓試乎，則皆曰未也。臣聞古之行法者，必自貴近始。捨貴近而行於踈遠，則天下不服。法行而天下不服，則法廢矣。今有未嘗中銓試之人而得出官，是銓試之法爲虚器也。上之人自立其法而自壞其法，欲法之必行，得乎？臣恐銓法自此而壞，倖門自此而啓，不學無能、貪鄙不自愛之人自此而進。他日雖欲塞之，烏得而塞之哉？

臣願陛下深詔執事，自今以始，有出於一時之除授，而未察其嘗中銓試與否者，令吏部勘當，申尚書省及給舍、臺諫。如係未經中銓試之人，許宰執得以執奏，給舍得以繳駁，臺諫得以彈罷。雖嶽廟宫觀帶貼職者，亦在所不與。蓋貼職者，天子之優恩也，非可假此而免試也；嶽廟宫觀者，雖非臨民也，然已經出官，則臨民之漸也。非中銓試，不以貼職而出官，不以嶽廟宫觀而出官，則倖門塞矣。夫然後銓試之良法可以經久而不壞，出官而臨民可以得人而不濫，不勝天下國家之福。取進止。

論吏部恩澤之敝劄子

臣聞爲國者以法從人，不若以人從法。以人從法，則公道行而私欲止；以法從人，則公道止而私欲行。私欲一行，士夫爭奪之門所以四闢而不可禁，胥吏受賕之淵所以百孔而不可窒也。

法之敝莫不然，而銓法爲甚。士大夫之有任子，此本朝之仁恩至深至渥也。爲人祖父者，宜體朝廷之意，均雨露之恩可也。蓋鳲鳩之哺子也，旦則自上而下，莫則自下而上，欲其均也。今則不然，有所謂父祖遺囑者，亦聽其奏補。且夫奏補自有成法，又焉用遺囑乎？愛憎之或偏則有遺囑，死生之或亂則有遺囑，故有奪嫡以與庶者，有舍子而與孫者，其敝至衆也。使其任偏愛，出亂命，猶不當從也，况有假託而僞爲之者乎？此以法從人者一也。

又有諸子已補官而奏孫者，甲房之孫補官者二，而乙房之孫補官者一，猶有餘澤之一，而甲孫之三者又欲得之。問之則曰："甲長孫之官者，生前之奏也，此不當理爲輪房之次數也。甲次孫之官者，身後之奏也。乙孫之官者，亦身後之奏也。"謂生前之奏不當理爲輪房之次數，身後之澤，甲乙二孫既各得其一，則其餘澤復當歸於我矣。不知夫身前身後之所奏皆君恩也，豈有身前者不理爲次數，而身後者乃理爲次數乎？豈有甲孫之得者三人，而乙孫之得者止一人乎？此以法從人者二也。

又奏孫之法有輪奏，諸房已足，尚有餘數恩澤，却依長子房分奏補者，此亦不均之説也。且如甲房之孫其數一，乙房之孫其數五，而祖之恩澤其數六，必也甲與乙各得其三斯均矣。今也甲房之孫奏一人焉，乙房之孫奏一人焉，其三則誰得之？甲房之曾孫曰："我當得之。"乙房之孫争之曰："不有法乎？法之説不曰輪奏諸房已足，然後及長房乎？今我本房孫之未官者尚四人焉，奏未足也，何得舍孫而奏曾孫乎？"争之不决，訟之不已，蓋由不均之故也。此以法從人者三也。

又被蔭補人已命未受者，聽改授餘親，未有期限之説也。既而申嚴之曰：「未受而身亡者，限一年別奏。」❶此法善矣。既而又申嚴之曰：「持服人不應受命而寄納，未服闋而身亡者方許改奏。其餘巧説緣故，經隔年歲等事，不合改奏。」此法益善矣。而近時議者乃請曰：「如實有事故者，乞與改奏。」且夫所謂事故者，自知其出一年之期限，必巧爲多方之緣故，皆挾情以破法者也，安得所謂實者哉？此以法從人者四也。

臣愚欲乞痛革其敝，凡奏補恩澤有引祖父遺囑者不與，有稱生前所奏不理爲次數者不與，有一房之孫獨多而引輪奏未足之説者不與，有被蔭人未受身亡而出違一年之限者不與。如此則争者息而訟者服矣，不惟長仕族遜悌之風，亦以宏聖朝均一之澤，又以塞胥吏受賕之一孔。如有秋豪可採，欲乞裁自聖斷，詔有司推而行之。取進止。

論吏部酬賞之敝劄子

臣聞春雨秋霜同夕而降，上天不能以宰萬物；賞慶刑威同日而施，聖人不能以馭群臣。昔堯之斥共工，不以其方命之罪爲可恕，而復行僝功之賞；舜之殛鯀，不以其汩陳之罪爲可略，而復旌其治水之勤。何也？賞罰固不可同日而施也。本朝之銓法，若監司，若守貳，若令録而下，在官之日，有某勞者賞，集某事者賞，皆報其一任之勤，而不以罪行也。賞典之説曰：「諸任滿應賞，而本任犯贓及私罪重，若公罪降官或

❶「限」，原漫漶不清，今據汲本、庫本補。

本職曠闕者不賞。」此法善矣。至於有以臺諫彈罷者，有以監司、守臣劾罷者，亦請於吏部曰：「我在任有某賞，今當與我也。」又：「我雖非善罷，而未嘗經取勘體究也。」又曰：「我之賞以某事，我之罷不以某事也。」且夫或臺諫之所彈，或監司、守臣之所劾，朝廷從而罷之，必以爲有罪而罷也；或未嘗經體究，或未嘗經取勘，朝廷所以保全，且不以一吏而興大獄也。其在銓法，以言罷者，監司、守貳則踰年而後得祠禄，其餘則久而後得謁吏部，或赦而後謁吏部。其所踐歷，考不理爲考，任不理爲任也。何也？有罪故也。夫考任且不理，而獨欲理酬賞乎？有罪之未幾而論其功，行罰之方新而畀其賞，是春雨秋霜同夕而降也，何以示勸懲於群臣乎？臣愚欲乞自今以始，凡監司、守貳、令録而下，凡以臺諫之所彈，監司、守臣之所劾而罷者，在任之賞，不以何等色目，令吏部並不得推行，以革濫賞之敝。取進止。

論吏部差注之敝劄子

臣聞銓法之要，在於使通者塞，塞者通。如臣前之二説，欲革恩澤之敝，革酬賞之敝，使法不出於二而出於一，吏守其一而不得賣其二，是使通者塞也。然則何爲使塞者通乎？尚書左銓差注之闕，來者以格而得，注者以格而授。既流通無滯而不塞矣，然猶有小塞而未通者，京朝官授諸司幹官是也。幹官之格，有以通判資序而授者，有以第二任知縣資序而授者。嗇其與，所以重其官也。然挾通判之資者，可以入破格之太守；挾第二任知縣之資者，可以入破格之郡丞，彼豈肯折而入於幹官乎？是故尚左之幹官，高者不肯入，卑者不得入。於是揭闕于墻壁，有九年而不授者，若廣東提刑司幹辦公事是也；有七年而不授者，若廣西提舉司幹辦公事是也；有六年而不授者，若廣東經略安撫司幹辦公事是也。此所謂塞而不通者也。臣愚欲乞用吏部通差之法，如諸路帥、憲、漕、鹽茶、常平之司，除參議、機宜、主管官等闕差注無滯之外，有所謂幹辦公事一闕，如或在近地而出闕半年不授者，在遠地如川、廣而出闕一季不授者，許令尚書左選，權發下侍郎左選，差注經任有舉主關陞職令者一次。庶幾尚左不至於有闕而無員，侍左不至於有員而無闕，是則臣之所謂塞者使之通也。臣所領尚左銓綜之職，其事有三：曰差注，曰酬賞，曰恩澤。三者之敝去，則銓曹之法清矣。取進止。

己酉自筠州赴行在奏事十月初三日上殿第一劄子

臣聞天下有無形之禍，僭非權臣而僭於權臣，擾非盜賊而擾於盜賊，强非夷狄而强於夷狄，其惟朋黨之論乎！蓋欲激人主之怒，莫如黨論；欲盡逐天下之君子，莫如黨論；欲盡空天下之人才，莫如黨論。族親，黨也；交游，黨也；薦引，黨也。欲陷一士，止於一士而已矣。至舉而名之以黨，則族親也、交游也、所薦引也，可一網而盡矣。漢之黨錮、唐之牛李是也。本朝仁宗之世，始於宰臣吕夷簡與諫官范仲淹交論上前，遂黜仲淹，而諫官高若訥盡指歐陽脩、尹洙之徒爲仲淹之黨，一切貶逐。未幾仁宗感悟，大用仲淹，而召用脩與洙。不惟黨禍遂息而已，至於與仁宗同致慶曆之治者，乃前日所謂黨人者也。其後紹聖、崇觀之間，宰臣章子厚、蔡京盡指司馬光、蘇軾之徒，凡元祐之忠臣義士三百餘人，目爲姦黨，斥逐禁錮，死徙殆盡。君子盡逐，小人滿朝，馴致靖康之變。黨人則一空矣，國家之禍何如哉！

臣竊觀近日以來，朋黨之論何其紛如也。有所謂甲宰相之黨，有所謂乙宰相之黨；有所謂甲州之黨，有所謂乙州之黨；有所謂道學之黨，有所謂非道學之黨，是何朋黨之多歟？且天下士大夫，孰不由宰相而進者？進以甲宰相，一日甲罷，則盡指甲之人以爲甲之黨而盡逐之；進以乙宰相，一日乙罷，則又盡指乙之人以爲乙之黨而盡逐之。若夫甲州之士，乙州之士，道學之士，非道學之士，好惡殊而嚮背異，則相攻相擯，莫不皆然。黨論一興，臣恐其端發於士大夫，而其禍及於天下國家。前事已然矣，可不懼哉！

臣願陛下建皇極於聖心，酌大公於天下，公聽並觀，壞植散群。曰賢者，曰才者，曰忠正者，曰君子者，從而用之，勿問其某黨某黨也；曰不肖者，曰不才者，曰邪佞者，曰小人者，從而廢之，勿問其某黨某黨也。在廷之臣，有復陳黨論於前者，取其尤者而斥之，聲其罪於天下，則黨論不攻而自破矣。復二帝三王之中道，以消漢唐、靖康之顯禍，❶惟陛下留神。取進止。

第二劄子

臣竊觀陛下臨御以來，聖德日新，聖政日美。一賞一罰，春生秋殺。一號一令，雷動風散。總攬天下之大柄，而歸之於獨斷，凛凛乎漢宣帝、唐太宗之上矣。然古之帝王，固有知以一己攬其權，而不知臣下竊其權者。大臣竊之，則權在大臣；大將竊之，則權在大將；外戚竊之，則權在外戚；近習竊之，則權在近習。

❶「唐」，原作「康」，今據文義改。

竊權之最難防者，其惟近習乎？蓋近習之在君側，何起居之不侍，何言語之不聞？君喜知喜，君怒知怒，未命而唯唯，未語而諾諾，此其所以能測人主幾微之指，而遂至於竊其廢置予奪之權也。非敢公竊之也，私測之也。能測之，斯能竊之矣。甚者至於政事之罷行，出於此輩之議論；人才之進退，出於此輩之抑揚；外廷之章奏，此輩得以去取；群臣之獻納，此輩與之表裏。事至於此，豈惟私測之而已也？人主威福之大權，彼皆得而公竊之矣。周之聚子内史，秦之景監、趙高，漢之洪恭、石顯，唐之鄭注、王叔文、仇士良、田令孜，皆是物也。今陛下始初清明之日，福威玉食，莫不惟辟；禮樂征伐，莫不自天，豈容有此？而近者乃有以招權用事，自抵譴黜。陛下赫然震怒，屏之外服，此天下所以詠歌奮激、仰服聖斷而不能自已也。大抵近習者，便嬖使令之臣也；宰執者，輔贊彌縫之臣也；侍從者，論思獻納之臣也；臺諫者，箴規君德、糾逖官邪之臣也。是數人者，各盡其公，互防其私，而不相附麗，則朝廷正而天下治。在哲宗時，范祖禹爲諫官，其東鄰宦官陳衍園亭在焉。衍至園中，不敢高聲，謂同列曰：「范諫議一言到上前，吾輩不知死所矣。」此近習之臣與臺諫之臣兩不相通，所以致元祐之治。在徽宗時，王黼爲宰相，與宦官梁師成鄰居。一日，帝幸黼私第，徘徊觀覽，適見其後户與師成後户相通，帝大不樂。此近習之臣與宰執之臣合而爲一，所以致靖康之變。若使内廷之近習與外朝之群臣合而爲一，則人主之燕私，人主之嚬笑，下皆得而知矣；群臣之姦邪，天下之情僞，上皆不得而聞矣。唐庚曰：「奴婢同則家道危，臣下同則人主孤。」可不懼哉！可不懼哉！惟陛下察之察之又重察之，防之防之又重防之，不勝天下國家之福。取進止。

第三劄子

臣於當世之利病既略陳一二矣，請復陳帝王治道之要。其大概有五：一曰勤，二曰儉，三曰斷，四曰親君子，五曰獎直言。惟能勤，則一日之中，親學問機務之時常多，親燕遊逸樂之時自少矣；惟能儉，則浮費盡省而用自足，國用既足而民可寬矣；惟能斷，則依違牽制之情皆不得而奪，險詖私謁之事皆不得而至矣；惟能親君子，則正言日聞，正行日見，而小人自疎，君德自進矣；惟能獎直言，則不諱之門開，敢言之風振，下情日通，姦邪日消矣。雖然，治道有五而行之者一，曰誠而已。必也自信之心先立於内，自文之行不著於外，以聖人之道爲必可行，以帝王之治爲必可致，力行之而不息，固執之而不移，此之謂誠。不然，迹試之，心翫之；初行之，終違之。或先之以勤儉而繼之以驕奢，或言之以寬衈而行之以刻剝，或外示親賢而内憚其正，或陽爲好直而陰惡其犯，皆非所謂誠也，其去五者之治道愈遠矣。故《記》曰：「意誠而後心正，心正而後身修，身修而後家齊，家齊而後國治，國治而後天下平。」此堯、舜、禹、湯、文、武、周公、孔子心法之至要也。陛下聖質天縱，聖學自得，亦何待愚臣之言？臣願陛下尊其所聞，行其所知，先立一誠於聖心，以力行五者之治道，則二帝三王可一舉足而至矣。惟陛下加之意。取進止。

轉對劄子

臣聞保國之大計在結民心，結民心在薄賦斂，薄賦斂在節財用。臣伏見陛下深詔執事，會計邦財出入、國用盈虛之數。臣仰測聖意，將有以節財用，薄賦斂，以結斯民之心，此宗社生靈萬世之盛福也。然臣嘗爲陛下深思其説，以爲陛下雖有薄賦斂之心，恐未得薄賦斂之道；雖有節財用之心，恐未得節財用之策也。

何以言未得薄賦斂之道？且今之財賦，有地基茗課之征，有商賈關市之征，有鼓鑄榷酤之入，有鬻爵度僧之入，猶曰非取於農民也。而取於農民者，其目亦不少矣。民之輸粟於官者謂之苗。舊以一斛輸一斛也，今則以二斛輸一斛矣。民之輸帛於官者謂之税。舊以正絹爲税絹也，今則正絹之外又有和買矣。民之鬻帛於官者謂之和買。舊之所謂和買者，官給其直，或以錢，或以鹽，今則無錢與鹽矣。無錢尚可也，無鹽尚可也，今又以絹估直，倍其直而折輸其錢矣。民之不役於官而輸其僦直者謂之免役。舊以税爲錢也，税畝一錢者輸免役一錢也，今則歲增其額而不知所止矣。民之以軍興而暫佐師旅征行之費者，因其除軍帥謂之經制使也，於是有經制之錢。既而經制使之軍已罷，而經制錢之名遂爲常賦矣。因其除軍帥謂之總制使也，於是有總制之錢。既而總制之軍已罷，而總制錢又爲常賦矣。彼其初也，吾民之賦止於粟之若干斛、帛之若干匹而已。今既一倍其粟、數倍其帛矣，粟帛之外又數倍其錢之名矣，而又有月椿之錢，又有板帳之錢，不知幾倍於祖宗之舊，又幾倍於漢唐之制乎！此猶東南之賦，臣所知者也。至於蜀民之賦，其額外無名者，臣不得而知也。陛下今欲薄賦斂，有司且曰：「無以供經常之費也。」臣故曰「陛下雖有薄賦斂之心，恐未得薄賦斂之道」也。

何以言未得節財用之策？蓋國家之用，有可得而節者，有不可得而節者。如宫室車服之用，如祠祀之用，如交聘之用，如餉師之用，此不可得而節者也。然古者國貧則君服大布之衣，年饑則路馬不食穀，君不祭肺，八蜡不通。然則宮室、衣服、祠祀之用，亦有可節者矣。而況今之祠祀，又非古之祠祀也，車服之飾，兵衛之衆，錫賚之恩，幾倍於古耶？雖然，猶曰事天地也，事宗廟也，事百神也，是不可節也。至百官之冗，百吏之冗，師旅之冗，是獨不可求所以節之乎？高宗南渡以來，如節度使不畀真俸矣。雖然，猶曰某有某戰之功，不可減也。至於將相積官而除者，王族戚里、近習宦寺積恩而除者，是獨不可減乎？如國家之官帑有左帑矣，天子之私藏有内帑矣。且天下之財，孰非天子之有？今也有私藏焉，已非先王之制矣，而又有曰封椿者焉，又有曰南帑者焉。南帑今爲西上帑矣。左帑之用，西上帑之用，則朝廷之經費也。所謂封椿，何爲者也？不過浚所入之羸以入封椿，又浚封椿之羸以入内帑而已。天下之財入於内帑，則豈復可得而稽，亦豈復得而節哉？内帑所在，人有覬心，至使人主不敢一顰一笑也，一顰一笑，則宮闈左右望賜矣；人主不敢一遊一豫也，一遊一豫，則宮闈左右望賜矣；人主不敢一飲一食也，一飲一食，則宮闈左右望賜矣。人主之奉幾何，而浮費或相什伯，或相千萬矣，此獨不可節耶？而臣見其費之增也，未見其費之節也。臣故曰「陛下雖有節財用之心，恐未得節財用之策」也。

今竭東南之財而支天下之全費，見内帑之富而忘斯民之日貧，而議者乃曰有司不能爲陛下節財也。不知有司安能節財，節財在陛下而已。臣願陛下明詔大臣，立爲法制，凡内帑出入，皆令領於版曹而經於中書，制之以印券而覆之以給舍。其太過之恩幸，無功之錫予，皆得執奏而繳駁之。

太祖皇帝嘗令後苑造一薰籠，數日不至。帝責怒左右，對以事下尚書省，尚書省下本部，本部下本寺，本寺下本局，覆奏又得旨依，方下製造，乃進御，以經歷諸處故也。帝怒，問宰相趙普曰：「我在民間時，用數十錢可買一薰籠。今爲天子，乃數日不得，何也？」普曰：「此是自來條貫，不爲陛下設，乃爲陛下子孫設，使後代子孫，若非理製造奢侈之物，破壞錢物，以經諸處行遣，須有臺諫理會，此條貫深意也。」太祖大喜曰：「此條貫極妙。」仁宗皇帝寶元、慶曆四歲之間，兩命群臣議行減省。韓琦言：「欲省浮費，莫如自宮掖始。」於是内庭不急之用，悉行裁減。惟陛下推廣太祖、仁宗之德意，而立經久一定之法度，此亦節用之大端也。至於宫室、車服、祠祀之過制，百官百吏三軍之冗食，中外官吏賜予之濫費，亦皆議所以裁節之者。陛下馭幸以示恩，有司執法以任怨，下之人亦曰：「非上之不與也，有司之法也，又何怨之有？」浮費既節，帑藏自充，則不惟不取外帑以入内帑而已，亦可如祖宗之時，間出内帑以佐外帑矣；不惟内帑可出以佐外帑而已，如封樁亦可併省而歸於左帑矣；不惟封樁可併而已，如印造楮券之數亦可少減，鬻爵度僧之政亦可暫罷，以待軍興不時之須矣。蓋用節而後財可積，財積而後國可足，國足而後賦可減，賦減而後民可富，民富而後邦可寧。不然，日復一日，歲復一歲，臣未知其所終也。惟陛下夙夜憂思而速圖之，臣不勝愚忠。

貼黄云：臣近因接送虜使，往來盱眙，聞新酋用其宰臣之策，蠲民間房園地基錢，又罷鄉村官酒坊，又減鹽價，又除田租一年。竊仁義，假王政，以誑誘中原之民，又使虚譽達於吾境，此其用意，不可不察。

誠齋集卷第七十

廬陵楊万里廷秀

奏狀劄子

秘書省自劾狀

臣契勘本朝之制，日曆之書必有序，序篇舊例委秘書監少撰述。如高宗皇帝日曆序篇，係權修官、參知政事龔茂良從舊例委秘書監李燾撰述。❶今來至尊壽皇聖帝日曆告成，所有序篇，係前權監修官、參知政事王藺照例委臣撰述，❷修寫入册。近蒙聖旨，改差左丞相留正監修，臣亦呈上件序篇訖。而今月初二日，左丞相留正別委官撰到序篇一首，送下本省。臣即時奉行，令日下寫换，仍將臣所撰序篇即行毁棄。臣聞之蔡墨曰：「物有其官，官修其方。一日失職，則死及之。」今也撰序篇者，臣之職也，而文辭不足采録，可謂失職矣。仲尼曰：「守道不如守官。」今也撰序篇者，臣之官也，它官乃復改撰，臣可謂不得守其官矣。臣之

❶「權」下，疑脱「監」字。

❷「照例委臣撰述修寫入」，原殘闕，今據四部叢刊本補。

二罪，何敢自恕？臣愚欲望聖慈將臣罷黜，重作譴罰，以爲有司不稱職者之戒。仍臣舊有肺氣痰嗽之疾，遇秋復發，見請朝假將理。所有秘書監及進讀官不可闕人，亦乞別差官施行。臣謹退私室待罪，恭俟威命，不勝惶懼震越之至。

奏報狀

臣近以撰述日曆序篇不稱職，具奏自劾。今月初五日巳時，伏準御封，退還奏狀。仰見陛下眷憐之隆，赦其罪而不論，臣銜感之極，至於涕零。重念臣愚戇自信，遂至輕發，揆之進退，豈容無罪？難以復玷朝列，欲望陛下曲垂矜念，保全孤遠之跡，特賜睿旨，與臣宮觀差遣。兼臣見以痰疾在假，竊恐有廢職業，益重過尤，伏乞聖慈早賜處分。臣干冒天威，不勝隕越俟罪之至。

辭免著庭轉官劄子

某伏睹今月某日準尚書省劄子，三省同奉聖旨，以至尊壽皇聖帝日曆書成，經修經進官特轉一官、減二年磨勘者。某聞命之頃，大懼弗堪。伏念某學不名家，文非華國。晚點漢渠之長，適逢虞典之成。上則緊冢司之提綱，下則勤著庭之載筆。蓋因人而成事，雖同日而罔功。矧賜帛賜金，既拜嘉於介賚；若懋官懋賞，敢孤奉於明恩。再念某屬嘗貢需頭之章，自列以上氣之疾。懇祈祠禄，未賜帝俞。方將少需，且復申告。儻受爵而不遜，必貪位而疾顛。須至具申尚書省，欲望鈞慈特賜敷奏，某轉一官、減二年磨勘指揮，日下追寢，庶安愚分。伏候鈞旨施行。

薦劉起晦章燮堪充館學之任奏狀

準令諸監司到所部半年，或因赴闕奏事，許舉部内所知貳人。

右臣仰惟陛下龍飛之初，首軫孤遠之跡，召從外郡，擢長書林。臣以坐縻爲慙，冀從外補。陛下畀以陪都之漕寄，寵以延閣之隆名，臨遣丁寧，恩意備極。臣朝夕懍懍，思報萬分，惟有薦進人才，可以裨益聖世。在法，監司到所部半年，許舉所知貳人。輒緣公論，冒瀆聰聞。臣竊見承直郎、監建康榷貨務劉起晦，前秘書省正字劉朔之子，名父之後，能以儒科自奮。其人氣質端凝，識度宏遠，外若柔巽，内實剛方。初爲福州福清縣主簿，帥臣趙汝愚深器重之。今爲務場，責重事繁，從容而辦，知建康府章森亦嘗露章薦之。若置之館學，必能上裨國論。文林郎、監淮西總領所西酒庫章燮，操行甚修，問學甚正，蚤魁里選，高擢省闈。其於文詞，尤工牋奏，不越駢四儷六之體，而行以古雅議論之文，有前輩風。至於吏能，尤復精敏。無爲軍與和州嘗爭一鎮税場務，兩郡太守移書請託，却而不視，卒畀所應得之郡。建康嘗有大家奪細民田，漕臣林枅委以裁決，竟還細民。前淮西總領張抑，嘗以賢業薦之於陛下登極之初，此亦館學之奇才也。此二士者，臣平生行天下，寡見其比。不敢蹈臧文仲竊位之罪，恐復詒孟軻蔽賢之誚，謹冒萬死以聞焉，惟陛下財擇。謹録奏聞，伏候敕旨。紹熙二年五月初七日發奏。

薦舉吴師尹廖俣徐文若毛宗魪信叔政績奏狀

臣聞人臣之報國，忠莫大於薦士，而捐軀爲下。臣嘗伏讀淳熙十六年十一月四日陛下制詔，以臣寮建請，令監司見有賢才可用者，熟試精察，告之於上。臣自到任以來，所部九郡，官吏至衆，非它部比，其間人才，亦必不少。今以臣置司之地，及臣循行之州，或試以事功，或採之衆論，得數人焉，請爲陛下誦之。

臣伏見朝奉大夫、江東轉運司主管文字吴師尹，有質直之資，有廉茂之行。試中大法，嘗爲大理評事，決讞平恕，人無異詞。其在本司，凡財賦之職，皆能鈎校其源流，而吏不能欺；凡民訟之事，皆能灼見其情實，而民無不服。至如饒、信等州秋苗夏税，民間輸納往往久例收糜費等錢太多，師尹首請蠲減。又如江東州縣民間牛死，官司不受納筋角，而抑使重納價錢，民間苦之。師尹首請禁戢，九郡之民皆以爲便。每以儒飾吏，以經傳法，允謂今日之實材。

朝請郎、通判建康府事廖俣，學優行副，文贍氣剛，吏事通明，民情練達。臣初到任，暫攝府事，聽其贊畫，細大合宜。直而不表襮以近名，通而不苛察以窮物。頃寄居會稽之日，常平使者朱熹，奉壽皇之詔以捄荒，延士夫之賢而博議，首選俣而分委之，措置有方，民無流殍。及通判撫州，前後常平使者皆以廉吏政績薦之於朝，未蒙擢用，允謂今日之遺材。

朝請郎、通判廣德軍徐文若，裕於才力而養以和，精於吏事而濟以恕。倅貳小邦，力贊其長。期於集事而不侵郡權，驩以盡心而不矜己功。自守臣沈樞召去，攝事數月。適當旱傷之後，蠲放無餘。凡捄荒之政畢舉，節用之策畢講。如過客之饋賫，經常之燕集，一切罷去，官吏軍兵之廩給賴以無乏。民譽甚美，唯恐其去。

承議郎、添差通判池州毛宻，經術醇儒，師授鄉黨。頃備朝列，嘗爲大理司直。繼因補外，添貳池陽。自到任以來，廉仁之譽，洽於衆口。近捧憲司之檄，疏決諸邑囚徒，乃能盡心疚懷，探索情僞。一時疑獄，有若無主死人吴三而濫及無辜者，有若醉人傅百乙自經而誣人逼死者，有若胡太被刼不獲正賊而執平人者，宻至之日，一問而得其情，即時釋放。其它滯囚，從宜决遣，曾不旬時。其在獄者，及追逮未至者，放三百八十有六人，莫不驩呼而去。

承議郎、知太平州繁昌縣鮑信叔，吏才高於一州，治行冠於諸邑。到任之初，首減罷吏員，以除民之蠹；整齊簿書，以立民之經；撙節浮費，以惜民之財。邑小民寡，而困於税務錐刀之譏征，信叔乃爲税務抱認税額而盡蠲之。夏税民間輸納，病於收取縻費之過數，信叔乃立爲至薄之則例而痛減之。去歲本縣小旱，今春民頗艱食，信叔乃以撙節用度之餘粟，擇其貧不能糴者，不收民錢而振濟之。繁昌累政不治，一邑敗壞，今兹遂爲壯縣。

此五人者，臣皆精試而熟察之矣，欲望聖慈特賜甄擢，以爲一路官吏之勸，異時趨事赴功，必有可觀。紹熙二年九月十七日發奏。

薦舉徐木袁采朱元之求揚祖政績奏功

臣屬者祗奉明詔，問囚上饒，因之得以循行郡邑。自當塗歷宣城，道新安至上饒，歸塗經鄱陽諸邑、南康、池陽，殆徧一路九郡之境。周諏民氓之休戚，廉察守令之能否，得賢令四人，敬以聞焉。

伏見朝散郎、知饒州樂平縣徐木，上庠名士，文學有聲，而能諳練民事，秉心明恕，治行尤異。初知富陽，撥煩無滯，理財有方，民不加賦，而官府充羨。及來樂平，豈弟之聲爲一路縣宰之冠。臣不識其人而聞其政，近過樂平，其人已秩滿，上印而去。採之民言，去思方深，有近古循吏之風。

奉議郎、知徽州婺源縣袁采，三衢儒先，州里稱賢，勵操堅正，顧行清苦，三作壯縣，皆騰最聲。及來婺源，察見徽之諸邑其敝之尤者，專以科罰爲理財之源流，廣開告訐之門，每興羅織之獄。大者誣曾參以殺人，次者謗陳平之帷薄，至其小者，不可殫舉。采首摘其敝，白之監司、太守，請痛禁止，自是諸邑之民皆得按堵。

承事郎、知信州弋陽縣朱元之，兩學知名，歷試能官。下如士夫干求，過客餽費，經常燕集，並分俸以應。撙節浮費，洗手奉職，不以一錢假人。至如板曹之供，諸軍之餫，官吏兵人之廩，罔不給足。催科有法，兩税不愆，民樂其輸，不擾而整。聽訟録囚，邑民自以不冤。

奉議郎、知建康府江寧縣求揚祖，惠而能斷，明而不苛。頃爲婺女幕寮，已著能稱。今爲留都郭内之宰，事之繁夥，視它邑十之。公廉自持，人不敢干之以私。至於剖析民訟，庭無留事；拊摩鰥寡，罔不得職。

行且辭滿，一邑之民惟恐其去，願借留者不翅百千人。

茲四人者，臣自到部，即聞其治行，俟之兩年，不變益賢。觀之甚久，察之甚詳，委有績用，不可掩抑。如蒙聖慈特賜旌擢，異時必有可觀。後或不如所舉，臣甘坐繆舉之罰。紹熙三年三月十五日發奏。

薦舉王自中曾集徐元德政績同安撫司奏狀

臣等日以乏使，孤奉明恩，畀付一路條察之寄，其惠綏黎庶，乃宣布君仁；恪勤職守，乃几案常事。至於報天謝生之大願，惟有推賢揚善之一節。臣等庀職，各已踰年，旋觀列郡之太守、治中，得其尤穎而不以上聞，是蔽賢不祥之實也。

伏見朝奉郎、知信州王自中，文詞俊發，才氣高秀。初以王藺薦見壽皇，論天下事如指諸掌，風生穎脱，有過人者，壽皇以爲奇材。出典邊郡，悉心畢力，峙糧訓兵，常若寇至。今典上饒，除苛尚寬，一洗積弊。如諸邑逋負州家錢幣爲緡者三十餘萬，上供失時，郡用告匱。前後太守，往往劾一二縣令，黥諸邑胥，徒以塞己責，而不贍如初也。自中之既至，與諸邑宰握手吐誠，寬爲之期，而薄爲之取，不遣一卒，不移一檄，率以手書致其勤懇，縣令至有感泣者。自是諸邑吏民翕然感之，輸租輳集，遂以無乏。

朝散郎、知南康軍曾集，胄出名家，躬服寒素。少從名儒張栻講學，以爲士君子之學不過一箇「實」字。再立朝列，皆監六部門，不事干謁，不肯附麗，往往皆以爲簡。今守南康，大抵以撫字爲先，以辦集爲次。其政一遵朱熹之舊，如請於朝乞均減星子一縣預買，如輟郡廩以教育白鹿書院生徒，皆朱熹欲爲而未及盡行者。南康地褊民貧，每歲流徙樂郊者不絶，今皆安集，無有愁歎。

宣教郎、添差通判徽州徐元德，浙東名儒，朝列正士，持論鯁挺，特立不阿。出貳名城，乃員外置。凡州郡迎輅之數，厨傳之儀，皆無故實，出於創爲緜蕞者，如挈攜囊衣則有僦僕之幣，如下檐宴集則有折俎之幣，率爲緡錢者數百。元德問之故府，咸曰無之，則舉而付之郡庠，以爲養士之費，於是民皆稱其潔廉。江東一路訟牒，徽爲尤劇。民訟至諸部使者之庭，皆以委之審決。元德一一繙閲文案，至忘寢食，吏牘山積，迎刃而解，於是民皆稱其明斷。

此三人者，一路守倅之選，欲望聖慈特賜旌擢，以爲良吏愛民之勸，以收異時待用之才。後或不如所舉，臣等甘坐繆舉之罰。紹熙三年四月初八日發奏。

舉眉州布衣程伭應賢良方正科同安撫司奏狀

紹熙三年四月二十五日，準行在尚書禮部符，連到紹熙三年四月十五日制可：今歲科場，其令尚書侍郎、兩省諫議大夫以上、御史中丞、學士、待制，各舉賢良方正、能直言極諫一人。守臣、監司亦許解送，仍具詞業繳進以聞者。

右臣等伏覩眉州布衣程伭，經明行修，通達國體。其探索王霸，有仲舒師友淵源之淳；其議論古今，得蘇洵父子治亂之學。淳熙十三年間嘗游都下，有所著《帝王君臣論》及《時務利害策》凡五十篇，皆造於義理，切於事機，非腐儒文士之空言，朝士争傳，爲之紙貴，未幾歸蜀。計其年齒，今亦五十許歲，若遂淪棄，恐它日聖世有遺賢之恨。今保舉程倓堪試賢良方正、能直言極諫一人，謹録奏聞。所有本人詞業，乞從朝廷行下本貫眉州宣取正本。伏候敕旨。紹熙二年四月二十六日發奏。

乞罷江南州軍鐵錢會子奏議

臣伏覩朝廷近降指揮，措置行使鐵錢會子，令淮上屯戍官兵月給食錢，除舊用行在會子者，並聽依舊；量度每歲支屯戍諸軍鐵錢，以爲榷貨務入納分數。臣照得屯戍官兵每旬支遣已有立定錢銀會子分數，難以更改。所有淮上戍守官兵支遣錢會，從已降指揮，並聽仍舊。其合支見錢，一歲止用一十二萬餘貫。淮西州軍遞年朝廷科降應副馬司支遣錢二十七萬餘貫，係鐵錢并行在銅錢會子中半起發。内鐵錢一十三萬餘貫，就撥支使，已是足用。若將新降鐵錢會子於榷貨務筭請，委實别無項目可以支遣。

臣竊詳朝廷支降新印交子，止爲兩淮鐵錢艱於行用。今來一例令江南八州軍衮同流轉，非唯先有折閲之患，設或通用不行，其間屯駐大軍，四處軍民之情，便見擾擾，比之兩淮，事體尤重。伏自此令一下，軍民已皆惶惑。蓋見錢之與會子，古者母子相權之遺意也。今之錢幣，其母有二：江南之銅錢，淮上之鐵錢，母也。其子有二：行在會子，銅錢之子也；今之新會子，鐵錢之子也。母子不相離，然後錢會相爲用。會子之法曰：「會子並同見錢行使。」今新會子之法曰：「每貫並準鐵錢七百七十足行使。」又曰：「其新交子，止許兩淮及沿江八郡界内公私流轉行使。」且會子所以流通者，與錢相爲兑换也。今新會子每貫準鐵錢七百七十足，則明然爲鐵錢之會子，而非銅錢之會子矣。淮上用鐵錢，用新會子，則有會子，斯有見錢可兑矣，是母子不相離也。江南禁鐵錢而行新會子，不知軍民持此會子而兑於市，欲兑銅錢乎，則非行在之會子，人必不與也；欲兑鐵錢乎，則無一鐵錢之可兑也。有會子而無錢可兑，是無母之子也，是交子獨行而無見錢以並行也。一錢兩錢之物，十錢五錢之器，交易何自而行，商旅何自而通乎？

又兩淮免起發會子三年，而江南無免發之命。江南官司以新會子發納左帑、内帑，左帑、内帑肯受乎？左帑、内帑萬一不受，則百姓之輸官物，州縣亦不受矣。州縣不受，則是新會子公私無用。上下不受，而使鎮江、建康兩税入納，雖入納百萬而行使不通，不知將何用也。若止欲用之於軍人之支遺，百姓之交易，其肯受乎？萬一有受有不受之間，此喧争之所從起，而紛紜之所從生也。臣非不知時，暫兼攝總司之職，奉承朝廷之命，可以免目前方命之罪。然萬一鏤板揭牓，及交收新會子，它日正官到任，將新會子與軍人支遣、民旅交易之際，儻有如前所謂喧争紛紜之説，則朝廷推其所從，皆臣阿諛順旨交收會子之罪。雖斬臣以塞責，於國何益哉！

淮民兩年已被揀擇鐵錢之擾，怨咨之言，有不可聞。今幸少寬揀錢之禁，以安淮民。若江南八州復欲力行鐵錢會子，是江南之民又將不勝其擾也。欲乞聖慈洞察經久之利害，先事而改，患猶可銷；事至而收，則無及矣。緣有此利害，不敢鏤板曉諭。若將來降到會子，亦不敢交收。此事必出聖斷，力賜寢罷江南八州行使鐵錢會子指揮，庶幾沿江軍民得以安靖。須至奏聞者。

貼　黄

臣傳聞乾道初間，嘗降鐵錢會子於兩淮，軍民都不行使，一兩月間，朝廷盡行收上。今來竊恐復蹈前轍，乞下有司檢照，寢罷上件指揮。

辭免召命公劄

某今月初四日準尚書省劄子，三省同奉聖旨，楊某召赴行在者。某聞命震懼，不知所裁。恩來自天，感極至骨。伏念某頃居列著，莫效萬分。既與世以相違，得補外而已幸。仰辱壽康之臨遣，俾司江介之轉輸。猶直情而徑行，或觸事而妄發。謝歸已矣，潛伏終焉。忽召節之下頒，力病身而亟拜。寵光所逮，故應不俟駕而行；筋力已衰，况復有採薪之疾。左趾跛曳而將廢，右臂痛楚而未瘳。儻黽勉以載奔，殆顛隮之可必。方命之罪，常刑敢逃。須至具劄子申尚書省，欲望廟堂特賜敷奏，追寢召命，再陶鑄在外宫觀差遣一次，俾竊禄食，以安餘年。不勝哀扣懇迫惶懼之至。伏候鈞旨。

再辭免劄子

某五月初四日準尚書省劄子，三省同奉聖旨，楊某召赴行在，某已具辭免。七月十一日準尚書省劄子，六月十二日三省同奉聖旨，不許辭免者。君命至重，何敢再違；品秩既卑，豈應辭避。伏念某才踈用世，景迫凋年。入朝者三，首尾九歲；隨牒且八，奔走四方。禄食徒優，補報何有。晚抱疢疾，乞歸故山。逢聖主之勃興，發德音而收召。煖如春日，覺枯木之欣榮；隱若新雷，啓寒蟲之久蟄。感恩至骨，流涕交頤。而某老益不支，病且垂死。豈不願再瞻於觀闕，正恐先九隕於道塗。不能力疾以造朝，已瀝忱辭而祈免。夫何下土之賤，莫動惟天之聰。瀆煩敢避於再三，俞允終期於萬一。輒再具劄子，投誠廟堂，欲乞力爲敷奏，追寢召命，改畀外祠，庶叨空餐，以卒晚歲。某不勝哀懇惶懼之至。

辭免除焕章閣待制恩命劄子

某今月初四日準尚書省劄子，以某再辭召命，乞在外宫觀，八月十三日三省同奉聖旨，楊万里係太上皇帝宫僚，未經擢用，特除焕章閣待制，依所乞差提舉江州太平興國宫，任便居住者。万里聞命震懼，不知所裁。感涕交零，跼蹐以避。伏念万里少也願仕，老而蚤衰。賜第紹興之年，將閲時於四紀；就列淳熙之旦，俾奉帙於重明。仰慙三聖之恩，莫效萬分之報。晚嬰沈痼，力請退休。逢天地之重開，頒走趍之一節。政坐有采薪之疾，洊辭不俟駕之行。今出再違，罪應九死。敢意上聖，畀矜下臣。謂其太安儲隸之餘，念兹正元朝士之舊。超除次對，因任真祠。招虞人以旌，已寬不至之戮；持從臣之橐，更冒非常之榮。近比絶無，躐等是懼。謹具劄子申尚書省，欲望廟堂特賜敷奏，追寢新除待制恩命，止差在外宫觀差遣一次。某不勝惶懼懇迫之至。

陳乞引年致仕奏狀

臣聞在法，命官七十致仕；又在禮經，「大夫七十而致仕」。臣犬馬之齒，在官簿今年雖六十有六，而實年七十。臣合於今年正月陳乞致仕，蓋緣去年十二月初四日方拜聖恩次對外祠之命，未敢遽有陳請。今叨食厚禄，已及半年，恩重命薄，福過災生，入夏感濕，臟腑之疾大作，服藥不痊，惟有納禄辭榮，庶可緩死。須至哀告君父，敢乞聖慈，施天地生成之仁，推父母鞠育之愛，許臣引年，仍裁減恩數，特與降職名一等，守本官致仕。榮寵未滅，災疾必輕，萬一餘生未填溝壑，皆君父更生之恩。危悃發中，衰涕交下，臣不勝祈天望聖，惶懼懇迫之至。謹録奏聞，伏候敕旨。

公　劄

某皇恐輒有迫切之懇。在法，命官七十致仕；又在禮經，「大夫七十而致仕」。某犬馬之齒，在官簿今年雖六十有六，而實年七十。某合於今年正月陳乞致仕，蓋緣去年十二月初四日方拜聖恩次對外祠之命，未敢遽有陳請。今叨食厚禄，已及半年，恩重命薄，福過災生，入夏感濕，臟腑之疾大作，服藥不痊，惟有納禄，庶可緩死。須至哀告大丞相，欲望鈞慈保全餘生，特賜敷奏，許某引年，仍降職名一等，守本官致仕。某不勝懇迫祈望之至。

再陳乞引年致仕奏狀

臣昨緣官年雖六十有六，而實年已及七十，稽之禮法，皆應得謝，遂於慶元二年六月一日具狀聞奏，陳乞致仕。至當年十二月十三日，三省同奉聖旨不允。聖恩深厚，未棄帷蓋，顧臣疎遠，何以得此？祗拜威命，感極涕零，跼蹐久之，不敢繼請。今則臣年已七十有一，久病之後，血氣愈衰，耳目無復聰明，手足全然緩弱，飲食減損，舉動艱難，疾苦無聊，伏枕待盡。不避斧鉞，再奸冕旒，欲望聖慈曲垂天聽，憫臣廢疾之久，察臣哀懇之真，俾無違於禮經，庶勿犯於邦典，特降睿旨，許臣守本官致仕，或銷災沴，少逭死亡。仰蕲始終保全之恩，不勝迫切控告之悃。臣冒犯天威，下情無任惶懼激切屏營俟命之至。謹録奏聞，伏候敕旨。

辭免轉一官仍除寶文閣待制致仕奏狀

臣昨於慶元二年六月内具狀陳乞引年致仕，奉聖旨不允。至三年七月内再申前請，俟命兩年，於今月初四日伏準省劄，以臣洊乞引年致仕，二月十七日三省同奉聖旨，與臣轉一官，除寶文閣待制致仕者。臣聞命驩喜，省躬震驚。伏以先漢孝宣，以增秩而賞良吏；本朝列聖，以進職而勸有功。而臣猥以顓蒙，加之耄疾。晚會逢於聖主，首蒙被於鴻恩。拔自庶僚之卑，誕寘法從之峻。七十致仕，蓋遵禮典之大閑；再三叫閽，始辱俞音之丕降。荷天地曲成之施，全桑榆暮景之歸。然非良吏而增秩一階，允惟既渥之數；非有功而進職四等，更出非常之恩。儻冒昧以居焉，恐隕越于下矣。願回成涣，以保凋年。所有轉一官，仍除寶文閣待制恩命，臣未敢祗受，止乞守本官職致仕。謹録奏聞，伏候敕旨。

辭免除寶謨閣直學士奏狀

臣於七月二十五日伏準尚書省劄子，六月二十四日三省同奉聖旨，楊万里歷事四朝，年高德茂，除寶謨閣直學士者。臣聞命震懼，措躬阽危。臣一星卧痾，七秩謝事。荷上仁之懷舊，至三乃從；加異數以勸歸，不一而足。方涵天澤，幽屏雲林。未省何功，誤蒙進律。雖歷事四朝之久，然初微半髮之勞。沈緜騣騣，良厭餘生之苦；老誖憒憒，敢承德茂之褒。驟聞尺一詔之頒，誕寘十八人之列。顧寸心而有忸，揆公議以云何。深惟政刑之勸懲，止繫賞罰之當否。恐此舉之踰甚，爲公朝而惜之。敢以凋年，仰涜聖治。所有除寶謨閣直學士恩命，臣未敢祇受，欲望聖慈追寢成命，以安愚分。謹録奏聞，伏候敕旨。

辭免召赴行在奏狀

臣於九月二十一日伏準省劄，九月二日奉聖旨，楊万里召赴行在者。臣聞命自天，省躬惟谷。伏念臣齒幾八十，災亦頻年。伏自去秋偶嬰淋疾，當平居則似乎無事，遇發作則痛不可堪。慘毒甚於割烹，呻吟達於鄰曲。敢期聖主之念舊，特招微臣而趣行。禮有大經，召不俟駕。便應駿奔而出宿，死於道路而益榮。顧犬馬瘞藏，豈患無蓋帷之賜；然草木摧折，恐上惻乾坤之仁。一辭敢欺，萬坐無赦。願回上天之哀眷，曲全小物之餘生。須至具奏以聞，欲望聖慈矜怜，追寢召命，令臣仍舊官職致仕。不勝懇迫皇懼之至。伏候敕旨。

辭免召赴行在奏狀

臣昨具奏狀辭免收召，乞聖慈追寢恩命，於十一月二十日伏奉十月二十一日詔書不允者。臣切惟一節以趨，已違無諾之召；再命而傴，洊蒙有詔之温。心魏闕以先馳，駕柴車而復柅。伏念臣半生往蹇，薄暮時升。自逢賓日之初，寵盼芝檢；首預客星之列，誕寘松階。未瞻尺五天之清光，亟進十八人之遞直。歲才更籥，帝復賜環。拖紳答揚，奏牘祈免。非有白雲之留住，曲承紫涣之趣行。光武側席於幽人，芬馨千載；顔闔致詞於使者，沈痼一身。情與願違，涕隨言出。須至再具奏狀以聞，欲望聖慈察臣老病之實，赦臣稽違之辜，特賜追寢召命，以匄餘生。不勝震懼懇祈之至。伏候敕旨。

辭免除寶謨閣學士奏狀

臣聞惟立國紀綱之大柄，在馭臣賞罰之至公。許之纓而以朝，仲尼之所甚惜；招以旌而不至，齊君之所必誅。恩威兩隆，今古一貫。而臣退惟老誖，仰辱招延。屬以有采薪之憂，遂違不俟駕之禮。釋辜已幸，進律何名。豈其小人儒之微，被以真學士之寵。有虞人之罪而幸免，天下將以爲失刑；無于奚之功而示褒，天下將以爲僭賞。致公朝勸沮之紊，皆微臣瑕璃之由。煩言必興，萬坐無赦。敢恭懇欵，上冒聖聰，祈免誤恩，以逃大譴。須至具狀奏聞，伏候敕旨。

誠齋集卷第七十一

廬陵楊万里廷秀

記

龍伯高祠堂記

零陵龍堯卿，東漢太守伯高之遠裔也。其父光，隱於藝以遊諸公間。侍郎胡公伯明父甚愛之，贈之言，謂其能遵乃祖伯高之戒。光嘗有意作堂以祠伯高，至堯卿乃克有就，謁予記之。

伯高諱述，京兆人。建武中爲山都長，以馬援之書有敦厚稱，是以有零陵之拜。堯卿云相傳伯高葬于城北，而子孫因家焉。證諸陶岳之記，良然。問其世次，則譜牒亡矣。問以伯高之遺事，所對如史。問此邦之父老以伯高之政，則皆不能言矣，曰：「此吾郡賢太守也。」夫自建武至於今幾年矣，莫詳伯高之事，宜也。就使能言，可據依耶？然知與不知皆曰賢，則其政非有以得乎民，當不如是其久且深也。而史逸之，惜也，不謂之不幸也哉？然猶得因伏波之書而聞也，不謂之幸也哉？古之人修諸身、施諸民者豈少也，豈無若伯高之僅傳者耶？豈無遂不傳者耶？嗟乎！世之君子儲重寶、市腴田大第以爲子孫謀者，充然自以爲固蔕也。未徙蔭而向之充然者，王承福爲之憫然矣。而龍氏之居零陵，至於配湘流而無窮。豈充然者之智不若龍氏歟？抑亦繫其人之賢否歟？不然，權勢者必争，而僻遠者不競，故難守而易失，易守而難失歟？先是，伯高未有祠。德施於民，於禮從祀，堯卿既倡，郡民作堂，民争先焉。事固有古於晦而今於白者矣，士君子之所立，以己之所自信，而使時人之必信，其不難乎哉！某年某月某日堂成，予既爲之記，復繫以詩，使歌以祀焉。其辭曰：

愚溪之委兮，瀟水之末流。有蔚其山兮，遵大路之右陬。玉立萬碧鮮兮，造昭回而脩脩。居者勿翦兮，過者式。東京使君兮，惠我以嘉德。旄倪俯僂以明祀兮，謂使君即吾翁。此邦孰非翁之子孫兮，不寧唯諸龍。荷杯兮桂酒，手舞康年兮爲翁壽。颯然精靈兮，翁來歸。何以候司兮，光風泛芙蓉之旂。

玉立齋記

零陵法曹廳事之前，踰街不十步有竹林焉，美秀而茂。予每愛之，欲不問主人而觀者屢矣，輒不果。或曰：「此地所謂美秀而茂者，非謂有美竹之謂也，有良士之謂也。」予聞之喜且疑。竹之愛，士之得，天下孰不喜也，獨予乎哉？然予宦游於此幾年矣，其人士不盡識也，而其良者獨不盡識乎？予欲不疑而不得也。

今年春二月四日，代者將至，避正堂以出，假屋以居，得之，蓋竹林之前之齋舍也。❶ 主人來見，唐其姓，德明其字。日與之語，於是乎喜與前日同，而疑與前日異。其爲人莊静而端直，非有聞於道，其學能爾

❶「竹林」，原殘闕，今據四部叢刊本補。

乎？有士如此，而予也居久而識之新，誰之過也？以其耳目之所及，而遂以爲無不及，予之過，獨失士也歟哉！

德明迨暇，與予登其竹後之一齋，下瞰萬竹，顧而樂之，笑謂德明曰：「此非所謂抗節玉立者耶！」因以「玉立」名之，而遂言曰：「世言無知者，必曰草木。今語人曰『汝草木也』，則艴然而不悦。此竹也，所謂草木也，非耶？然其生則草木也，其德則非草木也。不爲雨露而欣，不爲雪霜而悲，非以其有立故耶？世之君子孰不曰：『我有立也，我能臨大事而不動，我能遇大難而不變。』然視其步武而徐數之，小利不能不趨，小害不能不逋，問之則曰：『小節不足立也，我將待其大者焉。』其人則不愧也，而草木不爲之愧乎？」

德明負其有，深藏而不市。遇朋友有過，面折之，退無一言。平居奮然有憤世嫉邪之心，其所立莫量也。吾既觀竹，夜歸，顧謂德明曰：「後有登斯齋者，爲我問曰：『人觀竹耶？竹觀人耶？』」隆興元年，廬陵楊某記。

景延樓記

予嘗夜泊小舟於峽水之口，左右後先之舟，非吴之估，則楚之羈也。大者宦游之樓船，而小者漁子之釣艇也。岸有市焉，予躡芒屨、策瘦藤以上，望而樂之。蓋水自吉水之同川入峽，峽之兩崖對立如削，山一重一掩，而水亦一縱一横，石與舟相仇，而舟與水相謀，舟人目與手不相計則殆矣。下視皆深潭激瀨，黝而幽，白而溅溅，過者如經灔澦焉。峽之名，豈以其似耶？至是則江之深者淺，石之悍者夷，山之隘者廓，而地之絶者一，顧數百里不隔矣。時秋雨初霽，月出江之極東。沿而望，則古巴丘之邑墟也；面而覿，則玉笥之諸峰也；泝而顧，則予舟所經之峽也。市之下，有棟宇相鮮若臺若亭者。時夜氣寒甚，予不暇問，因誦山谷先生《休亭賦》登舟。至今坐而想之，猶往來目中也。

隆興甲申二月二十七日，予故人月堂僧祖光來謁予，曰：「清江有譚氏者，既富而願學，作樓於峽水之濱，以納江山之勝，以待四方之江行而陸憇者。樓成，乞名於故參政董公。公取鮑明遠《凌煙銘》之辭，而揭以『景延』。公之意，欲屬子記之，而未及也。願畢公之志，以假譚氏光。」予曰：「斯樓非予疇昔之所見，而未暇問者耶？」曰：「然。」予曰：「山水之樂，易得而不易得，不易得而易得者也。樂者不得，得者不樂；貪者不與，廉者不奪也。故人與山水，兩相求而不相遭。庾元規、謝太傅、李太白輩，非一丘一壑之人耶？然獨得竟其樂哉？山居水宅者，厭高寒而病寂寞，欲脱去而不得也。彼貪而此之廉也，彼與而此之奪也，宜也。宜而否，何也？今譚氏之得山水，山水之遭乎？抑譚氏之遭乎？爲我問焉。」祖光曰：「是足以記矣。」乃書以遺之。

譚氏兄弟二人：長曰匯，字彦濟；次曰發，字彦祥。有母老矣，其家睦，祖光云。楊某記。

一經堂記

吾友劉彦純以書抵予曰：「永新譚君微仲者，翩翩衣冠之佳子弟也。自微仲之祖致政公以明經詣太常，晚以特恩得官。其叔父朝奉公年甚少策上第，垂及光顯矣而年不待。朝奉公有子曰明仲，今主袁之宜春簿。微仲者，朝奉公之猶子，而明仲之從兄也。力學而未有遭，作堂叢書，以教其子四人。取諸韋氏而命之曰『一經』，介吾書以乞予言。」

予於是歎曰：「遠哉，其志也！譚氏其興乎！」爲子孫計者，不可守不爲也。世之君子，門户失守而後以貲，貲又失守而後以田，田又失守而後以書。蓋門户有寒有炎，而田與貲有去來，逐之莫去、捐之莫取者，書也，三失而一不失者也，是故守家者莫固於書。然予嘗見好書者以某書矜曰：「此某相之家藏也。」又以某書矜曰：「此某從官之家藏也。」予視其識，則果非好書者之故物也，亦非某相某從官之故物也，乃前此某相某從官之故物也。自好書者之身逆而數之，率一書三易人，然則書又未可恃也。書蓋有可恃者矣，不家於藏而身於藏則幾矣。今致政公傳之朝奉公，朝奉公傳之微仲，微仲傳之其子，其書四世而不去如譚氏者，鮮乎哉！微仲之子皆能讀書爲文章，譚氏其果興乎！故老相傳，義山、禾水之秀氣，當出相者三，其信然耶？是氣也，沉而不昇、黯而不光者幾年矣。譚氏之居，吾聞義山在其上，禾水在其下，當能候之，彦純盍問焉以告予也。乾道戊子二月既望，誠齋野客楊某記。

懷種堂記

乾道四年，樞密劉公既登用，善類復聚，國勢大競，天下仰目，指期中興。而公孤忠崇崛，不少斲刓，疾視孽邪，畢力擊排。既牢不可動，則歎曰：「道行則吾止，道止則吾行，是不可並。」乃以大資政作藩隆興，至則旁搜民瘼，孰爲疽根，弗獮弗薅，我則滌除，俾罔後災。首得奉新縣三鄉寓税之弊，欣然上聞。其明年，符下轉運，悉蠲除之，爲税三十五萬錢有奇，爲米若干，爲帛若干。命下，而公已遷荆州牧矣。於是三鄉昔無田而有税者，今無其所有；昔有鄉而無民者，今有其所無。又明年五月，予來令奉新，三鄉之民相率作堂，畫公像於閒，以致瞻竚之敬。十一月某日堂成，予移官成均，將行，邑之士王果與三鄉之民來請名且記。予不得辭，名堂以「懷種」。種言德，懷言民也。於是民皆歎曰：「微公之恩，吾其不首丘矣。」予曰：「此非公之恩也。」於是民皆不悦。予重告曰：「爾不見前古之君乎？聞興民之害則勇於敢聞，除民之害則勇於不敢。今公之言朝奏，而上之命夕應。然則此非公之恩也，上之恩也。」於是民始悦。予曰：「亦公之恩也。」於是民皆大惑。予又重告曰：「爾不見世之君子乎？一言而爲民百世之害也。彼不曰害民也，曰利國也。國可利也，民可害不可害也？而況民有其害，而國不有其利歟？然其人猶矜曰：『吾知忠於國也。』且夫國之所立，其所恃者誰也？日夜摇其所恃，以忠其所立，是果忠不忠也？一言而除民百世之害如公者，有不有也？然則此又公之恩也。」於是民始大悦。三鄉曰晉城，曰新安，曰法城云。門生奉議郎、新除國子博士楊某記。

竹所記

永嘉吴公叔，清曠簡遠，望之皎然如雪山倚空、落月滿屋梁也，趯然如瓊田之鶴、阿閣之鸞鳳也，蕭然如馭風騎氣、飲沆瀣而遊汗漫也。予頃識之湘中，一見定交，脱帽痛飲，説詩論文，俗士往往或疑其異，或信其真，公叔不知也。今年四月，予來爲邑於新吴，公叔實賓贊洪府，相見談湘中事。予蓋老且病矣，折腰走堦下，非其好也。公叔復呼酒，以盥濯予之泥塗塵沙。夜過半，月在牖户，荷風颯然從東湖之東度水而至，公叔與予皆大醉矣。公叔起曰：「吾有竹所，子盍爲吾記之？」予曰：「奚而名也？」公叔曰：「子不聞夫王子猷之『不問主人，徑造竹所』乎？」予曰：「記之易耳。雖然，此非公叔事也，乃楊子事也。楊子將爲子猷之徑造矣，但未知今之主人與昔之主人何如耳。」公叔大笑曰：「王茂弘不云乎：『元規若來，吾便角巾還第。』」

庚寅十一月四日，廬陵楊某記。

水月亭記

予既宦游四方二十年，自州縣入朝列，得與海内英俊並遊。當世之士，非所趨殊嚮、所志不同行者，往往一見即定交。既交必久要，蓋山何芳而不擷，海何珍而不索也。然求如韓子所云明白淳粹如吾友劉君承弼彦純者，加少也。始予之少也，貧且拙。拙故多不合，貧故寡與。以與者之寡而不合者之多，故無友。年二十有一，乃始得友吾彦純。彦純之爲人，非今之所謂爲人者也；其爲文，非今之所謂爲文者也。予初得此友，亦以爲得斯人於吾鄉則艱乎爾，求斯人於天下則奚而艱也。今其然矣乎？今其不然矣乎？不彦純之爲見七年矣，余遞宿南宫，同舍郎皆上馬去，鴈鶩行亦散，隔牕雨雪落脩竹間，一風北來，琤然有聲。家僮以彦純書來，索水月亭記。予慨然不樂，攬書危坐獨想，忽如登斯亭對斯人，則又欣然而孤笑也。當予與彦純共學時，每清夜讀書倦甚，市無人迹，則相與登亭，掬池水，弄霜月，自以爲吾二人之樂，舉天下之樂何以易此樂也。雖有語之以今日離索之悲，肯信不肯信也？今何地無水，何夕無月，而吾二人欲追求昔者登亭之樂，則既有不可復得之歎矣，抑不知吾二人復相從登斯亭，猶如昔者樂否也。癸巳月日記。

嚴州聚山堂記

嚴陵郡圃新堂落成，命曰「聚山」，太守宗丞曹侯取予詩語也。堂之經始，治中張定叟謂予：「子盍賦之？」蓋侯志也。詩既往，侯遂取以命堂，且徵予爲記。

初予官於朝，以母老丐補外，得符臨漳。自龍山登舟，舟人忽捩柂回櫂，望潮波之來而逆之，突而入焉。然後隨波疾行，江山開明，四顧豁如，甚快於予心也。舟行之二日，自鸕鷀灣歷胥口，則兩山耦立而夾馳，中通一溪，小舟折旋其間，行若巷居，止若墻面，偪仄阨塞，使人悶悶。又一日宿烏石灘下，曉起而望，則溪之外有地，地之外有野，野之外有峰，峰之外有山。雖不若向之開明豁如者，然北山刺天，若倚畫屏；南山隔水，若來衆賓；玉泉若几研，而九峰若芝蘭玉樹也。於是予之快者復，而悶悶者去矣。予以呼家僮未來，假館於曹侯者朞月。嘗從侯散策郡圃，初登千峰之榭，予亦甚快。已而降自古堞，委蛇北東，至夫所謂正己堂者，築高而趣之庳，宇敞而見之隘，悶然復如在鸕鷀灣、胥口舟中時也。侯曰：「是中有佳處，我初得之，將因其材、易其地以爲新堂，子豈識之？」予未應，且行且顧，舉武不百，至壞垣所，偶跂而望，則向之若倚畫屏者倚乎此，若來衆賓者賓乎此，若几研、若芝蘭玉樹者畢集乎此。予欣然曰：「漢武帝不云乎：『公等安在，何相見之晚。』侯之所謂佳處者，此其是耶？非乎？」侯大笑曰：「得之矣。」堂成予行，因書其說。年月日記。

春雨亭記

宣溪王邦乂既葬其父主簿公於某山，作亭於前，春秋率子弟展省。竣事則休焉，諉其友蕭如塤問名於予，且記焉。予命之以春雨之亭，而告之曰：「吾聞之，春雨潤木，自葉流根。物以本滋苗，亦以苗滋本。今則不然，本乎責者不加約，苗乎責者不加周。富貴利達之得，未始尤其躬；富貴利達之不得，未始不尤其先。不惟尤之也，以其先及其山，以其山及其骨，曰某丘某水，莫之利也。於是一墓有一易者焉，有再易者焉，有三四易者焉，有五六易者焉。一易可以已矣。贛陽之巫曰：『兹丘不告身之似也，九品之官焉得出於而家。』宜陽之巫曰：『兹丘不賜墩之似也，一品之官焉得出於而家。』是數巫者，探吾民子孫之心而艷諸利，其孰從而破之？其勢不五六易不厭也。不惟民也，惟士亦然。抑不思告身也、賜墩也，之二物堯舜三代之時有乎爾無有乎爾？之二丘堯舜三代之時有乎爾無有乎爾？其有也將先物而後丘乎？將先丘而後物乎？成周之有官君子，其先之葬也，皆覸夫所謂告身之丘乎？皐夔稷契，其先之葬也，皆覸夫所謂賜墩之丘乎？物與丘之有無，古之事不足校也。墓與骨之震動暴露，今之人足愴不足愴也？」王氏子孫皆劬於學而好脩，自葉之澤，是在王氏子孫乎？是在簿公之墓乎？願以此記焉。年月日，某記。

霽月樓記

余頃官於朝，得余叔祖彦通書，諉余以名石井張氏之樓，且爲之記。余以未嘗至石井，未登斯樓，莫知所以名之者，乃復書彦通，訊以斯樓何宜。彦通又以書云：「暄凉靡不宜，而尤與月宜；風物靡不宜，而尤與秋宜；朝暮晦明靡不宜，而尤與霽宜。」余乃大書「霽月樓」三字以遺之，未暇作記也。余嘗見詩家者流多喜談霽月，余以爲萬象皆有新故，無新故者月也，顧曰「霽月」焉。及余爲博士於奉常，時秋且半，吏白余當祠壽星。余與少卿蜀人黄仲秉，齋宿於西湖南山之浄慈禪寺。是夕雨作，松竹與荷葉終夜有聲騷騷也。五鼓夙興，登壇將事，則天宇如水，月色如洗，殆不類人間有也，蓋詩家之談猶信。張君克剛喜賓客，且博延名士以才其子弟，斯樓又勝絶，予安得月前霽後御風往觀焉。先洼此記，庶幾與斯樓有一日雅也。年月日，某記。

宜雪軒記

東江劉元渤語其友周直夫曰：「吾於世味，未嘗升其堂、嚌其胾也。人馳而我止；我所偭，人所嚮也。顧獨有所癖。昔子猷癖於竹，靈均癖於蘭，和靖癖於梅。吾皆兼此而有之，若病膏肓，若嗜土炭，未易瘳也。吾既聚三物而群植之，又開軒以臨之，子盍有以名吾軒，且謁之誠齋，以記吾所以名？」直夫未有以對也，退而訪予於南溪之上，相與道元渤語，欲取王元之《竹樓記》之辭，名軒以「宜雪」。予曰：「子得之矣。萬物莫不病乎雪也，不病乎雪者，梅歟？竹歟？蘭歟？豈惟不病之，亦復宜之。惟梅得雪而後潔白者有朋，惟蘭與竹得雪而青蒼者無朋。今也相與曹處於劉子軒窻之前，並驅於歲寒風雪之會，若相友以道，相摩以義，揜之而色愈明，凛之而氣愈清，推之而節愈貞者也。予嘗試評是三物矣，殆有似夫君子。蓋身幽而名白似鄭子真，鎰中而銖外似嚴子陵，群洿而孤清似伯夷、叔齊云。」元渤名渭，喜客而樂教子，士之賢者多從之游，視其癖則知其人矣。其子林，學而有文，嘗薦名禮部。年月日，楊某記。

誠齋集卷第七十二

廬陵楊万里廷秀

記

石泉寺經藏記

下泳蕭民望甚賢而喜士，尤嗜蓄書。發粟散廪而饔飧六經，捐金抵璧而珠玉百氏。每鬻書者持一書至，必倍其估以取之，不可則三之，又不可則五之，必取乃已。蓄之多而不饜，老而不衰也，以故其子弟皆好學。不惟其子弟，其鄉人皆好學。士之自安福而南者，走百里必曰：「我將見民望。」自永新而北者，走百里亦曰：「我將見民望。」予少之時，嘗從先君至其家，每念之，則前清溪，後平林，脩竹在左，古松在右，尚了了予目中也。今年友人彭仲莊來，民望寄聲於予，且曰：「我舊嗜蓄儒書，今頗嗜蓄佛書，新作一經藏於石泉寺以貯之，將與學佛者共之，子其爲我記焉。」予不知佛書，且不解福田利益事也。所知者，儒書爾。夫道，性之而聖，聲之而書。書乎讀，聖乎悟，則書爲我，我爲書矣。不然，皮之而置散焉，書則書矣，我何與哉？今民望之蓄佛書以待釋子，釋子曰：「我之輪一周，則我之誦一周矣。」果有是事者，異也；無之而言焉者，竊也。誦不以口而以輪者，惰也；蓄不以心而以藏者，棄也。民望其爲我問之。年月日，楊某記。

長慶寺十八羅漢記

大櫟長慶寺在廬陵郡城之北四十里而遥，右背碧岑，前左紺溪，水木幽茂，望之蔚然也。舊有十八羅漢像，蓋拙工爲之，儀觀俗下，神氣昏頓，類道傍叢祠中捧土揭木之爲者，豈有世外巖下之姿、遺物出塵之意哉？里中之士有羅長吉者，顧瞻不怡，捐重幣、聘良工改作之。經估者四人，淵默者四人，衲紉者一人，杖植者二人。或揮麈欲談，或長眉曳地，或佛齒在手，或清水挈瓶。翫爐香者其意遠，擾龍虎者其色暇。所謂世外巖下之姿、遺物出塵之意，其庶幾不遠。吾聞是十八人者，西方之悍人也。其未見佛也，若吾子路之未見夫子也。由今視之，所就乃爾。然則人果可以無學乎？由之瑟，固非彼所操也，然爲彼而不爲此者，所見者異人也。使之彼乎出，此乎入，庸知其不由歟？以寂廢動，以躬廢物，視其貌，肖其學也，施之於世則濩落矣。然是十八人者，漠然無牽，超然無羈，世味不能誘其衷，人憂不能寇其崖，而况車服可得而維，刀鋸可得而加也哉？長吉名惠迪，其二弟蚤世，而諸孤不孤者，有長吉之賢字而𦎫之也。樂善而喜士，里中莫吾長吉之似者。

怡齋記

乾道丙戌之冬，予自廬陵抵長沙，謁樂齋先生侍講張公，公館予於其居之南軒。是時積雨未霽，一夕湖風動地，吹北雪踰洞庭，被長沙城中。予生長南方，未嘗十月雪之爲見，見十月雪，自長沙始也。予既羈旅，倦且寒甚，豈不欲一見親舊？然僵卧南軒之東牕，足未出門，而心已入門矣。既而吴伯承聞予至，夜與邢魯仲來見。詰朝，侯彦周又與予里之士劉炳先兄弟來見，自是人事始擾擾矣。炳先一日約予與彦周過其家，予嘉炳先兄弟之好學，而又雍睦怡怡如也，索筆爲書其楣間曰「怡齋」。炳先求予記之，予以行不間，辭未能也。後九年，炳先試南宫，過盧陵。炳先不知予在，予亦不知炳先過也。又二年，友人周直夫歸自長沙，炳先遺予書曰：「頃失一見，甚恨。」且促迫《怡齋記》。予得書喜甚，問訊長沙故人，則彦周、魯仲、伯承皆死久矣。當時南軒之集，惟侍講與予與炳先兄弟四人在爾。今侍講官八桂，予居盧陵，炳先兄弟在長沙，交游之在亡離合，其使予悲也。予老矣，侍講亦年過四十，炳先兄弟其尚少也乎？其亦似予之老乎？炳先名光祖，弟繼先名述祖，吾州安福人也。徙長沙，今再世云。淳熙三年月日記。

無盡藏記

永新縣東郭外不十里曰横江，張司理德堅居之。近無邑喧，遠不林荒。乃築山園，以郛萬象。剞壤爲沚，實以芙蕖。布礫爲逕，夾以海棠。爲亭爲軒，以憩以臨。園成，與吾友劉景明遊焉。德堅若不滿意者，顧曰：「是非不佳，然人爲，非天造也。」乃與景明竹杖芒屨，循海棠逕北行百許步，至禾江之濱。德堅却立曰：「止，吾得佳處矣。」蓋江水西來，渺然若從天流出，至是分爲兩，中躍出一洲，如横緑琴，味昂尻庫，❶美

❶「尻」，原作「尻」，今據文義改。

竹異樹，不蓺而蔚。水流乎洲之南北崖，若裂碧玉釵股，勢若競騖，聲若相應，若將胥命而會于洲之下。覽觀未竟，雲起禾山，意欲急雨。有風東來，吹而散之，不見膚寸。義山之背，忽白光燭天，若有推挽一玉盤疾馳而上山之顛者，蓋月已出矣。景明賀曰：「『惟江上之清風，與山間之明月，耳得之而爲聲，目遇之而成色，取之無禁，用之不竭，是造物者之無盡藏也。』東坡嘗爲造物守是藏矣。自坡仙去，夜半有力者竊藏以逃，嘗試與子追亡收逋而貯儲於斯乎？」德堅乃作堂於其處，而題曰「無盡藏」云。年月日，楊某記。

宜州新豫章先生祠堂記

予去年十月致書桂林伯侍講張公，今乃得報，且諉予曰：「宜州太守韓侯璧，直諒士也。初抵官下，它皆未遑，首新山谷先生祠堂。蓋山谷之貶宜州，崇寧甲申也。館于城之戍樓曰小南門者，明年卒焉。後人哀之，即其地廟祀之，于湖張安國大書『豫章先生』四字以揭之。然居句湫隘，屋廬壞隤，俎不成列，拜靡厝躬。今侯戾止，顧瞻而矉，爰出其闉，距城不遐，得地洵盱。湖光前陳，曠野洞開。諸峰崛奇，駿奔來庭。立屋六楹，以妥神居。刻木肖象，是似是享。俯湖爲閣，于登于臨。湖山清空，雲煙高寒。神則降集，人士奮豫。既成，來求閣名若記。栻既以『清風』名閣矣，子學詩山谷者，微子莫宜記之。」

予執書歎曰：「予聞山谷之始至宜州也，有甿某氏館之，太守抵之罪；有浮屠某氏館之，又抵之罪；有逆旅某氏館之，又抵之罪。館于戍樓，蓋圄之也；卒于所館，蓋飢之寒之也。先生之貶，得罪於時宰也，亦得罪於太守乎？鹿之肉，人之食。君子之殘，小人之資也。孰使先生之所挾，足以授小人之資也哉？夫豈不得罪於太守也？先生得罪於太守，則太守不得罪於時宰矣。豈惟不得罪也，又將取榮焉。由今視之，其取榮於當時者幾何，而先生飢寒窮死之地，今乃爲騷人文士佇瞻鑽仰之場，來者思，去者懷，而所謂太守者，猶有臭焉。則君子之於小人，患不得罪爾，得罪奚患哉？今韓侯之賢，乃能社先生而稷之。惜也，先生之前乎韓侯也。先生之没，侯猶敬之如此，使其生也，遇侯而燠休之，則主賓之賢，牽聯俱傳也。惜也，韓侯之後乎先生也。然士或同室而睽，或異世而逢。苟逢矣，前後足校哉？」先生之祠要自韓侯始，則侯之傳決也。而又得侍講張公名其閣，其傳益決也。因書其説，寄侍講以遺韓侯云。淳熙五年三月二十四日，廬陵楊某記。

興崇院經藏記

安福縣南出爲十里者七，地曰鄔村，有寺巋然者，興崇院也。作於治平丙午，至宣和甲辰而火，釋守通者再作之。至建炎庚戌又火，釋延贇與惠崇者又作之。殿堂有嚴，庖湢畢葺，至今其徒得以安安而居、繼繼而不絶者，二釋力也。釋海璿今居之。璿良於醫，得錢無所可用，獨用之於其師之教所宜爲者。宫廬之欹傾，佛像之漫漶，既苴既考，既袚既藻，則與其徒藴賢、藴淮計曰：「有寺百年而無經一卷，非不耒而農、不書而士乎？蔬其腹、衲其軀焉而已矣。吾徒藉弟令自窳自懵，靡覞靡忸，其若後之敏慧秀辯、求心問性者何？」於是傾橐之羸，勸里之俠，得錢如干。藴賢乃杖竹屨草，風飪露寐，走二千里至福唐，市經于開元寺以歸。爲卷者五千四十有八，爲匭者數十百。承以耦輪，幬以崇殿。金碧煒燁，丹漆可鑑。龍光神威，森然欲動。鼓舞町庶，罔不尊禮。教所應有，彪列明備。瓘因人士劉宗芝及吾外弟周世通來求予文，以紀其成。予曰：「彼於其師之經，所謂五千四十八卷者，匭之矣，能如士之於書皆誦之否？能誦之矣，抑能如士之於書皆通之否？」世通曰：「釋之不如士，固也。抑不寧唯是，釋能以無經爲怍，固不如士之以書而入官，以官而捐書；釋能傾貲以市經，固不如士之以身而殉貨，以貨而殉色；釋能辛勤千里而求經，固不如士之重研以附炎，奔命以死權。」予無以詰，因併書其語。蓋殿成於淳熙戊戌之冬，輪藏成於己亥之春，貲出於瓘，力出於賢與淮云。是歲十月三日，某記。

愛教堂記

富川鄒虞卿，豐其室而歉其心。曷歉其心也？欲淑其子而未有造也。其子蓋亦競爽，其長如嘉木焉，既條既葉，蔚如其茂也；其幼如穉苗焉，既露既雨，韡如其秀也。虞卿作一堂，叢書於間，歲聘良師，以淑其子。問名於艮齋先生謝昌國，昌國命以「愛教」。虞卿又介予弟廷徽謁予文，以記其堂，以範其子，則諗之曰：「有子而教之，非愛夫？抑今之教子者，非古之教子者也。學云學云，古也；仕云仕云，古乎哉？今之教子而舍曰仕云仕云者稀矣，曰子乎仕，親乎光也。人固有卿士其位者，問其位則是，問其人則非，斯謂之光其親矣乎？人固有不卿士其位者，問其位則非，問其人則是，斯不謂之光其親矣乎？褚有璜者其室輝，家有良者其庭煒，夫果俟於外乎哉？今使二三子充其學以淑其躬，納其躬於聖賢君子之域，而出其躬於公卿大夫之塗，其爲虞卿光者猶在也；納其躬於公卿大夫之塗，而出其躬於聖賢君子之域，其亦光乎否也？

然則爲二三子者，學云學云乎爾？仕云仕云也歟哉？」虞卿名時舉。年月日，某記。

王氏慶衍堂記

淳熙三祀，惟光堯太皇，天壽於萬，有開七秩，是將咸羲黃，登姚姒，天齊日昇，復無無極，自商三宗、周文武而下，藐乎無以頌爲也。聖天子穆然，謂兹盛德事，曠不前聞，用張閎休，赫厥誕章，奉觴介壽，峻極鴻號，對越太紫，昭天同符，親親老老，流貤厥慶，溥將有截，以表章不匱之孝。臣乎有母某氏，厥齡若干，僉曰應書，論封如章。紫誥鸞迴，玉軸山輝，華鏌揄狄，命服斯皇，邑里趨讙，來賀塞門，於是宣溪之人始知王氏有子矣。臣乎迺作新堂，以侈君賜，以怡親顔，以詔孫子，取絲綸之辭，榜以「慶衍」。既落之，屬某記之。竊惟乎，安遠主簿季安之仲子也，未更事而孤，其母夫人著簪葛製，雪齧冰飲，夙宵漣如，憂子無立。乎念父所付，感母已憂：「我將何修，以懌母懷？」則致身書林，菑畝典墳，膳服禮言。將擷其根，不寧其葩；淑其心，不寧其喙。凡當世鉅人長德，是惟不聞，必輕千里，師之茹之。居無幾何，厥聞播敷，談者許可，至是天澤滂流，用光厥親。是不特書，罔克用勸，則攤張厥初，刻石堂上。淳熙七年正月日，具位某記。

韶州州學兩公祠堂記

人物粵産古不多見，見必奇傑也。故張文獻公一出，而曲江名天下。至本朝余襄公繼之，兩公相望，揭日月，引星辰，粵産亦盛矣哉！蓋自唐武德放于今，五百有餘歲，粵産二人而止爾，則亦希矣。然二代各一人，而二人同一州，又何富也。世謂以文取人，抑末也。兩公俱以文學進，以名節顯。以文取人，不可也；以文廢人，可乎？兩公立朝，忠言大節多矣，而諫用牛仙客，安太子瑛，誅安禄山；留范希文，排張堯佐，此尤治亂之所元者也。三言不用而二言用，天寶之斆，慶曆之隆，豈適然哉？雖然，文獻相唐，而襄公未及大用。或以是爲襄公憾，吾獨不然。聖賢君子之於斯世，顧道之行與否爾，相與否奚顧哉？兩公者道行則宋隆，道不行則唐斆。然則兩公之於斯世，孰遇孰不遇乎？後之有爲之主，有志之士，能知兩公遇不遇之説，諏諸往，度諸來，必有超然寤、慨然歎者矣。郡博士廖君德明庀職數月，謂兩公廟祀而不於庠序，非所以風厲學者也，謁於太守徐侯璉、守丞李君文伯，而作堂祠焉。既成，屬某記之，則招諸生而諗之曰：「二三子廬於斯，饔於斯，業於斯，進而拜先聖先師曰『莫予云範』，退而瞻兩公曰『莫予云磋』，跂而望曲江之山川曰『莫予云殖』，可乎不可也？不可而莫予云續，何也？二三子盍思之？」淳熙八年九月九日，誠齋野客廬陵楊某記。

吉水縣近民堂記

大江之西，督府外爲州者十，吉爲大。吉之爲縣者八，吉水爲大。都鄙之衺，室廬之夥，名數之籍，粟米藟絲之征，視七邑兼之矣。其宰必秩高，必才裕，不然不惟上之人不以畀，其人亦不敢自畀也。而新書之制，其高弟不爲御史爲六院，其不輕而重昭昭也。邑之大，選之艱，用之峻，而士大夫顧曰：「毋爲吉水，吉水不可爲。」其信然耶？清江某人，江西彦士也。文行之懿，名實之孚，卓如也。謁吏部得吉水，或惎之曰：「毋庸往。」某人笑不答。既佩印綬，欣然曰：「上至於吾夫子，亦屑於爲邑。邑不足行道，於何行道？」則勤己以佚民，癯己以腴民。朝之食，午乃暇；夕之寐，丙乃即。簡爰書，緩箠令。屬年不登，惻怛勸分。大家悦隨，若己之飢；細民如歸，忘歲之儉。邑之地庳，且瀕大江，三日之霖，民憂爲魚。辛丑五月，雨下如澍，晝夜無止。某人齋以默禱，是夕小霽，民異其誠。邑之士名能文辭如陳杲卿者，如徐徹者，如王子俊者，皆作爲詩章以詠歌之。既朞年，政洽民懌，某人亦安其官。縣署之西偏有堂曰「五柳」，易之曰「近民」，以自勗其志，移書謁予記其説。予喟然曰：「君之志則善矣，君之計其不左乎哉？今之爲邑有聲者，棘則集事，而君則否，一左也；健則稱能，而君則否，二左也；嬴則速化，而君則否，三左也。雖然，無以左乎彼，無以善乎此也。」年月日，某記。

沙溪六一先生祠堂記

予門人永豐羅椿移書抵予曰：「吾邑之沙溪，六一先生之故鄉也，有先生祠堂舊矣。其左老子之宫曰『西陽』者也，其前崇公之墓也。屋圮于老，里之士陳懋簡徹而新之。其經爲尺六十，緯稱之，爲楹三十有六。監丞周公必正爲大書六字以揭之，而未有記之者，願介椿以請謁焉。」某曰：「是不記不可也。」蓋自韓退之没，斯文絶而不續，至先生復作而興之。天下之於先生，不此之知者否也。若夫自唐末五代以來，爲臣者皆以容悦而事君。能以容悦而事君，豈不能以容悦而事讎乎？忠言直節，舉明主於五三，以丕變容悦之俗，至於慶曆、元祐之隆，近古未有，天下國家，至今賴之，亦有知夫作而興之者先生乎？自古是非予奪，雖聖賢不能齊也。及其齊也，雖聖賢不能易。如三百年之唐，而所師尊者惟退之一人；本朝二百年矣，而所師尊者惟先生一人，何其齊哉！舉一世而皆然，或者以一夫而不然。然者衆，不然者寡，未害其爲齊也。後此百千年，其皆如今日乎？未可知也。至於然者衆而不然者寡，則可知也，先生可以無憂。大抵賢人君子没而見祠者，或生而不遇者也。先生其道行於時，其學行於天下後世，雖不祠之，天下獨不知有先生乎？生而無不遇，没而見祠，此賢人君子之盛也，獨先生之幸也乎？古者鄉先生没則祭於社，非尊夫鄉先生也，尊鄉先生所以儀後之人也。若先生者，天下後世之師也，豈寧惟廬陵之鄉先生乎？天下師之，而廬陵不祠之，可乎？今吾州自郡庠鄉校皆有先生祠堂矣，沙溪實先生所居之里，而不祠之，可乎？予見今世之士，其有所舉廢也，或者有爲爲之也。自眉山之蘇、豫章之黄相繼淪謝，先生之徒黨皆無在者，而陳生楙簡奮然新斯堂而尸祝之，其誰爲也？生而有爲，其不以此而易彼乎？年月日，具位楊某記。

誠齋集卷第七十三

廬陵楊万里廷秀

記

樞密院官屬題名記

中書、樞密曰二府，國朝之制也，亦因也。樞密之屬曰都承旨、副都承旨，曰檢詳，曰編修。在祖宗時，都承旨則曾孝寬、韓縝，檢詳則王存、劉奉世，編修則顧臨、錢長卿，皆其選也。中興損益，至今日都承旨、檢詳各一員，編修二員。蓋六十年矣，而壁記未立。今都承旨李公昌圖乃克爲之，屬某記焉。士之言曰：「樞屬與宰屬異，劇與暇也。」暇者，無事乎爾也，樞屬無事乎爾耶？無是事，無是官；有是官，斯有是事矣。有是事，則必事其事；事其事，則不暇矣。曰暇者，無乃不事其事而强諉曰無事乎？事其事矣，樞屬之職足乎未也？等而上之，曰使，曰副，曰知院，曰同知，曰簽書，曰同簽書，其號殊，其建不並，其爲長貳均也。建其長，又建其貳，又建其屬者何？上之遺，下之裨也。下無以裨其上，而曰「吾惟事其事足也」，可乎？古者工以藝諫，蚔鼃以士師諫。工與士師，非諫職也。然事君之誼，有非職者乎無也？而爲樞屬，顧曰：「吾暇無事也。」否則曰：「吾事其事足矣。」否則曰：「吾裨其上足矣。」至於事君之誼，則曰：「思不出位。」又曰：「不如守官，外乎此，非吾職也。」然則古之工與士師過矣。豈惟工與士師，孟子曰：「立乎人之本朝而道不行，耻也。」然則孟子亦過矣，其然乎不然？吾徒獨得而不思其職也？淳熙十三年五月三日，廬陵楊某記。

劉氏旌表門閭記

朝請郎、直秘閣、權知吉州軍州事臣潰言，伏奉淳熙二年十二月戊寅朔甲午肆赦制書，其一條曰：「有孝行節義著鄉間者，令長吏以聞，當議旌録。」今安福縣以狀白，稱奉議郎、知袁州分宜縣謝諤及貢士李燧等一千三百五十三人合辭言曰：「伏見貢士劉承弼，孝友天至，文行粹美，事親以至孝聞。居母喪，哀毁柴立。父病既死，承弼籲天賈絶，願以身代。父蹶然而蘇，又三十年乃終，里人異焉。叔父廷圭、廷直，繼策第太常，奉不自給，承弼每絶甘分少以助之。同産弟永弼，既爲叔父廷圭後，承弼復分以己田。承弼受業于雩都知縣劉安世，既没，率同學制師服。安福縣令王棣、丞劉彀死官下，卧在地，承弼爲棺斂。丞尤窮空，至鬻幼女。承弼聞之，即庚其直，鞠于家。及嫁，後己女，先丞女。故相劉沆遠孫有女，貧不能歸，承弼亦任之。嘗屬年饑，道殣相望，公私赤立。承弼曰：『勸分實難，請從我始。』率子弟倒廩振之，不受一錢。富者子於是翕然化之，無復遏糴，活者何數。承弼所學殫洽，江之西，湖之南，士子輳集，執經問學，户外屨滿，瓌才雋士，小大有就。承弼爲文，有古作者風。直寶文閣王佐知吉州，喜士，承弼摯詩文謁之。佐遣騎招之，則去已遠矣。佐太息曰：『劉承弼不惟能文，亦復自重，真此邦第一人。』宣教郎劉清之，嘗薦江西名士數人於轉運判官劉焞，以承弼爲首。承弼應里選，嘗再舉於禮部，報聞。其人孝行節義，宜在旌録，誠如制書，謹昧死以聞。」事下禮部，禮部尚書臣雄、權侍郎臣熹、員外郎臣端臣言：「劉承弼宜旌表門閭。」制曰：「可。」仍令長吏致禮。三年九月乙巳下尚書省，尚書省下禮部，禮部下吉州，州下安福縣，於所居之前立綽楔門，夾之以臺。臺高十有二尺，飾以丹堊，蓺以嘉木云。淳熙十三年九月戊午，楊某記。

范公亭記

廣德決曹掾官寺之脽，子城之椒，負東迤南，有亭而小，若黝若黮，若蒼若皙，若翼斯擊，若味斯革，若袨服巍弁之飭者，范公亭也。公之逸事，孫莘老詩之，汪彦章書之。公有遺墨，張君杅戒仲刻之。趙君亮夫懋德咭亭之圮，作而新之。圖與書來，徵予記之。當公伏閤，以死争天下大事，雷霆萬鈞，不栗不折，視大吏能回天却日者蔑如也。則爲獄掾時，抱爰書觝二千石，其小大難易何如哉？士之言曰：「我將立朝，州縣不足發也。」立朝矣，又曰：「我將俟其大者。」遇大事矣，又曰：「業已然。」或曰：「如不聽何？」然則公之所易，士之所難，而况公之所難乎？予見今之仕者，一尉而歸，則後車若干乘，行者立道旁，不敢仰視。公止一馬，又鬻之，步而歸，幾何不爲今之仕者之笑之也。懋德乃能仰公之高風，訪公之遺跡，新此亭以自見其尊賢之心，韙矣。抑嘗陰求幕下士，有能與懋德争是非如公者否。公固不可復得，使公可得，抑嘗自視能不爲當時之太守盛怒公者否。亭之作否，損益云乎哉？年月日，廬陵楊某記。

通州重修學記❶

通川故有學，今太守監丞周公碩來作藩，既拜先聖，周視厦屋，雨風空穿，宗桷蕞殘。退而深念，將欲作新，亡所取訾，忽寤曰：「四鄰束脩之問，辭之則禮缺，受之則義缺，流貤之於横舍，其可。」迺斷迺度，迺陶迺斲，乃塈迺雘。有殿有堂，有齋有廊，有門有墻。有百其楹，有薙其唐。於是舍采孔時，齋宿孔修。子佩林如，誦弦鏘如。有茁斯童，有野斯塾。旁招幽討，靡不翔集。邦之士民，靡不闓懌。公移書於予曰：「子盍記之？」予復之曰：「爲我謝通川之士。公之厚士亦劬矣，士何以報公？予聞學者内而不外，古也；外而不内，古乎？故自齊家而出至於平天下，自脩身而入至於格物，出者止於三而入者極於五，内外之詳略何如哉？今有璞玉於此，弗瑑焉彫焉，則大不作圭，小不作佩，故身不可以不修也。瑑且彫矣，而脉理之不端，瑕纇之不瑩，則玉人者力倍而器無就，故修身在正心。理端矣，纇瑩矣，良工視之曰：『嘻！碈也。』則襮肖而裹不核，故正心在誠意。幸而玉也，非碈也，而主人懵焉莫之識，則亦或毁于埴，或捐諸溝而已，故誠意在致知。又幸而主人有賓而能識矣，問其所以寶，或能言其粗，莫能言其精，則亦淺之爲知矣，故致知在格物。君子之學蓋如此。何謂物？其綱有三，其端有四，其典有五。是物也，天生烝民之則者，非歟？究而至之，是之謂格。學者能用力乎此，則自士而進於賢，自賢而跂於聖，潛乎身，溥乎天下國家，夫獨待於外乎

❶「州」，正文作「川」，未知孰是。

哉？士之報公不在此，其將焉在？」年月日，具位某記。

浩齋記

某所親安福劉彥與以書來，曰：「先君子得伊洛之學於文定胡先生，以『浩』名齋，宦游北南，清貧没齒，竟未克就齋房之一椽。其不肖孤得中，追惟先志，大懼霣墜，以貽前人羞，懸鶉捽茹，銖積取餘，以作新此齋。子，吾先君子故人也，願記其成，以假其孤光。先君子尚有知，其不銜於九京矣。」某得書，攝衣正冠，端拜言曰：「某自少懵學，先奉直令求師於安福，拜清純先生劉公爲師，而盧溪王先生及浩齋先生俱以國士知我，浩齋又館我。每出而問業於清純，入而聽誨於浩齋。浩齋一日問曰：『子見河南夫子書乎？』曰：『未也。』退而求觀之，則驚喜頓足，歎曰：『《六經》、《語》、《孟》之後，乃有此書乎！』某今也年六十有三矣，師友零落殆盡，道不加修，德不加進，不但四十五十無聞而已。然不虛此生者，猶以粗有聞於浩齋也。彥與能承先志作此齋，先生於是爲有後矣，是可不記？」或曰：「先生之『浩』，蓋將天地之塞，今齋房乃爾隘耶？」某曰：「此已廣矣。昔者先生名齋而未屋也，有問之以齋焉在者，先生曰：『吾齋天地間，無所不在。』因指其書篋曰：『即吾齋也。』此已廣矣。」先生諱廷直，字諤卿，登紹興乙丑進士第，終官左宣教郎、知臨江軍新喻縣，以奉議郎致其仕。淳熙己酉閏月十二日，門人朝散大夫、直秘閣、知筠州軍州事楊某記。

高安縣縣學記

筠之負郭，邑曰高安，故無學舍。雖有，附於州學之西廡一小齋房號焉而已矣。今宰陳君公璟作而新之，經始於昔歲七月八日，落成於今年正月既望。爰揭扁牓，學子咸集，且樂且詠。有歎于列者曰：「塗巷尚陋。」或曰：「棟宇尚庳。」或曰：「廩給尚窶。」予解之曰：「二三子學在居處乎？果在是，茲塗之陋，不陋於顏之巷；茲宇之庳，不庳於憲之室；茲廩之窶，不窶於陳蔡之羹。彼聖賢者居之何如哉？不然，闢以九軌，廓以千區，餌以萬鍾，於二三子之學將益乎否也？使二三子開一卷之書於竹牖之下，舉目而見堯舜孔顏，屬耳而聞金聲玉振，潛心而得性與天道，家焉而親其親，官焉而民其民，國焉而君其君，塞則淑諸身，亨則淑諸世，於環堵乎取之不既充然矣乎？雖微學舍，可不可也？」學職吳從周、崔仁本、孫大成謁予記之，爲書其説。淳熙十六年閏月二十四日，廬陵楊某記，梁溪尤袤書，清江謝諤隸。

建昌軍麻姑山藏書山房記

余同年何同叔謂余曰：「異里中有名山曰麻姑者，山水之勝，甲大江之西，距建昌郡城十里所。山自趾距椒稱是，道旁古松合抱，皆二百年物。瀑泉雙流，若自天而下。有老子之宫曰「仙都」者，枕山而居，隨山之高下爲屋。或云蔡經之舊宅，與王遠、麻姑邂逅之地；或云仙者葛洪鍊丹之所，其井故在。而顏魯公《記》但云『山頂有壇，相傳麻姑於此得道』，則前之二説然乎否乎，未可知也。異淳熙丁未之春偶至山中，爲留一月。一日，藤杖芒屨，乘興孤往，至宫之西財數武間，見松竹羅植，相得爲林，前對五峰，下臨一水，欣然會心，因喟曰：『此地獨無喜事者結屋數椽，上建小閣，用廬山李氏藏書故事作一山房，使來遊者登閣覽勝，把卷倚欄，顧不樂哉？』自是此意往來于懷，雖去山，未嘗去山也。後一年，客裏逢今邦侯江君，相語及之。江曰：『當不忘此。』其冬抵官下。後一年，郡事畢葺，蠹者飭，廢者舉。後一年，迺諏其地，踐曩之言，立屋六楹，後贅一室，前作重霤，迺閣其上，月扉風欞，縹渺飛動，若出天半。迺斲文木，迺架迺櫝，經史百氏，訪之旁郡，是皮是牣。道士李惟賓、鄧本受相與勠力，春孟作之，季而落之，談者以爲山中盛事。子盍爲余書之，俾來游者知賢太守之文雅、二道士之勞勩。」余曰：「諾。」爲書其語。江君名自任，三衢人，恬退有守，節用愛人，不飾厨傳，不事要結，而獨於此不計費。同叔方策第，時年最少，出拜同年生，一坐皆屬之目。余與之合而離、離而合三十七年矣，今乃爲國子主簿。蓋其孤懷勝韻與山林作緣也厚，故身退而詩彌進，位下而人彌高，觀山房之舉可以得其概矣。紹熙初元九月望，具位楊某記。

郴州仙居轉般倉記

嶺隩惟郴，厥土沙礫。厥田磽瘠，厥氓窶嗇。氛厲濁蒸，旱暵重仍。黔首艱食，材官匱餌。印哺於衡，堇堇靡贏。蓋其川流，自衡而上。厥水益淺，厥瀨益險。厥土益矗，厥瀧六六。沿若激矢，泝若躡蹬。米舟重遲，暫進寸步，忽退里所。舟至鯉園，膠而不前。州家於焉，廩於兹岸。徒旅請粟，自此入郛。復道山蹊，犖确齧足。棘茨留行，泥呻檐唏。過信乃達，人勩費倍。險踰於磧，估踰於糴。猗歟今侯，都公曹公。至無幾何，旁諏博茹。郭外十里，亭曰仙居。瀕江之麋，一葦可杭。迺諗州隸，我來自東。書笈囊衣，不賃不庸。吾以私人，挈攜以從。官僦之布，封識如故。盍以召匠，三十維艓，維庾七楹。迺廡其前，爰受來粟。迺墉其環，爰妥斯屋。隸奉周旋，于陸于川。季春是經，季夏斯成。罔朘于官，罔痡于氓。師飫且逸，歌舞侯德。郴山之石，迺礳迺刻，尚俾來者是式。公字宗臣，曰冠其名。誰其書之，維同年生。紹熙初元九月既望，具位楊某記。

新喻縣新作秀江橋記

「秀江橋」三大字，煥學尚書謝公謌書也。橋作於何時？屬役於淳熙丁未之冬，僝功於己酉之秋也。作之者誰？縣尹李君景和、邑士丁君南隱、承奉郎謝君峴也。秀江故無橋，舟子專波濤以爲利，過者病之。茲役之興也，是歲江西大侵，甿菜其色。提舉常平使者陸公洸以聞，詔行振貸。公奉詔錯事，下二尺木書，諗郡若邑，旁招鄉里修潔之士志於甿而肯力於公上者董之。於是臨江軍新喻縣之士民合辭以告于縣尹曰丁君某可，於是縣尹具書禮及門三請。君既至，與縣尹言於常平使者曰：「飢民不加少，而廩粟不加多，將奚以賙？官有不賙之賙，則甿受不惠之惠，謂宜如范文正公興役於饑歲，可乎？」使者曰：「諾。」縣尹及君及謝君，屬耆老而告之王正等六百人，皆曰：「諾。」於是僦甿爲工，造舟爲梁，遐邇奔輳。運木挽土，日千其人。刳刳舴艋，二十有奇。于銕于石，載維載堤。橋成，泝而望者，若鳧鷗之泛清波而將翔也；履而過者，若烏鵲之梁天漢而不没也。於是甿之榪者果，瘠者澤，流者止，而往來之濟者視淵爲陵，視冰爲炭，視驚濤爲坦塗。縣人録其役，謁余記之。余曰：「是可書也。」今夫見冬涉者其心惻，見春溺者其顙泚。然舟子專濟人之役而心不動焉，或利之也；有司居濟人之位而政不及焉，或牽之也；士君子旁觀動心而力不至焉，或不位焉者也。今陸公庸李君，李君位焉而莫之牽；李君庸丁君、謝君，丁君、謝君不位焉而莫之辭；丁君、謝君庸氓，氓利焉而莫之怨。夫惟氓利而舟子始不利，夫惟舟子不利而邦氓始大利。❶然邦氓之利，大之難乎？抑久之難乎？大而不久，邦氓之利其不復爲舟子之利乎？未可知也，後之人尚毋忽。紹熙初元十月九日，具位楊某記。

真州重建壯觀亭記

儀真游觀登臨之勝處有二，發運司之東園、北山之壯觀亭是也。亭在城之北三里所，曰城子山。其山截然平陳，望之若横洲，若長城，若偃月。岡阜靡迤二十餘里，迺迎大江之怒濤，而東送之以入海，北走天長，蓋承平時兩京故道也。亭之東有魏帝臺，相傳魏武嘗自將十萬師臨江，久不敢渡，遂築宫於瓜步山而去。亭立北山之椒，居高視下，江淮表裏皆在目中。自城中以望亭中，如見高人勝士登山臨水而送歸人也，如仰中天之臺縹渺於煙雲之外也。自亭中以望江南之群山，如砦黄緑耳競奔争馳而不可縶也，如安期羨門御風騎氣隔水相招而不得親也。米元章嘗官發運司，迨暇則裴回其上，爲之賦，且大書其扁。至建炎庚戌，

❶「大」，原作「不」，今據文義改。

火于索虜。再葺，至紹興辛巳，又火于索虜。雨簾雲棟，剪爲荒煙野草垂三十年，淮人過者，罔不慨歎。今太守左侯昌時作藩之數月，因艮齋先生謝公過逢，相與談斯亭，訪遺址，披榛而上，巋然獨存。迺誅草茅，迺屬工徒，爲屋三楹，爲垣百堵，前敞以軒，後邃以檻。肇自淳熙十六年之八月，迄來年之正月乃成。華不及汏，庳不及陋，無費於官，無厲於民。又種萬松以繚其西北，又蓺桃李梅杏楊柳千本以牣其南谷。儀真之士民登而樂之，相與謁余記之，且曰：「吾侯秩滿，將歸天朝，留之不可。惟侯奉法循理，節用愛人，至於偫府庾，繕溝壘，訓兵戎，虞疆埸，夙夜畢力，以整以暇。江海盜斂，悉縛致麾下，姦慝跡熄，不敢竊發。年穀荐登，倍蓰它境，因治之餘，復此壯觀。州人耄倪，再見承平氣象，俾過之者得以揖江南之形勝而起騷人之思，北望神州而動擊楫枕戈之想，則斯亭豈特游觀登臨之勝而已哉！願爲特書，惠我淮土，以詔于無止。」余曰：「諾哉！」紹熙二年四月六日，具位楊某記。

吉州新建六一堂記

廬陵地廣而民衆，以故其事亦煩。其多士爲江右甲，朝廷視邦選侯，其重視姑蘇、霅川諸郡云。紹熙元年春，皇咨于相廬陵調守孰可，於是莆陽方侯崧卿以侍從之臣薦聞，首當其擇。既抵官下之若干月，教條既洽，歲事既登，士民既孚。迨暇，因與賓贊商略曰：「是邦，六一先生故鄉也，而郡治寂無紀焉，❶非闕歟？」

❶ 「治」，原殘闕，今據四部叢刊本補。

捐布三十萬，召匠視成，官無所預。誅茅於郡圃之東，三瑞堂之左，爲堂七楹，踰月而落之，名以「六一」。丞相益公聞而贊之曰：「甚善，名堂。雖欲易，焉得而易。」於是旁搜先生之遺墨，伐石刻之，爲屋居之。又令永豐尉曹及士子陳其姓者葺先生之先阡，以存是邦之故事，以回先生之緒風，以答士民之長思。移書於某曰：「子非先生之鄉人乎？於先生獨無情哉？記斯堂，子獨得辭其責哉？」某以書賀侯曰：「六一堂昔在潁，今在廬陵，是非先生之志也乎？然在潁之華屋，今爲荒煙野草；在廬陵之荒煙野草，今爲華屋。物之廢興，天乎？亦人乎？先生之賢，天下敬之，而其鄉里不敬之，可乎？不可也。當時敬之而後世不敬之，可乎？不可也。然則鄉里之敬先生，後世之敬先生，人也，非天也。蓋人者，可必者也。然問六一之堂其在永豐乎？曰否。不在永豐，其在郡治乎？曰否。然則敬先生者，鄉里反薄而後世反短歟？人又不可必也。先生之沒距今百有餘歲矣，堂之在潁者化爲荒煙野草矣，而斯堂自潁而歸廬陵，何其神也。非人也，天也。雖然，使吾邦不逢今侯，斯堂其能歸乎？然則天也，亦人也。既以爲侯賀，又以爲先生賀。」紹熙二年五月二十六日，具位楊某記。

誠齋集卷第七十四

廬陵楊万里廷秀

記

建康府新建貢院記

金陵，六朝之故國也。有孫仲謀、宋武文之遺烈，故其俗毅且英；有王茂洪、謝安石之餘風，故其士清以邁；有鍾山、石城之形勝，故其地爲古今之雄盛；有長江、秦淮之天險，故其勢扼南北之要衝。地大才傑，而官府事物獨庳且隘，顧可謂稱？矧是澤宫，古以擇士，公卿大夫是之自出，而爲屋才百其楹，歲陁月隤，至者千人，項背駢絫，至緯葭爲廬，架以蒼筤，雨風驟至，傴僂蔽遮，菫全文卷。紹熙二年春，三衢余公自刑部尚書除焕章閣學士，寔來居守。幕府肇啓，一新百爲。劬躬疚懷，于夙于夜。仁聲義實，允洽町庶。文令武競，兵戎載肅。靡政不葺，靡敝不革。孚于九郡，水順雪釋。一日，庠序諸生秦晉等若干人充庭，果以爲請。公即命駕率屬，往而相攸，則見藩拔級夷，棟折榱傾，廩廩將壓。顧謂治中廖君俁曰：「斯邦斯士而延以斯廬，不湫隘否？不簡陋否？其宜稱否？」迺徹厥舊，迺圖斯新。意匠是斷，畫堵是度。棟宇崇崇，柱桷奕奕。率眡舊貫，益四之一。考官有舍，揖士有堂。爰廊四廡，爰拱二掖。可案可几，可研可席。堂之北堧，中闑以南。前後仞墻，内外有閑。自闑之表，緘封之司。寫書之官，是正之員。左次右局，不殽不併。會爲門關，啓閉維時。職誰何者，於此攸宅。凡二百一十有二楹，自堂徂庭，自庭徂門，自門徂奇，皆甓其地。士之集者，霽則不埃，霖則不淖。經始于是歲冬十一月八日，明年春二月二十三日落之。公屬予記其役，予諗于諸生曰：「公之於諸君不薄矣。今兹歲當大比，諸君來試於斯，盍亦斞長江以爲泓，操三山以爲觚，以寫胸中王謝康濟之長策，以答鍾山草堂之英靈？毋橈毋詇，毋諼毋幠，以毋負余公延佇之至意。」公名端禮，字處恭。具位廬陵楊某記并書。

泉石膏肓記

紹熙壬子九月十六日，予以廢疾至自金陵，深念平生無它好，獨好泉石，而故居乃土山，安所得石。忽鄉友王信臣及其猶子子林艘永新怪石以遺予。予喜甚，曰：「子犯所謂天賜者。」亟召匠飣餖爲假山。友人王才臣見之，譙予曰：「先生居真山，而又爲假山，將誰紿？」予笑曰：「予敢紿人，聊自紿耳。」才臣曰：「有石而無泉，非缺歟？」予偶思去假山三十步而近，舊有一泉而堙，即命浚焉。泉冽以猛，因接筒引之。又於假山之前十步之間甓一小方池，深尺，廣五之，泥與泉其深各半，植以芙蕖，雜以藻荇。每疏泉自筒入地中，伏之假山之趾，仰而出於石罅。閉而激之，則爲機泉。噴珠躍玉，飛空而上，若白金繩焉，與假山相高。開而達之，則爲流水。其將至也，若哽若咽，若嗔若叱，然後滃然而上，泱泱而流，流而入於池。其流有文，其入有聲，頃刻之間，通塞萬變，觀者四顧，莫測所來。予因生致小魚善游而喜浮者畜之池，二十許尾，先十後十，每浮而出也，後者不先夫先者，若徐行後長者之爲者，余固異之。其始畏人不浮，人至則隱於荷盤荇帶之下，去則顯。其後漸與人習，圉圉洋洋，若與人爲翫。既而復隱，若耻以身供人之翫者，予益異之。予間以食食之，每食至必出，久之若疑夫食之餌己者，復不出，予益異之。因命其泉石之上小軒曰「泉石膏肓」。或曰：「膏肓之疾，醫緩云不可爲，後世乃有法可艾也。」予曰：「膏肓有法可艾也，泉石膏肓無法可艾也。有法可艾，予亦不艾也。」一笑而書之。明年重午，玉隆病叟楊万里記。

不欺堂記

吾友安福彭湛少初，重趼觸熱走百有二十里，訪予於南溪之上，跽而請曰：「湛同里人士曰槎江朱生知微德全者，嘗於先人乎從學。湛與之同研席，繙書策，於今二十年不啻矣。德全之爲人，湛能言之。申旦而起，丙夜而不寐，其志未小也。蓋將味詩書之芳潤，而不知芻豢之悦口；泳仁義之洪瀾，而不知江海之沃日；獵道德之具囿，而不知雲夢之獲禽，其志未小也。嘗服膺齋心乎范文正公不欺之言，乃取以名其堂，敬介湛乞先生一言以範之。上何巍而不陟，下何濬而不瞔，願紬以爲後學惠，不寧唯朱生之福，抑湛也實與被焉。昭昭之不揭，昏昏之不發，先生其忍以否？」對曰：「是學也，吾也嘗從事於斯矣。始乎謹獨，終乎至誠。謹獨不盡乎人，則至誠不至乎天。自八聖兩賢，其畀也有器，其承也有系，不此乎在，其將焉在？舍是吾不知所以告矣。豈唯吾不知所以告，八聖兩賢亦不知所以告。」年月日，誠齋野客楊万里記。

山月亭記

予昨日偶出山間入州府，友人王信臣迓予於中路，約予過其家，觀所謂山月亭者。日已旰，未遑也。詰朝夙興，出永豐門，西走九曲謁親舊，皆寂寂門未啓，則反而南謁信臣，門啓矣。予入，坐賓堦。有頃，信臣攬衣猝猝而出。是時風雨昏昏，濘淖没膝，予語信臣曰：「今日遂有遺恨。鄉也山月寧不遠五十里見我於圖畫之中，今也尺有咫，乃隔我於風雨之外。」信臣曰：「先生毋恨。」則前行導予，徑其家，繞出屋後，折而左，度脩廡，陟穹巘，有亭若在天半掀然孤巉者，山月也。予且喜且喟曰：「尚有遺恨。已識王仲祖，未見杜弘治，所謂雲端臺者焉在？」信臣指前簷三十許武石欄崛起、堦齒層出者曰：「此是已。」雨小霽，欣然登焉，直下百尺，壁立如削，闤闠數十萬家，如在井底，下視膽掉，❶遐矚神曠，乃知此亭面勢，宅一城高絶之地，無所與二。其前峭秀而邃蔚者，青原也；其左突出而翼截者，東山也；其右首下而尻高者，❷拜相山也；其下横厲而皎空者，白鷺江水也。周覽未既，驚風欻起，林木叫呼，大波怒跳，翻倒城市，前山皆動，諸峰相角，清寒入骨，不可復立，亟歸亭上。予益喜且喟曰：「尚有遺恨，今夕無月。」紹熙四年十月晦，誠齋野客楊万里記。

---

❶「掉」，原作「倬」，柳宗元《問答·晉問》：「觀者膽掉。」本書卷七五《廖氏龍潭書院記》：「俯者膽掉。」今據改。

❷「尻」，原作「尻」，今據文義改。

李氏重修遺經閣記

遺經閣者，潭之瀏陽李氏庋書之地也。重修者，李君之傳也。閣之址，故在縣之南，之傳所居之西偏。成於隆興甲申者，之傳乃祖致仕君彦從暨乃父德廣也。初取鄒魯之諺以名之，復爲文以記之者，蜀人施君淵然少才也。既扁之以三大字，復與侍講南軒先生張公數十人賦詩以華其紀者，今待制侍講晦庵先生朱公也。歷年一終，再厄鬱攸，致政君喟曰：「災之攸興，不以其近市故耶？」淳熙丁未，一日迨暇，携賓親若子孫，步自縣南而北，至半里所，得其地於太湖山之旁，幽邃演迤。改築有日矣，而父子相繼以逝。

之傳既長，刻意嗜學，慨祖父之齎志未攄，則又喟曰：「是閣不建，之傳不名爲人子、爲人孫矣。」則惡衣絶甘，圭積黍累，匪閣弗思，匪閣弗咨，匪閣弗爲。紹熙癸丑，始克落之。厥址正方，厥廬高涼。自地視閣，巋在天半。自閣視地，濬在谷底。湖鼎三峰，吾山、相臺，排霄争高，摩肩並馳，後先低昂，互爲崛奇，一邑之勝，無能出其右者。牙籤萬軸，漆書萬卷，是牣是儲，則又喟曰：「舊記及諸詩，皆命代無價手作也，新記微江西誠齋楊先生莫可。」於是不遠千里，走書介予門人安福劉儼以謁於予。予謂儼曰：「爲我寄聲李氏子孫，竹萬箇，木千章，橘千頭，田萬頃，粟帛金玉，固不禁也。世之遺子，不以是遺而以奚遺？今李君致政父子之遺爾子孫，不于其貨于其書，不既左且異乎？雖然，不有以左乎彼，不有以右乎此；不有以異乎今，不有以同乎古矣。子其爲我賀李氏子孫之遭也。不寧惟李氏子孫之遭也，亦爲我賀致政君父子之遭也。不寧惟致政君父子之遭也，亦爲我賀茲閣之遭也。」

致政君名作乂，淳熙甲辰遇東朝慶壽，恩授迪功郎致其仕。德廣名日南，之傳字夢符，蓋三世以學行有稱於州里云。紹熙甲寅閏月五日，誠齋野客廬陵楊万里記。

遠明樓記

予淳熙庚子之官五羊，道西昌，泊跨牛庵，據胡床小極，睡思昏昏也。縣尹李公垂、簿公趙昌父傳呼而來，予攝衣躡屐出迎。坐未定，二君曰：「先生欲登快閣乎？」予謝曰：「幸甚。」即聯騎疾往。是時春欲十半，憑欄送目，一望無際。緑楊拂水，桃杏夾岸。澄江漫流，不疾不徐。遠山争出，平野自獻。視山谷登臨之時，晚晴落木之景，其麗絶過之。而公程駿奔，不得久留，怱怱留兩絶句而去，至今有遺恨也。後十年予宦江東，予之倩安福劉价以書來，爲言：「西昌佳士陳誠之所居距快閣不遠，而距澄江又加不遠，然出門則江甚遠，蓋闤闠居者百餘室蔽遮其前。有擿誠之者曰：『盍樓其上？』既潰于成，呼酒與二三詩友落之。開牕卷簾，江光月色飛入几席，凄神寒骨，便覺貝闕珠宫去人不遠。因擿山谷語扁曰『遠明』，願先生記其説。」予許之，未暇也。予既退休于居，誠之挐小舟二百里，冒春雨訪予於南溪之上，投贈予四六、五七，皆清峻邁往。予讀之驚異外，問快閣亡恙乎。誠之曰：「江月如故，而落木榮、白鷗老矣。」因跽而請曰：「先生於恂有宿諾，願踐言。」予笑曰：「嘻！吾爲子懼矣。昔半山老人嘗與謝公争墅，『公去我來應屬我』之詩是也。又與段約之争埭，『割我鍾山一半青』之詩是也。今子以兹樓偪快閣，非城虎牢之策乎？山谷猶有鬼神，嘻！争端自此始矣。」紹熙甲寅四月庚戌，誠齋老人楊万里記。

吉水縣除屯田租記

予謝病免歸，逃虛幽屏。一日，吉水人士王子俊等四百餘人合辭請於予曰：「屯田之爲吉水病，三四百年於此矣。十餘年來，病之中又滋病焉。蓋自唐末五代以還，吉水之屯田，在一郡爲加多，而其租爲已重。乾道、淳熙間，郡白於朝，請官鬻之，而更爲税畮，於是租之爲斛者二千一百三十四有奇。屯田之重租則去矣，而上供之常數自若也。淳熙之十五年，天台陳君臧孫來長吾邑，未及下車，亟詣府，極論其本末。守以其説上之部使者，部使者上之地官。方是時，吉之守王公謙，賢也。張公叔椿、鄭公汝諧相繼爲部使者，亦賢也。地卿趙公彦逾、丘公崈、葉公翥，又賢也。故君之請不壅於聞，乃紹熙之二年越五月十二日，制詔執事，其悉蠲之。命下日，百里之民，如痿起行，懽聲丕同，升聞于天。願先生特書以詔罔極，以毋忘諸公之賢，以永懷聖天子之德。」予曰：「諾哉！」紹熙四年秋七月十一日，具位楊万里記。

邵州希濂堂記

余謝病免歸，僵卧空山，與世不相聞者今三年矣。故人邵陽史君潘侯燾，獨不我斁遺，千里遣騎，蹟門移書，請曰：「邵，故濂溪先生舊治也。治平四年，先生以永州治中來攝。若稽壁記，不書；爰諏故老，皆無在者。燾欲求其學道愛人之遺風以範焉而不可得，獨潘公興嗣誦其爲治『精密嚴恕』，隱然有當於吾心。迺即治之西偏，因屋之廢者闢而爲堂，命曰『希濂』，聽訟於斯，讀書於斯，退食游息於斯。晦庵先生聞之，喜曰：『精密嚴恕，四者未有合而言之者也。合而言之，尤有意味。此非近世所謂儒者之政漫漶以干譽者也，子於此當深發矣。』因爲燾大書三字，扁之堂上。惟老先生精微之意，微潘公疇能發之？微晦庵疇能領之？微先生疇宜記之？」余賀侯曰：「甚善，然亦難言也。苛似精，譎似密，刻似嚴，弛似恕，而皆非也。去其似而非者，則得其精微者矣。抑侯請大之，老先生不云乎：『聖希天，賢希聖，士希賢。』侯之希濂，希其四也，盍充其四以上達其三乎？充其四，達其三，希之大也。希其四而已矣，希之大乎哉！」余聞侯之爲邵，其政簡而悉，明而能容，惠而民畏。大丞相益公倡諸臺，以其最上聞矣。蓋其治源流有自云。紹熙甲寅九月晦，誠齋野客廬陵楊万里記。

譚氏學林堂記

茶陵譚氏，世儒其業，至今郢州郡博士始策上第者，世選其名，勤之其字也。勤之兄之子知言，年二十有四，嗜學明經，有司以秋賦之溢員選試太學，知言再在選中。嘗築一堂，叢書於間。絶甘屏葷，而以詩禮爲膏粱；捐綺牴縞，而以文史爲襟帶；去絲遠竹，而以簡編爲笙鏞。問堂名於艮齋先生謝公，公大書「學林」，以扁其楣。又問學林之説於余，則訊之曰：「此班固之語，而黄豫章摭之以諗學者也。子嘗觀於高山深林乎？嶤嶤乎其陟而彌峻也，蔚蔚乎其眺而彌廣也，窈窈乎其賾而彌邃也。子也入焉將奚取乎？根柢乎？榮華乎？」曰：「根柢哉！」余曰：「子入學林，亦若是而已矣。而其峻也，其廣也，其邃也，又有甚於此者焉。有義理之林，有文詞之林，有聖賢之林，有名爵之林。由於義理，入自聖賢，此根柢之林也。由於文詞，入自名爵，此榮華之林也。學者亦孰不曰『吾將根柢之求，而不榮華之求』哉？然咀義理者其滋淡，餐文詞者其味腴，蹈聖賢者其塗悠，趨名爵者其蹊捷。子能不誘於腴，不厭於淡，不勤於捷，不憚於悠，則假道義理之林有日矣。不然，腴與淡戰於口，悠與捷戰於心，吾懼榮華之勝而根柢之負也，文詞之訹而義理之荒也，名爵之嚮而聖賢之偭也。嚮聖賢而偭名爵，苟不止其嚮，必至乎爾也。嚮名爵而偭聖賢，雖不止其嚮，亦必至乎否也。子將欲入其林，願聞其嚮。」知言字養正。紹熙五年十二月日，具位楊万里記。

友善齋記

太學之士有東吳張堯臣以道者，精於文，工於詩。其爲人賢而静，介而能穆。予初識之於友人張功父坐間，未之異也。一日，以道訪予，談學問，講詩文，雷出而水湧，且請予賦寒緑軒之詩。予怪而問之曰：「『偕寒互緑』，此天隨子《杞菊賦》語也。子也方與四方九州之英傑戰得失於賢科之中，於寒緑奚取焉？」以道曰：「先生之所謂奚取，乃堯臣之所以深取也。」予始驚而異之，因爲賦之。予既謝病，退休于居，自念平生若許子紛紛然與百工交易者自此遠矣。後一年，功父不遠二千里，走一个遺予書，以道亦因之遺予書。予發書笑曰：「野人無以供人之求，以道亦豈有求者乎？」而其書詞乃曰：「堯臣嘗愛孟氏之書曰：『一鄉之善士，斯友一鄉之善士。一國之善士，斯友一國之善士。天下之善士，斯友天下之善士。以友天下之善士爲未足，又尚論古之人。』堯臣有一齋房，名以『友善』，願先生記其説，以迪其衷，以就其學。」予曰：「善，一也。今子欲友善，則猶二之也。蓋有有其善者，有友其善者。有其善者，彼之所謂善士者也。友其善者，子之所欲友彼之善士者也。子謂有其善者善乎？友其善者善乎？今夫東鄰有千金之璧，我將假而觀之，其得觀與否未可必也，可必也璧猶彼之璧也，而况不可必乎？子盍以彼之璧爲子之璧，則夫所謂善士者，友之可也，不友之亦可也。是則友善之善者也，是孟子之所望於子者也。」年月日，廬陵楊万里記。

福榮堂記

紹熙五年，隆慈備福皇太后聖壽八十，迺春王三朝，皇帝鳴和鑾，備法駕，曶爽夙興，星陳天行，朝于慈福宫，奉觴上千萬歲壽。是日，壽皇拜前，皇帝拜後，嘉王又拜後，四世重慶，三宫驩浹，怡怡愉愉如也。縟禮告竣，慈顔有喜。皇帝若曰：「有昊博臨，克篤宋祜，佑我王母，受兹介福，施及家邦，予一人敢專饗之？其錫類介賚，以及人老。惟臣若士若民，父母高年者，賜爵有差。」於是太學生員、吉州太和縣進士臣胡箋父臣諮封迪功郎致仕，母歐陽氏孺人。贊書寵嘉，命服淵曜，邑里交賀，族親相艷，乃扁其中堂，命曰「福榮」，以侈君賜，蓋取諸贊書語也。維吉之胡，其先肇自五季，避地寔來，其别有三：若資政殿學士忠簡公，是爲值夏之胡，其祖伯也；若諱衍，策慶曆六年第、仕至朝奉大夫者，是爲太和南城之胡，其祖仲也；若箋之父子，是爲黄漕之胡，其祖季也。伏而未騫，汨而未昭，其昭其騫，不在箋乎？惟諮里居有賢稱，嗜義若渴，教子若琢切。而箋也允迪其教，用勱其業，將以樹其家而亢其宗，與九州四海之豪英角其能於上庠，而屢書于月成焉。緊皇上錫類之恩，配于丕天，曷云報稱？將欲報稱，不在移所以孝於親者以忠於君乎？君家資政忠簡，大忠高節，動天地、貫日月也。師之則是，學之則至，其勿曰吾家子雲而外求焉則幾矣。豈惟報其君，亦惟報其親。三月既望，具位楊万里記。

誠齋集卷第七十五

廬陵楊万里廷秀

記

五美堂記

安城歐陽巨卿，無它嗜好，顧獨以爲善最樂。擇地而趨，擇仁而里，見一善思與之齊，聞一善喜而不寐。有二子，長曰成務，次曰成文，皆幼而警敏，長而俊茂。旁招儒先，授以經學，勸以文行。深念父子責善則不可，不迪以善大不可。一日，掃溉其所居之堂之前，家人子莫測其何爲，則手種雙桂于其地。二子相顧唶曰：「昔晉人自喻以桂林一枝，今家君兩之，其指不欲才我伯霜仲雪與晉人争長而競秀耶？」艮齋先生謝公聞而嘉之，爲記其事，且舉似王氏種槐之意，以攡張其説，以假歐陽氏光，以策礪二子考德請業，以顯揚乃父巨卿壽後詒址之遠謀。予得艮齋之文讀之，因署其紙尾曰：「王之槐，歐之桂，巨卿之積善，二子之繼善，艮齋之樂善，一記而具五美。」成務兄弟欣然相賀曰：「右偏一堂未名，今扁以『五美』其可。」則復介予門人劉儼來請曰：「成務與弟成文蒙被先人彝訓，夙夜緊遺憧是懼。先生不以兄弟爲不可教，教以五美。先人不尚有知也，不寧惟兄弟受其福，先人實並受焉。願更乞言，以終其惠。」予答之曰：「五美之説，昔者嘗聞之子產，復聞之仲尼。子產之五美，諸侯會盟事也，非學者事也。學者之事，可不尊仲尼之五美乎？能尊仲尼之五美，斯兼予之五美矣。」儼曰：「先生之惠歐陽氏，不既大矣乎？問一五聞三五，聞三五得一五。」成務字幾先，成文字昭先。幾先嘗以文字與計偕；昭先，郡嘗舉堪應童子科，其學皆進而未止者也。紹熙五年十月日，誠齋野客楊万里記。

邵州重復舊學記

庠於黨，序於遂，至一家猶有塾，所從來古矣。邵，諸侯國也，繄學獨無。慶曆間，天子有詔，乃克有造，自某侯始也。然草創之初，相宅不諦，誕寘囂湫，獄左庾右。用遷于公門之外，南東其地，乃惟亢爽，自濂溪先生周侯始也。後百餘年，興壞靡常。陰陽者流實汩陳之，易置他所。既易而復，自胡侯華公始也。地則復矣，而庋閣塞門，峻級塞塗，非其舊也。磈峻而夷，徹蔽而通，繩迂而直。大成之殿，御書之閣，講席之堂，或造或因。棨門直廬，從祀之廡，肄業之齋，庖湢垣墉，皆一新之。於是盡復濂溪之舊，自今黃侯沃始也。經始于去年冬十有二月一日，竣事于今年春二月十日。是日，侯與治中陳君岐、郡博士留君祺，率諸生釋菜於先聖先師。退，走書來請記其役。万里復于侯曰：「侯之再復學官，以還濂溪先生之舊，將止於復其宇以還其所遷之舊地乎？將不止於斯而已乎？如其止於復其宇、還其地而已也，記之可也，不記亦可也。如不止於斯而已也，其爲万里諗邵之學者曰：『盍以其所以遷遷于善，以其所以復復其性，上也。安其遷，毋易其地；省其復，毋隳其宇，次也。儒家者流之不戒，陰陽家者流之不禁，無次也。』」是役也，規之者留君，董之者法曹掾張球，佐其費者保義郎新郴州巡轄蕭楹、進士蕭文蔚云。慶元丙辰四月四日，具位楊万里記并書。

廖氏龍潭書院記

湖之南，大家鉅室富於貲者不少也，其所少者，富於書者歟？其不富者，非以其不嗜歟？於所少之中而僅有之者，其惟攸川廖仲高、文伯兄弟歟？予聞其人嗜書如阮孚之於屐，如陸羽之於茶，如子猷之於竹、淵明之於菊也。如枵斯饕，愈啖而愈不厭；如疢斯痼，愈療而愈不除也。東若閩、浙，西若卭、蜀，有善本，有精紙，有大字之書，必叩囊底，倒橐中，罄所有，走健步以致之。又聘良工伐山木，作一書院以庋之，凡數萬卷不翅也。中敞之以「文會」之堂，後附之以「怡然」之軒。臨池有亭，名以「愛蓮」。玩芳有榭，名以「春風」。掖以兩齋，庭列四桂。奇崖峭峰，遠岫遥岑，連者芝秀，孤者玉立，圜者盂覆，鋭者笋迸，静者麟卧，躁者猊怒。左右後先，皆環以山，下有回水，匯而爲潭，紺潔泠冽，寒入人骨。相傳有龍，過者神聳，俯者膽掉，故總而命之以「龍潭書院」云。歲招明師，日集良友，與其子弟講學肄業於間。士之自遠而至者常數十百人，誦弦之鏘，燈火之光，簡編之香，達于鄰曲。其子弟服食仁義，沉酣經訓，往往多爲才且良者。往歲之冬，嘗介予猶子壽森來謁予記之，予曰：「諾哉！」以臂痛未能也，今復來趣。予聞淵有龍者頷有珠，聖門其猶龍淵乎？泳其涯，必航其源；攀其鱗，必探其頷。故得其夜光明月者，爲顔爲曾，爲伋爲軻；得其璣琲者，爲琴張，爲牧皮；得其瑟瑟者，爲漆雕哆，爲公良孺。廖氏子弟，可不楙哉！異時廖氏子弟有孝友忠信、文行名實輝然照映於湖之南者，予將賀其得珠也。仲高名仰之，文伯名天經，艮齋先生謝公許其伯仲爲材進士。其父諱彦修，字敏道，嘗爲陽朔主簿。慶元元年十一月日，楊万里記。

羅氏萬卷樓記

羅氏皆豫章别也。其在于晉，君章以文鳴。降及五季，則有江東公。今廬陵之羅，其後也。出凝歸門北東四十里而近，爲完塘之羅。自武岡公以泓澄演迤之學、嶄刻卓詭之詞第建炎進士，其族遂鼎盛。由完塘西北五十里而遥，爲印岡之羅。自鄉先生天文以《詩》一經爲三舍八邑之師，其子若孫若曾孫以經術文詞第進士者七人，其薦于鄉者何數，至今遂爲士鄉，家章甫，人誦弦也。由印岡西南三十里而近，爲東西塘之羅。自長者長吉始，聘師友，闢齋房，訓子弟，今垂五十年矣，而獨未有聞焉。長吉之族德元有孫敬夫，予聞其避俗入山，築樓叢書，扁以「萬卷」，旁招儒先，以範以模。敬夫幼失所怙，每月之吉，定省其母夫人外，即往山齋。晨晷宵膏，忘寢廢食。記覽簡策，日誦萬言。追琢詞章，月秃千毫。以書來請曰：「宗禮刻意願學，而未得所以學，敢問聖涯奚而可航？聖門奚而可階？」予復之曰：「服食仁義，菑畬經訓，學也。誦數訓故，摛艷文詞，亦學也。薄陋藏修，游談空虚，亦學也。子也擇於斯三者，在楙之而已。」大抵族姓之盛衰，或以爲數其然，豈其然乎？譬之田焉，水旱數也，勤惰數乎？當武岡公、天文先生之未作，完塘之羅猶印岡之羅，印岡之羅猶東西塘之羅也。今二氏之羅獨殊於東西塘之羅，夫豈數乎哉？夫豈不以人乎哉？使敬夫而爲印岡、完塘之羅，是亦印岡、完塘之羅而已。豈唯印岡、完塘之羅而已，果能楙焉，後出益可畏，晚發愈可仰，豈惟印岡、完塘之羅而已。敬夫與予叔父弟姪皆親也，予以隨牒倦游四方，晚乃識之。樓之下有堂曰「醉經」，有軒曰「遠俗」，曰「默」，曰「南」，曰「北」云。慶元二年重陽前一日，具位楊万里記并書。

隆興府重新府學記

慶元二年夏五月癸未，隆興府府學教授陳君朴，與在學諸生合辭移書於余曰：「豫章學宫，景祐肇造，治平遷焉，火于建炎而復于紹興。誰其復者？丞相趙公也。於是兵荒之蕞殘，釋菜有廟，養士有學。然堇堇草創，時則葺而未周。後人承承，歲增年培，於是面以櫺星，申以戟門，大成有殿，御書有閣，橫經之堂，入直之廬，靡不具體。時則周而未賁。歲在乙丑，侍郎李公迺新殿宇。歲在庚子，侍郎張公迺立都門。既屋老而圮，講堂最久則最先圮。新斯堂者，樞使王公之爲也。齋房久則又圮。新斯齋者，樞密黄公之爲也。殿宇久則又圮，重門久則又圮。新斯殿斯門者，今帥蔡公之爲也。公以天朝法從之貴，一代正人之望，輟自天邑，來帥吾邦。未及下車，首謁先聖，顧瞻踟躕，則見殿宇將壓，兩序儹步，櫺星戟門，相距有咫，於是喟曰：『曾謂夫子「宗廟之美，百官之富」，迺誕寘之隘巷乎！』於是市地斥壖，召匠屬役。殿宇腐矣，迺撤迺新。櫺星褊矣，迺拓迺曠。戟門陋矣，迺易迺崇。翼以二門，幾其入出。廣厥二序，增之四楹。端委庋左，犧象庋右。費不于官，于學之庾。工不于甿，于市之庸。執扑不于吏，于學之職。厥市之緡，二千四百有奇。厥工之夫，八千五百有奇。以章計二千五百有奇者，厥木也。以隻計七萬三千有奇者，厥瓴也。昔歲之季夏經之，而落之以今歲之莫春。高明爽塏，美奂孔碩，可百年不騫不啇也。是可不記？是非先生誰宜記？」余復之曰：「公所以新斯學之政，二三子智及之矣。二三子抑知公所以新斯學之指乎？二三子入自櫺星，若至闕里。趾于戟門，若覲孔墻。瞻彼睟容，若侍燕居。詠彼春風，若聆喟歎。去聖人之門若此其不遠也，近聖人之訓若此其甚也。盍退而日三省吾之所以心得而身充者、家蹈而國達者，孝歟？忠歟？仁歟？義歟？得諸心矣，充於而身者反否焉，而謂得於心也，可乎？不可也。充諸身矣，蹈于而家達于國者反戾焉，而謂充於身也，可乎？不可也。去其所不可，以就其所可，二三子何負於公？不然，公何負於二三子？」公名戡，字定夫，莆陽忠惠家也。《詩》不云乎：「維其有之，是以似之。」公有焉。具位楊万里記。

唤春園記

新喻縣南五十里而近，有鄉曰臨川，其山深秀，其水紺潔。東西行者未至十里所，則望見一峰孤聳，如有人自天投筆於太空，至天半翔舞翻倒而下，至地躍而起，卓爾而立。其跗豐而安，其穎鋭而端，又如有人卧地仰空，醉持翠筆而書青霄也，故里之人名之曰「卓筆峰」云。士之居于臨川者，皆争此峰而面之。面之者衆而莫有正焉者，面之而正焉者，惟人士周仲祥之居爲然，餘皆不然。不然者皆仲祥之爲嫉，嫉仲祥而仲祥不懼，又加貪焉，又築一山園於居之旁，其求多於此峰未已也。一日，介吾亡友之子劉庭杞繪畫其所居與園與此峰以來，求予名其園且記之。予歷指以問曰：「彼園之山椒有亭，翩然其上，如張蓋風中，勢欲飛去，有掣而止之者何？」曰：「此静庵也。」「彼山之趾有大屋，碧瓦朱甍，風屏月櫺，閣其上而齋其下，學子往來，操琴枕書，口吻鳴聲者何？」曰：「此用德之堂。右以進修之齋，左以醉隱之軒，而冠以繙經之閣也。」「彼園之植，高者雲倚，卑者地覆，纖者茸如，茂者幄如，丹者素者，黄者碧者，畦者沚者，又紛然如時女之出闉闍，酣遲日而拾瑶草者何？」曰：「水者蒲蓮，陸者卉木也。」予歎曰：「又多乎哉！仲祥掇此峰於懷袖多矣，而園亭卉木之幽茂盛麗復如此，其取諸造物不曰『又求其寶劒』乎？予恐造物者亦將仲祥之爲嫉，嫉之者不寧惟臨川之士而已。」園之景，名其一，遺其百，則兼總而命之曰「唤春」，蓋取諸劉夢得之聯句云。仲祥名瑀，喜教子，好賓客，艮齋先生謝公爲記其堂，亟稱其賢。其一子某，未冠已秀警，誦書如水倒流，下筆翩翩有可愛者。其筆峰秀氣，鍾美於是乎？韓宣子曰：「周禮盡在魯矣。」慶元二年十一月初五日，具位楊万里記。

委懷堂記

宣溪王价卿，淳熙癸卯訪予東山之西，南溪之北。與之語，如江吐月，如山出泉，如珠走盤也。蓋其家自察判公旁招明師，多取端友，儲書三萬卷，無日不討子若孫立於庭，而訓之于承家之不易、樹身之孔棘：「我有方策，汝其耨之。我有師友，汝其範之。」故吾州世家，言子弟之秀且良，有文而劬於學，必曰宣溪之王。如价卿者，豈非所謂王氏之秀且良、有文而劬於學者耶？使予不敬之、不愛之，不可得也。父兄之教，其端使然哉！它日遺予書曰：「維藩於人間世之所好者，未嘗不望望然去之。至於欣欣樂之者，皆人間世之所不好者也。偶讀淵明詩，至『委懷琴書』之句，作而曰：『此維藩之心，而出於淵明之口者也。』敬以名其肄業之堂。願徼福於先生，乞一言以記其説，且作三大字以扁其上。」予爲扁之，未暇記也。今日皮仲文歸自宣溪，首踞而請曰：「价卿委懷之記，先生忘之否？肯爲作否？」予笑曰：「東坡先生不云乎：『詩債隔年而後還。』予逋价卿之責今十年矣，其可不庚乎哉？其可忘乎哉？其可使催租人徒手復命乎哉？」年月日，楊万里記。

趙氏三桂堂記

國朝皇族之英，自拔於綺襦金貂之林，而争衡於秀孝文儒之囿者豈少也，而六世業儒，三世中文科者，亦往往如麟之角。兼此而趾美者，其惟少師惠國良公之一門乎？試冠延和，頌獻聖武，仁宗皇帝是以有「務學秀出」之詔；宗學方新，經術首選，英宗皇帝是以有「文義異等」之擢；學洞《詩》、《禮》，傳釋《孝經》，神宗皇帝是以有「究厥微言」之褒。至南陽侯傳惠國之業，以訓其子正議公，每曰：「五十二子，可教惟汝，汝可不懋？」正議公感父之訓，念祖之業，耕獵種績，溢爲偉辭。儒先推表，厥聞允焯，遂中紹興戊午之科。正議公又傳南陽侯之業，以訓其子徽州公，且曰：「吾以武階易爲文臣，汝今未官，可不吾續？」徽州公於是鑽礪覃思，纘戎先烈，遂中紹興戊辰之科。徽州公又傳正議公之業，以訓其子亮夫。亮夫以訓其子時侃、時俊，二子皆以文詞薦名，而時侃遂中慶元丙辰之科。是歲六月，時俊來爲吉州户曹掾，攜徽州公書遺予曰：「彦恂愚不肖，不能大先公之門，惟是世業一卷之書，六葉授受，不敢汙莱。嘗勵諸孫曰：『汝儻世科，當爲汝作三桂之堂。』今不踐言，罔克用勸。先公之故人惟子在，盍爲我記其説，用光光前文人，以起起吾又子又孫，子獨得辭？」余報之曰：「自晉人以桂林一枝自況，相傳至唐，乃以策第禮闈謂之擢桂，歌於杜氏之詩。

今君家擢桂三世，可不謂衣冠之盛事矣哉？抑君其懋諸子諸孫以君家一卷之書。且一卷之書未易言也，顧所用何如耳。收科發身，一卷之書也。惟忠惟孝，以維城王室，盤石國祚，伻宋萬嗣，復無無極，則君家子孫久大閎遠，亦與宋罔極，亦一卷之書也。顧所用何如耳。」惠國諱某，南陽侯諱某，正議公諱公稱，字子顯。正議公累治劇郡，紹興間其治最天下。晚守京口，獨當辛巳虜寇之鋒。其功不細，未報而没，至今屈之云。年月日，楊万里記。

贛縣學記

贛縣治之西南祀孔子，故有廟，學則未聞也。後廟亦廢，其地入祥符宫。皇祐二年，縣宰王君希即舊址作新廟，即廟廡爲學舍。至紹興庚午，火于叛卒。後六年，予爲州户掾，武夷陳君鼐元器爲宰，盱江黄君文昌世永爲主簿。一日，二君約予登覽縣學之址，則樲棘生之，瓦礫翳焉。二君慨然欲復之，未能也。後四十二年，黄君之第文畧來爲宰，其治明而寬，惠而能斷。朞年，民馴其教條而樂供其貢賦。公上既給，迺斥其贏，爲錢百萬，攝守黄侯涣復佐以五十萬。中峙大成之殿，繚以七十餘區之屋，講席有堂，入直有廬，肄業有齋，東西有序，庖湢有所。肇脩胡簋，繪事從祀。百爾文物，彪列一新。釋菜之容，觀者起敬。誦弦之聲，聞者勸學。屬役於紹熙甲寅之季春，而考室於仲秋。黄君走書來請予記其成，予復之曰：「子之兄，天下士也，予之畏友也。然是學也，子之兄嘗有志矣，而莫之就。天下之事，因則易，造則難也。今子能造而新之，其不曰難乎哉？子之兄之所難，而子之所易，其不又難乎哉？事之難者，子既易之矣。事有至易而人反難之者，子抑聞之乎？贛之爲邦，其山聳而厲，其水湍以清。聳而厲，故其民果而挾氣；湍以清，故其俗激而喜争。長民者曰：『化之難也。』予則曰：『化之易。』若之何其易也？彼其挾氣，獨不可因之使果於義？彼其喜争，獨不可因之使激於節與名？若之何其不易？且百年之間，如陽行先，如孫介夫，如李先之，非贛人乎？非名義之君子乎？使崆峒爲淵，章貢爲山，曰贛之士不復有斯人也，其孰曰不可？不然，而曰斯人不復有，其孰曰可？顧所以因而使之者何如耳。然則因而使之，奈何？『謹庠序之教，申之以孝悌之義』，斯道也，因而使之之道也，非乎？長民者獨不聞之也乎？故曰『因則易』。今孟子之言，子已得之矣。異時將有磊落光顯於朝，以名義聞天下者，其必贛之士也夫？其亦子之教也夫？予老矣，其獨可得而見也夫？」慶元二年冬十月十五日，具位楊万里記并書。

廣漢李氏義概堂記

予自少從紫巖先生父子問講學，則聞先生同郡有君子焉，李其姓，發其名，浩然其字也。讀書不爲空言，業文不爲篆刻，譬如農夫，耕以忠孝而種以仁義。視君以親，以仕不仕而忘其慕；視人以身，以莅不莅而異其恫，君實耻之。予私竊起敬焉。後班于朝，見蜀之賢大夫士益衆，問以所聞，則又益詳。咸謂君在辟雍，奏疏論靖康之危，報聞而歸。可以已矣，君則喟曰：「苟可以報國，吾何愛焉。」紹興丙辰之旱，傾家爲食，以食餓者。太守不以聞，天子不得聞。可以已矣，君則又喟曰：「吾志在及物，吾何求焉。」乾道二年則又旱，又行之如初。三年又旱，又行之如初。太守不以聞，天子不得聞。可以已矣，君則又喟曰：「吾自爲善耳，吾何懈焉。」如是者三十餘年矣。五年則又旱，又行之如初。蓋甿之枵而餔、瘠而腴、殣而蘇者，至是枚數其人，至二百七萬一千三百有奇；斛計其粟，至一萬四百六十有奇。於是里之甿且怨且譁，相與謳曰：「我有耋老，李君粥之。我有倀髫，李君穀之。孰旌李君，吾尸祝之。」是歲之冬，廣漢新太守余侯時言至止，聞而忸曰：「州有斯人，而壅於上聞，咎不予在？」則以其事上于部使者轉運使趙公。公説，亟以聞。宣撫使樞使王公炎又三以聞，後宣撫使薛公良朋又以聞，後轉運使王公璠、趙公不息又以聞。孝宗皇帝嘉之曰：「爾以布衣，居于下土。乃因年饑，多所全活。仁心義概，徹于聽聞。」迺錫贊書，官以九品，時乾道九年閏正月九日也，於是君之名一日布海内。君既拜上恩，則扁其堂曰「義概」，以侈君賜。後若干年，君之孫寅仲以奉大對剴切第甲科，佐著庭。史成增秩，復請於朝，願移榮於君。太上皇欣然曰：「孫知尊祖，朕之所嘉。」再贈承務郎。然後里之甿怨者懌，譁者息，謳者默。今年三月，寅仲以書及圖抵予曰：「義概之堂，先祖名之，未暇作也。重惟先志，其可弗承？兹堂其可弗築？端策面勢，得其址於先人敝廬之側，西山之趾。蓋再一終，乃克有就。復閣其上，扁以『尊祖』。執事嘗爲賦詩，今不爲記其役，以此誰諉？」則諾而書之。其高三十有九尺，廣倍之，深三分廣之二。閣以尊奉兩朝之贊書，君像在焉。群賢之詩，則刻石堂上。慶元三年上巳日，中大夫、煥章閣待制、提舉江州太平興國宫楊万里記。

玉笥山重修飆馭廟記

惟泰元尊，幬下土，鞠萬生，俾發育亨嘉，罔有札瘥；豐楙穎栗，罔有捐瘠；怡愉洽熙，罔有哀籲，是惟皇皇后帝之心。然高居霄極，下視豪端，或闕兩間，或壅升聞。則有伯强猘狂，祟降威虐，我民於是乎有癘疫之眚；虐魃支祁，僭暘逆涔，我民於是乎有乾溢之眚；回禄屏翳，鬱攸飄怒，我民於是乎有燬霾之眚。我民披肝爲紙，滴淚到泉，叫閽排雲，將焉攸訴？惟天一方，必有名山大川之神，代天臨徹帝省，挈攜陰機，籥勺民瘼。孰弄疾威，睒閃睢盱；孰嘆孰墊，孰噫孰欠，孰燧厥燄。聞而藥之，膏之濯之，瀹而流之，熸之收之。駕彼飛龍，乘彼白雲，秉纛旗，提青菷，撝訶百神，詰誅萬祅，惠鮮我民，會歸和平，迪民之康，樂帝之心。惟大江之西，吉之吉水，出縣北東六十里所，鄉曰某鄉，山曰玉笥，廟曰飆馭者，帝心所倚，民命所寄，其不在兹？或曰：「西嶽華山之神離宫也。」或曰：「吴史君雲儲之神，受后帝茅土于兹山也。」初名雲騰，自唐之天寶神所命也。今曰飆馭，自皇朝之宣和徽皇所錫也。上泝章貢，下沿洪撫，旄倪奔奔，農商棼棼，士夫欣欣，相踵于塗，胥會于祠。彼以祈年，此以祝釐，弗牷弗膋，惟菹惟粢。祝史致告，如鼓答桴，隤祉山則，疵癘不作，霡霂時叙，婁豐孔碩，潦反其壑，火熄風寂，頻年泰和，我民舞歌。則相與視廟疏罅，諏其壞隤，某殿某室，某像某服，是建是築，是葺是縮。于瓦于木，于堵于屋，昔故今新，今焕昔塵。匪神我勤，緊我答神，用永賴于我民。其費出于里之人，其倡之者，予友生鄉貢進士曾三異云。慶元五年十月既望，通議大夫、寶文閣待制致仕楊万里記。

誠齋集卷第七十六

廬陵楊万里廷秀

記

隆興府奉新縣懷種堂後記

奉新人士王模、袁去非、將仕郎曾商英移書合辭來請於余曰：「先生宰新吴日，大帥樞密武夷劉公嘗請於朝，爲民除僑田之害。邑人德之，作懷種堂以祠之，先生記之矣，今又有可記者。蓋自紹興，經界既行，民田既正，惟是田之在官其名曰營者，皆地之幽遐，疇之汙萊，民之荒棄者也。於是官無日不討其民，强而授之曰：『惟種惟糧，於我乎取。惟犢惟耒，於我乎貸。惟繇惟更，於爾乎復。』厥田畝賦米斗有半，厥土畝賦泉六十，民咸利其薄征，始競耕焉。其後議臣建白鬻之，於是民之田此田者，以泉餬官，以田業己，不省其害也。吏言於官曰：『新田之賦，不當夷於民田之賦。』於是兩税二役，繭絲預買，爲粟爲帛，舉重其估，易而爲泉。民之輸者，其費視舊十百，始不堪命。民訴之邑，邑謁之州，州諏之吏，吏曰不可。今明府張君瑄未及下車，究知民之甚病者在此，力謁之州，其不可益堅。於是君孤憤不勝，欲解印綬挂縣門去。模三人舉幡倡邑民遮留曰：『寧存民病，勿失賢宰。今請不可，何知後終不可耶？後有賢帥與賢宰意合，則必可矣。』未幾，龍學尚書廣漢張公來帥豫章，君欣然曰：『吾幾妄去，今謁不行，則去不妄矣。』即重謁之於公，公欣然行之。吏猶争曰不可，公一不聽。於是田無故新，均曰民田；賦無抑配，均曰正賦。然後新田之民爲户一千有九十，蹙者舒，凋者蘇，疢者除，舉以手加額而相賀曰：『微吾宰張君，不能争吾民難争之賦。微吾帥張公，不能從吾宰難從之請。』是可不大書特書，以侈張公莫厚之惠，以慰吾民無窮之思？願先生記焉。模三人者，當與邑之民繪公之像，與劉公同堂，社而稷之。前劉後張，文武忠孝，則人相若；師長慈惠，則政相若；剗磢疾苦，則事相若。兩公玉立，二碑對峙，式永厥垂，其不淵曜？先生雖欲辭，將何辭？」余謝曰：「其何敢辭。」或曰：「兩公除民之害則同，然而孰難？」余曰：「劉公易也，張公則難耳。且事有欲爲而不得爲，有得爲而不欲爲。不得爲者在上，我欲爲之，我能言之耳。行與否，在我乎？故曰難，劉公是已。今張公行之自我，不行亦自我，上無梶，旁無牽，顧我不欲耳。我欲之，何難焉？曰惟其得爲，亦得不爲，是以難爲。何也？以新田用舊賦，捐州家十百之利，其細匱官，其大匱動，何謂不難？」或曰：「張公亦非難也，留此以遺張公者則難也。」併書其説，以答三士。慶元戊午人日，具位楊万里記。

静庵記

宋中興以來，自高宗及孝宗及太上及今上，四聖御極七十有四祀，臨軒策士凡二十有三，得人衆矣，不可得而詳已。惟我大江之西，有一族而叔姪同年者，一時艷之，以爲盛事，若予與故叔父麻陽令諱輔世是也；有一家從兄弟同年者，若予族叔祖忠襄公之二孫曰炎正、曰夢信是也；有同産兄弟而同年者，若吾州印罔之羅曰維藩、曰維翰，蘭溪之曾曰天若、曰天從是也；有父子同年者，若清江之徐曰得之、曰筠是也。至於父子有後先，異時而同登甲科者，誰歟？故資政殿學士、參知政事清江蕭公照鄰，紹興十八年甲科第五，而其子景伯又以淳熙十四年甲科第四。弓冶奕葉，名第趾美，其不又盛矣哉！中興以來，一家而已。景伯收科之年，蓋孝宗之季年，王道郅隆之時也，如唐之正觀、開元，如本朝之慶曆、元祐。而景伯以卓詭切至之言，上當聖心。臚句之日，參政以疑丞侍玉座，觀殿上傳呼其子姓名。景伯既出班，再拜謝恩畢，參政自帝左右趨而下文石，復再拜謝恩。自宰相、侍從、百官及在廷之士，皆咨嗟歆羨。予時亦以省試官待罪廷中，目睹盛事，謂景伯十年鳳池，名位視其父有過之無不及者。後十四年，予既以衣冠挂神虎門上，而景伯方爲國子博士兼史官，遺予書曰：「逵嘗讀《易》，竊有志於静之一字，則以名其所居之草庵以自儆焉，敢請先生一言以記之。」予復之曰：「在《易》，貞雷而其悔山，以静静動之義也，故其卦曰頤。頤者，養也。貞山而其悔雷，以動動静之義也，故其卦曰小過。小過，過也。知以静静動之爲養，又知以動動静之爲過，則静之道得矣。然聖人猶有大戒焉。何戒也？頤戒在初，小過戒在上。然則静終不可動乎？曰静而不動，可以動矣。」慶元六年五月日，具位楊万里記。

張希房山光樓記

永豐石井張氏，秀民相望磊磊也。昔乾道間，文仲、武仲弟兄好義，喜賓客，治樓觀，築園囿，與往來士大夫行樂其中。文仲之樓命曰「霽月」，武仲之樓命曰「憑虛」，皆求名於予而予命之也，今垂四十年矣。客有自石井來者，予必問二樓無恙否，爲我寄聲樓中風月。客曰：「霽月故無恙，憑虚今爲烏有先生矣。」予每歎息，歲月無幾何，而物之廢興乃爾其速也。客曰：「憑虚雖廢，而武仲有賢子師良字希房者，種學擷詞，尤工詩句，即其舊址作新一樓，靡汰昔宇，靡遁今覽。宇前有嶼，嶼上有葩；嶼外有沚，沚中有蕖；沚外有疇，罫若博局；疇外有溪，横若羅帶，是皆未足爲樓中之偉觀也。」因出袖間一圖。予披而視之，則佳葩美木，繁蘤争發，秀色奪目，奇芬襲人。予爲驚喜，客曰：「未也。」客以右手卷其軸，而左手舒其繪，樓隱隱浸没，而葩草亦翻翻退藏。忽有萬峰，横空起立，邇者如黛，遐者如黝，濃者如濕，淡者如無，鋭者如筍，卓者如屏，跳青躍碧，呀雲噏霧，或嚮而來，或背而去，或偃而倨，或僂而揖，或奔而追，或凝而居。予不覺眸子眩晃，應接不暇。客曰：「某之來也，希房九頓首奏記，願徼福於先君武仲，敢請先生名此樓，且記其役。」予曰：「韋蘇州之詩不云乎：『鳥啼山光夕。』此古今絶唱也。命以『山光』，可乎？」客謝曰：「幸甚。」年月日，具位楊万里記。

章貢道院記

贑之爲州，控江西之上流，而接南粤之北垂。故裹顓一路之兵鈐，而外提二境之戎昭，其地重矣。邑十而大，疆袤而阻，物夥而昌，其事叢矣。民毅而直，小詘必見於色，小伸即釋。可以義激，亦可以氣而慝，其俗古矣。地之重，事之叢，俗之古，故視邦選侯，比它郡惟艱。慶元五年，前尹直祕閣郎中三山彭公改帥五羊，皇上命祥刑使者華文大卿霅川俞公兼領府事，蓋弄印不畀者。將朞，逮十有一月，以畀今尹右史舍人括蒼張公。公來之初，延見士民，覽觀風謡，愛其質直，信其無諼，則籲其耆老而諗之曰：「而之所大欲，將無在於父母妻子之相安乎？將無在於衣食飽温之不匱乎？將無在於刑憲頌繫之無罹乎？」皆對曰：「諾。」公退而喜曰：「謂贛民未易治者，皆謗吾民者也。」即表聞于上曰：「凡厥有生，性皆本善。」又曰：「若先以小人而待人，豈古者良吏之爲吏？」斯言一出，十邑之民以手加額，家傳人誦，楮生毛穎，其價十之。於是一令無出，出而必承；一政無行，行而必傾。無改民勇，勇於孝悌；無息民争，争於耕織。年穀大穰，盗訟頓清，未朞年而贛之治聲以最聞焉。於是一府之督郵、從事皆賀公曰：「公之表詞，人始而未信，中而信且疑，今罔不信矣。非夫人之信於公，而公之信於人。非夫公之信於人，而公之信於心也。大哉心乎！以政化者，揉木之枉；以心化者，以枹召響。」公笑指其燕喜之堂曰：「此非燕喜之堂，吾州之道院也。」賓皆曰：「然。」遂易其扁曰「章貢道院」，而以書屬予記之，則書其所聞以復之。公名貴謨，字子智，與予友善今二十年云。

庚申十月十八日，具位楊万里記。

湖北檢法廳盡心堂記

鄱陽忠定張公參政，孤忠大節，霜清玉潔，在廟堂而百官聳，在邊鄙而四夷服，在出處而萬民仰，蓋紹興名臣之冕弁，江左人物之泰華也。由今望之，生氣凛凛，故其典刑文獻，衣被子弟，傳襲宗族，如漢韋平，如晉王謝，家芝玉而人鳳麟。今湖北憲臺檢法官張君瀛，其群從之仲季也，以達學懿文，拔奇輩流，蚤踐世科，趾美續聞。方當聖上體天大德，蹈舜好生，妙選膚使桂林唐公爲祥刑使者，又差擇語掾如君者以賓贊之而諏律焉。退之所謂「志同氣合，川泳雲飛」者，不在此其將焉在？君於今年某月某日，以公廨久敝，撤而新之。於其東偏作一燕坐，閣其上而堂其下，扁其堂曰「盡心」，蓋取諸禮經「侀成」之戒也。不遠千里移書謁記於万里曰：「瀛不佞，❶生也後，仕也遐，願一就先生之下風而亡繇。然幸與先生之季子爲僚於斯，將有請於斯。斯堂也，斯名也，瀛竊願學於侀成之君子焉，惟先生進之。」某復之曰：「盡心於刑，其戒在《禮》，其説在《易》。《易》之《中孚》曰：『君子以議獄緩死。』夫『議獄』云者，將議而入之歟？抑亦出之歟？『緩死』云者，將緩之而求其死歟？抑亦求其生歟？惟君子之孚於中而誠於心者知之矣，此盡心之説也。昔于公之陰德，其慶在定國；歐陽崇公之仁，其報在六一先生，君子遲之。若君之盡心者，今蓋稀矣。空桑不云乎：『豈若吾身親見之哉？』惟君楙之。」嘉泰元祀十月望，具位楊万里記并書。

秀溪書院記

安福縣之南三十里而近有秀溪者，十里而九縈。凝爲天鏡，涌爲車輪。行爲齊紈魯縞之紋，激爲金簧玉磬之音。人士周奕彦博居其上，築館臨之，命之曰「秀溪書院」。講經有堂，諸生有舍，叢書於間，旁招良傅，以訓其四子，曰伯紀、承勛、伯仍、大同。艮齋先生聞而嘉之，爲大書四字，以署其堂焉。彦博來問於予曰：「奕也聞先生之於後學，勿之有拒焉爾矣。蓋有不可教而教，未有可教而不教也。蓋有未嘗問而告，未

❶「瀛」，原作「嬴」，今據上下文改。

有有問而無告也。奕將俾諸子之學緊理義乎？或曰：『若是哉，其左也。今之仕者，非此其出也。』緊文辭乎？或曰：『若是哉，其洿也。古之學者，非此其入也。』願先生攡張謝公大書書院之旨，以啓其衷。」予對曰：「子之言皆是也，抑漢高帝所謂『公知其一，未知其二』者也，我今告子。子以爲聖人之經，君子之學，端奚事乎？道之以人之理，齊之以人之綱，如是而止耳。綱焉在？曰親曰君而止耳。理焉在？曰孝曰忠而止耳。故動天地，貫日月，通神明，開金石，表四海，範百世，莫大乎忠孝。昔者孔子嘗謂『古之學者爲己』矣，欲知古人爲己之學，此其是也，曰『左』可乎？若夫學文者，孝弟之餘力也；修辭者，立誠之宅里也。故四教首文，黎獻先言。昔者子張嘗學干禄矣，欲知今人干禄之學，此其是也，曰『洿』可乎？將由夫或者前之説乎？是木植而斸其柢也。將由夫或者後之説乎？是穀茹而訕其耘也。子於斯二者，惟勿後乎子之所先者，勿先乎子之所後者。勿訕其耘，左者其不右乎？勿斸其柢，洿者其不隆乎？子盍於孔子、子張而問之乎？」彦博嗜學而强記，經史百氏，靡不綜貫云。伯紀、承勛婁以詩學首選於膠庠，餘皆競爽。嘉泰壬戌人日，通議大夫、寶文閣待制致仕、吉水縣開國伯、食邑七百户楊万里記并書。

醉樂堂記

吾州歐陽氏，皆率更之苗也。率更之葉五傳者曰琮，刺吉州，子若孫遂家焉。琮之葉又八傳者曰萬，宰吉之安福。其子若孫家于吉者，派爲三支：一支爲永豐之歐，六一先生是也；一支爲廬陵之歐，近世詩人伯威是也；一支爲安福之歐，今奉議郎、賜緋魚袋紹之是也。紹之自未冠，在縣庠弟子員中已嶄然角立，讀書五行俱下，試文屢中甲乙。至鄉舉輒不讎，乃拜王父藤州史君門子之命，非其好也。四轉而爲永州録事參軍，於是年四十有九矣，慨然太息曰：「大丈夫不爲風翮九霄之鵬，則當豹隱南山之霧耳，安能作韓退之判司箠楚之酸語乎？昔朱買臣曰『吾年五十當貴』，吾亦曰『吾年五十當隱』。」於是上書北闕，願致爲臣，挂其冠。即日自駕柴車歸安福東門外秀峰之西麓，開三徑，墾九畹，垣一圃，罫千畦。晝爾于行，宵爾于營。某所高寒，亭之榭之。某所深窈，沼之沚之。某所演迤，花之竹之。其芰其蘭，尸祝靈均。其菊其松，尚友淵明。其石其泉，佳招游巖。日與方外之士觴詠其間。乃作一堂，奄有萬景，揭以「醉樂」，師我醉翁。堂成，與客落之。客曰：「醉翁之樂不在酒，而在山水之間。子之樂何如？」紹之笑曰：「我醉欲眠，姑俟它日。」紹之名似，得謝今十年矣。嘉泰壬戌閏月望，通議大夫、寶文閣待制致仕、吉水縣開國伯、食邑七百户楊万里記。

永新重建寶峰寺記

安福之南垂，永新之北際，介乎其間，有山孤秀。其高五千尺，其袤數十里，遠而望之，儼乎如王公大人，弁冕端委，秉珪佩玉，坐于廟堂之上，使人一見而敬心生焉；迫而視之，澹乎若巖壑幽人，被薜荔，帶女蘿，餐菊爲糧，紉蘭爲佩，呼吸日月，挼挲雲煙，使人一見而塵心息焉。故老相傳，其名曰萬寶峰云。距山不遠，有浮屠氏之宮曰寶峰寺，飲山之翠，納山之光，領山之要，里之人樂游焉。而樂之尤者，槎江居士朱君諱戩也。始游而愛其幽邃，昕而來，夕而返，超然有會於心，久而忘歸。既而惜其棟宇之壞隤漫漶，欲葺而新之，蓋心許而未之言也。一夕，夢至某所，若道家所謂小有天者。其地瑶玉，其厦金鋈，其浸芙蕖，其林多羅，其禽頻伽，其牧狻猊，其人偏袒右肩，其服珠琲孔翠，往往或跨龍鳳以爲駟，或坐菡萏以爲床，駕雲騰空，超忽變化。須臾，山川草木異彩炳焕，皆若金色，光奪人目。霍然驚起，因悟曰：「兹非予之心許而未言者耶？」則倒橐召匠，斸山取材，爲殿爲堂，爲寢爲廊，爲門爲墻，爲圃爲像。樸斵堅好，琱飾備具，金碧有爛，鼓鍾其鏜。市腴田以業其生，賈度牒以世其徒，遂爲衆山佛宫之冠。至其子良肱，繼再葺焉。近歲戊午，燼於鬱攸，其孫知微、知廣復一新之焉。於是壞之蕪者薙，基之窪者夷，級之缺者甃，宇之燎者立，像之亡者補。尺榱寸甓，舉非其舊，其舊惟數古佛及政和間一大鍾而止耳。里人縱觀，耋者喜其復，穉者駭其麗，遠者賀其新。寺始葺于紹興之甲子，再葺于紹熙之庚戌，一新于慶元己未之仲冬。後先之費，爲錢各百萬云。既成，知微介予倩劉億來謁予記之。予喟曰：「天下事患莫之倡。倡之矣，患莫之繼。然士大夫之家，而祖而父倡以忠孝，繼以背誕；倡以術業，繼以荒嬉。是亦繼也，有能如知微弟兄之繼其父祖之志者乎無也？抑請大之。」其明年四月十一日，通議大夫、寶文閣待制致仕楊万里記并書。

長汀縣重修縣治記

閩之爲郡八，孰難理？曰汀。汀之爲邑六，孰難理？曰長汀。曷難乎汀？曰其山峭屼，其川怒湍，其氓悍堅。曷難乎長汀？曰汀爲閩尤，長汀爲汀尤。天台謝君周卿佩印組，一之日，顧而嘻曰：「地罔險易，險易在令。氓罔悍愿，悍愿在政。」爰整維綱，爰究源委，以肅乎氓者肅乎躬，以繩乎胥者繩乎衷。先是，邑以鬻鹽爲田外之賦，鹽以餐錢爲俸外之給。君曰：「非令甲也。」則却而儲之於外府。逌暇，遁行邑居，周視墻屋，問其門序，傾西隤東；問其闤扉，上雨旁風；問其帑庾，户蠹壁空。初而戚，既而懌，曰：「不有外府？」於是畢捐所却之布，爲錢萬者百。迺市松石，迺陶瓴甓，迺屬匠役。門序鼓樓之屋若干區，皆因故爲新。闤扉之屋十有二區，帑庾之屋十有四區，皆以新易故。又以其羸爲燕息之所，其肇造者曰釣臺，曰村莊，曰靖節之祠；亭曰森爽，閣曰蓬萊。其更造者曰琴堂，曰偃室，曰槐堂。匪棘匪紓，若倦若劬，朞年僝功。無麋公藏，無聳民聽，霍然山出，焕然霞湧。君子謂是役也，一舉而三善具矣。費而不費，捐己所却；取疑從舍，受疑從辭，不曰潔乎？不知其賦，視其羸；不知其野，視其庭，不曰敏乎？事輯而民不疚，役不迫而功就，不曰惠乎？仲尼不云乎：「惜哉！不齊之所治者小。」嘉泰三祀二月庚申，具位楊万里記。

瑞蓮齋記

吾邑之士蕭君季隨，弓治祖考，襟帶詩禮，耕獵陶楮，士之良也。少之時，徒手持一泓暨一中書君，步入吾州萬鵠袍之場，其聲籍甚也。已而曰：「是不足爲。」歸而遁其光，遣其子異負笈遠從侍郎章公學焉，其文日進，士友推服。歲在戊午，其子肄業，齋房之前，池中生蓮，一莖二葩。章公聞之，曰：「耿耿祉哉，爲之兆矣。」是秋，有司薦異詣太常，又上異之子應雷可博士弟子員。章公喜曰：「吾言其有合哉！」則大書「瑞蓮齋」三字以遺季隨，季隨迺遣異來謁予記之。予曰：「章公之所謂瑞，其止於一蓮而已乎？將不止於一蓮而已也。予聞蕭氏之先，其種德百年，至季隨遂有聞焉，不曰瑞乎？至異又有聞焉，不曰瑞乎？至應雷又有聞焉，不曰瑞乎？抑予猶有以楙焉者。而家在唐，自瑀至遇，持國秉者八葉，玆又瑞之大者。予欲而家之子若孫襲八而九，可無楙乎？抑予猶有以擇焉者。瑀之忠，復之直，瑞也。嵩之貴，俛之達，亦瑞也。後之瑞，瑞于而家者也。前之瑞，不惟瑞于而家者也。予欲而家之子若孫襲八而九，可無擇乎？」嘉泰甲子燈夕後二日，具位楊万里記。

山居記

山居者，待制侍郎霅川沈公賓王之居也。賓王之居，不于其山于其郛，而曰山居者，癖於愛山也。人各有癖，武子癖於馬，賓王癖於山。郛居而名以山居，以見愛山之意，無適而非山也。賓王胸次灑落，如風櫺月牖；韻致清曠，如雪山冰壑。身居金馬玉堂之近，而有雲嶠春臨之想；職在獻納論思之地，而有灞橋吟哦之色。家本道場何山之麓也，而世居吴興之郛，非其好也。爰即其居，小築一室，其廣三楹，署以此名。客有過之而笑者，曰：「君子之宅有二，有晏子之宅，有庾信之宅。庾于林，晏于市也。今子之宅，晏也，非庾也，而曰『山居』，嘻！甚矣，子之愛山也！抑亦居則有矣，惡睹所謂昆侖哉？問其户外，則康衢之埃也，那得青壁之倚天？問其墻東，則唐肆之區也，那得千巖之秋氣？問其極目，則黄公之壚也，那得飛泉之漱玉？昔羊叔子有鶴，嘗矜其能舞。一日客至求觀，公爲出之，竟氃氋而不能舞。今子之山居，將無類羊公之鶴乎？」賓王笑曰：「子知笑吾之無山而有山，不知吾亦笑子之有目而無目也。吾嘗仕于江西章貢之憲幕矣，又嘗守天台矣，又嘗守會稽矣，翠浪玉虹，丹丘赤城，若耶雲門，千巖萬壑，至今磊磊皆在吾目中也。

今吾此室之前，怪石相重，松竹相友，泉流相暉。其巉然者非崆峒天台乎？其森然者非雲門禹穴乎？其泠然者非瀑布廉泉乎？吾居無山，吾目未嘗無山。子目無山，吾居未嘗無山。」開禧乙丑六月既望，誠齋野客廬陵楊万里記。

誠齋集卷第七十七

廬陵楊万里廷秀

序

施少才蓬户甲藁後序

《蓬户甲藁》者，吾友生蜀人施淵然少才之文也。吾讀其文，槁乎其無文也。又取讀之，則腴乎其有文矣。讀其詩，杳乎其無詩也。又取讀之，則琅乎其有詩矣。無文與詩，今人之不嗜則宜；有文與詩，古人不嗜之耶？嗜與不嗜，非施子之所與知也，吾獨有歎焉。闕焉而不以覿，市焉而不以亟，施子之爲人則然，詩文云乎哉？則其窮也亦宜，吾蓋喜而悲之。施子而不窮，施子當不喜，而窮也，吾又奚以悲？吾不以悲夫施子之窮，而以悲夫窮施子者也。斯人也，有斯文也，有斯詩也，而有斯窮也，非夫窮施子者之爲悲而誰爲？吾以悲之，而彼又何辭焉？藉曰不受，則吾爲妄人矣。吾妄，則施子又大妄矣。施子妄也歟哉？不妄也歟哉？吾不妄也歟哉？吾妄也歟哉？施子之於此道也勤矣，亦且至矣，吾猶有以爲施子贈。勤而安而後思不疲，至而忘其至焉則詞泰矣。思逸而詞泰，則古之人其去我遠者乎？抑近者乎？既以爲贈，亦以自贈。紹興壬午秋九月五日書。

送蔣安行序

王道熄，禮義廢，夷禮闖以肆，欲天下不胥而狄者，否也。伊川之民被髮以祭，君子已憂其戎。漢之君志荒而妖夢是踐，吾民始夷乎言、祝乎首以爲好，此五胡耶律之先驅也，非乎？五胡耶律之禍亦烈矣，吾民不創而顧樂之，哀哉！人固自智也，而樂禍也，則亦無所主、有所懼焉。無所主而求道，是故無得於實而有得於妄；有所懼而畏死，是故妄之中又滋其妄焉。死生之故，鬼神之情狀，聖人不知之耶？而不以訓，憂乎妄之勝也。

佛之説曰：「生，幻也；死而禍福，實也。」無有而有無，此其妄宜不待智者而後知也，然不待愚者而後信也。何也？智者疑，中人疑信半，愚者信乎爾。疑也，疑信半也，則於此塞其哀。信也，則儌以福其親矣。不者，家者詈，里者讟矣。嗚呼！夷禮而親焉，瀆之大也；夷俗而身焉，亂之大也。然下達乎細民，而上通乎王公大人，安焉於瀆且亂而不知惡也，豈皆爲之者之過歟？抑有所不欲爲而不得不爲歟？不詈於迫而讟於怵者幾人也，佛足道哉！求夫特立獨行、舉天下非之而不顧者又幾人也，佛足道哉！吾誠悲之。

零陵之士蔣安行，其家故貧，喪其親，哭踊葬祭甚禮，而零陵之人不稱孝焉。問焉則曰：「佛無所禱也。」安行聞之，若未始聞之也。嗟乎！不能於王公大人，而能於匹士，其賢否何如哉？而零陵之人云者，人病乎？安行病乎？佛之行乎中國幾年矣，佛之俗將狄乎夏矣。人之聞於古也，弗絶而絶矣，而安行毅以守如此，天下之大，曰無安行乎？聖人者作，因天下守者之心，明先王中正之道，而禮復於古。言異有禁，術異有誅，以攘佛者之妄，而謂天下不復於先王之治，可不可也？吾既於安行乎嘉之，而又深有歎焉。知我罪我，吾敢知乎哉？

送郭慶道序

万里老母病肺且二十年，謁醫於江湖遍也，大氐夕痊而朝發，万里有憂之。來零陵，聞人士有郭慶道者，於醫無所不工。召而視焉，發藥一二而去。初服食之，未始有藥也。未幾，則未始有病也。它日問之曰：「鄉也饋藥一何少也，而其功一何緩也，然初緩而卒不緩焉，又何術也？」慶道笑曰：「醫不必言也。且子以多爲貴乎？則淝水之役，苻堅法當勝謝元也。且子欲已病乎？欲嘗藥乎？威、文之霸，❶不數年而成也，而敗亦稱是。三代之王者，皆百年必世而後興。醫身之與醫國，異不異也？天下之人，惟其無所挾也，有所挾則必有所成。不於其成之待，而於其初之責，夫其初者不可見也，而其成則不可禦。世之人忽其不可見，以敗其不可禦者，何數也。醫不必言也。」

万里聞其言，欣然有會於吾心，爲書其說以贈之。隆興元年三月一日，廬陵楊万里廷秀序。

---

❶「威」，當作「桓」，此避宋欽宗趙桓諱。下同，不出校。

送王才臣赴秋試序

予退居于南溪之北涯三年，户不閉而無客，未嘗掃迹，而出無所於往。間一出，則遇鄉里之達官要人鳴珂傳呼，則又匿草間以俟其過，乃敢行。及所至，或逢商有無，議什百，紛如也。聞予來，則泯默罷去，若燥濕，若酸鹹。至於時之所指以爲迂儒寒士、達不多於予而窮不少於予者，則往往日來而月不去，晨坐則際夕，賓主面有飢色，而談有餘味。人不惟以嗤居者，亦以嗤來者。不惟人之嗤也，予亦自嗤且自惑焉。謂予與人相同於無相同，則後之稱奚以合？謂予與人相異於無相異，則前之稱奚以睽？使予不惑而不得也。最後得王生子俊才臣者，其於古聖賢書，一見便領其妙，下筆無俗，下語亦不之彼而之此，生其有以哉！

居數月，告予以行，曰：「將試於有司，願請所以贈。」予曰：「生之是行，志於得科目而已也，將其志不止於得科目而已耶？志於得科目而已也，則生之挾時之悦，生之鬻時之售，有餘也，科目足道哉？其志將不止於得科目而已也，則予欲不言，得而不言耶？上之不置乎士，士之不遯乎上，生以爲爲何等事耶？靜則道，動則功；出處語默，世則儀之；天地人物，身則福之，是之爲也。場屋之文，夸以賈鶩，麗以媒欣，抑末矣，是之爲耶？士之言曰：『我將先之末，繼之本。』嗟乎！本以先猶末以繼，而又末以先者耶？是故爲士者植其初，用士者計其終，而取士不與焉，蓋曰『姑以是取之』云爾。古之人不介不達，不摯不見。場屋之文，其士之介與摯也歟？介之辯若吃也，摯之惡若孅也，於賓之賢若否也無繫也。士之愚良，繫不繫於場屋之文哉？種玉者不㱿，蓺稗者不禾，奈之何其以末先、以本繼也？生其力乎其所以植，以堪乎其所以計，則生之得科目，非生之得也，上之人之得也。介與摯乎爾，夸與麗乎爾，則生之得，生之得也，上之人得也耶？生行也，予於生乎觀。」南溪楊万里序。

歐陽伯威脞辭集序

始予識歐陽伯威於傅彦博之坐中，見其揚眉吐氣，抵掌論文，落筆成詩，屈其坐人，予敬之慕之，私竊自媿其不如也。後二十年，聞吾里蕭岳英爲子弟擇師得異人焉，急往謁之，則吾故人伯威也。方吾二人相識時，皆年少氣鋭，豈信天下有老哉？予既涉患難，鬚髮之白者十二，而風霜彫剥之餘，落然無復故吾矣。伯威之氣凛凛焉不減於昔，獨其貧增焉耳。不以增於貧而減於氣如伯威者，鮮乎哉！予因索其詩文，伯威顰且太息曰：「子猶問此耶？是物也，昔人以窮而吾不信，吾既信而窮已不去矣。子猶問此耶？」已而出《脞辭》一編曰：「子不憐其窮而索其詩，子盍觀其詩而療其窮乎？」

予退而觀之，其得句往往出象外，而其力不遺餘者也。高者清厲秀邃，其下者猶足以供耳目之笙磬卉木也。蓋自杜少陵至江西諸老之門户，窺闖殆遍矣。它日伯威過我曰：「子真不有以療我之窮耶？」吾笑謂之曰：「窮之療與否，可療與否，吾且不吾及，吾庸子及哉？吾有一説焉。杜子美、李林甫、謝無逸、蔡太師四人者，子以爲孰賢？」伯威怒曰：「子則戲論也。然人物當如是論之也哉？」予曰：「人物何不當如是論也？當李與蔡之盛時，天下肯以易杜與謝哉？今乃不然耳。然則子之窮，姑勿療焉可也。雖然，窮之瘳如李焉如蔡焉，不既震曜矣哉？杜與謝之窮，至今未瘳也。子之窮，療焉亦可也。杜與謝之窮則至今未瘳矣，使二子而存，肯以此而易彼乎？子之窮勿療焉亦可也。」伯威曰：「吾當思之。」乃書其説以序其詩。

伯威名鈇，吾州永和人也。其族與文忠公同系，其先策第者凡七人。有曰中立者，附入元祐黨籍。其尊公彦美，終於廣州經幹。伯威事母至孝，中書舍人周公子充愛其文行，稱之曰奇士云。

習齋論語講義序

讀書必知味外之味，不知味外之味而曰我能讀書者，否也。《國風》之詩曰：「誰謂荼苦，其甘如薺。」吾取以爲讀書之法焉。夫食天下之至苦，而得天下之至甘，其食者同乎人，其得者不同乎人矣。同乎人者，味也；不同乎人者，非味也。不然，稻粱吾猶以爲淡也，而欲求薺於荼乎哉？《論語》之書，非吾道之稻粱而奚也？天下可無稻粱，則是書可無矣。雖然，匹夫匹婦一日而無稻粱，死不死也？死也，一匹夫匹婦而已矣，況未必死乎？然則稻粱者，無之不可也，一日而無之亦可也。至於是書，一日而無之，則天下其無人類矣。非無人類也，有人類而無人心也。有人類而無人心，其死者一匹夫匹婦而已乎？然則《論語》之書，又非止於吾道之稻粱而已也，故學者不自五六歲讀之不見也。然讀之之不遲，知之之不早，不以其食之而淡歟？食之而淡也，食如不食也。

吾友習齋子，杜門三年，忘其爲三年也。夫三年不爲不淹矣，杜門不爲不幽矣，忘其爲淹且幽也。不惟忘之，而又樂之，問之則曰：「吾方《論語》之讀，而不百家之讀；聖人之覿，而不今人之覿，是以樂也。始吾之讀是書也，厲乎其趨，其若狂酲而不可紲也已；凝乎其瞻，其若失亡而不可捕也已。今也勃乎其辭，其若決溢而不可窒也已。」於是筆之於書，以其副遺予。予取而讀之，欣然歎曰：「快哉！是非所謂苦而甘者歟？是非所謂淡而非淡者歟？是非所謂得味外之味者歟？甚矣乎，習齋子之於斯道，其劬若此，其得若此，其發若此也！」予聞書與人必相變也，書變則人矣，人變則書矣。然讀申韓之書而不申韓者，未始不加少；讀孔顔之書而不孔顔者，未始加少。彼之變也奚以亟？此之變也奚以舒？願與習齋子評之。年月日，楊万里序。

送劉景明游長沙序

始予生二十有一，自吉水而之安成，拜今雩都大夫公劉先生爲師，而友子劉子彦純。一日，彦純與客過我。客年甚少，身偉且長，舉酒百醆皆釂，叫呼大笑。坐上索紙筆，爲古文辭詩章百千言，頃而就，飄然不可羈羈。予驚且奇，問之則劉其姓，景明其字，亦劉先生之門弟子也。自是定交，居三年，亦不自以爲樂。予既白劉先生去歸其家，日夕非彦純、景明之爲見，於是始悲。已而予官於贛，又官於永，中間與景明遇者一再。今年秋，景明訪予於南溪之上。予與景明皆有服，相問則相泣相愬，以皆失所天，於是相弔。當予與景明居，年少氣鋭，各未更事，視天下哀樂泊如也，豈今日之弔之知哉？嗟乎！吾二人者，自不相識而相友，相友而相樂，樂而離，離而悲，悲而不見，見而相弔，人生之萬變，慨乎其有感於予心也。

數日，景明求歸。予曰：「子乎留也。予與子八年乃一見，今又去，後當復幾年乃見耶？此生之八年者有幾，使予與子皆中壽，率八年而一見，則其見者又有幾。予不子留，子猶予留。」景明曰：「吾不幸，家以學而得貧，身以嫡長而責不輕。吾父之窀穸有期，而所爲窀穸之貲者無期。吾將道宜春以之長沙，以謁焉於二三故人者，以佐吾貲。」予因賀之曰：「子行矣。」或曰：「初留而卒亟其行，弔未既而賀及之，禮歟？」予曰：「非禮歟？父病無教，子病無學。教以畀之，學以慰之。景明之貧也，其不貧者多矣，予是以賀。事親者不于其豐，于其勤。豐言物，勤言躬也。景明之諸弟未有立，而景明是恃。景明畢其力以送其死而養其生，不曰躬乎？景明之孝，於是乎大，予是以又賀。景明之故人，賢也，而厚禄之爲食，見以貧猶將勸於分，而况爲親而見耶？其不勸乎否也？予是以又賀。」無或人之説，無以發吾説。吾無説，無以爲送景明之説。乾道二年八月日，誠齋野客楊万里序。

送羅永年序

今年六月，予歸自都下，一書生來謁予，羅其姓，椿其名，永年其字，永豐之人也。問其所以來，則曰：「椿世吏也，今去吏而儒是習，過不自量其不肖，來見麻陽縣尹達齋先生。先生不鄙，揖而進之，以爲可教，是以在此。」自是與予相過款且久，見其文辭清潤，日異而月不同，駸駸乎進而未止者也，予甚愛之。歲且竟，將歸覲省其母與兄，來與予别，且求予言。予曰：「子歸乎，吾言亦奚以爲？」永年曰：「椿之命儒也，邑之人悦我者之衆，未若嗤我者之衆也。得一言，悦者信，嗤者息矣。」予曰：「子之邑人，固嗤夫命儒者乎？」永年曰：「非嗤夫命儒者也，嗤我之用儒變吏也。」予曰：「然則嗤之所在，在子者不加多，在彼者不加少矣。且用儒變吏，與用吏變儒，孰可孰不可也？用皂隸而變公卿者無之乎？用暴客而變衣冠者無之乎？用檥棘變臺池也，用豺狼變父子兄弟也，不惟用吏變儒而已也。吾不以嗤夫嗤子者，吾以悲夫嗤子而不自嗤者。彼不病其悲，子獨病其嗤，何也？」乾道丁亥十二月望日序。

送郭銀河序

予聞郭銀河妙於數，其談禍福多奇中，其言杉溪先生尚書劉公，又其奇中之尤者也。乾道戊子十一月二十日來謁予，貌甚古，辭甚辯，如軒轅彌明之長頸楚語也。於十日、十二子、五運、六氣，言之如漢廷諸老生之論治也，如秦醫和、漢太倉公之知病也。予驚且奇之，與舊所聞，無所不及而有加焉。予問之曰：「子之技前於人，而子之貧亦前於人，獨何歟？」銀河仰而笑，俯而歎曰：「技不負予也，予惟恐負技也。惟恐負技，故以人徇技，而不以技徇人。其於人也，不有所迎而有所攖，以至於斯也。然予之貧可守，而予之守不可悔。」予益奇之。如銀河者，其隱於技者歟？挾技者必有求，求不得則罪其技。自技而之貧，自貧而之悔，自悔而無所不之也，不爲此者希矣。如銀河者，其隱於技者歟？謹序。

送馮相士序

楊子午睡既覺，意象殊昏昏也。强取故書，讀未竟篇，童子自外來，云有客。予急取其謁視之，則永嘉道人馮君。君與予别四年，别我時自言將上九疑，歷蒼梧，以遍覽嶺表之山川與南海之濤波。未返也，忽至吾門，恍莫知其從。既見，驚且喜，相勞苦無恙外，馮君悒然不樂，問之則曰：「俗情益不古之似矣，吾厭之，吾厭之。吾將脱冠巾、祝鬢髯以去之，子謂之何？」楊子曰：「子知去俗以就不俗矣，未知子之去俗以就俗也。子以佛之説者爲不俗也，叛父母，槌仁義，不俗者不爲也。子以世之人爲俗也，文暢、浩初比高門之炎，以自點其雲月泉石之身，此爲不俗耶？子欲去俗以就不俗，正使文暢、浩初之與曹，猶將俗乎爾也。文暢、浩初今可多也哉？然則俗不俗，果佛不佛之謂耶？冰雪也，塵埃也，孰潔孰汙也？使冰雪之所棲，必塵埃之地之爲擇，則地之有冰雪者加少矣。塵者自塵，何與於吾之冰？埃者自埃，何與於吾之雪？子之俗不俗，在子之内耶？在子之外耶？子之所厭者外也，非外則無厭矣，此未可以言語得也。」馮君憮然而應。馮君名一德，字貫道，涉獵書傳及唐人詩，善言骨相，予在衡湘中識之。其言今湖南漕使者直閣鄭公最奇中，以是名益聞，因併書之。

誠齋集卷第七十八

盧陵楊万里廷秀

序

鱣堂先生楊公文集序

吾族楊氏自國初至于今，以文學登甲乙者凡十有一人，前輩之聞者曰屯田公、中奉公。仁宗皇帝嘗題殿柱云「楊丕之廉謹」者，即屯田公也。中奉公宰杭之仁和縣，是時天下惟知有蔡太師，從之者富貴可曲肱取也，忤者不死則黜，則屈，則窒。蔡氏之門有老尼居仁和，攘細民土田，訟久不決。公杖尼，以田畀民，流落者以此。自屯田公、中奉公之後，至忠襄公以死節倡一世，於是楊氏之人物，不爲天下第二。始忠襄公入雲際山寺讀書，同學齊名者，其族弟鱣堂先生也。當二公同學時，每相厲曰：「爵禄不必力取，當力取名節耳。」忠襄之及於難也，先生宰池之貴池縣，實經理忠襄之家，而收恤其孤以歸。士大夫咨且慕曰：「兄忠于國，弟忠于兄。」不知二公之相期，非及難之日也。先生竟以毅毅頎頎，仕率不合，弱冠登第，得年六十，而官止於宣州簽判。先生既没二十年，其子次山論次先生之歌詩文章爲若干卷，命某序之，曰：「先君之才，於功不施而施於斯，先君其不有憾哉！」某曰：「先生奚憾焉？如先生而不用，不用者之憾也，先生奚憾焉？

且君之所以爲先生憾者，不以其不達於位故耶？吾聞古之君子達不以位也。先生不與忠襄異其趨者也，趨者無不同，遭者有不同耳。先生之文，俊於氣，强於力，以詣於古，其歌詩沛然有李太白之風，兹非其躬之達歟？達於位不必達於躬，達於躬不必達於位。君子也，衆人也，未嘗相近也。至於二者，其不兼焉則均也，先生獨能遁其均乎哉？」次山曰：「是先君之志也。」乃書而序之。先生諱杞，字元卿。乾道五年八月六日，姪孫具位万里序。

送侯世昭序

侯氏，袁之世於醫者也。至世昭，問其醫之所自起，則十世不啻矣，其無誤已可信。世昭年未及壯，有老醫易之，不謂其能也。同寮一富者子之危疾，老醫屈焉。世之論人，率以爲老者精而少者粗，豈盡然耶？世昭於醫無所不工，而長於奇疾。衆醫所驚者，世昭一見即曰：「是名某疾。」一發藥，無不愈。至於鍼鏃刀匕，危道也。世昭曰：「不犯至危，勿求至安，在審不審爾。」然則天下之事，審之苟明矣，必曰危不可犯者，否也。劉元德之欲襲許，李泌之欲取范陽，彼其審者歟？世昭曰：「今之醫，不讀古醫家之書而言醫，殆如子之儒廢書而求道者也。」然予聞世昭常療一疾，不藥不鍼，而愈之以一驚。予曰：「此於書何徵？」世昭曰：「吾以意也，不廢書又不可歟？」予曰：「子之妙於醫，信矣。子之功，如古之十全者乎？」曰：「吾之不醫者三：疾不可爲，聽於主而不吾聽，既吾聽而復以庸醫參焉者。」予於是有感焉：其一可以爲未病者之儆，其二可以爲不擇醫而醫與得醫而不用者之規。

書吕聖與零陵事序

上愛民急治，夙寤太息：「洿隆根株，是在爾吏。吏最近民，不在縣令。百年以還，流俗習傳。羞薄厥官，爲茸爲庳。」迺簡其良，差擇具嚴。功實白者，許以薦言。風揮雷行，丕變故常。於是江西提舉胡公首以知江州德安縣吕侯應書，有詔政事堂書其功狀，秩滿將選用焉。或曰：「邑固未易作，作邑亦未易。蓋治其賦與治其民，有以獲乎彼，必無以獲乎此矣。今吕侯兼焉，難乎哉！」予曰：「是未足爲侯之難也。」侯嘗爲零陵宰，予嘗爲丞。全州兵執其守臣以叛。全距永不百里，永之攝守懼，告潭帥請討之，持書者前矣。侯夜叩州門，謁守曰：「討之是濟其亂，且震湖南，獨全州乎？謂宜白於使家，亟下教咎其守臣，鎮撫猘徒，亂庶可已。姑徐圖之，曷云其遲？」侯策既行，一路静嘉。是侯之難也，一邑難乎哉？且無事患有事，有事患無人，有人患無功。全卒之静而叛，自無事而之有事也；叛而静，自有事而之無事也。自有事而之無事，有人故也，吕侯是已。然是役也，有人矣而無功焉。是所患也，非吕侯之患也，天下之患也。使全卒叛而不静，不静而及於湖南，不知命幾將，遣幾兵，費糧幾何，閲幾日，而後湖南無事耶？如是而後無事，則謂之有功矣。謂彼爲有功，則吕侯爲無功，宜也。自古有事未有無人，有人未有無功。❶有事而無人則歎焉，有人而無功則不歎焉，獨吕侯歟？予因書之，以私告夫好善之君子，併嘉胡公之能薦士也。吕侯名行中，字聖與

---

❶「無」，原作「有」，今據文義改。

云。乾道辛卯四月二十六日，廬陵楊万里書。

羅德禮補注漢書序

吾友羅德禮寄所作《補注漢書》示予，古文奇字，分章別句，其據也有依，其證也有來，蓋《漢書》之幽者白，紛者釋，險者不險矣。始《漢書》舊注有郭璞、臣瓚輩數十家，彼其人自爲奇、家自爲詳矣。及顏師古最後出，如道子之畫、魯公之字、子美之詩，蓋兼百家而無百家，曠千載而備千載者也。至吾宋，又有三劉之注出焉，學者以爲《漢書》於是無餘秘矣。今觀吾友羅子之注，又出於三劉之外，然則書果有窮哉？《漢書》之爲書，學者争讀之，以其文也。夫文之於道也，末矣。然猶不可窮如此，而况聖人之經，而指一家之説以爲盡於此，可乎？且當郭璞、臣瓚輩之爲注也，豈知有顏師古，師古亦豈知有三劉，三劉亦豈知有羅子哉？前乎羅子不知有羅子，後乎羅子烏知無羅子乎？未可知也。天下之事，孤舉者難起，衆挈者易趍。苟衆矣，天下無難成之功也，而况有難讀之書乎？吾於羅子之注有得焉。年月日，誠齋楊万里序。

李去非愚言序

人異異習，世異異承。文之遠者傳必僞，不必先秦之書也。李杜之詩，韓柳之文，亦近爾，猶病乎僞也。然予嘗以爲是無足病，足病者蓋有之矣。僞不在人者，是真足病也。吾嘗學爲文矣，吾書吾口不曰異世，吾口吾心不曰異人，然心傳之口，口傳之書，其於真也邈矣，而病人之僞乎哉？雖然，文，枝也；至於道，天授之聖，聖授之後世，其授無象，其傳無器，又非若文而已也。今吾欲超萬古而合聖轍，使無象者有象，無器者有器，其合也否也，真也僞也，是未可知也。

蜀士李開去非，著書六十九，號之曰《愚言》。「愚言」云者，將以李氏子之言，索顏氏子之愚也。其言曰：「顏惟愚，故無書亦無徒，然其傳至今不絶。曾子、子思、孟子，有書有徒，然其傳屢絶。」予讀而驚焉。嗟乎！果哉，李子之言也！李子之言，大抵書如口，口如心，能以秋毫爲太山，太山見而秋毫泯；復以太山爲秋毫，秋毫還而太山具。紬之至幽，以揭之至炳，非今人之文也。然吾聞一言而足，是道之不忘言也；不言而足，是道之忘言也。苟不忘言矣，曰顏惟愚，故無書無徒而傳乎爾；苟忘言矣，不曰顏惟愚，故無書無徒而傳乎爾。李子之六十九篇，奚以爲哉！奚以爲哉！年月日，楊万里序。

陳晞顏詩集序

予昔歲爲友人陳晞顏作《敦復齋記》，晞顏以書來，且寄近詩百餘篇，曰：「子之記吾齋，吾未屬饜也，子盍序吾詩？」既而晞顏自湖南帥襄陽，地益遠，書問益踈。今年八月，忽得晞顏書來徵余叙篇，蓋余已忘之矣，而晞顏未忘也。予初與晞顏相識時，各出詩文一編，蓋予喜晞顏詩，而晞顏喜予文。至今十年，予文日以退，而晞顏之詩日以進。以日退之文叙日進之詩，借曰予不忘，予猶不敢也，晞顏猶喜而不忘，何哉？「多情今夜月，送我到衡州。」「半夜打蓬風雨惡，平明已失繫船痕。」此晞顏前日之句也，予甚愛之，每欲効之，疾驅急追，目未至而足已返矣，而况於近詩乎？如《秋日十詠》及《謁衡嶽》等篇，蓋秋後之山，露下之葉，霜中之菊，而雪前之梅竹也，是可得而効哉？　予嘗聞晞顔言少從後湖先生游，盡得詩之秘，然則學而無傳，信不可歟？　詩家者流嘗曰：「詩能窮人。」或曰：「詩亦能達人。」或曰：「窮達不足計，顧吾樂於此則爲之爾。」且夫疢於窮者其詩折，慆於達者其詩衒。折則不充，衒則不幽，是固非詩矣。至俟夫樂而後有詩，則不樂之後，未樂之初，遂無詩耶？　聊爲晞顔道之。襄陽鹿門以爲城，漢水以爲池，峴山之碑，習池之館，有羊、杜、山公之遺迹，今無恙乎？　晞顔有新作否？　予叙既往，晞顔詩當來，予盥手以俟。年月日，楊万里序。

送葉伯文序

予出守毗陵日一周天矣，未嘗召醫也。今年五月，婦偶有寒疾，於是始召醫。諏其良者，衆對曰：「某子良，州家常用之。」又曰：「某子良，州家常用之。」世言効驗者，必求之於所常用，予欲勿用，焉得而勿用？　然醫藥紛如，効驗蔑如，蓋五易醫，得葉君偉而後愈。葉君者，先是州家未嘗用也。然則常用者果皆其人，未嘗用者果無其人歟？　病至於五易醫，病蓋壞矣。壞而後使葉君爲之焉，爲之而効焉。如葉君者，其信良矣哉！　雖然，壞而後使良者爲之，固不若未壞而使良者爲之也。夫豈不欲未壞而使良者爲之？　然不免於壞者，豈非懵於良不良之別歟？　且良不良之別，將安出哉？　無乃出於其所諏者耶？　蓋予之召醫，前之諏諏乎胥，後之諏諏乎友。方婦病之將壞也，吾友蔡定夫過予，予因諏之。定夫曰：「莫葉君良也。」已而果然。不擇其所諏，信不可歟？　予既感定夫，且嘉葉君，書以贈之。君字伯文。年月日，楊万里序。

益齋藏書目序

余於朝蹟最末至，故雖與天下之英俊並游，然閲三數月，識其面未徧也。既未徧識其面，烏能徧交其人？一日，除書下，遷大宗正丞尤公延之爲祕書丞。吾友張欽夫悦是除也，曰：「此真祕書矣。」予自是知延之之賢，始願交焉，然亦未解欽夫之云之意也。既與延之還往且久，既同爲尚書郎，論文討古，則見延之於書靡不觀，觀書靡不記。至於字畫之蕞殘，月日之穿漏，歷歷舉之無竭，聽之無疲也。余於是始解欽夫之云之意，然於延之有未解者焉。蓋延之每退，則閉户謝客，日計手抄若干古書。其子弟亦抄書，不惟延之手抄而已也。其諸女亦抄書，不惟子弟抄書而已也。且延之之於書，腹之矣，奚所事於手之乎？此余之所未解者也。雖然，又有未解者焉。今年余出守毗陵，蓋延之之州里也。延之持淮南使者之節而歸，一日入郛訪余，余與之秉燭夜語，問其閑居何爲，則曰：「吾所抄書今若干卷，將彙而目之，飢讀之以當肉，寒讀之以當裘，孤寂而讀之以當友朋，幽憂而讀之以當金石琴瑟也。」余於是疑焉。蓋若延之者，記之强，不必抄之富；學之就，不必讀之劬。彼其渟之爲道德，流之爲文章，溥之爲事業，深矣，而猶脱腕於傳寫，焦唇於誦數，此余之所疑而愈不可解者也。蓋彼其不可解也，祇其爲不可及歟？延之屬余序其書目，余既序之，且將借其書而傳焉。然使余盡傳延之之書，傳猶不傳也。蓋世有得易牙烹飪之方者，欣然以易牙自爲也。且得其方不若治其飪，治其飪不若嚌其滋。治其飪而不嚌其滋，飪猶不飪也，而况得其方而未嘗治其飪者耶？予老矣，每觀一書，口誌而心忘，意未究而目告病矣。使盡傳延之之書，其曰飪之云乎？未可知也。

飪之矣，其曰嚌之云乎？未可知也。則亦得易牙之方而已。予以是媿延之，亦以是服延之。年月日，楊万里序。

袁機仲通鑑本末序

初，予與子袁子同爲太學官。子袁子，録也。予，博士也。志同志，行同行，言同言也。後一年，子袁子分教嚴陵。後一年，予出守臨漳，相見於嚴陵，相勞苦，相樂，且相楙以學。子袁子因出書一編，蓋《通鑑》之本末也。予讀之，大抵搴事之成以後於其萌，提事之微以先於其明，其情匿而泄，其故悉而約，其作窕而槬，其究遐而邇，其治亂存亡，❶蓋病之源、醫之方也。予每讀《通鑑》之書，見其事之肇於斯，則惜其事之不竟於斯。蓋事以年隔，年以事析，遭其初莫繹其終，攬其終莫志其初，如山之峩，如海之茫。蓋編年繫日，其體然也。今讀子袁子此書，如生乎其時，親見乎其事，使人喜，使人悲，使人鼓舞未既而繼之以嘆且泣也。嗟乎！由周秦以來，曰諸侯，曰大盗，曰女主，曰外戚，曰宦官，曰權臣，曰夷狄，曰藩鎮，亦不一矣，❷而其源不一哉？蓋安史之亂則林甫之爲也，藩鎮之禍則令孜之爲也，其源不一哉？得其病之之源，則得其醫之

---

❶「其」下，《中華再造善本》影印宋寶祐五年趙與𥲅刻元明遞修本《通鑑紀事本末》卷首楊万里序有「於」字。

❷「亦」上，《通鑑紀事本末》卷首楊万里序有「國之病」三字。

之方矣，此書是也。有國者不可無此書，前有姦而不察，後有邪而不悟；學者不可以無此書，進有行而無徵，退有蓄而無宗。此書也，其入《通鑑》之户歟？雖然，覯人之病，戚人之病，理人之病，得人之病，至於身之病，不懵焉，不諱焉，不醫之距焉，不醫而繆其醫焉，古亦稀矣。彼闇而此昭，宜也切於人、紓於身，可哀也夫。子袁子名樞，❶字機仲，其爲人也，正物以己，正枉以直，有不可其意，憤怒見於色辭，蓋折而不靡、躓而不悔者。孔子曰：「剛毅木訥近仁。」子袁子有焉。

雙桂老人詩集後序

讀雙桂老人馮子長詩，其清麗奔絶處已優入江西宗派，至於慘澹深長，則浸淫乎唐人矣。近世此道之盛者，莫盛於江西。然知有江西者不知有唐人，或者左唐人以右江西，是不惟不知唐人，亦不可謂知江西者。雖然，不知唐人，猶知江西，江西之道亦復莫之知焉，是可歎也。斯道也，下之不足以决科，上之不足以速化，而詩人顧曰「不廢江河萬古流」，其莫之知也則宜，又何歎乎？讀雙桂一編之詩，吾甚愛之，然子長方窮而未有知之者，庸非詩爲之祟耶？是吾之所甚愛，子長所宜怨也。而子長方且爲之未已，不惟不怨，而又樂之，曰：「速營詩壇，吾將老焉。」然則吾子長正患彼知之爾，彼而不知，其足歎也夫？其不足歎也夫？子長名頎，洛人，今居嚴陵之雙桂坊，爲江州通判云。

---

❶「子袁子」至篇末，《通鑑紀事本末》卷首楊万里序作「淳熙元年三月戊子廬陵楊万里叙」。

誠齋集卷第七十九

盧陵楊万里廷秀

序

黄御史集序

余在中都，於官書及士大夫家見唐人詩集略及二百餘家，自謂不貧矣。逮歸耕南溪之上，永豐明府莆陽黄君沃又遺余以其祖御史公文集，其詩尤奇，蓋余在中都時所未見也。詩至唐而盛，至晚唐而工。蓋當時以此設科而取士，士皆争竭其心思而爲之，故其工後無及焉。時之所尚，而患無其才者，非也。詩非文比也，必詩人爲之。如攻玉者必得玉工焉，使攻金之工代之琢則窳矣。而或者挾其深博之學，雄儁之文，於是隱栝其偉辭以爲詩，五七其句讀而平上其音節，夫豈非詩哉？至於晚唐之詩，則寱而誹之曰：「鍛鍊之工，不如流出之自然也。」誰敢違之乎？❶御史公之詩，如《聞新鴈》：「一聲初觸夢，半白已侵頭。餘燈依古壁，

---

❶「乎」下，明刻本《莆陽黄御史集》卷首楊万里序有「余每見繪畫唐人李杜輩衣冠之奇古也偉之之未既而笑之者至矣不笑不足以爲古也古之可笑者獨衣冠哉」四十四字。

片月下滄洲。」如《遊東林寺》：❶「寺寒三伏雨，松偃數朝枝。」如《上李補闕》：「諫草封山藥，朝衣施衲僧。」如《退居》：「青山寒帶雨，古木夜啼猿。」此與韓致光、吴融輩並遊，未知其何人徐行後長者也。永豐君自言其集久逸，其父考功公始得之，僅數卷而已。其後永豐又得詩文五卷於吕夏卿之家，❷又得逸詩於翁承贊之家，又得銘碣於浮屠老子之宫。當御史公之時，豈自知其詩文之傳不傳哉？然二百年間幾乎泯矣，而復傳於二百年之後。然則士之所立，顧其可傳與否耳，其不傳也奚以戚？其復傳也奚以欣？余於是獨有得焉。余見士大夫子孫承家百年而不毁者或寡矣，永豐君能力求其祖之詩文於二百年之前，其可尚也夫。而永豐之士有曾時傑與其猶子晞説者得此書，又欣然刻印以供士君子之好古書者，其又可尚也夫。按《唐·藝文志》，御史諱滔，字文江，光啓中爲四門博士，❸其集舊曰《黄滔集》云。❹

❶「寺」，《莆陽黄御史集》卷首楊万里序及正文詩題無此字。

❷「豐」下，《莆陽黄御史集》卷首楊万里序有「君」字。

❸「啓」，百衲本《新唐書》卷六〇《藝文志》、《莆陽黄御史集》卷首楊万里序作「化」。按：據《容齋隨筆》卷六「乾寧覆試進士」條及《莆陽黄御史集》所附《莆陽志》，知黄滔於唐昭宗乾寧二年及第，而光啓爲僖宗年號，在昭宗之前。又《莆陽黄御史集》下秩《祭陳侍御嶠》亦自署官銜爲光化間將仕郎、守國子四門博士，故當以作「化」爲是。

❹「云」下，《莆陽黄御史集》卷首楊万里序有「淳熙三年四月廿六日誠齋野客廬陵楊万里序」十九字。

彭少初字序

吾友安福彭仲莊，少同學且同志，中間合而離、離而合者三十年。余既歸耕南溪，得仲莊爲族人子弟師，山林幽獨之身不落莫矣。仲莊問攜其子來，風骨秀朗，文辭清潤。余問其字，曰：「名湛，字則未也。子盍字諸？」余曰：「士之學必有爲也。穉者爲年，貿者爲息，士何所爲而學也？逕於學以求復其初而已。人之厥初，湛如也。紛如者至，而湛如者汩，是豈其初乎哉？子也盍問津於孟，溯洄於顔，滁源於堯、舜、禹、湯、文、武、周公、孔子，則子之所謂初者，庶幾復乎爾也。借曰未復，庶幾近乎爾也。借曰未近，庶幾不遠乎爾也。願字曰『少初』。」因書以遺之。年月日，楊万里序。

陳晞顔和簡齋詩集序

古之詩倡必有賡，意焉而已矣，韻焉而已矣。非古也，自唐人元白始也，然猶加少也。至吾宋蘇黄，倡一而十賡焉，然猶加少也。至於舉古人之全書而盡賡焉，如東坡之和陶是也，然猶加少也。蓋淵明之詩纔百餘篇爾。至有舉前人數百篇之詩而盡賡焉，如吾友敦復先生陳晞顔之於簡齋者，不既富矣乎？昔韓子蒼答士友書，謂詩不可賡也，作詩則可矣。故蘇黄賡韻之體不可學也，豈不以作焉者安、賡焉者勉故歟？不惟勉也，而又困焉。意流而韻止，韻所有，意所無也，夫焉得而不困？今晞顔是詩，賡乎人者也，而非賡乎人者也。寬乎其不逼也，暢乎其不塞也。然則子蒼之所艱，晞顔之所易，豈惟易子蒼之所艱，又將增和陶之所少也。大抵夷則遜，險則競，此文人之奇也，亦文人之病也，而詩人此病爲尤焉。惟其病之尤，故其奇之尤。蓋疾行於大逵，窮高於千仞之山、九縈之蹊，二者孰奇孰不奇也？然奇則奇矣，而詩人至於犯風雪，忘飢餓，竭一生之心思，以與古人争險以出奇，則亦可憐矣。然則險愈競，詩愈奇，詩愈奇，病愈痼矣。今是詩也，韻聽乎簡齋而詞出乎晞顔，詞出乎晞顔而韻若未始聽乎簡齋者，不以其争險故歟？使晞顔不與簡齋競於險以搴其奇，此其心必有所鬱於中而不快，而其詞必有所渟於藴而不决也。然晞顔與簡齋争言語之險以出其奇則踶矣，抑猶在癡黠之間乎？劬於詩而紓於仕，鋭於追前輩而鈍於取世資，晞顔之黠也，祇其爲癡也；晞顔之癡也，祇其爲賢也。晞顔此詩既成集矣，請序於澹庵先生胡公，而復諉某書其後。年月日，楊万里序。

默堂先生文集序

予來毗陵之數月，欲於事外陰求是邦之良士，未暇也。一日，有秀才陳生籥者來謁予，貌甚野，氣甚静，予固異之。坐之而扣其挾，則吃吃言伊川之學，予益怪焉。蓋是學也，今之大夫久矣其諱談也。不惟大夫也，今之士亦然，而生獨不然，其不可怪也乎？問之，蓋默堂先生陳公之子也。然則其不諱談也，又奚怪焉。蓋昔者道學之正統，八傳而至孔子。若顔子、曾子，則見而傳之。若子思、孟子，則聞而傳之。統之至於孟子也，其前無絶，其後無嗣。嗣千有餘歲之絶者，不在伊川乎？其學以天理爲宗，以致知爲力，以仁爲宬，以敬爲守，以誠爲歸，曠乎聖門之孔邇，忽乎斯道之來前也。一時之士，從之學者豈少也，得之者謝氏而止耳，游氏而止耳，楊氏而止耳。默堂先生，楊氏之高第也，且親焉。吾聞其人矣，吾仰其風矣，未見其書也。問諸簥，則有文集若干卷。就求而觀之，其辭質而達，其意坦而遠，其氣暢而幽。至於立朝廷，當言責，正君心，排權臣，蹇蹇不折也。是豈今之所謂文哉？蓋道學之充乎其中而溢乎其外，形乎其躬而聲乎其言者歟？既歸其書於簥，而簥請序於予。予謝曰：「先生此書，豈以序之作不作而爲傳不傳哉？序或不可以廢也，亦必其人而後可也。如予者，豈所謂其人乎？然士之騖於文也，至於今亦極矣。文彌工，道彌邈，極甚必反，其不待於先生此書乎？序此書，予不知其可也。一言以諗學者，予不知其不可也。」先生諱淵，字幾叟，嘗爲正言，終官宗正少卿，南劒人了翁之猶子云。年月日，❶楊万里序。

胡德輝蒼梧集序

予始至郡署，即登所謂多稼亭者，視其榜，三大字皆漢隸，蓋太史胡公德輝之書也，予於是知德輝工於書。後因求州之碑板，首得《子城記》，亦隸其書，古其辭，聱牙恢奇。讀之，初則戛戛，已而瀏瀏，亦德輝作也，予於是知德輝深於文。退而求其文，朞年而後得《蒼梧集》於法曹掾高君。諏之，又得其爲人於潤州別駕錢侯之望。蓋德輝自少入太學，以藝文登進士第，嘗學經術於龜山楊先生，學名節於元城劉先生。其仕也，嘗因陳少陽上書，而德輝視其草，投畀蒼梧。既得東歸，召用，嘗爲郎，又以參政李公泰發之客見惡於秦

❶「年月」，《四部叢刊三編》影印影宋鈔本《默堂先生文集》卷首楊万里序作「淳熙戊戌十月」。

丞相坐廢，飢寒窮困以死，予於是又知德輝之賢。夫士固有終身學之、不能一日行之者，豈德輝之謂哉？屢躓而屢不悔，其可敬也夫！其可歎也夫！然吾猶有爲德輝歎者。君子必有所立，有立矣不必有遇，有遇矣不必有傳。其有遇者，天也。其有傳者，非天也，人也。天者可置，人者可恃。雖然，古之人其立者泯然，其傳者卓然，未之有也；其立者卓然，其傳者泯然，蓋有之矣，則所謂人者，其又可恃乎？若德輝所立，其不卓然矣哉？而其没距今幾年，予欲求其文，訪其遺事，朞年而後得之，其不可恃也如此，此予所以爲德輝而歎也。嗟乎！德輝且然，而况予乎？其子某命予序德輝之文，不知它日有求予之序，如予求德輝之文者乎？然則予亦奚暇爲德輝而歎也哉？德輝諱瑆，世爲毗陵人。年月日，楊万里序。

洮湖和梅詩序

梅之名，肇於炎帝之經，著於《説命》之書、《召南》之詩，然以滋不以象，以實不以華也。豈古之人皆質而不尚其華歟？然「華如桃李」、「顔如蕣華」，不尚華哉？而獨遺梅之華，何也？至楚之騷人，飲芳而食菲，佩芳馨而服葩藻，盡掇天下之香草嘉禾，以苾芬其四體，而金玉其言語文章，蓋遠取於江蘺、杜若，而近捨梅。豈偶遺之歟？抑亦梅之未遭歟？南北諸子如陰鏗、何遜、蘇子卿，詩人之風流至此極矣，梅於是時始一日以花聞天下。及唐之李杜，本朝之蘇黄，崛起千載之下，而藺藉千載之上，遂主風月花草之夏盟，而梅於其間，首出桃李蘭蕙而居客之右。蓋梅之有遭，未有盛於此時者也。然色彌章，用彌晦；花彌利，實彌鈍也。梅之初服，豈端使然哉？前之遺，今之遭，其信然歟？吾友洮湖陳晞顔，蓋造次必於梅，顛沛必於梅者也。嘉愛之不足而吟詠之，吟詠之不足則盡取古今詩人賦梅之作而賡和之。寄一編以遺予，曰：「從古此詩已八百篇矣。不盈千篇，吾未止也。」予讀之而驚曰：「一何豐耶！豐而不奇，則亦長耳，一何奇耶！」予嘗愛陰鏗詩云：「花舒雪尚飄，照日不俱消。」蘇子卿云：「秖言花是雪，不悟有香來。」唐人崔道融云：「香中别有韻，清極不知寒。」是三家者，豈畏「踈影横斜」之句哉？今晞顔之詩，同梅而清，清在梅前；同梅而馨，馨在梅外。其於三家者，所謂未聞以千里畏人者也。或謂：「物鲞則妖興，梅亦有妖。晞顔此詩，非晞顔語也，梅之妖馮晞顔而語也。」或曰：「非彼馮此乎爾，緊此即彼乎爾。」夫語怪，聖門所諱，予又烏知二説之然不然哉？因併書之。年月日，楊万里序。

似剡老人正論序

吾友安福李與賢，自紹興丁卯與予同學於清純先生之門，是時予少與賢十歲。與賢長身玉立，大冠如箕，喜滑稽，善談笑。予每閉齋房呻槁簡，劇心斵肺於文字間，若癡若迷，若憊若病，無以自拔此身於蠹魚螢火之林。與賢剥啄竹户，一見則抵掌絶倒，如見何平叔、衛叔寶。予幽憂眵昏之病，不知釋然去體也。既而予以宦游北南西東，與賢之爲見不數，而與賢之談笑常參前忽後也。今年與賢以子嘗詣太常，遭值壽聖慈闈七秩慶壽，湛恩賜爵。一日，衣九品服蹟門，三十八年之契闊欣戚，把燭相對，申旦不寐，蓋予與與賢皆爲老翁矣。予端憂索居，少年意氣之豪放壯偉皣然如蜺者，蓋索然如秋矣，而與賢之談笑，猶尚少也。間出其所著一編曰《似剡正論》示予，予披而讀之，曰：「此文决讞經史之疑獄者歟？平反古今之罪功者歟？世無此作久矣，惟晚唐劉蛻、沈顔、皮日休、羅江東，本朝李泰伯諸賢，尤工於斯，喜於斯，亦窮於斯者也。具此味，續此風，得此體者，不在吾與賢乎？嗟乎！大胾鉅臑，甘膬豐碩，固可飽也。然既飽之餘，周之歜，楚之芰，王戎之李，陸羽之荈，其冷然之芬，超然之韻，獨可廢乎？與賢此書，若以示求飽之士及韻勝之士，必有嗜者矣，與賢亦謹其示哉！」與賢名燧，嘗與其子偕薦名，晚嘗特奏名，不就。「似剡」，蓋以其所居似剡溪，故自號云。淳熙甲辰十月三日，誠齋野客楊万里序。

達齋先生文集序

某生於南溪，長於南山，既冠而學於安福。紹興庚午，與叔父達齋先生同舉於禮部，皆聞罷。甲戌，再同舉於禮部，遂同年策第。某於是始一至南溪，謁族親鄰曲，蓋有不相識者。問故居，則盡爲藜藋矣。問童子釣游之地，則茫哉不可尋矣。達齋憫然，字謂某曰：「廷秀乎？子吾鄉廷秀也，非異縣廷秀也。子歸乎？與吾白首竹林，吾樂也。」於是某始有歸志。後四年，某自贛掾辭滿，乃歸南溪，卜築於達齋之西。自是日還往相唱酬，非之官無日不還往不唱酬也。後十二年，某宰奉新，達齋宰麻陽，亦數得書。是歲冬，某以收召爲國子博士，入脩門，見朝士。一日，見侍御史李公粹伯，公顰蹙曰：「子得達齋消息乎？諸公間方議薦之，嘻，今死矣。」於是公與某相視出涕。後十四年，達齋之子壁始能叙次其詩文若干卷，請某序之。某哭曰：「某尚忍序吾叔父之文集乎？賢如吾叔父，文如吾叔父，而止於斯，既不位，又不年，人歟？天乎？」雖然，斯人無遇於今，斯文當有遇於後也，則序之曰：「斯文非今人之文，古人之文也。斯詩非今人之詩，古人之詩也。蓋賦似謝莊，詩似高適，文似列禦寇云。」達齋諱輔世，字昌英，達齋其自號也。終官左宣教郎，知沅之麻陽縣，得年五十。壁，其長子也；次曰奎。淳熙甲辰十月二日，姪具位万里序。

江西宗派詩序

江西宗派詩者，詩江西也，人非皆江西也。人非皆江西而詩曰江西者何？繫之也。繫之者何？以味不以形也。東坡云：「江瑶柱似荔子。」又云：「杜詩似太史公書。」不惟當時聞者嘸然，陽應曰諾而已，今猶嘸然也。非嘸然者之罪也，舍風味而論形似，故應嘸然也。形焉而已矣，高子勉不似二謝，二謝不似三洪，三洪不似徐師川，師川不似陳后山，而況似山谷乎？味焉而已矣，酸鹹異和，山海異珍，而調胹之妙，出乎一手也。似與不似，求之可也，遺之亦可也。大抵公侯之家有閥閲，豈惟公侯哉，詩家亦然。窶人子崛起委巷，一旦紆以銀黄，纓以端委，視之，言公侯也，貌公侯也。公侯則公侯乎爾，遇王謝子弟，公侯乎？江西之詩，世俗之作，知味者當能別之矣。

昔者詩人之詩，其來遥遥也。然唐云李杜，宋言蘇黄，將四家之外，舉無其人乎？門固有伐，業固有承也。雖然，四家者流，一其形，二其味；二其味，一其法者也。蓋嘗觀夫列禦寇、楚靈均之所以行天下者乎？行地以輿，行波以舟，古也，而子列子獨御風而行，十有五日而後反。彼其於舟車，且烏乎待哉？然則舟車可廢乎？靈均則不然，飲蘭之露，餐菊之英，去食乎哉？芙蓉其裳，寶璐其佩，去飾乎哉？乘吾桂舟，駕吾玉車，去器乎哉？然朝閬風，夕不周，出入乎宇宙之間忽然耳。蓋有待乎舟車，而未始有待乎舟車者也。今夫四家者流，蘇似李，黄似杜。蘇李之詩，子列子之御風也；杜黄之詩，靈均之乘桂舟、駕玉車也。無待者，神於詩者歟？有待而未嘗有待者，聖於詩者歟？嗟乎！離神與聖，蘇李蘇李乎爾，杜黄杜黄乎爾；合神與聖，蘇李不杜黄，杜黄不蘇李乎？然則詩可以易而言之哉？

祕閣修撰給事程公，以一世儒先，厭直而帥江西，以政新民，以學賦政，如春而肅，如秋而燠，蓋二年如一日也。迨暇，則把酒賦詩，以黼黻乎翼軫，而金玉乎落霞秋水。嘗試登滕王閣，望西山，俯章江，問雙井今無恙乎，因喟曰：「《江西宗派圖》，吕居仁所譜，而豫章自出也。而是派之鼻祖雲仍，其詩往往放逸，非闕歟？」於是以謝幼槃之孫源所刻石本，自山谷外凡二十有五家，彙而刻之於學官，將以興發西山章江之秀，激揚江西人物之美，鼓動騷人國風之盛。移書諗予曰：「子江西人也，非乎？序斯文者，不在子其將焉在？」予三辭不獲，則以所聞書之篇首云。淳熙甲辰十月三日，廬陵楊万里序。

獨醒雜志序

古者有亡書，無亡言。南人之言，孔子取之；夏諺之言，晏子誦焉，而孔子非南人，晏子非夏人也。南北異地，夏周殊時，而其言猶傳，未必垂之策書也，口傳焉而已矣。故秦人之火，能及漆簡，而不能及伏生之口。然則言與書，孰堅乎哉？雖然，言則堅矣，而言者有在亡也。言者亡，則言亦有時而不堅也，書又可廢乎？書存則人誦，人誦則言存，言存則書可亡而不亡矣。書與言，其交相存者歟？廬陵浮雲居士曾達臣，少刻意於問學，慨然有志於當世，非素隱者也。嘗與當世之士商略古今，平章前代之豪傑，知光武不任功臣，而知其有大事得論諫；知武侯終身無成，而知司馬仲達實非其對；知鄧禹之師無敵，而知其短於馭衆；知孫權之兵不勤遠略，而知其度力之所能。若夫以兵車爲活城，以紙鳶爲本於兵器，談者初笑之，中折之，卒服之。古之人，蓋有生不用於時，而没則有傳於後，夫豈必皆以功名之焯著哉！一行之淑，一言之臧，而傳者多矣，其不傳者亦不少也。豈有司之者歟？抑有幸有不幸歟？抑其後世之傳不傳，亦如當時之用不用，皆出於適然歟？是未可知也。若達臣之志而不用世，可歎也。既不用世，豈遂不傳世歟？達臣既没，吾得其書所謂《獨醒雜志》十卷於其子三聘，蓋人物之淑慝，議論之與奪，事功之成敗，其載之無諛筆也。下至謔浪之語，細瑣之彙，可喜可笑，可駭可悲，咸在焉。是皆近世賢士大夫之言，或州里故老之所傳也。蓋有予之所見聞者矣，亦有予之所不知者矣。以予所見聞者無不信，知予之所不知者當無不信也。後之覽者，豈無取於此書乎？淳熙乙巳十月十七日，誠齋野客楊万里序。

誠齋集卷第八十

序

盧溪先生文集序

盧陵楊万里廷秀

紹興八年，故資政殿學士胡公，以言事忤時相黜。又四年，謫嶺表。盧溪先生以詩送其行，有「癡兒不了公家事」之句。小人上飛語告之，時相怒，除名，流夜郎，時先生年七十矣，於是先生詩名一日滿四海。里之士愛先生者，謂「詩之禍，從古昭昭也。先生不戒，又欣然犯之，適以濟權臣之威，成小人之名。此先生之禍也，亦先生之過也」。或曰：「先生何過哉！先生言直而詩工耳。言不直，詩不工，世無傳也。世有傳矣，不見娼於明，必見娼於幽。故庭草隨意之詩，空梁燕泥之詩，飛燕昭陽之詩，不才多病之詩，言非直也，詩工而已耳。詩工而非直，❶猶且小者逐，大者死，況先生之詩工而言直耶？先生何過哉！濟權臣之威，亦稔其惡，先生成小人之名，未若小人成先生之名，先生何過哉！」

❶「而」下，明嘉靖五年刻本《盧溪先生文集》卷首楊万里序有「言」字。

未幾，時相殂，先生得歸。又未幾，上踐祚，初召除國子監簿，再召除直敷文閣。年餘九十，耳目聰明，賦詩作文，不見老人摧頹之氣。朝廷想聞其風采，天下誦傳其詩，禍先生者何知其非福先生乎？嗟乎！天人之理，其紊也或勝之，其定也或正之，不觀其定而觀其紊，則古之聖賢厄於小人者皆過也，獨先生之過也乎？

先生王氏，諱庭珪，字民瞻，登政和八年第。調茶陵丞，以上官不合棄官去，隱居盧溪者五十年，自號盧溪真逸。少嘗見曹子方，得詩法。蓋其詩自少陵出，其文自昌黎出，大要主於雄剛渾大云。清江劉清之子澄評先生之文，謂「盧陵自六一之後，惟先生可繼」，聞者韙焉。先生之孫澹及曾孫瀓及其門人劉江，詮次先生之詩文凡若干卷，❶將刻棗以傳。而太守朱公子淵復刻其詩於郡齋，澹屬某序之。某嘗侍先生之杖屨，聞先生之誨言者，欲辭敢哉？淳熙戊申九月晦日，門人朝奉大夫、新知筠州軍州事楊万里序。

西溪先生和陶詩序

余山墅遠城邑，復不近虛市，兼旬不識肉味，日汲山泉煮湯餅，儐以寒齏，主以脫粟，紛不及目，囂不及耳，余心裕如也。偶九日至，呼兒問：「有酒乎？」曰：「秫不登，無所於釀。」余仰屋喟曰：「安得白衣人乎？」已而所親送至新醅，余欣然又問：「有菊乎？」曰：「秋未涼，菊亦未花。」余又喟曰：「既得隴，復望蜀，

❶「若干」，《盧溪先生文集》卷首楊万里序作「五十」。

可乎？」因悠然獨酌，取几上文書一編觀之，乃余亡友西溪先生《和陶詩》也。讀至《九日閑居》，淵明云：「塵爵耻虚罍，寒花徒自榮。」東坡和云：「鮮鮮霜菊艷，溜溜糟床聲。」西溪和云：「境静人亦寂，觴至壺自傾。」則又喟曰：「四者難并之歎，今古如一丘之貉也。」兒跽而請曰：「東坡、西溪之和陶，孰似？」余曰：「小兒何用强知許事。淵明之詩，春之蘭，秋之菊，松上之風，澗下之水也。東坡以烹龍庖鳳之手，而飲木蘭之墜露，餐秋菊之落英者也。西溪操破琴，鼓斷絃，以寫松風澗水者也。似與不似，余不得而知也，汝盍於淵明乎問焉？」西溪之子偉及其猶子湘送此集，謁予序之，因書此語于篇首云。西溪劉氏，諱承弼，字彦純，嘗再與計偕。報聞，則歸隱于安福之西溪。今諫大夫謝公諤，嘗倡郡士百千人列其孝行節義于朝，有詔旌表其門閭。淳熙戊申九月晦日，友人朝奉大夫、新知筠州軍州事楊万里序。

彭文蔚補注韓文序

永明尉彭君文蔚，與予同郡，且同鄉舉。自紹興癸酉一别，至淳熙戊申七月二十五日，忽觸熱騎一馬來，訪予於南溪之上。道舊故、相勞苦外，文蔚喟然曰：「四民精其業者三而已，惟士獨否。道德之粹精，義理之淵永，姑未用擊考也；句讀之不分，訓故之不徹者，麻竹如也。」因出其《補注韓文》八帙以示予。上自先秦之古書，下逮漢晉之文史，近至故老之口傳，旁羅遠摭，幽討明抉，殆數十萬言。於是韓子之詩文雅語奇字，發擿呈露無餘秘矣。如援《順宗實録》而知《上李實書》之有旨，據《唐史》本傳而知《送鄭權序》之有負，至於《城南聯句》「採月坳泓」等語怪奇不可理曉者，援證益白。他難以悉數，是有補於後學爲不少也。

昔程子以《羑里操》爲韓子得文王之心，以「軻死不得其傳」爲韓子見之識之大，此固讀韓文之大觀遠覽也。而文蔚之注亦獨可廢乎？學者以文蔚之注，求程子之意，而讀韓子之文，韓子猶曰「小得意則人小笑之，大得意則人大笑之」。是後世終無韓子乎？後世有韓子，韓子之幸也；後世無韓子，韓子幸乎哉？文蔚屬予序之，因書其説。文蔚尚有《春秋指掌》《集義》二書，予恨未見也，當再拜以請。誠齋野客楊万里序。

約齋南湖集序

初，予因里中浮屠德璘談循王之曾孫約齋子有能詩聲，余固心慕之，然猶以爲貴公子，未敢即也。既而訪陸務觀於西湖之上，適約齋子在焉，則深目顰蹙，寒肩臞膝，坐於一草堂之下，而其意若在巖壑雲月之外者，蓋非貴公子也，始恨識之之晚。既而又從尤延之、京仲遠過其所居曰桂隱者，於是盡出其平生之詩，蓋詩之臞又甚於其貌之臞也。大抵祖黄、陳，自徐、蘇而下不論也。延之、仲遠退而深嘉之，余笑而不言。二君曰：「子奚笑約齋子？」余曰：「彼其先王翼真主以再造王家，大忠高勳，塞兩儀而貫三光。爲之子若孫者，謂宜掉馬箠，嗚孤劒，略中原以還天子。若夫面有敲推之容，而吻作秋蟲之聲，與陰、何、郊、島先登優入於飢凍窮愁之域，此我輩寒士事也。顧汲汲於此，而於彼乎悠悠爾，此余之所以笑約齋子也。」二君曰：「子之笑約齋子，祇所以嘉約齋子歟？」余出守高安，約齋子寄其詩千餘篇曰《南湖集》，且諗余序之，乃書其説于篇首云。約齋子張氏，名鎡，字功父。淳熙己酉四月庚辰，誠齋野客廬陵楊万里序。

易外傳序

《易》者何也？「易」之爲言變也。《易》者，聖人通變之書也。何謂變？蓋陰陽，太極之變也；五行，陰陽之變也；人與萬物，五行之變也；萬事，人與萬物之變也。古初以迄于今，萬事之變未已也，其作也一得一失，而其究也一治一亂。聖人憂焉，幽觀其變，湛思其通，而逆紬其圖，《易》之所以作也。「易」之爲言變也，故《易》者，聖人通變之書也。其窮理盡性，其正心修身，其齊家治國，其處顯，其傃窮，其居常，其遭變，其參天地、合鬼神，萬事之變方來，而變通之道先立。變在彼，變變在此。得其道者，蚩可哲，慝可淑，眚可福，危可安，亂可治，致身聖賢而躋世泰和猶反手也。斯道何道也？中正而已矣。唯中爲能中天下之不中，唯正爲能正天下之不正。中正立而萬變通，此二帝三王之聖治，孔子顏孟之聖學也。後世或以事物之變爲不足以攖吾心，舉而捐之於空虛者，是亂天下者也。不然，以爲不足以遁吾術，挈而持之以權譎者，是愈亂天下者也。然則學者將欲通變，於何求通？曰道。於何求道？曰中。於何求中？曰正。於何求正？曰《易》。於何求《易》？曰心。愚老矣，嘗試與二三子講之，二三子以爲愚之言乎？非也。愚聞諸先儒，先儒聞諸三聖，三聖聞諸天。淳熙戊申八月二日，廬陵楊万里謹序。

誠齋江湖集序

予少作有詩千餘篇，至紹興壬午七月皆焚之，大概江西體也。今所存曰《江湖集》者，蓋學後山及半山及唐人者也。予嘗舉似舊詩數聯於友人尤延之，如「露窠蛛卹緯，風語燕懷春」，如「立岸風大壯，還舟燈小明」，如「踈星熠熠沙貫日，緑雲擾擾水舞苔」，如「坐忘日月三杯酒，卧護江湖一釣舡」。延之慨然曰：「焚之可惜。」予亦無甚悔也。然焚之者無甚悔，存之者亦未至於無悔。延之曰：「詩何必一體哉？」此集存之，亦奚悔焉。舊所存者五百八十首，大兒長孺再得一百五十八首，於是併録而序之云。同郡之士永新張德器婁求之不置，因以寄之。淳熙戊申九月晦日，誠齋野客楊万里序。

誠齋荆溪集序

予之詩始學江西諸君子，既又學後山五字律，既又學半山老人七字絶句，晚乃學絶句於唐人。學之愈力，作之愈寡，嘗與林謙之屢歎之，謙之云：「擇之之精，得之之艱，又欲作之之不寡乎？」予喟曰：「詩人蓋異病而同源也，獨予乎哉？」故自淳熙丁酉之春，上暨壬午，止有詩五百八十二首，其寡蓋如此。其夏之官荆溪，既抵官下，閱訟牒，理邦賦，惟朱墨之爲親，詩意時往日來於予懷，欲作未暇也。戊戌三朝時節，賜告少公事，是日即作詩，忽若有寤。於是辭謝唐人及王、陳、江西諸君子皆不敢學，而後欣如也。試令兒輩操筆，予口占數首，則瀏瀏焉，無復前日之軋軋矣。自此每過午，吏散庭空，即攜一便面，步後園，登古城，採擷杞菊，攀翻花竹，萬象畢來，獻予詩材。蓋麾之不去，前者未讎而後者已迫，涣然未覺作詩之難也。蓋詩人之病，去體將有日矣。方是時，不惟未覺作詩之難，亦未覺作州之難也。明年二月晦，代者至，予合符而去。試彙其藁，凡十有四月，而得詩四百九十二首，予亦未敢出以示人也。今年備官公府掾，故人鍾君將之自淮水移書於予曰：「荆溪比易守，前日作州之無難者，今難十倍不啻。子荆溪之詩，未可以出歟？」予一笑，抄以寄之云。淳熙丁未四月三日，廬陵楊万里廷秀序。

誠齋西歸詩集序

予假守毗陵，更未盡三月，❶移官廣東常平使者。既上二千石印綬，西歸過姑蘇，謁石湖先生范公。公首索予詩，予謝曰：「詩在山林而人在城市，是二者常巧於相違而喜於不相值。某雖有所謂《荆溪集》者，竊自薄陋，不敢爲公出也。」既還舍，計在道及待次凡一年，得詩堇二百首，題曰《西歸集》，録以寄公。今復寄劉伯順與鍾仲山。淳熙丁未六月十五日，誠齋野客楊万里序。

誠齋南海詩集序

予生好爲詩。初好之，既而厭之。至紹興壬午，予詩始變。予乃喜，既而又厭之。至乾道庚寅，予詩又變。至淳熙丁酉，予詩又變，是時假守毗陵。後三年，予落南，初爲常平使者，復持憲節。自庚子至壬寅，有詩四百首，如《竹枝歌》等篇，每舉似友人尤延之，延之必擊節以爲有劉夢得之味，予未敢信也。潮陽劉渙伯順爲清遠宰時，嘗爲予求所謂《南海集》四百首者。至再見於中都，伯順復請不懈，乃克與之。嗟乎！予老

❶「三」，宋遞刻本作「二」。

矣，未知繼今詩猶能變否。延之嘗云予詩每變每進。能變矣，未知猶進否。他日觀此集，其羨也乎？其亦厭也乎？予詩自壬午至今凡二千一百餘首，❶曰《江湖集》，曰《荆溪集》，曰《西歸集》，曰《南海集》，曰《朝天集》。餘四集，伯順尚欲之，他日當續寄也。丙午六月十八日，誠齋野客楊万里廷秀序。

誠齋朝天詩集序

予游居寢食，非詩無所與歸。淳熙壬寅七月，既嬰戚還家，詩始廢。至甲辰十月一日，禫之徙月也，大兒長孺請曰：「大人久不作詩，今可作矣乎？」予蹙然曰：「三年不爲禮，禮必壞；三年不爲詩，詩必頹。善如爾之請也。」是日始擬作進士題。後二十七日，拜除召之命。後十日，就道入京，道塗堇堇得二十餘詩，然自覺其扞格不如意，蓋哀未忘故也。既至中都，就列庀職。明年二月，被旨爲銓試考官，與友人謝昌國倡和，忽混混乎其來也。至丁未六月十三日，得故人劉伯順書，送所刻《南海集》來，且索近詩。於是彙而次之，得詩四百首，名曰《朝天集》寄之云。誠齋野客楊万里序。

---

❶「一」，宋遞刻本作「三」。

誠齋集卷第八十一

廬陵楊万里廷秀

序

誠齋江西道院集序

某昔歲四月上章丐補外，壽皇聖帝有旨畀郡，尋賜江西道院，蓋山水之窟宅、詩人之淵林也。既抵官下二百有八旬有四日，皇上詔令，奉計詣北闕，駿奔道塗，踰月乃至脩門，道中得詩可百許首。乃併取歸塗及在郡時詩録之，凡二百有五十首，析爲三卷，❶目曰《江西道院集》。先是，舟經釣臺，地主故人陸務觀載酒相勞於江亭之上，索誦近詩，因舉「兩度立朝結局」之句。務觀大笑曰：「立朝結局，此事未可料，《朝天集》真結局矣。」因併書之自笑云。❷淳熙己酉十月三日，誠齋野客廬陵楊万里序。

---

❶「三」，宋遞刻本作「五」。

❷「之」下，宋遞刻本有「以」字。

霍和卿當世急務序

予淳熙甲辰十二月，初識霍和卿於監察御史謝昌國之賓堦，稠人中未之奇也。既同見昌國，和卿先退，昌國留瀹茶小語，因曰：「適某客識之否？有一書曰《當世急務》者，嘗見之否？」予即借之以歸。夜吹燈細讀之，不覺起立，曰：「此秦少游、何去非之亞匹也。」今世有此奇士而我獨不知，非恨歟？幸識其人，又見其書，未恨也。予嘗見有居里而林於宅者，既荒且孤，又不幸有盜焉。與之同是里，不惟同是里，又鄰是宅，或甚居者曰：「盍垣焉？盍門焉？盍甲而衛焉？」或曰：「垣乎衛未若門乎衛之易也。」或曰：「門乎衛未若廡乎衛之力也。」且夫盜在吾里，吾猶卻之里之外；盜迫吾鄰，吾猶卻之里，而又以門易垣、以廡易門乎？而三言者乃爾，爲主人者將初者之從乎？抑中者、終者之從乎？此不待仲尼、子弓而後知其可不可也。今也駸駸焉自里而鄰矣，自鄰而垣、自垣而門矣，而爲之計者日持中者、終者之説而詆初者曰迂，不殆於以家爲戲乎哉？和卿此書，蓋初者之計也。孰有持是書獻之乎吾相而勿曰迂乎爾，進之乎吾君而勿曰迂乎爾，予猶有賀焉。不然，中者之説行矣乎？未可知也。終者之説行矣乎？亦未可知也。非予所敢賀也。予既爲之序，又以告當世之君子，於斯三言者，宜亦審其擇也乎！雖然，不中者、終者之從而從其初者，其亦止於此乎哉？曰：其猶有焉。家人之睦若睽也，子弟之良若窳也，甲者之競若羸也，與其貲之窶若裕也，和卿之書慮之蓋詳矣。其亦止於此乎哉？曰：猶有焉。和卿名箎，京口人，登隆興元年進士第，自軍器監丞出知盱眙軍，今在盱眙。己酉十二月十三日，廬陵楊万里序。

誠齋朝天續集序

余隨牒倦游，登九疑，探禹穴，航南海，望羅浮，渡鱷溪，蓋太史公、韓退之、柳子厚、蘇東坡之車轍馬跡，余皆略至其地。觀余詩，江湖嶺海之山川風物多在焉。昔歲自江西道院召歸册府，未幾而有廷勞使客之命，於是始得觀濤江，歷淮楚，盡見東南之奇觀。如《渡楊子江》二詩，余大兒長孺舉似於范石湖、尤梁溪二公間，皆以爲余詩又變，余亦不自知也。既竣事歸報，得詩凡三百五十餘首，目之以《朝天續集》。鄉友寓長沙劉繼先來訪，索余近詩，因以此集并《江西道院集》併舊《朝天集》遺之，俾攜以示其兄炳先。余詩自壬午至今凡七集，近三千首云。紹熙元年四月九日，誠齋野客廬陵楊万里序。

誠齋江東集序

紹熙庚戌十月，予上章匄外，蒙恩除江東副漕。辭行諸公間，參政胡公笑勞曰：「誠齋老子是行，天不以其欠《江東集》耶？」予謝不敢當也。既出脩門，友人鞏豐追送予於舟次，因舉似胡公語，且自笑曰：「金陵六朝故國，句固未易着，又經半山品題，着句亦未易。」豐曰：「先生何畏焉？鍾山，吾師也，石城大江豈欺我哉？金陵之勝絶，固也，抑詩家未有勍者歟？有勍者，則與半山並驅詩壇，未知風月當落誰手，先生何畏焉？」予復謝不敢當也。既抵官下，再見夏時，因集在金陵及行部廣德、宣、池、徽、歙、饒、信、南康、太平諸郡所作，得詩五百首，乃命曰《江東集》，以寄劉炳先、繼先伯仲。壬子五月二十五日，誠齋野客楊万里序。

羅氏一經堂集序

本朝三舍養士之盛，至宣、政間極矣。是時廬陵有鄉先生曰羅天文，以《詩》學最高，學者争從之。在庠序，從之傾庠序；在鄉里，從之傾鄉里。蓋來者必受，受者必訓，訓者必成也。於束脩之問，雖不卻，亦不責，往往貧者從之多於富者之從之也。嘗薦名至京師，報聞而歸，自是不復試有司。建炎戊申，其仲子上行始登第。紹興丙戌，其長孫全略又登第。後幾年，其孫維藩、維翰同年又登第。後幾年，其孫全材又登第。後幾年，其孫全德又登第。後幾年，其曾孫瀛又登第。至於薦名者：上達，先生之長子也；曰維申，曰孚，皆先生之孫也；曰澥，亦先生之曾孫也。維申以特奏名得官，上達之子，瀛之父也。自先生至瀛，薦名登第，皆以《詩》學，猗歟盛哉！予觀鄉里士大夫之家，蓋有儒其躬而農其子者矣；蓋有儒其躬，儒其子，而農其孫者矣；蓋有儒其躬，儒其子，儒其孫，而農其曾孫者矣。如先生，儒其躬，又儒其子，又儒其孫，又儒其曾孫，不亦鮮乎哉？天下之事，不積不精，不傳不永。如先生之家，以《詩》學世相傳焉，所謂積而精、傳而永者歟？里之士見其業儒之盛、明經之專，争求其以經義對有司之文而謁余敘之，因名以《羅氏一經集》。予之於天文，親也，猶李漢之於昌黎云，敘其可辭？紹熙元年六月十日，朝議大夫、試秘書監兼實録院檢討官楊万里序。

千巖摘藁序

士飽乎學而不療腹之飢，肥乎德而不捄妻子之瘠，兹謂貧，列禦寇、黔婁是也。才經天下而一身之不達，名垂百世而當時之不逢，兹謂窮，仲舒、馮衍是也。人孰無耦？己則鰥居。人孰無承？己則哭子。兹謂灾，子夏、莊周是也。吾身之可樂也，非吾身之可樂也，身安之可樂也。一日不安，則是身者，吾之憂也。豈惟吾之憂，抑亦吾之仇。兹謂疾，冉伯牛、左丘明是也。今使惡人之憎夫人也，憎之矣，不必窮之可也；窮之矣，不必貧之可也；窮之矣又貧之矣，不必灾之可也；窮之矣，又貧之矣，又灾之矣，不必疾之亦可也。有併舉其四不必而集之於一身，借曰其人之惡，其忍憎夫人而厲之至此極乎？人且不忍也，天其忍乎？

吾友蕭東夫，余初識之於零陵，一語意合，即襆被往其館，與之對床。時天暑，東夫詰朝欲蚤行。五鼓，東夫先起，吹燈明滅，搔首若有營者。余亦起視之，蓋東夫作詩一章以贈余别也。余即和以答賦，東夫喜曰：「定交如定婚，吾與子各臧去一紙。」自是别去，各不相聞者十有六年。淳熙丁酉，余出守毗陵，東夫丞龍川，相遇于上饒之西郊，一揖而别。後二年，余移廣東常平使者，東夫官滿歸，訪余於南谿之啾廬，自是吾二人者不再見至今。頃廣西提點刑獄嘗闕員，丞相王公問余孰可，余以東夫對。丞相驚曰：「子亦知東夫乎？吾深知之，何俟子言。子不知乎？東夫病矣，嘗使守峽州，不能行。」蓋東夫既不達，又貧，又疾，又喪其妻若子，今惟一子與諸孫在耳。此惡人之憎東夫者，不忍舉前之所謂四不必者而集之東夫之一身者也，天其忍乎？人不忍而天忍焉，忍其一，復忍其三，吾知天之必不然也。必不然而然焉，吾何以知其忍不忍、然不然哉？雖然，東夫以蓋代之氣，經世之才，驚人之詩，窒其二，亨其一，安知夫天之不私東夫乎？專其私，尤其忍，東夫其忍乎？

余至金陵之一月，呼中男次公而告之曰：「東夫可念。」亟遣騎以書候之。東夫答余書，其辭充然自得，其意怡然自樂，寄詩一編曰《千巖摘藁》，屬余序之，若未嘗窮且貧且灾疾者。余媿謂次公曰：「東夫甚樂而不憂，余淺之爲丈夫也。余何足以知東夫哉？」余嘗論近世之詩人，若范石湖之清新，尤梁溪之平淡，陸放翁之敷腴，蕭千巖之工致，皆余之所畏者云。紹熙辛亥九月七日，友生誠齋野客廬陵楊万里謹序。

雪巢小集後序

《雪巢小集》，天台林憲景思之詩也。梁溪先生尤延之既序之矣，景思復徵余序其後。景思之詩似唐人，信矣延之之論也。然至如「桃花飛後楊花飛，楊花飛後無可飛」、「天空霜無影」等句，超出詩人準繩之外，其遐不可追，其卓不可跂矣。使李太白在，必一笑領此句也，似唐人而已乎？然延之深愛景思之才而深惜其窮，至謂「豈發造化之秘而天惡此耶」，又謂「富貴者人之所可得，而才者天之所甚靳。既取所甚靳，則不兼其所可得」，又謂「才者致窮之具，人何用得此？而天亦何用靳此？有未易以理曉者」。余嘗摘此語以唁景思曰：「子何必以才而致窮耶？子何必發天之所秘，而逢天之所怒耶？子何必争天之所靳，而不取人之所可得者耶？」景思笑曰：「子不見唐人孟郊、賈島乎？郊、島之窮，才之所致，固也。然同時之士如王涯、賈餗，豈不富且貴哉？當郊、島以飢死寒死，涯、餗未必不憐之也。及甘露之禍，涯、餗雖欲如郊、島之飢死寒死不可得也。使郊、島見涯、餗之禍，涯、餗憐郊、島乎？郊、島憐涯、餗乎？未可知也。子不見本朝黃、秦乎？魯直貶死宜州，少游貶死藤州，而蔡京、王黼相繼爲宰相，貴震天下。當黃、秦之死，王、蔡必幸其死。及王、蔡之誅，黃、秦不見其誅。使黃、秦見其誅，亦必不幸之也。然黃、秦不幸王、蔡之誅而天下萬世幸之，王、蔡幸黃、秦之死而天下萬世惜之。然則黃、秦之貧賤，王、蔡之富貴，其究何如也？且彼四子之富貴，其得者幾何？而今視之，不啻如糞土。而此四子之貧賤，所得者如此，今與日月争光可也。然則孰可願，孰不可願乎？亦未可知也。今吾不才，豈敢擬郊、島、黃、秦，而吾之窮有甚於郊、島、黃、秦。吾何幸得與郊、島、黃、秦同其窮，而不與涯、餗、王、蔡同其達，而子爲我願之乎？且吾與詩人同争夫天之所靳，是天之横民也；同犯夫天之所惡，是又天之横民也。治横民者宜以横政，既與詩人同爲横民，又欲不與詩人同受横政，可乎？」余賀之曰：「子既無遺力以取所靳，無懼心以犯所惡，無怨言以安所致，然則延之爲君惜，延之過也。余舉延之語以唁君，亦過也。然君心欲專享詩人所謂才之所致者而不顧不悔，以不辭造物之横政，亦過也。子盍持此語再見延之，爲余問之。」

順寧文集序

余紹興己卯之冬負丞永之零陵，則聞有大夫士爲永之决曹掾，以與太守争議獄而棄官去者曰劉子駒。余固起敬，恨未識也。偶過張敬夫，談間及子駒，敬夫曰：「子駒之去，無所於歸，亦無所於食，則之其先人之墓次而廬焉。嘗有帥桂林者，是時秦太師之勢震天下，帥其客也。一日，因賓贊寓公集府庭，則大唱曰：

『某日之夜，去城一舍所，其驛曰秦成者，有光屬天。某願與諸君賦之，將以聞焉。』坐皆曰唯唯。不賦者二人，曰李成叔，其一則子駒也。」余益起敬。敬夫曰：「子駒行且來此。」未幾果來。魏國忠獻張公時尚居永，館子駒于所居之精舍曰讀易堂，公未嘗館士于此也。余於是初識子駒，瞻其容，寂如也；聽其言，藹如也。初若不可親，而久若不可離。其殖學源委，茫乎有所不可窮，而其論事根據，確乎有所不可易。余猶記其一二，如謂「渡江以來，立法端有至當者。若大比試藝之日，天下郡國同以仲秋之望是已。使立法皆然，豈不簡而易守」。余每思斯言，每懷斯人也。

子駒没後十有三年，余官于金陵，子駒之猶子無玷遺余書曰：「伯父有文二十卷，目曰《順寧集》，湘中學者欲屬士人劉光祖刻棗以傳矣，而未有題號其指義者。伯父之交游盡矣，惟君在耳，君其毋遜。」余得其文集，且披且吟，則見其文之似其容，其味之似其言也。仲尼所謂「有德者必有言」，其子駒之謂乎？子駒諱芮，河間人，忠肅丞相之曾孫，讀易先生之孫，其學蓋得之孫奇父、尹和靖。終官刑部員外郎、湖南提點刑獄，卒年七十有一。大氐子駒長於嗜古而短於諧今，工於料事而拙於售世，遇合之詘而幽獨之伸，流靡之憎而强毅之悦，故其仕落落而其心優優云。

唐李推官披沙集序

予生百無所好，而顧獨尤好文詞，如好好色也。至於好詩，又好文詞中之尤者也。至於好晉唐人之詩，又好詩之尤者也。予於天下士大夫家及入三館，傳唐詩數百家，多至百千篇，寡至一二篇，自謂三百年間奇瓌詭寶略無遺矣。❶晚識李兼孟達於金陵，出唐人詩一編，乃其八世祖推官公《披沙集》也。如「見後却無語，别來長獨愁」，如「危城三面水，古樹一邊春」，如「月明千嶠雪，灘急五更風」，如「煙殘偏有焰，雪甚却無聲」，如「春雨有五色，灑來花旋成」，如「雪藏山色晴還媚，風約溪聲静又回」，如「未醉已知醒後憶，欲開先爲落時愁」，蓋征人凄苦之情，孤愁窈眇之聲，騷客婉約之靈，風物榮悴之英，所謂「周禮盡在魯矣」，讀之使人發融冶之驩於荒寒無聊之中，動慘戚之感於笑談方懌之初。《國風》之遺音，江左之異曲，其果弦絶而不可煎膠歟？然則謂唐人自李杜之後有不能詩之士者，是曹丕火浣之論也；謂詩至晚唐有不工之作者，是桓靈寶哀梨之論也。或曰：「推官之詩，❷子能辨之。子之言，將使誰辨之？」曰：「嗟乎！後世有曹丕無靈寶，推官公其已矣，予則有憂也。不然，推官公其已乎，予何憂哉？」推官公諱咸用，唐末人也。孟達請予序之，後二年乃能書以寄之。孟達亦能詩，殊有推官公句法云。紹熙四年十一月既望，誠齋野客廬陵楊万里序。

通鑑韻語序

司馬文正公《資治通鑑》之書，學者讀之，孰不有席卷篇帙，包舉事辭，囊括百代，并吞千載之心？然其

---

❶「瓌」，原作「環」，今據《四部叢刊初編》影印宋刊書棚本《披沙集》卷首楊万里序改。

❷「之」上，《披沙集》卷首楊万里序有「公」字。

涯也浩，則其記覽也艱；其緒也紛，則其誦數也苦，此學者通病也。臨川黄君日新齊賢，陟彼藥山，瞻彼令芳。既擷而襘之，復導而淅之；既磑而屑之，復糅而劑之。舉二百九十四卷之書，一千三百六十二年之事，而納之於四言之詩，目曰《通鑑韻語》。既成，以書走六百里，緘其副寄予，且介艮齋先生之書求予序之。予曰：「是書不出而傳學者，是書苟出而傳學者，可以咏，可以絃，可以欣，可以慨。昔也病記覽之艱，今則艱者夷；昔也病誦數之苦，今則苦者懌。然則齊賢三十年成之之勞，學者一日饗之之逸也，齊賢無負於學者矣。」紹熙癸丑十二月二十四日，誠齋野客廬陵楊万里序。

誠齋集卷第八十二

序

盧陵楊万里廷秀

石湖先生大資參政范公文集序

予疇昔之晨，與客坐堂上，遥見一健步黄衣負一笈至庭下，呼而諏其奚自，曰自參政公范氏也。發其笈，公之文集在焉。索其書讀之，則公之子莘叩頭請曰：「莘不天，不自貫越，而先公一夕奄忽棄其孤。莘欲死而不敢者，有先公付託之重任在。方先公之疾而未病也，日夜手編其詩文，數年成集，凡若干卷。逮將易簀，執莘手而授之，且曰：『吾集不可無序篇。有序篇非序篇，寧無序篇也。今四海文字之友，惟江西楊誠齋與吾好，且我知。微斯人，疇可以囑斯事？小子識之。』若莘則何敢請，而先公之治命不敢墜，惟先生哀而諾之。」予執書抱遺編而泣曰：「万里與公同年進士也。公先進，至爲朝廷大臣，與天子論道發政，坐廟堂進退百官，而万里環堵荒寒之士也，何敢與公友？公不我薄陋而辱友之，万里不敢拒公，亦不敢以執政俟公也。今忍死丁寧之託，其敢辭？」

初，公以文學材氣受知壽皇，自致大用，至杖漢節使强虜，即其庭，伏穹廬不肯起，袖出私書切責之，君臣大驚。有自階闥之嬖竊位樞臣者，其勢方震赫，公沮之，竟不奉詔而去，其所立又有不凡者矣。若夫劌心於山水風月之場，彫龍於言語文章之囿，此我輩羈窮酸寒、無聊不平之音也，公何必能此哉？古語曰：「爭名者必於朝，爭利者必於市。」是二人者，使之以此易彼，二人者其肯乎哉？非不肯也，不願也。非不願也，亦各樂其樂也。詩人文士，挾其所樂，足以敵王公大人之所樂不啻也，猶將愈之。故王公大人無以傲夫士，而士亦無所折於王公大人。今日乃自屏其所可樂，而復力爭夫士之所甚樂，所謂「不虞君之涉吾地」者，其不多取乎？然公之詩文，非能工也，不能不工耳。公風神英邁，意氣傾倒，拔新領異之談，登峰造極之理，蕭然如晉宋間人物。它人戞戞吃吃而不能出諸口者，公矉呻噫欠之間，猝然談笑而道之，則其詩文之工，豈十日一水、五日一石之謂也哉？甚矣，文之難也！長於臺閣之體者，或短於山林之味；諧於時世之嗜者，或漓於古雅之風。牋奏與記序異曲，五七與百千不同調，非文之難，兼之者難也。至於公，訓誥具西漢之爾雅，賦篇有杜牧之之刻深，騷詞得楚人之幽婉，序山水則柳子厚，傳任狹則太史遷。至於大篇決流，短章斂芒，縟而不釀，縮而不僒。清新嫵麗，奄有鮑謝；奔逸儁偉，窮追太白，求其隻字之陳陳、一倡之嗚嗚而不可得也。今四海之内，詩人不過三四，而公皆過之無不及者。予於詩豈敢以千里畏人者，而於公獨斂衽焉。於是文士詩人之難者易，偏者兼矣，其不盛矣乎？嘻！人琴今俱亡矣，《廣陵散》今此聲遂絶矣。惠子不生，莊子不死，復何道哉！復何道哉！

公之别墅曰石湖，山水之勝，東南絶境也。壽皇嘗爲書兩大字以揭之，故號石湖居士云。公諱成大，字至能，世爲姑蘇人。其世次、言行、職官，則有少保、大觀文、大丞相益國周公之銘詩在。紹熙五年六月十一日，誠齋野客廬陵楊万里謹序。

羅允中尚書集説序

六經，《易》之外惟《書》最古，而其事最明，其辭最直，其道最易行也。然自伏生以放于今，學者每病乎通之難者，何也？ 訓故家者流曰：「象必有類，義必有比。不釋某象，其類某肖也；不解其義，其比某若也。」其學能使人由類以釋象，由比以解義。及膠者爲之，若問津焉。取信於告者之味，而不取至於行者之趾，不迷焉，則窮焉。義理家者流曰：「訓故，糟粕也；義理，精醇也。守訓故，忘義理，是味糟粕而忘精醇也。」其學能使人自流而泝源。及躗者爲之，至指秫稻爲糟粕，而水泉爲精醇。廢秫而飲泉，以求旨酒之味，可乎？ 師傳家者流曰：「梓必般，弈必秋，而況經乎？」其學能使人不以今薄古，不以己廢人。及蚩者爲之，如得曹氏食野葛、張老食堇之方，秘而藏之。它日遇疾，出而試之，有不殺人者乎？ 心會家者流曰：「道欲自得，其有承者，雖盡善，猶非自得，而况未必盡善乎？」其學能使人見獨而超詣。及鑿者爲之，如幻人之吐火，可曜也，不可以燎也。今有人合是四家者流而一之，爲訓故而不膠，爲義理而不躗，爲師承而不蚩，爲心會而不鑿，去四家者之短而集四家者之長，使學者兼四家者之善而愈四家者之病，其惟吾友羅惟一允中《尚書集説》之書乎？《尚書集説》者，集諸家之説也，自孔氏疏義而下，八九家與焉。大抵存其大概而通其精微，去其抵牾而合其通達。至於文意自相矛盾者，則又出己見以補其缺，易其説以達其意。如論正錯之説，謂「賦之有九等者，以九州相推比言也。賦之有錯者，以四州相推比言也」。如論三江之説，謂「天下之物皆五行也，五行一陰陽也。陰陽散於五行，五行散於事物，其本一也。其本既一，豈有不可合哉」。如論伊尹放太甲之説，謂「伊尹初未嘗放其君，曰放者，使君居憂於外，古無是禮，以明天下之大法也。蓋太甲之縱欲敗度，女子小人導之也。居憂於桐，則女子小人不得以熒惑之矣。三年喪畢，則奉之以歸。故夫子序《書》，不曰『思庸，復歸于亳』，而曰『復歸于亳，思庸』」。如論「有一于此，未或不亡」之説，謂「譬之一身，五藏六腑其一受病，則其五六相傳，五六皆傳則死矣。一心之病，亦猶是焉。愛身者不可以一藏之病爲未必死而不懼，愛國者不可以一事之失爲未必亡而不憂」。此説予尤愛之，可以爲有國者之上藥已。是皆先儒所未有之説，而允中之所自得者也。允中自叙謂：「去古雖遠，前聖賢雖不可作，而受中秉彝根於人心者不可泯也，惟一豈敢多遜哉？」士友皆謂其言信而非矜云。年月日，誠齋野客楊万里廷秀序。

送郭才舉序

人之聰明，有不用，無不達也。不用而不達，咎在不用；用而不達，咎在不精。用而精，精而達，物何堅而不攻，理何幽而不窮哉？今夫日星行於天，漏刻製於人，製者有限而行者無窮也。而精於數者，乃能以吾有限之器而推夫無窮之行，然則天亦不能逃於人乎哉？吾友人郭克明之子才舉，書生也，以賣文授徒爲生産作業，今乃得耿中丞張平子之學，製一器於此，而盡天行於彼，使夫二曜五緯二十八經，崐崘旁礴於三十萬里之間。其行也，止也，常也，變也，皆不遁吾盈尺之器，是何從而來哉？曰：「古人之法也。」然古人之法常存，而古人之意不傳，何也？豈非吾之聰明有用有不用、有精有不精故耶？才舉所謂用其聰明而精者也。然則以吾之聰明而用焉，用而精焉，於以求堯、舜、禹、湯、文、武、周公、孔子之學而曰有不達者，可乎？然彼之學宜難而易，此之學宜易而難，何也？予於是乎有感。慶元丁巳二月既望，誠齋野客楊万里序。

杜必簡詩集序

吾州户曹掾趙君彦法以公事行縣，因訪予於南溪之上，贈予七言古詩一篇，命意高秀，下語有氣力。予驚異焉，則勞之曰：「豫章代出詩人，今君家進賢，山谷江西之派今有人矣。『吉州司户官雖小，曾屈詩人杜審言』，予於趙君亦云。」君曰：「寒廳有此詩人而無其集，非缺歟？近已旁搜遠摭，得其詩四十二首，將刻棗印，印以傳諸好詩者，且以爲寒廳之寶玉大弓，願得先生一言以叙其説。」予謝曰：「逢澄江而不敢詠者，詩人畏謝功曹也。予於必簡獨無畏乎？必簡先賢，予後學，一也。唐人詩，國朝諸公尚宗之，况予乎？二也。必簡之師，其競已甚，又有少陵以爲之孫，遂建大將鼓旗以出，獨主百世詩人之夏盟。無是孫，有是祖，予猶畏之，况逢是祖、挾是孫乎？三也。『鳥無世鳳，獸無種麟』，王仲任自以其言爲至矣。然山谷之父，少陵之祖，可曰『寧有種』哉？今觀必簡之詩，若『牽風紫蔓長』，即『水荇牽風翠帶長』之句也；若『鶴子曳童衣』，即『儒衣山鳥怪』之句也；若『雲陰送晚雷』，即『雷聲忽送千峰雨』之句也；若『風光新柳報，宴賞落花催』，即『星霜玄鳥變，身世白駒催』之句也。予不知祖孫之相似，其有意乎？抑亦偶然乎？至如『往來花不發，新舊雪仍殘』，如『日氣抱殘虹』，如『愁思看春不當春，明年春色倍還人』，如『飛花攪獨愁』，皆佳句也。

三世之後，莫之與京也，宜哉！然則仲任之言，未必然也。然必簡之後有子美，而子美之後宗文、宗武皆無聞焉，則仲任之言，夫豈不然矣乎？趙君其爲我商略焉。」慶元乙卯熟食日，誠齋野客楊万里序。

定齋居士孫正之文集序

大江之南，郡國以多士名者，莫廬陵若也。每大比興，能士之群試于有司者至於盈數，蓋有過之無不及也，故以儒名家而世業者尤多。其間如廬陵印岡之羅，吉水蘭溪之曾，龍泉之孫，又世於儒之尤者也。至於連年收科相望者，羅氏七人，曾氏四人，而孫氏三人。孫氏視二人若加少，然三氏者或散而群從，至於同産三人相繼收科者，惟羅氏之仲謀、仲謨、仲憲及孫氏之從之、正之、會之而已，此又盛之尤者也。然仕之盛者，羅氏惟一人今爲二千石，曾氏一人爲二千石，一人今爲右史，而孫氏則一人爲二千石，一人爲天官小宰，豈不又盛矣哉？孫氏三人以文行相高，以聲名相摩，將皆光顯矣，而正之獨不幸蚤世，豈不甚痛矣哉？始予與從之尊公立誼大夫同薦于鄉，既又與從之同薦，相識最早。晚乃識正之於中都，是時歲在辛卯，正之來詣太常，奏名試集英殿下。考官國子司業林謙之得其所對制策，驚曰：「此王符《潛夫》、崔寔《政論》之作也。」將寘之異等，而其中用魏鄭公名，遂不果。然林公見予，每屢歎不一歎也。正之自是名滿中都，朝士以不識爲恨。正之既與予別，學日益進，文日益奇，名日益著。其文雅而肆，工而不琱，多至百千言，寡至數語，皆切於理，不迂於事；適於用，不惟其辭。讀之，沛然若决九川，距四海，有不可禦之勢。徐而察之，無一辭半語越準繩、踰律令者，此集是已。淳熙戊申，予與從之同在三館。初得之，既喜其文，復悲其人不幸而未有逢也。未有逢，可也；未有逢而少假之年，獨不可歟？既無逢於人，復無逢於天，予是以重悲之。後之覽斯文者，必有與予同其悲者矣，必有悲之甚於予者矣。雖然，同歸於盡，物之究也。使正之富貴壽考得志於一世，其究不歸於盡哉？彼皆歸於盡，此獨有不盡者，予又何悲焉。正之名逢年，正之其字也。享年四十五，終官從政郎、南安軍上猶縣令，自號定齋居士云。慶元乙卯十二月朔，誠齋野客楊万里序。

眉山任公小醜集序

紹興丙子，高宗皇帝厲精更化，載震乾剛，有赫離明，總攬福威，四闢言路，廩廩乎慶曆、元祐之未遠也，而士習壞隤，噤莫先發。眉山任公來自遠方，歷詆諸公，移書執法，詭以死義。其言劘切，痛心刮骨，見者朗誦，聞者遞告，傳之紙貴。於是任公之名一日滿四海，天下之士，識與不識，皆想見其風采。予時爲贛之掾曹，既恨不得端拜其人而師尊之，又恨當時未大用之，以咸唐虞而登禹湯也。

後三十年，予爲丞相府長史，而公之子今新安史君寺丞清叟時爲掌故，一見傾豁定交。首問公無恙，則已即世久矣。問公終官何曹，則內不過奉常簿正攝尚書郎，外不過祥刑使者而已。問公之文集，則網羅放失，❶詮次未就也。蓋予之昔恨，未有以釋之，而反增益之也。

予與寺丞公別又十年，今年三月七日，寺丞公自新安不遠二千里走兩騎以書抵予曰：「執事嘗問先集，

❶「網」，原作「綱」，今據文義改。

今已編就矣。執事既愛敬先君，歎恨不置。愛其父及其子，愛其人及其文，今以一編寄執事，執事愛之，執事不序之，可不可也？」予再拜而三讀之，蓋其五七邃於追古，其四六閎於騁步，其千百長於論事。大氐詩文孤峭而有風稜，雄健而有英骨，忠慨而有毅氣，蓋將與唐之貞元、元和，本朝之慶曆、元祐諸公競轡而先路，非近世陳陳相因、累累隨行之作也。或謂以公之賢且文而不遇，惜也。有三病焉，其此故之以歟？賦性病太剛，立朝病太直，作文病太奇，是公之三病也。然茲三病者，它人病其一，猶足以高一時而名後世，况於三乎？公今病其三，坐此以不遇，固也。然使公於斯三病者去其一而其名減，去其二而其德衰，去其三而其傳泯，則是去三病而得三病也。

公諱盡言，字元受，忠敏公諱伯雨之孫，待制公諱象先之子。至清叟家學不替，今四世云。慶元庚申，誠齋野客廬陵楊万里謹序。

三山陳先生樂書序

宋自藝祖基命，順應天人；太宗集統，清一文軌；真宗懿文，倬彼雲漢；仁宗深仁，天地大德；英宗廣淵，克肖四聖。至于神宗，厲精天綱，發憤王道，丕釐制作，緝熙百度，集五朝之大成，出百王而孤雄，聲明文物，焕乎有章。相如所謂「五三六經之傳」，楊雄所謂「泰和在唐虞成周」，不在我宋熙、豐之隆，其將焉在？於是太常博士臣陳祥道上體聖意，作爲《禮書》一百有五十卷；其弟太學博士臣暘，作爲《樂書》二百卷，然未就也。至哲宗時，祥道以《禮書》獻。至徽宗時，暘以《樂書》獻。中更多難，二書見之者鮮焉。

今年二月丙子，朝奉大夫、權發遣建昌軍事三山陳侯歧送似《樂書》一編，❶以書抵万里曰：❷「歧學殖荒落，稽古刺經，則歧豈敢？然幼師先君樞密，嘗因請業而問焉，曰：『士奚若而成於樂？』先君曰：『聖門之樂，驟而語未可也，抑從先儒而問津焉，則鄉先生陳公晉之有《樂書》在，小子志之。』歧自是求其書，老而後得之。舒鼎昭兆，不足爲古；瓘斝紀甗，不足爲珍。然不敢私也，是用刻棗，與學者公之。願執事發揮而潤色之，以詮次于先生序篇之左方，俾學者有稽焉。」万里發書披編而三讀之，蓋遠自唐虞三代，近逮漢唐本朝；上自六經，下逮子史百氏；内自王制，外逮戎索，網羅放失，貫綜煩悉，放鄭而一之雅，引今而復之古，使人味其論，玩其圖，忽乎先王金鍾天球之音鏘如於左右也，粲乎前代鷺羽玉戚之容躍如於前後也。後有作者，不必求之於野，證之於杞宋，而損益可知焉。

讀之至《女樂》之篇曰：「女樂之爲禍大矣。齊人遺魯，孔子行；秦人遺戎，由余去；晉出宋禕，帝疾愈；虞受二八，邦政亂。」則執編而歎曰：「鑠哉言乎！其有國者之膏肓，而醫國者之玉札丹砂乎？斯人也，不有斯疾也，上也；斯人也，有斯疾也，而服斯藥也，次也；斯人也，有斯疾也，而吐斯藥也，無次矣。」慶元庚申，具位楊万里謹序。

---

❶「歧」，《中華再造善本》影印元至正七年福州路儒學刻明修本《樂書》卷首楊万里序作「岐」。下三「歧」字同此。

❷「以」上，《樂書》卷首楊万里序有「且」字。

澹庵先生文集序

故澹庵先生資政殿學士忠簡胡公，中興人物未能或之雙也。紹興戊午，高宗皇帝以顯仁皇太后鴐未返，不得已將以大事小，屈尊和戎。先生上書力争，至乞斬宰相，在廷大驚。金虜聞之，募其書千金，三日得之。君臣奪氣，知中國有人，奉皇太后以歸，自是胡馬不南者二十年。昔魯仲連不肯帝秦，秦軍聞之，爲却五十里。後人疑之，以爲説士之夸辭。以今揆古，古爲夸；以今觀今，今亦夸乎？信所見，疑所聞，古今一也。吾宋之安强，不以百萬之師，而以先生之一書。後之人聞之者，烏知其不若今之人聞仲連之事者乎？亦以爲夸，未可知也。若今之人親見先生之事，則誰以爲夸者？今事之夸與否，可信與否，不較也。使後之人無所疑於古之人者，先生歟？今不信古，古奚病焉？後不信今，必當有時而無不信矣。逢其事，思其人。嗚呼！先生之功其遠矣哉！先生之功其遠矣哉！

先生之文，肖其爲人。其議論閎以挺，其記序古以馴，其代言典而嚴，其書事約而悉。其爲詩，蓋自粃斥時宰，誕寘嶺海，愁狖酸骨，飢蛟血牙，風呻雨喟，濤譎波詭，有非人間世之所堪耐者，宜芥於心而反昌其詩，視李杜夜郎、夔子之音益加恢奇云。至於騷辭，涵茫嶄崒，鉥劌刻屈，抉天之幽，洩神之廋，❶槁臞而不瘁，悯愀而不懟，自宋玉而下不論也，靈均以來，一人而已。是數者，得其一猶足以行於今而傳於後，而况萃

❶「廋」，原作「瘦」，今據文義改。下有訛誤，皆逕改不出校。

其百者乎？何其盛也！何其盛也！

先生既没後二十年，其子澥與其族子涣、族孫柲裒輯先生之詩文七十卷，目曰《澹庵文集》，欲刻板以傳，貧未能也。之官中都，舟過池陽，太守蔡侯必勝相見，因問家集，慨然請其書刻之，命郡文學周南、董振之、學録何巨源校讎之。未就而蔡侯移守山陽，雷侯孝友、顔侯棫踵成之。嗟乎！先生功被于中國，名震于夷狄，文範于學者。學者得其片言半簡猶寶之師之，求見其書之全，何可得也？今三侯獨能刻而傳之，以幸學者。夫先生此集，爲之百年而始成，使學者得之，今乃一日而盡見。三侯之用心，可不謂賢矣哉？而蔡侯首發其端，可不謂又賢矣哉？

万里嘗學於先生者，先生之言曰：「道六經而文未必六經者有之矣，道不六經而文必六經者無之。」先生之文，其所自出蓋淵矣乎，而万里何足以知之。先生廬陵人，諱銓，字邦衡，澹庵其自號也。若其世繫、歷官、行事，則丞相益國周公書于神道碑矣。慶元己未八月二十八日，門人通議大夫、寶文閣待制致仕楊万里謹序。

龍湖遺藁序

予嘗觀本朝登科記，自建隆以放于今日，其中甲科在前列十數人者，其不至於公卿者不加多也。姑無望其至於公卿也，其不至於臺閣者又不加多也。姑無望其至於臺閣也，其不至於部刺史二千石者又不加多也。不以其遴之艱，故握之峻歟？吾友衡陽段昌世，字季成，以達學儒先起草萊，奉淳熙乙未大對，有卓詭切至之忠言當聖心者，擢第在甲科之四，不寧唯十人之前而已，不曰遴之之艱歟？然同年生其前乎季成二三人者，或持鈞樞，或掌絲綸，而季成獨不幸蚤世，終官于水衡都内而止耳。哀哉季成！天之生斯人也，其無意耶？而才且賢，謂無意不可也。其有意耶？而不位且不年，謂有意不可也。豈其前之不可者天，而後之不可者非天耶？抑前之不可者非天，而後之不可者天耶？抑亦前後之兩不可者皆天，或皆非天耶？哀哉季成！哀哉季成！季成既没，其子光朝詮次其詩文得十四卷，曰《龍湖遺藁》。予嘗與季成同朝且同官，又嘗唱和詩卷。其詩清婉而其文清潤，讀其集，見其人了了在目中也，而其人亡久矣。其人亡，其文存，其人豈真亡也夫？可輟卷而永慨也夫！慶元戊午十月晦，誠齋野客楊万里序。

存齋覽古詩斷序

或問：「士孰難？」曰：「静難。」「有人乎？」曰：「有。」「誰歟？」曰：「括蒼何公德器。」「何由知其静？」曰：「予嘗與公同朝，嘗詳觀而密察之矣。它人有心，我欲知之，焉攸知之？蓋其發在意，其達在色，其著在辭。有弗干干之，意必忤；有弗違違之，色必改；有弗競競之，辭必拂。欲揜之，能乎？弗能也。若何公者，求有斯三者而不見其一也，非静者歟？」或曰：「異乎吾所聞矣。吾聞何公干之無忤意，而意有威於五兵；違之無改色，而色有凛於秋霜；競之無拂辭，而辭有厲於烈風。何公亦有動矣，静者然乎哉？」予固心疑之，而未有以釋也。

今年九月，公之子淦江宰子潁，以公所著之書《覽古詩斷》者遺予，且命予序之。予披而讀之，蓋上自三代，下訖五季，其間天下國家之大事，君臣父子之大義，其治亂，其中失，其淑慝，其正邪，其焯然者，公一弗以議爲也。有至善晦於裹而不白於其表，大惡伏於隱而莫覿於其顯，當時後世不可得而知者，公皆擿之於策書之外，暴之於天日之下，揭之市朝而公之以衮斧。予驚且歎曰：「予之知公，淺之爲知矣，或者之言信矣。」雖然，或者之言則信，而或者之知公抑又淺於予也。夫斷古之書，非静者作之，莫能也。静故明，明故決。明則不惑，決則不遷。是書也，其在六藝，其深於《春秋》者耶？其静之至者耶？因書其説以答子潁。

德器諱侑，存齋其自號也。子潁名洪，其賢有父風云。慶元己未十一月三日，誠齋野客楊万里序。

誠齋集卷第八十三

廬陵楊万里廷秀

序

陳簽判思賢録序

吾友開州史君、上蔡陳侯師宋之子元勳，好古而尚德，初尉吉之永豐，屬因王事，按行田里，道出六一先生之父崇公之墓次，慨想先賢，進拜設奠，退而周視其阡，門墻壞隤，憫而葺之。謝公尚書嘉之，爲記其役，元勳於是作《思賢録》之書。既又爲春陵從事，繼崇公所居之官，宅崇公所宅之館，又作堂繪其像而祠焉，於是又作《思賢續録》之書。秩滿來歸宜春，以二書寄予曰：「元勳官二郡，皆故有崇公之遺蹟，尊其德，懷其人，竊有慕用之志焉。二書所以見元勳之志也，願從先生乞一言，以發揚元勳之志。」予復之曰：「善如子之志也！善如子之志也！抑《詩》不云乎：『高山仰止，景行行止。』仲尼不云乎：『見賢思齊焉。』夫景行而不行，則如勿景；見賢而不思齊，則如勿見，子其楙之！」嘉泰元年四月初吉，誠齋野客楊万里敬書。

送侯子雲序

古者醫不三世不服其藥，蓋不久不精、不積不神也。宜春侯氏以醫名家，蓋十世不啻矣。至于世昭駐泊，又精且神者。客有奇疾，衆醫環而睨之，莫敢措手，或莫能名其爲何恙。世昭一視之，探囊發藥，應手而瘉。故三十年間，名震于大江之西。不幸世昭死矣，又幸而其子子雲盡得其枕中肘後至精至神之傳，世昭未死也。然吾猶有贈焉，子雲勉乎哉！吾願子三勿視而二視者也。勿眩乎疾者之貴賤也，勿貳乎招者之貧富也，勿芥乎讎者之豐約也。顧吾之技盡不盡耳。吾技吾盡而療不功，有之乎無也？顧吾之療功不功耳。吾療吾功而名不章，有之乎無也？以子之技而佐之以吾五者之説，後數年有宜春之良醫名震于大江之西復如世昭者，必吾子雲也。夫子雲勉乎哉！嘉泰元祀六月未望，❶誠齋野客楊万里序。

頤庵詩藁序

夫詩何爲者也？尚其詞而已矣。曰善詩者去詞，然則尚其意而已矣。曰善詩者去意，然則去詞去意則詩安在乎？曰去詞去意而詩有在矣，然則詩果焉在？曰嘗食夫飴與荼乎？人孰不飴之嗜也，初而甘，卒而酸。至於荼也，人病其苦也，然苦未既而不勝其甘。詩亦如是而已矣。昔者暴公譖蘇公而蘇公刺之，

❶ 「祀」，原作「祐」，今據文義改。

今求其詩，無刺之之詞，亦不見刺之之意也。乃曰：「二人從行，誰爲此禍？」使暴公聞之，未嘗指我也，然非我其誰哉？外不敢怒，而其中媿死矣。三百篇之後此味絶矣，惟晚唐諸子差近之。《寄邊衣》曰：「寄到玉關應萬里，戍人猶在玉關西。」《弔戰場》曰：「可憐無定河邊骨，猶是春閨夢裏人。」《折楊柳》曰：「羌笛何須怨楊柳，春光不度玉門關。」三百篇之遺味，黯然猶存也。近世惟半山老人得之，予不足以知之，予敢言之哉？今四明劉叔向寄其父頤庵居士詩藁，命予爲之序。放翁陸務觀既摘其佳句序之矣，予尚何言哉？偶披卷讀，至云「寂寞黄昏愁弔影，雪牕怕上短檠燈」，又「燭與梅花共過冬，❶淡月故移踈影去」，又「睡魔正與詩魔戰，牕外一聲婆餅焦」，又《早行》云：「雞犬未鳴潮半落，草蟲聲在豆花村。」使晚唐諸子與半山老人見之，當一笑曰：「君處北海，吾處南海，不虞君之涉吾地也，何故？」居士名應時，字良佐。嘉泰元年六月戊戌，誠齋野客楊万里序。

澈溪居士文集後序

鄉先生澈溪居士者，彭其姓，醇其諱，道原其字也。方其壯也，以文名策上第。及其晚也，以治行最三郡。及其老也，終官朝奉大夫。年未七十，懸車以示子孫。雖曰未達，亦可以爲達矣。或曰：「以道原之賢且文，而老於州縣，不宏其施，卒以廢錮，不究其奮，非董子所賦仕不遇者歟？」予曰：「不然。君子之仕，有

---

❶「燭」，明嘉靖四年刻本《頤庵居士集》卷首楊万里序及卷下《雪夜》其二作「獨」。

在我者，有不在我者。賢不肖，我也；遇不遇，非我也。惟其非我，故有粹乎遇者，伊、吕是也；有粹乎不遇者，孔子、顔、冉是也；駁乎遇不遇之間者，孟子是也。若道原者，豈粹乎不遇者耶？其亦駁乎遇不遇之間者耶？然道原之不遇者加少，未若遇者之加多也，道原奚而不遇哉？且夫三百有九人之籍，奚病也？病不籍耳。後之人慕用其選，蓋有欲與焉而恨不可得者。豈惟後之人，當時之人蓋有欲與焉而恨不可得者，故至今謂之『仙籍』。而道原以上書北闕而得之，非遇乎？昔楊子雲作《法言》，蜀之富人載錢五十萬求書名其間，而子雲不與。彼李仲元、鄭子真者，山林野人耳，不持一錢，不求一字，而子雲與之。二子之事，後世無傳焉，而其名至今與日月争光者，以子雲也。東坡非吾宋之子雲乎？答彭賀州之啓，其亦有求而不與者乎？道原不求而與之，非遇乎？抑又聞之，雖有南威之容，匪蹇脩不妍；雖有太冲之賦，匪士安不傳。道原之文與詩，質而珍，槁而滋，寥乎朱絃之音，泊乎玄酒之味。今猶昔也，昔無傳而今有傳，非得名世之士丞相益國周公序之之故耶？前之稱，惟其賢；後之稱，惟其文。曰賢曰文，迺玉迺金，誰敢改評者？非遇乎？道原奚而不遇哉？」

道原之族孫汝翼、夢弼攜《澈溪文集》以示予，敬書其後。嘉泰元年六月庚子，通議大夫、寶文閣待制致仕楊万里序。

周子益訓蒙省題詩序

唐人未有不能詩者。能之矣，亦未有不工者。至李杜極矣，後有作者，蔑以加矣。而晚唐諸子雖乏二子之雄渾，然好色而不淫，怨誹而不亂，猶有《國風》、《小雅》之遺音。無它，專門以詩賦取士而已。詩又其專門者也，故夫人而能工之也。自「日五色」之題，一變而爲「天地爲鑪」，再變而爲「堯舜性仁」，於是始無賦矣。自「春草碧色」之題，一變而爲「四夷來王」，再變而爲「爲政以德」，於是始無詩矣。非無詩也，無題也。吾倩陳履常示予以其友周子益《訓蒙》之編，屬聯切而不束，詞氣肆而不蕩，婉而莊，麗而不浮，駸駸乎晚唐之味矣。蓋以詩人之情性而寓之舉子之刀尺者歟？至如「信符」之一題，獨非古題，而詩句亦不爲題所掣，可謂難矣。蓋亦嘗試爲我賦「爲政以德」之題乎？惟蟻封乃見子王子之馭。嘉泰辛酉九月，誠齋野客楊万里序。

應齋雜著序

淳熙季年，海内英傑，森布表著，文儒玉映，武衛電燿，廷集孔鸞，陸列爪牙，雖師師瑞虞，濟濟華周，無所與遜。孝宗皇帝一日御垂拱殿，顧見廷臣，天顔怡愉，因問左右：「宗子在廷者爲誰？凡若干人？」皆謹對曰：「無之。」帝蹙然喟曰：「堯明俊德，首乎九族。周封八百，同姓孔庶。今吾聖神子孫，枝葉扶疎，俊乂無寡，獨無一武，誕寘文石，是謂靈囿無麟、太液無鵠也，可乎？」即詔邇臣，各舉屬籍之良者二人。居亡幾何，舒、戭、奮、堪，間、平、政、駿，茹拔鷺振，大者台斗，小猶郎吏。而應齋居士趙無咎，是時方高卧南州，狎東湖之鷗，弄西山之雲，遠追徐孺，近訪山谷，賦詩把酒，與一世相忘，訖不求諸公之舉，而諸公亦無求無咎者，君子至今恨之。或曰：「其者無咎之才之文未卓歟？」曰：「無咎才固先人，文亦不後人也。」

「然則諸公不求而薦之，何也？」曰：「才者憎之媒也，文者忌之胎也。漢之董賈，唐之李杜，非不才無文之坐也，才與文之坐也。四子且然，無咎可以無憾矣。」

予自乾道辛卯在朝列，時無咎爲蘇州别駕，已聞其名。後十八年，予再補外過豫章，始識之。至其家，見門巷蕭然，槐柳蔚然，知其爲幽人高士之廬也，而其人老矣。無咎既没，其子汝謩來爲太和宰，一再訪予於南溪之上，出無咎詩文一編，目曰《應齋雜著》，求予序之。其文大抵平淡夷易，不爲追琢，不立崖險，要歸於適用，而非窾非浮也。至其詩，皆感物而發，觸興而作，使古今百家、景物萬象皆不能役我而役於我。嗚呼！無咎生無遇也，没而詩文可傳，未爲無遇也，無咎可以無憾矣。

無咎諱善括，嘗知鄂州，終官朝請大夫。撥煩决疑，所至名跡焯焯云。嘉泰壬戌仲夏既望，誠齋野客廬陵楊万里序。

曾無媿南北邊籌後序

蘭溪曾無媿，閉門下帷三十年，鑽敗素，琱俊語，對古義，以應明有司之求。亦既蒙有司薦之詣太常矣，無遇而歸。人皆知其爲名進士也，予曰：「是淺之爲知曾子者也。所謂知我如此，不幾於罵者歟？」或曰：「何如斯可謂知曾子矣？」曰：「吾嘗見其《南北邊籌》之書矣，其於秦漢三國二晉宋齊梁陳魏周隋氏之史，若木蠹蟻，不穴不止；若燭炳幽，不覿不休。其君臣之良若窳也，其地利之堅若瑕也，其國勢之競若羸也，其兵制之銛若頓也，如身詣其國，目眂其時，手執其事，而心晝其策，無俟於胥詬而逆折其枉直，無逢於相角而前料其捷北也。爲人謀國者，可不置此書一通於坐右乎？ 異時孝宗皇帝英武於鑠，慨然有吡開四方、混一兩儀之志，仄席奇傑，寤寐策謀，使見此書，當拊髀而歎曰：『朕獨不得與此人同時哉？』又曰：『公等皆安在？ 何相見之晚也。』然則曾子之爲士也，名進士而已耶？」

江西續派二曾居士詩集序

古之君子，道充乎其中，必思施乎其外。故用於時者，施也；傳於後者，亦施也。然用於時或不傳於後，傳於後或不用於時，二者皆難并也，是有幸有不幸焉。生而用，没而傳，幸之幸也；生而用，没而不傳，幸之不幸也；生而不用，没而有傳，不幸之幸也。至有生既不用於時，没又不傳於後，豈非不幸之不幸也歟？

南豐先生之族子有二詩人焉：曰臨漢居士伯容者，南豐從兄弟曰子山名阜之子也；曰懷峴居士顯道者，伯容之子也。子山嘗位于朝，出漕湖南，後家于襄陽，遂爲襄陽人。伯容一世豪俊而能文，其詩源委山谷先生，然以不肯佁儗於世，有官而終身不就列。顯道得其父之句法，亦以氣節高簡，嘗宰祁陽，小不可其意即棄去，隱於衡之常寧者三十年，此君子之一不幸也。伯容放浪江湖間，與夏均父諸詩人游從唱和，其題與韻見於均父集中者三十有二篇。予每誦均父之詩，云「曾侯第一」，又云「五言類玄度」，又云「秀句無一塵」，想見其詩而恨不見也。行天下五十年，每見士大夫，必問伯容父子詩，皆無能傳之者，此又君子之一不幸也。兹非所謂生既不用於時，没又不傳於後，不幸之不幸者歟？

今日忽得故人尚書郎、江西漕使雷公朝宗書，寄予以《二曾詩集》二編，屬予序之。欣然盥手，披讀三過，蔚乎若玉井之蓮敷月露之下也，沛乎若雪山之水寫灧澦而東也，琅乎若岐山之鳳鳴梧竹之風也。望山谷之宫庭，蓋排闥而入、歷陛而升者歟？ 昔人之詩，有詩傳而人逸者矣，二《南》是也；有人傳而詩逸者矣，《祈招》是也；有人與詩俱傳者矣，《載馳》是也。然祭公謀父之作，雖逸於三百篇之外，而式金式玉之句，猶略見於《檮杌》之史者，以子革之誦也。二曾之詩，昔無傳而今有傳，不以朝宗能誦之歟？ 不曰二曾不幸之幸歟？ 不曰後學大幸之幸歟？ 因命之曰「江西續派」而書其右，以補吕居仁之遺云。

伯容名紘，顯道名思。朝宗之於顯道，如李漢之於退之，故二居士之詩，朝宗得之於德曜，德曜得之於懷峴，懷峴得之於臨漢。嘉泰癸亥四月丙辰，通議大夫、寶文閣待制致仕廬陵楊万里序。

三近齋餘録序

予昔與尤延之同侍光宗東宫講讀，一日入講尚蚤，輦未出，因與延之縱觀几案上御覽書策，有孟浩然、賈島等詩集，二人相視而歎曰：「二子之詩一也，不見知於當時而見知於今日，何也？ 可以弔二子之生前而賀之於身後矣。然二子之可弔，又未若當時之可弔也。有此士而失之，獨不可弔乎？」或曰：「二子亦有過焉。深自匿而不求知，非過歟？」嗟乎！ 是二子之過也，抑二子之願也。天下莫自賤於求知之士，而不求知者爲可貴。彼其不求知也，其所挾者必至珍也。所挾愈珍，則其自匿愈深。二子之不求知，豈終無知我者乎？ 今日几案上者是已，特知之者有遠近、有遲速耳。不見知於近，必見知於遠，病不遠耳，非所病也。惟愈遠則愈貴耳，遲速足較哉？故曰「是二子之過也，抑二子之願也」。

三槐王文正公五世之孫有詩人文士焉曰正夫，清峻簡遠，有二子之風，偉矣。不幸又中二子之病，牢不可砭，坐是落落，是可歎也。正夫自幼有官，然其於世未汲汲也。顧獨有汲汲者，不於仕而於學，閉荆扉，呻槁簡，不窺市朝者餘十年。其學以忠孝爲根榦，以詩騷爲菁華，以議論爲穎栗。觀其詞，探其中，可以知其爲忠孝人也。然其人深自韜匿也，襲其芳弗之肯颺，衷其寶弗之肯曜，雖至戚至篤，彼一處顯則絶不與通，庭無我一武，几無我一字，它日其人退而歸，正夫與之好如初也。親者如此，况踈者乎？晚乃被薦，召爲中都官，滿歲應遷，貧不能俟，求郡丞以去。後得郡，朞年又請祠以去，亡幾何而卒。

後二十六年，其詩文乃出，士大夫争傳之，而正夫不及見矣。傳與不傳，見與不見，正夫何憾焉？予獨爲正夫悲且嘆也。如「落木森猶力，寒山淡欲無」，如「地迥高樓目，天寒故國心」，如「涼風回遠笛，暝色帶歸舟」，如「塵心依水凈，歸鬢與山青」，不減晚唐諸子矣。如「墮蘂盡應輸燕子，嬾寒猶及占梨花」，如「一番風雨催寒食，千里鶯花想故園」，如「身閑更得憑陵酒，花早殊非愛惜春」，如「秋生列岫雲尤薄，泉漱懸崖路更慳」，置之江西社中何辨焉？《幽蘭》云：「臨春慘不舒，蓋國空自香。」意不在蘭也。至於騷辭如《釣臺》、《沐髮》、《乞巧》、《悼亡》等篇，出入《遠遊》、《天問》之海，頡頏《幽通》、《思玄》之囿矣。至於上前論事之文，皆卓然近用，又如簋飱豆肉之可以求飽也，笥裳篚纊之可以御冬也。使其遇合，其功用可量哉？紀之甗，鄭之瓚，櫝而不讎，瘞而不啓，久則光怪四出，貫日襲月，有不可揜者。惟其不求知，是以不可揜也歟？

其子高安史君淹詮次其詩文凡四百八十餘篇，正夫自題曰《三近齋餘録》者，作書寄示予，求序其首，予不得辭。正夫諱從，其官簿嘗歷弋陽主簿、福州司理參軍，知麗水縣，幹辦諸司糧料院，倅臨安，添倅天台，知信州，主管建寧府武夷山冲佑觀。年六十，終官朝散郎。嘉泰三年七月四日，通議大夫、寶文閣待制致仕廬陵楊万里序。

杉溪集後序

古今文章，至我宋集大成矣。蓋自奎宿宣精，列聖制作，於是焕乎之文，日月光華，雲漢昭回，天經地緯，衣被萬物，河岳炳靈，鴻碩挺出。在仁宗，時則有若六一先生，主斯文之夏盟；在神宗，時則有若東坡先生，傳六一之大宗；在哲宗，時則有若山谷先生，續《國風》、《雅》、《頌》之絶絃。視漢之遷、固、卿、雲，唐之李、杜、韓、柳，蓋奄有而包舉之矣。中更群小，崇姦絀正，目爲僻學，禁而錮之，蓋斯文至此而一厄也。

惟我廬陵有瀘溪之王、杉溪之劉兩先生，身作金城，以郛此道。自王公游太學，劉公繼至，獨犯大禁，挾六一、坡、谷之書以入，晝則庋藏，夜則繙閲，每伺同舍生息燭酣寢，必起坐吹燈，縱觀三書。逮暇，或哦詩句，或績古文，每一篇出，流布輦轂，膾炙薦紳，紙價爲高。嗟乎！若兩先生，當妖禽群啾，而發紫鸞之鳴；折楊騣歌，而奏清廟之瑟；鷸冠胡服之競麗，而覿黄收純衣之製，其有大勳勞於斯文，其偉乎哉！

予生十有七年，始得進拜瀘溪而師焉而問焉。其所以告予者，太學犯禁之説也。後十年，又得進拜杉溪而師焉而問焉。其所以告予者，亦太學犯禁之説也。今兩先生遠矣，予亦老而歸休矣。杉溪之曾孫千齡一日訪予於南溪之上，出其祖之書曰《杉溪集》者示予，請書其後。予披而讀之，見丞相益國周公序其篇首，凡杉溪先生拔新領異之詩，登峰造極之文，既攤張發揮不遺餘矣，予尚何言哉？獨書兩先生所以告予者于篇末，俾後學有聞焉。

瀘溪又云：「是時書肆畏罪，坡、谷二書皆毁其印，獨一貴戚家刻印印之，率黄金斤易坡文十，蓋其禁愈急，其文愈貴也。今家有此書，人習此學，有知當時斯文之難得如此者乎？是小人之厄斯文，乃所以昌斯文也。然厄斯文者，今皆泯然與草木共盡，而斯文之傳，與日月争光。然則斯文病不厄耳，厄奚病哉？古者聖賢君子之所守，於是可得而知矣。顧吾道之是非何如耳，時之好惡，足爲之動耶？」六一、坡、谷，其知之矣。至於吾州之兩先生，獨首犯時之大禁，力學衆人之所不敢學，所謂豪傑特立之士者，不在斯人歟？不在斯人歟？

杉溪諱才邵，字美中；瀘溪諱庭珪，字民瞻，皆擢進士第。杉溪再中宏詞科，終官工部侍郎，兼權吏部尚書，贈顯謨閣學士。❶瀘溪晚爲國子監簿，終官直敷文閣奉祠云。年月日，❷寳謨閣直學士、通議大夫致仕楊万里謹序。

---

❶「學」上，臺灣商務印書館影印文淵閣《四庫全書》本《檆溪居士集》卷首楊万里序有「直」字。
❷「年月日」，《檆溪居士集》卷首楊万里序作「嘉泰三年十月丙午」。

周易宏綱序

古有其事而世無其説，今有一人焉倡而爲之説，天下其信之乎？曰愕焉而已矣，信焉則否。既有一人焉爲之説矣，又有一人焉見焉聞焉而和之曰然，天下其信之乎？曰疑焉而已矣，信焉則未也，然已不愕矣。一人倡之矣，一人和之矣，又有一人焉，未嘗見也，未嘗聞也，亦未嘗和也，復倡而爲之説，與夫前之倡者偶同焉，天下其不信乎？借令不信，而三人者亦可以自信矣。非同焉之可信也，不約而同焉之可信也。

《易》之八卦，其畫各三，説者曰：「此卦也。」予曰：「卦者其名，而畫者非卦也，此伏羲氏初製之字也。」聞者愕焉，曰：「嘻！甚矣，其好異也！」予亦疑之。淳熙戊申，予與亡友尤延之同寮，因語及之。延之大喜曰：「此古人未嘗言，平生未嘗聞也。」予猶疑之。今年三月，吾鄉之士西昌劉文郁從周示予以其所著《周易宏綱》之書，亦曰「八卦者，古之字也」，予然後釋然不疑。夫予之説，從周未嘗聞也，而從周之説，予未嘗聞也，而予之説，從周同焉。不曰古有是事乎？古無是事，而吾二人爲之説，不可也。古有是事，而吾二人爲之説，亦不可乎？君子之談經，可不可之問耳，信與不信奚問哉？予獨喜與從周乃有不約之同也。夫約而同者，同之私也；不約而同者，同之公也。既公矣，天下信之可也，不信亦可也。然予之所喜者，非喜從周之同乎予也。夫喜人之同乎己者，亦私也，予蓋喜予之同乎從周也。慶元庚申十一月，從周受署，歸榮其親，首來謁予，予始識之。與之晤語，愛其壯而敏，竊自歎予之老且衰也。今以老且衰之思，乃偶同乎壯且敏者之説，然則予之老且衰，其尚可少進也乎？此予之所喜也。以予之喜，揆從周之心，從周獨不喜哉？

雖然，此《易》之小學之事也，未及乎易之道也。從周蓋深於易之道者也，既以《易》學鳴上庠，中文科矣，初仕爲雷之郡博士，雷之士無遠邇，奔走而來學《易》焉。不寧惟雷之士也，嶺以南士無遠邇，亦奔走而來學《易》焉。不寧惟嶺以南之士也，海以南士無遠邇，亦奔走而來學《易》焉。遂以其口講者綴而爲此書，其於天人事物之理，君臣父子之分，仁義道德性命之緼，君子小人消長之幾，天下國家治亂之柢，聖賢君子出處進退之節，皆由至白以鉤夫至玄，自至弘以察夫至纖。其於學者之學《易》，蓋涉鉅海之堅航，陟泰山之脩梯歟？雖然，其往梯航也，其至非梯航也。嘉泰甲子七月庚午，誠齋野客楊万里序。

遞鍾小序

劉敏叔得一古琴，攜來示予。是夕霜月入簾，寒欲墮指，爲予作《流水高山》，申之以《易水》，終之以《醉翁吟》。其聲清激，若出金石，聽者聳毛酸骨，予命之曰「遞鍾」云。年月日，誠齋野客楊万里廷秀。

易外傳後序

六經至夫子而大備，然《書》非夫子作也，定之而已耳；《詩》非夫子作也，删之而已耳；《禮》、《樂》非夫子作也，正之而已耳。唯《易》與《春秋》，所謂「夫子之文章」者歟？昔者伏羲作《易》矣，時則有其畫無其辭。文王重《易》矣，時則有卦辭無餘辭。至吾夫子，特起乎兩聖之後，而超出乎兩聖之先，發天之藏，拓聖之疆，挹彼三才之道，而注之於三絶之簡。於是作《彖》辭，作《象》辭，又作《小象》之辭，又作《文言》之辭，又作二《繫》之辭，又作《説卦》之辭，又作《序卦》之辭，又作《雜卦》之辭。大之爲天地，纖之爲毫末，顯之爲人物，幽之爲鬼神，明之爲仁義禮樂，微之爲性命，炳然蔚然，聚此書矣。其辭精以幽，其旨淵以長，其道溥以崇。是書也，其緼道之玉府，陶聖之大鈞也歟？韓起聘魯，見《易·象》而喜曰：「周禮盡在魯矣。」當是時，豈《易》之書唯魯有之歟？抑諸國皆有而晉未有歟？宜其見之而喜也。然起之所見者，羲文之《易》而已，未見夫子之《易》也。見羲文之《易》其喜已如此，使見夫子之《易》，其喜又當何如哉？今乃得見韓起之所未見，嗚呼！後之學者，一何幸也。子貢在三千七十之中，其科在乙，其名在六，其不在升堂入室之間乎？然嘗歎夫子之言性與天道不可得而聞，夫子之《易》、《書》，非性與天道之言乎？而子貢獨不得聞者，豈歎之之時此書未作歟？抑已作而未出歟？今乃得聞子貢之所不得聞，嗚呼！後之學者，又何幸也。學者每謂「聞而知，不若見而知」，蓋聞者踈，見者親；聞者略，見者詳也。觀子貢之歎，則見而知者反不若聞而知者歟？然則學者之羡子貢，又安知子貢之不羡學者也？嗚呼！後之學者，又何幸也。嘉泰甲子四月八日，廬陵楊万里後序。

誠齋集卷第八十四

廬陵楊万里廷秀

心學論

六經論

易論

論曰：聖人之教，不離於言，而未始不離於言。不離於言者，言也；未始不離於言者，非言者也。言者，道之因也，聖人且得而離於言乎？非言者，道之詣也，聖人且得而不離於言乎？夫何故？傳天下以其道，而不示天下以其因，天下何從而詣其詣哉？詣其詣則不因其因矣。

雖然，詣其詣而不因其因，可也；未詣其詣而不因其因，可乎？是故不得離於言。不離於言者，不廢其道之因也，不廢則恃。此之恃，彼之愚，是故不得不離於言。離於言者，不恃其道之因也。以道之因者可忘而廢言，見人之迷於塗而莫之指者也；以道之因者不可忘而恃言，指人以塗而謂之家者也。莫指其塗，天下自此絶；指塗爲家，天下自此愚。堯之朱，舜之均，親不親而近不近邪？言可以教人而傳道也，則朱、均久矣其堯舜也。然同室之朱、均不堯舜也，而異世之洙泗有堯舜焉，則夫子之心，超然獨詣堯舜之詣也。

言可恃邪？言不可恃邪？聖人憂焉。欲廢言也，而天下之人，豈人人而心孔子之心，詣堯舜之詣也？欲恃言也，則天下將死乎吾言之中，而不生乎吾言之外。非吾言之死天下也，死天下之見所以死乎吾言之中，而不生乎吾言之外者，吾言之盡，而天下亦以爲聖人之言盡於此也。天下之盡，故捐其思。捐其思，故死其見。死其見，故貌信乎吾言，而心無得於吾道。非無得於吾道也，不自得其得也。嗟乎！言也者，心之翳也。曉天下者，暗天下者也。《易》曰：「書不盡言，言不盡意。」嗟乎！聖人之憂天下深矣乎！而或者以爲聖人之意，聖人自不能盡於言；聖人之言，聖人自不能盡於書也。嗟乎！聖人，天地也。今曰天能生物而不能盡生，地能載物而不能盡載，則天下有不笑其妄者乎？聖人之言非不能盡意也，能盡意而不盡也；聖人之書非不能盡言也，能盡言而不盡也。曷爲不盡也？不敢盡也。《中庸》曰：「有餘不敢盡。」此《易》與《中庸》之妙也。然則曷爲不敢盡也？憂其言之盡而人之愚也。

漁者之於魚也，有小其得者，有大其得者。小其得者必澗溪者也，大其得者必江海者也。江海之所以江海，夫豈若是澗溪然哉？水石鑿然以明，而蟲魚歷然以見也。淵乎其茫也，黝乎其幽也，是故求者加深，則得者加大也。聖人之作《易》，其初有卦而已，象烏在？其後有象矣，辭烏在？最後有辭也。如未始有辭也，杳茫深微不可得而近也。非不可得而近也，不可得而近者，所以致人之近也。人致於易，則近於易矣。人之常情，近則狎，遠則疑。故《易》之遠者，所以投天下以疑，而致天下之思也。思則見，見則悅，悅則研，研則詣。故聖人作《易》也，不示天下以其道之詣，而指天下以其道之因。既曰因矣，可得而盡哉？天下因吾之不盡，而求吾之盡，則道也者，聖人得而秘也邪？夢飲酒者，覺而言之於童子，童子曰：「奚而醒也?」彼以爲真飲也,不悟其夢也。或者曰:「聖人不能盡言盡意也。」其見與童子異不異也?謹論。

禮論

論曰:道無所倚,有所踐。有所倚,則天下莫之稽;無所踐,則天下莫之居。莫之稽,道之瀆也;莫之居,道之棄也。聖人以道而寄於經以悟於後,乃至於瀆與棄。瀆則道不神,棄則道不行。道不神且不行,則經也者無乃虛其所以寄,而杜其所以悟哉?夫惟經首於《易》,而後道不瀆;繼《易》以《禮》,而後道不棄,聖人之慮微矣。

蓋天人之理,性命之源,仁義道德,吉凶悔吝,紛然齒於卦而形於象。卦之中又有卦,而象之外又有象焉,此所以爲無所倚也。無所倚,則無所窮。無所窮者,聽天下之人各入其入、隨至其至也,是以天下仰其神而稽焉。雖然,道則神矣,不瀆矣,天下於焉而稽之矣。然天下之人,聖不數也,賢亦不數也,而愚不肖則不踈也。聖人之經爲聖賢而作也,不爲愚不肖而作也,則有《易》已多矣。否也則以不踈之愚不肖,而舉責之以不數之聖賢,是却天下之進於聖賢,而堅天下之心,使安於愚不肖也。是故聖人本之以不倚,而進之以可踐。

禮也者,所以示天下之可踐也。圜不以規,方不以矩,運斤而成風,惟匠石可也。欲舉天下之工而皆匠石也,皆不規不矩也,則天下之工,有棄其斤斧而去耳。何則?無所可踐也。易者,聖人成風之斤也;禮者,聖人規矩之器也。匠石不以匠石而廢規矩,故無匠石而有匠石;聖人不以聖人而廢禮法,故無聖人而有聖人。蓋道有所可踐,而後天下有所可居。《易》之言曰:「神無方也,易無體也。」彼且無方,則不可以方求；彼且無體，則不可以體見。不可以方求，則契其方者，出乎方者也；不可以體見，則得其體者，遺乎體者也。欲天下之人皆出乎方，契其方；遺乎體，得其體，嗚呼！難哉！是故有禮焉，如是而君臣父子，如是而冠昏喪祭，如是而交際辭受，如是而出處進退。嚴乎洒掃之末以達乎精義入神，動容周旋之頃而禮皆至焉。其義粲然無所不可知，而其地畫然有所必可踐，愚不肖者孰不可以勉而踐，踐而居哉？有可踐，則天下得以不置其足於道之外；有可居，則天下得以置其身於道之內。使天下之人置其身於道之內，而不置其足於道之外，相敬相愛，相安相養，以至于今，禮之教也。

而老子曰：「失道德仁義而後禮。」又曰：「禮者，忠信之薄。」嗟乎！去禮以求忠信，是去裘以求燠者之智也。且禮亡則道德仁義其猶有存歟？嘗觀老子之徒有問乎聃者，鴈行避影而後進，而聃未輕告也。己則一日不可無師弟子之禮，而天下獨可一日無君臣父子之禮耶？人有一朝三飯於家而教其鄰以辟穀之方者，此可信也哉？聃是已。謹論。

樂論

論曰：天下有同然之機，不動於静而不得不動於動。不得不動於動者，執其機以觸其機也。聖人欲天下之趨於道，而不得天下同然之機而執之，則觸焉而無動也。觸焉而無動，則能使天下之吾從，而不能使天下之自從。使天下之吾從者，天下從聖人者也；使天下之自從者，不從聖人者也。從聖人者，非從聖人之至也；不從聖人者，從聖人之至也。蓋從聖人，則亦勉焉以從於人爾。從於人，未必得於己；勉而往，亦必廢而歸。是故所從者雖聖人也，人耶？我耶？至於不從聖人而自從者，非其心欣然以啓也，其何能决然以趨也？欣然以啓，而後聖人之道有以投；決然以趨，而後聖人之道有以驅。故夫天下之情，不病其不決然，病其欣然者之不動也。欣然之心一動，則聖人之道有不動而行、不挽而進、不嘘而高、不引而深者矣。是故欣然之心者，進道之機也歟？聖人者得是機而執焉，復執是機而觸焉。惟其不觸天下也，觸則天下之機動矣。然則天下之所以決然趨於道者，聖人有以動其道之機也。

其初，易之道無所倚，而聖人申之以禮之可踐，宜亦可以少足矣。雖然，禮之道可以踐也，而踐之者未必決然也，豈非欣然者未動而勉焉者獨行歟？人之情安於倨，而禮勞之以恭；人之情速於得，而禮緩之以遜。渴也而百拜乃得飲，飢也而日昃未得食。夫雍容文雅之化，固天下之所不能廢，而周旋委曲之節，無乃天下亦有所不盡安者耶？夫使天下之情有所不盡安，則聖人之道，其行豈得而遠也？道行於暫而不行於遠，是未得天下欣然之機也。得其欣然之機，而道可以遠矣。且生者，天下之至愛也；死者，天下之至畏也。而兵家者，率天下之人以趨其所至畏而捐其所至愛也，此亦有所甚難者矣。令發，而士之坐者涕霑襟，卧者涕交頤，此宜有所甚不樂者矣。然鼓鼙之聲鏜然以鳴，則三軍之士躍然以奮，悲者喜，惰者激，至於殺身而不自還，則有以動其欣然之機故也。故夫得天下之機而執之者，可以動之而趨於死也。聖人之道，非如兵家使天下趨於死之危也。趨於道者，趨於安也。聖人者執其機而觸之，則天下之趨也孰禦？

今夫金石絲竹八物之善鳴，此其於吾道何與焉？而聖人之經繼《禮》以《樂》者，何也？人有幽憂而不樂者，散之以嘯歌；有所鬱結而不平者，銷之以管絃。聲之入人心，易也。然則天下欣然之機，不寓於八物之質，而寓於八物之聲也。聖人得其機之所寓，而執之以觸天下之機，是故取仁義道德之意，而颺之於恬愉平淡之樂，使聽之者心悦，悦之者心喻，必有涣然而悟、犂然而契者矣。樂之功用至此，而天下不知也。惟其不知，乃其真知也歟？善乎孟子之言道也，曰：「樂之實，樂仁義是也。樂則生矣，生則烏可已也？烏可已則不知手之舞之足之蹈之也。」夫聖人之樂至於使人手舞足蹈於仁義之中而不自知，此化之妙也。堯、舜、禹、湯、文、武、周公、孔子者，不示其機者也；孟子者，不秘其機者也。謹論。

書論

論曰：易者，道之聚也。禮者，道之檢也。樂者，道之安也。聖人之道，聚之以易則求者足，檢之以禮則肆者約，安之以樂則入者豫。使天下之於吾道，足而約，約而豫，聖人於此畢矣乎？曰未也。

道之聲，固不親於道之形也。且夫道未始有聲也，而有形也邪？道無聲也，而聖人聲之以言，是謂道之聲。雖然，可以啓天下之聽，而未有以信天下之觀。啓天下之聽者，聲也；信天下之觀者，非聲也，形也。形信而後聲信，道果無形邪？道猶天也，天果無形邪？天有是形，故有是聲。形者，非聲之聲也；聲者，非形之形也。風起於虛而颯然，霆震於空而轟然，此其聲非不足以信於萬物也，使無蒼蒼者以麗焉，則風霆者自託之無所，而何物之信也哉？

今夫道者道之形，言者道之聲，形信而後聲信。雖然，吾非不知道者道之形也，而誰其見之？見秋毫於千里之外者，離婁乎？抑衆人乎？離婁能喻衆人以己之所見，而不能使衆人見其所見。聖人者，道之離婁也。《易》、《禮》、《樂》者，離婁之所以喻衆人者也。衆則何敢疑乎離婁？而亦豈能信乎離婁也邪？何則？以己之目傳之天下之目，猶非己之目也，而况以己之目傳之天下之耳哉？然則聖人何以信天下之觀？蓋天下之無形，莫鬼神若也，而聖人能使鬼神之有形，況於道乎？祭之有尸，所以形鬼神之無形也。道獨無尸邪？堯、舜、禹、湯、文、武、周公者，其道之尸也歟？聖人之作經，是以有《書》焉。《書》也者，所以立道之尸，以形道之形，以信夫《易》、《禮》、《樂》之聲也。昔者《易》、《禮》、《樂》之作也，聖人曰：「此爲《易》，此爲《禮》，此爲《樂》，天下不可一日而不知，不可一日而不行也。知而行，則聖，則賢，則君子；否，則愚，則鄙，則小人。知而行，則治，則安，則存；否，則亂，則危，則滅。」天下則從聖人矣。

雖然，知而行者誰歟？向之而成者誰歟？背之而敗者又誰歟？天下不見其事，則曰此聖人之私言也。聖人於是作《書》以信其言曰：「古之人有曰堯者，有曰舜者，有曰禹者，曰湯者，曰文、武者，曰周公者，此知易、禮、樂之道而行之者也，此得《易》、《禮》、《樂》之學性而身之者也，其成就何如也？反是則桀也、紂也、四凶也而已矣。」則天下之爲君臣父子者，前有慕，後有儆。慕心一生，則信道而必行；儆心一生，則不疑道而不行。嗚呼！不知易、禮、樂之可行者，毋觀之《易》、《禮》、《樂》而觀之《書》，則《易》、《禮》、《樂》豈其欺？不知《書》之已行者，毋觀之《書》而觀之《易》、《禮》、《樂》，則《書》豈其難？不欺故可信，不難故可至。《易》、《禮》、《樂》者，聲教；《書》者，形教。嗚呼！經至於《書》，備之矣。謹論。

詩論

論曰：天下之善不善，聖人視之甚徐而甚迫。甚徐而甚迫者，導其善者以之於道，矯其不善者以復於道也。宜徐而迫，天下之善始惑；宜迫而徐，天下之不善始逋。蓋逋因於莫之矯，而惑起於莫之導。善而莫之導，是謂窒善；不善而莫之矯，是謂開不善。聖人反是，徐其所不宜迫，而迫其所不宜徐。經之自《易》

而《書》，非不備也，然皆所以徐天下者也。啓其扃，聽其入；坦其軌，縱其馳。入也，馳也，否也，聖人油然不之責也。天下皆善乎？天下不能皆善，則不善亦可導乎？聖人之徐，於是變而爲迫。非樂於迫也，欲不變而不得也。迫之者，矯之也，是故有《詩》焉。《詩》也者，矯天下之具也。

而或者曰：「聖人之道，《禮》嚴而《詩》寬。」嗟呼！孰知《禮》之嚴爲嚴之寬，《詩》之寬爲寬之嚴也歟？蓋聖人將有以矯天下，必先有以鈎天下之至情，得其至情而隨以矯，夫安得不從？蓋天下之至情，矯生於媿，媿生於衆。媿非議則安，議非衆則私。安則不媿其媿，私則反議其議。聖人不使天下不媿其媿、反議其議也，於是舉衆以議之，舉議以媿之，則天下之不善者不得不媿。媿斯矯，矯斯復，復斯善矣，此《詩》之教也。《詩》果寬乎？聳乎其必譏，而斷乎其必不恕也。《詩》果不嚴乎？惡莫惡於盗，而懦莫懦於童子。今夫童子誑其西鄰之童而奪之一金不怍也，而東鄰之童旁觀而適見之則怍焉。見其奪也而又以告其不見者，則怍焉者病焉。不惟見也，不惟告也，見者與不見者朋譏而群哂焉，則不惟怍也，不惟病也，則啼焉，則歸之金焉。夫何其不怍於奪而怍於見？故曰「矯生於媿」。夫曷不啼於未譏未哂之先，而歸其奪於譏與哂之後？故曰「媿生於議，議生於衆」。夫奪人者，汙也；奪而歸之者，潔也。其汙也可擯，其潔也可進。奪於先而歸於後，汙初而潔終，君子將不恕其初乎？將掄其終乎？則譏爲譽根，哂爲德源矣。故曰「媿斯矯，矯斯復，復斯善矣」。

詩人之言，至發其君宫闈不修之隱慝，而亦不捨匹夫匹婦復關溱洧之過；歌詠文武之遺風餘澤，而歎息東周列國之亂；哀窮屈而憎貪讒，深陳而悉數。作非一人，詞非一口，則議之者寡耶？夫人之爲不善，非不自知也，而自赦也。自赦而後自肆，自赦而天下不赦也，則其肆必收。聖人引天下之衆，以議天下之善不善，此《詩》之所以作也。故《詩》也者，收天下之肆者也。

今夫人之一身，暄則倦，凜則力。十日之暄，可無一日之凜耶？《易》、《禮》、《樂》與《書》，暄也；《詩》，凜也。人之情，不喜暄而悲凜者誰也？不知夫天之作其倦、强其力而壽之也。天下之於《易》、《禮》、《樂》、《書》、《詩》，喜其四，媿其一。孰知聖人以至媿媿之者，乃所以以至喜喜之也歟？謹論。

春秋論

論曰：聖人之心，有所必不肯，而有所不得不肯。其所必不肯者，身焉則僾也，家焉則戾，天下焉則敗矣。聖人獨得遂其所必不肯也耶？聖人之心，非不欲喜怒之不作，湛乎以止而粹乎以和也。然嘗試行之家，子弟僕妾之善猶不善、不善猶善也，則其家立而亡也，而猶可行之天下乎？是故喜善怒惡，聖人未必肯也；不賞善，不罰惡，聖人得而肯哉？

夫子之反自衛也，其於經繫焉，制焉，作焉，定焉，刪焉，勤矣哉！而志獨在於《春秋》，蓋老而不疲，不就則不瞑。何也？五經者，夫子之所以教也；《春秋》者，夫子之所以政也。徒教而不政，堯舜不能以經一世，而夫子能以經萬世哉？問夫子者曰：「子奚不爲政？」而夫子答以「是亦爲政」。彼見夫子之不政於人也，而不知其政於天也；彼見夫子之不政於今也，而不知其政於後也。夫子之教行，故天下即其善，去其不善；夫子之政行，故天下畏其不善以利其善。畏其不善者，夫子有罰政也；利其善者，夫子有賞政也。以王而不天，以公而不即位，夫子之罰政，上亦不恕乎君之惡也；以臣而或字之，以裔而或國之，夫子之賞政，下猶不捐乎小之善也。

或者曰：「《春秋》，天子之事也。夫子，匹夫也。匹夫而行天子之政，吾恐夫子之不自脱於罰也，而奚以賞罰人爲？」是不然。夫子之身則匹夫也，夫子之職則非匹夫也，天也，文王也，周公也。以天而視王，則警與譴不在夫子乎？以文王而視周，則訓與責不在夫子乎？以周公而相天子以令天下，則賞與罰不在夫子乎？非夫子求其警與譴、訓與責、賞與罰之柄也，天與文王、周公以是柄與夫子也。

然則何以知是柄之非求，而天與文王、周公與之也？曰：「吾不知也。」非惟吾不知也，而夫子亦或知或不知也。夫子曰：「文不在兹。」又曰：「吾不復夢。」則文王、周公以是柄而與夫子，夫子知之矣。至於天以是柄而與夫子，則雖夫子亦不自知也。知則不可知，而隱則不可隱也。然則夫子猶不自知，而曷爲不可隱也？天以與夫子而可隱，則儀封人者孰告之、孰發之耶？莫之告而告，莫之發而發，則封人之言者，人也；其所以言者，天也。然則天與文王、周公其與夫子者如此其急也，夫子而緩其急，辭其與，獨不得罪於天與文王、周公也耶？故《春秋》者，天子之事也。天子無賞罰，而夫子有天子之所無者，躬乎天與文王之道，而塞乎周公之職，以佐天子之賞罰也。然則夫子之賞罰，非孔氏之私政也，天下之公政也，而夫子何過焉？且經曷嘗曰「此丘之爲」哉？書「元」書「春」者，天之臨也；書「王」者，天子之臨也；書「公」者，魯之臨也。天不得臨周，周不得臨諸侯，魯不得臨國乎？得臨之，斯得賞罰之矣。「罪我者其惟《春秋》」，以迹不以情也。夫子之思，不可謂不審矣。

嗚呼！聖人之於天下後世，教詳而政明如此。入夫子之教者，出夫子之政者也；出夫子之教者，入夫子之政者也。入其賞政，猶未遠於其教也；入其罰政，猶得入其教哉？入有三而學者能取其二，出有二而學者能去其一，則夫子之道幾矣。謹論。

誠齋集卷第八十五

廬陵楊万里廷秀

心學論

聖徒論

顔子論上

論曰：學至乎大，足矣乎？曰可以止，未可以足也。踰乎大則荒，故欲止；安乎大則忘，故患足。君子之學，至乎大而止矣。雖然，止而未足者，樂心誘之也。蓋至其大則見其大，見其大則樂其大。未見則未樂，愈見則愈樂。樂心之長，足心之消也。

人之未有得而足心生者，無怪也。彼未嘗食熊掌也，而强告之以熊掌之美，彼固不肯以易膾炙也。非安於膾炙而不願於熊掌也，未有以誘其願而遷其安也。人必食熊掌，而後知天下之無味；學必至大學，而後知天下之無學。甚矣，道之能誘人也！至則見，見則樂。人惟無所樂也，有所樂則競而不厭，故力焉而不倦。非不倦也，忘倦也。競，故禦焉而益厲，挫焉而益振，窒焉而益決，奪焉而益悲。夫如是，奚其足！奚其足！

且大學無淺深卑高之序也。有淺深卑高之序者，未離乎小學也。何也？見其卑，則非卑無見；見其淺，則非淺無見。見非卑，則卑者不足照也；見非淺，則淺者不足臨也。蓋有隔而不得見者矣，未有不隔而不見、見而有不見者也。見則無不見矣，而猶卑高淺深之足存哉？雖然，至而後見耶？見而後至耶？吾以爲至至焉，見次焉。平地而觀天，以爲山之端即天也。至乎山之端，而後見有山而無天。聞京邑之麗者，謂與里之市無異也。至京邑，而後見其異爾。是故不至不見，不見不樂。

顔淵之問仁，夫子一語之間，仆藩墻，去陛級，徹堂室，而納之於甚大之地，付之以「一日克己復禮，天下歸仁」之事，何其大也。此君子之所驚也。及顔淵領其大，請其目，則不離於視聽言動之間，儆於非禮而已，又何其小也。此君子之所忽也。惟其大而不驚，此顔子之所以獨往；小而不忽，此顔子之所以獨來。何也？己也者，人之欲也；禮也者，天之理也；仁也者，性之覺也。克而復，復而覺，人者去而天者還，則天高地下，吾性之湛也；雲行雨施，吾性之游也；君臣父子、仁義禮樂，吾性之觸也，一理徹而萬理融。當是之時，一者非寡，萬者非衆，徹者非唱，融者非隨。夫何故？吾性之仁無寡也，焉得衆？無唱也，焉得隨？至則皆至，不至則皆不至；見則皆見，不見則皆不見。至矣，見矣，頃刻而天下皆吾仁，吾猶遲之，而何驚於一日而天下歸仁也哉？

雖然，夫子於此遺顔子以其憂者也。何也？顔子領之而樂，既樂而憂。憂也者，樂之生也。非樂之生憂也，至其大，見其樂，而憂乎不得居也。儆非禮於視聽言動之間，顔子也，其求所以居其大者歟？孟子曰：「仁，宅也。」人有聞宅之安而不得至則戚，不得見則戚。至矣，見矣，而又曰：「吾將卜日而後居。」則向之戚，徒戚而已矣。蓋見而不居則宅自宅也，於吾何有？吾亦於宅何有？夫子指是宅以居顔子，顔子而少緩於居，則一動目、一摇足而失是宅矣。得之之不易，失之之不難，豈不大哀耶？是則顔子之憂也。夫子曰：「吾見其進，未見其止。」嗟乎！顔子有憂，而夫子無憂矣。謹論。

顔子論中

論曰：道可遇而不可傳，非真不可傳也，遇則可傳，不遇則不可傳矣。何謂遇？以吾之有迎彼之有，是謂遇。遇則不相拒，而不遇則不相受。不相受而求相傳，是煮石以求其爲粥也，薪可盡，釜可穿，而粥不可成。何也？粥固石之所必無也。天下之事，從其有而迎其有則其功易，取其無而納以有則其功難，而况於以道傳人而傳於不相受者耶？蓋不相受而求其傳，吾雖挈然有以與之，彼則茫然不知所以受之；吾雖昭然有以示之，彼則暗然不知所以覩之。彼非不受不覩也，彼固無以受、無以覩也。舉珠玉以授無指而責其不翫，指日月以示無目而責其不仰，可乎？若夫手與目具者，惟恐吾之不授不示也，授則受，示則覩矣。不惟授而後受，示而後覩也，雖不授之，猶將取之；雖不示之，猶將窺之。何則？彼固有以遇也。手與珠玉遇，則其取不可禁；目與日月遇，則其覩不可閉。大哉遇乎！聖人以道而傳於人，不有遇之，何以傳之？雖然，聖人之於人，固不忍以不遇而不傳，亦不可以不遇而必傳。不遇而不傳，天下將以吾爲絶；不遇而必傳，天下將以吾爲拂。拂之則有所不勝，而絶之則又有所不悦，聖人於此，難矣哉！

以夫子而傳顔子，顔子之幸耶？曰非顔子之幸也，夫子之幸也。何也？夫子之無難也。何也？遇而非傳也。夫惟遇而非傳，是以傳而必遇。吾嘗觀夫子與回言，終日而回不違，其契蓋如此也。契原於順，順原於遇。今夫日能消冰而不能消木，豈日之樂乎冰而怯乎木哉？冰與日相受，而木與日相捍故也。夫子之於回，其日之與冰歟？何其遇而順、順而契也。然則回與夫子之契，豈夫子之言能啓人，而顔子之聽能聽人也邪？夫子之言能啓人也，則難言之童啓矣；回之聽能聽人也，則車馬輕裘之言入矣。然則夫子之言，言不以言；回之聽也，聽不以聽。言不以言，則言者天也；聽不以聽，則聽者亦天也。以夫子之天觸回之天，以回之天感夫子之天，是惟無合，合則遇矣，夫何違之有？當其未言，回意已傳；及其既言，回意無外。使夫子一笑而回已領矣，而況與之言終日邪？

或者曰：「回何功於後學也？參如回，則無《孝經》矣；門人皆如回，則無《論語》矣。有經而道猶不傳也，回也日居於韶濩鐘磬之側而弗考弗擊，使有耳者無聞焉，非過歟？」違生疑，疑生問，問生道，而回也不違也。嗟乎！道以言而通，亦以言而塞。非言之能塞道也，失之者塞之也。一失而爲訓故，再失而爲辭章。言之盛，道之衰也。不有回之學，何以使學者知有妙學哉？學者棄其學以學回之妙學，則盛者衰、衰者盛矣。盛者未衰而衰者未盛，則回之無功於後學也宜也。謹論。

顔子論下

論曰：顔子勇者歟？夫子曰：「顔氏之子有不善，未嘗不知，知之未嘗復行也。」知不善而不能不行，無勇也。無勇而知，知而不去，是徒知而已矣。是故知之不如勇，勇者患不知而已。顔子知不善則不復行，非勇歟？曰非也。顔子知之極也，勇足爲顔子道哉？

今夫火樂於燥而怒於擊，愈擊則愈怒，愈怒則愈樂。勃然發於一熒之初，而欣然進於不可禦之勢，此其勇非不俊也。然勢方盛而雨驟至，則一息之間至於熄滅寒棄而不能以復振，有所勇者必有所怯也。人之情，初而勇，久而習，終則頽墮委靡而不可起。何則？情固有所怠也。使顏子之於不善，勇於去其一，怠於罷其二，則勇不如怯，勇足爲顏子道哉？是故勇於去不善，不若安於去不善。勇於去不善，則必有所不去；安於去不善，則無所不去。顏子之去不善，非勇也，安也。

然則顏子何以能安於去不善？曰：知之極也。鴆之能殺人也明矣，而遇鴆以死者，夷然飲之而不悟，非喜於鴆也。非喜則曷爲飲？曰：不知也，知則不飲矣。天下之善，何以異於水之可飲？天下之不善，何以異於鴆之不可飲？然人之於不善，明憎之，明踐之，何也？豈非天下之不善或有似於善者耶？不善之似於善，鴆之似於水者也。似而不知，不知而不疑，則亦夷然飲之而死爾。甚矣，君子之學急乎致其知也！知不善如知鴆，則終身而不行。其不行，非有所勉而能，亦非有所思而喻。思而後喻，則夫不喻者必出夫思之所不及；勉而後能，則夫不能者必乘夫勉之所不繼。顏子之不爲不善，固無所不及，亦無所不繼，去思去勉，而惟照之以一知。故不善之來，迎者則敗，過者則逝，攻者則堅。彼敗且逝，故初不能欺而卒不能留；吾堅，故不可入。夫使天下之不善雜至乎吾前而不能欺，不能留，且不可入，則不善之來，曷嘗有而不知、知而復行哉？

《大學》曰：「致知在格物。」知苟極其致矣，物奚遁焉？故曰顏子之知，知之極也。知而不極，猶未免不善之欺。飛蟲之觸牖而求出也，其身去牖之外，無毫髮之間爾。毫髮而有所隔，則終日求達而不得達。知而不極，雖其不知者毫髮也，而於聖賢之真知則千萬里之絕。顏子之知極矣，豈有毫髮之隔哉？有毫髮之隔，猶足以爲顔子病；無毫髮之隔，斯足以爲顔子賀。夫子曰：「顔子有不善，未嘗不知，知之未嘗復行。」所以賀顔子之無毫髮之隔也歟？謹論。

曾子論上

論曰：道不可以易言也。徑則詣，差則離，道之難言，不差之難也。夫子稱回之愚，參之魯，而聖人之傳乃愚與魯者得之。學者求其説而不得，則曰：「愚與魯，道之資也；智與惠，性之翳也。」嗟乎！言之似也而差也。何也？回之愚，夫子蓋嘗言其如愚而不愚矣，則回之愚豈其真，而學者猶以爲真也。若參之魯，夫子之言未及盡也。執夫子未及盡之言，而以參爲真魯，參又何辭焉？雖然，參不病也，學者病也。右愚魯而左智惠，則納天下之人於莊周之瓦礫、佛者之寂滅也，豈不病哉？

且參之魯，豈其蒙然蚩、暗然昧耶？子曰：「吾道一以貫之。」門人相顧，莫知所依據，而參也領之以一「唯」，蒙然蚩、暗然昧者能之乎？然則參非真魯者也。非魯而曰魯，無乃言語之不給、文學之未敏歟？言語之給，文學之敏，君子非有廢也，而非所先。蓋言語者，道之汲，而汲者非道也；文學者，道之寓，而寓者非道也。言語之不給，曰魯可也；文學之不敏，曰魯可也，而魯非道之賊也。非道之賊，而亦非道之資。人之資，有所明，有所能。能者事之資也，明者道之資也。參之魯者，短於能者也，非事之資而已矣。非事之資而移以爲道之資，道固無用於能，而亦何用於不能哉？謂能可以入道者，妄也；謂不能可以入道者，大妄也。道則有可以入者矣，曰明是也。參也能之短而明之卓，則其爲道之資者，以其卓者也。今也取其短者而謂爲道之資，又欲去其卓者而謂爲性之翳，不知其所謂翳者，乃參之所以爲資，而其所謂資者，乃參之無所用於道者也。

今夫錐之鋭，刀之利，此物之敏者也，然其能不出於錐刀之用而已。窮日之力以瑩焉，曾不能以燭跬步。至於鏡，其規不盈尺，而天地之大，萬象之衆，秋毫之微，一照而洞見焉。以爲鏡往而鏡未始往，以爲物來而物未始來。非往也，而無拒也；非來也，而無逃也，則明之功也，錐刀有是哉？雖然，鏡之明也，反而照焉，則與錐刀何擇？曾子之心，鏡也。曾子之心非明，則一以貫之之妙何以一照而洞見也？則其所謂魯者，亦不能爲錐刀之敏而已。不能爲錐刀之敏，而以爲道之資，則錐刀之鈍者，亦可以爲鏡乎？且人之學於道，惟根於一明也。去明則於道何徹焉？謂智惠爲性之翳，則是欲反鏡以求照也，豈不誤天下之後學哉？故曰「言之似也而差也」。

子曰：「由之瑟，奚爲於丘之門？」門人不敬子路，子曰：「由也升堂矣，未入於室也。」門人之敬不敬，於吾子路無所損益也，而門人可憐也。聖人之言，不心造其微而貌執其粗，聖人安能一一而盡也哉？子曰：「參也魯。」夫子未及盡也，而參遂爲真魯。嗟乎！參真魯也，參何病哉？學者不學參之非魯，而學參之魯，參誤學者耶？學者自誤耶？謹論。

曾子論中

論曰：學道者必有以用道也，學之而無所用之，則親見堯舜周孔而無所覿，博極《詩》、《書》、《禮》、《樂》、《易》、《春秋》而無所涉，洞貫仁義忠信而無所歸。何也？堯舜周孔，道之人也；六經，道之林也；仁義忠信，道之器也。見其人，❶極其林，洞其器，謂之不學道不可也，謂之學道亦不可也。學則學矣，用則未有以用也。布之可以温，故人取之以衣其身；粟之可以飽，故人取之以實其腹。今且有人，積布而不衣，藏粟而不食，則雖積藏如丘山，而夫人者不免於凍餒而死矣。夫布與粟如丘山而不免於死，非不富之罪也，富而不用其富之罪也。學道而不用，安以道爲哉？

曾子曰：「吾日三省吾身，爲人謀而不忠乎？與朋友交而不信乎？傳不習乎？」此曾子之始學也，彼固有所用之也。然則曾子之用何所用？用之者，體之也。體之者，身之也。學道而至於體之以身，夫然後道爲吾之有矣。故夫世之學道者，吾見其學道矣，未見其有夫道也。學而不能有，則道自道、我自我也。夫惟道即我而我即道者，可以言道爲我之有矣。曾子之三省其身，非省其身也，省其身與道之一二也。身與道果一也，曾子之幸也。若猶二也，曾子其得不省乎？省之則不二矣。且夫身與道爲二者，豈身非道而道非身哉？道與身爲一者，又豈道自外至而身從中受哉？謂身非道，則身安得有夫道？謂道非身，則道安得有於身？謂道自外至，則有所至必有所見；謂身從中受，則有所受必有所盈。迎其至而無見也，反其受而無盈也，則道非自外至而身非從中受也。道非外而身非内，則不可謂身非道而道非身也。身與道本一也，一而二者，不察之過也；二而一者，察之功也。

子思曰：「『鳶飛戾天，魚躍于淵』，上下察也。」人之一心，察之之妙，上際於天，下極于淵，無一理之逃

❶「見」，原作「且」，今據文義改。

也，而況於反是察而用之於吾身之道乎？ 匹夫有璧而櫝之於家，既久而偶忘之，不勝其困，而假匄於其鄰，自以爲天下之至貧也，而不知其富也。 三年而忽憶其璧也，出而鬻之，一朝而獲千金。 夫千金非自外至也，匹夫之所自有也。 有千金而困於貧，既貧則富，則察與不察也。 當其不察，璧亦不亡；及其既察，璧固自若。 道也者，吾身之璧也。 學者有璧而弗察，弗察而忘者也；曾子者，有璧而日察之，日察之而日憶之者也。 爲人謀而忠，與朋友而信，傳道而必習，學者豈無是哉？ 有而不有者，誰之過歟？ 曾子一日而察者三，豈有脱而不存也哉？ 孟子曰：「萬物皆備於我矣。 反身而誠，樂莫大焉。」知備而不知反，宜學者之無所樂也。 曾子三省之學，惟孟子傳之也歟？ 謹論。

曾子論下

論曰：無聖人之天而求至乎聖人之地，其至者否也。 然則其孰爲地？ 孰爲天？ 仁也者，聖人之地也；力也者，聖人之天也。 堯舜之所性，湯武之所身，孔顔之所傳，惟此一事。 故夫仁也者，聖人之地也。 學聖人而不求至其地，是欲歸其家，曾未及門而宿於墻之外也。

然則仁何事於力？ 子曰：「仁之爲器重，舉者莫能勝；其爲道遠，行者莫能至。」又曰：「有能一日用其力於仁矣乎？」而冉求亦曰：「非不説子之道，力不足也。」故夫天下之重者，莫重於不重之重，而泰山爲至輕；天下之力者，莫力於非力之力，而烏獲爲至羸。 仁也者，不重之重也；聖人也者，非力之力也。 夫惟有非力之力者，然後能舉不重之重。 不然，子貢之辯，子路之勇，足以屈天下、震諸子，而一登聖人之門，則寂然默，弛然廢，舉其辯與勇納之懷而無所用之。 然則必有非力之力，而後能舉此不重之重者也。 蓋夫口易强而有辯也，身易强而有勇也，資難强而有力也。非有其天，其誰實能之？故曰「力也者，聖人之天也」。無其天而求至其地，無其力而求舉其仁，此楚人之所以學烏獲而死者。

昔者楚人有慕烏獲之力而學之，其里之父欲持千鈞之負而適秦者，聞楚人之力也而請焉。楚人者欣然而試負之，然肩之而不能勝，勝之而不能步，步之而不能秦。强而趨焉，不十步而絶筋折脛以死。學者無聖人之力，而求舉聖人之仁，吾懼其肩而不勝，勝而不步，步而不秦也。故夫烏獲可學而不可學也？有烏獲之力而舉烏獲之負，可也；無烏獲之力而試焉，可乎？烏獲之力，千鈞之負，不可試也，而况聖人之仁而可試乎哉？有其力而堪其負，其惟曾子歟？

曾子曰：「士不可以不洪毅，任重而道遠。」仁以爲己任，不亦重乎？死而後已，不亦遠乎？曾子之力，庶乎聖人之力者也。何也？其力洪，然後肩之而能勝；其力毅，然後勝之而能步。曾子之於仁，洪以肩之，毅以步之，其至於秦無難也。雖然，輕天下之重者，重而不之覺；邇天下之遠者，遠而不之慮，曾子猶覺其重而慮其遠者也。子曰：「仁者安。」仁安則重者輕，夫何覺？又曰：「我欲仁，斯仁至矣。」至則遠者邇，夫何慮？此聖人之事也，曾子未及也。故曰「曾子之力，庶乎聖人之力者也」。雖然，任重而能堪，堪之而不釋；道遠而能趨，趨之而不息。秦雖去楚遠也，其庸不可至乎？而况吾仁非若秦之去楚也哉？曾子也，雖未能如聖人之不覺其重、不慮其遠之安也，仁以自任，死而後已，曾子其不至於仁乎？子思曰：「或安而行之，或利而行之，或勉强而行之，及其成功，一也。」曾子之謂矣。謹論。

誠齋集卷第八十六

廬陵楊万里廷秀

心學論

聖徒論

子思論上

論曰：道必有措手之所，而後學者得以用其功。邈然如天，淵然如淵，則學者安所措其手哉？子思曰：「喜怒哀樂之未發謂之中。」夫不言所以處喜怒哀樂者，而止言其喜怒哀樂之未發者，初無影之可捕，而況求其形哉？學者求其説而不得，則流而入於槁木死灰之學。夫槁木死灰之學，非洙泗之學也，西學也。然則學者不入於此而入於彼，無乃子思不示人以措手之所，而納之於茫洋之地而然乎？子思不然也，子思蓋有示人以措手之所者矣，而章句之學離之也。離而不合，此學者所以止求之於喜怒哀樂未發之言，而不知子思所以處夫喜怒哀樂未發之妙，則固在於言前也。

且子思不云乎：「天命之謂性，率性之謂道，修道之謂教。」又繼之曰：「君子戒不睹，懼不聞，莫見乎隱，莫顯乎微，故君子敬其獨。」❶然後曰：「喜怒哀樂之未發謂之中，發而皆中節謂之和。中也者，天下之大本；和也者，天下之達道。致中和，天地位焉，萬物育焉。」蓋天下未有無用之道，而君子亦不爲不蔕之言也。中也者，固性之有也，然性不可見而中不可能，使子思曰「天命之謂性」而止耳，曰「喜怒哀樂之未發謂之中」而止耳，則此言無乃鄰於不蔕，而此道無乃墮於無用邪？故子思之學，不恃其性而恃其率，不恃其中而恃其致。率也者，循是而教焉者也；致也者，力而求之者也。性不可見而率性者可見，中不可能而致中者可能。致則率矣，中則性矣，是則子思之意也，而學者不之詳也。

象犀珠玉，絶域之産也，而人得而用之者，夫固有以致之也。吾性之中不如是之遠也，不遠也而不邇也，則未有以致之爾。致犀象珠玉則犀象珠玉至，致中則中至。然則何以致夫中？曰喜怒哀樂之未發有以處之是也。然則何以處夫喜怒哀樂之未發？曰君子敬其獨是也。蓋天下之理，莫隱於十目之所視，而莫顯於喜怒哀樂之未發。當其未發，吾已知之。非吾知之也，心知之也。非心知之也，天知之也。天且知之，而曰不顯，可乎？曰不顯而不戒不懼，則喜怒哀樂未發之初，内不既其養，外不既其閑。未發而不養，則其發必妄；未發而不閑，則其發必肆。妄與肆相遭，喜與怒相激，哀與樂相戰，將以致中，是閑蠅蚋千百於一室而求其静也，是以君子敬其獨也。敬心不以隱顯而去留，則内有養，外有閑。方其獨也，若不勝其衆也；方其未發也，若不勝其動也；方其不睹不聞也，若不勝其耳目之屬也。何也？獨者衆之源也，静者動

❶「敬」，當作「慎」，此避宋孝宗趙昚諱。下同，不出校。

之機也。一息之頃，心與天已知之矣。知而養，養而閑，則一妄起，一察應；一肆動，一儆隨。察與妄應，則察至而妄者除；儆與肆隨，則儆至而肆者伏。妄者除而肆者伏，當是之時，此心瑩然，真而法矣。未發而真，發而非真；未發而法，發而非法，天下有是理乎？去妄去肆而一之於真與法，而中在其間矣。

人有病目者，不求其本而急其末，以爲所以病吾目者翳而已，去翳則目宜必明。然去一翳生一翳，則不知養肝之過也。肝得其養而目自明，則夫翳者不去而去矣。喜怒哀樂未發謂之中，其自中也邪？其有以養其中也耶？謹論。

子思論中

論曰：聖人之言愈大則愈微，此非有所隱也，微之者，顯之也。言愈微，故求之者愈力。求之者愈力，故浚之者愈深。求之力，浚之深，而聖言之微者顯矣。

雖然，後之君子有能發聖言之微而置之顯，天下之幸，而君子之不幸也。三人同行而入海，一人得珠焉，則三人者必擠夫一人者。三人者亦何仇於一人也？珠也者，擠之招也。遊聖門而先發聖人之微，則前有愠，後有忌。愠與忌並起而相競，非君子之不幸歟？且君子發聖人之微，非以爲功也，爲道也。或者不察，以爲學聖人而不能發聖人之微，則天下將以我爲無功於聖門。邀功之心生，則相競之說起。競則異，異則朋。異之中又有異，而朋之中又有朋，則以强弱怪奇爲勝負爾。非惟君子之不幸也，亦聖道之不幸也。

蓋自夫子有性習近遠之論，而不明言性之善惡，至孟子則斷之以性善之説，於是荀、揚、韓三子者各出一説以與孟子競。説者以爲夫子不立論以起争，而起三子之争者，孟子喜於立論之過也。嗟乎！夫子非不立論也，夫子而不立論而持兩端，則仁義禮樂於何而折衷哉？性習近遠之説，是夫子之立論也，立論而微者也。孟子豈喜於立論者哉？入夫子之海，先得夫子之珠，瞥然見其性相近之旨，悟其真而發其微，不忍自秘而分於人，此亦仁人君子用心之切者也，而孟子何過焉？三子之競，豈孟子起之邪？三子邀功之急者也。三子邀功，而孟子遂爲過，君子於此亦難於處也哉！蓋將附三子，則悖於聖人；附孟子，則三子者不服。然則何以處之？

昔者秦緩死，其長子得其術，而醫之名齊於緩。其二三子者不勝其忌也，於是各爲新奇而託之於其父，以求勝其兄。非不愛其兄也，以爲不有以異於兄，則不得以同於父，天下未有以決也。它日其東隣之父得秦緩枕中之書而出以證焉，然後長子之術始信於天下，有所訟者必有所質也。《中庸》之書，夫子枕中之書也，而子思得之。《中庸》曰：「天命之謂性，率性之謂道。」又曰：「能盡其性，則能盡人物之性，可以贊化育，參天地。」質之以此，而後孟子之説始信也歟？

性果惡邪？則曰違性之謂道可也，烏用率？且性既惡，則盡性之所至，當逆天地而戾人物矣，奚其贊？又奚其參？人性之有善惡，善則惡不得以寄，惡則善不得以居，如冰之寒而濕，火之燠而燥也。今曰善惡混，吾將曰冰之性燥濕混，而火之性寒燠混也，可乎？至於裂性而三之，裂三而五之，則亦不勝其勞矣，蓋三子言性而未見性者也。曷爲言性而未見性也？不自盡其性也。自東海而趨西海，必至於西海而後盡也。未至於西海而止也，而曰西無海也，之三子者是也。吾性一盡，而育人物、參天地者在焉。性爲善邪？惡邪？三子者亦嘗進於此也乎？三子者自有性而不盡也，宜其言之不徹也。質之《中庸》，而後三子者心服矣。三子非服孟子也，服孔子也。三子服而後孟子之説信，孟子之説信而後孔子之意明，孔子之意明而後性善之論定，性善之論定而後天下之爲善者衆，則子思之功，豈不大哉？子思不邀功者也，不邀功而大有功者也。謹論。

子思論　下

論曰：學者病乎無見，亦病乎有見。學而無見，學之俗也；學而有見，學之妙也。俗則病矣，妙矣而亦曰病，可乎？妙亦病也，妙而不反，斯病矣。

人惟無見也，人而有見，則逐於見而不反。蓋世有病於能俯而不能仰者，終身不知有天也。一日而其病愈，仰而見天之高，自以爲未始見也而喜焉。喜而不足，則終日觀天而不復視地焉。坐亦觀天，行亦觀天，不知逢荆棘、蹈溪壑也，躓而傷焉。豈天使之躓而傷哉？傷生於喜，喜生於見，見生於不見故也。學者其初患於無見也，而盡鋭以求於一見。見矣，其患反甚於不見。何也？不見則羡，既見則喜。自夫人之喜心一生也，而道始遠矣。非喜心之害道也，喜其高則必厭其下，喜其遠則必棄其邇，喜其大則必厭其細。不知夫道也者，下不二於高，邇不二於遠，而細不二於大也。而二之，是故崇先覺，卑後學，務遐想，蔑近思，以君臣父子之日用爲淺易，以仁義禮樂之名教爲粗迹。於是探混茫以爲深，極孤絶以爲高，而不知入於空虚無有之地。舉空虚無有之學以治身濟世，此猶取夢中之飲食以濟飢渴也，不已疎乎？

古之君子，蓋有窮百家、究六合、極師友、博論辨而無得也。非無得也，有得而無用也。有得而無用，則是吾見之爲病也。從其見而反焉，則有得矣。見不損於今，亦不加於今；見不異於昔，亦不同於昔，至此則向之所謂百家、六合、師友、論辨，皆非也而皆是也。百家一人，六合一室，師友一户，論辨一口，孰爲高，孰爲下，孰爲遠，孰爲邇，孰爲大，孰爲細邪？道之歸有在矣。

《中庸》曰：「道之不行也，道之不明也，賢智過之，愚不肖不及也。」夫愚不肖之不及，固離於道矣，而賢智之過之，乃《中庸》之所甚憂，而道之不行與不明，乃賢智者之罪。此無它，見而不反之病也。又曰：「君子尊德性而道問學，致廣大而盡精微，極高明而道中庸。」温故而知新，敦厚以崇禮，是故居上不驕，爲下不倍。夫學之功至於居上而不驕，爲下而不倍，此真有用之學也。求其所以然者，則本於不以性廢學，不以大忽微，不以高棄中，不以新忘故，不以質去文。嗟乎！學至於此，其斯以爲子思《中庸》之學也歟？

好遊者以爲九州之内、四海之外，其山川人物非復其鄉里所有之山川人物也，竭其家以爲糧，以求博觀於天下。三年而貧也，而倦也，悔而歸，則其鄉里之山川人物即九州四海之山川人物也，而後釋然悟，翻然喜。學者之學而有見、見而不反，蓋游而未悔者也，安得游而悔者與之共學子思之《中庸》也邪？謹論。

孟子論上

論曰：仁可得而求乎？曰可。仁可得而聞乎？曰不可。仁不可聞，則學者烏乎求？曰求以不言，不求以言。蓋體仁者，心也，而心非仁；喻心者，言也，而言非心。言猶非心也，而言可以求仁乎哉？言之非心也，以言有所不能言也。非惟彼心之言不能言於吾也，吾自求之，吾自得之，吾自不能言之矣。

人有生而不能飲酒者，問酒之何味，其能飲酒者不過告之以酒之美而已。若酒之所以美者，雖能飲酒者亦不能自言也。非吝於告也，極天下之善言酒者，止於此也。就使能言而不止於此，亦不能使不飲者之知味。何則？吾以其言言酒，而彼以其聽聽酒，而言與聽卒非酒也。韓子曰：「博愛之謂仁。」程子曰：「非也，仁者覺也。」吾將是韓子，則夫子之言有不然者。顔回問仁，子曰：「克己復禮爲仁。」於博愛何與焉？吾將是程子，則夫子之言有不然者。樊遲問仁，子曰：「愛人。」於覺何與焉？仁之不可言也如此。然則仁不可言，則二子之論烏乎歸？曰吾將歸乎夫子。然則夫子之論自不一也，烏乎而得歸於夫子？曰吾將由孟子以歸夫子。程子者，得夫子之潛者也；韓子者，得夫子之彰者也；孟子者，得夫子之潛與彰而據其會者也。

孟子曰：「惻隱之心，仁之端也。」又曰：「今人乍見孺子將入於井，皆有怵惕惻隱之心。」嗟乎！孟子之言仁，蓋至於此妙乎！然則曷謂惻隱？曰是不可言也。孟子之言及於惻隱，蓋假惻隱以明仁，而惻隱非仁也。今於惻隱之外又求惻隱之説，正使惻隱之説明而仁愈晦矣。雖然，試言之。隱也者，若有所痛也；惻也者，若有所閔也。痛則覺，覺則憫，憫則愛。人之手足不知痛痒者，則謂之不仁。蓋方其不知痛痒也，搔之而不醒，抶之而不恤。彼其心非不愛四體也，無痛痒之可覺也。至於無疾之人，誤而拔一髮則百骸爲之震。何也？覺其痛也。覺一髮之痛則愛心生，不覺四體之痛則愛心息。孟子曰：「不仁者，以其所不愛及其所愛。」此不覺於人者也。曰：「人病舍其田而芸人之田。」此覺於人而不覺於身者也。曰：「指不若人，則知惡之；心不若人，則不知惡。」此覺於身而不覺於心者也。以覺吾之痛覺彼之痛則愛人，以覺彼之痛覺吾之痛則自愛，自覺而自愛，則何理之不悟？覺人而愛人，則何物之不覆？是故不愛始於不憫，不憫始於不覺，不覺始於不痛。古之君子以不如舜爲憂，此一痛也；以一夫不被其澤爲責，此亦一痛也。故曰「痛則覺，覺則憫，憫則愛」。然則克己復禮，仁也；愛人，仁也；博愛之謂仁，仁也。仁者，覺也。仁也何也？均惻隱之心也。故曰「孟子得夫子之潛與彰而據其會者也」。

雖然，孟子則善言仁矣，何與乎學者之事哉？學者誦孟子之言曰：「吾知惻隱之爲仁也。」市門之儈，終日導千金之賈而鬻金於市，歸其家無一錢之藏，則外而不内也。孟子之言仁，何與乎學者之事哉？孟子曰：「苟能充之，足以保四海；苟不充之，不足以事父母。」學者盍亦求其所以充之也哉？謹論。

孟子論中

論曰：學不至於聖，則不至於定。孟子曰：「天下定于一。」豈惟天下求定哉？惟學亦然。學而不至於定，則難於守而易於奪。得而不能守，守而不能不奪，自非聖人，誰不然者？求定者，必至於聖而後可也。

雖然，至於聖而得其定矣，有以定其聖，無以運其聖，則是鑄金以爲天地之儀，某氣之至，某地之震，無不應者。天地則非不天地也，而不能生萬物，則其爲天地者特未爾。學至於聖者，天地也。至其聖而不能運其聖者，不能生萬物者也。是故運天地者，非天地者也；運其聖者，非其聖者也。蓋天地以氣運，而聖人以智運。智非仁義禮智之智也，智者神之用也。以其神運其聖，而後參天地、澤萬世之功可得而凝矣，神泯則無所運其聖。

孟子曰：「伯夷聖之清，伊尹聖之任，柳下惠聖之和，孔子聖之時。孔子之謂集大成。集大成者，金聲而玉振之。金聲者，始條理；玉振之者，終條理。始條理者，智之事；終條理者，聖之事。智譬則巧也，聖譬則力也。」學者於此每難言之，而説者有曰：「聖人猶力，賢者猶巧。」有曰：「巧或有不能，力無不至。」是不以巧爲悦者也，不知夫孟子之意正以巧爲悦也。孟子不云乎：「猶射於百步之外也。其至，爾力也；其中，非爾力也。」射者悦於至乎？悦於中乎？射而不悦於中，則天下皆后羿矣。天下不皆后羿，是以中爲悦者也。蓋有至而不中者矣，未有中而不至者也。是故至者，中之所兼也；中者，非至之所兼也，故曰「其中，非爾力也」。中非力，則至非巧矣。

然則力者尚乎？非力者尚乎？聖之尚乎智，猶射之尚乎巧也。孟子之所謂智，即吾之所謂神，所以運夫聖者也。至於聖而不能運，則三子者是也；聖而運，運而聖，則夫子是也。三子者惟其聖而未智，是故任者不能清，清者不能和，和者不能清與任。夫子之聖，非能離於清、任、和也，而能離於清、任、和也。不離於清、任、和，夫子之所以聖；離於清、任、和，夫子之所以智。

雖然，以智爲加乎？聖則曷爲？曰「始條理」、曰「始終」云者，非序也，用也。荀卿曰：「始乎爲士，終乎爲聖人。」始言户，終言室也，此序也，非用也。孟子曰「始終」云者，用也，非序也。始言施，終言收也。有投乎吾前者，無以施則不集，無以收則不正。謝而不集，釋老以之；集而不正，申商以之。智以施之，聖以收之。動則集，集則正。千轉萬變而不踰乎同條一貫之天理，此夫子之神，而孟子獨見之也。

壺丘子與列禦寇射。壺丘子登高山，履危石，足二分垂在外，而下臨百仞之淵，揖列子而進之，列子汗流而不敢進。嗟乎！壺丘子能怖列子爾，使遇孟子，豈不敗哉？壺丘子能垂足於危石者二分而已，加乎此者，壺丘子能之乎？孟子則能之者也。夫三子之見道者至乎聖極矣，出乎聖之表而進乎智之事者，孟子也。壺丘子而遇孟子，吾恐壺丘子之汗流也。嗟乎！壺丘子之不遇孟子也。謹論。

孟子論下

論曰：君子能輕富貴歟？君子非能輕富貴也，能出乎富貴也。未有以出乎富貴，而曰我能輕富貴，將以輕之，適以重之。夫惟出乎富貴者，然後不爲富貴之所誘。何則？此固有以破其誘也。

市井之人，窮日之力，竭智巧以争錐刀之利，人人自以爲得也。登山而下視之，此與蟻蚓之争糞壤有以異乎？非彼之暗而吾之明也，彼方居其中，而吾則立其表也。然則破富貴之誘者，必立乎富貴之表者也。然則其孰爲富貴之表？禮義是也。君子者，登夫禮義之山，以下視聲利之市，而明見富貴之糞壤，則天下之富貴有不破者乎？夫既破之，則無所用之。天下之所爲汲汲於富貴者，夫固有以用之。用之故求之，無所用之，則安以求爲哉？貴極人爵而富以萬鍾，反視吾身而無關焉，而有怍焉。無關則何所加，有怍則有所病。得富貴也，未有所加而先以自病，則富貴者真何用哉？

孟子曰：「生亦我所欲也，義亦我所欲也。二者不可得兼，舍生而取義者也。」此孟子之所以出乎富貴而立其表也。且義之必取，則生猶必舍也，而不能舍富貴也耶？又曰：「非獨賢者有是心也，人皆有之，賢者能勿喪耳。一簞食，一豆羹，得之則生，弗得則死。嘑爾而與之，行道之人弗受；蹴爾而與之，乞人不屑也。萬鍾則不辨禮義而受之，萬鍾於我何加焉？爲宫室之美，妻妾之奉，所識窮乏者爲之，此之謂失其本心。」此孟子破富貴之鉅力也歟？蓋簞食豆羹之非禮，而乞人辭焉；萬鍾之非禮義，而士君子受焉。乞人之辭，辭有用者也；士君子之受，受無用者也。何則？簞食豆羹之不受，則乞人者飢而死矣；萬鍾之不受，士君子之身無乃未至於死邪？身未至於死，則曷爲受之？曰爲宫室之美也，妻妾之奉也，知識之求也。

且夫疏食曲肱，聖人樂之；啜菽飲水，聖人以爲孝也；顔路請車，聖人不與也。聖人之自奉與奉親與交際，夫固不以外爲悦也。今夫非自奉，非奉親，而特爲宫室、妻妾、知識之奉，而安於受不義之富貴，此爲誰計邪？

乞人能不愛其身之死以不離於義，士君子不能不愛奉人之具以不離於不義，可怪也乎！且身無一毫之加，而有丘山之損；妻妾、知識享萬鍾之奉，而吾身不逭乎萬世之誅，豈必明者而後見哉？故孟子曰：「鄉爲身死而不受，今爲妻妾、知識而爲之，是亦不可以已乎？」且乞人之心，心也；士君子之心，心也。曰士君子之心無乞人之心，可乎？有之也而失之也，故曰「失其本心」。士君子之膏肓，孟子其痛箴之矣。嗟乎！欲天下之不爲者，不可使天下之不爲也，必窮其爲之之由而折之。孟子不使天下之不受不義之富貴，而深折其所以有用於富貴者，使天下曉然見其有用之無用也。禮義之未亡，聖學之不絶，誰之力哉？謹論。

韓子論上

論曰：韓子《原道》之書，孟子以還，一韓子而已，大哉韓子乎！雖然，其猶有不合於聖人者歟？若曰「道與德爲虚位」之類是也。曰此乃韓子之所以合於聖人者也。聖人之道，非以虚爲道德。非虚而曰虚位者，道德之實非虚也，而道德之位則虚也。天下之物，惟其位之實，是以莫得而入也；其位不實，則虚與實皆得入而居之。夫惟有以實其位之虚，則其位不可入矣。韓子之言，所以實其虚也。

且夫道德也者，果何物也？謂之無也，何以不無其名？謂之有也，何以不有其形？惟其有名，聖人之所以實之以用世也；惟其無形，異端之所以入之以欺世也。昔者生民之初，蓋有所甚不安也。生不養，死不葬，居焉而無別，群焉而無聽，争焉而無決也。聖人者倫以經之，具以維之，仁以親之，義以愧之。經之故立，維之故不散，親之故不相棄，媿之故相憚。由乎此者謂之道，體乎此者謂之德。根乎心而形乎事，進則賢，至則聖，熟則神，皆不外焉者也。聖人者以爲是足以安天下、澤萬世而無憂矣，孰知夫聖人之力有所不及，而遂遺聖人之憂。

蓋天下之未安，則惟安之求，而不暇乎其他。天下既安，而侈心生焉，於是道德之名果能亡道德之實也，天下翫其實而疑其名也。自天下之翫也，而道德之位始虛；自天下之疑也，而異端之道德始入。蓋聖人之道德既行，而天下大安。天下既安，而不知其所以安者乃聖人之道德也。不知，故翫。舉君臣父子日用飲食之事，彼皆翫以爲常而不足異也。而聞聖人有所謂道德云者，樂其名而求之，不知其所以常者即其所求也。不知，故疑。彼以爲道德云者必有所甚異，而世皆未之見也，於是舍日用而求新奇，而異端斯入之矣。何則？有虛之可乘也。

人有居鉅室享膏粱者，久而厭之，以爲是不足居、不足享也。而聞山林之姦人有異説者，以爲天之可以飛而昇，風露之可以食而壽也，則舍其室而從焉。其室既虛，則姦人者何憚而不乘以入之哉？道德者，天下之鉅室也，非如曠野之空虛也，而其位則虛久矣，而天下之人去其室以求其室，其位得而不虛邪？異端乘之，韓子塞之；異端入之，韓子出之。韓子曰：「仁與義爲定名。」又曰：「吾之所謂道德者，合仁與義言之也。老子之所謂道德云者，去仁與義言之也。」而後道德之虛位可得而實矣。匹夫細民，見其鄰之徙而去也，則私其土田而耕之。它日其鄰者歸焉，則爲匹夫細民者，將遜而去乎？猶將私之也。老子以空虛爲道德，此私吾聖人之田者也。韓子出而仁義還，則聖人之田宜誰歸？故曰「韓子之言，所以實其虛者也」。謹論。

韓子論下

論曰：君子之去異端，非異端不去之可憂，而異端既去之足慮。異端之不去，蓋有能去之者矣。去之矣，其患有大於未去之時。何則？有以去之，無以處之也。

如去盜焉。方盜之作也，紛紜震擾，若無以支持之爲者，於是深計以圖之，盡力以角之。圖之而中，角之而勝，其遂無盜矣乎？曰未也。盜之未敗而降也，有不可以不受者矣。及其敗也，有不可以盡殺者矣。不受其降而不寬其殺，不可也；受其降而寬其殺，不可也。蓋聚姦宄之民而驟散之，散之而無以處之，則其復爲盜也，又有甚焉者矣。

天下之入於佛老，豈皆好其清净寂滅之道者哉？有好焉者，有畏焉者，有利焉者。士之爲高者，則妄意以爲此可以悟性命而超死生也則之焉，此好之者也；士民之倖於福田利益之誘而慄於死生報應之誑者則亦之焉，此畏之者也。愚夫細民之惰者、無能者、廢疾者、鰥寡孤獨者，進而窺二氏，則見其不業而食，不劬而居，反而顧其身，則茫乎無依，於是亦之焉，此利焉者也。

韓子也，固憂夫好焉者之不可奪，畏焉者之不可祛也。而利焉者之無以處，尤韓子之所大憂。何也？好焉者可以理遷，舉先王之道而力明之，以實夫位之虛，閉其入而開其歸，韓子則有《原道》之書。畏焉者可以事曉，善而祥，不善而殃，此天下同見之事也，烏有福田利益之妄？旦則夕，生則死，此天下不足怪之事也，烏有死生之怖？韓子則有《與孟簡氏》之書、《弔武侍御氏》之書。使韓子之言行，則奪以祛何難？若夫民之利焉者，一旦驅而散之，其徒之爲萬者不知其幾也。散而無以處也，歸而無以生也，廢疾者坐而死，鰥寡孤獨者坐而死，惰者、無能者肯坐而死哉？坐而死者奚罪焉？君子何忍置之於此也？其不肯坐而死者，不去而爲盜、決而爲大亂者無之。去異端所以仁也，而無罪者得死，所以爲治也而反得亂，則是不如不去之安也。

是故韓子既思所以去，又思所以處。韓子曰：「人其人，火其書，廬其居，明先王之道以道之。」所以去也。又曰：「鰥寡孤獨廢疾者有養也。」所以處也。文王之治岐也，必先天民之窮而無告者，此非惟既其仁也，亦防其民之利於爲異也。三代之時，異端之不興，豈特一道德而同風俗之力歟？亦其所以處民者盡爾。韓子之意，真先王之意也。然則韓子曷爲言之而不行？曰：韓子能行而不得行者也。蓋有得行而不行者矣，將能行而不得行者罪邪？得行而不行者罪邪？謹論。

誠齋集卷第八十七

廬陵楊万里廷秀

千慮策

君道上

臣聞言非尚於奇，尚於用也；事非難於料，難於處也。奇而無用，能料事而不能處，此豈非士大夫進言謀國者之大患歟？昔之人蓋有長於談兵而敗於兵，工於説難而死於説，言非不奇也，踈於用也；蓋有知七國之必反而無以制其反，能三策匈奴而不能一策昆陽之敗，料事非不明也，暗於處也。

今天下之士，乘聖天子求言急治千載一時之秋，而争言天下之利病，夫豈無一言之切於用而一事之善於處也哉？而未聞朝廷行某人之言而興某利也，又行某人之言而除某害也。夫言而無用者，言之虚；聽而不用者，言之棄。臣不知言之不行者，其言而無用歟？其聽而不用歟？其言之虚歟？其言之棄歟？言之虚者，其責在下；言之棄者，其責將誰歸？天下皆曰：「聖天子之求言者，以爲始初清明之美觀耳。」其然與否，臣不得而知也。臣所知者，臣將治臣之言以塞臣之責。臣過不量其愚，而夙夜以思當世之故，千慮一得，慨然欲吐者有三十策焉，願有獻也。非敢謂有用也，亦不可謂無用也，惟朝廷財擇。

臣聞人主之治天下，必正其治之之主；人臣之相其君，必先正其人主之主；而小人敵國之欲傾人之國也，必先敗其人主之主而已。齊人懲於夾谷而謀魯也，不以齊謀魯也，以魯謀魯也。魯以女樂罷朝而孔子行，則先敗其用孔子之主也。孰爲用孔子之主也？非魯君之心乎？越人懲於會稽而謀吴也，不以越謀吴也，以吴謀吴也。吴信宰嚭而子胥踈，則先敗其用子胥之主也。孰爲用子胥之主也？非吴王之心乎？是故人主之有天下，如富家之産也；人主之有一心，如富家之有家主也。今也有千金之産，而其家主者博弈焉，酒色焉，與不逞之奴客狎而不嚴焉，則其千金之資，人孰不視之爲外府耶？而其友之忠焉者，不先正其家之主，而欲扶其主之家，是故枝其東而西傾，富其左而右貧。世之君子之相其君也，不過曰人才之未用也，民力之未裕也，國未富而兵未强也，太平之未有期而敵國外患未有已也。是皆知扶其主之家也，而未知正其家之主也。

古之君繼體守文、不知艱難而敗其國者，臣未暇言也，請言其創業之難而又自敗者。隋文帝取周取陳，以混二百年四分五裂之天下，開皇之治，漢以來僅有此爾，其賢明何如也？唐莊宗與梁對壘於河上，不解甲者十五六年，百戰而氣不折，卒以滅梁，其英雄何如也？二君者，創業之難如此，然皆身不免於禍，而國不免於亡。夫興隋者，文帝也；亡隋者，亦文帝也。滅梁者，莊宗也；自滅者，亦莊宗也。君一君也，而興亡成敗之自異也。蓋前日之文帝，前日之莊宗，正其主也。其主正，則國從而興。後日之文帝，後日之莊宗，自敗其主而已。其主敗，則國有不敗乎？蓋二君者，天下之主也；二君之心者，二君之主也。勤儉創業之心，一變而爲逸慾樂成之心，主已敗矣。當其惑於女子，嬖於伶人，二君自以爲無害也。然女子伶人之禍一發，則横潰决裂而不可救，卒以殺二君之身而覆二國之祀，則天下之所以治亂存亡者，夫豈階於外哉？亦視其人主之主如何爾。

今以天子之聖明仁孝，而加之以典學之緝，兢業如舜，勤儉如禹，不邇聲色如湯，不盤于遊田如文王，則所以正心誠意以立其致治之主者至矣。臣猶首以爲言者，蓋聖人之防其心，不恃其天而盡其人，不儆于危而儆于安。今日邊事小息矣，憂顧小紓矣，外息而内紓，此治亂安危之所伏而未測者也。豈無以新聲麗色而蠱上之心者？豈無以伎巧玩好而蕩上之心者？豈無以弋獵遊幸、宫室臺榭而迎上之心者？道塗相傳，萬幾之暇，毬馬稍進矣。臣不敢信也，而不能不懼也。獨不見高漸離之筑耶？事豈必大而後慮也？漢文帝之賢，與成康孰先孰後也？敦朴勤儉，一無嗜好，顧獨稍好射獵，未損帝之賢也。而賈誼諫之曰：「不獵猛敵而獵田彘，翫細娱而不圖大患，可爲流涕。」賈山亦諫曰：「願少衰射獵，脩先王之道，不如此則行日壞而榮日滅。」二臣者，所以責文帝備也。非責之備也，愛帝之全也。臣願聖天子罷毬馬之細娱，而求聖賢之至樂，收召天下耆儒正學之臣，與之探討古今之聖經賢傳，深求堯舜三代漢唐所以興亡之原而擇其中，以之正心脩身。日就月將，聖德進矣，則二帝三王之治，涵養於聖心而周流於天地，敵國雖强，其强易弱也。

君道中

臣聞有天下之憂，有君子之憂。天下之憂，憂其君之不爲也。君有爲矣，天下之喜而君子之憂也。蓋不爲之君其心遲，天下之所不快；有爲之君其志鋭，天下之所甚喜。雖然，喜者憂之所由寓也，鋭者遲之所由伏也。夫何故？鋭則速，不以速而成，則以速而折。天下之事，有百全之成而無一折者乎？求其成則必有以忍其折，不忍其折則無務於速也。速而折，折而不忍，則鋭安得不變而爲遲哉？一朝之有爲，必至於終身而不爲，是故君子見其初而憂其終。

古之君子得有爲之君而輔之，以求立天下之大功，則必有以養其君之志。而古之君子亦必有以自養其志，詳其發而重其舉。非詳其發也，恐發之踈，則一發足以廢百發；非重其舉也，恐舉之輕，則一舉足以廢萬舉。君臣之間，其立也堅，而其謀也老，夫是以有成。老則不欲速，堅則雖可折而不可沮。勝而不勇，敗而不怯，得而不喜，失而不挫，優游容與，以待天下之隙而徐制其要領。

蓋昔者晉文之圖霸也，二年而欲用其民。子犯曰：「民未知義。」民知義矣，又欲用之。子犯曰：「民未知信。」民知信矣，又欲用之。子犯曰：「民未知禮。」蓋文公之志踊躍奮迅而欲有爲者三也，而子犯三遏之。越王之報吴也，四年而召范蠡問曰：「伐吴可乎？」曰未可也。又一年又問曰：「伐吴可乎？」又曰未可也。又一年又問焉，又一年又問焉，則皆曰未可也。蓋越王之志踊躍奮迅而欲有爲者四也，而范蠡四拒之。二臣者，舉其君踊躍奮迅之氣而納之於鬱抑憤悶之地，使朝夕咨嗟，求逞而不得逞，則無乃過乎？蓋二臣者，深所以養其君之志，懼其速而折、折而沮也。及其國力已强，兵氣已振，事機之來而不可失，勝形之見而不可禦，則破楚滅吴，了此事不終朝爾。唐之德宗，其志有一日不在於平藩鎮者乎？然不勝其憤，鋭於遣三將而一伐。一伐而生朱泚之變也，則不敢言及於藩鎮者終其身。求節度則與節度，求宰相則與宰相，故藩鎮之禍始於肅宗而成於德宗。至於亡唐，藩鎮亡之也。德宗豈真成藩鎮之禍者哉？速而折也，折而沮也。

使德宗而不速則不折、折而不沮，則豈不猶可爲也，何遽至於晚年之姑息哉？文宗之志有一日不在於誅宦官者乎？然不勝其憤，鋭於任訓、注而一决。一决而生甘露之禍也，則不敢言及於宦官者終其身。專制則聽其專制，詆辱則甘其詆辱，故宦官之禍始於明皇而成於文宗。至於亡唐，宦官亡之也。文宗豈真成宦官之禍者哉？速而折也，折而沮也。使文宗而不速則不折、折而不沮，則豈不猶可爲也，何遽至於飲恨以没哉？二君之志，本以求天下之大功，而反以得天下之大禍，則不養其志之患也。

頃者新天子即位之初，春秋鼎盛，聖武天挺，超然有必報不共戴天之心、尅復神州之志，天下仰目而望，庶乎中興之有日也。然親征之詔朝下，而和議之詔夕出；元戎之幕方開，而信使之軺已駕，紛紛擾擾，以至於今，而國論卒歸於和，此其病安在哉？蓋兆今日之和者，符離之役也。事不極則反不生，勢不激則變不形，喧甚則雨，冬窮則春，理固然也。戰豈與和期哉？和者，戰之變也。非求變也，激而不得不變也。且是役也，天子之志固在於取中原也，抑嘗熟策之、詳議之耶？議之不詳也，策之不熟也，得城而不能有也，成功而不能善後也。是故前日之勇一變而爲怯，前日之鋭一變而爲鈍，安得而不歸於和哉？當其師之出也，臣固知有今日之和也。何則？天子即位之初，雖以堯舜爲之，亦不能以一日而洽威德於天下也。威德未有以洽乎天下，而欲一舉以求非常之功，是非有成心也，有倖心爾。成乎心猶未必成乎外也，心則倖矣，獨能成乎外耶？今日之事，臣所大懼者，懼天子之志沮於一折，而虜人有以窺吾之沮，而天下之禍所從生也。唐之二君，蓋可鑒矣。

人有未富而先急於作大屋者，屋未成而家已貧，則它日一墻之頽，一籬之缺，而不敢議於補葺。夫一墻易補也，一籬易葺也，其費與屋同不同也？勇於屋之大，而怯於藩墻之細，則其志之沮也。臣嘗讀《蜀志》，至於劉昭烈三見諸葛亮之事，則爲之太息。蓋昭烈以漢之裔，欲誅曹操以復漢室，此昭烈之雅志也。然得徐州則失徐州，得豫州則失豫州，敗於吕布，又敗於曹操，奔走狼狽於荆楚之間而無所於歸，宜其憊而不復自振也。而其見亮曰：「孤不度德，欲信大義於天下，而智術淺短，遂用猖獗，至于今日，然志猶未已。」嗟夫！昭烈者是時已老矣，衰敗屢折而志猶未已，此亮之所以樂於委身而願効其謀者也。彼其徒手而成鼎峙之業，其以此哉？今天子以天下之半，帶甲百萬，表裏江淮，安坐而指揮天下之豪傑，以圖恢復祖宗之業，而澡靖康之耻，進則成混一之功，守則成南北之勢，何至於以一小折自沮而汲汲以議和哉？臣願天子堅昭烈之志，而毋以唐之二君自處，則中興之功，天下未絶望也。

君道下

臣聞聖人之伸於天下也有神，而其屈天下也有威。威藏於神，故其威不測；神行於威，故其神不狎。蓋天子以一身立天下之上，其力爲至孤；立而不失其立，則治而興，否則亂而亡，其勢爲至危。然以至孤之力而天下附焉，以至危之勢而天下憚焉。附焉則不離，憚焉則不抗。不離故孤者强，不抗故危者安。孤轉爲强而危反爲安，則神與威在焉故也。神去則天下離之矣，威脱則天下抗之矣。天下離與抗，而後孤危之形始見。聖人之神與威，獨可頃刻脱而去之而不執而留之哉？

然則其孰爲神？孰爲威？聞之曰：「表無當於裏，而裏非表則不存；右無當於左，而左非右則不全。」

物固有睽而合，殊而同，二而一者。是故淵非龍也，而龍之神在於淵；山非虎也，而虎之威在於山。何也？龍不淵而陸，虎不山而柙，則龍虎之神與威，不在龍虎而在童子之尺箠矣。故龍不可離於淵，虎不可離於山，而人主不可離於柄。柄也者，人主之山淵也歟？上執其柄，則神與威不在於下；下竊其柄，則神與威不在於上。觀柄之所在，而治亂見矣。執柄以明，用明以公，而害明者，偏也。進退人才，罷行政事，號令之出納，賞罰之可否，此豈非人主之柄歟？是柄一去，則所謂人主者，人主之名存而人主之實亡。

惟天下之至明者，能使是柄在己而不去。夫何故？天下之至明者，其初天下未測其明也。未測其明，則其下必有以嘗之，否則欺之。取天下之所是而雜之以非，取天下之所非而亂之以是，以探其上而幸其惑，是謂嘗。嘗而不動也，嘗而動，則易其真是者而誣之以爲非，蔽其真非者而文之以爲是，是謂欺。故古之明君，居明以晦，以俟其所嘗，而出晦以明，以破其所欺。彼狎吾之晦而嘗者至矣，嘗則繼之以欺，然後吾之明一發焉，則剨然出於其所嘗之外，而卓然不憚於其所欺之中，夫安得不服？則其柄宜誰歸？故曰「執柄以明」，齊威王有焉。

一人之明，必合天下之明。合天下之明以爲一人之明者，天下之公明也；以一人之明廢天下之明者，一人之私明也。古之君，有百發而天下不服，有一發而天下大服，則公與私之異也。然則其曷爲公？不罰天下之所同賞，而不賞天下之所同罰，顯詢而不陰求，衆問而獨決。顯詢而不陰求，則姦不召矣；衆問而獨決，則同者不欺而欺者不行矣。於是擇天下之善惡大且顯者而賞誅之，則明一用而天下不以爲察。故曰「用明以公」，舜有焉。

古之君失其柄者，皆暗者也。暗則失其柄，固也，而愈明者愈失之。何哉？明者多恃而善疑，此偏之所從生也。明則偏矣，偏則不明矣。蓋恃者以明出於己爲矜，而以明出於人爲媿；疑者以親暱爲可信，而以公卿大臣爲可防。以明出於人爲媿，則舉朝不敢有言。非不言也，言而莫之入也。以公卿大臣爲可防，則舉朝不敢有爲。非不爲也，爲而莫之行也。當是時，天下之柄亦可謂不移於臣下，而天子之勢可謂尊矣，而君子未敢賀也。何則？收於前而移於後，防其一而不防其一也。公卿大臣不得以議之於公，則親暱小人得以侵之於私。天下之人，但見今日行某事也，明日用某人也，而不知其所從來也。非謀之於左右也，非謀之於諸大夫也，非謀之於國人也，豈天子偏察天下之事而盡識天下之人歟？或曰：「此宦者之力也。」或曰：「此外戚之力也。」或曰：「此宿昔倖臣之力也。」夫是三人者，天子以爲親暱而可信也，不知其乘吾信而逞其姦也；以爲陰可以助己之明而外不知也，不知其蔽己之明以盜其柄也。其初不疑其姦，其終禍其國。故曰「害明者，偏也」，漢之元、成，唐之德、順有焉。

《春秋傳》曰：「捨大臣而與小臣謀。」楚莊王曰：「無以嬖御士，嫉莊士。」「偏聽生姦，獨任成亂」，鄒陽所以言於梁；「兼聽則下情通，偏聽則下情壅」，魏證所以言於唐。少師亂隋，子翚弑隱，禄産危漢，朱异亡蕭，奈之何漢唐數主之不悟也。今以主上之聖明而躬攬天下之柄，豈容有漢唐季世之事？雖然，漢成帝知惡石顯，而不知王鳳即顯也。唐憲宗知惡王叔文，而不知皇甫鏄即叔文也。非不知也，明於人而暗於己也。

臣願聖天子以古而察於今，蓋當石顯、王鳳、裴延齡、王叔文用事之日，元老大臣之廢退，蓋有出其意者矣；姦邪小人與夫戚里佞倖，蓋有介其援而至宰相、侍從固結而不解者矣；蓋有忠臣義士排之不勝而反被其禍者矣。此天子之柄所自移，而天下之亂亡所自出者也。陛下聖學高明，洞視萬古，讀之至此，以爲是耶非耶？盍於燕閒之餘，思漢唐群小之禍，而以此數事默觀而深省焉？今日其無是事乎，可以自慶而塞其未至之門；其有是事乎，可以大懼而拔其所植之根。察之察之又重察之，遠邪枉而親正士，則自宰執至於侍從、經筵、臺諫、館閣之臣，孰非聖天子之腹心耳目哉？政事也，人才也，號令也，賞罰也，疑焉則以問之，是焉則以行之，非焉則以詰之，欺焉則以罪之，不一從，不衆違，則堯舜之聖一武而至矣，豈若漢唐四君盡踈千萬人而獨信一二親暱小人也哉！爲虺必蛇，履霜必冰，臣不勝忠憤。

國勢上

臣聞善立國者，以人成天而不以天敗人。蓋國之所以廢興短長者，天也；而所以使其廢興短長者，非天也，人也。惟人爲能成天，惟天亦能敗人。非天之敗人也，人實恃天以自敗，而天亦不能如之何也。且夫國於天地有與立焉。古之國，蓋有至弱而存，有至强而亡者；蓋有一再傳十餘年而遂滅，有三四十世七八百年而不絶者。夫强者宜其不可亡，一再傳者皆艱難創業之君，宜其不可滅，而乃至於滅亡，何也？弱者宜其朝不及夕，傳世至於二三十君之後，大抵不驕則怠，宜其無以自立，而乃至於長存，又何也？求之而無其形，究之而無其端，故曰天也。國一國也，有昨廢而今興，有既亡而復存；君一君也，有朝弱而暮强，有前衰而後盛，夫豈不以人乎哉？故夫善養身者能延既絶之年，善謀國者能延既衰之祚。人之所至，天亦至焉，故曰人也。

自堯、舜、禹、湯、文、武之爲國計，與孔子、孟子之徒爲世主言者，大抵言人多於天，而言天寡於人，則憂夫有國者之以天敗人也。臣竊觀天眷我國家已往之驗，以卜方來之祚，則知商周歷年之數，未足爲國家喻也。臣蓋喜而憂之。喜者，天也；而所憂者，人也。方逆虜爲靖康之役，彼謂天下無復國家有也，而民心依依戴其舊君，我是以有南京之立；方逆虜爲維揚之役，彼謂深入窮侵之計不淺也，而風潮効靈，一隔千里，我是以有海道之安；方逆亮爲江上之役，彼謂投鞭於江可以利涉也，而千艘一炬，虜酋授首，我是以有江海之捷。則天之維持全安我國家者，屢危而屢不危，愈摇而愈不拔，❶其眷何如也？則國家子孫萬世帝王之業，了了在人目中矣。

雖然，天之所以天者盡矣，而人之所以人者果盡也耶？臣不得而知也。果不盡也耶？臣不得而知也。臣獨怪夫赤白囊一至，則廟堂騷然而失措，某所未有備，某所未有兵，募市人，招武勇，以爲臨時應卒之計；講解之議一許，則君臣欣然而相慶，罷戎幕，散舟師，徹邊防，息憂顧，以享安逸無爲之樂。既君臣欣然矣，而邊塵又動也，則騷然之色復見；既廟堂騷然矣，而和議又集也，則欣然之心復生。此何爲者耶？

千金之家不幸而大盗爲之鄰，前有父兄不戴天之讎，而後有盡盗吾千金之産之意。彼大盗者，日夕聚惡少，治兵刃，伺間隙以圖我，而未有以乘也，則陽謂我曰：「吾與若爲好也。」所謂千金之主人者，將遂毁藩墻，投梃刃，晏然盤樂飲酒而不爲之慮乎？抑將外姑與之好而陰益爲之備也？嗟乎！千金之子能不忘

❶「拔」，原殘闕，今據四部叢刊本補。

於盗，而爲天下國家者不能不忘於敵，天下之憂復有大於此者乎？ 則所謂「以人成天而不以天敗人」者，臣所不敢知也。

蓋臣聞之，古之敵國對壘而未有息肩之期者，其處之大略有四：一曰謀，二曰備，三曰應，四曰墮。何謂謀？ 晝不甘食，夜不安寢，君臣日夜蹙頞相顧，以敵讎未滅爲大憂，以天下未一爲大耻，以宗廟社稷未有萬世不可亡之實爲大懼。收召豪傑，選馬勵兵，深謀密計，期於必取，所謂「卧榻之側，豈容有鼻息雷鳴」者，太祖皇帝所以建一統之業也。何謂備？ 謀人而羽翼未成也，機會未至也，釁隙未生也，則遂不謀人也耶？我不彼謀，彼必我謀，是故防之也豫而備之也周，修政刑，求人才，深溝高壘，積粟治兵，恐懼儆戒，常若一日而敵三至也。夫是以屹然有不可犯之堅，動則可以制人，静則可以不制於人；爲客則可以百全，爲主則可以萬全矣，孫仲謀之所以走曹操也。何謂應？ 欲爲謀人而不能舉，欲爲備人而不能勞，政事紀綱守其常，兵甲士馬因其舊，其國不至於大治，而亦不至於大亂。敵不至則不慮其至，敵至則徐應其至。夫不慮其至而徐應其至者，非有萬全之素也，盡於一决以幸一勝爾。故其勝也，幸也，非計也，宋文帝之所以支佛狸也。何謂墮？ 既不能謀，又不能備；既不能備，又不能應。苟於安而不知危伏於其中，媮於樂而不知憂寓於其間，狎於敵人之詐而不悟，墮於敵人之計而不疑。至於覆亡其國，則曰天也，吴之所以誤於越也。謀人者其國興，備人者其國安，應人者其國僅存，而墮於人者其國必亡，有國者可不深懼而謹擇於此四者乎？

臣竊觀朝廷今日之大計而深所未諭也，謀耶？ 備耶？ 應耶？ 墮耶？ 蓋亦不出於應而已矣。敵至而能應，愈於不能應，非不可也，而未善也。何則？ 餒而始學稼，渴而始浚井，得爲善理家者乎？ 且平居不爲萬全之策，而緩急乃幸於一勝之功，可以勝也，而不可以必勝也；可以幸也，而不可以數幸也。臣懼朝廷今與虜人講解之後，輕信其情而不防其詐也。歷下之兵一解而淮陰之師至，鴻溝之境一分而垓下之禍作，此往事明也。臣願朝廷深爲之備，以待不測之警，而後立國之大計，臣得次第而歷陳之。

國勢中

臣聞聖人不幸而當天下分裂之際者，有所謂萬世之業，有所謂數百年之業。國無兩存無兩亡，非有北無南，則有南無北爾。有能舉天下之二而一之，此萬世之業也。畫地以相伺，據險以相拒，攻則不足，守則有餘，此數百年之業也。今聖天子既懲於一舉而折，則萬世之業，其成未有形而其發未有候也，而數百年之業，亦獨擾擾而未求所定，岌岌而未見所立，則亦可謂不能也已。非不能也，能而不爲也。非不爲也，爲而不果也。果則爲，爲則能矣。

昔司馬晉内有王敦、蘇峻之亂，外有劉、石之敵，晉宜不能乎晉也，而無病乎江左十葉之基；劉宋之初，譙縱梗蜀，盧循逼都下，而姚氏、慕容氏、拓跋氏沸中原，宋宜不能乎宋也，而無害乎南朝數百年之祚。晉宋之君何人哉？使朝廷當此時，將不爲國乎？雖然，此猶有天下之半也。至於七十里而興商，百里而造周，湯文何人哉？朝廷當此時，將不爲國乎？雖然，此猶有土也。至於漢高帝一劍之外無餘物，光武一牛之外無餘資，而以創業，以中興。二君何人哉？朝廷當此時，又將不爲國乎？嗟乎！以高光爲之，能以無國爲有國也；以湯文爲之，能以一國爲天下也；以晉宋爲之，能以危國爲安國也。然則天下豈有不可爲之國哉？亦存乎其人如何爾。

今也内無敦、峻、譙、盧之猖獗，外無劉、石之英雄，而獨當一未亡之金虜，而又以全楚爲家，吴越爲宫，此楚莊、吴闔閭、子胥、種、蠡之所以强霸用武之國也；西控全蜀，南擁荆襄，北據長淮，此高帝、先主、孫仲謀、楊行密之所以興起之根本也；鉅海限其東，而三江五湖繚其南北，此古之六朝所恃以爲不拔而不可兼得者也；引巴蜀之饒，漕江淮之粟，市西戎之馬，而號召荆楚奇材劍客之精鋭，此漢唐之所仰以爲資者也。奄是數者而有之，而日夕惴焉不能以自存，常若敵人之制其命，是挾千金而憂貧，有孟賁之力而憂弱者也。故曰「非不能也，能而不爲也。非不爲也，爲而不果也」。使天子一日斷自一心，不惑群議，卓然挈吾國而大有所建立，則萬世之業爲之有餘也，而况數百年之業哉？獨患乎因循頹墮，忘其我之所可惜，而徹其敵之所可忌者而已矣。蓋吾之所可惜而吾不惜，則凡所可惜者無所往而惜。無所往而惜者，亡之所從開也。彼之有所忌，而吾不示之以其所忌，則凡所可忌者無所往而忌。無所往而忌者，寇之所從召也。

昔者秦之滅六國，非秦能滅六國也，六國實自滅也。不思久長之計，而苟一日之安，争先割地以求和於秦，地朝割而兵夕至。蓋六國之君臣，其初以爲尺寸之地不足惜也，不知夫國之亡，乃自不惜尺寸始。非尺寸之地能亡國也，尺寸之不惜，則不至於亡國則不止。頃者虜人求唐、鄧則與唐、鄧，求海、泗則與海、泗，此何爲者耶？人有禦寇而不禦之垣之外，乃毁垣以納之，曰：「吾將拒之户。」是得爲善禦寇者乎？夫室以户存，户以垣存也。垣毁是無户也，室其得存乎？蜀失漢中而劉禪降，唐獻淮南而李景蹙，朝廷獨不見之耶？此臣所謂「患乎忘其我之所可惜」者也。

漢高帝之西入關也，兵之所至，迎刃而解，如此其鋭也；以仁義之師，乘暴秦之亡，如此其易也；以高帝自將，而子房爲之謀，如此其全也，而不敢越宛而擊秦。非宛之能重秦也，能病漢也。蓋宛者，漢之後顧之病也。宛一下，則漢何病焉？使秦人先得漢之所忌，遣一將固守而不下，則秦未易以歲月入也。異時朝廷舉長淮數千里而視之如隙地，不葺一壘，不置一卒，使寇之去來如入無人之境，此何爲者耶？議者猶曰：「是時虜之創痍未盡瘳，而勢力未全盛也。」而今者很然有窺吾淮甸、南下牧馬之意，朝廷儻復如前日置淮於度外，則天下之大禍至矣。虎之所以不可捕者，穹崖深林，入者凛然，而又羆游乎其前，豹伏乎其左，此人之所以甚忌也。使羆與豹皆去而虎立於途，人孰不操戈以制之哉？臧質璧盱眙而佛狸亟還，劉仁瞻堅守壽春而周師未得志，朝廷獨不見之耶？此臣所謂「患乎徹其敵之所可忌」也。

大抵敵人之求，可以與，可以無與；天下之地，可以無守，可以守。可以與者，貨也；可以無與者，地也。可以無守者，已失之地也；可以守者，未失之地也。可以無與而與焉，可以守而不守焉，今之大患，不在此耶？蓋逆亮嘗求漢、淮之地矣，而光堯不與之地而與之戰。臣願朝廷以光堯之塞逆亮而塞虜之貪。如蜀，如荆襄，如武昌，如沿江，朝廷固嘗嚴守備矣。臣願今日以待沿江之工而待淮，凡淮之要害之地，虜之所必攻者，巨鎮如廬、壽、廣陵者，則各擇一大將，委以一面而付之重兵。至於其它州郡，則多其壁壘而葺其城池。城池堅，則可攻而不可下；壁壘多，則寇有牽而不敢越。有大將重兵以居要，則沿淮之州有所恃而無所懼。兵法所謂常山之虵者，此也。

蓋固國者以江而不以淮，固江者以淮而不以江，而今之説者或曰：「淮不可守而江可恃。」嗟乎！不恃江者，江可恃也。恃江，則江不可恃矣。昔者陳後主盡召江北之諸將以朝正，而韓擒虎、賀若弼掩其虛以至江上。陳之君臣猶曰：「天塹必無可濟之理。」且引周齊之兵五來皆敗以待隋，言未既，隋師濟矣。甚矣，夫江之誤南國也！非江誤人之國也，恃之者誤之也。宫之奇曰：「虢，虞之表也，唇亡則齒寒。」江者，淮之虢也；淮者，江之虞也。朝廷其勿恃江而恃淮，勿恃淮而備淮，則數百年之業可得而議矣。不然，臣恐未可以一朝居也。

或者又曰：「守淮善矣，其如淮地之空曠何？若夫江者，紀涉所謂備之不過數處，直差易爾。」是不然。有淮而後江者吾之江也，無淮則江者非獨吾之江也，亦敵之江也。全而有之，猶恐失之，而况分之哉？且吾之有淮以爲空曠也，使吾不有而虜有之，彼以爲空曠耶？彼將居而耕，耕而守，守而伺，則吾之一喘而彼聞，一動而彼見。人惟有所不可測，而後不可圖。引寇以自逼，而日夕與之相目於一水之間，則國尚何可爲，而敵尚何可備哉？故夫江者誤人之國，而紀涉之論又誤人之江者也。且吴人者，欲淮而不得也，非得淮而不欲也。吾則有吴人之所無，而又可棄吾之所有耶？臣是以流涕而極言至此。

國勢下

臣聞有爲者必爲其全。何謂全？不福其福，不利其利，是謂全。夫爲國者，何嚮非福，何擇非利，而曰「不福其福，不利其利」，何也？非不福其福也，不福其禍中之福也；非不利其利也，不利其害中之利也。夫何故？貴乎福者貴其福而無禍，貴乎利者貴其利而無害。曰福焉而禍之所寄，曰利焉而害之所藏，是無福賢於福，而不利賢於利也。故曰「有爲者必爲其全。不福其福，不利其利，是謂全」。

今夫徑寸之珠，潛於驪龍之頷，而襲於萬仞之淵。人將語我曰：「珠可得也。」其信者智乎？其不信者智乎？宜若信之者之智也，殊不知身與珠孰重？陸與淵孰安？捐吾身而珠可得猶不爲也，况身可捐而珠不可得耶？

今士大夫孰不曰「中原吾之舊物，可取而不可棄」？雖然，意則忠矣，言則快矣，而爲國計則未也。策今者不以今而以古，料後者不以後而以今。古者，今之鏡也；今者，後之柢也。盍觀之東晉乎？蓋嘗有幽、并矣，至王浚、劉琨亡而幽、并亦亡；又嘗有河南矣，至祖逖亡而河南亦亡。非數子之死而始亡幽、并、河南也，數子之未死而幽、并、河南已亡矣。蓋其存者，名也；其亡者，實也。盍觀之劉宋乎？蓋嘗得關中矣，至高祖還而失關中；又嘗得淮北矣，至明帝北討之敗而失淮北。非高祖之還、明帝之敗而始失關中、淮北也，高祖之未還、明帝之未敗而關中、淮北已失矣。蓋其得者，名也；其失者，實也。

聞之曰：「雖鞭之長，不及馬腹。」何則？功視時爲成毁，時視天爲盈虚。天之所至，時亦至焉；時之所至，功亦至焉，未聞時先天而得，功先時而就者也。是故天與時相遭，則以百敗之漢高帝，取百勝之項羽；天與時相違，則以劉、葛之雄傑，孰視孱弱之曹丕？靖康之初，金虜之北歸也，河北嘗爲吾有矣；紹興之間，金虜割地見還也，河南、長安嘗爲吾有矣；逆亮之寇也，海、泗、唐、鄧又嘗爲吾有矣；隆興之舉也，符離又嘗爲吾有矣。有則有矣，而卒不有焉。何也？時也。非時也，天也。

然則古之舉亦足以爲今之懲，今之事亦足以爲後之規矣。是故爲今之計，和不如戰，戰不如守。和則懈，戰則力，故曰「和不如戰」；戰則殆，守則全，故曰「戰不如守」。昔吳大帝時，諸將各欲立功，多陳便宜。帝以問顧雍，雍曰：「兵法戒於小利，此等欲邀功名，非爲國也。苟不足以損敵，所不宜聽。」蜀將姜維每欲大舉伐魏，費禕曰：「吾等不如諸葛丞相，丞相猶不能定中原，不如保國治民，無決成敗於一舉。」嗟乎！吳其以雍爲懦，而蜀其謂維爲壯矣。雖然，未見其害，雍信懦而維信壯也。及諸葛恪以輕動無功而民怨，姜維屢出黷武而國亡，則顧雍、費禕之言猶信。

噫！宋德當天，卜世萬億；虜罪稽天，亡不及夕，不待智者而後喻也。然日有中昃，月有盈缺，天之道也，而況國乎？天之於我國家，蓋必有時矣，可以俟，不可以躁。蓋聖人之於時所不能者二：曰去，曰來；所能者二：曰待，曰乘。臣願朝廷盡人事以周其待，待其來而決其乘，不以小利而輕試吾之大技，不以小鈍而中怠吾之大計，則中興之全功，不在今日在何日耶？燕嘗欲圖苻堅，慕容農曰：「取果於未熟與自落，不過旬日，然其難易美惡相去遠矣。」金虜之强不過苻堅，其君臣萬萬不及堅，朝廷盍少待哉！

治原上

臣聞爲國者其患在於有敵而無暇。有敵而無暇，則其立也不固，而其應也不詳。非立之不固而應之不詳也，欲固而無暇於固，欲詳而無暇於詳也。何也？有敵而無暇，則休息之日常不加多，而戰鬭之日常不加少。戰鬭之日多，故居者負擔以立，田者操兵以耕，而守者被介胄以卧。休息之日少，故有心不及運，有口不及議，而有智有勇不及施。夫如是，立安得而固，應安得而詳哉？

天之生萬物者，春也，而生春者非春也；日之明萬物者，晝也，而生明者非晝也。春不能生春，則生春者冬也；晝不能生晝，則生晝者夜也。何也？冬者天之暇，而夜者日之暇。然則和也者，戰之暇也歟？雖然，爲國者患無其暇，亦患有其暇。有其暇而用其暇者，暇也；有其暇而安其暇者，偷也。是故暇能福人之國，亦能禍人之國。孟子曰：「國家閒暇，及是時明其政刑，雖大國必畏之。」此用其暇者也。又曰：「國家閒暇，及是時盤樂怠傲，是自求禍。」此安其暇者也。

越王會稽之役，請成於吴。吴以爲真請也，不知夫越之將求其暇而用之也。是故王女女於王，大夫女女於大夫，士女女於士，勾踐不耻也；輸其寶器，玩以女樂，勾踐不愛也。惟不耻，故有以復其所大耻；惟不愛，故有以保其所甚愛。會稽之栖，耻之大也；社稷之存，愛之甚也。夫惟其小者無所耻，無所愛，故國中之民，疾者吾得以問，死者吾得以葬，富者吾得以安，貧者吾得以與，賞罰物備吾得以審，車馬兵甲吾得以具。夫是數「得以」者盡，而吴固在其股掌矣。彼夫差者，方且疲於伐齊之行，驕於黄池之會，而不知越人固已制其死命。蓋越得其暇而吴不得其暇，越用其暇而吴無暇之可用。此之謂「暇能福人之國」。

北齊與周不兩立也，非齊併周，則周併齊爾。而齊主恃周寇之小息，君臣謂「一日取快，可敵千年」，至有「無愁天子」之號。周師之克晉州也，猶曰「小小交兵，乃是常事」，故齊亡。陳之與隋不並存也，非陳併隋，則隋併陳爾。而陳主恃隋人之交聘，君臣謂「王氣在此，敵何能爲」，至於縱酒賦詩而不輟。隋師之濟江也，陳主尚醉，守江者亦醉，故陳亡。此之謂「暇亦能禍人之國」。

今天子即位五年於此矣，頃者天子之所以宵衣旰食，公卿大夫之所以竭心盡慮者，惟支持强寇一事而已。至於法度紀綱、教化刑政之具所以開中興而起太平者，皆未及也。非不及也，無暇於及也。今者講解既成，邊候不驚，是猶謂之無暇歟？有暇矣，而廟堂之議所謂法度紀綱、教化刑政之具又不及焉。臣不知天子之所以宵衣旰食，公卿大夫之所以竭心盡慮者，何等事耶？將以講解而偷朝夕之安耶？將未忘中興之計而猶有意於堯舜三代之治也？若曰偷朝夕之安，則齊陳之禍可以懼矣，孟子之言可以儆矣。若曰未忘中興而有意於太平之治也，則臣不知其未忘者何策而有意者何議也。臣但見今日出令曰申明條法而已，明日出令曰士民不得服涼衫而已，不知天下之事猶有大於此等否耶？抑亦深謀密議天下不可得而見耶？臣甚懼焉。

昔晉武帝臨朝，惟談平生常事，而不及於國家遠略，何曾知其必亂？王導辟王述爲掾，既見，首問米價，君子是以知江東之不振也。今日之施，得無與談常事、問米價者類耶？夫無暇則憂，有暇則休。天下之事，百變如雲，萬轉如輪，一旦敵人又動，則又曰無暇，臣不知法度紀綱、教化刑政之具所以開中興、起太平者何時而可議哉？《詩》曰：「淇則有岸，隰則有畔。」今欲治而茫無畔岸，臣欲不懼，得乎？

治原中

臣聞天下之不治，非起於莫之舉，常起於舉而莫之隨。舉而莫之隨，則上之人自舉而自廢。一政之出，一令之行，十人聽而一人不聽，宜未害政令之流行也，而政令之不行，未始不自一人不聽始。夫何故？十人聽而一人不聽，則十人者必觀夫一人者。觀之者，試之也。試淵以綆，試刃以堅，而試十以一。一者不聽而上不問，則十者之聽亦將反而爲不聽。古之聖人必有以杜天下之觀，以弭天下之試，以齊夫天下之聽。夫天下且相與觀而莫之見，試而莫之測，則天下之聽安得而不齊？天下之聽齊，則吾欲前而前，欲却而却，欲左而左，欲右而右，惟吾之爲，無不隨者。當此之時，天子患不舉爾，舉而大有爲焉，夫誰我禦？

今天子非無神聖英武之資，非無開中興、起太平之志，然五年之間殊未有以大慰天下之望，求强而得弱，求治而不得治，此其病安在哉？公卿大臣後國而先家，先身而後君，莫肯横身以當天下之大難；搢紳士大夫甲可乙否，各求其説之勝，而上之人不知所定；三軍之士，天下之民，玩習於偷隋，雖作之而不起，令之而不從。是故天子有其資而無其扶，有其志而無其應，一舉而天下不隨，則自罷而已矣。此豈非中天下之觀，隳天下之試，而未有以致天下之齊故歟？

然則何以致天下之齊？將有以齊天下，必有以聳天下；將有以聳天下，必有以變天下。小變則小聳，大變則大聳。小聳則小齊，大聳則大齊。方歲之新，乾坤之晏温，動植之寧止，豈不可樂哉？而一坐笑談未竟之間，或失色於迅雷之驟驚，慢者肅，伏者興，勾者達，天地造化之政令，發於頃刻而遍於四海，莫敢或玩而違之者，變而聳，聳而齊也。玩而不變，堯舜禹湯文武不能以爲治。湯繼夏則變夏，夏之政，禹之遺也；武繼商則變商，商之政，湯之遺也。後之言治者，必曰不復三代則不可，而湯也不復禹而變禹，武也不復湯而變湯，是二聖人者，豈捨彼之成、從我之矜者耶？變之者，復之也。湯變夏之政，而湯之治復乎禹；武變商之政，而武之治復乎湯。非復而何？期於治不期於政，要其是不卹其異，故湯武一變而天下聳然而更新。

陛下蓋繼光堯者也。繼光堯而變光堯，可乎？非變光堯也，自變其變也。且光堯曷嘗不變？異時治極而弊亦極。紹興之初，一變而純用元祐之政，以作天下之偷，故風采凜然，至今使人興起。其後權臣柄朝，恭己既久，一旦赫然黜姦黨，收威令，以還朝廷之尊，故破强敵，授聖子，出於一日之獨斷，而天下不知其所自來。陛下即位五年而未大治，則光堯之所以變之之方獨得而緩也哉？

變必有要，要必有先。今之變，其孰爲要？孰爲先？聞之曰：「法不必行，不如無法；人不任責，不如無人。」今天下之大患，不在於法之不備，而在於法之太詳；不在於賢人君子之不衆，而在於人才之太多。何者？法備而不必行，人多而不任責故也。然則今日之事，欲一舉而變之，盍亦刊其法之繁以必天下之從，一其人之責以閉天下之遁，而後天下可爲也。

昔者唐虞象刑，而夏后肉辟三千；漢高祖約法三章，而武帝增至三百五十九。夫以法之繁簡而較其功，夏之治宜過乎虞，而高祖之治宜不及乎武帝，而乃不然，則法果在於備乎？晉范文子有功而歸，則曰：「郤克之教也，臣何力之有？」至庾亮敗於張曜，而商融言於陶侃曰：「將軍爲此，非融所裁。」周公曰：「惟王有成績。」而梁武侯景之禍，蓋生於朱异也。异不職其咎，而使武帝歸之時運。夫古之君子歸功於主將，而後之君子歸過於主將；古之君子歸功於其君，而後之君子不任其過，而使其君自任其過，人之不肯任其責也如此。

今也兼歷代之憲，承列聖之制，法不可謂不備。法備而不治，則非不備之罪也，備而不必行之罪也。科舉、任子之所取，軍功之所奏，動以千計，才不可謂不多。才多而不治，則非不多之罪也，多而不任責之罪也。

臣何以知法備而不必行？法之説曰：「茗之私鬻者，其罪流；民之不飲酒、不茹葷而習妖教者，其罪死。」夫罪至於流與死，不爲不重矣，而鬻私茗、不肉食者不止也。何也？有重法無重刑，有重刑無重罪也。非無重罪也，不勝其重也。非不勝其重也，不勝其衆也。衆則難於重，重則難於必。且夫以銖兩之茗易錐刀之利，則執而流之。至於小民以貧不能自存，則絶肉味以求一糲之飽，則又執而殺之。以情而言，君子亦有所必不忍者矣。必不忍之心生，則必不行之法見。民見其法而不見其心，則曰上之法皆然也。法者，驅天下之具也。其具廢則其驅弛，有急而求其從，其誰從之？

臣何以知人多而不任責？人之情固有所欣，有所憚。宅清顯而享豐腴，此其欣也；應紛擾而當危難，此其憚也。天子者執天下之所欣以招天下，豈以苟悦天下之私哉？捐之以所欣，蓋將屬之以所憚。而今之士大夫，自許以勇於所憚，以邀其所欣；既得其所欣，則避其所憚。無事之時，服章焜煌，步武虛徐，天子出而臨之，雖虞之「野無遺賢」、周之「濟濟多士」，未足喻也。然寺監者曰：「吾曷不臺省也？」郎曹者曰：「吾曷不侍從也？」侍從者曰：「吾曷不宰執也？」宰執者曰：「吾曷不二十四考中書也？」階嬖倖以進，名曰「捷徑」；挾諂曲以進，名曰「稱旨」。植黨以進，則名曰「客」；聚斂以進，則名曰「才」。朝攘夕争，患失而憂不得，一何勇也。至朝廷卒然有一意外之事，天子呼某人而問之，則曰：「臣何足以知之？」又呼某人而委之，則曰：「臣何足以奉明詔？」貪者求免事而不求免官，畏者求免官以遠避其事，又何怯也。惟其勇於彼，是以怯於此，而朝廷不悟也。且豈有身爲上宰，而天子使之將兵以禦敵，則以親病辭者？天下有緩急，而宰相尚不可使，則它人安得而使之？使之則曰：「彼實爲宰相，予焉能戰？」

臣愚欲深詔有司，删法令之細而不急者，大而不可行者，重複而可以弄者，如太祖皇帝時，法度簡而要，明而信，設者必用，存者必行，不與天下爲戲，庶幾天下之可驅。天下雖無事也，不測而擇一事大而且難者詢之衆，而遣一所厚之大吏爲之，避而不爲則誅，如唐太宗之斬盧祖；尚爲而敗事則誅，如舜之殛鯀，則天下之怯可以一變而爲勇。夫天下之人可驅而天下之怯皆勇，則國可强而敵可取。開中興，起太平，臣心了然見其易易爾。

治原下

臣聞政以令而行，亦以令而不行。令焉而政不行，非天下真敢慢天子之令以違天子之政也，或者天子有令而自慢之爾。❶人惟不自慢也，人而自慢，❷則天下孰不慢之？夫固有以召也。且天子之令天下也，豈不欲行其政，而曷爲自慢其令？自慢其令者，生於出之不審，而壞於發之不一。不審，故可快而不可行，有言而不自實，始乎喜，卒乎怨；不一，故發而悔，悔而更，今日而發者至，明日而更者至，將從其發者乎？從其更者乎？不審者，欺天下者也；不一者，惑天下者也。令至於欺而欲民之信，令至於惑而欲民之不

❶「天」，原殘闕，今據四部叢刊本補。
❷「而」，原殘闕，今據四部叢刊本補。

疑，是畫宫以與人而曰能館，指千蹊萬逕以導人而責其皆詣也，而可乎？

周家之盛也，天子深拱於京師，而象魏所揭，木鐸所振，誥命所被，衆至於六服群辟，外至於九夷八蠻，極至於海隅出日，奔走俯伏，以聽王命。至於其衰，則犬戎所攻，鄭伯所射，子帶、子朝之所逼，而四方諸侯閉户高枕而莫之救，召之而不至，喻之而不聞，賞之而不恩，詰之而不威。此二者何爲其然也？蓋嘗求之，成王以翦桐興，而幽王以舉烽亡，如此而已矣。❶翦桐戲也，舉烽亦戲也，而興亡異焉，❷則信與不信之異也。且不以幼而恕，不以戲而誑，則天子豈有一言之欺天下，而天下亦豈敢忽天子之一言哉？彼烽者，警急之耳目也。無警而舉之，召諸侯而誤之，後能終無警乎？後而有警，有警而非誤，則孰不以有警爲無警、非誤爲真誤歟？一令之不信，乃至於殺其君以敗其國，不信之禍，一至此哉！

臣嘗讀《易》，至於《涣》而得其説。其《象辭》曰：「風行水上，涣。」其爻辭曰：「涣汗其大號。」夫號令一也，既取於風之行水，又取於汗，何也？今夫風與水相遭也，爲卷爲舒，爲急爲徐，爲織文，爲立雪，爲湧山，細則激激滌滌焉，大則洶洶輷輷焉，不制於水而制於風，惟風之聽而水無拒焉。成周之盛，非風也歟？若夫人之身，汗則安，不汗則疾，既汗而復入者疾。入而出者猶有瘳也，入而不出則不可爲矣。幽王之病，非汗之出而入、入而不出者歟？然則令之必行，欲如水上之風，而令之不行，則如復入之汗。聖人之作《易》，

❶「而」，原殘闕，今據四部叢刊本補。

❷「焉」，原殘闕，今據四部叢刊本補。

前之説以爲天下之師，後之説以爲天下之資也。

臣竊觀今日之號令，何其異於作《易》者前之説所云者耶？糴於民而用夫所謂交子者，此亦一利也。然臣不知止以利官歟？抑以利民歟？止以利官，則恐非朝廷之所忍爲也；利民，則臣未見其利也。何也？官用之於民，民亦用之於官，則上下均利也。今也糴則用之於民，至兩税之輸，而民以與官則官不受。與官而官不受，則民持此將焉用之？朝廷蓋有命，許民以此輸之官矣。名許之，實拒之；名用之，實廢之，則其令無乃誑耶？至於恩沛有所謂「民之四親俱存者，蠲其征役」，有司至今持而不行，曰「諸郡未有例也」。且夫令之出也，其可行與否，抑嘗審之乎？不審而出令，令出而不行，天下無緩急也，有緩急而天子下一令，天下又將曰「不久必寢，不寢必更」，豈不殆哉！朝廷試思之。

人才上

臣聞才之在天下，求之之法愈密則愈踈，取之之塗愈博則愈狹。然則天下之才，果不可求乎？古者一代聖人之興，則一代之人才亦從而興。夫豈不求而自至也？蓋聖人者，度越世俗之拘攣，徹藩墻，去城府，神傾意豁，以來天下度外奇傑之士，故才者畢赴，不才者自伏。後世之君，以爲天下之人舉將欺我而不可信，於是立爲規矩，創爲繩墨，以簸揚澄汰天下之士，取之不勝其精而實粗，得之者皆截然入規矩，中繩墨，而奇傑之士皆漏於規矩繩墨之外。故求治而莫之與治，遭亂而莫之與除，紛紜膠擾而卒不能成功。

然則天下之才，求之安事於密，而取之安事於博哉？蓋密則必有所隔，博而未離於密也。國家自祖宗知規矩繩墨之未足以羅度外奇傑之士也，是故進士、任子以待群才，制科以待異才，得人蓋不少矣。然自制科中罷而復行今四十年，而竟未有一士出而副側席之求，此其故何也？無乃今之制科非古之制科歟？無乃不用規矩繩墨而規矩繩墨愈急歟？故臣嘗謂今欲求制科奇傑之士，夫惟有所不求，斯可以求之矣。

昔者西漢制科之盛，莫武帝若也。嘗求其所以策之之説，則曰「上嘉唐虞，下悼桀紂」而已，則又曰「禹湯水旱，厥咎何由」而已，何其甚平而無難也。非無難也，不暇於難也。夫武帝者，方夙寤晨興，以願聞治道之要之不暇，而暇搜蠹簡、摘廋辭以爲苟難，以與書生角一日之記問也哉？今則不然，先命有司而試之以莫知所從出之題，既又親策於廷，而雜之以奥僻怪奇之故事，不過於何晏、趙岐、孔安國、鄭康成之傳注與夫孔穎達之疏義而已，此豈有關於聖賢之妙學、英雄豪傑濟世之策謀也哉？以訓詁之苛碎而求磊落之士，以蟲魚之散殊而釣文武將相之才，不幾於施鰌鱓之笱以羅横江之鯨，挂黄口之餌以望鳳之來食也耶？其不至，固也。非惟不至也，亦不能也。非惟今之士不能也，雖使古之聖賢如孟軻者復生，亦不能也。孟子之時，去周之盛時，與今孰遠也？孟子與孟獻子相去猶近也。諸侯惡周籍之害己而去之，孟子已不能記其詳；孟獻子之友五人，孟子已忘其三，則孟子亦安能中今之所謂制科也哉？夫孟子者，固無事於此能也，孟子則有所能者矣。孟子曰：「如欲平治天下，舍我其誰？」韓子曰：「孔子以是傳之孟子。」此孟子之所能也。今不求天下之士爲孟子之所能，而求其爲孟子之所不能，則是其所求者非其所求也。故曰「今欲求制科奇傑之士，夫惟有所不求，斯可以求之矣」。

且朝廷以此等求士而不得也，求而得，則亦烏用是呫呫者爲哉？張華能對千門萬户之問，而不能救賈后，司馬倫之亂。前之敏，後之癡。小之明，大之暗。臣愚欲望朝廷參之以祖宗、漢唐制科之本意，立大端而去細目，使士之所治，上之爲六經之正經，下之爲十七代史與諸子之書，而削去傳注奥僻之問，其學則主乎有用，其辭則主乎去諛，上及乘輿而不誅，歷詆在廷而不怒，使天子得聞草野狂直之論，而士得專意乎興亡治亂經濟之業，庶乎奇傑有所挾者稍稍出矣。

議者曰：「求馬者，非求駑也，求駿也。今去其難而純乎易，則懼駑者之至，如之何？」是不然。求馬者，求其一日千里乎？抑將求其它技乎？今求馬者不問其能千里與否，而曰「吾欲其能撮蚤而捫蝨、搏鼠而擒兔也」，可乎？士之能度辭隱帙者，豈曰奇傑？而奇傑之士，烏在度辭隱帙之能不能也。雖然，臣猶欲有言焉。士固有挾策謀而不能乎文辭，有能乎文辭而不肯入有司之刀尺。苟軍旅之間，委諸將以薦謀臣才士，不問於文與武、仕與未仕，而諸郡大比之薦名，輟進士定額十之一，以其半而試士之能占文者，略放宏詞之體；以其半而試士之知兵獻策者，略倣武舉之制，上之於宗伯而取之，視進士之科名焉。其數不出乎奏名之常員，而不羈之士不至於横棄，其與以聲病之文而取科級者不猶愈乎？如此而猶有遺才焉，臣不信也。

人才中

臣聞天下之情有所大不可曉者，常喜背人主之所向，而向人主之所背。人主當宁太息，悵不盡得天下之才而用之，庶幾乎危可安，亂可治，而亡可存也。此豈非人主之所向也哉？然求忠則得姦，求才則不才者至。夫姦邪不才之人，蓋人主之所甚不欲者也。示天下以所向，而天下必背其所向；示天下以其所不欲，而常得其所不欲，天下之情如此其不可曉也。是豈真不可曉歟？天下之情甚易曉也。何也？人主無不洩之旨，而密旨在所向之外也。天下之人伏其外以窺其中，從其洩以得其密，是故背人主之所向以陰合其所向，天下之情甚易曉也。

子之養親也，膾炙以爲羞，禮也；蛙蛤以爲進，非禮也。子問父以所膳，必曰膾炙而不曰蛙蛤也。然退而察其親，則蛙蛤之爲嗜。爲子者何憚而不進之以蛙蛤哉？夫父曰膾炙而子曰蛙蛤，曷不從其所命而從其所不命耶？蓋其所命者，飾也；其所不命者，真也。故夫不從其所命而從其所不命，善從命者也。人主之令天下曰：「吾好忠而惡姦，好才而惡不才。」夫豈不善？然天下並進而嘗之，忠與姦兩至，而才與不才各求售焉，則其好惡一切有所反。當此之時，天下宜何從？昔者田子與隰子登臺南望不言，而隰子知其意在於伐木；曹公下雞肋之令，三軍莫喻，而楊脩知其意在於退師。上之人舉目搖足，而天下已知其旨矣。

聖天子即位五年于兹，下求言之詔，開狂直之塗，而忠言猶未聞也；嚴薦舉之法，謹聘召之禮，而真才猶未出也。天下其真無才耶？蓋天子之令，天下有所必不敢信者也。天子如此其聖明也，願治如此其急也，求才如此其勤也，而天下有所必不敢信者，何也？天下但見夫布衣撾鼓而訴民瘼，則下之吏而屏之遠方也。後進小臣越職言事觸犯忌諱，❶則罪之以沽名躁進，而臺諫又冥搜其過以破壞其人也。舊德宿望朴

❶「職」，原作「識」，今據文義改。

忠而敢諫，則上下左右群憎而朋嫉之，不罷黜廢放則不止也。元勳將相敢任大事而能決大計者，則排斥抑塞而死徙殆盡也。夫歡欣以致其來，聳踴以起其懦，愛惜長養以防其消，猶懼天下之才不至也。今也日夜深沮而痛折之，使天下之士出一語言則曰狷狂，勵一節行則曰矯激，作一事功則曰生事，而曰天下真無才也。此雖一飯九歎息，一日百下詔，天下之忠賢奇傑勇於言而敢於爲者，誰敢信而來哉？何則？所求者之言與所好者之旨，其真有不可欺也。翫而不怪，將遂成風，是風一成，則治亂存亡之機將必在此。

夫風也者，無形而不可執，無根而不可拔，倡之莫知其所自起，和之莫知其所自隨，合散翕忽如童子之謠，非天非鬼而不勝其秘怪，非作非傳而不勝其流布，禁之則愈滋，窮之則莫推。而是風也，成則關人之國，粹然於唐虞三代，故其祚長；嚚然於秦，故其祚短；凜然於東漢，故其國難拔；廢然於魏晉，故其國速亡。風之所在而國隨之，甚可懼也。古之聖人，必有以默觀天下之風，見其發，知其成，整其微，不待其定。是故拒其所從變之端，而導其所宜歸之塗。故天下之人陶其風者，自非下愚，皆得以成其才而收其用。何謂導？導在好，好在獨。人主之所好獨而不分，則天下誰不逆探其好而争爲之趨，專迎其獨而莫爲其它？使天下趨而不它，則雖捐肝腦，蹈鼎鑊，前者未既而後者來。東漢之凜然者，夫固有導之者也。

仁祖之世，天下争自濯摩，以通經學古爲高，以救時行道爲賢，以犯顔敢諫爲忠。此風一振，長育成就，至嘉祐之末，號稱多士。其將相、侍從、臺諫之才，猶足爲子孫數世之用而不見其盡。何也？仁祖之所好獨在是也。聖天子即位之初，不可謂無仁祖之所好矣，然分而不一，未久而移。今天下風變矣，變而之凜然則幸也，而臣未見其凜然也。變而不反，喑喑默默，帖帖靡靡，此風一成，天下有急，不知誰爲之死哉！臣不勝大懼。

人才下

臣聞人有常言，皆曰今天下乏才。天下真乏才耶？才者，天之生也。古多才而今乏才，則是天之厚於古而薄於今耶？穡非后稷而無歲無粟，地非渭川而無地無竹，天之生物，今猶古也，而獨不生才耶？

臣嘗聞之，天下之才，其生在天，其成不在天。天生之，君成之，亦君壞之。才生於天而壞於君，而曰天下乏才也，可乎哉？蓋天下之才，莫難於成而莫易於壞。士之幼而壯，壯而老，父兄之所訓誨，君師之所長育，不知其幾何日；博之古今以入其智，試之世務以出其能，不知其幾何事；或昔之過而今補之以功，或彼之短而此濟之以長，嘗險易而涉風霜，不知其幾何變。閱日之久也，更事之多也，應變之熟也，而其才猶有不成者矣。幸而成才，則上之人當如何而愛惜之？故曰「才莫難於成」。

人之至情，自非前無千載之眩，後無萬人之怵，獨立自信如比干，如伯夷，誰不違於禍以嚮於福者？天下之人如是而成才矣，日夜瑩之，猶恐昏之；日夜策之，猶恐息之，而上之人乃不使之免於禍，則是才者國之獲而身之賊也，其誰不解體？故曰「才莫易於壞」。

惟善用才者，不惟能成天下之才，亦能轉壞以爲成；而不善用才者，不惟不能邀其成，而亦不能扶其壞。今日壞其一，明日壞其二，天下之才銷委腐敗，而緩急乃無一人爲之用。無一人爲之用，其果無才耶？使善用者起而承之，濯摩翦拂而用之，則故者新，懦者奮，而散者聚，天下之大功，不終朝而可成。後世見漢高帝、唐太宗收攬天下英雄而盡得其用，以爲後世無復有此之人物，不知漢之所用即秦之所棄，唐之所得即隋之所遺。何前之無而後之有耶？蓋壞其成與成其壞，惟上之人如何爾。

今天下之無才，豈真無耶？抑上之人成之者過少而壞之者過多耶？國朝人才，一成於慶曆，再成於元祐；初壞於紹聖，大壞於崇、觀。當其成也，數世收其用；及其壞也，至今被其患。光堯之興，褒表元祐之名臣，又從而序進其子孫；盡斥崇、觀之姦黨，又從而廢其裔。使天下曉然知忠義才德之士暫閼而愈光，姦佞誤國者終不逃其誅。振而作之，十有餘年，人物之盛，凛有慶曆、元祐之風。雖中更權臣，排去異己，長告訐，興羅織，以痛折天下之忠臣義士，然士大夫之器質既成，終不爲改。譬如玉之已琢，不復爲璞；金之已鍊，不復爲鑛。陛下始初清明，盡起諸老而置之於朝，天下相慶，如見漢官威儀也。陛下亦知其所自乎？光堯成之，陛下用之也。當是時，山林枯槁之士，毫髮絲粟之才，于于然而來，紛紛然而起，人人有自奮自喜之意。今未久也，而霍然分散，爲之一空，此何爲者耶？孟子曰：「昔者所進，今日不知其亡也。王無親臣矣。」李固曰：「一日朝會，見無一宿儒可顧問者，誠可歎息。」今日之事，得無類此？陛下亦嘗察之乎？察之矣，亦嘗憂之乎？

且陛下之於天下之才，自用之，自壞之，天下知其不然也。意者左右之有讒人歟？讒人之讒也，亦豈曰「吾讒人也」？蓋曰「吾忠也」。其逐君子，亦豈頓逐也？蓋有漸也。自以爲忠而逐人有漸，人主不察則讒者昌矣。今夫小人之與君子不爲異也，將以同而迎其主，必以同而欺其僚，退則與僚同，進則不與僚同而與主同。彼小人者，退而不與君子爲同則其諂不密，進而不與君子爲異則其諂不力，是故初賣之，終陷之，公孫洪之背汲黯是也。小人之欲逐君子也，不曰「斯人可逐」也，必先陽爲之地而外若與之厚，既以釋其君，又以安其人。釋則不疑，安則不戒。夫惟君不疑而人不戒，是故一旦逐之而莫之覺，武后之言於高宗乞賞來濟是也。讒必有名，讒而無名，則言之者怍而聽之者不堅。古之讒者，必有以不怍其言而堅其君。蓋曰「非有利於我也，而不利於國」，其君安得不瞿然動、決然從乎？姚崇之託足疾以譖張説是也。吁！讒人之千機百穽如此，君子者舉而觸焉，動而中焉，爲人主者奈何恬而不察，察而不憂耶？此臣所以流涕而深言之，惟陛下幸察。

臣聞用才有道：無所不惜者，才之所從富也；不足惜者，才之所從壞也。今天下老成之才，視之以爲不足惜，壞而棄之，臣恐才之不壞者寡矣。臨事而無人，則又曰天下無才。屈原曰：「舍麒驥而不乘焉，遑遑而更索。」此臣之所以歎也。

誠齋集卷第八十八

盧陵楊万里廷秀

千慮策

論相上

臣聞聖人不能爲天下求宰相，而能爲天下受宰相。惟能受之，是乃能求之歟？知所以求之，而不知所以受之，則雖焦心側席而相不至，搜巖剔藪而相不出，夢卜物色而相不真。蓋亦有出而至者矣，其如不真何？人主曰賢，天下曰否；人主曰忠，❶天下曰邪；人主曰才，天下曰繆。夫是之謂「相不真」。是故一言而天下譁之，一動而天下折之，非天子悟而逐斯人，則斯人慙而去之耳。且夫一邑不可欺以令，一郡不可欺以守，而天下獨可欺以相哉？聖人之求宰相，初不求也。非不求也，不求者所以深求之也。是故聽天下之自求其人而我無與焉。其得之也，蓋曰「爾自求之，爾自得之，吾爲爾用之焉耳」。其用之也，則曰「爾遺我以其人，吾爲爾相之矣」。其人欲去而天下不允，則曰「還爾相」。夫是之謂「能爲天下受宰相」。

❶「忠」，原殘闕，今據四部叢刊本補。

古之聖人，惟其受而不求，是以求而必得，得而必任，任而必久，久而必成。蓋得而必任，故其人敢於盡；任而必久，故其功不敗於摇。敢於盡而不敗於摇，亦何事之不成哉？而古之君子之相其君，亦不敢犯天下之所不許。天下不許而君許之，君子有深藏遠遁以自脱天下之譏而已。昔者漢武帝相車千秋而取譏於匈奴，魏文帝以賈詡爲太尉而貽笑於孫權，張昭薦李濤爲宰相而周世宗薄其無大臣體。夫能言天下不敢言之事，而回人主不可回之疑，有如千秋之賢乎？策袁紹則取袁紹，策馬超則取馬超，有如詡之謀乎？知張彦澤之必爲晉患，知周高祖之必不爲漢臣，有如濤之先見乎？而或以譏笑於敵國，或以不取於其君。古者人主之用相，如此其難也。楚以薳子馮爲令尹，而子馮不食以避之。晉以蔡謨爲司徒，而曰「我爲司徒，後世必哂」，竟不拜。唐李鄘爲宦者引爲相，而鄘耻之，竟不就職。三君子者，皆賢者也，夫豈不堪於相而不欲富貴哉？古者君子不輕以身相人如此其嚴也。後之君子，違天以利其身，咈衆以欺其君，不計其身之所有，以僥其分之所無，可謂不智乎？及得其所無，而天下皆責之以所有，上以誤其國，下以誤其身，皆是也，可謂智乎？

陛下即位之初，蓋嘗謀之國人而得賢相矣。天下方以爲賀，而陛下以爲疑。非陛下疑之也，姦臣有以啓陛下之疑也。使陛下持之不堅，天下恨之，陛下悔之亦無及矣。而近歲以來，每虚宰席以待其人，天下聳而望曰：「其必有以慰我。」既而麻制一傳，則天下怫然誹之，或曰：「此無聞之人也。」或曰：「此非君子。」或曰：「此何人？而何以了此事？」故朝廷輕用之，輕視之，亦輕罷之。其來不爲朝廷重，其去不爲朝廷輕，其進不爲天下喜，其退不爲天下戚。舜之於皐陶，湯之於伊尹，武王之於太公，齊威之於管仲，蜀先主之於諸葛亮，似不如此。蓋陛下知爲天下求宰相，而不知爲天下受宰相也。

故老相傳，祖宗朝嘗闕宰相，天下之望在於韓琦、富弼，故洛之人則曰：「我丞相三詔不起也。」相之人則曰：「我侍中屢詔不行也。」此天下之人自擇宰相以遺朝廷。今天下豈無其人？天下之望豈無所在？陛下從其望之所在者而用之，擇之在天下，受之在聖主，用而觀之，效則久之，此真天下之相也，而獨擾擾焉，何也？

論相下

臣聞天子之相，必其人有以自恃，而後其人爲足恃。蓋天下，大器也，有有此器者，有負此器者。天子者，有此器者也；宰相者，負此器者也。匹夫有百金之器，則必擇其負。擇其負，故重其人。夫惟重其人，而後負之者輕其器。蓋人可以勝器，而器不可以勝人。人勝器者全，器勝人者顛。舉天下之大而負之，負之而不能堪，挈之而不能舉，事至而亂，變起而驚，已且無以自恃，而天子何恃焉？

古之大臣，居天下之至安而不驕，居天下之至危而不懾，不勞談笑，不動聲色，而天下自定。此其意非苟爲不測之量、虛爲不折之氣以鎮服物情而已，其必有以自恃也。恃在應，應在裕。夫敵國之相圖，姦雄之相窺，固輕發於吾之所窮，而重發於吾之所裕。夫惟先事而破其謀，有事而出其不意，發則應，應則不窮，天下安得而不定？天子者得斯人而相之，則天下可以高枕而無足憂。何則？有足恃者也。

後之君子，懦者既不足與有爲，而其勇者又往往得其所恃之似而無以實之。蓋亦有所謂不勞談笑而不動聲色者矣，然可與之居安而不可與之居危，可與之守常而不可與之應變。此其中無應變之機，而其外示鎮服之度，故無事則若不可測，而有事則敗矣。故夫古之相其君而當天下之變者，蓋有鎮物以破敵者矣，有同乎鎮物而不同乎破敵者焉；有推誠以解紛者矣，有同乎推誠而不同乎解紛者焉；有示强以止亂者矣，有同乎示强而不同乎止亂者焉。謝安遨遊飲博以當苻堅，房琯彈琴清談以當安史。此同乎鎮物也，然淝水大勝而陳濤大敗，何也？人不同也。蓋安有謝元而琯有劉秩，此其所以不同於破敵歟？郭子儀單騎以入回紇，張延賞亦使渾瑊徹備以盟吐蕃。此同乎推誠也，然回紇拜子儀而唐以安，吐蕃幾擒瑊而德宗欲出避，何也？情不同也。蓋回紇之寇，子儀知其情之不得已，故變寇以爲盟；吐蕃之盟，延賞不知其情之欲圖唐，故變盟而爲寇，此其所以不同於解紛歟？裴度答朱克融以「兵匠速來」之語，景延廣答契丹以「横磨大劒」之語。此同乎示强也，然克融卒不敢動，而契丹遂滅晉，何也？勢不同也。蓋以克融而犯唐，則以臣而叛君；以晉而怒契丹，則背惠而立怨，此其所以不同於止亂歟？當天下之變而決天下之機，不可以一法應也。得其一法，而不得其不一之法，未有不敗事者。方晉之未捷，謝安與王衍何以異？而陳濤之未敗，平涼之未變，契丹之未動，所謂房琯者、延賞者、景延廣者，誰不以爲謝安、子儀、裴度復出也哉？蓋應變之難如此。

今强虜盜有中原之半者四十年矣，自逆亮之斃，其君臣日夜伺吾之隙而求吾之便又五六年矣，此何等時耶？然無事則翫而不戚，有事則驚而失措，不知朝廷所恃以應變者何人耶？豈其以天下之大而空無一人之足恃，上之人獨得而不憂也？然則將求謝安、郭子儀、裴度之才，何從而得之？夫子曰：「如有所譽者，其有所試。」人之能不能，雖聖人不能逆知之，其能知之者，以其試之也。然才可試而變不可試，臨變而試才者，垂死而試醫者也。古之聖人，惟能擇天下甚難之事以試天下之才，故一旦有急而不亂，則試之者熟而儲之者素也。嘗聞寇準以小臣言事而爲太宗之所知，太宗屢以事密詢於準，已知其有宰相之才。當是之時，天下承平，豈有它變？其何事於準哉？其後真宗澶淵之役，獨決親征之議。對敵高卧，天子恃之以爲無恐，諸將恃之以成大功者，乃前日太宗所密詢之人也。今宰相之才，無事而不求且不試。裘而不絺，明年何衣？稻而不麥，明年何食？臣實憂之。

論將上

臣聞聖人之所以鼓舞天下，使之奔走淬礪以争先於爲用，長治而不亂，有急而不可乘者，蓋聖人不示天下以其可窺，而作天下以其不自止，如此而已矣。果不可窺也，宜乎天下之不自止也。天下之所以作之不起、未起而復廢者，吾之可窺者見，而彼之自止者隨之。今天下之所以患於無才，而才尤患於無將，其病在此。

方邊事之興，芒芒然以求將也，天下則亦芒芒然以趨之。天下趨之，而朝廷不求將矣。非不求將也，邊事息而無所事將也。無所事將，則天下亦弛然曰「無所事我」，則亦棄而之他。剛者柔，勇者怯，而柔怯者有不勝其柔怯矣。高者趨文科以售其身，而下者伏於農商矣。其精鋭果敢者有所挾而莫之用，則去而爲盗矣。天下弛矣，而邊事又動也，而無將也，則又芒芒然以求天下，而天下莫之趨也。夫前日之無所事也，所以爲今日之莫之趨也歟？夫如是，焉得將？

昔者成王、周公承文武平定之業，誅三監，征弗庭，而天下服矣。於是酌堯舜夏商之禮樂法度，補葺成就，以至於大備。當此之時，文物焕於朝，頌聲被於野。太平之美，天下之所甚樂，而成王、周公之所甚懼。非懼夫太平也，懼天下之窺吾君臣之樂夫太平而彼亦樂之，以至於亂也。則有大司馬之官，日夜選將閲戎，如是而爲車，如是而爲徒，如是而爲鼓鐸鐲鐃，如是而爲坐作進退，後至者誅，不用命者斬。夫大閲者，非真臨陣而應敵也，而後至者何至於誅，不用命者亦何至於斬哉？而其法如此。蓋其所以處暇裕之日，與處三監未誅之時無異也，則天下何以窺上之無所事我而我不爲也哉？是故文武並用而莫知其孰先，莫知其孰後，不見其所甚好，不見其所不好，才素備而無一旦之憂。

後之君臣狃於治，而謂天下不復亂也，則曰：「汝不逢高帝時，萬户侯何足道哉！」而羽林子弟授經於學校，與夫將軍不好武而其子皆能文，則君臣相慶以爲太平之盛觀，而腐儒曲生又從而諛之曰：「兵寢者，二帝三王之極功也。」不知夫二帝三王之不如是也，諛説之誤時世也。諛説盛於下，君臣怠於上，而天下以兵爲諱，以武爲慙矣。棘門、霸上之無人，而開元、天寶之末狼狽大敗者無怪也。非天下之無人也，上之人示之以其可窺，而弛之使其自止也。

今日之事，邊警息矣，天下將曰：「朝廷無所事兵矣。」此可慮之機也。臣願天子增重武事，不改於有事之時；訪求將才，不啻如有事之初。而宰相大臣亦折節以下才略武勇之士，毋責其鄙野之狀，而毋怒其桀岸之氣，時賜之燕閒而延見之，探之於其中而試之於其外，以陰求天下之奇傑，待之異而養之久，此所謂不示天下以其可窺，而作天下以其不自止者也。則緩急之際，亦何至於芒芒然以求而求又不得哉？

論將下

臣聞今之議者曰：「選將莫若宿望，而新進者未足用也。」臣竊以爲不然。選將之與擇相，相似而大不同，是故相不厭舊而將不厭新。擇相不以舊，不足以壓天下之望；選將不以新，不足以激天下之才。蓋天下之相，必道隆而德重，名節全而才略高，天下之人曉然服其可以相也。或既相而去，天下恨其有所不盡，而望其再有所盡也。如此者，未相而天下願之，既相而天下悦之，既去而天下留之。是惟無相，相之而天下無異論，故曰「相不厭舊」。至於將則不然。夫所謂宿將者，功業就矣，名位高矣，富貴極矣。腴田甲第，金玉寶貨，充乎其家；歌童舞女，酣宴沈浸，汩乎其心。昔之精明之謀者將暗然，而勇果之氣者將廢然矣。天下無事，則曰：「朝廷苟有事，不使我則不濟。」及其有事也，使之舍其所甚樂而任其所甚憂，取其甚愛之身而捐之必死之地，彼則畏矣。以今之畏，合前之驕，焉往而不敗？故曰「將不厭新」。

蓋富人有作室者，有楹而未有楝，有楝而未有梁，則徧國中以求大木，三年而後得之於千里之外，蓋千百年之松、櫧、豫、章也。室成而富人者疾。有愚醫焉，見其嚮之求木之意也，則獻其百年所藏之天雄烏喙焉，曰：「此可已病也。」不知夫木者不老則不堅，而藥者不新則不功。今歲之藥，來歲已陳且槁矣，而百年之天雄烏喙，則與朽壤何擇，而尚伐病之能哉？此將相新舊之辨也。李廣之在漢，驍雄傑出，其君知之，天下知之，匈奴亦知之。廣之心翹然以無人視天下，自以爲漢將非我則不可也。然衛青、霍去病崛起於戚里之中，與單于角勝負，深入大幕，直擣龍庭，而廣乃以失期無功死。開元之後，王忠嗣、哥舒翰威名邊功，天下第一，天下之人以爲一日不可無忠嗣與翰也。及幽陵盜起，廟堂失措，忠嗣則不存，而使翰則又敗，復兩京、平安史者，乃一未有功之子儀，而忠嗣部曲中之一光弼也。當廣之盛時，忠嗣與翰有大功名之日，天下豈知有衛霍李郭哉？然則宿將之與新進，未易以相輕重也。

且人之有才者，孰無自喜之心？而人之於富貴功名，孰無願欲之志？自喜其才，則必求所以自試；志乎富貴功名，則必求所以自取。此如善書者樂於爲人書，而嗜酒者可以得酒則無不爲也。不因其自試之心而激之以自取，而曰「吾必得宿將」，亦惑矣。故臣以爲今日之取將，莫若以新。儒士之通敏沈雄者，行陣之嘗有聞者，武舉之有所蘊而不徒虛文者，士卒之有能而自異者，卑賤有挾持而不自達者，豪猾有過而其才可贖者，君相留意焉，不測而識之於稠人之中，無故而置之萬衆之上，庶幾乎如高帝之得韓信者，又何患天下之無將也哉？

論兵上

臣聞天下之兵，必有所斂，有所散。有所斂，所以集天下有用之士；有所散，所以去天下無用之人。不集其有用則兵不强，不去其無用則兵不精。明乎斂散之說，而兵制無遺策矣。

臣請言斂之之說。蓋斂之之說，古之爲斂者處其一，今之爲斂者處其三。何謂一？蓋三代之兵出於農，此所謂一也。兵出於一，古也。然可用之於古，而不可用之於今也。蓋三代之時，內守以諸侯，外守以四夷，無敵國之兼并，無匹夫之崛起，故其兵以心而不以力，以義而不以詐。其所以爲勝者，非後世之勝也，以吾之仁勝彼不仁，以吾之義勝彼不義，不待行陣而勝負決矣。故所謂一者，古可用也。何謂三？曰召募，曰子弟，曰盜賊，此所謂三也。然古雖未用，今不可不用也。今夫兩軍相當，詐力者勝，則夫三者之兵，不可以不用也。非惟不可以不用也，亦不得不用也。毋以天下觀之，而以一鄉觀之。今夫一鄉之中，有所謂良民者，有所謂黠民者。耕而食，織而衣，循循以爲謹厚，默默以爲忠信，犯之有所不敢校，而辱之有所不敢怒，此良民也；不耕而求飽，不織而求温，平居博弈飲酒以肆其不逞，而有急則椎埋剽奪以快其意，此黠民也。夫良民者，誘之以爲非，固有所不敢，而强之以戰鬭之事，則亦没世而不能；黠民者，放之則其竊發有所不可制，而收之以爲兵，則其爲用亦不少。今欲棄其爲用而不少者，而强其没世而不能者，無乃交病也歟？且黠民不收之以爲兵，其肯老死而不動乎？抑將猖狂潰冒以至於大亂也？夫與其至於大亂，孰若收之以爲吾用哉？何則？收之以爲吾用，則其猖狂者不施之於我而施之於敵，其不肯老死者不用之於姦慝而用之於功名，此駕馭姦雄之至術也。故其所謂三者，今不得不用也。如是者，豈可不擇其所以斂之者耶？

臣請復言散之之説。蓋散之之説，有實未嘗散而宜散者，有實已散而名不散者。實不散而宜散者，冗兵也；實已散而名不散者，虚兵也。何謂冗？蓋以十人而擊一人，則十者衆一者寡矣，宜乎十者之勝也。然一有時而勝十，則老壯之異也。以一人而擊百人，則一者愈寡百者愈衆矣，宜乎一者之負也。然百有時而不當一，則勇怯之殊也。老壯之相去至於相十，而勇怯之相遠至於相百，而吾則一之，是則一軍之士，絶多補少而計之，食者十而兵者十之三四也。無事則蠹國，而有事則敗事，朝廷亦何便於此也？此冗兵，實不散而宜散者也。何謂虚？蓋其名存，其人亡；其人亡，其食存。夫有名而無人，無人而有食，則其食鬼食之耶？則亦有私之者矣。某與某，死者也，而其籍則生也；某與某，逃者也，而其籍則居也；某與某，未嘗募而至也，而其籍則已募也。彼執籍以責吾食，而吾亦按籍以餽之食。一軍之士，而子虚烏有之徒居其十之三四焉。是故縣官有實費而無實兵，主將無實兵而有實利。主將則利也，縣官利乎哉？如是而國不貧、民不病者無之。此虚兵，實散而名不散者也。如是者，盍亦講其所以散之者耶？

今朝廷召募之法行，故鄉里之黠民有所收；子弟之軍用，故營壘之黠者有所泄；盜賊非大惡者不殺，而貰之以爲軍，故山林之匹夫不至於爲亂。教而擇之，將皆卓然可用，此斂兵之至計也，朝廷既行之矣。雖然，猶有可散者。臣願朝廷每歲不測遣侍從、臺諫一人忠而有望者，出諸軍行視而檢押之，則虚冗之弊可以少革也。蓋行視必於教閲之地，而檢押必於司籍之人。何則？軍之老壯勇怯雖不可以盡見，而教閲之地亦可以概見焉。至其死生亡存雖不可以遽知，而責之司籍之人，則彼莫不知焉。從其可概見者而沙汰焉，從其莫不知者而開之以首實、待之以賞罰焉，則冗者何患於不散，而虚者何敢以復存哉？去冗去虚而實兵見矣，此散兵之至計也。夫典兵在人，用兵在術，練兵在法。臣之所謂斂散者，是則練兵之法也。

論兵下

臣聞計天下者不可以狃於利，亦不可以懲於害。狃於利而必爲者，害至而不思。懲於害而必不爲者，利必有所遺。

議者皆曰：「鄉兵之法不可行也。民樂於爲農而不樂於爲兵，奪其所樂而强其所不樂，時則有擾民之害；以農爲兵，非其習也，守則潰，戰則奔，時則有敗事之害。」彼見石晉籍諸州鄉兵謂之武定軍而民不聊生，是以曰擾民；見石晉置兵謂之天威軍者竟以不可用而罷，是以曰敗事。知此而已矣，不知夫有不擾民而安民，不敗事而成事者也。天下未有無害之利也，天下而有無害之利，則誰不能計之者？利於一，必害於一。越人坐於舟而行之以手，燕人見而悦之，歸而以手行於塗，未有不匍匐顛仆而可笑者。燕人而爲越人，固害也；越人而不爲越人，豈不害哉？議者見燕人顛仆之害矣，未見夫越人千里咫尺之利也。民不同地，地不同利，逆其不同而同之，使燕人而爲越者也；因其不同而不同之，使燕者爲燕、越者爲越者也。

今夫民之生有安地有危地，生於安地者以危地爲懼，而生於危地者亦不以安地爲慕。内地之民，仰父而俯子，安居而暇食，至有老死而不至州縣、不識官吏者，而况於兵革乎？邊地之民則不然，朝而春熙，暮而凛秋，今日之安集，明日之離散。自内地之民視之，何可頃刻居也，而邊地之民，寇來則支，不支則移，寇去則歸。夫曷不遂徙以避，而何樂於歸也？非樂也，勢也。魚以淵爲歸，鳥以林爲歸，夫豈以燥濕而相易也哉？故夫鄉兵者，臣以爲行於内地則不可，行於邊地則何爲而不可？觀其寇來則支，此已有鄉兵之資；不支則移，此已病於無鄉兵之助；寇去則歸，此已有樂爲鄉兵之意。上之人迎其意，乘其資，而成其助，則鄉兵之法有不難行者。得其人，講其術，而行以漸，荆、襄、淮、甸之民皆韓信背水之兵也。故田單以掘冢墓激齊人而破强燕，周德威以土兵據險而制契丹，祖宗以河北鄉兵而備北虜。蓋以國守邊，不若以邊守邊。

何則？人自爲守也。夫人自爲守者守不以城，人自爲戰者戰不以兵。守不以城者，以人爲城也；戰不以兵者，以心爲兵也。

彼石晉者，欲舉鄉兵而行之天下則過矣。民不臨危，必不肯違其安；民不見死，必不肯捐其生。以不危不死之民，而望之以不安不生之事，此石晉之鄉兵所以擾民而無用歟？雖然，懲石晉之擾，併與其不擾者廢之；懲石晉之不得其用，併與其有用者棄之，又過矣。臣嘗愛班固「山西出將」之説，以爲隴西諸郡迫近羌胡，民習戰備，故風聲氣俗高尚武勇，此説得之。故夫山西出將，非天也，地也。地迫於夷狄，而民習於戰備，則何地不山西也哉？或曰：「淮民之脆，非山西比也。」是不然。宋武帝之取關中，非借兵於西也；陳慶之之取河南，非募衆於北也。兵豈有常地哉？顧所用耳。且黥布之兵，能使高帝亦避其鋒，非淮人耶？李陵與奇材劍客蹀血虜庭，非楚人耶？而可謂其脆也哉？

昔周世宗之侵唐也，淮之民方苦於唐政，而小民相與聚山澤，立堡壁，以農器爲兵，以楮爲甲，而周師屢爲所敗，唐地多爲所復，當時謂之白甲軍者是也。夫民苦於主而猶能拒敵，而況愛其主者耶？百人操兵而攻一虎者，虎勝；一夫荷鋤而遇一虎者，人勝。非百人之弱而一夫之强也，鬭而得地者勝，不得地者敗。曷謂地？死是也。地有所必死，則勢有所必奮；勢有所必奮，則鬭有所必力。一夫者居必死之地，此其所以必生也。彼百人者既以生地自居矣，焉得勝？故古之善用兵者，以死求生，而不以生求生。邊地之民，亦死而求生者耶？

雖然，行鄉兵之法於邊地者，決不可自官行之。官行之則擾，私行之則樂。官行之則敵必疑，私行之則敵不知其所窺。使緣淮郡縣不禁土豪之聚衆挾兵，而又陰察其才且强者，禮而厚之，時有以少蠲其征役，或因使之除盗而捐一官以報其功，庶幾邊民之樂於戰，一旦有急，敵人未易南下也。

馭吏上

臣聞厥今馭吏之難，莫難於禁贓吏。蓋朝廷亦求所以禁之矣，而未得所以禁之之方。寬以養其耻，則常狃上之寬而不知畏；繩之以法，則慮其怨而不服，抑將何以處也？臣以爲用寬不若用法，用法不若先服其心。天下心服，而後法可盡行，贓可盡禁也。夫何故？天下之所以服者常生於不偏，而其不服也常起於不平。孟子曰：「夫子教我以正，夫子未出於正也。」己不正而欲正諸人，父不能以行於子也。欲正天下而不出於正，何以服天下哉？且所謂欲正天下而不出於正者，誰也？豈非朝廷之大吏耶？大吏而不正，不正而法不行也，而欲舉法以禁小吏，宜其怨而不服也歟？

臣何以知大吏之不正？異時臣之所聞見者有二：一曰私縣官之藏以自入，二曰公苞苴之賄以自富。天有十日，人有十等，朝之不可名以晡，晝之不可名以夕，童子知之。至於公卿之不可名以皂隸，侯伯之不可名以輿臺，則公卿之與侯伯有不知焉，何也？且天下有君子有小人，小人非君子則莫之使，君子非小人則莫之事。莫之使則不養，莫之事則不尊。是故朝廷之於君子則尊之，於小人則養之。蓋養小人者所以尊君子，尊君子者所以責君子之自尊也。禮義廉耻，豈非君子之所以自尊者耶？而異時下自臺省僚屬，上達於公卿侍從，有所謂宣借之廩給焉，有所謂白直之餐錢焉。夫所謂「宣借」、「白直」者，所以養小人而使爲君子之侍御僕從也。今也無其人而取其食，其大官至月以數百緡計，則是公卿不爲公卿，而以皂隸自爲也；侯伯不爲侯伯，而以輿臺自爲也。名爲朝廷之大吏，而實爲皂隸、輿臺之小人，不知公卿、侍從亦何忍自處其身於此也。無它，貨之所在焉耳。此所謂「私縣官之藏以自入」者也。

都城之有門，所以譏何姦者也。一夫之異言異服而入者則問，持千錢以過者則征，而四方之所謂苞苴者，雖其篚百金，孰有問之者哉？不惟百金也，千金亦不問也。不惟千金也，萬金亦不問也。非不問也，不敢問也。曷爲不敢問也？視其書與篚之緘題，或曰上之於廟堂某官也，或曰省部某官也，或曰貴近某官也，夫何敢問？且夫所謂萬金千金者何出哉？將帥剥三軍之給以固權寵也，監司、守令攘公盜民以求美遷也。此則受之，彼安得不剥而攘之？天下之箱篚肩相摩於道，而其入國門如海水之沃焦。公卿曰：「吾不受苞苴也。」侍從曰：「吾不受苞苴也。」貴近者曰：「吾不受苞苴也。」而臣見其入也，未見其出也，則將誰受之耶？此所謂「公苞苴之貽以自富」者也。

昔者漢宣帝之時，屢下詔以戒吏貪，而必及於省卒徒以自給者，皆禁止之。帝之英明亦察見於此，則貪吏破膽矣。陸贄之秉政，至於藩鎮之鞭靴亦確不受，雖德宗諭之而不奉詔，以爲鞭靴之弊必至於金玉，則今之以卒徒自給者恬不之禁，而箱篚之大於鞭靴者亦熟視而不問，此何理哉？大吏不正而責小吏，法略於上而詳於下，天下之不服，固也。是故用法自大吏始，而後天下心服。天下心服，則何法之不可盡行？何贓之不可盡禁也哉？

馭吏中

臣既言用法自大吏始，然則小吏之法可以遂行乎？曰未也。不有以與，不可以奪。不有以利，不可以害。千金之子，豈其一身能運千金之貲也哉？必有爲之謀畫者，有爲之奔走者，有司其管籥者，有司其舟車者。無是數人，則千金之子一日不能以理其家。

雖然，樂於人之爲用，而不樂於人之爲費。已則膏粱，而忘其人之飢；已則綺繒，而不卹其人之寒。至其欺而盜焉，則從而笞之，此其勢非棄而去，則必不爲之盡力。今夫人主之於百官，下自一命之賤，而上極宰相之貴，此用天下之名也；約之爲斗粟，豐之爲萬鍾，此用天下之實也。實與名偕，則實輕而名重，天下斯捨輕以就其重；名儉於實，則實重而名輕，天下斯就實而去其名，理固然也。人惟伯夷也而後能首陽之節，然伯夷之後未見伯夷也，而天下又安能人人而伯夷哉？故雖聖人，居人之國，飢而不能出户，亦不辭其君之餽粟以爲廉，而欲天下之士不食而獨清，可乎？

今天下之吏禄，二浙之簿尉月給至於踰百緡，而二廣之縣令不及其半。至於江淮、荆湖，則又往往州異而縣不同，蓋有豐不勝其豐而約不勝其約者矣。士之貧者，扶老攜幼，千里而就一官。禄既薄矣，而又州縣之充足者，上官之見知者，則月有得焉；其或州縣之匱乏者，上官之私怒而不悦者，有終歲而不得一金。且夫假責以往也，而飢寒以居也，狼狽以歸也，非大賢君子，誰能忍此？而曰「爾無貪，吾有法」，豈理也哉？是故莫若均天下之吏禄，使其至遠者如其近者，增其寡者如其豐者。如此而猶不改，則吾之法一用而天下大服。

然則行法當如之何？臣聞天下之君子，以禮耻之而有餘；至於小人，以刑威之而不足。威之而不足，則必有不測甚大之威而後可。蓋嘗見士大夫爲臣言，有上官嘗提舶於海邦者而以賄聞，鞫之得實，覆奏於朝，有命笞其背而黥焉。其同列者念其非所以示所臨之吏民也，則諭之使自裁，而其人曰：「免死幸矣，笞而黥不足怍也。」小人之不畏刑如此。頃者聖天子臨御之初，蓋嘗笞一郡守之贓者矣，而天下至今贓吏愈多也，則不測甚大之威不可不用也。恭聞太祖皇帝初平嶺表，有守英州而贓七十萬者，特詔棄市。又有知衡州而贓得實者，令伏法於衡州。臣願天子奮不測甚大之威，不問吏之小大，取其敗而尤者一二人殺之，則天下之人震慄而莫敢爲矣。

夫贓者千而敗者一，幸而敗矣，又曰不忍殺也，夫固不畏刑而畏死也。不懲以所甚畏而投之以所不畏，天下何憚而不爲贓吏乎？臣故曰「天下心服，而後法可盡行，贓可盡禁也」。

馭吏下

臣聞堯舜在上，亦不能使天下必不爲惡。夫欲使天下必不爲惡者，止於嚴刑而已矣，過是則無術焉。而嚴刑者又不可以常用，時用則王，常用則亡。蓋刑者，聖人不得已之具，而嚴刑者，又天下所甚不樂之政。以吾之不得已而行天下之所甚不樂，雖堯舜能不窮耶？故夫流放竄殛者，堯舜之刑也。此非不嚴也，然使堯舜朝行之又暮行之，臣恐有如武王數紂之虐者議其後矣。是故堯舜亦不能使天下必不爲惡。何者？嚴刑不可以常用也。

然而堯舜刑殺一二人而天下治，此獨何術也？蓋堯舜之所以治，有所不殺而甚於殺，有所不刑而甚於刑。忠肅恭懿者，堯舜既相之；明允篤誠者，堯舜又相之，則夫不忠不肅、不篤不誠者，何必盡殺而盡刑也哉？屏而棄之足矣。夫人之情豈願於永棄？今棄於堯舜之世，則是不如刑殺者之速死。何則？身雖不死而望於世者已絶，求齒於士君子而不可復也。此其心必有以自悔，而其遷於善也必有以自力，則是不使天下之必不爲惡者乃所以必之歟？

臣前之二策，其一説曰治贓吏自大吏始；其一説曰先之以均吏禄，後之以不測甚大之威。此其爲術，足以使天下之懼於貪，而未足以使天下之樂於廉。蓋威之狎則必習而爲不威，懼之怠則必反而爲不懼。何則？不勝其貪則不勝其刑，不勝其刑則不勝其窮。夫惟使之樂於廉，則誰能奪其樂者？臣聞天不能爲無春之秋，聖人不能行無賞之刑。蓋生而後殺則殺者不怨，刑而不賞則生者不勸。今夫某貪吏、某非貪吏，天子曰：「爾曷爲貪？吾殺爾。」至非貪者則不殺焉。貪者死而非貪者生，則吏之爲貪者將曰：「貪不可爲也。」於是相率而不爲貪。今夫某廉吏、某非廉吏，天子曰：「爾非廉吏，吾不用爾。」至於廉吏，則亦不用焉。非廉吏者不用，而廉吏亦同乎不用，則吏之非廉者將曰：「彼矯而廉以異我也，竟何以異於我？」於是相戒而不爲廉。天下之俗生於勝，勝生於衆，衆生於尚。上之人不尚廉吏，則廉吏寡矣。以至寡之廉，而欲勝至衆之貪，難哉！

臣願朝廷内委宰相、侍從、臺諫，外委監司、太守，歲舉廉吏一人，而天子親擇其尤者，不測擢之爲臺省之職。雖未至如唐之相楊綰，亦庶乎廉吏之俗勝，貪吏之俗衰。俗所尚而樂趨之，不過數年，贓吏之刑亦不必用矣。

誠齋集卷第八十九

廬陵楊万里廷秀

千慮策

選法上

臣聞選法之弊，其弊在於信吏而不信官。信吏而不信官，是故吏部之權不在官而在吏。三尺之法，適足以爲吏輩取富之源，而不足以爲朝廷爲官擇人之具。所謂尚書、侍郎、郎官者，據桉執筆，閉目以書紙尾而已。且夫吏之犯法者必治，而受賕者必不赦。朝廷之意，豈真信吏而不信官者耶？非朝廷之意也，法也。意則信官也，法則未嘗信官也。非惟不信官也，朝廷亦不自信也。朝廷不自信，則法之可否孰決之？決之吏而已矣。夫朝廷之立法，本以防吏之爲姦，而其用法也，則取於吏而爲決，則是吏之言勝於法，而朝廷之權輕於吏也。其言至於勝法，而其權至重於朝廷，則吏部長貳安得而不奉吏之旨哉？長貳非曰奉吏也，曰「吾奉法也」。然而法不決於官而決於吏，非奉吏而何？夫是之謂「信吏而不信官」。

蓋世之家主，有以家政聽於子弟，而其權卒歸於臧獲者。彼其心非疑子弟而信臧獲也，蓋子弟之於家政也務知其大而不務知其細。臧獲則不然，其大者不知也，至其細者則往往知之。它日主人者偶舉其細以問焉於子弟，子弟未對也，而臧獲者奮而前曰：「我知之。」於是有以中其主人而取其信已。其始信其細，其終將不復疑其大矣，於是子弟爲備位，而臧獲爲腹心。今之吏部何以異此？法曰如是而可，如是而不可，士大夫之有求於吏部，有持牒而請曰：「我應夫法之所可。」而吏部之長貳亦曰可，宜其爲可無疑也，退而吏部出寸紙以告之曰不可。既曰不可矣，宜其爲不可無改也，未幾而又出寸紙以告之曰可。且夫可不可者有一定之法，而用可不可之法者無一定之論，何爲其然也？吏也。士大夫之始至也，恃法之所可，亦恃吏部長貳之賢而不謁之吏，故長貳面可之。退而問之吏，吏曰：「法不可也。」長貳無以詰，則亦曰然。士大夫於是不即之法，不請之長貳，而以市於吏。吏曰：「可也，而勿亟也。」伺長貳之遺忘而晝取其諾。昨奪而今與，朝然而夕不然，長貳不知也，朝廷不訶也，吏部之權不歸之吏而誰歸？

夫其所以至此者，其發也有端，其積也有漸，而其成也植根固而流波漫矣。然則曷爲端？其罪在於忽大體、謹小法而已矣。吏者從其所謹者而中之，并與其所忽者而竊之，此其爲不可破也。且朝廷何不思之曰：「吾之銓選果止於謹小法而已，則一吏執筆而有餘也，又焉用擇天下之賢者以爲尚書、侍郎也哉？則吾之所以任尚書、侍郎者，殆不止於謹小法而已。」是故莫若略小法而責大體，使夫小法之有所可否，而無繫於大體之利害，則吏部長貳得以出意而自決之，要以不失夫銓選之大體，而不害夫法之大意。天之春温而秋凜也，春豈無一日之寒，而秋豈無一日之熱哉？亦不失四時之大體而已。責大體而略小法，則不決於吏而吏之權漸輕。吏權漸輕，然後長貳之賢者得以有爲，而選法之弊可以漸革也。

選法下

臣聞吏部之權不異於宰相，亦不異於一吏。夫宰相之與一吏，不待智者而知其遠也。既曰吏部之權不異於宰相，又曰亦不異於一吏者，何也？今夫進退朝廷之百官，賢者得以用而不肖者得以黜，此宰相之權也；注擬州縣之百官，下至於簿尉而上至於守貳，此吏部之權也。朝廷之百官，自非大科異等與夫進士甲科之首者不由於吏部，它未有不由於吏部而官者。今日之簿尉，未必非它日之宰相，而况今日宰相之所進退者，臺閣之所布列者，皆前日之升階揖侍郎者也。故曰「吏部之權不異於宰相」。

雖然，吏部之所謂注擬者，何也？始入官者則得簿尉，自簿尉來者則得令丞。推而上之至於幕職，由是法也。又上之至於守貳，由是法也。其宜得者則曰應格，其不宜得者則曰不應格。曰應格矣，雖貪闒者，疲懦者，老耄者，乳臭者，愚無知者，庸無能者，皆得之。得者不之媿，與者不之難也。曰不應格矣，雖真賢實能、潔廉才智之士，皆不得也。不得者莫之怨，不與者莫之恤也。吏部者曰：「彼不媿不怨，吾事畢矣。」如募役焉，書其産之高下而甲乙之，按其役之久近而勞逸之，呼一吏而閱之簿盡矣，此縣令之所以止小民之争也。吏部注擬百官，而寄之以天下之民命，乃亦止於止争而已乎？故曰「亦不異於一吏」。

今吏部亦有所謂銓量者矣。揖之使書，以觀其能書與否也；召醫而視之，以探其有疾與否也；贊之使拜，以試其視聽之明暗、筋力之老壯也。曰銓量者，如是而已矣，而賢不肖、智愚何别焉？昔晉用山濤爲吏部尚書，而中外品員多所啓授。宋以蔡廓爲吏部尚書郎，先使人謂宰相徐羡之曰：「若得行吏部之職則拜，不然則否。」羨之答云：「黄散已下悉委。」廓猶以爲失職，遂不拜。蓋古之吏部，雖黄門散騎，皆由吏部之選授，則當時之爲吏部者，豈亦止取夫若今之所謂應格者而爲黄散耶？抑將止取夫今之所謂銓量者而爲黄散耶？

臣願朝廷稍增重尚書之權，使之得以察百官之能否而與奪之。如丞簿以下官小而任輕者，固未能人人而察之也。至於縣宰之寄以百里之民者，守貳之寄以一郡之民者，豈不重哉？且天下幾州？一州幾縣？一歲之中，居者待者之外，到部而注擬縣宰者幾人？守貳又幾人？則亦不過三數百而已。以一歲三數百之守貳、縣宰，而散之於三百六旬之日月，則一日之注擬者，絶多補寡，亦無幾爾。一日之間而不能察三數人之能否，則其爲尚書者，亦偶人而已矣。日計之而不粗，歲計之而精，則其州縣之得人，豈不十而五六哉？雖不五六，豈不十而三四哉？以此校彼，不猶愈乎？

或曰：「尚書之權重，則將得以行其私，奈何？」是不然。昔陸贄請令臺省長官各舉其屬，而德宗疑諸司所舉皆有情故或受賂者，贄諫之曰：「陛下擇相，亦不出臺省長官之中，豈有爲長官則不能舉一二屬吏，居宰相則可擇千百具寮？其要在於精擇長吏。」贄之説盡矣。今朝廷百官，孰非宰相進擬者，而不疑也。至於吏部尚書之注擬，而獨疑其私乎？精擇尚書而假之以與奪之權，使得以精擇守貳縣宰，而無專拘之以文法，庶乎天下不才之吏可以汰，而天下之治猶可以復起也歟？

刑法上

臣聞聖人之仁，必有所止。仁而無止，則將以仁天下，適以殘天下。仁而至於殘，非仁之罪也，仁而無止之罪也。事固有所極，有所反，仁而無止，則其極不得不反而爲殘。殘非出於仁之外也，而生於仁之中。然則與其無止以殘吾仁，孰若有止以全吾仁也哉？是故聖人之心，愛天下則無止，而其仁則與天下爲有止。溥之以無止之心，而約之以有止之仁，故仁則有止矣，而所以仁則無止也。

古者司寇當獄之成也，以告于王，王命三公參聽之。至於將刑也，王曰：「宥之。」司寇曰：「不可。」王又曰：「宥之。」司寇又曰：「不可。」宥至於三，而司寇卒不從，於是焉而殺之。王則爲之徹膳，爲之不舉樂。且夫以天子之尊而三拒於司寇，天子欲活一夫而卒坐視其死。三宥不從，何不四宥之也？四宥不從，何不屢宥不一宥也？不一宥而猶不從，何不自宥之而必聽於司寇也？且彼罪人者，吾君不能活其死，而徒徹膳以致無益之憐，則亦幾於不仁矣。然三代行之，未之有改，何也？蓋宥之者，聖人之仁也。宥止於三者，仁固有所止也。

今夫天地之仁萬物也，春而萬物欣欣焉，夏而萬物油油焉。夫欣欣油油，萬物之至願也。天地既仁夫萬物矣，則何不與萬物旦旦而春、旦旦而夏也，而必摧之以風霜，毒之以冰雪，使夫欣欣者悲，油油者瘁？何奪其所至願而與其所不願也？聞之曰：「冬閉之不固，則春生之不茂。」使天地而與物旦旦春夏也，則無來歲可也。有來歲，則何以繼也？仁而無止，天地不能不窮也，而聖人能之歟？國朝之法，獄成而罪人以冤告者，則改命它郡之有司而鞫焉。鞫止於三而同焉，而罪人猶以冤告也，亦不聽，此得古者三宥之意也。而議者以爲聖人之仁當盡天下之情，而勿限以三鞫。其說聽之可樂也，然自朝廷行之十有餘年，獄訟日滋，蠹弊日積，姦民得策，而無辜者代之死，則議者之說之爲害也。

臣請言其害。殺人者一夫也，而連逮者十之焉。不惟十也，有再其十，有三其十者焉。捕同捕也，繫同繫也，訊同訊也，獄吏豈曰「彼有罪，汝無罪」也哉？幸而獄成矣，連逮者得釋矣，而殺人者臨刑不伏則又鞫也，則連逮者釋未畢也而捕又繼之；又伏而又不伏則又鞫也，而連逮者復與焉。鞫至於三，至於五，至於十，而連逮者皆與焉。連逮者家破矣，瘐死矣，而獄未竟也，大抵一獄有十年不决者焉。獄决矣，不殺人者俱死，而殺人者獨生焉。其勢連逮者死不盡則獄不决，何其仁於一罪人，而不仁於十百平民也？其害一也。

罪人之不伏也，其爲擾也至於百郡有浮費而數路無寧居。外路之官吏被命而往鞫者，所居則有給，所過則有給，所至則有給。不則居者行者交病於飢寒，給則縣官不勝其費。其鞫之一，其里之千，費錢萬者亡慮三數十焉；其鞫之十，則爲千里者十，費錢萬者亡慮三數百焉。此其費何名者耶？猶曰推仁不計費也。而官吏之行者，若江淮之間，❶道里之遠，飢寒之恤，猶忍言也。至於二廣，則風土之惡，瘴癘之禍，不忍言也。父母妻子哭其去，又哭其歸。去則人也，其哭猶忍聞也；歸則喪也，其哭不忍聞也。大抵去而人者十焉，歸而鬼者七八焉，而人者二三焉。二三人者，雖不死而死矣。何也？病也。病而全者又十而一二焉。外路之官吏何辜，而使之至於此也？其害二也。

夫議者之初則曰：「鞫不限於三者，仁也。」而仁之害一至於此，豈非仁而無止則仁反而爲殘哉？然則

❶「間」，原作「問」，今據文義改。

古之聖人仁止於三宥，其所慮詳也。臣願朝廷深詔有司，少增三鞫之舊法而止於五，使天下之無罪而死者還其生，而有罪以生者還其死，此不亦三代之至仁也哉？

刑法下

臣聞古之立法，不惟懲天下之已犯，亦以折天下之未犯。蓋已犯之必懲，未犯之所以必折也。是故懲之者法之義，折之者法之仁。義行故仁不窮，仁行故義不數。仁義相有而不相無，此法之利也。後之法非無仁義也，利未見而害先焉者，義數而仁窮而已。義不可數，數則民怨；仁不可窮，窮則民狎。狎則犯者衆，犯者衆則刑者數。然則刑至於數者，不生於刑之數，而生於仁之窮；民至於怨者，不生於怨其刑，而生於狎其法。

今夫民之情，固喜溫而惡寒，欲凉而畏熱也。然冬不寒，夏不熱，則民病而死矣。人知夫法之仁也，不知夫狎之而死也。是故愛極者恩之所從銷，寬甚者猛之所自起。古之聖人，其法初不及後世之備也，惟不使仁之窮而民之狎也，是以法立而刑不試。後之法蓋詳且密矣，然文詳而舉之也略，網密而漏之也踈。天下之民，窺其略也，則知其詳必至於不舉；習其踈也，則知其密必至於甚漏。知其不舉則犯之也易，知其甚漏則犯之也頻，刑安得不數，而民安得不怨哉？嗟乎！求用刑之踈者必至於用刑之數，求天下之喜者必反以得天下之怨，理固然也。

然則所謂舉之略而漏之踈者，何也？一曰法不執而多爲之岐，二曰法徒設而自廢其禁。罪莫大於殺人，罪至於殺人，何以議爲也？則亦殺之而已。漢高帝如此其寬仁也，入關之初，欲結天下之心如此其亟也，欲除秦法之苛如此其鋭也，而其與民約法，亦曰「殺人者死」。帝不以爲疑，民亦不以爲請。何則？上下皆便其當然也。殺人而法不死，孰不相殺以至於大亂哉？此豈所謂當然，而天下何便於此也？故雖高帝欲取天下之速，而不敢宥殺人之罪，以諂天下之心；雖秦民之苦於秦，而不以高帝之不宥殺人爲帝之虐。然則古之立法之意可知已矣。而今之法不然，殺人一也，則有曰「盜」、曰「鬬」之目焉，則有曰「故」、曰「謀」、曰「誤」之別焉。曰「盜」、曰「謀」、曰「故」者，法之所必死也；曰「鬬」，則死生之間也；曰「誤」，則生矣。果誤也而殺人也，又況所謂誤者未必誤，而所謂非謀非故者未必非謀非故也。何則？法不執則吏可賣，吏可賣則民可遁。有司取具獄而讀之，曰：「此真誤殺也。」不知夫吏之竊笑也。此之謂「法不執而多爲之岐」。

夫民之所以畏法者，何也？非畏法也，畏刑也。法不用則爲法，法用之則爲刑；民不犯則爲法，民犯之則爲刑，是以畏之也。有法而不用，不如無法。何則？無法，則民未測其罪之所當；有法而不用，則民知其法之不足忌。有法而民不忌，是故布之號令不曰號令，而曰空言；垂之簡書不曰簡書，而曰文具。法至於爲空言、文具，是無法賢於有法也。古之法始乎必用而終乎無所用，今之法始乎不用而終乎不勝用。夫法，不求民之入而拒民之入者也。古之法，民不入也不招以入，而民之入也不縱以出。夫惟不出，是以不入，故始乎必用而終乎無所用。今之法有曰「誣人以罪而不實者，罪之以其罪」，自大辟以降，皆是物也。而用法者不然，以一夫之片紙而興大獄、鞫大罪也。卒之所謂大獄者，初無獄之可興；所謂大罪者，亦無罪之可鞫。上之人則俱釋之而已矣，受誣者至於破家亡身，而誣人者其極不過杖而遣，則姦民何憚於不屢誣善良以求利也哉？獄訟何時而可清也？故始乎法不用而終乎法不勝用，此之謂「法徒設而自廢其禁」。

蓋人有野於宅而盜於防者，其始峻其墻而止出於一門，又從而衛之以兵。非以制其出者也，以制其入者也，夫是以盜不敢過。未幾而慮夫樵牧者出入之迂也，則鑿其東而門焉，又鑿其西而門焉。門多且徑，而不能皆衛也，則至於有門而不扃焉。門多且徑，則盜從其徑者而入之矣；有門不扃，則群盜掉臂而入矣。法不執而多爲之岐，孰不從其徑而入哉？法徒設而自廢其禁，孰不掉臂而入哉？臣願朝廷詳慮而審處之，如殺人者不死，此法可以更議，而誣訴者罪以其罪，此法可以必行。議其所當議而行其所不行，則成康不式之事雖未易致也，而漢文幾措之風其猶可及也歟？

冗官上

臣聞聖人之爲天下，必與天下難其初。難其初猶病於末，而况易其初者乎？易其初，則天下孰不曰「聖人之於我，易也，則我之求也何難」？於是貧求富，賤求貴，不獲者求與，而聖人亦曰：「來，吾富爾，吾貴爾，吾與爾。」天下皆欣然曰：「聖人之於我果易也。」則求者紛然以來，來者不勝其衆，則應者不勝其費。使費而有以費也，則與天下盡費而何惜？然求者無窮，與者有極；與者既竭，求者方來。以有極塞無窮，則上不堪其煩；以方來責既竭，則下不厭其冀。下不厭而上不堪，則上之人閉户以却其下。其初惟恐天下之不來也，而不慮其來而無以受；惟恐天下之不悦也，而不慮其悦而無以繼。其始不慮，其終無及於慮，則安得而不閉户也？與其閉之也，孰若其初之不開也？開以召之，獨得閉而却之哉？

舟人之操舟也，有萬斛之舟焉，有一葦之舟焉。以一葦之力載一葦，則一葦小而大；以萬斛之力載萬斛，則萬斛重而輕。不善操舟者，不計其舟之能，而惟其人之悦。百人而登一葦，不知拒也；百萬之粟而委於萬斛之舟，不知辭也。中流而不遇風也，中流而遇風，何如哉？則人浮於舟也。天下非舟乎？堯舜之時，民之善而可封者比屋焉，士之可用而願爲臣者萬邦黎獻焉，爲堯舜者將盡封而官之乎？官不過百而國不過萬，則盡天下之地有不足於封，而盡朝廷之官有不足於仕者矣。納以言以探諸其中，明以功以試諸其外，可者取，否者黜，天下之悦不悦，堯舜不恤也，則人不浮於舟也，官何自而冗？

朝廷自天子龍飛之初，固天下之大慶也，固不可以無天下之大賚也。然潛藩之州，出節之鎮，士之泛恩而官焉，進士之以年得官而未應於格者皆以横恩而官焉者以千計焉，何其多也。任子之法，議臣請因多故而痛省之，可省而不省也，郊焉而任者又以數千計，何其愈多也！此而不惜，至於吏部灑墨而不去，官簿汗牛而日增，人不加少而官不加多，則減館職、罷寺簿於内，而省監司之僚屬於外也，而官冗自若也。不難其初而難其後，其有及乎？爲今之計，龍飛之恩無所於咎矣，而任子猶可議否也？任子之法，借未能限其入官之門，盍亦嚴其試吏之塗耶？勿限其門，名也；嚴其塗，實也。寬與嚴並，名與實偕，則有不省之省、不減之減者。夫子之射也，觀者如墻，夫子不拒也。至使子路出而令焉，則去者半矣。此之謂不拒之拒。勿限其門，如墻者也；嚴其塗，半去者也。吾非去之也，吾之法行而彼自去也。仕進之路之盛者，進士、任子而已。士之舉於太學，舉於州郡，三歲而一詣太常者亡慮數千，而南宫之以名聞得官者儉於三百焉，累舉特恩而得官者儉於二百焉，則是大比者再，而進士之官者僅及於千也。至於任子，公卿、侍從每郊而任焉，庶官再郊而任焉。校於進士，則郊者再，而任子之官者五六其千也。進士之脩身積學有老死而不一第，得之難如此，而取之不勝其寡；任子者至未勝衣而命焉，得之易如此，而取之不勝其多，則官冗之源在進士乎？在任子乎？故臣以謂借未能限其入，盍亦嚴其試。

試何爲而嚴也？任子之銓，其歲視進士之大比，而非大比則不銓；取人之法，其數視進士之多少，而以初銓爲定額。其場屋之日，昔以五，今以三，則繁焉者簡矣；其中程之藝，昔以一，今以三，則易焉者難矣。如是而中者，乃得補州縣之吏，而其五不中者，然後特與之補吏焉。自宰相子弟下至於庶官之子弟必均焉，則一舉而三利得矣。貴游子弟脱綺襦之習而勵寒素之業以成其才，一也；得之不輕則愛之也重，孰不自奮於功名，而國與民不受其厲，二也；進士、任子其進也均則兩無怨，其來者徐則應者不迫，初難而末甚易，不過十年，官曹清矣，三也。又何官冗之足病也哉？

冗官 下

臣聞任官者寧以事勝人，無以人勝事；寧以恩棄人，無以人棄恩。先王之時，一事一官也。不惟一事一官也，蓋有數事而一官也。以一官而任數事，是之謂「事勝人」。事勝人，故居官者日無餘暇，而身無餘力，心無餘思。無餘思則明，無餘力則精，無餘暇則不懈。精明而不懈，則一人無餘也，而治百事有餘矣，况數事乎？今則不然，一官而數人居之，一事而數人治之。數人而居一官，則不競其公而競其私；數人而治一事，則任其功而不任其責。甲則曰：「吾之官正也，彼則增也。」乙則曰：「官無異官，事無異事也。我何增，爾何正焉？」至於事之缺而不理，民之不悦而有辭，上以責之，則皆曰：「非我也。」責將誰執哉？此以人勝事之病也。

先王之時，官者不於材未論之先，而禄者必於位既定之後。以材詔官，則非材不官矣；以位詔禄，則禄不及於無位矣。非材不官，則天下願官者不僥於官而趨於材；禄不及於無位，則天下干禄者不冒於禄而求有所立以得位。蓋有有材而不官、有所立而不位者矣，未有不材而官、無立而位者也，則禄之爲禄，誰得竊取而素餐之？是之謂「寧以恩棄人」。今則不然，人有餘而官不足，於是有無官而增官；官有餘而位不足，於是有無位而制禄。夫有是人，有是官，有是位而禄之，蓋曰：「子大夫之勤也，不可以不食也。」今也臨無民也，治無事也，而創爲空虚之名，以爲之位而賦之禄，不曰禄之棄耶？此以人棄恩之病也。

昔者堯舜在上，禹皋夔龍在下，何其事之多而人之寡也。一日萬幾，事不多耶？而皋陶一人也。明刑則斯人焉，弼教則斯人焉，制蠻夷則斯人焉，治寇賊則斯人焉。刑也，教也，蠻夷也，寇賊也，是得爲細事耶？舉數大事而一士師之官兼之，而數事如一事也，大事如細事也，則天下之官有下於士師，而天下之事有小於此數者，其有以人勝事者乎？

三代之士，蓋有貧而禄仕者矣，疾而食於上者矣。抱關擊柝也，乘田委吏也，此貧而禄仕者也。然士則禄仕也，而非抱關擊柝，非乘田委吏，則禄亦有及之者乎無也？則必有職而且功也。瞽者食於樂，跛者食於門，此疾而食於上也。然人則食也，而非能樂非能門，則禄亦有及之者乎無也？則必有事而且勞也。則當時之禄，其有以人棄恩者乎？

古今之官，蓋未有冗於今日者也。祖宗之制，每路監司，提轉而已。今則提轉之外，又有提鹾茗、常平者焉。郡有常賦，賦有常入，一吏運牙籌足矣。不可以無官長也，臨之以一轉運足矣。今則有使，有副，又有判焉。小郡兵馬之官，至於五六人而同一職；小邑征税之官，至於二三人而共一事。以人勝事，莫甚於此。老氏之宫，嶽靈之祠，率建官以領焉。自宰執、侍從之斥者、歸者、老者，與夫庶官之一命而上而貧者、憧者、客者，高之爲置使，爲提領；卑之爲主管，爲監。此何職哉？此職何事哉？國之安危、民之休戚、政之利害不知也，而一日不廪之則怨，問之則曰：「我奉祠也。」如是者千百焉，國得而不貧，民得而不病耶？以人棄恩，莫甚於此。

楚人有拙於耕者，患於踐其所種而莫之生也，則以數人肩其輿，而已坐於上以種焉，自以爲策之得矣。既而鄰田之稻生矣，而已之稻不生。夫楚人者，非不知愛稻也，而愛非其愛也，以己之不踐爲不踐，而忘其數人之踐爲踐之大也。設官以爲民也，恐一官一人之不治，而以數人治一官，得無踐吾民者多耶？人有毁瓦畫墁而得食，則食人與食於人者交受其笑。制禄以食功也，以士大夫之無位而創爲奉祠空虚之位以禄之，得無與毁瓦畫墁者類耶？臣願朝廷痛革其弊，每路之監司止設提轉之二職，而轉運止於一員，析鹾茗以隸於刑，舉常平以歸於漕，則監司之冗員省矣。大郡之兵官不踰於二，而小郡則止於一。大邑之征税設官者一，而小邑則兼以令丞。至於幕職有簽書而又有判官者，簿尉之可以併省者，則存其一而廢其一，則郡邑之冗員省矣，庶乎人不勝事也。先嚴任子試吏之法，三歲一試，而補吏者不過五百，則來者徐而官曹漸清，然後乘其清而去其浮食，所謂祠禄者一切罷之，庶乎不以人棄恩也。

嗟乎！不制其來，勿病其衆；不散其衆，勿病其冗。前之説行，所以制其來而散其衆也。制之散之而後去其冗，則盡去天下之冗官而天下有不覺者矣。覺且不覺也，怨且得而怨也耶？

民政上

臣聞民者，國之命而吏之仇也；吏者，君之喜而國之憂也。天下之所以存亡，國祚之所以長短，出於此而已矣。且吏何惡於民而仇之也？非仇民也，不仇民則大者無功而其次有罪。罪驅之於後，功啗之於前，雖欲不與民爲仇不可得也。是故一政之出，上有意而未決則吏贊之，上有命而未行則吏先之。吏所以贊上之決而先上之行者，非贊其便民者也，贊其不便於民者爾。曷爲不贊其便民而贊其不便於民者耶？贊其便民者無功，而贊其不便於民者則有功也。是故政之不便於民者，未必皆上之過也。朝廷將額外而取一金，以問於某士之守臣，必曰可也。民曰不可，不以聞矣。不惟不以聞也，從而欺其上曰民皆樂輸，又從而矜其功曰不擾而集。上賦其民以一，則吏因以賦其十；上賦其民以十，則吏因以賦其百。朝廷喜其辦，而不知有破家鬻子之民；賞其功，而不知有願食吏肉之民。吏之肉不足食也，功歸於臣，怨歸於君，利於國者小，害於國者大，此可悼爾。古之人君所以至於民散國亡而不悟者，皆吏誤之。蓋夫賦重而民怨，此姦雄敵國之資也，可不懼哉？

唐趙贊爲一切聚斂之策，德宗盡用之。及涇卒之變，都民散走，而賊大呼曰：「汝曹勿恐，不奪汝商貨僦質矣，不税汝間架陌錢矣。」德宗亦聞此也乎？奉天之圍，危於一髮，而猶庇趙贊若愛子然。夫愛一趙贊而不愛社稷之重，忍於圍逼之辱而不忍於誅一聚斂之臣，其入人之深如此。至於反國，可以戒矣，然趙光奇訴之以和糴害民則不信，蘇弁欺之以宫市利民則信焉。且夫朝廷之政，雖聖人豈能盡善？惟其思以出之，詢以審之，見不可而更之，斯聖人而已矣，何德宗之難悟也！

國家軍旅再動，蓋有不得已而取之於民者。然譬之張琴，動則急之，静則緩之。蓋動必有静，静之則其動必調；急必有緩，緩之則其急不絶。以動繼動，以急增急，則雖以黄帝五十絃之瑟，亦無全絃矣。聞之道路，往歲郴寇之作，亦守臣和糴行之不善之所致也，嘗有以告陛下者乎？天下皆知朝廷有意罷此等之役矣。雖然，臣猶有聞焉。江西之郡，蓋有甲郡以絹非土産而言於朝，乞市之於乙郡者，此何謂也？民所最病者，與官爲市也。始乎爲市，終乎抑配，是以聖人謹其始也。今乙郡之諸邑，已有論税之高下而科之者矣，無一錢償民也。民之不願者官且治之，名爲督責於正租，實爲鄰郡之横斂。且有所謂「和買」者，已例爲正租矣。又有所謂「淮衣」者，亦例爲正租矣。今又求鄰郡之絹，是三者之絹與正租之絹爲四倍而取之矣，民何以堪？而吏不以聞。惟朝廷亟罷之，庶不爲斯民不拔之疽根也，且無使民言曰此絹自陛下始。若曰其如甲郡軍士之寒何？然則前乎此者，士皆冬而不裘耶？且甲郡欲市乙郡之絹，何不遣吏私市之，何必假朝命而官市之哉？此必有姦焉。甲郡則出大農之錢，且書之曰：「某日出某錢以市某郡之絹也。」然某錢不及乙郡之民也，此必有私之者矣，民何從而訴哉？蓋民訴於朝廷，朝廷下之於州縣，州縣執訴者笞之，以誣其服。又呼其民强使之書於紙曰：「官有錢償我矣。」州縣以訴者之所服與民之所書而復於朝廷，無以詰也。罰一懲百，誰敢復言者？民有飲恨而已矣。晉女叔齊曰：「何必瘠魯以肥杞？」聖天子在上，而有司不平如此。

民政中

臣聞聖人之於天下，惟其有所甚疑，是故有所不疑。天下幾路，一路幾州，一州幾邑，而聖人以一身臨乎其上，以百吏分乎其下，夫所謂守令者，豈郡龔黄而縣卓魯者耶？聖人者將遂以爲吏皆能愛吾赤子，而吾民皆無疾苦愁歎者耶？欲不疑而不得也。聖人則有所不疑者矣，蓋人不可以盡信，亦不可以盡不信。盡信則天下之姦有所蔽，盡不信則天下之人皆無可寄者。聖人者，擇天下之有可寄，以察天下之有所蔽。是故深居九重而見民之肥瘠於四海之外，優游巖廊而聞民之歌哭於大山長谷之間。唐虞之牧，西京之部刺史，唐之十道使，今之提轉刺舉之監司，皆天子之所寄以不疑者。

雖然，今之監司疑則不疑矣，無乃太不疑耶？臣聞之先儒蘇軾曰：「養猫以去鼠，不可以無鼠而養不捕之猫；養犬以防姦，不可以無姦而養不吠之犬。」夫不捕不吠之猫犬，不過無功而已，未有大害也，然已在所不養。今則不然，猫與鼠同乳，而犬與盜摇尾矣，欲望其止於不捕不吠而不可得也。朝廷亦嘗留意乎？

蓋監司之於州縣，有所不敢問，有所不暇問，有所不復問。某郡之守嘗爲侍從也，則監司幸其復爲侍從而有所求；某郡之守嘗爲臺諫也，則監司懼其復爲臺諫而有所擊。至於縣令之與在朝某官有姻有舊者，皆不敢問。民訴某守，則執其人，封其辭，以送某守；民訴某令，則下其牒以與某令。是爲守令報讎也，守令從而甘心焉，後有冤者，夫誰敢自言？此之謂「不敢問」。朝廷舊歲免和糴，而江西之州有因秋租而每斛敷和糴十之二者；朝廷罷兵再歲，而舊歲江西之縣有督馬穀如星火者。大旱不粒而不末減，饑民流徙而不知恤，監司視之亦如秦越也。此之謂「不暇問」。郡縣之胥，憑守令之寵以暴吾民，民訴之者若拔山然。蓋監司既庇其守令，則併庇其胥，此之謂「不復問」。朝廷以監司爲可信，安知其不可信？

聖人之爲天下，不使民有所怒而不洩，則其怒有當之者。怒而不洩者，惟無發也，一發則必極於大亂而不可止。君相之於監司，盍亦如唐開元之精擇採訪使，而又專責臺諫以督察之？歲取其功罪之尤者，明著之以示天下，而不次陞黜一二人焉，以聳其懦。臺諫急則監司警，監司警則郡縣肅，庶幾民怒之少洩，不至於一旦如潰洪河、決蟻壤也。

民政下

臣聞天下之事，不可名之以無故之大也。名之以無故之大，則將待之以甚難之舉。名之以大而待之以難，則上之人徬徨睥睨而不敢決，下之士畏懾沮喪而不敢議。始乎不敢議，卒乎廢其議；始乎不敢決，卒乎寢其決。事之難行，古之難復，而天下之難治，皆出乎此，而今之所尤紛紛者，屯田之議是也。

且事異職而職異力，從其職而力之，則力之爲有功；非其職而力之，則力之爲無用。夫屯田者，一有司之事耳，何至於煩天子之宵旰而累廟堂之講明哉？臣聞禹之治水，非躬於疏鑿；周公之作洛，非手於營築，夫固有治之者。孔子曰：「出納之吝，謂之有司。」曾子曰：「籩豆之事，則有司存。」是故先零之田，充國不以累宣帝；許下之田，棗祗不以累曹公，而漢宣、曹公亦未嘗下取二臣屯田之事而代之憂。今獨待區區之屯田以甚難之事，則天下之事又有難者，將何以待之？此非名之以無故之大之過歟？臣請得而小之。

且屯田之事，其實甚小而其名甚大者，執屯田之名也。屯田之名不去，則屯田之實終不可行。田以屯名，豈非以屯兵而名耶？古者兵農一人，漢之良家子，唐之府兵，猶有先王之典刑也。自張説之募，劉守光之刺，而兵農始爲二人矣。故自唐以前，鄉井無不能戰之農，而營壘無不能耕之兵。非農之可强以戰而兵之可教以耕也，彼固世於耕而習於戰也。以其習焉者而離鄉井，故其戰不慄；以其世焉者而居營壘，故其耕不怍。今則不然，兵人者靡衣侈食，蒱博而使酒，傲岸踞肆，視農民以奴隸，而尚肯爲農民之事哉？今欲屯田，而猶執其名以責其人，是駕虎豹以耒耜而鞭之使墾田也，其不可明矣。

且又有不可者。兩淮之屯田，臣不得而知也。臣獨見江西之屯田，大抵其田多沃而荒，其耕者常困，其利則官與私皆不獲。夫田之沃者，耕之招也，而何至於荒？利不歸於上則歸於下，而官與私何至於兩不獲？租重故也。租重，故一年而負，二年而困，三年而逃。不逃則囚於官，不瘐死、不破家則不止。前之耕者去矣，後之耕者復如是焉，官之遺利可勝惜耶？

又有大不可者。古之屯田皆有謂也，行於内地則爲濟饑，許下之役是也；行之邊地則或爲備敵，或爲謀人，李泌之議、充國之議是也。用兵之日，則兩淮顯行之可也。非用兵也，而驟焉揚兵以屯田焉，鷙鳥將擊，必匿其形，何至於彰彰如是哉？是故莫若去屯田之名，舉兩淮之屯田，不授之兵而授之民。田以口授，業以世守，如唐太宗之授田，使兵與民分。農以食兵，故戰者逸；兵以護農，故耕者安。農安而兵逸，守則堅，戰則强，其利一也。

君子之舉事，不言不可言之名，不行不可行之言。欲行屯田而憚於明言之，則名之者非也。今天子曷不詔兩淮之漕司與守臣，以兵火之後招集流民，其民存者以其田復之，其亡者許它人承之。其爲田之在官者，曰屯者，曰營者，曰没入者，舉而一之爲世業，以授民之無田者，且不問於江、湖、閩、浙之民，則行之可言，言之可名矣。夫吾自有田，吾自有民，以吾之田授吾之民，此何驚於敵，而何疑於逼哉？其利二也。

其事既行，則又詔於内地諸路之守臣，有民稠地狹而願遷，則遷之淮；有水旱饑民之就食，則就於淮。使民得自言而聽其來，官隨所過而爲之給，何患無能耕之人哉？檢校經界之舊籍以爲均税之額，盡鬻内地之屯田以爲牛種之資，其熟户則蠲其幾年之租，其新民則蠲其幾年之租，何患無樂耕之人哉？且使人必有道，因其所利而利之之謂也。今使兩淮之地民户增而墾田多者，必以韓重華之賞而賞漕臣，以王成之賞而賞守令，則吏之所利也；民之來者優而恤之，如前之説，則民之所利也。是三人者各利其利，各力其職，而又糾之以諫官、御史以察其擾且僞，則不出十年，兩淮無餘田而有餘穀，朝廷有兵食而無兵費，邊上之粟如山，而内地之餉漸可省矣，其利三也。辭屯田之名以享屯田之實，不在此耶？

或曰：「田之在官者，不賣之而直授焉，官其費，民其倖矣。」蓋爲政者必視其所争而爲之制。夫以民争地則地重，以地争民則地輕。地重者，賣之可也；地輕者，授之可也。今兩淮之地，所謂地争民者也，授之猶未必來，而況賣之耶？役民以築而賣之木，驅民以戰而賣之箭，臣不知其説也，惟朝廷擇其中。

誠齋集卷第九十

盧陵楊万里廷秀

程試論

漢文帝有聖賢之風論

論曰：有德之主，非以功能勝，而以風味勝。三代既往，聖賢之君亦與三代而俱往。與三代異其世而不與三代異其德，漢文其庶幾乎？世主以功業聞，而帝之功業無一之可稱；世主以才智顯，而帝之才智無一之可見。君子乃以聖賢許之者，❶以其風味而得之也。風味隱而功能興，則無以見孝文矣。

魏文帝曰：「漢文帝有聖賢之風。」有才之主與有德之主，二者同日而論之，未可也。論有德之主，當如玉人之論玉，聖人之論學。市之庸工，屑石而鍊之，毀瓦而藥之，既成而謂之玉。視之良玉也，其光熒然，其聲泠然。玉則玉矣，至於玉人之所藏，初無如是之聲光也，然輝不足而潤有餘，無暫美而有遠器。不惟玉也，惟學亦然。聖門諸子，俊辯如賜，人以爲仲尼不及也；英氣如由，自以爲諸子不及也。然是二子者，聖

❶「許」，原殘闕，今據四部叢刊本補。

人皆不與之。蓋辯之俊也，氣之英也，非所施於聖人之門也。故聖人之所與，不在於二子之英與俊，乃在於顔之如愚、曾之詠而歸耳。不惟學也，惟君亦然。是故論玉者不以輝彩而以器質，論學者不以術業而以氣象，論君德者不以功能而以風味。

文帝之爲文帝也，强不如秦，武不如世宗，功不如唐文皇。不如則信不如矣，不争似弱，有容似儒，過儉似褊。似則信乎其似矣，而帝之所以聖、所以賢者，何也？蓋嘗聞之，快其忿以殘天下之生，先王不忍也，帝獨得辭其弱哉？矜其察以窮天下之欺，先王不樂也，帝獨得辭其儒哉？厚其奉以虚天下之藏，先王不屑也，帝獨得辭其褊哉？以帝之用心，求帝之風味，温乎其有所不可激也，曠乎其有所不可隔也，淡乎其有所不可誘也。帝之不如後世之君固也，而其風味則三代聖賢中人也。不如後世之君而有三代聖賢之風味，帝亦足矣，帝何求焉？

或謂肉刑之除，其文帝瑜中之瑕也歟？嗟乎！是亦見其末而莫原其初者也，隨其聲而莫睹其形者也。肉刑何從而作乎？其作於聖人之不得已乎？洪荒之世，人與禽之未别，則夫所謂人者，其能如今之世禮可以繩而法可以糾哉？其必有所大亂而不可止者也，由是肉刑生焉。聖人非欲作也，欲不作而不得也；非欲存也，欲除之而未可也。漢文之世，其民醇且厚矣，可以除之矣而弗除也，則帝亦不仁矣。夫堯舜復生，必除之矣。帝除之而有過，則堯舜除之亦有過乎？謹論。

大人格君心之非論

論曰：忠於身而後可以言忠於君。蓋忠於身者，其正先身而後君；忠於君者，其正先君而後身。先身而後君，故其忠無形；先君而後身，故其忠有名。恕其身之不正而責其君之必正，名則有矣，大人不爲也。

大人者，無所責於君也，無所言於君也。非不責也，無可責也；非不言也，無可言也。自吾君得我而與之居，吾身之自正既暴之天下而無所媿，吾君之不正亦潛消於心而不自知。吾君且不自知也，吾何知焉？吾且不知也，吾何言焉？此正君之妙也。孟子曰：「大人格君心之非。」豈非以大人者正己而物正，故其正君也爲最易歟？君子之事君，有以言諫，有以身諫。君有過言，力爲之繩，此言諫也，非身諫也；君有過行，痛爲之糾，此言諫也，非身諫也。吾聞以身諫者從，以言諫者凶。蓋吾君之過，與其回之，孰與消之？與其救之，孰與先之？言過而後繩，君子以爲不若無過之可繩；行過而後糾，君子以爲不若無過之可糾。非私吾君之過以爲諂也，消之於先，其爲力不難也；非掩吾君之有過以爲諱也，救之使回，其爲力不易也。古之君子以身諫者也，後之君子以言諫者也，此其爲從與凶之異也。

古之君子何修而能以身諫也？豈以其積於己者素厚而服於人者素著歟？名爲天下之正人，而心傳聖賢之正學，身履天下之正道。其在山林，吾君恨其不能致也；其在朝廷，吾君忘其己之爲尊也。恨其不能致，則必深自咎其君德之不足與有爲也；忘己之爲尊，則必深自憂其賢者不可得而親也。自咎其不足與有爲，其非心邪意十已去四五矣；自憂其賢者不可得而親，其非心邪意十已去其六七矣。則其立人之朝，吾君與之居處，與之笑語，與之謀議，與之注措，未幾何也，吾君忽乎其爲聖君矣。天下見吾君之聖也，不知其所從來也；見吾君動罔不聖也，不知其何爲而至此也。謂大臣之力歟？吾未嘗有言也。謂非大臣之力歟？自吾君有意乎吾而君德已進也。夫能使吾君有意乎其人而君德已進，而况與之居也歟？非孟子之所謂「大人」，誰與領此？

魏鄭公之在唐，吾嘗敬之，吾嘗愛之，吾今且猶敬愛之，而况於其君乎？太宗袖鷂禽而斃之，惟恐公之或見也；太宗欲幸東都而中輟，惟恐公之或聞也。非恐公之聞且見也，愧也。非愧也，敬也。夫爲人臣而能使其君敬之，能使其君愧之，無諫之言，有諫之功，蓋公之仁義之學固有不言而心化者歟？孟子所謂「大人」，公未盡也，而「格君心之非」，公則近之矣。吾是以敬之，吾是以愛之。謹論。

魏鄭公勸行仁義論

論曰：人君之於道，資有所近，則言有所入。蓋道無難易，而君子之言有從違；言無從違，而人君之資有遠近。資之所不遠，小人不能却而返；資之所不近，君子不能勸而進。太宗之行仁義，人以爲鄭公之勸也，帝亦自以爲公之勸我也。不知夫非公之勸也，言之入也；非言之入也，帝資之近也。帝之資不近乎仁義而可勸，則封倫亦能勸之矣。故太宗曰：「魏證勸我行仁義。」君子以爲非勸也。

天下之治亂，其發在機，其决在人。非發之難也，决之難也。蓋天下無一定之説也，天下而有一定之説，則誰不能决之者？是故儒與墨並興，而道與術交攻，此有此之説，而彼亦有彼之説。將從其所謂道，則倦於難成；將不從其所謂術，則樂其有速効。難成也者，難毁者也；速効也者，速禍者也。世主能作其怠心以勝其樂心，見其難毁以破其速禍者，希矣。治亂之機，一言發之，百世不得而移之，決之者果難矣哉！秦堂上之一議，甘龍之言不勝，商鞅之言勝，君子已知秦之短矣；漢匈奴之一議，王恢之言行，韓安國之言不行，君子已知漢之灾矣，而秦昭王、漢武帝不自知其祚之短、民之灾由此而生也。不惟不知之，又從而樂之，可悼也乎！

唐之治不在乎正觀之後，而在乎正觀之初。正觀之初，太宗求治而未有所從。鄭公嘗有言焉，封倫亦有言焉。公之言，仁義之言也；倫之言，刑名之言也。公之言似甘龍，似安國，似可倦；倫之言似商鞅，似王恢，似可樂。方是時，一言之勝負，一代之治亂也。君子憂之，非憂其遽亂也，憂其發也；非憂其發也，憂其决也。使太宗有秦昭王好伯之資，有漢武帝喜功之資，則倫之言勝而公之言不勝矣。公之言所以勝者，以帝之資不近二君之資故也。帝之資不近二君，則烏乎近哉？帝資之所近，近乎先王仁義之資也。資之近，故入之也堅。入之也堅，故决之也果。决之也果，故發之也成。米斗三錢，外户不閉，四夷來賓，非勸也，資也。非勸而太宗以爲勸，豈亦太宗之賢，樂其言之忠而忘其資之近故耶？

大抵求治之主莫難於有其天，有其天矣莫大於盡其人。曷謂天？資是也。曷謂人？學是也。鄉人之惯孺子入井也，齊宣王之不忍於牛也，太宗之觀明堂圖而罷鞭背也，禹湯之泣辜祝網也，其天者相近也。然鄉人之不爲齊宣，齊宣之不爲太宗，太宗之不爲禹湯，何也？其人者相遠也。充其人之學以極其天之資，鄉人其不爲禹湯乎？而况太宗之賢也哉！君子於此是以爲太宗而歎也。謹論。

陸贄不負所學論

論曰：君子之學問也真，故君子之名節也全。士大夫所以名毁而節喪者，世以爲所行負所學，非也，其學非真學也。其學果真學也，則終身之名節已定於平日之學問矣。得之真，何所失於僞？定於初，何所負於終？陸宣公自謂「不負於所學」，其果不負所學耶？曰「不負」云者，公之謙辭云耳。學之真，故其名節不待守而全。守且不待也，又何負不負之足爲公道哉？曰「不負」云者，公之謙辭云爾。

天下有僞學而無真儒，以僞學而廢真儒則惑矣。昔有學《論語》而敗於佞，此張禹氏之賤儒也；學儒而敗於貪，此張涉氏之賤儒也；學《春秋》而敗於姦，此公孫氏之賤儒也。自吾儒之有三子也，而吾道或幾乎廢矣。世主見一儒者，則必逆疑其人。世儒見世主之疑，則又曲爲之地。是二人者，皆過也。夫何故？逆疑其人者曰：「是其容之頎然，是其言之凛然，觀聽焉而已矣。用之且將爲佞爲貪爲姦，固無用於學也。」曲爲之地者曰：「彼三子者，過不在學也，過在變其學而不守也。」嗟乎！前之説行，則天下無可用之儒；後之説行，則天下有可變之學。以學爲無用，學之有用者猶在也；以學爲可變，學果無用矣。天下有無用之學，有有用之學。訓詁者，無用之學也，學之僞也；名節者，有用之學也，學之真也。三子者，假訓詁以售姦邪，非僞而何？又焉用曲爲之地而謂其負所學哉？有真學則無負無不負矣。

世主之與世儒，固未見孔顔之學也，亦嘗見陸宣公之學乎？下罪己之詔以回天下之心，説者以此爲公之不負所學也；專西平之任以復天下之業，説者以此爲公之不負所學也。不知夫此公之計也，非學也；此公之功也，非學也。救蕭復以扶君子，天子有不拔之疑，解之者公也；擊裴延齡以沮小人，天子有不測之威，犯之者公也；著醫書以易怨詩，天下有不堪之窮，安之者公也。解天子之疑者，難也，未若犯天子之威者難也；犯天子之威者，難也，未若安天下之窮者難也。舉天下之至難，而皆公之所至易。公，儒者也，立朝何其勇也；公，勇者也，去國何其安也，學之力也。公之身與學爲出處，學之力與公爲終始，又何負不負之足云哉？不負之説，吾是以知公之謙也。

嗟乎！國患無真儒耳，士患無真學爾。洙泗之學，陋巷之學，浴沂之學，退自齊梁之學，用之則舉天下而措諸堯舜，世俗以爲儒者之夸也；不用則飯蔬食飲水、曲肱而枕之，世俗以爲儒者之倨也。至於爲漢之三子者，世俗則以爲賢也。世俗之所賢者，固誤人之國也；世俗之所謂夸與倨者，未易得也。孔顔則不復生矣，得陸宣公而用之，其國之安危治亂何如哉？當陸宣公之存也，小人不以爲夸與倨者寡矣。嗟夫！夸與倨者未易得也。謹論。

宋璟剛正過姚崇論

論曰：與天下以治之福，不與其君以治之功，此大臣愛君之厚也。蓋治生於不治，不治生於治。方其不治，人君以一身而憂天下；及其既治，人君以天下而樂一身。大臣成其君之治，可也；與其君之治，不可也。與則樂，樂則怠矣。

姚宋之相明皇，同於成開元之治也，而論者以璟爲過於崇，何也？蓋璟以其治與天下，崇以其治與其君。與天下以治之福，君亦享其福；與其君以治之功，君必喪其功。彼宋璟者，其剛有可憚，其正無可喜，將致其君於終身不樂之地者也。致其君於不樂，乃所以致其君於不憂歟？

史臣曰：「宋璟剛正過姚崇。」親君子而疎小人，人君之心也；親小人而疎君子，非人君之心也，君子之過也。君子之事君，不使之樂，必使之憂；不欲其喜，必欲其憚。不待小人間之，君已病之矣，非君子之過乎？是不然。君子之心，必有所不愛而後能有所愛。其所愛者，君之治也，故使之憂，不使之樂；其所不愛者，身之不疎也，故欲其憚，不欲其喜。非不使之樂也，無樂於初，有樂於終；有憂之名，無憂之實，兹其所以有樂於君歟？非不使之喜也，吾得其喜，君得其亂；吾得其憚，君得其治，兹其所以無愛於身歟？天下之治亂，君子所恤也；吾身之親疎，君子遑恤哉？

嗚呼！以治與天下，而不以治與其君，此宋璟之剛正所以過姚崇歟？姚崇何人也？中興之賢相也。宋璟何人也？亦中興之賢相也。成開元之治，致中興之功，二公可同也；一則權譎，一則剛正，二公不可同也。吾嘗觀乎姚矣，明皇之獵，因獵以進，皮冠之招無是舉也；太廟之壞，以爲偶然，夷伯之震無是説也；捕蝗之役，不曰修德，蝝生之書無是法也。姚之權譎，一至此哉？吾嘗觀乎宋矣，中使之召，不交一言，孟子之所以遠王驩也；倖臣之飲，正色而起，蓋寬饒之所以忤許伯也；無逸之圖，戒以淫亂，周公之所以警成王也。宋之剛正，一至此哉？當是時，明皇之見姚也，吾意其一言必和焉，一政必美焉。姚之爲人，温乎其可喜也。明皇之見宋也，吾意其一言必規焉，一政必刺焉。宋之爲人，凜乎其可憚也。見姚而喜，明皇以開元之治爲極治，明皇其不樂乎？見宋而憚，明皇以開元之治爲未治，明皇其不憂乎？姚宋則皆賢也，開元則誠治也。明皇樂於開元之功，天下不見其禍；明皇憂於開元之功，天下不見其福。不勝其憂，明皇於是乎一而逐韓休，再而逐九齡；不勝其樂，明皇於是乎一而相林甫，再而相國忠。天下之事至此，然後知宋璟之可憚乃深可喜歟？然則不以治之功與其君，真愛君之厚者也。

大抵天下猶一家也，君臣猶父子也。昔者秦皇帝有二子焉，其長則扶蘇也，其季則胡亥也。扶蘇好諫，秦皇帝憎焉；胡亥不諫，秦皇帝暱焉。扶蘇不在外，秦皇帝無一日之樂；胡亥不在側，秦皇帝亦無一日之樂。扶蘇遠矣，胡亥近矣，秦皇帝之不樂一變而爲樂矣。秦皇帝之不樂則變而爲樂也，秦皇帝之秦亦變而爲漢也。秦皇帝不思扶蘇，而明皇思九齡，唐之所以未亡歟？論者欲觀唐之君臣，觀秦之父子則得之矣。謹論。

李晟以忠義感人論

論曰：君子不能回天下之勢，而能回天下之心。心之所回，勢之所隨也。天下不幸，小人在朝，知逆天下之心以順其君，不知離天下之心以去其君。天下之心已去於其下，而小人之寵猶不去於其上。天下之勢至此，雖使君子爲之，若之何而爲之哉？

涇原之變，天下共應，盧杞之爲也。李晟欲以孤軍而復王室，其勢亦難矣。晟不求於勢而求於心，蓋天下之勢，可以定不可以傾，一傾則難定；天下之心，易以散亦易以收，一收則不散。晟以一己忠義之心感天下忠義之心，天下之心既回，天下之勢自定矣。史臣曰：「李晟以忠義感人。」

人之言曰：「與死人同病者，其病不可醫；與危國同勢者，其勢不可爲。醫無愚良也，其能醫者，非醫之能也，必不可死之病也；君子無巧拙也，其能有爲者，非君子之能也，必不可危之國也。」嗟夫！此庸人之論也，非君子之論也。庸人之論，以天而廢人者也；君子之論，以人而輔天者也。能醫不死之病，庸醫亦能之，何取乎良醫哉？能存不危之國，庸人亦能之，何取乎君子哉？惟天下必死之人，足以試良醫之技；惟天下至危之國，足以試君子之能。夫良醫所以能生必死之人，君子所以能存至危之國，亦必有説矣。人之命雖係乎天，實係乎人之氣；國之命雖係乎天，實係乎人之心。良醫者，有藥以回死者之氣，是以能生必死之人也；君子者，有道以回國人之心，是以能存至危之國也。李晟之存唐，必以忠義感人心，此其回之之藥歟？

德宗初不病也，唐室初不危也，建中之政，天下相賀，德宗何病焉？雖未能以天下取河北，亦未聞以河北而制天下，唐室何危焉？盧杞一進，殺真卿，沮懷光，士心去矣；間架有征，陌錢有征，民心去矣；戰者未返，戍者復行，軍心去矣。且夫天下之權託於人主也，人主之權託於誰哉？一曰士，二曰民，三曰軍。今也德宗之託於天下也，是三人者其心皆去矣。涇原之役、奉天之役、興元之役，不在於朱泚作難之日也，識者知之久矣。當是時也，以我之寡當賊之衆，衆寡不敵也；以我之弱當賊之强，强弱不敵也。懷光，吾大將也，則叛於内；三鎮，强藩也，則應於外。唐室之危何如哉？李晟以一己之忠義回天下之心，以天下之忠義回天下之勢，以寡爲衆，以弱爲强，以孤軍復京師，醫必死之病而存至危之國，天也，亦人也。

嗚呼！無强國，有强人。有人而有國者，吾聞之矣；無人而有國者，吾未之聞也。唐至於德宗，大盜再起，天下再定，有人焉故也。安史之亂，李郭以忠義而相勉，遂能回天下之心；涇卒之亂，李晟以忠義感人，陸贄以訓辭感人，亦能回天下之心。唐之人心，其去者再，小人離之也；其收者再，君子回之也。大哉人心乎！大哉回人心之人乎！與其既去而回之，孰與未去而留之？吾故因李晟之事而備論之，有天下者可以戒矣。謹論。

儒者已試之効如何論

論曰：道不難於用而難於信。蓋道也者，用則爲帝王之業，不用則爲儒者之業。故夫儒道也者，可以不用，不可以小用。世主之求近功者，見儒之不可以小用，則以儒爲不適於有用也。既不信其道，烏能用其道乎？君子將欲言儒者之可用，不必言其可用也，盍以古人已試之効而信之乎？唐虞三代已試之於一時者也，夫子已試之於萬世者也。試之一時，而其用不可掩；試之萬世，而其用不可易。然則世主觀之可以少信矣，能信則能用矣。用與不用，儒者不計也，而信與不信，其關人之國豈小哉？

班固志藝文之書，於儒家者流所以言其効也，請遂言之。天下之理，貴生於有功，賤生於無功，此儒者之所以不如百家之説也。嗚呼！孰知夫不如百家之説，此其所以爲儒者歟？百家者曰：「欲富而富，欲强而强。」問其期，則曰：「朝行之，夕見之。」何其有功歟？儒家者曰：「欲帝而帝，欲王而王。」問其期，則曰：「必世也，百年也。」何其無功歟？自百家之有功也，而儒始賤矣；自儒者之無功也，而儒始愈賤矣。儒非無功也，無近功也；儒非可賤也，世主賤之也。一言出於儒，則誹之以爲大也；一事出於儒，則笑之以爲迂也。大與迂相遭，而賤與貴不相敵，此儒者之所以不如百家之説也。嗚呼！孰知不如百家之説，此其所以爲儒者歟？

堯舜三代與吾夫子，蓋嘗以身試儒者之道矣。泰和之治，何從而來哉？元聖素王之業，何從而致哉？儒道之爲也。是道也，用之則治，不用則亂，亂而用之則復治。天下之有君臣父子也，仁義禮樂也，誰之力也？天下有之，故天下忘之也。一日而無君臣父子也，無仁義禮樂也，天下何如哉？然則儒者已試之効可觀也已。

秦人蓋嘗以身試百家之説矣。富則富矣，君富於上，民貧於下，猶不富也；强則强矣，有强於威，無强於德，猶不强也。得地而失民，取人之國而人亦取其國，然則百家已試之効可觀也已。

世主觀之，儒者有功乎？百家有功乎？儒者可賤乎？百家可賤乎？能移其所以信百家之心以爲信儒者之心，則儒者之可用與不可用決矣。世主信則用之，不信則已之，儒者忘言焉可也。班固之論儒者，言其道之最高，此適所以滋世主之疑也。人不吾高而吾自高焉，誰其信之？至其歷陳唐虞商周與仲尼已試之効，賴有此爾。

雖然，言之可信者易，言之必信者難。昔賈生蓋嘗言儒者之與百家已試之効矣，其言於文帝曰：「今或言禮義之不如刑罰，人主胡不引商周秦事以觀之乎？」生之言不爲緩矣，而文帝若無聞也。有黄老以病其心，生之言何從而入哉？因班固之言，感生之言，吾故曰「言之可信者易，言之必信者難」。謹論。

文帝曷不用頗牧論

論曰：賢者不能使人知，而能使人思。知與不知，賢者初莫之計；思與不思，有國者竟莫之悟。二者常巧於相違而不喜於相遭，是可歎也。

漢文帝聞説者之論，而思頗牧之賢。謂文帝之思爲未善，不可也。然當頗牧之時，或以間而擯，或以讒而殞，孰知其誣，孰知其賢哉？其生也莫知，其往也始思，思頗牧而天下無頗牧矣。使其復有頗牧，其能知頗牧乎？淺於知而深於思，薄今而厚古，豈特一頗牧而已哉！

楊雄曰：「文帝曷不用頗牧？」賢者不求不用，亦不求必用。吾之所挾，不用則澤其身，用則澤其國。謂賢者求不用，賢者有是心乎？然其挾在我，其用不在我。不在我而我求之，又從而必之，自古聖賢君子未有或是之能也。頗牧之在趙也，頗牧不負趙，而趙實負頗牧。負與不負，頗牧何心焉？可悼者趙之社稷而已矣，生靈而已矣。使頗不以趙括代，牧不以郭開死，韓魏不侵，匈奴不侵，非頗牧之功也。二子遲一日而去趙，則趙之國遲一日而爲秦，此誰之功乎？

雖然，二子之功，不求其君之不負也，求其略知焉而不得也。知且不知也，而况於思乎？漢文帝之思二子，亦可爲二子賀矣。使二子而有知，亦少慰矣。然天下之事，至於思其人而不獲其用，君子謂之無益。漢文之不思二子，二子之病不加多；漢文之思二子，漢文之病不加少。且匈奴之寇日迫，而帝也乃欲起頗牧於九原，不徒匈奴聞之爲之一笑而已，使頗牧聞之，有不笑者耶？漢文之於魏尚，猶趙之於頗牧也。捨今頗牧而思古頗牧，善謀國者然乎哉？帝能思頗牧，吾亦能思魏尚也。願以帝思頗牧之心爲帝知魏尚之心，帝其許之乎？

馮唐謂帝有頗牧亦不能用，其意則然矣，其氣無乃猶未平，其辭無乃猶未婉乎？氣平則辭自婉，辭婉則君自悟，吾於馮唐之論猶有憾焉。且帝嘗謂李廣曰：「使廣在高帝時，萬户侯豈足道哉？」士患不遇主，廣之受知於帝，尚可諉曰不遇主耶？遇主而又云云若爾，是高帝不生，廣終不用也。有李廣則捨之於今焉，無頗牧則思之於古焉。馮唐謂帝雖有頗牧不能用，帝則怒唐也。怒馮唐之言而不悔李廣之論，帝其忘之乎？帝不忘之，帝當悔之矣，悔於廣則不怒於唐矣。不怒於唐而悔於廣，則頗牧二子者，思之可也，不思亦可也。謹論。

文景務在養民論

論曰：必有所不爲，而後有所力爲。天下之事，將求夫有功，則無恤其有勞；將病其有勞，則無耻其無功，二者要難兼也。文景之治，將有所取，不得不有所捨；將有所重，不得不有所輕。是故敵之未柔也，國之未强也，名之未榮也，皆有所不問。蓋吾方以涵養天下爲事，一夫之擾，一物之病，皆足以累吾涵養之全，而又遑他事哉？

班固曰：「文景務在養民。」治天下之法二：曰静，曰動。人君出治之法一：曰專。專則有守，有守則無慕，無慕則有成。羿而慕王良，則喪其射；伯牙而慕高漸離之筑，則喪其琴。技固不可以兩能，能固不可以兩精也。堯舜治天下以静者也，湯武治天下以動者也；成康治天下以静者也，宣王治天下以動者也。由静而治焉，治而專焉，是以有垂衣措刑之治。由動而治焉，治而專焉，是以有創業中興之治。曰動曰静，雖聖人不能兼舉而雜用也。擇其所當務，而吾執之以爲專務。始之以擇，繼之以不疑，終之以不改，夫是之謂「專務」。

文景之務，獨在於養民。蓋以古之静者而自處矣，而於天下之功名何務焉？平城之仇可報也，文景不報也；嫚書之悖可耻也，文景不耻也；火通甘泉之警可忿也，文景不忿也。文景非能忘情也，彼固有所不暇也。曷爲不暇也？文景之所務，有不在此也。使天下之民安，何必報東門之役？使天下之民富，何必紀燕然之功？使天下之民仁且壽，何必數入陳之俘？得匈奴之輜重，孰與吾太倉之腐？得單于之朝，孰與吾黎民之醇？天馬蒲萄之利，未足以易吾之桑麻滿野也；龍荒大漠之取，未足以易吾之煙火萬里也。方文景擇此務而固執之，智者必忿於心，勇者必忿於色矣。未幾則相與樂之，已而忘之矣。天下忘文景之仁，而文景不忘天下之民。文景之不忘，專於仁者也；天下之忘文景，安於仁者也。故夫粟帛之賜，文景之小惠也；征賦之减，文景之廉德也；刑罰之幾措，文景之寬政也，非文景養民之務也。文景不以有功者易其有勞者，是真文景之務也歟？

千金之家，其所以起者，動也；其所以守者，非動也，静也。其祖父之披荆棘、犯霜露，不爲則不可也，夫豈樂於此乎哉？子孫守之，不知其祖父之初不樂乎動也，狂夫怵之，褊夫激之，以爲無動於身則無强於家，或鬬焉，或訟焉，家則强矣，無乃適所以爲弱乎哉？孝武是也。孝武以爲文景之怯也，矯而振之，唐蒙之狂，李陵之徧，而文景之生産作業始揺矣。末年之事，使文景見之，其心不傷乎哉？湯武周宣之動，不得已焉者也。孝武承文景富庶之全盛而必欲動焉，其亦有不得已者耶？故治天下之法，可喜者，動也；可笑者，静也。孝武可喜者也，文景可笑者也，可笑而可安者也。謹論。

太宗勵精思治論

論曰：明主之勤於治，其勤不可見，而其成不可禦。蓋可見者以勤爲勤也，不可見者以思爲勤也。以勤爲勤者，事常出於勤之外；以思爲勤者，事不遁於思之中。納天下之治於一思，出一思之治於天下，治之功未具，而治之計已具矣。太宗之勉厲精勤以治天下，非費其勤也，費其思也。思以計乎治，治以應乎思，故其勤不可見也，而其成不可禦也。勤於思而不勤於迹，又何見焉？出於心而成於治，又誰禦焉？崔植得其説，故曰：「太宗勵精思治。」

天下之治亦難矣，勤則不成，不勤則成，可爲長太息也。且夫量書者，即成湯之昧爽也；傳食者，即文王之日昃也。然與湯文同其勤，不與湯文同其治，何其勤而不成歟？師廣成者，即梁人之齋戒也；游巖廊者，即晉人之高簡也。然與梁晉同其不勤，不與梁晉同其不治，何其不勤而成歟？蓋有衆人之勤，有帝王之勤。衆人之勤，勤以勤也；帝王之勤，勤以思也。以帝王而爲衆人之勤，秦隋以之；以帝王而爲帝王之勤，黄帝堯舜以之。太宗之厲精，不用於事而用於思，其以不勤爲勤者歟？其不以勤爲勤，而以思爲勤者歟？田業之法，府兵之法，租調之法，此治之器也，非治也；米斗三錢之治，外户不閉之治，蠻夷宿衛之治，此治之象也，非勤也；兼行將相之事，親伐夷狄之事，日教衛兵之事，此勤之目也，非綱也。太宗厲精之綱，其在於一思乎？

太宗何思也？其事事而思乎？有所及必有所不及。其物物而思乎？有所甚密必有所甚踈。蓋太宗求治之初，有勸以刑名者，有勸以仁義者，太宗之所以憂而思也；有言創業之難者，有言守成之難者，太宗之所以憂而思也。當是之時，太宗之厲精不疲於身，不瘁於色，朝廷不知，天下不知，太宗自知之耳。何也？其思隱於心，其勤泯於迹故也。蓋天下之至勞，莫勞於念慮，而莫逸於宵旰。太宗不疲於身而心已疲，不瘁於色而心已瘁，勤而思焉，思而決焉，天下見其治於已決之後，不見其勤於未決之先，孰知太宗疲其心以置天下於至安，憂其心以納天下於至樂哉？然則太宗之勤，其以不勤爲勤者歟？其不以勤爲勤而以思爲勤者歟？

嗟夫！天下之事，有潛之至幽而發之至著者，其惟此心乎？淮、淝之寇方熾，而謝安之遊宴方酣；宦寺之權方橫，而元載之嬉笑方和。孰知游燕之憂甚於蹙頞，嬉笑之慘甚於按劍者乎？故夫真憂者不憂，真怒者不怒，真勤者不勤。彼夙寤晨興以爲勤者，勤則勤矣，真則未也。太宗之厲精不在勤而在思，其真勤歟？勤可知也，思不可知也。知且不可知也，又可見乎哉？太宗之勤於一思，當時之臣未必知也，崔植何從而知之哉？何從而言之哉？《詩》不云乎：「心之憂矣，曷爲其已。」❶太宗有焉。又不云乎：「他人有心，予忖度之。」崔植有焉。謹論。

❶「爲」，中華書局影印清嘉慶刊本《十三經注疏·毛詩正義》卷一《緑衣》作「維」。

誠齋集卷第九十一

廬陵楊万里廷秀

庸言

庸言一

楊子曰：「七情代興而異政，故喜爲怒君，樂爲哀臣，未有發與時並、來與日偕者。」或曰：「然則欲其發皆中節，奚施而臻兹？」楊子曰：「聖人以一君臣七臣，衆人以七臣臣一君。」

楊子曰：「古之君子，道足以淑一身，及其足以淑萬世而不自知也；後之君子，言將以信萬世，及其不足以信一室而不自知也。」

楊子曰：「所樂存焉，則陋巷在前而顔不見；所樂不存焉，則黄屋在上而堯不知。」

楊子曰：「君子恩及禽獸，而周公必驅犀象；聖人仁及草木，而后稷必薅荼蓼。」

楊子曰：「仁者，萬善之元首；正者，萬事之本榦。」

或問：「横渠子謂『陰方凝矣，而陽在内者不得出，則奮擊不服而爲雷；陰方聚矣，而陽在外者不得入，則周旋不舍而爲風』，何謂也？」楊子曰：「伏一健於二順之下，健者安得不怒而爲雷？閉二健於一順之外，健者安得不環而爲風？《易》之有震、巽也，其知神之所爲矣。」

或問：「濂溪子謂『元、亨，誠之通；利、正，誠之復』，何謂也？」楊子曰：「元伸而亨，非誠之通乎？利詘而正，非誠之復乎？亨、利，用也；元、正，體也。體名二也，誠一而已。」

楊子曰：「以理從心，不以心從理，故危以動則民不與；以心從口，不以口從心，故懼以語則民不應。」

楊子曰：「易之道，損而不已必益，升而不已必困，吾未見處損而喜、處升而懼者也。」

或問：「程子説《易》，謂『五，君位也。唯旅之六五獨不取君義，蓋君無旅也』，信乎？」楊子曰：「出居于鄭，在乾侯，孫于越，旅也；幸蜀、幸奉天，亦旅也。」「然則程子謂『君無旅』，何也？」曰：「是固作《易》者與説《易》者之所諱也。非諱也，不忍言也。」

楊子曰：「性者，生之良能；心者，性之良知。水曰潤下，火曰炎上，性也；火之始然，泉之始達，心也。故不盡其心，不知其性。」

或問：「趙簡子問於史墨曰：『季氏出其君而莫之罪？』而墨對之以『君臣無常位』，其然乎？」楊子曰：「詭哉言也！君臣，天下之大分，猶天高地下，不可易也。非有桀紂之惡，湯武之聖，則《易》之革，聖人不作矣。意如何人而敢奸之乎？且簡子之問，安知其無季氏之志乎？無季氏之志猶不可以此對也，有季氏之志而對之以此，可乎？《詩》曰：『無教猱升木。』」

楊子曰：「《易》者，蕭何之律令；《春秋》者，漢武之決事比。《易》戒其所當然，《春秋》斷其所已然。聖人之戒不可違，聖人之斷不可犯，故六經惟《易》、《春秋》相表裏。」

楊子曰：「過樂則喜，安喜則樂。不平於干則怒，不制其痛則哀。」

或問：「學者之言道，或閟己於至幽而墮人於至茫，何也？」楊子曰：「非强則妄。誣所不能之謂强，億所不知之謂妄。」

或問：「《易》之《革》曰：『湯武順乎天。』然則文王違天乎？」楊子曰：「皆順也。或順其命，或順其理。」

或問：「君子敬其獨，何謂獨？」楊子曰：「作於其心之謂獨。」

或問：「『我叩其兩端而竭焉』，道有竭乎？」楊子曰：「覿之以宗廟之美，而俎豆無象；位之以百官之富，而表著無列。」

楊子曰：「君子不安其心之所不安，小人安其心之所不安。」

楊子曰：「有此之謂理，行此之謂道，體此之謂德，屢遷而不離乎此之謂中。」

或問：「夷齊兩去其國，夫子兩許其仁，何也？」楊子曰：「夷不去，無父也；齊不去，無兄也。」

楊子曰：「文王制天命者也，湯武制於天命者也。」

庸言二

或問：「横渠子云：『陰陽之精互藏其宅。』何謂也？」楊子曰：「水，陰物也，而至陽之精居其宫；火，陽物也，而至陰之精隱其家。」

楊子曰：「仁者安其固然，故不憂；知者明其當然，故不惑；勇者信其不然，故不懼。」

或問：「道也者，潛之則懌諸心，體之則淑諸身，溥之則澤諸天地萬物。學者言不及此，何也？」楊子曰：「道不在己，言道病己；己不在道，言道媿道。」

楊子曰：「顔子之學，故以新而化，是以有若無；忿以樂而消，是以犯而不校。」

楊子曰：「伏羲、堯、舜、禹、湯、文、武，聖之高曾也；周、孔，聖之祖父也；顔子，聖之宗子也；孟子，聖之别子也；二程子，宗子、别子之宗子也。」

楊子曰：「禮者，免刑之大閑；刑者，復禮之嚴師。」

楊子曰：「君子懷德，故主乎善，不主乎己；小人懷土，故安其舊，不徙其新。」

或問：「廬而不藩，藩而不墉，藩且墉而不崇不厚不復，廬其妥乎？ 徹藩墻以納於菟，褐夫不爲也；徹封建以納獫狁，而謂君人爲之乎？ 懵哉，柳子之訾封建也！ 啓戎以宅華，使疆不藩，陲不墉，蕩蕩焉通而莫禦，民到于今受其烈者，必柳子之言夫！」楊子曰：「以藩墻爲藩墻，廬其妥矣；以於菟爲藩墻，廬其妥乎？」

楊子曰：「仕優則學，豐其歉；學優則仕，散其積。」

或問：「田不井，曠百世，王澤其不下究歟？ 欲王澤之下究，其必自井田始矣。百世之主，非其智不足以及之，惟其勇不足以行之。蓋仁於奪一夫之有，而不仁於均萬夫之無，是以王澤不下究也。」楊子曰：「奪一夫之有以均萬夫之無，可也；萬夫未得其所無，而一夫先訟其所有，可乎？」或曰：「上均之，下焉得而訟之？」曰：「下患無所訟乎？ 秦之慘刻，民不訟於秦而訟於漢；新室之紛更，民不訟於新室而訟於光武。下患無所訟乎？」

楊子曰：「吕公未嘗獻淮魚，獻淮魚者婦也；文公未嘗獻錦，獻錦者亦婦也，不獻甚於獻也。」

楊子曰：「『君子不器』，不以一能而盈諸身；『及其使人也，器之』，不以衆能而責諸人。」

楊子曰：「『子謂公冶長「可妻也，雖在縲紲之中，非其罪也」，以其子妻之。』『子謂南容「邦有道，不廢；

邦無道，免於刑戮」，以其兄之子妻之。』以女女人而必曰貴富也，異矣。」

楊子曰：「『不遷怒』，直也；『不貳過』，明也。」

楊子曰：「『視其所以，觀其所由』，不以名掩實；『察其所安』，不以迹掩心。」

楊子曰：「『用之則行，舍之則藏』，用舍非聖賢之痛痒也，人主觀聖賢之行藏可以察其時；『邦有道則仕，邦無道則隱』，仕隱非君子之欣戚也，人主觀君子之隱顯可以知其身。」

孔子曰：「古之學者爲己。」楊子曰：「今之學者亦爲己，舍爲學則無所不爲己。」孔子曰：「今之學者爲人。」楊子曰：「古之學者亦爲人，舍爲學則無所不爲人。」

楊子曰：「君子見其所不欲見，亦有不見其所不欲見，孔子瞯陽貨之亡是也；君子敬其所不欲敬，亦有不敬其所不欲敬，孟子不與王驩言是也。爲陽貨、王驩者，知怨其不見己，而不怨其所以不見之由；知怨其不與己言，而不怨其不與己言之端，惑矣。」

楊子曰：「人之一身，冬立者其足寒，此則陰矣。及足與足相摩，則寒者温，不曰陽乎？然則陰陽果二物哉？」

或問：「何謂『精義入神』？」楊子曰：「思精其宜則衆理通。」「何謂『窮神知化』？」楊子曰：「理盡其通則萬變徹。蓋義者物之宜，神者心之通，化者事之變。」

楊子曰：「直於己之謂忠，孚於物之謂信。」

或問：「『惻隱之心，仁之端也』，何謂惻？何謂隱？」楊子曰：「惻言愛，隱言痛也。覺其痛之謂隱，愛其痛之謂惻。痛於彼，惻於此，而仁不可勝用矣。」

庸言 三

或問：「『知變化之道』，何謂變化？」楊子曰：「榮變而枯，末離而本不離；鬒變而素，色改而質不改，此變也。鷹化爲鳩，見鳩不見鷹；草化爲螢，見螢不見草，此化也。變者跡之遷，化者神之逝。」

楊子曰：「中則正在其間，正則中在其外。」

楊子曰：「國家之敗，其敗者敗之歟？抑亦興者敗之歟？家有範，人有表，範完而表端，罔或虧側矣。唐太宗謂其子曰：『吾有濟世之功，是以縱欲而人不議。』然則敗唐者高宗也，而非高宗也。」

楊子曰：「『寂然不動』，感在其中矣；『感而遂通』，寂在其中矣。」

楊子曰：「『學以聚之』，無不受也；『問以辨之』，有不受也。」

楊子曰：「『天行健，君子以自强不息。』『地勢坤，君子以厚德載物。』非贊天地也，以天地責諸身也。」

楊子曰：「『割不正不食』，『席不正不坐』，身而不正，可乎？『食不厭精，膾不厭細』，學而不精，可乎？」

楊子曰：「建官以利民，有害民而得官；用人以立國，有誤國而得用。」

楊子曰：「天下之才，動則生，静則息。」

楊子曰：「君子之於人，以大善揜小惡，不以大惡揜小善。」

或問：「本朝諫臣之盛，古未有也，何如？」楊子曰：「非諫臣之盛也，祖宗之聖也。」

或問：「天地未開闢，如之何？」楊子曰：「古猶今也。」「天地既開闢，如之何？」曰：「古猶今也。」

楊子曰：「君子之於小人，有容而無敵。」或曰：「何也？」曰：「不爲小人，不勝小人。不勝小人，不敵小人。敵小人而勝焉，是勝一小人得一小人矣。」

或問：「三代而下，莫盛於西漢也。本朝與西漢孰盛？」楊子曰：「西漢縣令勇於敢殺，本朝人主勇於不敢殺。」

或問：「熙、豐、元祐之議論，固不能同也。元祐諸儒其咎臨川王子也宜矣，而諸儒之論又謂不井田不封建則不三代也，何如？」楊子曰：「臨川王子之論，曷嘗不曰三代哉？」

楊子曰：「君子不言己之所不能行，不言人之所不可行。」

或問：「世傳大程子《中庸》之書，非大程子之爲也，吕子大臨之爲也，何如？」楊子曰：「無傷也。魯君之宋，呼於垤澤之門，守者曰：『此非吾君也，何其聲之似我君也？』無傷也。」

楊子曰：「臧堅以齊侯遣閹人唁己爲耻，後世之士以閹人薦己而不爲耻；漢文納爰盎之諫，以宦者參乘爲耻，後世之主以宦者參國而不爲耻。」

楊子曰：「子路問死，子曰：『未知生，焉知死？』以其所不必知，害其所必知，仲尼不爲也。子路問事鬼神，曰：『未能事人，焉能事鬼？』以其所無用害其所有用，仲尼不爲也。」

或問：「伊川程子之學，大抵以先王而責後王，以聖人而責學者，膚寸不恕也，無乃已甚乎？」楊子曰：「奚其甚？以先王而責後王，是致後王於先王也；以聖人而責學者，是納學者於聖人也。奚其甚？」

楊子曰：「光輝者，日月之散也；日月者，光暉之聚也。散，故其暉無不充；聚，故其象有可指。」

楊子曰：「子夏喪其子而喪其明，及曾子數以三罪，則愴然之哀一變而爲慺然之懼，何也？道長則情消，懼生則哀亡。惜也子夏見曾子之晚也，使早見曾子，則尚不喪其明也。雖然，喪其明，尚不喪其心。」

楊子曰：「人之爲善，百善而不足；人之爲不善，一不善而足。」

或問：「君子事上如之何？」楊子曰：「重不及傲，敬不及諂。」

楊子曰：「且將飲者夢必渥，且將跌者夢必愕。今皇皇焉，汲汲焉，得則懌，否則戚，奚爲哉？」

庸言四

或問：「『紂之惡，不如是之甚也』，子貢之言，無乃已恕歟？」楊子曰：「紂不可恕也，亦可恕也。周師之入，自焚而死，前有亡國之罪，後有死國之節。嗟乎！後而已矣，猶紂也；前而已矣，紂也乎？」

或問：「三代而下，謀國而萬全者，其惟子房乎？」楊子曰：「子房策之，子房用之，奚而不萬全哉？使它人用之，鴻門之見，策之安乎？棧道之絶，策之通乎？」

楊子曰：「聖人之作《易》，不中而吉，寧以吉徇中；不正而利，寧以利徇正。」

孔子曰：「如有周公之才之美，使驕且吝，其餘不足觀也已。」楊子曰：「學者無周公之所有而有周公之所無，吾何以觀之哉？」

或問：「程子謂『仁者，覺也』，覺何以爲仁？」楊子曰：「覺則愛心生，不覺則愛心息。覺一身之痛痒者，愛及乎一身，故孝子髮不毁；覺萬民之痛痒者，愛及乎萬民，故文王視民如傷；覺萬物之痛痒者，愛及乎萬物，故君子遠庖厨。」

或問：「孟子謂『惻隱，仁之端』，韓子謂『博愛之謂仁』，程子謂『仁者，覺也』，三子之言仁，異乎？」楊子曰：「何異焉？愛者，惻之應；隱者，覺之感。」或曰：「雖然，韓子之言其亦未優乎？」曰：「樊遲問仁，子曰：『愛人。』愛何違於仁？ 子貢問博施，子曰：『必也聖乎！』博何違於愛？」「然則博愛之與兼愛異乎？」曰：「異。 博無私，兼無別。」

或問：「朝死而夕忘者，聖人之罪人，固也。 不勝喪乃比於不慈不孝，何也？」楊子曰：「不肖者不及，故進之；賢者過，故退之。」

或問：「鯉也死，夫子不慟鯉而慟回；回也死，顔路不爲之慟而夫子爲之慟，何也？」楊子曰：「哭子而不慟，禮也；哭門人而慟，道也。 嚴哉禮乎！ 重哉道乎！」

楊子曰：「置虚器於水中，未充則鳴，既充則默。⿰口畫⿰口畫以爲知道，囂囂以爲知德，充乎哉？」

楊子曰：「『喜怒哀樂未發謂之中』，即『天命之謂性』也。『發而皆中節謂之和』，即『率性之謂道』、『脩道之謂教』也。」或曰：「未發無不中，既發有不和，性其兩乎？」曰：「否。 粹於天理者，性也；駁以人欲者，非性也，情也。 喜怒哀樂自天理出發，無不和也；自人欲出發，始有不和矣。」「然則約情以歸性，遏人以復天，發而和，以不離於未發之中，奚若而可？」曰：「戒不睹，懼不聞。」

或問：「『天下國家可均也，爵禄可辭也，白刃可蹈也，中庸不可能也。』然則何者爲中庸乎？」楊子曰：「執是以爲中庸，非也；外是以爲中庸，亦非也。」「然則何如斯可謂之中庸矣？」曰：「天下國家可均也，時乎必均，時乎不必均；爵禄可辭也，時乎必辭，時乎不必辭；白刃可蹈也，時乎必蹈，時乎不必蹈。 君子處事以時，對時以道，擇道以心。」

或問：「《易》曰：『其道甚大，百物不廢。』何謂也？」楊子曰：「幽而太極乾坤六子之妙用，顯而君臣父子萬事之大法，不曰『其道甚大』乎？ 動則取諸豶牿鴻雉，植則取諸瓜杞茅莧，器則取諸缾鼎簋缶，體則取諸脢腓趾尾，不曰『百物不廢』乎？惟大無不受者，細無或廢。」

或問五行之序。楊子曰：「水、火，物之初；木、金，物之成；土，物之定。氣一變而有象，故曰初；象一凝而有質，故曰成；質一成而有宅，故曰定。」

楊子曰：「冬日之火，夏日之水，未施親於民而民親，君子之德亦然。」

或問：「韓信之平趙魏、下燕齊，何其才也。然仕楚而跼，圖漢而烹，何其不才也。」楊子曰：「非信之有才有不才也，天將舉天下而一之漢，信得而不才乎？天方廢楚，信則仕楚；天方興漢，信則廢漢，信得而才乎？」

或曰：「子諍父，臣諍君，分殊而已矣，愛無殊也。然子無誅而臣有誅，是故桀之龍逢，紂之比干，孝宣之蓋寬饒，光武之韓歆，明皇之周子諒，桀、紂爲之，宜也；孝宣、光武、明皇宜乎哉？」楊子曰：「皆宜也。前二君之誅，諫之戒也；後三君之誅，不諫之勸也。」或曰：「諫者戒，不諫者勸，其究若之何？」曰：「亡焉而止矣。」「桀、紂、明皇則亡，孝宣、光武曷嘗亡哉？」曰：「夫亡者，身至焉，國次焉。」

庸言五

或問：「『君子上達，小人下達』，何謂也？」楊子曰：「顔不孔不止，紂不桀不止。」

或問：「孔子論商之三仁，孟子論夷、惠、尹之三聖，學者宜何師？」楊子曰：「師三仁者一之後，師三聖者二之前。」

楊子曰：「『天命之謂性』，父母全而生之也；『率性之謂道』，子全而歸之也。」

楊子曰：「『非禮勿視，非禮勿聽』，閑其入也；『非禮勿言，非禮勿動』，閑其出也。」

或問：「『非知之艱，行之惟艱』，傅説之言也；『不致其知，不力其行』，小程子之言也。由前之説珍乎行，由後之説珍乎知，學者將疇從？」楊子曰：「知譬則目也，行譬則趾也。目焉而已矣，離婁而躄也可乎？趾焉而已矣，師冕而馳也可乎？人乎人，目趾具而已矣。」

或問：「荀彧魏從而漢殉，孰忠乎？」楊子曰：「漢魏均忠也，一則以心，一則以身。」

或問：「曷謂中？曷謂庸？」楊子曰：「中者群心之根株，庸者衆口之穀粟。」

或問：「『行夏之時』，程子言之白矣。敢問『乘商之輅，服周之冕，樂則韶舞』，如之何？」楊子曰：「商輅、周冕，尚儉也；樂則韶舞，尚遜也。」

或問：「漢文之短喪，其薄矣乎？」楊子曰：「薄非漢文始也。昔滕世子爲三年之喪，而父兄百官皆曰：『吾宗國魯先君莫之行，吾先君亦莫之行。』然則短喪之薄，其起於周之衰乎？」

楊子曰：「《易》曰：『有天地然後有萬物，有萬物然後有男女，有男女然後有夫婦，有夫婦然後有父子，有父子然後有君臣，有君臣然後有上下，有上下然後禮義有所措。』夫惟有是物也，然後是道有所措也。彼異端者，必欲舉天下之有而泯之於無，然後謂之道。物亡道存，道則存矣，何地措道哉？」

或問：「韓公徹簾之舉，富公咎焉，何如？」楊子曰：「此富公未察也。韓之請，后之從，韓能逆知之乎？機之未至不可知，機之既至不可留。然則先事未有以白富公，臨事不可以待富公，故曰『此富公未察也』。」

或問：「『衛多君子』，『晉多卿材』。晉，大國也；衛，蕞爾國，亦何爲多賢也？後世以天下之大歎人材之乏，又何歟？」楊子曰：「古者求人之一能，後世求人之無不能。求其一能，是以多能；求其無不能，是以有不能。」

或問：「何謂學？」楊子曰：「學之爲言傚也，以己之不知傚彼之知，以己之不能傚彼之能。學云學云，誦數云乎哉？辭命云乎哉？」

楊子曰：「獲禽，我所欲也。詭而獲，則可欲而不可欲。不獲禽，非我所欲也。範而不獲，則不可欲而可欲。故曰『可欲之謂善』。貧者未嘗不言富，富者未嘗言富，故曰『有諸己之謂信』。『瓶之罄矣，維罍之耻』，不充故也；『瑟彼玉瓚，黃流在中』，實故也，故曰『充實之謂美』。山川之輝于外也百里，珠玉在內不盈握耳，故曰『充實而有光輝之謂大』。山一山也，而朝暮晦明萬變也。刻木而爲山，一山而已矣。故曰『大而化之之謂聖』。歷家之言天，數往者合，知來者差，故曰『聖而不可知之之謂神』。」

楊子曰：「《易》曰『上下無常，非爲邪也』，非爲下者言也；『進退無常，非離群也』，非爲進者言也。」

楊子曰：「《乾》之九三『居上位而不驕』，蓋以進德脩業爲樂也，樂乎內者輕乎外；『在下位而不憂』，蓋以德之未進、業之未脩爲憂也，憂其大者忘其細。」

楊子曰：「仁與義，吾之左右手也，不可以獨有，亦不可以獨無。仁言覺，義言宜也。覺其宜則行，覺其不宜則止，故仁者右，義者左。」

或問近世之健吏：「某子，吏也，以健聞；某子，儒也，亦以健聞。二者同乎？異乎？」楊子曰：「異。」「何謂也？」曰：「吏以戎索治周索，儒以戎索爲周索。」

誠齋集卷第九十二

廬陵楊万里廷秀

庸言

庸言六

楊子曰：「利不歸於上則不國，故《詩》曰：『雨我公田，遂及我私。』利歸於上則無民，故《詩》曰：『彼有遺秉，此有滯穗，伊寡婦之利。』」

楊子曰：「赤壁之風，天道在南；采石之霧，天道在北。」

楊子曰：「夫子之道溥矣，宏矣，卓矣，邃矣。故六經既就，而六經非夫子無行不與二三子，而未嘗與二三子。逼哉，子貢之問也！曰：『有一言可以終身行之者乎？』道大如天，子貢欲以一字襲而取也；終身塗遠，子貢欲以一字生而死也。問之大逼也，答之之難也。微吾夫子，誰實能答之？子曰：『其恕乎！』然則六經雖博，可以一恕撮；夫子雖聖，可以一恕跂。夫子宗廟之美，百官之富，子貢一夕負之而走矣。子貢得之之難，而學者喪之之易也。『武夫力而拘諸原，婦人暫而免諸邑』，惜乎！」

楊子曰：「學者陋其故而不能不安，悦其新而不能不懦，其於至聖人也遐哉！」

楊子曰：「『桑之未落，其葉沃若』，其文武成康之盛乎？『桑之落矣，其黄而隕』，其周之東乎？」

或問：「張湯推賢揚善，有諸？」楊子曰：「推揚有矣，賢善未也。」「掾史之薦，非賢善乎？」曰：「胥薦胥，史薦史，賢善乎？」

或問：「陸抗飲羊叔子之藥，程子謂其不當飲，信乎？」楊子曰：「抗飲焉不可也，祜饋焉尤不可也。❶不幸而抗死焉，若之何？」

或問：「『君子而時中』，何謂也？」楊子曰：「《詩》不云乎：『就其深矣，方之舟之。就其淺矣，泳之游之。』」

或問：「張敞其健吏乎？」楊子曰：「敞可謂賢矣。不貨昌邑王以售其身，敞可謂賢矣。」

或問：「顔淵死，子哭之慟，何如？」楊子曰：「夫子欲有與言，將誰與言？」

楊子曰：「水託於器而有象，器毁則象亦毁；火託於薪而有質，薪化而質不化。象者形之虚，質者象之實。」

班固贊王莽曰：「天變見于上，人怨作于下，莽亦不能文也。」楊子曰：「固之言過矣。莽之言曰：『天生德於予，漢兵其如予何？』未爲不能文也。」

楊子曰：「作《詩》者其深知小人之情狀乎？『巧言如簧，顔之厚矣』是也。言之巧能以欺夫人，顔之厚

❶「祜」，原作「祐」，今據文義改。

不能以欺其心。」

或問：「『元亨利貞』，如之何？」楊子曰：「元而不亨，不釋老乎？利而不正，不申韓乎？」

楊子曰：「『三年耕，必有一年之蓄』，而學者朝學之，夕喪之。」

或曰：「性譬之水焉，濟人水也，溺人亦水也。謂濟人者水之性則過德乎水，謂溺人者水之性則過咎乎水，水之性有湛然而已爾。性譬之火焉，飪物火也，燬物亦火也。謂飪物者火之性則過德乎火，謂燬物者火之性則過咎乎火，火之性有煇然而已爾。人之性而曰善焉、惡焉、混焉，非不性也，非盡性也，何如？」楊子曰：「所謂湛然、煇然者，爲善乎？爲惡乎？爲混乎？」

或曰：「何謂性？何謂命？」楊子曰：「受之之謂性，授之之謂命。」

或問：「戒不睹，懼不聞，其惟闇室屋漏之地乎？」楊子曰：「不睹莫如吾心，而闇室爲十目之所視；不聞莫如吾心，而屋漏爲十手之所指。」

或曰：「後世爲將者多養寇以封己，非罪歟？」楊子曰：「非其罪也，有誨之者也，自高帝殺韓信始也。」

或問：「班固謂石建之澣衣，周仁之垢汙，君子譏之，然乎哉？」楊子曰：「仁可譏也。建恭爲子職，斯而可譏，舜亦可譏。」

庸言七

或問：「楚王亡弓，左右請求之。王曰：『楚人得之，又何求焉？』孔子聞之，曰：『去其楚而可矣。』老聃聞之，曰：『去其人而可矣。』聃之説高矣乎？」楊子曰：「高則有矣，非其理也。且弓以用言矣，去其人則弓孰得之？得孰用之？」

楊子曰：「冲然之謂道，烝然之謂氣，澄然之謂天，凝然之謂地。烝然者，天地之充也；冲然者，天地之渾也。故道爲氣母，氣爲天地根。」

或問：「楊雄之《劇秦美新》，有徼歟？」楊子曰：「雄而有徼，久矣其獲矣。耄而後徼焉，情乎哉？」「然則奚而作？」曰：「避禍焉而已矣。」「禍可避乎？」曰：「禍可避則命可避。」

楊子曰：「聖人之辭渾，賢人之辭辨。渾，故一言可以萬觀；辨，故一言可以一取。聖人之辭微，賢人之辭章。微，故思而有不詣；章，故不思而獲。」

楊子曰：「天下之至神者，其惟人心乎？己有過焉，何必人告也？見人之過，得己之過；聞人之過，得己之過。何必今人也？見古人之過，得己之過；聞古人之過，得己之過。何必古人也？見日月之過，得己之過；見寒暑之過，得己之過。何必天地也？見韋弦之過，得己之過；見輪几之過，得己之過。何必萬物也？因前日之過，得今日之過；因今日之過，得前日之過。何必有過也？一言之過，未言而得其過；一行之過，未行而得其過。是數者之得，非人告也，心告也。故有不善未嘗不知，不惟顔氏子而已矣；知之未嘗復行，惟顔氏子而已矣。」

楊子曰：「禮出於人心，入於人心；樂出於人情，入於人情。」

或問：「班固之論人也，其等有九，信乎？」楊子曰：「人之等奚若是之多也？七焉而已矣。」「敢問其目？」曰：「自庸人等而上者有三：曰賢人，曰君子，曰聖人。自庸人等而下者亦有三：曰小人，曰狄，曰禽。」「人而至於禽狄，不已甚乎？」曰：「是未足甚也。由余，狄也；反哺，禽也。人而禽狄如焉非甚也，人而不禽狄如焉非甚乎？」「下免禽狄，上詣聖賢，奚爲而可？」曰：「學。」

或問：「聖人可學乎？」楊子曰：「奚而不可學也？『聖人，人倫之至也』，子孟子之言也；『聖盡倫』，子荀子之言也；『聖人，盡人道者也』，子程子之言也。聖人人也，我亦人也，我無人倫乎？我無人道乎？昧弗明，舍弗行，行弗至弗盡耳。」

或問：「何謂天位？何謂天職？」楊子曰：「履大君之位以承乎天，兹謂天位；脩大君之職以答乎天，兹謂天職。有斯位也，當知有斯職也。臣而不脩其職則爲曠官，君而不脩其職不曰曠職乎？」「然則孰爲君職？」曰：「君職在養民，養民在仁政。文中子曰：『七制之主，以仁義統天下。』是也。又曰：『其有以結人心乎？』非也。結之，利之也。」

楊子曰：「命德討罪自上天出，此二帝三王之隆也；命德討罪自天子出，此漢唐之競也。逮德下衰，自權臣出。德又下衰，自藩臣出。至於自女婦出，自嬖倖出，無衰矣。」

楊子曰：「小人之於爵禄，未得則羡，不得則愠，既得則懷。懷則固，固則思，思則姦，姦則亡。」「孰亡乎？」曰：「亡身。雖然，亡身小矣，未足悼也，大於亡身足悼也。」

或問：「近世士風大不美，何以易之？」楊子曰：「奚而不美也？」曰：「病在奔競。」曰：「病不奔競耳，奔競非病也。」「未諭。」曰：「顔子曰：『仰之彌高，鑽之彌堅。瞻之在前，忽焉在後。』使天下之士皆奔競於此，奚病哉？病不奔競於此而已矣。」

庸言八

或問：「仁義禮智，爲四乎？爲一乎？」楊子曰：「一而已矣。」「曷謂一？」曰：「禮生於義，義生於智，智生於仁。」

楊子曰：「爲人謀甚於爲己謀，則謀無不忠；責己欺甚於責人欺，則交無不信；既見聖甚於未見聖，則傳無不習。」

楊子曰：「市之爲道也，競晨而晝，競晝而旰，競旰而夕，雖止其競不可也。夕矣，雖使其競亦不可也。故聖人觀復。」

楊子曰：「引重者先進之盛德，自重者後進之報德。」

或謂：「曹公不報赤壁之役，其怯乎？」楊子曰：「赤壁之役，吴勝也；不報赤壁之役，魏勝也。」

楊子曰：「燭定則明，揺則昏，而況心乎？」

楊子曰：「有爲而爲，不若無爲而不爲。」

或問：「『乾坤毁則無以見易，易不可見則乾坤或幾乎息』，乾坤有毁耶？」楊子曰：「乾坤毁而後可以去易，去易而後可以息乾坤。」

楊子曰：「由道以出器者，道不孤；由器以復道者，器不流。」

或問：「『神而明之，存乎其人』，何也？」楊子曰：「存乎易者其易死，存乎人者其易生。」

或問：「『志壹則動氣，氣壹則動志。蹶者趨者，是氣也，而反動其心』，何謂也？」楊子曰：「志爲政則氣聽乎志。氣聽乎志，浩然之氣也。氣爲政則志聽乎氣。志聽乎氣，未定、方剛、既衰之氣也。血氣之氣盈則暴，虛則屈。道義之氣塞乎天地矣。」「然則氣何以能動夫志也？」「子不見夫蹶與趨者乎？踣於行者，其心駭然以震；亟於趨者，其心躁然以争。蓋氣外折則心内悸，氣外鶩則心内競。」「然則使聖人而蹶且趨也，其心若之何？」曰：「聖人吾不得而知矣。君子死而結纓，足可蹶，心不可蹶；君子徐行後長者，身乎趨，心乎不趨。聖人吾不得而見之矣。」

或問：「心與性爲一乎？爲二乎？」楊子曰：「心與性一而二、二而一者也。『喜怒哀樂未發謂之中』，性也。『發而皆中節謂之和』，心也。《泉水》之詩曰：『相彼泉水，亦流于淇。』心與性之謂乎？」

或問：「『大德不踰閑，小德出入可也』，何如？」楊子曰：「召公不云乎：『不矜細行，終累大德。』子夏之言是，召公之言非矣。」

楊子曰：「寒往則暑來，暑往則寒來，君子小人消長之理也；日往則月來，月往則日來，死生之理也。」

或謂：「大人不失赤子之心，謂其泊然無喜怒乎？赤子之喜怒非泊然矣。謂其漠然無哀樂乎？赤子之哀樂非漠然矣。然則赤子之心何者爲心歟？」楊子曰：「有感心，無流心。」

楊子曰：「君子之學，一歸焉而已矣，百其塗奚傷焉？曾子言忠恕，夫子未之言也；孟子言仁義，子思未之言也。」

或問鬼神。楊子曰：「神者氣之靈，鬼者體之毁。」

楊子曰：「棲一塵於睫，則其大如車輪；置車輪於百步之外，則其小如一塵。」

或問：「斷一草木，殺一鳥獸，夫子以爲非孝，何也？」楊子曰：「愛心存乎爾，則及乎草木鳥獸；愛心亡乎爾，則至於無父無君。」

或問：「管蔡之間周公，其忠周歟？」楊子曰：「非也，號焉而已矣。」「然則其挾武庚忠商歟？」曰：「非也，號焉而已矣。」「然則其志焉在？」曰：「王焉而已矣。」「何謂號？」曰：「公將不利於孺子，其號忠周也；挾武庚，其號忠商也。不周之忠，則周公不可得而殺；不商之忠，則商民不可得而激。周公不殺，則周室不亡；商民不激，則管蔡無衆。假武庚以興商，商興而周亡，周亡而斃武庚以自王，此管蔡之謀也。故周室譬則秦也，武庚譬則義帝也，管蔡譬則劉項也。」

庸言九

楊子曰：「垂緌以耻惰游之民，何必鞭朴之辱？縞冠以刑不齒之士，何必鈇鉞之誅？」

或問：「《書》一也，或誦焉而君子，或誦焉而小人，何也？」楊子曰：「非誦與不誦也，由與不由也。」

楊子曰：「《春秋》作而亂臣賊子懼，後世斧鉞鼎鑊而亂臣賊子不懼者有矣。戰國之時，君子犯義，小人犯刑，後世君子而犯刑者有矣。」

楊子曰：「君子敵心以理，敵身以心。」

或問：「臨川王子謂天變不足畏，可乎？」楊子曰：「王子之不畏天也，天不爲王子而亡；王子之畏天也，天不爲王子而有。」

楊子曰：「日退則月進，月退則星進，星退則霧進，君子小人亦然。」

或問：「士何以得爲君子？」楊子曰：「惟受責惟能爲君子。」「未諭。」曰：「受一人之責，無千萬人之責；受千萬人之責，無一人之責。」

或問：「謝子良佐謂宰相不能富貴人也，信乎？」楊子曰：「富貴人者，豈惟宰相不能也，君亦不能也；豈惟君不能也，天亦不能也。」「天不能富貴人，則孰能富貴人乎？」曰：「蒿也不可使爲松，鮒也不可使爲龍，能使其不可使，能爲其不可爲，則天能富貴人矣。」

楊子曰：「孔子之言恕，孟子之言嚴。恕，故許千萬人皆爲君子；嚴，故不許一人不爲君子。」

或問：「甚矣，小人之不可附也！古之累者孰不以附小人哉？」楊子曰：「附小人累也，附君子亦累也，故《記》曰：『中立而不倚。』」

或問：「赦者小人之幸，信乎？」楊子曰：「小人幸，君子亦幸。使小人不幸，君子幸乎哉？」

或曰：「古者人主下士，如湯之於伊尹、先主之於孔明是也。後世無聞焉，何也？」楊子曰：「非後世人主不下士也，人主之不下士自士之自下始也。」

或問：「《易》皆六爻，而乾坤二卦獨有用九用六，然則爻其七乎？」楊子曰：「非七也。曰用九用六者，所以發六十四卦九六之用之凡也。」

楊子曰：「人莫不愛其生，故莫不厚其生；莫不厚其生，故莫不傷其生。」

或問：「六經之道有要乎？」楊子曰：「何莫非要也。雖然，有始終焉。始乎《易》，終乎《春秋》。」又問：「《易》、《春秋》之道有要乎？」曰：「何莫非要也。雖然，陰陽、君子小人之消長，《易》之要；君臣、夷夏之隆替，《春秋》之要。」

楊子曰：「有善而盈曰驕，有不善而執曰吝。」

楊子曰：「學而不化非學也，故曰『雖愚必明，雖柔必强』。豈惟愚明柔强哉？雖明必愚，雖强必柔。」

楊子曰：「頭垢則思沐，足垢則思濯，心垢則不思沐濯焉，何哉？」

楊子曰：「士大夫之家，其興亡有數焉，視其數之多寡而已矣。詩書也，貴富也，由乎前者其數七，由乎後者其數三，雖曰未興，興矣；由乎後者其數七，由乎前者其數三，雖曰未亡，亡矣。粹詩書者無亡，粹貴富者無興，視其數，知其家矣。世之君子，毋視乎人之家，視乎己之家；毋視乎己之家，視乎己之身；毋視乎己之身，視乎身之數。」

楊子曰：「意者逆其所未然，必者期其所願然，固者安其所不然。其病三，其源一，曰『有我』。」

或問：「子見南子，子路不悦。佛肸召，子欲往，子路曰：『何必公山氏之之也。』然則宜何從？」楊子曰：「吾從子路。」曰：「然則夫子非歟？」曰：「子路可爲也，夫子不可爲也。」

庸言十

楊子曰：「風者，天之出入息也。人之一身，莫小乎語默，而莫大乎息；天地之造化，莫小乎雨雪雷霆，而莫大乎風。息死則人死，風亡則乾坤息。」

楊子曰：「司馬君實之文，準荀也；臨川王子之文，準楊也。」

楊子曰：「古之巫者處其一，今之巫者處其三。曷謂一？曰巫。曷謂三？曰釋，曰老。」

或問：「明哲保身，何如？」楊子曰：「全其名，守其節，斯不失其身矣。若張禹、孔光之保身，乃所以失身。」

楊子曰：「秦人之尚功術，猶人餌金石之藥也。其初也，瘠必肥，老必壯，羸必强。其究也，其死也忽焉。」

楊子曰：「成帝輯折檻以旌朱雲，聖明之資也。不聖不明，不擴不充爾。」

楊子曰：「楊雄言『秦之士也賤』。夫四皓，高祖且不能致也，况秦乎？士未嘗賤也。」

或問：「孔明與仲達未戰也，戰則孰勝？」楊子曰：「孔明乎？」「奚以知之？」曰：「其立也山，其静也淵，古之將也。巾幗之遺，仲達已動矣。」

或問：「舜之舞干羽，七旬而苗不格，則如之何？」楊子曰：「苗民之格愈遲，舜德之進愈速。」

楊子曰：「見乎表者作乎裏，形於事者發於心。是心作焉，其外寂然，其中森然。勿謂無形，峙於丘陵；

勿謂無見，燁於震電。」

楊子曰：「精於理者其言易而明，粗於事者其言費而昏。」

或問：「君子言命乎？」楊子曰：「不知命無以爲君子，君子曷爲不言命？」「言命則人廢，奈何？」曰：「知命者不立乎巖墻之下，君子曷爲必言命？」

楊子曰：「顔子之學聖人亦逼矣。『仰之彌高』，其遠無極；『鑽之彌堅』，其入無間；『瞻之在前』，可望而不可至；『忽焉在後』，若得而又若遺。」

楊子曰：「口者躬之户，目者躬之牖，德者躬之府。府充矣，其户燁，其牖瑩。雖然，燁其户，瑩其牖，其府充乎？」

或曰：「學者莫上於敏，莫下於鈍。然敏或以窒，鈍或以通，何也？」楊子曰：「不可估者天，不可畫者人。」

或曰：「昔楚昭王召孔子，將使執政，且封以地。子西以爲非楚利也，昭王乃止。子西之言信乎？」楊子曰：「昔者虎之居乎山也，自知其無以德乎獸也，使貍召麟焉。貍曰：『今日之事，有虎無麟，有麟無虎。子以爲麟之至，則獸麟從乎？子從乎？』虎於是疑焉。麟聞而歎曰：『吾以不觸聞也，貍尚疑我哉？』子西之説則貍之説也。」

或曰：「曹公、孫權，一世之雄也。不爲曹公、孫權者，能當之乎？然曹公用舟，周瑜敗之；孫權登岸，滿寵敗之，何也？」楊子曰：「二公，龍虎也。龍以水而雄，虎以山而雄，易而居焉，敗矣。曹公之用舟，虎在川也；孫權之登岸，龍在山也。」

或曰：「民之溺於戰國之虐政也，其心競，其力憊，拯之難也；其力充，其位缺，拯之難也。孟軻、荀卿，力不足以行其心，非患也。爲齊卿，爲楚令，不位歟？而其拯無聞焉，何也？」楊子曰：「今有孺子將入於井，仁人有不見，無不拯。雖然，仁人趨而拯之，孺子之父從而挽之，則仁人雖欲拯之，烏得而拯之？孟荀則憫孺子矣，如挽何？」

楊子曰：「夫子之論禮，商得以損夏，古之禮有不苟取；周得以益商，今之禮有不苟去。」

或曰：「孟子聖矣乎？」楊子曰：「謂若聖豈敢者，夫子也，況孟子乎？雖然，孟子之學，至其至矣，非曰聖也，非不曰聖也。」或曰：「孟子之與孔子，假而生不相後也，將並於孔乎？將學於孔乎？」曰：「奚其並！奚其並！」

誠齋集卷第九十三

廬陵楊万里廷秀

庸言

庸言十一

楊子曰：「陰動之謂陽，陽静之謂陰，動静不息之謂道。道也者，三才不息之體也；善也者，三才不息之用也；性也者，三才體用不息之質也。覺此之謂仁，達此之謂智，公此之謂百姓之日用，行此之謂君子之道。道果多乎哉？故曰『君子之道鮮矣』。」

或問：「有喜怒哀樂未發之中，有過與不及之中，中其二乎？」楊子曰：「中有二乎？喜怒哀樂未發之中，中之初；過與不及之中，中之復。」

或問：「有以活爲仁，信乎？」楊子曰：「活則圜，圜則忘分。」「有以公爲仁，信乎？」曰：「公則方，方則忘情。仁者不忘情，亦不忘分。不忘情，故愛人；不忘分，故自愛。」

或問：「禮義廉耻，柳子以爲非四也，二而已矣，然乎？」楊子曰：「一而已矣。」「曷謂一？」曰：「耻是也。惟心知其一，則三者至矣。是故君子以一生三，以三養一。小人去其一以敗其三，何所不至哉？故立天彝，建民極，耻爲大。」

或問：「應變何如？」楊子曰：「變者天下之不幸，應者聖人之不得已。」

或問：「士大夫當仕而報怨，不可也，報恩獨不可乎？」楊子曰：「不可。」「未喻。」曰：「吾聞之吾友尤延之曰：『仕而報怨，私也；仕而報恩，亦私也。』以公家之恩報己之恩，不私乎？」

或問：「道術奚辨？」楊子曰：「大路之謂道，小徑之謂術；正塗之謂道，邪徑之謂術；天下共由而無誤之謂道，一夫取疾而終迷之謂術。故《周禮》曰：『千夫有川，川上有道。』《月令》曰：『審端徑術。』聖人之所謂道者，明告天下後世以可行者也，故譬之以路而謂之道。孟子曰：『夫道若大路然。』董仲舒曰：『道者，所由適治之路也。』韓子曰：『由是而之焉之謂道。』故夫堯、舜、禹、湯、文、武、周公、孔子、孟子、顔子之道，道也；老、佛、管、商、申、韓之道，非道也，術也。」袁術字公路。

或問：「子曰：『回也，非助我者也，於吾言無所不説。』無所不説於聖人之言而曰『非助』，何也？」楊子曰：「鍾不自鳴，撞而後鳴。夫子萬石之鍾也，回也不撞而聽其自鳴，則鍾之鳴也不數矣。使七十子皆如回，則《論語》、《孝經》或幾乎息矣。《論語》、《孝經》而息，豈惟無助於夫子，亦無助於天下後世；豈惟無助於天下後世，亦無助於天地萬物。」

或問：「憤世嫉邪，何如？」楊子曰：「世不必憤，邪不必疾。」

楊子曰：「晝而夜莫之異也，温而寒莫之異也，得而失、生而死異焉，何哉？」

或問：「禮與時孰從？」楊子曰：「禮汰從時，時汰從禮。」

或問：「横渠張子與二程子，其學孰至？」楊子曰：「孰不至也？雖然，大程子不幸短命，吾所歎也；横渠子不幸短命，吾所尤歎也。」

楊子曰：「西漢之士不正，東漢之士不中。」

或問：「易與天地準，何如？」楊子曰：「易與天地準，天地與易準。」

或問：「君子不言而信，此何理也？」楊子曰：「見桑者有燠意，見耒者有飽心，桑與耒言乎哉？」

楊子曰：「移攻昧之師以攻己之惡，回克敵之力以克己之私。」

楊子曰：「有心而弗治，子有庭内弗灑弗掃者也；有師友而弗問，子有鍾鼓弗鼓弗考者也。」

楊子曰：「天焉曰命，人焉曰性，主焉曰心。」

楊子曰：「農夫之播種也，種黍不生稌，種稌不生黍。有種此而不生此者乎？學者謹之。」

楊子曰：「堯舜有存心，無放心；桀跖有放心，無存心。」

庸言十二

楊子曰：「居其前者不欲繼，其後賢之進也難；居其後者不欲立，其前賢之立也難。」

楊子曰：「讀書者，非言語之謂也，將以灌吾道德之本根，榮吾道德之枝葉也。本根將枯，枝葉將瘁，試取聖賢之書一閲焉，枯者茂，瘁者榮。」

楊子曰：「有敗詐，無敗誠。」

楊子曰：「古之君子雖貧，不粥祭器；雖寒，不衣祭服。晉文請隧，不與，貧而不粥祭器也；仲叔于奚請繁纓，與之，寒而衣祭服也。」

楊子曰：「天下之物不可不有，而有之者其有不贅；不可不無，而無之者其無不匱。」

楊子曰：「登高者未必跌，而嘗覆車於夷塗；夜坐者未必寐，而常失旦於昧爽。」

楊子曰：「『總干而山立』，南豐子曾子之文也；『發揚蹈厲』，眉山子蘇子之文也。」

楊子曰：「生而知者，信其當然也；學而知者，見其所以然也。惟其信於斯，故曰誠；惟其見於斯，故曰明。明之之謂賢，誠之之謂聖，誠而不知其所以誠之之謂神。」

或問曰：「古之有道之士，入水不濡，入火不熱，入獸不亂群，入鳥不亂行，虎無所投其齒，兕無所投其角，信乎？」楊子曰：「然。」曰：「有道之士若是其異乎？」曰：「何異焉？舜與共、驩雜處也，雜而不處，不曰『不亂群』乎？宋司馬欲害孔子也，害而不害，不曰『不濡』、『不熱』乎？雖然，此非聖人之至也，而老莊妄意其爲聖人之至也。」

楊子曰：「天地之間，其猶炊歟？實物於甗而覆其上，實水於鬵而煬其下，判乎其不比也。然水火之情協而氣升焉，則覆其上者濽然而零矣。覆其上者彼其初燥如也，濽然者奚自而來哉？氣也。天地之爲雨也亦然。」

楊子曰：「聖者天之習，賢者聖之習。」

楊子曰：「虛者盈之終，息者消之初。」

楊子曰：「君子食無求飽，不足欲也；居無求安，必遷善也。」

楊子曰：「君子以身觀人，以人觀身。」

或問：「五行一曰水，水者物之初，有乎？無乎？」楊子曰：「有者水之象，無者水之質。」

或問：「物有相反相成，何也？」楊子曰：「反者激之極，成者反之定。故飴之甘，其極必酸；荼之苦，其極必甘。」

楊子曰：「今夫木同一本根也，然方其榮也，枯者或與之同日；及其凋也，生者或與之並時。故華敷而葉賁，枝槁而萌出，此造化無息之妙也。」

楊子曰：「春秋之季，天下何嗜乎？利焉而已矣。天下何疚乎？奪焉而已矣。不嗜不疚，不利不奪也。而聖門諸子方且侍坐而談，舍瑟而作，以浴沂之水滌奪攘之氛；以舞雩之風吹戰争之塵。彼視一世之所嗜所疚者，何如哉？」或曰：「然則聖門忘天下歟？」曰：「否。」

楊子曰：「聖人之畏天也以民，聖人之畏民也以天。」

或曰：「憂驩兜、失之宰予，堯、孔亦有遺照歟？」楊子曰：「聖人，天也，無遺照，亦無遺覆。雖然，照有或遺也，覆無或遺也。」

或問：「『至大至剛以直』，何謂也？」楊子曰：「無不容之謂大，無能動之謂剛，無可愧之謂直。」

或問：「『喜怒哀樂未發謂之中，發而皆中節謂之和』，何謂中？何謂和？」楊子曰：「不觀之天地乎？陽氣潛萌，萬物歸根之謂中；分至啓閉，序則不愆之謂和。觀吾心見天地，觀天地見吾心。」

或問：「致中和，在彼爲致也，在此奚致焉？」楊子曰：「井不食不泉，木不鑽不燧。」

庸言十三

或問：「『天命之謂性，率性之謂道，脩道之謂教』，何謂也？」楊子曰：「『天命之謂性』，人爲云乎哉？『率性之謂道』，外取云乎哉？『脩道之謂教』，倖得云乎哉？故令之畀之之謂命，無加無損之謂率，作之勖之之謂脩。」

或曰：「『致中和，天地位焉，萬物育焉』，中和之功用若是其大乎？」楊子曰：「子不見漢武之一怒乎？追仇平城之役，一怒萌於心，天地萬物何與焉？而長星竟天，死人如亂麻，則喜怒哀樂不中不和之徵也。然則聖人之致中和者何如哉？」

楊子曰：「『富潤屋』，不足以潤一身；『德潤身』，足以潤四海。」

楊子曰：「『莫見乎隱』，未出門而如見大賓；『莫顯乎微』，未使民而如承大祭。」

楊子曰：「水能濕夫火，而隔之以金則濕者燥；火能流夫金，而乘之以水則流者止。」

或問：「無窮之謂理，無盡之謂性，而曰『窮理盡性』，如之何？」曰：「窮無窮、盡無盡之謂學。」

楊子曰：「金有範，天地亦有範；木可圍，天地亦可圍。易也者，其鑄穹壤之範，量高厚之度歟？故《易》曰『範圍天地』。」

楊子曰：「學有思而獲，亦有觸而獲。思而獲，其覲親；觸而獲，其詣速。」

或問：「『爲人君止於仁』，何如斯可謂止矣？」楊子曰：「心有所先定之謂止。建邦者先以都邑爲止，行旅者先以舍館爲止。心不先止於仁，雖囊括萬善，包舉百行，其吾物乎哉？」

楊子曰：「冰在其内而壺之瑩外達，善之出而不揜者肖之；日月在其外而牖之煇内達，善之入而不拒者肖之。」

或問：「横渠子謂『君子之學爲天地立心』，奚爲其爲天地立心也？」楊子曰：「人者，天地之心也；君子者，天地之心之師也。有天地而無人，無天地也；有人而無君子之學，有天地而無心也。是故學立心立，學亡心亡。」

楊子曰：「始雪而温，陽之終也；既霽而寒，陰之窮也。」

或問：「孟子謂『天之生物，使之一本，而夷子二本』，何也？」楊子曰：「草木本乎根，人本乎父。父吾父以及人之父，一本也；父吾父亦父人之父，非二本乎？」

或問：「楊雄謂仲尼見所不見，敬所不敬，聖人亦有詘也，信乎？」楊子曰：「信斯言也，則見董賢、敬王莽亦仲尼矣。」

楊子曰：「孔子之言未嘗厲也，至責冉求、原壤，未嘗不厲也；孟子之言未嘗不厲也，至答尹士、滕之館人，未嘗厲也。」

楊子曰：「孟子之文豐而約，楊子之文瘠而腴，文中子之文淡而甘。至於荀卿，有駁而已耳，有蕪而已耳。」

楊子曰：「聖人之言可以觀，可以知，不可以指。」

楊子曰：「太極，氣之元；天地，氣之辨；陰陽，氣之妙；五行，氣之顯。元故無象，辨則有象；妙故無物，顯則有物。人者，氣之秀也；性者，人之太極也；心者，人之天地也；動静者，人之陰陽也；喜怒哀樂者，人之五行也。孟子曰：『萬物皆備於我矣。』萬物皆備而已乎？」

或問：「程子謂『主一之謂敬，無適之謂一』，何謂『無適』？」楊子曰：「心有它之之謂適。」

或問：「何謂『惟精惟一』？」楊子曰：「使后羿爲王良，得良失羿；使王良爲后羿，得羿失良。」

楊子曰：「五色之變，始乎金，終乎水；五味之變，始乎土，終乎火。水火者，陰陽之初也，極其變者反其初。」

楊子曰：「知至不能至之，非真知也；知終不能終之，非篤信也。非真知則自欺，非篤信則自畫。」

庸言十四

楊子曰：「『易知則有親』，樂其中之無險也；『易從則有功』，信其前之無阻也。」

楊子曰：「精氣爲物，神而明也；遊魂爲變，明而神也。聖人觀物而知變，是以知死生之故；聖人觀變而知化，是以知鬼神之情狀。」

楊子曰：「『範圍天地之化而不過』，過則誕；『曲成萬物而不遺』，遺則私。」

楊子曰：「『富有之謂大業』，無足心也；『日新之謂盛德』，無止心也。」

楊子曰：「湯，至熱也，久漱而凉，陽争則一勝也；泉，至寒也，徐嚥而温，陰化則一歸也。」

楊子曰：「金遇火則釋，遇水則凝，陰從陽者反其本；土遇水則釋，遇火則凝，陽從陰者歸其宅。」

或問：「何謂『動心忍性』？」楊子曰：「動心，君子之疢疾；忍性，君子之藥石。」

楊子曰：「晨昏，一日之晝夜；寒暑，一歲之晝夜；死生，百年之晝夜；鬼神，萬化之晝夜。故通乎晝夜而知者，知死生之故、鬼神之情狀。」

或問：「『再思』、『三思』，何如？」楊子曰：「夫子爲季文子言之也。不善而再思則衰，善矣；善而再思亦然，善乎？况於三乎？學者謹之。」

楊子曰：「大法不可犯，故《詩》曰：『豈不懷歸，畏此簡書。』清議不可犯，故《詩》曰：『豈不欲往，畏我友朋。』雖然，清議之威甚於大法。」

或問：「君子之爲善，或以爲好名，何如？」楊子曰：「不可好者，名也；不可不好者，善也。善之與名，其猶形影乎？影之有無視其形，名之有無視其善。形絶影絶，善滅名滅。善可滅乎？故教曰名教，義曰名義，節曰名節。夫子曰：『齊景公有馬千駟，死之日，民無德而稱焉。伯夷、叔齊餓於首陽之下，民到于今稱之。』而莊周曰：『爲善無近名。』周之言可師，則夫子之言可叛。」

或問：「横渠子云：『湛一，氣之本；攻取，氣之欲。』何如？」楊子曰：「湛一，氣之君；資取，氣之佐。」「何謂『佐』？」曰：「以天地之氣佐天地之氣。」

楊子曰：「陰陽一氣而二名。陰言静，陽言動。陰外無陽，陽外無陰。」

楊子曰：「三代國命在民與諸侯，戰國國命在士，秦漢國命在民，魏晉以降國命在兵。」

或問：「莊周云：『人之君子，天之小人；天之君子，人之小人。』信乎？」楊子曰：「妄哉，周之言也！人之君子，天之君子；天之小人，人之小人。」「奚以知之？」曰：「『天視自我民視，天聽自我民聽。』」

或問：「物以數來，我以誠應，將無墮彼乎？」楊子曰：「子不見夫鏡乎？無一物，故見萬物。」

楊子曰：「日以瞬而明，氣以息而和。故日往則月來，寒往則暑來。」

楊子曰：「神領意會者見鶩於滕口塗説之儒，下帷潛心者見誹於開門授徒之師，噫！」

或問：「諸儒同異之説，學者宜何從？」楊子曰：「事疑從古，義疑從是。」

或問：「漢儒句讀之學何如？」楊子曰：「非不善也，説字無字外之句，説句無句外之意，説意無意外之味，故説經彌親，去經彌踈。」

或問：「『天地之性人爲貴』，何謂也？」楊子曰：「君子自尊其身，不敢自下於天地；自貴其身，不敢自賤於天地。非尊貴其身也，尊貴天地也。」

或問：「横渠子謂『天象，陽中之陰；風霆，陰中之陽』，何謂也？」楊子曰：「日月星辰，明而有象。象者，陰之凝。風霆，幽而有聲。聲者，陽之散。」

庸言十五

或問：「横渠子謂『正明不爲日月所眩，正觀不爲天地所遷』，何謂也？」楊子曰：「日月所不能眩，而況同民之吉凶、作《易》之憂患乎？ 天地所不能遷，而况死生之故、鬼神之情狀乎？」

或問：「横渠子謂『神，天德；化，天道』，何謂也？」楊子曰：「静而存曰神，故德；動而周曰化，故道。」

或問：「横渠子謂『仁敦化則無體，義入神則無方』，何謂也？」楊子曰：「敦而不化囿於體，義而不神局於方。」

或問：「横渠子謂『海水凝則冰，浮則漚。 然冰之才，漚之性，其存其亡，海不得而與焉。 推是足以究死生之説』，何謂也？」楊子曰：「水之聚散，海不得而與。 吾之死生而曰有與焉者，非妄則惑。」

或問：「程子謂『鬼神者，造化之跡』，何謂也？」楊子曰：「息而神盈天地之間，消而鬼反天地之間，非迹而何？」

或問：「何謂『闢户謂之乾』？」楊子曰：「不觀子之嘘？」「何謂『闔户謂之坤』？」曰：「不觀子之吸？」

或問：「何謂『富有之謂大業』？」楊子曰：「周公思兼三王，以施四事。」「何謂『日新之謂盛德』？」楊子曰：「孔子謂『君子之道四，未能一焉』。」

楊子曰：「天下之治，福常集於小人；天下之亂，禍常集於君子。」

或問：「『飲食男女，人之大欲存焉』，斯天理歟？ 人欲歟？」楊子曰：「循其不得已，天理也；肆其得已而不已，人欲也。」

或問曰：「『吾將仕矣』，事上官若之何？」楊子曰：「事長勿太親，任事勿太專，用心勿太薄。」或人欣然曰：「問事長，得事君。」

或問：「學經有法乎？」楊子曰：「有四：曰耳，曰目，曰心，曰神。雖然，是四法者耳爲下。耳以聚之，目以辨之，心以思之，神以會之。辨之不瑩，思之不睿，會之不頤，耳焉而已矣，人適吾適，人莫吾莫。」

楊子曰：「陰陽神而無名，是以無極；陰陽渾而爲一氣，是以有太極；陰陽辨而爲乾坤，是以生兩儀；陰陽始交而爲雷風，交再爲水火，交徧爲山澤，是以生四象，生八卦。八卦具而萬化生，萬化顯而太極隱，萬化神而太極復。」

或問：「弟子問仁問孝未嘗異，而孔子答之未嘗不異，其隨才而寓旨乎？」楊子曰：「果隨才而寓旨也，是容心而擇告也。」「然則奚其異？」曰：「後之答忘前之答。」「然則孔子亦有忘歟？」曰：「不忘不足爲孔子。」

或問：「『天生蒸民，有物有則』，孰爲物？孰爲則？」楊子曰：「『天叙有典』，非物乎？『天秩有禮』，非則乎？」

楊子曰：「『犬之性猶牛之性，牛之性猶人之性』，此孟子之言也，非意也。孰意也？告子之意也。一以告子爲犬，不可以守廬；一以告子爲牛，不可以駕車。然則人也，牛也，犬也，其性爲一乎？爲二乎？」

楊子曰：「文帝之生財，以取諸民者取諸己；武帝之生財，以取諸己者取諸民。」

楊子曰：「道必有所存。曷存乎？存乎人也。當其存也，至傳於陋巷之臞；及其不存也，乃奪諸千駟之貴。」

楊子曰：「告子之論性，不勝其離也，以善外也，非内也，故作『性猶杞柳』之論；以性隨也，非定也，故作『性猶湍水』之論；以性者人猶物，物猶人，故作『生之謂性』之論；以性者知斯慾，慾斯知，故作『食色性也』之論。一性數説，一説百離，告子而知性也，自言之，自離之，故孟子曰：『邪辭知其所離。』」

誠齋集卷第九十四

廬陵楊万里廷秀

庸　言

庸言十六

楊子曰：「二程子之學，以仁爲覺，以敬爲守，以中爲居，以誠爲歸，以致知爲入，以明道不計功爲用。而韓子曰：『軻死不得其傳。』其真不得其傳耶？其真不見其傳耶？」

楊子曰：「天下有至樂，不笙磬而雅，不芻豢而腴，不麴蘖而酣。君子趨焉，衆人去焉，是未可以語夫俗也。顔子不以一瓢易五鼎，乃在於不遠復之一爻；楊子雲不以餓顯易禄隱，乃在於《太元》之一書。其可樂者安在哉？使其有可樂，必有以易其樂。」

楊子曰：「公都子之問孟子，其性之説有三。告子曰：『性無善無不善。』此釋氏之論也。或曰：『性可以爲善，可以爲不善。』此楊雄氏之論也。或曰：『有性善，有性不善。』此韓愈氏之論也。孟子之時已有三家者流之説矣。言性者不入于釋必入于楊，不入于楊必入于韓，此三家者流之所知也；不入于孟而入于公都，豈三家者流之所知？」

楊子曰：「畫衣冠之法，至三代則疏；《禹貢》之法，至商則密。」

楊子曰：「聖人之道猶天也，一目仰之與萬目仰之，見之者孰大？聖人之經猶的也，一人射之與百人射之，中之者孰多？」

楊子曰：「以禮制俗，古也；以俗制禮，古乎哉？漢武帝招儒生，集方士，雜議博採，制作之勞終身不離於稽古，而禮文之事終身不離於世俗，去委巷而之委巷，何也？以禮制俗、以俗制禮之異也。」

或曰：「孟子荅公都子之問性，曰情，曰心，曰才，何也？」楊子曰：「安之之謂情，發之之謂心，能之之謂才。三者一，性之妙用也；三者毀，無以見性。」

楊子曰：「法無不良，良而變則弊者起；法無難復，復而搖則良者遷。」

楊子曰：「人之於善，最患於賤其所已得而貴其所未得。未得之，患得之；既得之，患不得之。貴與賤之心相爲循環，非終其身，循環其已乎？」

楊子曰：「夜氣，氣之歸根也；平旦之氣，氣之將春也。自此以往，其微緒千萬而其大變有五。然於五大變之中，其存者二，其居存亡之間者一，其亡者二。曰夜氣，曰平旦之氣，曰旦晝之所爲，曰梏之反覆，曰違禽獸不遠。二者之存，吾徒可以自賀；一者居存亡之間，吾徒可以自警；二者之亡，吾徒可不大懼哉？」

楊子曰：「欲善易，信善難。故可欲之善，不如有諸己之信。且何必二帝三王之善？欲之而不信之之爲不可也。匹夫之言，非聖人之言，然有能信之者可以王天下。故高祖之開基，信三老仁義之一言也。異端之學，非六經之學，然有能信之者可以治天下。故孝文之致平，信黄老清净之一言也。不然，前堯後舜，左周右孔，日陳於前，朝聞之，夕棄之。」

楊子曰：「堯舜之『允執厥中』，與求雞犬之放同一警；孟子之『免鄉人』，與耻指屈之疾同一憤。」

楊子曰：「古人之言，意愈切者辭愈緩。孟子告齊宣王，當其責王臣之友，不知其責士師；當其責士師，不知其責王。」

庸言十七

楊子曰：「修身在立主，立主在有力。孟子曰『先立乎其大者』，此修身而立主者也。《易》曰：『雷在天上，大壯。君子以非禮勿履。』夫惟有雷在天上之力，然後能爲非禮勿履之事，此立主而有力者也。修身而立主，立主而有力，斯人也不曰真大丈夫，孰爲真大丈夫？」

楊子曰：「古之人責人有終，責己無終。」

楊子曰：「齊莊公設勇爵以募勇士，而得殖綽、郭最；孟子設天爵以募天民，吾聞其語矣，未見其人也。」

楊子曰：「赤子失其母，而鄰之母乳之。貌非母也，聲非母也，而撫之則母也。朝而啼，夕而笑，始乎鄰，卒乎母矣。烏知鄰母之非吾母歟？惟民亦然。爲人上者乃使鄰之母得乳吾之赤子，何哉？」

楊子曰：「一杯之水不能勝一車薪之火，仁之細也；五穀不熟，不如荑稗，仁之粗也。細則功不大，粗則力不精。」

或問：「孟子曰：『伊尹以堯舜之道要湯。』君可要乎？」楊子曰：「君求於臣可，臣求於君不可。」

或曰：「孔子主彌子則衛卿可得，孔子何愛於主之以得其位、行其道哉？」楊子曰：「孔子之與衛卿不可以兩得也，得衛卿則喪孔子矣。非衛卿之能喪孔子也，自彌子而得衛卿則足以喪孔子矣。孔子如此其巍巍也，而一主彌子即喪孔子，故孟子曰：『使孔子而主癰疽、瘠環，則不足以爲孔子。』」

或曰：「百里奚之非自鬻，孟子言之明矣。若夫宮之奇與百里奚之諫與不諫，臣子宜孰則？」楊子曰：「宮之奇哉！」「然則孟子之言曰：『宮之奇諫，百里奚不諫，知虞公之不可諫而不諫，可謂不智乎？知虞公之將亡而先去之，不可謂不智也。』孟子之言非歟？」曰：「是孟子之意也。忠者臣之則，智者臣之賊。百里奚非虞之臣子乎？君違不能諫，而逆言之，言吾知其不可諫；國將亡不能死，而又先去之。智矣，未知焉得忠？故孟子與其智而已矣。與日月争光者，其惟宮之奇乎哉！」或曰：「百里奚死虞，則何以有相秦之功？」曰：「爲人臣者，節至焉，功次焉。婦之事夫，倚市門，狎不逞，夫病棄之，家貧離之，而曰『克家』乎？臣之事主亦然。虞在與在，虞亡與亡，則百里奚無相秦之功，獨不可乎？」或曰：「然則孟子曰：『相秦而顯其君於天下，可傳於後世，不賢而能之乎？』此言何謂也？」曰：「去虞之智，以功没罪；相秦之賢，以罪没功，孟子乎？」

或問：「孔子曰：『温故而知新，可以爲師。』何也？」楊子曰：「『温故而知新』，豈特可謂一時之師哉？爲百世之師可也。」「然則其誰能之？」曰：「其惟孔子乎？」「然則温故爲難乎？温故而知新爲難乎？」曰：「温故非難也，温故而知新則難也。」「然則其孰爲故？孰爲新？」曰：「古人已往之迹之謂故，出古人故迹之外神而明之之謂新。」

楊子曰：「周籍之未去，文、武、周公，諸侯之深讎也；及其既去，國之八百爲七十二，七十二爲六七，當此之時，必有思其深讎而不可得者矣。」

或曰：「閔子不肯爲季氏之臣，惡季氏之專魯而不忍汙其身也。孔子於季桓子乃有行可之仕，何也？」楊子曰：「佛肸、公山之召猶欲往，况季氏乎？且夫子之仕於季桓子也，而豈徒哉？」

楊子曰：「舜寧失不經，而後世不失不辜，自夫不應爲之法始也；❶孔子有不税冕而行，而後世有税冕而不得行，自夫擅去官之法始也。而天下不治，則上之人從而尤之曰：『法未密也。』噫！」

庸言十八

楊子曰：「以位爲賢，陽貨賢於仲尼；以貲爲賢，李氏賢於顔子。」

或問：「孔子謂季氏『八佾舞於庭，是可忍也，孰不可忍也』，何也？」楊子曰：「忍始於八佾，終於弑父與君。」

楊子曰：「衣有破，補則全；人有過，補則賢。」

楊子曰：「《春秋》以一字爲褒貶，《易》以一字爲義理。」

楊子曰：「《易》，六藝之首種也，天穀之，羲播之，文王芽之，周公、仲尼甲拆之。」

---

❶「夫」，原作「失」，今據文義改。

楊子曰：「一思而是非之心明，再思而利害之心生。利害之心生，而是非之心昏矣。學者警之。」

或問：「横渠子云：『日質本陰，月質本陽。』何謂也？」楊子曰：「日，火也，火者天地之中女；月，水也，水者天地之中男。」又問：「『陽陷於陰爲水，附於陰爲火』，何謂也？」曰：「男以陷言，女以麗言。」

或問：「『夷狄之有君，不如諸夏之亡』，何也？」楊子曰：「狄宜無而有，夏宜有而無。」

或問：「『仁，人心也；義，人路也』，何也？」楊子曰：「無心烏生？無路烏行？」

或問：「莊子曰：『聖人觀於天而不助。』何謂也？」楊子曰：「循天理之謂觀，加人力之謂助。」

楊子曰：「『色斯舉矣』，有未色而舉者，『賢者避世，其次避地』是也；『翔而後集』，有翔而不集者，『危邦不入，亂邦不居』是也。」

楊子曰：「《國語》謂『擇福莫若重，擇禍莫若輕』，自以爲智矣，不知夫福者競之端，禍者盈之報。擇福以輕，其禍猶重，而况擇福之重者乎？使此智可行，則李斯之禍免矣。」

或問：「『晉文公譎而不正，齊桓公正而不譎』，何如？」楊子曰：「文視諸侯則正，視桓譎矣；桓視文則正，視三王譎矣。」

楊子曰：「君子其上行道，其次守道；其上捐身，其次潔身。」

楊子曰：「聖人以道行命，中人以命行義。」

楊子曰：「天下不一則不治，戰國是也；不一則不亂，秦是也。」

或問：「何謂一？何謂中？」楊子曰：「會之曰一，約之曰中。」

楊子曰：「孔子登東山而小魯，登太山而小天下，而况君子登顔孟之東山，登周孔之太山乎？」

或問：「儒者謂『封建不復，古不復矣』，何如？」楊子曰：「孟子欲天下定于一，世儒欲天下定于萬。」

或問：「門人厚葬顔子，夫子奚而不可也？」楊子曰：「顔之心，門人知之乎？知之者，夫子也。」「然則顔之心奚若？」曰：「顔之所耻，門人之所榮；顔之所榮，門人之所耻。」

楊子曰：「神有不能窮，而化無不可知。窮神則人不弱，知化則天不强。」

或問：「何謂『窮神知化』？」楊子曰：「神者，心也；化者，天地萬物之變也。不盡其心，不達其變。」

楊子曰：「世之所謂爲人者我知之矣，其所鶩者是也。舉一世之所鶩而不置者，曰飲食男女焉而已矣，飲食男女之外無行焉。是果古之所謂爲人者耶？古之所謂爲人者何也？將以並天地而三之焉者也。且天地若此其至大也，吾人若此其至小也，以至小並至大，其必有以也，將以其止於飲食男女之能而已耶？抑不以其止於飲食男女之能而已也？若曰以其止於飲食男女之能而已也，則夫飛焉者走焉者亦皆能吾人之所能也。吾人能彼之所能，而遽自以爲足以並天地；彼能吾人之所能，乃不足以並吾人也？今吾之所能未離乎彼之所能，求以異乎彼，且無以異乎彼也，而欲以並彼之所不得並也，遐矣哉！」

庸言十九

或問：「《詩》有六義，何如？」楊子曰：「此説《詩》者失之也。《詩》之體有三，《詩》之作有三。一曰風，二曰雅，三曰頌，此《詩》之體也；一曰興，二曰賦，三曰比，此《詩》之作也，何義之有？」

或問：「陽貨饋孔子豚，孔子受焉；繆公亟餽子思鼎肉，子思辭焉，何也？」楊子曰：「惟陽貨之饋不可以不受，惟繆公之餽可以不受。」

或問：「『乾知大始，坤作成物。乾以易知，坤以簡能』，何也？」楊子曰：「天因物，故易；地因天，故簡。」

或問：「『易則易知，簡則易從。易知則有親，易從則有功。有親則可久，有功則可大。可久則賢人之德，可大則賢人之業。易簡而天下之理得矣。』何也？」楊子曰：「聖賢以易簡成，小人以智巧敗。易簡無它，因天下萬物之理而順之耳。」

或問：「『仰以觀於天文，俯以察於地理，是故知幽明之故；原始反終，故知死生之說。』何也？」楊子曰：「以地之明，知天之幽；以始之生，知終之死。見其一，知其萬也。」「何也？」「明必有幽，始必有終也。其理必然，不足怪也。」

或問：「『精氣爲物，遊魂爲變，是故知鬼神之情狀』，何也？」楊子曰：「氣之精者凝而爲物，故有知而謂之神；氣之逝者遊而爲變，故無知而謂之鬼。魂者，氣也；鬼者，體也，亦謂之魄。故神存則物生，神去則物死。神者，體之主人；體者，神之傳舍。」

或曰：「作《易》者誰乎？非聖人孰能之？」楊子曰：「非也。」「然則孰作之？」曰：「天地。」「然則天地能作《易》乎？」曰：「天地不能作《易》而能有易。有易者具是理，作《易》者書是理。猶繪事焉，物必有其生，繪乃肖其生。世無日星，何從而繪日星？世無山龍，何從而繪山龍？是故天地者，易之生也；《易》

者，天地之肖也。彼以其天，我以吾乾；彼以其地，我以吾坤。不觀乾坤二卦乎？此之貴賤，彼之卑高；此之剛柔，彼之動静。吉凶者，其方物；變化者，其象形也。故《繫辭》曰：『天尊地卑，乾坤定矣。卑高以陳，貴賤位矣。動静有常，剛柔斷矣。方以類聚，物以群分，吉凶生矣。在天成象，在地成形，變化見矣。』」

或問：「『道者不可須臾離』，何也？」楊子曰：「人之於道，猶魚之於水也。魚可須臾離於水，則人可須臾離於道。」

楊子曰：「水爲冰，雨爲雪，精氣爲物也。聖人因其有而處其有，不以無廢有。冰爲水，雪爲雨，遊魂爲變也。聖人因其無而聽其無，不以有遁無。異端反是。」

或問：「何謂鬼神之情狀？」楊子曰：「情存則神，狀存則鬼。」

或問：「『通乎晝夜之道而知』，何也？」楊子曰：「晝則作，夜則息，死生一晝夜也，晝夜一死生也。」

或問：「今不如古，信乎？」楊子曰：「奚而不信？古者官人以世，後世官人以人；古者士大夫專殺，後世天子不專殺；古者士死必以殉，後世天子不以殉。今不如古，奚而不信？」

楊子曰：「有所忘，則必有所不忘；有所不忘，則必有所忘。」

楊子曰：「武帝問：『禹湯水旱，厥咎何繇？』公孫弘對曰：『湯之旱，桀之餘烈也。』弘之爲湯諱，巧矣，桀亦無辭也。至曰『堯遭洪水，未聞禹之有水也』，弘知爲禹諱矣，獨不爲堯地乎？獨不慮堯之有辭乎？聖人未嘗諱過也，獨諱天災乎？爲聖人諱過者，小人之諛也；爲聖人諱天災者，又諛之諛也。弘諛湯而諱湯之旱，諱湯而移之桀，知桀之無辭而後發也，猶諱父而移之盜也。又以諛湯者諛禹，又以諱禹者移之堯，此諛之窮也，猶諱父而移之祖也。堯固無辭也，非惟無辭也，猶將引咎以罪己也。三聖一道也，弘諛其二，毁其一。豈惟毁其一，又援堯之手而坐於桀之側。堯亦無辭也，桀何顔哉？而弘獨有顔以見堯也？臧文仲曰：『禹湯罪己。』由弘之言，則臧文仲之言妄矣。」

庸言二十

楊子曰：「成天下之事者，譬之山行而攀木焉，陟者以順攀爲進，降者以逆攀爲進。事之成，豈一端而已哉！」

楊子曰：「人有一足履甲之舟，一足履乙之舟，不惟不受於甲，亦不受於乙；人有一足居閫之内，一足居閫之外，不惟不信於外，亦不信於内。故高帝曰：『陳平智有餘，然難獨任。』」

楊子曰：「梓人能爲明堂路寢，而居無廬；輪人能爲乘輿玉路，而出無車；仲尼能爲堯、舜、禹、湯、文、武、周公之業，而糧無餘。」

楊子曰：「有諸己而求諸人，無諸己而非諸人，此君子之事也。聖人不然，有諸己而不求諸人，無諸己而不非諸人。」

楊子曰：「喜者陽之循，怒者陰之拂。欲者陽之伸，懼者陰之詘。不動於陰陽之謂性，動於陰陽之謂情。動而復於不動是爲聖賢君子。動而不復，不復而無不之也，民斯爲下矣。彼異端者，甚惡四者之情而求去之。情可去，性亦可去矣。不惟性可去，陰陽亦可去矣。」

或問：「『一陰一陽之謂道』，何謂也？」楊子曰：「一陰一陽而非道，何者爲道？一陰一陽，天地所不能逭也，而況人物乎？陰陽之在天地，其位爲高下，其精爲日月，其運爲寒暑，其物爲水火，闕其一則天地息；陰陽之在人物，其耦爲夫婦，其親爲父子，其分爲君臣，其道爲仁義，其事爲德刑，其類爲君子、小人、中國、夷狄、禽獸，闕其一則人物息。天地也，人物也，均物也。所以行天地、人物者，道也。不能不有之謂物，不得不行之謂道。」

或問：「上《繫》首章既曰『天尊地卑』，又曰『乾坤定矣』，何謂也？」楊子曰：「天下有二易，有造化之易，有策書之《易》。造化之易原乎太極，策書之《易》成乎聖人。《易》豈聖人之私書哉？太極以《易》書示聖人，聖人以《易》書述太極，如是而已爾。」「未喻。」曰：「聖人觀彼之天地，得吾易之乾坤；觀彼之卑高，得吾易之貴賤；觀彼之動静，得吾易之剛柔；觀彼之方物，得吾易之凶吉；觀彼之形象，得吾易之變化。天之除虐，嘗假手於成湯；天之作易，亦假手於三聖。」

楊子曰：「『克己復禮』，不可以有己；『爲仁由己』，不可以無己。」

或問：「涉世當若之何？」楊子曰：「寧得罪於君子，毋得罪於小人。得罪於君子，君子必察；得罪於小人，小人必殺。」

楊子曰：「古之法亦疏矣，未若後世之備也。舜寧失不經，未有不應爲之章也；孔子不税冕而行，未有擅去官之章也。」

或問：「賜自以不如回，爲其聞一知二、聞一知十之相遠也，何如？」楊子曰：「子貢聞一知二，多矣。聞一知十，可乎？」

或問：「孔子謂曾子曰：『吾道一以貫之。』又謂子貢曰：『吾道一以貫之。』何謂一？」楊子曰：「入乎君臣父子、仁義禮樂之謂一，出乎君臣父子、仁義禮樂之謂二。」「然則孰爲二？」曰：「楊墨也，申韓也，釋老也。」

或問：「韓子、歐陽子何人也？」楊子曰：「聖之徒也。」「何以知之？」曰：「孟子曰：『能言距楊墨者，聖人之徒也。』孟子能言距楊墨者也，韓子、歐陽子能言距釋老者也。能言距楊墨者爲聖之徒，能言距釋老者非聖之徒乎？」「然則或謂二子未知道也，信乎？」曰：「二子之未知道，其未知君臣父子、仁義禮樂之道乎？抑亦未知清浄寂滅、虚玄空無之道乎？不知乎前，二子焉得爲聖之徒？不知乎後，二子焉得爲非聖之徒？」

或問：❶「何謂『安其身而後動』？」❷楊子曰：「安在動後，非憂則悔。」又問：「何謂『慮其交而後求』？」楊子曰：「慮在求後，非辱則累。」

---

❶「問」，原殘闕，今據四部叢刊本補。

❷「何」，原殘闕，今據四部叢刊本補。

誠齋集卷第九十五

廬陵楊万里廷秀

解

天問天對解引

予讀柳文，每病於《天對》之難讀。杜少陵曰：「讀書難字過。」然則前輩之讀書，亦有病於難字者耶？病於難，前輩與予同之。初病於難而終則易焉，予豈前輩之敢望哉？因取《離騷》、《天問》及二家舊注釋文，而酌以予之意以解之，庶以易其難云。

天問天對解

屈原問　柳宗元對

問曰：「遂古之初，誰傳道之？上下未形，何由考之？」

遂古，往古也。太古天地未分之説，傳之者誰？何以考究？

對曰：「本始之茫，誕者傳焉。鴻靈幽紛，曷可言焉？」

古蓋茫乎其不可考也。傳其有初者，虚誕者爲之也。鴻荒靈怪，幽深紛紊，何可得而言哉？且不可得而言也，考且得而考也耶？

問曰：「冥昭瞢闇，誰能極之？馮翼惟像，何以識之？明明闇闇，惟時何爲？」

日月之夜冥晝昭，何以然也？其理瞢然而闇，誰能窮極之者？天地之馮馮而盛滿，萬形之翼翼而衆多，何以然也？其像初誰識而命之者？人物之明明，鬼神之闇闇，是又誰爲之者？時，是也。馮馮，盛滿；翼翼，衆也，見顔師古《漢書·禮樂志》「桂華馮馮翼翼」。

對曰：「曶黑晣眇，往來屯屯。尨昧革化，惟元氣存，而何爲焉？」曶音忽。

曶爽昭晣而爲晝，昏黑窈眇而爲夜，❶蓋日往月來，月往日來，自爾而已。屯屯而昧焉，則冥昭瞢闇之理蓋不可得而窮極也。二儀之盛滿者自盛滿爾，萬形之衆多者自衆多爾，人物之明明者自明明爾，鬼神之闇闇者自闇闇爾。倏焉而革，泯焉而化，此其尨昧之氣像蓋不可得而測識也。日月晝夜之由不可窮也，天地、人物、鬼神之由不可識也，又孰有爲之者哉？蓋亦强名之曰「惟元氣存」而已。曶爽，見《漢·郊祀志》，謂昧爽也。

問曰：「陰陽三合，何本何化？圜則九重，孰營度之？惟茲何功？孰初作之？」

「獨陰不生，獨陽不生，獨天不生，三合然後生」，此穀梁子之言也。陰陽三合，若之何而本原？若之何而化生？天體之圜也，孰與之營造而能圜？天重之九也，孰與之量度而有九？凡如此者，奚而功？誰

❶「窈眇」，原殘闕，今據四部叢刊本補。

之作哉？

對曰：「合焉者三，一以統同。吁炎吹冷，交錯而功。無營以成，沓陽而九。轉轂音火。渾淪，蒙以圜號。冥凝玄釐，無功無作。」

陰陽之合以三，而元氣統之以一。炎者，元氣之吁也。冷者，元氣之吹也。吁而吹，吹而吁，炎而寒，寒而炎，交錯而自爾功者也。其始無本，其末無化。天之九重者，陽數之合沓而積者爾；天之圜體者，一氣轉輪而渾茫者爾，烏有所營，烏有所度哉？其凝而結也，冥然而凝，莫見其所以凝；其釐而治也，玄然而釐，莫見其所以釐，烏有所功，烏有所作哉？蒙，加也。號，名也。天之圜亦豈真圜耶？人不見其際而見其圜，故加之以圜之名而已，故曰「蒙以圜號」。

問曰：「斡維焉繫？❶天極焉加？❷八柱何當？東南何虧？九天之際，安放安屬？」

天維之斡旋，何所繫綴？天地之垠涯，又何所加？八柱、九天，亦同此問也。

對曰：「烏傒繫維？乃縻身位。無極之極，漭彌非垠。或形之加，孰取大焉？皇熙亹亹，胡棟胡宇？完離不屬，焉恃夫八柱？無青無黄，無赤無黑，無中無旁，烏際乎天則？」

天有繫以維，則羈縻其體與位矣，天無待於繫者也。天有極以加，則有形而不大矣，天無極而大者也。皇

❶「斡」，原作「幹」，今據《四部叢刊初編》影印明翻宋本《楚辭》卷三《天問》改。

❷「天」，原作「極」，今據《楚辭》卷三《天問》改。

熙者，天大而廣也。天廣大而亹亹不息，不棟不宇，全然離物而無所連屬，豈有八山爲柱之恃哉？九天者，東曰皞天，東南曰陽天，南曰赤天，西南曰朱，西曰成，西北曰幽，北曰玄，東北曰鸞，中央曰鈞天也。天無色而亦無方，豈有九天之涯際哉？

問曰：「隈隅多有，誰知其數？天何所沓？十二焉分？日月安屬？列星安陳？」天地之旁角，誰知其衆多之數？天運之會合，何以有子丑之辰？辰者，日月所會也。沓，合也。日月、列星，亦同此問。屬音注，又音樹。

對曰：「巧欺淫詆，幽陽以別。無限無隅，曷懵厥列？折篿剡筳，午施旁豎。鞠明究曛，自取十二。非余之爲，焉以告汝？規燬魄淵，大虛是屬。棊施萬熒，篿音專，筳音廷，竹也。楚人折竹以卜。咸是焉託。」懵，莫孔切。巧謂機巧也。淫謂巫史之淫瞽也。午施者，布筭於中而横也。旁豎者，布筭於邊而直也。鞠者推也，規者圜也，燬者日也，魄者缺也，淵者月也。日者火之精，故曰燬。日無缺，故曰規燬也。月者水之精，故曰淵。月至望後生魄則缺，故曰魄淵也。萬熒者星也。蓋天地之列位，有幽陰陽明之別而已，烏有所謂隈隅旁角也哉？謂之有隈隅旁角者，機巧淫瞽之言欺詆云爾。天運之推移，有晝而明、夕而曛而已，烏有所謂十二辰之定名也哉？謂之有十二辰者，卜筮之人折竹施布以推究晝夜者之强名自取云爾。然則隈隅之數，十二之名，豈天之作爲哉？是皆非天之所作爲，則屈子以此問天，天亦何以告屈子也？故曰「非余之爲，焉以告汝」。余者，天也。汝者，屈子也。至於「日月安屬」，則有所屬焉，「大虛是屬」是也。「列星安陳」，則亦託於大虛焉，故曰「咸是焉託」。

問曰：「出自湯谷，次于蒙汜。自明及晦，所行幾里？夜光何德，死則又育？厥利維何，而顧兔在腹？」

湯谷、蒙汜，日出入之所也。夜光，月也。汜音祀，湯音暘。

對曰：「輻旋南晝，軸奠于北。孰彼有出次？惟汝方之仄。平施旁運，烏有谷、汜？當焉爲明，不逮爲晦。度引久窮，不可以里。燬炎莫儷，淵迫而魄。遐違乃專，何以死育？玄陰多缺，奚感厥兔？不形之形，惟神是類。」

輻以喻天體，軸以喻天極，天運而極不動。日之行，遡天而旋以成晝者也，彼孰有所謂出，孰有所謂次也哉？惟人見其方之仄而東，則謂日出於東；見其方之仄而西，則謂日次於西，彼未始有出次也。平施旁達，亦未始有暘谷與蒙汜也。當日之所及，則爲晝而明；不當日之所及，則爲夜而晦。曆家引三百六十五度之説爲日之行者，其説久則亦窮矣，又豈可以里而計哉？日之炎也，可違而不可並也。月迫而並焉，則月之光不勝日，是以魄而缺，烏有所謂死？月違而遠焉，則月之光得以專，是以明而盈，烏有所謂育？月之陰也，以缺爲體也。以陰感陰，兔者陰之類也；以缺感缺，兔者缺之形也。

問曰：「女岐無合夫，焉取九子？」

王逸云：「女岐，神女，無夫而生九子。」

對曰：「陽健陰淫，降施蒸摩。岐靈而子，焉以夫爲？」

岐女既曰神靈，則不夫而子也宜。

問曰：「伯强何處？惠氣安在？」

王逸云：「伯强，疫鬼也。惠氣，和氣也。」

對曰：「怪瀰冥更，伯强乃陽。順和調度，惠氣出行。時屆時縮，何有處鄉？」

瀰猶彌也。更，去聲。怪而彌怪，冥而更冥，彌怪與更冥合，此伯强之所以生也。和順既調，則惠氣行矣。故伯强緣癘氣而屆，惠氣以癘氣而縮者也；惠氣以和順而屆，伯强緣和順而縮者也。莫非一氣也，又烏有伯强居處之鄉？

問曰：「何闔而晦？何開而明？角宿未旦，曜靈安藏？」

角，東方星。曜靈，日也。

對曰：「明焉非闢，晦焉非藏。孰旦孰幽？繆躔于經。蒼龍之寓，而廷彼角亢？」

旦之明，不得不明，非有所開而明；夕之幽，不得不幽，非有所藏而幽。謂之有經躔者，傳者之繆也。彼日之出於蒼龍之東，特寓焉耳，豈真以角亢之宿爲日之廷者耶？故激其詞曰：「蒼龍之寓，而廷彼角亢乎？」廷猶太微三光之廷。

問曰：「不任汩鴻，師何以尚之？僉答何憂，何不課而行之？鴟龜曳銜，鮌何聽焉？順欲成功，帝何刑焉？永遏在羽山，夫何三年不施？伯禹愎鮌，夫何以變化？纂就前緒，遂成考功。何續初繼業，而厥謀不固？洪泉極深，何以寘音田。之？地方九州，則何以墳之？應龍何畫？河海何歷？鮌何所營？禹何所成？」

王逸云：「汩，治也。鴻，鴻水也。師，衆也。堯放鮌於羽山，飛鳥蟲曳銜鮌而食之。三年不施，謂不舍其罪也。鮌很愎而生禹，禹何以變鮌之愎？洪水之淵泉極深，禹何以填塞？墳，分也。九土禹何以能分别？禹治水時，有神龍以尾畫，導水徑焉。」万里曰：「汩謂亂。『不任汩鴻』者，謂鮌之才不能任治水之事，故於鴻水反汩亂奔潰而益甚也。《書》曰：『鮌堙洪水，汩陳其五行。』王逸東漢人，時古文《尚書》未出，故誤爾。」

對曰：「惟鮌譊譊，音鐃。隣聖而孽。恒師厖蒙，乃尚其圮。后惟帥之難，矉頞使試。盗堙息壤，招音翹。帝震怒。賦刑在下，投棄于羽。方陟元子，以胤功定地。胡離厥考，而鴟龜肆喙。氣孽宜害，而嗣續得聖。汙塗而蕖，夫固不可以類。胘窮躄步，橋楯勩踣。厥十有三載，乃蓋考醜。宜儀形九疇，受是玄寶。昏成厥孽，昭生于德。惟氏之繼，夫孰謀之式？行鴻下隤，厥丘乃降。焉填絶淵，然後夷于土。從民之宜，乃九于野。墳厥貢藝，而有上中下。胡聖爲不足，反謀龍智。畚鍤究勤，而欺畫厥尾。」

鮌很愎而譊譊，故近堯舜之聖而其孽不移。師言推之尚之，蓋衆人之蒙，而不知其圮族故也。「后惟帥之難」，「帥」疑當作「師」，謂堯難於違衆，不得已深矉蹙頞而使試焉。鮌乃盗堙上帝之息壤，以招上帝之震怒，故刑而棄之於羽山。堯於是升其子禹，以嗣其功。以鮌之孽而生禹之聖，此如汙泥之生芙蕖，夫豈以類云乎哉？鮌之昏，禹之昭，何害於姒氏之繼？豈有所謂厥謀之不同哉？行鴻水而下傾之，此所以降丘宅土也，初無所謂寘洪泉之説也；從民之宜而分九土，此本於禹之聖而勤也，初無所謂龍尾畫之説也。爲此説者，皆欺者爲之也。《左氏傳》：「國武子好盡言以招人過。」所謂「招帝震怒」，與此「招」同。柳子《息壤記》云：「昔之異書，有記洪水滔天，鮌竊帝之息壤以堙洪水，帝乃令祝融殺鮌于羽郊。」

問曰：「康回馮怒，地何故以東南傾？」

馮怒，見《左傳》。馮猶盛滿也。馮怒者，盛怒也。王逸：「康回，共工名也。共工與顓頊争爲帝，不得，怒而觸不周之山。天維絶，地柱折，故東南傾。」

對曰：「圜燾廓大，厥立不植。地之東南，亦已西北。彼回小子，胡顛隕爾力？夫誰駭汝爲此，而以愚天極？」

圜燾，天也。天謂屈原曰：「天之廓大者，亦立於虚而無所植，則地之立豈有植乎？地之東南傾，亦猶吾之西北傾也。」已者，天自謂也。是地之東南傾，莫知其然而然也，豈康回小子之力所能觸而折絶乎？誰爲是説以駭汝，而汝以此説愚擾天聽也？《陸賈傳》云：「毋久慁汝爲。」

問曰：「九河何錯？川谷何洿？音户。東流不溢，孰知其故？」

洿，深也。

對曰：「州錯富媪，爰定于趾。躁川静谷，形有高庳。音髀。東窮歸墟，又環西盈。脉穴土區，而濁濁清清。墳壚燥疏，滲渴而升。充融有餘，泄漏復行。器運漱漱，又何溢爲？」

水涸者，地脉之收；水流者，地脉之行。燥則收，衍則流。人見其常顯流而窮於東也，不知其已陰滲而環於西也。人之氣血降而不升，則人死矣。水者，天地之氣血也，東而不西，流而不收，則天地有不死乎？然則水之穴於土區也，如運行於一器之内漱漱焉爾，積而不運則溢也，運而不積則又何溢爲哉？富媪，后土神也。《前漢書·禮樂志》云媪神宴娭。趾，下也。歸墟，海也。漱漱，水流貌，音攸。

問曰：「東西南北，其脩孰多？」

脩，長也。

對曰：「東西南北，其極無方。夫何鴻洞，課校脩長？」

澒音胡孔切。

問曰：「南北順隮，其衍幾何？」

隮音妥，狹長也。衍，廣也。

對曰：「茫忽不準，孰衍孰窮？」

問曰：「崑崙縣圃，其尻安在？」

崑崙山在西北，其顛曰縣圃，縣圃上通於天。尻，古「居」字。

對曰：「積高于乾，崑崙攸居。蓬首虎齒，爰穴爰都。」

乾，西北也，是崑崙居之方也。蓬首虎齒，西王母也。西王居於崑崙。

問曰：「增城九重，❶其高幾里？」

《淮南子》：「崑崙之山，其高萬五千里。」

對曰：「增城之里，萬有五千。」

❶「城」，原作「成」，今據《楚辭》卷三《天問》及下文改。

「五」又作「三」，未詳。

問曰：「四方之門，其誰從焉？　西北闢啓，何氣通焉？」

天地四方之門。

對曰：「清温燠寒，迭出于時。時之丕革，由是而門。辟啓以通，兹氣之元。」

春夏秋冬氣之出者，即四方之門也。

問曰：「日安不到，燭龍何照？」

王逸曰：「天之西北，有幽冥無日之國，有龍銜燭而照之。」

對曰：「倏龍口燎，爰北其首。九陰極冥，厥朔以炳。」

口燎，謂銜燭也。

問曰：「羲和之未揚，若華何光？」

羲和，日御也。若華，若木也。

對曰：「惟若之華，禀羲以耀。」

若木之光華，受日而後光也。

問曰：「何所冬暖？　何所夏寒？」

對曰：「狂山凝凝，冰于北至。爰有炎洲，司寒不得以試。」

凝音嶷。北有冰山，故夏寒；南有炎洲，故冬暖。

問曰：「焉有石林？ 何獸能言？」

石山無木，猩猩能言。

對曰：「石胡不林，往視西極。 獸言嘐嘐，人名是達。」

西極有不木之山。

問曰：「焉有虬龍，負熊以遊？」

王逸云：「角曰龍，無曰虬。 有無角之龍，負熊獸以遊。」

對曰：「有虬螻蛇，不角不鱗。 嬉夫玄熊，相待以神。」

言有此二物相須而爲神怪也。

問曰：「雄虺九首，倏忽焉在？」

王逸云：「虺，蛇也。 倏忽，電光也。」

對曰：「南有怪虺，羅首以噬。 倏忽之居，帝南北海。」

《莊子》：「南方之帝曰倏，北方之帝曰忽。」王逸以爲電，非也。

問曰：「何所不死？ 長人何守？」

王逸云：「《括地象》曰：『有不死之國。』」長人，防風氏，又長狄。

對曰：「員丘之國，身民後死。 封嵎之守，其横九里。」

防風氏身長九里。

問曰：「靡蓱九衢，枲華安居？」

蓱，水草，而生於九衢之路。枲，麻也。王逸云。

對曰：「有蓱九岐，厥圖以詭。浮山孰産？赤華伊枲。」

舊注：「《山海經》多言其岐五衢，又云四衢。衢，岐也。王逸以爲生九衢中，恐謬。」又：「浮山有草焉，其葉如麻。赤華即枲華也。」華即「花」字。

問曰：「一蛇吞象，厥大何如？」

《山海經》：「南方有靈蛇吞象，三年然後出其骨。」

對曰：「巴蛇腹象，足覿厥大。三歲遺骨，其脩已號。」

足見其大，稱其長也。號，稱也。

問曰：「黑水、玄趾、三危安在？」

玄趾、三危皆山名，黑水出崑崙。

對曰：「黑水淫淫，窮于不姜。玄趾則北，三危則南。」

不姜，未詳，蓋地名也。

問曰：「延年不死，壽何所止？」

仙也。

對曰：「僊者幽幽，壽焉孰慕？短長不齊，咸各有止。胡紛華漫汗，而潛謂不死？」

名生而實死也。

問曰：「鯪魚何所？鬿堆焉處？」鯪音陵，鬿音祈。

王逸云：「鯪魚，鯪鯉也，四足，出南方。鬿堆，奇獸也。」

對曰：「鯪魚人貌，邇列姑射。鬿雀峙北號，惟人是食。」

舊注：「《山海經》：『鯪魚在海中，近列姑射山。』『堆』當爲『雀』。鬿雀在北號山，如雞，虎爪，食人。王逸誤注。」

問曰：「羿焉彃日？烏焉解羽？」

《淮南子》：「堯時十日並出，堯令羿射中九日，日中九烏皆死，墮其羽翼。」

對曰：「焉有十日？其火百物。羿宜炭赫厥體，胡庸以枝屈？大澤千里，群鳥是解。」

舊注：「《山海經》：『大澤千里，群鳥之所解。』《問》作『烏』，字當爲『鳥』，後人不知，因配上句改爲『烏』。」

問曰：「禹之力獻功，降省下土四方。焉得彼嵞山女，而通之於台桑？閔妃匹合，厥身是繼。胡維嗜欲不同味，而快鼂飽？啓代益作后，卒然離蠥。何啓維憂，而能拘是達？皆歸射蘜，而無害厥躬。何后益作革，而禹播降？啓棘賓商，《九辯》、《九歌》。何勤子屠母，而死分竟地？」

嵞音塗。鼂音招，早也，與「朝」同。離，遭也。蠥音孽，憂也。台桑，地名也。拘，隔也。射，行也。蘜音鞠，窮也，謂有扈氏之所行皆窮惡也。棘，陳也。賓，列也。商，宮商也。《九辯》、《九歌》，啓所作樂也。屠，副剥也。王逸云：「禹膈剥母背而生，其母之身，分散竟地。」朱熹曰：「『啓棘賓商』當作『啓夢賓天』，如秦穆公、趙簡子夢上賓于鈞天，九奏萬舞也。古篆書『夢』字似『棘』，『天』字似『商』。」

對曰：「禹懲于續，螽婦亟合。胈離厥膚，三門以不眩。呱呱之不盡，而孰圖味？卒燥中野，民攸宇一作「字」。攸暨。彼呱克藏，俾姒作夏。獻后益于帝，諄諄以不命。復爲叟耆，曷戚曷孽？呱勤于德，民以乳活。扈仇厥正，帝授柄以撻兇窮。聖庸夫孰克害？益革民艱，咸粲厥粒。惟禹授以土，爰稼萬億。違溺踐垍，休居以康食。姑不失聖，天一本無「聖天」。胡往不道？啓達厥聲，堪輿以呻。辨同容之序，帝以賀嬪。禹母産聖，何謳厥旅？彼淫言亂噣，聰聝以不處。」

禹懲創於無嗣，故亟娶於塗山爾，豈以慾哉？彼股無胈而不恤也，三過門而不視也。「眩」即「眠」字。啓呱呱而不傷也，而孰圖於世味之慾哉？惟禹之用心如此，故卒能援天下之濕而置之於燥，宇天下之民而置之於安。暨猶塈也。塈者，安也。「彼呱克臧」者，呱謂啓也。啓能爲善，故使姒氏爲夏國，而不使伯益得以代夏國。且禹之薦益於天，非不至也，而天諄諄之命不歸於益者，以啓之克臧故也。益雖不受命，然不失爲夏之老臣，益又何戚於己，何孽於夏哉？啓既受命而勤於德，故民得以乳活也。且啓之德正也，有扈氏不正也。以不正而讎正，天之所以授啓以征伐之柄以撻之也。兇之必窮，聖之必功，天之理也，孰能害聖哉？庸，功也。且夫伯益革民之艱食而使之粒食，雖益之功也，授天下以平土而得以稼，出天下於既溺而踐履於堅土，彼息天下之居而康裕天下之食者，實禹之功也。垍者，堅土也。食者，食廩之食也。禹之聖如此，而啓又且不失禹之聖，則天命胡往而不導之哉？姑者，且也。道者，導也。「啓達厥聲，堪輿以呻」，謂啓能作《九辯》、《九歌》以達樂之聲，而天地之間莫不歌吟之也。呻者，吟也。「辨同容之序，帝以賀嬪」者，何也？　容者，和也，大樂與天地同和。　啓之《九辯》、《九歌》能分别其與天地同和始終先後之序，則啓之樂大矣。　故能與天之和相賀易而易地皆和也，與天之和相媲配而無不齊也。賀者，易也。　嬪者，配也。　帝者，天也。　「禹母産聖，何疈厥旅」，言禹母之産禹也，初無腷剥母背之怪。《詩》曰：「不坼不副。」「副」與「疈」同，音拍逼切。　旅者，背也。　「旅」與「膂」同。　謂禹生之怪者，淫瞽之言，出於妄亂者之口而已，聽者割耳而不聽此語也。　噣音晝，口也。　聝音馘，割耳也。　聽聝猶曰洗耳云。

問曰：「帝降夷羿，革孽夏民。　胡羿射夫河伯，而妻彼雒嬪？　馮珧利決，封豨是射。　何獻蒸肉之膏，而后帝不若？　浞娶純狐，眩妻爰謀。　何羿之射革，而交吞揆之？」

「帝降夷羿，革孽夏民」者，言天降后羿，以篡夏革命，而爲夏民之孽也。　「胡射夫河伯，而妻彼雒嬪」者，河伯化爲白龍，羿何射眇其左目也？　羿又夢與雒水神宓妃交。　「馮珧利決，封豨是射」者，馮，恃也；珧，弓名也，音姚；封豨，神獸也。　言不德，惟恃其弓以射神獸，爲田獵之娱也。　「何獻蒸肉之膏，而后帝不若」者，言無德以事天，獻封豨之膏以祭天，故帝不順不饗也。　「浞娶純狐，眩妻爰謀」者，羿之相寒浞，娶於純狐氏女，眩惑愛之，遂與浞謀殺羿也。　「何羿之射革，而交吞揆之」者，言羿以射革命，宜其强也，何爲寒浞輩交起而吞滅之？

對曰：「夷羿滔淫，割更后相。　夫孰作厥孽，而誣帝以降？　震皜厥鱗，集矢于皖。　肆叫帝不諶，失位滋嫚。有洛之嫮，焉妻于狡？　夸夫一作「矢」。快殺，鼎豨以慮飽。　馨膏腴帝，叛德恣力。　胡肥台舌喉，而濫厥福？寒讒婦謀，后夷卒戕。　荒棄于野，俾姦民是臧。　舉土作仇，徒怙身弧。」

《虞人之箴》曰：「在帝夷羿，冒于原獸。」羿既滔淫，荒怠割絶，夏后相而更代之，此羿之自作孽也，奈何誣以爲天降之乎？「震皜厥鱗，集矢於皖」者，言河伯化爲白龍，其鱗皜皜，不深居而妄出，自取矢之集其目也。皖者，明星也，謂龍之目如星之明也。《左傳》云：「集矢於其目。」「肆叫帝不諶，失位滋嫚」者，言河伯爲羿所射，上訴天帝，乞帝殺羿，而帝不允。蓋訴之不誠，故帝責河伯曰：「汝深守，則羿何從而犯也？」河伯失水之位而妄出，宜乎遭羿之嫚侮也。「有洛之嫮，焉妻于狡」，嫮，美也，音户。言洛妃之美，焉肯妻於羿之兇狡也。「夸夫快殺，鼎豨以慮飽」者，言羿自矜其以殺爲快，故射封豨爲鼎實以自飽也。「馨膏腴帝，叛德恣力。胡肥台舌喉，而濫厥福」者，謂羿以豨膏腴之香而祭天帝，無德而恃力，故帝不饗之。帝若曰：「何肥甘我舌喉以僭濫求福也？」台音怡，我也。「寒讒婦謀，后夷卒戕。荒棄于野，俾姦民是臧」者，言寒浞伯明氏讒子弟也，而夷羿以姦民爲善人，信其讒而相之，宜浞與其婦謀。羿歸自田，殺而烹之。棄骨于野者，以姦民爲臧之故也。「舉土作仇，徒怙身弧」者，舉率土與羿爲仇而羿不知，方且徒恃其身之力與弧矢之能而已。恃身而不恃民，恃藝而不恃德，此其亡也。

問曰：「阻窮西征，巖何越焉？化而爲黄熊，巫何活焉？咸播秬黍，莆雚是營。何由并投，而鮌疾脩盈？」「阻窮西征，巖何越焉」者，言堯放鮌於險阻窮荒之地，使之西行而度越巖險也。「化而爲黄熊，巫何活焉」者，言化而爲黄能，入于羽淵，雖有巫醫，不能活也。能音奴來切，三足鼈也，見《國語》。「咸播秬黍，莆雚是營」者，言禹能平水土，使民得播黑黍於莆雚棘茨之地，變蕪爲田也。「何由并投，而鮌疾脩盈」者，由，用也；投，棄也。言何用禹而棄鮌耶？豈以鮌疾惡脩長而貫盈耶？

對曰：「鮌殛羽巖，化黄而淵。子宜播殖穲，于丘于川。維莞維蒲，維菰維蘆。丕徹以圖，民以讙以都。堯酷厥父，厥子激以功。克碩厥嗣，後世是郊。」

穲，《玉篇》云：「幼禾也。」子謂鮌之子禹也。莞蒲菰蘆之地，皆大徹去其蕪薉以圖農功，民讙悦而美之也。都，美也。堯酷其父，而禹能憤激以成功用，能碩大其後嗣以有天下，而鮌乃得配上帝於郊祀也。

問曰：「白蜺嬰茀，胡爲此堂？安得夫良藥，不能固臧？天式從横，陽離爰死。大鳥何鳴？夫焉喪厥體？」

蜺，雲之似龍者。茀，雲之似蛇者。白蜺與茀氣相嬰，胡爲在此祠堂乎？此原之所見也。「安得夫良藥，不能固臧」者，崔文子學仙於王子僑，子僑化爲白蜺，而嬰茀持藥與崔文子，文子驚怪，引戈擊蜺，因墮其藥。視之，則子僑之尸也。言得藥不善也。「天式從横，陽離爰死」者，言天法陰陽從横，陽氣去則人死也。「大鳥何鳴？夫焉喪厥體」者，崔文子取子僑之尸，覆之以弊筐，須臾化爲大鳥而鳴飛而去。言文子焉能亡子僑之身也。

對曰：「王子怪駭，蜺形茀裳。文禠操戈，猶懵夫藥良。終鳥號以游，奮厥篚筐。曶漠莫謀，形胡在胡亡。」

「文禠操戈」者，禠音斯，福也。又音禠祁，宫名。二義皆與此句不通。「禠」恐當作「褫」，❶音直爾切，奪衣也。謂崔文子見子僑蜺形茀裳，而魂魄驚怖褫奪，遂操戈以擊之也。「曶漠莫謀」，謂明爽昏黑，莫得而

❶「禠」，原作「褫」，今據周祖謨《廣韻校本》上平聲五支「禠」字及文義改。下一「禠」字同此。

究也。「形胡在胡亡」，存亡亦不可得而推也。

問曰：「蓱號起雨，何以興之？」

蓱，蓱翳，雨師名也。雨師號呼則雨興，何以然也？

對曰：「陽潛而爨，陰蒸而雨。萍馮以興，厥號爰所。」

陰陽蒸炊而雨爾，彼萍翳特馮藉以起而號呼其所也，非號而後雨也。

問曰：「撰體協脅，鹿何膺之？」

天撰十二神鹿，一身八足兩頭，何以受此形？

對曰：「氣怪以神，爰有奇軀。脇屬支偶，尸帝之隅。」

氣怪且神，故生此奇怪之身。脇合爲一，而支分爲八，以主天之方隅也。

問曰：「鼇戴山抃，何以安之？釋舟陵行，何以遷之？」

鼇，大龜也。擊手曰抃。巨靈之鼇，背負蓬萊山而抃戲於海，何以能安？龜負山若舟，使龜捨水而行於丘陵，何能遷徙此山乎？

對曰：「宅靈之丘，掉焉不危，鼇厥首而恒以恬夷。要釋而陵，殆或謫之。龍伯負骨，帝尚窄之。」

丘即蓬丘也，宅於巨靈之背而不危，且恬安平夷也。欲釋水而陵者，天若謫譴以居陵，何不可之有？龍伯國人一釣而連六鼇，帝尚以爲窄而不足夸也。

問曰：「惟澆在户，何求于嫂？何少康逐犬，而顛隕厥首？女岐縫裳，而館同爰止。何顛易厥首，而親以逢殆？」

澆多力。《論語》曰：「澆盪舟。」至其嫂之户，佯有所求，而遂淫其嫂。少康因獵放犬，遂襲澆而斷其首。女岐即澆嫂也，假縫裳而同室也。少康初以夜襲得女岐頭，誤以爲澆，故言「易厥首」。

對曰：「澆嫪以力，兄麀聚之。康假于田，肆克宇之。既裳既舍，宜咸墜厥首。」

澆淫且力也，故曰「嫪以力」。

問曰：「湯謀易旅，何以厚之？覆舟斟尋，何道取之？桀伐蒙山，何所得焉？妹嬉何肆？湯何殛焉？」

湯謀變夏衆以從己，何以恩厚之而得其從也？少康滅斟尋氏易若覆舟，何道以取也？桀伐蒙山之國而得妹嬉，肆其情意而湯殛之。

對曰：「湯奮癸旅，爰以傴拊。載厥德于葛，以詰仇餉。康復舊物，尋焉保之？覆舟喻易，尚或艱之。惟桀嗜色，戎得蒙妹。淫處暴娛，以大啓厥伐。」

湯之奮興而變夏衆，以呴傴拊摩而得之。自葛始，以誅仇餉也。少康復舊物，故斟尋安得而保其國？其易如取如攜爾，以覆舟喻之，猶爲難也。湯之殛桀，非湯也，桀自淫自暴以啓之。

問曰：「舜閔在家，父何以鱞？堯不姚告，二女何親？厥萌在初，何所意焉？」

舜憂其家，而其父何以使舜之鱞？堯不告舜父母，故得相親也。

對曰：「瞽父仇舜，鱞以不儷。堯專以女，兹俾胤厥世。惟蒸蒸翼翼，于媯之汭。」

瞽不可告，故堯自專而女焉。女，去聲。

問曰：「璜臺十成，誰所極焉？」

紂作玉臺十重。

對曰：「紂臺于璜，箕克兆之。」

紂初作象箸，箕子歎之，知必至於玉杯，必盛熊蹯豹胎，則璜臺之兆，箕子知之久矣。

問曰：「登立爲帝，孰道尚之？」

天子之登立，誰開道而崇尚之？

對曰：「惟德登帝，帥以首之。」

德則爲帝，天下相帥而推以爲元首。

問曰：「女媧有體，孰制匠之？」

女媧人頭蛇身，一日七十化。其體如此，誰制匠而圖之？

對曰：「媧軀虺號，占以類之。胡日化七十？工獲詭之。」

相傳其蛇身，則以蛇占之，而圖以類之也。豈有化七十之説？皆畫工詭異而爲之爾。

問曰：「舜服厥弟，終然爲害。何肆犬體，而厥身不危敗？」

舜卑以服事其弟，而象欲害舜，肆其犬豕之心而不能危敗舜之身也。

對曰：「舜弟眡厥仇，畢屠水火。夫固優游以聖，而孰殆厥禍？犬齗于德，終不克以噬。昆庸以致愛，邑鼻以賦富。」

舜之弟眂舜如仇，浚井則屠之以水，焚廩則屠之以火。象如犬之自斷斷爾，烏能禍舜？而舜盡其兄之道，用之爲諸侯以致其愛，邑之於有鼻以富其給。

問曰：「吳獲迄古，南嶽是止。孰期去思，得兩男子？」

自古公之子有吳太伯，而太伯採藥南嶽，止而不還，以讓周於王季。兩男子謂太伯、仲雍。二人皆去吳，孰相期而使之去也？

對曰：「嗟伯之仁，遜季旅嶽。雍同度厥義，以嘉吳國。」

太伯之仁，遜王季而羈旅於南嶽。仲雍實同此高義，以成吳國之美。度音鐸。

問曰：「緣鵠飾玉，后帝是饗。何承謀夏，桀終以滅喪？帝乃降觀，下逢伊摯。何條放致罰，而黎伏大説？」

后帝，湯也。伊尹因緣烹鵠羹、飾玉鼎以事湯。湯賢之，以爲相，遂承用尹之謀而謀桀，桀遂滅亡。又云湯出觀風俗而逢伊尹，遂放桀於鳴條，而黎民大説。

對曰：「空桑鼎殷，諂羹厥鵠。惟軻知言，瞯焉以爲不。仁易愚危，夫曷揆曷謀？咸逃叢淵，虐后以劉。降厥觀于下，匪摯孰承？條伐巢放，民用潰厥疣。以夷于膚，夫曷不謡？」

伊尹生於空桑，負鼎干湯，羹鵠以諂，此皆妄説也。惟孟子知言，視之以爲不也。瞯，視也，音胡澗切，不音方鳩切。湯之伐桀，以至仁而革易至愚至危之桀，又曷用揆度而計謀哉？桀之於湯，爲叢敺爵、爲淵敺魚者也，民皆逃鸇獺而歸叢淵，此虐君之所以爲湯虔劉也。劉，殺也。湯觀於天下未有如伊尹者，非尹孰承用哉？伐桀於嗚條而放之南巢，如爲民潰其身之瘡疣而平夷其肌膚也，曷不悦而歌哉？

問曰：「簡狄在臺，嚳何宜？玄鳥致貽，女何喜？」

簡狄，帝嚳妃也。簡狄侍帝嚳於堂上，有燕墮卵，吞而生契。

對曰：「嚳狄禱禖，契形于胞。胡乙彀之食，而怪焉以嘉？」

言契以禖而生，不以燕之怪。

問曰：「該秉季德，厥父是臧。」

對曰：「該德胤考，一作「孝」。蓐收于西。爪虎手鉞，户刑以司慝。」

少皞氏之子，熙爲玄冥，該爲蓐收。言該之德能嗣於父，故列於神，以主天地之刑，以司天下之惡也。

問曰：「胡終弊于有扈，牧夫牛羊？」

有扈，澆國名也。澆滅夏國相，相之子少康爲有仍牧正，典牛羊，後殺澆滅扈以復夏。

對曰：「牧正矜矜，澆扈爰踣。」

少康以戒懼興，有扈以驕淫亡。

問曰：「干協時舞，何以懷之？」

對曰：「階干以娱，苗革而格。不迫以死，夫胡狃厥賊？」

舞干羽以格苗，有不在於干羽也。緩其死而開其生，則苗民何狃於爲盜而不懷？

問曰：「平脅曼膚，何以肥之？」

紂宜憂亡者也，憂則臞矣，而肥何也？

對曰：「辛后騃狂，無憂以肥。肆蕩弛厥體，而充膏于肌。嗇寶被躬，焚以旗之。」

不憂，故肥；以貪，故自焚。紂衣其珠玉赴火而死，武王斬之，懸其頭於大白之旗。

問曰：「有扈牧豎，云何而逢？一作「其爰何逢」。擊床先出，其命何從？」

夏啓時有扈氏本牧豎，何逢而得侯？及啓攻之，親擊殺之於床。

對曰：「扈釋于牧，力使后之。民仇焉寓，一作「寓」。啓𣏟以斮。」

扈以力而侯，以失民心而無所居。

問曰：「恒秉季德，焉得夫朴牛？何往營班禄，不但還來？」

湯能常秉契之末德，出獵得大牛之瑞。湯獵而還，以禽遍班禄，惠于百姓，不但往還田獵而已。

對曰：「殷武踵德，爰獲牛之朴？夫惟陋民是冒，而丕號以瑞。卒營而班，民心是市。」

湯能踵契之德以得天下者，實也。班禽而獲牛者，非也。此陋民蒙冒而稱其瑞，小惠是班，以市民心，湯豈在是哉？

問曰：「昏微循迹，有狄不寧。何繁鳥萃棘，負子肆情？」

晉大夫解居父聘於吳，過陳之墓門，見婦人負其子，欲强暴焉。婦人引《詩》刺之曰：「『墓門有棘，有鴞萃止』，獨不愧鴞乎？」言循闇微之迹而有夷狄之行，不可以寧其身。

對曰：「解父狄淫，遭慦以袚。彼中之不目，而徒以色視。」

以解父之强暴，而遭陳婦之正信，安得而不愧赧乎？ 此解父不見陳婦之心而見其色者也。

問曰：「眩弟並淫，危害厥兄。 何變化以作詐，後嗣而逢長？」

象眩惑其父以危害其兄，而子孫久長，君有鼻，何也？

對曰：「象不兄龔，而奮以謀。 蓋聖孰凶怒？ 嗣用紹厥愛。」

象不恭其兄而謀危其兄，此象之凶也。 然舜之聖豈怒其凶哉？ 不藏怒而親愛之，此象之嗣所以繼紹而久長，皆舜之親愛所延也。

問曰：「成湯東巡，有莘爰極。 何乞彼小臣，而吉妃是得？ 水濱之木，得彼小子。 夫何惡之，媵有莘之婦？湯出重泉，夫何辠尤？ 不勝心伐帝，夫誰使挑之？」

湯巡有莘而得妃，有莘惡伊尹生於空桑，故使之送女也。 重泉，地名也，桀拘湯於重泉，何罪也？ 湯不勝民心而伐桀，桀自挑之。

對曰：「莘有玉女，湯巡爰獲。 既内克厥合，而外弼于德。 伊知非妃，伊之知臣，曷以不識？ 胡木化于母，以蝎厥聖。 喙鳴不良，謾以詭正。 盡邑以墊，孰譯彼夢？ 湯行不類，重泉是囚。 違虐立辟，實罪德之由。師馮怒以割，癸挑而讎。」

伊尹之聖智，豈待湯之妃而後達哉？ 以伊尹聖智之臣，湯何以不識？ 言湯自識之也。 伊尹母妊身，夢神女告之曰：「臼竈生鼃，亟去。」母走，其邑盡爲大水。 母溺死，化爲空桑。 有兒啼，人取養之，即伊尹也。 柳子曰或者爲是説以蠹伊尹之聖也。 爲是説者，不良之人欺謾以害正道也。 盡邑皆溺，果孰傳此夢哉？其誕也必矣。湯之行不類於桀，故桀囚之。衆怒桀之囚湯而割夏，實夏癸自挑之以致讎爾。

問曰：「會鼂爭盟，何踐吾期？蒼鳥群飛，孰使萃之？到擊紂躬，叔旦不嘉。何親揆發，足周之命以咨嗟？授殷天下，其位安施？反成乃亡，其罪伊何？爭遣伐器，何以行之？並驅擊翼，何以將之？」

武王將伐紂，紂遣膠鬲視師。膠鬲問曰：「欲以何日？」武王曰：「甲子。」還報，會大雨，道難。武王曰：「吾甲子日不至，紂必殺膠鬲。吾欲救賢者之死。」蒼鳥，鷹也。言武王之將帥如鷹之群飛，此孰聚之者？白魚入舟，周公曰：「雖休勿休。」故曰「叔旦不嘉」。「爭遣伐器」者，伐紂之器爭先也。「並驅擊翼」者，三軍爭先奮擊其翼也。

對曰：「膠鬲比黎，雨行踐期。捧盎救灼，仁興以畢隨。鷹之咸同，得使萃之。頸紂黃鉞，旦孰喜之？民父有釐，嗟以美之。位庸庇民，仁克莅之。紂淫以害，師殛圮之。咸逭厥死，爭徂器之。翼鼓顛禦，讙舞靡之。」

黎，沫也。紂將殺膠鬲而爲沫矣，故武王如期而往，如捧盎水以救焚灼。顛禦，未詳。釐音禧。

問曰：「昭后成遊，南土爰底。厥利惟何，逢彼白雉？穆王巧挴，夫何爲周流？環理天下，夫何索求？妖夫曳衒，何號于市？周幽誰誅？焉得夫褒姒？」

周昭王南遊，以越裳氏不獻白雉，親往逢迎之，爲楚人所沈。挴，貪也。妖夫者，周幽王前世有童謡曰：「檿孤箕服，寔亡周國。」後有夫婦賣此器者，以爲妖，執而曳戮之於市。夏之衰，有二龍止於夏庭而言曰：「予褒之二君也。」夏后布幣糈而告之，❶龍亡而漦在，櫝而藏之。至周厲王之末，發而觀之，漦流于庭，化爲玄黿，入後宫。處妾遇之而孕，生子，棄之。被戮之夫婦哀而收之，奔褒。褒人後獻此女，是爲褒姒。悔音每。

對曰：「水濱氈昭，荆陷弑之。繆迓越裳，疇肯雉之？穆懵《祈招》，猖佯以遊。輪行九野，惟怪之謀。胡紿娱戴勝之獸，觴瑶池以迭謠。孺賊厥詵，爰檿其弧。幽禍孥以夸，憚褒以漁。淫嗜蔑殺，諫尸謗屠。孰鱗漦以徵，而化黿是辜？」儒，一作「孺」。

《祈招》之詩，見《左傳》。西王母虎骨戴勝，觴穆王於瑶池之上，爲王謡，其詩曰《白雲》，見《列子》。「儒賊厥詵」，「詵」疑作「説」，言幽王以侵漁其民而亡，以淫於嗜慾而亡，以輕殺諫臣而亡，豈有歸咎於龍漦化黿之説與夫檿弧之謡哉？此世儒繆説害之也。

問曰：「天命反側，何罰何佑？齊桓九會，卒然身殺？」

齊桓一人之身，而始乎九合諸侯，終乎一身不保，天命之佑與罰何不常也？

對曰：「天邈以蒙，人么以離。胡克合厥道，而詰彼尤違？桓號其大，任屬以傲。幸良以九合，逮孽而壞。」

天遠而幽，人小而散，何可以合天人而論之，又從而責其罰佑之不常哉？齊桓之事，皆自取爾，天何與焉？挾其大以號令天下，而忽於屬任之人，故幸而得良臣，則能成九合之功，及不幸而遭嬖孽小人，則壞

❶「糈」，原作「精」，今據《楚辭》卷三《天問》王逸注改。

矣。皆人事，非天命也。

問曰：「彼王紂之躬，孰使亂惑？何惡輔弼，讒諂是服？比干何逆，而抑沈之？雷開阿順，而賜封之？何聖人之一德，卒其異方？梅伯受醢，箕子佯狂。」

雷開，紂之佞臣也。聖人，文王也。梅伯，梅音浼。

對曰：「紂無誰使惑，惟志爲首。逆圖倒視，輔讒以寵。于異召死，雷濟克后。文德邁以被，芮鞠順道。醢梅奴箕，忠咸喪以醜厚。」三本皆「于異」。于，疑作「干」，比干也。

紂誰使之惑哉？志使之爾。志使之惑，故倒行逆施，惟讒是寵。比干以異己而死，雷開以同惡相濟而侯也。文王行德，以被天下，故虞芮之訟順之。紂以醢梅伯之直，奴箕子之忠，故忠良皆喪而醜德愈厚。

問曰：「稷維元子，帝何篤之？投之於冰上，鳥何燠之？何馮弓挾矢，殊能將之？既驚帝切激，何逢長之？伯昌號衰，秉鞭作牧。何令徹彼岐社，命有殷之國？遷藏就岐，何能依？殷有惑婦，何所譏？受賜茲醢，西伯上告。何親就上帝罰，殷之命以不救？師望在肆，昌何志？鼓刀揚聲，后何喜？武發殺殷，❶何所悒？載尸集戰，何所急？」志，一作「識」。鞭喻政也。

「殊能將之」，謂后稷有將相之才也。帝謂紂也。武王承稷之業，誅紂而切激數其過也。伯昌，文王也。紂號令既衰，文王執政，以爲州牧也。「徹彼岐社」者，武王誅紂，徹去邠岐之社，而爲天下太社也。「遷藏

❶「殷」，原脱，今據《楚辭》卷三《天問》補。

就岐」，言文王徙其寶藏來就岐下也。「受賜茲醢」者，文王受紂所賜梅伯之醢以祭告於上天也。師望，吕望也。在肆鼓刀，文王問之，對曰：「下屠屠牛，上屠屠國。」文王喜，載與歸也。「載尸」者，武王載文王木主以伐紂也。馮音憑。

對曰：「棄靈而功，篤胡爽焉？翼冰以炎，盍崇長焉？既岐既嶷，宜庸將焉？紂凶以啓，武紹尚焉。伯鞭于西，化江漢滸。易岐社以太，國之命以祚武。蹻梁槖囊，羶仁萃蟻。妲滅淫商，痡民以亟去。肉梅以頒，烏不台訴？孰盈癸惡，兵躬殄祀？牙伏牛漁，積内以外萌。岐目厥心，瞭眂顯光。奮刀屠國，以髀髖厥商。發殺曷逞？寒民于烹。惟粟厥文考，而虔予以徂征。

「易岐社以太」者，易一國之社爲天下之太社也。「蹻梁槖囊」者，《詩》所謂「于槖于囊」也。「羶仁萃蟻」者，文王遷岐而民從之，其仁如羶，其萃者如慕羶之蟻也。羶蟻，見《莊子》。「烏不台訴」者，台音怡，我也。我者，天自謂也。言紂肉梅伯以爲醢而頒諸侯，諸侯烏有不訴於天者哉？大抵屈原《天問》，原之問天也；柳子《天對》，柳子代天而答原也。「孰盈癸惡」者，言紂之惡盈於夏癸，故兵其躬而殄其祀也。「牙伏牛漁」者，姜子牙隱伏於屠釣，非真屠釣也。其隱德於内而見於外，惟文王能見其心甚明，故太公樂爲之用，屠商如屠牛之髖髀也。髖髀，見《賈誼傳》。「發殺曷逞，寒民于烹」者，武王之殺紂，非有憤悒而逞也，出民於烹熬之中，而置之寒涼之地而已。「惟粟厥文考」者，「粟」當作「栗」。武王曰：「予克紂，惟朕文考無罪。」武王祗栗文考之靈，故伐商也。「而虔予以徂征」，予亦天自謂也。武王之伐商，下畏文王，上畏天命，故徂征爾。又栗者，文王之木主也，以栗木爲主也。「虔予」一作「虔子」，言虔其子道以徂征也。

禮，小祥以栗爲主。

問曰：「伯林雉經，維其何故？何感天抑墜，夫誰畏懼？」

伯，長也。林，君也。晉太子申生雉經也。墜，古「地」字。

對曰：「中譖不列，恭君以雉。胡蠙訟蟯賊，而以變天地？」

恭太子爲驪姬譖之於内而不得列陳也。死者如蚓之訟，譖者如蟯之賊爾，此安能感天地？柳子之論，大抵以天人爲不相關，以天理爲漠然無知，皆憤懟很忮之所發，非正論也。

問曰：「皇天集命，惟何戒之？受禮天下，又使至代之？」

天命王者，何以有易姓？

對曰：「天集厥命，惟德受之。胤怠以棄，天又祐之。」

德則畀，怠則奪也。夫「又祐之」，言不祐也。

問曰：「初湯臣摯，後兹承輔。何卒官湯，尊食宗緒？」

湯初臣伊尹，後乃師承之，何卒使湯官天下而垂緒？官天下，謂王天下也。

對曰：「湯摯之合，祚以久食。昧始以昭末，克庸成績。」

臣之兹謂昧，承之兹謂昭。

問曰：「勳闔夢生，少離散亡。何壯武厲，能流厥嚴？」

吳王壽夢生諸樊，生闔廬，少放在外，及壯而厲其武以流其威。

對曰："光徵夢祖，憾離以厲。仿徨激覆，而勇益德邁。"

惟其憾於離散，是以厲其威武。

問曰："彭鏗斟雉，帝何饗？受壽永多，夫何久長？"

彭鏗，彭祖也，進雉羹於帝堯，壽八百歲，猶自悔不壽，恨枕高而唾遠。

對曰："鏗羹于帝，聖孰嗜味？夫死自暮，而誰饗以俾壽？"

其死自晚爾，豈有饗其羹而使之壽者？

問曰："中央共牧，后何怒？蠭蛾微命，力何固？"

牧，草名也。中州有岐首之虵，争共食牧草，自相齧。

對曰："蝮蠚已毒，不以外肆。細腰群螫，夫何足病？"❶

蝮，胡對切，蠶蛹也。

問曰："驚女采薇，鹿何祐？北至回水，萃何喜？"

昔有女子采薇，驚而走至回水之上，止而得鹿，家遂昌，有福喜也。

對曰："萃回禍偶昌，❷鹿曷祐以女？"

---

❶ "病"下，原衍"萃"字，今據《中華再造善本》影印宋咸淳廖氏世綵堂刻本《河東先生集》卷一四《天對》删。

❷ "萃"，原脱，今據《河東先生集》卷一四《天對》補。

其昌偶然，鹿何爲焉？

問曰：「兄有噬犬，弟何欲？易之以百兩，卒無禄？」

秦伯有犬，弟鍼請之。百兩謂車也。魯昭公元年，秦鍼奔晉，其車千乘。坐車多，故出奔。

對曰：「鍼欲兄愛，以快侈富。愈多厥車，卒逐以旅。」

以多車而卒爲旅人於晉也。

問曰：「薄暮雷電，歸何憂？厥嚴不奉，帝何求？伏匿穴處，爰何云？荆勳作師，夫何長？悟過改更，我又何言？吴光争國，久余是勝。何環穿自閭社丘陵，爰出子文？吾告堵敖以不長，何試上自予，忠名彌彰？」

王逸曰：「屈原放逐，見楚有先王之廟及公卿祠堂圖畫天地、山川、神靈及古賢，楚人因論述之，故其文義不次叙云。」❶「薄暮雷電」者，原所問略訖，日暮欲去，天雨電也。「厥嚴不奉」者，楚王之威日墮，不可復奉，雖求福於天，無如之何也。「伏匿穴處」者，原將退伏巖穴，復何言也。「荆勳作師」者，言楚先王之功與楚之衆將亡而不長久也。「悟過改更」者，言楚王能悟而改，則又何言也。「吴光争國，久余是勝」者，言楚嘗爲闔廬所勝，不可不戒也。「穿閭爰出子文」者，原見楚將亡而無賢人以救之，故思得如楚先王時賢臣令尹子文也。「吾告堵敖以不長」者，楚人謂未成君而死者曰敖。堵敖者，楚文王兄也。原哀懷王將如

---

❶ 「云」，原作「去」，今據《楚辭》卷三《天問》王逸序改。

堵敖不長而死，以此告之也。「何試上自予，忠名彌彰」者，言原何敢嘗試其君，自號忠直之名以彰於後世乎？誠以同姓，義不能已也。

對曰：「咨吟于野，胡若之很？嚴墜誼殄丁厥任，合行違匿固若所，呷嗄忿毒意誰與？醜齊徂秦啗厥詐，讒登狡庸咈以施。甘恬禍凶亟鋤夷，愎不可化徒若罷。闔綽厥武，滋以侈頹。於菟不可以作，怠焉庸歸？款吾敖之閼以旅尸。誠若名不尚，曷極而辭？」

言原之咨吟于野，何其很然憤懣而不釋也。楚之威將墜而誼將殄，自有當其任者。道合則行，道違則匿，固其所也。原之呷嗄忿毒，意欲與誰合哉？楚與齊久交而絶之，與秦宿讎而往朝之，餌於秦之詐而不自悟也。讒者登之，狡者用之，楚之政所以逆理咈衆而施也。禍凶且至而甘於處，鋤滅不遠而恬於翫，此其愎諫固不可化矣。原之忠懇憂怛，徒自汝疲而已，何救於楚之亡哉？闔廬以武而强，以侈而頹，而况楚哉？於菟，子文也。原之思子文而子文死矣，不可作矣，原其誰與歸也？款，告也。閼，夭閼也。吾敖謂懷王也。告懷王之祚將短矣，懷王卒以客死於秦。旅，客也。尸，死也。「誠若名不尚，曷極而辭」者，言汝之忠名誠不足尚，何以窮極汝之忠憤之辭如此乎？所以深言忠名之足尚也。

誠齋集卷第九十六

廬陵楊万里廷秀

雜著

册文

代梁丞相作壽聖齊明廣慈備德太上皇后册文

維淳熙十二年歲次乙巳十二月一日庚戌朔，皇帝臣謹稽首再拜言曰：臣聞五三六經，若稽天則，敕叙人紀，罔不上昭帝猷，内融母德，與幬載相永，❶與曦朏相輝。是以《書》首《堯典》，《詩》首《周南》，蓋降羲迄黄，肇允而未具；嫄武狄亂，若淑而靡隆。君子於是乎謂帝道莫盛於唐堯，母德無加於文母也。然上下千載，相望遥遥。若夫堯父文母，生同昭時，參天兩地，壽儷太極，如日斯升，如月斯常，倬乎如今日之於鑠者，夐哉不可得聞已。德日新，壽日新，則鴻號顉聞又日日新，顧可挈而不熙哉？恭惟光堯壽聖憲天體道性仁誠德經武緯文紹業興統明謨盛烈太上皇帝陛下，皇建渾淪，再造穹窿，更生肖翹，重輝宗祏，固天縱之聖神

---

❶「載」，原殘闕，今據四部叢刊本補。

武文，叡聰徇齊，又多績也。厥亦惟我壽聖齊明廣慈太上皇后，徽懿淵穆，惠和静專，實左之右之，輔之翼之。在河之洲，言采其荇，《關雎》之所以風天下也；莊敬以思，謙恭以卑，《思齊》之所以垂徽音也；爲絺之俗，薄澣之服，《葛覃》之所以化婦道也。至於求賢如《卷耳》，逮下如《樛木》，化行如《兔罝》，由身而家，由家而國，由國而天下。母也克仁，緊光堯有不殺之武；母也克儉，緊光堯有日損之道；母也克遜，緊光堯有黄屋非心之聖。惟父惟母，同道一德。惟齊惟鈞，光施冲人。恩被函生，格于皇天。自天壽之，有永無艾。臣敢不涓選令日，肸飾上儀，躬率百工，增崇顯名，用答揚二親之光訓。蓋聖善壽祺，言之不足，我是以有明慈之稱；光明宣慈，言之不足，我是以有齊廣之稱；乃齊乃廣，言之不足，我是有備德之稱。且厚以持載，博而能化，德也；貫三爲一，襲六爲八，備也。衆美會焉，萬善叢焉，德行純備，視周之大任，無所與遜。臣不勝大願，謹奉玉册金寶，加上尊號曰「壽聖齊明廣慈備德太上皇后」。伏惟殿下同堯之天，合堯之日，對越大養，於萬斯年，復無無極，燕翼右序，以篤宋祐，以秩于萬嗣。臣誠歡誠抃，稽首再拜。謹言。

詞

給太學士人綾紙詞

牒某人：成均，材之囿也。言蓺其苗，言擷其秀。既曰擷之，曷不蓺之？士之入於斯，出於斯，有碩其用者相踵也，庸非國家養士之仁乎？有養士之仁，有自養之仁，往省毋怠。事須准敕給牒補充太學生，故牒。

議

光堯太上皇帝謚議

某聞聖人之孝莫大於尊親，尊親之至莫大於愛之以德。吾如是而尊之，吾親可以受之，受之而安居之而無疑，是之謂「愛之以德」。不然，極吾之所欲尊而不顧吾親之所不欲受，豈所謂「愛之以德」乎？

昔魯之閔、僖，兄弟也。然閔公，先君也；僖，繼閔者也，而文公乃躋於閔之上。文公知尊其父，而不知納其父於非禮之地，是則尊其父者，陷其父也。故《春秋》書之曰「躋僖公」，譏之也。至定公而逆祀始正，故又書之曰「從祀先公」，嘉之也。然則議者欲尊大行太上光堯皇帝爲祖，無乃近於「躋僖公」之類乎？兄弟且不可，而父子則可乎？

恭惟太上光堯皇帝，以上聖之資，當艱難之運，而能撥亂世反之正，皇建太極，再造兩儀，更生烝民，重立九廟，中興之業，巍蕩遂古。至於回龍輴於永祐，承太母於慈寧，偃兵息民，涵育溥博，和戎靖國，方内密如。紹興辛巳，逆亮叛盟，戎路一征，兇酋自斃。功成不處，斷自天衷，褰裳去之，以授聖嗣。駿功丕烈，赫然如彼；道隆德茂，卓然如此，其視光武，無所與遜。皇乎我宋，丕天之大律，不可貶已，尊而爲祖，何不可者？然莽取漢而漢亡，則先漢至平帝而終；光武取莽而漢興，則後漢自光武而始。國自我始，謂之祖，可也。光武之於平帝，光武所不得而父，况非受之於平帝？平帝之於光武，平帝所不得而子，况非授之於光武？親則非父子也，世則非授受也，謂之祖，可也。今我光堯，親則徽宗之子也，位則徽宗之授也，禀父之命，傳父之位。至於廟號，父居其前，同列聖而稱宗；子居其後，異列聖而稱祖。光堯之心，其安乎哉？楊雄曰：「孝莫大於寧親，寧親莫大於寧神。」尊其號而使其心不安、其神不寧，可乎？

今申命公卿大臣、議郎、博士，僉爾而進，質之於天，盍亦無變稱宗之制，而獨求極尊之謚，庶幾下可以稱吾君愛親以德之美意，上可以安光堯在天之神靈也。謹案《謚法》：「窮神知化曰聖，一民無爲曰神，克定禍亂曰武，修德來遠曰文，禮文法度曰章，繼志述事曰孝。」夫自天生德，聰明仁儉，不曰「聖」乎？內嬗聖子，獨觀昭曠，不曰「神」乎？赫聲濯靈，風揮日舒，不曰「武」乎？投戈舞干，裔夷用賓，不曰「文」乎？刺經作制，興滯舉偏，不曰「章」乎？宗廟再安，祀宋配天，不曰「孝」乎？

昔帝堯之德，乃聖乃神，乃武乃文。焕乎文章，堯之章也；親睦九族，堯之孝也。惟我太上異時尊號，于堯有光。厥今易名，備堯六德，勒崇垂鴻，金聲玉振，於是爲稱。若夫「高」者，天德之稱也，致崇極之謂也。《詩》曰：「莫高匪天。」又曰：「謂天蓋高。」惟「高」之一字，乃盡乎天德。惟天下之至聖，乃配乎天德。於赫太上，其道高乎九皇，其功高乎二典，其壽高乎五三六經之傳，豈惟堯而已矣，非天德其孰能當之？太上光堯皇帝尊謚，宜天錫之，曰「聖神武文章孝皇帝」，廟曰「高宗」。謹具申尚書省，伏乞照會。謹狀。

葉恭簡公謚議名義問，字審言。

議曰：天下有名教，聖人有天爵。政教莫大乎誅賞，而誅有不及於隱慝；人爵莫顯乎公卿，而爵有不施於幽光。謚也者，其教不以政而以名，其爵不以人而以天者也。一字之褒，死而不忘；片言之貶，百世不改，是以君子貴之。樞密葉公既薨，其子某謁于太常。考其行實，稽之《謚法》，法之所與也。謹案《謚法》：「不懈于位曰恭，正直無邪曰簡。」合是二者可以易公之名矣。公何以謂之「恭」也？紹興之季年，虜酋敗盟，寇我疆埸，有爲右相而受命督視者，逡巡畏避，竟不肯行。公入對，毅然請行。太上皇帝玉音慰諭，且謂：「卿能爲朕行，朕復何慮？」大抵緩則食其禄，急則逃其死，爲臣如此，懈孰甚焉？公遇大難而以身任之，可謂不懈于位矣，是以謂之「恭」也。公何以謂之「簡」也？公自爲少吏，而上疏論時宰之姦邪，以取免官之譴。及執法殿中，則論執政之乖愎，必使釋位而去。且謂君子當長養成就，使之有立；小人當芟夷蘊崇，勿使能殖，可謂正直無邪矣，是以謂之「簡」也。請謚曰「恭簡」。謹議。

節使趙忠果謚議名士跋

議曰：身與義孰重？曰義重。志與功孰難？曰志難。古人不以天下易兩臂，蓋以身重於天下故也。然身不可殺，乃有殺身以成仁；生不可舍，乃有舍生而取義。君子是以知天下至重之器，在義而不在身。古人不以九合易一死，蓋以功難於濟世故也。然以其君霸者，或有比之而不悦；以其君顯者，或有耻之而不爲。君子是以知天下至難之業，不在功而在志。故節使趙公，奮至難之志而不懼，捐甚重之身而無愛，功雖不就，義則獨高矣。矧公神明之胄，宗室之英，乃與上古之伏節死義者争日月之光，凌雪霜之嚴。是歲寒之松生於高宗之景山，疾風之草生於文王之靈囿也。《詩》不云乎：「豈無他人，不如我同姓。」議禮者當正色而謚之，夫何疑焉？公在靖康之間，憤金虜之猘，痛宗國之屯，結豪傑三千人以赴京師；在建炎之間，復結義士數千人，欲爲朝廷取河北，竟以謀泄，虜人執之，斷腰於市。嗚呼，痛矣！謹按《謚法》：「殺身報國曰忠，犯衆所懼曰果。」公之志，欲取河北於既陷之後，不亦犯衆所懼乎？公之義，能捐一身於衆人貪生之日，不亦殺身報國乎？宜以「忠果」爲謚。謹議。

策問

太學私試策問

問：錢之爲物，飢不可食，寒不可衣，然非天下之無用，無以行天下之有用，是以假之也。嘗怪鑄之自於古，積之至於今，舊者不足，繼之以鼓鑄，鑄之不足，繼之以楮券，宜其爲錢不勝其有餘也，而反愈不足。夫錢之與物，無兩重，亦無兩輕，此賤則彼貴，彼低則此昂也。今則錢與物兩貴，其咎安在？或謂：「以楮爲之，其數十而其用八，非細民之便，此其所以敝也。」然行之於益州，未聞如是之敝，彼何術也？或謂：「以銅爲之，其費不貲，盍與鐵者兩行乎？」議者曰：「鐵非銅比也，不久且毁，有鐵之費，無泉之利，無以爲也。」然是物也，益州亦用之，又何歟？放鑄可爲也，其如權去公上何？且楮券之僞者，民猶病之，放鑄可爲不可爲也？禁其銷則錢不毁，禁其泄則錢不耗，是二者固載之令甲矣。然銷之者無藝，泄之者不貲，何其自若也？或者曰：「昔者孟子不言利。」不知夫五雞二彘之育，孟子所不忽也。「何必曰利」，孟子有爲言之也。信如或者之説，則王衍亦孟子歟？不然，時之所憂，庸得不憂？民之所病，庸得不病？諸君獨無意乎？美言不補，竅言無施，諸君必不爲也。願悉解有司之惑，將有擇焉。

省試别頭策問

問：道與德可勉而能，才不可强而致，此蘇氏之論也；德勝才謂之君子，才勝德謂之小人，此司馬氏之論也。由前之語則先才，由後之説則後才。兩從則戾，一從則孰歸？或曰：「蘇氏駁乎權，司馬氏粹乎經。權則多尤，經則寡悔。」信斯言也，仲尼之所謂「才難」，不尚才哉？舜之五臣，周之十亂，不用才哉？且司馬氏之説曰：「正直中和之謂德，聰明果敢之謂才。」然則才與德之分也昭矣。及觀《傳》稱高辛氏、高陽氏之才，子則曰「忠肅恭懿」，又曰「齊聖廣淵」。《傳》之所謂才，乃司馬氏之所謂德也，又何歟？諸君且用世矣，於此何嚮？有司將觀焉。

太學上舍策問

問：趨治者固多塗，經乃謂之道，繼乃謂之德，濟乃謂之術，就乃謂之功。其趨三，其就一也。唐虞氏粹乎道，周人粹乎德，秦人粹乎術，漢人駁乎術與德。嘗怪二帝之治，執中之彌邇，而光被之彌遠；精一之彌約，而雍熙之彌博。堯曰成功，舜曰大功，何其卓也。及舜以是傳之，三而至文、武、周公。觀周公相成王以治周者，豈弟形於心，忠厚浹於物，禮樂陶於天下，蹟矣。然吕刑之繁已伏於囹空之日，春秋之戰亦倚於兵寢之年，自是而後周弱矣。當周公用此以治魯，而君子已逆知其寖微矣。周公用於周而不自知其將弱歟？抑知之而不改歟？且其道未離於唐虞之所傳，而其德非違於道也。所傳者無二，而所就者不一，何也？於是秦人監之，絀道以進乎術，偭德而嚮乎功，一用權勢法制以驅其民，挈携其政以歸乎兵與刑，以爲吾可以有就，則亦奚天下不悦之恤？故其究曰富而富，曰强而强，爲國而濟登兹焉者可也。然説者必曰：「秦以此始，亦以此終。」其信然耶？抑評以成毁而不以工拙乎？夫成毁之與工拙，此二事也。秦果工於爲國，則不以毁廢功，不以人揜技也。且其後之毁，庸知其不有由歟？抑其所以毁者，果出於其所以成者歟？於是漢人監之，高文創守以寬厚公恕之治，與天下爲清静和樂之事。然漢無秦之術，而亦有秦之功。朽貫紅粟，白老兒嬉，秦未必有也。南越請服，匈奴和親，不爲秦之强，而亦不至周之弱。武宣繼之，則又不然。曰：「高皇帝遺朕平城之憂。」曰：「何至純任德教用周政乎？」二君之治，蓋出乎秦人之所謂術者矣。然一以之虚耗，一以之中興，事同而功之異，此又何也？且夫道與德，唐虞不得不帝，周不得不弱。説者曰：「窮於周。」然奚而不窮於漢之高文乎？此尚有可諉者曰「異世」。至於術，秦一秦也，由乎前也奚以功？由乎後也奚以毁？説者又曰：「秦之所挾者，毁之具也。其前之功者，幸也。」然宣帝復用之而功，則又奚説之諉？恭惟主上躬發聖德，統揖群元，蓋將攄闔闢天地之志，以丕纘祖烈内修之政、自治之策，必有萬其全也。比者紓淮民之勤，蠲江湖之逋，復鹽策，朘丘甲，卻羨餘，戢横斂，劭農功，講水澤，藹如之治，登周漢而咸唐虞有日矣。敢問諸君，緊欲輯不世之功，則宜術之施。然秦之短，武之悔，乃有可懲，而秦之强，宣之功，亦有可計。欲建不拔之業，則宜道德之用。然周人之弱，得無可監？而唐虞之隆，周漢之永，又有可宗。今行其三而並歟？擇其一而專歟？抑外此而之他也？或曰：「仲尼之門，羞稱乎術。」或曰：「仁術不自孟氏，儒術不自荀氏歟？」願殫議而洽講之，將以聞焉。

公試武學策問

問：「天下安，注意相；天下危，注意將」，非古也。危而注意將，是寒裘雨蓑之論也，故擇將在素，論將在豫。嘗試歷選若昔，與諸君論之。或謂：「制勝者不穿札，破敵者乘軺車，將豈顓戴鶡哉？」然栒邑陳濤之役，山西之族哂之。或又謂：「列兵法者皆决水轉圜之家學，裕父功者乃忠義感人之燕翼，不于其人，于其閥也。」然長平、河橋之役，非將種乎？彼起屠販爲爪牙，何必將種乎？或又謂：「謝病頻陽，乃能平楚，老者可使也。」不更事少年亦能破秦，可偏廢哉？「軍市之租，盡給士卒，廉者可使也。」貪而好色亦得士死力，可獨取哉？抑不思故將軍而失道，尚乳臭而見輕；鬻樵水，斂錢帛，而賈燕晉，斯焉取斯？嗟乎！將固不易知，知將亦未易。若曰「亡踰老臣」，若曰「臣能平之」，自鬻何嫌焉？然降匈奴者即自當單于之傒，困壺頭者即據鞌矍鑠之老，獨何歟？或謂：「戰必勝之將，微信謹守鑰者疇知之？勇可用之將，微經濟大略者疇識之？舉良將，大臣事也。」然守汝州而禽，舉之者誰歟？此猶可諉曰「文武異科，將相異列」也。

意思深長，必禽萬人敵者舉之；策敵制勝，必武舉異等者舉之，亦各於其黨也。然敏辯言兵而望風輒潰，舉之者又誰歟？或曰：「相崇而疏，將重而遠，盍親且近者之咨乎？」嘻！五樓之敗，即中尉之門人；潼關之屻，即軍容之上客。旄節以賂得者，有債帥之號；招討以貨取者，亡封丘之師，又何歟？擇將之難也如此。或謂：「君王神武，則駕馭必英雄。」然有君無臣，古人歎之，何也？恭惟主上聖武如堯，勇智如湯，競烈遵晦如武王。然寤寐方召，旁招頗牧，迺者發德音，下明詔，内而侍從，外而計臣，令各舉偏裨，以備采擢，聖慮至深遠也。伊欲謹差真材，允答隆指，據舊以鑒新，舍短而集長，策將安出？願諸君切磋究之，將以聞焉。

庚戌殿試武舉策御題

朕以寡昧，獲承至尊壽皇之休德，任大守重。永惟保邦安邊之要，莫大乎二柄，夙夜祗懼，遹求《天保》、《采薇》之治。至親御鞍馬，講武訓兵；屢詔諸將，一意拊摩；選偏裨之智勇而上之樞庭，戒將帥之掊克而察以御史。朕於軍政，非不盡心焉。今子大夫咸造在廷，朕甚嘉之。蓋聞古者兵制，夏商而上邈矣。周家之制，地方百里，出士若徒者三千焉，此井牧之法也。然乘馬之法，一同百里，出士若卒者七千有五百焉，何其異也？至於諸侯兵十大夫，孟津之會，侯國八百，則兵之爲千萬者六矣。而天子之兵止七十有五萬焉，財足以當十諸侯之兵而已，豈强幹弱枝之制乎？至於齊之内政，晉之被廬，秦之材官，漢之南北軍、七校、樓船，唐之府兵、彍騎，雖曰非古，亦各言其制也。其因革善否，可得聞乎？若夫歷代舟車步騎之異技，奇正偏伍之異法，擇將者或以文，或以武，或以新進，或以老成，何塗而得其人？議兵者或仁義，或詐力，或祖韜略，或祖孫吴，何門而决其策？子大夫講之熟矣，悉意以陳，朕將親覽。

誠齋集卷第九十七

廬陵楊万里廷秀

雜著

詞疏

代宰執開啓天中節疏

有王者興，五百年而名世；使聖人壽，八千歲以爲春。惟燎馨熏，以介祉福。尊號太上皇帝，伏願游心於淡，與天爲徒。以顯親親，永綏莫大之養；爲衆父父，申以無疆之齡。

代宰執進天中節功德疏

於赫太上，身爲與子之天；有開必先，節届誕彌之月。光揚頌語，申衍帝齡。尊號太上皇帝，伏願道心惟精，德壽必得。紹唐統，接漢緒，可謂中興；億舜日，萬堯年，不勝大願。

代宰執滿散天申節疏

前期一月，嚴香火之彌文；佳節千秋，正星虹之初度。爰熙竣事，告厥寶慈。尊號太上皇帝，伏願齊心大庭，函氣太極。二百一十載，既濟中興之功；八十一萬年，永膺天下之養。

代宰執開啓皇后三月六日生辰青詞

詠舞雩之風，載逾蘭禊；夢入懷之月，有慶芷庭。呻其寶書，介以純嘏。皇后殿下，伏願與天齊壽，合日其明。六百四十年，既應誕彌之旦；一萬八千歲，永同當宁之齡。

又皇后生辰功德疏

青煒維季，載遲春日之陽；紫殿有椒，是生天下之母。焉依梵力，嘉頌壽祺。皇后殿下，伏願合明日君，侔德天妹。佩環而助萬乘，永寧金室之居；奉玉而壽兩宫，長對瑶池之燕。

代宰執八月二十一日壽聖太上皇后生辰祝壽青詞

執矩少昊，適行秋之正中；思齊大任，符夢月之嘉應。蘂篇作誦，箕壽申休。壽聖齊明廣慈備德太上皇后，伏願博厚俔天，光明合日。玉巵萬歲，長對上皇之觴；瑶池百純，永膺西母之綏。

爲太安人醮星辰青詞

蒼穹旻旻，仰止遼然；黔首芸芸，視之蠢爾。惟一念之既極，則兩儀之不遐。伏念臣某，自頃入朝，駕言將母。甫充員之再歲，當受籍之三朝。朝罷玉清，從南内萬官之後；歸持柏酒，爲北堂千歲之歡。載驚慈顔，驟膺痼疾。舉闔門而無色，怳四顧之疇依。籲天之心一萌，勿藥之効如響。久矣羈旅，未之獲酬；兹焉還歸，敢不盡敬。召羽衣之仙侶，誦蘂珠之奥篇。伏望上帝下臨，百神降格。申錫老親之壽，永庇寒門之私。

爲妻安人醮星辰青詞

上帝高明，遠而無極；下民哀籲，感而遂通。伏念某妻室安人羅氏，頃及月辰，遽纏災疾。命已危於一髪，禱遂遍於三靈。罄忱恂于方寸之間，格化育於圜穹之上。其應如響，厥疾乃瘳。既頓復於神魂，亦兼全於母子。戴天地再生之施，欲報斯何；薦潢汙行潦之微，於文其可。乃命黄冠之侣，載繙玉字之書。取蕭惟馨，采藻既潔。願迂仙馭，下照衡間。庶昭鑒於悃誠，蒙永綏於迪吉。

玄潭觀度道士疏

文江壯縣，玄潭古壇。别得張道陵之真傳，具存許旌陽之故蹟。冶金爲蓋，彈壓九淵之波濤；裂石淬鋒，尚餘一劍之苔蘚。看管風月，可無後人；吹送煙霞，何愛末力。或倒帑廩，或捐金珠。斯集事之無難，亦獲福之稱是。

常州禱雨疏

吏之多罪，積繆政以傷和；春聿唯深，乃淹時而閔雨。懼首種之不入，舉小民而曰咨。籲天有祈，徼福丕應。伏願召龍震雷，詔山出雲。雨徧崇朝，霖以三日。于耜舉趾，勿令東作之違時；力穡有秋，允協西疇之望歲。

又常州禱雨疏

時維仲夏，言蓺其苗。瞻彼大田，無寸之水。敢丕單於情素，以率籲於穹蒼。伏念臣菲然抱虛，膺此治劇；積乃繆政，傷于大和。薦雩禜以有祈，尚屯膏而未洽。儻更崇朝而不雨，則將卒歲以無秋。民亦何辜，吏實多罪。伏願降臣以百殃之罰，以儆罔功；錫民以三日之霖，來蘇此旱。格于上熟，慰彼群生。

禱疾青詞

疾痛呼天，人以窮而反本；高明覆物，民所欲而必從。敢瀆告於再三，庶徼福於萬一。伏念臣某，發身空乏，竊禄滿盈。上不功於王家，下無補於民政。不肖老而後止，乃於既止而進官。君子居無求安，果以媮安而屬疾。繄天賜之過分，致身灾之自招。歲將一周，病尚未去。不堪極痛，屢祈死以載號；仰止蓋高，何壅聞而未徹。深省愆尤之積，曷逃星曜之臨。敬介黄冠，薦捈丹悃。願回哀眷，耄雖罪而不刑；俾有夷瘳，疾無妄而勿藥。

淋疾祈禱青詞

鶴鳴九皐，無微聲而不達；旻閔庶類，繄哀眷之必回。豈其蟣蝨之臣，隔此恫瘝之訴。伏念臣年幾八秩，病已再秋。念萬物自遂於兩間，咸各正其性命；顧六腑獨窒其一者，曾不如於狗豬。雖備古來刀鋸鼎鑊之刑，未足喻此疾痛慘怛之狀。三醫並手，百藥罔功。餘生蔑如，瀕死數矣。屢哀籲於玄造，未徹聞於蓋高。瞑眩小瘳，根本猶在。肆旁招於羽客，敬展盡於血誠。敢祈畀矜，一洗沈痼。脱然去體，徼五福之康寧；大哉唯天，與群生而鼓舞。

箴

言箴

金乎緘則以三，❶圭乎復亦以三。前三以晦，後三以悔。晦則去悔，悔則去罪。

---

❶「緘」，原殘闕，今據四部叢刊本補。

學箴爲清江陳叔聲作

匪仁弗泉，匪敬弗源。心爲之淵，以妥其天。是心未熟，求躬之淑。譬彼䕸麥，而欲穫菽。聖有六籍，道之國都。立師求友，往問之塗。有充於中，必光於外。行與聖契，言與聖會。其或載筆，以葩厥辭。大本斯拔，何葉弗萎？咨爾後學，於斯盍覺。惟其篤之，是以告之。

官箴

大兒長孺試邑南昌，辭行，問政於誠齋老人，告之曰：「一曰廉，二曰恕，三曰公，四曰明，五曰勤。」因作《官箴》以贈之曰：

吏道如砥，約法惟五。疇廉而殘，疇墨而恕？兼二斯公，別無公處。三者備矣，我心匪通。玆謂不明，借譎爲聰。夙夜惟勤，乃克有終。

愚谷箴

安成劉江伯深，自號愚谷。益公銘之，誠齋野客楊万里復爲之箴。

愚公之愚，有允無誣。愚溪之愚，裏黠襮愚。如愚之愚，愚與道俱。何擇非一，亦顏之徒。

銘

裕齋銘

零陵嚴慶曾之齋以「裕」名，而屬予銘之。予蓋德於狹而心於懼者也，將焉取裕？抑敢不銘，以與吾友共守之？銘曰：

肇允民彝，靡哲靡蚩。則外是移，而裹斯隳。孰窶其羸，孰嗇其豐？盍其反而，裕哉厥躬。崇崇天如，若日伊煌。富以萬生，光施八荒。仁以覺之，敬以握之。維其學之，是以穫之。迺肇迺門，則孟顏氏。于經于理，將不姚姒。盈而冲諸，伊其寇而。冲而盈諸，豈其授而？匪授匪寇，匪新伊舊。人見我新，我若而人。我其裕矣，我其怙矣。怙心驕驕，其裕日消。瑞乙孫子，孔聖孔神。而好是問，可自用云。齋房靚如，夙圖宵書。弗性其性，有如百聖。

兑齋銘

鄧晉卿以「兑」名齋，而謁銘於予，則銘之曰：

孰蹟吾門，自門徂齋。有釜而魚，無酤而罍。賓忘餒而，主亦樂哉。曰樂斯何？僕夫其咍。有韋者編，有麗者澤。潤兩作兑，交相爲益。厥益交如，其弗悅懌。惟聖作則，爰得講習。兩儀乃神，講則貫兮。

萬理則夥，整弗亂兮。相彼一鬨，悦言乎利。我友萃止，則喻於義。口之非艱，性之惟艱。群餔獨欣，易牙則然。孰天而言，孰聖弗傳？我友歸止，我其求旃。

寓庵銘

歐陽伯威名其居曰「寓庵」，徵銘於誠齋野客楊某，乃銘之曰：

言壓我居，言蘧彼廬，我寓吾軀。載離我梓，載旅彼地，我寓吾里。曾是里離，曾是廬隳，而子寓爲。曰人斯生，控摶漚塵，于誰贗真？漢來秦去，能幾寒暑，兹不曰寓？矧吾與若，寄是垠堮，胡蔕胡絡？咨爾寓翁，既儒厥躬，亦古厥風。賈而未售，侯誕爾咮，聃周禦寇。可浚匪洙，可詠匪雩，孰聖之樞。宅彼回室，瞻彼尼日，後天其熄。有寓有窮，有居無終，不在其從。乃定乃宿，乃蓺乃穀，乃匠乃玉。弗勳則書，其以久渝，子獨忽諸。

書室銘

室不厭虚，書不厭整。牖不厭明，几不厭净。君子資之，君子師之。四物敢侮，非天疇欺？我躬匪几，我性匪牖。莫整莫虚，心有弗疚。

七星研銘

端溪七星研，紫巖先生故物也。其子敬夫以遺予，則銘而藏諸。

金玉其聲，追琢其泓。端溪之英，紫巖之朋。維仲敬父，詒我誠叟。發櫝瞻之，日中見斗。楊氏所客，墨氏所國。逃楊逃墨，子將奚適？

充齋銘

毛少説作齋房，讀書其中，名之以「充」，請銘。予銘之曰：

人皆玉其廬，莫或玉其軀。人皆穀其腹，莫或穀其德。爾胡弗思，爾則不貲。孰降之衷，孰秉其彝？有降靡竭，有秉靡奪。有覿靡愆，天以人滅。睨柯匪柯，❶曾是遠而。操亡去亡，曾弗反而。推之而充，何垤弗崇？充之而實，何穡弗銍？績之幽幽，織之油油。言製其秋，其衣其裘。萬室燠只，爾弗鞠只。爾弗勗只，東方旭只。

❶「睨」，原作「睍」，《中庸》：「執柯以伐柯，睨而視之，猶以爲遠。」今據改。

務本齋銘

永新左揆字正卿，嗜學進進，命其齋以「務本」。艮齋先生記之矣，復請銘於誠齋楊万里，則銘之曰：

畯穡乎穫，梓穡乎斲。緊士所穡，何穡非學？學將奚先，何學非賢？自賢而聖，自聖而天。澮則有岸，甽則有畔。天人之道，畔岸河漢。河漢可涯，道可方思。其端惟四，乃六其藝。既三其綱，亦五其常。闖之彌幽，跂之彌悠。據其一原，萬善來求。人有怙恃，誰無孟季？執柯伐柯，乃睨而視。二典兩帝，叄天兩地。曷濟登茲，不曰孝悌？有若肖尼，參乎攸嗤。本立道生，是以似之。瑟彼學子，遐不務此。聖其遠而，子其反而。

存齋銘吴丞名必大，字伯豐。

永興吴君，其丞吉水，名齋房曰「存」，謁予銘之。銘曰：

天爽天精，孔神孔明。肇域彼中扃，宅是瓌庭。我有神舍，弗掫于夜。寇入在宇，我出在野。在宇一斯，其從千之。在野懷歸，室是遠而。將聖有續，予爲孟孫之族。導汝歸宿，寇則逐逐。匪予汝歸，汝弗去兮。匪彼汝寇，汝弗居兮。汝室載寧，汝挾載宏。宗廟百官，疇不汝或承？尼日堯墻，有覿斯煌。有陟斯昂，則莫我敢當。道腴義粱，詩冠禮裳。有操無亡，疇莫知其鄉？

緩齋銘

吾友吉之户曹掾趙君公括，少監提刑老先生之次子也，賢而文，儒而能官。位職之初，名其公之齋房曰「緩」，謁予銘之。銘曰：

急爲緩師，匪弦匪規。緩爲急資，資在在韋。有鳴者雞，二人同孳。一跖一嬀，塗是遠而。君子所履，疇彼疇此。韋弦由己，不可則止。萬趾徐徐，緊善之逋。舍韋而趨，如鏑赴菟。萬指汲汲，緊利之拾。舍弦而戢，如煅違溼。宜赴而違，曷嬀之歸？宜違而赴，曷跖之去？跂聖之藩，求魴于山。求毚于淵，於萬斯年。之子嗜學，家有老斲。過庭有覺，其避席而作。

敬齋銘

新喻蕭一致，字伯易，三堂居士從義孫也，山谷爲作《三堂銘》云。伯易作敬齋，《禮》曰：「毋不敬。」程子曰：「主一曰敬。」銘曰：

維事維萬，維心維一。聽弈思鴻，維貳維忽。貳豈其忱，忽豈其欽？維動維言，其弗喪心。三堂孫子，學以爲己。欲趾聖門，主一爲址。謹獨懍然，履臨冰淵。及榛厥成，對越昊天。

省庵銘

西昌梁大用，字器之，篤志嗜學，進未懋也。命其讀書之室曰「省庵」，來乞銘。銘曰：

人無鑑銅，當鑑以身。人無鑑身，當鑑以心。一善之萌，鬼神知之。非鬼神之知，吾心已知。一不善之作，海漚亦覺。非海漚之覺，吾心已怍。知之斯行，吾心吾朋。怍之斯絶，吾心吾鉞。孰鉞孰朋，省則勇而。朋亡鉞喪，昧則縱而。以省攻昧，維聖作對。以昧翳省，擿埴覩井。參省以日，吾省以時。參省以三，吾省千之。維聖無過，維賢寡過。欲寡未能，吾其敢惰？

西塾銘

禾川甯行之作西塾以訓迪厥子，請銘於誠齋老人。銘之曰：

衛俞之族，有西其塾。維學之麓，維子之淑。浴爾子孫，于弟于昆。洗心雪神，明聽話言。我築我廬，爾群爾居。有《易》、《春秋》，有《詩》有《書》。琴在在牖，書在在手。爾誦爾弦，以復爾有。爾有伊何？伊孝伊忠。伊義伊仁，于玉爾躬。雞既鳴矣，爾夙爾起。日之夕矣，爾膏爾燬。具體維淵，聽視動言。維禮爲塗，雄趨聖門。命世維孟，盡心知性。俯蹴百氏，仰承三聖。匪孟匪顔，于跂于攀。瞻彼數仞，躄而登天。潛而未徹，如攻堅木。徹而莫禦，如泉赴谷。由心而身，由身而親。由親而君，氣志如神。浴爾孫子，爾聆爾思。非道弘人，室是遠而。

贊

文潞公畫像贊

竺景東畫文潞公像，陳勉之攜來求贊。某贊曰：

俾宋作古，自我仁祖。心一德同，潞國文公。不兵不革，正是顔色。式是中國，震是戎狄。有頍者冠，忽然在前。喜有人焉，焉知九原。

醉筆戲作生菜贊

粹乎蔬則已瘠，粹乎肉則已腴。腴而不腴，蔬芼肉也。瘠而不瘠，肉膏蔬也。孰使予最雲子之課、拓歡伯之疆者，不在兹乎！不在兹乎！

桑　贊

其葉可温，其蕡可飧。其榦可薪，其藥可根。有裨乎人，無愛乎身，墨氏之仁。

玉石贊

山有玉，工則琥之。溪有石，家則礎之。士有韞，人則齬之。吁！

張定叟畫像贊

浙之西東，轉鏜而豐。其誰之庸？朱張兩公。神臯天咫，畇唫其理。後先趾美，維張與李。孰知夫傾東海於談餘，振華嶽於物初？顧是區區，是殆見吾善者機歟？長松白石，清泉激激。杖屨野服於一丘一壑之間，予安得從定叟於南山之南、北山之北？

自贊

吾友王才臣命秀才劉訥寫余真，戲自贊曰：

汝翎弗長，汝趾弗强。毋駃汝頑，毋競汝驤。于崖于濱，其窈其茫。噎噎其光，弋誰汝傷？秋作月荒，春作華音花。荒。哦者遜尫，醻者遜狂。汝老是鄉，莫與汝争鋩。

張伯子尚書畫像贊

江西連帥華學尚書篤素居士張公伯子之畫像，大兒長孺圖之以示予。一别十年，千里再見，敬贊之曰：

戾戾契契，逢怖則折。嘻嘻休休，覿誘而流。有偉張公，洵素且冲。匪石厥衷，迺玉厥躬。勁于疾風，柱于河洪。淑兮吾怙，慝不吾惡。弗撼弗助，弗誘弗怖。曲江之持，于湖之擿。孟氏之素，其不在兹？

張欽夫畫像贊

唐德明示亡友南軒先生畫像，敬爲之贊。

名世之學，王佐之材。一瞻一慟，非爲公哀。

寫真贊

吉州通守趙德輝命史寫老醜，戲題之曰：

有綌者巾，有藜者杖。雲嶠風杉，步月獨往。龍伯國之民歟？無功鄉之民歟？

王時可命敏叔寫予真題其上❶

鬖巾鶴裾，山澤之臞。汝荷簣之徒歟？抑接輿之徒歟？

❶「敏」上，底本目録有「劉」字。

張功父畫像贊

功父久别，喜得解后，寒温之外，勞苦之曰：

香火齋祓，伊蒲文物，一何佛也。襟帶詩書，步武瓊琚，又何儒也。門有珠履，坐有桃李，一何佳公子也。冰茹雪食，瑚碎月魄，又何窮詩客也。約齋子方内歟？方外歟？風流歟？窮愁歟？老夫不知，君其問諸白鷗。

張功父命水鑑寫誠齋求贊

索汝乎北山之北，汝在南山之南。索汝乎南山之南，汝在北山之北。丁寧溪風，約束杉月，有問汝者，千萬勿説。誰遣汝多言而滑稽，又遭約齋之牽率。

樂　府

誠齋歸去來兮引

儂家貧甚訴長飢，幼稺滿庭闈。政坐餅無儲粟，漫求爲吏東西。

偶然彭澤近鄰圻，公秫滑流匙。葛巾勸我求爲酒，黄菊怨、冷落東籬。五斗折腰，誰能許事，歸去去來兮。

老圃半榛茨，山田欲蒺藜。念心爲形役又奚悲。獨惆悵前迷，不諫後方追。覺今來是了，覺昨來非。

扁舟輕颺破朝霏，風細慢吹衣。試問征夫前路，晨光小恨熹微。

乃瞻衡宇載奔馳，迎候滿荆扉。已荒三徑存松菊，喜諸幼、入室相攜。有酒盈尊，引觴自酌，庭樹遣顔怡。

容膝易安栖，南窗寄傲睨。更小園日涉趣尤奇。儘雖設柴門，長是閉斜暉。縱遐觀矯首，短策扶持。

浮雲出岫豈心思，鳥倦亦歸飛。翳翳流光將入，孤松撫處凄其。

息交絶友塹山蹊，世與我相違。駕言復出何求者，曠千載、今欲從誰。親戚笑談，琴書觴詠，莫遣俗人知。

解后又春熙，農人欲載菑。告西疇有事要耘耔。容老子舟車，取意任委蛇。歷崎嶇窈窕，丘壑隨宜。

欣欣花木向榮滋，泉水始流澌。萬物得時如許，此生休矣吾衰。

寓形宇内幾何時，豈問去留爲。委心任運無多慮，顧遑遑、將欲何之。大化中間，乘流歸盡，喜懼莫隨伊。

富貴本危機，雲鄉不可期。趁良辰孤往恣遨嬉。獨臨水登山，舒嘯更哦詩。除樂天知命，了復奚疑。

上章乞休致戲作念奴嬌詞以自賀

老夫歸去，有三徑、足可長拖衫袖。一道官銜清徹骨，別有監臨主守。主守清風，監臨明月，兼管栽花柳。登山臨水，作音佐。詩三首兩首。休説白日昇天，莫誇金印，斗大懸雙肘。且説廬陵新盛事，三箇閑人眉壽。揀罷軍員，歸農押録，致政誠齋叟。只愁醉殺，螺江門外私酒。

七月十三日夜登萬花川谷望月作好事近

月未到誠齋，先到萬花川谷。不是誠齋無月，隔一林脩竹。如今纔是十三夜，月色已如玉。未是秋光奇絶，看十五十六。

昭君怨　賦松上鷗

晚飲誠齋，忽有一鷗來泊松上，已而復去，感而賦之。

偶聽松梢撲鹿，知是沙鷗來宿。稚子莫諠譁，恐驚他。俄頃忽然飛去，飛去不知何處。我已乞歸休，報沙鷗。

昭君怨　詠荷上雨

午夢扁舟花底，香滿西湖煙水。急雨打蓬聲，夢初驚。　却是池荷跳雨，散了真珠還聚。聚作水銀窩，瀉清波。

武　陵　春

老夫茗飲小過，遂得氣疾，終夕越吟。而長孺子有書至，答以《武陵春》，因呈子西。

長鋏歸乎踰十暑，不着鵕鸃冠。道是今年勝去年，特地減清驩。　舊賜龍團新作崇，頻啜得中寒。瘦骨如柴痛又酸，兒信問平安。

水調歌頭　賀廣東漕蔡定夫母生日

玉樹映階秀，玉節逐年新。年年九月，好爲阿母作生辰。澗底蒲芽九節，海底銀濤萬頃，釀作一盃春。泛以東籬菊，壽以漆園椿。　對西風，吹鬢雪，炷香雲。郎君入奏，又迎珠幰入脩門。看即金花紫告，併舉莆常兩國，册命太夫人。三點台星上，一點老人星。

四月二十八日同履常子上晚酌戲集句作四月之詩五章章四句

四月嘗春酒及時魚也。

四月維夏，凱風自南。緑竹猗猗，維石巖巖。

我有嘉賓，賁然來思。爲此春酒，酌言獻之。❶

南有嘉魚，維其時矣。維筍及蒲，維其嘉矣。

園有桃，左右采之。摽有梅，薄言掇之。

今夕何夕，月出皎兮。❷東方未明，不醉無歸。

---

❶「言」，原殘闕，今據四部叢刊本補。

❷「皎」，原殘闕，今據四部叢刊本補。

誠齋集卷第九十八

廬陵楊万里廷秀

雜著

題跋

跋御書誠齋二大字❶

淳熙十三年三月十九日，今上皇帝陛下於東宫榮觀堂召宫僚燕集。酒半，從至玉淵堂，詹事臣郯、臣端禮，諭德臣揆，侍講臣衮，各傳刻所賜御書齋名籤軸以進，再拜稱謝。惟侍讀臣万里於同列爲末至，蓋已嘗有請，因再拜申言之。皇帝陛下欣然索一大研，命磨潘衡墨，染屠覺竹絲筆，乘興一揮「誠齋」二大字、「贈侍讀楊檢詳」六小字，識以「清賞堂印」，視諸齋字畫雅健相若，而精神飛動，似覺更勝。恭惟皇帝陛下，心畫超詣，雲章昭回，龍跳虎卧，鸞飄鳳泊，蓋天縱之能、聖覺之餘也。臣既拜賜，退而寶藏於家。今假守高安郡，

❶ 此篇至《跋歐陽文忠公秋聲賦及試筆帖》「先生之孫提幹不」，原殘闕，今據四部叢刊本補。

幸逢六龍御天之初，敬刻之金石，以侈寒士千載之榮遇云。❶淳熙十六年歲次己酉八月戊子，朝議大夫、直秘閣、知筠州兼管内勸農營田使、借紫臣楊万里拜手稽首謹書。

跋御書御製梅雪詩

今上皇帝陛下在東宫榮觀堂宴群僚日，既爲臣万里親灑宸翰作「誠齋」二字，復書御製賞梅詩一首五紙，❷將以分賜臣邲、臣端禮、臣揆、臣万里、臣袤，置之几上，莫敢先取者。臣万里即請云：「敢用劉洎登牀故事。」❸乃急取此紙，蓋肆筆最得意者。❹皇帝天顔爲之載穆，群僚皆有歆羡之色。是歲冬，皇帝一日復命春坊臣特立傳賜群僚以御製梅雪詩三首凡五紙。恭惟皇帝陛下，道德之崇極，典學之緝熙，固已登咸二典三謨之業；聖文之渾噩，❺詩句之高古，又復戛擊商頌周雅之音，視《大風》之歌、《秋風》之辭，❻皆莊周所謂「風斯在下」者。臣敬刻之高安郡治，俾士民誦之詠之，與雅頌異時同聲焉。淳熙十六年歲次己酉八月戊

❶「侈」，原作「後」，今據汲本、庫本改。
❷「賞」，原作「嘗」，今據汲本、庫本改。
❸「洎」，原作「泊」，今據汲本、庫本改。
❹「筆」，原脱，今據汲本、庫本補。
❺「文」，原脱，今據汲本、庫本補。
❻「視」，原作「祀」，今據汲本、庫本改。

子，朝議大夫、直祕閣、知筠州軍州事兼管内勸農營田使、借紫臣楊万里拜手稽首敬書。

跋張欽夫介軒銘

欽夫之文清於氣而味永，吾見之多矣，而猶恨其少。讀此銘詩欣然，殊慰人也。君子之於水木竹石，愛之與衆人豈異也？衆人之愛水木竹石也，愛水木竹石而已矣。欽夫愛唐氏之石而得乎介，又以其得而施及於唐氏，則其愛也，水木竹石而已乎？有來觀者，其愛與欽夫同不同，未可知也。一笑而書其後。所以一笑者，予欲書而忘其書也。紹興壬午，廬陵楊万里跋。

跋熊叔雅所作唐傑孝子贊

孝慈者多連理同蔕之應，世以爲祥，非也。當是孝慈所化，草木亦孝慈耳。觀孝子唐傑之事，豈不然哉？嗟乎！草木非有知也，人非無知也，或化焉，或否焉，又何歟？隆興初元四月十二日，廬陵楊跋。

過楊塘趙清獻神道題柱衢州地

是惟清獻之墓，過者可不敬乎？敬斯慕，慕斯爲。二之前則曰能，一之後則曰不能，敬猶不敬也。吾徒楙之。

跋歐陽伯威句選

右歐陽伯威詩句之擇也。予既序其《脞辭》，復手抄此數紙，自有用處。每鳥啼花落，欣然有會於予心，遣小奴挈慶樽，酟白酒，釂一黎花瓷琖，急取此軸，快讀一過以嘸之，蕭然不知此在塵埃間也。❶ 而伯威喜予書，又奪去此紙，誰復伴幽獨者？年月日跋。

題曾無逸百帆圖

千山去未已，一江追之。予觀百餘舟出没於風濤縹縹、雲煙有無之間，❷前者不徐，後者不居，何其勞也。而一二漁舟往來其間，獨悠然若無見者，彼何人耶？

跋章友直草蟲

春寒爾許，新蟬飛蠅輩遽出耶？細觀，蓋章伯益墨戲也。庚寅三月上巳日，楊　　跋。

---

❶「此」下，汲本有「身」字。
❷「縹縹」，汲本、庫本作「縹緲」。

跋曾無逹所藏米元章帖❶

米家字畫，❷遭逢紹興聖人，謂字字皈復古殿中矣，而此紙尚遺人間。士之遭時，求其必不遺，難哉！

跋曾正臣兩踈圖

予每讀唐人文字，喜言兩踈畫圖，惜不得見，今真在眼中矣。然以孝宣清明之代，而二先生何去之早耶？及觀《蓋寛饒傳》，則知都門祖帳之觴，二先生父子相顧飲之，彼猶以爲晚爾。

跋劉景明四美堂序

吾友劉景明此作非《四美堂序》也，蓋禾川晚秋圖也。乾道六年九月望，誠齋野客楊万里跋。

跋陳與權印五經善本

以書刻印者，未有不利焉者。有不利焉者，惟異端之書爲然。刻異端之書者則然，所以刻者則不然。

---

❶「逹」，底本目録同，汲本、庫本作「逸」。

❷「畫」，汲本、庫本作「帖」。

朝刻其書以貽諸人，夕計其福以貽諸身，烏在其不利焉者歟？南雄陳經，於光堯朝以童子科免秋賦，詣太常，未得志於有司，退而歎曰：「有司之門則不可以逕而入也，聖人之門其不可以逕而入哉？」益讀古書，以溉其心，以樹其躬，以曄其辭章，蓋退而後進者也。病夫書肆之刻五經者，字畫之不精，脱訛之不更，求善書者爲而刻之，❶使來者皆得以印印之。嗟乎！利之不蘄，福之不計，異端之不溺，士之若陳子者稀矣。五經之彰，繫於刻不刻耶？不繫於刻不刻也。於斯三者，吾獨以嘉陳子。年月日，某謹書。

跋陸宣公集古方

陸宣公之貶也，杜門集古方書而已。或曰：「避謗者歟？」或曰：「窮而不怨也。」楊子曰：「宣公之心，利天下而已矣。其用也，則醫之以奏議；其不用也，則醫之以方書。有用有不用者，宣公之身也，宣公之心亦有用有不用乎哉？」

題曾無己漁浦晚皈圖

浦，吾里；舴艋，吾宅；黄帽郎，吾侣也。苒苒京塵，于今三年，偶開曾無己此軸，風煙慘澹，波濤洶欻，欣然振衣登舟云。乾道癸巳月日書。

---

❶「爲」，汲本作「焉」，庫本作「寫」。

跋歐陽文忠公秋聲賦及試筆帖

六一先生墨妙，每見石刻，未見真蹟也，今乃得見《秋聲賦》、《試筆帖》。先生之孫提幹不來歸故鄉，安得此奇觀？提幹云：「尚有《集古録跋》及家書四百餘紙。」某聞之雖喜，然未敢盡求觀也。某山林之日月方永，欲一日盡此四百紙，何以卒歲？

跋李成山水

余葺茅棟，而工徒病雨擾擾，不肯畢也。今日偶小齋，鳥烏之聲樂。吾友王才臣偶攜李成山水一軸來，展卷煙雨勃興，庭户晦冥，吾廬何日可了耶？

跋趙大年小景

予故人曾禹任寄似大年小景數素一，規不盈咫也。愈視愈遠，忽去人萬里之外，然水石草樹、鴻鴈鳧鷖，可辨秋毫。予剩欲放目洞視之，而舊以挑燈抄書，目眚屢作，嘗謁之醫，醫云：「窮睇遠睨，目家所忌也。」偶憶此戒，速卷還客。

跋蘭亭帖

右《蘭亭記》，曾禹任得之諫大夫毛氏，毛氏得之淮陰，非近時襲訛者也。予見元明《跋山谷書》云：「山谷謫黔，泝峽舟中，日日惟把玩石刻一紙，蓋此記也，故末歲筆法超絶云。」予聞「五更侵早起，更有夜行人」，願持此句子寄聲山谷。

跋浯溪曉月錢塘晚潮一軸

予以歲癸未官滿浯溪，去年自杭都補外，每懷兩地山水之勝，輒作惡數日。所謂「東西南北皆欲往，千江隔兮萬山阻」者歟？今日獨坐釣雪舟中，風雪方霽，故人曾禹任邀我，乃併至兩地，此殆夢中事也。

跋劉彦純送曾克俊作室序

曾克俊之居，距吾家三里而近，予每步訪之。周以脩竹，面以東山，甚愛其幽勝。然目留而心不隨，忽喜而倏懼，往往不及坐而去者。蓋克俊之幽境能悦人，未若克俊之破屋能逐人也。西溪先生所謂將壓者，特聞而知之焉爾，今則又甚矣。西溪所謂左撑者，❶前日晨炊不熟，取以煬竈，而疇昔之夜雪作，地爐無火，

❶「溪」，原作「漢」，今據文義改。

復取所謂右支者薪之矣。適有天幸，入冬不風，後此數月，春風勃興，此屋亦殆矣哉！因克俊攜西溪序篇來，附書左方，以告仁人君子之憐克俊者。

跋張安國帖

張安國書甚真而放如此，然學之者皆未嘗見公之足於户下者也。

跋許將狀元與蔣頴叔樞密帖

前輩與執政書，亦猶字之。今人年未三十，一舉於禮部，則鄉先生不敢字之，且稱曰「張丈」、「李丈」矣。嗚呼！其益薄矣夫。

跋半山老人帖

半山老人此帖，蓋與劉丞相之子元忠待制也。紙尾云：「外物之來，寬以處之。」此老心法也。佩玉廟堂，而面帶騎驢荒陂之色，觀其字，見其人。

跋曾子宣帖

曲阜筆迹，斷爛可惜。擣粉爲牋，其新也豈不滑澤可愛？其久乃爾，問交亦然。

誠齋集卷第九十九

廬陵楊万里廷秀

雜著

題跋

跋郭功父帖

俗吏之冗，不得觀書。功父所厭，此殆予同病也。

跋薛諫議曾都官帖

薛諫議、曾都官與親戚少者書，前署名而後花押，使施之今之後生，怒駡不置矣。

跋山谷小楷書陸機文賦帖

予嘗見前輩言山谷先生爲人書古人詩文，初非檢書，亦非己出，必問求書者曰：「子欲某史某傳乎？某賦某詩乎？」《文選》諸賦，自《三都》、《二京》、《子虛》、《西征》、《江》、《海》之外，《文賦》辭最多，而先生一筆爲晁仲詢芻民書之，雖未卒章，亦不少矣。今之士引筆未識偏旁，姑無以譙爲也，能不檢書而寫古人詩書字六七十如五六十者有幾？顧曰：「筆畫記誦，學之末乎爾。」以此帖示之，得覆醬瓿，其榮厚矣。年月日，某跋。

跋王才臣史論

此吾友王子俊才臣年十七時所作歷代史論十篇也。是時老氣横九州，毫髮無遺恨，誰謂只今猶在餘子後耶？今尚書承旨周公，每歎科舉之刀尺精於擇士而粗於擇有司。魚網之設，❶鰕則罹之，其意端爲王子發也，吾又奚言？

跋曾達臣所作蜥蜴螳蜋墨戲

歸愚居士曾達臣，予家親戚且最厚者。予知其蓄學問，善議論今古而已。其子無逸爲予出二蟲，敗紙而有生態。予既驚喜其奇觀，又歎平生初不知達臣之多能也。所挾愈大者其知愈狹，予之不知達臣獨此而已乎？之二蟲又何知？淳熙己亥季冬十七日，誠齋野客楊某書。

---

❶「網」，原作「綱」，今據文義改。

跋尚帳幹所藏王初寮帖

覽王初寮帖卷首，愛其字畫美秀，然其神氣風骨竟莫名其胄出也。最後《次韻尚仲明衡陽十絶句》如「歗臺」、「鴈峰」等字，乃知其爲東坡之别子。豈其出之於建炎之後，而閟之於宣、政之間耶？籧篨之下，誰知「庾冰政在此」也。❶

跋東坡所書雉帶箭大字帖

東坡先生所挾，孰非招尤取嫉之具？復出此掀天決地大字，投畀嶺海，豈元符大臣罪哉！

跋米元章登峴大字帖

某學書最晚，雖徧參諸方，然袖中一瓣香五十年未拈出也。今得見米禮部「登峴」大字，乃知李密未見秦王耳。

❶ 「庾」，原作「庚」，《資治通鑑》卷九一四《晉紀》：「何處覓庾冰，庾冰正在此。」本書卷一〇六《答余丞相》亦引此語，今據改。

跋尚仲明文藁

知己在言路，此巧宦者進軟語、待彈冠之秋也。尚仲明抵之以書，規其患失而詭其盡言，拙矣哉！

跋謝昌國所作何孝子傳

昔柳子書段太尉事以諗史官，今謝子書何孝子事以諗予。予野人也，何孝子於是爲不遇矣。年月日，楊某跋。

跋韶州李倅所藏山谷書劉夢得王謝堂前燕詩帖

此山谷歸自黔南之官當塗時所作也。雖放舟大江，順流千里，而兩川雲煙，三峽怒濤，尚勃鬱洶湧於筆下。

跋蘇黄滑稽録

此東坡、山谷禮闈中試筆滑稽也，蓋莊周、惠子不幸再相遭者。或問：「二先生語何經見？」予曰：「坡谷聞之憑虚公子，憑虚公子聞之亡是公，亡是公聞之非有先生。」

跋東坡小楷心經

予每見山谷自言學書於東坡，初亦嘸然，恐是下惠之魯男子也。今觀《心經》，乃知波瀾莫二。昔宋人請南宮長萬於陳，陳人飲之酒，醉而以犀革裹之。比及宋，手足皆見。

跋劉原父制詞草

歐陽脩　宋祁　范鎮　王疇　宋敏求

敕古之爲國政者法後王爲其與已近於其制度文物之可觀也故采唐有天下且三百年其明聖君賢臣忠相與

美政盛德顯功美政善事令謀固已史

經營扶持之其行事多矣而史之所記官非其人記述失序至於使興壞成敗之迹晦而不章朕甚恨之故擇廷官臣具

舊貴文書舊舊書文勒成一家

使筆削官某具官某創列統紀裁成大體具官某具官某具官某罔洽羅遺逸博洽緝異聞厥協異同凡十有七一年大典乃

閎富精覈度越諸子矣古

立皆讎有功朕將據舊鑒今以立時治爲朕得法其勞不可忘也皆遷秩一等一布藏頒藏其書天太學天下使學者

伻有頒咸觀焉厶可厶官厶可厶官厶可厶官厶可厶官厶可厶官餘官勳賜如故

公是先生作歐、宋五人《唐史》書成第賞增秩制藁，塗改字畫一一尚可察也。「皆讎有功」四字初當在

「遷秩一等」之上，豈意匠中變而筆偶遺削歟？廬陵楊某書。

跋張忠獻公答劉和州三帖

紫巖先生之用心，有一念不在憂社稷軍民與愛惜人材者乎？學者觀其與劉和州三帖，先生之學亦可以嘗一勺知江海矣。和州之才附託此紙，不既焜煌矣夫！

跋張忠獻公委劉通判仲謙應辦光堯車駕勞軍雜務專行曆

士之才不才，惟遇變乃見。變在應，應在速，速在暇。應變而速，應速而暇，近世如仲謙亦鮮乎哉！大臣任天下大事，而幕下無人才，信不可歟！

跋尤延之戒子孫寶藏山谷帖辭

山谷此帖，余初官三衢，買之無錢，剥落茶杯托釦銀數兩以易之，子孫其永寶之。錫山尤延之書。

計釦銀重輕，足可供億不知何人杖頭之資者半月，而顧以易山谷此帖，後必有市於色而抵之地者。廬陵楊某跋。

跋鄭威愍公事❶

近世培溉人才，忠孝成俗，至本朝盛矣，唐季五代全軀賣國之風於是一變。慶曆、元祐之間，忠臣義士充盈朝野，非諸老之賢、祖宗之勤也，其積豈一朝一夕哉？自紹聖、崇、觀之大臣指諸老爲姦邪，挫揠銷泯，不盡不置也。而靖康之禍，猶有死國如威愍鄭公者，此固前日姦邪之遺種，而紹聖、崇、觀之大臣之所銷泯不盡者邪？嘻！慶曆、元祐之姦邪，顧可少哉？至於銷泯不盡，可以觀祖宗之澤矣。公，玉山人，擢進士第，靖康間守同州，虜破城，公死之。名驤，字潛翁。廬陵楊某書。

跋張功父所藏林和靖摘句

天不密則失神，人不密則失天。和靖三十聯，刻露天秀，剔抉造化，幾事不密如許，窮老而不悔，有以哉！

跋洪治中梅蘭竹水墨畫軸

孤竹之君，靈均之紉，子真之孫。避世霞外，物莫作對，疇敢尋葵丘之會？惠然盍簪，參語其森，其侶若林。胥砥以節，胥芬以烈，雪瑩玉潔。旁招來同，伊誰膚公，猶曰「中書之不中也」耶？

❶「威」，底本目録作「忠」。

跋黄齊賢通鑑韻語

迂叟《通鑑》之書，大萬萬言不啻也。黄君齊賢約一事爲四言，舉四言得一事。卷而懷之，《通鑑》在袖間；誦而記之，《通鑑》在舌端矣，此學者之利也。或曰：「此書之不忘，《通鑑》可忘矣乎？」曰：「不忘此書，然後可以語《通鑑》之不忘；不忘《通鑑》，然後可以語《通鑑》之忘。學者謹之。」淳熙丁未三月十二日，誠齋野客廬陵楊某廷秀書。

跋龜山先生帖

右龜山先生與陳幾叟書，如云：「漢陽命下，登州不即遣，乃覆奏俟命。聖恩寬大，州郡乃爾，然還不還皆天也。」此爲陳了翁發也。聖恩寬大，州郡豈不知之？然寧敢於違詔而不敢於違姦臣，是以覆奏也。使有謫命，必不覆奏矣。嘻！其時何如哉！

跋默堂先生帖

右默堂先生與其弟朝宗書，論及程、王二學之是非，謂「自古及今，唯有一是」，大哉言乎！至謂「王氏禍天下之罪，雖世無孔孟，亦不免聖代之誅」，或曰：「世無孔孟，則默堂何據而誅王氏乎？」曰：「人心而已矣。」「然則不必據孔孟乎？」曰：「孔孟，人心而已矣。」

誠齋集卷第一百

廬陵楊万里廷秀

雜著

題跋

跋廖仲謙所藏山谷先生爲石周卿書大戴禮踐阼篇太公丹書

文字中喜用古人語，此自是山谷一法也。如「先生美米，後生爲秕」、「以貧賤有人易，以富貴有人難」之類，此《吕覽》語也。豈盡然哉？而今集中至全載丹書諸銘，與山谷之文相亂。蓋山谷嗜此銘，故每喜爲人士書之耳，此軸其一也。莊周之蝶，不可以告周子之兄，信有是事。淳熙丁未六月十九日。

跋謝安國詠史詩三百篇

遷固紀傳一篇百千言，而安國納之於二十字，杜少陵所謂「咫尺應須論萬里」者與？誠齋楊某淳熙丁未八月二十日書。

跋段季承所藏三先生墨跡

六一先生、半山老人、東坡居士，間何闊也。因段季承爲介紹，乃一日併得望履幙下，快哉！淳熙丁未至後三日，廬陵楊某敬書。

跋豐城府君劉滋十詠

豐城府君愛山成癖，不知身之化爲山歟？山之化爲身歟？讀《山中十詠》，覺嵐翠染衣，崖凍襲骨。淳熙丁未十二月七日，誠齋野客楊某跋。

跋蕭武寧告詞

某聞吾鄉蕭氏臧去其祖武寧府君仕於吴時告命，而未之見。今日延卿姑夫攜訪相示，墨色如新，不知其爲異代二百餘年以前物也。自武寧至延卿，於是九世矣。微祖孫仕學相承，能如是傳之之永乎！余知蕭氏之未央也。豈惟未央，其必有興者。慶元戊午四月十一日，誠齋野客楊某敬書。

跋蕭侍御廷試真書

侍御蕭公廷試文卷，一日三題，文不加點，固難能也。而其詞深厚淳質，不曜浮文，如大羹元酒、渾金璞玉，可以見祖宗時人才之邃雅矣。慶元戊午四月十一日，誠齋野客楊某書。

跋趙士㢘江州死節墓碑

趙端國初相識於金陵，詞粹而氣淑，以爲其人佼佼儒者也。别去七年矣，昔歲之春來爲吾州上幕，與之把酒道舊故，爲笑樂外，莫知其挾。未幾則聞潔廉自將，正學以言，守法以立。每議一政一事，山可移，不可奪。蓋天下之士，乃未易知如此哉！今日王才臣來訪，袖出端國之曾大父總戎公墓碣與前輩諸公間題傳後語，讀未竟，舍卷起立，髮上衝冠，鬚髯畢張，且憤且悼，而繼以泣曰：「嗟乎！忠義信有種乎？『魯無君子者，斯焉取斯』，而太史公乃曰『天之報施善人』，非邪？」昔魏文帝以世無火浣布，信有是事。年月日，誠齋野客楊某敬書。

跋蔡忠惠公帖

世傳仙人吕公飲酒家，大醉，自寫真壁間而去，明日觀者如堵墻。或以問，予曰：「傳者誕也。」或曰：「寫者亦誕也。」予不能決。友人蔡定夫寄贈其祖忠惠公帖，讀至思杜祁公遇孫資政詩、惜殿中君謫春州事簡牘，因悟曰：「吕公事非誕矣。」或曰：「何用知之？」曰：「忠惠斯言，非爲三君子發也。」「然則誰爲？」曰：「是亦忠惠自寫真也。」或曰：「子之言亦誕也。」予滋不能決，併書于踋，以決諸定夫。

跋李氏所藏黄太史張右史帖

右山谷帖二十七紙，張右史帖十一紙，予友人李師心携以示予。蓋自其從曾祖承議公與二先生還往之尺牘臧去至師心，今四世且百有餘歲矣。其紙新，其墨濕，猶昨日物也。臧之久而莫之竊，觀者衆而莫之奪，其守寶有道哉！予於是有感焉：豈惟此帖哉，又有大者焉。使李衛公子孫能守其花木竹石，魏鄭公子孫能守其宅與笏，房杜子孫能守其門户，皆如李氏子孫之守此帖，至今存不存也？予於是重有感焉：豈惟數姓之所有哉，又有大者焉。年月日，誠齋野客楊某敬書。

跋趙主管乃祖忠節録

二叔叛周，七國反漢，而我宋建炎之難，永豐有誨道直閣，齊安有令宬，長沙有聿之。三公皆以屬籍死節，節貫三光，名塞兩儀，霜松雪竹，生我靈囿。世謂今人不如古，其然乎哉？其然乎哉？直閣之孫彦權示予以《忠節録》，敬書其後。

跋李伯珍詩卷

伯珍取别一星矣。今日安成劉伯彊送似渠癸丑詩一卷，清新俊逸，「奄有二子成三人」矣，今想更進。觀伯珍之進，自笑予詩之退也。

跋張永州尺牘

右同郡齊年同舉張公叔保之尺牘也。是時予棄官山居，而叔保爲豫章別駕，與予此書，卑詞絫繭，殆過乎恭。此禮應上官乎施，不應朋友乎施者。予再拜，辭而歸之。其子履乃能臧去此紙，把翫手澤如新，覽之淚落。林謙之、劉賓之每云：「叔保佳士，恨不盡見其文，然牋記中亦可見其一斑。」此牋又一斑者。嘉泰元祀六月庚寅，誠齋野客楊某跋。

跋張伯子所臧兄安國五帖

于湖張公，下筆言語妙天下。當其得意，詩酒淋浪，醉墨縱橫，思飄月外，興逸天半。東坡云：「李太白死，世無此樂三百年矣。」某初挂名於公之牓，又嘗再見公於直廬。今其季伯子尚書寄示五帖，開卷未了，山立玉色，凛然在人目中也。或曰：「昔東坡雄雋而服子由之近道，今于湖邁往而愛伯子之端愿，何也？」某曰：「東京人士有問二荀於許章者曰：『靖與爽孰賢？』章曰：『二人皆玉也。慈明外朗，叔慈内潤。』」嘉泰元祀六月戊戌，誠齋野客楊某敬書。

跋彭道原詩

吾族與蕭氏世婣也，而未聞有所謂敦節堂者。因觀彭道原此詩，問堂無恙，則化爲荒煙野草久矣。曾不百年，而物之廢興如此，是可歎也。至於昭甫之名節，則千載凜然也，堂何與焉？嘉泰元祀六月庚子，誠齋野客楊某書。

跋羅天文墨蹟

右此帖，予婦翁印山先生羅公天文送士人曾千里序也。予往來印山，求公之文章字畫而不得，今其孫紹何許得此紙？再拜三讀，悲喜相兼。瓌詞妙墨，兼麗山谷，此羅氏密須之鼓、封父之繁弱也，君家子子孫孫永言寶之。自紹興辛酉三朝至今歲嘉泰辛酉良月初吉，蓋甲子一周矣。此帖六十年乃出而歸羅氏，物之顯晦，故自有時耶？況於人乎？誠齋野客楊万里敬書。

跋袁機仲侍郎易贊

右《易贊》并序，吾友子袁子機仲侍郎作也。微斯人，眸子不運而見三聖，一心空洞以納大極，能倒傾蛟室，寫此瓊瑰否？誠齋野客楊万里敬書。

跋喻子才爲汪養源書李元中鞠城銘

李銘汪碑，喻題若著。同時汪規，異時遺珪。一日三師，纍其庶幾。

跋王瀘溪民瞻先生帖

瀘溪先生以詩取老檜之嗔，二沈希其意，出力擠先生，以策元勳，竟何成耶？先生料其不三年必有大咎，果若其言。又四年，檜亦殪。古語云：「前車覆，後車戒。」嘉泰壬戌後五日，門人楊万里敬書帖尾而歸之其宅相彭夢協云。

跋林黄中書忠簡胡公遺事

林侍郎黄中，一字寬夫，其所書澹庵先生遺事，當万里作行狀時所未聞者。豈特某所未聞，其子孫亦所未聞也。是時王之望、尹穡得志，其威能陷張魏公，而不能不折於先生之一詰；其辯能奬虜勢以脅其上，而不能不沮於先生之一答，兹不謂大丈夫乎？

跋忠簡胡公先生諫草

澹庵先生之孫槻寄示先生諫草凡十一行，卒章云「臣不忍見虜寇入門」等語，其痛次骨。万里讀至此，不覺涕泗之沱若也。蓋當是時，和戰之雜之時也，國是數定而婁摇，國勢將怯而復壯。仲尼曰：「民到于今受其賜。」

跋張魏公答忠簡胡公書十二紙

此帖十二紙，皆紫巖先生魏國忠獻張公答澹庵先生忠簡胡公手書也。紹興季年，紫巖謫居於永，澹庵謫居於衡，二先生皆年六十矣。此書還往，無一語不相勉以天人之學，無一念不相憂以國家之慮也。万里時丞零陵，一日併得二師。今犬馬之齒七十有六，夙夜大懼此身將爲小人之歸。復見此帖，再拜三讀，二先生忽焉洋洋乎如在其上，如在其左右。

跋山谷踐阼篇法帖

予頃丞零陵，嘗於同官張仲良許觀山谷先生小楷《兩都賦》，歎其多而不疲，且愈精也。仲良笑曰：「此未足歎也。子知其落筆時乎？學者每求作字，山谷必問曰：『欲六經何篇？《左氏傳》、太史公、班孟堅書何篇？』它詩文亦然。即隨所欲，一筆立就。命取架上書閱而校之，不錯一字。」蓋張中丞口誦，山谷筆誦也。西昌彭孝求好古博雅，示予《踐阼篇》，因志所聞於後。予嘗見章懷太子注范蔚宗《後漢書》載《武王衣銘》云：「蠶事苦，女工難，得新棄故後必寒。」而此篇無之，豈逸文乎？抑見它書也？則併志之。年月日，某書。

跋李彦良瑞木

董生孝慈，瑞見犬雞，韓子詩之，謂「刺史不能薦，天子不聞名」，歎其不上聞，所以媿其不能薦者也。彦良，平國之孝友，幽能致瑞於天，而明不能上聞於朝，當有蒙其媿者。今彦良之孫彦從，能傳大父之學，用心如止水，卹族如葛藟，瑞木其再榮，李氏其有聞與？嘉泰甲子孟陬晦，誠齋老人楊万里書。

誠齋集卷第一百一

廬陵楊万里廷秀

雜著

祭文

祭張魏公文

具官楊某謹以清酌之奠，西望慟哭，百拜致祭于近故大丞相、少傅、魏國張公先生之靈：

嗟乎！殄瘁之悲，天人丕同。同至極者，孔明與公。敵人骨驚，中原欲平。厦屋垂成，而折其甍。孰喪孔明？非天而天。孰喪我公？天而非天。胡爲乎天？天厭漢也。胡爲非天？天宋睠也。宋睠則那，而奪其老。天不其奪，天不其保。叔破旦斧，叔毀孔日。天而能保，則搵其舌。公未再相，國人曰賢。公既再去，左右乃驩。謂公賢矣，莫留其歸。公不賢矣，國人我欺。招以萬口，麾以一手。一不勝萬，其然其否。彼退則憂，公進則憂。憂同而殊，家國之謀。正叔之學，公則心之。君實之德，公則身之。因心以身，因身以君。正君以祖，太太真仁。相于兩朝，朞年朞月。日洗天澄，淮妥江謐。朞月乃爾，胡不百年？公而百年，公無地安。公今安矣，民則艱矣。呼公不聞，民則潸矣。踽踽小子，受知惟深。道學之傳，可諼于心。報公則無，雨以清血。俎以名誼，𣂪以誠實。羸然倚廬，莫望喪車。千里一觴，公其吐諸。

祭羅季吕文

惟靈嶷而不稽，蘽而不葯。有鬱斯榦，而不千尺。不惟天倫，滴淚到泉。凡我昏友，誰其不潸？子之尊公，非異人望。心子目子，摶扶而上。心久益堅，目久而穿。豈子願然？則懸乎天。天司下人，培淑賈慝。子慝則無，而至此極。春如其容，淵如其中。蔚如其詞，竟不其逢。吾文則蕪，聊復子尉。子知不知，吾涕則費。

祭劉公佐致政奉議文

疇昔之秋，我往拜公。公老不扶，鬢顔白紅。秋又聿至，則聞公病。我首斯經，莫或遑省。云何不淑，遽至於斯。以哀弔哀，有國無之。我不知公，知公者天。弟仕兄及，德高於年。子賢而文，我友之冕。義均孔懷，豈待姻婭？申以姻婭，兩翁私憂。曰予兩家，百世相繆。其憂則私，其意不私。交不金石，義斯磷緇。公今千載，言復奚益？一觴觴公，有淚沾臆。

祭趙子顯直閣文

具位楊某謹東望慟哭百拜，謹以清酌之奠，致祭某官之靈：

歲在辛巳，虜酋跳邊。謂吾大江，可投以鞭。諸將千屯，雲崩濤退。天子自將，與虜作對。大江之濱，有金其城。巋然孤堅，虜不敢攖。匪城斯畏，伊人斯忌。其人爲誰？趙公刺史。城以公崇，江以公深。餉以公豐，虜以公擒。公忠而勞，民感以奮。南國既寧，公功誰問？臺閣造天，不以公登。灩澦如象，乃以公行。蜀天遼遼，公以喪返。摧國之楨，萬心一怨。嗟我孤窮，恩深惟公。赴告來思，悲塡于胸。職思其守，莫哭于柩。挹醴注兹，詞以爲侑。

祭九叔知縣文

嗚呼！惟我與公，豈如他人。族則小踈，情則至親。名則二人，實則一身。自幼至壯，于學于仕。我有公隨，公無我棄。公唱我和，疇同疇異。我少也賤，無廬于鄉。流離之悲，我豈無腸？公曰子歸，子生我里。它邦之人，何得留子？卜鄰接屋，此心疇知？竹林之遊，老以爲期。別公三年，此豈曰久？如何公歸，乃在于柩。我忽無公，如厦失梁。如駕失軥，如涉失航。天乎痛哉，焉用呼天？曰天與善，公胡爲然？厥操栢竹，厥德龜玉。厥詩厥文，凡今之獨。天不祐公，曷付之兹？既曰付之，曷不祐之？西垣南臺，皆公知己。薦口方開，公則已矣。我以官拘，會哭則那。寓辭一哀，公乎奈何！尚饗！

祭虞丞相文

具位某謹以清酌之奠，西望再拜，致祭于近故宣撫少保、左丞相先生之靈：

嗚呼！獷彼元顔，猘于淮壖。氣無長江，不曰投鞭。錡也既退，權也亦潰。孰宣王靈，式遏狂悖？公以書生，雍容請行。澹乎無營，安乎無驚。矢而石而，公則身之。有殞我躬，無傷我師。三軍一人，萬人一心。彼自送死，無勞我擒。長蛇噬矣，公其殪矣。有旲圮矣，公其起矣。宗祏殆矣，公其妥矣。黔黎泯矣，公其拯矣。其後十年，乃相吾君。進退速遲，盍詢國人？人曰公來，四方庶平。公曰吾歸，西鄙匪輕。俾民知兵，俾兵知耕。雜渭之濱，前無孔明。大功垂成，大星夜墮。我師相泣，彼虜交賀。公宅于揆，人或公咎。今皆公思，公豈復有？維彼之人，於公曷畏？曷存而忌？曷亡而喜？維此之人，於公曷疑？曷生而譏？曷没而思？在昔聖賢，疇免乎是？苟無天日，我心則媿。維公平生，憂國如酲。齎志下泉，目其能瞑？昔公在位，如富范韓。古風蕭蕭，公欲追還。率籲衆俊，載飛載集。而我何爲？亦寘百執。我思其人，玉立長身。凛然目中，御風駕雲。思之彌近，忽然彌遠。西望岷峨，有淚如綫。嗚呼哀哉，尚饗！

祭汪氏夫人文

嗚呼！近世大家，孰振厥華？于江之涯。維王與汪，于閥有光，歸然相望。有齊夫人，維汪之孫，王氏是嬪。茂族相輝，是似是宜，孰盛與夷？象服沃如，壺彝穆如，婦德肅如。邦君之來，魚軒則偕，鵲巢與儕。云胡不淑，逝者其速，隕霜于菽。菲然醴饗，不腆不豐，小君之恭。

汪氏夫人路祭文

夫人所怙，肇自幕府。扶日御天，再考宋宇。遂相光堯，宅是元輔。中興疇庸，其孰與侣？如夏女艾，如周山甫。如漢鄧禹，如唐尚父。盛德所流，實潤實溥。是生夫人，典則有裕。蘋蘩中清，環珮中矩。謂天不祐，德豐厥付。謂天不忒，齡嗇厥與。邦君方昌，雲翔風翥。諸郎玉立，繼繼多譽。偕老之章，陟屺之句。遂廢此詩，誰謂荼苦？江水沍只，江日暮只。靈載路只，歆此酹只。

祭羅元忠文代内

嗚呼！手足之親，實維八人。三兄五妹，相依以生。仲氏夙喪，伯氏繼往。維我季兄，既老益壯。嗟我夫婦，宦游東西。庚寅之别，五年乃歸。昨一見兄，已有病顔。今升兄堂，兄聿蓋棺。長松既仆，小草何附？蒼天蒼天，有此惻楚。翩翩者旌，近彼幽宫。一觴永訣，悲不可終。

祭三十五叔婆蕭氏文

於穆夫人，憲部之孫。大夫之婦，保昌之嬪。迺玉厥德，閫中維則。贊贊保昌，俾劬厥職。保昌倦飛，棄官言歸。二老其皤，松雪相輝。教子弄孫，芝秀蘭茁。慶流如川，有溢無竭。保昌既逝，夫人獨存。如彼靈光，巋然益尊。云胡不淑，諼草斯瘁。美櫝斯殪，象服斯閟。嗟我先妣，幼失外家。鞠于夫人，德豈有涯？我見夫人，如妣存焉。歸而不見，淚如迸泉。尚饗！

祭劉雩都先生夫人彭氏文❶

疇昔零陵，師生同僚。日親範模，日聆英韶。既而兩家，復締姻好。先人康强，先生未老。緊我老母，相從夫人。尊酒徵逐，兩家如春。歲在甲申，我失所怙。曠曠無依，視師猶父。先生繼往，夫人白首。兩家北堂，二老眉壽。如何不淑，夫人隕傾。赴告鼎來，令人怛驚。懿懿夫人，淑問有耀。班姑之文，孟母之教。毗我先生，丕崇厥門。命服有華，丕顯厥身。既貴且耊，夫復奚憾？家失賢母，子孫之憯。我將使指，詔遣其行。弔之不得，有慟失聲。尚饗！

祭張欽夫文

具位某謹以清酌之奠，致祭于近故欽夫安撫左司之靈：

嗚呼！孰航斯世，不挾斯器？舍矢即雉，孰玉厥躬？不瑩厥蒙，宵征不熢。古我潛聖，天實鐸之。洌彼淵泉，飲者酌之。學外曰政，人外曰天。玆不曰欺？天其厭旃。孟聞諸伋，程聞諸孟。伋聞諸參，參聞諸聖。聖也析薪，疇荷其重？程也執柯，實冑其家。孰冢乎程？紫巖先生。紫巖有子，紫巖是似。紫

❶「都」下，底本目録有「知縣」二字。

巖南軒，胥爲後前。聖域有疆，南軒拓之。聖門有鑰，南軒廓之。聖田有秋，南軒穫之。我稼在圃，其穀士女。其饗有昊，其烝皇祖。云胡不淑，上天雨霜。嘉穀既零，我心孔傷。孰琢我璞？孰斤我堊？孰疢我藥？九京不作。豈我之私？甿失母慈。士失宗師，邦失倚毗。已乎南軒，不耈其年。不遐其騫，天胡云然？延顏之光，揭孟之芒。昭回彼蒼，公未或亡。歲在辛卯，脩門語離。相從濠梁，白首爲期。誰謂此別，是曰永訣。淚盡眼枯，續之以血。嗚呼哀哉，尚饗！

祭葉夫人文

嗚呼！結緑懸黎，生於玉山。火齊照乘，出於龍淵。世無賢母，安得賢子？山淵鬱葱，珠玉是似。於穆夫人，禮儀閑閑。圖史拳拳，言德安安。吉蠲蘋蘩，肅雝佩環。訓子其勤，建家其艱。式洪其源，式崛其門。象服脂田，龍光便蕃。中庭有蘭，中堂有萱。豈曰家慶？衣冠之盛。壽母之頌，彤管之風。變爲《蓼莪》，其誰弗恫？某昔與賢子，同科同舍。東傾西應，志無殊者。升堂拜母，此禮未陳。生芻一束，哭以斐文。尚饗！

誠齋集卷第一百二

廬陵楊万里廷秀

雜著

祭文

祭王丞相文

嗚呼！昔歲云秋，公在里居。問焉以書，答焉劬愉。今春云暮，公在堊室。唁焉以筆，哀不能答。八月中澣，我來自西。次于上饒，聞公迎醫。九月之九，言至都下。則聞公薨，驚涕以雨。爰自乾道，壬辰仲冬。刺經頌臺，我初識公。公爲貳卿，我則負丞。葭玉六朏，傾豁悃誠。公自此升，雲騫漢騰。我自此退，契闊一星。我再郎署，公宅元輔。昔親今踈，遐不媚附。俗嘦且嘻，公驩不疑。不寧不疑，以此予知。暨塵府掾，夙宵幕辯。狷有違從，顫無舒捲。俗忤且憎，公和且平。以水濟水，曷曰作羹？緊公秉心，曠曠昭廓。不渾不摇，清水喬嶽。孰無畎疆？公坦以同。孰無府城？公開以通。孰無邊幅？公抑以恭。孰無色辭？公粹以融。近世數公，豈無賢哲？匪才之矜，以量爲悦。公之在位，或者公誹。公既云亡，疇不公思？彼誹彼思，公則不計。公存公亡，邦之殄瘁。知舊眇然，悼以其私。人物眇然，悼以其誰？繫官于朝，莫往弔之。言寄一觴，公尚酹之。尚饗！

祭衛大著母夫人文

傷哉夫人，胡年之不長？尚其家之昌，其又奚傷？粤自來嬪，洵懿且仁。相其良人，學以發身。瞻彼庭堦，蘭玉其相。追琢成璋，于晁董有光。金馬承明，箞雋擢英。匪我舉首，疇冠著庭。英英參卿，夫也金陵。皇皇使星，子兮山陰。彫軒互迎，蕩節斯征。兩地望塵，有瑲佩聲。盍百其年，觀厥蜚騫。隔座後先，榮光相宣。古凡有喪，尚力以救。矧友之疚，若之何不弔？伯鸞吾寮，阿戎吾朋。父子之間，皆吾弟兄。升堂之拜，蹉跌至此。生芻之奠，必恭敬止。尚饗！

祭劉諤卿知縣文

嗚呼！公之文足以追前修，而口不置後進之片善；面折人過，而退則稱其長。當於古求，今也則亡。權輿一官，百不一試。改秩方新，如斯其逝。嗟乎，痛哉！與大尹争是非，寧使其上官面頸發赤，以直一夫强死之命，今尚有此決曹掾也耶？以部使者之尊而欲薦公，公則不屑其人，而不願出其門，謝其薦書而不受，今尚有此不負丞也耶？今求斯人，姑置是事。惓惓有懷，懷我知己。我始徒步，摯文謁公。辱公鑒裁，拔之徒中。謂彼珠璧，實不難得。惟此人才，可珍可惜。始則教育，使潰于成。終焉永好，重以昏姻。赴告忽來，失聲有慟。儀形堂堂，吾不復夢。民失慈母，國失高賢。士失主盟，我失二天。瀆縣千里，寓哀嘉旨。

公乎聞乎？一訣永已。嗚呼哀哉，尚饗！

祭十三叔母文

某幼而無母，壯而喪父，老而哭繼母，煢煢余生，未即死者，有叔父而猶父，有叔母而猶母也。歲在己酉，天奪我叔父，今兹天又奪我叔母，未死之身，其將疇依？天乎，痛哉！天乎，冤哉！恭惟叔母太孺人，女德柔惠，婦職孝敬。母道宣慈，生膺恩封。年享九齡，子孫盈庭。相傳詩禮，復何憾焉？誰云壽觴，變爲茜酒。嗚呼哀哉，尚饗！

祭朱侍講文

嗚呼！我未識公，得之欽夫。云今傑魁，舍公則無。我初識公，玉山道間。我病補外，公徵入關。平生相聞，恨不相識。既曰識只，一見相得。我欲從公，臨水登山。萬仞峰頭，攜笻捫天。揭取北斗，酌海爲酒。染雲爲裳，翦霞爲袖。海波若乾，更借銀河。二老醉倒，頓足浩歌。天不誘衷，室人瘝疾。此意莫遂，遄反私室。猝猝一見，握手絶倒。借曰不款，亦慰懷抱。自此與公，好如弟昆。我齒兄公，公賢我先。邇來二老，年各七秩。告老之章，彼此若一。念欲命駕，千里訪公。尋盟玉山，一快我悰。有昊降割，曾不憖遺。奪國忠賢，奪我友師。赴告至止，一慟欲死。已乎元晦，吾道已矣。訣不公面，哭不公聞。生芻一束，以瀝我肝。嗚呼哀哉，尚饗！

又祭十三叔母文

嗟我先妣，叔母其姒。嗟我繼妣，叔母其弟。二妣棄我，我生煢然。有叔母在，如母存焉。有昊降割，又奪叔母。疚哉余生，何恃何怙？豈無骨肉？莫非後來。母黨盡矣，云胡不哀？有飶其俎，有洌其湑。一觴送歸，云胡不舉？自此永訣，千年不晨。仰瞻空堂，有淚盈巾。嗚呼哀哉，尚饗！

祭太師文忠公京左相文

嗚呼！我聞公名，十年之先。我守荆溪，公察朝端。我洼一書，公答拳拳。我識公面，十年之後。偕掾公府，我左公右。公使朔犺，我出筠守。自此一别，不再盍簪。十三年間，一昇一沉。公冠台鼎，我老山林。公使犺時，大節玉立。公以哀往，彼以娱接。夷樂雷起，花帽雲集。日旰肉乾，公辭秩筵。以死自誓，挽之不前。金節來歸，名重於山。公歸自蜀，逢國多故。孝祖上賓，聖考違豫。手扶日轂，安駕皇路。襄我皇德，天清日光。妥我國勢，鼎安岱昂。諧我廷紳，鳳喈鵷蹌。如公忠賢，與國永肩。與川流禧，與椿流年。善人怙焉，斯民仰旃。秋氣將半，望舒將團。未團一縷，公薨式遄。誰歟不仁？隤我維垣。維垣之位，文忠之謚。上恩疊雙，不請而至。它人敢承？公則無媿。嗟我與公，同居江西。分則鄉友，情如孔懷。我老乞骸，公矉睫眉。謂我之齒，雖古所稀。身猶康强，毋遽曰歸。三請乃白，帝其允兹。聞公反柩，已達維梓。我以老病，不克唁只。寓辭往奠，有淚如水。嗚呼哀哉，尚饗！

祭余丞相文

六七月間，客來自南。咄咄怪事，有駭其談。南斗之側，文星載昱。一夕砰然，霣于嶽麓。南嶽之巔，天柱一峰。❶同日亦摧，震于湘中。匪峰則摧，匪星則霣。丞相余公，薨于潭尹。星精嶽靈，既銷既零。奪岷之母，奪邦之英。吾聞其語，淚下如雨。知音云亡，流水誰御？淳熙季年，光宗潛淵。公爲宫詹，我忝經筵。慶元元祀，皇上嗣位。公爲左揆，我以病廢。公在華門，如商甘盤。如楚士蔿，如漢綺園。金得砥石，木得繩墨。鳳得羽翼，諒我皇德。公在宰廷，楊綰之清。君實之正，❷子明之平。補天不坼，扶日不側。支厦不踣，定我王國。帝睠方隆，帝任方崇。翩然去之，歸雲冥鴻。帝再起之，保釐南紀。惠然肯來，周邦咸喜。云何不淑，我民不天。天曷降割？騎箕而僊。卿弔于朝，士弔于野。工弔于市，農弔于社。我本狂者，深山野夫。淳熙十二，逢公中都。公爲侍郎，我在郎署。同省異曹，一見殊顧。中都金陵，一再爲僚。心則斷金，情則同胞。有酒呼我，有詩和我。一别雲散，公升我墮。公相我皇，拔茹無方。巖採結緑，淵漉夜光。恢彼雲綱，愁我長往。搜林剔藪，下逮草莽。病夫掩扃，再勤弓旌。招之不來，寘彼西清。君恩天覆，病夫非據。微公之故，胡爲乎天路？天乎至此，吾道已矣。東望一慟，絶而復起。嗚呼哀哉，尚饗！

❶「柱」，原作「桂」，今據文義改。
❷「實」，原作「寶」，今據文義改。

祭趙民則提刑少監文❶

嗚呼！淳熙季年，天區丕平。文傑武英，鳳翽鸞停。孝宗當宁，顧瞻在廷。孰爲右賢？孰爲左親？孰爲宗盟？帝省其名。周諏九賓，獨無爲城。天顔不怡，爰詔邇臣。麟趾之良，各舉二人。肅肅蕭公，台斗宣精。有鶚其表，先生是親。王言如綸，擢貳匠卿。來儀筍班，其人玉冰。咸屬之目，老成典刑。崇論川流，名章霜清。談者推表，雙止德麟。世無東坡，孰價厥珍？人爲國賀，公則我顰。我武丹墀，我心白雲。月哦風呻，猿崖鷺汀。帝留不能，出節湘衡。荐讞庶獄，于彼甌閩。琚瑀珩璜，大鏘厥鳴。陶謝焚泓，甫白收聲。竟解其組，歸卧柴荆。鳳山其嶸，錦江其琤。潁濱之神，山谷之靈。于胥斯朋，于胥斯賡。劒池之蕖，丹井之醽。我以吾醒，❷一世仰止，鴻飛冥冥。既五其福，盍千其齡？有北者風，吹彼蠹心。維孟之夏，辰乎何辰？月弨其弦，奄奠兩楹。門人小子，涴若涕零。高安語離，倏逾一星。誰謂此別，契闊死生。走也耄矣，維疾之嬰。縿幕遠而，罔克駿奔。有漬其緜，有觩其觥。有灑其恫，先生是聽。嗚呼哀哉，尚饗！

---

❶ 篇題，底本目録作「祭故湖南提刑將作（下闕）民則文」。

❷ 此句前後疑有脱文。

祭西和州太守陳師宋文

嗚呼！淳熙之季，我守高安。小邦槁乾，遠民勤艱。慨莫助之，同流上恩。郭内之邑，有宰則賢。辨訟也恕，治賦也寛。民氣穆如，民譽藹然。惜也及僚，未朞其年。我召君滿，君後我先。復會中都，義均弟昆。屢以治行，升聞于天。言輕乎羽，推之不前。竟老于外，不登不騫。君歸自西，屢書相温。屬聞先驅，于征塞垣。再竹其符，再朱其轓。如何不淑，一夕九原。總章杞梓，腐于尺椽。太宫玉瓚，委諸瓦盆。才難豈然？用之惟難。我欲往弔，弗駿克奔。有生者芻，有漬者緜。式寫我哀，式招君魂。嗟嗟師宋，英爽若存。嗚呼哀哉，尚饗！

再祭余處恭左相文

嗚呼！瞻彼日月，如環斯循。倏然而夜，忽然而晨。曾是人斯，乘此大化。忽然而晨，倏然而夜。晨夜之間，又有縮嬴。回縮而折，跖嬴而伸。有偉郇公，金玉在躬。潛天之學，格天之功。我學淵閔，我功夔尹。而不百年，止乎耳順。唐盛開元，實相韓休。十月而去，莫之與留。宋隆康定，杜公實相。五月而去，王室用壯。倬彼慶元，左輔惟公。朞年而去，皇基用崇。三君子者，進退雍雍。奚以久爲？朞月可也。不久且然，况歷其年。使克永弼，作虞乎先。昔歲公薨，反柩宅里。病不克弔，遣倩塗祭。今公堋期，兒曹未歸。病不克送，老涕其洏。一以詩悼，兩以些誄。箕尾之光，三燭于位。嗚呼哀哉，尚饗！

祭王謙仲樞使文

嗚呼！淳熙作噩，我守荆溪。公職璧水，一見異知。厥後八載，公爲小宰。我入郎署，刮目相待。自此投分，以漆傅膠。顧我奚取？辱公定交。歲在涒灘，我以戅出。公尹豫章，館我勤卹。來歲之冬，我長道山。公持鈞樞，再見解顔。我既孑立，公亦孤峙。寒栖獨巢，胥存胥尉。其後一年，我使江東。公歸淮堧，尊酒再同。夜闌秉燭，追驩不足。一揖而别，日月轉轂。誰謂此别，遂千其秋。忽聞公薨，我淚滂流。孝宗季年，丕乂八極。遠佞正觀，近踵慶曆。儀儀衆賢，金海玉淵。孰爲之宗？未或公先。有謂其議，有毅其色。伯夷之清，史魚之直。作帝耳目，作帝股肱。上所深知，下所深憎。帝有合宫，公其梁棟。帝有靈囿，公其麟鳳。晚卧霞外，風哦月嘻。手折若木，濯纓咸池。身潛名起，人望靡已。盍歸乎來？襄我明世。赴告驛聞，善人失聲。玉折蘭摧，嵩隤岱傾。嗟我老矣，沈痼垂死。云胡不天，又哭知己。千里命駕，已負此期。一束生芻，弗躬致之。滴淚漬墨，以寫哀些。一个行李，摯諸靈座。嗚呼哀哉，尚饗！

祭益國周夫人王氏文

嗚呼！昔謝文靖，方在東山。其儷居之，能無歉然？昔向文簡，方受書贊。其儷居之，載績晏晏。賢聖通塞，曷關其身？閨門戚忻，則艱其人。卓哉益公，萬邦是式。懿哉夫人，婦道維則。公之未相，夫人敬之。案過其眉，匪直與齊。公之既相，夫人安之。匪直載績，澹如平時。有魚其軒，有象其服。其在廟朝，如在巖谷。退歸午橋，有漁有樵。其在巖谷，如在廟朝。匪疢匪跌，匪哽匪饐。翛然而往，如蜕如脱。年七其秩，不曰不齡。國崇其名，不曰不榮。有斐君子，而不偕老。有遠過庭，自公所召。心乎不羸，神乎不瞑。此外奚憾？神乎上征。乘彼白雲，跂彼織女。臨睨人寰，積蘇塊土。嗚呼，尚饗！

祭周益公丞相文

維皇宋嘉泰四年歲次甲子十月庚寅朔，越十一日庚子，具位楊某謹以清酌之奠，致祭于近故致政少傅、大觀文、左丞相國公之靈：

嗚呼！六七月間，聞公屬疾。欲往問安，我疾方棘。曾未幾何，聞公有瘳。尚摛鴻文，以應人求。云胡一夕，而遽不起。萎此哲人，騎彼箕尾。乾折天柱，坤隤岱嵩。國虧股肱，道喪師宗。天乎痛哉，一老不憖。自家徂邦，聞者涕隕。公自紹興，奮繇諸生。獨提一筆，萬人莫攖。遂收雙科，遂入三館。遂掌絲綸，遂首輔贊。中興以還，孰冕詞臣？維汪龍溪，學士曰真。公出其後，而出其上。發帝之令，有一無兩。高皇倦勤，遜于孝宗。託子者誰？維陳魯公。孝遜于光，疇纘陳者？公扶日轂，以照天下。昔漢董賈，玉映文事。彼豈不文？文而不位。昔唐房杜，星垂相勳。彼豈不位？位而不文。維文維位，公俱其尤。其詞典謨，其勳伊周。齡甫七十，健若霜鶻。而挂其冠，而還其笏。歸于午橋，争席漁樵。岫遨川嬉，風哦月謡。酒船淋漓，詩陣跌宕。九老非高，七賢未放。赤松之從，公其前而。蟠溪之耋，公其肩而。汾陽之祉，公其全而。神清之蜕，公其僊而。公一無憾，我心孔悲。殄瘁之傷，豈我之私？嗚呼哀哉，尚饗！

誠齋集卷第一百三

廬陵楊万里廷秀

雜著

文

南溪上梁文

兒郎偉，伯起三鱣之堂，所傳清白；子雲一區之宅，焉用高明。猿鶴驩迎，溪山造請。可緩歸歟之計，攸寧老矣之身。南溪老人，少出里中而倦游，晚緣兒輩之漫仕。江湖千里，萍梗半生。雖樂土之豈無，眷故鄉而亦愛。悠悠歸夢，久飛墮於枌榆；了了眼中，今真還於衡泌。翦茅一畝，結屋數間。車轍有長者之多，竹洞無俗客之至。春韭小摘，濁醪細斟。掃花逕以坐賓親，聽松風以當鼓吹。田父泥飲，從月出以見留；童子麕門，或日高而未起。小隱之樂，勿傳於人。甫練日以抗梁，聊占詞而伸頌。

兒郎偉，抛梁東，玉笥千峰到坐中。胸次更無一丘壑，其如明月與清風。

兒郎偉，抛梁西，坐待天邊掛玉篦。群稚還生桂枝想，讀書也擬上雲梯。

兒郎偉，抛梁南，觸眼青羅繞碧篸。夾巷也無奇草木，陶家五柳柳家柑。

兒郎偉，抛梁北，夜寒斗柄垂簷側。底須百屋堆孔兄，只遣五車迎子墨。

兒郎偉，抛梁上，老夫老矣心猶壯。仰看天河瀉碧空，便欲挽將洗氛瘴。

兒郎偉，抛梁下，今年幸有如雲稼。浣花春社定何如，我與鄰翁作秋社。

伏願上梁之後，胡星早落，漢月獨明。地闢天開，河清海晏。要令平世，家及國以舉安；不獨吾廬，子又孫而寧處。

施參政信州府第上梁文

兒郎偉，襟三江而帶五湖，惟古上饒之地；秀千巖而流萬壑，不減晉人之談。我卜我居，是斷是度。同知參政相公，身居魏闕之下，夢寄故園之春。萬金家書，苦無他語；千里明月，秖説思歸。永惟我家，世有陰德。先太師挾經世之具，身雖不逢；今相公遇明主之知，天豈無報。胡不觀乾道壁間之記，抑又聞崔氏枕中之書。再激餘波，六月得雨。播在人口，驗于今朝。舍錦里而不歸，是繡衣而行夜。爰得勝地，乃立相門。玉水前陳，匯一潭之清鏡；靈山後倚，列百疊之畫屏。雖云近市而無喧，凛有幽人之遠致。伻圖首肯，端策辰良。屬當執扑之巡，宜有抗梁之頌。

兒郎偉，抛梁東，春曉千花繡畫中。正對玉山峰頂塔，一枝椽筆仰書空。

兒郎偉，抛梁西，秋晚樓臺夕照低。聽取烏龜山客語，去年洪水决新堤。

兒郎偉，抛梁南，槐夏清陰染蔚藍。景德諸峰高見寺，大溪一水匯成潭。

兒郎偉，抛梁北，朔雪入簾深一尺。望中玉作萬屏風，箇是靈山人不識。

兒郎偉，抛梁上，一抛正拂銀河浪。乘槎耐可摘星辰，騎鳳翩然徧崑閬。

兒郎偉，抛梁下，今年萬頃觀多稼。相公日日只思歸，要與鄰翁同作社。

伏願上梁之後，君親尊顯，家室燕寧。凡我後人，愛平泉之竹石；亦令來世，敬緑野之園林。歡愉之詞，永歌不足。

奉新縣謁先聖文

某至愚極陋，亦使爲邑，夙夜祇懼，未知所以免於敗績者。聞之夫子曰：「子率以正，孰敢不正？」某雖不敏，請事斯語。尚饗！

謁先師兖國公文

先師充然有藴而澹然無作，不惟天下歸仁，萬世皆歸之。某受邑於此，視事之初，敬有謁焉。尚饗！

謁先師鄒國公文

言聖師者，必曰孔孟；言亞聖者，必曰顔孟。某諸生也，初學爲邑，視事之三日，而有謁於先師，禮也。尚饗！

謁諸廟文

有謁於神者，非謁神也，謁福而已矣。某以非才，受邑於此，其或無潔於其躬，無仁于其民，神其殛之，謁福則未敢也。至於降以穰歲，驅厥癘疫，神於斯民，獨無意乎？尚饗！

辭廟文

某至於是邦，水旱之與逢，錢穀之爲問，雖有撫字之心，竟於民未始云補也。賴神之庇，全安而罷，敢不重拜！

辭縣學文

某承乏於方六七十之邑亦半歲矣，而鄉校鞠爲茂草，今猶昔也。聚糧興學，耿耿此心，不遂而去，某之罪大矣。尚鑒之哉！

常州謁先聖文

某以諸生，冒守此土，視事之始，敬有謁焉。重惟非才，何以免戾？嘗聞之夫子曰：「道千乘之國，敬事而信，節用而愛人，使民以時。」某雖不敏，請事斯語。

謁廟文

某以愚陋而守於斯，神以聰明正直而祀於斯。身之潔汙，民之欣戚，吏之職也；吏之淑慝，年之豐耗，必有司之者，神之職也。某臨民事神，夙宵祇懼，惟神無寧庇吏之有罪，寧庇民以有年。視事之初，不敢不告。

焚黄祝文

某幼被先考艱勤之訓，登名官簿，十年而喪所天。暨有列於朝，則有不洎之悲。仰惟聖上，再款泰壇，洊疏自葉之澤，黄告朋錫，以緊官周行。今而後能涓日以告于幽宫，蓋已晚矣。某也不孝之罪，何以自贖？惟先考歆享之。

焚黄祝文

某八歲而妣氏實棄之。暨某壯而仕，既又官於朝，每嘗君之羹，則淚落入杯。永思至痛，終天罔極。念不可使妣氏之祀忽諸，不敢殺身以從養於地下。仰惟聖上，再款泰壇，洊疏自葉之澤，黄告朋錫，以繫官周行。今而後能涓日以告于幽宫，蓋已晚矣。某也不孝之罪，何以自贖？惟妣氏歆享之。

焚黄祝文

歲在丙申，太史告景至，聖天子端冕執玉，親款紫壇。熙事告成，澤及四海。焕然寵命，賁我先公。陞于議郎，服在朝著。仰惟英爽，歆此恩榮。

焚黄祝文

歲在己亥，聖天子大饗合宫，湛恩臣子，以及其親。先君朝奉，是膺今命。某以游宦，久稽王命。今焉來歸，乃得以綸告之副燧之，以告先塋，惟先君歆此榮寵。尚饗！

回贈先祖焚黄承務郎文❶

粤若我家儒學經訓，實肇允于我祖。惟我祖經明行脩，師授學者，閟于丘園，不顯其光。德充澤厚，詒我後人，五世有列。欲報之德，其道亡繇。万里屬當進階，亟請于朝，願移榮于我祖。皇上孝理，哀其志而俞之。湛恩告第，追錫京秩。敬燔賚書之副，徹于幽宫，惟我祖歆此丕顯休命。尚饗！

❶ 篇題，底本目録作「回贈先祖四十三承務焚(下闕)」。

先考焚黄進贈通議大夫文

昔歲季秋，聖天子大饗于合宫，孝熙休成，錫福海宇。我先考以潛德餘慶，增秩一等。惟通達大議，是爲法從之崇階。告第賛書，用焚其副，惟先考歆饗之。尚饗！

先通奉焚黄文

聖上迺者郊見上帝，釐事休成，湛恩厖洪，暨厥幽顯。惟我先公，潛德不曜，闇而日彰，追秩三品。賛書告第，敬燬其副，聞于復真。光靈僾然，歆此天寵。尚饗！

誠齋集卷第一百四

盧陵楊万里廷秀

尺牘

答太守

某伏以即日凛秋益深，恭惟判府祕書，牙檣入境，川后静波，台候動止萬福。某幽屏遠村，不能密伺拂天之旆，政爾欲俟開幕府之日，駿奔賓堦，以修桑梓之敬。乃勤遣騎，下教先之，諗以淮陰乃肯臨噲之旨，州民何敢蒙此禮於詞人岳牧之前？❶既止其踰垣之避，又塞其遮道之迎，❷擇於二者，則有一焉。願令前茅，肯謂之進，有萬其幸。抒謝不莊，不勝主臣。

❶「牧」，原殘闕，今據四部叢刊本補。
❷「迎」，原殘闕，今據四部叢刊本補。

答蔡帥定夫

某伏以書雲令節，愛日舒長，恭惟某官，威惠滂流，民咏天迪，台候動止萬福。某頃蒙札翰，遠詒慶問，至自郡中書司，亦復以謝劄委之復命，今尚未達，何也？黄司理東叔來，出手筆，其人之於文詞，可謂篤好者矣。見贈四六，亦極不俗，知自詞林宗伯許來也。刺口問詩，殆欲捐軀於李杜壇前者。小至之辰，野人遠跡，不得望見詩書之帥，奉上千歲之觴。乃勤遣騎，賜書勞苦，分甘名酒。「洗醆開嘗對馬軍」，「故人作尹眼爲青」，杜、黄二詩敬賦之，以九頓首謝焉。濟翁辱厚贐，今日官府赤立之餘，此惠不啻足矣。《蟹賦》初草，荷擲示。未繇再侍，願言珍重，即登兩地，以福寰海。

答新清遠軍王節推

某伏奉手筆，敬審即日雪寒，台候動止萬福。餉牛狸㪅腴，松實膃肭，又照之以畫燭，今夕濁醪，真有妙理矣，珍感何極！姑蘇牋百番，毛穎三十輩，聊伴空函，匪報也。承許過我，當令平頭奴子汛掃苔徑。

答王提舉大著郎中南强

某伏以微雪應候，恭惟某官，登攬未幾，風采已肅，民咏天棐，台候動止萬福。某卧病空山，焉依獨有之天，得免愁歎。未占參覿，願言珍重，即從上雍。

某日者吉水陳簿專騎修敬，嘗因之奏記，乃尚未達。恭承一个鼎來，拜天落雲錦之書。老病自廢之人，親朋無一字，誰復嘘呵其寒冷、訪問其死生者？乃獨得此於天上之故人，豈但加於今人數等，古人恐亦未必多也。某政坐沉緜，不能造朝，得免是行，幸矣。誤蒙恩除，非所據焉，方且控辭，乃荷慶語，竦仄。草草，占謝不恪，仰惟全度。

某頓首再拜，敬問慈闈雙親福壽兼隆，台眷郎娘均慶。精紙寄贈，政所匱者，下拜珍感。山間不敢請委，竦息竦息。某小懇：家藏撫州公庫六經，偶缺三傳之《釋文》，敢乞頤指小史，以清江薄紙印補，便中惠我，至幸，不必裁割也。

答顧倅

某小踈登峰造極之談，寸心尊仰，如水赴壑也。伏奉誨帖，慰喜可言。即辰雨寒，恭惟貳郡政成，行且入覲，神介台候動止萬福。珍餉玉酥，山村那得此味？便覺清風吹我入水精宫也，至感至感。鶉羓四十隻，敬復伴空函，匪報也。占謝不恪，竦息竦息。

答廣東憲趙山父

某伏以天意釀雪，寒威政力，恭惟某官，玉節遠華，風采一新，民咏其賢，天棐其正，台候動止萬福，慶門德星之聚，尊尊幼幼受祉有衍。伏自使軺照臨衡茅，美載尊俎，里巷改觀，溪山輝媚，故老咸曰：「自有此里以來不知幾年，今公盛事，未曾有也。」追送紫氣，凝睇行塵，至今了了在人目中。名部遐逖，按行難徧，然篚箣宴空，棠蔭清静，足可養望以待聘，且得以施學道愛人、平反多德之手。挈嶺海萬里之外，置之於畿甸咫尺之前，此任之不輕而重也昭昭矣。顧天下憲司，名爲窶瘠，而東廣又瘠之到骨者。然檢之小肅則不漏，守以克儉則不窘。某平生用此，十室之邑，三家之市，亦無不可爲者，聊供一莞。前數日連拜所賜二書，其一報舉金幹，其一告以下車息肩之初，皆自城中遞至。欲襞紙一作欵傾之字，致悃款之謝，而天上無鴈，池中無鯉，奈何！再施未報，而遣騎至止，銀鉤玉唾，照映繭紙，訪問生死，嘘呵寒冷，詞旨劬愉，此意中人，何可忘也。餉連州金柑，不識此味十有四年矣。薦先之外，留飯陸家，不忍獨嘗也。披緜十缶，聊伴空函，匪報也。金幹荷季諾，更望終惠。未占再侍，願言珍重，即看賜環，遂登郎從。

答提刑何正言同叔

某伏以臘盡春回，天意欲雪，恭惟某官，建臺邦畿，密邇天日，高厚參衛，台候動止萬福，年家台眷安問踵至。某向者初夏專走一个奏記，仰蒙報教，重以書籍法帖之貺。山間苦無姑蘇之便，未克嗣音。仰蒙遣健步賜手書，銀鈎玉唾，如從天落。某老病免歸，自分終焉，遭逢聖明，特有收召，實以沉痼，不能造朝，一再控辭，得免行役，此已幸矣。恩除過優，遜避弗俞，真鍾鼓樂鶢，衣冠被狙，借令人不我哂，亦顧影自哂耳。此蓋年丈平日議論之餘，嘘嚅挽摩之力，遂濟登兹，敢忘所元？重勤慶語，若將誦周南之滯、喜樂克之用者，特朽株何以當青黄也。年丈登攬，亦既半歲，直聲勁節，清德峻望，宜在王所，日聽尺一，尚竊遲之。月湖山莊，自有白雲守護，明月看管，何必切切掛懷抱？先泉石而後王室，非所望於蕭傅。益公倡和，亦時有之，每與其兄子中往往言句交至，所謂「如行山陰道中，令人應接不暇」。老鈍窘矣，何啻一歲而七奔命？一笑。伏蒙遠寄真酥八斤，建茶百夸，松實、赤鰾各十斤。公以爲千里之鴻毛，我但覺窮兒之暴富。感激珍餉，山村那得許也。辱徵近詩，輒汼數首，一覽而擲之，幸甚。隱顯殊塗，合并無期，願言珍重，即從上雍。

賀周丞相年

某屬入城府，得望見天官上相末光，且勤爲穆生而設醴，榮感兼之。踏凍還家，臟毒之疾大作，下血數升，薾然憊且病矣。抒謝臯緩，此故之以。三朝又新，敬哦數語以賀焉。清無底十尊，建康糟蟹四瓶，乃長孺親製，酒醇料足，非市脯及公帑所造者。敬藉手再拜，上千歲之壽，仰惟財幸。

又答餽歲

某已專人奏記，敬修履端之慶，兹不重累。恭承遺騎，休有賜書，華之以瓊琚玉佩之偉詞，重之以酒麪銀齏之珍餉，坐令寒谷，頓發春光。摧謝不莊，感媿交集，仰惟台察。

與江東萬漕元亨

某伏以元夕已過，春寒政力，恭惟都運龍圖右史中書舍人年丈，玉節遠華，冰漕整暇，天棐忠賢，台候動止萬福。某老病之蹟，待盡山林，雲惠霞映，焉依知免。出處殊勢，合并無期，願言金玉厥躬，即從上雍，遂執事樞，以昌斯文，以樹善類。

某頃在江左，年丈東歸，不得一見，猶獲一再致書。未幾某謝病免歸，遂與世絶，姓名不入脩門，書問不致通貴，有如平生至親至厚孰與年丈者，亦復作踈，其勢然耳。年丈以山藏海韞之學，瓊琚玉佩之詞，光風霽月之望，妙齡孤秀，漢廷無右，立右螭，兼西垣，天下尚竊遲之。而論事剴切，抵觸當權，脱然冥鴻之高翔，嚇以腐鼠而不顧。公論勃鬱，久而後伸，東漕未足爲慶。然直權臣之前，謾誦太史之留滯，亦良快善類不平之氣矣。青氈復還，不夙則莫。

某惶恐有懇：大兒長孺在中都時，嘗令進拜年伯，蒙一見偉視。今官總司糟丘，幸得趨事使華之末光，已書一考。前任有四考，今有益公、定叟、王樞使三章，最緊者職司合尖也。天惠孤寒，年丈來臨，二緊之章，併在門下。東坡與王定國書云「吾兒即公兒」也，惟年丈動心，一引手焉，不勝望恩願賜之切。

答張判院提刑

某伏以天氣澄穆，景物閑美，恭惟某官，玉節光華，民詠平反，天棐忠正，台候動止萬福。某吉蠲筆硯，奏記行臺，且謝先施，仰惟財幸。

某初告之爻，喧凉唯謹；副墨之子，問訊有申。恭惟紫氣東來，牙檣西泝，屏翳弭節，川后静波。願言致謹絪馮，式戒羞服，允答凝旒之眷，即膺走節之召，某不勝心禱。

某恭審涓選名勝，平亭祥刑。德星臨翼軫之虚，輝騰南斗；仙槎度雲漢之表，福被西江。威惠滂流，動植奮豫，恭惟驩慶。某屬以老朽，卧痾山林。自幸餘生，仰席雲天之覆燾；獨嗟病骨，莫瞻繡斧之光華。仰惟台慈，下燭固陋。

某恭以提刑判院，人門俱高，照映當代；文行兼懿，表偉名流。立朝則班行聳瞻，外庸則勳績焯著。會逢初政，旁招異人，謂宜綴上林之鵷鸞，從此爲明堂之柱石。平讞江右，豈無它人？乃屈星軺，再臨舊治。百城之民，歡呼鼓舞於二天之下矣。九州四海，未屬饜也。含香握蘭，簪筆持橐，某旦旦以祝。某側聞今代人物，絶俗之標如光風霽月，瑞世之望如景星慶雲，不在門下而誰在也？某也山林衰病之身，跅弛自放之跡，與蓬藋居，與麋鹿遊，安得望使星之末光於霄漢之上哉？欲通姓名，竊自薄陋，敢謂收人所棄，遣騎賜書，清風入懷，垂露在手，何如其榮光也。敬九頓首以謝將命。

某伏自壬子之秋，以病自免，歸自金陵，已作終焉之計。去夏誤蒙皇上記憶，下詔收召，一再控免，幸免其行。而恩除自天，擢寘次對，此蓋惟善引類，分以餘光。未敢抒謝，先辱慶語，愧感之極。言之不足，仰惟鑒省。

答湖州虞察院壽老

某伏以蘭禊已過，春事趣裝，恭惟判府直閣察院，分陝保釐，天棐忠正，台候動止萬福。某卧病空山，庇焉知免，未占參侍，願言金玉厥躬，判白之徽，持紫之擢，不夙則暮。某伏自壬子之秋，謝病西歸，即反關荊扉，掃軌世路，遂決終焉之計。姓名不出州閭，書問不至通貴，有如門下同朝知己之舊、詩社論文之契，亦復作疎，非意也，勢也。敢謂高誼絶風，不遠千里，特走一个，天落雲錦，霞發簡牘，以訪問其死生，嘘呵其寒冷，「此事今無古或聞」也。新詩一編，披讀未了，恍如憧冰井，起粟竪寒毛不足以諭清警，甚快甚荷。台座經濟之學、麗雅之文、孤介之節，曾未展姟兆之一二，考功左馮，抑末矣。即從上雍，遂當間社，俾老生擊壤於耕桑壠晦之間，受賜多矣，蓋日望之。

某竦息僭易再拜，敬問台閎玉眷，恭惟尊尊幼幼受祉山則。有委不外。頒賜髹器、書籍，攝衣一一降拜，「感謝情至骨」矣。近詩數首呈似。潁濱詩云：「木瓜却用報瓊琚。」敬賦以聞焉。

與總領張郎中

某竊以首夏清和，恭惟某官，拜命維新，三神送喜，台候動止萬福。某敬修竿牘，以候前茅，仰惟砦省。

某頃在金陵，屢嘗奏記，伏自壬子之秋，謝病自免，自此姓名不出里閭，書問不至通貴，有如名德之崇高，知遇之篤厚，亦復作踈，其勢則然。至於寸心慕用，每望南雲，則與北鴈俱往、朔風並馳也。某廬陵村居，去城六七十里，臢欲駿奔，遮見山立玉色之光。去冬一病垂死，至今薾然，神往形留，獨切悁跂。

某竊惟貔貅萬竈之煙，不可以久虚；木牛流馬之任，不可以輕畀。聖主南顧，得人於梅花雪片之外，先之以召節，申之以除書，其差擇之意勤矣，恭惟驩慶。然泓渟演迤之學，雄深雅健之文，光明雋偉之材，自應立春風玉笋之班。此行入奏，昇金掌，持紫荷，遂留王所也必矣。某將特賀屢賀不一賀而止。

某皇恐輒有迫切之懇：大兒長孺頃官湖外，得仰事玉節之下，蒙被國士之知。台旆之西，復欲辟置俱往，是時以宿諾鄭總酒官之檄，不得承命，然榮耀至今也。長孺前任四考，今已得益公、王樞使、張定叟、劉户部京削四章，仍有職司，獨少合尖之奏。兹事重大，幸逢先生長者總饟，下車之初，敢望特輟一京狀以成就之，八月便可兩考成資。此兒通塞，濟以今日，否以今日，「望走在晉」，舍此何適？脚色狀一封，敬以申納，仰惟財幸。

答廣東唐憲

某竊以首夏清和，恭惟提刑太中，錫節蕃庶，三神隤祉，台候動止萬福。某敬修竿牘，以拜重勤，伏祈委照。

某月瑄之問，彝恭有前，候司静作，載見副墨，不審比辰台候何如？伏惟名賢所居，百順是叢，多祉攸介。更冀劼毖茵馮之宜，燮調鼎飪之奉，某不勝善頌。

某遠跡山林，卧痾田野，姓名不出里閭，書問不至通貴，影響昧昧，與當世不相聞，至於門下尺素之問，亦復作疎。然「高山仰止」之詩，實勞厥心。何時晤對，釋此鬱陶？臨風依歸之極。

恭審聖主有詔，使星移躔，方典領鍛圭椎璧之司存，❶復平反圜扉茂草之審克，三易藩節，曾不崇朝，恭

❶「椎」，原作「稚」，柳宗元《問答·晉問》：「鍛圭椎璧。」本書卷一七《謝木韞之舍人分送講筵賜茶》：「鍛圭椎璧調冰水。」今據改。

惟驩慶。某敬哦短啓，以爲執事賀，具陳别牋，仰惟省覽。

某恭以某官，負蜚騰英茂之望，藴光明俊偉之材，掉鞅華塗，跬步雲漢。遹觀聖主屢遷之意，可卜鋒車促召之期，含香握蘭，昇金度玉，不夙則莫。某自此當不一賀而足。

與余丞相

某林下槁人，自放於荒山野水之外，静與猿鶴同夢，動與雲月同意，人間萬事，九廢其十。暄凉何如之問，不至廟堂而非簡；山立玉色之標，長在目中而非踈。身輕恩重，此心炯炯。即辰六月，維夏南風之薰，恭惟觀使大觀文左丞相，脱屣鴻鈞，晝繡緑野，辭帥藩之重寄，首書殿之隆名，御風珍閒，尚友造化，三神隤祉，襄我大忠，鈞候動止萬福，相門玉眷鼇成山則。某初聞除書，私竊自意，拂天之旆萬有一不鄙夷翼軫之虚，而降上台之末光以照臨之，則落霞秋水之勝，雨簾雲棟之華，門下下客尚得拏舴艋，款齋閤，參杖屨，上下巖壑，追逐雲月，爲公賦之，竟墮在日暮碧雲句中。抱此悁悁，何時心寫？短啓申賀，布之别紙，敢祈鈞覽。

答吉水李簿名恕己

某咫尺劒池之涯，惟是清文風飛，廣譽川流，若日接膝，曾未得一聽登峰造極之談，是之爲恨。拜辱墨妙，有不待傾蓋而相與獨至者。摧謝不恪，惟洞視焉。

恭審載巾乃車，來贊巖邑，仁聲義實，先甲已孚，伏惟驩慶。某老病林棲，不得與凍黎倀子一觀惠化，泚筆怏然。

答黄幾先

某一昨治報，爾後罕便，坐踈問訊，寸心孤往。碧崖道人來，袖出手筆，欣然多多。即辰秋高霜寒，伏惟侍側怡愉，神介尊候萬福，母夫人壽寧無艾。頃蒙約下訪，極知一來未易辦，已而果然。知欲再宛轉小出，以踐此盟，至感。而當塗之士未逢所厚，不敢輕也。人事好乖，古婁歎之。碧崖詩句古雅，信矣。佳士書詞筆力，師競已甚，用枝葉占根柢，定不凡耳。安得一晤，釃九河以洗渴心？落筆獨增耿耿，願言進學進德，即看己未冠淡墨之題。

答周監丞

某老眼眵昏，久無警世之新文以一洗之。忽拜萬象之記，清新雅奥，兼麗班左，自韓柳而下無譏焉。大手所臨，小巫屏息，當抒數語，挂名經端。涸思軋軋，願小紓其期，至幸。

賀新趙守冬

某伏以開府云初，時臨小至，恭惟某官，茂對令節，丕輯純嘏，恭惟驩慶。某偃卧空山，不獲躬綴衆賓之末行，面致千歲之善頌，敬哦短啓塵賀，見之别牋，仰惟台察。

答贛州黄侍郎伯耆

某伏以小至即序，化日初長，恭惟某官，作鎮帥藩，惠化滂被，三神錫羡，台候動止萬福。某卧痾山墅，蒙被餘映，未期侍見，願言盡珍重理，即膺醲嘏之拜，扶樹斯道。

某幽屏山間，殆與世絶，千騎東來，初不聞知，不得遮見，一吐耿耿。兹蒙遣騎，墜以翰墨，訪聞生死，風誼崇崛，古之所罕，不論斯今也，感慰何數！惟立朝大節，霜嚴日烈，危言鯁論，家傳人誦，進退徇道，出處中清，於吾道有光。至於作藩未幾，仁聲義實與贛江俱東，甚賀。某自壬子之秋，謝病而歸，已作終焉之計。近於六月之吉，上章引年，乞挂其冠，而諸公持之久不下。此正如垂死之人，親戚環而守之，不放其瞑，愛之祇以苦之耳。台座知我者必憐我，輒因摧謝，併及其私云。

某悚息進越再拜，敬問台閎玉眷，恭惟尊尊幼幼受祉山則。頒餉官壺半百，既旨且多，凍壁冷牕，坐變春温，降拜珍感。山村不敢請委，仰乞台察。

答王信臣

某老病日侵，臂痛比劇，親舊書問，十不通一，不然如吾信臣，豈不懷者？即辰臘盡春生，恭惟里居綽裕，台候動止萬福。某自六月之吉，上章告老，而諸公持之不下。此政如將死之人，骨肉扶掖，不聽其絶，愛之乃苦之爾。何恙未減否？然不勇决一拔疽根，所謂「得臣猶在，憂未歇也」。某平生狂直，太上聖語云：「楊万里直不中律。」豈於故人而獨諂？亘温語孫盛之子云：「此史遂行，自是關君門户事。」一笑而恕之，幸甚。

答胡聖聞

某日蒙過我而東，知行不間，不敢苛留，堇堇得一夕把燭縱談，吾猶以爲加少也。奉教欣慰。即辰臘盡春回，恭惟循陔聞禮神勞，尊候動止萬福。某老病日侵，犬馬之齒今歲平頭七十矣，「復駕言其焉求」？自六月之吉，上章告老，而天意未俞，諸公遂未與將上，寢而不報。既未奉詔，又難再剡，所謂「有似魚中鈎」也。正學懿文，小緩蜚鳴，豈久無逢者？席文行之珍以虞其親，亦未爲無以報也。願言保重。

與提舉王郎中南强

某伏以即日寒盡春生，恭惟提舉郎中契丈，澄清一路，天棐忠勞，台候動止萬福。某敬脩辭以問焉於將命，仰惟財幸。

某冷漿死灰，過者掉臂，聞者掩耳。天上故人，高誼邁倫，孤風絶世，玉節行部，眷焉顧之，不以犖确而廢久要，無論今人，求之古人亦恐如麟角也。繼睹郵音，竊知祇召歸補春風玉笋之班。然猶小遲，及瓜王覲尚詘於新制。某今年犬馬之齒已平頭七十矣，「復駕言兮焉求」？六月之吉，上章告老，而諸公持之不下，亦不以不俞報，蓋以陰塞其再瀆也。「士生爲名累，有似魚中鉤」，今方悟退之此詩耳。

某竦息再拜，敬問庭闈致政中大國夫人壽康無央。某進越有懇：妻姪孫分寧簿羅迪功瀛，少有俊聲，早而擢第，廉勤厥職，好脩未已。某已嘗面納爵里，欲干新歲上半年職狀，破白之舉，已蒙矜允。今專人拜賜，敢望不侵爲然諾，不勝寒士如天之福。

送鹿與周丞相

某皇恐小稟：偶長孺送至雙麛，顧山園偪仄，僮青生踈，不足以畜之。平園幽茂而寬通，給使武健而精熟，且聞舊有四鹿，今增其二，可以群矣。敬以獻諸原圃，惟鈞慈不賜揮斥，榮甚幸甚。

答朱侍講元晦

某再拜。伏以春事欲半，暖氣尚遲，恭惟宫使侍講殿撰契丈，高蹈事外，天迪忠賢，台候動止萬福。某自去歲六月上乞骸之章，七閲月而不報。偶大兒謁吏部，因令面控誠懇於廟堂諸公間，方與將上，而天意殊未可，遂降不允之詔，仍諸公答書云：「未要勞攘。」出籠之鶴，尚絆一足，又須小待也。令東床過城中，留台翰於劉丞許，披讀大尉尊仰之懷，乃知目疾尚未十全。大抵書生繙故紙則其眚在目，弄柔翰則其眚在手。某老來得臂痛之疾，每一發則視管城公爲讎，遂與契丈分此二眚，可病亦可笑也。近見邸報，果若所慮。此醞釀久矣，隄久必決，其勢然也。道眼學力，豈待外人開釋者？然景純《葬書》，東漢以前無有也，老先生豈亦微信其奇怪乎？景純忠義以死，大節固卓然也，然豈不前知其故而逆善其先人之窀穸乎？已既無驗，於人何有？某平生最不信此，因閑及之，一笑。王深父貽書於歐公，畢仲湁於坡老，可試取而一閲否？未見君子，願言珍重。

答嚴州知府曾郎中致虚

某屬者小兒幼輿試吏部，塗出左馮，因之湁記。蒙篤密久要視之甚偉且勤，專走一个行李，移書累藹，作山谷之字畫，追端叔之發遣，逃虚之人得此，「跫然」二字不足名狀其喜也。即辰傳燭散煙，春入侯家，恭惟民詠豈弟，天相循良，台候動止萬福。某老日益加，病日益侵，去歲犬馬之齒平頭七十，幸得託禮法以乞骸骨，而廟堂寢不以聞者八閱月，不免令大兒長孺面控諸公，乃得將上。誤蒙聖恩，降詔不允，而諸公答書告以「不要勞攘」，又未敢趣迫，恐或以爲激，或以爲要也。出籠之鶴，尚絆一足，私訴之鄉里故人，當蒙見憐也。嚴陵頃於淳熙甲午寓居兩月，以幼女寄產截齊故也。是時曹仲本爲將，諗某以州無寓公可耻，留某充員，而先妣及家人子懷土思歸，不能從其請，曹丈至今悵然也。是時州計甚裕，今得來教，屢空乃爾，何歟？幼輿過逢，乃拜方兄歡伯之餽，所謂「割白鷺股，食鶡鴠肉」矣。摧謝，併供一哂。來教五幅，非所以用之鄉人焉。某若視此爲報，所謂「吾尤子期而又爲之」，荷荷。會弁渺無前期，願言珍重，即膺郎從之拜。《南史》見寄，字大紙佳，甚便老眼，至感至感。台眷恭惟尊幼受祉山則。

與新隆興府張尚書定叟

某伏以即辰脩禊已過，禁煙鼎來，恭惟某官，帥閫建牙，川后静波，天相台候動止萬福，恩閎台眷均慶。今似機宜今何曹？在侍旁否？某老日益加，病日益侵，去歲犬馬之齒平頭七十，上章乞骸，諸公持之，寢而不報者凡八閱月。因大兒入京，令面控廟堂，方與將上。誤蒙聖恩，降詔不允。出籠之鶴，尚絆一足，契丈知我當憐我也。契丈臥護北門，身當十萬，外庸既訖，便應入秉鈞樞。顧斜飛取勢，復照臨秋水落霞之虚，何也？十州之幸則大矣，天下之福則未也。然老病野人，遂得故人以爲獨有之天，此又幸之大者。不敢以爲門下賀，私爲病身賀也。大兒長孺首蒙論薦，又蒙推轂於耿漕，遂獲改秩，此恩已不貲矣。臨行窮空，又拜厚貺，度越屬吏之常，誠爲創見，不爾幾不能歸，真東坡所謂「我兒即公兒」也。感服恩紀，言之萬此，寧有足耶？某皇恐復有誠懇：妻姪孫迪功郎、分寧縣主簿羅瀛，❶三世登科者七人，此郎其一也。能文曉事，廉勤自將，到官一考，民譽甚休。頃者契丈帥臨安之日，羅簿嘗得拜見，仰蒙與進。今幸得趨事茸纛之下，敢望台慈，特輟今年上半年職狀一章以收録之，過於某身受此恩也。亦已懇南强提舉，亦見與論薦矣。僭易皇恐，未占參侍，願言珍重，即間兩社，以復其始。

答普州李大著君亮

某伏以禊事已過，禁煙鼎來，恭惟某官，价藩承流，朞年報政，民詠天迪，台候動止萬福。某卧痾荒山，乘化歸盡，西望故人，渺無再會之期。願言珍重，即膺賜環，遂正持橐，以昌斯文。

某伏自錦纜西泝，小泊龍蟠虎踞之邦，肯爲老夫小留，遂得秉燭把酒，握手縱談，追還道山之昨夢。一別七年，蜀月楚星，各天一方。每一矯首，遐想故人，此心翩然與大江長逆流而上，忽焉歷瞿唐、過灩澦也。今者欻有二騎，剥啄柴扉，「手把一封書，如天落雲錦」，謫仙此句，端爲我發。再拜三讀，豈但愈頭風、刮眼

❶ 「孫」，原脱，本書卷一二九《羅价卿墓誌銘》載羅瀛爲楊万里外舅羅天文曾孫，今據補。本書卷一〇五《答本路趙不迂運使》其三之「孫」字同此。

膜而已。泚筆摧謝，未究妶兆之一二云。

某把翫書辭，驚喜未既，忽見赴告，先丈朝議尊伯奄棄榮養。既久外除，欲弔則已緩，不弔則已疏，二罪當併按也。若以地迴人遐爲解，則後之一罪又浮於前之二罪矣。朋友道絶之誅，不敢逃遁，敬自歸於大府之司敗，伏紙惕若。恭審洊膺茅土，榮建牙纛，以便鄉就國之寵，有過家上冢之榮，恭惟驩慶。然有如契丈，挾經世之具，發掞庭之文，政使小却，猶應對紫薇，秉金蓮也。朝賜環，夕引道，某也尚竊遲之。

某一昨壬子之秋，移病自免，雖得章貢，以沉緜竟不能之官。自此柴門反關，僵卧環堵四年矣。乙卯五月，誤蒙上恩收召，亦以疾免。而除命自天，誕寘次對，野人僥冒，微故人齒牙之餘，何以拜此？未能摧謝，先辱慶問，九頓首以復將命，今已後矣。

某僭易再拜，敬問契家玉眷，惟受祉山則，諸郎進學日新。恭承遠寄文繡四種，便面十本，降拜珍投，有萬其感。私居無以爲報，建本誠齋詩八集凡三千五百餘首，聊供擊轅拊缶之一莞。《需堂記》，某豈其人？初不敢承，又不敢辭，牽課數語，以塞嘉命，悚仄悚仄。

答周監丞

某卧痾空山，肉黄皮皺，右臂痛楚，怨於操觚，左目眊昏，難於細字，親朋書問，幾於絶矣。無似之名，小跡於几閣，此故之以。恭承誨帖，墮自天半，盥手而披玩，九頓首而朗詠，不覺蹶然而起，負墻而立，凛然始有生氣。「濯龍」二大字，洞心駭目，得未曾有。仲將陵霄，逸少瘞鶴，何必減焉？阿戎英妙，肯顧兒曹，蒙博約之誨厚矣。南北二臺，天香國色，吞雲夢者八九。顧老圃山藟，何足進焉？抒謝不莊，惶恐惶恐。

答錢判官文季

某屬者桑梓之邦幸甚，得一世名勝以冠賓贊，山林野人庇焉以免，庸非盛福？上印王覲，小泊錦帆，不嫌山石之犖确，野徑之詰屈，肯臨環堵，左顧病夫。剪春韭，炊黄粱，以留上客，不蒙推去而不嗅，何榮如焉！何感如焉！倥偬别去，莫審旆旌之所指。恭承誨帖下逮，乃知依劉表、嚴武於西山南浦間。落霞孤鶩寂寞久矣，今逢耿介絶俗之標，豈無半語以寵光之？獨不我寄，何也？顯晦殊塗，自此遠矣。握手論文，豈再作夢？願言珍重，即看館學之除，以重我國家。

答虞軍使直閣知能

某兹蒙遣騎狎至，詒書績其七字之律、四言之贊，瓘斚玉瓚，昭兆舒鼎，衆多如雨，應接不暇。二篇酬謝，不能佳也，不敢虚耳。

誠齋集卷第一百五

廬陵楊万里廷秀

尺牘

答朱侍講

某伏以夏氣有俶，已覺微暑，恭惟侍講殿撰契丈，里居燕超，天棐壽俊，台候動止萬福。某昨因劉丞湝記多問，洊辱手筆之寵，甚尉尊仰之懷。王君報書，當爲轉致。台諭云「未可破戒」，我道蓋是也，王君豈不解此？契丈既安受之，而尚疑某之察否，何也？某行天下，自謂知我者希，知我者其惟亡友欽夫與契丈乎？由今觀之，知我者欽夫一人而已，一笑。東坡云「過客如雲牢閉口」，是在兵法，拈出則贅矣。某請老不獲，又不敢促迫，歐公所謂「恐黎教授以爲輕發」也。士以進爲難，不知又有難者。吉凶悔吝，聽諸造物，亦安能擾擾自苦也。會合無期，但深翹跂，願言珍重，以重斯文。台眷尊幼均慶，諸郎學士進學日新。兒輩蒙先生長者存問，列拜謝臆，有委俟命之辱。

答撫州周通判

某頃辱車騎照臨山間，此意殊不淺。摘園蔬，酌老瓦，肯留片子時，尤以爲感。恭惟某官，對時仲夏，天棐燕喜，台候動止萬福。恭審涓選令日，佩服印章，恭惟慶愜。某卧病成嬾，念念贊賀，竟蒙先施。牋詞清鏘，字畫遒妍，藏去爲榮。小啓修慶，惟一過目而覆瓿，幸甚。願言珍重，式竚判璋之徵。

某皇恐拜問，親庭萬金之書，恭惟繫道紹至。兒曹荷榮問周悉，次第長幼二子寄徑提封，當得修敬。中男百拜起居，有里中委，願索聞之。

與周丞相

某小疎奏記，蓋勤報教是懼，青天白日，長在上在左右也。某比偶作一二閑文字，王才臣云「已誤徹鈞聽」，頗辱楓落吴江之問。今録二通呈似，非敢享敝帚之估，端欲求成風之斤，不勝主臣。

慰程監簿

某伏以王春正月，雨暘時若，恭惟大孝監簿契丈，孝誠動天，三神感格，孝履支持萬福。某伏自壬子之春，奉詔決讞死囚於上饒，道出休寧之西郊，仰蒙先丈華學給事篤密事契，契丈承志承命，遠出山驛，衝泥班荆，絶歎誼風，永懷意氣，至今不忘。惟是老病之餘，是歲八月移疾還家，人事都廢，姓名不入於脩門，書問不至於親舊，深交厚契如吾契丈，亦復作踈，非意也，勢也。至若出塵絶俗之標，登峰造極之談，則夜夢晝思，了了長在目中也。兹以奉弔，乃得修敬，未占再晤，願言俯就喪禮，節抑哀痛，以當門户之重寄。

某上饒之役，初志以王事，不敢一登宅里瞻拜先丈華學給事，謂歸塗當遂此願。既而懲於羊腸之險，拏舟東下，遺恨至今。恭惟先丈高文大册，範模士流，舊學耆英，蓍蔡昭代，謂宜百年如衛武，千歲若廣成，以重邦家。亦聞上下巖壑，步履如飛，與客争棊，申旦不寐。不知邇日何恙靡已，遂至大故。聞赴驚呼，一慟欲絶。嗟乎！天乎？世豈復有斯人乎？某以山居僻左，聞之也後，弔之也緩，負我知己，言之忸怩。且以老病，不得駿奔會哭，敬遣騎持奠章，致不腆之儀，寫一哀之痛，伏惟財幸。

某皇恐再拜，敬問契家台眷，恭惟哀苦同之。令弟判縣朝議，附此致慰。有廬陵委，願細大聞之。

答胡季亨宣教

某頓首再拜。疇昔之歲，車轍來臨，初得識封胡絶俗之標。秉燭夜話，不知「落月滿屋梁」，「鄰雞下五更」也。辱書深慰。别後一日，萬周之思。即日春寒未慭，恭惟刺經耕筆，此樂無央。尊候萬福，玉眷均慶。某老病日侵，自去年七月一日再上納禄之章，而諸公寢不以聞，又不敢迫趣，恐動不如静也，姑聽之耳。未見，願言珍重，以須晚成之寵。

答本路趙不迂運使

某伏以即日首夏清和，雨風時叙，恭惟都運直閣年丈，英璗又新，神天送喜，台候動止萬福。某老病摧隤，爰自壬子八月，移疾自免，歸從金陵，深閑荆扉，長往丘壑。不惟自棄於當世，不必息交而絶游，而世與我相遺，物與我相忘。繇是姓名不入於脩門，書問不至於通貴，坐分黄犢之草，眠占白鷗之沙，而平生故人致身青雲、背負霄漢者，亦不復俯視蜩鳩、激活波臣矣。過者莫之孰何，豈有天上使星，芒寒色正，乘北斗之槎，臨翼軫之分，弭節曾不崇朝，慨然興懷，一念首及四海九州之同年，閔其束散薪以煮白石，擕長鑱以斸黄獨，不遠數百里，專走一騎，訪問生死，使黄冠野服之客，「手把一封書，如天落雲錦」，所謂「此事今無古或聞」也。仰惟年丈一世文儒之擇，當今洪支之英，乃與朝齏夜鰲之寒士争螢雪之苦，以筆陣掃千人之軍。持節把麾，外庸有赫，藉第令小緩德老之鼎鉉，亦何必減從善之簪槖乎？天其或者將以幸江右百城之凋瘵，抑以幸短衣掩脛之一老。視蔭未徙，而「日邊除書細作行」矣。曷日行部，下照舊治，當與父老扶杖遮見道左。抒謝不莊，願言珍重。

某惶恐進越再拜，敬問年家玉媞，恭惟尊尊幼幼受祉山則。飫賜官壺，雨露既旨且多，復侑以玄纁綺縠，有是四端，此漢世諸公所以禮高賢者。顧某不佞，何以堪之？降拜敬受，冷牕凍壁，頓作春温矣。「感謝情至骨」，敬賦是詩，以復將命者，野人不敢請太史馬走之役。

某皇恐有懇：賜書之初，不應便引惹請謁，仰恃年契愛焉，敢爾不自外。妻姪孫分寧主簿、迪功郎羅瀛，通經學古，文詞俊發，早忝科第，吏事敏明，已蒙定叟、南强帥倉二丈舉以職令之章矣。合尖之恩，舍門下而誰望焉？亦已書兩考，敢望台慈特輟今年上半年文字以成就之，某實並受此薦也。

答李子立知縣送問月臺詩石刻

某伏拜誨帖之辱，又重之以墨刻之貺，惡詩拈出，已供觀者之一莞，跋語儗非其倫，恐誹有歸耳。摧謝不莊，反仄反仄。

答周丞相

某小踈奏記，隆暑翕赫，此故之以。中男病心氣，不能作春蠶食葉之聲，霑丐去冬丹鳳之赦恩，以一試終場。年及四十，許令詣曹受署，叨冒安仁之監河，皆異時化筆疏而爲令之所波及也。乍歸病暍，未克走謝，首勤墨妙勞還，慶語周諄。吾黨小子，何以辱此於相國？小凉，當令扶服翹材大門之外，以謝恩紀。兹未究宣，仰惟財幸。雷君觸熱可念，信如鈞諭。

答普州李知府

某伏以季夏之月，南風之薰，恭惟判府大著尊契丈，報政有績，祇召還京，神天燕喜，台候動止萬福。某卧痾山間，乘化歸盡，仰故人於青雲之上，何從望見其末光？願言盡珍重理，遂膺紫薇玉署之拜，以昌斯文。某屬披邸報，恭審紫泥夜下，號召正人，青藜朝馳，入覲玉座，善類吐氣，吾道用光，恭惟驩慶。某辱在草木臭味之同，尤深松栢茂悦之感，未由面賀，而以尺紙，伏惟財幸。筆橐之除，方且拭目以俟。

某昔歲拜辱天落雲錦之書，逮今緹衣十襲，每拂除蛛塵，手之而不釋也。八千里外，再蒙遣一个行李，墜五紙妙帖，訪問生死，不以霄泥昇沈而兩其態，不以老病汩振而白其眼。「厚禄故人書斷絶」，少陵之語可悔；「此事今無古或聞」，東坡之句可獻也。感謝至骨，萬此寧有足耶？

某目眩觀書，手戰執筆，平生止携破研一拳，亦久寄絶交書矣。長者尚以故我來徵義概之記，抖擻病心，倒懸枯腸，僅得數語以塞命戒，謂應覆公家醬瓿矣。來教乃蒙稱賞不置，誠不以榮，亦祇以媿也。二傳絶妙好辭，左拍子長之肩，右摩孟堅之壘，陳、范而下不論也。珠玉在側，覺我形穢矣。老先生碣，併荷寄似。

某皇恐再拜，敬問契家玉姥，恭惟尊尊幼幼函祉山則。老妻兒女，列拜起居。頒貺越羅絲座，下拜珍感。蓬萊香十兩，聊伴空函，匪報也。有廬陵委，願索聞之。

别趙知府

某以隆暑，故小踈奏記，齋閤寸心尊德，一飯以之。即辰季夏之月，南風之薰，恭惟判府提舉太中，戒裝解維，川后静波，天棐台候動止萬福，台閎玉眷，尊尊幼幼受祉山則。某卧病山墅，殊不聞人間事。一日二日，似聞尊公致政太中小爽節宣之宜。萬金之書既至，台抱惻惻，不遑寧處，謁告棄印，戴星駿奔，言歸覲省。某癃老幽屏，不振之蹟，一見荷傾蓋，遂得仰依莍蓏於獨有之天者三年于兹。父子廩餼，始終知遇，不以衆人遇之。老身義當撰屨疾走，追送牙檣，偶以病暍伏枕，短氣如縷，不能支梧，敬遣大兒某遮拜道左。惡詩一篇，聊寫戀戀銷黯之情，惟一覽而擲之地。烈日翕赫，遠塗良勩，願言爲君親自愛，即看詔追，遂從上雍。

答棗陽虞軍使

某伏以即日素秋有俶，新凉入郊，恭惟知能軍使中大恩契兄，乘邊以整，卧鼓滅烽，民咏神介，台候動止萬福。某老病日侵，乘化歸盡，去秋再上乞骸之章，迨今未報，亦姑聽之。然自壬子至今，暗致仕已七年矣，弟未結階耳。鄉中去國西門數千里而遥，不遇東西行者，「相思」二字，安得至我故人之側？清風朗月，未嘗不思玄度也。遣騎墜教四六千百之牋，稠沓煩悉，何其過勤也。自代之舉，聊以自見，區區薦藻，小小獻芹之意而已，在故人則亦焉能爲一羽，焉能爲千鈞哉？下問詩之利病，知非肝鬲上之語，敬嗽所見。寄大兒七字甚奇古，如「風公」十四字渾成雅健，使山谷見之，猶應擊節。「務官」二句乃散文語，前輩固有偶出此體者，如木之就規矩然，吾曹不可學也。其餘或奥澀而不風騷，不可不知。妄言惶恐。來教至「宿草不哭」之語，令人淚落不能休。山谷云：「惜無千人力，負此萬乘器。」敬賦是詩，以洩孤憤。願言珍重，即膺召除。

答全州黄通判

某伏以素秋有俶，新涼入郛，即日恭惟巖老府判太中契丈，監貳政成，爲裴王覲，神介台候動止萬福。某老病日侵，乘化歸盡，行且晤對，豫以癹然。願言羅闉必戒，丈食有嚴，用對越中都官之拜。

屬者文度來歸，袖出旱蛟驚蛇之字，久未督報，而厮赤又以近誨爲賜矣。亟拜，何靦如焉！某兹蒙誤恩，序進諫大夫之秩，噓枯所逮，抒謝之臯，慶語所臨，祗重其不敏之辜耳。陞陟文字，仰感領略。長牋妙絶，禮則過之。丁藁新詩，酷似千巖。昔黥布陣似項羽，見者惡之，老夫之於此集亦云，荷荷。睹青遡止，尚面傾倒。

台眷尊穉，恭惟受祉何數。有委敢請。《千巖集》、《三星圖》荷寄似，至感。

與蔡定夫侍郎

某伏以素秋有俶，新涼入郊，恭惟宫使殿撰侍郎尊契丈，殊庭高簡，天棐忠貞，台候動止萬福。某老病日侵，乘化歸盡，南北相望，侍君子渺無前期。願言金玉不貲之身，夏盟斯文，棟榦吾國，允答爾瞻。

某一從亢旌之東，介在山墅，置驛斗絶，表焉則不與大夫士還往，裏焉則不能遣長鬚兔尖，繭浄之敬曠不至于几閣。乃若山立玉色之標，金鍾大鏞之韻，無少選不在耳目中也。契丈學古居今，持方入圜，故應落落。然啓沃之韞，經綸之具，持此將安歸？造物不我舍，是可終揜而不白乎？日邊細作行之除書，予日望之。某昔歲七月再上乞骸之章，迄今不報，諸公之意則不薄矣。出籠之鶴，尚縶一足，亦可憐生。適候吏輩輅新二千石，念此便不可失，急呼兒覓紙，敬問何如。墨淡字傾，與無書同，又賢於無書耳。

某惶恐再拜，敬問契家台眷，恭惟尊穉受祉山則。膝上文度，今何曹何地？抑有在桃李之庭者否？老妻兒女列拜起居，有里中委囑，所願勿它。

答萬安趙師逌知縣

某伏以即日凉秋，恭惟知縣中大，學道愛人，民咏天棐，台候動止萬福。某老病自免，世我相遺，誰者比數？過聽誤矣，特書先焉。再拜循走，不敢承也，不敢信也。摧謝不莊，伏惟財幸。

某屬得侍郎彭丈書，吃吃談知縣文行之徽懿，以其言想其人，定知不凡。及辱墜言，先之以長牋，申之以雜著。發書占之，金玉相輝，韶濩以間，蓋吾宋乃有兩德麟，西京不特一子政，顧老朽知之晚耳。范曄所謂「子陽井底蛙」者，果若其言，則元愷宜産於環堵，旦奭不生於京室也。願言自愛，遠者大者，老夫假須臾無死，尚親見之。

答余丞相

某伏以沉碭有俶，清凉未多，即日恭惟判府安撫大觀文左丞相，作壝火維，分陝一面，威德所憺，北垂以妥，王室以寧，天棐大忠，鈞候動止萬福。某老已耄及，病復日侵，縱浪大化之中，應盡便盡。獨東海之鼇左足尚縶，未得恣意曳尾泥中耳。去秋再上乞骸之章，迨今不報。諸公美意，夫豈不厚？然摧隤之鶴，欹側之馬，與其留之籞羈，孰若縱之水宿？愛之櫪伏，孰若放之林栖？此外惟有注《易》一責，長恐一旦溘先朝露，使羲文素王折券已責，則此債無可庚之期。今幸止有未濟一卦，小凉當卒業，則冥然長辭，亦勿之有悔焉耳矣，它無足爲知己道者。昇潛異勢，居侍無期，不勝大願，願言愛重此不訾之身，以畢未了之勳業，以推轂吾君於五三，以濟登我宋於億萬年。微我公，天下誰望者？

某野人之居，介在幽谷，不假一卒於官，以故無使令。而平頭奴子生踈鄙野，又不熟於置鯉，以故不能專价以致東閤之敬。每東西行者偶與之逢，便不可失，則必寄牋奏記。眷戀恩紀，屢書不一書，亦不記其幾回，且不自知其繁且瀆也。丞相乃屈上宰之崇高，遣一个之行李，賜盈紙之真帖，餽百壺之酒材，有用之書策，難致之蜀附，至珍之蔗霜，森然盈庭，塞破茅屋。少陵詩不云：「虚名每蒙卿相問，泛愛不捄溝壑辱。」今茲訪問生死之誼，膏潤豐碩之儀，所謂「惜不令德彝見之」也。感謝不足，敬賦唐律三章，章八句，別紙以聞焉。仰惟丞相，手扶黄道之日，身柱大過之棟，不動聲色，不崇朝措天下於泰山之安。車絪未燠，堂印未刓，脱屣超然，無一分顧藉心。近世社稷之臣，於今無兩。雖曰心如江水，日向滄洲，而后皇注想元老之意，海内莫枕于京之望，舍魯何適者？惟丞相毋怠。

某惶恐頓首再拜進越，敬問恩閎大國夫人，即日恭惟尊候萬福，東閤郎君，林下道藴，受祉山則。老婦挻灾，幾爲臺駘所殺。史巫紛若，醫藥雜進，幸而更生。不謂上達鈞聽，曲賜下問，至感至感。亦同兒女羅拜絪馮之訊，大兒自别奏記。族弟濟翁炎正遂去作幕下士，寵光赫奕，闔族榮曜。黄倅竟辱列剡之恩，此舉挈之潢汙，轉之碧海無疑者。莫、簡二簿皆蒙恩顧之深厚，愛其人者及屋上之烏，某何以堪之？小言詹詹，何足以爲萬分一之謝云。酒材特荷赫蹏之諭，至於印章款識之周密，以防换易之敝，克勤小物，至於如許。頃蜀士張季長少卿繽寄似洮硯，啓封則一柏笏也。嘗以詩謝之云：「如何緑玉含風面，化作青銅溜雨枝。」至今中都士大夫傳以爲哂，與鈞座慮事遠矣。

與權府聶通判

某小踈奏記，心往鈐下，僭易有白事：友人王子俊，字才臣，今日見過，云剽聞台坐因見益國近詩，渠挂名其間，辱亟稱而褒可者，感激望表之知，欲求一望見其末光，大願不觸門墻之麾，有萬其幸。渠非敢有世俗可憎之求也，併祈洞視焉。渠於原夫輩之外，詩文超絶云。

與楊侍郎

某皇恐小稟：一親戚，岳之臨湘簿丁迪功南隱，鄉里名儒，兄弟十人，策第者二人，其餘皆薦名。而簿公以特奏得官，文學深長，吏能精審，諸司多知之者。見委之以攝峽之首幕，而任守、范憲以職令狀舉之。然寒士寡特，未有合窣堵波之尖者。敢告宗丈，輟一令狀以辱收之，一舉手之間，使有出千仞壑之力。井渫不食，爲我心惻，舍門下宜無先焉者。偶臂痛，不能多番，且懼勤於執事者。惟燭照而星臨之，有萬其幸。

答曾知府

某伏以秋氣已末，西爽彌高，即日恭惟判府判院契丈，政成王覲，神天燕喜，台候動止萬福。某老病日侵，前塗就窄，去歲七月再上乞骸之章，諸公持之，至今事未下。出籠之鶴，尚絆一趾，殊可憐耳。契丈中和平易之政，稺耋歌舞之矣。此行入奏，小却猶當誕寘之含香握蘭之班，但見其上，不見其下也。詒我金玉之音，得得語離，情誼眷眷，若不忍胥遠者，使人懷抱作惡者久如也。摧謝不莊，願言珍重，即看「日邊除書細作行」矣。

答朱侍講

某伏以肅霜既降，即日恭惟宫使侍講殿撰契丈，燕居蕭遠，天相台候動止萬福。某老病日侵，秖有不如，不見所超。乞骸之請，諸公竟不以聞，寢而不報，亦姑聽之，恐以爲只管煎熠也。蒙賜報教，發於去冬，得於今秋，人事大氐然耳，不猶愈於十書九不達乎？昨日劉丞再遞至今年七夕一書，乃知春間嘗小不快，中間曾無疑亦相報云足疾良劇。不知五藏神却不見夢於子雲，而乃苦之以樂正子春之疾，方寸不自詭其疲，而下移之於者存，此楚昭王之所耻也，一笑。下問論著脱藁者幾千萬言，曩者穉騃不曉事，作此狡獪。去冬因室家挺灾，爲臺駘輩推墮井中，欲打併徙居以避之，怒移水中蟹，凡此物輩多投畀鬱攸矣，非徒逃天刑與鬼責而已。契丈當愛我以德，猶欲我欣然踐錦穽乎？苦哉！苦哉！念書辭宜答，又不敢爲弗聞也者而過之也。契丈再歸五夫，遂無車馬喧，此某之所賀。而來教乃謂苦於所居窮僻，無書可借，無人可問，疑義無與析。信矣，逃虚耐静之難如此哉！未見，願言善保千金軀，用奉答當宁荒野之思。

某僭易再拜，敬問台姥，恭惟尊穉蒙福山則。諸郎仕者、居者爲誰？不及上狀。老婦灾疢，仰感存問，非義均骨肉，何以拜此？大兒尚待次，一年有半；中男調衡州安仁税官，小男桂州户曹，皆待次，長者來秋，少者四年。蒙問故及，亦列拜起居，有委不外。

與福州安撫葉樞使

某伏以即辰維仲之冬，清霜晴寒，恭惟判府安撫大資樞使相公，表海荒東，春仁秋威，民咏兵齊，三神扶持，鈞候動止萬福，相門玉媿受祉山則。某身日益衰，病日加侵，秪有不如，不見所超。伏自去歲七月再上乞骸之章，蒙鈞座與諸公間眷眷寵留，未與上聞。仰惟美意隆厚，豈不永懷？然滄江鷗鷺之野性，尚畢命而守堦除也。追惟向來學省，一時英俊並游，干青霄而直上，凌太虛而徑度，遂持鈞樞、宅三能者，相公一人而已。謂宜小俟虚左之拜，止一武之間，崇朝之頃，而翩然去之。高則高矣，君子曰：「胡不福我？」小人曰：「胡不穀我？」相公抑一念到此乎？某皇恐至懇：大兒長孺之妻兄承直郎、澧州推官永嘉吴璪，文世其家，才敏於政。其父公叔與某一再同官，事契甚厚。而某假守高安之日，此郎爲户掾，極賴其助，首以京削薦之。某再入道山，遂令長孺娶其女弟。異時此郎亦嘗參拜焱座，受知不淺。今敢進越控告，仰干一書殿京削，端倚此增山嶽之重，以求當路，則此任改秩沛然矣。儻蒙特輟來年上半年之章以卵翼之，所謂「變化在喙掩」也。小官遺人良難，得不虚其行，生之成之之恩，其輕重大小宜如之何？今帥閫雄盛，非閩即蜀，而山水之勝妙天下者，必曰三山。博約川巖，月旦雲煙，當有金聲玉振之句賜也，可得而聞夫子之文章以否？霄泥殊塗，鵬鷃異翔，安得致身於其側，再聆登峰造極之談，以豁此鬱陶，滌此埃壒？伏紙跂跂，惟金玉厥躬，以棟榦吾國而三五吾君，再還廟堂，永專國秉，不勝大願。

與鄭樞使

某伏以即辰維仲之冬，清霜晴寒，恭惟觀使大資樞使相公，珍問冠倫，沆瀣騎氣，三神所護，鈞候動止萬福，相門玉娩受祉山則。某伏自六七月之間，長溪士人王應旂奏記帥閫受書謁之隸，已徹聞否？左席久虚，天下日徯登庸，而邸吏忽以得請祠庭報，善類及斯民非所望於鈞座也。某皇恐至懇：大兒長孺之妻兄承直郎、澧州推官吴璪，公叔監丞之子也。文世厥家，才敏於政，自是今日之人物。某傾假守高安，此郎爲户掾，甚得其助，首以京削薦之。未幾某再入道山，遂令長孺娶其女弟。公叔官南昌參幕時，此郎嘗拜下風。自此出入門墻，深荷異知。敢望鈞慈未忘其先契，特輟己未上半年一書，殿之京削以成就之，諸司見此，必争收録，則改秩必濟矣。公叔有知，當爲亢杜回以報不貲之恩也。惟金玉是身，即再還廟堂，遂專國秉，以福斯世，不勝大願。

答周監丞冬

某伏以即日小至將臨，清霜載肅，恭惟致政提舉監丞尊契丈，獨立萬物之表，是叢三神之釐，台候動止萬福。某謹再奏記於受書謁之隸，且謝委貺之腆，仰惟財幸。

某再拜，敬問台閎玉娩，恭惟尊尊幼幼受祉川增。大兒進拜，蒙飲食教載之寵，具能言忠誨煩悉之狀。

坡云「我兒即公兒」也，今真得此於鄉先生矣，有萬其感。

答提舉雷郎中

某伏以小至將臨，清霜晴寒，即日恭惟提舉郎中契丈，使節又新，小憩錦里，神介台候動止萬福。某老日益侵，病日益加，自去歲七月再上乞骸之章，而諸公竟不下其事，安得「乞我一牧童，林間聽横笛」乎？易節便地，得請可喜。然猶小須，未慰湘南父老扶杖之望，何也？然老友私心獨喜，蓋中男次公安仁監河之闕正在來秋，正得趍事故人，如天之福，何以代此？東坡與王定國書云「我兒即公兒」也，某之於台座亦云。好音鼎來，訪問生死，此古人盛德之事，多言何謝？惟珍重，以前追詔。

北京大學《儒藏》編纂與研究中心 編

《儒藏》精華編選刊

誠齋集（四）

〔南宋〕楊万里 撰
吕東超 校點

北京大學出版社
PEKING UNIVERSITY PRESS

誠齋集卷第一百六

廬陵楊万里廷秀

尺牘

答贛州彭郎中

某伏以小至將臨，清霜寒霽，即日恭惟判府郎中尊契丈，朞年報政，惠化川流，民咏天相，台候動止萬福，玉媄受祉山則。某老日益侵，病日益加，閑冷之蹟，姓名不敢自達於通貴之前，四方人事，皆已掃影。今兹陽復令辰，君子道長，❶有如台座，心所起敬，亦不克奏記爲踐長之賀，❷蓋昇沉異勢，其理然也。不謂台慈折節岳牧之尊，篤契韋布之舊，遣騎損誨，訪問生死，鈴齋名酒，分餉野夫，以暖其長鑱斸黄獨之寒，以勞其散薪煮白石之苦。攝衣下拜，黍谷春生，中心藏之，多言何謝。一衣帶水，無從伏謁，金玉是身，筆橐就列，日夜惟此之禱。

❶「長」，原殘闕，今據四部叢刊本補。
❷「長」，原殘闕，今據四部叢刊本補。

答廬陵劉縣丞

某伏奉誨帖，以小春絶品分似野人，烹玉塵，試春色，心知韻，舌知腴，第恐春風不慣腐儒湯餅腸耳，一笑。占謝不莊，悚仄悚仄。

與湖南運使陳郎中

某伏以小春良辰，新寒氣肅，即日恭惟都運直閣郎中，玉節倚天，忠誠貫日，百城蒙惠，三神孚休，台候動止萬福。某敬拜手奏記，徹姓名于槧人，仰惟財幸。

某也愚不肖，顧獨有落落心事，吐之則誰聽，不吐則不釋。「開卷闔且想，千載若相期」，兹非退之之詩乎？「士或日接膝而不相知，或異世而相慕」，兹非退之之語乎？某之與執事同生於今，而謂之異世，謂之千載，可乎不可也？緊執事以又玄之學、不世之文，一戰文闈，萬人奪氣，有司驚目，收異科，策高足，偃名藩，冠望郎，陞延閣，持英蕩，豈弟于州，忠慨于朝，風采于一路，厥今談者言當世之名勝，必曰陳公焉。某老病之身，不中用世，棄官八年，請老四祀，潑襩乎西疇之煙雨，笭箵乎南磵之水月，獨不得與嶽麓之猿鶴、橘洲之鷗鷺一望執事之聲光。以某之想慕，知退之之想慕。想而不見，慕而不釋，不於執事乎吐之，將於何吐之？尺一且下，紅藥紫薇，竚公之歸，自此愈遠矣，臨風慨然。

某皇恐再拜，敬問台閎玉眷，即日恭惟尊尊幼幼受祉山則。有廬陵委，願奉教條。某皇恐白事：中男承務郎、衡州安仁監税務次公，筮仕云初，百事墻面，孤寒伶俜之跡，所望於上官收卹其尺寸而脱略其罪戾，睞其始而全其終。百穀之仰膏雨，厦屋之幪震風，舍執事疇依者？

與衡州陸知府

某伏以良月行冬，初寒以雨，即辰恭惟判府太中，填撫火維，巋若天柱，民謳豈弟，天迪忠嘉，台候動止萬福。某謹盼飾不腆之書，自徹於涓人謁者之伍，仰惟財幸。

某竊嘗洞視今古大夫之家，有能擅勳名之場，泝儒學之源，登文章之籙，世濟其美，嬋嫣相踵，有陸氏若者乎無也？若遜、抗在吴，若機、雲在晉，若德明、敬輿在唐，皆人中龍也。孰謂古有其人而今未有乎？執事英妙之年，拔奇收科，玉映潢臺。德明之儒學，機、雲之文章，蓋魯國之寶玉大弓，黄梅之夜半衣鉢，皆家傳之自得而不問外人者也。遜、抗、敬輿之勳名，天下方有望焉。衡山之雲，緑净之波，豈真能苛留者？一州之福，將均宏之於天下。公卿闕而選所表，寵渥徵黄，誕寘禁近，其不遐矣。某也山林野人，已抽手板付丞相矣，安得一覿當世之勝流，以一洗其胸中之悁跂乎？敬賦《草蟲》之三章，以寄此心。

某皇恐再拜僭越，敬問台閎玉姥，即日恭惟尊尊幼幼受祉山則。廬陵有可效老聃之役者，唯命是聽。某皇恐白事：中男次公，筮仕有俶，百事墻面，今官衡之安仁監税，正隸大府之下邑，遂得仰事高牙大纛之光塵，充太史之牛馬走。豈無涓埃？收之邮之。豈無罪戾？燾之免之。不勝舐犢之情，不敢自蔽，而瀆聞于大君子之聽，不勝主臣。

答權桂陽軍斛通判

某伏以良月行冬，初寒帶雨，即日恭惟權府府判太中，設監最課，假守兼官，一境宜民，三神隤祉，台候動止萬福。某敬上記，以謝書禮報況一再之辱。未見君子，願言珍重，立竢春風玉筍之除。

某屬者專走家僮，修敬樹門之隸人，迺承諸臺遴賢，兼刺鄰府，春仁秋威，洽于二邦。在彼願其爲真，在此願其終惠，疊是最狀，於以上聞，外陟使華，裏翔郎署，在此行矣。某中男次公，效官有俶，百事墻面，適有天幸，得我鄉先生而庥蘙焉。未趨府庭，而薦口已徹于五馬，至於假材官而六之，使不徒行以抵官下，不貲之恩，盡室永懷。東坡與王定國書云「我兒即公兒」也，敢一請再請不一請而已也，惟終惠之。

與湖南黄提舉

某伏以維孟之冬，亦小之春，即日恭惟提舉太中，一節星臨，百城霜凛，民氣嘉樂，神天給扶，台候動止萬福。某敬齋心奏記司鉛槧者，仰惟財幸。

某恭聞皇上顧憂元元，邈在湖山之外；其欲安安，如在畿甸之内。於是疇咨宰臣，涓選膚使如西周皇華之五章，如東京臨遣之八人者。惟提舉太中，以豫章楝榦之材，商瑚周璉之器，繁星五緯之望，百千人中，裒然舉首，仁風先春，義氣後秋，煢嫠舞歌，姦貪瑟縮，何其盛也！何其盛也！使事有指，顧此耿中丞之一職，豈鬱鬱久居者？雞翹豹尾之間尚多虚位，非執事是待而誰待也。某棄官八年，請老四祀，孤雲野鶴之與儔，桃花流水之爲釣，仰名流之芳風，瞻使星之末光，可思而不可忘，可望而不可見，寸心耿耿，安得傾豁？抑許穆夫人之詩不云乎：「百爾所思，不如我所之。」引領南雲，悃悃款款。

某皇恐再拜，敬問台閎玉眷，即日恭惟尊尊幼幼受祉無央。有廬陵委，命戒唯唯。某皇恐白事：中男承務郎、監安仁縣税務次公，筮仕云初，百事墻面，今以蚍蜉蟻子之微，而仰事動摇山嶽之威，是震是栗。敢九頓首以請，儻或辱許效其十駕，而徧覆之以二天，使得竊五斗以活其孥，仁人不報之恩，寒士不貲之福，繄門下是怙。

與湖南陸提刑

某伏以即辰大冬初寒，小春猶燠，恭惟提刑太中，出節少府，訓夏祥刑，百城觀風，三神錫羡，台候動止萬福。某敢恭奏記，瀆告主書，仰惟財幸。某竊惟祥刑使者，千古未聞，蓋肇自章聖皇帝。咸平四年閏五月始有開封斷獄覆奏之詔，七月始有諸路並置提點刑獄官之詔，於是殿中丞李湘首膺荆湖南路之選。聖聖繼繼，此職增重於部使者之中，命曰職司。今提刑太中，一代人物之英，三朝德業之望，偃藩持節，聲光蔚然，斗柄垂天，慶雲拂日，何以尚之？結絲而侍禁廷，聽履而上星辰，人猶遲之，而原隰載驅，于彼烝湘，將非聖上欽恤，亦如選李湘之意耶？使事有指，「繡衣春當霄漢立」，某方賡少陵此詩，以賀班公登僊之行也。某老病野人，棄官八年，請老四載，講聞嶽峻川流之盛名，而獨無路以望見其末光，一生遺恨，孰弘於此？寄聲修好，吁已後矣。仰惟高明，洞視心曲云。

某皇恐再拜，敬問台閎玉姥，即日恭惟尊穉蒙福妶兆。有廬陵之役，敬請指縱。某皇恐白事：中男承務郎、監衡州安仁税務次公，筮仕云初，百事墻面，天假之幸，迺遇今日之陸先生僊，收孤寒而主後進，如退之所作《行難》之篇者。寬其鞭箠而宥其簡書，使得飬於是以餬其口，此非人皆有之天，此真我獨有之天也。嚮風歸依，有萬其望。

安仁涂知縣

某伏以即日良月初寒，恭惟判縣中大，佳政宜民，自天孚佑，台候動止萬福。某謹上記下隸，伏惟財幸。

某辭奉瑶林瓊樹之輝光，歲月湍奔，至於照人風度，可思而不可忘者，了了在目，毣毣在心，旦晝往來于懷也。執事之才之邵，大其施則宜簉鵷鷺之行，小而却亦合當麾節之寄，顧尚淹衈于鳴琴製錦之地，何也？然學道愛人之聲與湘水俱流，下轉上聞，自密縣而超拜，何知非福？某中男次公，筮仕之始，百事墻面，迺得事其大夫之賢者，豈非幸歟？惟故人高誼，必有以訓其所未能而莯其所不逮者，使得饔於是而璧或全，舍執事何適矣。

送俞憲羊麪

某伏自道塗相傳，玉節光華將照臨先人之敝廬，日掃花徑，以俟東來之紫氣。惟是荒村去城差遠，山厨土銼，索然不給於鮮。遣人賒市，唤婦自饌，豈不夙夜？然高牙虚徐，而日昃食乾矣。一易再易，則亦如之。偵伺之久，倉猝之頃，不免效荷蓧之殺雞，盧氏之烝鴨，溪毛野蔌，此固不足以羞於王公者。不腆乘壺，羊腔麪碩，敢摯諸行厨，惟洞視其禮不足而敬有餘，不敫而揮之，有萬其幸。

答趙户彦法

某伏承遣騎墜教，殊慰孤寂。四六妙絶，切磋彌瑩，後又過前，老夫當避路矣，可珍可妒。兩絶句次之，似非得意之作也，它日進一步則自知之。加餐飯，長相思，玉帝除書，定應不遲。

答周丞相

某下稷吹燈，發函奉告，覺銀鈎炳焕，天氣盡白，驚喜絶倒。命戒程丈銘詩，歡以敬承，已留玉，當少須矣。辱相國有「盡子詩寫來」之教，春前偶醉餘，寱語《憶秦娥》小詞云：「新春早，春前十日春歸了。春歸了，落梅如雪，野桃紅小。老夫不管春催老，只圖爛醉花前倒。花前倒，兒扶歸去，醒來㥛曉。」仰供仲尼之莞爾，不勝主臣。

答韓提舉華文賀年

某伏以獻歲有俶，好雪知時，即日恭惟某官，玉節倚天，霜臺拂日，三神盡護，台候動止萬福。某老病退休，木茹沙眠，貧而安、病而不疚者，部刺史之天，我獨有二也。兹焉恭審六條允察，千倉既盈，威惠川行，鰥寡春熙，帝疇顯庸，恩錫書賚，進直舜典濬文之閣，式增周諏禮樂之華，恭惟驩慶。自此月昇金掌，春度玉墀，某也幸拭目以觀盛事。

答程監簿

某伏以春意澄穆，即日恭惟監簿契丈，大孝哀疚深切，天相至性，孝履支福。某卧痾山野，庇焉以免，未占良覿，願言以禮制情，趾美續聞，恪遵聖人哀毁之戒，此朋友所望者。

某山居苦無端便，小踈問訊，獨有景行之勤。厮赤剥啄，誨帖下逮，驚喜不勝。命戒先丈閣學銘詩，某受知不淺，其何敢辭？自視欿然，其如固陋，恐斐文不足傳遠耳。今月十五日夜拜領行狀，明日撰成，又明日刊落其甚繆者，又明日脱藁，又明日送似益公求是正，併爲求題。蓋臂痛不能多寫，凡四日乃書丹畢。不知襄事之日，此文到否？蓋行狀逼期乃至，非敢作魯人之皐也。如莆田陳丞相、葉丞相，皆前期一年送行狀來，庶得小從容，文字較子細耳。仰惟幸察。

答醴陵錢知縣

某間者闊焉，久不聞問，每一動心，向風永懷，便如對面語也。遣騎墜言，驩喜亡量。即辰春事過中，寒暄之雜，恭惟文季知縣中大契兄，學道愛人，民咏天棐，台候動止萬福，玉娷均慶。寄似新詩，朗詠三反五復，發清新於平淡之中，藏古雅於追琢之外，非時世折楊黄華之音也。第如「俗學多翻變」、「晚輩論時學」等語，不宜筆之於書，何苦以毒口牙招齒舌乎？每以此戒朱元晦，今復奉諗。「古來得道人，挂舌屋壁間」，此真吾師也。願言自愛，以竢馮招。

賀吉水秦宰交割

某伏自牙檣西上，紫氣東來，日偵先驅，令兒輩駿奔迋迓，久之寂然，竟辱斾旌屈臨環堵，如之何其感，又如之何其媿也！違離屬爾，尊仰如新。即辰春事過中，寒暄相半，恭惟美錦初製，民咏天棐，台候動止萬福，玉婘均慶。某恭審涓選令日，佩服印章，教條一新，稺耋呼舞，恭惟驩慶。某屬以老病，不克從大夫之後，修桑梓之恭，專令大兒謁賀，伏幸台察。

答新封州譚知府

某頃辱屈使君之千騎，臨玉川之數間，呼酒嘯歌，秉燭軟語，老病之軀，頓有生意。別去未幾，復增永懷。尺書寵詒，殊慰耿耿。即辰暮春積雨，恭惟明仲判府太中鄉丈，爲裝入覲，神天送喜，台候動止萬福。恭審日邊除書，即家而拜。下轉中和之政，上結聖明之知。不出以南，坐致通顯。閱禹貢之同載，❶多甘茂之一官。才解二千石之章，即佩見大夫之組。恭惟驩慶。某伏自壬子棄官，丙辰乞骸，四年三請，一奉不允之詔，一不報。今請乃蒙恩增秩一階，進職四等，非平時揄揚，何以拜此？方具辭免職名，未敢摧謝。餘惟珍重，即立春風玉笋之班。

與朱侍講

某伏以四月維夏，南風之薰，即日恭惟侍講殿撰尊契丈，燕處超然，天棐履祥，台候動止萬福。某老病

---

❶「禹貢」，疑當作「貢禹」。

日侵，祇有不如。顧棄官八年，乞骸三請，待命四載，前月四日乃始蒙恩，放牛桃林，俾聽横笛。惟是增秩進職，踰分絶等，方具辭免。自非平素借重，何以拜此？伏自去秋得一書於曾無疑許，既而遇甘道士往五夫，因之修報，不作石頭事否？近得城中親舊書，云契丈露章告老，而適當新舊尹去來倥偬之間，莫府文書不免魯人之皐，遂致相誤。且無疑訪來，具談其詳，相與太息。天下之事，固有蹉跌如此者。「莫之致而至者，命也。」浮雲去來，想能安之，無待於開譬也。足疾今年不至良苦否？吾曹老矣，能復閲幾寒暑？少年狡獪，著書罪過，願痛掃除。退之云：「書於吾何有？」此外無可相規者。餘惟珍重，永綏眉壽。

與丞相

某僭嗽二詩，仰獻一莞，不敢奏記，懼勤報章。而山僮言歸，銜袖彪列，蓋天落雲錦之書，華星秋月之字，金聲玉振之詞也。盈尺之紙，萬寶是叢。肅然盥手而披文，頓覺沈痾之去體。銜戢何謝？藏去爲榮。仰惟鈞慈，下燭悃悃，妶兆其幸。

與丞相

某移病棄官，今已八年，三章乞骸，四載竢命。近蒙聖恩，解縱歸田，而增秩一階，進職四等，控免弗俞，閔免下拜。重念某孤陋之蹟，奮自諸生，效官於中外者四十六寒暑矣。乃今得以保全，幸無玷缺，不辱先人之教。兹蓋我丞相以天下之大宗師，長育吾黨之小子，挈攜造化，不遺餘力，遂濟登兹。感恩戴仁，無以表見，敬哦小啓，別紙申呈，仰惟鈞察。

答周丞相

某疇昔之朝，方被控免弗俞之命，登時下拜贊書，際晚走兵人奏記，并短啓以謝造化之恩，當既徹聞矣。今日下稷，上介戾止，法書賁之，雲牋郁紛，玉句鏗戛。墨池家傳之故事，援據罔遺；黄公酒壚之戲言，收拾爲雅。荷聖恩之非淺，入鴻筆而彌榮。抒謝不莊，悚感無斁，仰惟鈞察。

答周提舉

某疇昔之辰，方被控免弗俞之命，登時下拜，即具短啓，攡謝我乘成老先生。蓋引年致爲臣之風，曠不見聞於昭代久矣。惟公家伯仲，首倡遐舉，以媿貪夫。如某之淺陋，豈不懷禄耽寵，仰慚二大老之高節？故欣慕踊躍，以自附其末光，所謂「魯無君子」者歟？而遣騎詒書，華以牋啓，英詞絢練，逸韻清鏘，至於履危機，居憂患，與夫杜、陶、汲、賈、韓、孔、歐、蘇等語。某何人，乃敢承此？此殆詞人逸筆不能自制，輒借某以裝鋪席者耶？緹衣十襲，拂除蛛塵，永以爲寶耳。攡謝不莊，主臣主臣。

某伏奉别紙，諏及花事。老圃舊有蘇花四百株，丁巳秋暵，枯及其半，豈敢望萬象臺上春光姟兆之秋毫也耶？邢尹不可相見，必有能辨之者，一笑。

答聶倅

某伏以高軒偉然，一新風月之壯觀；蕪詞陋矣，不啻巴渝之俚音。既涴翠珉之鑱鐫，復點華綺之藻藉。賜以墨本，覽之赬顔。摧謝不莊，誦言靡已，仰惟台察。

答張尚書

某伏以即日暑風清微，恭惟詳定判部尚書尊契丈，八座穹崇，名位兩隆，天監孤忠，台候動止萬福。某頃嬰清漳之疾，偶拋彭澤之米，荆扉深閉，今已八年。丙辰者稀之齒，上章乞骸，前後三奏，俟命四載，乃今始蒙聖恩，放歸田里。惟是增秩一階，進職四等，此禮特異，控辭弗獲，俯僂下拜，不勝震懼。自非天上知己吹送之力，何以逮此？懷感何數！自顧襏襫在躬，夫須蓋頭，竊自薄陋，不敢貢尺書以謝齋閤。不謂屈尊念舊，忽拜天落雲錦之書，訪問生死，侑之以天雄、附子、北果之珍餉。拜嘉驚喜，亟餽亟拜，「此事今無古或聞」也。唐律一首，小見謝悃，一覽亦可知别後筆力之退，自此「吾弗敬子矣」，荷荷。雲泥益隔，伏謁何階？願言珍重，即看趾美祖烈，邁跡韋平，用光吾道。

答胡季亨

某辭奉談間，居諸易久。妙帖下逮，長牋偕來。明月連城，驟驚滿把；落英墜露，頓覺回春。某三章乞骸，四載俟命，蒙恩從欲，謝事歸田。顧摧謝之未能，忽慶語之先辱。叙報不恪，伏惟財幸。

答臨江王守

某伏以即日維孟之秋，殘暑未退，恭惟判府太中尊契丈，惠化告成，民歌天棐，台候動止萬福，玉娩咸慶。某老病，坐踈安訊，而金玉之音紹至矣。清江史君，百餘年間豈無一聞人？而三孔之文未傳，非闕歟？今旁搜放失，遂成一書，舉一推萬，其政無遺典矣。分似名山之副，至惠至感。野人孤陋，不足以鈎君子之深者。然植之以豈弟之根荄，而茂之以平理之枝葉，則塗之人異輔頰而同謳唫也。賈子所謂「類非俗吏所能爲」者，非歟？然某猶竊有恨，「安得結輩十數公，參錯天下爲邦伯」，使萬物吐氣，吾與少陵蓋異世而同恨也。相去尺有咫，無從參拜，北眸悁然，願言貴珍，即膺公卿表選之制。大兒昧學，仰辱異知，盡室榮之。又恐立霄漢之日，貴人多忘耳，荷荷。

答市舶葉提舉

某伏以維孟之秋，殘暑未退，即日恭惟景伯提舉太中僚契丈，使事整暇，有相自天，台候動止萬福。某老病日侵，自丙辰以後，三章乞骸，四年竢命，邇者方蒙聖恩察其懇切，放歸田野，而增秩進職，異數優隆，控辭弗獲，閔免僂受，震懼靡寧。未皇摧謝，先枉慶緘。契丈把麾持節，已徧外庸，盍歸春風玉笋之班，以宏其施？垂天之翼，尚小留滯周南，何也？先丞相銘詩屬之益國，真今之無價手也，甚善甚賀。雅意或欲持江介之節，此老夫之福也。里諺云老人如小兒，得人矜憐而温存之，乃其願欲者，荷荷。願言珍重，以膺新渥。

某再拜，僭問契家台姥，即日恭惟尊尊幼幼受祉山則。令似長育，計今應就傅從學久矣，想一日千里也。遠餉通應異味，絶交經歲矣。鰾尤耐久，山村客至，便可供一杯也，珍感珍感。有委不外。

答趙運使

某伏以時雨滌暑，老火作仇，即日恭惟都運敷文年丈宫使，奉瑄祝釐，天迪燕喜，台候動止萬福。某入秋感暍，遂作瘧疾。平生故人，黄昏爲期，彊半舍去，獨此謝謝水魂與僕作緣，雙日暫别，隻日必至，殊不爽約。今日當見臨，危冠焚香，方徙倚以俟之，而年丈語離之書，如天落雲錦，泚手披讀，此疾忽脱然去體。古人草檄可愈頭風，僕始不信，乃今知之，甚榮甚惠。凡今之交，其合若萍，其散若煙，有如吾年丈之有情若斯者乎無也？偉材達學，何必減不土之里、無言之詩？着侍臣冠而立玉堦方寸地，自是國之光暉。外庸已枉其人矣，而又遽聽其去，可爲時歎，不爲年丈惜也。寓直寶儲，上意可占，又有大者乎？願毋疾其驅，以竢詔追。

答傅尚書

某伏以時雨致爽，秋陽作彊，恭惟判府華學尚書尊契丈，岳牧詞人，民之父母，三神隤祉，台候動止萬福。某伏自壬子之秋，移病免歸，山林野人，姓名不入脩門，書問不至朝貴，至於平生知己如台座者，亦復作踈，非意也，勢也。微高朗洞視，其何實非罪？丙辰以還，三章乞骸，四載俟命，邇者始蒙聖恩察其悃愊，放歸田里，而增秩進職，異數優優，控免弗俞，僂受震虩。揆厥所元，嘘枯所逮，道遠莫謝。而一个行李剥啄荆扉，把一封書，天落雲錦，慶語玉潔，故情春熙。脱略雲泥相望之懸，彌堅金石素交之誼，今人有無此事固不論也，求之古人，有是否乎？未可知也。其榮其荷，宜如何也？台座人望在今，所謂「水之江漢星之斗」者。廟堂虚位，上宜置諸左，下猶舉疑丞而宅之，武夷山川似不得苛留此一朵垂天之雲也。願言貴珍，以須書贊之汗涣。

某再拜，僭問契家台媪，恭惟尊尊幼幼受祉山則。大兒荷不鄙下問，何榮如焉！敬拜謝意。未敢奏記，不專故也。遠餉新茶，所謂「元豐至今人未識」者，老夫是已，敢不重拜？當自擕大瓢走汲溪泉，束澗底之散薪，燃折脚之石鼎，烹玉塵，啜雪乳，以享天上故人之意。媿無胸中之書傳，但一味攪破菜園耳，荷荷。

答戴在伯知縣

某伏以秋雨進涼，即日恭惟知縣朝議僚友，學道愛人，奉法循理，民謳天棐，台候動止萬福。某敬修辭，以謝先辱，伏惟財幸。

某沈痼自屏，親者掉臂而過，踈者白眼以覷，惟吾故人，金石不移，松柏後凋，年歲録續遺騎詒書，訪其生死於黄犢之草中、白鷗之沙上，彌久而益堅，不懈而愈劬，一何與人異嗜好之酸鹹如此哉？某自壬子棄官，丙辰請老，連牘三請，俟命四年，近蒙聖恩，放歸田里。惟兹異數優優，力控弗俞，儻受震虩，皆故人平素吹送之助也。佳政宜民，下轉上聞，借令未至如卓令之入宅公府，小却猶應察廉烏臺，含香粉署，所謂「家貧望鄰富」也，荷荷。

某再拜，上問契家台媿，伏惟尊穉咸慶。賀牋妙絶，久不聞韶，感喜亡斁。小啓稱謝，却成以瓜報瓊也。寄似紫花、朮石、乳香，拜受竇之珍之。此正扶老所須者，故人之意厚矣，感感。

答余丞相

某伏以即辰風生桂枝，露下金莖，恭惟觀使大觀文左丞相，珍臺臯伊，平地松僑，畊畝愛君，江海存闕，三神顯相，隤祉發祥，鈞候動止萬福，恩閎相媿，尊尊幼幼純嘏山則。東閤郎君伯仲直閣，叔出季處，皆足慰意。某餘生奄奄，本之以支離疏之形骸，申之以遺積瘕之沈痼，歲在丙辰，幸及未先犬馬填溝壑之須臾，自列上聞，匄歸田里。一奉不可之詔，一蒙諸公間寢其事，答以官簿之年未至，三表乃荷聖恩。放牛聽笛，縱鶴出籠，此已徼福不貲矣，而又增秩四品，進職四等，以榮其歸而華其老。以鏡湖老監而初豈夢到甘泉法從之綴乎？深惟聖主所以幸老臣者，而誰實白發其端乎？揆厥所元，不在門下而奚在？遠未克謝，而濟翁弟於七月二十三日轉致答教，乃四月某日筆也。披讀有衛武公、鄭子真之褒，有垂安車、策鳩杖之賀。某何人，敢竊仲尼一字之衮乎？感恩在心，言之淺矣。竊審泰階之光，尚寓躔次於贊公之房，人以爲陋，我以爲華，所謂「無地起樓臺相公」者。「何處覓庾冰，庾冰正在此」，一笑。親戚吴推瑑，遂蒙「若肯少徯，敢不他時備數」之諾，某敬代吴下拜，以謝恩言矣。來年既盡，則辛酉上半年文字正渠書考第三之日，何晚之有？小兒幼輿入京换授，此又我公之恩也，令詣翹材以謝焉。此外不勝大願，愛金玉之身，即看衮繡之歸。濟翁掌故，舉族洋溢乎恩波中矣。

答林提點

某伏以顥碭過中，厖凉彌厲，即辰恭惟都大提點寺丞，玉節行部，使星還次，高厚孚休，台候動止萬福。某老病餘生，懸車曲肱，兩耳掩豆，乃不聞知拂天之旆照臨鄉邦，曾不得隨父老扶杖、縣令負弩之後，以遮見右轅之清塵，不敏之辜，雅宜笞駡。而一个行李，盈尺錦書，惠然飛墮野廬之荆扉，殷懃暄凉，訪問生死。黄冠草屨之人，何以辱此於部使者？攝衣端拜，盥手朗誦，如獲寶玉大弓、舒鼎昭兆不翅也，非有胸無心，疇不懷者？占詞摧謝，萬此寧足？願言愛金玉之身，竚筆橐之拜，心禱罣罣。

與張寺丞

某伏以即日千崖秋高，恭惟功父寺丞詩兄，大隱隱朝，自天隤祉，台候動止萬福。某老病餘生，人事盡廢，書問不入帝城，平生故人有厚於吾功父者乎無也？亦復作疎，可不可也？寸心孤往，惟夜夢多見之耳。吾曹抽手板付丞相，良一細事，某乃四年三請而後得之。士大夫以躋攀分寸而上爲難，不知乞身謝事其戛戛乃爾。功父所挾者古而所售者今，所賞者稀而所偭者衆。十里九山，一武再止，想前知其然而怡然不怪也。觴豆湖山，簫勺風月，優哉游哉，聊以卒歲，肯遽以此而易彼乎？小兒幼輿入京换授，敬令一見。東坡與王定國書云「我兒即公兒」也，惟面命而提耳焉，是所望者。願言珍重，當有夜誦《子虚》者。

與徽州任知府

某伏以即辰秋光晼晚，顥氣高潔，恭惟判府寺丞契丈，露冕惟新，建牙伊焕，耄倪呼舞，神天成釐，台候動止萬福，契家玉㛤受祉山則。某老病餘生，伏自壬子棄官，丙辰乞骸，今春乃得卷懷衣冠，雜襲麋鹿，惟兹影響昧昧。自頃一别，每於山間仰故人於雲漢之表，揭日之名日起，排霄之步日遐，未嘗不爲之喜而不寐也。兹審暫違鵷鷺之行，自詭股肱之郡，一麾出守，千騎東來，恭惟慶愜。某不量野人之疎賤，妄有白事：同郡名士糾曹戴從政重熙，妙齡收科，一再試吏。其文詞清駃奔逸，源流出於東坡而得其髓，長書大篇百千言，益出而益無窮，愈讀而愈有味。今親逢岷江之文伯而爲之東道主，故應坐上一見而察其小異，不待外人拈出而後知其爲道側之遺寶也。敢望未及下車而即取一人焉，拔其尤特，掞一上半年京秩之章，以列于公車，則黄金之臺，隗始之舉，古人復生，何以代此？且薦士本意，古者惟其賢而已。今則不然，不惟其賢，而惟其勢。一洗今之俗而返之古，不在吾契丈而誰在也？進越之辜，不敢自宥，敢自歸於司敗也。黟歙山水之邦，異時名公作牧者累累焉。某在江東日嘗一過之，以使事有指，不敢入郛，至今遺恨，紫陽諸峰皆與知之。今以告訴于史君之天，其肯與我酌尊中之渌，問諸峰之神而一笑乎？久不揮塵縱談，下筆云云如旋盤之落屑，不自覺其煩且瀆也。雲泥相懸，眇然無合并之期，不勝大願，願言迺玉是身，以柱吾國家，即還從上雍。

與韓運使

某皇恐死罪，僭有白事：頃者一个行李、五朵祥雲照臨之日，比其返也，因之奏記。蓋嘗進越以徽州録參戴從事重熙爲滿篋櫝之薦，❶貴人多忘，野人冷書，不蒙抵擲以否？敢再以請。今歲下半年金臺京秩之章，可得而下拜否？竊知高風卓絶，不摇於熱書，而每喜於冷書，是以恃此而無恐。不然，何罪之敢道？

❶ 此句疑有脱誤。按：韓愈《與袁滋相公書》：「誠不忍奇寶横棄道側，而閣下篋櫝尚有少闕不滿之處。」本書卷一〇七《與江東韓運使》：「嘗進越以徽州録參戴從政重熙爲篋櫝不滿之薦。」

誠齋集卷第一百七

廬陵楊万里廷秀

尺牘

答王樞使

某伏自春時張糾之官，因之奏記。今月十一日，臨江材官持報教以來，天落雲錦，以驚以喜。端冕廟堂之容，坐鎮雅俗之節，廩然在人目中也。即辰黄花節過，風露清峻，恭惟觀使觀文樞使相公，畊晦忠君，江湖存闕，自天隤祉，鈞候動止萬福。某老病餘生，待盡環堵，自丙辰乞骸，露章三請，竢命四年，逮今歲春夏之交，始蒙聖恩察其非矯僞者，放牛縱鶴，以遂物性。惟是異數過優，增秩一階，進職四等，控免弗獲，僂受震虩。揆厥所元，微我天上知己挈攜振德不遺餘力，曷濟登兹？千江隔而萬山阻，未克抒謝，先辱慶語。仲尼一字之衮，劉公十部之賢，野人拜此，榮光赫然，下燭蔀屋，上衝斗牛矣。未占避席之侍，願言愛重；即還虚左之位，式是萬邦。

答朱侍講

某九月、十月之交，於甘道士、曾無疑許連得報教二書，幽憂滿懷，風濯雪釋。即辰首冬殊温，恭惟致政侍講殿撰尊契丈，懸車里門，天相台候動止萬福，玉婘尊穉均慶。某老身幸安穩，黄能、臺駘輩察其納禄不官，鷺股無可割者，不蒙見祟。而今歲秋熱，不照年例，特地助祝融爲虐，坐甑烝炊，怏怏無奈。先之以痁，申之以河魚，蓋兩月而後已。得書云股肱之疾移及腹心，且艱於憑烏皮，呻青竹。是在醫法，顧不察耳。藏神不曰：「孰使我飢渴之不恤者，非書乎？孰使我劌目鉥心、掐擢胃腎者，非書耶？」某嫂陳囊研櫝筆之方，而以水投石，諗以酷嗜在此，第恨病而力不足耳。政使和緩復生，能浣此學古之胸而砭此土炭之嗜耶？諏及「啓棘賓商」之義，即問焉於益公。益公報以二説，今録在别紙。似聞所著《楚辭解》甚奇，可得而窺見否？獻方之未既，而又縱臾之，又似李公擇戒東坡勿作詩而反送墨也，一笑。願言珍重，用永麋壽。

與湖南安撫趙郎中

某伏以元煒和平，執權司冬，即辰恭惟判府安撫華文郎中，制閫雄深，連帥崇崛，一面攸寄，三神所禧，台候動止萬福。某敬拜手奏記潭府之中涓，仰惟財幸。

某竊惟近時岳牧之繁雄，如金陵六朝之故國，長沙定王之古城，居上流，控形勝，其責任均也。二邦大帥，異時一二大丞相之閔勞鼎鉉、息肩戟纛者於是乎居焉，其不輕而重明也。華文郎中以兩京政駿之儒先，間平之德望，皇朝不土無言之賢且文，實繼一二鉅公之殊轍，令修於庭户之間，而人自得於湖山之外，作一長城，當十萬兵，一何韙哉！至於賦詩以叱開衡山之雲，命騷以彈壓洞庭之波，此又其陶鑄之土苴云耳。紅塵一騎，紫橐兩禁，日斯邁，月斯征，某也尚竊遲之。退惟老病之身，已垂車以示子孫矣。天不作緣，有如執事一世之名勝，如朝陽之光在物久矣。而某居覆盆之下，乃不得快睹青天白日之清明，兹非命也夫？然乘化歸盡，偶未先朝露之間，猶得九頓首，徹姓名，寫慕用以聞焉，抑持以自賀云。

某皇恐再拜，敬問台閎玉姥，恭惟即日冬寒，尊穉介福，川增山委。有廬陵之役，承命是荷。某皇恐白事：中男承務郎、監衡州安仁縣税務次公，筮仕云初，百事墻面，天假之福，得仰事禮樂詩書之元帥。慶雲之惠，不别荆棘；厦屋之燾，必免震淩。仲尼不云乎：「吾舍魯何適矣。」惟仁人照臨之。

與周丞相賀冬

某皇恐，今兹歲在鶉火之津，月旅黄鍾，日臨長至，惟皇上帝，萌陽氣，長君子，是用錫純嘏、介眉壽于我丞相。于時賀賓載集，壽斝斯舉，而下客某也，蔫瞢獨後，譚子不至，非罪歟？不腆春酒，有十其罍，敢效野人芹子之誠，奉上一觴千歲之壽，仰惟鈞慈，不賜麾去，有萬其幸。屬者次公辭行之官，仰蒙一再宴集，父子迭主，致曲示恩，又賜之以帥漕薦禰之書，至矣盡矣，盡室銜戢。抑又聞新作樓觀，排霄拂日，如元龍之百尺，東坡之十丈，皆奄有之，一何壯也。幼輿、次公之歸，皆能言鈞誨，云將與某落之。宿昔傳聞，豈若身見？又何榮也。亦既沐浴戒行李，以須皮冠之戟，迺前月二十有六日，疇昔歸塗之疾驟作，委頓僵卧，日惟恃粥，如麴生、卧沙、薄持、牢九之輩，皆絶交矣，寸步非杖不履。陳三詩云：「人言寒士莫作事，鬼奪客偷天破碎。」兹游不遂，兹命也耶？呻吟成聲，因得唐律三章，敬以獻焉，以佐工師抗梁之驩，以代燕雀臆對之賀，以贖病夫衡命之僭。併以聞焉，仰惟財幸。

答周監丞

某伏以一雪應期，三時有望，即辰恭惟致政提舉監丞鄉丈，獨立萬象之表，高並兩原之峰，春祺鼎來，眉壽川至，台候動止萬福。某已修獻歲之慶，兹辱行李之臨，親染銀鈎鐵畫之法書，朗誦玉佩瓊琚之俊語，足華其老，亦孔之榮。至於餽節之慇勤，粲然爲儀之温厚，紋魚異品而雙止，良醖盈尊而四之。右彭蠡而左洞庭，忽登琱俎；滴真珠而濃琥珀，快吸山杯。拜嘉載欣，摧謝無斁，仰惟台察。

與江東韓運使

某幽屏山間，與搢紳東西行者略不相遭。仰止繁星之芒寒，寸心深切；欲寄雙魚之白錦，其道亡繇。凝神載馳，與江水日夜而東下也。即辰一雪知時，歲律遒止，恭惟都運華文丈，玉節山立，霜威風生，天人具依，台候動止萬福。某老病日侵，挂冠得請，上恩優異，孤迹歸全，微台座及晉之波，曷濟登兹？感極幸極。

繡衣持斧，觀省民風，聖主仁厚之澤，沛然覃于耕桑壠畝之上；煢鰥幽枉之情，滃然徹于黈纊玉藻之下。使事有指，盍歸春風玉笋之班，用宏厥施？山林野人，蓋日望之。某皇恐白事：頃因便風，嘗進越以徽州録參戴從政重熙爲篋櫝不滿之薦。恭承台翰，報之以今歲下半年與來歲上半年京削，皆有前議矣。仰測台意，蓋已心許，而化筆未及也。寒士得此，何福如焉！乃知「貴人多忘」、「閑人言輕」之説，未易可以測滄溟之斗升，度嵩高之尋丈也。敢復僭瀆，欲乞台慈特輟來歲下半年一京削以收録之，不勝大願。某亦嘗薦之於徽守任丈，任丈已發來年上半年破白之章矣，併祈台察。再三之瀆，無所逃刑，仰惟矜恕。未參拜間，願言珍重，即膺賜環之寵。

答徐參議

某伏以即辰景迫凋年，天欲再雪，恭惟致政參議直閣年丈，高蹈物表，獨樂事外，天棐名勝，台候動止萬福。某老病日侵，摧隤已甚，所謂「秖見有不如，不見有所超」者，退之此詩，似端爲儂發也。年丈官簿年齡尚能記憶，當未及者稀之數。恭聞挂冠神虎，懸車里門，無乃太蚤？儒榮之堂，干青霄而直上；絲綸之誥，揭雲漢而下飾。斐然之詩，何異蟋蟀之鳴、蟲飛之聲？授簡所臨，不容九頓首而辭避，已犯不韙。兹蒙伐石深刻，架軸裝潢，不曰以玉櫝而衷燕石，以繡段而藉魚目乎？寄似碑本，榮不蓋媿也。未占侍見，願言珍重，以輅加璧裹輪之徵。

答胡上舍

某久别得誨帖，恍若覿玉樹風前之標，何如其喜也！示教程試草卷，疾展快覿，轉圜石於千仞之溪，不足爲其清駃也。敬留録本，以矜式兒輩，而歸草卷，切幸收至。願更楙其耘，以斂其豐，即看冠冕多士之捷，親黨與有榮云。

答周丞相

某伏以即辰雪後方寒，恭惟致政少傅大觀文左丞相國公，潭居府中，鈞轉天上，春回維斗，星見老人，鈞候動止萬福。某漁釣棄物，不自意得幸於今日之公旦，灑玉字，墜琚詞，餽節物，講歲禮，有若均絪馮之爲者。整黄冠野服，手三盥，首九頓，而後降拜敬受焉。别占蕪語，以謝嘉惠，兹復重陳。

答斛通判

某屬者兒輩之官，因之奏記。材官戾止，墮以錦書，如渴得泉，喜可知也。即辰欲雪不雪，入春未春，恭惟府判太中鄉丈，釋彼喧煩，歸我風月，旌旄尚溼，山嶽用光，天相台候動止萬福，玉媷咸慶。某老矣，何思何慮？獨念兒輩未免隨牒餬口四方，而次公愚騃未更事，懼抵官刑，爲老朽羞。微我鄉友知己深厚，託契悃款，幬之以慶雲之蔭，難乎免矣。「安得廣厦千萬間」，少陵是也；「眼前突兀見此屋」，次公以之。示及陸丈史君書信，已敬受，亦復作一書謝之，望頤指材官爲投達，至幸。

答贛守張舍人

某伏以歲事履端，春寒方峭，即辰恭惟判府右史舍人尊契丈，閫制繁雄，威惠洽暢，忠賢昭格，后帝孚休，台候動止萬福。某嵁巖野夫，無適俗韻，晚綴千官雲片之末行，獨得偏交海内之名勝，時則有若舍人丈，英峙超詣，竑論卓詭，瓌詞清鏘，見之使人自失，聽之使人忘罷，誦之使人驚古作之絶唱，退之所謂「惟吾崔君一人」者，非某心服此言，奚爲至於前哉？一别十五年，「高山仰止」之詩，夢亦不忘也。某自壬子之秋，棄官還山，丙辰之夏，上章乞骸，四年三請，去夏始蒙上恩聽請。放鶴出籠，縱魚入海，方覺吾身之屬我也。契丈赴鎮，剩欲候紫氣之東來，遮朱幡而一見。既而聞之，已望行塵而不及矣。蓋村居阻深，去城逾遠故也。不謂燒襖未諼，綈袍益篤，裂下一封之雲錦，倒傾十斛之頷珠。快閣新篇，把玩初驚，而兵厨名酒，未酌先醉，不覺頭白眼暗之再明，寒牕凍壁之春温也。側聆輿人之誦，露冕曾未朞月，而仁行如春，威行如秋，寓精敏於裕和，而振寬平於峻整。儒者之政，故應有此，「類非俗吏所能爲」者，不在此其將焉在？甚盛甚賀。某解褐初學作吏之日，嘗充員是邦之民掾，崆峒之曉日，貢水之秋風，今故無恙乎？今得一代之勝流以爲東道主，寵光江山，湔拂泉石，真不孤矣。天意欲雪，清旭寒甚，炙硯呵手作故人書，其始戛戛，忽焉混混也。安得再見縱談，忘麈尾之落飯，送飛鴻而揮弦，以續疇昔之樂耶？顧言迺玉不貲之身，式柱斯文之任，即還兩地，以均宏之。

答周丞相

某下稷恭承訓告，降拜披讀，驚喜不勝。野渡斷橋，非寇平叔訪魏野之便；中路破店，亦非宰周公會許男之所。蓋嘗以聞矣，而未蒙頷之。今得銀鈎，而後操心不危，慰甚幸甚。芍藥枯且盡矣，且屬有叔母之戚，亦不敢銜花以獻也。新將戾止，即圖一小出，巖石之瞻伊邇，預以躍如。

答徽州知府任寺丞

某伏以即辰春服既成，既暄既穆，恭惟判府寺丞尊契丈，惠化允洽，民咏其仁，天棐其忠，台候動止萬福。某老病侵加，乘化歸盡，無秋豪可對天上故人談者。侍側渺無前期，不勝大願，願言迺玉是身，式柱斯文，延竚旦旦，上雍之從。

某伏自頃來千騎居頭之初，寄棧南風，以寫鬱陶之思，以慶人生之貴。辱報之之寵，問之之多，上談宿昔論詩之驩，下及生死一訪之盟，何如其懌，又何如其感也！樂職宣布，亦既許日，撫字勞心，平易近民，「類非俗吏所能爲」者，下轉上聞，故當不少矣。表選之好音，應有隕自天矣，野人聞之獨後，何也？戒命先正文集序引，命代文將，要必得無價手，如夢得乃可序柳文，如東坡乃可序歐集，不應下屬之某也。抑菅蒯代匱，漿飲承乏乎？欲承命授簡，則不揜覗面；欲再拜避席，則有負交情。牽率下筆，以塞下教之辱，別紙呈似。

某皇恐晉越再拜，敬問契家台姥，即日春熙，恭惟尊尊幼幼受祉山則。頒貺蠲紙筆墨，皆書囿絶品，下拜敬賦山谷去騷畫虎之篇，以謝嘉惠云。某頃者僭以鄉友戴糾重熙薦諸篋櫝不滿之處，仰辱大人不以爲疑，未及下車而論薦之，以京秩奏。豈戴君受此恩，實某受此恩不翅也。

答棗陽虞軍使

某老病，僵卧瓜牛廬中，灧澦之波久矣沈鱗，雪山之風亦不到面。懷我故人於千遮萬隔之外，豈不欲寄一字，寫九回，厥路何繇？子淵之便了朝來剥啄荆扉，踏破苔徑，三書朋至，七字偕來，披讀醒心清骨，奚翅痊頭風也。即辰暮春暄淑，恭惟知能軍使提宫直閣恩契丈，金湯一障，華裔敉寧，民詠天迪，台候動止萬福。命戒益公書，專僕登時馳達，令待報也。李江州無半面，已轉干俞漕一書或檄，亦以書繳來教及事目，付便介持往漕司投之，又未知俞丈肯從欲否？便介必能言其詳也。先雍國先生銘詩，秪俟行狀至止即爲落筆。未見，願言珍重，即協必復其始之祥。

答韓運使

某伏以即日四月維夏，氣猶清和，恭惟都運徽猷丈，流馬勳崇，擊隼威肅，民二其天，神百其相，台候動止萬福。某黃帽青鞋，乘化歸盡，瑶林瓊樹，清蔭焉依。空有「隔千里共明月」之寄懷，豈若「開青雲睹白雉」之爲快？「上言加餐飯，下言長相思」，使事有指，遂歸帝所，以從上雍，惟日望之。

某疇昔之夜，青燈作花，破牕既晨，乾鵲饒舌，私自驚怪：一寒如此，槁木冷灰，誰復以春風淑之、以東緼爇之者？竊笑未既，而江東之雲墮我林磴，秦淮之月入我懷袖矣。字字煙霏而霧結，語語金春而玉應，此其爲賜，固已百結綠而千懸黎矣，而況蛺蝶之羅，水紋之縠，雲機之紗，以換其獨速之短蓑；五臺之花，魚麗之鯊，東海之碧鱗，以洗其藜莧之枯腸乎？九頓首以謝嘉惠，猿鶴亦爲之呼舞，泉石亦爲之焜燿也。餞行之章蕪拙，可供一莞，乃蒙蒼石深刻，濃墨塗澤，花綺緣飾，覽之駭歎，悚懼媿汗，永詒作者之嗤點耳。

又

某翟翟之謝，謹列它槧，兹不累繭。恭審都運徽猷，策冰解漕下之勳，膺日邊除書之寵。裕陵聖作，星翻漢回；徽閣華榱，雲興霞蔚。自非名勝，莫寓直廬，綬紫魚金，蕃錫亟拜，恭惟慶愜。某聞之也後，賀已云遲，惟兹孤懷，戴欣靡已。戴糾書兩辱賜報，殊爲執事之勤。薦紙有限，求者何窮，亦安能周及也。戴君荷稱奬，感已不淺矣。

答建昌陳知府

某伏以即辰玄扈有鳴，赤煒於赫，恭惟判府太中，外庸告成，爲裝入覲，天人送喜，台候動止萬福。某老身幽屏，何從得一望見玉山瓊樹之餘映？顧省厥絪馮，對越旒扆，敬賦「卿月昇金掌」之詩，以竢厦成之賀。

某洊辱遣騎，墜賜誨函，折屐走趨，盥手披讀，情誼獨至，感喜不勝。惟兹良牧，刻印昭代大樂之書，發金鐀石室之秘，以備陳農之旁搜，而答賓牟之大問。顧下取於哇俚之蕪詞，以箧諸篇末，不曰以褧薦錦，以韋先璧乎？頒以墨本，不覺汗浹背也。摧謝不莊，仰惟財幸。

答贛州張舍人

某伏以即辰南風之薰，時雨既降，恭惟判府右史舍人尊契丈，五月報政，千里生春，風謡式和，幬載咸若，台候動止萬福。某老病餘生，自放於山顛水涯之外，麋鹿之與處，鷗鷺之與渚，逢者不識，過者不問。而我天上故人，獨回朝陽之暉，揭五緯之芒，每委照哀朽於覆盆蔀屋之下。親戚李簿之歸，道暄凉、問無恙外，「手把一封書，如天落雲錦」也。正冠九頓首，盥手三復圭，退之所謂「驪日寒光之映骨」，子厚所謂「垂露清風之入懷」，一日而兩得之，其榮且感，宜如何也？諏及《易》書，此意尤厚。蓋耄者無營，瘽者無俚，則聊復呻槁簡，繙蠹篋，且以永日，且以遣心而已，尚不足爲京房、焦贛之奴婢，而况王輔嗣之精微，程伊川之至到，亦何能窺其藩而闖其户哉？八八之卦亦未終篇，未經竄定，何急於出而徼於傳也？太史公曰：「死之日是非乃定。」伊川先生《易傳》已成，而身前尚未出也，而况於某乎？晦庵先生亦嘗問及，嘗以家人一卦呈之，今亦呈似一本也。苦李何必多啖？啖其一，恐咀之未竟而擲棄道旁矣。李簿云「張先生《詩傳》已脱藁成書矣」，黿鼎之側，儻可染子公之指乎？某皇恐僭稟：陳幹章絶識偉器，文學卓越，未冠擢第，藉甚厥聲。數年前爲尉安福，貧到骨而益廉，去已久而見思，然孤寒無媒，蹉跎二十年矣。今幸遭一代之正人莊士、儒宗文師，一顧賞音，便價十倍，敢以薦諸篋櫝未滿之處，望特輟今歲上半年一京削以爲之破白，先生一唱，群賢畢和矣。知眷是恃，故敢於言；獨冷無挾，故可以言，仰惟財幸。李簿荷國士之遇，非但廣厦之庇而已。一衣帶水，未有望見玉山瓊樹之期，願言省厥絪憑，式如金玉，即還上雍之從，以主吾道之夏盟。

與隆興府張尚書

某伏以即辰仲夏之月，南風之薰，恭惟判府安撫華學尚書，帥閫繁雄，德威洽暢，芒寒翼軫，氣淑湖山，三神致祥，台候動止萬福。某漁釣一壑，麇鹿同群，何幸蒙莕於仲尼覆燾之天，獨恨未拜於韋伯星辰之履。不勝大願，願言式玉啓處，愛若護之，即宅鈞樞，用宏其施。

某深惟大江以南，督府犬牙，而洪都雄峙，不作第二。唐屬之帝子，而中興之初屬之大丞相李公，不以其上流一都會故耶？時則有若華學尚書，厥今高文絶學之英，本朝鉅人長德之首，瑞一世而福天下，粹乎如不鷙之鳳、不觸之麟，未嘗朋一善人而善人怙焉，未嘗仇一匪人而匪人懼焉，是非有不私之仁，不栗之嚴，裏充而表自孚，心化而目不運，如古之所謂德人者，曷濟登兹？皇上因其勇退之不可留，而屬之以上流，其不輕而重也昭昭矣。而某也，不意老退之身乃得受一廛爲氓，何如其喜也！然父老扶杖而往觀，兒童騎竹而驩迎，某獨不得從其後，又何如其恨！泚筆奏記，蓋前以爲一路賀，而後以致一己之私云。仰惟財幸。

某皇恐頓首再拜，僭問容駟之門，潭居之府，德星之聚，蘭玉之娩，尊尊幼幼，即日清暑，恭惟善祥叢委，山則川增。某皇恐輒及其私：大兒長孺，愚騃無似，徼邑南昌，適有天幸，遭戟纛肇建之日，首得拄笏拜庭，以趨走仰事五雲三台之末光，敢乞「廣厦千萬間」之大庇，不勝懇切之至。某廛忝正出令兄安國舍人牓末，亦嘗婁參拜。蒙顧眄，則此兒亦或者猶在門闌子姪之後塵乎？及此則僭矣，惟夫子忠恕焉。

與隆興府趙參議

某伏以即辰昌歜踰節，安榴薦芳，恭惟參議提刑少監先生，高議帥閫，嘉謀師律，后釋憂顧，天棐忠賢，台候動止萬福。某老病餘生，乘化歸盡，慶雲在上，覆露焉依。侍側云喻，嚮風孤往，願言綏厥泰宇，式如玉金，即隨鋒車，遂踐台斗。

某伏自發軔江介，歲在六身，嘗走兵人，奏記起敬。來年云秋，移病上印，自此棄官九載，請老三章，不惟衣冠束之高閣而已，櫝研囊筆，不記吾誰，姓名羞達於部家，書問諱浼於親舊，藉弟令不自羞諱，彼獨不汝羞汝諱乎？乃至於一字亦踈於先生知己至深至厚者之門，此故之以，柳子所謂「非意也，勢也」。緊我先生妙於詩文，何必減於介軒？峻於德望，何必減於大資？裕於才識，何必減於起部？然芒寒色正，實大聲閎，磊磊在宇宙間者五六十年，顧乃與其一同其蹇，而不與其兩同其亨。信矣，吾道之艱於逢而善類之永於喟也！自令子户掾之來，每見必得聞静作暄凉之詳。先是羞諱之戒可以破矣，又作遷延之役，老病故也。令子下筆，其布陣甚似項羽，吏道殊精敏，而潔己直道，玉立竹裂，所謂「生子當如仲謀」者歟？敢以爲老先生賀矣。

某皇恐再拜，敬問師門台媼，恭惟即日清暑，尊穉咸慶。有里中委，纖悉唯命。某皇恐賤懇：大兒長孺受知不淺，今學爲邑於南昌，正依仲尼無不覆燾之天，百爾誨之庇之。所謂「我兒即公兒」也，故知不謁而獲，然申申而謁焉，仰惟財幸。

與運使俞大卿

某伏以即辰玄扈載鳴，赤熛有赫，恭惟交代都運華文大卿尊契丈，璗節光華，冰漕肅給，百吏霜凜，萬家春生，三神備釐，台候動止萬福，契門蘭玉之媼、尊尊幼幼受祉山則。某伏自春半，衝雨江干，遮見錦纜牙檣之下風，得一瞻青天白日之清明，滿聽登峰造極之談咏，盈襟埃垢，泠然一空，所謂「江漢以濯之，秋陽以暴之」者歟？既而又蒙書禮，舉公讌之盛儀，委折俎之腆賜。魯之百牢，鄭之九獻，何以尚此？野人降拜，何如其榮，又何如其感也！某抑嘗進越，以吉學金廣文薦進於門下，不崇朝而提學之京削如從天落。有請必從，有謁必獲，何如其感，又何如其媿也！交代丈數月之間，榮兼三組，任不重而事不亦叢乎？而若漕若帥若憲之政，挈領而裘順，舉一而萬從，微開物成務之鉅材，聽遠燭幽之絕識，泛應曲當之敏手，曷濟登兹？甚盛甚服。然再離鴛行，將十霜矣，把江海之一麾，駕原隰之四牡，外庸有續，使事有指，勤亦頻矣，歲亦淹矣，細書夜下，甘泉朝陟，弘尚竊遲之也。新帥既至，文書少省，而祥刑尚虛位，未能不小勞否？某皇恐小稟：大兒長孺，無能不才，輒學爲邑，不寧唯犯五不韙而已。今兹之官，如天之福，乃得充下走而執鞭，爲先驅而負弩，仰戴於仲尼覆燾之天，密溉於叔度澄清之陂。東坡云「我兒即公兒」也，敢以託翁，歸之無私，可乎？教之誨之，俾知爲政之方；填之撫之，俾免淩雨之虞，「吾舍魯何適矣」。言之煩瀆而不自知也，皇恐皇恐。未占侍側，願言省厥絪馮，式如金玉，即從上雍，用光吾儒。

答太常虞少卿

某伏以即辰仲夏之月，南風之薰，恭惟判寺奉常少卿尊契丈，玉立頌臺，剌經作制，聞樂知德，天棐忠賢，台候動止萬福。某老病餘生，乘化歸盡，仰天上故人於非煙倒景之表，自視蚊雷隱汙渠，醯雞處甕天，何敢望分天章而織雲錦者？小兒來歸，袖出華星秋月之書，玉聯金句之軸，藥物楮穎之贈，若將衈睦媚而禮高年之爲者。遼邈之人，何以得此於夫子通貴之門也。九頓首而三歸依，其何感如之！東坡云：「君如大江日千里，我如此水千山底。」邈無瞻高明、聽清越之期，願省厥絪馮，式如金玉，用對于掌制進讀之拜。

某頃寄奉懷之唐律，情之所至而形爲聲畫者，正如菀柳嘒嘒之蜩，草根喓喓之蟲耳。若繩之以敲金擊石、雲和孤竹之大音，則陋且麼矣。賡句下逮，所謂「突過黄初，壓倒元白」不啻也。回視倡者，徒有「或百步而後止」耳。至於近作一軸，如《槿花》「朝暮相催君莫問，一邊零落一邊開」，如「乍開乍闔月穿雲」，如「猶有舊時雙照淚，而今不忍十分圓」，如《木犀》「天上移來和月種」，如「年來只有賀人書」，如《問大鈞》「縱然不得文章力，也向連山去作州」，如「夜永只憐燈是伴，秋凉最許簟先知。數盡更籌窗送曙，起來贏得鬢成絲」，如《九日》「年來只有身窮健，莫把茱萸浪自愁」，如「篷底吟哦詩有味，胸中磊隗酒無驩。故人莫枉綈袍意，范叔猶能忍一寒」，如「燭短怕更長」，如「虜使方將接踵至，淮民未有息肩期」，如「虎皮皮在有餘威」，如「滿懷冰雪中秋月，過眼鶯花上苑春」，如「一別十年難再逢」，至「莫爲元規扇障風」，此又珠中之徑寸，玉中之連城也。《和林正父》八句皆奇，此尤難者。所謂「夫子奔軼絶塵，而回瞠若乎其後矣」，侯喜曰「弟子伏矣」。

某皇恐頓首再拜，敬問契家蘭玉之姥，即日清暑，恭惟尊尊幼幼，隤祉山則。有廬陵委，願奉教。小兒幼輿進拜，既辱先生長者與其進，又辱盛禮燕集，誨言周諄，褒字蒨絢，闔宗榮感，喋喋何足以謝姟兆之一二。

再答虞少卿

某已端拜天落雲錦之書，亦既顓顓奏記以謝嘉惠矣，而别紙之誨又特達，以先國太美櫝窀穸之銘詩，詭之於愚懵不能文者，承命恍駭，懍莫敢當。竊惟聖主在上，文治熠然，慶霄所覆，萬物五色，一時儒宗文師老於文學者，麟儀鳳師，金春球鳴，如司馬、班、范，如舒、向、卿、雲，如韓之日光玉潔，如柳之芒寒色正，如本朝之歐、蘇、曾、王者，磊磊相望。契丈渡銀漢、歷咸池而不酌，顧乃過潢汙行潦、牛蹄智井而斟焉，何也？契愛不淺，命戒甚榮，又不容趍風以避、掩耳而走，閔免授簡，以塞盛意，敬書丹，封以呈似，悚仄悚仄。

誠齋集卷第一百八

廬陵楊万里廷秀

尺牘

謝俞漕舉南昌大兒陞陟

某近十三日燈下大喜走筆，以致命召之賀，當已上達。適得大兒書報，仰蒙台慈矜惻寒士，特賜剡奏，舉以陞陟。劉安登仙，雞犬隨之而上天；狄公爲相，桃李皆出於其門。方當知己大用之初，首在華端膚寸之下。此舉殊絶，一路聳觀。仰惟異恩，盡室懷感，喋喋何足以謝，少見萬分之一耳。

答新澧倅胡判院

某伏以即辰春夏之交，暄凉之雜，恭惟季解府判判院鄉丈，浮家赴鎮，前茅追蓐，片雲催詩，川后静波，天相台候動止萬福。某恭審上稺圭水衡都内之印，寫定國竹西烏絲之幅。洞庭木葉，澧浦玉佩，寂寥千載，復得今代之屈宋，衣天孫之錦裳，提詩人之椽筆，以主斯文之夏盟，何其盛也。沅芷澧蘭，端可賀矣。幼輿如天之福，遂得走趨服事於清塵之下風。訓之以澹菴續弦之膠，庇之以仲尼上律之天，不於門下而望，更於誰而望也。慶㦗未沾，墨妙先之，摧謝無多語，「上言加餐飯，下言長相思」，無疾其驅，天子有詔。

某皇恐再拜，敬問金玉之堂，芝蘭之庭，即日恭惟尊尊幼幼受祉山則。某老病不中使令，然取履結韤，尚堪承命。兒曹皆辱榮問，至感。

答本路張提舉

某伏以即辰春夏更端，寒燠挑戰，恭惟提舉郎中，繡衣立漢，玉節倚天，秋霜百城，春雨萬物，三神隤祉，台候動止萬福。某納禄爲甿，遠跡荒野，二天覆幬，四體不勤，此賜誰出？可諼其感。拂日之旆，曷月行部？當與山農披獨速，戴夫須，九頓首于星軺之清塵。將命者還，奏記摧謝，願言迺玉厥躬，以柱吾道，即從上雍云。

某惶恐再拜晉越，敬問潭府之居，德星之聚，即日恭惟尊尊幼幼善祥山則，純嘏川增。某卧痾餘生，固不足備牛馬走，或者執晏子之鞭，取黄石之履，猶足代匱否？

又一幅

某惶恐，敢因賜書之寵光，輒致舐犢之賤懇：大兒長孺，過不自量其不才，冒昧學製南昌之巖邑，行且一考。適有天幸，乃獲走趨服事于使星之末光。敢望台慈幬之以仲尼上律之天，庇之以子美萬間之廈，俾得展尺寸以竭其力，竊斗升以活其孥。訓迪其不逮，而全度之有終，不勝寒士祈恩望賜之至。

答成州李知府

某伏以即辰春夏之交，寒暄之雜，恭惟判府太中鄉丈，身作長城，隱若敵國，邊圉大競，天人具依，台候動止萬福。某齋莊奏記，以謝先辱。未見，願言貴珍大業，即還禁近。某辭奉玉立，十五其霜，蜀月楚星，萬里同晷。一封雲錦，西風吹來，披讀三周，驩慰亡量。恭承命戒，委以先太中掩幽之刻，老病學落，其曷敢當？司馬大夫之簡，介弟得得遠臨，以兄之命命下走，辭之可乎？抑文債如山，撥之不開，願小紓期會，儻擬作章就，當得敬洊，惟原省焉。

與本路運使權大卿

某伏以即辰首夏清和，南風薰阜，恭惟都運徽猷大卿尊契丈，外臺倚天，使華拂日，春雨萬物，秋霜百城，三神儲祥，台候動止萬福。某自顧黄冠野服之微，仰瞻繡衣霄漢之貴，楚星蜀月，各天一方，雖欲寄牋，書成無鴈。今焉東歸，乃獲奏記，何喜如之！未見君子，願言珍重，即登甘泉法從之綴。

某恭審膺受璽書，肅將冰漕。錦江玉壘，回岷峨曉日之旗；雲棟雨簾，焕桑梓晝衣之繡。過家邇止，即拜榮如。恭惟都運徽猷大卿，嗣中興佐命之英，爲昭代典刑之老。郎星卿月，徧春風玉筍之班；使傳僊槎，犯北斗銀河之浪。乃底可績，式遄其歸。即陪紫禁之鶯花，密綴彤庭之筆橐。某十年不見，千里相思。獨有二天，晚託故人之覆燾；憑將尺素，小攄慶語之慇懃。仰惟台察。

某惶恐再拜，敬問台閎玉媿，即日恭惟尊尊幼幼受祉川增。某惶恐賤懇：大兒長孺，不量愚騃，試邑南昌，遂獲密依使星之末光，俯充臺治之下走。敢望御以柔轡，寬其疲駑，幬之以仲尼上律之天，庇之以子美萬間之廈，俾得効尺寸以展其力，竊斗升以活其孥，始終保全，不勝寒士幸願。

答隆興府王倅

某伏以即辰震治將夏，暄凉方戰，恭惟府判太中同寅帥閫，分月湖山，天迪仁賢，台候動止萬福。某敬澣濯衣冠，上記連敖，仰謝于相先，伏惟原省。

某山林野夫，分犢草，❶眠鷗沙，影響不達于市朝，姓名不至于通貴。顧獨聞督府之貳有君子焉，盛名與

❶ 「犢」，原作「牘」，王安石《題舫子》：「眠分黄犢草，坐占白鷗沙。」本書卷一〇五《答本路趙不迂運使》：「坐分黄犢之草。」今據改。

五緯争光，雅德與三江同流，而未得一識，私竊恨之。敢謂達官貴人，乃折節以下草野，雲錦一封，自天而落，意氣煥休，勞苦劬愉。又投贈之以先正木杪黽趺之碑，❶盥手漱石，三讀九歎。仰觀前輩立朝伏蒲之大節，卓詭切至之忠言，僕雖老矣，猶得師也，何福如焉！摧謝之心，尚姟萬於此紙上之云云者，喙訥於心，筆又訥於喙爾。

某惶恐九頓首，以敬問盧家白玉之堂，楚天綠荷之屋，德星之聚，飛僊之㛏，即日恭惟尊尊幼幼受祉山則。某老病無能爲役，然豈無取履結韈之可執者？傾耳以竢也。某惶恐有懇：大兒長孺，適有天幸，乃得充下走于大府，託蔭映于慶雲。教載之，全度之，舍魯何適焉？

答周監丞

某伏以即辰老紅駐春，衆綠生夏，恭惟致政提舉監丞尊契丈台座，老子之龍，簸弄明月；仲尼之鳳，頡頏飛霞。堪輿篤棐，川嶽盡護，台候動止萬福。爰暨金玉之堂，芝蘭之庭，安期羨門之集，受祉山則。某一生强項，小信機祥，而疇昔夜者，玉蟲作花，如太華之蓮；昒爽清旭，乾鵲曉舌，如魏人之譟。家人子輩咸曰：「是必有異。」僕固盧胡而心誹之也。言未既，而韋公五朵之雲，謫仙一封之錦，自天而落矣。隻染雙摛，莫非寸裁金而雙截璐也。意者乘成先生撑腸以東壁西崑之藏，滌筆於冰甌雪椀之泓而然耶？不然，何

❶「趺」，原作「跌」，今據文義改。

其一字不似人間來也？若其期汗漫於九垓之上，御風往反，或命巾車于青原之雲，或掉孤舟于白沙之煙。其出也，導乎前者維有白鷗，和其哦者維有黃鸝，僕亦不得而追也；其歸也，夾其輈者維有荷芰，候于門者維有楊柳，僕亦不得而隨也。其人亦不得而追隨，則其書顧不可襲而寶乎？昔歲冬年之約，蓋出於仲尼相君，不敢以聞耳，僕焉敢作意起事乎？且此世俗之苛禮也，非吾人之內心也。尺素勞苦，固所願得，而望賜者所約，豈爲我輩之情話恩書也哉？鳳毛仇香，似聞捧檄覲省，即有膝上文度之喜，可羨可妬。某三雛偕出，而王、陳二倩夫婦，皆挾扶床坐膝者來歸相伴，甘受其聒，不落莫也。辱多問，故及。願言永綏眉壽，聖主三王乞言之益，七十二鑽勿猒勿倦勿靳。

答提舉雷郎中

某伏以即辰離治肇修，清暑云穉，恭惟提舉郎中尊契丈，身兼三官，名齊十賢，遠盳如幾，鯨波如砥，自天祐之，神介聽之，台候動止萬福。某來日無多，前塗就窄，羅雀之門亦無雀可羅矣。軍將打門，蓬首出問，乃吾天上故人飛墮雲錦之書，訪問生死之語，詞溫如春，意厚如親。至於清酒百壺，花羅八兩，東坡江瑤之品，蔚宗室熏之妙，紛委甲至，❶殆將塞破野人茅棟矣。酒錢與鄭，衣着遺白，數百

---

❶「甲」，本書或作「狎」，或作「柙」。按：《漢書》卷四五《息夫躬傳》：「羽檄重迹而押至。」文穎曰：「押音狎習之狎。」顏師古曰：「押至，言相因而至也。」

年無此事矣。古風蕭蕭，公獨追還，士俗所關，與時高下，豈細也哉？顧老病之人無以堪之耳。言之多多，亦祇以贅。頗聞莫徭小蠢，隨即殄殲，頗勤指縱否？大兒數來迎侍，張帥亦一遣泛宅，初欲一往，竟未能也。東湖、西山，招王勃，唤山谷，尚不要徐、洪，那要病翁耶？荷荷。未見，願言珍重，即還雞翹豹尾之間，以昌斯文。

答彭澤王縣尉

某恭承千里寄聲，示誨《文編》，讀至《潛玉述宣子誄詞》，氣沛然如銀河倒挂，孰能禦之？進而未憖，老夫當避路矣。王亞夫有子，可賀也已。二境詩呈似，一笑。

答黄宰

某蒙命戒新學記書丹。夫以賢令君之盛舉，鄉丞相之古文，而某乃得挂名經端，縱不我命，猶將求旃，矧有命乎？示及方目卷子，即當落筆。

與江陵范侍郎

某伏以即辰離治厥初，清暑猶稺，恭惟判府安撫閣學侍郎尊契丈，卧護北門，身作長城，威惠交如，天人咸若，台候動止萬福。某老病日侵，僵卧待盡，眇然未有參拜之期，不勝大願，願言式玉厥躬，以棟吾道，即間兩社，均宏四海。

某一昨台座持祥刑之節於湘江，某服輓輅之役於建業，大兒長孺每得從載後車於淡巖、浯溪之上，是時嘗一奏記。未幾相如諭蜀，晝繡錦里，而野人則解組懸車，歸耕巖石之下。楚星巴月，相望萬里，公之便了，我之奉壹，皆隔其蹟矣。然雪山倚空而照人，伶俜之影無一日不在光映之中也。契丈正學懿文，何必減當家之玉堂鳳池？孤忠壯節，何必減宗人之文正忠宣？人物無不及，而名位有未稱。僕寧勿言，言之生癭，姑置姑置。每懷館中之樂，公之珠乘自史院而東出，僕之柴車自提舉廳而西入，相顧交揖，竚立小語。今如在天上，而況賞梅石渠、登高風篁也乎？僕亦勿言，言之斷腸。

某惶恐再拜進越，敬問台座，自揚徂荆，❶浮家移鎮，嫂氏淑人一行，尊穉能勿勞勩，即日恭惟蒙福山則。今似直閣今幾人？先是未塗柴麝之時，每動乃翁之念。今有子，萬事足矣。老妻兒女列拜起居，有廬陵委否？某惶恐賤懇：第三男幼輿，不量穉騃，初習爲吏，充員澧州慈利縣監税。「故人作尹眼爲青」之句，願賦山谷是詩也。又有至懇：長孺之妻兄承直郎、澧州推官吴璪，文詞炳蔚，才識敏明，廉己仁民，足周世用。某淳熙己酉假守筠陽之日，璪爲户掾，極賴其助。是時未作親也，首以京狀薦之。今又有余丞相、顧

---

❶「徂」，原作「祖」，今據影鈔本改。

守二章矣，唐憲亦許以職司之章舉之，獨合尖未有畔舉。敢告契丈帥司，特輟今年下半年一京削以成就之，不啻某受此厖鴻之恩，至懇至禱。

答湖北唐憲

某奏記節下，三致志焉。伏勤誨答，訪問生死，情文絢練，榮感萬斯。幼輿初習爲吏，便蒙天上故人招爲入幕之賓，脱之潢汙，轉之清波，使某與老妻聞之，感激不寐也。吴推文字，極費區處，死罪。蒙許來歲京削，至感至感。聞家塾一新義學，多士朋來，敬注一古詩以詠歌盛事，惟一笑而棄置之。

與澧州趙守

某惶恐敬致賤悃：推官吴承直璪，大兒之妻兄也。文詞炳蔚，才識敏明，廉己勤民，足優世用。某淳熙己酉假守筠陽，渠爲户掾，極得其助。是時尚未作親也，首以京削薦之。今又有余丞相、顧守二章，唐憲亦許以職司之章，所大缺者，合尖之舉也。適有天幸，乃獲趨事戟纛之末光，敢望台慈特輟上半年一京削以成就之。似聞幕下賓贊多初官，未用得文字，計亦無争者。惟台座一灑薦墨，則五章之恩併歸門下，不然則九仞虧一簣矣。其利害輕重大小，仁人必動心焉。

答吴節推

蒙諭趙澧州書，今上納，如看訖，却緘蠟而投之。范帥亦有一書，幼輿託芘并求尊親京削，令幼輿録呈也。唐憲回書封去，某又再懇之矣。陳漕無半面，不曾通書，亦不曾作幼輿託芘之書。彼此無情分，豈可干求？談何容易！不惜取辱，但無益耳。餉脯、醯、果實，至感。

答吉州趙倅

某恭聞總司盡蠲糴事，此蓋通守仁賢，深軫民瘼，誠心所格，金石爲動，某何力之有？重勤謝幅，何敢當也。叙報不莊，惶恐惶恐。

答江東耿運使

某伏以即辰祝融仲月，昌歜佳辰，恭惟都運大監殿撰尊契丈，玉節拂天，冰漕流地，百吏秋廪，一路春生，高厚給扶，台候動止萬福。某老病日侵，少安田里，皆天上故人五緯之芒、九河之潤所照映而滲漉者，敢忘所元？未占參拜，願言保合大和，對揚休命，即侍甘泉，用光吾道。

某頃者台座「自陜以東，召公主之」，適小兒入京，因之奏記，仰勤報教。煢然餘生，介在村落，如坐井底，乃不知有諼堂之戚，不獲修生芻之弔。今奉尺素赴告，乃始聞焉，欲唁則後矣，所謂「既除喪而後越人來弔」者耶？死罪死罪。台座經世之材，冠出漢廷諸老之右，郎星卿月，使節州麾，顯庸嘉績，簡在上心久矣。寄徑簪槖，運掌鈞樞，端不作難，此海内所仰目也。五年之間，再臨舊部，孰不有下喬木之歎？尺一式遄，可倚而竢。某挂冠林下，死灰不難，朽株不芽，過者掉臂，而契丈不遠千里詒書寄聲，訪其生死，「此事今無古或聞」也。摧謝之詞，萬此寧有足耶？

某惶恐再拜，敬問契家台姥，即日恭惟尊稺蒙福。餉以天花、摩姑、鰒魚、鯊線、海錯、宣筆，下拜珍感之至。大兒長孺荷合尖之大恩，得僥改秩，之官南昌，行且一考。次公、幼輿爲衡、澧税官，亦皆之官矣。併辱下問，尤感尤感。

答韓總領郎中

某伏以即辰五弦解愠，八能奏音，恭惟奉使總領郎中尊契丈，上應列宿，外饟師干，天人是孚，河嶽盡護，台候動止萬福。某老病日侵，未先朝露，微我天上知己幬以慶雲之惠，何以逮此？未占參拜，願言導迎叶氣，裒對龍光，即第從臣之嘉頌。

某恭審對越紫泥，騫于粉省。氣衝星象，虹貫依烏之躔；饟給貔貅，輻湊汎舟之役。恭惟驩慶。某屬者奏記，控于司聰，以鄉邦疇昔之小饑，祈臺府蠲除於糴事。大懼芻言之僭，自投鑕斧之誅。敢意宣慈未忘舊部，應之如響，報以好音，煖然似春，沛以潤澤。免符既下，闔境驩呼。顧病夫欲謝而未能，忽行李鼎來而繼好。一封雲錦，訪問死生。千花越羅，衣被寒苦。侑以肴核，罔非珍芳。鰒勝絶於漸臺，鯗宛同於周雅。紅曬如瓜之棗，霜清大谷之梨。旅百于前，有萬其寵。徒知九頓首而坐，書不盡言；安得一交臂而談，愛而不見。仰惟丈席，下燭寸心，幸甚幸甚。

某惶恐再拜僭問，金堂玉室之閥，安期羨門之娩，即日恭惟函蒙祉福，尊稚惟鈞。❶ 某病身無所可用，然取履結韈，尚堪爲役。

答鄒校書

某伏以即日五弦解愠，八能應律，恭惟校書校理祕文，依光東壁，天棐忠賢，台候動止萬福。某老病日侵，前塗就窄，未先朝露，蔭映所逮，敢忘歸倚？侍見眇然，願言愛此大業，對越休命，十年鳳沼，某也尚竊遲之。某深山野人，雉兔之與處，魚鼈之與渚，幽屏寂寂，姓名不入脩門，書問不至朝貴。曾謂一代名勝，以卓詭切至之言而當聖心，以博習修潔之儒而表册府，乃於霄漢之上，墮雲錦之書以辱收之，不以其耋老而加

❶「稚」，原作「雅」，今據文義改。

斯須之敬乎？惟名高而詞之卑，德盛而心之不足，此古聖賢進德無底之壑也，顧肯與鄉里小兒校科級而競名爵也耶？趙載道所委記亭子之文，某也淺之爲丈夫矣，以是媿執事。

答彭憲

某伏以五弦解愠，八能應律，即日恭惟提刑直閣郎中尊契丈，霜臺拂日，玉節倚天，一路春生，百吏秋肅，天棐忠賢，台候動止萬福。某來日無多，未先朝露者，不曰仲尼上律之天覆幬而生殖之乎？一寢一飯，敢忘所元？舊因疾趨肅客，過閾折屐，損一將指。疇昔夜痛，呻吟呼天。起視東牕，殊不肯白。清曉命瘦藤跣而出，忽有軍將打門，童子走報，天上知己詒我一封雲錦之書，尉存酸寒，訪問生死。發而占之，再拜三讀，不覺失痛楚之所在。檄愈頭風，僕始不信，乃今知之。此惠已不勝其渥矣，而又申之以名酒佳實之餉，縹玉芳冽，金漿澄清，先薦屏攝，而後敢洗琖開嘗。漢之蘭生，隋之玉薤，程鄉之若下，沙洛之醁醽，風味勝絕，所謂「有過成莊，無不及焉」。至於來禽，山風滿把，月露昭洗，色香味尚帶林下氣韻也。一杯徑醉，冞入無功之鄉，親睹伯倫之德，尚天高地下之不知，而何樂正子春之疾之知哉？感戢意氣，妶兆未多也。鄉邦自入夏，五風十雨，未足以喻。今歲大底三日而霡霂，五日而滂沱，不冒田疇，不漂室廬，食新之望，在挾日間耳。微祥刑使者平反空圄之仁感召嘉氣，曷濟登兹？退之云：「胡不均宏，俾執事樞。」山谷云：「三十餘年霖雨手，淹留在外作時豐。」古今同此歎也。侍見未有前期，不勝大願，願言愛此大業，對越休命，細札除書，旦晝以須。金堂玉室之閥，安期羨門之媄，恭惟尊稚蒙福。某老矣，取履結韈，尚堪爲役。

答蜀帥劉尚書

某伏以即辰六月徂暑，南風之薰，恭惟判府制置龍學尚書尊契丈，卧護天西，名震關外，忠勤昭格，高厚給扶，台候動止萬福。某病與老期，前塗就窄，覆露所逮，未先狗馬填溝壑耳，餘無足爲知己道者。楚星蜀月，萬里相望，何從得一瞻玉山，滿聽韶鈞？願言愛此盛德大業，作我明堂一柱，❶即補虚左之席。

某日嘗奏記西征，前茅之隸，上林之鴈，石頭之函，杳如也。第覺風來雪山，水下灩澦，帶仁聲而挾威譽，日夜與之俱東，允答平生期望於一世盛名之下者，甚欣甚賀。厮赤三輩，清曉剥啄柴扉，驚起猿鶴之夢，真謫仙所謂「手把一封書，如天落雲錦」也。送似書册之富，侑以藥物之珍，降拜有萬其感。某頃在金陵，京丈是時帥蜀，以《通鑑》、《唐書》爲寄。至於《太平御覽》之書，疇昔聞名，何嘗夢見？此惠尤不貲也。方當問龍乞水，洗開病眼，晴牕棐几，時展一編，便如見諫議面也。小詩摧謝，見於别牋，惟一覽而投之苦海耳。

某惶恐再拜進越，敬問金堂玉室之閥，安期羨門之娩，即日恭惟尊尊幼幼蒙福山則。諸郎學士直閣俱未嘗展連敖之謁，仕學之優，衣鉢之付，「無然歆羨」之詩，某所以願賦也。大兒獲倚通德之門，巢萬間之厦，

❶「柱」，原作「拄」，今據影鈔本改。

風雨不動如山矣。中男皆已之官，極感多問。如陳開州，雖不及一受出鞭，竟蒙約王茶馬同上禰墨，不翅某受此厖鴻也。羅普州荷寄支積奉，即送其子，渠自有謝緘，今付來騎呈似。京丈當國，天下之士受陰賜多矣，當時未必知也。今乃知之矣，而九京不可作矣。煎膠續弦，不在門下而焉在乎？惟毋忽。

答本路張帥

某伏以即日六月徂暑，南風之薰，恭惟判府安撫閣學尚書契丈，以北斗喉舌之淵曜，鎮南紀波瀾之上流，令修户廷，民安田里，天人咸若，茀禄鼎來，台候動止萬福。某視蔭及夕，未先朝露，慶雲在上，敢忘所元？願言愛此大業，對越休命，虚左之席，舍我其誰？

某深山野人，誠不自意天上知己遣紅塵之一騎，墮雲錦之尺書，寸金雙玉之詞，秋月華星之字，訪問生死，尉存酸寒，此恩不貲矣。而蘭生玉薤，飲以公瑾之醇德；雲腴雪乳，濯以玉川之清風。魚麗于罶之鯊，赤鯉有神之鱮，又屬饜其口腹而燕及其室家。至於念炎官火繖之蘊隆，則揮之以安石之蒲葵；憐明牕棐几之寂寥，則富之以剡藤之玉板。窮兒暴富，真成塞破茅楝矣。恩意隆重，何以堪之？降拜感慚，惟誦淵明「冥報以相詒」之詩，以謝姟兆之一二而已。載惟老病之身，未死之間，有願未償，剩欲駿奔府廷，望見瓊樹，而嵇康之嬾，不翅七者之不堪；李陵之憊，亦復屢鼓而不起。情與願違，豈非天哉？然先生解榻之意，非有胸無心者，其誰不懷？終當一往，以讎千里命駕之債，僕之業在《載馳》卒章之二言矣。某既濯冠盥手，發書占之矣，則又有文書一函，啓滕未既，而珠璣盈把，霜雪回光，奪目聳神，應接不暇，蓋于湖先生之手澤也。篤素先生有命，命以挂名左方，夫豈不榮？然以嫫母譽南威，以拙工讚王爾，借不自忸，其若旁觀明眸者何？勉署數語，竟不能奇，塞先生長者之命而已。戒及《頤庵詩集》序引，併奉教。頃者天幸，乃獲瞻拜凌煙之冠劍，僭哦四字，視呂化光二十四頌、東坡德威之詩，彼將僕命我矣。重勤齒及，震虢以之。

惶恐再拜進越，敬問台閎玉姥，即日恭惟尊穉蒙福。山村有委，細大唯命。長孺愚騃不肖，仰戴仲尼上律之天，密巢子美突兀之屋，今知免矣。闔族感恩，庸有既乎？更祈終惠，不勝大願。

答廣西張經略

某伏以六月徂暑，南風之薰，恭惟判府經略敷文左史舍人契丈，以五侯九伯之師，撫百粵群蠻之封，威德兩崇，華裔交慶，三神畫護，台候動止萬福。某老病日侵，荆扉晝閑，不逢東西行者之便，無從奏記以爲建牙開府之賀。而羅令之歸，首奉一封之雲錦，訪問生死，尉存寂寥，温詞劬愉，厚意篤密，所謂「故人情誼晚誰似，令我手脚輕欲漩」也。台諭以謂蠻俗本自易於填拊，非漁小利者激其變，則徼奇功者促其變，可謂洞見西事之根墢矣。常愛亡友張欽夫帥八桂日有《勸農》之詩曰：「國之大法，有暉其垂。蓋欲爾驚，非欲爾施。爾或自罹，予疚予恫。安得予心，達于爾衷？」此真臨人而有父母之心者也。此意與契丈《章貢謝表》異詞而同指，端可相爲表裏矣。惟契丈但辨此心，何病蠻俗之不懷，民功之不集哉？甚賀甚賀。羅令具道契丈知遇訓誨之意，居諸邑之右，甚願展布四體，罄竭尺寸，允答恩地。古人士爲知己者死，死尚可，而况爲之用且求自見於斯世哉？破白、京削之諾，極知踐言必不侵爲者，亦遵紙尾赫蹏之囑，不敢漏師于多魚也，一笑。衡陽兒子次公，昔嘗參拜再見，荷未忘牖間之半面，且辱齒牙之借譽，老懷榮感。簡薄老儒，尤蒙青眼，寒士之光也。益公事出非意，初欲一出謁之，緣每一見，必來山間報謁，不欲勤之，第以一行之書問勞之而已。荷問及，某與益公同感厚意也。未見，願言愛重盛德大業，即還甘泉之著，遂膺鈞樞之拜，台姥尊稱即日受祉惟鈞。有委，不鄙夷之乃幸。

與湖北陳提舉

某伏以即辰季夏之月，南風之薫，恭惟提舉寺正，玉節倚天，使華拂日，登攬有俶，風稜肅如，三神所釐，台候動止萬福。某吉蠲泓穎，奏記連敖，未占參拜，不勝大願，願言愛重大業，對揚休命，即還第頌之綴。

某頃在千官雲片之末行，因得盡交四海之名勝，而泉山爲最。名相如梁公，則知己之深者；詩人如傅安道，則投分之厚者。是時已聞執事其德似太丘，其文似子昂，其詩似後山。至於領都内則有稺圭之令，聞贊廷尉則有有功之陰德，典名藩則有次公之治行，其所立皆卓然如太嶽之玉立，炳然若斗柄之天垂也。而僕也獨與執事出處不齊也，如相避然。寸心歆然，至今遺恨。今乃欲以尺紙之敬，捈中情之勤，以納交於英蕩之末光。前無契好，後無介紹，或者以爲驟；一則野人，一則顯仕，或者以爲僭焉。抑聞孔文舉與李元禮初無一日雅，而文舉遠引仲尼、伯陽之交以爲世契，元禮然之。吾家德祖與公家孔璋同爲子建之賓客，非世契乎？豈曰「驟」之云乎？張文潛與公家後山初不相識，而以一書定交，所謂「朝陽之光，在納久矣」者，其書云耳，則僕之尺紙，豈曰「僭」之云乎？太史公曰：「可爲智者道，難爲俗人言也。」

某惶恐再拜僭越，敬問金堂玉室之閫，安期羨門之姥，即日恭惟尊尊幼幼受祉山則。某老矣，無能爲役，然尚堪取履結韤也，遲速惟命。某惶恐，致敬先生長者之初，不應便有請謁，亦惟曠度盛德是恃。小男承務郎、澧州慈利監税幼輿，筮仕之初，愚騃無似，適有天幸，乃獲趨事外臺之下風。敢望幬之以仲尼上律之天，庇之以子美突兀之屋，俾得竊斗升以活其孥，效尺寸以展其力，終始保全，免於罪戾，不勝寒士少隸之福。

答張主簿

某恭承誨帖，貺以高廟日曆全書。某蓋嘗充員史官載筆一人之數，然無力抄傳。今忽拜賜，喚醒史館之昨夢，驚喜其可言哉！第先史君行狀非如皇甫持正之文一字惠一縑者，乃蒙潤筆之禮如許不貲，何如其感，又何如其怍也！摧謝不莊，不勝主臣。先史君尺牘，敬跋數語，歸諸插架云。

答郭敬叔教授

某伏奉劄翰，諗以令子試藝恩數，伏惟驩慶。第立法小靳，未稱所挾。然父子世方圜動静之科，允曰吾鄉衣冠之盛事矣。大年之父，同叔之子，猶將弱焉。如某諸子若孫之罷駑，皆豎幡而降，自崖而反矣。政使累月答之，亦何益也。不勝其羡，又不勝其妬耳，一笑。丈丈附此致賀云。陳丈書信已領。

與余直閣

某伏以即日秋暑小却，新凉入郊，恭惟恩館大孝宫使直閣，驟嬰陟岵之戚，偏奉樹諼之養，天棐純孝，孝履支持萬福。某敬上記連敖，伏惟財幸。

某屬者先丞相茸纛就國，奏記孱報，竊知申甫蕃宣之喜，夔龍强健之身，謂壽考百年未艾也。近旬挾間，遽傳赴告薨逝，聞問哀痛，一慟欲絶。仰惟先丞相宿德尊于四朝，元勳冠于一代，皇上爲之震悼，朝野罔不相弔。直閣孝誠至性，驟失所天，何以堪之？然不形毁瘠者，聖人之大戒；樹立門户者，人子之大孝。敢請强歠淖糜，稍進溢米。漢之玄成，唐之德裕，與本朝之吕晦叔、范堯夫，世襲台鼎，趾美名德，此某所望於直閣者。孺泣難繼，哀不勝喪，豈某所望於直閣？某老病，不克駿奔會哭于縿幕之前，敬遣女壻陳丞經代某一行，不腆奠儀，列之香狀祭文矣，敢冀台察。

某惶恐進越再拜，敬問北堂國太夫人，即日恭惟哀疚方新，懿候萬福。老妻敬致起居慰唁之悃。恩閎台娩，長稚均祉。諸令弟直閣，附此弔問。有委不外。

與范侍郎

某異時篋群玉之山，侣振鷺之渚，不自知其爲天下之至樂也。老病棄官，居閑處獨，每一興懷並游英俊之日，欲再覿其末光餘韻，何可得哉？至於蘭薰雪瑩，玉粹金昭，可愛可親，可師可敬，惟吾范丈一人而已。「雨來升奠後，雪戒致齋前」之句，恍若甃瓊，有如種玉之[FORMULA]，至今口誦心藏而不能忘也。荆州楚蜀之衝，有古英雄之遺烈，迨暇登臨，❶當塞破錦囊矣。恨不得上下巖壑，追逐雲月，棄百事而從其後也。屬者建牙之初，過不自量其一寒之野夫，乃敢奏記於十連之大帥，未審或取而一覽，未忘握手論文之雅乎？抑一擲而棄之云「我方有公事，子姑去」乎？公尚忘我，天下誰記我者？一笑。某不勝主臣，敬溶致其懇：大兒長孺有妻兄澧州推官吴承直璪，建炎尚書表臣之孫，隆興監丞松年之子也。文詞炳蔚，才識敏明，廉己仁民，足周世用。近嘗進越薦之門下，收之允足爲桃李之嘉種。今幸有舉者四員，秩滿近在歲杪，行百里而半九十，山九仞而虧一簣，仰惟仁人，能不動心？敢望台慈特輟今歲下半年一京削，以合浮屠之尖。此恩不貲，溟渤非深，嵩岱匪重也。儻辱沛筆端之膚寸，導畎澮於章奏，豈惟吴君如天之福，抑亦某實並受之。再瀆之辜，無所逃遁，皇恐皇恐。

❶「暇」，原殘闕，今據影鈔本、四部叢刊本補。

誠齋集卷第一百九

廬陵楊万里廷秀

尺牘

答虞侍郎

某伏以即日廩秋暑退，新凉入郊，恭惟侍郎左史舍人國史尊契丈，玉立甘泉，天棐忠藎，台候動止萬福。某老病塵狀，已迫夕曛，摧隤餘生，未先朝露，天上故人幬我幪我之惠也。念念欲致一字之敬，多問絪濦，極知叔孫草儀，爲時緜蕝，正當橋山事嚴之秋；既而季孫奉使，爲國光暉，又有漢節星馳之役，蹉跌至此。竟蒙雲錦之書，先墮柴荆之下，情誼至到，詞氣劬愉，至於毛穎所不能盡之精微，又託蘇君口以傳授其懇款。古之交也，將别而悲；後之交也，既别而不思。今執事之於野人，一别之後，無歲不存問，無書不慇勤。在外既不踈，居中彌不踈，此豈野人有可思？蓋執事自作古人事而見思野人也，祗荷祗荷。魯僖之詩不云乎：「萬有千歲，眉壽無有害。」少陵之詩不云乎：「雲霄今已逼，台衮更誰親。」敬賦二詩以仰祝焉，伏惟財幸。

某惶恐再拜進越，敬問金堂玉室之宅，安期羡門之姥，即日恭惟尊尊幼幼受祉山則。某老矣，無能爲役，若曰取履結韈，尚堪指縱也。長者諏及陸賈，徧過諸子。南昌大兒去之尺有咫，尚未能作意一往，矧其餘乎？退之云：「東西南北皆欲往，千江隔兮萬山阻。」一笑。然中男次公秩滿，將來歸矣。

某荐蒙別紙鐫諭，斐然之文，欲求當代名流善書者書之以入石，敬聞命矣。抑非元次山之頌，❶莫稱魯公之妙畫；非六一先生東園之記，莫稱君謨之奇字。某也何人，乃承此寵，悚仄悚仄。

答周丞相

某昨委材翁攜擬試詩賦呈似，而不敢奏記，蓋恐仰塵玉字之報。今反拜賜華衮之褒，榮懼交如也。六王畢，日五色，本是丞相擢桂之長技。某本以墨義，進而斆安石之洛詠焉。其廣眉半額，舞袖琅當，手足俱見矣。昔半山老人公讌觀優，未嘗解顏，而一日偶對之，不覺一粲。或以問公，公曰：「吾久思咸、恒二卦，不得其義，適得之而喜耳。」某或者獻笑而適遭其喜乎？摧謝不莊，仰惟原省。

---

❶「次」，原殘闕，今據影鈔本、四部叢刊本補。

答澧州趙知府

某屬者寄牋，不量老朽退休之人進越，以親戚吴推爲薦，仰干中二千石親民任使之京削。挾今之請，行於今之俗，是犯二不韙焉。觀勢凉燠者，今俗其不然矣乎？大兒長孺嘗得京丞相面作親札，薦於胡總，胡總不畀。勢之燠者，莫相君若也，而尚不功，以其非言路、非執法之書也。然則燠中差諼而不能炮烙我者，亦不能動悟也，况某退休冰氏之人乎？此其犯不韙一也。昔祁大夫舉其子，君子不以爲私；近世吕文穆公舉其猶子文靖，至謂有宰相才，當時聞者不以爲欺。至於齊曎，則有司以其爲宰相映之弟而不敢取焉。某何人，薦其戚黨於執事，其不曰私且欺乎？此其犯不韙二也。敢謂執事度越一世之拘攣，追還千古之奇偉，得其書躍如也，舉其人沛如也，又且報之曰：「來書之品題人物，一言一字，無非真實語矣。」退之云：「翁，大人，不疑人欺己。」侯高何足道哉？微執事，孰可以當退之之所云者乎？多言何足以謝大恩之萬分，獨以居今之俗，行古之道，爲執事賀也。

答福州帥張子儀尚書

某屬者奏記，仰干筆端之膏潤，牒試王親，兹辱報教聽請。竊聞熱官要人求者不少，皆訑訑距之，獨曲徇一故交野人之求。薦舉不以勢而奪，交游不以寒而棄，萬物皆流，金石獨止，孟子所謂「豪傑之士」，不在門下，其將焉在？寸心感服，那有量數！疇昔呼偷兒之簡，遂玷鐫鑱，送似墨本，覽之汗如水漿，可以爲縱筆浪言者之戒矣。傳聞三山公帑有《唐文粹》大字板本，嘗求一編以遮老眼，未拜賜，何也？得寄王應旂秀才許，無沈浮耳。

與權運使

某惶恐敬致迫切之懇：女夫子修職郎、泰寧縣丞陳經，贍於學問，工於詞章，臨民廉惠，遇事勤敏。蚤年登庚戌科第，前任爲吉水主簿。今者適有天幸，乃獲駿奔趨事于卿月使星之末光，天其或者將與之插羽翰而雲飛，脱泥塗而淵泳也。某過不自量其老退之蹟，輒恃與台座前有同朝十五年之舊，後有鄰邦二千石之芘，僭致古人内舉不避親之懇，上干筆端膚寸薦進之潤。竊惟陳丞前任未滿而解官，今任通理至來歲之冬乃成三考，妄意欲望台座特輟嘉泰三年上半年一京削以爲破白之舉，名賢一唱，諸臺必和。儻辱未忘貧賤之交，尚篤金石之契，驩然收卹，仍乞來歲先賜照牒以慰安老懷，信其有可望之期也。仰惟此不報之恩，泰華未爲重，渤澥未爲深。豈惟陳丞得出門下，實某得出門下也。一寸丹心，天實臨之。

與周丞相

某宿昔奏記，且以虞公銘詩呈似，一寸丹心，端欲求指畫之益，非以徼浮實之譽也。乃上勤鈞翰之報，至假以子長之褒，且謂彪固而下不論，聞命辟易，汗背赬顔。抑某偶當虞氏兄弟授簡之責，永懷知己不報之恩，舍己不承，復誰諉者？閔免下筆，所謂「傖父學人作馨語，兒童羅盎効樽俎」者，仰睎彪固之門墻，尚不敢充員於衙官筆吏之列，而何暇子長之議也乎？非小人不肯之患，子長不肯之患也。汏哉！丞相専以文許人乎？至以子長許人乎？此柳所云「不爾則人不果奬」者乎？亟掩苟躒之耳，未敢頓包胥之首也。以榮以懼，以媿以感。示教當改爲神道碑，即已登時剔改書丹矣。至如書史誤以「勠」爲「戮」，亦蒙是正。而文病之尤者，乃獨不揮匠石斲鼻之斤，不試醫王洗腸之方，豈姑摘其細以塞其求，靳其妙而不屑於教乎？再作得一書答虞氏兄弟，今納一本，不寧唯發仲尼之一莞，猶未絶望於竄定之誨。

與隆興張帥

某惶恐小稟：女夫子修職郎、新泰寧丞陳經，贍於學問，工於詞章，早年中庚戌科，前任爲吉水簿。今茲之官，汎舟之役，塗出南浦，欲抑行於橐兜戟纛之前茅，以望見台斗喉舌之末光。仰惟一世之儒宗文師，天下之鉅人長德，謂之進而不拒，使得瞻仲尼之日，見老子之龍，後進之士，如天之福，何以代此？進越惶恐。

與本路提舉張郎中

某惶恐小稟：女夫子修職郎、新泰寧丞陳經，工於詞章，達於吏事，早年中庚戌牓，前任主吉水簿。今茲之官，汎舟之役，道出臨川，仰慕一代名德之尊，願瞻八使光華之末。敢望户郎不拒，連敓謂進，俾得以觀道德而聽教誨，不勝後進之榮耀。

某惶恐再禀：大兒南昌令長孺，無能不才，適有天幸，乃獲充負弩先驅之少吏，願追隨掃門舍人而不得。敢謂台座攬轡之初，小子奏記之日，遽蒙灑薦士之墨，剡陟明之章，先之以照移，申之以奏牘，舉詞衮榮，恩意山峨。蓋下土鯫生欲求而未敢發者，顧搢紳先生未見而先收卹之，老身榮懷，罔有藝極。空臆摧謝，萬不一陳，仰惟原省。

與本路提刑彭郎中

某惶恐，仰恃天上知己二十年睠與之雅，敢鴈行避影，進越致迫切之懇：大兒南昌令長孺，無能不才，適有天幸，乃獲充負弩之先驅，被二星之末光，全度盡護，粗安庀職，竊斗食以活其孥，未在西曹適滿之科，荷戴恩私，盡室同心也。重念此兒自幼訓以一卷之書，年十有八嘗忝鄉薦，技能淺陋，竟以門子而進，故墮在千官之底。仰惟台座一世之儒宗文師，四海之鉅人長德，餘論所及，枯梯再春。敢望不靳筆端膚寸之潤，誕寘屬吏薦墨之後，或以奏課，或以察廉，或以陞陟，或以十科，或以所知。一字拜嘉，皆踰華衮；靡有細大，莫非異恩。第得在狄梁公桃李之囿，某死不恨矣。不避古人舉子之私，上干膚使拔士之牘，一寸丹心，不任悃款，頃嘗預禀矣。

謝隆興張帥薦大兒

某惶恐，大兒南昌令長孺，無能不才，適有天幸，乃獲充員牛馬之下走，仰依台斗之末光。玉振之所開明，慶雲之所覆露，受愛容察，成始成終，此惠已萬萬不貲矣。敢謂蒙國士之知，度越百輩，特灑薦士之墨，焱發陟明之章。孝友問學，慈祥公勤，顧小子未能於一焉，拜舉詞難并之四者。矜其榮則華衮未縟，較其恩則岱宗猶輕，父子懷仁，糜捐莫報。泚筆摧謝，未究萬分，仰惟台察。

答趙户送糟蟹回送黄雀并黄雀肝心醬

糟丘解系，久矣寄絶交之書；詩人審言，惠然送解顔之味。酌渌酃而延問，吐黄中而載欣。箸以籌之，瓶之罄矣。投桃報李，媿英瓊玉案之兩無；披緜多脂，與心腹頭顱而俱往。薄言藉手，不稱所蒙，伏惟原省。

送周丞相烝蟹

某惶恐，彭蠡郭索二十輩，用四明法烝之以獻。極知戒殺，故不敢生致，免使校人畜之池，亦不須送與江夏黄祖也，一笑。既微且瀆，不勝主臣。

答雷運使

某伏以即辰凜秋暑退，顥氣高寒，恭惟都運煥章吏部，玉節天倚，霜臺風飛，群黎載歌，高厚咸若，台候動止萬福。某漁釣一壑，過者弗顧，而霄漢繡立軫一日雅，遣行李，墮素書，重幣以將其意，名酒以接其驩。誨之養生，則有隱居所注之編；被以仁風，則有晉人所揚之扇。休之燠之，恩斯勤斯。此殆執事將挽回古人之光芒，以甄冶末造之澆漓而爲是舉也。不然，反躬自視，無以堪之。世俗感藏摧謝之語，乃無一二可以藉手報嘉惠也。光通之侍，未知曷日？《詩》不云乎：「四方既平，王曰遄歸。」又不云乎：「萬有千歲，眉壽耆艾。」敬賦二詩以頌焉，仰惟財幸。

某竊惟則行則藏，聖賢之高致；有光有晦，古今之盛節。歷選昭代，時則有若都運煥章吏部，經世之學，遐有淵源；華國之文，絢於藻火。是故立之春風玉筍之班而不爲泰，分之帥閫使軺之勤而不爲淹。逮兹頻年，卷而懷之，退藏於道林、嶽麓湖山之幽深，追逐乎紫巖、南軒名德之芬香。其處也濛濛如隱山之玉，草木被其光暉；其出也垂垂如出岫之雲，海宇徯其膏潤。然自西徂東，持京兆扶風之節；復自北而南，爲西山東湖之游。往來雍容，皆裕如也。此其中必有大過人者，而世何足以知之哉？天之祐宋，爲之生賢，必不爲江右一道計昭昭矣。退之云：「胡不均宏，俾執事樞？」今日此責，將有在也。金馬碧雞之訪，犲狼狐狸之問，未敢以爲門下賀。

某惶恐進越再拜，敬問金堂玉室之宅，安期羨門之姥，即日恭惟中外尊穉受祉山則。某老矣，無能爲役，抑取履結韈，尚堪指縱。某惶恐敬致賤懇：大兒長孺無尺寸長，適有天幸，得充負弩之下走，不勝大願，願老先生薰以道德之馥，飫以仁義之膏，燾之以仲尼上律之天，振之以北海薦士之墨，使得爲門下桃李，廁中病顙，實如天之福，闔族之榮也。一寸丹心，罨罨悃悃。

答全州知府陳祕書

某伏以凛秋暑退，風露高潔，即日恭惟判府祕書契丈，作藩政成，民頌豈弟，天棐忠貞，台候動止萬福。某老病餘生，棄官十年，懸車三載，雖未先朝露，而自絶於斯世久矣。姓名不徹於通貴，書問不抵於故舊，如契丈之賢而文，有四十年與游之雅，而亦不敢以一字相聞，雲泥相望，車笠相遼，其勢則然耳。而風誼拔俗，意氣邁倫，不遠千里遣一个行李，墮雲錦之書，訪生死於寂寞之濱，篤久要於平生之言，此非今人之事也，古人之事也。顧施之於獨冷之閑人，則所謂「賢者過之」者歟？摧謝有陳，萬此寧足！出處殊轍，何從晤對？鄉若太息。願言迺玉在躬，以棟吾道，即歸視草。

某惶恐再拜，敬問契家台姥，即日恭惟尊稚受祉山則。有委不彼。伏辱四幣二蕉，斑箔非環堵之所宜有者，拜嘉珍感之至。

答虞制參

某伏以維孟之冬，新寒告至，恭惟恩館制參直閣，燕居潭府，德名彌高，天棐忠賢，台候動止萬福。某棄官十載，謝事三年，老病摧隤，幸安田里，慶雲之蔭、景星之光實衣被之。揆厥所元，感幸萬萬。惟東序之金鍾、大鏞，西望邈在天半，安得小叩舂容之聲，以啓謏聞？敢請謹絪馮，戒羞服，即賡一札十行之詔，徑歸三事大夫之班。

某伏自壬辰之秋，雍國老先生倦台鼎，拜孤保，三諭蜀父老之日，面請鈞旨，求一見東閣之行馬，得瞻琪樹而聆玉振，乃知傳鯉庭獨立之訓，贊揆路奮熙之功，自有人也。竊喜竊歎，此生端不虛矣。回首舊事，便三十年。人生幾何？良可太息。野人既歸隱林下，而直閣抱負經世致主之業，潛珍韞櫝，自翫其光，不屑小出而一施之，使朝家不獲蒼舒、庭堅世濟之用，天下不睹韋賢、玄成相業之繼，獨非缺歟？遠辱雲錦之書，嘗草草叙報。是時臂痛舊疾偶作，令女婿陳丞代執管城，至今震惕。開州人再至，乃能具短書以謝伯仲長牋之辱。老先生銘詩併以呈似，茲不重陳。

某惶恐再拜，敬問恩閎玉姥，即日冬寒，恭惟尊尊幼幼受祉山則。有委不外。蒙寄贈紅紫素羅三十匹，下拜珍感之至。婺羅、木錦各二匹，聊伴空函，匪報也。兒輩辱問勞，長孺、次公、幼輿皆之官，未及奏記，以謝先生長者之賜也。

答虞知府

某伏以良月有俶，風露高寒，即日恭惟恩館判府直閣，身作長城，卧護國西，威惠用章，天人咸贊，台候動止萬福。某犬馬之齒今七十有五矣，已迫夕曛，未先朝露，微我故人燭之以末光，何以逮此？蜀月楚星，相望各天一方，安得對床聽雨，握手論文，以浣此心之鬱陶？願言金玉大業，棟幹皇家，即奉緑綈，遂霧紫禁。

某伏自辛亥之春，東來紫氣，照臨鍾山石城之間，初得瞻北平之碧梧鸞鵠，望東山之玉樹芝蘭。蓋雍國老先生之典刑，文獻盡在魯矣。盛德有後，老身定交，自賀兩得之也。語離一星，晝思夜夢，曷嘗不在鉅鹿下？某棄官歸老山間，乃以壬子之秋也。三請還笏，始危得之。寒灰枯草，過者掉臂，伯仲間尚記憶老門生耶？雲錦之書，珠玉之唾，訪問生死，慰存酸寒，詞旨劬愉，意氣傾豁。老病餘生，抵掌頓足，覺生意頓回，霜毛再玄也。惟經世之學，濟美之才，小淹外庸，日竚光顯，如范氏之堯夫、吕氏之晦叔，此所望於伯仲者。老先生碑文已付便了矣，短書以謝長牋之辱，兹不重出云。

某皇恐再拜，敬問恩閎玉媲，即日冬寒，恭惟尊尊幼幼受祉山則。有委不外。蒙寄貺紅素羅十有四匹、七史、《太平治迹》、老先生制集，下拜珍感之至。建本詩集一部、木錦兩端，聊伴空函，匪報也。

答湖北唐憲

某伏以即辰良月應期，初寒戒候，恭惟提刑太中尊契丈，體上好生，作民司命，霜凛百吏，春熙群黎，天人孚休，台候動止萬福。契家玉婘受祉無艾。某老病餘生，死灰不然，貴者所棄，舊者所忘也。今兹遠蒙一个行李，墮以雲錦之書，勞苦酸寒，訪問生死，此古人盛德之事，非今世末造之有者。而又寵寄葛洪岣嶁之産，罔非玉床箭鏃之英，虹氣貫巖，寶录浮鼎，老者得此隱居扶衰却老之劑，仙人長生不死之珍，借未能死籍之可落，猶庶幾臞骨之再腴，❶霜鬢之又玄也。九頓首以謝嘉惠，絫百言而未宣寫耳。小兒幼輿，孺子不足進於先生長者之門，仰辱招延，寘之幕下。自媿素餐，匃返賤職，而挽留不置，恩禮益篤。老懷感激，何有終窮？出處異轍，安得再望見青天白日之清明？願言愛重盛德大業，即還雞翹豹尾之班。

答彭侍郎

某伏以即辰雲葉護霜，風刀剪水，恭惟觀使待制侍郎尊契丈，淵兮萬物之宗，游乎九垓之上，天人咸若，台候動止萬福。某老病之身，已迫夕曛，未先朝露，芒寒旁燭，君之餘也。極知孤操逸韻，高蹈事外，闔扉以

❶「腴」，原殘闕，今據影鈔本、四部叢刊本補。

謝褦襶，下帷而對聖賢，其名可得聞，而其人不可得而見。曲肱飲水，其樂也天，所謂「豈不實辛苦，所懼非飢寒。不賴固窮節，百世當誰傳」者耶？我欲從之，慨其室則邇也。奉教告，灑然便如對面，豁然頓失心疾，吃吃。王秀才定不凡耳，已約渠惠顧，當掃廳作一日談也。諸封胡孰仕孰居，皆未及共戎語。辱諏及兒輩，皆景升兒子耳。長者記憶，以榮以感。未見，願言珍重，以棟斯文。

答周監丞

某伏以即辰滕巽胥命，雲師來同，恭惟致政提舉監丞尊契丈，襲夫容以爲裳，折若木以拂日，天人盡護，河嶽給扶，台候動止萬福。某老病併至，幽獨無俚，有可樂者，其惟海内名勝、平生故人，一笑一談，一觴一咏之間乎？千江隔，萬山阻，海内姑舍是也。煙火相接，雞犬相聞，如吾二人，尚可諉曰疏乎哉？一居白鷺之北，一居青原之東，一葦可杭，而其室則邇，其人甚遠，每一念之，作惡數日。屬者奏記，以寫我心，而管城老矣，罷於傳言；赤鯶蠹爾，拙於寄聲。心之精微，欲徹於下，執事何繇而徹也？答教之返，真以玖報李也。把翫未釋，而漢水白錦又將一封雲錦而至矣。金聲玉振，駭洞几杖；華星秋月，淵曜耳目。雙篚佳實，千顆匀圓。初疑得成紀黃龍之珠，又似弄王孫精金之丸。驚喜自失，不敢專饗。偶有剥啄納謁者，自贊曰「麴秀才」也。亟延入，坐上坐，觴而俎之。欣然兩家之難解，灑然五斗之酲末矣。占謝不敏，末後一語，惟曰后皇之嘉橘，與臣朔之桃争歲月、論春秋云。

答隆興張尚書

某已謹公牘，以謝官壺之賜；洊奉真翰，以示意氣之勤。且分似于湖先生之金書，兼之友于家問之新刻。至於君明臣良之大字，赴官臨風之留題，大篇短章，日光玉潔，銀鈎銕畫，鳳翥鸞翱，至寶滿前，窮兒驟富，降拜驚喜，榮感萬斯。某屬嘗奏記，以謝大兒陞陟之章；繼辱報教，再有後日特剡之議。得玉求劒，敢萌此心？一諾千金，益深謝臆。附見于此，併祈台察。

謝彭提刑薦南昌大兒

某恭承召節以趨，介圭入覲，亟奏記以賀厦，復哦詩而餞行。在野人既蒙報琚之賤，而大兒復被薦鶚之表，建請擢用，式勸臣工。至於趣尚行能之著聞，廉謹剛方之獨立，一之謂甚，四者難并。華衮不足以諭褒嘉之榮，泰嶽不足以擬恩紀之重。降拜銜戢，謝詞周諄。藏之中心，言之不足。仰惟台慈，賜之下燭。

答李厚之知縣

先丈竹林先生銘詩，今驛送呈似。剔股事恐非不詭於教者，政犯《鄂人對》之大禁也，故微其詞。秦漢以前無「塔」字，韻書云：「浮圖也。」故易而爲「榻」，亦傳以豫章懸榻之土風云。望示報，庶知不作石頭驛耳。

答胡撫幹仲方

某伏以即日近臘如春，恭惟仲方撫幹學士鄉兄，賓贊戎閫，天棐賢哲，台候動止萬福。某老病，世所擲於道旁者。每蒙書札訪問生死，公自爲德，吾何取也？吾州又添一趁班人，未足爲賀；添一詩人，真足爲青原山賀矣。龍山十詩，其味黯然而長，殊有后山風致，使阿温老兵知之，追恨當時坐上初無此客子耳。嗟嘆不足，卷而復舒，無論餘子，老夫亦當避路。澹庵先生有孫，季永亡友有子，此何可當也？來歸邇止，豫爲兆喜。願言珍重，臺家即以鸞臺鳳閣貯之。

某悚息再拜，敬問契家六珈九鳳，月上即日，尊穉均祉。餉乾桃及書箚佳甚，降拜珍感。兒曹荷寄聲，次公子前月二十五日秩滿，計漸當歸，尚未至也。

答王晉輔

某伏以即日臘雪瑞歲，恭惟晉輔上舍鄉友，茹古之餘，神介尊候萬福。某老病怯寒，方頤隱於臍，以附似紅之火。乃蒙一个行李，踏瓊瑶之跡，詒書札以尉存之。北果臼燭，惠然朋來。今夕濁醪，真不孤寒。須「專春」二字，小侯嚌喧，呵筆炙研，勉爲作也，願姑徐之。近詩未欲拈出，幸察。

答周監丞

某伏以若歲春秋，益國已免其奏記；贈我錦繡，乘成復講於多儀。高詞清鏗，笙鏞以間；至寶琱琢，金玉其相。如遺百末之蘭生，侑以四老之橘戲。淮泗入舟之白，湖海半殼之黄。初疑食指之予欺，頓使饞涎之泉湧。銜戢不淺，憂虞實多。昔歲有北杏之盟，此敢爲於戎首；今兹報東門之役，罪難逭於過先。願夜豎於降幡，匃後來之返旆。頓首哀籲，捈心戰兢。謹具劄子摧謝，仰惟台察。

與周監丞

某伏以即辰平地尺雪，允霽益寒，恭惟致政提舉監丞鄉丈，飲瀣餐霞，御風騎氣，與造物而同游，與泰初而爲鄰，二神交歸，純嘏畢至，台候動止萬福，金堂玉室之宅，安期羡門之姥，尊尊幼幼錫羡惟鈞。某主臣，敬以今兹嗣歲將興，端策遇泰，陰外陽内，小往大來，是爲君子道長之辰，丕應五福類升之慶。某生涯短褐，行李長鑱。頤隱於臍，方縮焉而如蝟；風其吹汝，覺煖然而似春。敬上三百一斗之觴，仰祝千二百歲之壽。謹具劄子陳賀，恭惟台察。

某惶恐上覆：吾州大㚈，不敢以茅柴觸綳帥司襟帶堂，乘壺、北果四套，進越爲壽，蒙不麾去，有萬其幸。

慰秦宰

某恭聞謖堂太宜人壽考康强，茀禄無艾，❶如魯僖之母，如戴勝之僊，謂宜萬有千歲，以享榮養，不審何恙靡已，遽至大故，聞赴悼心怛然。恭惟愛孝如曾子，純孝若考叔，驟罹哀疚，何以堪之？某老病待盡，不克奔弔，敬修尺疏，以寫慰誠。不腆奠儀，布之别楮，恭惟台察。山川悠遠，護歸勤止，願言裁哀，以襄大事。有委不外。

答福帥張尚書

某伏以即辰梅雪餞歲，柳風迎春，恭惟判府安撫閣學尚書尊契丈，上印閩府，移鎮蘇臺，尺五近天，一星朝斗，高厚送喜，台候動止萬福。某老與病偕，胥會而集，夕曛無幾，朝露未先，天上故人幬之載之以及於斯也。新除家便，頗似永叔覓蔡以近潁，然上意有在，當如君實赴陳而過闕。蔦賈後賀而任安先書，已重知不敏之怍矣。至於蘇司業之酒錢，蔡君謨之玉銙，羅池之焦荔，嘉惠狎至，拜辱不暇，瓜牛之廬，殆塞欲破。感戢恩意，南山之竹不足寫此懷抱也。《禊堂新記》示教古文，兄弟繼踵爲郡，漢人詫爲盛事，❷載之風謡，特

---

❶「艾」，原殘闕，今據影鈔本、四部叢刊本補。

❷「人」，原殘闕，今據影鈔本、四部叢刊本補。

未睹祖孫後先迭建戟纛於元戎之閫耳。❶ 潞公德威之堂，其子作之，坡記之，豈若當家之坡自記之哉？ 絶妙好辭，敬無古人矣。 惡詩寄題，别楮録去，或可附託碑陰否？ 未見君子，願言珍重，即登鈞樞，以世厥官。

答贛州薛侍郎

某伏以即辰元夕將臨，寒暄方戰，恭惟判府侍郎尊契丈，卧護上流，外撫百粤，惠化威聲，民頌天迪，台候動止萬福。 某老病餘生，犬馬之齒今年七十有六矣。 棄官於壬子之秋，乞骸於丙辰之春，聖恩特異，玉音宣諭京丞相云：「楊某官簿之年未及。」章却復上，至己未之冬，乃得掛其衣冠，長爲農夫以没世矣。 道旁老櫟，過者不顧，契丈不我斁遺，尚軫鸞臺樞府偕掾之雅，若節春秋，必修時事，移書以訪生死，送酒以通慇勤。 顧僕無淵明之高，公有王弘之賢，公奚取於僕？ 僕有媿於公耳。 「鎖江主人能置酒，願渠且住莫終更」，但賦山谷之詩，以抒銜戢之衷也。 然天生大賢，必使澤四海，豈獨詘之外庸，❷以私庇一野人乎？ 前言戲之耳。 魯公平易近民之政，王褒《中和》、《樂職》之詩，「類非俗吏所能爲」也。 下轉上聞，歸巖廊，秉鈞樞，可倚而竢，惟貴珍大業以對越焉。

---

❶ 「迭」，原殘闕，今據影鈔本、四部叢刊本補。

❷ 「豈」，原殘闕，今據影鈔本、四部叢刊本補。

某惶恐再拜僭易，敬問契家台眷，即日春寒，恭惟尊尊幼幼受祉山則。益公與野人同居一邦，信如台諭。第野麋山鹿，畏入州府。己未之冬，聞益公新樓落之，即駕柴車一往觀焉。而州郡即招以公讌，繼以臺餽，是欒克從子敖，子輿無戒心也。因與益公相視而笑，一揖徑歸。雖却郡禮，而得免焉。自此每有相思，折簡而已。蒙問故及，山間有可委否？

與新吉守劉伯協

某伏以即辰天氣澄穆，風物閑美，恭惟判府太中，十乘啓行，五馬南來，千里載歌，三神送喜，台候動止萬福。某敬齋宿奏記，以逆執事之顔行，仰惟財幸。

某蓋嘗歷選近世人物之盛，莫江西若者。而江西人物之盛，又莫劉氏若者。公是、公非二先生偕以道鳴，如古文篇，何必減《原道》？如弟子所記，何必減《法言》？如西垣訓詞，何必減西京？家傳正學之派，心授斯文之脉，不在執事而誰在乎？宜其根諸心，形諸事，賦諸政者，「類非俗吏之所能爲」也。所居民富，所去見思，郴江之甿，至今手之舞之。吾州適有天幸，上賜仁侯，然州民則有其來何暮之歌，臺家必有無疾其驅之詔。朝野爭賢，若爲應之，盍亦一臨吾州，五月報政，然後寄徑乎郎宿卿月之躔，横騖乎簪筆持橐之地，政未遲耳。某也亦歌暮一人之數者，輒採民言，哦爲短啓，以代乘韋之先，或辱一覽而抵諸地。

某惶恐再拜進越，敬問金堂玉室之宅，安期羡門之姥，即辰恭惟尊尊幼幼茂介春祺。某老病無用，抑尚堪取履結韈也。

答王監簿

某伏以即辰春事强半，寒氣未歸，恭惟判府監簿契丈，至孝欽承几筵，天棐永思，孝履支持萬福。某老病餘生，牛衣僵卧，長爲農夫以没世矣。柴門寂寂，無雀可羅，而況長者車轍乎？敢圖荀龍、薛鳳伯仲之間，尚未遺忘先相國翹材長鋏之下客，先之以一个行李之書禮，申之以式之玉季之親臨，勞苦之緘彌勤，加遺之儀益腆，父老驚怪，泉石焜燿。自顧一黄冠野人，莫測其所以得之之繇，第極其所以感之之切，多言爲謝，萬此有足耶？未見君子，願言念門户重大之寄，佩聖賢毁瘠之箴。古有韋平，今有范吕，皆父子鈞軸，後先衮繡，兹老友所望於門下者，其勿與庶人之孝競一概之苦。

某恭承介弟旆旍，惠然照臨，袖出伯氏尺素之書，面授相國言行之實，付之以紀述，詭之以銘章。自視淺陋之學久矣就荒，絶涸之思槁乎將落，燭之武所謂「少也猶不如人，今老矣，無能爲也已」，亦安能摛詞振藻，以頌盛德大業之萬分，寫高勳鴻烈於千載，使與臯伊先鞭、周召上風乎？欲披襟則在蕪拙爲已僭，欲避席則在交情爲已踈，三省九思，絫日不决。而介弟言之而不置，迫之而不釋，閔免授簡，惴惴靡寧。然尚有愚者千慮之一，吾家子雲不云乎：「水避礙則通諸海，人避礙則通諸理。」昔六一先生作范文正銘，其間書文正與吕申公事極有典則，務從忠厚。而范氏子弟不知六一之深旨，往往不懌。此意已託介弟口傳於聽下矣。十月之交可遣便了來取也。

某皇恐再拜僭易，敬問相門玉婘，即日恭惟尊尊幼幼茂介春祺，令弟府判郎中、判縣直閣、府判司令，棣鄂八龍，孫枝九鳳，受祉山則。廬陵有委不外。頒貺筆墨、香茗、蜀圖、石器、北果、腊麋，拜賜珍感之至。

誠齋集卷第一百一十

廬陵楊万里廷秀

尺　牘

答蕭國博

某伏以即辰仲夏之月，南風之薰，恭惟景伯國博鄉丈，教胄温栗，物望歸赴，天棐可大，台候動止萬福。某老病餘生，乘化歸盡，自放自棄之蹟，惟恐幽屏之不遐，淵潛之不深，姓名不入脩門，書問不至朝貴久矣。誠不自意平生故人，不間雲泥之異勢，不忘貧賤之素交，墮鯉封之斜行，寫鷽鳴之軟語，諏暄凉而訪生死，自視陳人，何以拜此？ 成均，封殖楝幹之囿也。 異時位三槐、間兩社者，孰非由此塗出？ 願言寶珍之，即對越西崑南榻之除，以梯乎鑾坡鳳池之歸也。 某棄官九年，回首雞聲茅店之月，渭城柳色之雨，久寄絶交之書矣。 而三子出仕，中男次公去秋之官鴈峰，長男長孺今兹六月又之官南浦，小男幼輿九月又之官澧浦，其勢不容不東征逐子如曹大家也。 必不得已，從其近者，莫南昌若也。 又怯暑行，冬春之間乃可作汎舟之役耳。來秋次公秩滿來歸，老身始有還舍之望。 兩年之間，未有息肩之期，良可憫笑。 抒謝不莊，伏惟財幸。

某恭承命戒先國太挽章、静庵記文，塵封破研、毚蠹管城久矣，閔免各紬數語，以塞盛意。公家醬瓿當曰：「吾太公望子久矣。」荷荷。

契家台媪，即日恭惟受祉山則。有乏使否？願承命。幼輿每蒙燕集盛禮，以開其客愁而紓其旅瑣，感戢不淺。寄餉水芽，當爲君開包碾春風、煮湯候蟹眼也。正恐無五千卷可搜，無十年讀可攬，只與杞菊藜莧之腸背城借一耳。

答胡左藏

某伏以即辰暑雨知時，惠鮮秧兆，恭惟季解判院鄉丈，容與鴛行，式法大府，天棐勤肆，台候動止萬福。某屬蒙便了啄門，賜以先集，已嘗攙謝。小兒來歸，重拜誨帖，且餉以黄草、龍目、離支。衿之以爲暑服，則大勝細葛之含風；擘之以拈春酒，則未減紅綃之裹玉。降拜珍投，則百斯感。某棄官九年，所待一死，自分與長亭短堠永矢絶交矣。而三子出仕，中男次公去秋之官，長男長孺今兹六月又之官，小男幼輿九月又之官，其勢不得不東征逐子如曹大家也。必不獲已，姑從其近者。近者莫南昌若也，而又未能暑行，必也冬春之交乎？至來秋次公秩滿來歸，老身乃有還家之望。兩年之間，未有息肩之期，良可憫笑。都内之署，相州稺圭蓋嘗居之矣，相業權輿，不在兹乎？惟珍重以須。

答袁侍郎

某伏以即辰秋已小立，暑猶未退，恭惟宫使殿撰侍郎尊契丈，奉瑄祝釐，濳天見聖，身在霞外，望屬寰中，三神扶持，台候動止萬福，契家玉姥咸慶。某昨日有自城中來者，得報賜妙帖，示教新作《家人卦解義》，詞約理明，如斧析薪，如水赴壑。二五兩爻，尤爲易簡。若乘此破竹之鋒，不數日可了此八八卦矣，何必如某旁搜幽討，枉却十二年之燈火乎？「掎摭」、「風火」等詞，皆切中二豎所居者。醫和之目，那得遁疢，當聞而藥之也，感極荷極。《易贊》敬爲書一通，且妄下一轉語，又未知道着否？晦翁可痛，孔堂兩楹，遂折其一，其關吾道之興喪，非細事也。亦既遣人弔祭之，得其子文之報章矣，敢復以爲朋友唁也。願言珍重，即看賜環。

答徐用之知縣

某伏以即辰沆碭過中，高寒已早，伏惟用之知縣學士寮舊，久御祥琴，孝思未憖，神介台候動止萬福。伏蒙誨帖，命戒先丈處士銘章，業已宿諾，何敢固辭？顧老病微軀，文思荒落久矣。先是，此等文字多是大兒代作，如錢侍郎仲耕、孫檢正之父諸銘，吉州設廳諸記，皆其筆也。唯莆田陳丞相、葉丞相，建昌張彦文尚書、新安程給事元成諸公銘詩，乃平生或恩或游之至深厚者，不免强爲牽課耳。今君房遠出，禦説去家，當徐圖之。或親作，或令取代，未可約五日一水、十日一石也，幸小紓之。如已就，託黄盧陵轉致差易耳。即聽新除。

答廣東雷提舉

某伏以即辰虞秋過中，顥氣已爽，恭惟提舉郎中契丈，玉節光華，使星淵曜，霜日所映，海波不興，三神相之，台候動止萬福。某老病幽屏，死灰不燃，平生故人，不待寄之以叔夜之書，而庭久無退之之跡矣。契丈盛德無兩，高誼寡二，獨迂拂天之旆，左顧釣月之灣，父老縱觀，猿鶴呼舞。賢者自爲人所不爲，野人有以致此客則否矣。遣騎墜誨，撫存枏至，先之以東京之玄纁，申之以司業之酒錢。至於寶熏名果，重紊照坐。落英槁葉，頓回生意；冷牕凍壁，皆作春温。書吏龔生，又辱收補槧人，支賜月給。某無穎士之才，安能使役者見愛而不去？非故人此舉，則掉臂在旦暮耳。多詞不足以盡感之一字。未見，願言愛此大業，即還第頌之綴，慰此老懷。

某悚息再拜，敬問契家台嫓，即日凉秋，恭惟尊尊幼幼咸集純嘏。有委不外。大兒前月二十一日已交職，老身就養，小須少男冬間之官澧浦，然後議此行，其上春之間乎？令親伯珍近方得書，過望過望。

與衡州知府趙判院

某伏以即辰虞秋十半，顥氣高寒，恭惟判府判院，新拜魚書，輟從鷺序，高牙乃建，幕府初開，神天是孚，台候動止萬福。某謹齋宿奏記司槧，仰惟財幸。

某自慶此生親見近世麟趾公姓，異人林立，時則有若德莊之詩文，時則有若德老之勳賢，時則有若從善之才氣，漢之政、駿，唐之白、賀，方之徧矣。今又側聞判府判院妙齡嶄然，卓詭絶出，揮五色筆，草三千牘，掃千人軍，與寒士一戰而霸，姓字犖犖，光映千佛名經之中。鳴弦壯縣，則如桑下之馴彩雉；分月名城，則如竹西之寫烏絲。晚登春風玉笋之班，已藹秀出班行之譽。翩然厭直，自詭一麾。清氣開衡嶽之雲，高吟動湘江之水。借曰遠民之福，其若海内之望？青規紫禁，式遄其歸，子淵所謂「可倚而竢」也。某老病幽屏，姓名不至朝貴之門十年矣。天誘其衷，中男次公幸得走趨大府牛馬走之下陳，因之修敬，惟一攬而擲棄道旁云。

某惶恐再拜僭越，敬問台閎玉媿，即日秋清，恭惟尊尊幼幼受祉山則。廬陵有可效老聃之役，驩以承命。某皇恐白事：中男次公，筮仕云初，殊未更事，幸得充員衡之安仁監税，仰事仁賢之主人，所謂「人皆有一天」也。幬以慶雲，照以德星，霑以膏雨，舍魯何適矣。不勝舐犢之私，仰瀆聽衡之公，無任主臣。

答南豐陳宰

某伏以沉碭過中，高寒已早，即辰恭惟判縣學士契兄，三月報政，千室載歌，神明扶持，台候動止萬福。

某敬上記，以謝先施。未見，願言愛重不貲之業，對越選表之除，至望跂跂。

某問者闊焉，久不聞問，懷賢念舊，一飯無諼。遣騎墜誨，再披三讀，恍如瞻清峻而聆淙琤也。鳴弦幾何時，而學道愛人之聲與風俱來。以儒飾吏，故應有此，不敢望於它人者耳。某老病幽屏，道旁之櫟，過者不顧。故人相存之意，誼風凛然，足以追舊俗而回之。感歎不足，摧謝不莊，悚仄悚仄。

某再拜，敬問契家玉娩，即日恭惟尊稺受祉山則。有委不外。大兒長孺前月二十一日已庀職南昌，小兒幼輿咸陽客舍每辱臨存，尤感故意之長也。諸司惟俞漕甚厚，今納一書，因便送達。契兄何待於此？餘皆無一日雅。須貺麗參，至感。徽筆二十枝，聊伴空函，匪報也。

與俞運使

某惶恐白事：故人南豐宰陳通直，名與先人同，從艹從市。文學政事，加人數等，所至吏畏其廉明，民咏其慈惠。某與渠乃翁中書舍人安行兩同朝著，情誼如骨肉父子，交游二十餘年。此郎今宰劇邑，盤錯根節，衮沸湯火，墮身其間，不敢不勉。然非外臺獨有之天，幬以慶雲，庇以萬間，涵以滄海，難乎免於今之世矣。某敢以爲託。渠今歲季夏方庀職耳，三月之間已有美聲，年歲之間必有可觀。恐差次部吏，此郎得在門闌桃李之下陳，不勝幸願之至。

與羅必先省幹

某伏自先丈直閣過普州之後，久不得書。去歲十二月入城見益公，云仲憲十月一日不禄，聞問驚悼，涕泗交頤。不知到官幾月，竟以何疾而終？天文丈人三子十一孫，惟先丈仕宦，方將光顯，而遽罹大故。吾親萬里護喪，經灧澦，出巴蜀，歸葬里閭，不使其父爲旅櫬客魂，千辛萬苦，歷盡艱險，可謂大孝。老懷忽聞來歸，悲喜交至，歎重歎重。久探無消息，昨日得季周報。老病之身，久罷慶弔，一二日間當遣幼輿奔慰。先此奉唁，且致薄奠，更宜節哀，以終大事，不悉。

答羅必先省幹

某啓：清曉已專僕奉疏馳慰，尋當聞達。行李交至，伏辱手筆赴告，披讀流涕，不勝悲愴。護喪遠歸，已即宅里，又爲之喜也。即辰秋寒云初，緬惟息肩小憩，孝履支福。乍歸豈無可委？襄事有地有日否？京丞相親與某言，渠家上世皆用浮屠法葬之水火，每歲寒食，只來江皐酹酒三爵，燒紙錢數束，即是上塚。而京丈少年擢第，致位左輔，可以見郭景純風水之説繆矣。景純自遭王處仲所殺，子孫亦無顯者，而後世猶惑於不識字之山人。仲謀、价卿、宗卿屢遷考妣，暴骨再三，以求富貴，反招短折之罰。老夫家中三世窮儒，並無風水，願勿泥此，不悉。

答本路安撫張尚書

某伏以即辰一雨既霑，顥氣初爽，恭惟判府安撫華學尚書，聽履星辰，移次翼軫，元帥崇崛，上流繁雄，五月政成，三神慶集，台候動止萬福，列僊之姥受祉姟兆。某老病罷甿，受一廛於二天之下，齋宿奏記，孔夙不莫，而兒輩未行之間，誨函已從天而降矣。宜先者後，宜和者唱，挽天河，傾東海，不足以渝此怍也。惟是老牛䑛犢之私，仰慁冰壺玉衡之清，退而省焉，謂借不速戾於至公，亦當見笑於大方。敢圖教仁，答賜恩書，垂華星而落雲錦，諏茹煩悉，拊存劬愉，先之以不忘于湖膀尾之陳人，申之以尚憶蹇叔坐上之半面。夏諺謂「貴人多忘」，始亦信之，今其然乎否也？大兒學製之初，當此巖邑，微仲尼上律之天幬之在上，子美突兀之屋庇之在下，難乎免於今之世矣。而來誨諗以舊令小縱，諝輩不聳，聊致詰治，使承後者省力。父母昊極之德，何以尚此？某與老妻相語，府公恩斯，若此深厚，感甚至泣也。至於某不才多病之身，一生寡偶，幾覆車於太行，沉舟於呂梁。知難而退，棄官九載，納禄再朞。寒士仰此五斗，豈願尚幽獨而取高謇，辭實福而要虚名哉？先人門户，日就壞隤，已既不仕，而其子亦可以不仕乎？於是驅三子而皆習爲吏。非父驅之也，飢驅之也。不然，孑孑老身，煢然獨卧空山，豈得已而不已乎？大兒察其索居無聊，於是投其隙而進迎養之説。某重告之曰：「汝則順矣，其若以身累人何？汝獨不聞夏諺不云乎：『中人十家之産，寧日增一斛麥，無或增一客。』汝既竊禄於使家矣，又挾而父與而母以淮，是未能爲主人增麥而反增客也，可乎？」父子既似桓山之鳴，每念此兒之請，雖不忍拒，亦未敢從也。不知此聲胡爲已上達大帥之衡聽乎？得兒書，云尚書面命之曰：「而父肯來，西山、南浦皆有光華。」及讀來誨，則又曰：「江山寂寥久矣，一傳先聲，下至草木魚鳥皆有喜色。」又聞有傳台意者云：「將肇修方岳連帥之職，加待之以末至客右之禮。蛙廩鶴料，亦與繼粟；牙檣錦纜，亦與浮家。」蓋父子窮愁之所願欲而不敢請者，我主公皆逆探其心而不靳其賜矣。如是而不感，如是而不就，則木偶人而已耳。少男幼輿方爲裝以赴澧之監河，將以良月行。姑候其行，然後老夫婦之行期可卜日也。嗣當詳告大兒，并奏記以聞焉。先此以謝恩意之辱，不勝大願，願言愛重盛德大業，即持鈞樞，以福禄四海云。

答謝提幹

某伏蒙墨妙，一訪生死，慰懌於萬。命戒先尚書家傳，某何人，敢承授簡？又有韓柳之擬。尚書文固不減柳，若名德，柳何敢望回？至於某，尚不足以充柳之衙官筆吏，而况韓乎？不敢當。然一生學問文字之交，四海才四五人耳，而尚書爲最，所命不應辭讓。但作傳之説，若作家傳，則家人子之任，非外人事也；若作史傳，則合於今上慶元元年日曆中某月日書云「某官謝」、「某薨」之下，書云「某，字某，臨江人也」云云，如某修孝宗日曆作張魏公、欽夫、李壽翁三傳是也。今某閑人，豈敢作私史以抵吏議乎？墓銘、神道碑，惟命。

答虞知能

某問者闊焉，久不聞問，遣騎墜教，披讀三過，喜如之何！蒙封示丈丈直閣萬金之書，寄聲於某，商略所書令祖雍公言行，欲以議襄陽兵事冠于篇首，恐未可也。篇首正當書紹興辛巳江上督師，一戰殲渠魁。國之再昌，舍此宜無大者。若道辛卯襄陽有警，本路帥漕、戎帥請發兵，而雍公不許妄動，卒無它虞，此特書之篇中足矣，未足以冠篇也。丈丈又謂其文名以「雍志」，此又未之前聞也。前輩文集中止有曰「墓誌」、曰「墓銘」、曰「表」、曰「神道碑」而已，今創名曰「雍志」，此爲何等文書乎？恐傳笑文士而後無傳也。某今所陳者，丈丈如曰不可，則願别請儒宗文師一代大手筆者爲之，某當再拜而避也。

答建寧府傅内翰

某伏以即辰顥氣彌高，積霖小霽，恭惟判府徽學内翰，報政代藩，易鎮河股，神天送喜，台候動止萬福。某老病，歸歟待盡云耳，山徑不與東西行者會，鴈亦不我過也，欲洼一字，其道亡繇，獨有其人甚遠之歎。遣騎墜教，字垂華星，語洗晴雪，忽覺致身李中丞之側，喜如之何！家集拜賜，三世文獻，一朝快睹，矧南宫望郎，與游深厚，懷知永肩，讀一二三策未竟，而淚落不能收也。玄穎既佳，又腆學落思軋，無所事信。十襲挂壁，時一敬仰，思王公而不得見，見王公之所寄，則如見王公焉。占謝未詳，願言愛重盛德大業，即持鈞樞，用畢能事。

答太和卓宰

某病身無俚，搔首忽忽，偶聞剥啄柴扉者，攝衣出問，則詩家者流寄聲訪生死也，披讀驚喜。即辰良月初吉，積雨小霽，恭惟士直西昌大夫契丈，惠化告成，爲裝王覲，借留不可，神人具依，台候動止萬福。送似快閣新刻真蹟，得未曾有。鉅公衆作偕來，多荷多荷。徵惡語，輒汼二絕句，山谷有靈，當笑「小兒强解事」也。抒謝不莊，竦仄竦仄。

與周監丞

某卧痾空山，秪有不如。咫尺不見，實同千里。方寸尊德，頃之九回。即辰小春淺寒，恭惟高居萬象之臺，獨立一世之表，三神離衛，台候動止萬福。某惶恐小稟：昨晚蒙丞相寄聲，彼此免冬年交賀之禮。某本以老病，棄官還家，求以休息，而東西周每歲建堂堂之陣以夾攻之，豈特楚人一歲七奔命而已，無地可以詭姓遁身者。忽聞慈命，頓解天弢，敢以聞焉。漢過不先，仰惟執事實圖利之。

答贛州張舍人

某伏以即辰小春淺寒，苦雨未霽，恭惟判府右史舍人尊契丈，朞年政成，二天化洽，兩路按堵，上流静波，神天寵綏，台候動止萬福。某卧痾山墅，意象眵昬，騎吏打門，玉字下墮，思賢新記，儒榮古詩，聯翩而來，珠流璧合。七言雄偉，讀之慨然起封狼居胥之意；古文雅健，攬者宛然逼真柳愚溪之作。崆峒曉日之光，章貢秋風之清，忽下照藜藿之門，吹盡冠中之埃也。至「棠陰丹筆」之語，尤足以破陰陽家流之邪詞，解鬼神應泣之大惑，有功於後學，丕變於流俗不少矣。恭承命戒記章貢道院或賦，某學落思涸，何敢授簡？長者有命，又不容固辭，當款款擬呈，別遣人送似求是正也。許爲築三徑小亭，甚榮。第小圃偪仄，無地可頓。去大江二十餘里，取材運甓，勞人費財。切告賜免，此心乃小安耳。下稷天氣頓冷，噓呵凍指，摧謝不莊，仰惟洞視。

與林總領郎中

某惶恐，敬有賤褁：小兒幼輿，愚騃不才，初習爲吏，充員澧之慈利税官。適有天幸，迺獲趨事使星卿月之末光。不勝大願，敢祈幬以仲尼上律之天，庇以子美萬間之屋，訓迪之，挈攜之，全度之，有萬斯幸。

與湖北唐提刑

某惶恐，敬有賤褁：小兒幼輿，愚騃不才，初試吏於澧之慈利税官，幸得趨事玉節光華之下，敢望幬以仲尼上律之天，庇以子美萬間之廈，訓迪之，挈攜之，全度之，有萬其幸。再有稟白：先是，上狀嘗以澧推吴承直璪舉主已及四員，政欠職司合尖一章。仰干台造，乞特輟今年下半年或來年上半年一京削，以成就其改秩之榮。更祈蚤賜剡發，至褁至扣。

與江陵府楊侍郎

某惶恐，敬有賤狠：小兒幼輿，愚騃不才，初習爲吏，充員澧之慈利税官。適有天幸，迺獲趨事詩書之帥。不勝大願，仰祈幬以仲尼上律之天，庇以少陵突兀之屋，訓迪之，挈攜之，全度之，有萬斯幸。

與醴陵錢知縣

某伏以即日苦雨未霽，殊妨斂藏，恭惟文季知縣國録契丈，朞年政成，民咏神介，台候動止萬福，契家玉媿均慶。某老病侵加，懸車待盡，無足談者。「君子學道則愛人」，昔聞其語，今見其人，醴陵之民，一何幸也。廬陵今秋兩月不雨，兩月連雨，前日大田可縱燎，今日遺秉又生耳矣。潘縣歲事，定復何似？小兒幼輿之官澧浦，寄徑提封，敬令一拜函丈，願扣囊底書以振德之。所祝愛重大業，拭目璧水蓬山之際。

與澧州趙守

某伏以即辰良月初寒，積霖新霽，恭惟判府太中，幕府肇開，高牙乃建，民咏何暮，化孚崇朝，三神具依，台候動止萬福。某移病引年，垂車山藪，亦隃藉芒寒色正之末光旁燭之也。千里而遥，何從晤對？願言寶珍龜玉，翔集孔鸞，桑蔭未移，天子有詔。

某竊觀近代人物眇然，獨瓌奇絶特之産，過半出於帝家之璿源玉水，是殆有相之道。時則有若判府太中，用周室麟定棣韡之英，漢宗鴻寶苑秘之彦，而挑青燈，磨破硯，着鶻袍，與四海九州之窶子鯫生，角雕龍鏤冰之技於饕蝨爆竹之場，取先群雄，闗其口而奪之氣，顧不雋哉！至於鳴弦歌，有學道愛人之去思；分風月，有驥足未展之嘉歎。澧陽文獻，是惟屈宋捐玦折瑶之窟宅也。《橘頌》衣鉢，今有傳矣。褰帷屬爾，而令修於庭户之間，人自得於湖山之外。信矣，「類非俗吏之所能爲」者耶！敢以爲遠民賀，併以爲江山賀，非爲執事賀也。

某皇恐再拜僭易，敬問駟馬高蓋之門，閫風方壺之姥，即日冬初，恭惟尊尊幼幼受祉姟兆。某惶恐有禀：小兒幼輿，愚騃不才，試吏之初，適有天幸，乃得走趨仰事宣州仁賢之主人，真所謂「人皆有一天」者。某不勝大願，願焘之以仲尼上律之天，庇之以子美突兀之屋，訓告之，挈携之。震風凌雨，今知免矣。

答吴節推

某屬者便了送花之歸，囊篋細碎之報，語在前書矣。即辰苦雨未收，恭惟景陸節推學士尊親，以賓贊之良，兼守貳之重，神介台候萬福，親家玉姥均慶。小兒幼輿之官監河，得託懿戚之芘，東坡與王定國書云「吾兒即公兒」也，何俟多囑。唐憲文字，再趣之矣。

與葉樞密

某伏以即辰積雨新晴，六合清朗，恭惟觀使大資樞使相公，珍臺閒館，臯伊冠倫，御風騎氣，松喬離衛，鈞候動止萬福。某伏自昔歲吴推遣便了詣福唐，因之奏記。及其還也，報以雲錦之書，華星之字，此惠已弘多矣，而又餉以荔子、石巨之珍芳。紅綃玉膚，光映冰盤；江風海雨，寒入牙頰。野人藜莧之腹，人世煙火之腸，坐覺三洗而九滌也，榮感欲次骨矣。先是鈞樞台鼎，小移六符之躔；櫜兜戟纛，暫作三山之行。竊意皇上未察，必謂是役也，周公分陝，行且式遄其衮衣；裴度鎮洛，方將注想於元老。不悟其假此以釋寵榮，翩然而還里第也。某不勝主臣，敢有白事：頃者不度分守，僭以親戚澧州推官吴承直瑑舉員蹈七望八已三員，輒仰干造化，乞賜鈞播。即蒙千金之諾，以來歲上半年京削收録之，且頒以照牒矣。今兹嗣歲至矣，再遣便了駿奔，以請奏牘一類文書，敢冀給畀此僕以歸，有萬其感，抑過於某受此恩也。今晨始霜，病指欲墮，嘘呵凍筆，墨淡字攲，皇恐皇恐。宰席虛左，正竢我公之歸，告廷風雷，四海傾耳。

答隆興府黄倅

某伏以小春淺寒，積雨初霽，即辰恭惟府判太中年家丈，共理帥藩，同宣皇化，民咏豈弟，天迪仁賢，台候動止萬福。某老病不敏，致敬小臯，死罪死罪。未見君子，願言愛重大業，即登春風玉笋之班。

某幸甚，辱在先太中龍虎牓之末陳，講若盛名之下，如五緯天垂，四嶽玉立。顧公出我處，相斷不逢，庸非咄咄怪事耶？台座挈國躋民之業，敲金擊石之文，挾斯具，遭斯世，干青霄而直上，凌太空而徑度，宜也。顧俯同濂溪之集章貢，定國之來淮海，何歟？將西山之英、東湖之神，俟吾墨卿之臨，求偉詞俊語，湔祓落霞秋水之寂寞歟？某老矣，而大兒有迎養之請，大帥詒嘉招之書。儻負薪小愈，尚堪力疾一往，則見賢人，傳賢書，天其卒相儂家歟？而尺素修好，乃辱長者先施焉。薄雲之誼篤矣，策馬之殿忸矣，負荆之謝臯矣。

某皇恐再拜，敬問年家神清台媲，即辰冬寒，恭惟尊尊幼幼受祉絯兆。有盧陵委，願畢力。某惶恐賤狠：大兒長孺，愚騃不才，冒試制邑，適有天幸，得趨事介帥之下風。東坡與王定國書云「我兒即公兒」也，敢以此自歸於門下，惟二天覆露而全安之。

誠齋集卷第一百十一

廬陵楊万里廷秀

尺牘

與余丞相

某伏以大冬有俶，霽暉未舒，即辰恭惟觀使大觀文左丞相，上能芒寒，造物與游，霄垠咸若，河嶽盡護，鈞候動止萬福，恩閎相姥錫羡姟兆。某山鹿野麋之姿，夫須獨速之生，耄矣，病矣，已矣，於身外事，於人間事，怳兮如隔世矣。猶有痛掃溉而不除者，胸中一點耿耿感激投分之意氣，不侵久要之然諾，雖欲如寒灰之不燃，槁木之不芽，病未能也。而况野人之塊，辱在化工大鈞之播；寸草之心，未報陽和三春之暉。是可忘也，孰不可忘也。然雙鯉尺素之敬，有虛月於中涓；千里命駕之約，竟寒盟於載書。不曰肉黄頭白，肩高頤隱，坐則有垂釣之傴，行則有可笑之躄而然耶？抑亦石齧我趾，龍覆我艇，陸則有犖确之徑，水則有洶欻之濤而然耶？每一念之，未始不作惡數日也。若夫清風明月，必思玄度；高山景行，獨仰仲尼。皇天后土，實臨此心。側聞相君潭潭公府，與珠履落之久矣。東望佳氣，想見緑野之堂，碧瓦拂日；翹材之館，華裾織翠；獨樂之園，花竹秀野。反顧荒傖，曾不得陪燕雀、侶黿魚於上下，曳長裾、彈劒鋏於前後，良可憐哉！

良可憐哉！廬陵自七月十三日不雨，一行槁乾，至九月一日，大田可以縱燎。自九月二日雨，一行霖淫，至于今日，遺秉又復生耳。餘生逢此，咄咄書空，坐待土銼之不煙，塵甑之不粒也。老瓦盆，瘦藤尊，不待寄嵇叔夜之書而鄭不來矣。三衢歲事，定復何似？丞相袖中有作霖之手，而小靳於九州四海，獨不可貤及於鄰里鄉黨乎？專走便了，奏記東閤，略無一物可以伴黄耳者。竹萌五十斤，人面子乾、餘甘乾各一千合，晉越贄諸籩人，真所謂野人之美芹子，「雖有區區之意，亦已踈矣」。惟不標而出之大門之外，有萬其幸。天扶柱石，人徯鹽梅，可不寶之珍之，愛之重之，以答揚其意耶？以公歸兮之雅，尚能爲聖世賡載之。

再與余丞相

某屬者專僕奏記，恭想聞達，兹復賤猥：親戚澧州推官吴承直璪，頃蒙鈞慈頒賜照牒，舉辛酉年上半年改官親民任使。丞相一倡，群公並和，今得舉主四員矣。嗣歲且至，渠今遣僕奏記，拜請奏牘一宗文字。敢祈鈞旨，頤指典籤，特賜剡發，以授去僕以歸，有萬其感。恭惟如天之恩，某實並受之。

答新車輅王判院

某伏以積雨新晴，六合清朗，即日恭惟子林判院鄉友，歸軒錦纁，待綴班行，神介燕喜，台候動止萬福。某恭審錫綸言於殿城，除車府之户郎，寄徑於斯，亨衢孔邇，恭惟驩慶。某小緩修賀，迺辱相先。偶以三子皆出，無分勞者，罷於書問。臂痛復作，自此恐與管城子永絶交矣。口占刀筆吏摧謝，併惟大貸。

答安福徐令謙亨

某伏以即日至後晴寒，恭惟安城大夫徐君執事，惠化宜民，廣譽旁達，有相之道，台候動止萬福。某生無它好，而惟文詞之好，顧近世古音絶響久哉！談學問者薄之以爲技，鶩儷偶者彀之以爲淡，於是退之之五弦可薪，而南豐之八珍可屏矣。誠不自意彭蠡之濱有執事者，獨奏人之所莫奏，而味人之所不味。頭白肉黄之叟，竊伏林下，聞其風而悦之，豈不欲屬垣其霖雨崩山之遺音，染指于函牛獻黿之惠餕哉？大兒長孺曰：「翁嗜之，兒有之，當翁奏翁啖也。」斗藪敗篋，未始云獲，而大瑟中琴，山膚海錯，畢陳于前矣。滿聽清鏘，大嚼雋永，何其奇也，又何其富也。如《論盜書》，見憂國之遠圖；如《總壁記》，見勤民之深惻；如《吴畫記》，續《愚溪》之斷弦。每竊嘆惜古文其遂熄矣，延斯道之光以炳來者，不在執事，其將焉在？楙之竟之，進而益進，其又有弘於此者乎？惠我無疆，言之不足。寄贈潭帖、古碑、臼燭，皆清且佳，敢不重拜？惟爲斯文自愛，當有夜誦《子虚》者。

與衡州陳通判丰

某伏以即辰景迫凋年，霜酣霽日，恭惟府判太中，分月湘江，開雲衡嶽，民咏豈弟，天迪仁賢，台候動止萬福。某不慙耄及，慕用下風，吉蠲穎泓，徹名謁者，邈未瞻進賢之冠，輒進保金軀之頌，式竚馹召，怒飛鵷行。某蓋嘗究觀近代人物之鼎盛，莫三山若也。而鼎盛之中萃乎冠出者，孰居太丘子孫之右者？前有兩博士之制科，後有一樞相之斗魁，磊磊相望，日杲星垂，宗不乏人。執事以撑霆裂月之筆，收片玉一枝之名，清風震山，游刃破竹，年甫强仕，而聲已溢世。昔人謂士元非治中别駕不足以展，僕則謂雖治中别駕，亦未足以展執事也。然東坡倅杭，濂溪倅虔，在二先生則爲不遇矣，顧不爲兩郡江山之遇耶？僕是以不以衡湘爲執事慶，而以執事爲衡湘慶。今人恐未知耳，若老朽之人，方幽屏待盡，猶及見執事之蜚鳴也，及今相聞，獨不可乎？惟執事財幸。

某竦息再拜，敬問台閎玉婘，即日恭惟尊尊幼幼受祉山則。有廬陵委，願奉承之。某皇恐僭有至狠：中男次公，不習爲吏，自試譏征，適有天幸，乃得走趨服事於旗纛旄麾之下，親炙薰陶於宗師道德之側。抑諺有之：「鄭渠無旱畝，崑山無礦土。」前之説以徼恩紀之芘，後之説以匄樂育之惠，惟執事垂意焉。

答范監税

某伏以凋年受代，嗣歲來歸，即日恭惟判院直閣契丈，新除近天，神介台候動止萬福。某間者闊焉，久不聞問，乃心尊德，無頃焉置。忽檻誨帖，驚喜不勝。恭承來諗，如先集刻印，行矣僝功，將有分賜於野人者。病眼作花，苦無異書以金篦之。日徯此賜，如飢腸雷轉而望脑蹯，如渴肺塵生而須危露也。未見，願言寶珍大業，立俟明廷孔鸞之集。

答贛州張舍人

某屬者行李還返，因之奏記，以謝嘉惠，且一再祈恩，以妻姪孫羅令瀛爲門下薦，乞特輟今年上半年首章京削以爲破白之舉。兹辱遺騎，墜以玉字之書，諗以金諾之實。大帥之槖兜戟纛曾未西柄，而春風已先到河陽之桃李矣。厖恩特達，何異老身之親得出其門也，多言何足以寫中心之感。官壺拜賜，臨行遺愛而不忘一野人，况十邑之甿乎？書吏續食，併深銜戢。餞行二詩，别紙呈似，依依知己之意，抑亦見效兆之一端云。

與湖北傅提舉

某伏以即日由元至人，猶寒已暄，恭惟提舉寺丞，登攬霜清，風采嶽動，百吏震疊，群黎謳謡，天迪神保，台候動止萬福。某謹三肅九頓首，奏記謁者，仰惟財幸。

某半生漫仕，十里九山，常摧輈焉。顧獨有負恃而矜喜者，不曰盡交天下之名勝乎？而其尤者，則未有過於草堂一家之父子兄弟間者也。初與侍郎公同朝，一見如舊相識。繼與郎中公同朝，立談到金石處。最後與内翰公在朝則篚羽，在外則合符。僕之於執事，事契似不薄也。然有遺恨者，識機未識雲，覩元方而未覩季方也。搢紳先生曰執事詩似父，文似兄，德業節概似二祖，其名位宜過之無不及也，而尚乘孟博之車，按壽昌之庚，宜乎否也？惟執事小須之，時有求於執事者，非執事者有求於時也。某老矣，病矣，已棄人間事矣，不敢復讀天下之書，不敢復言天下之事矣，然猶惓惓於執事而不能去者，詩人不云乎：「空餘見賢心，忍渴望梅嶺。」執事幸無忽。

某惶恐再拜，僭問列戟拂日之門，安期羨門之姥，即辰恭惟由尊及穉茂介春祺。某也里居，庸詎無一事可以效牛馬走之役者？願承命戒。某惶恐，致敬之初，不應及其私，抑聞之：「菀彼柳斯，鳴蜩嘒嘒。」言大者之旁，小者無不容也。第三男幼輿，騃不更事，初學爲吏，今充慈利監税之員，適有天幸，迺獲走趨服事一世之先生長者。諺云：「鄭渠無旱晦，崑丘無礦土。」前之説願以徼福繡衣使者覆露之恩，後之説願以沾匄文章巨公教育之恩，惟執事惻之。

答本路彭提刑

某恭承使華，賜以誨墨，發襲六爲七之學，摛騈四儷六之詞，如遺所尊，豈僕敢拜？敬以歸納，仰乞賜知。趙户荷領略，欲見職令之辨，渠于台造，旦夕必自呈爵里也。某惶恐復有至懇：南昌令長孺，乃某長男也。不才試邑，適有天幸，乃得趨事繡衣之下風。敢祈先生長者賜以萬間廣厦之庇，或它時考察所部官吏之殿最，願沾丐薦墨之膏潤。寒士寸進繫此，一援手千鈞之巨力，抗之則九垓之上，棄之則九淵之底，惟仁人動心焉，不勝祈扣深切之至。

答臨江葉守

某伏以維仲之冬，積雨新霽，即日恭惟判府判院契丈，流化名城，朞年報政，民樂豈弟，天迪忠賢，台候動止萬福。今兹書雲蒨絢，迎日舒長，陽氣潛萌，君子道長，裒對小至，瑞慶大來。某以國卹，不敢哦烏烏拊缶之音，爲巍巍大厦之賀，反勤長者勞之賚之，天落雲錦之書，月對華星之字，三反九復，清風襲人。又重之以縹玉之酒，金漿之醪。先薦屏攝，洗琖開嘗，漢之蘭生，隋之玉薤，沙洛之醁醽，程鄉之若下，風味勝絶，何必減焉。冷牕凍壁，頓生春温，有萬其感。契丈以石林先生之聞孫，祥刑使者之賢子，芝蘭玉樹，趾美前芳；文學政事，兩有家法。平易近民之聲，《中和》、《樂職》之頌，風自北而南，洋洋盈耳也。乘此一陽之復，遂膺三節之召，徑登春風玉笋之班，某也蓋日望之。高蓋列棨之門，安期羨門之媄，即日恭惟尊尊幼幼受祉山則。廬陵豈無一事可以效牛馬走者？驪以承命。

答本路彭提刑

某屬者上記，以謝剡薦羅親之恩，蓋出於聞而知之也。既而羅來訪，具能言契丈所以延竚者甚厚，既飲食之，又餽贐之，又命舟以載之，其擾清治端不少也，媿感何已！兹蒙遣騎墜教，申之以名酒之餉，兼以石刻，且辱妙句寵和，壓倒倡者，拜受有萬其感。舊苦臂痛，偶三子皆之官，無分勞者，罷於書問。舊疾復作，不能執筆，敬倩女壻陳丞代書，此心殊不滿也，併幸台恕。

答萬安趙宰

某伏以即辰至後景長，積雨小霽，恭惟載道知縣朝議契丈，鳴弦政成，民咏惠和，神勞豈弟，台候動止萬福。近新進奏判院曾仲卿相過，極談龍頭書院絶境，江鄉未有，恨不得飛墮其間，觀文物之盛也。兹蒙遺騎墜教，有霜柑、黄雀、山藥之餉，厚意所臨，拜受珍感。舊苦臂痛，偶三子皆之官，無分勞者，罷於書問。舊疾復作，不能執筆，敬倩女壻陳丞代書，此心殊不滿也，併幸台恕。

答隆興張帥

某恭承緘翰纍繭，重以名酒旨多。洗琖開嘗，漢之蘭生，隋之玉薤，沙洛之醁醽，程鄉之若下，視此風味之勝絶，何必減焉。榮感之衷，已奏記擢謝矣。别楮又勤親染，華星之字，暖律之詞，㷂休柙至。連雲無栖，病身莫寄，而嚴鄭公之眼，獨爲少陵野老而青焉。窮途易感，不知老淚之沱若也。小男幼輿前月二十四日已之官澧浦之監河矣，而天寒既至，霜雪既降，老妻有小痼疾，怯寒特異，迨春微和，當議行期也。

答福帥張子儀尚書

某伏以即辰書雲倩絢，迎日舒長，恭惟判府安撫華學尚書尊契丈，台斗祥光，詩書元帥，威惠允洽，天人咸若，哀對小至，瑞慶大來，台候動止萬福。某昨六月間，新安福林簿待問來自三山，云有歸者，某因之奏記，以賀建牙，且謝戟纛出脩門之日賜書告行，其中稱某與徐達書酷似柳子云者。今蒙高誼，不遠千里遣一騎寄雙魚，驚喜披讀，乃知此書未達，何也？契丈幕府肇開，曾幾何時，而平易近民之聲，《中和》、《樂職》之頌，已與風俱馳，與川争流。君子時雨之化，儒者德風之政，故應如許，「類非俗吏之所能爲」也。而來教乃謂自令似之官之後，頓起歸歟之興，何也？西京之韋，父子丞相；本朝之吕，大小申公。公家先正大參，炳靈在上，門户之責，不責之賢孫而誰責也？契丈勉之。頒貺羅池蕉黄，漆園髹器，君謨水蒼之銙，鍊師蛺蝶之羅，《歲時雜記》又得異書，此意厚矣。降拜，不勝感戢之至。辱問近詩，今有《山居雜興》二十四絶句，謹録呈似。未見君子，願言珍重。乘此一陽之復，遂膺三節之召，先之以世官，申之以韋、吕，旦旦望之。

某惶恐再拜，敬問契家玉婘，即日亞歲令節，恭惟尊尊幼幼受祉山則。大兒長孺近七月庀職南昌縣事，中男次公去歲仲冬庀職衡之安仁税務，小男幼輿前月下澣啓行赴澧之慈利税務。仰蒙諏及，故禀。有委，願承命戒。

答贛州張右史移廣西帥

某今月十一日，已令書吏龔世榮持斐然之文呈似矣。今辱遣騎下教，乃十六日之書，蓋兩不相值，偶然參差耳，計程當已上達也。恭審帝謀元帥，公應疇咨，自玉虹翠浪之鄉，建羅帶碧篸之纛，恭惟慶愜。某僭有至懇：妻姪孫從政郎、靈川令羅瀛，既冠收科，能文能政，幸得仰事詩書之帥。敢乞先生長者特輟慶元七年上半年一京削爲之破白之薦，一經拈出，諸司必和，不翅某受此恩也，拳拳至扣。

答臨江葉守賀年

某伏以即辰自元至人，猶寒已燠，恭惟某官，朞年而化，千里而謠，神明扶持，台候動止萬福。某黄冠野夫，又逢獻歲，遐想畫戟森衛，華裾如葱，躋彼公堂，稱觴介壽。隔一帶水，罔克駿奔，寸心悁然，獨有跂跂。乃蒙特遣行李，墜以玉書，尉存劬愉，訪問生死，三肅使者，感榮萬斯。占謝匆草，何以報德？「上言加餐飯，下言長相思」，先賦是詩以爲善禱；「卿月昇金掌，王春度玉墀」，後賦是詩以爲善頌云。

答隆興府張帥

某伏辱專介疾馳，中宿而至，手札下逮，累百其詞，報以大兒屬疾之詳。既遣和緩以視之，又委斯立以主之。曲折指縱，戒以持重。朝曛存問，反復商略。家藏萬金之良藥，輟以餌之；古人三年之宿艾，訓以炷之。小變則爲之蹙頞，小退則爲之解顔。竟與起死，可謂更生。蕞爾小官，愛若己子。焘載鞠育之恩，何以尚之？奉教感泣，以喜以悲。亦得大兒親書，報以小愈。惟是銜恩戴仁，不知所報，抗回之草，顧印之龜，未慊由衷之萬分也。以謝一二，仰惟誉省。

答隆興府張帥

某恭承行李柙至，恩書單傳，將命兼程而駿奔及門者，弗越於信次。先諗之以兒疾之小愈，申告之以兒體之復初。深惟生死肉骨之恩私，彌覺河海華嶽之淺鮮。何以論報？莫知所云。當令此兒効死門下，抑折骨絶筋而後已，奚服箱歷塊之足辭！雖不足於使令，猶庶幾於夙夜。某舊苦手痛，近偶復作，留二介七日，今晨僅能執筆，抒謝已後矣。不勝主臣，不勝主臣。

與湖廣總領林郎中

某惶恐白事：廬陵兩年旱潦，而吉水爲甚。且如貧家歲收，米鄉小斗九百餘石，而去秋放佃户田租主分米四百石，它户可類推也。恭聞使司移文，委本州趙倅同吉水秦宰鑑和糴米二萬石，此聲一傳，民户駭懼。若乘去秋八九月米熟之時糴之，尚恐無可糴者，而使司之命乃十二月之命，今民間安得餘米以應公上之糴乎？萬一州縣奉行，則號令必峻，追逮必急，穀價必倍，民食必艱。敢望上應列宿之暉，下燭民瘼，特與改命，速行住糴，則一邑生齒免轉徙它邦，捐瘠溝壑。仁人如天之恩，何止活千人而已。秦宰有公劄子來，求某一言於使臺，併以呈似。

答經略左史張舍人

某恭承一个行李，墮八法親書，寄似三碑，拜受悚感。適此小溪驟漲，春雨斷橋，亦無柳陰之小舟可以利涉者。而又野人蝸牛之廬，門不容轍，巷不容軒，元戎小隊，橐兜拂日，旆旌絳天，前茅所次，羅閫所呵，將於何而頓之？得免照臨，乃幸乃荷。草草攡謝，十分未見其一端也。

靈川羅令瀛，已荷季諾，賜以禰章，敢望終惠。

與周丞相

某紊得謝幹峴書，云丞相許爲其先碑題蓋，今此文已就，敬委陳倩持以呈似。文有傷理，有避礙，有害辭者，願即塗改，復擲還此本，當一一師用。先是，《石人峰》詩仰勤妙跋，詞藻滂葩，源委洞徹，盡發曹劉李杜未睹之秘。觀者以爲某之詩真足以當此，不知老先生眼力到處，胸中蘊此一段詩評久未吐出，特因某而發，故借石人峰以裝鋪席，如子美之黄四娘，退之之毛仙翁，東坡之雲龍山人，半山之方仲永耳。所謂周子之兄之前，不得談莊生之化爲蝶也，荷荷。長孺、次公、幼輿前後皆拜薦禰之墨，三子知免，且有進寸之望矣，感恩豈有涯哉！

與淮西韓總領

某惶恐白事：廬陵兩年旱潦，而去年爲甚。五月大水，自六月不雨，至于九月，幸而間有陂塘車戽者，捄得三五分。而十月一雨連五六十日，高者生耳，下者爲泥土。且如貧家，歲收鄉小斗九百餘石，而去秋放佃户田租主分米四百石，它户可以一葉知秋也。屬者恭聞總卿曾丈行下倅廳，收糴米七萬石，趙倅及州民上下恟懼，不知所出。趙君即具公文，乞行蠲免。適有天幸，而台座肇新總臺之政，仰蒙特免其半，此恩不貲，州民始有更生之望。然此舉若乘去秋米熟之時糴之，尚恐無可糴者，今民間旱後入春，安得餘米以應公上之須？萬一尚糴其半，則州縣奉行，號令必峻，追逮必嚴，穀價必倍，民食必艱。敢望上應列宿之暉，未忘舊部之民，特與改命，盡與蠲免，則一郡生齒免轉徙它邦，捐瘠溝壑。仁人如天之恩，何止活千人而已。趙倅以某受門下之知不淺，來諉某爲邦民一言，有書來囑，敢併以呈似。

答吉州趙倅

某屬嘗奏記，仰干使廳給牓約束水利事，特蒙報教，其應如響。一鄉之民，鼓舞恩紀，何必減子威芋魁之謡，不寧唯某一家耄稚之感恩而已。兹領誨帖，命戒韓總卿免糴之書，尤見勤民之仁心。某亦受賜一人之數，聞之距躍三百，驩以奉承。敬以呈似，覽畢望頣指書吏緘而蠟之，幸甚。

賀本路俞運使赴召

某今晚得邸報，恭審契丈膺受璽書，徵還金闕，即傳除目，遂冠從班，恭惟驩慶。某辱在與游之末，其喜其抃，尤在人先。老身遠跡，欲送南浦，其路無繇，敬哦唐律兩章，以餞班公登仙之行，惟一覽，幸甚幸甚。

答湖北趙主管

某昨蒙維舟江滸，迂轡山墅，猿鶴驚喜，泉石焜燿，老病之人，何榮如焉！伏奉誨帖，加遺少失元直之藥，四客卿、三墨兵、一周粟之誌，拜受至感。徵小詩，今以呈似。諸公牛腰，併歸行李。

與湖北唐提刑

某屬者一再奏記，尋當徹聞。茲復三瀆，未語先忸。伏自台座未登攬之初，嘗亟以親戚澧州吴推璪爲薦，亦聞進拜即辱異知，稱賞其才而歎惜其淹，許以論薦而告以少待，此意已不貲矣。然以諸公間皆薦人來，那融未行，極知區處不易。今則上半年文字已不敢希覬矣，某亦豈敢咄咄相逼？第吴推秩滿近在今冬，考任過足，已有舉主四員，所大闕者、所極緊者，正患未有職司與合尖之章也。二者之恩，舍門下誰適者？代者今夕至，則詰朝秣其駒矣。嗟乎，殆哉！岌乎！某誠不識好惡，千控萬告，欲望台座特輟今年下半年一京削以成就之。吴推一生昇沉，視此一舉。豈惟吴推感此燾載生成之恩，某實並受之。諸公所薦，多有初到任者，似未渠晚也。意迫詞危，併祈未督過之，尤幸尤幸。

某恰作此書間，忽得大兒知南昌縣事長孺遣人來報，云小兒幼輿誤蒙異顧，特招入臺，𨈆攝幹官，老夫婦聞之驚喜。伏自惟念，非常之寵，不貲之恩，孺子眇然，何以堪此？連雲大厦遂得託而棲，九里洪河遂得挹其潤，豈不謂之如天之福哉！更望先生長者教育後進，訓迪其所未能，涵容其所不逮，終始芘存而全度之，不勝大願。

答吴節推

某昨晚長孺遣人遞至手誨，諭及唐憲文字事，冰氏之子，蟬翼之力，不能成事，至勤再三。今復浼唐丈一書，就令南昌人持至武陵憲臺投下，却詣澧浦奉報。仍批戒幼輿，令時復一提之也。猥切之詞，不遺餘矣。後欲復作，蔑以加矣。其濟與否，非所及矣。公幸察我，公幸恕我。

花皆奇品，千葉無贋，第石門劉氏二株皆未見花。枝葉一色，一種也。❶去秋來書云二種，非也。

答新淦縣鄭宰

某伏以即日禊事孔邇，毛空峭寒，恭惟判縣朝議契兄，學道愛人，春年報政，民咏神聽，台候動止萬福。

❶「一」，原作「二」，今據文義改。

某敬恭上記，以謝先施，伏惟財幸。

某屬者篋朝，丈丈侍郎朝退，一字之行，意氣金石。亦聞梧竹鸞鵠，五色炳蔚，剩欲滿聽戎談，以濯軟紅，役役卒歲，竟乖微尚，遺恨逮今。敢圖誼概崇崛，先我繼好，一封雲錦，飛墜荆扉，訪問死生，激烈哀懦。自視欿然，何以稱此惠也。侍郎起居狀，遂得剽聞，便覺玉立長身，在吾目中，欣遇豈少哉！最聲藉甚，下轉上聞，密縣故事，曾謂泰山不如林放乎？盍少須之。

答虞制機虞知府

某恭承伯仲不遠數千里遣一个行李，賜以手札，申以長牋，示以先師相言行，委以銘詩。某也師相先生老門生也，且嘗職太史，其何敢辭？第所示言行數千萬言，古人所謂終身不能究其説者。某今年七十有五，衰病垂死，安能歷覽？且如國史張魏公本傳，及莆田葉、陳二丞相墓銘，其家子弟皆撰成行狀一編，不過四五十版，二三萬字，某所書止存五六千字，皆三年而後來取。敢望伯仲視此三家凡例，纂成一編，版數字數皆以此爲準，却再示及，當爲落筆。蒙貺厚禮，既未作文字，豈敢虚受？已對來介坼封點數，依前緘封，責來介交領，回納宅庫，伏幸察至。

誠齋集卷第一百十二

廬陵楊万里廷秀

東宫勸讀録

陸宣公奏議

論沿邊守備事宜狀

中夏有盛衰，夷狄有强弱，事機有利害，措置有安危，故無必定之規，亦無長勝之法。

万里曰：「古今論禦戎之策者，皆以嚴尤爲至論，某以爲不然。尤之言曰：『周得中策，漢得下策，秦無策焉。至於上策，自古未有得之者。』來則有備，去不窮追，故宣王薄伐之師，止於太原而已，此尤之所謂中策也；武帝虚内以事外，漢與匈奴更勝迭負，未嘗不相當也，非晚年之悔，漢亦殆哉，此尤之所謂下策也；至於秦築長城，征匈奴，匈奴未亡而秦先亡矣，此尤之所謂無策也。至於上策，古之聖人蓋得之矣，而尤不足以知之。《書》曰：『儆戒無虞，罔失法度，罔遊于逸，罔淫于樂。任賢勿貳，去邪勿疑。疑謀勿成，百志惟熙。罔違道以干百姓之譽，罔咈百姓以從己之欲。無怠無荒，四夷來王。』此非堯舜禦戎之上策乎？蓋其上策大概有四：曰修身，曰愛民，曰用人，曰立政。『儆戒無虞，罔失法度，罔遊于逸，罔淫于樂』，修身也；

『任賢勿貳，去邪勿疑』，用人也；『疑謀勿成』，立政也；『罔違道以干百姓之譽，罔咈百姓以從己之欲』，愛民也。四策備矣，又以『無怠無荒』朝夕策勵以終之，如是則中國安强，主德無可議，國勢無可窺，四夷安得而不來王乎？此堯舜禦戎之上策也，而曰古無上策。尤，策謀之士，無經術之學，顧何足以知之？」

國家自禄山扇亂，肅宗中興，撤邊備以靖中邦，借外威以寧内難，於是吐蕃乘釁，吞噬無厭；迴紇矜功，馮陵亦甚。

万里曰：「自古夷狄之患，寇攘中國則有之矣，横行中國則未之有也。其所以能横行中國者，非夷狄之入中國，而中國之納夷狄也。今有人居山而憂虎者，亦不過高其藩墻，固其門關，虎亦安能爲害哉？不幸夜半而狼入其室，恍駭之間，無以制之，則開門招虎以制之。狼則去矣，虎可去乎？唐肅宗是已。天寶之末，禄山作難，明皇幸蜀，肅宗即位於靈武，欲先取兩京，非不善也。然以中國之力取中國之地，何不可者？其患在於取兩京而欲速，是故乞師於吐蕃，借兵於回紇。禄山則亡矣，兩京則復矣，而吐蕃、回紇之禍，不至於唐亡則不止，其過在於結夷狄以取中國也。雖然，誤肅宗者，高祖也。高祖起義兵平隋亂，欲速取關中，是故用劉文静之策，假突厥之兵千有二百人、馬二千，終高祖之世，無歲無突厥之寇，是以肅宗祖其遺策也。豈特誤肅宗而已乎？石晉假耶律德光之師以滅後唐而得天下，不知夫滅唐者耶律也，滅晉者亦耶律也。結夷狄以取中國且不可，而况結夷狄以取夷狄乎？本朝禦戎之道亦盡善矣，來寇則與之戰，不來則與之和。與之戰，如真宗澶淵之役是也；與之和，如列聖屈己而與之幣是也。是以聖聖相承，中國承平者一百六十有六年，自漢唐以來未有也。惟宣和間聽王黼、童貫之言，用趙良嗣之策，遣使自海道約金人以滅遼。

遼則滅矣，而中國始有靖康之禍。此結夷狄以取夷狄之過也，至今勞聖主之憂，可不戒哉？」

擇將吏以撫寧衆庶，脩紀律以訓齊師徒，耀德以佐威，能邇以柔遠，禁侵掠之暴以彰吾信，抑攻取之議以安戎心，彼求和則善待而勿與結盟，彼爲寇則嚴備而不務報復，此當今之所易也。賤力而貴智，惡殺而好生，輕利而重人，忍小以全大，安其居而後動，俟其時而後行。是以脩封壃，守要害，壍蹊隧，壘軍營，謹禁防，明斥候，務農以足食，練卒以蓄威，非萬全不謀，非必尅不鬬，寇小至則張聲勢以遏其入，寇大至則謀其大以邀其歸，據險以乘之，多方以誤之，使其勇無所用，掠則靡獲，攻則不能，進有腹背受敵之虞，退有首尾難救之患。所謂乘其弊，不戰而屈人之兵，此中國之所長也。

万里曰：「堯舜三代之後，禦戎之策惟陸宣公得之，豈特唐可用也，至今可用也。」太子曰：「甚善，甚善。」

乞不殺竇参及免簿録莊宅三狀

万里曰：「竇参何人也？學術之未嘗，古今之不知，徒挾其小才一慧，❶時出一二可驚可喜之事，以中德宗之慧察，是以喜之，數召見而問之。獻納論思，安用此物哉？意其所陳，非街談巷語之鄙事，則讒諂面諛之巧言也。及其以此而爲相，謂爕理寅亮之業盡在是矣。延英每對，同列皆退，而己獨留，彼豈知所謂『所言公，公言之』者？至與其徒譖陸贄以受賄，帝怒而逐之，又欲殺之。贄雖救之，帝竟殺之。寵辱之反，

❶「一」，疑當作「小」。

何其亟也。孔子曰：『大臣者以道事君，不可則止。』又曰：『事君數，斯辱矣。』盆成括仕於齊，孟子曰：『死矣盆成括。』盆成括見殺，門人問曰：『夫子何以知其將見殺？』孟子曰：『其爲人也小有才，未聞君子之大道，則足以殺其軀而已矣。』參身居稷契周召之位，而甘心爲宦官宮妾之職，無事君之大節，而以伺邏爲小忠，初以此進身，卒以此殺身。蓋初以小察而或中，故主嬖之以爲忠；卒以大譖而無實，主始悟其欺。此無它，矜盆成括之小才，而未聞大臣以道事君之學也。其進，幸也；其死，非不幸也。嗟乎！參之譖贄也不遺餘力，而贄之救參也亦不遺餘力，君子小人之存心，其相去近遠何如哉？論德宗者皆知其猜忌刻薄，受欺姦諛，是固然矣。至於參之譖贄，何其灼然不惑，斷然不受欺？使任贄有終，豈特可以還正觀、開元之隆哉！雖成王不疑周公，孝昭委任霍光，何以加焉！」

臣等謹檢京兆府應徵地稅草數，每年不過三百萬束，其中除留供諸縣館驛及鎮軍之外，應合入城輸納唯二百三十萬而已。百姓般運已甚艱辛，常迫春農，僅能得畢。今若更徵一千萬束，仍令並送入城，即是一年之中併徵三年稅草，計其所加車脚，則又四倍常時。物力有窮，求取無藝，其爲騷怨，理在不疑。臣等又勘度支、京兆此來雇車估價及所載多少，大率每一車載一百二束，每一里給傭錢三十五文，百束應輸二束充耗。今京畿諸縣，去城近者七八十里，遠者向二百里。設令遠近相補，通以百里爲程，則雇車載草百束，悉依官司常估，猶用錢三千五百文。即是一束之草，唯計般運，已當三十有五文。買草本價，又更半之，而度支曾不計量，自我作古，徑以胸臆斟酌，限爲二十五文。謂之加徵，則法度廢隳；謂之和市，則名實乖反。儻可其奏，人何以觀？

万里曰：「裴延齡爲度支，建折税市草之議，每束折錢二十有五。舊制，諸縣載草入城，一束之草，車脚之費爲錢三十有五。買草之價半之，爲錢十有七。今延齡每一束折錢二十有五，蓋名增而實減之，以欺德宗而行其説也。蓋舊制爲錢十有七，而今增其八，是名增之也。較之車脚之貲，則減其錢二十有七，是實減之也。德宗樂其名之增足以利民，而不知其實之減深足以害民。延齡何苦減之以害民也？蓋減車脚之費，每束之錢二十有七，而折市一千萬束，則是一歲之所減爲緡錢者二萬有七千矣。以所減之錢爲羡餘之獻，則寵愈固而官愈尊，此延齡之所以減其直也。德宗一歲樂於得二萬七千緡之羡餘，而忘於失京城百萬之民心，陸贄所以極論其不可也。大抵天下之財有常數，過常數而爲羡餘者，非增其所當取，則必減其所當與。增其所當取者，掊克也；減其所當與者，割剥也。裴延齡以掊克割剥而得官職，德宗得羡餘而失民心。人臣得官職而人主失民心，人主亦何利於此哉？」

万里讀奏議既終篇，執牙篦白太子曰：「進言易，聽言難。聽言易，聽言而用之者爲難。贄之事德宗，論諫皆本仁義，使德宗能聽之，聽之而能用之，則可以堯舜，可以禹湯，可以文武，下猶不失爲漢之七制、唐之太宗。德宗不惟不行之，且不聽之。不惟不聽之，至於疾之惡之怒之怨之，幾欲殺之。使無陽城，贄不幸爲龍逄、比干，未知德宗何如耳。此非贄之不幸也，唐之不幸也。然君臣之相與，固有不遇於同時而遇於異世者。贄不遇同時之德宗，而遇異世之聖上，既使金華之官讀之於講筵，復使鶴禁之僚讀之於東宫，蓋異世之臣而得其君，同時之父而傳之子。贄而有知，亦必自慶矣。非贄之慶也，天下國家之慶也。」太子曰：「侍讀每於講讀之間議論，多所發明，甚有開發。」

資治通鑑

宋文帝紀九月讀

元嘉二十四年，衡陽文王義季卒。自彭城王義康之貶，義季縱酒，至成疾而終。

万里曰：「文帝即位之初，以傅亮、謝晦廢其兄營陽王而弑之，弑之而立文帝，文帝至於問營陽所以死之狀。當此之時，厚兄弟而薄天下，何其盛也。至於義康，初任之以國柄，卒置之於死地，至使義季亦託酒以死，又何衰也。大抵情之矯者必復，愛之過者必反。兄弟之親，厚之以恩可也，厚之以權不可也。文帝以權而厚義康，厚之者，殺之也。文帝之矯，於此復矣。」

元嘉二十七年，魏主遺帝書曰：「彼前使裴方明取仇池，既得之，疾其勇功，己不能容。有臣如此尚殺之，烏得與我校耶？彼公時舊臣雖老，猶有智策，知今已殺盡，豈非天資我耶？」

万里曰：「太武之書，非禮書也，嫚書也。文帝即位以來，殺傅亮，殺徐羡之，殺謝晦，殺檀道濟，殺裴方明。道濟之死，舉幘而投諸地，目光如炬，曰：『乃壞汝萬里長城！』魏人聞之，曰：『道濟死，吴子輩不足復憚。』文帝之舉措如此，魏人之嫚書所由至也。大抵人主在己不可以有失德，在民不可以有虐政，不可以殺無辜，不可以害忠良。儻或兼是數者而有之，外則爲敵國問罪之資，內則爲姦雄倡亂之資。古之人主有爲之者，商紂、隋煬帝是也。紂之惡，自以爲有命在天也，然其罪武王得以作書而數之曰：『今商王受惟婦言是用，爲宫室臺榭，陂池侈服，以殘害于爾萬姓。焚炙忠良，刳剔孕婦，斮朝涉之脛，剖賢人之心，亦惟四方之多罪逋逃，是崇是長，是信是使。』所謂『外則爲敵國問罪之資』者也。隋煬帝性疾人諫，曰：『有諫者，必不置之地上。』然其罪李密得以移書而數之曰：『罄南山之竹，書罪無窮；決東海之波，❶流惡難盡。』此所謂『内則爲姦雄倡亂之資』者也。文帝，南朝之賢主也，在己無失德，在民無虐政。元嘉之政，比隆文景，然殺無辜、害忠良之罪，猶足以招魏主嫚書之辱。使其在己有失德，在民有虐政，則魏主之書辭，其止於此乎？此可爲文帝賀，亦可爲文帝惜，有天下者可不懼哉！」太子竦然曰：「極是，極是。」

崔浩撰魏《國記》，書魏之先世事皆詳實，刊石列於衢路。北人見者譖之，以爲暴揚國惡。帝命誅浩，及清河崔氏與浩同宗者無遠近，及浩姻家范陽盧氏、太原郭氏、河東柳氏，並夷其族。

万里曰：「治古無族法。『罰弗及嗣』，舜之法也；『惡惡止其身』，仲尼《春秋》之法也。罪人以族自紂始，至武王而除之；夷三族自秦始，至漢高帝而除之。元魏之法，非中國之法也，夷狄之法也。崔浩以直筆而獲罪，高允争之，以爲罪不至死。太武誅之，亦已甚矣。且夫一人抵罪，妻子未必與知也，族人何與知焉？族人不與知也，親戚何與知焉？既誅浩，復盡誅崔氏，又甚矣。復誅盧氏、郭氏、柳氏，愈甚矣。大抵法之太峻，非人主之福也。法太峻，則其下皆有不自安之心。下有不自安之心，人主欲求自安，不可得也。故紂及身而滅，秦二世而亡，太武及身而弑。万里聞之蘇軾曰：『生民以來，未有祖宗之仁厚。』蓋歷代之虐刑，至太祖而盡除；本朝之仁恩，至仁宗而愈深。其待臣下，大抵恩勝威，禮勝法，有佚罰而無濫刑。祖宗

❶「海」，原作「流」，今據《四部叢刊初編》影印宋刊本《資治通鑑》卷一八三《隋紀》改。

相傳以爲家法，未嘗有大誅殺也，而况於族乎？故後之人主，雖有不測之威怒，亦顧家法而不敢違。故誤國如蔡京，誅止其身而不及其子，條不過流嶺表而已。蔡氏子孫，至今猶富也。國祚久長，實基於此，此自古所不及也。」太子曰：「祖宗相傳，只是一箇仁字。」

上欲伐魏，王元謨勸之。

万里曰：「兩國並立，能相持而不能相亡，必皆有得天時者。當此之時，非有天下之大機，彼國之大釁，其法不可以爲兵先，不可以爲動始。違之者敗，宋文帝、魏太武之時是也。宋無釁，魏伐之，故敗在魏；魏無釁，宋伐之，故敗在宋。且是役也，劉康祖以爲不可，沈慶之以爲不可，太子劭、蕭思話以爲不可，而元謨首倡兵端。帝謂『觀元謨所陳，令人有封狼居須意』，不知夫元謨者，輕而喜功，貪而虐下，是何足付哉？一敗之餘，邑里蕭條，元嘉之政衰焉。昔臧宫、馬武請伐匈奴，而光武答之曰：『舉天下之力以滅大寇，豈非至願？苟非其時，不如息民。』文帝其亦知此也乎？」

王元謨圍滑臺，魏主引兵救之，渡河，衆號百萬，鞞鼓之聲震動天地。元謨懼，退走。魏人追之，死者萬餘人，麾下散亡略盡。

万里曰：「古之戰者必有其具。所謂具者，非兵甲之謂也。堯舜之具以道德，如不戰而屈人兵是也；湯武之具以仁義，如以至仁伐至不仁是也；秦漢之具以賞罰，如白起賜死、王恢棄市是也。王元謨首勸北伐，身爲大將，一旦遇敵，未戰而先奔，是在軍法，顧文帝不察耳。誅元謨以謝天下，是軍法也。宿將有大功如檀道濟，帝則殺之；征仇池有戰功如裴方明，帝則殺之。至元謨則置而不問焉，帝之賞罰爲有法乎？堯舜之道德，湯武之仁義，非帝所及也。秦漢之賞罰，帝亦無之。以此而戰，杜牧所謂『浪戰』者歟？如是而欲取人之國，不爲人取之國，幸矣。」

魏太子晃監國，頗信任左右，而中常侍宗愛多不法，太子惡之。仇尼道盛、任平城有寵於太子，皆與愛不協。愛告其罪，魏主怒，斬道盛等，太子以憂卒。帝徐知太子無罪，甚悔之，追悼不已。宗愛懼誅，弑帝，殺秦王翰，立南安王余。宗愛專恣，余患之，謀奪其權。愛怒，弑余。源賀、陸麗立皇孫濬，殺宗愛。

万里曰：「自古亡國弑君，未有不自親信小人。故仇尼道盛、任平城之寵盛，而太子晃以憂死。宗愛之言行，而魏太武以弑殂。蓋太子晃之禍，起於親信己之小人，而疾視君側之小人；魏太武之禍，生於聽小人之言，而又悔聽小人之言也。夫小人者，天下常有之，但不可親信之耳。小人者，士大夫中亦有之，但宦官近習中有小人爲多耳。所謂小人，初無定人，亦無定貌。以柔佞爲正，是爲小人；以讒譖爲忠，是爲小人；遇寵則争，遇利則奪，是爲小人。小人之亡國敗家，其情狀雖千變萬化，而大略不出於此。魏太武南侵宋，滅夏，滅南北燕，滅柔然，威震天下，而身死於宦官宗愛之手。貴爲天子，富有天下，而不能庇其三子與其一身。既親宗愛，又信其言。既信之，又悔之。既悔之，又不能斷而誅之，使小人反側不自安而至於此也。始親其人者，過也；聽其言以喪其子，又過也；悔聽其言而不果於誅其人，以及其身，又過也。自古小人之禍非一也，宋元公信伊戾之言而誅太子痤，漢武帝信江充之言而殺戾太子，豈特太子晃而已？以唐明皇之賢明，而弑於宦官李輔國；以憲宗之英武，而弑於宦者陳洪志，豈特魏太武而已？莫親於父子，而小人得以間之；莫尊於君父，而小人得以弑之。近習小人之禍，可不懼哉？然則人主欲免小人之禍，何由而可？一曰正心，二曰講學，三曰近君子，庶幾可以免乎！」

初，潘淑妃生始興王濬，元皇后性妒，以淑妃有寵於上，恚恨而殂。淑妃專總内政，由是太子劭深惡淑妃及濬。濬懼爲將來之禍，乃曲意事劭，劭更與之善。劭、濬並多過失，數爲上所詰責。使吴興巫嚴道育爲巫蠱，琢玉爲上形像，埋之。陳慶國以其事白上，上大驚，命有司窮治其事。道育變服爲尼，匿於東宫。上怒甚，欲廢劭，以告潘淑妃。淑妃告濬，濬馳報劭，劭與腹心隊主陳叔兒、齋帥張超之等謀爲逆。元嘉三十年二月甲子，劭與張超之等數十人馳入雲龍門及齋閤，拔刃徑上合殿。帝見超之入，舉几捍之，五指皆落，遂弑帝。

万里曰：「元凶劭之惡，滅天理，斁人倫，其惡極矣，萬世臣子所不忍言也。然其禍亂之原，生於陳叔兒、張超之等小人在側，而發於巫祝嚴道育之妖妄。昔者周成王之爲太子也，召公爲太保，周公爲太傅，太公爲太師，武王不使一小人在成王之側也。古者假於鬼神、時日、卜筮以疑衆者殺，先王不使巫祝得出入於宫禁之中也。今文帝既不能擇忠正之士以素教其子，又不戒群小之薰染，使得養成其不義之習；不禁巫祝之妖妄，使得蠱惑於宫禁之中。其原甚微，其禍甚酷。故《易》曰：『臣弑其君，子弑其父，非一朝一夕之故，其所由來者漸矣。』」

三月乙未，武陵王駿舉兵討劭。四月戊辰，軍于新亭。大將軍義恭上表勸進，以散騎侍郎徐爰兼太常丞，撰即位儀注。己巳，王即皇帝位。

万里曰：「《春秋》之法重五始，其一謂始即位者，人君之始也。故人君之道，莫大於謹始。蓋人君即位之初，天下臣民皆傾耳注目，以想見吾君之聖德，以企望吾君之聖治。始乎修德，猶或終之以失德；始乎納諫，猶或終之以拒諫；始乎遵祖宗之法，猶或終之以變祖宗之法。故晉武帝即位之初，焚雉頭裘；唐明皇即位之初，焚珠玉錦繡。非不始之以勤儉也，而二君末年，皆以荒淫召亂天下，幾至亡國，而况始之以荒淫乎？宋孝武以藩王起兵，誅元凶，報君父之讎，亦可稱矣。然即位纔幾日，而淫其叔父義宣之諸女。義宣之諸女，帝之從姊妹也。齊詩謂之『鳥獸之行』，所謂『始乎修德』者安在哉？周朗上疏，告之以備邊境，告之以行喪禮，告之以儉宫壺，告之以辨毁譽，亦未爲犯顔逆耳之甚也。然即位以忤旨而黜之，又未幾而殺之，所謂『始乎納諫』者安在哉？文帝元嘉之治，比隆文景，本於郡縣守令擇人久任故也。帝首變文帝之制，以六周爲三周，以久任爲數易，所謂『始乎遵祖宗之法』者安在哉？其初既無修身齊家之德，其後卒爲荒淫暴虐無道之主，臧質侮之而叛，義宣恨之而叛，外則結怨於民，内則短折其壽。其身幸以令終，而其子竟遭廢弑。一己失德，兩世受禍，蓋孝武不謹其始之患也。人君即位之初，可不戒哉！可不懼哉！雖然，人君之謹始，不在於即位之後，而在於未即位之先。使文帝能得天下之賢人君子以輔導其子，養成其德，平居爲賢王，然後一旦爲明主。使孝武即位之始已失德於天下，是文帝亦有過耳。」

魏主立子弘爲皇太子，先賜其母李貴人死。

万里曰：「傷哉，李貴人也！生子而爲太子，幸也，何傷之有焉？雖然，立其子，殺其母，何幸之有焉？立其子，殺其母，逆天理，悖人倫，莫甚於此。二帝三王未是有也，自漢武帝始也。殺鈎弋而立昭帝，其意以爲鈎弋不死，必禍昭帝如吕氏也，不知鈎弋死而昭帝夭。後魏，夷狄也，武帝故事後魏未必知也，特其殘忍無親，猜防太過，以爲君亡而母存，則皆爲嗣君之禍也，於是立其子而殺其母者數世也。有所必殺，必有所不及殺，非慮之遺也，天之數也。至於胡后不及殺，卒以此亂天下而亡魏，謂無天也可乎哉？」

周朗言事切直，上殺之。

万里曰：「古者興王賞諫臣，逸王罰之。漢高帝問周昌曰：『朕何如主？』昌曰：『陛下桀紂之主。』而高帝不以爲忤。晉武帝問劉毅曰：『朕可方漢何主？』毅曰：『陛下威、靈之主。』而武帝不以爲罪。唐高祖即位之初，孫伏伽諫數事，皆人所難言者，高祖賞之。此三君所以興。桀殺龍逢而亡，紂殺比干而亡，隋煬帝殺趙才等四諫臣而亡，明皇殺周子諒而幾亡，此殺諫臣之禍也。先儒曰：『亡國之君，其罪多矣，而罪莫大於殺諫臣。』宋孝武以直言而殺周朗，其罪大矣。内有文帝結民之德，外無敵國問罪之辭，其不亡者，幸耳。雖然，古之君子，必觀時之昏明，以爲己之語默；古之明君，必觀臣之語默，以占己之得失。『邦有道，危言危行；邦無道，危行言遜』，此君子語默之節也。觀其臣危言而不諱，足見在我有從諫之聖；觀其臣言遜以避禍，足見在己有拒諫之非，此人君得失之占也。周朗事昏淫之君，立無道之國，而危言以殺身；孝武怒正直之言，殺忠諫之士，至於陷其身爲萬世無道之主，皆不足與語古者君臣相與之道。」

每上燕集，在坐者皆令沉醉，嘲謔無度。

万里曰：「君臣之情雖不可以不通，然君臣之分尤不可以不嚴。不通則隔，不嚴則褻。秦之法，群臣侍殿上者不得操兵，至於燕使荆軻刺始皇，繞柱而走，殿下之衛卒拱立而不敢救；趙高説二世，謂人主當深居，臣下不可得而見其面，至於望夷宫之弑逆，二世乞爲黔首而不得，此君臣之情不通之禍也。宋閔公靳宋萬，爲宋萬所弑；陳靈公戲夏徵舒，爲徵舒所弑，此君臣之分不嚴之禍也。君臣燕集，古人有之，如《詩》之燕群臣，燕嘉賓，燕朋友故舊，豈可廢哉？不如是無以通君臣之情也。孝武與群臣燕集，未爲過也。至於使之沉醉嘲謔，則過矣。君而嘲謔其臣，則君不君；臣而嘲謔其君，則臣不臣。天下之綱有三，天下之常有五，而莫重於君臣。至於君臣嘲謔，三綱五常於是盡廢矣，此劉宋之所以不永也。」

三朝寶訓

初讀三朝寶訓

万里曰：「一代之治體，自有一代之家法。夏之家法以禹，如所謂『皇祖有訓，有典有則』是也；商之家法以湯，如所謂『視乃厥祖，率乃祖攸行』是也；周之家法以文武，如所謂『丕顯哉文王謨，丕承哉武王烈』是也。東方朔告漢武帝，謂『臣未暇遠引堯舜，請近舉孝文皇帝』，是漢之家法在孝文；陸贄告德宗，謂『求言納諫，當法太宗』，是唐之家法在太宗。本朝仁宗皇帝在位四十二年，海内富庶，中外安靖，人才衆多，風俗醇厚，民心愛戴，國祚延長，號爲本朝之堯舜。此雖仁宗仁聖之所致，亦由不自用其聖，不自矜其能，動以太祖、太宗三聖爲家法之効也。❶ 自王安石相神宗，有『祖宗不足法』之論，創爲法度，謂之新法，天下大擾。

---

❶ 「三」上，疑脱「真宗」二字。

幸而得司馬光相哲宗，首罷新法，復祖宗之舊，天下大悦。元祐七八年間號爲盛治，比隆慶曆。既而小人章子厚欲傾元祐諸君子以取富貴，倡爲復新法之説，謂之紹述。曾布和之，蔡京、王黼又和之，而祖宗之法變更盡矣。祖宗畏天，後世乃以謂『天變不足畏』；祖宗敬民，後世乃以謂『人言不足恤』；祖宗薄賦斂，後世暴賦横斂而民貧；祖宗簡力役，後世力役數起而民怨；祖宗進君子，後世退君子；祖宗退小人，後世進小人；祖宗納諫以通下情，後世竄謫諫者以塞言路；祖宗省刑以結人心，後世連興大獄以害忠良；祖宗時近習不預事，後世人主之權下移於近習；祖宗時宦官不預政，後世軍國之權盡歸於宦官；祖宗時與夷狄堅盟好，息邊釁，後世結金人以滅大遼，賂金人以求燕山。祖宗之法亡，而中國之禍酷矣。觀仁宗之法祖宗，與後世之背祖訓，而治亂興亡之鑑昭昭矣，可不痛哉！可不懼哉！」

東宫勸讀雜録凡八段

万里讀《通鑑》至魏太武誅崔浩多所連及事，極論魏法之虐。既就坐，詹事葛郯曰：「歷代仁厚，未有如本朝者。」因及小人欲害君子，必指爲朋黨，爲誹謗，祖宗未嘗罪焉，不過竄謫而已。惟陳東以諫死，既而光堯悔之。万里曰：「此事非光堯之意，蓋權臣汪、黄之意也。汪、黄惡其發己之姦而誅之，而其謗及光堯爾。」太子曰：「所謂黨者，即類之謂也。君子小人各有其類，豈得以黨爲罪哉？」又曰：「嘗讀《骨鯁集》，見陳東上書，其意甚忠，但汪、黄視之以爲讎，故殺之也。」既退，万里贊葛詹事曰：「陳東之論甚佳。」葛曰：「此是大節目，不可使東宫不知。」

一日講讀畢，葛邲因款語及一朝臣中風暴卒者。太子曰：「何至遽卒乎？」万里曰：「風者，虚之極也。如木無根，遇風則拔；如花無蔕，遇風則落。士大夫以聲色斲喪其根本，故至於此。」太子曰：「人之根本在元氣，豈可不自愛？」葛邲曰：「老子云：『不見可欲，使心不亂。』」太子曰：「枯槁之士無可欲，而不亂者易；富貴者有可欲，而不亂者難。人皆能知之，皆能言之，顧行之難耳，可不戒哉！」万里因舉及仁宗用諫疏首黜梳頭夫人事，及仁宗時故事：端午日，宫中必奏樂一日。是日，召對一士大夫。未對間，一宦者持幅紙呈奏樂故事，仁宗擲之地。既對而入，宫嬪有問者，仁宗怒曰：「何辱我？我方見一賢士大夫，而乃作此。彼聞之，必謂官家在宫中只取快活，不憂勤天下。」端午罷奏樂自此始。人主何必遠師堯舜，自有本朝堯舜。葛邲又因舉及仁宗時，宫嬪一日群請遞遷，仁宗不可，曰：「外廷必不肯。」堅請曰：「此事在官家，何問外廷？」仁宗不得已，命各取金牋一幅，御筆書曰「某人可美人，某人可才人，某人可婕妤」以遺之，曰：「此即王命，可寳藏之。」衆皆謝。它日，有司給俸錢皆如故。衆又請曰：「某等蒙遷秩，而有司不增俸，何也？」仁宗曰：「吾固嘗語汝，汝不信。今宰相、臺諫果皆執不可，奈何？」於是衆默然，退而取御筆繳納。太子欽歎不已。時諭德沈揆講《尚書》至「不邇聲色」，万里因舉其説曰：「適見沈揆講義云：『邇，近也。不邇聲色者，不近之之謂也。近之且不可，而况耽樂之乎？』此論甚佳。」太子亦曰：「甚佳。」

万里讀《陸宣公奏議》至陸贄救竇參等三狀，太子曰：「參譖贄而贄救參，此全非私意，全是公義。」又曰：「參之姦邪而相之，此德宗無知人之明也。」

淳熙十三年正月朔，北使在庭，錫宴，知大宗正趙不息建言云：「皇太子賜酒方立飲於前，而皇孫平陽郡王安坐於後。父立子坐，非是，請改定其儀。」上下其議。太子笑曰：「尊無二上。在君父之前，則某父子皆臣子也，安得致私敬？且平陽與從官坐席再重，未賜酒則偕坐，平陽安得獨立亂班？」時論服皇太子有學且知禮。

前漢州太守賈偉秩滿還奏事，因言及道徑鄂州，大將郭杲掊克軍士狀。上遣人廉其事，杲伏軍中榷酤非法，它皆不伏，且白偉嘗以布三千疋鬻於軍，不受，故怨而譖，請與偉辨。上以其事付太子議，裁決以聞。太子曰：「將臣固不可以一言動摇，亦不可以言罪偉。罪偉，則言路自此壅於上聞矣。」朝議韙之。

丙午九月下澣暄甚，晦日大雪。十月二日至講堂，講讀既畢，太子曰：「忽暄驪寒，❶此陰陽升降之理也。」詹事葛邲曰：「陰陽之升降，蓋陰陽之消長也。陰長則陽消，陽長則陰消。君子小人亦然，否、泰二卦是也。」万里曰：「治亂安危亦然。」太子曰：「且如宣和之治，所宜備豫，而小人贊之以奢侈，贊之以邊功，非安而不忘危，治而不忘亂也。」

万里讀《三朝寶訓》至祖宗不殺羔羊、不食水禽及袴紋倒側等事，太子曰：「祖宗之德，仁儉二字而已。」

万里讀《三朝寶訓》至唐末孟昭圖朝上疏，暮不知所在，万里執牙篦曰：「唐僖宗與宦官田令孜、陳敬瑄同處議天下事，左拾遺孟昭圖上疏諫，田令孜屏不奏，矯詔貶昭圖嘉州司户，沉於蟇頤津。」太子憤然曰：「至矯詔，則唐事無可言者。」万里曰：「唐自高力士以後，宦官用事至於唐亡。」太子曰：「高力士以後，宦官

❶「驪」，疑當作「驟」。

至三千人。仇士良謂天子不可使觀書，親近儒生。」万里曰：「此仇士良致仕，其黨送歸，求其教，士良誨之曰：『天子觀書，近儒生，見前代興亡，則我輩踈斥矣。當以田獵聲色玩好娛悦之，則我輩親矣。』其黨皆拜謝而去。士良至自稱『定策國老』，謂文宗爲『負心門生天子』。文宗不勝其忿，遂與李訓、鄭注謀，欲誅之。甘露之禍，誅戮大臣，流血殿庭，文宗飲恨以没。宦官豈真不可去乎？蓋是時老成有裴度，謀臣有李德裕，文宗不與君子圖小人，而與小人圖小人，此其所以敗也。」太子曰：「然。」

東宫勸讀録終

淳熙乙巳，史方叔侍郎既以敷文閣待制奉祠，於是東宫闕侍讀一員，時經營欲得之者甚衆。一日，詹事余處恭、葛楚輔見梁丞相，丞相問云：「宫僚闕勸讀官，如何？」余、葛二公對曰：「今日請間，固欲白此。」乃合辭以誠齋爲薦，丞相可之。既而廟堂諸公將進擬，在選中者凡七八人，余、葛又與廟堂議損其數，凡經營者皆削其姓名，乃定議以吴春卿、陳蹇叔、胡子遠、何一之及誠齋凡五人連名進擬。八月初八日早進呈，上閲至胡子遠，云：「也得。」又閲至誠齋，云：「遮箇好也麽。」遂得旨，以誠齋兼侍讀。命既下，初九日，余、葛二公與諭德沈虞卿、侍講尤延之上講堂，皇太子問云：「新除楊侍讀，得非近日上封事極言者乎？」余處恭對曰：「是也。其人學問過人，操履剛正，甚誠實，又甚真，尤工於詩。」太子曰：「極好。此間亦有數人經營欲得之，皆是由徑，政不要此等人。今除楊侍讀，極好。」余、葛諸公既退，更相賀，以謂宫僚皆得端人正士，不容憸人曲學於其間也。先是，五月二十四日誠齋上封事，極言天災、地震、虜情、邊備、君德、國勢、君子、小人凡三千餘言，不報。余處恭因講讀之暇嘗爲太子誦之，太子竦聽稱善，故知誠齋姓名云。太子即光宗皇帝。史名彌正，梁名克家，余名端禮，葛名邲，吴名燠，陳名仲諤，胡名晉臣，何名萬，沈名揆，尤名袤。上，孝宗皇帝。誠齋親結主知，天語稱好。誠齋不負天子，讀《陸宣公奏議》，讀《資治通鑑》、《三朝寶訓》，皆效忠規於太子，時人以爲稱職。後四十有八年紹定壬辰正月十八日，男長孺謹識。

誠齋集卷第一百十三

廬陵楊万里廷秀

淳熙薦士録

朱　熹

學傳二程，才雄一世。雖賦性近於狷介，臨事過於果鋭，若處以儒學之官，涵養成就，必爲異才。

袁　樞

議論堅正，風節峻整。今知處州。

石　起　宗

立朝敢言，作郡有惠。

祝　櫰

奇偉之節，恬退之心，士論所稱。久置閑散。

鄭　僑

立朝甚勁正，持節有風采。

林　枅

外温中厲，遇事敢爲。

蔡　戡

器度凝重，學問該洽。

馬大同

文學政事，士林之英。至於持節，風采甚厲，官吏皆肅。

鞏　湘

今之儒先，世之吏師。

京　鏜

性資静慤，文辭工致。

王　回

俊辯而文，敏手而裕。

劉　堯　夫

嘗冠釋褐，立朝敢言。

蕭　德　藻

文學甚古，氣節甚高。其志常欲有爲，其進未嘗苟合。老而不遇，士者屈之。今爲湖北參議官。

章　潁

早冠多士，其學益進。立朝鯁挺，公論推表。

霍　篪

儒而知兵，長於論事。至於兩淮利害，尤其所諳。

周必正

工於古文，敏於吏事。臨疑應變，好謀而成。

張貴謨

上庠名士，有才有謀，可應時須。

劉清之

得名儒朱熹之學，傳乃祖原甫之業。

湯邦彦

學邃於《易》，得先天之數；才濟於用，有經世之心。

王公衮

儒者能斷，吏事敢爲。剸繁摧姦，尤其所長。

莫漳

長於史學，達於吏治。

張默

魏公之姪，能傳胡文定《春秋》之學。所至作吏，皆有能聲。

孫逢吉

學邃文工，吏用明敏，沈介德和、黄鈞仲秉以國士待之。梁牓，陞朝，前知袁州萍鄉縣。

吳　鎰

早以文詞受知名勝，如張安國、沈德和、黄仲秉，皆以國士待之。京官，今知郴州郴縣。

王　謙

風力振聳，勇於摧姦。立朝蹇蹇，士論歸重。

譚惟寅

文辭甚古，志操甚堅。嘗除太學博士，今知郴州。

但中庸

有學有文，操守堅正。持節布憲，風采甚厲。

韓　璧

直諒修潔，人稱其賢。

李　誦

恬退難進，廉吏之表。陞朝，今爲江州德安知縣。

余紹祖

德勝於才，廉而有惠。新江陵府通判。

葉元潾

和而有立，早有奇節。故相葉顒子昂之姪，今爲江西提舉司幹官，待次。

廖德明

所學甚正，遇事能斷。選人，前韶州教授。

趙充夫

廉明彊濟，治行甚高。陞朝，今知臨江軍新喻縣。

左昌時

吏能精密，所至有聲。新知真州。

胡思成

和粹而賢，敏達於政。嘗知安豐軍。

趙像之

能文練事，淡如寒畯。今爲隨州通判。

孫逢辰

儒術飾吏，廉操瘉人。

劉德秀

議論古今，切於世用。鄭榜，京官，今知湘潭縣。

施　淵　然

工於古文，恬於仕進。前任監和劑局，今任祠禄，陞朝。

祝　禹　圭

氣節正方，議論鯁挺。

張　泌

器宇粹和，文辭工致。與其弟濤俱有令名，前輩稱「吴中二陸」。

李　大　性

四六詩句，甚有律令。

李　大　異

嘗冠别頭，仕優進學。作文下語，準柳儀曹。

李大理

學問殫洽，吏事通明。❶

曾三復

以文策第，以廉褆身。作邑有聲，盡罷横斂。梁榜。

曾三聘

刻意文詞，雅善論事。蕭榜，選人，前西外宗學教授。

徐徹

詩句明爽，牋奏典重。作邑愛民，辨而不擾。鄭榜，陞朝，今知臨江軍清江縣。

---

❶「殫」，原作「彈」，今據文義改。

趙彦恂

吏能精敏，不擇劇易。戊辰王榜，前知衡州，今任宫觀。

王濆

治郡有聞，惠而能辦。前知吉州，正當茶寇之鋒，修城治兵，寇不敢近。今任宫觀。

虞公亮

力學有文，子弟之秀。雍公之子，尚淹下僚。

陳謙

學問深醇，文辭雄俊。聲冠兩學，陸沉下僚。

李沐

大臣之子，而綽有寒畯之操；甲科之雋，而益勵文辭之工。

李耆俊

其進雖非科級，其文尤工四六。今知柳州。

嚴昌裔

學甚正，守甚堅，蓋嘗師張魏公而友欽夫。

陳宇

事母至孝，作郡甚辦。臨事應變，事集而民不擾。

盧宜之

作文有古人關鍵，日進未已。至於吏能，乃其餘事。

蘇渭

通敏更事，最善四六。任子之流，所不易得。

鄭郥

持身甚廉，愛民甚力。嘗知南雄州保昌縣，殊有治行。太守虐政，一切反之。民情翕然，至今去思。

趙善佐

爲政和而有威，治賦緩而自辦。章貢吏民，無不安之。

胡澥

名臣之子，修潔博習。州里有聞，能世其家。今爲撫州宜黄丞，其父字邦衡云。

凡六十人。

淳熙薦士録終

淳熙乙巳，誠齋爲吏部郎中，時王季海爲丞相。一日，丞相問誠齋云：「宰相何事最急先務？」誠齋答丞相云：「人才最急先務。」丞相云：「安得人才而用之？」誠齋取筆疏六十人以獻，隨所記憶者書之，退而各述其長，上之丞相，此卷是也。稾藏于家，雜然而書，初無先後之序，皆無優劣之意。後四十八年紹定壬辰，男長孺謹識。

誠齋集卷第一百十四

廬陵楊万里廷秀

詩話

句有偶似古人者，亦有述之者。杜子美《武侯廟》詩云：「映堦碧草自春色，隔葉黄鸝空好音。」此何遜《行孫氏陵》云「山鸎空樹響，壠月自秋暉」也。杜云：「薄雲巖際宿，孤月浪中翻。」此庾信「白雲巖際出，清月波中上」也。「出」、「上」二字勝矣。陰鏗云：「鸎隨入户樹，花逐下山風。」杜云：「月明垂葉露，雲逐渡溪風。」又云：「水流行地日，江入度山雲。」此一聯勝。庾信云：「永韜三尺劍，長捲一戎衣。」杜云：「風塵三尺劍，社稷一戎衣。」亦勝庾矣。南朝蘇子卿《梅》詩云：「秪言花是雪，不悟有香來。」介甫云：「遥知不是雪，爲有暗香來。」述者不及作者。陸龜蒙云：「慇勤與解丁香結，從放繁枝散誕春。」介甫云：「慇勤爲解丁香結，放出枝頭自在春。」作者不及述者。

《山谷集》中有絶句云：「草色青青柳色黄，桃花零落杏花香。春風不解吹愁却，春日偏能惹恨長。」此唐人賈至詩也，特改五字耳。賈云「桃花歷亂杏垂香」，又「不爲吹愁」，又「惹夢長」。

東坡云：「春宵一刻直千金，花有清香月有陰。歌管樓臺人寂寂，鞦韆院落夜深深。」介甫云：「金爐香盡漏聲殘，翦翦輕風陣陣寒。春色惱人眠不得，月移花影上欄干。」二詩流麗相似，然亦有甲乙。

「問君何意栖碧山，笑而不答心自閑。桃花流水窅然去，別有天地非人間。」又：「相隨遥遥訪赤城，三十六曲水回縈。一溪初入千花明，萬壑度盡松風聲。」此李太白詩體也。「麒麟圖畫鴻鴈行，紫極出入黄金印。」又：「白摧朽骨龍虎死，黑入太陰雷雨垂。」又：「指揮能事回天地，訓練强兵動鬼神。」又：「路經灧澦雙蓬鬢，天入滄浪一釣舟。」此杜子美詩體也。「明月易低人易散，歸來呼酒更重看。」又：「當其下筆風雨快，筆所未到氣已吞。」又：「醉中不覺度千山，夜聞梅香失醉眠。」又《李白畫像》：「西望太白横峨岷，眼高四海空無人。大兒汾陽中令君，小兒天台坐忘身。平生不識高將軍，手涴吾足乃敢嗔。」此東坡詩體也。「風光錯綜天經緯，草木文章帝杼機。」又：「澗松無心古鬚鬣，天球不琢中粹温。」又：「兒呼不蘇驢失脚，猶恐醒來有新作。」此山谷詩體也。

《金針法》云：「八句律詩，落句要如高山轉石，一去無回。」余以爲不然。詩已盡而味方永，乃善之善也。子美《重陽》詩云：「明年此會知誰健，醉把茱萸子細看。」《夏日李尚書期不赴》云：「不是尚書期不顧，山陰野雪興難乘。」

詩有一句七言而三意者，杜云：「對食暫餐還不能。」退之云：「欲去未到先思回。」有一句五言而兩意者，陳後山云：「更病可無醉，猶寒已自和。」

詩有句中無其辭而句外有其意者。《巷伯》之詩，蘇公刺暴公之譖己，而曰：「二人同行，誰爲此禍。」杜云：「遣人向市賒香秔，喚婦出房親自饌。」上言其力貧，故曰「賒」；下言其無使令，故曰「親」。又：「東歸貧路自覺難，欲别上馬身無力。」上有相干之意而不言，下有戀别之意而不忍。又：「朋酒日歡會，老夫今始知。」嘲其獨遺己而不招也。又夏日不赴而云：「野雪興難乘。」此不言熱而反言之也。唐人云：「葛溪漫淬干將劍，却是猿聲斷客腸。」又《釣臺》：「如今亦有垂綸者，自是江魚賣得錢。」唐人《長門怨》：「錯把黄金買詞賦，相如自是薄情人。」崔道融云：「如今却羡相如富，猶有人間四壁居。」

詩有驚人句。杜《山水障》：「堂上不合生楓樹，怪底江山起煙霧。」又：「斫却月中桂，清光應更多。」白樂天云：「遥憐天上桂華孤，爲問姮娥更有無。月中幸有閑田地，何不中央種兩株。」韓子蒼《衡嶽圖》：「故人來自天柱峰，手提石廩與祝融。兩山陂陁幾百里，安得置之行李中。」此亦是用東坡云：「我持此石歸，袖中有東海。」杜牧之云：「我欲東召龍伯公，上天揭取北斗柄。蓬萊頂上斡海水，水盡見底看海空。」李賀云：「女媧鍊石補天處，石破天驚逗秋雨。」

褒頌功德五言長韻律詩，最要典雅重大。如杜云：「鳳曆軒轅紀，龍飛四十春。八荒開壽域，一氣轉鴻鈞。」又云：「碧瓦初寒外，金莖一氣旁。山河扶繡户，日月近雕梁。」李義山云：「帝作黄金闕，天開白玉京。有人扶太極，是夕降元精。」

七言褒頌功德，如少陵、賈至諸人唱和《早朝大明宫》乃爲典雅重大。和此詩者，岑參云「花迎劍佩星初落，柳拂旌旗露未乾」最佳。

七言長韻古詩，如杜少陵《丹青引》、《曹將軍畫馬》、《奉先縣劉少府山水障歌》等篇，皆雄偉宏放，不可捕捉。學詩者於李杜蘇黄詩中求此等類，誦讀沉酣，深得其意味，則落筆自絶矣。

太史公曰：「《國風》好色而不淫，《小雅》怨誹而不亂。」《左氏傳》曰：「《春秋》之稱，微而顯，志而晦，婉而成章，盡而不汙。」此《詩》與《春秋》紀事之妙也。近世詞人，閑情之靡，如伯有所賦、趙武所不得聞者，有過之無不及焉，是得爲好色而不淫乎？惟晏叔原云：「落花人獨立，微雨燕雙飛。」可謂好色而不淫矣。唐人《長門怨》云：「珊瑚枕上千行淚，不是思君是恨君。」是得爲怨誹而不亂乎？惟劉長卿云：「月來深殿早，春到後宫遲。」可謂怨誹而不亂矣。近世陳克《詠李伯時畫寧王進史圖》云：「汗簡不知天上事，至尊新納壽王妃。」是得爲微爲晦爲婉爲不汙穢乎？惟李義山云：「侍燕歸來宫漏永，薛王沉醉壽王醒。」可謂微婉顯晦、盡而不汙矣。

士大夫間有口傳一兩聯，可喜而莫知其所本者。如：「人情似紙番番薄，世事如棊局局新。」又：「飽諳世事慵開眼，會盡人情只點頭。」又：「薄有田園歸去好，苦無官況莫來休。」又賀人休官：「重碧杯中天更大，軟紅塵裏夢初收。」竟不知何人詩也。又有嘲巧宦而事反拙者：「當初只謂將勤補，到底翻爲弄巧成。」此尤可笑。

唐律七言八句，一篇之中句句皆奇，一句之中字字皆奇，古今作者皆難之。余嘗與林謙之論此事，謙之慨然曰：「但吾輩詩集中不可不作數篇耳。」如杜《九日》詩：「老去悲秋强自寬，興來今日盡君歡。」不徒入句便字字對屬，又第一句頃刻變化，纔説悲秋，忽又自寬。以「自」對「君」，自者，我也。「羞將短髮還吹帽，笑倩旁人爲正冠」，將一事翻騰作一聯。又孟嘉以落帽爲風流，少陵以不落爲風流，翻盡古人公案，最爲妙法。「藍水遠從千澗落，玉山高並兩峰寒」，詩人至此，筆力多衰，今方且雄傑挺拔，喚起一篇精神，非筆力拔山，不至於此。「明年此會知誰健，醉把茱萸子細看」，則意味深長，幽然無窮矣。東坡《煎茶》詩云：「活水還將活火烹，自臨釣石汲深清。」第二句七字而具五意：水清，一也；深處取清者，二也；石下之水，非有泥土，三也；石乃釣石，非尋常之石，四也；東坡自汲，非遣卒奴，五也。「大瓢貯月歸春甕，小杓分江入夜瓶」，其狀水之清美，極矣。「分江」二字，此尤難下。「雪乳已翻煎處脚，松風仍作瀉時聲」，此倒語也，尤爲詩家妙法，即少陵「紅稻啄餘鸚鵡粒，碧梧棲老鳳凰枝」也。「枯腸未易禁三椀，卧聽山城長短更」，又翻却盧仝公案。仝喫到七椀，坡不禁三椀。山城更漏無定，「長短」二字有無窮之味。

初學詩者須用古人好語，或兩字，或三字。如山谷《猩猩毛筆》：「平生幾兩屐，身後五車書。」「平生」二字出《論語》。「身後」二字，晉張翰云：「使我有身後名。」「幾兩屐」，阮孚語。「五車書」，莊子言惠施。此兩句乃四處合來。又：「春風春雨花經眼，江北江南水拍天。」「春風春雨」、「江北江南」，詩家常用。杜云：「且看欲盡花經眼。」退之云：「海氣昏昏水拍天。」此以四字合三字，入口便成詩，句不至生梗。要誦詩之多，擇字之精，始乎摘用，久而自出肺腑，縱横出没，用亦可，不用亦可。

詩家借用古人語而不用其意，最爲妙法，如山谷《猩猩毛筆》是也。猩猩喜著屐，故用阮孚事。其毛作筆，用之抄書，故用惠施事。二事皆借人以詠物，初非猩猩毛筆事也。《左傳》云：「深山大澤，實生龍蛇。」而山谷《中秋月》詩云：「寒藤老木被光景，深山大澤皆龍蛇。」《周禮·考工記·車人》：「蓋圜以象天，軫方以象地。」而山谷云：「丈夫要弘毅，天地爲蓋軫。」《孟子》云：「《武成》取二三策。」而山谷稱東坡云：「平生五車書，未吐二三策。」

孔子、老子相見傾蓋，鄒陽云：「傾蓋如故。」孫侔與東坡不相識，以詩寄東坡，和云：「與君蓋亦不須傾。」劉寬爲吏，以蒲爲鞭，寬厚至矣。東坡云：「有鞭不使安用蒲。」杜詩云：「忽憶往時秋井塌，古人白骨生蒼苔，如何不飲令心哀。」東坡云：「何須更待秋井塌，見人白骨方銜盃。」此皆翻案法也。余友人安福劉浚字景明《重陽》詩云：「不用茱萸子細看，管取明年各强健。」得此法矣。

五七字絶句最少而最難工，雖作者亦難得四句全好者。晚唐人與介甫最工於此，如李義山憂唐之衰云：「夕陽無限好，❶其奈近黄昏。」如：「青女素娥俱耐冷，月中霜裏鬭嬋娟。」如：「芭蕉不展丁香結，同向春風各自愁。」如：「鶯花啼又笑，畢竟是誰春。」唐人《銅雀臺》云：「人生富貴須回首，此地豈無歌舞來。」《寄邊衣》云：「寄到玉關應萬里，戍人猶在玉關西。」《折楊柳》云：「羌笛何須怨楊柳，春光不度玉門關。」皆佳句也。如介甫云：「更無一片桃花在，爲問春歸有底忙。」「秪是蟲聲已無夢，五更桐葉强知秋。」「百囀黄鸝看不見，海棠無數出墻頭。」「暗香一陣連風起，知有薔薇澗底花。」不減唐人，然鮮有四句全好者。杜牧之云：「清江漾漾白鷗飛，緑净春深好染衣。南去北來人自老，夕陽長送釣船歸。」唐人云：「樹頭樹尾覓殘紅，一片西飛一片東。自是桃花貪結子，錯教人恨五更風。」韓渥云：「昨夜三更雨，臨明一陣寒。薔薇花在否，側卧捲簾看。」介甫云：「水際柴扉一半開，小橋分路入青苔。背人照影無窮柳，隔屋吹香併是梅。」東坡云：「暮雲收盡溢清寒，銀漢無聲轉玉盤。此生此夜不長好，明月明年何處看。」四句皆好矣。

---

❶「限」，原作「恨」，今據《四部叢刊初編》影印江安傅氏雙鑑樓藏明嘉靖刊本《李義山詩集》卷六《樂遊》改。

五言長韻古詩，如白樂天《遊悟真寺一百韻》，真絶唱也。

五言古詩句雅淡而味深長者，陶淵明、柳子厚也。如少陵《羌村》、後山《送内》，皆有一倡三歎之聲。

自隆興以來，以詩名，林謙之、范至能、陸務觀、尤延之、蕭東夫。近時後進有張鎡功父、趙蕃昌父、劉翰武子、黄景説巖老、徐似道淵子、項安世平甫、鞏豐仲至、姜夔堯章、徐賀恭仲、汪經仲權，前五人皆有詩集傳世。謙之常稱重其友方翥次雲詩云：「秋明河漢外，月近斗牛旁。」延之有云：「去年江南荒，趁逐過江北。江北不可住，江南歸未得。」有《寄友人》云：「胸中襞積千般事，到得相逢一語無。」又《台州秩滿而歸》云：「送客漸稀城漸遠，歸塗應減兩三程。」東夫《飲酒》云：「信脚到太古。」《登岳陽樓》：「不作蒼忙去，真成浪蕩遊。三年夜郎客，一柂洞庭秋。得句鷺飛處，看山天盡頭。猶嫌未奇絶，更上岳陽樓。」又：「荒村三月不肉味，併與瓜茄倚閣休。造物於人相補報，問天賒得一山秋。」至能有云：「月從雪後皆奇夜，天到梅邊有別春。」功父云：「斷橋斜取路，古寺未關門。」絶似晚唐人。《詠金林禽花》云：「梨花風骨杏花粃。」《黄薔薇》云：「已從槐借葉，更染菊爲裳。」寫物之工如此。余歸自金陵，功父送末章云：「何時重來桂隱軒，爲我醉倒春風前。看人唤作詩中仙，看人唤作飲中仙。」此詩超然矣。昌父云：「紅葉連村雨，黄花獨徑秋。詩窮真得瘦，酒薄不禁愁。」武子云：「自鋤明月種梅花。」又云：「吹入征鴻數字秋。」淵子云：「煖分煨芋火，明借績麻燈。」又：「客路二千年五十，向人猶自説歸耕。」平甫《題釣臺》：「醉中偶爾閑伸脚，便被劉郎賣作名。」恭仲云：「碎斫生柴爛煮詩。」又有姚宋佐輔之一絶句云：「梅花得月太清生，月到梅花越樣明。梅月蕭踈兩奇絶，有人踏月繞花行。」僧顯萬亦能詩：「萬松嶺上一間屋，老僧半間雲半間。三更雲去作行雨，回頭方羨老僧閑。」又《梅》詩：「探支春色墻頭朵，闌入風光竹外梢。」又：「河横星斗三更後，月過梧桐一丈高。」又有龐右甫者《使虜過汴京》云：「蒼龍觀闕東風外，黄道星辰北斗邊。月照九衢平似水，胡兒吹笛内門前。」

吾族前輩諱存字正叟，諱朴字元素，諱杞字元卿，諱輔世字昌英，皆能詩。元卿年十八第進士，其叔正叟賀之云：「月中丹桂輪先手，鏡裏朱顔正後生。」吾鄉民俗，稻未熟，摘而蒸之，舂以爲米，其飯絶香。元素有詩云：「和露摘殘雲淺碧，帶香炊出玉輕黄。」余先太中貧，嘗作小茅屋三間，而未有門扉，干元卿求一扉，元卿以絶句送至云：「三間茅屋獨家村，風雨蕭蕭可斷魂。舊日相如猶有壁，如今無壁更無門。」昌英有絶句云：「碧玉寒塘瑩不流，紅渠影裏立沙鷗。便當不作南溪看，當得西湖十里秋。」

吾州詩人瀘溪先生安福王民瞻名庭珪，弱冠貢入京師太學已有詩名，有絶句云：「江水磨銅鏡面寒，釣魚人在蓼花灣。回頭貪看新月上，不覺竹竿流下灘。」紹興間，宰相秦檜力主和戎之議，鄉先生胡邦衡名銓時爲編修官，上書乞斬檜，謫新州。民瞻送行詩：「一封朝上九重關，是日清都虎豹閑。百辟動容觀奏議，幾人回首愧朝班。名高北斗星辰上，身落南州瘴海間。不待百年公議定，漢庭行召賈生還。」「大厦元非一木支，要將獨力拄傾危。癡兒不了公家事，男子要爲天下奇。當日姦諛皆膽落，平生忠義祇心知。端能飽喫新州飯，在處江山足護持。」有歐陽安永上飛語告之，除名竄辰州。孝宗登極，召爲國子監簿，以老請奉祠，除直敷文閣宫觀。

尤延之嘗誦吴則禮詩：「華館相望接使星，長淮南北已休兵。便須買酒催行樂，更覓何時是太平。」「滿船賣了洞庭柑，雪色新裁白紵衫。唤得吴姬同一醉，春風相送過江南。」又：「楓葉蘆花滿釣船，水風清處枕琴眠。覺來失却瀟湘月，却問青山覓酒錢。」

神宗徽猷閣成，告廟祝文，東坡當筆。時黄魯直、張文潛、晁無咎、陳無己畢集，觀坡落筆云：「惟我神考，如日在天。」忽外有白事者，坡放筆而出。諸人擬續下句，皆莫測其意所向。頃之坡入，再落筆云：「雖光輝無所不充，而躔次必有所舍。」諸人大服。

潤州火，爇盡室廬，惟存李衛公塔、米元章庵。元章喜題塔云：「神護衛公塔，天留米老庵。」有輕薄子於「塔」、「庵」二字上添注「爺」、「孃」二字。元章見之大駡，輕薄子再於「塔」、「庵」二字下添注「颯」、「糟」二字。蓋元章母嘗乳哺宫中，故云。「糟」字本出《漢書·霍去病傳》，云「鏖皐蘭山下」，注云：「今謂糜爛爲鏖糟。」輕薄子用「糟」字黏「庵」字，蓋今人讀「鏖」爲「庵」，讀「糟」爲子甘切，添注遂成七言兩句云：「神護衛公爺塔颯，天留米老孃庵糟。」

鄉先生劉尚書才邵字美中云：「劉弇偉明獻《南郊大禮賦》，首句云：『粤惟古初，豺獺有祭。』大音惰。小大南郊大禮，祭天地祖宗，而比之豺獺之祭，此譬如千乘萬騎，羽獵長楊，而於其間説鬭蝦蟆。」

劉侍郎岑，字季高，居建康。中書舍人張孝祥，字安國，時爲帥，還往甚密。一日，安國忽具衣冠造季高，季高驚異未出，先令人問盛服而來何故。安國曰：「欲北面書法。」季高不辭讓，着道服而出。安國即令人扶季高，納再拜者再，季高亦不辭讓。安國請曰云云，季高答曰云云，大意令安國學李邕書。

徽宗嘗問米某：「蘇軾書如何？」對曰：「畫。」「黄庭堅書如何？」曰：「描。」「卿書如何？」曰：「刷。」

高宗初作黄字，天下翕然學黄字。後作米字，天下翕然學米字。最後作孫過庭字，故孝宗、太上皆作孫字。

韓退之《答李師錫書》云：「思元賓而不見，見元賓之所與，則如元賓焉。」此用石勒語。王浚贈勒麈尾，勒懸之壁間，每瞻仰之，云：「王公不得見，見王公之玩好，如見王公焉。」退之作《河南少尹李素墓銘》云：「高其上而坎其中，以爲公之宫，奈何乎公。」此用東方朔諫武帝近董偃云：「奈何乎陛下。」退之《上宰相書》云：「恤恤乎，飢不得食，寒不得衣。」此用《左傳》語：「南蒯將叛，邑人歌之曰：「恤恤乎，湫乎，悠乎。」又《杜兼墓銘》云：「事在于人，日遠日忘。」此用《晉書》張駿語，謂中原之於晉，日遠日忘。又《平淮西碑》，自皇帝「曰光顔，汝爲陳、許帥」，「曰重胤」云云，「曰弘」云云，「曰文通」云云，「曰道古」云云，「曰愬」云云，「曰度惟汝予同，汝遂相予」，此用《舜典》命九官文法也。

柳子厚《答韋中立書》云：「抑之欲其奥，揚之欲其明，疏之欲其通，廉之欲其節，激而發之欲其清，固而存之欲其重。」此用《周禮・考工記・函人》句法，云：「眡其鑽空，欲其惌也；❶眡其裏，❷欲其易也；眡其朕，欲其直也；櫜之，欲其約也；舉而眡之，欲其豐也；衣之，欲其無齘也。」❸韓退之《行箴》云：「宜悔而休，汝惡曷瘳？宜休而悔，汝善安在？」柳子厚《憂箴》云：「宜言不言，不宜

❶「惌」，原作「怨」，今據《十三經注疏・周禮注疏》卷四〇《函人》改。

❷「裏」，原作「裹」，今據《十三經注疏・周禮注疏》卷四〇《函人》改。

❸「齘」，原作「斷」，今據《十三經注疏・周禮注疏》卷四〇《函人》改。

而煩。宜退而勇，不宜而恐。」二箴相似，未知孰先爲之者。曾子固《送王無咎字序》云：「以顔子之所以爲學者期乎己，余之所望於補之也。假借乎己而已矣，豈予之所望於補之哉？」此用《孟子》句法：「千里而見王，是予所欲也。不遇故去，豈予所欲哉？」而介甫《送陳升之序》云：「堪大臣之事，可信而望者，陳升之而已矣。煦煦然仁而已矣，孑孑然義而已矣，非予所望於升之也。」子固《送王希序》、介甫《九曜閣記》言洪、撫兩州山川之勝，遊覽之樂，亦大略相似，未知孰先爲之者。

李彌遜知吉州，於州學立楊忠襄公祠堂，請劉尚書美中作祭文，首句云：「陰虹吐氛，暫翳圜景。斗於星中，孤光耿耿。洪河潰溢，滔天横鶩。屹然中流，見此底柱。」又云：「公，人中之龍，那肯屈節於犬羊？」又云：「欲贖忠襄，人百其身。」彌遜歎服不已，不知其用太學生姚孝寧《祭李清卿文》，首句云：「皇穹將傾，天柱必折。大地欲仆，泰嶽必蹶。」又云：「公人中龍，肯臣犬豕？」又云：「賊據床上，天子在下。公抱帝躬，嚼齒大罵。公於是時，眥裂髮立。乾坤晝昏，鬼神夜泣。」又云：「欲贖清卿，人萬其身。萬人何多？一世猶輕。」又云：「吾將提長劍而登泰華，决浮雲而問蒼天。雖泣盡而繼之以血，安得吾清卿之復然？」蓋清卿之父避亂至廬陵，嘗館於美中之家，故美中得此文。予少時嘗於劉彦純家見其全篇，今亡矣，可惜。廬陵村落地名何山，有金地寺，壁間有廬陵丞某人留題云：「今朝憩息來金地，何日翺翔到木天。」觀者歎其的對。後美中再入館職，唱和云：「見説木天猶突兀，暫時金地亦清閑。」是時南渡之後，駐蹕臨安，百司官寺未立，暫寓一僧舍爲秘書省，而汴京本省猶未毁。美中此聯，朝士歎其親切。

詩句固難用經語，然善用者不勝其韻。李師中云：「夜如何其斗欲落，歲云莫矣天無晴。」又：「山如仁者静，風似聖之清。」又：「詩成白也知無敵，花落虞兮可奈何。」

詩有實字，而善用之者以實爲虚。杜云：「弟子貧原憲，諸生老伏虔。」「老」字蓋用「趙充國請行，上老之」。

有用文語爲詩句者，尤工。杜云：「侍臣雙宋玉，戰策兩穰苴。」蓋用如「六五帝」、「四三王」。

有用法家吏文語爲詩句者，所謂以俗爲雅。坡云：「避謗詩尋醫，畏病酒入務。」如前卷僧顯萬「探支」、「闌入」，亦此類也。

庾信《月》詩云：「渡河光不濕。」杜云：「入河蟾不没。」唐人云：「因過竹院逢僧語，又得浮生半日閑。」坡云：「慇勤昨夜三更雨，又得浮生一日凉。」杜《夢李白》云：「落月滿屋梁，猶疑照顔色。」山谷《簟》詩云：「落日映江波，依稀比顔色。」退之云：「如何連曉語，秖是説家鄉。」吕居仁云：「如何今夜雨，秖是滴芭蕉。」此皆用古人句律而不用其句意，以故爲新，奪胎换骨。

杜《蜀山水圖》云：「沱水流中座，岷山赴此堂。白波吹粉壁，青嶂插彫梁。」此以畫爲真也。曾吉父云：「斷崖韋偃樹，小雨郭熙山。」此以真爲畫也。

白樂天《女道士》詩云：「姑山半峰雪，瑶水一枝蓮。」此以花比美婦人也。東坡《海棠》云：「朱唇得酒暈生臉，翠袖卷紗紅映肉。」此以美婦人比花也。山谷《酴醿》云：「露濕何郎試湯餅，日烘荀令炷爐香。」此以美丈夫比花也。山谷此詩出奇，古人所未有，然亦是用「荷花似六郎」之意。

歐陽公作省試知舉，得東坡之文，驚喜，欲取爲第一人，又疑其是門人曾子固之文，恐招物議，抑爲第二。坡來謝歐，歐問坡：「所作《刑賞忠厚之至論》有『皋陶曰殺之三，堯曰宥之三』，此見何書？」坡曰：「事在《三國志·孔融傳》注。」歐退而閱之，無有。佗日再問坡，坡云：「曹操滅袁紹，以袁熙妻賜其子丕。孔融曰：『昔武王伐紂，以妲己賜周公。』操驚問何經見，融曰：『以今日之事觀之，意其如此。』堯、皋陶之事，某亦意其如此。」歐退而大驚曰：「此人可謂善讀書，善用書，佗日文章必獨步天下。」然予嘗思之，《禮記》云：「獄成，有司告于王。王曰：『宥之。』有司曰：『在辟。』王又曰：『宥之。』有司又曰：『在辟。』王三宥，不對，走出，致刑于甸人。」坡雖用孔融意，然亦用《禮記》故事，其稱王謂王三皆然，安知此典故不出於堯？

客有自秦少游許來見東坡，坡問少游近有何言句，客舉秦《燕子樓》詞云：「小樓連遠橫空，下臨繡轂彫鞍驟。」坡笑曰：「又連遠，又横空，又繡轂，又彫鞍，又驟，也勞攘。軾亦有此詞云：『燕子樓中，佳人何在，空鎖樓中燕。』」

東坡談笑善謔。過潤州，太守高會以饗之。飲散，諸妓歌魯直《茶》詞云：「惟有一杯春草，解留連佳客。」坡正色曰：「却留我喫草。」諸妓立東坡後，憑東坡胡床者大笑絶倒，胡床遂折，東坡墮地，賓主一笑而散。見蜀人李珪説。

東坡知徐州，李定之子某過焉。坡以過客故事宴之，其人大喜，以爲坡敬愛之也，因起而請求薦墨。坡陽應曰：「諾。」久之閑談，坡忽問李曰：「相法謂面上人中長一寸者壽百年，有是説否？」李曰：「未聞也。」坡曰：「果若人言，彭祖好一箇獃長斂。」李大慚而遁。見王僑卿説。

東坡嘗宴客，俳優者作技萬方，坡終不笑。一優突出，用棒痛打作技者曰：「内翰不笑，汝猶稱良優乎？」對曰：「非不笑也，不笑者所以深笑之也。」坡遂大笑。蓋優人用東坡《王者不治夷狄論》云「非不治也，不治者所以深治之也」。見子由五世孫奉新縣尉懋説。

予過金山，見妙高臺上挂東坡像，有坡親筆自贊云：「目若新生之犢，身如不繫之舟。試問平生功業，黄州惠州崖州。」今集中無之。予昔爲零陵丞，嘗肩輿過一野寺，前壁間有山谷親筆一詩，予小立肩輿，誦之三過。既歸，書之，止記一聯云：「春將國艷薰花骨，日借黄金縷水紋。」今集中亦無之。

蔡攸幼慧，其叔父卞，荆公壻也。卞攜攸見公，一日，公與客論及《字説》，攸立其膝下，回首問曰：「不知相公所解之字，爲復是解蒼頡字？爲復是解李斯字？」公不能答，拊其頂曰：「你無良，你無良。」見劉尚書美中説。

東坡《赤壁賦》云：「扣舷而歌之，歌曰云云。客有吹洞簫者，倚歌而和之，其聲嗚嗚然，如怨如慕。」山谷爲坡寫此賦爲圖障云：「扣舷而歌曰。」又云：「其聲嗚嗚，如怨如慕。」去「之」、「歌」、「然」三字，覺神觀精鋭。孫仲益作《上梁文》云：「老蟾駕月，上千巖紫翠之間；一鳥呼風，嘯萬木丹青之表。」周茂振曰：「既呼又嘯，易『嘯』爲『響』。」

退之《盤谷序》云：「妬寵而負恃。」張文潜云：「『妬寵』一字，『負恃』兩字，非句律，與下句云『争妍而取憐』不類。」又：「既曰『負』，又曰『恃』，爲複。『恃』當作『特』。」

本朝制告表啓用四六，自熙、豐至今，此文愈盛。有一聯用兩處古人全語而雅馴妥帖如己出者。介甫

《賀册后妃表》云：「《關雎》之求淑女，無險陂私謁之心；《雞鳴》之思賢妃，有警戒相成之道。」紹興間，劉美中除工部侍郎兼直學士院，吉水丞龔尹字正子以啓賀之云：「技巧工匠精其能，自元、成之間鮮能及；號令文章焕可述，雖《詩》、《書》所稱何以加。」尹又上湯丞相啓云：「生民以來，未有盛於孔子；天下之士，豈復賢於周公。」後二語用韓退之《上宰相書》。中書舍人張安國知撫州，自撫移蘇，謝上表云：「雖自西徂東，周爰執事；然以小易大，是誠何心。」增「雖」、「然」二字，而兩州東西小大乃甚的切。王履道《賀唐祕校及第啓》云：「得知千載，上賴古書；作吏一行，便廢此事。」前二語用淵明詩「得知千載事，上賴古人書」，翦去兩字；後二句用嵇康書「一行作吏，此事便廢」，而皆倒易二字。東坡《答士人啓》云：「媿無琴瑟旨酒，以樂我嘉賓；所喜直諒多聞，真古之益友。」此雖增損五六字，而特圜美。至翟公巽行麻制云：「古我先王，惟圖任舊人共政；咸有一德，克左右厥辟宅師。」則前二語熟而後二語突兀矣。四六有一聯而用四處古人語者。張欽夫答一教官啓云：「識其大者，豈誦説云乎哉；何以告之，曰仁義而已矣。」四人語乃如一人語。王履道行余深少宰制云：「仰惟前代，守文爲難；相我受民，非賢不乂。」其意亦貫。紹興間，金人歸我河南地，洪景伯賀表云：「宣王復文武之土，可謂中興；齊人歸鄆讙之田，不失舊物。」屬聯工夫，然去一「境」字，便覺難讀。

四六用古人語，有用其一字之聲而不用其字之形者。《書》曰「人惟求舊」，而介甫《謝上表》云「仁惟求舊，義不遐遺」，乃易「人」爲「仁」。《莊子》曰：「副墨之子聞之洛誦之孫。」副墨謂文墨之有副本，洛誦謂洛人之善誦讀者，而介甫《賀生皇子表》前一聯言成王、文王子衆多，而繼之以「恭惟皇帝陛下，令德光乎洛誦，康功茂乎岐昌」，則以洛誦爲成王矣。蓋成王名誦而卜洛故也，❶此文人之舞文弄法者也。

四六有截斷古人語五字而補以一字如天成者，有用古人語不易其字之形而易其意者。《漢書》云：「在漢廷無出其右。」《論語》云：「與文子同升諸公。」而翟公巽《賀蔡攸除少師啓》云：「朝廷無出其右，父子同升諸公。」既截斷其語而補以一字，讀者不覺其補，而又易「文子」爲「父子」。「子」之一字雖同，而文子乃人名，父子非人名也，此巧之至也。子牟「身居江湖之上」，公冶長「雖在縲絏之中」，而東坡《謝罪表》云：「身寄江湖之上，夢遊縲絏之中。」《孟子》云：「此之謂失其本心。」《左傳》云：「吾必使汝罷於奔命。」翟公巽一年之中移作數郡太守，《謝表》云：「憂患失其本心，筋力罷於奔命。」亦此類也。

四六有作流麗語者，亦須典而不浮。東坡《謝知湖州表》云：「湖山如舊，魚鳥亦怪其衰殘。」《謝知密州》云：「賓出日於麗譙，江山炳煥；傳夕烽於海嶠，鼓角清閑。」《謝賜笏帶》云：「草木何知，被慶雲之渥彩；魚鰕至賤，借滄海之榮光。」雖若可觀，終非其有。」汪彥章《賀神降萬歲山表》云：「恍若銀山，金成宮闕；浩如玉海，虹貫山川。」此皆典而不浮。孫仲益亦多此等語，至《橘林》則浮靡而不典矣。

四六有作華潤語而重大者，最不可多得。韓退之表云：「地彌天區，界軼海外。」「北嶽醫閭，神鬼受職。」「析木天街，星宿清潤。」曾子固云：「鈎陳太微，星緯咸若；崑崙渤澥，波瀾不驚。」王履道行种師道麻制

❶ 此段所舉「洛誦」例，與本條「四六用古人語，有用其一字之聲而不用其字之形者」不合，而與下條「有用古人語不易其字之形而易其意者」合。

云：「封疆開崑崙積石之西，威讋震大漠龍荒之北。」

四六有用古人全語而全不用其意者。《行葦》之詩云：「仁及草木，牛羊勿踐履。」此盛世之事也。又《鴟鴞》之詩云：「曰予未有室家，風雨所漂搖。」此謂鴟鴞之巢也。王履道，北人也，靖康避亂，遷謫在八桂，思鄉里墳墓，作青詞云：「萬里丘墳，草木牛羊之踐履；百年鄉社，室家風雨之漂搖。」

有客在張欽夫坐上舉介甫《賀册后妃》「《關雎》、《雞鳴》」之聯以爲四六之妙者，欽夫因舉東坡《賀册后表》云：「上符天造，日月爲之光明；下逮海隅，夫婦無有愁歎。」笑曰：「此全不用古人一字，而氣象塞乎天地矣。」

中書舍人洪景盧知婺州，召至都下，而從臣未有虛位，孝宗除爲在京宫觀兼侍讀。太府少卿張抑字子儀以啓賀之云：「珍臺閒館，冠臯伊之倫魁；廣厦細旃，論唐虞之聖道。」前兩句用楊雄賦全語，後兩句用王吉疏全語，皆西漢文章也。子儀對予舉似，予驚歎擊節，以爲不減前輩。未幾，景盧入翰林爲學士，適梁叔子丞相以病辭位，孝宗愛重之，不聽其去。累辭，不得已拜大觀文、醴泉觀使兼侍讀。景盧當筆，麻制中全用此一聯，是日朝士聽麻者皆稱賞之，不知其爲子儀語也。

四六有初語平平，而去其一字，精神百倍，妙語超絶者。介甫《賀韓魏公致仕啓》云：「言天下之所未嘗，任大臣之所不敢。」其初句尾有「言」、「任」二字而去之也。

循王張俊妾封夫人，中書舍人程子山行詞，以「異姓王」對「如夫人」，朝士稱之。

靖康遺聶山割三鎮與金人請和，三鎮之民不肯左衽，群起毆山至死，而朝廷或傳其生，詞臣行加恩詞云：「風寒易水，知士去之不還；日遠長安，怪人來而未至。」汪伯彦、黄潛善爲相，時太學之士陳東以上書誅，既而高宗深悔之，贈東諫議大夫，而罷汪、黄二相。後趙鼎爲相，汪、黄有啓謝廟堂。鄱陽熊彦詩叔雅爲趙客，代趙答啓云：「一男子之上書，彼將焉罪；諸大夫曰可殺，公亦何心。」

靖康二聖北狩，皇屬畢遷，中原無主，惟高宗皇帝在外獨免。隆祐太后以書勸進，有云：「獻公之子九人，惟重耳之獨在；漢家之阨十世，宜光武之中興。」此汪彦章詞也。建炎苗、劉之禍，未幾復辟，赦書云：「斷鼇而立四極，既成開闢之勳；取日而授五龍，復正神明之御。」此李漢老詞也。

張邦昌既僭竊竄謫，《謝高宗表》云：「孔子從佛肹之召，蓋欲興周；紀信乘漢王之車，固將誑楚。」其黨顏博文之詞也。邦昌初立，時博文首上賀表云：「非湯武之干戈，同堯舜之禪讓。」其反覆如此。

李綱罷相被謫，汪彦章行詞云：「朋姦罔上，有虞必去於驩兜；欺世盜名，孔子首誅於正卯。」又云：「專殺尚威，傷列聖好生之德；信讒喜佞，爲一時群小之宗。」客有問彦章者曰：「内翰頃有啓賀伯紀拜相云：『孤忠貫日，正二儀傾側之中；凜氣横秋，揮萬騎笑談之頃。』又云：『士訟公冤，亟舉幡而集闕下；帝從民望，令免冑以見國人。』與今謫詞一何反也？」彦章曰：「某此啓自直一翰林學士，渠不用我，故以後詞報之。」客又曰：「詞有云：『乃傾家積，陰與賊通。』若行此言，則李公族矣。怨豈至是？此言何從？」答曰：「某如何知得，但見渠兒子自虜中歸。」

汪彦章初除北門，有小官賀以啓云：「當年翰苑，曾聞學士之葫蘆；今日玉堂，又見司空之蘿蔔。」自以爲奇。有問之者：「葫蘆事得非用太祖皇帝嘲内翰陶穀所謂『年年依樣畫葫蘆』者乎？」曰：「然。」又問：

「蘿蔔何出？」曰：「昔司空圖在翰苑，嘗作《蘿蔔》詩。」聞者絶倒。又吾州安福有歐陽寺丞叔向者，嘗爲妻病作青詞云：「大小二便，半月未通於水火；晨昏兩膳，一粒不過於咽喉。」又近有代京丞相作遺表者，首句云：「身獨立於上台，未踰三月；瘡忽生於下體，幾及半年。」

莆田陳丞相作小朝士時，顯仁太后之喪，嘗代宰相《乞皇帝御殿表》云：「雖天道何言，四時自然成歲；然太陽不照，萬物何以仰瞻。」識者已知其有宰相器。公後爲左相，辭位，其客鄭僑惠叔代作表云：「責任匪輕，此豈久居之地；從容求去，幸當未厭之時。」「豈久居」，牛僧孺語也；「幸未厭」，蕭嵩語也。皆宰相求去事，未有如此親切者。梁叔子丞相生日，孝宗賜酒物。是時梁母太夫人在，尤延之代作謝表云：「小人有母，雖喜君羹之嘗；大烹養賢，每虞公餗之覆。」

黄仲秉攝西掖，行東坡贈太師謚文忠詞云：「朕考百年治亂之原，識諸老忠邪之辨；惟小人無所忌憚，使君子至於困窮。」又云：「某目無全牛，意空凡馬。道不行而言立，身愈退而名高。」又云：「言之尚至於歎嗟，聞者亦爲之興起。」户部侍郎史正志自請爲諸路發運使，遍行州縣，凡合起上供及江上餉師錢穀，盡以爲羨餘而獻之，壽皇大喜。既而歲莫上供，無一州至者。板曹大窘，奏其事。上大怒，即日罷黜。仲秉行詞有云：「多取贏於郡國，無遺算於雞豚。校數歲之中以爲常，本無心計；無三年之蓄曰不足，徒有口才。」及仲秉爲刑部侍郎，觸一權貴，匄外得丹陽，《謝廟堂啓》曰：「一麾江海，頗欲避西風之塵；兩鬢雪霜，但堪飲北府之酒。」

王季海丞相爲太常少卿，時葛丞相楚輔爲浙東參議官，以啓賀季海，用「雞檄」對「鵝經」，季海賞其的對。「雞檄」乃用王勃爲諸王作《鬬雞檄》。

山谷戲筆，嘗書范文正公爲舉子時作《齏賦》，有云：「陶家甕内，淹成碧緑青黄；措大口中，嚼出宫商徵羽。」吾州劉沆丞相微時，讀書山寺，寺僧請公戲作《偷狗賦》，有云：「摶飯引來，猶掉續貂之尾；索綯牽去，尚回顧兔之頭。」常州人諱「打爺」，蓋嘗有子爲五百而其父坐罪當杖者，其子恐佗人杖其父之重，而身請行刑，故有此譏。士人有戲作此賦者云：「當年祖逖，見而知聞而知；後日孫權，出乎爾反乎爾。」

投人詩文有語忌者，不可不知。人有上文潞公詩，用「壽考」字。公曰：「五曰考終命，和我死也説了。」程子山自中書舍人謫爲贛州安遠令，士子上生日詩，用嶽降事。子山曰：「降做縣令了，更降去甚處？」周茂振賀劉季高由謫籍放自便啓云：「十年去國，驚我馬之虺隤；一日還家，喜是翁之矍鑠。」季高曰：「是翁却將對我馬。」此類多矣。至如紹興間，張叔夜之子常先爲江西常平使者，有小官上啓，其自序處云：「叔夜麄踈，次山漫浪。」常先大怒曰：「我爺何曾麄踈？」雖常先不學可笑，然小官亦當問上官家諱。吉州推官李椿，嘗干一上官舉狀，而上官家諱有複名而一字椿者，初許薦，而後不與。請予族弟炎正字濟翁作一啓以解之云：「諱名不諱姓，雖存羊棗之遺文；言在不言徵，亦有杏壇之故事。」上官遂舉之。濟翁年五十二乃登第，初任寧遠簿，甚爲京丞相所知，有啓上丞相云：「秋驚一葉，感蒲柳之先知；春到千花，歎桑麻之後長。」丞相遂下待除掌故之令。

尤延之嘗舉前輩四六有云：「秉圭執璧，禮天地之神祇；潔粢豐盛，報祖宗之功德。」謂其不造語而體面大。又嘗愛子由行詞有云：「養德丘園，本無求於當世；書名史策，恍若疑其古人。」

《詩》曰：「燕及皇天。」又曰：「誕彌厥月。」而介甫《賀進築熙河表》云：「旌旜所指，燕及氐羌；樓櫓相望，誕彌河隴。」

淵明、子美、無己三人作《九日》詩，大概相似。子美云：「竹葉於人既無分，菊華從此不須開。」此淵明所謂「塵爵耻虛罍，寒華徒自榮」也。無己云：「人事自生今日意，寒花秖作去年香。」此淵明所謂「日月依辰至，舉俗愛其名」也。

介甫當國，喜言農田水利。有獻議梁山濼可涸之以爲田，介甫欲行之，又念水無所歸，以問劉貢父，曰：「此事楊蟠無齒。」貢父退，介甫思其説而不得，呼其子雱，問以此語何意，且出何書，雱曰：「不知，當召而問之。」貢父既至，雱以父之問問焉，貢父笑曰：「此易曉耳。楊蟠，杭人，善作詩，自號浩然居士，相公熟識之。今欲涸湖爲田，此事浩然無涯也。」一時聞者絶倒。

東坡詩云：「卧占寬閑五百弓。」汪彦章啓云：「嗟甫里百弓之別墅。」七尺二寸爲一弓，事見譯梵。一尺八寸爲一肘，四肘爲一弓。今《通鑑》二百四十八卷會昌五年「祠部奏天下寺四千六百，蘭若四萬」，注下亦詳。史炤《釋文》引《薩波多論》云：「西天度地，以四肘爲一弓。去村店五百弓，不遠不近，以閑静處爲蘭若。」今以唐尺計之，蓋二里許也。

或問：「何謂雙聲疊韻？」曰：「『行穿詰曲崎嶇路，又聽鈎輈格磔聲。』上句疊韻，下句雙聲也。」「何謂蜂腰鶴膝？」曰：「『詞源倒流三峽水，筆陣獨掃千人軍。』『無邊落木蕭蕭下，不盡長江衮衮來。』前一聯蜂腰，後一聯鶴膝也。」

近世蜀人多妙於四六，如程子山、趙莊叔、劉韶美、黄仲秉其選也，然未免作意爲之者。張欽夫深於經學，初不作意於文字間，而每下筆必造極。紹興辛巳年，其父魏公久謫居永州，得旨自便，欽夫代作謝表，自叙有云：「家國異謀，固難調於衆口；天日下照，夫何歉於一心。兹蓋皇帝陛下體堯之仁，行禹之智。微彰以道，必因天地之時；動化若神，孰測風雷之用。」其辭平，其味永，其韻孤，豈作意爲之者？時年二十九。

李方叔之孫大方字允蹈，少時嘗作《思故山賦》，諸公間稱之，以爲似邢居實。晚得一鶡冠，今爲雜買場，寄予詩一篇，多有警句。如「三百年來今幾秋，天地自老江自流」，如「笛聲吹起白玉槳，正照御前楊柳碧」，如「可憐一代經綸業，不抵鍾山幾首詩」，如「後院落花人不到，黄鸝飛下石榴陰」，大似唐人。

誠齋集卷第一百十五

廬陵楊万里廷秀

傳

張魏公傳

張浚，字德遠，漢之綿竹人，唐宰相九齡弟九臯之後。祖紘，嘗舉茂材異等。父咸，舉進士，復擢賢良方正異等。

浚四歲而孤，母計守志鞠養。雖幼，行直視端，儼如成人，識者知爲遠器。甫冠，入太學，中政和八年進士第，調山南府士曹參軍、恭州司録。

靖康改元，❶召除太常寺主簿。張邦昌僭竊，浚逃太學中，❷聞高宗皇帝即位南京，星馳赴焉。除樞密院編修官，改虞部員外郎，擢殿中侍御史，遷侍御史。嘗奏事，高宗曰：「朕於直言，容受不諱。近有河北武

❶ 「改」，原殘闕，今據汲本、庫本補。

❷ 「太」，原殘闕，今據汲本、庫本補。

臣上書詆毁朕躬，亦不加罪。」浚請宣布中外，以勸言者。

時乘輿在維揚，久之，中外竊議，以爲上將安居焉者。浚言：「中原天下之根本，願下明詔，令葺東京、關、陝、襄、鄧，以待巡幸。」大咈宰相意，請補外。除集英殿修撰，知興元府。未行，擢禮部侍郎。高宗召諭曰：「卿知無不言，言無不盡，朕將有爲，政如欲一飛冲天而無羽翼，卿爲朕留。」浚頓首泣謝。除御營使司參贊軍事。

浚念虜騎必至，而廟堂不爲備，力言之於宰相黄潛善、汪伯彦，皆笑不答。三年春，虜果犯維揚，乘輿渡江，行幸錢塘，留朱勝非吴門禦虜，以浚同節制平江府、秀州、江陰軍軍馬。已而勝非召赴行在，浚獨留。時潰兵數萬，所至焚剽，浚散金帛招集，事甫定。

會三月五日，苗傅、劉正彦作亂，❶脅立皇子，隆祐皇太后垂簾同聽政，❷高宗退處睿聖宫，改元明受。赦至平江，浚命守臣湯東野秘不宣。傅等以檄來，浚慟哭，召東野及提點刑獄趙哲謀起兵討賊。時傅等以張俊爲秦鳳路總管，將萬人自中途還。浚念高宗遇俊厚，而俊純實，可謀大事，握手泣語之故，俊亦哭。浚曰：「浚即起兵問罪。」俊喜，再拜，因徧犒其師。吕頤浩在建康，劉光世在鎮江，浚以書約其兵來。會傅、正彦等脅朝廷召浚詣行在所，浚奏張俊軍驟還，宜少留尉撫之。因命俊分精甲二千扼吴江，即上疏請復辟，仍

❶「正」，原殘闕，今據四部叢刊本補。

❷「簾」，原殘闕，今據四部叢刊本補。

以奏草報諸路，又令蜀人馮轓持書往諭傅等。俄除浚禮部尚書，命將所部人馬詣行在所，浚復言不可離平江狀。會韓世忠舟師抵常熟，張俊喜曰：「世忠來，事濟矣。」亟以白浚。浚以書招之，世忠至，相對慟哭。世忠曰：「願與張俊身任之。」因大犒俊、世忠將士。浚呼諸將校至前，抗聲問曰：「今日之舉，孰逆孰順？」衆皆曰：「賊逆我順。」浚又曰：「若浚此事違天悖人，可取浚頭歸苗傅等。不然，一有退縮，悉以軍法從事。」衆莫不感憤。

浚令世忠奏以兵歸闕，而密戒其急至秀，據糧道以伺軍至。浚又恐賊急，邀乘輿入海，遣官屬募海舟，皆集。傅等遣大兵駐臨平，浚爲蠟帛書，募人持付臨安守臣康允之等，俾勿驚乘輿。韓世忠至嘉禾，稱病不進，日造攻具。傅、正彦等大懼，亟除俊、世忠節度使，謫浚黄州團練副使，郴州安置，俊、世忠皆拒不受。二十四日，吕頤浩、劉光世踵至。二十七日，乃傳檄中外，浚率諸將相繼以行。傅等聞師且至，憂恐不知所出。馮轓以浚意説宰相朱勝非，率百官請復辟。四月二日，浚至嘉禾，奉復辟手詔。三日，進次臨平。傅、正彦逆黨屯距，不得前。世忠等搏戰，大破之，傅、正彦脱身遁。是夕，除浚知樞密院事。翌旦，浚與頤浩等入見，伏地涕泣待罪，高宗再三問勞曰：「曩在睿聖，兩宫隔絶。一日朕方啜羹，小黄門忽傳太母之命，言不得已貶卿郴州。朕不覺羹覆于手，今其迹尚存。念卿被責，此事誰任？」留浚，引入後殿，過宫庭，曰：「皇太后知卿忠義，欲識卿面，適垂簾見卿過庭矣。」解所服玉帶以賜。傅、正彦既敗走閩中，浚命世忠以精兵躡之，並獲于建安，檻以獻，與其黨皆伏誅。

乘輿方經理東南，顧關陜之重，未有所付。浚亦以中興之功當自關陜始，慨然請行。詔以浚爲川陜宣撫處置使，命以便宜黜陟。將御營平寇將軍范瓊擁衆自豫章來朝，❶浚疏其通虜從僞之罪。呂頤浩請留浚，委以誅瓊而後行。在道，婁言於高宗，願體乾之剛以大有爲，謹左右之微而杜其隙，聽言之道在親君子而遠小人，責大臣以身任國事，高宗手書嘉納焉。

先是，高宗問浚大計，浚請身任陝、蜀之事，置幙府於秦川，別屬一大臣與韓世忠鎮淮東，令呂頤浩扈蹕來武昌，從以張俊、劉光世，與秦川相首尾。議既定，浚行，未及武昌而頤浩變初議。

浚以十月抵興元，時虜已陷鄜延，驍將婁宿孛堇引大兵渡渭，犯永興，諸帥莫肯相援。浚至甫旬日，即行關陝，問風俗，斥姦贓，搜豪傑，諸帥聽命。諜告虜將寇東南，浚即命諸將整軍向虜，使婁宿不得下，已而虜果入寇渡江。

四年二月，浚治兵入衛，未至襄、漢，遇德音，知虜北歸，乃復還，請幸關陝，爲定都大計。是月，虜益兵，欲必取環慶。浚率諸將極力捍禦，虜勢屢挫。時聞兀术猶在淮西，浚懼其復擾東南，謀爲牽制之舉。浚之始行，高宗命浚三年而後用師，至是詔浚以時進討，浚遂合五路之師，以復永興。虜大恐，急調大酋兀术等由京西來援。九月，大戰于富平，涇原帥劉錡身率將士薄虜陣，殺獲頗衆。會環慶帥趙哲擅離所部，哲軍將校望見塵起，驚遁，諸軍亦退。浚斬哲以徇，退保興州。命吴玠聚涇原兵于鳳翔和尚原，守大散關以斷賊路。命關師古等聚熙河兵於岷州大潭，命孫渥、賈世方等守階、成、鳳以固蜀口。虜輕兵至，輒敗。浚上疏

❶「御」上，《宋史》卷三六一《張浚傳》有「行」字。

待罪，高宗手書尉勉焉。

紹興元年五月，虜酋烏魯却統大兵來攻和尚原，吴玠乘險擊之，連戰三日，虜大敗走。八月，兀术復合兵來寇。九月，親攻和尚原，吴玠及其弟璘邀擊，復大破之，兀术僅以身免，祝鬚鬢而遁。制加通奉大夫，尋拜檢校少保、定國軍節度使。賜手書，遣中使宣旨。浚遣兄滉及屬官奏事行在所，高宗喜，恩意有加。

浚在關陝三年，以新集之軍當方張之虜，蚤夜訓輯。以劉子羽爲上賓，子羽忠義有才略。任趙開爲都轉運使，開善理財，治茶鹽酒法。方用兵，調度百出而民不加賦。擢吴玠爲大將，守鳳翔，玠每戰輒勝。先是，將軍曲端逐其帥王庶而奪之印，又不受節制。富平之役，其腹心張忠彦等降虜，端與知之。浚送端獄，論死。西北遺民聞浚威德，歸附日衆，於是全蜀按堵，且以形勢牽制東南，江淮亦賴以安。然浚承制黜陟，悉本至公，雖鄉黨親舊，無一毫假借，於是士大夫有求於幕府而不得者，謗浚殺趙哲、曲端爲無辜，而任劉子羽、吴玠、趙開爲非是，朝廷疑之。

三年春，遣王似副浚。會虜大酋撒離喝及劉豫叛黨聚大兵自金、商入寇，破金州，奪饒風嶺。先是，浚命劉子羽爲興元帥，至是子羽約吴玠同守三泉，守禦甚固。虜至金牛，知三泉有備，又聞子羽遣鋭師襲己，懼而引退。王師掩擊其後，斬馘及墮溪谷死以數千計。浚聞王似來，求解兵柄。吕頤浩、朱勝非不悦浚，日毁之。詔浚赴行在所，浚力丐外祠，高宗弗許。

四年二月，浚至，御史中丞辛炳率同列劾浚，誣以危語。六月，以本官提舉臨安府洞霄宫，居福州。浚知虜既無西顧憂，必併力窺東南，而朝廷已議講解，乃極言其狀。是歲九月，劉豫之子麟果引虜大兵繇數路入寇。高宗思浚前言之驗，策免宰相朱勝非，而參知政事趙鼎請幸平江及召浚，以資政殿學士提舉萬壽觀兼侍讀召。既入見，復除知樞密院事。高宗親書降詔，辯浚前誣，仍牓朝堂。浚既受命，即日赴江上視師。時兀朮擁兵十萬于維揚，浚遂疾驅臨江，召大將韓世忠、張俊、劉光世與議，且勞其軍，留鎮江節度之。兀朮聞浚至，一夕遁。

高宗遣中使趣浚赴行在所。五年二月，除宣奉大夫、尚書右僕射、同中書門下平章事兼知樞密院事，都督諸路軍馬，而趙鼎除左僕射。浚與鼎同志輔治，務在塞倖門，抑近習，以正原本。書王朴《平邊策》以獻。

高宗還臨安，浚留相府。未閲月，復出江上勞軍。至鎮江，召韓世忠，諭上旨，使舉軍前屯楚州，以撼山東，世忠即日渡江。

巨寇楊么據洞庭，朝廷屢命將攻之，不克。浚自請以盛夏乘其怠討之，行至醴陵，釋邑囚數百人，乃楊么遣爲諜者。給以文書，俾分示諸砦，諭以早降，皆驩呼而往。五月，至潭，遣岳飛分兵屯鼎、澧、益陽。賊魁相繼請降，衆二十餘萬，浚一以誠信撫之。六月，湖寇盡平，遂奏遣岳飛之軍屯荆襄，以圖中原。自鄂、岳轉淮東，會諸將，大議防秋之宜。高宗遣中使賜手書促歸，制除浚金紫光禄大夫。浚力辭不拜，請以其恩封其母。

十月，至行在所，高宗勞問曰：「卿暑行甚勞，然湖湘群盜既就招撫，以成朕不殺之仁，卿之功也。」親書《周易》否、泰卦以賜。浚言：「自古小人之陷君子，必以朋黨爲言。夫君子引其類而進，志在於天下國家而已。其道同，故其趨向亦同，何朋黨之有焉？小人則不然，更相推引，本圖利禄而已。或故爲小異以彌縫其事，或表裏相符以信實其言。人主於此，何所决擇哉？原其用心而已。臣嘗考《泰》之初九『拔茅茹，以其彙征』，而象以爲志在天下國家，非爲身故也；《否》之初六『拔茅茹，以其彙正』，而象以爲志在君，則君子連類而退，蓋將以力行善道，而未始忘憂國愛君之心焉。觀二爻之義而攷其心，則朋黨之論可以不攻而自破矣。臣又觀否、泰之理，起於人君一心之微，而利害及於天下。方其一念之正，畫而爲陽，泰自是而起矣；一念之不正，畫而爲陰，否自是而起矣。陛下能日新其德，正心於上，臣知其可以致泰矣。異時天道悔禍，幸而康寧，願陛下常思其否焉。」

又言：「今日之事，雖有可爲之幾，而其理未有先勝之道。蓋不在於交鋒接戰之際，而在於得天下之心。是豈可以聲音笑貌爲哉？心念之間，一毫有差，四海共知。今使天下之人皆曰『吾君孝悌之心，寢食不忘父兄』，則當思共爲陛下雪讎耻矣；皆曰『吾君之朝，君子在位，小人屏去，侍御僕從，罔匪正人』，則有才智者悉思盡其力矣；皆曰『吾君棄珠玉，絶玩好，賞不予幸，惟以予功』，則上下知勸矣。以至『吾君言動舉措俱合禮法，至誠不倦，上格於天』，則望教化之可行矣。如是則將帥之心日以壯，士卒之心日以奮，天下百姓之心日以歸。夷狄聞陛下之盛德，知中國之理直，則氣折志喪，陛下何爲而不成乎？不然，疑似之心毫髮著見，隙見於此則心生於彼，天下之人口不敢言而心敢怒，異日事乖勢去，禍亂立作，足以致禍致難，起戎起兵。前日明受之變，大逆之徒陳兵闕下，旁引他辭，其監不遠也。爲人上者，其可不兢畏戒懼耶？」

又言：「聽雜則易惑，多畏則易移。以易惑之心行易移之事，終歸於無成而已。是以自昔人君修己正心，惟使仰不愧于天，俯不怍於人，持剛健之志，洪果毅之姿，爲所當爲，曾不他卹。陛下聰明睿智，灼知古今，苟大義所在，斷以力行，夫何往而不濟乎？臣願萬幾之暇，保養天和，澄净心氣，庶幾利害紛來，不至疑惑，以福天下。」

召對便殿，問所宜爲，浚既面奏，復條列以進，號《中興備覽》，凡四十一篇。高宗嘉歎，置之坐隅。

浚以虜勢未衰，而叛臣劉豫復據中原，請親行邊塞，部分諸將。六年正月，至江上，牓豫僭逆之罪，命韓世忠據承、楚以圖淮陽，命劉光世屯合肥以招北軍，命張俊練兵建康，進屯盱眙，命楊沂中領精兵爲後翼以佐俊，命岳飛進屯襄陽以窺中原。高宗遣使賜浚御書《裴度傳》，浚請乘輿以秋冬幸建康。浚復渡江，遍撫淮上諸戍。七月，詔促浚入覲。八月，至行在所。時張俊軍已進屯盱眙，岳飛遣兵入僞地，至蔡州。浚復力趣建康之行，乘輿九月朔進發，浚先往江上。

劉豫及其姪猊挾虜來寇，浚以書戒俊、光世，令進擊，又令楊沂中往屯濠梁。劉麟渡淮南，涉壽春，逼合肥。張俊請益兵，劉光世欲引兵退保。趙鼎及僉書樞密院事折彦質移書抵浚，欲召岳飛兵速東下。又乞高宗親書付浚，欲俊、光世、沂中等退師爲保江之計。浚奏俊等渡江則無淮南，而長江之險與虜共矣。淮南之屯，正所以屏蔽大江。向若叛賊得據淮西，江南其可保乎？又岳飛一動，則襄漢有警，復何所制？高宗手書聽浚。楊沂中以十月抵濠州，浚聞劉光世舍廬州而南，疾馳至采石，令光世之衆，渡江者斬。光世聞浚來，大恐，即復駐軍，與沂中接連。劉猊分麟兵之半來攻，沂中大破猊於藕塘，猊僅以身免，麟拔栅而遁。

高宗遣内侍賜浚端硯、筆墨、刀劍、犀甲，且召浚還。至平江，班見，高宗曰：「却賊之功，盡出卿力。」時鼎等已議回蹕臨安，浚奏：「天下之事，不倡則不起。三歲之間，陛下一再進撫，士氣百倍。今六飛一還，人心解體。」高宗幡然從浚計。十二月，趙鼎出知紹興府，浚獨相。以親民之官，治道所急，而比歲内重外輕，遂條具郡守、監司、省郎、館閣出入迭補之法，又以災異奏復賢良方正科，皆從之。七年正月，以去冬却敵之功，制除特進，浚懇辭。先是，禄令成書，加金紫光禄大夫。浚辭不獲，即求流貤兄滉。至是高宗謂浚曰：「卿每有遷除，辭之甚力，恐於君臣之義未安。」浚乃奉詔。

問安使何蘚歸，報徽宗皇帝、寧德皇后上僊，高宗號慟擗踴，哀不自勝。浚奏：「天子之孝與士庶不同，必思所以承宗廟、奉社稷者。今梓宫未返，天下塗炭，願陛下揮涕而起，一怒而安天下之民。」乞降詔諭中外。高宗命浚草以進，其辭哀切。又請命諸大將率三軍發哀成服，中外感動。

乘輿發平江，至建康，幾事叢委，浚獨身任之，人情賴浚以安。每見，必深言讎耻之大，反復再三，高宗未嘗不改容流涕。時高宗方厲精克己，戒飭宫庭内侍，無敢越度。事無巨細，必以咨浚。賜諸將詔旨，往往命浚草之。四方災異，浚必以聞，祥瑞皆抑不奏。

劉光世在淮西，軍無紀律。浚奏其狀，高宗罷光世，而以其兵屬督府。浚命參謀軍事兵部尚書吕祉往廬州節制，浚又自往勞之。人情初無他，而密院以握兵爲督府之嫌，奏乞置武帥，乃以王德爲都統制，即軍中取酈瓊副之。浚歸，奏其不然。瓊亦與德有宿怨，自列於御史臺，乃更命張俊爲宣撫使，楊沂中、劉錡爲制置判官以撫之。未至，瓊等舉軍叛，執殺吕祉，以歸劉豫。浚引咎求去位，以觀文殿大學士提舉江州太平興國宫。

先是，浚遣人持手牓入僞地間豫。會瓊等叛去，浚復遣間持蠟書遺之，大抵謂豫已相結約，故遣瓊等降。虜疑豫，遂廢之。臺諫交章詆浚，旋落職，以朝奉大夫、秘書少監分司西京，居永州，於是趙鼎復相，乘輿自建康還臨安。

九年二月，以赦復宣奉大夫，提舉臨安府洞霄宫，除資政殿大學士，起知福州，兼福建路安撫大使。時秦檜得政，始決和戎之議。虜遣使來，以詔諭爲名，浚前後五上疏争之。

十年正月，高宗遣中使撫問。時虜敗盟，復取河南。浚奏：「願因權以制變。」繼聞淮上有警，連以邊計奏知，又條畫海道舟檝利害甚悉。高宗嘉浚之忠，遣中使奬諭。浚大治海舟至千艘，爲直指山東之計，以俟朝命。在郡細務必親，訟清事簡。山海之寇，招捕無餘。間引秀士，與之講學，閩人化之。

十一年十一月，除檢校少傅、崇信軍節度使，充萬壽觀使，免奉朝請。十二年，太母鑾輅來歸，制封浚和國公。

十六年，彗出西方，浚上疏力論時事。浚又以天申節，手書《尚書·無逸》篇以進爲賀。秦檜大怒，令臺諫交章論浚，以特進提舉江州太平興國宫，居連州。二十年九月，徙永州。

浚去國至是幾二十年，退然自脩，若無能者，而天下士無賢不肖，莫不傾心。武夫健將，言浚者必咨嗟太息。至小兒婦女，亦知天下有張都督也。每使至虜，虜主必問浚安在。先是，虜載書有「毋易大臣」之語，蓋憚浚復用也。於是檜令臺臣王珉、徐嘉每彈事必及浚，至謂浚爲國賊，欲必殺之。又令張柄知潭州，汪召錫爲湖南提舉，以圖浚。又令張常先爲江西轉運判官，治張宗元獄，株連及浚。又捕趙鼎子汾下大理獄，令自誣與浚及李光、胡寅等謀大逆，一時賢士檜所惡者凡五十三人，皆與焉。

會檜死，高宗始親庶務，復浚觀文殿大學士，判洪州。浚時喪母，將歸葬。浚念天下事二十年爲和議所移，邊備蕩弛，且聞元顏亮簒立，勢已驕悍。浚憂之，自以大臣義同休戚，不敢以居喪歸蜀。會星變，詔求直言，浚慮虜數年間，其勢决生隙用兵，而吾方信虜，蕩然莫備，乃復言：「願法湯文事葛事狄之心，用勾踐事吴之謀，以和爲權；鑒石晉之事契丹，以和致敗。」大臣沈該、万俟卨、湯思退見之大怒，以爲虜初未有釁，而浚所奏乃若禍在年歲者，或笑以爲狂。臺諫湯鵬舉、凌哲論浚歸蜀，恐揺動遠方，詔復居永州。服除落職，以本官奉祠。

庚辰秋冬，朝廷聞虜有異志，中外表疏請還浚相位者不絶。三十一年春，命浚自便。浚歸至潭，奉欽宗諱，號慟不食。又聞虜有嫚書，不勝痛憤，上疏請早定守戰之策。未幾而亮兵大入，中外震動。十月，復浚觀文殿大學士，判潭州。時虜騎充斥兩淮，王權兵潰，劉錡兵退歸鎮江，遂命浚判建康府，兼行宫留守。浚被命即首途，至岳陽，遇大雪，亟買小舟，冒風濤而下。時道塗之言，傳聞日異，中外危懼，長江無一舟敢行北岸者，浚不少顧。過池陽，聞亮死，然餘衆猶二萬屯和州。李顯忠兵在沙上，浚渡江犒之，一軍見浚，驩呼增氣。虜惴恐，即遁去。浚至建康，請乘輿亟臨幸。聞已進發，乃督官屬儲偫以須，不半月而辦，軍民恃以安。

三十二年正月，高宗至建康，浚迎見道左，衛士見浚，以手加額。乘輿入行宫，首見浚。浚言：「國如身也，元氣充則外邪遠。朝廷，元氣也。用人才，修政事，治甲兵，惜財用，皆壯元氣之道。」高宗嘉納之。乘輿還臨安，將行，勞浚曰：「卿在此，朕無北顧之憂矣。」

四月，命浚經理兩淮，繼兼節制建康、鎮江府、江、池州、江陰軍屯駐軍馬。時虜兵十萬圍海州，浚命鎮江都統張子蓋往救，大破虜衆。浚以軍籍凋寡，請招集忠義來歸之人，及募淮楚壯勇之士，以充弩手，未幾成軍。又謂虜長於騎，我長於步，衛步莫如弩，衛弩莫如車，乃令陳敏專制弩治車，且請東屯盱眙、楚、泗以扼清河，西屯濠、壽以扼渦、潁，外可以塞虜寇之糧道，内可以接大兵之氣勢。益募福建之海舟，由東海以窺東萊，由清河以窺淮陽。張子蓋自鎮江來謁，浚與圖取山東之計，奏乞益以精甲，俾屯淮上。

上即位，浚首言建康行宫當罷工役華采之事，詔從之。上自藩邸熟浚德望，臨朝之初，顧問大臣，咨嗟歎息。召浚赴行在所，賜手書。未至國門，遣趣三四。既見，上改容曰：「久聞公名，今朝廷所恃唯公。」賜坐，降問再三。浚言：「人主以務學爲先。人主之學，以一心爲本。一心合天，何事不濟？所謂天者，天下之公理而已。人主之心，一爲嗜慾私溺所亂，則失其公理矣。必兢業自持，使清明在躬，則賞罰舉措無有不當，人心自歸，醜虜自服。」上竦然曰：「當不忘公言。」又言：「今日當如創業之初，每事以藝祖爲法，自一身一家始，以率天下。」

浚見上天錫英武，力陳和議之非，勸上堅志以圖事。制除浚少傅、江淮東西路宣撫使，節制建康、鎮江府、池州、江陰軍屯駐軍馬，進封魏國公。薦陳俊卿爲判官，復往江上。

翰林學士史浩議欲城瓜洲、采石，下浚議，浚謂：「不守兩淮而守江干，是示虜以削弱之形，怠軍民戰守之氣，一有緩急，誰肯守淮者？不若先城泗州。」浩既爲參知政事，浚所規畫，浩必沮撓，如不賞海州之功，沮死驍將張子蓋，散遣東海舟師，皆浩之爲也。先是，洪邁、張掄使虜回，見浚，具言虜不禮我使狀，且令稱陪臣。浚請不當復遣使，而浩議遣使，報虜以登寶位。浚請毋庸遣，竟遣之。虜責舊禮，不納而還。

十一月，上召俊卿及浚子栻赴行在所。浚請臨幸建康，以動中原之心；用師淮堧，進舟山東，以遥爲吴璘、德順之援。上見俊卿等，問浚動静飲食顔貌，曰：「朕倚魏公如長城，不容浮言揺奪。」

契丹酋窩斡起兵攻虜，爲虜所滅，其驍將蕭鷓巴、耶律适里自海道來降。浚請厚撫之，詔浚擬官以聞。虜以十萬衆屯河南，聲言窺兩淮。浚以大兵屯盱眙、泗、濠、廬，虜不敢動，第文移索海、泗、唐、鄧、商州及歲幣。浚言虜詐，不當爲動，卒以無事。

隆興元年正月，制除樞密使，都督建康、鎮江府、池州、江陰軍屯駐軍馬。時虜將萬户蒲察徒穆及僞知泗州大周仁屯虹縣，都統蕭琦屯靈壁。浚謂：「至秋必爲邊患，當及時掃蕩。」會主管殿前司李顯忠、建康都統制邵宏淵亦獻擣二邑之策，浚具以聞，上手書報可。

三月，召浚赴行在所，浚中道上疏謂：「廟勝之道，在人君正身以正朝廷，正朝廷以正百官，正百官以正萬民。今德政未洽，宿敝未革，揆之廟勝，深可疑者。願發乾剛，奮獨斷，盡循太祖、太宗之法。」上謂浚當先圖兩城，邊患既紓，弊以次革。乃命李顯忠出濠州，趨靈壁；邵宏淵出泗州，趨虹縣。浚自往臨之，以軍事利鈍難必，乞上以諸葛亮建興六年所上奏置之座右，又以上旨出旗牓軍前，慰安百姓。

李顯忠至靈壁，敗蕭琦。邵宏淵圍虹縣，降徒穆、周仁，乘勝進克宿州。中原震動，歸附日至。上手書曰：「近日邊報，中外鼓舞，數十年來，無此克捷。」

浚恐盛夏人疲，急召顯忠等還師，而上亦戒諸將以持重，皆未達。僞副元帥紇石烈志寧率兵至，顯忠與戰，連日未決。諜報虜益兵將至，顯忠等信之，夜引歸，虜亦解去。時浚在盱眙，去宿不四百里，傳言虜且至，浚亟北渡淮，入泗州城，撫歸士已，乃還維揚，上疏待罪。上手書撫勞，浚復奏曰：「今日之事，明罰爲本。罰之所行，當自臣始。」上手書報從其請，降授特進，更爲江淮宣撫使。

宿師之還，士大夫主和議者非議百出，上又賜手書曰：「今日邊事，倚卿爲重，卿不可以畏人言而懷猶豫。前日舉事之初，朕與卿獨任之，今日亦須朕與卿終之。」荐遣内侍勞浚。浚留真、楊，大飭兩淮守備。是時師退未幾，人不自保，浚徙家惟揚，衆情始定。於是浚又第諸將，乞以次行罰，命魏勝守海州，陳敏守泗州，戚方守濠州，郭振守六合，治高郵、巢縣兩城爲大兵形勢，修滁、關山以扼虜衝，聚水軍淮陽，馬軍壽春，由是兩淮守備寖固。

上復召栻奏事，浚言：「自古有爲之君，必有腹心之臣相與協謀同志，以成治功，不使浮言異議得以動摇。今邊隅惝定，軍旅惝整，而臣以孤蹤跋前疐後，動輒掣肘，陛下將安用之？」因乞骸骨。上覽奏，謂栻曰：「雖乞去之章日至，朕決不許。朕待魏公有加，不爲浮議所惑。」上對近臣，未嘗名浚，獨曰魏公。每遣使來，必令視浚飲食多寡，肥瘠何如。八月，有旨復浚都督。

虜元帥僕散忠義貽書三省、密院，欲索四郡及歲幣，且云：「今兹治兵，決在農隙。」浚言：「虜彊則來，弱則止，不在和與不和。」時朝廷欲謝遣來歸之人，其已至者，悉加禁切。浚言：「陛下方務恢復，乃於降者而首疑之。」時湯思退爲右相，急於求和，遂遣盧仲賢持書報虜。浚言：「仲賢小人，多妄，不可委信。」已而仲賢果以許四郡辱命。朝廷復建遣王之望爲通問使，龍大淵副之，浚争不能得。未幾，召浚赴行在奏事。至鎮江，以論議不合，乞罷機政。上賜手書，報以面議。既入見，上諭浚以欲專委任之意，浚復力陳和議之失。上爲止誓書，留使人，而令通書官胡昉、楊由義先往諭虜以四郡不可割之意。於是之望、大淵待命境上，而上與浚密謀，若虜帥必欲得四郡，當追還使人，罷和議。十二月，制拜浚尚書右僕射、同中書門下平章事兼樞密使，都督如故；思退爲左僕射。上書《聖主得賢臣頌》以賜。虜械胡昉等，上聞之，諭浚曰：「和議之不成，天也。自此事當歸一矣。」

二年三月，始議以四月進幸建康。浚又言：「當詔之望等還。」上從之。幸建康之議，思退初不與聞，大駭力争，乃與其黨密謀，爲陷浚計。俄詔浚行視江淮。自浚受任督府，且將三年，講論軍務，不遑寢食。所招來山東、淮北忠義之士，以實建康、鎮江兩軍，凡萬二千餘人，萬弩營所招淮南壯士及江西群盗又萬餘人。要害之地，城堡皆築，其可因水爲險者，皆積水爲堰。置江淮戰艦，諸軍弓矢器械悉備。兩年冬，虜屯重兵十萬于河南，爲虚聲脅和，有刻日決戰之語。將士望虜至成大功，而虜亦知吾有備，卒不敢動。及是，浚又以宰相來撫諸軍，將士踴躍思奮。虜聞浚來，亦檄宿州之兵歸。南京沿邊清野以俟，淮北來歸者日不絶，山東豪傑悉願受節度。浚又以蕭琦契丹望族，沈勇有謀，欲令琦盡統契丹降衆，且以檄喻契丹，虜益懼。思退乃令王之望盛毁守備，以爲不可恃。又令尹穡論罷督府宣力屬官馮方，又論浚費國用不貲，又論浚奏留張深守泗，不受趙廓之代爲拒命，❶又論乞罷浚都督。浚亦請解督府，詔從其請。言者詆浚愈力，左司諫陳良

❶「廓」，原作「廊」，今據《宋史》卷三六一《張浚傳》改。

翰、侍御史周操言浚不當去國，上謂良翰曰：「當今人才，孰踰魏公？卿宜徧諭侍從、臺諫，使知朕意。」浚留平江，上章乞致仕者八。上察其誠，欲全其去。四月，制除浚少師、保信軍節度使，判福州，朝廷遂決棄地求和之議矣。

浚懇辭恩命，改除醴泉觀使。行次餘干，以家事付兩子曰：「吾嘗相國家，不能恢復中原，盡雪祖宗之耻。即死，不當歸葬先人墓左，葬我衡山足矣。」八月二十二日，寢疾。後七日，呼子栻等于前，問：「國家得無棄四郡乎？」且命作奏乞致仕，而薨。訃聞，上震悼，輟視朝兩日，贈太保。後五年，上追思浚忠烈，加贈太師，賜謚忠獻。

浚自幼即有濟時志，不觀無益之書，不爲無益之文，孜孜求士尚友，以講明當世之故。在京城中，親見二帝北狩，皇族係虜，生民塗炭，誓不與虜俱存。艱難危疑，人所畏避，則以身任之，不以死生動其心。南渡以來，士大夫唱爲和戎之説，浚獨以虜未滅爲念。晚志益確，雖不克就，然表著天心，扶持人紀，使天下知有君臣父子之道。論事上前，必以人君當正心務學，修德畏天，至誠無倦爲先。紹興間，力挽耆儒，寘之講筵。至隆興罷政，猶惓惓勸上講學。紹興之日食，隆興之飛蝗，率上疏請修德以弭變。又以儲副爲天下本，自在川陜，即上疏乞選養宗室之賢。及爲相，復陳宗廟大計。及資善堂建，皇子出就傅，又薦朱震、范冲充訓導之選。每以東南形勢莫重建康，人主居之，北望中原，常懷憤惕。若居臨安，内則易以安肆，外則難以號召中原。故自紹興至隆興，屢以還幸爲言。

稟性至公，嘗劾李綱以私意殺從臣宋齊愈，罷其政。及大赦，綱貶海外，獨不原。浚爲請，得内徙。韓世忠軍士剽掠，浚嘗奏奪其觀察使。及視師淮上，獨稱世忠忠勇，可倚以大事。兄滉以才學爲高宗所知，賜進士第，後省繳駮。浚言：「不可以臣故違後省公議。」

其輔政以人才爲急，與趙鼎當國，多所引擢，從臣、朝列皆一時之望，人號爲「小元祐」。至隆興初，首薦論事切直、挫折不撓者數十人。及再相，又薦虞允文、汪應辰、王十朋、劉珙等，皆一時名士，其後多至執政、侍從。尤善於撫御將帥而知其才。始在關陜，吴玠、吴璘由行間識擢，卒有大功於蜀。劉錡晚出，浚一見奇之，即付以事任。歸薦于朝，卒成潁昌之奇功。高宗嘆息，謂浚知人。其他若楊政、田晟、王宗尹、王彦，後皆爲名將。

大抵浚之用心，以致君堯舜之道爲己任，以《春秋》復讎之義爲己責，以未復祖宗之境土爲己憂。議者謂其論諫本仁義似陸贄，其薦進人才似鄧禹，其奮不顧身、敢任大事似寇準，其志在滅賊、死而後已似諸葛亮云。

事母至孝，及出身爲國，離母七年。爲宣撫日，始迎養于閬中。暨在相位，始遣人迎於蜀。彗星之見，浚將論時事，恐爲母憂。其母見浚瘠，問故，具以告。母誦其父對策之語曰：「臣寧言而死于斧鉞，不忍不言以負陛下。」浚意乃决。母喪，浚踰六十，哀毁不自勝。於兄滉友弟尤至，教養其子如己子，置義莊以贍其族及母族，昏喪皆取給焉。

生無玩好，視天下之物泊然無足以動其心。起居皆有常度，在餘干未疾之前，温恭朝夕，無一毫倦怠意。浚之學一本天理，尤深於《易》、《春秋》、《論語》、《孟子》。奏議務坦明，不爲虚辭，口占成文，不易一字。

有《紹興奏議》、《隆興奏議》各十卷，《論語解》四卷，《易解》并《雜説》共十卷，《春秋解》六卷，《中庸解》一卷，《書》《詩》《禮解》又三卷，文集十卷，藏于家。

長子栻，自有傳；次子杓，以才諝稱，今爲權兵部尚書知臨安府。

張左司傳❶

張栻，字敬夫。父浚，故右僕射、魏國忠獻公也。生有異質，穎悟夙成。浚愛之，自幼常令在旁，教以忠孝仁義之實。既長，又命往從南嶽胡宏，講求程顥及頤之學。宏告以孔門論仁之指，栻默然若有得者。宏稱之曰：「聖門有人矣。」栻益自奮厲，取友四方。初造深遠，卒歸乎平易篤實。

少以蔭補右承務郎，辟宣撫司都督府書寫機宜文字，除直秘閣。是時上新即位，慨然以奮伐仇虜、克復神州爲己任。浚起謫籍，受重寄，開府治戎，參佐皆極一時之選，而栻以藐然少年，内贊密謀，外參庶務，莫府諸人皆自以爲不及。間以軍事入奏，始得見上，即進言曰：「陛下上念宗社之讎耻，下閔中原之塗炭，惕然於中，而思有以振之。臣謂此心之發即天理也，願益加省察，而稽古親賢以自輔，無使其少息，則今日之功可以必成。」上異其言，於是始定君臣之契。

已而浚辭位去，湯思退用事，遂罷兵，與虜和。虜乘隙縱兵入淮甸，中外大震。然廟堂猶主和議，至敕

❶「傳」下，底本目録有小注「國史」二字。

諸將無得以兵向虜。時浚已没，栻不勝君親之念，甫襄事，即拜疏言：「吾與虜乃不共戴天之讎，異時朝廷雖嘗興縞素之師，然旋遣玉帛之使，講和之念，未忘於胸中。故至誠惻怛之心，無以感格乎天人之際，此所以事婁敗也。今雖重爲群邪所誤，以蹙國而召寇，然亦安知非天以是開聖心哉？謂宜深察此理，使吾胸中了然無纖芥之惑，然後明詔中外，公行賞罰，以快軍民之憤，則人心悦，士氣充，而虜不難却矣。繼今以往，益堅此志，誓不言和，專務自彊，雖折不撓，使此心純一，貫徹上下，則遲以歲月，亦何功之不成哉！」疏入，不報。

服除，久之，劉珙薦於上。上亦記其前日議論，除知撫州。未上，改嚴州。入奏，時宰相自任以恢復之説，且謂栻素論當與己合，數遣人致意，栻不答。見上，首言：「先王所以建事立功無不如志者，以其胸中之誠足以感格天人之心也。今規畫雖勞，而事功不立，陛下試深察之日用之間，念慮云爲之際，亦有私意之發以害吾胸中之誠者乎？有則克而去之，使吾中扃洞然無所間雜，則見義必精，守義必固，天人之應將不待求而得矣。且欲復中原之地，當先有以得中原之心。欲得中原之心，當先有以得吾民之心。求所以得吾民之心者無它，不盡其力，不傷其財而已。」至郡，問民疾苦，首以丁鹽絹錢太重爲請，得蠲是歲之半。

明年，召爲吏部員外郎，兼權起居郎。時宰相謂虜衰可圖，建遣泛使往請陵寢，士大夫有憂其無備而召敵者，皆斥去之。於是栻見上，上曰：「卿知虜中事乎？」栻對曰：「不知也。」上曰：「虜中饑饉連年，盜賊四起。」栻又對曰：「虜中之事，臣雖不知，然境内之事，則知之詳矣。」上曰：「何事？」栻遂言曰：「臣竊見比年諸道亦多水旱，民貧日甚，而國家兵弱財匱，官吏誕謾不足賴。正使彼實可圖，臣懼我之未足以圖彼也。」上爲默然。栻因出所奏疏曰：「臣竊謂陵寢隔絶，言之至痛。然今未能奉辭以討之，又不能正名以絶之，乃欲卑詞厚禮以求於彼，則於大義爲已乖，而度之事勢，我亦未有必勝之形。夫必勝之形，當在於早正素定之時，而不在於兩陳决機之日。今日但當下哀痛之詔，明復讎之義，顯絶虜人，不與通使，然後修德立政，用賢養民，選將帥，練甲兵，以内修外攘、進戰退守之事通而爲一，且必治其實而不爲虚文，則必勝之形隱然可見矣。」上爲改容歎息，以爲前未始聞此論也。上面諭當以爲講官，冀時得晤語。

廟堂用史正志爲發運使，名爲均輸，實盡奪州縣財賦，遠近騷然。栻爲上言之，上曰：「正志以爲今但取之諸郡，非取之於民。」對曰：「今日州郡財賦大抵無餘，若取之不已而經用有闕，則不過巧爲之名以取之於民耳。」上聞之矍然，顧栻曰：「論此事者多矣，未有能及此者。如卿之言，是朕假手於發運使以病吾民也。」旋閲其實，果如栻言，即詔罷之。

兼侍講，除左司員外郎。因講《詩》至《葛覃》，進説：「治生於敬畏，亂起於驕淫。使爲國者每念稼穡之勞，而其后妃不忘織紝之事，則心之不存者寡矣。周之先后勤儉如此，而其後世猶有休蠶織而爲厲階者，興亡之效，於此可見。」因推廣其言，上陳祖宗自家刑國之懿，下斥今日興利擾民之害。上歎曰：「此王安石所謂『人言不足卹』者所以誤國。」

知閤門事張説除僉書樞密院事，栻夜草手疏，極言其不可。旦詣宰相質責之，語甚切。宰相慚憤不堪，而上獨不以爲忤，親札疏尾付宰相，使諭指。栻復奏曰：「文武誠不可偏，然今欲右武以均二柄，而所用乃得如此之人，非惟不足以服文吏之心，正恐反激武臣之怒。」於是上意感悟，命得中寢。明年，乃出栻知袁州，而申説前命，於是中外諠譁，而説後竟謫死云。

栻在朝未朞歲而召對六七，栻感上非常之遇，知無不言，大抵皆修身務學、畏天恤民、抑僥倖、屏讒諛之意，宰相益憚之。從臣有忌之者，而近倖尤不悦，遂合中外之力以排去之。

栻退居長沙，待次三年。淳熙改元，上復念栻，詔除舊職，改知静江府，經略安撫廣南西路。廣西去朝廷絶遠，土曠民貧，常賦不支。異時諸州以漕司錢運鹽鬻之，而以其息什四爲州用，故州粗給而民無加賦。其後漕司又取其半，州既不能盡運，而漕司又以歲之常責其虚息，於是官高其估，抑賣於民，而公私兩病矣。栻奏以鹽息什三予諸郡，又因兼攝漕事，出其所積緡錢四十萬而中分之，一爲諸倉煮鹽之本，一爲諸州運鹽之費，請立法：「自今漕司敢有多取諸州輒行抑賣者，論以違制；敢以資宴飲供問遺者，論以贓。」詔從之。

所統州二十有五，荒殘多盜。徼外群蠻尚讎殺，喜侵掠，間亦入塞爲暴，而州兵皆脆惰，又乏廪給，死亡不補。鄉有保伍，名存實亡。邕管斗入蠻中，最爲重地，而戍兵不能千人，獨恃左右江洞丁十餘萬爲藩蔽，而吏部以資格注提舉巡檢官，初不擇人。栻乃簡閲州兵，汰冗補闕，籍諸州黥卒伉健者爲効用，令親兵、摧鋒等軍，日習月按，悉禁它役。視諸州有兵食不足、軍實不治者，更斥漕司鹽本羡錢以佐之，申嚴保伍之令而信其賞罰。知流人沙世堅才勇，喻以討賊自効，所捕斬前後以十百數。又奏乞選辟邕州提舉巡檢官，以撫洞丁。傳令溪洞酋豪，喻以弭怨睦隣，毋相殺掠。立之恩信，謹其禁防，示以形制，於是内寧外服，莫府無南鄉之慮。

朝廷買馬横山，歲久弊滋，邊氓告病，而馬不時至，至者多道死。栻究其利病，得六十餘條，如邕守上邊則瀕江有買船之擾，綱馬在道則所過有執牽之勞，其或道死則抑賣其肉，首奏革之。其它姦弊細碎，皆究其根穴，事爲之防。諸蠻感悦，爭以其善馬來，歲額先辦，馬無滯留，亦無道死。

上聞栻治行，且未嘗叙年勞，乃詔特轉承事郎、直寶文閣再任。五年，除秘閣修撰、荆湖北路轉運副使，改知江陵府，安撫本路。湖北尤多盜，而府縣往往縱釋以病良民。栻入境，首劾大吏之縱賊者罷之，捕姦民之舍賊者斬之，群盜遁去。栻又益爲教條，喻以利害，俾知革心。開其黨與，得相捕告以除罪，於是一路肅清。郡瀕邊，屯軍主將每與帥守不相下。帥守所將，獨神勁親兵、親勇民兵。栻既以禮遇諸將，得其驩心，而又加卹士伍，於是將士感悦。每按親兵，必使與大軍雜試均犒，以相激厲。修義勇法，使從縣道階級。農隙肄武，大閲於府，面加慰諭，勉以忠義。隊長有功，奏之補官。戎政日修，士心感奮。有言於朝，請盡籍客户爲義勇者。栻慮其擾，亟閲民籍，家三人者乃籍其一爲義勇副軍，别置總首，人給一弩，俾家習之，三歲一遣官就按，它悉無有所與。辰、沅諸州，自政和間奪民田以募游惰，號「刀弩手」。栻爲奏去其病民罔上者數條，並準姦民出塞爲盜，法皆抵死。異時置而弗治，至是捕得數人，仍有胡奴在黨中。栻曰：「朝廷未能正名討賊，疆場之事毋曲在我。」命斬之，以徇於境，而縛其亡奴歸之。北人歎其理直，且曰：「南朝有人。」

信陽守劉大辯怙勢希賞，廣招流民，而奪見户熟田以與之。請於朝，以熟爲荒，乞授流民，事下本道，施行如章。栻劾大辯詐諼凶虐，所招流民不滿百數，而虚奏十倍，請論其罪，不報。章累上，大辯易它郡，蓋宰相忌栻者沮之云。

栻自以不得其職，數求去不得，尋以病請。詔以栻爲右文殿修撰，提舉武夷山冲佑觀，未拜命而卒。病且死，手疏勸上「親君子，遠小人，信任防一己之偏，好惡公天下之理，以清四海，以固丕圖」，天下誦之。年四十有八。上深悼之，四方賢士大夫往往出涕相弔，而江陵、静江之民皆哭之哀。

栻爲人坦蕩明白，表裏洞然，詣理精，信道篤，樂於聞過，勇於徙義，奮厲明決，無毫髮滯吝意。所至郡，必葺其學校，暇日召諸生與之講學不倦。民以事至廷中者，必隨事教以孝弟忠信。至於昏喪之法，風俗之弊，且爲條教。擇耆艾爲鄉老，授之榎楚，使以條教訓其子弟，不變，然後言之有司。廣西刑獄使者陸濟之子棄家爲浮屠，父死不奔喪，爲移諸路，俾執以付其家。官吏有犯名教者皆斥遣，甚者或奏劾抵罪。尤惡世俗鬼神老佛之説，所至必屏絶之，毁淫祠前後百數，至社稷山川、古先聖賢之奉，則兢兢焉。其水旱禱祠，無不應者。

所著《論語説》、《洙泗言仁》、《諸葛忠武侯傳》，皆成書。其它如《詩》《書》《孟子》《太極圖説》、《經世編年》，皆未及更定云。栻之言曰：「學莫先於義利之辨。義者，本心之所當爲而爲也。有爲而爲，則皆人欲，非天理。」此栻講學所得之要也。

子焯，承奉郎，蚤卒。

誠齋集卷第一百十六

廬陵楊万里廷秀

傳

李侍郎傳❶

李椿，字壽翁，洺州永年縣人。父升，進士起家，以廉正稱。靖康之難，汴都不守，虜大掠，升護其父泰，以背受刃，與其長子相繼卒。椿殯三喪，侍後母張避地，遡湘隃領，備嘗艱傄。

用父遺澤補官，初調潭州衡山縣尉。丁母憂，服除，調桂陽監司理參軍。臨武寇作，求盜者禽致五十九人，鞫之才六人抵死。又誣爲官軍鄉導者父子三人通寇，釋之。調衡州軍事判官，邵守陳正同怒永民張巨泗，誣以死刑。椿鞫其獄，竟直之。

再調寧國軍節度推官。豪民執僞券奪陳氏田，陳父子斃于獄，妻又將斃。辯其僞，取田歸陳氏。元顏亮將渝平，亟白守：「宣近江，宜爲備。」因爲經理，繕城池，葺軍械，料民兵，宣恃以無恐。張浚節制兩淮軍

❶「傳」下，底本目録有小注「國史」二字。

馬，辟充準備差遣。浚拜宣撫使，又拜都督，連辟椿爲屬。是時賓贊之盛，皆一時選。至經營兩淮形勢事宜，綏流民，布屯戍，詗軍情，呰山水，搤險要，涉歷周遍，規度精密，皆椿力也。

癸未之春，將臣有以北討之議聞者，下其議督府。椿方奉檄至巢，亟移書浚之子栻，言：「藩障不固，儲備不豐，將多而非才，兵弱而未練，節制未允，論議未定，彼逸我勞，雖得地必不守，未可動也。」歸至合淝，師已行矣。復致書於浚，言：「大將勇而無謀，願授成筭，俾進退，毋損威重。」後皆如椿言。是冬，浚入覲，事小異，椿勸之去。來年春，浚出視師，小人之黨已勝，浚跡甚危，而浚自以宗臣任天下之重，誓當捐軀，死而後已，椿又連書趣之去。

初，椿得監登聞鼓院，在職數月，有所不樂，請通判廉州。未赴，召對，除知鄂州。至鄂，首行墾田，復户數千，曠土大闢。軍民有争，一裁以法，主將忻服，以治理聞。移廣南西路提點刑獄，決前使者未竟之獄，縱釋數十百人。盛夏行部，厲毒弗避。牢户慮問，人人諄悉。退閲文牘，一夕千紙。廢發運司所復昭州金坑，禁瓊管仕者買土物。

復移荆湖北路轉運判官，許奏事。行及近甸，屬時宰方謀逐正人，逆忌公，促便道之部。抵鄂，會歲大侵，官配民備米賑糴，民争於糴而官下其估，商舟不至，米益踴貴。椿損强配之數，弛裁抑之直，未幾四方之米輻湊，賤十之三。漕計之數，常賦有定數，乃有歲糴代發之米；凋殘未盡復，乃有增起一分之錢。椿奏乞蠲其額，寬其期。又楮券壅滯，請通以錢；和糴侵民，請從市直。監司行部，多從吏卒擾州縣，椿單車以行，不將一輩，所至之州，就取吏卒以爲使令。又前戒吏具所當問事，各條列爲籍，按之以問，無復相通爲姦。

携私錢自給，一不受餉。

召爲吏部員外郎。頃之，因議郊赦，有蠻人讎殺並與釋罪者。椿白執政曰：「此椿在廣西，因李棫事一時有請耳，非可常行也，當刪。」執政愧謝曰：「都司無人。」

除樞密院檢詳諸房文字。時張説僉書樞密，會小吏有持南丹州莫酋表求自宜州市馬者，因説以聞。椿白説：「邕遠宜近，官非不知也。故迂之者，豈無意哉？莫氏方横，奈何導之以中國地里之近？請治小臣引致邊事之罪。」説又建議募民爲兵，以所募多寡之數立爲賞罰之格，以勸沮州郡。椿白説：「贛、吉、撫、漳、汀等州，俗勁悍，募之易也。湖北瀕蠻，京西、淮南凋敝，恐有以捕爲募者，必驚擾，請毋限額。」積兩事忤説，説語人曰：「吾乃無一可耶？」椿不自安，驟請補外。上疑之，以問執政，參知政事鄭聞以實奏，上令諭以安職。未幾，説罷。

遷左司員外郎，兼權檢正。深嫉吏姦，每裁正之。輪對，言：「三衙諸衛、沿江蜀漢之兵，有用之兵也，當益者也；諸州將兵、禁廂兵，無用之兵也，當銷者也。然銷之有道，死亡勿補，二十年之後，無復無用之兵矣。異時寧以沿江、蜀漢之兵分屯諸州可也。」又言：「穀帛，本也；錢，末也。今穀帛之税變而爲錢，此穀帛所以愈輕而錢愈重，民何自而不貧？願正賦法，更禄令，多畀之以穀帛，而寡畀之以錢。」

請補外，除直龍圖閣、知隆興府、江南西路安撫使，改荆湖南路轉運副使，又改都大提舉四川茶馬，俄復歸湖南。建請減桂陽軍月椿錢歲萬二千緡，損民税折銀之直，免户部配鬻乳香。衡嶽廟火，椿言：「廟洊火，天寔猒其非制，請除壇以祭而不屋，毋違典禮，毋煩財力。」不報。茶寇作，帥臣絀，椿被旨權湖南安撫。

時江西兵已集，寇執偺，謀復乘虚徑湖南擣嶺外。公當敗衄之餘，兵備單弱，遣一將將數百人捍禦于攸、茶陵、安仁、郴、桂陽之境，指授合事宜，寇卒不能再至。事平，請諸朝，歲分兵以戍湘陰、平江、益陽、龍陽産茶之地。召歸，首言軍政之敝曰：「近者鄂渚大軍三千，捕茶寇數百，亡失過半。小寇尚爾，如大敵何？」上乃得盡聞外間軍事。

除司農卿。椿會大農歲用米百七十萬斛，而省倉見米僅支一月或兩月，歎曰：「真國非其國矣。」力請歲儲二百萬斛，以爲一年之蓄。又請自南庫給錢，以爲糴之資。又請糴洪、吉、潭、衡軍食之餘及鄂商之舟，及取江西、湖南北寄積之米，自三總領所迭輸中都。又言於制國用者曰：「今倉庾所用，一月營一月之粟；帑藏所給，一旬貸一旬之錢。而米有豐儲倉之積，錢有南上庫之積。所謂積者，本非有餘也，移東就西耳。朝廷之與户部遂分彼此，告借之與索償有同市道，此陽城所以惡裴延齡者。願懲佞臣之欺，革而正之。」皆不果用。

臨安擇守，椿在議中。參知政事李彦頴曰：「李椿於人無委曲。」上曰：「正欲得如此人。」遂兼權臨安府。異時守臣走權門，奉約束，民事一付吏。椿身親文牒簿書，不避浩繁，寡弱得伸，權貴屏息，私謁不至。故事，府有中人承受公事，守至必謁。椿弗謁，怒，因諭旨，故遷延以相沮傷。椿白廟堂，無所用承受。德壽宫送内人四輩鞠火事，實甲遺燼而誣乙，一問得情。市有火，近大閹之舍，怒捄者不專，遣兩親卒至府庭趨驩。椿奏下兩卒大理，大理覬望，覆逮府吏卒。椿即委府職於其貳而自劾，有旨杖兩卒，釋府吏卒。杭僧跌蕩憑藉，私宇數百，因有姦事，椿悉取其宇以舍中都官。旋解府事，椿在府止三月云。

因轉對，言《易》二五剛柔之義曰：「以九居五，以六居二，位當之卦十有六，宜無不利，而辭多艱；以六居五，以九居二，位不當之卦十有六，宜有悔咎，而辭多吉。蓋君以剛健爲體，以虚中爲用，用虚中以行其剛健；臣以柔順爲體，以剛中爲用，用剛中以守其柔順。陛下得虚中之道，以行其剛健之德矣，未見有剛中以守柔順之臣。臨九二未順命者，剛中之臣也；遡六二固志者，柔順之臣也。願觀象玩辭，取九二剛中之臣，或未即順命，究其義而無虧，則信而任之；察六二柔順之臣，或挾情固位而無所執守，則踈而遠之。」執政滋不悦。

久之，求去，除江南西路轉運副使，還前職。辭行，上曰：「卿未可以遠去。」改知婺州，進職秘閣修撰。初至訟牒日五百，久之猶二百，率閱竟乃退食。償户部積負二十萬緡。詔衢、婺市皮角若干，而筋居五千斤。椿奏：「一牛之筋四兩，是屠二萬牛也。」上爲收前詔。

除吏部侍郎。言：「民貧多盜，非國之便。願令有司各疏冗食之可省者，監司疏一路，守臣疏一州，上于朝議而省之。」上善其言，委椿疏婺州事上之。

椿爲吏部，請薦舉陞改奏狀限半年而達，以革欺奪；選人酬賞，許後收用，以勸勞効；户部酒庫監官不許辟舉，以公銓選。秀邸館客周荃，特注湖州户掾。椿言荃未銓試，且衝待次人，闋選法，奏改員外置，不預事。

上親慮囚，命椿與張掄叙囚徒。掄官承宣使，奏牘欲列名椿右。椿不可，白丞相，丞相令先掄。椿退，謂：「權要恃恩不足怪，廟堂曲徇爲可畏。」草奏言：「臣固知承宣使序權侍郎之上，但使事以閤門副侍郎耳。

所被旨，臣名實在上，不可不正。」章未達而事聞，掄亟罷。

時上獨攬機務，群臣婾免。椿言：「天下國家，譬之一身。君爲元首而在上，臣爲支體而在下，故有腹心之臣，股肱之臣，手足爪牙之臣，耳目口舌之臣。《易經》八卦亦曰：『乾爲君，爲首；坤爲臣，爲腹；六子爲足，爲股，爲耳，爲目，爲手，爲口。』今陛下焦勞於上，百官逸豫於下。號令未允，輿議則曰『出自上意』；除授不猒，衆望則曰『命由中出』。大臣不弼，侍從不規，給舍不駁，臺諫不論，是人君獨任一身之責也。願體乾剛健，委任責成，使腹心股肱、手足爪牙、耳目口舌之臣各盡其職。」

侍衛司兵因競而碎僧寺，新補軍頭乘忿而剽都市，朝廷不深治，椿舉張彝之事爲戒。言官彈劾不勝去職，所從風聞者坐黥隸，椿言：「非置臺諫爲耳目之本意。」軍中結邏者以摇主將，擿擿騰播，椿請嚴階級之法。又極言閹寺之盛曰：「自古宦官之盛衰，繫有國之興亡。其盛也，始則人畏之，甚則人惡之，極則群起而攻之。漢唐勿論，靖康、明受之禍未遠。今畏之矣，未甚惡也。有以裁制之，不使至極，則國家免於前日之患，宦官亦保其富貴。願官置蠶室而限其數，復祖宗之制，官高者補外。又門禁宫戒之外，勿使預於人材政事。又嚴士大夫、兵將官與之交通之禁。」上聞靖康、明受之事，嚬蹙久之，曰：「朕幼亦聞此。」納疏袖中。

最後爲上極言邊備，以奕爲諭，曰：「敵有强弱，猶奕之有優劣。奕固以優劣爲勝負，而又論先後焉，此《易》之所以貴乎豫。今春，虜加無禮於吾使人，所以備之，不可不豫。」歷疏保淮之地有八：曰楚，曰盱眙，曰招信，曰濠，曰渦口，曰花靨，曰正陽，曰光；保江之地有四：曰高郵，曰六合，曰巢湖口，曰北狹關。若保淮之計，今之事力或未能及，則保江之計在所必守。吴事如此，近事如此。又襄陽宜屯一軍，應城以爲近援。又荆南屯軍宜徙江之南，以備吕蒙取關羽之故智。又論瓦梁、濡須之形便。上與往復商略。

椿以病賜告，請奉祠，弗許。既朝謁，力請甚哀，上察其誠，惻然許之。除集英殿修撰，知寧國府，改知太平州。將發，賜尚方珍劑。當塗寔采石重地，上意屬以一面。椿請有機密章奏，願從通進司以聞，皆從之。既至，力圖上流之備，上言：「州管禁軍舊籍二千七百而羸，今裁一千一百而縮，欲募若箇横江水軍千人，選將練習，緩急列艦以直裕溪，上可以援東關、濡須，下可以應采石。」又言：「采石水軍舟多卒少，欲以步卒之半爲水戰之用，或擇利而進，則舍舟登岸，不專采石之備，而爲往來巢湖必保濡須之計。」又言：「沿江津渡，宜隸南岸。」時和州利算商船，開支港，首尾屬之江。椿曰：「是自隳天險也。」奏之，上亟遣塞之。

居歲餘，年六十九，即請老。上初惜其去，章三上，乃以敷文閣待制致仕。越二年，湖南謀帥，兵役之後思有以鎮安之。上以椿爲重厚，遂落致仕，進顯謨閣待制，知潭州、荆湖南路安撫使。再辭，不得請，乃强起。至亡幾何，悴者蘇，疑者釋，復如盛時。

朝廷下府議復税酒，椿定其議。府貰民物積不償者，椿至，一錢悉償之。斗酒千錢亦不妄用，故人賓客助以私財。縣有羡賦，州竭取之，縣以不可爲，椿歸其半。民事必躬，剖决如縣令然。歲旱，振廪勸分，下一紙之令，而定糴租十一萬，給常平米二萬，糴又數萬，民免流徙。

前守創新軍曰飛虎，驩議未息。椿曰：「長沙鎮壓蠻徼，枕湖控嶺，二十年間至三乞師，可無一軍？且已費縣官四十二萬緡，何可廢也？亦在馭之而已。」椿善遇其將而責之訓厲，俄而技擊精，紀律明，隱然爲彊軍，異論怗息。上説，進其將一官。

郴故多盜，而又厚賦，民輸田租，率一斛官取倍之又八斗。椿曰：「何自弭盜？」請損之。今爲二斛而減其一斗焉，民稍寬。

未滿歲，請復致其事，詔不可。章又三上，言極危苦，乃進敷文閣直學士致仕，年七十有三。

椿年三十始學《易》，有得不著訓傳，或先儒未言則述之。在臨安，奉詔擇靈隱寺主僧，椿復于上：「願崇先王之道，正人倫之本，毋鬻度僧牒，撤無名佛屋，漸汰游惰，歸之農桑。」椿莊重簡淡，嶷然有守，泊然無欲，而其中夷易平直，廉不異衆，介不絶物，不比權貴，亦非矯厲，每曰：「不幸值要。」人亦忌而敬之，上嘗亟稱其樸直云。

椿嘗議渡江以來茶法之敝，謂：「官執空券市之園户，州縣歲額配之於民，卒有賴文政之寇，請更法。」初，廣西鹽法，官自鬻之，後改鈔法，漕計大窘，乃盡以一路田租之米二十二萬斛，令民折而輸錢，至五倍其估。米既爲錢，二十餘州吏禄兵稍無以給，則又損其估以市米於民，曰和糴，曰招糴，民愈病。久之，鈔弗售者三年。椿請改法從舊，除民折苗、和糴、招糴，官民俱便。

椿初在莫府，即建兩淮屯田之策，欲令兵民雜耕，以楚、泗、滁、濠之田給鎮江之軍，廬、壽、無爲之田給建康之軍，光、黄之田給江、池之軍，襄、郢、安、隨之田給襄、郢之軍，俾之自耕，自收其利。軍分爲二，歲迭耕焉，庶幾地利闢，邊儲廣，軍士足。

乾道之初，渡江四十年矣，北來諸軍率老且病，於是立法汰去，養之諸州。然廩給不時而諸州亦困，新軍未戰而舊人已空。椿言：「已汰者宜善視之，毋使失職；未汰者可勿汰，毋給全廩；其子弟不願涅者，以爲効用，毋失彊壯。可以收士卒之心，寬州郡之力，壯軍伍之勢。」又言：「中原來歸者，待之宜有别。若河朔起事摧敗而來者，山東旱蝗流徙而來者，逆虜入寇避死而來者，與大將通約先後而來者，皆吾赤子，其優之宜也，亦或可用也。然優之之恩，厚於正軍，以怠吾舊人，不可也；薄於降虜，以怒仗義來歸者，亦不可也。至於遼東逃而來者，符離降而來者，蓋讎敵之餘孽也，貸其生足矣。宜悉置之江上諸軍，下者分配部伍之役，高者假以添置軍職之名，勿散之州郡，勿屬之軍馬，勿令出入於禁衛可也。」

男二人：毅夫、正夫。椿居官儉而法，官燭不入中門，家人不用公家供張。始至，有新帟幕，必撤而藏之，以須迎新。去之日，不私一物，餽餉非律令所應受者，率歸之公帑。素篤風誼，同僚李燮死，有女棄民間，贖而育之嫁之云。

誠齋集卷第一百十七

廬陵楊万里廷秀

傳

蔣彦回傳

蔣彦回，名漳，零陵人也，居郡之南郭。少辭家入太學，既無遇於有司，則歎曰：「士必富貴而後得志耶？」棄而歸，市書數千卷，閣以藏焉。築囿，植花木，葺亭榭，以讀書於其間。未幾，園産玉芝，遂以名焉。山谷黄先生貶宜州，過而賦之。是時黨禁密甚，士大夫有顧望心。先是，郡守丁注有《玉芝園》詩，山谷之詩蓋次其韻也。丁見之懼，易其本韻二三以異焉。教授侯思孺者，一日突入郡士某之家，命剷其壁山谷留題者，將以告于朝，主人亟剗碶之乃已。惟彦回日從山谷游，藏去其詩文字畫二百餘紙，山谷亦樂爲彦回作也，實崇寧三年三月也。明年九月，山谷病革，彦回聞之，往見焉。至則山谷大喜，握手曰：「吾身後事，非彦回則誰付？」乃盡出所著書示曰：「惟公所欲取之。」彦回竟不私片紙。山谷既卒，彦回買棺以斂，而以錢二十萬具舟送之歸雙井云。道鄉鄒先生謫居永，彦回復從之游，驩甚。未幾，道鄉復有昭州之命，留其夫人與其子僦民屋於太平寺後以居，乃行。彦回實經紀其家，同其患難而周其乏困。道鄉率月致二書以謝，蓋深德之。其後北歸，臨別之詩可見矣。嗟乎！「士窮乃見節義」，此韓退之爲久故之交而言也。若彦回之於二先生，秦越也，非有平生之素，而能慕鄉二先生之風，既賢也已，况二先生當蛟蛇熊豹狉狉摇牙之鋒，賓客落而朋友缺，淹汩阬塞於荒遠寂寞之地，望風而憎、無仇而擠者滔滔也，而彦回至於死生之際而不變，此古之仁且賢者，族且親者，恩且舊者，猶或難焉。彦回能之，可不謂賢矣哉！予來丞邑，訪其所謂玉芝園者，但見荒煙野草而已。問其子，則觀言者在，老矣。顧其家貧甚，觀言居之澹如也，其猶有彦回之風歟？問彦回之遺事，所言云爾。其人顓朴而無純緣，其言可信也。且出道鄉之翰墨七輩，讀之使人三歎，恨不出乎其時。又曰：「山谷美丈夫也，今畫者莫之肖。觀言年十五在旁，見其喜爲人作字及留題。吾鄉人士日持縑素以往，几上如積。忽得意，一掃千字。一日訪陶豫，豫置酒，且令人汛除其堂之壁。先生曰：『何爲者？』豫離立而請曰：『敢匄一字爲寵光。』先生曰：『諾。』酒半酣，起索筆大書，下語驚坐。今亡矣，且忘其詞。」又曰：「道鄉對人寡言，終日拱手不下帶，其莊敬如此。」又曰：「先君子有文集若干卷，頃大盗孔彦舟屠城，寸紙不遺餘矣。」予太息而爲之傳。

豆盧子柔傳 豆腐

豆盧子柔者，名鮒，子柔其字也，世居外黄。祖仲叔，秦末大旱兵起，仲叔從楚懷王爲治粟都尉，楚師不饑，仲叔之功。父劫，自少已俎豆於漢廷諸公間。武帝時，西域浮圖達磨者來，鮒聞之，往師事焉。達磨曰：「子能澡神慮、脱膚學以從我乎？」鮒退而三沐易衣，刮露牙角，剖析誠心，而後再見達磨。達磨欲試其所蘊之新故，於是與之周旋議論，千變萬轉，而鮒純素自將，寫之不滯，承之有統，凝而謹焉，粹然玉如也。達磨大悦，曰：「吾師所謂醍醐酥酪，子近之矣。」因薦之上，曰：「臣竊見外黄布衣豆盧鮒，潔白粹美，澹然於世味，有古大羹玄酒之風，陛下盍嘗試之？《詩》不云乎：『不素食兮。』鮒有焉。」上方急邊功，曰：「焉用腐儒？」元鼎中，鮒上書，請以白衣從煮棗侯、博望侯出塞。上戲鮒曰：「卿從煮耶？將博耶？」鮒曰：「臣雖不足以充近侍執事，然熟游於煮、博二子間，未嘗焚煎阿匼。願得出入將部，片言條白，未必語言無味也。」上曰：「前言戲之耳。然卿白面書生，諸將豈肯置卿齒牙間哉？」遂拜太官令。時上篤信祠祀，詔鮒與名儒公羊高、魚豢同主寶雞之祠。鮒雅不喜羊、魚二子，曰：「二子肉食者鄙，殆將汙我。」不得已，同盤而食，深耻之。頃之，上祠甘泉，齋居竹宫，屏葷酒，獨召鮒。鮒奏曰：「臣麄才不足以辱金口之嘉納，臣友人汝南牛氏子縠，音如「鬬縠於菟」之「縠」。柔而美，願舉以自代。」上曰：「牛氏子美則美矣，而其言孔甘，朕不嗜也。」是夕，鮒有所獻，上納之，意甚開爽。夜半，上思鮒所獻，覺肝脾間嚴冷，召鮒問曰：「卿所言，嘗多與姜子牙輩熟議耶？」鮒曰：「臣適呼子牙未至。」上曰：「卿幾誤朕腹心。」乃罷鮒，召鮒子二人，夜拜其長爲温衛侯，次爲平衛侯，自是絶不召鮒。鮒深自悲酸，發於詞氣，而公羊高等得志，惡鮒異己，因讒於上曰：「豆盧鮒，所謂『人焉廋哉』者也。」鮒遂抱甕隱于滁山，莫知其所終。

太史公曰：豆盧氏在漢未顯也，至後魏始有聞，而唐之名士有曰欽望者，豈其苗裔耶？鮒以白衣遭遇武皇帝，亦奇矣。然因浮圖以進，君子不齒也。

敬侏儒傳 短燈檠

敬侏儒者，名子木，字承登，以字行，徂徠人也。祖伯松，長身碧髯，膚甲如龍，時人許其有棟梁之用。伯松不樂也，遯於徂徠山。樵郡人有採藥至山者，見伯松，悦之。久之，樵郡人謂伯松曰：「聞君長子元明者未娶，吾有鄰女善夜績者，願爲執柯，可乎？」伯松拒之，不得免焉。未幾，伯松得軟脚疾，中風卒，子元明竟隨樵郡人云。次子叔材，即承登之父也。叔材因從公輸子奉使僬僥國，樂而家焉。娶胡婦，生承登，長二尺。叔材怒曰：「吾兒亦僬僥耶？」其妻笑曰：「所謂甥多似舅。」後攜承登歸徂徠市，時漢元光二年。里人見承登，莫不大笑。承登曰：「吾雖身短，而心甚長。」因發憤力學，終夜不寢，雖鑿壁囊螢之勤不過也。數年，大明經籍，言之炯然如明星焉。武帝方求賢良，徂徠推上承登。上暮召，見其侏儒，心輕之，乃親策于庭，問三登太平之治，何脩臻此。承登對，其略曰：「臣之學，所謂一登明滅者，何足以奉大對？雖然，螢爝尚足裨日月。」帝點竄而異焉，因與語，問漢家火德終始。承登奏曰：「臣本木强，然嘗聞火在木上云云。」上喜，不覺夜半前席，遂登科，累遷登州太守。辭公孫丞相，丞相夜見之東閤，承登故人茅大心、麻子游、陶釭皆在坐。承登遂頂戴三子而白丞相曰：「鄙人淺短，主上以侏儒倡優畜之，誤蒙相君燭其寸長。然鄙人之學，所謂借明於三子者。」丞相遂留四人於東閤。後一夕，丞相召問攘匈奴之策，承登獻《三足記》，曰足兵、足食、足士。丞相大悦，因嘲承登曰：「吾聞日烏三足，君亦三足耶？」上内興祠祀，外事四夷，國家多事，丞相終日在中書治事，不暇與承登游。夜歸，讀《春秋》，府吏散，獨留四人者同一書几。承登尤愛幸，丞相每曰：「微承登，則茅氏、麻氏、陶氏三子者，能未墜於地乎？」三子亦曰：「唯唯。」後丞相稍倦於學，而將作大匠者嫉承登之寵，因諷丞相曰：「昨見東方生言於上云：『公孫某暗於知人，而以敬侏儒爲上客。臣朔饑欲死，侏儒飽欲死。』丞相其戒之。」丞相默然。將作大匠因薦承登同姓敬子長，丞相自是親子長，而稍踈承登矣。子長身八尺，蠟言甚佞，又善照知丞相娱樂之意而曲從之，且有内援。丞相久不見承登，一夕，因與子長在後堂爲長夜之飲，偶念承登寂寥，召之。既至，承登精彩昏慘，面目垢汙，又冠一小圜帽，狀如仰杯。丞相侍姬皆掩口笑不已，承登因發怒，罵丞相曰：「人言齊人多詐，果然。以今夕之荒淫，知前日時秋雨霽相親而卷舒簡編者，皆僞也。」丞相大怒，命老卒曳出墻角。

太史公曰：公孫丞相開東閤以延賢俊，天下之士輻湊，而敬承登爲上客，每至則一坐皆起，可謂能不以貌取人矣。卒以子長而踈棄之，相業之不終，有以也夫。雖然，承登之賢難於遇，而子長之佞易於合。不惟易於合也，合則不可去也，所從來古矣。士君子之學而仕，未始不與承登遊者，然吾見其初而已，至一惑於子長則往而不返者，萬水一波也，亦何以議公孫爲哉！

劉國禮傳節行

余故人劉琥，字國禮，武臣也。始余爲永州零陵丞，國禮監户部贍軍酒庫，居相近，情相好也。及余在朝列，國禮調臨安府壕寨官，居閑無以自食，家于湖州新市。一日來謁予，求薦於當塗士大夫。予無以塞也，獨念湖州太守薛士龍名季宣者與余厚，因以書薦之，謂國禮之才於劇繁無所不可爲，薛信焉，任焉，遂知焉。薛侯既死，國禮無所於歸。久之，臨安官期既至，國禮之官，適與余並舍，每言及薛侯，國禮未嘗不泣也。夫世之相與，利焉而已矣。曰義焉者，非性焉則學，非學焉則劫。國禮武夫，未嘗學也，其劫歟？貌可劫，泣不可劫也。其性歟？吾不知之矣。並居一年，余以守臨漳而去焉，國禮留也。余行，國禮追送余於龍山白塔寺，載酒勞余，下及僮僕。當世之賢人君子與余爲道義之交者何數也，彼曷曰利之云乎？至是，前日所謂道義之交者漠然矣，而國禮獨如此，何也？及其別，國禮又泣。謂其泣僞乎？施之余則可，施之薛侯亦僞乎哉？後三年，余守常州，與國禮所居新市不遠，欲問其消息，未能也。余子壽仁試南宮，問之故居之鄰鄭媪者，則曰：「嘻，國禮死矣。」問其家，則曰：「其妻執節而不嫁，顧嘗鬻屨於門，以長育其子曰永哥者，今居某市某舍也。不惟其妻不嫁也，其妾六人者皆不嫁也。」壽仁既歸，爲余言國禮事，余於是泣且歎曰：「國禮家事余知之。其妻江，故倡也。永哥者，永某氏子也，國禮夫婦育之以爲己子。而所謂六妾者，江氏馭之極慘。今國禮死，其妻若子若妾宜其散而莫之聯也，則聯而莫之散也，不亦懿乎？大抵人之情，聞倡之名則掩鼻焉，聞非己之子則異心焉，聞其主母馭其妾不以人理則怒髮焉。使是三人者而居焉，而無主翁以綱之焉，欲其不涣然離也難哉！而國禮之死，其家妻子若妾乃能相恩相維，甚於國禮之未死，可敬不可敬也？今士大夫往往朝死，而其妻夕去之矣，有不媿於國禮之妻者乎？不惟有愧於國禮之妻也，有不媿於國禮之妾者乎？不惟士大夫之妻而已也。士大夫立人之朝，食人之禄，社稷之臣曰『吾死社稷』，封疆之臣曰『吾死封疆』，及一旦有急，有不媿於國禮之妻者乎？不惟有媿於國禮之妻也，有不媿於國禮之妾者乎？」余既以告壽仁，因私書之，不使其不傳焉。

李台州傳 孝義

李台州者，名宗質，字某，北人，不知何郡邑。母展，妾也，生宗質而罹靖康之亂，母子相失。宗質以父蔭，既長，仕所至，必求母，不得。姻家司馬季思官蜀，宗質曰：「吾求母，東南無之，必也蜀乎？」從之西。舟所經，遇州若縣若村市，必登岸，徧其地大聲號呼曰：「展婆！展婆！」至暮，哭而歸，不食。司馬家人哀之，必寬譬之，乃飲泣强食。季思秩滿東下，所經復然，竟不得。至荆州復然，日且夕，號呼嗌痛氣憊，小憩於茗肆，垂涕坐。頃之，一乞媪至前，揖曰：「官人與我一文兩文。」宗質起，揖之坐，禮以客主。既飲茗，問其里若姓，媪勃然怒曰：「官人能與我幾錢？何遽問我姓？我非乞人也。」宗質起敬，謝曰：「某皇恐，上忤阿婆，願霽怒，試言之何害？恐或鄉鄰，或族親也。某倒囊錢爲阿婆壽。」媪喜曰：「老婆姓異甚，不可言。」宗質力狠請，忽曰：「我姓展。」宗質瞿然起，抱之大哭曰：「夫人吾母也。」媪曰：「官人勿誤，吾兒有驗，右腋有紫誌，其大如杯。」宗質拜曰：「然。」右袒示之，於是母子相持而哭，觀者數十百人，皆歎息泣下。宗質負其母以歸，季思與家人子亦泣。自是奉板輿孝養者十餘年，母以高年終，宗質亦白首矣。宗質乾道庚寅爲洪倅，時予爲奉新縣令，婁謁之，不知其母子間也。明年，予官中都，宗質造朝，除知台州。朝士云：「李台州，曾覲姻家也。覲無子，子台州之子。」予一見不敢再也，亦未知其孝。後十七年，台州既没，予與丞相京公同爲宰掾，談間，公爲予言李台州母子事。予生八年喪先太夫人，終身飲恨，聞之泣不能止，感而爲之傳。

贊曰：孔子曰：「孝悌之至，通于神明。」若李台州，生而不知失母，壯而知求母，求母而不得，不得而不懈，徧天下之半，老而乃得之。昔東坡先生頌朱壽昌，至今詠歌，以爲美談。若李台州，其事與壽昌豈異也？兹不謂之至孝通神明乎？非至孝，奚而通神明？非通神明，奚而得母？予每爲士大夫言之，聞者必泣。人誰無母？有母誰無是心哉？彼有未嘗失母而有母，不待求母而母存，或忽而不敬，或悖而不愛者，獨何心歟？

誠齋集卷第一百十八

廬陵楊万里廷秀

行狀

朝奉劉先生行狀

先生諱安世，字世臣，本貫吉州安福縣叢桂坊。曾祖故不仕，祖贇故不仕，父思贈右承事郎。先生之先有諱德言者，居安福。五代亂，里中子弟起兵衛井邑，德言毅且賢，推爲帥，其扞及旁郡甚遠也。不立名號，亦不屬人，國初乃歸宋。藝祖嘉之，授水部員外郎，爲江南發運使，語在國史，爲先生八世祖。自德言以前，系世莫考，相傳宋彭城王義康徙安成郡，子孫家焉，今安福也。

先生之族，自從祖溥以文章魁恩科，群兄弟策進士者六人，薦名者三十三人。先生之兄曰安鎮，字鎮臣，有文名，以貢士客死京師。先生時尚少，盡得兄之學，諸老先生見者曰：「是不可量，足爲劉鎮臣之弟。」

紹興初，盜起，先生奉其承事公避地，適與二盜遇。先生白承事公前行，先生横一杖以逆之。盜有牽，小留，而承事公已遠矣，先生亦免焉。古書所稱孝足以感盜心者，世未必盡信也。觀先生之事，未知古人何如耳。

紹興十四年、十七年，先生連薦名，皆首送。十七年再舉，先生對策，極言守令不才，致民流殍，其語痛刺骨。考官不樂，降在第四。明年登進士第，授左迪功郎、岳州司户參軍，兼攝録事參軍。有野人爲傭保於大姓者，父病，謁主歸省，主人不可，野夫徑去。主人以盜告官，獄具如章。先生争之曰：「野夫以孝而刑，謂此邦之人何？」岳民叫郡稱賀。

郡丞以文吏薄武人，議月奪諸將俸十半。先生争之，不得。頃之，諸將激其徒譁且變，居民惶擾，空城避之。先生曰：「出納非守丞事也，庸不在我？」亟發帑取給。當是時，微先生幾無岳州。

辭滿，陞秩左從政郎、永州州學教授。先生嘗獨騎一馬詣學館，墜而傷。既受代，先生未瘳，州家憫其客問貧病，以攝它職廩先生，先生受之。將行，先生持所受歸之官，爲錢六十萬。太守左史王公宣子驚異曰：「使士大夫皆如劉世臣，三尺不有焉可也。」

以薦者改秩左宣教郎，知贛州雩都縣。贛俗剽且相訐，先生至，曰：「民無窳良也，淑慝者，政耳。」邑之大駔有孫氏、鍾氏，根結盤互，異時守令瞪視，莫敢柄其角牙。一日，從惡少椎小民於市。先生曰：「是敢爾！」命擒之。吏素畏二氏，疑莫先往。先生罷一吏，乃能寘之獄抵罪。僚吏人士爲之遊説，先生卒不奪，曰：❶「吾非無教之誅也。」

郡丞行部至縣，諷先生以獻羨餘錢五百萬，先生曰：「縣之土田瘠而賦斂重耳，將焉取餘？令可逐，一

---

❶「曰」，原作「田」，今據文義改。

錢不可得。」郡丞怒，譏之守，不聽；譏之使者，又不聽。郡丞窮且媿，乃作詩以遺先生。先生謝，郡丞亦謝。

先生之政，主之以不猛，繼之以不懈，往往日昳而進晨飧。得疾以歸，太守有憐先生者，爲之匄祠禄。邑之民曰：「劉公非吾縣尹也，吾父母也。」皆走送先生，遣之不肯去。以朝奉郎致仕，享年六十有八，終于家。

先生平昔排佛老不遺餘力，嘗曰：「士大夫而談此，乃吾夫子之叛卒也。」至是遺命子弟曰：「喪祭不得以佛老爲禮。」太夫人李氏贈太孺人，配彭氏封孺人，皆以先生貴。男四人：格非、去非、勝非、知非。女三人，嫁李大年、羅昌辰、夔州録事參軍竇依。格非奏補將仕郎。

先生自太夫人即世，每饋祀必慟哭。奉承事公無不盡，退謂妻子曰：「事親謂之色養，不得其悦不謂之子。」先生之諸兄皆早世，先生聚諸孤而衣食之，每白承事公曰：「安世任此責，願大人無所爲憂。」承事公既没，先生嘆曰：「吾嘗許吾先君，今日之事，先諸孤，後吾子。」田宅貲財秋毫無所分，教諸猶子，待其成，畢其婚嫁。

先生之未仕也，士之來學者百千人，有富貧慧蚩不同。先生木溉江導，人人自以爲得先生學。先生有文集三十卷，《論語》《尚書解》二十卷。先生之學，不爲空言，其源委自賈誼、陸贄、蘇明允父子之外不論也，故其文與其人皆肖焉。然策第之日，先生年四十九矣。蓋其族夥，應書之歲，率以朞功之喪而不得試藝者凡二十四年。使其逢之不遲，用之不狹，其功用豈少哉？先生仕二十年而貧如初，然先生之四子以文相高，先生曰：「吾爲不貧矣。」

先生之在永州，請于郡，立故權通判濂溪先生祠堂，謂永之士曰：「周濂溪之不師，柳子厚之師，可不可也？」是時丞相魏國張公謫居於永，每稱重先生曰「實學之士」。張公再相，万里見公，公問：「劉世臣今安在？好一講筵官也。」公未及薦，以讒去，先生尋亦病矣。如先生者不得用，得用者不必如先生。天下以是惜先生，先生不自惜也。

万里也，先生門弟子之下者，然從先生最舊。及某丞零陵縣，時先生更未盡一歲，万里復得就先生而卒業。先生之喪也，万里嘗見張魏公爲張子韶侍郎服友之服，又見澹庵先生胡公及羅長卿爲清節先生服師之服，万里敬爲先生制服焉。因與先生之子去非謀，請銘於名天下之能文辭者。去非曰：「先生行狀，子當作。」万里謝曰：「非其人也。」三辭不獲命，乃叙次于篇。謹狀。

宋故資政殿學士朝議大夫致仕盧陵郡開國侯食邑一千五百户食實封一百户賜紫金魚袋贈通議大夫胡公行狀

曾祖璉，不仕。

曾祖母夫人康氏、劉氏。

祖愷，贈承務郎。

祖母張氏，封孺人。

父載，累贈太中大夫。

母陳氏、張氏，所生母曾氏，俱贈淑人。

公胡氏，諱銓，字邦衡。其先金陵人，五季避地廬陵。祖愷，未壯而没，贈承務郎。父載，累贈太中大夫。母陳、張，所生母曾，俱贈淑人，皆以公。惟祖母張，以百歲封孺人云。

太中氣慷慨，一試有司無遇，即棄去。公自幼超詣絶世，强於記覽，有質以古書者，必曰：「是出某書某卷。」驗之而信。年二十入太學，試文浄不加點，博士驚異。

建炎二年，上皇策士於維揚，初擢公第一，有娼其直者，竟第五。授文林郎、撫州軍事判官。未上，昭慈聖獻皇太后避狄於虔州，狄踵至，公哀甿爲兵，與皇叔士㒞、撫州太守張循軍合遏其衝。虜退，論功轉承直郎，權吉州軍事判官。時群盜四起，守臣張中彦檄公督别將趙之儀捕之。覘者請夜襲之，公不可，曰：「賊掠民自從，將毋俱焚？」遲明，賊遁，掠者得釋。

未幾，居太中憂，除喪，與兄蓬山居士鑄築精舍於里之洞巖，從名儒蕭楚講畫古學，冥搜治亂安危根株。或勉之仕，不荅。紹興五年，忠獻魏國張公浚都督諸路兵，辟公提舉荆湖北路常平茶鹽司幹辦公事，改荆湖南路提點刑獄司幹辦公事。召赴都堂審察，兵部尚書吕祉以賢良方正、直言極諫科薦，賜對便殿。公論持勝及納諫及虔寇及營田事，上曰：「營田孰初？」對曰：「田制邈矣。三代曰井，春秋之晉曰爰，秦之商君曰轅，漢之晁錯曰屯，趙過曰代，充國曰營。真宗用耿望之之計，於是乎治屯田；仁宗用歐陽脩之議，於是乎建營田。無弊法，有弊吏。今募民營田，官給之牛，且貸之種，美矣。然湖之南，土牛之所生，市之以出鄉，則無全牛。降之嘉種，官有其費，漁之於吏手，則無實惠。」上曰：「善，當改之。」改通直郎、樞密院編修官。

七年十一月，宰相秦檜決策暨金人平，王倫誘致虜使，以僞詔來，責禮異甚，中外洶洶。公獨奏封事，其略曰：

「臣謹按：王倫本一狎邪小人，市井無賴。宰相無識，舉以使虜，誘致虜使，以詔諭江南爲名，是欲臣妾我也，是欲劉豫我也。豫臣醜虜，南面稱王，自以爲子孫帝王萬世之業。一旦豺狼改慮，捽而縛之，父子爲虜。商鑒不遠，倫又欲陛下効之。

「夫天下者，祖宗之天下也。陛下所居之位者，祖宗之位也。奈何以祖宗之天下，爲犬戎之天下？祖宗之位，爲犬戎藩臣之位？陛下一屈膝，則廟社盡汙夷狄，赤子盡爲左衽，宰執盡爲陪臣。異時豺狼無厭，安知不劉豫我乎？夫三尺童子至無知也，指犬豕而使之拜，則怫然怒。今堂堂天朝相率而拜犬豕，曾童孺之所羞，而陛下忍爲之邪？

「倫之議乃曰：『我一屈膝，梓宫可還，太后可復，淵聖可歸，中原可得。』嗚呼！自變故以來，主和議者誰不以此説啗陛下？然而卒無一驗，則虜之情僞已可知矣。而陛下尚不覺悟，竭民膏血而不恤，忘國大讎而不報，含垢忍耻，舉天下而臣之甘心焉。就令虜決可和，盡如倫議，天下後世謂陛下何如主？况醜虜變詐百出，而倫又以姦邪濟之，梓宫決不可還，太后決不可復，淵聖決不可歸，中原決不可得。此膝一屈不可復伸，國勢陵夷不可復振，可爲痛哭流涕長太息者矣。

「向者陛下間關海道，危如累卵，當時尚不忍臣虜，况今國勢稍張，諸將盡鋭，士卒思奮，只如頃者醜虜陸梁，僞豫入寇，固嘗敗之淮上，敗之渦口，敗之淮陽，校之蹈海之危，固已萬萬。儻不得已而用兵，我豈遽出虜人下哉？今無故而臣之，欲屈萬乘之尊，下穹廬之拜，三軍之士不戰而氣已索。此魯連所以義不帝秦，非惜夫帝秦之虚名，惜天下大勢有所不可也。今内而百官，外而軍民，萬口一談，皆欲食倫之肉。謗議洶洶，陛下不聞，正恐一旦變作，禍且不測。臣竊謂不斬王倫，國之存亡未可知也。

「雖然，倫不足道，秦檜以腹心大臣而亦爲之。孔子曰：『微管仲，吾其被髮左衽矣。』夫管仲，霸者之佐爾，尚能變左衽之區爲衣裳之會。檜，大國之相也，反驅衣冠之俗爲左衽之鄉，則檜也不惟陛下之罪人，實管仲之罪人矣。孫近傅會檜議，遂得參知政事。檜曰虜可和，近亦曰可和；檜曰天子當拜，近亦曰當拜。嗚呼！參贊大政，充位如此，有如虜騎長驅，能折衝耶？臣謂檜、近亦可斬也。願竿三人之頭於稾街，然後羈留虜使，責以無禮，徐興問罪之師，則三軍之士不戰而氣自倍。不然，臣有赴東海而死爾，寧能處小朝廷求活耶！」

書奏，除名，編管昭州。時侍御史鄭剛中、諫議大夫李誼、吏部尚書晏敦復、給事中勾龍如淵，户部侍郎李彌遜、向子諲，禮部侍郎張九成，俱入對引救。檜迫公議，亦僞爲救公者。

謫監廣州都鹽倉，改簽書威武軍判官事。於是寺丞陳剛中以牋賀公曰：「屈膝請和，知廟堂禦侮之無策；張膽論事，喜樞庭經遠之有人。」又曰：「知無不言，願請上方之劒；不遇故去，聊乘下澤之車。」陳坐是謫知虔州安遠縣，死焉。

十三年，御史中丞羅汝楫彈公，以奉議郎除名，謫新州。同郡王庭珪以詩贈行，有「癡兒不了公家事，男子要爲天下奇」之句，爲歐陽識所告，王坐貶辰州。

新州太守張棣告公訕上，再謫吉陽軍。時有觀察使某上書，乞代公行，不報。張棣擇一牙校游崇者送公，至半塗，臨大江，崇拔劒而前。公色不動，徐曰：「逮書謂送某至吉陽者賞，爾不愛賞乎？」崇笑而止。至朱崖，或誣公以有後命，家人爲慟。公方著書，怡然也。吉陽士多執經受業者，凡經坯冶，皆爲良士。初，吉陽貢士未嘗試禮部，公勉之行。及位于朝，乃請廣西五至禮部者，乞不限年與推恩，自是仕者相踵。

聞母曾之喪，一慟幾絶，勺飲溢米，三日不歠，鬚髮盡白，見者出涕。

先是，檜大書丞相趙公鼎、參政李公光及公姓名於格天閣，孟晉者争以公爲梯。監察御史田如鼇獻書乞斬公，檜抵之地。光坐移書於公，再貶儋耳。武岡軍通判方疇以致書議姻，遂下若盧。

二十六年，檜卒，公量移衡州。三十一年正月，公與忠獻公偕命自便。時忠獻謫零陵，公自衡造焉，館於讀易堂。忠獻從容謂公曰：「秦太師顓柄二十年，成就邦衡一人耳。」

今上即位，首復公官，除知饒州，召至行在所，即日賜對。上温顔曰：「久聞卿直諒。」公首論爲國以禮，又論今日之事在修德以結民心，固吾圉；練兵選將，以觀其釁，待其衰。上嘉納。

除吏部郎，遷秘書少監，又遷起居郎。論史官失職有四，謂：「記注不必進呈，使史官無諱；史官當立於御坐之前，庶幾言動皆得以書；今之史官，後殿立而前殿不立，請前後殿皆立；左右史奏事，請令直前，不必預白閤門及以有無班次爲拘。」許之。自是史職盡復唐制，反祖宗之舊。

公請遷都建康，謂：「漢高入關中，光武守信都，大抵與人鬭，不搤其亢、拊其背，未能全勝。今日大勢，自淮以北，則天下之亢與背也，建康則搤之拊之之地也。若進據建康，下臨中原，此高光興王之計也。況今西北欲歸之人如漢民之思漢，苟不移蹕，何以繫其心？」詔議行幸，言者請紓其期，遂止。

隆興元年六月，忠獻張公自建康入奏，圖恢復計。侍御史王十朋力贊之，於是忠獻公督師進討金人。既克宿州，以大將李顯忠欲私其金帛，且與邵宏淵私憤，復敗於虜。上憂甚，十朋亦自劾，上愈怒。公言：「近者淮上之衄，蓋天以是厲陛下之志，使動心忍性，增所不能。願益強其志，毋以小衄自沮，蒐乘補卒，期於身濟大業。」時宿州之師，賞罰衡決，公言：「宿州之敗，誤國之將厚賂權貴，游說自解，安處善地，誅戮不加，禍亂之漸，間不容髮，願毋忽。」

兼侍講及國史院編修官。因講《禮記》，進序篇，其略曰：「君以禮爲重，禮以分爲重，分以名爲重，名以器爲重。願陛下辨其分，謹其名，守其器，勿輕假人。」

七月，上以旱蝗星變詔問闕政，公請勿徼福于佛老之教，而躬行周宣憂旱之誠，戒監司、守令，有貪殘者必罰，是應天以實。公因論納諫曰：「今在廷之士，以箝默爲賢，容悦爲忠。道路相傳，近日臺諫論事，朝廷謂爲賣直，臣未知信否。夫賣直之言，唐德宗之言也。德宗猜忌，謂姜公輔爲賣直。此言一出，忠臣結舌，馴致興元之變，所謂『一言喪邦』者。願陛下以德宗爲戒，以太祖皇帝欲拜昌言爲法。」上曰：「非卿不聞此。」

九月，金人求更成，大臣欲從之。公奏曰：「虜知陛下鋭意興復，移書請和，非甘言誘我，即詭計緩我爾。願鑒前車之覆，益修守備，益張吾軍。」上曰：「朕有二説，斷然不移。一則中原歸附之人決不可遣，二則夷夏名分決不可亂。」又曰：「邊事倚張魏公。」對曰：「陛下至誠如此，何憂醜虜？願持之以不懈，絶口不言和字。」上曰：「卿忠直如此，朕甚喜。」

兼權中書舍人。公遜于右史馬騏，上曰：「無以易卿。」又言：「恐駁事不勝任。」上曰：「貴當理。」遂就職，進兼同修國史。

有旨以中人李綽等嘗典發軍書無誤，各進官一列，公不奉詔。綽等泣訴，上曰：「胡銓不肯。」經筵講《禮記》，至「愛而知其惡，憎而知其善」，公曰：「愛而知其惡，必去之勿疑；憎而知其善，必任之勿貳。」上稱善。

壽聖明慈皇后改稱「教旨」爲「聖旨」，公言：「《易》曰：『大哉乾元，至哉坤元。』蓋天地之位所不可並，故以大哉、至哉爲別。陛下雖奉親盡孝，而光堯與壽聖難於並稱聖旨。」上嘉納，謂樞密洪遵曰：「奉親之過，朕當自受。」

張栻召對，賜三品服。公言：「君子愛人以德，今賜栻服章，非愛之以德也。其父浚決不肯使之輕受，栻亦有守，決不肯妄受。恐或議浚，非全浚也。」

十一月，上以和戎之利病，遣使之可否，禮文之後先，土疆之取予，下廷臣雜議。公議曰：「國家與金人講解，覆轍亦可睹矣。京都失守，自耿南仲主和；二聖播遷，自何㮚主和；維揚失守，自汪伯彦、黄潛善主和；元顔亮之變，自秦檜主和。國家罹戎狄之禍，何嘗不以和哉？議者乃曰：『姑與之和而陰爲之備，外雖和而内不忘戰。』此又向來權臣誤國之言也。一溺於和，則上下偷生，將士解體，終身不能自振，尚安能戰乎？」大臣見之，相顧失色，於是益忌公，且欲奪魏公兵柄，公復沮其議。

除宗正少卿。公請補外，不允。嘗遞宿玉堂，上召問曰：「虜人汲汲欲和，聞其勢窘甚。」對曰：「近有自淮甸來者，云虜人聞陛下力任張浚，所以汲汲欲和。臣願陛下委任勿疑，則恢復可必。」上曰：「善。」公又申前請，上曰：「卿久在瘴鄉而略無瘴色，天祐直諒，卿未宜去。」

兼國子祭酒。因見，公言：「往年睿旨欲移蹕建康，不可但已。」上曰：「澶淵之役，當時有勸幸蜀及江南者，惟寇萊公決策。」公曰：「今張魏公，陛下之萊公也，願早定計。」上曰：「善。卿直諒，四海莫不聞，不可言去，且留經筵，事無大小，皆以告朕。」公言：「晉開運之末，有陳友者殺李璘之父。國初，璘遇友於途，手殺之而自言，鞫之得實，太祖壯而釋之。臣願陛下堅復讎之志，以不忘太祖之訓。」

上在講筵，謂公曰：「卿之學術，士所甚服。」因及比日文士如蘇軾、黄庭堅者誰歟，對曰：「未見其人。」詩人如張耒、陳師道者誰歟，對曰：「太上時如陳與義、吕本中，皆宗師道者。」上曰：「如韓駒、徐俯，皆有詩名，卿可廣訪其人。」退而薦王庭珪、朱熹、楊万里、周必正、弟鎬、猶子昌齡籍云。

除兵部侍郎。公言：「受降，古所難。六朝七得河南之地，不旋踵而皆失；在梁武時，侯景以河南來奔，未幾而陷臺城；在宣、政間，郭藥師自燕、雲來降，未幾而爲中國患。今虜中三大將内附，高其爵禄，優其部曲，以繫中原之心，善矣。然處之近地，萬一包藏禍心，或爲内應，後將噬臍。願勿任以兵柄，遷其衆於湖廣，勸之耕種，以絶後患。」時有國學生獻書闕下，乞用福國陳公康伯及公爲腹心者七十有七人。

二年八月，上以災異數見，避殿減膳，詔廷臣各陳闕政及急務。公言：「禹有九年之水，而國無捐瘠，備先具也。今數路水潦，曾不踰時，而民已流殍，無備甚矣。願詔遭水之處，博施振䘏，使民被實惠，無至流徙，此先務也。陛下又令條陳闕失，臣謂今之闕失，孰有大於和議者？」因極陳和議可痛哭者十，上太息。公言：「自靖康至今凡四十年，虜未嘗不由詭道，而我終不悟也。竊聞道路之言，虜緩我以和，而實潛師以伺我。或言多作戈船，由海道以進；或言實粟塞下，由間道以來。願陛下堅守和不可成之詔，力修政事，十年生聚，十年教訓，如越之圖吴，則社稷幸甚。」

進兼侍讀。因進讀《寶訓》，至「食訖習射」，奏曰：「四夷易以兵制，難以信結。願陛下謹守此言。」上曰：「文武豈可偏廢？」又讀真宗顧李宗諤曰：「聞卿至孝，能保宗族。朕守二聖基業，亦猶卿之守門户。」公奏曰：「唐柳玭云：『積累如登天，覆墜如燎毛。』祖宗基業，誠不易守。」上稱善。公言：「側聞虜人慢書欲議書禮，有所增損，議者謂末節不必較。臣竊以爲議者可斬也。夫四郊多壘，卿大夫辱之；楚子問鼎，義士恥之；『獻納』二字，富弼以死争之。今醜虜横行，與多壘孰辱？國號大小，與鼎輕重孰多？『獻納』二字，與『再拜』孰重？臣子争欲君父屈己從之，是多壘不足辱，問鼎不足恥，獻納不必争也。臣願絶和議以鼓戰士。《左氏》謂『無勇婦人』，臣謂今日舉朝之士皆婦人也。」

十一月，以邊鄙有興，詔改卜郊用來年正陽之月，大雩之辰。公稽參禮經及國朝故事，陳不可者十。宰相湯思退、參政王之望等堅主和議，遂罷張魏公兵柄。公又力争之，於是大臣皆不悦，遂除措置浙西淮東海道使。詔趣行，以二日爲期。公即辭行，曰：「臣願陛下先絶和議。」上曰：「要盡其在我者。」時金寇及境，號八十萬，聲動輦轂下，自維揚、海陵，連數郡望風棄城。高郵太守陳敏與虜相距於謝陽湖，水軍帥李寶屯江陰。詔寶條陳舟師及扼守要害白海道使，公檄寶發兵援敏，寶不行。公奏曰：「臣受詔令范榮備淮，李寶備江，緩急則更相援。今寶逗遛違詔，坐視敏之孤。臣恐謝陽失守，則大勢去矣。」上以命寶。公又移書切責之，寶乃發兵渡淮，與敏相掎角，虜一夕退。時天大雪，河冰皆合，舟車不能進。公先持鐵椎椎冰，士皆奮。尋詔罷兵，而時相亦斥死。

除提舉江州太平興國宫，加集英殿修撰，知漳州，改泉州。入見，言郡邑害民之大者三。上曰：「每思卿直諒，朕恢復之志已決。今虜中土木不息，旱乾相仍，機不可失。」對曰：「陛下嘗許臣以誓不與虜和，何爲中變？」又謂：「臣决移蹕建康，何爲中輟？」上曰：「以民之不易。」少須，又曰：「在廷太半腐儒，卿不可去。」一日，秘書郎張淵對選德，上因數不詭隨者云：「猶有胡銓一人在。」

除在京宫觀，兼侍講。公論：「前古未有不由講學而興，滅學而亡。精兵百萬，不如道德之威；被練三千，不敵忠信之冑。陛下之意，端在於是。」上稱善。

除權工部侍郎，以修史書成，轉承議郎。因見，上曰：「屬已得契丹要領，卿觀朕施設。」公言：「少康以一旅復禹績，今陛下富有四海，非特一旅，而即位九年，復禹之効尚未赫然。」又言：「四方多水旱，迺者乙酉之歲，脩門之外斗米易一婦女，小兒半之。左右不以告，此謀國者之過也。宜令有司，速爲先備。」尋工部爲真，公辭焉。詔曰：「汲黯在漢，謀寢淮南；隨會仕晉，盜奔秦境，卿其奚辭？」賜對衣金帶，封廬陵縣開國男，食邑三百户，今參政周公必大視草，以御札歸公，今庋于家。

公嘗燕見，言：「初元經筵之臣七人，惟臣獨在。臣老矣，願乞身歸田里。」上曰：「卿忠孝，有物護持，且留，觀朕恢復。」

立皇太子，公請飭太子賓僚，朝夕勸講。上曰：「三代長且久者，由輔導太子得人所致。末世國祚不永，或七八年，或五六年，或四三年，皆由輔導不得其人所致。」對曰：「誠如聖訓。」

公力乞致仕，除寶文閣待制，與外祠。既出都門，有旨復留，改佑神觀，兼侍讀。公辭不得，請於經筵講罷復申前請。上曰：「卿大節可嘉，朕不忍令卿去。」因論納諫，公曰：「從諫，人主之高致。陛下自登大位，虚懷受言，中外翕然，咸謂恢復之期指日可冀。然『靡不有初，鮮克有終』，光武之殺韓歆，文皇之殺劉洎，終之實難。」詔舉堪刑獄錢穀及有智略吏能各二人，公以張敦實、昌永、周必達、李發、劉之柄應書。言者謂舉李發、劉之柄非是，公坐貶秩二等。三求去，上不得已，從之。

除敷文閣直學士，與外祠。辭行，言於上曰：「願陛下規恢遠圖，任賢黜邪，理財訓兵，逮鰥恤孤，然後布告中外，必報國讎，必歸陵寢，必復故疆，以副太上付託。」上曰：「朕志也。」又問：「卿今何歸？」對曰：「廬陵人。」賜通天犀帶。又曰：「臣在嶺海，無所用心，妄意經學三十年，粗能訓傳。」上曰：「卿可進來。」既歸，詔趣之，遂表進《易》《春秋》《周禮》《禮記解》，命藏之秘書省。

復奉議郎，以郊恩進封開國子，食益三百户。又復承議郎，除龍圖閣學士，提舉江州太平興國宫，制有「身蹈東海，獨仲連不欲帝秦；名重泰山，微相如何以强趙」之語。光堯天壽七十，慶壽湛恩，轉朝奉郎，進封開國伯，益邑三百户。公自收科至是，未嘗以伐閲自言增秩也。詔吏部舉行所宜得之官，特畀四秩，轉朝散大夫，除提舉隆興府玉隆萬壽宫，復以加恩進封郡侯，加食邑三百户。

公復乞致仕，優詔不許，除端明殿學士。明堂合祭禮成，復增邑户三百，實封百户。淳熙六年十一月，召赴行在所，公辭焉。復力乞致仕，不許。公遂引疾，轉朝議大夫，提舉江州太平興國宮。遂稱篤，且極陳時病五事。上察公志不可奪，乃加資政殿學士致仕。明年夏五月，疾革，庚辰薨。不及家事，惟命諸子口授遺表，有「死爲鬼以厲賊」之語。表聞，特贈通議大夫，年七十有九。諸孤卜以是歲冬十月丙午，葬于廬陵縣之儒行鄉松山原祖承務府君塋之右。

公名德峻極，虜絶敬畏。丞相洪公适述其先忠宣公虜中事云：「皇太后以書歸，曰：『胡銓封事此有之，知中國有人，益生懼心。』」公於利不苟取。初，欽宗既祥，及册隆興皇后，公以職將事，皆賜金帛，再辭，必得請乃已。使海道日，賜金十鎰，既歸，或惎之以理生業者，悉以賙昏友之貧。其於君賜尚爾，故没齒先疇不益一晦。❶

邃於禮學，冠昏喪祭，式禮迂叟。佛老梵唄，焚紙爲錢，一切剗磢。四仲享先，設醴分膰，坐客百人，州閭耆老，不遺賤貧，挹斞必躬。投壺賦詩，雜以琴奕，往往申旦。睦族篤親，慶弔必詣，寒暑雨風，不爲回車。居新興時，嘗名其室曰「澹」，蓋取賈生「澹若深淵」之意，晚自號澹庵老人云。

公居無事時，下心拱手，言恐傷人。獨論國事，勁氣正色，貫日襲月，奮以直前，不怵不惻，不疚不式，大節揭揭，細行斬斬，動容出辭，見者起敬。長身玉立，望之山如，即之春如。其爲文章，駿奔軋忽，幽紛膠轕，隱軼奇字，旁搜遠攟。初佔之者，口呿語難，徐綜其緯，理順脉屬。似肆實莊，若險實夷，韓碑柳騷，媲高儷

---

❶「晦」，原作「晦」，今據文義改。

沈，中興以來，作者寡二。筆畫真隸，上規顔、蔡，鐵屈石出，肖其作人。飯不重肉，一製十稔，而豆區饑民，棺斂道殣，退省其橐，屢空不羸。惟太中公不貨於啬，緊德之植，公實儀之。蓬山既逝，公字其子，歲在癸巳，潚以公任。孝友惟柢，忠義惟榦，葰茂碩大，豈一朝夕？

公有《澹庵文集》一百卷、《周易拾遺》十卷、《書解》四卷、《春秋集善》三十卷、《周官解》十二卷、《禮記解》三十卷、《經筵二禮講義》一卷、《奏議》三卷、《學禮編》三卷、《詩話》二卷、《活國本草》三卷。

娶劉氏，贈淑人，先公卒，中散大夫、荊湖南路提點刑獄敏才之女。子男五人：泳，承務郎，監江東淮西總領軍馬錢糧所、太平惠民局兼行宫雜賣場，淳熙二年卒于官，參政周公哀而銘之；澥，承事郎、監潭州南岳廟；浹、瀗，皆承務郎；冲，未命。女五人：適西昌嚴萬全、福唐葉昌嗣、上饒方自厚，承務郎、贛州興國縣丞王宗孟，將仕郎王葳。孫男六人：梘、榘、桯、杙、枧、槢。女四人：長曰相孫，夭，餘皆幼。

万里與公同郡，且嘗從學。公將窆，万里以繫官嶺表，不得築室于場。澥走書二千里，以公猶子承務郎致仕昌齡所述公之言行詭万里論次，將乞銘於參政周公，万里敬慟哭而書之。謹狀。

淳熙七年九月日，門人朝奉郎、提舉廣南東路常平茶鹽公事楊万里狀。

宋故贈中大夫徽猷閣待制謚忠襄楊公行狀

曾祖亨，故不仕。

祖中謹，故不仕。

父同，故潭州司户參軍，贈宣義郎。

公諱邦乂，字希稷，冑出漢太尉震。五代之亂，徙居廬陵，故今爲吉州吉水人。世以儒學相承，宣義府君登進士第，初命長沙民掾，未終更而早世，後以公追秩宣義郎。公其季子也，父歿之五月始生，未冠而妣陳夫人即世，兄弟相爲命。公天性孫悌，視兄猶父，嘗揭其所居之堂曰「華鄂」。仲氏没，公時賓貢入京，聞訃慟絶。太學七年，苦心嗜學，言行忠敬，必以古人自厲。政和乙未，以上舍生解褐賜第。還家，拜伯氏，感兄之訓，更「華鄂」曰「韡韡」，同郡郭孝友記之曰：「予嘉楊氏友其季而不伐，恭其兄而不忘，是可振頹俗矣。」一時名勝賦之者數百人。

初調歙州婺源縣尉，改蘄州州學教授，以育才作人爲己任，不顓文辭而已。學政最淮西，部使者交薦，授從政郎、廬州州學教授，改南京宗子博士，又改建康府府學教授。秩滿，改宣教郎，辟權知本府溧陽縣事。縣久苦苛政，公當官豈弟，先教化，後刑威，均征繇，遠近悦服，惟恐其去，傾邑請留於部刺史者數千人，尋命爲真。

光堯踐祚，覃慶轉奉議郎。時二聖北狩，中原多故，寇盜蠭起。公訓民爲兵，五里一堠，號令期會，明信而肅，枹鼓一鳴，遐邇畢集。未幾，府兵叛，閉關殺官吏，四境狼顧慮變。公繕治軍實，大閲民兵，申嚴號令，刻日趨府討叛者。賊畏公威聲，亟白部刺史，願從諭招。發運方公會諸郡之師討賊，公董民兵，首集城下，士整而奮，器甲犀利，旗幟鮮明，觀者偉之，已而群凶就擒。

初，兵之叛也，溧陽舊縣鎮射士數十百，以羽檄往戍它所，乘隙離次而歸，劫巡檢爲魁甲而趨溧陽，欲居之以掠其金帛。公即帥民兵逆之，諭民出財募士，殺敵者賞，一戰賊殲焉。邑人德公，肖像祠之。部刺史奏功議賞，公悉推遜僚佐云。三年盜不入境。

建炎三年十月，當受代。九月，除通判建康軍府，兼提領沿江措置使司公事。大將杜充擁兵數萬保建康，公以兵隸焉。是時賊李成剽江北，瀕江守備。十一月，充謂成師老，遣戰艦進擊之。偶金虜大至，與成合，我師敗績。賊取我舟以濟，奪馬家渡。充出兵復戰不利，潰兵夜叩南門以入，虜進營于南門外鐵作寺。充下令官吏兵民用命城守，公信其言。

明日，充悉師出下水門乘舟以遁，金陵空無守備，知軍府事陳邦光柔怯不足賴。是日父老驚懼，擁邦光出城，迎拜虜酋，亦强公以行。公至街橋，大呼曰：「我豈爲降虜者？」欲赴水，父老救免。既至虜營，邦光以下皆拜願降，公獨偃卧不起。邦光乃啓曰：「通判素有瞑眩疾。」虜酋曰四太子者，乃掖出療之，遣所降官屬勸降，公閉口不答。

明日，復遣所親厚者説之曰：「公故貧，有兄垂老，仰分禄，寡嫂孤姪遠來就養。五子尚幼，一女未嫁，今去鄉數千里，妻孥無所於寄，寧不念此？國家事勢至此，公不降，將誰爲？」公曰：「兹人之常情，吾獨無情乎？家國事不兩立，吾計決矣，願無辭費。」

明日，四太子置酒，令僞知軍府事號張太師者及前知軍府事陳邦光召公議事。公拒不往，衆挽以至庭。其二人已就位，虚一席以俟公。及階，以首觸柱礎，疾呼曰：「我豈苟生與犬豕均飽者？」流血被面，憒不蘇者久之。左右掖以出，虜酋大怒，幽之它室。

明日，邦光復請出諭使降，乃釋出。至庭，邦光降堦語曰：「事固無可奈何，願少回意，毋爲徒死無益也。」公瞋目曰：「爾以從臣守藩，臨難不能死，甘心屈膝犬豕，苟生復幾何時？使人人效爾，朝廷何賴？」時坐有虜官曰團練劉者，取幅紙書「死活」二字示之，曰：「汝無多言，忠於趙氏即書『死』字下，歸我書『活』字下。」公起，取筆徑書「死」字下。虜酋大怒，復囚之。❶

先是，公刺血書襟曰：「吾寧作趙氏鬼，不爲他邦臣。」虜人初不知也。明日，復引公出南門砦，問公意如何，答曰：「直不能降虜爾！」四太子震怒，公迺大罵曰：「我食趙氏禄，終不負國。汝夷狄，豈是真天子，乃使我從汝？國家何負汝，而敢肆凶殘？吾恨未劒汝頸，吾豈爲死怖耶！」遂裂布褫衣，以祈速死。虜見所書襟，知不可屈，遂害之，剖腹取其心，聞者哀壯之，實建炎三年十一月二十七日也，享年四十有四。

先娶傅氏，生女一人。後娶曾氏，生男五人：振文、郁文、昭文、蔚文、月卿。月卿蚤夭，時振文纔十歲云。女後歸新淦進士陳敦書。

四年五月，軍府上其事于朝，天子愍悼，加贈直秘閣，官其子二人，詔廟祀于建康府。紹興元年冬，知軍府葉夢得復請于朝，以公大節罕儷，褒表未稱，宜加秩，賜謚，錫廟號，葬以禮。二年三月，詔復贈公朝奉大夫，謚忠襄，廟曰褒忠，仍付其事史官，命有司改葬。三月甲辰，夢得奉天子命，率官屬啓公殯，具衣衾棺槨，葬于廟之上東南隅之山。

五年十一月，朝廷以公子幼未仕，即其鄉賜田二百畝，以廩其家。七年四月，駕幸建康，大臣復以爲請。

---

❶「囚」，原作「因」，今據文義改。

光堯曰：「顔真卿異代忠臣，朕昨猶官其裔。楊邦乂爲朕死節，可不厚褒？」加贈徽猷閣待制，再賜田三百畝，兩銀疋絹各百，復官其一子昭文。昭文孫于孺文，以報託孤之恩。杜充之遁也，或告公盍去諸，公曰：「我通守，苟去，城誰與守？我尚愛生也哉？雖然，吾仲氏惟一子，不可無炊火。」乃命其猶子孺文，御其母以奔溧陽而屬其子，明日城失守云。

公神色明秀，長身山立，見者畏愛。居無事時，温良惠和，與物無忤。及遇事，勇决彊毅，萬夫不能奪也。其德行修於家，稱於鄉，信於友。爲郡學官，教孚於弟子員。爲縣大夫，恩洽於百姓。至於以身殉國，立天下萬世臣節之端，凌霜貫日，非一時適然也。故天子褒之曰：「綽有張御史之風，無愧顔常山之節。」

紹興三十一年冬十月，逆亮渝盟寇邊，入淮南，至江北，建康震擾，人皆禱于公廟。楚巫占之曰：「吉。狄主其殂，狄旅其逋，大邦其寧乎！」有老人夢公告之者亦云。十二月，光堯視師江左，父老杜彦誠輩數十百人述其事，遮法駕以聞。有旨下江東帥漕司驗問。建康帥臣張公浚上其子昭文、蔚文禄尚不及，願官之以勸忠義。會今上皇帝即位，命官昭文。明年，又官蔚文。公後以振文陞朝，四贈至中大夫。

公之被害也，有斗子曰陳大伯者，嘗從公爲傔。至公被囚，陳在旁不去。公駡僞四太子，陳亦舉甓擊之，不中，遂同遇害。又有主山砦曰賈三郎者，武勇絶人，時號爲賈山砦，亦同公被執。賈命其子結里人爲鬻薪者，置兵於薪以入。閽人索之，事覺，虜磔其父子於市。朝廷既褒公之忠烈，二人者亦各官其一子以武階。邦人肖其像於公廟，立公之前，以從公祀云。謹狀。

淳熙十二年正月二十四日，姪孫朝奉郎、尚書吏部員外郎万里狀。

誠齋集卷第一百十九

廬陵楊万里廷秀

行狀

宋故尚書左僕射贈少保葉公行狀

曾祖傅，故泉州晉江縣尉，累贈少保。

祖寶臣，故保州文學，累贈少保。

父霆，故不仕，累贈少師。

興化軍仙遊縣某鄉某里。

葉顒，年六十八，狀。

公諱顒，字子昂。其先楚之沈氏，春秋時尹將中軍，其後諸梁改封葉，子孫因以爲姓。世傳三國吴都尉雄、五代漢衛州刺史仁魯，皆其後也。自黄巢亂中原，士夫避地南遷，葉氏仕于泉，因居焉。本朝太平興國二年，陳洪進挈泉入覲。四年，始割仙遊、莆田建興化軍。

公今爲仙遊人。五世祖素隨洪進來朝，授泉州文學、太常奉禮郎，累贈太常少卿。少卿公三子，皆以學行稱。高祖都官公賓，其季也，登景德二年第。宋興，仙遊擢第自公始，終官屯田、都官二員外郎，蔡公襄實誌其墓。二子曰任，曰傅。任以父引年得官；傅景祐元年第進士，授祕書省校書郎、泉州晉江縣尉，公之曾祖也，累贈少保。少保公娶黄工部之女，累封衛國夫人。少保卒，夫人年二十四，守義不奪，至傾家創齋，聘明師教子讀書，蔡公又爲作《賢母堂記》。是生公之祖寶臣，以累舉授保州文學，累贈少保。考霆，晦迹不仕，贈少師。妣郭氏，累贈瀛國夫人。

公生於元符之庚辰。方穉時，兒輩群嬉，公獨危坐講誦。弱冠，與伯氏覬俱入京師試太學秋賦，俱薦名。適金虜犯順，朝廷設武藝、謀略等科，伯氏一試中選，授承節郎，從大將劉延慶守京城東北隅，力戰遇害，公徒步南歸。

壬子，車駕幸楊州，廷策進士，公擢第，調廣州南海主簿，兼攝尉。有商私載鹽二舟，監河官獲之以授公，使白府以倖賞。公曰：「仕塗發軔，如作室之建柱，柱一不正，室隨以欹。欺以倖得，是曰正乎？」盗發，府檄尉與巡檢同掩捕。巡檢獲盗十餘人，盡歸其勞於公。公白府曰：「謀自彼出也，今掠美、欺君、倖賞，三者皆大罪也，某不忍爲。」府帥待制曾開大喜，曰：「仕不求速，勞而能遜。」退告其子連曰：「葉主簿，宰相器也，汝往見之。」因倡諸部使者薦于朝。

循從事郎，調建州録事參軍。建俗很而憙訟，或積年官不能決，部使者賀允中多以屬公。公原情諏律，必得平亭，旁郡民聞之，有訴于漕臺者，輒請以屬葉掾云。建之兩税，每歲官受賦納，遠民或憚入官府，市人爲之代持送官，往往過斂其估，官民交病。公適司納，爲立法革之。先是，市人代送者新幕帟、持白金以供張司納之官，公悉却之。

用薦者改宣教郎，調泉州晉江丞。未赴，二親相繼即世。服除，知信州貴溪縣。時詔行經界，郡集諸邑長議之，莫對。或請以上中下三等定田税，公獨謂三等不足以定高下，乃定爲九等。郡守大喜，且令信之六邑皆式貴溪云。又詔行鄉飲酒。是禮久廢，縣官無習聞者。公舉行之，登降獻酬，少長有序，得三代遺意。

公家蓄一酒鍾，似瑠璃而非，蓋異寶也，自上世臧去二百年矣。公在貴溪，命匠以金飾之，手觸而毁。匠懼，將赴井。公笑曰：「器之成壞，數也，汝誤爾。」慰諭而遣之。

更未盡三月，民有以魔惑衆者，因聚爲盗，一日至千餘人。公先遣二巡檢將兵拒之，乃嬴糧備器，自將射士七十人繼之。二砦兵見賊衆，不戰而遁。公引兵登山望之，賊疑未敢進。公駐營山趾，而植幟山顛。日已晚，賊且至，與公對壘。公夜潛遣人於賊營某所某所縱火，約其衆曰：「火舉則亂射賊壘。」適五鼓，西風急，火四起，箭發如雨。賊驚亂，偶一渠魁，箭貫其吭。及天未明，悉發兵急擊之，賊死傷甚衆，餘皆潰，遁入弋陽。公引兵歸，七十人無一人傷者。

知紹興府上虞縣。歲適大饑，公預白部使者，請發常平之粟，不報。公即發廩，鄰邑之民多轉徙就食者。役民必令民自推貨力甲乙，不以付吏，民欣然皆以實應，無欺隱者。賦民必爲文書，各書其數，與之期，使民自持文書與户租至庭，公親視其入，給之質劑，皆便之。

明年，府易帥，屬縣趨府受約束。新帥下令，諸邑今歲夏租，先期送十之八。諸令唯唯，公獨進曰：「上虞小邑，往歲無秋，今麥秋可望，願小紓其期。」帥怒。及麥大熟，公爲書約民，民相率輸租，旬浹而畢，反爲諸邑最，帥大喜。

時秦檜當國，數興大獄，以除異己。參政李光已逐海外，猶欲殺之。州縣逢其意，爭躪藉之。上虞李之故居在焉，公與李無一日雅，因劭農過其門，謁其子弟，人爲危之。府帥曹泳，檜上客也，嘗檄尉龔滂求李陰事。滂以問公，公告以毋庸爲此，且曰：「吾非爲李，實爲君也。」秩滿造朝，泳時爲户部侍郎，許薦於檜，公固辭。未幾，檜死，其黨皆竄嶺海。公謂諸弟曰：「使吾受曹薦，今與同禍矣。」

禮部侍郎賀允中，以「端方有守，静退無求」薦公于朝。召見，公首論國讎未復，陵寢未還，中原士民日夜企鑾輿之返，顧乃尚胡服，習夷樂，非孟子用夏變夷之意。其語切直，高宗皇帝嘉納。越三日，除將作監主簿，遷司農寺丞。

公在朝三年，非公事未嘗詣丞相府。樞密王綸知公恬退，而未知其德性，欲試以事。一日，官誥院失錦一端，命公治之。公請寬其慢藏之罪，於是綸大喜，謂其客曰：「葉寺丞介而通，嚴而恕，真重器也。」

未幾，公求補外，除知處州。括蒼，山國也，地瘠民貧，歲賦不給。公節冗費，量入出，賦用充足。有青田令陳光，獻羨錢百萬。公詰縣錢何自而得，且以所獻充所賦云。

宰相湯思退，括蒼人也，其兄犯禁，其家奴屠酤不逞，公繩以法，思退不悦。於是常州逋朝廷緡錢四十餘萬，太守坐免，繼者以憂死，士大夫無肯往者，思退移公知常州。公至毗陵，帑庾赤立，官吏無俸七閲月矣。公究利病，定規畫，苴罅漏，郡計遂裕。

虜亮犯邊，高宗車駕視師建康，道毗陵，公以職賜對於御舟，因言：「恢復之計，莫先於擇將相。故相張浚久謫無恙，是天留以相陛下也。臣聞自逆亮死，虜軍三十餘萬北歸，帖然而無異變，是虜未可輕也。且虜之初退，遺兵僅三千人在歷陽，李捧擁萬人莫之誰何，是我未能進也。臣謂今日争言進取，陛下宜審之。」

公初至毗陵，無朞月之儲，一年之後乃餘緡錢二十萬。上佐勸公曰：「某使者獻錢若干，某守獻錢若干，皆賞，公何不獻？」公曰：「某平生惡人獻羡餘，非重征則横斂，是皆民之膏血也。某之所積，固出於榷酤之贏，然以利易賞，某實耻之。」

轉運副使林安宅、提點刑獄王趯，疾公不附己，思退因諷二人求所以中傷者。公聞之，力丐祠官于朝。未幾，趯果劾奏常州事，坐不實免官，而公以尚書郎召。未至，除右司郎中。

時孝宗皇帝初即位，欲清中書之務，增宰士之員。首膺是選者，余時言爲檢正，馬祺、林安宅爲左司，費行之與公爲右司。時下詔求直言，公上封事謂：「以手足之至親，付以州郡之重寄，是利一人而害一方。」時趙某爲台州云。

遷左司。未幾，權給事中。公以右臂微痛求補外，適湯思退再相，公遂申前請。思退曰：「公之求去，無乃以某之來乎？」既而思退啓擬除公户部侍郎，至于再三。一日，帝召諫官曰：「葉某在都司二年，甚宜力，然與宰臣爲朋黨。」諫官對曰：「臣不識葉顒，聞之公論不然。」因具陳思退移公常州之由，及諷林安宅、王趯中傷事，及思退再至，公不自安，屢求補外意。帝默然良久，曰：「非卿則朕無以知此人。」越翼日，除吏部侍郎，兼權給事中，時隆興二年八月也。

又三日，復以公權本曹尚書。四選之三，悉歸銓綜，吏抱文書，旁午相屬，須臾即竟。時七司弊事未去，公乃上疏曰：「選部之所以弊者，蓋以典選之官，貫穿案牘不如吏，出入條例不如吏，歲月久遠不如吏。典選一事，衣冠清濁之所由出也，今乃使之入銓曹之門則與吏爲市，出銓曹之門則與民爲市，可不思革之乎？一曰隱占闕員之弊，二曰引例異同之弊，三曰捃摘小節之弊，三者革則弊革矣。」公乃與郎官編劃七司條例爲一書，或事同例異者，存其一，削其一。帝覽之，御筆褒表，令刻板頒下。

公又上疏曰：「法者，天下之所共也，合人情則公，否則私。今吏部之弊，莫重於行賂，蓋立法有失其意者，不可不改也。如令甲受賕有取予同罪之法。今請勿罪與者，而止罪取者。如任子有用堂除賞典而陞名壓銓試人之法。今請勿陞，以優中銓之士。有未銓試者，今請中書不許除官。有免試出官者，今請雖宰相亦不許移貤。」帝遂立爲定制。

皇兄居廣請以初除開府儀同三司應得親屬占射差遣恩例畀王若純，公争之曰：「若啓一若純，則百若純至矣。」帝從之，於是始有大用公之意。

時洪适簽書樞密院，其三世已贈東宮三師，又請以己覃恩二官貤高祖父母，且援李昉等故事，詔已聽請。公言：「追秩高祖，禮經所無也。爲人臣者，官至執政，封及三世，恩至渥矣。唐臣謂『追贈出於鴻恩，非由臣子之求』，斯言當矣。國朝《會要》止載李昉請以郊禮覃恩追贈所生父母，李迪以藉田恩乞回贈叔父母，未聞大臣以所得恩賞貤高祖父母者，願循禮經改成命。」帝從之。

公在吏部二年，士大夫之改秩者、詣曹者、會課者、行賞者，吏皆不得預。時人謂渡江以來，銓選平允，惟晏與葉。乾道元年七月晦前三日，召對便殿，賜坐賜茶，禮異它日。帝曰：「《吏部條例》，朕亦置一通在禁中，嘗徧覽之。」又問：「卿當官以何爲先？」對曰：「真宗皇帝所制文臣七條盡之矣，此萬世臣子之法。然臣之當官，每以公忠爲先。既盡公忠，則不爲朋黨，不畏疆禦，以之爲臺諫則持正論，以之坐廟堂則行正道，處富貴而不以爲榮，視鼎鑊而不以爲懼。『公忠』二字，其用甚大，未有一日捨之而安者。」帝曰：「卿宜無忘此二字。」公因言曰：「千金之子不垂堂，百金之子不倚衡。竊聞陛下以萬乘之尊，爲鞠戲之樂，有如馬驚，爲之奈何？臣竊爲聖躬憂之。」帝曰：「朕無它，但欲不忘鞍馬爾。」後五日，除端明殿學士，簽書樞密院事。越二日，兼權參知政事。

户部侍郎林安宅請兩淮行鐵錢，帝以問公。公力言其不可，安宅以此大與公不相平。十二月，拜中大夫、參知政事，兼同知樞密院事。公入謝，帝謂公曰：「朕聞卿等每事有條理，堂吏不能爲姦。」公曰：「臣安敢必其不爲姦，惟每事必經意乃付吏，庶權在臣等，則不在吏爾。」時臣下有刊名上章，謂之「白劄子」，帝嘗下之中書，公因言曰：「事若可行，彼胡不顯其名，示人以公？如不可行，則白劄安用？」帝問曰：「朕欲用魏杞，何如？」公對曰：「古人有言：『知子莫若父，知臣莫若君。』」

興化自建炎間，嘗有詔輸米二萬石佐福州軍食，謂之「猶剩」，至是四十年，民尤病之。守臣張允蹈書移中書，極言其爲害。公言於帝，歲損其半，後盡除之。

乾道二年春，帝臨軒策士，唱名第一人乃趙汝愚。公進曰：「宗子文學如此，極可喜。」宰相洪适曰：「此實陛下作成之效。自嘉王後，未嘗有宗子魁多士者，陛下宜魁之，以勵宗室。」公曰：「不然。本朝典故，有官而試者不得爲第一人，自沈文通始。徽宗宣諭嘉王楷，不欲以魁天下，以第二人王昂爲舉首。昂亦登仕郎，有司失於奉詔，至今非之。」帝曰：「當從典故，參政言是也。」

有江陰軍判官受賕，大理寺上具獄。帝曰：「貪吏，朕欲用漢法誅之。」适曰：「誠如聖諭，若行漢法，擇一二甚者，庶變風俗。」公曰：「本朝自祖宗以來，未嘗殺一士大夫，史册書之，天下以爲美事。臣願陛下以唐虞三代爲法，漢唐又安足道？」

時武臣梁俊彦請税沙田、蘆場，帝以問公，公對曰：「沙田者，乃江濱作出没之地，水激於東則沙漲于西，水激於西則沙復漲于東。百姓隨沙漲之東西而田焉，是未可以爲常也；而蘆場，則臣未之詳也。且辛巳軍興，❶陛下矜兩淮之民連年苦於鋒鏑，田租並復，至今未征，今沙田乃不勝其擾。」帝曰：「誠如卿言，租之正者尚除之，况沙田乎？」公逮俊彦至中書，切責之曰：「汝言利求進，萬一淮民怨咨，爲國生事，斬汝不足以塞責。」俊彦惶恐汗下。是日，有詔淮東沙田、蘆場並罷。明日，公入見，曰：「蘆場、沙田事，昨已詔行之，今以臣之一言而詔罷之，真所謂『聞一善言，見一善行，沛然若决江河』者。聖德高明，史官書之，可與堯舜禹湯齊驅矣。」

自洪适罷相，公與魏杞同參政事，兩無所私，每議必同。帝一日問公曰：「朕欲用林安宅，如何？」公對曰：「安宅居福唐，臣居興化，實鄰郡，少時同入太學。此人當官，吏事彊敏，惜其褊心不能容物爾。若蒙陛

❶「軍」，原作「宜」，今據《宋史》卷三八四《葉顒傳》改。

下擢置政府，得與協力以事陛下，臣之願也。」帝笑曰：「卿言甚公，甚公。」蓋有以公與安宅不相平上聞者，故有是問。未踰月，安宅果上章論之云：「葉十五官人受宣州富人周良臣錢百萬，得監鎮江府大軍倉。」公上章，乞下吏辨明。帝曰：「非追逮不可。」公曰：「必兩造具備。」是日，除公資政殿學士，提舉臨安府洞霄宫。公拜命，即日出關。帝下公章於大理寺，寺官引嫌辭焉，更下臨安府。

公至嚴陵，制獄移文逮所謂葉十五官人者，乃公之長子元泳，實不在旁，以報逮書。公至合沙，再移文逮葉十四官人，乃公弟之子元潾也。元潾毅然請行，即日就道，親故無不壯之者。公至興化，念元潾以一身二千里就逮，恐仇家包藏禍心，元潾非命，則讒謗無由而白，公乃上章曰：「聖明之朝，事必閱實。然臣私憂過計，竊慮有司觀望，或容心於其間。臣仰惟國家聖祖神宗，用刑欽恤，雖錦工之賤，獄吏之微，亦皆引對，至於婦人李氏兩至殿廷，是以中外無幽枉壅閡之事。❶ 伏望陛下下明詔，獄成之日，先以上聞，賜以睿覽，仍乞依祖宗故事，親加審克，庶刑不冤。」時王炎帥臨安，帝令炎親鞫之。元潾至有司，與周良臣置對，初無秋毫跡。然安宅時同知樞密院，王伯庠爲侍御史，恐喝典獄，必欲文致，人人危之。公章至，帝下之臨安。獄成上聞，帝親覽，御筆書其後曰：「安宅、伯庠風聞失實，事關大臣，並免所居官，安宅仍貶筠州。」時乾道二年八月也。

明日，參知政事魏杞、蔣芾以周良臣具獄進。帝曰：「安宅、伯庠之罷，非止爲葉某一人設也。不如此，

---

❶ 「閡」，疑當作「閼」或「閉」。

後來大臣必有謗以曖昧。」執政請以公知泉州，帝曰：「無罪而去，當召以來。」又明日，詔公詣闕。一時賢士大夫莫不咨嗟嘆息，謂公自徒步至執政，初非勳舊，一罹讒間，人情岌岌，非天子聖明不能直此冤，非公清介不能脱此謗，非元潾廉孝不能果此行。

公上章以疾懇辭召命者再，降詔促召者亦再。既入見，帝問勞加禮，且曰：「卿之清德，自是愈光矣。」公深引咎。退見魏、蔣二公，二公曰：「上自促召參政，意有在矣。參政未至前數日，上嘗曰：『朕近日有二三事快意，中外翕然，皆以爲善。如治臺諫誣大臣，此其一也。』主上聰明果斷，真可謂中興之主。」參語未竟，聞有詔除公知樞密院事。公未拜，有詔鎖學士院，拜公尚書左僕射、同中書門下平章事，兼樞密使。

公入謝，未及言，帝曰：「林安宅向者章疏，朕問之，得之鄭昺。安宅已逐居筠州，❶鄭昺不可不責。」公對曰：「臣遭猶子就逮之時，因思自昔人臣遭誣謗者多矣，類皆吞聲忍辱而已，安得如臣今日辨明若是者？此皆出於陛下獨斷。臣之父子，死而生之，骨而肉之，陛下之恩大矣。大恩未報，務修小怨，實非臣事陛下之本心。」帝曰：「『不念舊惡，怨是用希』，卿有焉。」公又言：「臣識慮淺短，進思盡忠、退思補過之外，惟知薦賢以事君父。」帝曰：「惟賢知賢。」公乃薦汪應辰、王十朋、陳良翰、周操、陳之茂、王佐、芮燁、林光朝等，可備執政、侍從、臺諫、給舍之選，帝納用焉。公又言曰：「自古明君用人，使賢使愚，使姦使盜，寸長不遺，惟去泰甚。」帝曰：「固然。堯有禹、皐，亦有共、驩；周有旦、召，亦有管、蔡，在用與不用。」公曰：「誠如聖諭。

❶ 「逐」，原作「遂」，今據文義改。

臣謂今日在朝者，雖未見有如共、驩、管、蔡，然有竊弄陛下之威福者，臣亦不敢隱。」帝曰：「正欲聞之。」時召鄭聞，既至，見上。公啓擬欲除右史，帝曰：「可。」命未下，而外已傳。同知樞密院陳公俊卿密以語公，公曰：「得之何人？」俊卿曰：「某聞之洪邁，邁聞之龍大淵。」公曰：「某當以公言爲驗。」乃於帝前極論大淵與曾覿竊弄威福：「向也不得其實，今以鄭聞事覿之，實矣。」帝曰：「此朕之僕臣，卿呼至中書切責可也。」公曰：「固陛下僕臣，然二人在東宮事陛下久，從龍扶日，官已高矣。大淵今爲承宣使，乃侍從也，臣安得而呼責之？」帝曰：「朕不憚去此二人，後有事大於此者，當極言之，始終無隱。」公拜謝而退。明日朝退，魏杞獨留。帝先問及二人事，魏對如公言。是日，有詔龍大淵可兩浙東路副都總管，曾覿可福建路副總管。二人既黜，中外相慶，以爲太平盛事。時公爲首相，魏公杞爲次相，蔣公芾參政，陳公俊卿同知樞密院權參政，四人同心輔政，中書之務頓清。

帝以國用未裕，詔謂：「理國之要，裕財爲急。前日二三大臣忽之，至於用度浸廣，漫不加省。夫百姓既足，君孰與不足？量入以爲出，可不念哉？自今宰相可帶制國用使，參政可同知國用事。」公乃言曰：「今日費財，養兵爲甚。藝祖皇帝肇造區宇，東征西伐，兵不過十五萬。建炎以來，外有金虜，内有盜賊，兵數亦不若今日之多。惟多則有冗卒虛籍，無事則費財，有事則不可用。雖曰汰之，旋即招之。以臣之愚，如欲足國用，當嚴於汰、緩於招可也。孔子曰：『節用而愛人。』蓋節用則愛人之政自然行於其間。若欲生財，徒害民爾。」帝曰：「此至言也。」

殿前軍帥王琪恃寵，每於上前妄薦人才。一日，帝謂公胡與可可用，公曰：「陛下何以識之？」帝曰：

「聞之王琪。」公曰：「與可奴事諸宦官，朝士切齒。王琪之職，將也，應薦武臣，何預與可？陛下以此可知其人矣，臣不敢奉詔。」公退而逮與可至政事堂之賓次，令條具本朝故事何人受將臣薦得何官者，與可無以對，踧踖遁去。

大將戚方，剥軍士，結宦官，帝欲窮治，以警其餘。公言曰：「方之罪固不容誅，然有主方者。」帝曰：「陳瑶、李宗回其尤也，治之不可不急。」公又言曰：「久無此舉，雖齊威王烹阿與譽阿者何以異？諸將聞之，誰敢不洗心易慮？」既而御筆：「戚方之家，可没入其財三之二以勞軍。」公又言：「諸將若此者衆，恐人有自疑之心，不若止因有司所白其放散官錢之數籍以勞軍，則邦刑既伸，物情亦安。」明日，帝見公曰：「卿所議戚方事深得體。」帝又曰：「建康劉源亦嘗賂近習，朕欲遣王抃廉其姦。」公曰：「臣恐廉者甚於姦者。」帝乃止。明日，大理寺上陳瑶具獄，其贓爲錢二千萬。帝曰：「此曹爲姦，宜涅爲城旦，屏之遠方。」公奏曰：「凡假陛下威福爲姦者皆然，可盡涅乎？願戒敕使自新。」帝曰：「甚善。」於是有詔陳瑶除籍，笞背免涅，長流循州；李宗回除籍，編置筠州。仍詔免治行賂者，後有行賂者乃必罰毋赦。

帝嘗謂公曰：「朕思祖宗法度，創之甚難，壞之甚易。」公曰：「臣嘗見元祐三年進士第一人李常寧廷試策篇，其首四言云：『天下至大，宗社至重，百年成之而不足，一日壞之而有餘。』當時以爲名言。」帝曰：「誠爲名言。」公曰：「蓋壞者非一日遽能壞也，人主一念慮之間，不以祖宗基業爲意，每事不省，馴致敗壞。如陛下憂勤恭儉，勵精政事，無一念慮之失，古聖用心，不過如此。」帝曰：「朕非獨自警戒而已，又且憂子孫不能守。」公曰：「陛下之言至此，天下之幸，宗社之福。」公言：「治亂在風俗美惡，今風俗猶未美。」帝曰：「如貨賂一事，非不丁寧，尚如此，蓋習俗既成，以爲當然。」公曰：「陛下治陳瑶輩，俗不患不改。」帝曰：「作成人才，亦須歲久。祖宗時作成人才，至仁宗時文武名臣乃出。」公曰：「陛下留意人才如此，亦何患不成？自古何嘗借才於異代？亂世常患無才，至創業之君一起，所用者乃亂世之人才也。且如藝祖所用將相，亦皆五代之人。關機闔開，全在上爾。」帝曰：「甚善。」

公每除吏，帝必曲加咨訪。公嘗啓除王秬左司郎官、胡元質右司，帝曰：「胡元質佳，王秬曉事否？」公曰：「秬極有才。」吴澧詣中書求爲無錫縣，帝問澧何如人，公曰：「澧有幹才。」公退朝，與諸公言上求治核才如此，無不聳懼。

公於進賢退不肖，惟知任怨，不示私恩。每退朝見所親，語不及朝廷事，有關獻納，必削其藁。雖當國之日淺，而公道開達，請謁不行。王秬謂公平章萬務，無一事私喜怒者。一日，有官吏數輩會于逆旅，因語某人某事或可以經營，某人某除或可以賂得者。一人笑曰：「非不料理，惟葉公不可欺耳。」

歲在丁亥，日南至，帝親郊而雷。公以首相，引漢故事上印綬。帝三留之不可，以左正奉大夫提舉江州太平興國宫。公歸至富沙，聞季弟之訃，哀痛不已，遂溪行，戒操舟者速行，期以某日抵廣化寺，蓋公所寓也。既至，親戚咸在。明日，欲歸先廬，是夕觴客，酒三行。公秉燭作書札，丙夜乃寢，忽覺云：「我頭足俱冷。」取某藥未至而薨，享年六十有八，❶以觀文殿學士致仕。訃聞，帝追悼久之，贈特進。

❶「享」，原作「亨」，今據文義改。

公之師友林師説、高登，蚤相慕用。高嘗上書譏切秦檜，檜名捕甚急，公與同邸，擿令逸去。高曰：「不爲公累乎？」公曰：「以此獲罪，幸甚。」公即爲具一舟，舟移公乃去。

公爲人簡易，然望之肅然有不可犯，即之温如也。每以接物後進成人才爲己任。處州麗水知縣薛良朋，常州掾曹陳舉善、主簿單夔，公最許可。後良朋爲吏部侍郎，舉善爲殿中侍御史，夔爲户部侍郎。故舊有以公爲善風鑑，公曰：「吾豈爲此？觀其言行知之耳。」

公舊在富沙時，同年進士林宋弼同官厚善，約迭爲姻。林死，家貧子幼。公仕浸顯，先以女嫁其子，又命之以官，後以其子娶其女云。

夫人陳氏，累贈齊國夫人。子二人：元泳，終官朝奉郎、通判福州；元浚，終官宣教郎、簽判惠州。女四人：適儒林郎、新汀州軍事判官林夏，朝奉郎、江南西路提點刑獄公事姚宗之，朝請大夫、京南西路轉運判官方崧卿，文林郎、新建寧軍節度推官林澧。孫三人：棠，承奉郎；㞬，承務郎；圭，將仕郎。女孫三人：長適將仕郎姚寀，次適迪功郎、廣州番禺縣尉方信孺，次幼。陳夫人先公九年卒，葬于縣之仁德里偉隔山。公以庚寅正月九日葬于善化里烏石大旗山之原。

公自初仕至宰相，服食僮妾，不改其舊；先廬隘甚，不益一椽；先疇極薄，不增一畝。工部侍郎林公光朝以詩哭之云：「傳家惟儉德，無地着樓臺。」人以爲實録。公之官至少保，以長子元泳累贈也。

公葬後二十有八年，元潾叙公之言行，以書抵万里曰：「元潾先伯父應諡，不可不請，非行狀何以請？願先生哀而書之。」万里嘗一識公於丞相府，又與元潾同官于曲江，每敬公之清德，且奇元潾之壯節，則紀于右方。慶元三年閏六月日，具位楊万里狀。

奉議郎臨川知縣劉君行狀

本貫吉州安福縣。

曾祖貫，故不仕。

祖京，故不仕。

父遇，贈承事郎。

君諱德禮，字敬叔，一字子深，冑出晉安城太守遐。八世祖德言仕南唐，歸朝爲水部員外郎、知制誥。君幼警敏，父遇爲鄉先生，授徒數十百人，程其業，君必爲之冠。父累舉不第，試春官，没於中都，君徒步護喪歸葬。母老家貧，復以授徒爲生。再舉於禮部，一爲首送。

淳熙二年第進士，調常德府司户參軍。事迎縷解，外臺及府中煩使必付。有媢其能者，欲窮之，諷府曰：「胥與民爲市，賦租簿書，罅漏千萬，將欲簡稽，非劉掾不可。」府以付君，文書山則。大抵今年爲户者一，明年析而十之；今年爲户者甲，明年貤而乙之。五年之後，不可勝究。君不三日，悉與復初，即白之府曰：「州家此意，將欲逋租有歸，良民亡害乎？抑欲以法從事，以威取贏乎？謂宜期以十旬，許民自列，可不可也？」太守趙公彦操喜曰：「仁人之言也。」即行之。時臨川吴仲權丞龍陽，與君文詞炳蔚相輝，名動荊楚，稱爲「二妙」。部刺史江公溥、吴公燠、吴公飛英、汪公作礪，皆一見而器之。

秩滿，用薦者陞從事郎，授賀州教授。丁母太安人憂，終喪造朝，有詔求言，君慨然陳時政十事，其一謂：「古人之有志事功者，其君臣上下議論詳密，而制度紀綱攷之而無間，夫是以所爲而成也。藝祖嘗歎息於『乾德』紀年之失，易以『開寶』。是時草創，尚未足多罪。鄉者虜之熙宗蓋曰『思陵』，我高宗居正體元，中華之正統，而襲用虜人陵名也，可乎？」事下中書，時宰怒，不復改議。

授涪州教授。夔帥單公夔、趙公雄、劉公光祖，漕使張公徹、馮公震武始至，皆具書禮招至夔，茹以先務，至則必入幕爲上客。如損益鹽法及外銓擬官法，皆君建明，至今用之。單、馮二公嘗露章薦于朝。今丞相京公制置四川，倡帥漕同薦，時京公猶未識君也。

改宣教郎，得邑撫之臨川，轉奉議郎。邑名爲江右之劇，視事之初，鉆箚一日五百紙。君時摘一二讕辭者，徐詰以理，訟者噤不得對，一邑傳以爲神，不旬時獄訟頓清。暇則與學子討古賦詩，沛然如閑居。歲饑，富民藴年，飢民趨讙，盜發其廩。尉倖賞，一日獲十八人，且具獄。君一問得其情，謂尉曰：「非盜也。」尉擿富者訟之郡，郡方移鞫，而它所獲真盜，乃釋之。常平使者初議振貸，君歎曰：「富民聞此必遏糴，是振之者，飢之也。」屏吏議，一以誠意勸分，得粟數萬石，民受實惠。

臨川近郊無曠土，官有叢塚之圃曰「漏澤」者甚隘，凡小民之死者無所於葬。常平使者居之以屋，歲終則以浮屠法火之。君爲買地數十畝，且給以田，命浮屠掌之。鄉正繇役紛争，吏得以賣。君曰：「有賦斯有繇，不在此，必在彼。民之争，吏之喜也。」每一鄉有踐更者，則書其次十人下之，俾族議其當爲者來上，其争遂息。姦民有曰「十虎」者，持官吏短長，聚空舍，醵金錢爲訟費。君盡取寘于法，毁其廬，豪猾遠屏。

君持身有嚴，奉法唯謹，受俸必問令甲，非令甲而曰例者辭之。家人子數百指，蔬食終日，皆無愠見。苞苴不入其門，親舊之饋必報。江西帥張公杓、漕使趙公不迂、太守曾公楷，❶或以文，或以政，或以廉，力薦之。予亦薦以「文辭典麗，宜備著述之科」。單公夔來帥江西，復帥諸司上其治最，下中書書其姓名。丞相京公偰其秩滿將擢而用之，更未盡六十日，而君屬疾以没，聞者歎息，實慶元五年五月也，得年五十有五。

君於學博極而長於《周官》，於文清新而精於四六，有文集二十卷。娶王氏，祁陽丞化基之女。再娶彭氏，廣東運判漢老之女。子男二人：子漸、子泰，皆進士。女二人：長適崇仁主簿孫鑰而卒，次未嫁。其孤糈巫咸，灼僂句，諏堋日暨窆地，歲得上章涒灘，月得娵訾，日得合璧，邑曰廬陵，鄉曰高澤，原曰太湖云。將辟，君之弟德性述君之言行謁予狀之。予與君游久且厚，則哭而論次焉。年月日，具位楊某謹狀。

朝奉大夫知永州張公行狀

本貫亳州譙縣。

曾祖言，敕賜亳州助教。

祖宰，贈右中散大夫。

父允蹈，朝請大夫直秘閣致仕，累贈通奉大夫。

---

❶「迂」，原作「迀」，今據本書卷一〇五《答本路趙不迂運使》改。

公諱奭，字叔保。建炎南渡，直閣挈其族自亳徙家廬陵。公自幼警敏已如成人，既長，以文學名，下筆有驚人語。樞密王公庶器之，歸以孫女。時直閣猝猝僑居，生理草創，有田薄少，而季父永春主簿諱某繼至。直閣念其貧，公請盡以田遜之，而以其私室王氏之槖中裝傾倒以奉其父母兄弟。迺立屋廬，迺實倉箱，以廪族親，以燕朋友，中表咸喜。

紹興庚午，薦名禮部。乾道六年，以門子補將仕郎。中吏部銓，授迪功郎、賀州臨賀縣主簿。丁父憂。淳熙元年，循從事郎，監隆興府豐城縣户部贍軍酒庫。酎金增羨，諸部使者才之，命攝承分寧宰，又移隆興府決曹掾，皆以最聞。

豫章自建炎兵餘，民多死徙，賦租罅漏，貧富倒植，公私俱病。公白府，請檢校冒耕之田而實其主名，有田此有人，有人此有賦。府以武寧、新建之二邑命公檢校之，朞月得實以報。府下其法於諸邑，郡賦始均，邦民始有生意，十邑繪公像而祠之。武寧縣令文岡，爲豪民條其罪三十，誣訟之於朝，事下江西常平使者鄭公僑。鄭檄公廉問，公爲直之。岡致餽謝，公怒却之，遂與之絶。

諸部使者交章論薦，授衡州耒陽縣丞，循儒林郎。諸部使者招公爲衡州決曹掾，時刑獄使者嚴急，典獄者惟其風旨。公奉法持平，無所左右。每獄成，必齋戒乃上具獄。有不可，争之必力，詞勁而氣平。

有人士董其姓者，於他獄已承殺人之罪，録囚之官問之，不承，又以付公，公一問知其無辜。是時郡中將試進士，公請立賞捕正犯者，而聽其就試。憲使怒，公請不已，從之。既揭榜，董爲待補太學弟子員第一，而實殺人者亦就禽。

有卜者寓衡陽，因病目眚，同行者以藥點其瞳子，乃漆也，遂盲，因竊其妻以遁。盲者疑其僕之亂其妻而殺之也，執而訴之官。其僕不勝考掠，遂誣服。詰其屍，則曰投之水矣。邑上之州，州以付公，公再三審詰，囚無異辭。公獨疑曰：「殺人而奪之妻者，古有之矣。殺妻而存其人，未之有也。」公以白郡守，守曰：「寧有是哉？就令有之，邑令不坐失入？無之，公不坐失出乎？」公曰：「二事細故耳。憲使雖嚴，可以理解。以非罪殺人，某所不敢也。」明日白之憲使，果曰：「公治獄好爲異。」公固争曰：「其人未論決，猶可以俟真盜也。已論決而真盜出，則如之何？」未幾，其妻與爲亂者自相訴於武昌，移文至，舉郡驚異。

秩滿，用舉主十三員改宣教郎，知袁州萍鄉縣，轉通直郎。吏民交通，持官短長，舊令煩苛。公用寬大，闢庠序，廣生員，朞年舊俗盡革。一夕霖雨，江水驟漲。夜半，居民水將及簷。公秉燭集吏，呼船具餉，且食且載。令曰：「活一人者賞若干。」遲明勞問，無一人溺死者，父老至今德之。富民有柳時習者，以族人某無後而立子，欲以其子後之而有其貲，訟二十年不決。郡以屬公，公立談而決，皆以爲神。萍鄉，湖廣道所出，士夫落南有死生不能歸者，公送迎賙助，皆得平達，前後數十百云。

轉奉議郎，覃恩轉承議郎，錫服朱銀，除通判隆興軍府事。紹熙五年至隆興，以考績及覃恩，三轉至朝請郎。時趙公鞏、蔡公戡相繼帥豫章，事無大小，一以屬公。帥每閲文書，公未書名，則吏不得以進。

秩滿，諸郡使者以最聞，除知永州，轉朝奉大夫。湘南名郡，舊稱甲永乙邵，公至則帑庾赤立，是歲復蝗，捐瘠載路。公節浮費，糴鄰郡，控于諸部使者，得粟十萬石，博諭勸分，活飢民九萬有奇。封公帑，塵厨傳，觴酒豆肉、一錢粒米必靳也。有以客主禮望公者，有讟語謂永之荒政有實費無實惠。常平使者李公楫聞而疑焉，陰遣人微司之，又行部往省之。饑民所廩，其籍無浮；常平所儲，其粟無縮。媿且歎曰：「吾爲不知賢矣。」乃同今漕使陳公研俱薦公於朝。少傅丞相益國周公以書賀之曰：「過客責備，動輒興譏，若非庾公親往觀風，豈能知治行第一、氓謡藹著也？」嗣歲大稔，公封公帑如初，永之富復甲湘南云。

更未盡一月，嬰微疾，州民徧走群望以祈。既篤，命諸子曰：「我死，棺斂與道里費皆勿煩官，禄之未給者皆勿請。千萬致意周、楊二公，乞銘與行狀，我無憾矣。」言訖而終，實六年九月五日也，享年七十四。州民哭之，如哭所親。

公爲吏寬嚴得中，材力敏濟，惟劇惟難，彌出彌裕。其仕差晚，明習練達，韞之之充，發之之審，而施之不究，爲國愛才者惜之。歸路由萍鄉，空邑越數十里，而迎哭皆失聲，明日又哭送。

公爲文簡嚴精粹而不願人知，中書舍人林公光朝與著作郎劉公夙嘗相與歎曰：「張叔保佳士也，恨不盡見其文，然牋記中亦可見其一斑矣。」

夫人王氏，封宜人，先公九年卒。男五人：履、賁、隨、臨、觀。履，迪功郎、新辰州叙浦縣主簿；賁，當以公之遺澤蔭補。孫男七人：長孫、仲孫、晉孫、季孫、衛孫、同孫、永孫。女六人。履與其弟護公喪返柩于家，將以是年十二月丙午葬公于高澤鄉永和鎮新莊宜人墓之左方。万里與公同生丁未，而公爲長。又同鄉舉於紹興庚午，且相好。公又以行狀命万里，其忍不奉教？慶元六年十二月二十日，具位楊某謹狀。

中散大夫廣西轉運判官贈直秘閣彭公行狀

本貫吉州廬陵縣。

曾祖士忠，故贈朝請郎。

祖衍，故左朝奉郎，累贈正議大夫。

父合，故右朝請大夫、尚書户部郎中，總領湖廣、江西、京西路財賦，累贈特進。

公諱漢老，字季皓。其先金陵人，五世祖避地廬陵，因家焉。

公幼長於詩，紹興季年以門子補官。桂帥李公如岡器之，辟宜州思立縣主簿，以廉介受知漕使余公良弼、鄧公酢，薦于朝。

三歲，丁父憂。隆興甲申，服除，循修職郎，監潭州南嶽廟，調沅州司理參軍。一囚以剽掠繫獄，指病如股。公白之守，卒從寬。比部使者以寬厚、勤敏、廉正薦者凡十有三。

循從政郎，改宣教郎，知常德府武陵縣，轉通直郎。邑有官池數十頃，大將邵宏淵乾没其利而不輸租，有馬從事冒占民田百畝，公皆復之。

轉奉議郎。有二甿訟田，公諭以比鄰友助，二人感悟，遜畔。有武臣祝其姓者，掠仕族女爲婢，公分俸嫁之。帥臣尹公機、憲使辛公棄疾以其事上聞，詔下中書書于籍。

授江西提刑司幹辦公事，轉承議郎，又轉朝奉郎。贛水暴漲，浮梁蕩逸，西昌甿有藏舟者。事覺，憲使攝州事，怒甚。盱致白金以請，公卻之，而隱爲開釋。屬郡有武臣翟其姓者，秩滿，以事苛留，公爲解之。翟德之，餉新茗二小缶。公發之，黄金也，公笑而歸之。

贛守丞相留公率二憲薦于朝，錫服朱銀，授湖廣總領所幹辦公事。武昌屯兵數萬，仰給六路之餉，而漕運多後期，且折閲，士夫坐頌繫者衆。公言之於總餉使者曰：「折閲之敝非一，或州郡朘其道理之費，或乙買之甲者之手，或胥史賕謝，或舟人侵牟。兼是四者，官賦焉得而不負？四敝革則無折閲矣。」於是繫者釋。

轉朝散郎。總使蔡公戡、趙公彦逾以器能薦，而公欲自適，力請爲祠官，授主管成都府玉局觀。東歸，道由劍城，故舊有死而未葬者，公分橐中裝佐其襄事。

轉朝請郎，又以太上龍飛，恩轉朝奉大夫，授知均州，主管管内安撫司公事。訓詞曰：「材術疏通，分命汝宜。」賜對選德，公從容論奏三事，曰：「補諸軍尺籍之缺員，核諸郡寄積之外府，嚴楮券增損之禁令。」上一再稱善。未幾，有詔覈軍實，審寄樁，重楮券。

轉朝散大夫。將至郡，漕使萬公鍾語連率今少保吴公琚曰：「武當得人矣。」先是，守臣數易，帑庾屢空。公曰：「天下豈有不可爲之郡？」於是興學校，請博士，而士知學；釋逋負，寬賦役，而民蒙福；捐俸以棺斂，而藁葬之俗易；闢囿以居丘墓，而棄死之憾除。

桐柏山有寇，鄰者號「寇先生」，居南垂北際之間，有衆數萬，爲夏裔憂。公移文諭以禍福，撫以恩意，三歲不敢動。暇則登覽山川，密察形勢，乃請增戍兵以控要害，修器械以壯武衛，豐歲計之儲，足常平之本。

疏奏，有詔下戍卒、戎器二事於所部。

一日，覘者白有降虜二人。公飭邊吏，令毋涉吾地。武當麥賤，官吏販鬻，斛易白金一兩。公下令曰：「犯者必劾。」貪風頓革。故事，吏俸以茶楮代緡錢之半，復損其半緡錢之陌，守獨不然。公以身先之，僚屬歌舞。士夫仕蜀東歸，舟過吾境，疾者藥，死者葬，孤者廪。

轉朝請大夫。襄帥尚書張公杓、漕使朱公晞顔交章薦進，且以書白宰相曰：「彭某治郡先慈惠，固圉務安静。」

今上登極，轉奉直大夫。明年詣闕，有詔賜對。公奏二事，其一請增均州之戍兵而精其器械，其二請赦邊郡之逃卒而許其還籍，上首肯。

授知常德府澧、辰、沅、靖州兵馬盗賊公事，封廬陵縣開國男，食邑三百户。訓詞有曰：「爾公清可以臨民，惠和足以綏遠。」

轉朝議大夫。外臺鄰郡有餽觴豆之貲者，緡錢月計二十萬，公别貯之。一日詣學官，顧眂墻屋傾橈，乃僝工斂材，取具于此。有嫠畢者，裔出文簡，老矣而二女未嫁，又以其餘爲之歸裝，後皆有歸，士君子頌歎焉。暇日披職方圖記，見武陵兵籍昔三千人，今僅十一，請增至五百人，上俞其請。於是室廬戈甲，焕然一新，軍勢整肅，冠於旁郡。

有詔減磨勘二年。有挾貴覓舉者，公不答。時苦水潦，穀價倍蓰，細民艱食，而常平使者往攝荆帥。公曰：「事亟矣。」遽發廪數千，不暇白。使者聞之，曰：「謂後世無汲直可乎？」總領趙公不迹、倉使梁公季珌、漕使鄭公槖上其治行。

轉中散大夫，除廣東轉運判官。公入境，諸臺饋賮，秋毫必辭。改除廣西轉運判官。公曰：「足未履臺治而復易節，上恩至厚，其何以報？」乃摭屬部士夫之賢且才者如曲江守曾愨、主管文字王久大、淮泉屬鄭應中薦于朝，曰：「是亦報國之一也。」

既解組，舟行至端溪，意忽忽若小劇者，急呼其子某曰：「爲我上章納禄。」因小憩，夢覺而逝，寔慶元庚申二月九日也。後兩月，除直秘閣致仕。訓詞曰：「制行無虧，居官可紀。以疾而休，朕固深惜。」

母武陵郡夫人黄氏，天性孝友。初，二女弟嫠居，公撫育獨厚，仕必偕行，且必令歸士大夫。後其一適從政郎、隆興府豐城縣丞李充，其一適文林郎、贛州觀察推官朱光祖，其憂乃解。族親有昏姻過期未畢，鄉鄰有祖父之喪久不能舉者，公皆出力經紀之。

娶曾氏，系出南豐，前福建漕使孜之從孫，先公十年卒，封贈至令人。子男四人：堯俞，先令人十有七年卒；去疾，文林郎、前監廣州市舶庫，嘗與計偕；去泰，迪功郎、前静江府司户參軍；去非，以公致仕恩當補通仕郎。女三人：長適通直郎、新知隆興府武寧縣歐陽俣，次適故奉議郎、知撫州臨川縣劉德禮，季未嫁而卒。孫男六人：舜牧、舜元、舜愷、舜申、舜欽、舜庸。女八人：長適故儒林郎、新鄂州州學教授趙師共，餘未嫁。

諸孤護公柩以歸，將以某年某月某日葬于某所。去疾來謁予，請狀公之行，以乞銘於丞相益國周公，則敬諾而書之。嘉泰元年月日，具位楊某謹狀。

朝請大夫將作少監趙公行狀

曾祖承錫，潁川郡王。

祖克家，崇信軍節度使，安康郡王。❶

考叔贊，通議大夫。

公諱像之，字民則，秦悼王之六世孫也，今居高安。穉齒嗜學，至忘寢饋，痛掃綺襦，鑽礪螢雪。年未冠，洞視經訓，貫綜太史公、班固書，屬文立成，風踔川達。小試郡博士館下，每蹵寒士于下風而立其上。與其仲氏儼同登紹興十八年之乙科，年二十有一，爲宗子第三人。

授修職郎、撫州司户參軍。有異縣令以苛政免者，部使者下二尺木書詭它官攝之，皆移疾不行。諸公合議，差擇命公，公不辭。於是用仁滌苛，用廉鏟汙，佳政惠化，滂被四達，民譽雷出。

諸公薦之，陞從事郎、郴州軍事判官。溪傜出掠，漢民靡寧，部使者檄郡丞往尉安之，懼不敢往。公請代行，丞感泣。公單車罙入蠻巢，召其酋長，諭以朝廷德意，即日聽命。

三十一年，逆亮寇邊，王師征之，朝廷下虎符發諸郡材官。郴兵不滿三百，不發則違詔，發之則郡無備。公爲太守草奏，請勿發。免符下，州民守譙門呼舞爲賀且謝，守曰：「此趙判官草奏力也。」

---

❶「康」下，原衍「王」字，今據文義刪。按：《宋史》卷二三六《宋室世系表》：「安康郡公克家。」

它日，有詔賚中外諸軍餐錢而無其數，郡欲請而俟報，士譁于庭，守懼不出。公往叱之曰：「而輩人不過得數十百錢爾，今欲何爲？」遂白守，用郊賚故事畀之。衆定，公陰求其倡者，白守先誅之，而後自列于朝。

有詔下郡國繕甲。郴，小州也，而其數視潭府，官吏莫知所措。公曰：「此易辦爾。」先是，境内有官軍禽盜既去而棄其甲者，居民或臧去之，公令求之以應焉。

再轉潭之攸縣令。宜章縣兵李金，倡蠻數千人起爲盜，張甚，聲震湖廣。孝宗皇帝特命中書舍人劉公珙帥長沙，詭以平賊。劉公入境，公與縣令御之境上。劉公以公知名士也，送客獨留，諏以平賊之策，且問郴城堅瑕之狀。公曰：「城小而堅，然不可守。」曰：「既堅，曷不可守？」公曰：「城中有三井爾，受圍五日，不待戰死已渴死矣。」曰：「爲之奈何？」公曰：「此賊非湖南材官所能了也，非鄂渚羽林不可。」劉公遂用公言以聞，朝廷遣一將谷青者來，賊即伏誅。

劉公首薦以改秩，且請擢以不次之位。後帥張公孝祥至，得公牋記，手之不釋，以示幕下士曰：「吾當薦士，無出趙令右者矣。」即剡薦書，且招公入府爲十日飲。時侍講張公栻與侍講朱公熹相與講習，皆與公遊，文名詩聲，焯于朝野。

改左宣教郎，知鄂之蒲圻縣。會諸道大侵，流殍相望。蒲圻邈在湖山之外，地荒民貧。公勞來安集，振貸有方，境内安業，旱不爲灾。部使者及太守交章上其最，詔與中外陞擢之職。

除知漢陽軍。見上辭行，時孝宗方鋭意恢復，公進言曰：「鷙鳥之擊，必匿其形。舉大計而使敵人有備我之心，非策也。願陛下晦其强以驕其心，使不我備；修政刑，廣儲積，礪兵甲，選將帥，觀釁而動，待機而發，使如雷霆不及掩耳。」又言：「召見多士，許其盡言，此盛德事也。然人懷希合之心，好立新奇之論，聞之若可喜，行之則無實，願審於聽言而謹於出令。」上皆稱善。

鄂之一軍，其舟師蒙衝，視諸營屯獨雄且精，每歲夏潦孔殷，則檥于鄂之西浦；霜降水落，則檥于漢陽之劉洲，明年復如初。歲中在鄂者四閱月，在漢陽者八閱月，而守舟者不滿百人。公之未至，一夕火延其涯，焚其四艘。公至，訪其利病有五，亟言于朝，請移一軍隨舟次舍。事下軍帥，帥未嘗以火事聞，怒公發之，竟格不行。沔之與鄂，相望于大江之南北。故事，沔守未嘗踰境至鄂。比十年間，始有諂事諸部使者而越江者，其始曰「慶朔望」，其後曰「受約束」，遂旦旦而往。公至之初，典謁以近比白，公曰：「先是有不往者否？」曰：「無之。」公爲書與諸公曰：「守臣出境，非令甲也。」因不復往。諸公間有以公爲傲者，來索錢穀簿書，冥搜出入，以求公罪。見民無横斂，官無罅漏，吏俸兵食，給無虚月，而公之俸不自與者餘一歲，於是敬歎。諸公復表其治狀，公因上章極言守臣渡江之弊，孝宗大喜曰：「所未聞也。」有詔繼今敢有謁與受者，抵罪惟均。

改守全州。丁通議公憂，服除，貧甚，有房州别駕虚位，公欣然詣曹受署。房陵與公所居相距三千里，公留孥以侍母太碩人宋而匹馬之官。守缺，兼行府事，勤恤遠民，專務惠養。境内告旱，公精意雩禜，不崇朝而雨，民皆欣然曰：「此趙公雨也。」

丁太碩人憂，服除，將造朝。一日，孝宗御垂拱殿，見文武俊乂盈庭，天顔有喜，因問班綴中屬籍在列者若干人，則曰無之。於是愀然不怡，即詔侍從舉宗室文學政事可爲中外之用者各二人。吏部尚書蕭公燧首以公應書，除知郢州。公見孝宗，論事剴切，上喜曰：「觀卿議論非苟合者，郢非所以處卿，卿當爲朕卿士。」即日除軍器少監，朝士相慶，以爲得賢。同年進士官于中朝者七人。一日，有陳郎中之喪，七人致奠，其一人參政蕭公燧也。蕭公以祭文屬公爲之，其文一日傳都下云。

在列未滿歲，白丞相匄補外。丞相以聞，上留之不可，乃除湖南常平使者。辭行，上首問公曰：「何求去之力？」又曰：「湖南去朝廷遠甚，一路部使者之寄非輕，卿宜廣儲積以備旱，戢鹺茗之私鬻。」公對曰：「儲積一事，臣敢不欽承天子休命。地非近鹽，惟産茗，然戢之亦當以漸。急則激之使亂矣。」上喜曰：「卿言是也。」朝士惜其去，置酒飲餞，踰月公不得行，又皆賦詩以詠歌其退勇守堅之節。所部利病，公至之日亟罷行之。歲適小歉，公與連帥潘公時講求荒政，發廩移粟，民不流徙。

移江東常平使者。未上，改西外知宗。宗司有學，有教授官，然有夫子廟而無祀事，宗盟子弟無所觀禮，春秋上丁附拜于郡庠。公進諸生講學政之未周密者，首諗之曰：「學奉先聖而不祀，可乎？」或曰：「禮器未具。」公計費召匠，製冕弁，繪藻火，斲俎豆，冶尊爵，列磬管，潔秬鬯，卜牲牷。明年，服器既成，先期躬率諸生致齋直廬。夜漏未盡十刻，公夙興，盛服將事，陟降、拜起、沃盥、奠座，禮文於粲，盛於一時云。

未幾，即拜福建路提點刑獄公事。建臺之始，風采一新。浦城縣獄有以平民爲大辟者，其人誣伏，具獄來上。公平反之，劾其令，免所居官，一路讋服。又劾帥屬王次春於遏密中呼營妓歌舞飲酒。其人甚口，人皆爲公危之，公不顧也，竟墮其語穽而去。

未幾，請爲祠官。丞相京公鏜遺公書曰：「官有似祠官而禄差豐者，帥司參議官是也，公肯俯而就乎？」乃俾食江西添差參議之禄，以便其里居之適焉。

公少無宦情，年未三十即治別墅，號曰「南疇」。花木成列，松竹造天，皆手植也。一觴一詠，左琴右書，飄然有違世之想。不治生業，老而益貧。有問者，公曰：「居閑食不足，從事力難任，吾故未能以此而易彼也。」

嘉泰二年四月二十三日，以疾終于正寢，官至朝請大夫，賜紫金魚袋，享年七十有五。配任氏，太平州通判望之女也，封宜人，先一月卒，年七十。子四人：公掄，迪功郎、贛州左司理參軍；公括，迪功郎、吉州司户參軍；公哲，將仕郎；幼未名。女四人：長適從政郎向士充，先公而亡；次適儒林郎王堿；次適進士某；次未嫁。孫男二人：長彦沄，次未名。孫女二人，並幼。

公性淵静，不見澄撓，遇物傾豁，洞見表裏。然剛而不襮，介而不崖，雖貴介公子，而臞然退然若寒畯焉。故其爲詩平淡簡遠，如清泉白石、蒼松翠竹，初無鈎章棘句之苦心，而有絶塵拔俗之逸韻。其文尤長於論事，上前敷奏，坦明練達，灼然可行，孝宗恨見之晚。方登進而浩然去之，使上有用不盡之歎，天下賢之，士大夫惜之云。

諸孤得卜，以是歲十一月八日葬公于高安縣來賢鄉雲居山中主岡之原，以宜人祔焉。將辟，公括移書且録公之言行來請行狀。公，某之鄉舉明有司也，狀之爲宜。門人通議大夫、寶文閣待制致仕、吉水縣開國伯、食邑七百户楊万里謹狀。

誠齋集卷第一百二十

盧陵楊万里廷秀

碑

宋故左丞相節度使雍國公贈太師謚忠肅虞公神道碑

自昔立國者不幸當强虎狼之敵，非得天下之大勢，國未易立也。大勢一得，則萬億年之基可定於一日。不然，百戰萬舉，何益於成敗之數？是故吴以赤壁，晉以淝水，吾宋以牛渚，皆以一日之大勢定基而立國者。然赤壁、淝水之役，乘其方鋭之初，君子以爲易；牛渚之役，振於婁敗之後，君子以爲難。客有問者曰：「事難而功反易，何也？」曰：「我高宗皇帝知人如堯，善任使如漢高祖而已。」「其人受任使者爲誰？」曰：「丞相虞公。」「公有勇力乎？」曰：「否。公，儒者也。公非賁育，公焉得力？」「公有機數乎？」曰：「否。公，德人也。公非孫吴，公焉得數？」「然則曷濟登兹？」曰：「忠誠而已。方諸將皆遁，而我師大潰，公身先冒死，以激怯懦，不以忠乎？方虜酋遺吾元帥書以行□間，❶公昌言其詐，以安危疑，不以誠乎？夫大忠可

❶「□」，四部叢刊本作「慝」。

以貫日月，何人不感？至誠可以動金石，何人不懷？感一而萬從，懷一而萬順，惟吾所嚮，何敵不克，何難不濟，何功不成哉！故曰公之成功，忠誠而已。」客曰：「足矣。然君子以謂堯之知人猶失之鯀，漢祖之善任使猶失之綰與濞，今我高宗一舉而得公，公一戰而定國，故公之功難於周公瑾、謝幼度，而高宗之聖賢於堯與漢祖遠矣。嗚呼，盛哉！嗚呼，盛哉！」

公諱允文，字彬父，隆州人也。系出周虞仲，在六國曰卿，在唐曰世南。世南七世曰殷，守仁壽郡，即隆州也，因家焉。曾祖昭白，祖軒，父祺，皆贈太師，周、魏、秦國公。秦公仕至左中奉大夫、德陽縣男、潼川府路轉運判官。初，秦公未有子，禱于梓潼神。是夕夢入一官府，見一大官衮冕迎秦公，執客主禮甚敬。主人忽指其側一人介冑而立者曰：「此爲而子。」秦國夫人娠，公將生，户外有異光云。六歲，暗誦六經。十歲，賦詩有驚人語，諸老知其遠器。未冠，屬文有能名。初不欲以門子進，秦公曰：「汝薄吾澤耶？」公乃拜命。鎖廳試，凡四薦名，至紹興二十四年第進士，竟如志。

初仕，監成都府榷茶司賣引所，又監雅州名山縣茶場，權四川都大提舉茶馬司幹辦公事，四川總領所辟差幹辦行在分差户部糧料院。既登第，轉左奉議郎，通判彭州。未赴，制置司檄權黎州，改知渠州。召除祕書丞，兼兵部員外郎，兼實録院檢討官，兼國史院編修官。除吏部員外郎，兼權樞密院檢詳，又兼檢正，又兼右司員外郎。除起居舍人，兼權中書舍人。假工部尚書使虜，歸除中書舍人，兼直學士院，兼侍講，爲江淮督視府參謀軍事，拜兵部尚書、川陝宣諭使。孝宗即位，徙知夔州。未上，召除敷文閣學士，知太平州。改兵部尚書，兼湖北京西宣諭使，就陞制置使。改顯謨閣學士，知平江府，徙知潼川府。未上，再知平江府。

召拜端明殿學士、同簽書樞密院事，改參知政事，兼同知樞密院事。未幾，以端明殿學士提舉江州太平興國宫。召拜知樞密院事，又以知樞密院事爲四川宣撫使。召拜樞密使，進尚書右僕射、同中書門下平章事，兼樞密使，兼制國用使，濟國公。遷左丞相，兼樞密使，華國公。終少保、武安軍節度使、四川宣撫使、雍國公，以少傅致仕。薨，贈少師，又贈太傅，謚忠肅。今上慶元元年贈太師。

公在茶馬司，使長賈思誠議增茗課，公力諫不從，謁告引去。公在渠州，地埆民窶，而常賦之外又行加斂，流江一邑尤甚。公亟除之，然後上聞，歲減緡錢六萬五千有奇，遠民呼舞。考試類省，所得多知名士。宰臣沈該薦公於高宗，召見，公獻言謂：「君道有三：曰畏天，曰安民，曰法祖宗。」時論韙之。顯仁后崩，百官入臨皆吉服，公獨變服。有非之者，公不改，俄詔百官易服。公在西掖，秦檜妻王贈希妙先生，富民金鼐以奴事檜而累官至閤門宣贊舍人，給使元君實以結宦官而超除樞密副承旨，公皆封還詔書。吏部侍郎汪應辰出知衢州，公請留之。時諸軍帥皆以宦官充承受，公奏罷之。

紹興季年，和戎既久，虜情叵測，而朝廷翫愒，晏然無虞。公因見上，力陳虜必渝盟，寇來之道有五：曰川陜，曰荆襄，曰淮東，彼必不出於此，必以正兵出淮西，奇兵出海道，宜爲之備。時上方在顯仁諒闇，太息深以爲然。未幾，公使虜，館公者與公賓射，公一發破的，君臣驚異。公見虜中猝猝，輓芻粟，肄舟師，歸見上，再申前言，請備之。上繼使徐度使虜，還，言虜無變意。三十一年五月，虜使來賀天申聖節，因索將相大臣，割兩淮地，上始悟公前言，乃以劉錡爲淮東制置使、京畿河北等路招討使，軍于建康，王權與錡姪汜副之。

九月，虜以重兵出淮東，劉錡禦之。元顏亮自將大軍，自壽春渡淮入寇，衆號百萬，王權禦之。既而二將望風遁還，而權以僞退誘虜爲辭。公料權必渡江南奔，白執政，執政未信。十月丁巳，諜報權果渡江，中外大震。上避殿減膳，面諭宰臣，議散百官，浮海避狄。宰臣陳康伯曰：「不可。」於是上始聞公料權必敗語，謂公知兵，心倚重焉。急召李顯忠爲淮西大將，命知樞密院葉義問督視江淮諸軍事，以公爲參謀，洪邁、馮方俱入幕府。庚申，公辭行，上曰：「卿詞臣，不當遣，以卿洞達軍事，姑爲朕行。」公泣謝曰：「主憂臣辱，臣願盡死力。」辛酉，公出脩門，聞王權盡失淮西，劉錡盡失淮東，錡亦託疾過江。戊辰，公至京口，見錡，問兵敗狀，錡抵讕曰：「兵，凶器，聖人不得已而用。」公曰：「虜席卷兩淮，直窺江表，今日用兵爲得已乎？」屬建康告急，公與義問倍道而進。十一月壬申，劉汜又大敗于瓜洲。逆亮以兵向采石，即牛渚也。甲戌，公與義問至建康。是夜，有詔罷劉錡，以成閔代；召王權，以李顯忠代。於是義問檄公如池州，招顯忠領西師，且犒師采石。

乙亥，公行。是日逆亮已次采石，刑白黑馬祭天，期以詰朝渡江。丙子，公未至采石十五里所，已聞江北鼓聲震天。公見官軍十十五五坐道旁，蓋王權敗軍也。公念權已去，顯忠未來，若坐待顯忠，國事去矣，呼而問之曰：「逆亮在江北，汝等何乃在此？」從者皆勸公還建康，曰：「事勢至此，皆它人壞之。且督府直委公犒師耳，非委督戰也。彼自有將帥，公奈何代人任責以速辜？」公曰：「吾位從臣，使虜濟江則國危，吾亦安避？今日之事，有進無退，不敵則死之。等死耳，退而死不若進而死，死吾節也。」

策馬至采石，趨水濱，望見江北虜兵連營三十餘里，不見其後，號七十萬，馬倍之，而王權潰兵止一萬八千人，馬數百而已。諸將已爲遁計，公召其將時俊、張振、戴皐、盛新、王琪，勞問之曰：「虜萬一過江，汝輩走亦何之？今前控大江，地利在我，孰若死中求生乎？且朝廷養汝輩三十年，乃不得一戰報國乎？」衆皆曰：「豈不欲戰，誰主張者？」公覺其可以義動，因誦言曰：「汝輩止坐王權之謬至此，今朝廷已別選將將此軍矣。」衆愕立，曰：「誰也？」曰：「李顯忠。」衆皆曰：「得人矣。」公曰：「今顯忠未至，而虜以來日過江，我當身先進死，與諸公戮力決一戰，何如？且天子出内帑金帛九百萬，給節度、承宣、觀察使告身，今皆在此。有功即發帑賞之，書告授之。若有遁者，我亦歸報某用命某不用命。」衆皆曰：「如此則我輩效命有所付矣，請爲舍人一戰！」公即與時俊等謀，整步騎爲陣，分戈船爲五，其二上下東西兩涯爲遊軍，其一載精兵於中流以待戰，其二伏内港以備不測。

號令甫畢，公復上馬至水濱，見北岸有一高臺，其上立大朱繡旗，左右各二環立侍者。中張一大黄蓋，有一人被黄金鎧，據胡床坐其下者，逆亮也。忽虜衆大呼，聲動天地，亮親秉一小朱旗，麾舟數百艘，絶江而來。一瞬間七十餘舟已達南岸，其登岸者與官軍戰，我師小卻。公乘馬往來陣間，顧見時俊，撫其背曰：「汝膽略聞四方，今可作氣否？若立陣後，則兒女子耳。」俊回顧曰：「舍人在此耶？」即手揮雙長刀出陣奮擊，士皆殊死戰，無不一當百，俘斬略盡。其中流者船小而卒衆，又自争舟，兵刃隔塞，運掉不俊，而我之蒙衝往來如飛，横突亂刺。虜舟破，溺死者數萬，頃刻江水爲丹。虜引餘舟遁去，公命强弓勁弩追射之，虜兵多傷。至夜師還，數尸四千有七百，殺萬户二人，生得千户五人，女真五百人。

是夕，公具捷奏以聞，椎牛釃酒，大饗將士。公謂虜明日必復來，乃與諸將再往水濱，整列步騎戈船，出海鰌船五之二，以其半直北岸上流楊林河口，以遏虜舟之所自出。丁丑，虜衆如墻而進，我師射之，應弦而倒，死者萬計。舟來未已，海鰌逆擊，虜舟大敗，顧見我師扼其歸路，即縱火自焚。我師舉火，盡焚其餘二百艘。逆亮遁去，入楊州，留遣一騎移書招王權，其辭若與權有宿約者。公觀其書，權之將佐變色。公慮生變，即顧諸將曰：「此反間也，欲以攜我衆耳。」諸將拜曰：「賴公之明，當效死以報。」是日，李顯忠至，公諭之曰：「京口無備，我今欲往，公能分兵見助否？」顯忠曰：「惟命。」即分李捧軍一萬六千人及戈船百艘會京口。庚辰，公至京口，謁劉錡問疾，錡執公手曰：「疾何必問，朝廷養兵三十年，我輩一技不施，今日大功乃出於一儒者，我輩媿死矣。」時京口止有戰艦二十四艘，會李顯忠戈船亦至，公與楊存中、成閔謀曰：「虜棄采石來此，欲出我不意，我宜反出其不意。」

庚寅，大閱舟師。大而蒙衝，小而海鰌，皆外堊板城，中運機輪，但見舟行，不見有人，三周金山，泝洄往來，矯如白龍，怒飛水上，風濤掀天，江水盡沸。北岸諸酋憑壘縱觀，駭愕皆以爲神，亟遣人報亮。亮至，見之笑曰：「此紙船也，欺我哉？」因列坐諸酋。一酋前跪曰：「南軍有備，未可輕進。」亮震怒，拔劒數其罪，命斬之。哀謝久之，亮曰：「姑赦汝，宜率諸將，五日必絶江，違命先斬。」諸酋退曰：「南涯必不可往，往即死。亮不可諫，諫亦死。盍先諸？」亮居龜山寺。乙未夜，諸酋僞效南軍劫砦，直至亮幄前。閽曰：「何爲者？」曰：「欲奏事。」既入，即亂射幄中，亮被箭呼曰：「汝南人乎？吾人乎？」皆應曰：「吾人。」遂連射殪亮。

十二月己亥，公與楊存中等具奏以聞。公尋詣闕奏事。甲辰，公至。上見公，慰藉甚渥。公謝曰：「此廟社之靈，陛下之英斷，臣何力之有？」公因奏曰：「采石之役，張振等以偏裨勝逆亮，今止賞以三官，臣願貽臣官以賞振等。」上曰：「曩者江上事勢，此何等危事！　如此宣力，功其可忘？」即除振等正任承宣、觀察等使，於是劉錡致仕，王權、劉汜削籍，流嶺表。

上命公往經理兩淮，公請以兵斷虜歸路，徐發京口之師襲之，爲進取計。　比至淮上，諸軍先已過江，盡復兩淮矣。　戊申，車駕幸建康，於是有宣諭川陜之命。

三十二年春，公自襄漢而西，開幕府于興元。　初，與大將吴拱、李道會于襄陽，既又與吴璘會于河池，又與璘會于秦州，前後博議經略中原之策，令董庠守淮東，郭振守淮西，趙撙次信陽，李道進新野，吴拱與王彦合軍於商州，吴璘、姚仲以大軍出關輔，因長安之糧以取河南，因河南之糧而會諸軍以取汴，則兵力全而饟道省，至如兩河，可傳檄而定。　初以此策聞于高宗，又以聞于孝宗，經理有緒，關河響應，旌旝所指，軍民歸附日以萬計，且爭出芻粟、牛酒以迎王師，遂復涇、原、熙、鞏等十六州。　而蜀士楊民望者媢公，沮橈於中，謂宜棄新復州郡，而退守蜀之故封。　言者信之，大臣史浩主之。　公婁争不能得，乃請入見面陳便宜，詔許焉。既見，孝宗問棄地得失何如，公以笏畫地，且陳形勢險要，如是而固吾蜀，如是而基進取。　上慨然曰：「史浩誤朕。」公既忤時宰，於是有當塗之命，時隆興元年春也。　明年春，襄陽有警，召歸，於是有宣諭湖北、京西之命。　未幾，進制置使。

公開幕府於襄陽，與大將王宣、趙撙等會議攻守之策，以爲荆襄藩籬實在唐、鄧，然勝勢在唐州、方城，其次樊城，其次光化軍。　而唐、鄧無城，難以據守，乃先城新野，次城鄧州，次城唐州，又開泌河以通漕運。藩籬既固，則襄漢久安，此守策也。　王師進取之路，出蔡以睨陳，出襄、郟以襲許，出汝以逼洛，出嵩、虢以震河東，出商以圖陝西，此攻策也。部分已定，累奏以聞，而宰臣湯思退欲速和戎，議棄唐、鄧。既而二州之民，虜皆孥戮，上亦悔之。

召公詣闕，未至而有姑蘇、潼川之命，旋又有召歸之命。公絫辭不獲，參知政事王之望忌公，請少須政成，召用未晚。上可之，而召公益急。既至，見上，即除簽書樞密院事，而之望未之知也。命下，之望失色。

初，虜議和，其約曰：「俘虜兩還，叛亡則否。」至是併求所否，公執不與。未幾，有參知、同知之命。適議母后戚畹恩澤，公請視舊差增，視今損半。蜀軍請謀帥，或薦王權，公執不可。虜使來聘，故事大臣躬與除館，公獨不行。虎賁給其廝役，公請易以材官。使者驕惰，公請斬之，不果，識者韙之。湖寇李金頗熾，潭帥劉珙請濟師，公曰：「鄂將可用，而與某州將不相下。」即遣鄂將而以某州將繼之。鄂將聞之，力戰禽賊。時久不置相，有兩參預。會蜀人李宏求中書除官，同列欲與之，公曰：「是富者子，吾曹可不避謗？」同列不悦，言於上曰：「虞某納李宏玉帶，將除以某職。」御史章服附其説以彈公，請付廷尉，匄罷政，於是有太平興國宫之命。獄成，有司懷二奏以候司上意。上迎問曰：「帶自虞某家出否？」對曰：「否。」於是同列亦罷政，李宏流新州，章服貶秩絀，中外讋服。即召公，於是有知樞密院之命。未幾，蜀帥吴璘卒，於是有四川宣撫之命，上輟所御履及黄金甲胄賜焉。

公開幕府於利州，時軍政久蠹，民力愈凋。公曰：「敝之攸興，興於大將之貪與私也。」於是首劾大將任天錫剥其下以爲苞苴，又劾幕掾王槐孫以戰功官其親族，又劾守令劉洪、宋琛等十一人之病民瘝官者；首薦員琦爲西帥，吴珙爲東帥，又薦可將材者三人，又薦其次者五人，又進退偏裨二百余人。大將得人，後進獲伸，諸軍驩呼，四蜀交賀。於是開公正，絶請謁，繕營壘，修器械，明勸沮，甄窳良，拔智勇，絀姦貪，戢哀克，禁子本，杜私役，訓技擊，汰老癃，刊窾籍，核贋名，一日罷浮食者一萬有七千餘人。乃闢蒐庭，乃試射侯。今之挽弓一石有五者，昔之減於一石者也；今之蹷弩五石有五者，昔之三石者也，至是軍政修矣。請擇使者，厚賈胡，簡權奇，却罷駑，設監牧，廣騋牝，至是馬政修矣。又請捐公錢一百萬緡代民補輸，自是一歲軍須減錢穀九百萬有奇，四路郡縣除逋負緡錢三百四十三萬有奇。又禁兩税之豫索者，又禁鹺酒之豫輸者，又減常賦之虚額者。適邛、蜀等十四郡告饑，則發帑廩，除年租，活流民數十萬口，至是民力裕矣。法行之初，謗讟盈路，或謂召變。公不爲動，既而下無異論，蜀民頓蘇。軍政一新，實自公始。

公引疾匄祠，一再愈力。上優詔召公，降詔者一，錫宸翰者二，遣中使迎勞趣行者五，公固辭者八。特命北門草麻，除樞密使。未幾，有右輔辦章兼官樞廷國用之命，時乾道五年八月戊子也。左相陳公俊卿薦龔茂良宜在本朝，有詔補外。陳公見上，上愠。見上震怒，陳公退，匄罷政。上不留行，恩禮頓衰。公泣入見上，爲陳公摧謝，且言願全所以進退大臣之禮。上怒未怠，公百拜于前，始授陳公觀文殿學士，知福州。汪應辰曰：「虞公，所謂范堯夫『佛地位中人』也。」聞者一辭。

上自即位，再郊見上帝，皆以雨望祀于齋居之宫。六年卜郊，及期又雨，公憂形于色。是夕，公雨立露衣，炳薌籲天，引咎責己。丙辰開霽，上登壇成禮。公感上不世之遇，深思所報，每曰：「宰相無職事，旁招俊乂列于庶位而已。」懷袖有一小方策，目曰《材館録》，聞人一善必書。一再論蜀，首薦汪應辰、趙雄、黄鈞、梁介、范仲芑、章森，前後居中。及爲相，首用胡銓、張震、洪适、梁克家、留正、鄭聞、周執羔、王希吕、韓元吉、林光朝、林枅、丘崈、晁公武、吕祖謙、張珖、楊甲、王質、辛棄疾、湯邦彦、王之奇、尤袤、王佐、王公衮，又用吕原明、司馬康故事薦張栻入經筵，又薦布衣李垕制科，一時得人之盛，庫庫有慶曆、元祐之風。

先是，浙民歲輸身丁錢絹，細民生子即棄之，稍長即殺之。公聞之惻然，訪知江渚有荻場，其利甚厚，而爲勢家及浮屠所私。公令有司籍其數以聞，請以代輸民之身丁錢絹，以緡計者至一十三萬七千有奇，絹以疋計者一十六萬三千有奇。免符下，九州之民呼舞，始知有父子生聚之樂。會慶聖節燕群臣及虜使，酒半，上起更衣，使者密諏儐曰：「侍坐孰爲虞丞相？」覘者以聞。上命儐與之見公于幕次，歎曰：「真漢相也。」上大喜，召公見，曰：「卿能重中國如此。」

七年春，建儲，公言於上曰：「皇太子宜日聞正言，日見正行，以養成其德，必與正人處。」乃薦王十朋、陳良翰爲詹事，劉焞、李彦穎爲侍講、侍讀。會慶節，虜使烏林答天錫來賀，見紫宸殿。既跪，進其主遺上書，因跪不起，要我以故事所無之禮，左右失色。公請駕興，上入内，天錫色沮。公遣閤門官傳宰相之令云：❶「使人奸禮，有詔放仗。」使介還館，更相譙責，乃因儐者貇祈詰朝朝見上壽，遂極恭順，朝論稱快。公下其事于邊郡，令檄虜中。天錫歸，果獲罪。

上遣使使虜請陵寢地，虜不可，而荆襄羽書報云：「虜以三十萬騎奉遷陵寢以來。」中外恟恟，於是荆襄大將韓彦直、帥臣張棟請發兵禦寇。公料虜决不敢動，戒邊臣勿妄動，已而寂然，中外大服，其後書贊稱公

---

❶「閤」，原作「問」，今據《宋史》卷三四《孝宗本紀》改。

「鎮物如嵩岱，決事如著龜」者以此。一日，有報國門外海舶數百艘將及岸者，中外恍駭。上召問公，公對：「當是外夷賈舟，風飄至此。」果高麗賈胡也。

上志克復，嘗手筆付公曰：「朕必欲用武臣爲樞密，曹勛如何？」公執奏不可，上勉從之。未幾，復用張説爲簽書樞密院。廷臣極諫，上怒甚。公力捄解，皆授以郡。上蒐講官制，欲正左右丞相之名，於是有左丞相之命。八年，公引疾求去，不許。御史蕭之敏彈公移帝城騎兵一軍於建康非是，上曰：「丞相有大功，勿移彈文之副。」公伸前請，祈致其仕，三請不許，强起視事。之敏外補，公上疏留之，不報，朝論歸重。尋力祈解政納禄，其詞危苦。上察公意不可奪，於是有少保節度使宣撫四川之命。錫宴禁中，上賦詩餞行，有云：「歸來尚想終霖雨，未許鄉人衣錦看。」又詔奉常賜公家廟五室祭器，其後大臣不復此矣。

公開幕府於漢中，建請蜀軍口衆者微增其廪，於是諸軍大悦。又請關外四州之民凡養馬者復其賦役，於是馬數歲滋。又大將秦琪以邊頭六軍兵將散漫，地勢回遠，公請隨地易置左右前後中軍之部分，以便緩急，於是軍勢首尾相應。商、虢之間有寇鄰者擁衆數萬，嘗輸款於我，公不輕納。虜中捕之，或請增兵，公不爲增，虜卒自退。契丹之使曰六彪者，潛請合力於我，俟命於西和州，上久不遣。會其屬疾，公請遣還，無致後悔。青羌犯邊，制司請發兵，公止調緜州兵三百留屯成都，聲言擊羌而實不進，羌自散。上鋭意大舉，密詔趣迫。公不奉詔，復於上曰：「機不可爲，但令機至勿失耳。植根本，圖富强，待時而動可也，安敢趣師期爲亂階乎？」

公注意將才，偏裨行伍，寸長必録，延見慰薦，人人得其驩心。幕府再招人士，如韓曉、王亢、李昌圖、韓炳、陳季習、陳損之、李舜臣，後朝廷皆賴其用云。公念屬任至重，益務修軍政，裕民力，儲財用，戴星乘馬，冰滿鬢髯，人不堪其勞，公不顧也，竟以此得疾而薨，實淳熙元年二月癸酉也，享年六十有五。是日大風揚沙，前兩夕大星霣于軍前，太史奏將星墜云。訃聞，上大慟，輟視朝，於是有贈少師、太傅之命。

公娶王氏，成都甲族，累封蜀國夫人。三子：公亮，奉議郎、直祕閣、前四川制置司參議官；公著，朝散郎、知開州；斻孫，奉議郎、余杭縣丞。女樞娘，適從事郎、黎州軍事推官張熠。孫八人：易簡，承議郎、前棗陽軍使；剛簡，通直郎、知成都府華陽縣；方簡，宣教郎、知瀘州江安縣；烋，宣教郎、知眉州青神縣；夷簡，宣教郎、知成都府郫縣；丞普，承奉郎；曾、泰未奏。

公事秦公、秦國夫人至孝。宅夫人憂，哀毀柴立。既葬，伏哭墓前，僵仆不能起。阡中有枯桑，是夕兩烏巢焉，里人賦詩，頌其孝感。秦公嘗疾篤，公驚懼，書章默禱於天云：「願移父之疾加臣之身，減臣之年爲父之壽。」秦公即瘳，後一星終乃薨。

公在紹興、隆興間，以忠孝文武、勳名德望與魏國張公浚相頡頏。孝宗嘗稱公曰：「今閫外能類魏公者，獨有卿耳。」然二公以身徇國，皆不免於讒口，賴上聖明，其言不行。魏公嘗遺公書曰：「自昔任事於外，鮮獲安全；優游不爲，率有後福。」公嘗以聞，且言於上曰：「一天下興圖易，一朝廷議論難。」然公天資寬厚，每以德報怨，故王之望公所薦，馮方公所厚，而每排公；章服與公無怨，而附它執政彈公。及公爲相，念之望以罪廢，請授以資政殿學士；方以水死而祿不及嗣，請官其一子；服久遠竄，請貼職授郡。或問公曰：「聖人謂『何以報德』，何如？」公曰：「聖人不曰『以德報怨，寬身之仁』乎？」有以明哲保身規公者，公曰：

「仲山甫之明哲，不曰『柔亦不茹，剛亦不吐』乎？」公之經學絶人如此。

公性廉介，雖君賜亦固辭。初除簽書樞密，賜白金及縑疋兩各一千，力辭得請乃已。最後諭蜀辭行，賜錢一萬緡，至蜀以市國馬。大將有獻附子，發之金也；有獻家釀，珠也。公笑曰：「是直一劾，劾之近名。」卻之而已。

公頎而長，山立玉色，望之如神仙中人。其音如鍾，傑魁俊偉，慷慨磊落。内無城府，外無邊幅，好士如好色，視軍士如視其子，待内外族親如待其家人。家居雍容，無疾言厲色，不訾飲食，不詈臧獲。謁鄉郡太守，出入不由戟門。自秉政至諭蜀，退食必觀書。爲文立成，不琱而工。嘗注《唐書》、《五代史》，有詩文奏議若干卷。

諸孤以某年月日葬公于某所。後二十八年，不遠八千里遣一个行李來廬陵請銘。万里嘗待罪太史，於職宜書。銘曰：

維古南國，以江爲壁。維宋中興，以人爲城。孰爲其人，虞姓雍公。玉立長身，巖巖岱嵩。諒我高宗，殪彼羯戎。匪公則賢，高宗叡聰。揠而將之，萬英之中。紹興辛巳，彼羯暴至。其來衝風，其速山鬼。我師既潰，彼鋒益鋭。公奮孤忠，轉敗爲功。羯酋射天，岱嵩壓之。羯駈飲江，岱嵩跆之。跆之則斃，壓之則殪。赫吾天聲，濯吾王靈。風鶴弗鳴，彼自震驚。草木弗兵，彼自割烹。在昔典午，有導有安。曷嘗帥師，與敵周旋？武哉雍公，儒衣據鞍。矢石紛前，對之夷然。弗色弗聲，弗麾弗旜。笑談之間，一清腥羶。乾坤再安，神人重驩。赤子晏眠，今四十年。公事高宗，盡節盡瘁。萬事不理，維理一事。公相孝宗，端委廟堂。

旁招俊乂，寔彼周行。維宋中興，兩社稷臣。前張後虞，皆蜀之人。相望有偉，與宋靡已。作頌以紀，太史万里。

宋故少師大觀文左丞相魯國王公神道碑

孝宗皇帝齊聖天授，勇智天挺，皇乎有闔門宇宙、旋乾轉坤之姿，❶蓋藝祖之神武，仁宗之仁儉，神宗之英明，高宗之武文，集四聖之大成，金聲而玉振之者也。而稽古舍己，比崇華勛；聞善從諫，兼徽湯禹，聖而不居，能而不矜，漢五鳳、唐正觀，風斯在下矣。故其圖任相臣，在初元時則有若魏國張公浚，在中年時則有若雍國虞公允文，皆駿發揚厲，誓清中原，人咸謂君臣投分，一何契也。至其季年則不然，乃選於衆，而舉魯國王公。公之爲人，貌不襮其剛，動不顯其方，呐呐恂恂，言徐色夷，以春遲冬温之氣，而當風行雷厲之威，人又謂君臣異趨，又何睽也。然公自疑丞以宅該輔十有四年，視前數公，獨久厥職。筭效考成，濟登隆平，日不足而歲有餘。朝廷清明，綱紀爰整，衆正列布，百度咸熙，民物樂康，邊鄙嘉靖。淳熙之治視慶曆、元祐無所與遜者，主之聖亦臣之賢，又何偉也。嗚呼，孝宗之遠猷深旨，是可得而天窺海測也耶！

公諱淮，字季海。其先太原人，五季避地至婺，八世業儒。曾祖本；祖登，策進士第，終官承議郎、知湘潭縣；父師德，宣義郎，皆贈太師，魯、魏、楚國公。母時氏，封魏國太夫人。公自幼警敏，寡笑與言，表和裹

---

❶「門」，疑當作「闢」或「開」。

正，力學工文。紹興十五年第進士，時年二十。爲台州臨海尉，太守蕭振一見，許以公輔器。振帥蜀，辟公入幕府。造朝，改左宣教郎，累遷校書郎。

高宗皇帝命御史中丞朱倬舉可御史者，以公應書，除監察御史，遷右正言，首論：「大臣養尊，小臣持禄，以括囊爲智，以引去爲高，願陛下正心以正朝廷，正朝廷以正百官，正百官以正萬民。」時宰相湯思退無物望，公條其罪數十，於是册免，公論韙之。至於宰士方師尹之狡險，大將劉寶之掊克，吉州守臣魏安行虛增鬻公田之估，皆奏免所居官。陳輝、王傳之才，皆薦爲郡。如兩淮之互市，如七閩之鬻鹽，如諸道之預買折帛，如淮漕之奪民榷酤，皆言其敝，多所施行。

丁楚公憂，既葬，奉母廬墓，哀動行路。免喪，除直敷文閣、福建轉運副使，時孝宗隆興二年也。舊制鬻鹽官自爲場，其後户計人筭，强而售之，淆以泥沙，損其銖兩。公復其舊，小民大悦。未幾召歸，言於上曰：「堯以知人安民爲難，舜以明目達聰爲急，願陛下以堯舜自期，群臣以堯舜其君自任。」又云：「自治之策，治内有三：曰正心術，曰寶慈儉，曰去壅蔽；治外有四：曰固封守，曰選將帥，曰明賞罰，曰儲材用。」上曰：「卿曩居言責，議論誠確。」

除祕書少監。時光宗爲恭王，上妙簡師友，首命公兼王府直講、國史院編修官。執政錢端禮私謁於公，正色拒之。會王府生皇孫，公請正其典禮，端禮因是譖公。上知公不相安，命知江州，改建寧府，仍直敷文閣。至郡，老幼逆于境，曰：「吾一佛復來矣。」公儉以裕財用，寬以撫軍民。民有骨肉之訟者，曉以恩義，有泣而去者。獄無頌繫，里無歎聲，就遷副漕。未幾得召，御史李處全沮之，詔仍故官。建之北溪湍悍，方舟以濟，每歲桃華水生，隨綴隨裂，民病涉焉。公伐石爲梁，官費而民不與，梁成而民不知。民堂其南涯，肖公像而祠之。

改浙西提點刑獄。見上，陳閩中利病四事，天語褒嘉，且令一至東宫，皇太子待以師儒，特施拜禮。既至官下，精意讞平，冤者輳集，有數十年不決之訟，皆與直之，於是有司不敢怠事，獄吏不敢舞文，囹圄屢空，民知遠罪。諸邑有前期借民租調者，公下令必罰，民用昭蘇。

治最上聞，以太常少卿召。近習曾覿一再來見，公竟不見，聞者欽歎。兼中書舍人、吏部侍郎、太子左庶子。未幾，西掖爲真，兼直學士院、侍講、太子詹事。會郊祀恩應任子，公舍其子，任其弟。時閤門官陳覺民超轉遥郡防禦使；近習龍大淵贈太師，仍畀開府儀同三司恩數；參知政事姚憲罷政，除資政殿學士；戚里張説爲樞密罷政，除太尉，在京宫觀，公皆封還詔書。

公自掌帝制，訓詞深厚，有西漢風。如《蘇公軾贈太師詞》，尤爲海内傳誦。除翰林學士，知制誥，知貢舉。上嘗與公論及朋黨，至是發策問士以崇名節、惡朋黨，士風丕變，得士最盛。上問公以文行之士，公薦鄭伯熊、李燾、程叔達，後皆擢用。

淳熙二年，除端明殿學士，簽書樞密院事。公言於上曰：「曩者大臣知以和爲和，而不知以和爲戰。」於是一新經武，大整師律。請令蜀中軍帥補置偏裨者，必詣密院以審其才；諸將勿私置親軍，以消其黨；廬州勿撤戍兵，以嚴其備；中外諸軍勿互招亡卒，致紀律之不嚴；荆襄士夫勿私役民兵，致忠勇之不振。薦蜀帥吴拱才可登用，郭田、張宣才堪爲帥。辛棄疾平江西茶寇，上功太濫。公謂：「不核真僞，何以勸有功？」文州蕃部擾邊，吴挺奏厙彦威失利之罪；靖州夷人擾邊，楊倓奏田琪失利之罪。公謂：「二將戰没，若反罪之，何以勸士？」

三年八月，除同知樞密院事。靖州蠻既平，率逢原殺及老幼；文州羌既定，李昌祖誘殺降者，公皆請懲其罪。

四年六月，除參知政事。先是，參預龔茂良之政，大氐慕魏相，庶位承風，多過於苛。龔既去，時宰席久虚，公與李公彦潁同秉大政，贊上以治。尚忠厚，諸路奏讞多所平反，政刑中和，一時氣象藹如也。

五年三月，除知樞密院事。蜀帥胡元質奏黎州青羌寇降，公請詔守臣不得邀功；吴挺奏草姜寇亦降，公請詔撫之以勸來者。先是，蜀帥范成大言興元軍帥郭鈞御衆無術，至是折知常乃言鈞治衆以整；成大言吴挺頗失士心，至是胡元質乃言挺治軍有紀。上問鈞、挺一人而毁譽二三，公曰：「挺固未可遽寵，鈞亦未宜遽用，此抑揚之理也。」

五年十一月，除樞密使。詔班綴，恩禮並視宰臣。上從容言：「武臣嶽祠之員宜省。」公曰：「有戰功者，壯用其力，老而棄之，可乎？」宰相趙雄言：「北人歸附者，畀以員外置之職，宜令詣吏部。」上曰：「姑仍舊。」公贊曰：「聖意即天意也。」雄又言：「宗室嶽祠八百員，宜罷。」公曰：「堯睦九族，在平章百姓之先，疏骨肉之恩，可乎？」

郴寇陳峒頗張，帥臣王佐請節制諸軍，公言：「莫若使各展其效。」寇平，公言：「佐之功卓然，賞不可薄。」上即除佐次對。又言：「佐用流人馮湛有功，請先釋其纍囚，趣上其功。」又言：「《軍志》曰：『賞不踰時。』請趣佐上諸軍功狀。」殿巖步軍帥岳建壽初庀職，即鞭其偏裨十人，有死者，士有怨言。公言：「恩未加而威先之，請密賜訓敕。」薦陳溱伉健無華，王世雄奇厖有謀，上皆將之。楚州守臣翟畋專殺八盜，池州守臣趙粹中專殺一驛騎，皆罪非殊死。公言其冤，而正二人之罪。廣西帥劉焞平妖賊李接，上問：「焞功孰與辛棄疾、王佐？」公曰：「弗如也。」乃畀焞集英殿修撰。

七年，詔王某起居，不名。黎州寇平，上曰：「皆卿協贊之力。江、湖、廣寇，卿力尤多。至於行賞惟允，遂爲後法。昔陳康伯雖有人望，至於處事，皆不及卿。」蜀帥言昨平蕃寇，將臣成光延、高晃失律，公請奪爵或流竄，上曰：「不已輕乎？盍從軍制？」公曰：「故事，平内寇之功，其賞半於平北虜之功，罰亦宜然。」上欣然曰：「朕因卿言，釋然有悟。」乃命減死。

公執政七載，多在樞廷，凡選授中外將臣及邊方守臣，各稱其職。有泛求恩，倖從中出者，皆執不行。四方所陳軍務，雖數千里外，應之皆切中事機。上眷益隆，而公益夙夜兢兢，朝野賢之，望其爲相。

八年八月癸丑，拜右丞相兼樞密使，封福國公。先是，自夏不雨至秋，是日甘雨如注，朝士相賀曰：「此傅霖也。」時户部言諸郡旱者口筭絹錢其緡八十餘萬，上喜命相而雨，盡除一年。於是公請發廩以振兩淮之飢，擇官以檢民田之損，糴官粟以平畿甸之穀價。於是富民無藴年，貧者無道殣，民皆欣然若更生焉。

先是，丞相趙公雄，蜀人也，故蜀中名士多汲引在朝。及趙罷相，有爲飛語以撼蜀士者，皆有去志。公謂：「一宰臣去，所用者皆去，唐季黨禍之胎也，豈聖世所宜有？」於是求去者留，久次者遷，蜀士乃安，朝論以爲盛德事。有王叔簡者，蜀類試第一人也，趙公薦之，得召，既至而趙去。公力薦其文行，用爲博士。

近習王抃爲樞密都承旨，怙寵爲姦，中外莫敢言者。公極陳其罪，語甚切，謂：「自古人主受謗，鮮不由此。」上即斥之。公薦名儒蕭燧代之，小人屏跡。

言者論冗官之敝，請損任子。公請自大臣始，人服其公。及郊祀，任子減前郊之半，上甚喜。

時有謂公省事多積、除吏多滯者，語聞，上問：「久不除郡守，何也？」公翼日啓擬三人。上問：「孰可帥蜀？」公以留正對。命下，諫大夫黄洽賀上曰：「蜀帥得人矣。」上喜，以其語告公，於是薦劉國瑞可風憲，李昌圖可版曹，趙汝愚可閩帥，張杓可畿漕。上曰：「卿邇日選用得人，决事惟允。」公曰：「臣薦一士則讒興，决一事則毁至，非聖主責臣以久不除吏，臣何敢哉？」

先是，故相梁公克家久外，公嘗從容爲上誦言其賢。九年九月己巳，拜公左丞相，克家右丞相。二公對持國秉，同心輔政，上虚己信任，士夫翕然歸重，天下顒然望治。

公首以進賢報上爲己任，謂李椿之老成，朱熹之練達，可以寄民命。上使椿帥長沙，熹爲浙東常平使者。謂鄭丙之剛正，芮煇之文學，可以侍經幄。上使煇爲侍講，丙爲天官。謂余端禮之精密，曾逮之風力，可使爲民曹。謂葛邲之行誼，熊克之文詞，可使登法從。又請補館職之闕員以儲人材，選治郡之高第以爲郎官。

上嘗訪公以當世人物，公言：「儒學政事之臣，如京鏜、謝深甫、鄭僑、何澹、袁説友、吕祖謙、尤袤、謝諤、閻蒼舒、羅點、范仲藝、洪邁、沈揆、陸游、倪思、莫叔光、宇文介、謝師稷、王正己、趙思、趙汝誼、何萬、鄧駉、陸九淵、劉頴、趙鞏、詹亢宗、吴燠、陳仲諤、詹騤、周頡、黄黼、蔡戡、林枅、李璧、鄭鍔、趙彦中、豐誼、詹儀之、方有開，❶皆一時之選也。」上皆用之。又薦李處全及錢端禮之孫象祖爲郡守，上曰：「王某長者。」一日，上謂公曰：「今中外得人，前所未有，復見古風矣。」故淳熙人物之盛，至今以爲美談。

然公守法度，愛名器，重人命，欽刑罰，惜人材，全始終，恤民隱，宣德意，審幾事，持遠謀，夙夜切磋，無微不盡。故鄭丙議成期至而不之官者必嚴其禁令，公請遵已行之法。林宗臣議私請託以求薦舉者必白發其私書，公謂長告訐之風。鄧椲祈改丹書，而宰掾謂其罪不可揜。或欲屈法以從所祈，公曰：「如是則有司可廢矣。」進士有求以免舉之恩爲陞等之恩，或謂：「求者止八人，何必靳？」公曰：「八人得之，則百人援之矣。」宦官張去爲請以己之官貤其子，公言：「其子已爲遥郡，法不應還。」龔頤以執政之客補官，求詣銓曹，公言：「聖世無近比，門不可啓。」公之守法度、愛名器如此。

丹陽民有擅决湖水以溉田者，張枃請重其罪，公言：「民嘗請而官不報，罪不在民。」又有飢而强借民穀者，執政請痛懲之，公言：「令甲，飢民缺食，罪不至死。」左帑胥史受賕抵罪者三十人，公言：「刑者傾衆，恐傷好生之德。」於是流一人，耐三人。夔帥林栗奏部民譚汝翼豪横可殺，公言：「夷人殺汝翼下人一百七十餘人，汝翼止殺夷人十七人，謂宜减死。」於是止從編置。吴宗旦、劉國瑞請爲盜者必殺，公言：「若爾則盜必曰：『殺人者死，不殺人者亦死，等死耳，何憚而不殺人乎？』」公之重人命、欽刑罰如此。

---

❶「璧」，疑當作「壁」。按：應即本書卷三〇《送李制幹季允擢第歸蜀》小序中之「通判壁」，卷五四亦有《謝李壁通判啓》，《宋史》卷三九八有傳。

故相陳公俊卿請老，公言：「其材可惜，未宜遽從。」趙公雄請祠，公言：「人才實難，亦未宜聽。」右相梁公克家告病求去，公言：「時方盛寒，請留之以經筵在京祠官之職，俟春暄而後行。」部使者曾逢請祠以養親，公言：「逢之孝養，宜加以貼職美名之寵，示砥礪於風俗。」周極有才而人多議其輕，公言：「跅弛之士，緩急能出死力。」上遂用爲郡守。辛棄疾有功而人多言其難駕御，公言：「此等緩急有用。」上即畀祠官。公之惜人才、全始終如此。

版曹王佐言諸路旱熯，除租至五十四萬石。上疑其過於多，公言其非過。趙子濛言捄荒多濫，公言：「百姓其謂朝廷輕失人命而重發倉廩，雖知其濫，可不從厚？」沈宗禹請行推排貧富升降之法，公言：「開民更相糾舉，其害甚大。」退謂同列曰：「吾輩見民疾苦，當如疾病之在身。」王佐請諸郡上供，一歲再校，後期者罰。公言：「頃歲嘗一校殿最，州郡争先，鞭笞苛峻，有至死者。今若一歲至再，其害不細。」謂宜止於每歲之杪擇一二逋負之尤者罰之，庶幾吏不急征，民免苛政。」上大喜，曰：「甚善。」公之恤民隱、宣德意如此。

上嘗論唐太宗之功業，因歎大功之未就，公以先德後功爲規。上嘗遣湯邦彦使虜，而虜酋不禮吾使，因歎宿憤之未攄，公以上策自治爲獻。虜使魏正吉朝賀不肅，公責之以朝儀，卒致其恭順而成禮。上欲廢樞密院之非古官，公言軍務至重，不宜弛備以示敵。公之審幾事、持遠謀如此。公所建明，上皆施行，此其尤著者。

十一年冬，邊吏言虜主歸朔庭。公言於上曰：「虜之情僞未可知也。或中原豪傑起而圖之，爲吾驅除，亦未可知也。所宜先者，擇將帥，嚴守備，明斥候，峙糗糧耳。」邊吏又言：「虜境檄稱其主巡行故國，南朝來歲賀正旦、生辰使暫輟一年。」上曰：「彼止吾使，若彼使至，則如之何？盍亦遣使郊勞乎？」公曰：「彼既止吾使，亦必暫止彼使。」未幾，邊吏再言虜境有檄，果亦云然。上再三嘉公曰：「卿言於前，乃驗於今，真廟謨矣。」

時高宗皇帝聖壽新歲八十，公言：「禮之大者儀必極其崇，慶之隆者澤必侈其溥。」上命公緜蕝其典。十三年正月朔，上躬帥百官朝德壽宮，奉玉巵，上鴻號。禮成，發德音，行慶澤。群公百執進律增秩，於是恩達于薦紳矣；太學弟子員徑詣太常，於是恩達于韋布矣；虎賁材官飫賜餐錢，於是恩達于尺籍伍符矣；敬老尊賢，薄刑已責，於是恩達于幽人山農、海隅蒼生矣。公亦當進兩秩，增封邑，公狠辭焉。退而喜曰：「吾求去八九矣，而上不聽，今可以從此逝矣。」三月，公祈上丞相印綬，歸田里，章四上不許。九月，再請爲祠官，又不許，進封魯國公。

來年六月，又累章申前請，又不許。是秋，高宗升遐，一時典禮，皆公所定。北虜遣使來賀生辰，或謂上在哀疚，既不受禮，宜辭其來。公獨言：「繼好已久，驟辭其使，未可也。謂宜除館延之，徐議禮遣。」從之。上欲遂服，令皇太子參决機務，迺於祥曦殿西序設幄次，命曰「議事堂」。每有大政，宰執詣堂稟議，翼日隨皇太子詣内殿進呈。時公當軸寖久，盡瘁夙夜，重以魏國年高士思，而國䘏方殷，欲去不可，閔勉躊躇，非其志也。

來年春，高宗祔廟，公乃上章匄祠，見上面控，其辭危苦。上惻然曰：「丞相無苦，敬當勉從。」除觀文殿大學士，仍前特進魯國公，判衢州，從公使鄉鄰、侍板輿之志也。詔許辭行，拊勞再三。退辭東宮，慰藉周悉。宰執百官設祖帳都門外，觀者歎息。侍親歸里，穉耋驩迎，親故歆艷，以爲古人戲綵晝繡，公獨兼之。公即日上章，力辭典州，請爲祠官。上恩閔勞，改提舉臨安府洞霄宫。

未幾，孝宗倦勤，光宗嗣位，公以舊學，首奉明詔詢初政。公答詔言極切至，大概謂盡孝進德，奉天敬民，用人立政，罔不在初。上欲拜公使相，而公宅魏國憂，有詔服除日降制。

公念母子相爲命者六十四年，至此痛極，不如無生，誓以素食終喪。既卒哭，得脾疾，親舊勸公曰：「此素食所致也。喪有疾，御酒肉，禮也。盍强食從禮？」言未畢，公一慟幾絶，勸者乃止。未幾小愈，聞王人及門，傳宣慰問，且襚魏國以白金及帛疋兩各七百。公起拜命，自草奏稱謝。一日，忽語家人子曰：「易卦六十有四，吾年亦然。」即命子弟執筆，自占表章，祈致其仕。翼日夜漏下十刻，薨于正寢，實淳熙十六年某月某日也。

先是一月，有大星霣于里門。遺表上聞，兩宫震悼，輟朝二日。贈少師，襚以白金及帛疋兩各千。令奏親屬一人，添差本路幹官，以治襄事。官其子孫七人，卹典從厚，終始哀榮。明年十二月甲申，葬于婺之北郭外隆壽之原。

公娶何氏，左奉議郎、知温州瑞安縣紳之女，累封冀國夫人。子八人：模，通直郎、監西京中嶽廟；樞，朝散郎、主管佑神觀；機，通直郎、監西京中嶽廟；樸，迪功郎；棟，奉議郎、主管佑神觀；櫶，修職郎、監西京中嶽廟；橚，宣教郎、監西京中嶽廟；栻，寄理將仕郎。模、機、樸皆先公卒。一女，適校書郎姚頴。孫男女十四人。

公風骨清臞，蕭然簡遠，家人未嘗見其喜愠。沖淡寡欲，自奉甚薄，食不重肉，一衣十年。每一飲食，魏國未食，不敢先嘗。閨門肅然，寂無歌舞。在公退食，端居齋房觀書，或至夜分。合族千指，與同飽温。訓迪子姪，不異己子。士夫客死，必賙其歸。好賢惜才，人有片善，終身不忘。然不立黨與，不市私恩，每有薦進，不告其人，其不知者或以爲怨，終不自明。

公相孝宗，論事安舒，不迫不激。論人先純正，論政本寬厚。是時士大夫多言閩人不可用者，公嘗薦一二士，上曰：「非閩人乎？」公曰：「立賢無方，湯之執中也。必曰閩有章子厚、吕惠卿也，不有曾公亮、蘇頌、蔡襄乎？必曰江浙多名臣也，不有丁謂、王欽若乎？」上稱善。自此閩士多收用云。博士章頴，論事狂直，上議絀之。公曰：「陛下樂聞直言，故士夫以言相高，耻不相若，此風可賀也。若絀之，乃成其名也。絀之愈甚，其名愈重。名既歸於下，謗必歸於上。」上悦，頴復留。有司言天長縣水毁七十餘家，上曰：「此常事，何必以聞？」公曰：「昔人謂人主一日不可不聞水旱盜賊。《禮》曰：『四方有敗，必先知之，可謂人之父母矣。』」上敬納焉。君子謂此三言者，真古大臣之言也。其開廣賢路，長養諫者，固結民心，增益主德，其功遠矣。故上每稱公曰：「不黨無私。」又曰：「剛直不欺。」夫外人見其粹温，而上獨見其剛直，揚己要譽者能之乎？隆興以來稱名相云。有文集若干卷、制草若干卷、奏議若干卷。

既葬十四年，栻走二千里，以其兄樞之書來廬陵謁万里曰：「先生非先公故人乎？墓隧之碑未立，先生而不爲，尚以誰諉？」万里則按其諸子所作家傳及起居郎熊公克所作行狀，摭其繫天下國家之大者書之。銘曰：

皇矣孝宗，聖與天通。英武剛明，而相魯公。孝宗赫然，魯公凝然。赫然如天，凝然如淵。規鑿矩枘，落落弗契。云胡相逢，同底于治。聞諸晏嬰，有同有和。同罔可否，和罔唯阿。未聞衢室，以俞廢咈。面惟予從，違弗汝弼。維皇之剛，用公濟而。維皇之英，用公粹而。皇武用公，保大定功。皇明用公，海函地容。皇德增增，皇功鍠鍠。皇治其弘，有巍其成。昔周之宣，艾夜勤止。暨厥末造，鶴誨駒刺。唐之文皇，唐之成康。其漸二五，曾謂無荒。隆興之元，闔開乾坤。震是狁魂，于强于安。淳熙之季，薄海丕乂。金甌罔缺，龜玉罔毁。何施臻兹，維皇不疑。維公不欺，維卒不欹。謂公平平，無勇功智名。後有思者，豈不來下。

誠齋集卷第一百二十一

廬陵楊万里廷秀

碑

宋故龍圖閣學士張公神道碑

淳熙聖人在位二十有八載，聖神武文，道盛德備，奄有五三，漢唐以還，皆自鄶而下。然天下知其聖矣，至其所以聖則蕩無能名。若稽盛大之極，其惟從諫之聖乎？嗚呼，足矣！堯舜之聖蔑以加矣！於是忠鯁雲集，用即丕功。時則有若諫臣張公者，山之岱嵩，星之五行歟？

公諱大經，字彦文，世家建昌之南城。曾祖諱新，祖諱本，父諱富，俱隱德不仕。父贈至光禄大夫；母朱氏封太宜人，贈宜春郡夫人，皆以公也。光禄倜儻尚義而深不願人知，君子知其有後。公自總角從師，刻志勵行，不妄交游，肄業精勤，休澣不輟，人罕識其面。年十九，罹光禄憂，執喪如禮。敬奉慈母，益力學問，再舉禮部，第紹興十五年進士。公閲仕自尉南陵，丞貴溪、晉江，宰吉之龍泉，簽書定江軍判官事，守真州，提舉湖南常平，提點湖北、江東刑獄，入爲監察御史、大理少卿、殿中侍御史、侍御史、右諫議大夫、侍講、禮部尚書、侍讀，出守建寧，提舉玉隆宫、鴻慶宫、太平興國宫，積官至正議大夫，贈銀青光禄大夫，爵清河郡侯，食邑一千九百户，享年八十有五。

公在江東半歲，召入覲。公見上，歷陳民瘼時務，氣和詞直。翊日，除監察御史。先是，上欲重風憲之選，命條上部使者十人，御筆獨可公姓名。召見，上曰：「朕於十中得卿一人，以卿風力峻整。」命下，中外聳歎。公自惟暮齒，擢自遠外，益思補報，首論士風四弊，曰掊克、媮惰、誕謾、浮虛。時初秋閔雨，詔兩浙、江東慮囚。言諸路獄多淹滯，有未决者一百有六十，欲令刑部書之于籍，嚴立其期，趣令具獄，庶囹圄一空，感召和氣，以消旱暵。一再言之，上嘉其言，增秩二等。❶大理正丞比年居外，公以爲言，有旨作舍寺廷，由是寺官無居外者，朝列肅然。

淳熙八年，爲殿試考官，對策切直者置前列。其在殿中，首言：「今日之不治，由大臣不任責。」又言：「敕局儲才之地，宜選仕，而已試者仍不除兼官。」又以治民之本在監司，請令侍從、給舍舉郡守之通敏可監司者一二人。職事官補外，亦必覰其才力勝任，然後畀之。諸路捄荒，監司、守令之賞宜戒僞濫。時二麥既登，流徙稍復，而飛蝗頗多。公言於上曰：「願陛下深思天人相與之理，彌加警懼，飭大臣講求人事之未至者，更張而力舉之。政刑之間，益致其謹，俾内而百官有司，輸忠讜，崇寬大，各修其職，以濟事功；外而監司守臣，察貪吏，平冤獄，去苛斂，以寬民力而息愁歎。」公嘗因見上，談間奏云：「陛下面命講讀官，欲鑒德宗之失，令各言缺失，謙冲如此，何憂不治？」上曰：「德宗不學不知道。」公奏云：「信如聖訓。德宗拒諫飾

❶「秩」，原作「秋」，今據文義改。

非，奉天所聽陸贄之言皆出强勉。陛下從諫如流，實宗社之福。」

其在臺端，首進正人心之説，以爲：「士風未厚，吏治未肅，民力未蘇，和氣未應。臣嘗求其故，毋乃人心之未正乎？昔仁宗嘗患搢紳躁競，文彦博以爲恬退者擢則趨求者耻，乃薦張瓌、韓維輩；真宗嘗問治道何先，李沆對以不用浮薄，此最爲先，因言梅詢、曾致堯等不可用。今能如此，則浮薄之風何患不革？陳絳贓敗，仁宗諭輔臣以訓飭親民之官；轉運張士遜辭王旦，旦以榷利爲戒。今能如此，則貪刻之風何患不革？臣願陛下用人之際，益思所以察邪正，崇忠厚，表廉白，明義利，彰示好惡，俾中外知趨附。浮薄者之必抑，貪汙掊克者之必去，則莫不洒濯其心，靡然一歸於正。」上再三稱善。至言朝士謁告以免朝參，浙西收租而加公量，諸軍市易，諸郡遏糴，奉使不可以不素擇，監司不可以限資格，事皆施行。而監司一説，上尤注意，妙選寺丞四人，同時臨遣，中外咸以爲榮。

其在諫省，首以警懼爲戒，謂：「人主之患，莫大乎安於小成，足於近效，而無始終不息之志。故愛君憂國之臣，每以遠大之效、古人之事業勉其君，以必爲魏證，願爲良臣。蓋以臯夔自任，而致太宗於堯舜也。陛下宵旰圖治二十二年于兹，而其效猶未能遠過於太宗。比年以來，旱蝗繼作，星緯失常，雖宸心焦勞，聖德感召，而獲一稔之應，退舍之祥，然天人相與之際，蓋有甚可畏者。欲望陛下謹終如始，天心既格而警懼之誠益專，沴氣雖銷而修省之意愈篤，不爲近功，毋急小利，必欲措世泰和而後已。」上深嘉納。

宦官陳源以姦敗，公言欲革此習，當裁之於未然。公見民力愈困，請通漕臣之計，以補州郡之有無；拘户絶之租，以廣常平之儲偫。又請嚴贓罪改正之法，以懲貪黷之吏；收外路辟闕歸吏部，以杜私謁而通孤寒。

公嘗從容奉燕閒，上曰：「比來中外亦無事。」公退而上疏曰：「臣聞治不忘亂，此人主之遠圖也。漢文帝時可謂安矣，而賈誼以爲『方今之勢，猶抱火厝之積薪之下而寢其上』；本朝仁宗時可謂治矣，而蘇洵以爲『天下之勢，如坐敝船之中，駸駸乎將入於深淵』。蓋二臣之心，愛治世而危明主，不得不然也。今者法度修明，紀綱振肅，上下和輯，邊陲晏清，謂非治安，可乎？然邊境雖安而輿圖未復，災沴雖消而豐歲未可必。至如寬賦裕民，選將練兵，急人才，厚風俗，未能副聖意之所欲者尚多也。臣願陛下愈加兢業，日新又新，毋以古人之治爲難能，而勉其所未至；毋以今日之效爲已足，而堅其所欲爲。」上忻然開納。

秋旱下詔求言，公上疏陳四弊曰：

「臣聞心和則氣和，氣和則形和，形和則聲和，聲和則天地之和應。今者旱嘆之繇，蓋人心不和有以致之。民力困竭而愁嘆者多，軍士貧乏而嗟怨者衆，當今之弊，無大於此二者。

「夫民力之竭，由於賦斂之無藝。賦斂無藝，本於財計之趣迫。州縣之間，繒帛不受其物而多折其估，米粟過收其贏而何止倍輸。峻榷酤之禁，苛關市之征。至如預借田租，誅責積負，羅織以罪而罰入其財，無名之需，數外之斂，有不可殫舉者。督迫之勢，自上而下，民之愁嘆，理所必然。蘇民力而息愁嘆，其必自版曹始。版曹寬則州縣寬，州縣寬則民力蘇矣。

「國家竭天下之財以養兵，而軍伍乃有貧乏之嘆，何哉？蓋生齒滋衆而廩給不贍，故負薪鬻屨，亦皆爲之。爲主帥者又多務剥下，以濟其私。臣聞之道路，皆謂中外兵帥多出貴倖之門，主之者唯譽其美，恃之者略無所憚，平時賂遺之費，非天雨鬼輸，軍士安得不貧？怨讟安得不作？初傳陛下欲親大閲，士卒忻然，俄而報罷。殿帥閲習，勞賚薄少，遂有太半不聲喏者；試藝滅裂，軍容不整，至有失馬踐死者，紀律隳壞，一至於此。蓋由主帥營利自豐，素召衆怨，是以一旦臨事，遂見乖謬。池州統帥，虐用衆力，不勝其苦；燕饋總領，費用不貲；軍情摇動，怨語流播，而黜罰皆未加焉。臣願陛下精擇將帥，使之愛養士卒，窒其倖進之路，察其借譽之私，赫然如齊威王烹阿之舉，則軍情悦而緩急可用矣。

「然今日之弊，復有大者。臣聞漢王吉曰：『朝廷不備，何以言治？左右不正，何以化遠？』往者一二近習，固嘗招權納賂，以致人言。陛下特發英斷，斥而去之，雖舜之去四凶，不是過也。今道塗之人猶竊有議，但見干進者或得其所欲，由徑者或遂其所求，而竊意其有爲之地者，皆謂此輩在陛下之前，未必敢直指某人之賢與否也，明言某人之求與此除也。意者浸潤之言，或得以乘其隙；彌縫之譽，或得以逞其私。不然，此輩居第名園，越法踰制，外莊列肆，在在有之，非賂遺之廣，何以濟其欲耶？臣願陛下疎斥姦回憸腐之人，更選老成醇重之舊，以備給使。痛懲僭侈，抑絶倖門，毋俾妄議，上累聖德。

「然今日之弊，又有大者。臣聞韓愈嘗因旱抗論曰：『君，陽也；臣，陰也。獨陽爲旱，獨陰爲水。聖明在上，而群臣不能盡心於國，有君無臣，是以久旱。』觀愈此言，其旨深矣。今陛下厲精於上，而大臣不任責於下，今日進呈，明日取旨，殆不過常程差除、瑣瑣細故而已。欲革一弊，先恐召怨；欲立一事，惟恐累身。事有可行而不行，曰此上意也；人有當用而不用，曰此上所不樂也。委其責於人而掠其功於己，每事依違，無所可否，如此而望其燮調陰陽，感召和氣，難矣！臣願陛下深鑒韓愈之言，垂意人主之職，責成宰輔，一提其綱，則天下之事必有能辨之者，而陛下又何勞焉？」

閲旬日，公見上而言曰：「陛下近以閔雨引咎責躬，求言補闕，願擇衆言有可行者行之。」上曰：「已令大臣録其可行者，亦捐南庫錢與户部。」池州郝政與降充統制官，殿帥尋亦補外，蓋用公言也。

其在春官，雖無言責，而論思獻納尤多。如開數路而求賢以補郎曹，教兩淮之民兵以備緩急，監司毋多騶從以費州郡，諸路時行推排以惠貧民，減宗子取應舉數以廣睦族之恩，增四川銓試律義以嚴門子之選。求人才者，大臣之職；舉將才者，二府之責。馭軍宜嚴，侈俗宜禁。劇郡擇守以備監司之選，治行列薦必惟實迹之求。中武舉者勿换文資，宰巖邑者必由薦舉。每進見，縷縷爲上陳之。

其在講筵，因講《易》之家人、損二卦，深陳正家之道，損上益下之義。嘗侍燕閒，賜座從容，上問日飲幾何，所餌何藥，宦遊所歷何地。嘗當春時，上問玉堂花木云：「卿於此亦可少進杯杓。」及歸院，即宣賜流香果實，恩意周洽如此。公屢祈退，願爲祠官。上曰：「卿公廉，必能爲朕牧養小民。」乃以徽猷閣學士知建寧。公自除大宗伯至是，衣帶鞍馬，再膺蕃錫。都門祖餞，從臣分韻賦詩，朝士以詩贈行，觀者歎息如二疏焉。

其在建寧，未幾移鎮紹興，公力祈免，不拜新命。章數上，乃被提舉玉隆宫之除以歸。公還家，省松楸，會親友，奬後進，藏書萬卷，周覽無倦。鄉間有枉抑不伸，孤弱無告，或貧不能舉婚喪，或不能詣吏部、試禮部者，公皆全而濟之。至親近族，或月有所給焉。

繼領南京鴻慶宫。十六年，太上登位，以覃霈轉通議大夫，又特頒詔奬，進龍圖閣學士。下詔求言，公乃上疏言：「先正司馬光嘗論人君之大德有三：曰仁，曰明，曰武；致治之道有三：曰官人，曰信賞，曰必罰。」又言：「當法壽皇之孝與勤儉，遵行壽皇之畏天愛民，任人納諫。」又言：「毋恃和好之安，而忘備禦之謀。」紹熙改元，領太平興國宫。告老，以通奉大夫致其仕。

公壽登八十，闔室驩躍，於立春講慶，命章綵服，重行拜舞，捧觴稱壽，鼓吹並作，内外姻舊，載酒設禮，撰爲詩歌以贊美之。尋開賓筵，踰月乃罷，閭里歆艷，以爲盛事。五年八月，皇上受禪覃霈，於是有正議之命。閏十月，降詔撫問，賜銀匳藥茗。王人踵門，恩光赫奕，前此未覩也。

公姿禀特異，年寖高，體氣益彊。一日，疾作頓甚，粥食爲廢，湯劑靡効，乃語諸子曰：「吾目可瞑，吾愛君憂國之心不可泯。」無一語及家事。薨于正寢，實慶元四年七月二十九日也。訃聞，天子憫之，於是有銀青之贈。

公娶同郡蔡氏，累封至淑人。兩遇慶壽恩，以子加封咸寧、蘄春郡夫人。夫人與公同生於甲午，先公八年葬。子六人：元謙，早世；元晉，奉議郎、主管台州崇道觀；元益，從政郎、監潭州南嶽廟；元豫，儒林郎、監潭州南嶽廟；元渙，承事郎、監筠州新昌縣酒税；元復，國子監發解。元豫、元復皆先卒。女二人：長已笄而亡，次適承節郎趙師復。孫十二人：國器，承事郎、知吉州太和縣丞；國華，修職郎、新興國軍司户參軍；國均，承務郎、新監紹興府支鹽倉；國成，承奉郎、新監温州支鹽倉；國光、國棟、國樞、國祥、國著、國基、國俊、國紀。孫女六人：長適從政郎、南康縣丞吕伯固；次適陳堯、向大榮、黄策，皆舉進士；餘未行。曾孫男三人，女四人，皆幼。諸孤將以某年某月某日葬于可封鄉梁家湖之原，從蘄春夫人之兆也。

公忠孝天得，方重質實，自奉清儉，待人謙和，言不妄發。宇量恢恢，莫測其際，而開心見誠。學問醇正，識趣超詣，處事精審，慮患深長。每先事而言，或者以爲過計，已而信然。

宜春太夫人享年九十有八，時公年亦六十，象服委佗，金紫怡愉，七迎板輿，就養公館，士大夫榮之。元晉等承顔養志，皆就祠禄。元涣雖任筦榷，間求檄歸侍。及屬疾捐館，三子皆在左右云。

先事，元晉以書赴告於予曰：「先公辱下執事與游久，故甚厚，非執事誰宜銘？」予不得辭。公爲守令有惠化，爲部使者有風稜。待制劉公國瑞狀公行實備矣，兹不重出，獨表其在言路關國之大事者著于篇。銘曰：

諫罔惟行，后罔聖名。諫罔惟咈，臣罔直聲。於穆孝宗，惟天爲崇。從諫一者，聖名獨隆。温温張公，不婞厥衷。不嬐厥躬，惟樸故忠。朝陽在東，鳳鳴梧桐。匪鳳則鳴，惟天爲聰。文皇徵珪，臣主惟徵。一舜一夔，不在淳熙？

故工部尚書焕章閣直學士朝議大夫贈通議大夫謝公神道碑

淳熙聖人睿文自天，典學日新，尊道隆儒，先路五三，於是儒學之士雲滃川滙，人舒向、家毛鄭也。而其耋艾典刑之尤者，在二浙則霅川程公泰之，在西蜀則眉山李公仲仁父，在江西則清江謝公昌國也。然程、李二公或以經學鳴，或以史學鳴，或以文辭鳴，曰經而經，曰史而史，曰文而文者，其惟謝公乎？

公諱諤，昌國其字，世家臨江之新喻。其先叔方，唐武德初都督洪州，因家于高安。至元和，華徙居新淦。十世而懋與弟歧、子舉廉、世充同登元豐八年進士第，時稱臨江四謝。舉廉字民師，有《藍溪集》，東坡蘇公與之論文有書，尤稱其「世上無真是」之詩，蓋公四世伯祖也。曾祖臻，祖誠，父革，皆不仕。父始徙居新喻，自號清風老人，累贈太中大夫。母胡氏，累贈淑人。

公幼敏而愿，不妄語，誦書日記千言。既冠，文名載振，屢薦名最，後首送。紹興二十七年第進士，授迪功郎、峽州夷陵縣主簿。未赴，江西常平使者王傳檄公攝撫州樂安縣尉。公條治盜方略上部使者，其要在開其徒自告。三十一年至夷陵，適北陲有興，羽檄旁午，邑缺真令。州請於使，以公兼邑事，軍無乏興，民亦不擾。

循左修職郎，陞左從政郎，授吉州録事參軍。瘐死者舊瘞以甎，❶往往暴骨。公白郡，取船官棄材以棺斂之。氓有陳其姓者，憧胠其篋以遁。有隱盜者，陳訴之官，辭過其實，反爲隱盜者誣訴。連帥龔公茂良怒，欲没入陳之産。公爲書以白帥，陳氏竟免，而帥亦以是知公。

以薦者改左宣教郎，知袁州分宜縣。表孝悌，崇學校，政尚忠厚。縣名難理，積負於郡者數十萬，一歲常賦之外，又鑿空索緡錢二萬餘。公歎曰：「桑洪羊復生，亦不能矣。」乃疏其弊於諸部使者，力求蠲損，得損亡幾，以母憂去。後令許公及之繼請于朝，竟蠲積負十三萬緡。至公居言路，又以分宜及秀之華亭月樁同奏，詔兩路漕臣躬至二邑廉問，故袁之四邑例蠲正額緡錢僅二萬，而華亭又數倍焉，分宜之民，始有生意。

---

❶「瘐」，原作「瘦」，今據文義改。

服除，請爲祠官，以便養親，授主管台州崇道觀。尋丁父憂，服除，授幹辦行在諸司糧料院，除國子監主簿、太學博士、監察御史。先是，州縣役法久蠹，公里居時，嘗教其里之人自占户之甲乙、産之高下，當役者自請承之，編爲一書，命曰《義役》。至是以聞於上，下之諸路，民多便之。又論民之繇役有曰保長者有十二患；又論湖州、安吉夏租藕絲之征，既輸細絲，又輸細綾，又輸細絹，請蠲其一，從之。

除殿中侍御史。論士大夫八習：「曰不恤，曰徇私，曰貪恣，曰刻薄，曰侈汰，曰輕率，曰詐僞，曰隱蔽。凡此八習，爲民八患，宜法湯之官刑以儆之。」

除侍御史。首論：「已然之惡爲易見，未然之姦爲難知。謂之姦者，冥於心，晦於迹，未易研究。」上嘉納之。淳熙十四年，淮浙大旱。七月，詔求直言，乃條秧政，如繫獄之淹，如征商之苛，如榷酤之羨，如經總月椿之算緡，如越州、廣德軍之和買。又條振貸七策，其要在勸分，從之。

除右諫議大夫，兼侍講。講《尚書》，因言於上曰：「先儒論學先致知，經者致知之源；帝王之學先稽古，《書》者治道之本。故觀經者當以《書》爲本，觀《書》者當證以後世之得失。」上曰：「人君不知學，則必至於自怠。如唐太宗，非無功也，而不知學。卿謂讀《書》取證於後世者甚善。」上又言及學問，公對曰：「天下之事，立本救弊而已。臣嘗聞陛下論及『允執厥中』。蓋中者，本也。中則不倚，自然無弊。」上曰：「聖人所以貴中者，無過與不及也。」嘗夜召見，論及南北事，上曰：「當乘機會。」公曰：「機會雖不可失，而舉事亦不可輕。」上曰：「甚善。」公每遞宿，必召見，賜坐賜茶，從容問曰：「聞卿與郭雍從遊，雍學問甚好。」公具陳本末，上曰：「雍論性可取。朕於性説，獨取孔子『性相近』與『上知下愚』之説，其言簡而易明。自孟子而下，論性者愈煩，皆失性之本。」公對曰：「陛下論性，真得其要。」上又問：「雍曾見伊川否？」公對曰：「程頤時雍尚幼，雍父忠者得頤之傳。」上問曰：「觀雍議論，多出於《易》，有《易解》否？」公對曰：「有，其解明白。」雍初封冲晦處士，加封頤正先生，皆自公發之。

太上登極，公獻《十銘》，其辭曰：「業成而難，其敗或易。兢兢保之，常恐失墜。道甚簡易，在尊所聞。帝王之學，匪藝匪文。畏天之威，主德爲最。水旱雷風，天之仁愛。存心公正，治之所起。豪釐之私，患及千里。妄賞不勸，妄罰不畏。賞罰大權，以妄爲忌。貪吏虐民，戒石莫聽。奬廉以激，捷於號令。民之疾苦，幽遠難知。日訪日問，猶恐或遺。財在天下，理之以義。未聞刻斂，其罪在吏。亂之所生，非止夷狄。姦回諛說，尤害于國。自治十全，可以理外。重乃馭輕，輕動爲戒。」又疏二事，其一則謂：「治天下必有家法，以爲一定長久之道。」其二則謂：「舉人望之賢以聳動中外，則巍巍之功易以有成。」時稱《十銘》如李衛公《丹扆箴》云。

因經筵勸講，又陳二節三近，累百千言，大概謂所當節者二：曰宴飲，曰妄費；所當近者三：曰執政大臣，曰舊學名儒，曰經筵列職。未幾，補闕薛公叔似、拾遺許公及之，有詔各與卿監，以示褒擢。公獻疏曰：「以補遺遷卿監，官固陞矣，意則非也。況此二職，壽皇復建之，所以導諫，用意至遠。若驟廢之，非新政所宜。」公嘗言：「有直諫，有寓諫。直諫者言之難，受之尤難；寓諫者言之易，受之亦易。」嘗進講至《書·無逸》「嗣王其監于兹」，言於上曰：「監之一字，帝王治功之根本。由三代而上，以監戒之辭爲常，所以治多而亂少。堯舜之慈儉，禹之菲飲食、卑宫室，湯之不邇聲色、不殖貨利，皆周公所言四君無逸之類也。太康敗於甘酒，桀敗於酒池，厲王敗於荒酒，幽王敗於沉湎淫泆，皆周公所言商受酒德之類也。成王能用其言而躬無逸之行，以致盛治，誠可爲萬世法。」

十六年四月，除御史中丞，尋權工部尚書。六月，上章請爲祠官甚力，除焕章閣直學士，知泉州。又辭，乃除提舉江州太平興國宫。秩滿，再請者再。既奉祠來歸，天下士君子高其風。

公始居縣之南郭，名其燕坐曰「艮齋」，天下稱艮齋先生。後居東郭，茂林脩竹，環列其居，而桂尤盛，遂以「桂山」名其堂，又皆稱桂山先生云。紹熙五年十一月九日，以疾薨於正寢，享年七十有四。階朝議大夫，爵清江縣開國伯，食邑九百户。遺表聞，特贈通議大夫。

娶胡氏，封淑人，柔恭勤敏，梱内之事不以毫髪煩公。二子：峴，宣教郎，新差充江淮、荆、浙、福建、廣南路都大提點坑冶鑄錢司檢踏官；峙，先卒。三女：適進士丁南容、胡定、彭煟。孫男四人：淮、渭，皆登仕郎；漳、澧，皆蔭補未命。女三人：長適進士歐陽珙，餘幼。

公孝友温恭，出於天性。清風老人喜詩，公每征行，有賦詠必寄歸，曰：「以此當綵衣之戲。」老人曰：「以是娱我足矣。」二親耄期而康寧，朝夕侍養怡愉，見者感化。教育二弟，皆得公學識，有黌庠序。諮，中淳熙乙未科。每謂二弟曰：「二親高年，兄弟侍養之樂，雖聖賢亦所難必。」公每云：「人之立志，要以聖賢自期，豪末私意不介胸中，然後能與天地相似。」孝宗嘗有「恬静正大」之褒，故烏臺諫省出入七年，凡所糾正，無異論，無怨言。

公有文集一百卷、經解四十三卷、奏議十卷、《性學淵源》五卷、雜著二十卷、《孝史》五十卷。公之經學，受《易》於郭雍，以達于二程。謂：「艮者，聖人之止；無妄者，聖人之動。」其銘有曰：「仁義忠信，蓋無常名。由近而推，則勇於行。」又曰：「出門萬里，其塗蕩蕩。用震以乾，是曰無妄。」學者宗焉。公之文，大氐祖歐陽公與曾南豐。予嘗謂公曰：「近世古文絶弦矣。昌國之文，如《送陳獨秀序》甚似歐，而《南華藏記》甚似曾，皆我所弗如也。」予在朝時，嘗攜二文以示兵部侍郎蜀人黄鈞仲秉。仲秉以古文自命，未嘗推表一人。至見此文，讀之一過曰：「好。」再過曰：「極好。」三過曰：「此古人之文，非今人之文也。鈞也見文集不少矣，而獨未見此文，果何代何人作也？」予笑曰：「此古人今在中都之逆旅，將詣曹而覓官。」黄驚曰：「乃今人乎？」

慶元元年十一月甲申，其孤峴奉公之喪，葬於袁州分宜縣神龍鄉鍾山里西峰安覺院之右，近太中淑人之塋，從公志也。後六年，峴以書及文林郎、充荆湖北路提點刑獄司幹辦公事歐陽朴之狀來，曰：「先公葬六年，而墓隧之碣未立，非敢忘也。念先友最故者加少，而深知者又加少，兼斯二者，微先生碣之而誰也？」予因特書其大者，其詳則有行狀與言行録。銘曰：

皇矣維宋，奎宿芒動。文儒以光，漂漢滌唐。洛中之程，洞聖之經。南豐之曾，司文之盟。豐祐以降，疇嗣其響。中興昌辰，謝公其人。攡《易》之縕，孝宗下問。優入程域，澄源乎艮。以文而鳴，古文勃興。陟彼曾壇，韶鈞其硁。有一其得，則百斯世。云胡傷廉，奄有其二。公没六年，草鞠新阡。碑于隧前，列彼下泉。

六一先生祠堂碑

嘉泰三年夏四月，上庠名儒武寧胡公元衡，以廷尉正膺帝懋簡，作牧廬陵。幕府初開，延見士民，顧而喟曰：「此邦六一先生之故里也。太守今日之政，其將疇師？近舍先生，遠取遂霸，是宅鄧林而度材於它山，航滄海而採珠於支川。」於是每夜漏未盡十刻，先雞以興，盛服以出，周諏民瘼，允哲民情。治賦以寬，聽訟以詳。敷政九思而後行，録囚百慮而後決。至於精意雩禜，體爲之瘁，禱雨雨集，祝雪雪至。既十告朔，仁形於心，化孚于民。山農溪叟，咸以手加額曰：「此古儒者之政也。前日開府之言，其有合哉！是足以對越吾鄉先生文忠公矣。」

公一日追暇，登方史君所作六一之堂，則又仰而喟曰：「古者必祭有道德者爲樂之祖，此禮經明訓也。今居六一之故國，撫喬木之蒼然，誦《秋聲》、《鳴蟬》之賦，覽《唐書》、《五代史》之藁，峩如之冠，睟如之容，忽乎瞻之在前也。伊欲折白鷺之芰荷，酌青原之石泉，社而稷之，乃無一精舍以妥屏攝，以爲邦人考德問業之地，不曰室邇而人遠乎？」面堂之南，得一虚亭，增築一室，猶先生之像而祠焉。

明年四月，將屬士民落之，移書万里曰：「紀祠之碣，招神之些，不在子其將焉在？」乃爲之作迎享送神之辭曰：

繄斯文之鼻祖兮，肇集成乎素王。二太極而三兩儀兮，曾謂遠賢於虞唐。一删一定而一繫兮，紉天紀而綴人綱。膊盾止於麟筆兮，遏萬祀臣子以無將。恫岱頽而設崇兮，邪詖啖烈而波狂。蹇道統之三絶兮，疇再延孔氏之光。隄無君無父之方割兮，崒一盂之爲坊。撲虛無齊戒之鬱攸兮，前一韓而後一歐陽。微一聖三賢之澤兮，人倫何怙而不亡。惟泰元尊之丕仁兮，賚先生乎仁皇。上以宋夫法宫兮，下以玉乎此邦。羌此邦之子衿兮，疇莫扈先生之芬香。耿先生之精爽兮，千秋萬歲此邦乎不忘。矧崇永之馬鬣兮，宿草風悲而雨荒。庸展省之不懷兮，獨久於潁乎相羊。雲起青原之峩兮，月湧白鷺之茫。筍有玉版之葅兮，柑有羅浮之霜。麴西江以爲酒兮，手北斗以爲觴。帥諸生北嚮以迎拜兮，壽先生乎新堂。乘回風而載雲旗兮，忽焉來歸乎故鄉。

誠齋集卷第一百二十二

廬陵楊万里廷秀

墓　表

右司王僑卿墓表

南粤負山控海，甿獠相錯，爲一都會。凡奉詔條爲部刺史，匪得其人，則帥守頡頏，殆若羈縻。自淳熙戊戌以迄辛丑，凡四年間，有以小司寇帥番禺者，既憸且忮，礪齒思噬，倚門人爲諫大夫，怙埶旁行，聲氣出部刺史上，小迕厥指，輒以飛語聞。於是護漕、布憲、常平諸使者，如葛世顯，如黄溥，如李綸，如趙公瀚，咸被嘖言，繼繼坐黜，齰舌而斃，弗敢校也。帥既連得意，同時使者，慹者靡，傅者嗾，獨括蒼王公司平準，監祥刑，領餽饟，凡三易使者節，弗詭弗茹，屢嬰其鋩。憸忮者怒，欲爲蠆尾，未幾改鎮它郡以死，而公故無恙。嗟乎！公，仁人也，而彼忮方獗，獨毅不折，是不亦勇乎？截然居間，有璞弗刓，是不亦智乎？是可書也。

公諱晐，字廣元，姓王氏。初諱東里，字僑卿。少貧篤學，爲文有氣力。登戊辰進士第，歷汀州蓮城尉、徽州休寧縣丞、臨安府教授，主管尚書禮兵部架閣文字，秘書省正字、校書郎、著作佐郎，知太平州，改知道州，尚書考功員外郎，右司員外郎，廣東提舉茶鹽、提點刑獄、轉運副使，主管建寧府武夷山冲佑觀，官止朝奉大夫，年止六十。

公初在著作之廷，嘗與同寮劉夙相率論龍大淵、曾覿招權害政，章未上而去，人咸惜之。其在廣東，疢心煮海，阜通商賈，曾未滿歲，得緡錢九十萬有奇。條上便宜，請歲助廣西之費，稍朘鹺計之羨，盡給牢盆之直。又言：「二廣鹽筴，宜權贏縮，彼此相補，無分東西。酌紹興之制，通議增損，凡鬻鹺之數，合兩路而均之，東鬻其四，西鬻其六，然後官無抑配，民力自裕。」時朝廷欲糴米斛五萬漕中都，公不奉詔，事竟寢。公又言：「右姓牟利，秋時賤糴，春時貴糶，盰是用寠。請令常平貴糴以救其賤，賤糶以救其貴。」

布憲之始，郴寇陳峒、李瓊繇春陵犯陽山，雖王卒三捷，而寇勢未衰。公親帥師，自韶至連，擣其巢。容寇李接繹騷西鄙，公又躬行壁壘，邀其走集，馳驅原隰，挈挈期年，三寇悉平。居職三載，循行所部，凡爲州十有四，爲縣三十有九，冞入黄茅，無不至焉，或有三四至者。汀寇沈師猘于循、梅、潮、惠之間，兵車有興，公發軔漕下，揆策矢謨，竣事無曠。

丐歸，章七上不得請。御史有以風聞言公者，坐以祝釐之官罷歸，至信得疾，因家焉。卒於癸卯四月庚申，葬於是歲九月辛未。曾祖慶遜，祖汴，皆不仕。父緋，贈朝請郎。娶余氏，封宜人。子男二人：郯，將仕郎；剡，迪功郎、新鎮江府丹陽縣主簿。女一人，適從政郎、新信州録事參軍葉宗魯，既嫁而卒。孫男二人：搢　。女三人，俱幼。

公天性静默，似不能言，外寬中嚴，直諒自信。其與人交，淑慝險易，無所置疑，周急遠施，有犯靡校。其爲使者，或責公不按吏，公曰：「薄其奉，責其廉，可乎？」然遇事直前，無慕顧意，嘗歎曰：「天下事不患不能爲，患不肯爲。不肯爲者，用其肯爲者於私，用其不肯爲者於公。」聞者韙之。公既没，薦紳先生以文來誄者，或曰：「並受真僞，兼容賢愚。」或曰：「周爲顔氏，漢則孺子。」其爲一時推表如此。

予乘傳領表，與公實爲同寮，又繼公提點刑獄，情義甚密。予喪母而歸，公亦使事言還，過予敝廬，留一昔而别。甲辰冬十二月，予奉詔爲尚書郎，寄徑上饒，欲謁公而公死矣。升其堂，哭之哀。見公二子，二子拜且泣曰：「知先君之深，愛先君之厚，信先君之篤者，宜莫如子，盍有以表諸幽？」予曰：「諾。」後三年八月，公之子剡試吏部得官，將歸，來見予。予有感焉，乃彙公平生大概以授剡，俾碣諸墓隧云。淳熙十四年八月十八日，朝請郎、守尚書左司郎中兼太子侍讀楊万里述并書。

澹然居士趙公平仲墓表

魏悼王之六世有賢孫焉，澹然居士趙平仲其人也。何賢乎平仲也？貴而賤，富而貧，才而愚，德而虚也。曷爲貴而賤、富而貧也？問誰高曾，則廣陵郡王與安化軍節度使也。問誰祖父，則金紫光禄公也。重王累侯，拖紫鳴玉，而平仲生其家，不曰富且貴乎？然平仲不幸幼喪其所天，又重不幸而火其廬，而平仲短褐脱粟、飲水捽茹以終其身，不曰貴而賤、富而貧乎？

然則平仲名在屬籍而不在官簿乎？曰：平仲承節郎也。然則曷爲不仕？無乃匱於所挾，鈍於所售乎？曰：平仲仁孝正廉人也。平仲年未冠，父疾亟，平仲夜犯濤江，跣走數百里，迎醫之良者，而拜之如父兄。及父喪，上無諸父，下無同産兄弟，以隻影童子而塴大事。母寡己孤，母耄己稺，乃饘己以飯母，寒己以㬇母，劬己以妥母，母子同命者四十年如一日，是時平仲未命也。母没乃得官，則泣曰：「君命其敢不拜？無母有禄，其忍獨食？」不曰孝乎？嗜讀書，喜賦詩，而不肯一試於有司。有官而終不就一列，不曰廉乎？外至黄老星家、醫卜百工之技靡不解，而不惑於巫史浮屠，不曰正乎？其居豫章之進賢，急人之急，憂人之憂，藥人之疾，或託之以死，或寄之以孤者累累也，不曰仁乎？仁孝正廉，是四者有一焉，所挾既充矣，而況四乎？何匱之有？

然則曷爲鈍無售也？曰：非鈍也，匿也。非無售也，不求售也。曰：才而愚，德而虚，然則歷聘轍環，非歟？曰：歷聘轍環何可當也？聖事也。平仲，賢人也，其鄭子真、李仲元之徒歟？雖然，子真、仲元，巖下之窶人也；平仲，貴介公子也，其於貧賤，孰習孰不習也？然有不習焉而樂者，有習焉而樂者，二者孰難孰易也？使三人者易地而處，當有可小觀者。

平仲諱公衡，澹然居士其自號也。卒于慶元二年四月丁卯，年五十有九。夫人周氏，處士丕遠之女，李公擇之外孫也。前卒，年三十有九。與平仲安貧正家，有鴻妻侃母風。四子：彦演，從政郎、常德府司法參軍；彦璋，文林郎、福建路轉運司主管帳司；彦法，修職郎、吉州司户參軍，同登淳熙丁未進士第；彦沃，業進士，皆傳業有聞。而彦法與予遊最故，予嘗舉其文行之美以自代云。一女，適傅儔。孫男四人，皆幼。考諱緒之，監潭州南嶽廟。母夫人張氏，所生母金氏。

越三月，諸孤葬平仲於縣南三牛鳴，其日某甲子，其鄉歸仁，其原麻山，遷周夫人祔焉。其世次、氏名、職官之詳，大丞相益國周公既銘之，且亟稱其信厚温恭如晉宋間人物，廬陵楊万里復表其墓曰：

蔚麻原之松桂兮，皆是翁之手植。沔歸仁之泉流兮，有是翁之釣石。翁不見兮，空山蒼而水碧。孰知翁之不死兮，山水長與之遨嬉。朝隮霑夫霽暉兮，翁載之以爲旆。宵唳警夫素溥兮，翁策之以爲騑。攀天闕以入月兮，不騎箕尾而騎少微。子孫來拜翁而安仰兮，盍諏雲而咨鶴。雲垂垂而鶴僛僛兮，翁其來歸而小泊。酌桂酒而薦蕙肴兮，必見翁欣然一醉其如昨。

中奉大夫通判洪州楊公墓表

宋受天命，一四海，聖聖相承，澤深仁高，一百六十餘年間，重乂累寧，罔一玷缺。自宰臣蔡京窮姦極妖，竊弄國秉，遂成靖康之禍，言之可爲痛哭已。方京盛時，蔽虧天日，闔開雷霆，生殺寒炎，在其爪掌。京久居杭，有尼出其門，倚其勢奪民地。民訴之仁和縣，縣宰廬陵楊公直之。尼訴于京，京諷守胡諭公，以地畀尼，當讎以美官，公執不可。它日，有從臣薦公，京以前憾擯不用。公自是留落，老州縣，君子是以爲公惜也。使是時公遇主，得爲諫官、御史，則斬安昌，破銅山，爲國除此賊不難也，君子是以爲國惜也。

公諱存，字正叟，一字存之。其先出晉武公子伯僑，伯僑四世孫叔向，族號羊舌氏，食采於楊，生食我，以邑爲氏，其後居華陰。在戰國者曰章，章生款，爲秦卿。後四世曰喜，仕漢祖，封赤泉侯。十一世曰震。至唐，曰綰，曰嗣復，曰汝士，曰虞卿。虞卿之孫承休，天祐元年以刑部外郎使吳越，楊行密亂，不得歸，遂家江南。六世曰輅，仕南唐，徙家廬陵。子鋌，終海昏令，公之六世祖也。曾祖諱戩，祖諱倫，考諱郊，皆潛德不仕。考以公累贈太中大夫。妣黄氏，贈碩人。太中公樂易有容，里稱善人。家貧，擇師訓子，篤意無倦。

公幼，日誦數千言。未十歲，能屬文。既冠，第元豐八年進士，授郴縣尉。丁父憂，服除，授袁州司理參軍。又丁母憂，服除，授廣州南海縣尉，改循州長樂縣令。長樂，二廣窮處也，士不知學。公首延士子，脩學校，與諸生行鄉飲酒禮，民風一變，聲最諸邑，薦者交章。改宣德郎，知河中府猗氏縣，改杭州仁和縣。錢塘，吴越勝地，公治整以暇，與文士登臨賦詩，爲一時絶唱，號「詩將軍」。秩滿，坐忤時宰意，授知襲慶府奉符縣。奉符，岱嶽祠廷在焉，仕者相傳以爲膏腴之邑，令與祠官同掌其利，故前令多墨。公爲置策書，凡四方之民捐金錢以奉香火者皆書之，屬之祠官，隸之府廷，已無與焉。有戚里任氏子爲祠官，轉移祭器。公白諸部刺史以聞，有詔漕使韓公鞫之。任置對窮，反誣公。既具獄，公無秋豪，而任抵罪。韓歎曰：「公之清雖畏人知，神知之矣。」通判建昌軍，地與閩境，盜所出入。有惡少屬徒數百，殺人火廬，巡尉憚之。公諭招不從，設方略盡禽之，既而戚曰：「愚民觸法，情可矜。」白州戮渠魁，貸其餘。民感悔，盜遂息。在功令公當最，公推之佗吏。通判洪州，帥孫公竢素寛厚，自公在建昌，孫已知公。既至，府事一委之公，公亦濟以明惠，治而不擾。

公見時事日異，有拂衣告老志。靖康元年七月，欽宗皇帝登極，恩加朝議大夫。八月，竟上章致其仕，歸于吉之吉水縣湴塘里之故居。高宗皇帝登極，恩加中奉大夫，賜金紫。退居後口不道朝廷事，手不染州縣牘，友溪山，藝松竹，葛巾藜杖，寄傲其間。軒曰「報春」，堂曰「餘慶」，皆有詩以紀之。丙午冬，大雪木稼，嬰疾，踰年而終，建炎戊申正月九日也，得年七十有一。葬以明年十一月壬申，鄉曰中鵠，原曰王阬。娶黄氏、曾氏、劉氏，皆累封贈令人。五子：王休，博洽有辭藻，兩預鄉賦，修職郎、撫州崇仁縣尉；王庭，迪功郎、興國軍司法參軍；王烈，迪功郎、全州録事參軍兼司户；王猷，迪功郎、肇慶府司法參軍，皆以公蔭補。王訓，不仕。孫九人：光祖、振祖、茂祖、焕、承祖、炳、賡、庶、得清。諸孫皆業進士，而得清棄家爲道士云。曾孫十人：扶、薈、清節、掀、清成、清簡、清德、清臣、掖、清卿，皆世其業。

公字量恢踈，名宦冲淡，家素空乏，不問生業。事兄布如父，禄賜必分，訓其子如己子。杞未冠策第，公以詩賀其兄云：「月中丹桂輸先手，鏡裏朱顔正後生。」至今詩家者流傳誦爲佳句。公之葬，奉議郎、知虔州虔南縣劉師旦銘之矣。後七十有三年慶元庚申，曾姪孫万里覽其銘，慨公之忠，悼公之詘，復表其墓曰：

宣政之辰，有孽其臣，載弄之鈞。士伏以蜚，于其齾嘻，于霄于泥。毅毅楊公，載凛其風，載劘其鋒。怒霆奮挺，排山塞淵，疇不慄旃。予進可蹉，予傳可磨，其如予何。

新喻知縣劉公墓表

紹興二十有九年冬十月十有九日，万里迎侍老親，來吏零陵。過湘江，遇公於野店，驩甚，而彼此骨肉已前行，日荒荒欲落，勢不容久相語。某拜公，上馬馳去。公亦行，一再回顧，有惘惘之色。公平生剛簡，未嘗對某如此也，私竊獨怪之。未幾，則聞公病，遂不起。前日之回顧，殆永訣之意也歟？嗚呼，痛哉！蓋明年之八月一日也，得年六十有一。

公諱廷直，劉氏，字諤卿，一字養浩，世爲吉州安福人。曾祖諱璣，祖諱知復，考諱仕先，皆不仕。紹興初元，復元祐詩賦科，時士以王氏訓故熟爛口耳，聖經賢史，古今治亂，正邪之大端，漫不省爲何物。公與兄禹錫，以文章煒然，同升里選，而公在第二，州閭稱「二劉」焉。❶已而禹錫登科，公聞罷。又十一年，禹錫死。公以經賦兩科再詣太常，登十五年進士第。調鄂州户掾。鄂居上流，留屯神衛兵以大萬計。一夕，軍中積芻火，大將田師中怒甚，大搜。後一夕得三偷兒，有火具，械致之州。太守張摶承意，委公鞫之，欲必得三人者火芻狀。公精意問囚，蓋其情將以竊藏於民家，實未嘗至軍壘也，即抱具獄，白釋之三。太守怒，以語侵公，公曰：「以火具而殺三人，有以異於以釀具而抵酒禁者乎？」太守一笑，破械遣囚，遂與公爲知己，薦之朝。遷左從政郎，丞鼎州武陵縣，數决疑訟。歲旱，州命公禱而雨，甘露降于丞廳事之後圃，桃者五，李、海棠者一，邑民咨異。部使者某公，雅不屑其人。某剡章薦公，公以好言謝卻之，就攝郡博士。逾年，用禮部侍郎辛公次膺及諸公薦，改秩左宣教郎，知臨江軍新喻縣，而疾作，致仕得左奉議郎，命下於身後云。

公初娶伍氏，繼室向氏。三子：宏中、處中、得中。二女。始公未仕，恤恤然有及物意。安福西寅陂，歲溉田萬三千畮，擅於豪右，貧民病之。公爲作均水約上之官，事下，至今利焉。嗟乎！士大夫儋爵賦禄，任民之安危福禍，而漠然塞耳關口，視若風馬牛不相及。甚者作俑厲民，以爲吾民數百年不可療之疽根，以進其身無怍色。而公未有職於民之時，而挐民憂以自詭如此，使得大其施，所及豈少哉！公即世之二年，門下士楊万里聞其葬，乃哭而表其墓曰：

鄉里遺老爲予言：「劉正臣極長者，其陰德在人博矣。其後增增，未有已也。」今觀其二子，相踵策第，

❶「閭」，原作「閣」，今據文義改。

而亦相踵以死，以不得遠其翔，不及流其根，則福善之報然不然，未可知也。然君子之望其子也，無忝於其訓，以無媿於其天而已。負其先以尤其天，豈其志也哉？是則報之大者，是則二劉已矣。

羅元亨墓表

元亨諱上行，羅氏，世爲廬陵人。年二十有八，擢進士弟。負其有，慨然欲竭才力，爲國立功業，卒至於憊以病，病以死，死以不壽。壽止於六十有一，官止於左奉議郎、知饒州安仁縣。嗟乎！若元亨之志，元亨之才，元亨之廉勤，而止於斯，天邪？人乎？天也，亦人也。

始，元亨丞武岡軍武岡縣，時大寇楊么窟穴洞庭，很然有窺湖南意，朝廷命大將岳飛討焉。元亨以飛檄督饟於諸郡，至全州，通判范寅秩挾家閥，心輕士大夫，元亨屢撼不動。一日往哀懇之，范盛氣大駡曰：「公少年不曉事，錢糧不可得也。」元亨抗言責之曰：「寇在心腹，王師遠來不宿飽，公忍坐視邪？臣子之義，當如是耶？」范怒，且愧其坐人，即發帑廩以應，然用是銜元亨，元亨不顧也。已而元亨宰静江府荔浦及永州東安縣，凡兩遇范爲部中監司，數窘元亨，卒不得絲粟罪。然元亨自是困躓，晚乃教授德安府府學。用諸公薦，改秩左宣教郎，而元亨老矣。至安仁數月，境内大治，部使者、太守上其狀於朝，丐頒其條教爲州縣式。廟堂欲用之，而元亨病革死焉，蓋紹興三十有一年九月某日也。

其在荔浦，民世爲胥於帥、漕、憲司，怙其勢，意氣横出，視令亡如也。令往往反折節隆禮以就焉，介其譽於上官，否則與爲市，以故多犯法，不輸租。令愓不敢呵問，稍忤焉則飛語鈎謗，遠者莫攷，近者逐二十餘令矣。元亨至，則條其姓名與其所以然者白於三司，請再犯者得逮治，胥徒側目，治甲廣右。

其在東安，范運判修怨，移以丞祁陽，受牒鞫獄衡州。先是，衡有浮屠弱一孤兒而奪之田。浮屠者，徑山宗杲之徒也。宗杲以才辯得幸於公卿要人，孤兒每訟田於有司，有司皆觀望宗杲之勢，橈法以田畀浮屠矣。元亨未至衡州十里所，宗杲遺書於元亨，啖以惟所欲，或當塗薦章，或金帛，必以田畀其徒。元亨謝曰：「諾。」既入城，則發其姦，其訟一問而決，舉田以歸孤兒，諸公大驚。

及秩滿歸家，万里私怪其蕉萃，以問其子全略，全略慼然曰：「吾翁平生之心力盡於爲邑矣。竟日坐聽事聽民政，飢甚則入屏風後卒卒索食。食未徹，聞一民揖於庭，則又屣履而出。迨夜過丙，事已，民謝去，倦卧於屏風後，率以爲常。」未幾，則聞大病於德安，再病於安仁，卒死於勤。且所至遭其仇，以不得施其才，是可哀也已。

曾祖諱軿，祖諱仇，皆不仕。父諱紼，以經術爲州里儒先，粹然古君子人也，以元亨贈右承事郎。母李氏，贈太孺人。妻孺人周氏，先卒。子四人：全略、全德、全材，皆以文世其家；全功，未冠。二女，已嫁。其詳見於行狀誌銘矣。明年某月某日，妹婿楊万里復表其墓曰：

嗟乎！元亨以王師不飽爲己憂，而不慄上官之含怒，賢矣；范公以一時之怒不容天下之士，而阨之至死，冤矣。雖然，元亨之賢，蓋自其天。在阨而安，亦豈其冤？吾特爲國愛元亨之才，而爲當世之君子惜其使斯人而然也。嗟乎！攖己者醜，諛己者妍。同己者扶，異己者顛。今之君子，此病未痊。若元亨之犯一郡丞，其禍已如此，况復有大於此者邪？然則乏才於緩急之際，而天下之所以難治，不足怪也已！不足怪也已！

誠齋集卷第一百二十三

墓誌銘

丞相太保魏國正獻陳公墓誌銘

廬陵楊万里廷秀

皇天佑宋，俾萬億年作民主，自祖宗暨于中興，必畀以傑魁文武之佐，負大公至正之望，爲一世善類之宗。故其人未用而天下望之，既用而天下悦之，既去而天下惜之。其進其退，君子小人視之爲己用舍，四海生靈視之爲己戚休，中國四夷視之爲國輕重。在仁宗，時則有若杜、韓、富、范；在哲宗，時則有若司馬文正；在高宗及我聖上，時則有若廣漢張公、莆田陳公。磊磊堂堂，後先相望，偉如也。

初，紹興庚辰、辛巳間，虜情猘甚，國勢臬兀，天下之望在張公，而廷臣莫敢以聞，首請用張公以大慰民望、卒安宗社者，陳公也。是時，萬姓三軍稱張公爲都督，而陳公爲小都督，其繫人望如此。至如乞斬大璫張去爲，尼外戚錢端禮之相，逐倖臣龍大淵、曾覿，議復奏審之法，及極言近習弄權、債帥納賄等弊，皆根柢天下治亂，天下稱誦其卓詭絶特之舉者，皆陳公云。

《詩》曰：「人之云亡，邦國殄瘁。」迺淳熙十有三年秋七月二十有二日，民之無禄，少師、觀文殿大學士魏國陳公以薨聞，天子震悼，對輔臣驚歎久之，爲輟視朝，又再輟視朝，贈太保，謚曰「正獻」，令官治葬，以十五年七月二日葬于莆田縣保豐里龍汲山。朝奉郎、直寳文閣、主管西京嵩山崇福宫朱公熹狀其行，其子守以請銘于太史氏，而廬陵楊万里實執筆待罪厥官，銘其可辭？

公諱俊卿，字應求。其先潁川人。永嘉之亂，太尉、廣陵郡公凖之孫西中郎將逵南遷泉江，歷唐五季，而太尉十九世孫真、二十二世孫嶠、沆始居莆田。自沂公以降，以好施聞。

公生而莊敬，不妄笑言，七八歲知學。冀公薨，執喪如成人。少長，益自厲。紹興八年舉於禮部，知舉朱公震、張公致遠得其試文曰：「公輔器也。」寘首選。有不可者，屈居第二。授左文林郎、泉州觀察推官。秩滿，改宣義郎。故事，當入館學。時相秦檜察公不附己，以爲南外睦宗教授。終更造朝，道中一日忽心悸，亟馳歸，冀國夫人已即世，乃以是日屬疾云。

服除，員外置通判南劒州。檜死，乃以祕書省校書郎召，非公事未嘗詣執政。今天子爲普安郡王，高宗命宰相擇可輔導者，争欲植所善。高宗不可，命擇館職静厚者，乃以公對。除著作佐郎，兼普安郡王府教授，尋遷著作郎。在邸二年，講説常傳經以規，歷司勳禮部外郎、樞密院檢詳諸房文字、監察御史、殿中侍御史。

韓仲通以獄無辜媚秦檜，檜黨盡逐，仲通獨全；劉寳總戎掊克，併按抵罪。宰相湯思退秉政，國言籍籍。會冬無雲而雷，公言思退文藝有餘，器識不足，無以堪重任，詔罷思退。金虜自燕徙汴，謀入寇，中外震恐；而楊存中久握兵柄，尤以掊克交結得幸，士皆怨咨。三十一年春正月望，大雷雹，已而雨雪。公引《春秋》書雷雪相距八日，其變有漸，今一日並見，此夷狄陵中國、臣下竊威權之象。遂彈存中，天子爲罷存中而奪之兵。

時虜釁已形，公言宜蚤擇大帥，盡護諸軍，而在廷莫有堪其選者。舊臣唯張忠獻在，困於讒，謫居湖湘，中外翕然歸之，上心益疑。公上疏曰：「竊惟今日事勢危迫，軍民士夫皆曰張浚忠義文武，且習軍事，可當閫寄。臣素不識浚，亦聞其人意廣才疏，雖有勤王之節、安蜀之功，然其敗事亦不少。特其許國之忠，白首不踰，廷臣未有過之者。竊聞譖者言其陰有異志，若付以權，恐漸難制。夫浚之所以得人心、伏士論者，爲其有忠義之素心也。若其有此，人將去之，誰復與之？臣願陛下察其讒誣，略加辨白，且與除一近郡，以繫人心。」上大悟。宦官張去爲陰沮戰議，且請避狄。公請斬之，上愕然曰：「卿仁者之勇。」明日除權兵部侍郎，後數月竟用張公守建康。

邊報益急，王師始北渡江，據要害，然戰議猶未決。公言：「今守禦略備，士氣亦振。北虜若來，持以重兵，擣以間道，上策也；嚴備禦，開屯田，中策也；受其甘言，斂兵增幣，無策矣。」虜兵尋渡淮，公受詔經理浙西，我是以有膠西之捷。公勸上進幸建康，上然其計，未發而虜自亂，殺亮。新酋遣使求成，朝廷議所答，或曰：「歸疆者實利，正名者虛名。」多附其說。公亟言曰：「今日正名之日也。」

今天子受禪，公入對，陳戒懇切，且言：「今日之事，必也清心寡欲，屏遠便佞，用志專，見理明，則邪正分，功業就。」七月，遷中書舍人，尋以其職充江淮東路宣撫判官，兼權建康府事。時上初即位，慨然有雪讎耻之志，方屬張忠獻公以閫外事，顧在廷無可使佐之者，以公忠義奮發、沉静有謀，故有是命。公與張公協謀效力，大飭邊備。

十一月，召給札條時弊。公陳十事，曰定規模、振紀綱、勵風俗、明賞罰、重名器、遵祖宗之法、杜邪枉之門、裁任子之恩、限改秩之數、蠲無名之賦。其杜邪枉之説曰：「比來左右近習，名聞於外，士夫以身附炎，將帥以賂易官。」

隆興改元，都督府建，除禮部侍郎參贊軍事。張公初謀大舉北征，公以爲不若養威觀釁，俟萬全而動，從之。會虜盛兵，聚糧邊邑，諸將謂秋高必來，不若先之。張公以爲然，乃表出師。是時六月，師興出虜不意，幕府次盱眙。大將李顯忠、邵宏淵連下虹、靈壁二縣，禽其大將大周仁、蕭琦，縛至麾下，將乘勝長驅。公曰：「盛暑興師，深入敵國，皆兵家所忌，宜亟還。」張公亟檄顯忠班師，而顯忠等已進破宿州，虜亦大發河南之兵以來。顯忠身鏖戰城下，自朝及昃，殺傷過當，虜氣熸焉。中興以來，王師之捷，鮮有此舉。會夜雨，不相知而驚，虜潰而北，我師潰而南，而流言以爲我師大失利，虜且乘勝而至，主和議者又侈其説以摇衆。公從張公，駐兵不動，潰兵聞之，稍稍來歸，計其實，所亡失財數千人。張公檄公亟入奏，公見上具道其事，且曰：「勝負兵家之常，願勿以小衄沮大計。」上曰：「朕任魏公不改。」張公抗章待罪，公亦請從坐，上不得已，詔皆貶秩二等。

湯思退復相，公以嘗論思退請罷，不許。諫官尹穡陰附思退，議罷張公都督，復以宣撫使治揚州。公上疏曰：「今使浚去都督甚重之權，居揚州必死之地，凡所奏請，臺諫沮之，如此則人情解體，浚方爲賊餌之不暇。且浚近畫兩淮備禦之計，惟保險清野，可挫賊鋒。陛下既許之矣，今議者之言乃如此，雖浚盡室以往，有死無避。然浚負天下重望，一有蹉跌，人情震駭，臣恐江上之事將有不可測者。議者但知惡浚而欲殺之，乃不復爲宗社計。願詔中外，相與協濟，使浚得以畢力自効。」上感悟，即召張公復開督府，卒召相之。然不數月，竟爲思退、檜等所擠，遣出視師，遂不復返，而公亦累章請罪。明年五月，乃除寶文閣待制，知泉州。公固請祠，除提舉江州太平興國宮。

及思退貶死，上乃思公言。太學生數百人伏闕下拜疏請起公，上勞之再三。公引歐陽脩、司馬光之言，極論朋黨之弊，以爲：「紹聖、崇、觀以來，此説肆行，實基靖康之亂。近歲宰相罷黜，則其所用之人不問賢否，一切屏棄。此鈎黨之漸，非國家之福。」

除吏部侍郎，尋兼侍讀，同修國史。嘗言：「本朝之治，惟仁宗爲最盛，願陛下治心修身，立政用人，專以仁宗爲法，此今日之要也。大臣受任不專，用事不久，不能以一身當衆怨，此今日之敝也。人才，國家之命脉。氣節，又人才之命脉。祖宗盛時，作成涵養，名公巨人争以氣節相高。自蔡京、秦檜用事，摧喪略盡，此今日之戒也。」於是上有意大用公矣。會錢端禮起戚里秉政，駸駸入相，館閣之士相與上疏斥之，皆爲端禮所逐。工部侍郎王弗陰附之，公抗疏言：「本朝無以戚屬爲宰相者。」及進讀《寶訓》，適及外戚事，公又極言：「本朝家法，外戚不預政，最有深意。」上首肯久之，端禮由是深忌公。公力求去，除寶文閣直學士，知漳州，改建康府。公既去，而端禮亦卒不相。

三年，❶召爲吏部尚書。時上猶未能屏鞠戲，又將畋白石。公上疏力諫，至引漢威靈、唐敬穆及司馬相如之言以爲戒。後數日入對，上迎謂公曰：「前日之奏，備見忠讜，朕決意用卿矣。」十二月，詔館虜使，遂拜同知樞密院事，兼參知政事。首薦名士陳良翰、林栗、劉朔。時龍大淵、曾覿以舊恩怙寵，士夫頗出其門，言者往往獲罪。及公館客，大淵爲介。公見外不交一言，大淵造門，不答。偶中書舍人洪邁來見，語公曰：「人言某當除某官。」公曰：「何自得之？」邁以淵、覿告。公具以邁語質於上前，曰：「臣不知平日除目，兩人實與聞乎？抑密伺聖意而竊弄國權也？」上曰：「朕何嘗謀及此輩。」即黜二人。

知樞密院事虞允文入謝德壽宫，高宗語之曰：「卿與陳俊卿同在樞府，俊卿極方正。」公以兩淮、荆襄藩籬未固，言於上曰：「備邊經久之計，不過屯田積粟，增陴濬隍，訓卒練兵而已。然今日任人太拘，而邊郡尤病。謂宜廣求人才，勿間文武，使陳所見，與定規模，悉如太祖皇帝所以遇李漢超、馬仁瑀輩者，分之以兵，使自爲守；饒之以財，使自爲用。」

虜使來庭，公以故事押宴，使者致私覿，其牘不名。公却之，使者乃書名。虜移書邊吏，求歸亡命。上顧輔臣議所答，公曰：「俘虜歸，叛亡否，此載書也。」

鎮江軍帥戚方掊克，軍士嗟怨，言者及之。公奏：「外議内臣中有主方者。」上曰：「朕亦聞之。方罪固

❶「三」，《全宋文》、辛更儒《楊萬里集箋校》已據《宋史·孝宗本紀》及《建炎以來朝野雜記》考定陳俊卿任吏部尚書事在乾道二年，《箋校》更進而指出此處「蓋本之朱熹《行狀》之誤而未作考證耳」，所言是矣。

不可貸，亦當併治譽阿者，以警其餘。」即詔罷方，而以内侍陳瑶、李宗回付大理，究其賄狀。

虜使來賀會慶節，上壽，適郊禮，散齋不用樂，公請令儐者以禮諭之。

上親郊，霖以震，宰相葉顒、魏杞策免，公亦請罪。越數日，除參知政事。言於上曰：「執政當爲陛下進賢退不肖，使百官各任其職。至於細務，宜歸有司，庶幾中書之務稍清，而臣等得以悉力於其急務。」從臣梁克家、莫濟求外補。公言：「二人皆賢，其去可惜，蓋有巷間者。」於是劾洪邁姦險詭佞，不宜在人主左右，黜之。

七月，宰相蔣芾以憂去，公獨當國，尋兼知樞密院事。請中出恩澤者，許得寢之。上曰：「卿能爾，朕何憂？」每勸上親忠直，納諫争，抑僥倖，肅紀綱，講軍政，寬民力，用人隨才，無求其備。異時將帥不見執政，莫别能否，公日召三數人與語，察其材智所堪而識之。首減閩鹽，罷江西糴及廣西折配米鹽，蠲諸道積逋以大萬萬計。上與公言聽諫從，於是政頗歸中書矣。

龍大淵死，上念曾覿，欲召之。公曰：「自陛下出此兩人，中外詠歌聖德。今復召，願罷臣。」遂止。

殿帥王琪奉詔行視淮城，還，薦和州教授劉甄夫，上命召之。公與同列請其所自，上曰：「王琪稱其才。」公曰：「琪薦將佐，職也，何與教官？」上曰：「可召問之。」公退責琪，皇恐不知所對。會楊州奏琪傳詔增城，今既竣事。公請於上，上曰：「無之。」公曰：「此矯制也。」退至殿廬，召琪詰之，琪叩頭汗下。公亟奏曰：「詔邊臣增城，此大利害、大紀綱、大號令也，而琪得詐爲之。令甲曰：『詐爲制者殺。』」於是詔削琪秩，罷之。

先是，密命下諸軍，朝廷多不與聞。公與同列請自今百司受詔處事，並聞朝廷而奏審焉。至是復以爲言，從之，尋收前命。上諭執政曰：「禁中欲取一飲食，亦奏審乎？」公言：「祖宗成憲，著在令甲。且如令三衙發兵，則密院不可不知。每事奏審，乃欲取決於陛下也。今命下復收，中外惶惑，且將併舊法而廢之矣。意者非陛下意也，將無小人因此陰以微言上激雷霆之怒乎？」翼日面奏，上曰：「朕豈以小人之言疑卿等耶？」

同知樞密院事劉珙進對，語切忤旨，詔除珙端明殿學士，在外宫觀。公力争之曰：「當與大藩。」上乃以珙帥江西。

乾道四年十月，制授尚書右僕射、同中書門下平章事，兼樞密使。公爲相，以用人爲己任，所除吏皆一時選，尤抑奔競，獎廉退。或才可用而伐閲尚淺，即密薦於上，退未嘗以語人，有忽被召對除用而不知所自者。如名儒朱熹，公三薦之，熹不知也。每接朝士及牧守來自遠方者，必問以時政得失，人才賢否。見給舍，必勉之曰：「朝廷政令，公等意有未安，勿憚舉職。」又以兩淮備禦未設，民無固志，請於揚、和二州各屯三萬人，仍書民數，率三男子者家一人爲民兵，要使大兵分屯要害以搤腹背，民兵各守其城以相掎角。

時虞允文宣撫四川，公薦其才堪宰相，上即召允文爲樞密使。至是拜公左相，允文右相，乾道五年八月也。允文建議遣使北虜，以陵寢爲請。公面陳未可，復手疏以爲恐慕虚名而受實害，事得小緩。曾覿秩滿，公預請以爲浙東總管。上曰：「覿意似不欲。」公曰：「屬者陛下去覿甚盛，或謂覿必復來，今果然。願捐私恩，伸公議。」又詔進覿官，公曰：「無名。」會遣使賀北虜正，乃請以覿爲介，還，以故事遷其官。樞密承旨張說欲爲親戚求官，憚公不敢言。會公予告，請於它相得之，公卒不與。吏部尚書汪應辰舉李垕應制，有旨召試。權中書舍人林機言垕獨試非故事，公奏：「元祐中謝悰亦獨試。」乃機與諫官施元之意沮應辰，不爲垕也。公因極論其姦，遂罷二人。

明年，允文復申前議，上以手札謀於公，公上疏力争之，繼力請去，以觀文殿大學士知福州，兼福建路安撫使。辭行，猶勸上以泛使未宜輕遣，竟遣之，不獲其要領云。曾覿亦召還，遂建節旄，歷使相，以躋保傅，士大夫莫敢言者。

公至福州，政寬而嚴於治盜。明年，定海水賊倪郎侵軼閩廣，海道騷然。公召統領官鄭慶授以方略，慶頗逗留，以風爲解。公植旗於庭，視其所鄉。慶懼，晝夜窮追，遂悉禽之。上嘉其功，特遷銀青光禄大夫。閩鹽，故事官自鬻之，轉運判官陳峴議改爲鈔。公移書執政，以爲：「法行三十年，州縣稍無横歛，百姓亦各安業，此不爲不利矣。今欲改之，不可。」竟改之，已而果不行。

又明年，力請投閑，遂以提舉臨安府洞霄宫歸里第。淳熙二年，再命知福州。民習其政，不勞而治。會有詔盡發本道戈船及選卒，公奏留其半。州大旱，且火，且星隕，且地震，公悉以聞，上賜笏帶藥物。三年，太上皇帝聖壽七十，慶賜宇内，公以紹興從官，特轉金紫光禄大夫。四年，累章告老，上遲回累日，乃除特進，提舉洞霄宫。

五年五月，起判隆興府，改建康府、江南東路安撫使，兼行宫留守，且詔入奏。既至，都人聚觀咨嗟，喜公之將復用也。見于垂拱殿，上爲改容加敬，命坐賜茶，宣問欵至。公因從容言曰：「擇將當由公選。臣聞諸將多以賄得之，軍政大壞矣。」上曰：「前日鄭鑑亦云。」鑑，公壻，故及之。公曰：「鑑以小臣論事，陛下和顔聽納，中外仰服。然諸將交結，用不以材而以貨，則下不服。」上曰：「然。」又曰：「陛下用人當辨邪正，當由朝廷。聞曾覿、王抃招權納賄，薦進人才，而皆以中出行之。口語籍籍，恩歸此輩，謗萃陛下。」上曰：「小者或勉徇之，大者此輩何敢預？」公曰：「此輩未必敢明薦也，或伺知聖意而傳於外耳。禁中一事，外間必聞，皆此曹也。願嚴戒敕。」上遣中使賜金器、犀帶、茗香。

明日辭行，因奏曰：「臣去國九年，重入脩門，見都下穀賤人安，惟是士大夫風俗大變耳。」上曰：「何也？」公曰：「曩者士夫私趍覿、抃者十一二，尚畏人知。今則公趍之者十七八，不畏人知矣。人才進退由於私門，大非朝廷美事。」上曰：「抃不敢，覿時有請，朕多抑之，繼今不復從矣。」公曰：「陛下之言雖如此，其如外間讙傳某由某薦、某出某門。此曹聲生勢長，臺諫、侍從多出其門，朝廷亦唯命是聽，孰敢爲陛下言者？如將帥賄交又特甚者，不惟士夫言之，吏卒亦能言之，獨陛下以爲無有耳。陛下信任此曹，壞朝廷之紀綱，廢有司之法令，敗天下之風俗，累陛下之聖德，臣實痛之。願陛下勿忘臣此四言者。」上曰：「卿到建康，見兵將如此者以聞。」

公去建康十五年，父老喜公之來，所至相聚以百數，焚香迎拜。公爲政平易寬簡，悉罷無名之賦。府有軍屯，異時多爲民害，公爲出令，犯者以軍法論，諸軍肅然。行宫管鑰，宦者主之，留守待之如部使者。時節按行殿中，則宦者置酒西嚮坐，而留守爲客，甚或邀飲其家，公悉罷之。建康距淮南一水間，每邊頭利害，知無不言。北境有盗百餘，焚掠淮陰，公請嚴禁吾民越疆盗馬者，增瀕淮縣兵之戍者，不受自北來歸者。

先是，上念諸軍有孥衆而廪不贍者，出緡錢畀三總領司各十萬，俾市易，歲取子錢之五以優給焉。有司旁緣，盡籠商賈之利，陰奪關市之征。公請罷之，而歲捐楮券三十萬於一司，給孥衆者半，犒大蒐者半。時上前下文書于外多不用符璽，謂之「白劄子」，率用礬御持送，而廷勞同王人。至是樞密承旨王抃遣所親以白劄來，吏白近比。公不奉詔，因上疏曰：「號令出於人主，行於朝廷，布於中外，古今所同也。間有軍國幾事，或禁中細札，亦必用璽書行之，此所以示信而防僞也。今乃直以白劄諭指喻度事宜於數百里外，異時緩急，或錢穀所出，或師旅有興，或邊防是經，繫乎國家大利害者，能保其無僞乎？」上手札愧謝。

公尋上章復告老，答詔不允，除公少保，益封。公固辭，上手札慰諭再三乃受。時江東旱甚，上詔公預講荒政，公請貸米斛三十萬、穀二十萬分州縣振糶，而又繼以發常平之粟，除田租之逋，罷淮東之糴，蠲米商之征。從之，惟所貸穀米才得十七分之一云。公設施有政，米舟四集，民無流徙。

八年正月，復告老，累詔不允，而公請益堅。二月，除醴泉觀使，進封申國公。九年正月，公年七十，元日即謝醴泉之廪，復申前請，凡五表，上又手答却其章。是歲親郊，召公侍祠，公固辭。又三表及手疏告老，上不得已，詔以少傅致其仕，進封福國公。有司以法當給全俸，公按富文忠公故事，獨受少傅之禄，餘悉上還。

十一年十月七日，上以公生朝，遣使賜手詔、金器、藥香。十二年，又詔公侍祠圜丘，且來歲增上太上尊號，且慶壽陪班。上諭宰臣曰：「陳丞相久不相見，宜趣其來。」復手札書其末曰「付陳少傅」而不名，公竟固辭。慶典告成，册拜少師，進封魏國公。及屬疾且革，夜半手書一紙示諸子：「勿祈恩澤，勿禱浮屠，勿立碑請謚，遺表惟以用忠良、復竟土爲請。」詰朝，整冠定氣，安卧而薨，得年七十有四。

公忠孝天至，尤好禮，終日無惰容。雖疾，見子孫必衣冠。遇人無少長，以一誠實，一言終身可復。平居言若不出諸口，而在朝危言正色，辨邪正，斥權要，無所顧避。然心平氣和，無近名意。處國事，顧大體，務持重。在中書，尤愛名器，抑僥倖，故小人多不樂。上屢稱其忠誠，爲賢相云。

公性寬洪無私，喜怒泛然，若無所親踈，而好賢之心實篤。雅善故端明殿學士汪公應辰、敷文閣學士李公燾，嘗曰：「吾待罪宰相無過舉者，二公之力。」治郡尚風教，民有骨肉訟者，譬以義理，争者感泣。自奉甚約，食日一肉，而一衣或二十年。禄賜多以分人，撫愛宗族，恩意甚備。内外緦功，必素服終喪。在官不受饋問，建康諸部使者及諸大將故事有月餉，公不欲異衆，别儲之以周士之貧者。將去，尚餘萬緡，悉歸之官。

公於外物澹然，獨喜觀書，病猶不釋。其學一以聖賢爲法，於釋老未嘗問，嘗有詩曰：「吾方蹈孔孟，未暇師粲可。」有文集二十卷、奏議二十卷。

曾祖諱仁，祖諱貴，父諱詵，皆以公貴，贈太師，沂、昌、冀三國公。曾祖妣黄氏，祖妣李氏，妣黄氏、卓氏，贈徐、昌、越、冀四國夫人。配聶氏，封唐國夫人。子男五人：寔，朝奉郎、通判泉州事；守，承議郎、權發遣漳州事；定，承奉郎，蚤卒；宓、宿，皆承事郎。女四人：長適進士黄湑；次適故著作佐郎鄭鑑，再適太常少卿羅點；次適奉議郎、通判漳州梁億；餘幼。孫男四人：垕，承務郎；址、坦，承奉郎；塾，未官。女六人。銘曰：

宋十一葉，有赫有業。振天之綱，乾道惟皇。惟皇惟肖，肖我高廟。肖我祖宗，追而與同。慶曆元祐，紹興乾道。宋之聖時，郅隆四之。攄國宿憤，信威朔狁。六月之師，周宣之奇。大醜仁琦，麋之以歸。自此疋馬，讋不南下。謨明何人，猗張與陳。談者仰目，曰大小都督。大勳駸駸，卒壞于成。張公既喪，久難厥相。皇相陳公，奮熙載庸。正臣表治，萬物吐氣。勸皇德心，燭理自明。皇德一正，萬國以定。一時群材，驩爲公來。若鳳斯翽，萬羽斯會。色夷氣温，皇知愛君。君有難啓，事有難止。不費頰齒，如石投水。乾道之隆，萬祀攸崇。走職太史，作誦萬祀。

宋故太保大觀文左丞相魏國公贈太師謚文忠京公墓誌銘

孝宗皇帝宅憂，北虜遣使來弔，帝遣朝奉郎、中書門下省檢正諸房公事京公，假朝奉大夫、試禮部尚書往報謝焉。至汴京，虜遣使郊勞，用夷禮。蓋我以哀往，彼以吉逆，彼必欲行彼之非禮，奪吾之有禮，至臨我以威，以張夷狄虎狼之强。我卒能執吾之有禮，折彼之非禮，使君臣詘服，以伸吾中國禮義之尊者，京公以必死抗之也。

大抵自古及今，夷狄之所恃以行其無道者，止以一死怖士大夫而已。不知夫死之爲説，施之畏死者則止者行，施之不畏死者則行者止。然畏死者未必不死，正使不死，其辱有甚於死；不畏死者未必死，正使必死，其榮有甚於不死。異時吾國之士，吾見有出使而移疾憚行者矣；見有不憚行，既行而不稱職者矣；見有不惟不稱職，而辱命者矣；見有虜人餒之，至於獻詩請降，以乞壺飧者矣。奚而然也？畏死故也。今京公執禮如執玉之堅，趨死如趨隅之安，毅然正色而不可奪，虜卒不敢加無禮。不惟不敢加無禮，又復委曲順從，惟吾之聽而莫之敢違。奚而然也？不畏死故也。

昔魯哀公問孔子曰：「敢問人道孰爲大？」孔子曰：「禮爲大。」弟子問：「何如斯可謂之士矣？」孔子曰：「使於四方，不辱君命，可謂士矣。」偉哉京公乎！惟得孔子論禮之意，是以見禮大而夷狄小；惟得孔子論士之意，是以見君命重而身輕，孰謂一死能動之乎？當是之時，天下忠臣義士聞其風而説之，咸曰：「是可以相天子矣。」至於今上，遂相之，天下尚遲之云。

公諱鎧，字仲遠，豫章人，漢魏郡太守房之裔。曾祖臯，祖德用，父祖和，皆贈太師。祖封袁國公，父衛國公。母徐氏，繼母徐氏，皆封秦國夫人。建炎三年，金寇據豫章，恐城中之人圖己，家質一壯男子。衛公同産四人，莫敢往者。吏持父母甚急，衛公慨然請行。後盡戮質子，衛公逸水而免。寇退，訪父母，得諸野，奉以歸，兄弟俱全，州閭稱其孝感。

公穉而翹秀，受孔安國《尚書》，通子史百氏，試郡學必前列。及大比，對典謨義，極陳禹臯贊舜深旨，考官驚異，謂有經綸業。明年紹興丁丑第進士，奉大對以直聞，時年二十。

主撫州臨川縣簿。令陳鼎有能名，公一日旁觀其政，曰：「吾得之矣。然陳以繁，吾以簡。」再轉南康軍星子縣令。地瀕江，田病水，故多訟。公核簿正，程里胥，鈲箭頓清，善良得職。郡計大半倚舟征，吏緣虐取，過者目爲虎穴。守屬公董之，薄征通商，民譽藹如，部使者王秬首薦之。及公造朝改秩，秬爲小司寇，見公喜曰：「公才宜在天子左右，毋庸詣曹受邑。」公固請自試治民，秬曰：「薄州縣，榮中都官，士夫皆然，公獨不然，可以泚孟晉之顙矣。」

知江州瑞昌縣。俗以終訟爲賢，大姓磐據，持吏短長，奪攘民業。忽有媪持牒庭下，公詰其由，莫知所對。公曰：「必某大姓也嗾此媪者。」逮其人，下之吏，盡服其辜。杖而屏之鄰境，盡取所攘，以歸其主。始，民樂公豈弟，至是一邑大驚，三年莫敢犯者。部使者薦之，章交公車。參知政事龔茂良薦公於孝宗，轉主管官告院。先是，茂良帥豫章日，得公牋奏之文，奇之，曰：「此汪彦章輩代言手也。」

庀職兩月，詔從臣舉良縣令爲執法官，給事中王希吕以公應書，即召見。時帝方英明果鋭，有雪讎耻、復境土志，夸者乘之，遞遞窾言，以規速化。公言於帝曰：「天下固有落落難合之事，亦未有驟如意之事。」帝曰：「天地尚無全功，天下安有驟如意之事？」蓋悟公之規也。因極言州縣俱困，民貧兵驕，士氣隤靡，媢賢憎直。帝曰：「卿議論通明，有用材也。」是日除監察御史。

公言事務存大體，不爲苛刻，至有浮躁險怪之士，或已拜官而潛入脩門造請者，或騁機巧以圖近次名城者，或事談説以營求儒林之官者，皆擊去之。帝謂大臣曰：「察官廉察，非小補也。」大朝會，攝殿中監，帝顧左右曰：「京某威儀雍容。」又謂宰臣趙雄曰：「京某有公輔器。」

時士大夫有倡爲從窄之議者，每事朘削。公言於帝曰：「此説一行，日窄一日，將下失人心，上虧國體。」帝曰：「事不務寛大，氣象自不佳。」公曰：「繼今有進此説者，願必罰無赦。」又言：「求才不如儲才。今姑蘇、武昌缺一守臣，久未得其人，萬一軍旅倉卒，當屬之誰？」又言：「非嘗任守臣者勿除爲部使者。」又言：「天下有勇敢之才，不在軍旅，則在盗賊。二者相耦以爲消長，爲盗不死，或抵黥流；黥流而逋，還復爲盗。異時江湖大盗，亡卒半之。」帝曰：「朕慮此深矣，何策而可？」公言：「宜令諸路帥臣，名爲募兵，實招亡卒，員數有額，月日有限，自首免罪賜名，効用之軍。不過旬月，可以坐得精兵，潛消盜賊。」帝皆施行。

衛公薨，既祥，除荆湖北路轉運判官。舉廉絀貪，不避勢人；逮鰥振乏，不遺幽遠。兼攝江陵帥。訓兵御衆，威望凛然，軍民之政，至今爲法。召爲郎，未行，繼母秦國夫人薨。既祥，復召爲將作監，遷右司員外郎。北虜賀生辰使來，命公爲儐。值帝宅高宗之憂，公諗其使，以帝方居廬，難以受禮，使人不可。既不得見，又欲小留，公曰：「信使之來，以誕節也。誕節且過，何名而留？」明日遂行。帝勞公曰：「朕不見虜使，卿却之之堅之力也。」除中書門下省檢正諸房公事。

虜又遣使來弔祭，遂以公爲報謝使，公行涉淮。故事，當於汴京受宴禮。前三日，公與虜中郊勞使介康元弼、瑶里仲通相見於寧陵，公請免宴，不從。至汴館，公請必不免宴，則請徹樂，宜如告哀遺留二使近比，遺之書曰：「蓋聞鄰喪者舂不相，里殯者巷不歌，聖人禮經之明訓也。惟北朝之治國家，道之以仁孝，齊之以禮義者也。今某之來，繄北朝之惠弔是荷，繄本朝之哀謝是爲。北朝勤其遠而閔其勞，遣郊勞之使，蒇式宴之儀，德莫厚焉，禮莫重焉。外臣受賜，敢不重拜？若曰而必聽樂，是於聖經爲悖禮，於臣節爲悖義也。豈惟詒本朝之羞，抑豈昭北朝之懿哉？敢請執事，將何以訓之？若不得請，有死無貳，無所逃遁，惟執事圖之。」一日之間，凡遣人以書辭者六七，口傳者數十。元弼等不從，公亦竟不詘。

公慮其以衡命誣我也，至期，夙興衣冠，往俟于位。元弼等遣人相踵，趣公即席，又遣相禮者傳呼邀請，其聲不絶于兩序之間。公不爲動，徐答曰：「若不徹樂，死不敢即席。必欲即席，可取吾頭以往。」聞者震駭。元弼等知不奪，乃遣人謂公曰：「請先拜醪醴果實之錫，徐議去樂。」公乃帥其屬班于庭，北嚮拜受。未畢，忽北典籤者連呼曰：「北朝宴南使，敢不即席？」其聲厲甚。於是公即趨退復位，及門，甲士露刃閉關。公命吾典謁叱曰：「南使執禮，何物卒徒，乃敢無禮！」遂排闥而出。元弼等乃以聞其主，留館七日，乃有免樂之命，後有宴亦如之。

帝聞公還，謂輔臣曰：「京某在汴，死執不聽樂，其節可嘉。士夫平時孰不以節義自許，臨危乃見耳。」公見帝，帝勞曰：「卿能執禮，爲朕增氣。禮固不易執，執禮亦未易，何以賞卿？」公謝曰：「虜畏陛下威德，非畏臣也。正使臣死於虜，亦臣子之常分，敢希賞乎？」宰臣言：「使還應增秩。」右丞相周公必大進曰：「增秩常典，京某奇節，惟陛下之命。」帝曰：「京某，今之毛遂也。」即除權工部侍郎。初，公辭行，言於帝曰：「此行禮物與前小異，虜貪而無耻，當有以應之。」果以爲言，公答曰：「禮物頒於朝廷，使臣止於將命，豐約非所知也。」虜無以詰。至是，帝曰：「果若卿言。」

成都謀帥，帝曰：「京某人材磊落，可使也。」除敷文閣待制、四川安撫制置使，知成都府。公至蜀，念地險且遠，天日萬里，當使斯民如在輦轂，首罷覘者，以安疑情；躬閱訟辭，以達幽枉；賓接小官，以求人才。肅整維綱，屏逐昏墨，撫字細民，輯睦將士，旬月之間，仁聲威譽，洽于四蜀。又念蜀民之貧，節用薄斂，以裕其力，請歲蠲成都米估之征緡錢七萬有奇，草估之征緡錢七萬有奇，四路鹺酒折估之征緡錢九十餘萬有奇，通三歲凡二百七十餘萬云。後還朝，又請加數年蠲減之期，從之。於是舉全蜀之民被朝廷之澤，若更生焉。

紹熙元年，夔、利告旱，發粟三萬石以振夔之民，五萬石以振利之民。明年，東西蜀告旱，又以錢二萬緡、粟二千石，仍請度牒五十，以振六郡之民。榮、資二郡尤甚，公請除前一年未輸之秋租，又盡除是歲之兩税,又請度牒一百,以爲水旱之先備,於是飢民免於捐瘠,大侵有如中熟,忘其水旱焉。

先是,威州之蠻,其俗相殺者相償以錢即解而去。至是,蠻有與吾兵人鬭者,聲言將入郛。守臣請避之,公笑曰:「我在此,蠻何敢爾?此必儈者教之。若竿儈者之首於境,則彼不敢動。」太守揭公之令以示之,蠻即退。黎州舊以西兵戍之,一日與州兵相攻,兵刃接矣,其將又縱臾其下,蜀人疑駭。公視之若無事,絀其將而治其不咸者,夷漢按堵。瀘守張孝芳政嚴,兵殺孝芳及其家。公明遣佐屬撫諭,以疑其黨,亟發緜、潼勁兵以踵其後。未幾,瀘卒自斬元惡,禽其黨五十人以歸戮於市,於是三邊綏靖,朝廷無西顧之憂。

公請爲祠官,光宗曰:「蜀人方安京某之政。」進寶文閣待制,俾因任焉。在蜀四年,召爲刑部尚書。今上御極,公上疏獻四事:曰敬,曰公,曰勤,曰儉。上嘉納之,命兼侍讀。上前陳《春秋》一王賞誅大法,讀呂公著新法奏議,皆酌古明今,隨事寓諷。上喜,因語金華諸儒曰:「京某進讀,義理坦明,使朕意冰釋。卿等説經,不當如是耶?」於是大用公之意萌於此矣。尋兼吏部尚書。

紹熙五年九月,除端明殿學士,簽書樞密院事。十二月,除參知政事。明年改元慶元。四月,除知樞密院事。二年正月,拜右丞相,白麻出,在廷相慶。公與同列傾豁肝膽,不忌不克,議疑從可,介而毋我;事疑從是,通而不比。心本寬厚,政出公方,與士鈞禮,不爲崇竣;匿瑕用長,不遺纖末。然守典謹度,人綱人紀,外若曠然,中實截然。其所主,一遵孝宗成憲而已。有戚畹命從中出員外置幕僚者,有屬籍近親特增秩三等者,有禁中藥者超爲遥刺者,公皆執不行。寺人王德謙除節度使,公與同列見上,力言不可。上曰:「故事有之。」公曰:「祖宗故事,遵用有可有不可。在真宗,時則有若劉承規將死求節鉞,以王旦之言而不與，止與之以觀察留後，今之承宣使也。此治世之令典，可遵用也。在大觀、宣、政，時則有若童貫假開邊之功，出少府之節。自此楊戩、藍從熙又得之，譚稹、梁師成又得之。二聖北狩，中原塗炭，此之自出。此亂亡之覆轍，不可遵用也。高宗深創其禍，故初政之詔，首言繼自今不以内侍典兵。其時有張去爲者，及孝宗時有甘昪者，二人非不親近也，曷嘗有此？至於諫臣陳賈一言甘昪之罪，孝宗即逐去之。此又治世之令典，可遵用也。願陛下以令典爲法，以覆轍爲戒。」上曰：「除德謙一人而止，獨不可乎？」公曰：「此門必不可啓。當除童貫時，亦云一人而止也。節鉞不已，必及儀同。儀同不已，必及三孤。三孤不已，必及三公。」公於是力請裂麻。上又曰：「不播告書贊而畀以告身，亦不可乎？」公曰：「是掩目捕雀之喻也。」上又遣中人以宸翰諭二三執政，公與同列上疏力争者至于三至于四，上乃絀德謙以外祠，尋謫廣德軍，仍絀謫詞臣吴宗旦，朝論以公比王文正公云。

時太上聖體未安，上每憂形天顔。後寢康寧，上欲涓日上萬年之觴，而宫臣又以小倦辭焉。五年八月辛未，公乃呼宫臣楊端友等三人至中書，面詰責之，泣而承命。癸酉，端友傳太上聖旨，令皇帝上壽。辛巳，上詣壽康宫，奉玉巵。禮成，輔臣於幄次賀上，上大喜。宫臣及屬車豹尾中侍從、僕御之臣皆賀，驩呼之聲震于中外。有司奏太廟太祖祏室生玉芝，上遂發德音布告天下。太史嘗奏星緯失次，公勸上恐懼修省，以格天心。邊城每奏北虜事宜，公勸上不必問彼而自爲備。上喜年穀屢豐，因宴輔臣，公勸上勿恃小康而怠持守。燕閒密勿之頃，動容出辭，必獻儆戒，至與同列在上前首發大議，陳宗廟社稷萬世大計，有人所難言者。

六年正月，公與同列奏事，退，公獨留，力祈上丞相印綬。先是，同列知其意，言於上曰：「京某公正無私，不可聽其去。」上曰：「丞相誠實，安得言去？」及公有請，果不從。閏二月，拜少傅左丞相。三月，公屬疾，遂力申前請，凡六表，詞皆哀痛。上竟不許，詔藥丞視之，且許肩輿入見。六月，慈懿皇后上僊，公力疾而出，發哀成服。八月庚寅，光宗升遐，公聞之不能出，因大慟，遂疾革。至丁酉將逝，其子沆問以家事，不答，第長太息曰：「國家多故，何以枝梧？」言訖而薨，享年六十有三。

先是，太史奏木星侵上相。遺表聞，上爲震悼，以太保、觀文殿大學士致其仕。上以居廬，從有司之請，免臨奠及輟朝。有詔公薨于位，禮宜優異，於是賜之美櫝以爲櫬，又賜之貂蟬火龍以爲服，又賜之水銀龍腦以爲斂，又賜之白金三千兩、帛三千匹以爲賵，又贈之太師、謚之文忠以爲恩，又命有司祭之脩門，命從臣、中人護喪歸葬以爲禮。哀榮典章，彌文備物，並用司馬光、薛居正故事，近世鮮儷也。其孤沆祈免門祭、護葬甚力，從之。

配盧氏，封令人，前十二年没，累贈魏國夫人。一子，沆也，承議郎、主管佑神觀。三女：長卒；次適從政郎、前廣南西路經略安撫司準備差遣黄銖，太史後也；次適宣義郎、添差江南西路轉運司幹辦公事張忠純，忠獻孫也。兄弟四人：銓、鎡，皆以公補官；仲氏鎬蚤世，官其子沂。

公之天資，裏和表爽，喜怒不留，色粹氣平，可否無忤。策第最蚤，或者易之，特於稠廣詆以嫚語，公一笑，亦不孰何。其宰瑞昌，有毁公於太守者，後公攝帥江陵，毁者爲幕僚，反側求去，使人尉安之，且厚遇焉，其人感泣。公常曰：「寧人負我，毋我負人。」至於善善賢賢，不啻己出。其在政地，每挾一小方册，以書才行氏名，上有問，必薦進。於文無所不工，尤長牋奏，仕雖至公台，獨未嘗掌制，談者爲恨。其爲詩，源委山谷而氣骨卓偉，無寒瘦態。有雜著三十卷、《經學講義》五卷。

晚卜居，得宋齊丘宅，古松百章，岑蔚後先，因號松坡居士。堂曰「真趣」，樓曰「山浦」，上爲書堂名以賜焉，雲昭漢回，上貫翼軫。

沆以嘉泰元年十一月壬申葬公于新建縣桃花鄉高坪德源山之原，走一介持書以朝奉郎、國子司業李公大異所作行狀來請銘。銘曰：

朔犺其狉，阻兵以威，血人以娭。一个行李，漢節適彼，鮮不失次。堂堂魏公，往謝彼戎，弔我閔凶。彼用夷禮，僸佅庭止，哀樂不類。公辭以哀，十反莫回，盛服往哉。彼樂不徹，吾首可折，吾節可奪。虎夫負墻，鎧争日光，刃磨秋霜。公毅以叱，排闥以出，罔不辟易。彼諗彼酋，樂徹禮優，竣事不留。臣主相顧，嚻虩遄沮，敢或予侮。公歸脩門，孝宗亟稱，皇威伸伸。人望有歸，竟愧厥位，頻斷大事。大閹其覦，節纛其除，公還贊書。太上違豫，閼以暬御，公達舜慕。二聖重懽，一言回天，玆不曰艱？疇不將命？公當其縈，彌險彌勁。疇不鴻鈞？公迎其棼，彌艱彌峋。維垣其貴，文忠其謚，哀榮寡二。西山西偏，德源之原，名相之阡。玉立之節，章水有竭，凜氣無歇。

誠齋集卷第一百二十四

廬陵楊万里廷秀

墓誌銘

宋故少保左丞相觀文殿大學士贈少師鄖國余公墓誌銘

聖上御極之元祀，始初清明，德新又新，首選於衆，得一名相。匪夢匪卜，决以人望；弗巖弗渭，得之在廷。有楊綰之清，有司馬君實之誠。其知國如知醫，守法如守城，好賢如好色。用能柱天扶日，耆定周鼎；徐聲怡色，措國泰山。懋勳芳烈，至今怙焉，左丞相鄖國余公其人也。

或曰：「公賢固也，如不久何？上睠方隆，民瞻方輯，善類方湊，一揖而去，挽之不留，招之不出，賢者固若斯乎使天下有遺恨也？」曰：「此公之所以爲賢也。自古聖賢君子之用世，能無遺恨也乎？斯恨也，不在天下，必在己。恨在己者，天下疾之也；恨在天下者，天下惜之也。故天下有遺恨，而吾始無遺恨矣。唐之名相不少矣，天下有遺恨者一人而止耳，曰韓休；本朝之名相亦不少矣，天下有遺恨者一人而止耳，曰杜祁公。天下何恨於二公也？休在位十月而去，祁公在位朞年而去，蓋不究其用，不竟其業也。豈二公有可恨？天下不能不恨也。恨之者，惜之也。仲尼曰：『如有用我者，朞月而已可也。』仲尼且云然，況公與韓、杜乎？此公之所以爲賢也。」

公諱端禮，字處恭，世占名數於衢之龍遊。穉而讀書，一過成誦，年十三文已驚人。紹興二十六年里選，賦《至公廣招賢之路》云：「聖如文考，太公歸而伯夷歸；明若昭王，樂毅往而劇辛往。」有司異之，貢以前列，遂第進士。初尉宣之寧國，歷江西安撫司准備差使，知湖州烏程縣。孝宗召，監行在都進奏院，主管台州崇道觀。除監察御史，大理、太常二少卿，兼太子侍讀，兼權禮部侍郎。除權兵部侍郎，兼權吏部侍郎，兼太子詹事，爲賀金國正旦使。試吏部侍郎，知太平州，提舉西京嵩山崇福宫、鳳翔府上清太平宫。光宗嗣位，召爲吏部侍郎，除權刑部尚書，兼侍講。以焕章閣直學士知建康府、江南東路安撫使，兼行宫留守。召爲吏部尚書，除同知樞密院事，改參知政事，兼同知樞密院事。除知樞密院事，兼參知政事。拜右丞相，遷左丞相。以觀文殿大學士判隆興府、江南西路安撫使，提舉臨安府洞霄宫。判潭州、荆湖南路安撫使。復奉祠，除判慶元府，改判潭州。積階自左迪功郎至特進，爵自龍遊縣男至本郡公。邑自三百户至八千户，食實封二千九百户。致仕授少保、郇國公。以嘉泰元年六月二十八日薨于潭之州治，享年六十有七。

公之尉寧國也，以獲盜應改秩。公不上功狀，曰：「以人命易己官，尚忍爲之？」公之在江西幕府也，帥陳之茂稱其文壯而麗，談於諸公間，章交公車，遂改秩。公之宰烏程也，邑之政舊聽於巨室，宰一摇手輒逐去。公曰：「去等耳，以得罪細民去，寧得罪巨室去。」鉏箭日數百紙，决事風生，事棼如蝟，庭寂如水，鼠輩落膽，鶩行股弁。有富估抵罪，吏不敢逮，公命面縛以來。其人陽陽，公曰：「是必有挾言。」未竟，吏持一文書至，乃本部祥刑使者張宗元書。公不啓視，竟置之法。

湖之六邑病於口筭之征，謂之丁絹錢，率三氓出一縑。自大觀始，歲爲疋者六萬五千二百有奇，不輸絹而輸其估。其初，一絹之估爲錢者千，其後爲千錢者五。公以民病告于太守單夔，請以上聞，令七氓出一縑，郭内二邑以錢爲縑，郭外四邑以縑爲縑。夔即以聞，且令公詣中書面陳便宜。丞相虞公允文嘉歎，即言於孝宗，歲蠲緡錢六萬。公歸，邑父老萬數郊迎，感喜上恩，罔不呼舞，部使者及太守列其治最。

淳熙元年，召見，孝宗天顏有喜。是時帝意鋭欲復中原，在廷知其未可而莫敢遏者。公言於帝曰：「謀國决勝之道，有聲有實。敵弱者先聲後實，以讋其氣；敵强者先實後聲，以伺其機。漢武乘匈奴之困，親巡邊陲，威震朔方，而漢南無王庭者，讋其氣而服之也，此先聲後實之策也。越之謀吴則不然，外講盟好，内修武備，陽行成以種蠡，陰結援於齊晉，教習之士益精，而獻遺之禮益恭，用能一戰而霸者，伺其機而圖之也，此先實後聲之策也。今日之事，與漢大異，而與越相若。故漢之策不可施於今，而越之策不可不講也。願陰設其備，而密爲之謀，運廟謨於静謐之中，示敵人以輯睦之意，使形聲俱泯，觀其變而察其時，則機可得而圖矣。古之投機者有四：有投隙之機，有擣虚之機，有取亂之機，有承弊之機。敵有内釁，若匈奴困於三國之攻而宣帝出師，此投隙之機也；敵有外事，若夫差牽於潢池之役而越兵入吴，此擣虚之機也；敵國不道，因其離而舉之，若晉之降孫皓，此取亂之機也；敵人勢窮，躡其後而蹙之，若高祖之追項羽，此承弊之機也。機之未至，不可以先；機之既至，不可以後。以此備邊，安若泰山；以此應敵，動若破竹。惟所欲爲者。」帝喜曰：「卿通達國體。」既退，帝諭宰臣，當不次用公。宰臣以公不詣己，止除奏邸。謁告迎母，遂有歸志，請爲祠官，故除崇道。尋丁母憂，既除喪，不入脩門。諫大夫蕭公燧薦公可御史，蕭初不公識也。

淳熙五年七月，召見，言：「守令以掊克病民，將帥以侵牟病軍。用人宜先行實，後才能；擇吏宜舉廉平，優勸獎。」初，孝宗惜其去，至是喜曰：「卿自此當以身爲朕用矣。」遂除臺察。是時，三察無缺員者，特增一員處公云。其所擊排，不避權倖，或不恪官守而隳職業，或内懷姦罔而敗風化，或超資而援恩寵，或依勢而奪民産，皆斥去之。又言：「士大夫之俗，以媮安爲賢，以苟得爲能。在朝者計日以求遷，在外者便文以自營。監司以喜怒爲刺舉，將帥以締結爲勳績。宜進特立之士，以開衆正之路；宜屏附麗之徒，以杜群枉之門。」事皆施行。

公之貳廷尉也，宣教郎王定國者以守禦之功得官，宰掾修怨，誣之以爲僞官，白之中書。時宰主之，獨參政周公必大不以爲然。時宰怒以付廷尉，令人諭意，啖公以法從。公審其非僞，以白時宰。時宰詰問，聲色俱厲。公不爲屈，竟全之。

公之貳奉常也，時奉常久虚位，孝宗面諭執政曰：「余某可爲之。」庀職之翼日，有詔欲來歲祈穀上帝，仲春躬耕耤田，令禮官討論明道故事，三日以聞。公言：「國朝祈穀之制，合祭天地於圓丘，前期朝饗於太廟，其儀視冬至郊祀之禮，此太宗祈穀之故事也。若乃明道之制則異此矣，以宮中火災之後，考室落成之初，故於天安殿廷恭謝天地，因之明年仲春耕耤，此明道一時謝災之故事也，非祈穀定制之故事也。今欲祈穀而耕耤，必合祭天地於圓丘，必前期朝饗於景靈宮太廟乃可也；欲如明道之制，行之於殿廷，不可也。」詔儀曹奉常集議。中書有謂「禮可義起」，公曰：「禮固有可以義起者，至於禮之大體則不可易。古者郊而後耕，以其於郊，故謂之郊，猶祀於明堂，故謂之明堂也。如明道謝灾之制，則與祈穀異矣。今以郊而施之殿廷，亦將以明堂而施之壇壝乎？禮之失自某始，某死不敢奉詔。」帝曰：「禮官不可則止。」

公之貳銓曹也，銓法所用，有法有比。法者，上世成憲之經也；比者，近世湛恩之權也。經有一定而權有屢遷。吏所欲與，必舉比之所可，以廢法之所否；吏所欲奪，必舉比之所否，以廢法之所可。故士大夫與奪之柄，不在長貳而在吏，不在法而在貨。公初莅事，取法與比晝夜繙之，一覽即强記。及吏白事公前，知其與奪之情，而逆折其舉廢之詞。彼以其比，我以吾法；彼以其權，我以吾經。老吏情得詞伏，奪氣拱手，宿蠹根穴，掃溉頓清。郡邑衆職有缺員者，吏每匿而不覿，以要厚賕。公令郡長吏走一騎持文書當官專達，即揭于省户，俾應格者得之。士夫詣曹，小有幽枉，許其夙夜面列。至於武夫起行陣、懵銓法者，吏尤得以扼其吭而要其貨。壅閼既徹，文武下僚呼舞相慶。

淳熙十四年，自夏至秋不雨，公上封事言：「成湯陳禱旱之辭，必以六事自責；京房推致旱之由，亦以六事所召。若成湯之六辭，今無其三而有其三，曰政不節也，使人疾也，賄賂行也；若京房之六事，今無其三而有其三，曰欲德不用也，上下皆蔽也，庶位踰節也。」帝聳納焉。

公之爲詹尹於東宮也，凡閱五年，議論之間，陳古證今，每寓箴諫。若治亂之源，邪正之辨，必深言之，罔不痛切。嘗以司馬光言人主修心之要有三：曰仁，曰明，曰武；治國之要有三：曰用人，曰信賞，曰必罰。願書置坐隅，朝夕觀省。光宗時爲皇太子，敬遇傅寮，尤尊禮公，親灑「汲古」二大字以名公之堂云。

公之守當塗也，郡多圩田。田在大澤之陂，大氏水高於地，故田之命視隄之堅瑕。每桃華水生，或秋水時至，夜半隄決，詰朝渺然，田澤爲一，環數十百里匯爲鉅浸，乾則莽爲槁野。民之生業，不大穫必大侵。公至，躬行阡陌，周視隄岸，勸民築隄，增卑培薄，益以揵菑。隄成，昔之陿者廣，瑕者堅，於是田無水灾，頻年大穰，民歌舞之，至今賴焉。郡有寓公，以財自雄，締交權倖，動摇郡邑。太守每至，啖以貨寶，一齅其餌，伈伈惟命，噤不敢息，政用放紛。公至，却其餽，絶不與通，每以事來，必摧辱之，萬人吐氣。

光宗即祚，有詔求言，公上封事言：「切於聖德者莫若正心，切於國體者莫若裕民。」未幾，首召見，又言：「天子之孝不與常人同。今陛下之孝於壽皇，豈特以天下養爲養之至哉？第當如舜之於堯，行其道可也。又當如武之於文，繼其志、述其事可也。凡壽皇之睿謨聖訓，仁政善教，天下所嘗蒙福者，願與一二三大臣朝夕講求而力行之，斯足以極陛下事親之孝矣。」

公之長憲部也，廷尉上一死囚具獄，蓋大俠殺人而使它人承之，公讞而正之。或曰：「是俠能得死士，急之且北走胡。」公不爲動，卒奏當論如律云。

公之帥建鄴也，減民租之挈，代下户之輸，節浮費，檢吏姦，鄰餽不入私府，賓燕未嘗卜夜。初至，守藏者以縣官緡錢百三十萬告。既去，以百七十餘萬告。雩禜雨暘，罔不響答。外邑嘗有蝗遺種，公募民斸地，以粟易之，率一升全一畝，遂不爲灾，連歲豐茂。

公之貳樞廷也，興州大將吴挺卒，久未除代。公謂知院趙公汝愚曰：「吴氏世握蜀兵，有識寒心，今徒慮其驟易生變，然天下無釁，決不敢動，若更承襲，將爲後患。」趙公大喜，遂合辭以奏。光宗猶豫，不從，公言：「趙某所請，非爲吴氏計，乃爲蜀計。非爲蜀計，乃爲東南計。若無大將，是無蜀也。無蜀，是無東南也。軍中請帥而遲遲不報，人將生心。六朝、後唐皆以有蜀而存，無蜀而亡，此大驗也。」又不從，公遂求去。初擬張詔除興元都統制，至是始有俞音。邊瑣以虜中事宜上聞，光宗曰：「未必實。」公言：「雖未必實，有備無患。」公每憂邊思職，常若敵至，講攻守，薦材用，革債帥，繕戎器，峙糗糧，又掇古今議論邊防之文，綴爲一書以獻焉。

紹熙五年，光宗被疾，寖不能東朝重華宮，外議譸張。公密疏深切，皆人所難言。時同列將勇去，以塞天下責望。公謂二三執政：「與國同休戚，今兹何時，乃欲苟免。」六月戊戌，夜漏未盡，報壽皇大漸，俄報升遐。光宗遂不能至宮發喪，人情恟懼，朝廷莫知所出。公謂丞相留公正曰：「不有唐肅宗朝群臣發哀大極殿故事乎？今日之事，宜奏太皇太后，請代行祭奠之禮，以靖國人。」於是宰相、執政上奏太皇太后，從之，仍有旨云：「皇帝以疾，聽於大内成服，百官於重華殿成服。」丁未，公與丞相留公正及樞密知院趙公汝愚、參知政事陳公騤建言：「皇子仁孝夙成，宜蚤正儲位。」累日申前請。甲寅，御筆示傳子之意。越四日丁巳，始因貴戚得白太皇太后。越七日癸亥，得旨，仍宣諭汝愚、騤及公。先是，丞相以朝臨仆地去國。甲子禫祭，百官畢集于重華宮，太皇太后垂簾，有旨云：「皇帝有詔，自欲退閑，皇子嘉王可即皇帝位，尊皇帝爲太上皇帝，皇后爲太上皇后。」於是太皇太后命左右扶上入簾，面諭光宗聖意，上泣涕俯伏懇辭，不能起。太皇太后命左右起上，仍命持黄袍扶上至殿之左个素幄，仍傳命執政同勸進再三，上遜避亦再三。左右頻以黄袍被上，上泣，頻却之。公泣奏曰：「今太上違豫，大喪乏主，國勢岌岌，人情皇皇，太上之詔不可以莫之受也，太皇太后之命不可以莫之承也。且太皇太后非爲陛下計也，爲太上皇帝、太上皇后計也，爲宗廟社稷計也。今陛下乃執人子之一謙，忽國家之大計，是蹈匹夫之小諒，忘天子之大孝也。呼吸之頃，有安有危，其若太上皇帝、太上皇后何？其若宗廟社稷何？」上僂然抆淚，愀然勉從，不得已側坐御座之半。公與同列再拜，上亦答拜。公與同列又奏曰：「太陽下同萬物，可乎？正君臣之分，請自今始。」公與同列又再拜，上猶立而受。内侍扶導上詣梓宫前，行謝禮畢，上衰服出，至大次，猶立久之。公與同列再三固請，上始正御座，朝百官。退，遂行禫祭之禮。晷刻之間，人情大定，中外相賀，驩聲雷起。

乙亥，除參知政事，兼同知，覃恩進兩官。公曰：「國卹尚新，天命有屬，詎可因以爲利？」即上章力辭曰：「陛下承太上之倦勤，奉祖后之慈訓，勉爲宗廟社稷計，非以得位爲樂。聖心所形，臣實親見。君臣之間，自當交修此義，豈應遽冒非常之渥？」辭不獲命，止拜一官。十二月庚午，除知樞密院。

公爲山陵使，時葉公適以太府卿總餉淮東，將行，丞相趙公曰：「明日余知院入國門，其少需往謁之。某且去，士論未一，非余公不能任。」慶元元年四月己未，拜右丞相。公辭免之章云：「好惡偏而黨論未息，非包荒鎮浮之量，何以調一於異同？」蓋指是也。朝士誦之，中外傳之，於是人人相慶得賢相、望太平云。

二年正月，拜左丞相。公清介誠實，好惡無偏，恪守法度，務行故事，力主公議，愛惜名器。每與朝士接，必從容訪問人才，記其姓名，以備選掄。一日，謂侍郎楊公輔曰：「公，蜀之望，幸疏其賢士。」得三十餘人，多所拔任。先是，年饑，淮、浙、江東請錢請粟於朝，以爲振貸，其數萬萬。公言於上，悉從之。都城居民以户計者十一萬二千有奇，元年米㪷千錢，公請發太倉之粟，下其估以糶，至今年秋成乃已，所活何數。公憂民之憂，損膳羞，自春徂秋，至不肉食；雨暘或愆，禜以私錢。朝廷雩禱，公每贊上，以實應天，不專禮文，有禱輒應。至是大熟，因請廣糴積倉，以備水旱。四方或小有變異，必聞於上，請恐懼修省，謹終如始。異時錢與券相爲母子，以濟邦用，至是券日輕，公私交病，議者盈廷，莫捄其敝。公請出度牒以收券之入，發都内以散錢之出，嚴大農受入之令，守錢券十半之約，於是母子相平，民蒙其利。臨安之民有口筭之錢曰「身丁」者，台、嚴、湖三州之民有口筭之錢曰「丁絹」者，請與復三年。衢之五邑自兩稅之外，非經數者其名又十有四，公請與損其十，每歲所蠲爲緡錢者四萬有奇。免符既下，五州父老欣戴上恩，喜極而泣。

時方事叢，朝廷文書，賞誅予奪，政令罷行，公一一觀省勾校，不舍晝夜。小有吏謾，靡罅不燭，靡懲不深。三省黠胥，不寒而栗。朝士相語，昔未睹聞。史館書成，品彙孔庶，皆公典領，斐趣奏篇。將議行賞，公當首蒙澤者，公以國卹，事之方殷，至於彌文，非所宜急，皆抑不行。時有貴戚，方見親信，丞相趙公欲疎斥之，議泄，竟以論去。道學之士遂爲深讎，依附者日衆，内外相扇，浸不可制，指趙公爲黨魁。其薨于湖湘也，卹典未行，議論紛起。公曰：「此不可以衆多之口奪也。設若有罪，某自當之。」即以復官歸葬奏請，衆皆不樂。浙西常平使者黄公灝以擅放民租遠竄，知婺州黄公度以隱芘屬吏褫職罷郡，是皆有深怨者。公爲執奏，止從薄罰。迨吕公祖儉南遷，捄解弗獲，朝士有知公者，直以公義相勉責，公曰：「某自分決當去，恐它日將有大於此者耳。」

未幾，有上書者造設虚詞，誣陷浸淫，殆不忍聞。公即緘其書，而眦睚已深，媒蘖已熟，有成晝矣。詔公與蜀帥趙公彥逾具即位本末來上，蓋謂趙公與丞相嘗有隙，疑公相代爲相不相能，冀有所中傷，因興大獄，一時名士，一綱可盡。公食不能咽，寢不能寐，亟專介走成都，期以守正，要以同辭，未達而趙公所譔受禪本末之書已至。公取副本觀之，曰：「大體得矣。」若公所譔《甲寅龍飛事實》，則皆主丞相趙公，以明其功，曾不自述其協贊之力。微其辭，彰其義，議論平實。雖時論多所不快，而姦謀竟息。外間所傳，出於意料，往往亂真，唯晦庵朱公熹見之嘉歎，每曰：「余丞相此書却不失實。」門人共聞，其書遂傳。

會貴戚除節鉞，制詞盛推定策之功，公不自顧計，徑貼其麻，然猶使並緣《事實》者，其慮固深。公自是憂見顏色，義激肝腸，謂知院鄭公僑、同知何公澹曰：「某欲有所啓，奈無助何？」二公曰：「公安得獨爲君子？」公又以語楊公輔，相期協濟。他日，公獨見上，開陳甚密，且曰：「除從官而中書不知，朝綱已紊，禍本已滋。」聞者遷怒。公知事不可復爲，變不可再激，即抗章引疾。其黨尚嚴憚公，不敢侵，後益追怨，公戒子弟毋入京求仕。

公既去，善類始思公之有力，其迹之彰彰者如此。至若彌縫密勿，省幾燭微，潛消陰制，深計遠慮，宜不得盡知。公嘗語所親吏曰：「某備位宰相，無他長，唯以全護善類爲急，其他皆所可略，要不可與此等争虚名，而使士大夫受實禍。」此公之盛心也。蓋當公之秉國，適有道學相攻之隙，事方鼎沸，未易和調，非少有縱捨而徒爲矯亢，其勢莫遏，其欲未猒，名雖公歸，禍將世徧，故利欲飽而黨錮解，此其驗也。楊公輔貽公書，亦謂公「危言勁論，世所不能，而明哲出處，曲全善類，辭顯義白」，其大端不可揜没如此，可謂深沉弘遠，真大臣事業，非淺之爲丈夫者矣。一時士大夫罹禍不深，坐廢不久，終當藉以扶持宗社，公之爲功，必有能明之者。

公堅卧，遂稱篤，求去懇切。同列合辭於上前，請勿聽公去。上一再却還奏牘，寬期賜告，令侍醫視藥，太官賜膳。公固請去位，上不得已，四月甲子，除觀文殿大學士，判隆興府。辭行，召見内殿，有詔免拜賜坐，撫問周洽，遣中貴人至江亭賜黄金二十五鎰及幣帛茗香。公又辭郡，故有洞霄之命。上又遣中貴人傳詔撫問，賜銀奩香茗。

公之帥長沙也，三辭不獲命，至則除諸邑頻年之積逋以寬民力，劾武岡擾蠻之兵官以安溪傜，窮日力以決民訟，夙夜勞勩，體爲之瘠。有勸以勿勤小物，公笑曰：「吾平生在官，竊一日之禄，必殫一日之勞，可以老而改乎？」後再帥長沙，暑行屬疾，遂薨于位，時有大星隕于其里居之側云。

曾祖慶，祖鐸，父繪，俱贈太師，追封歧、益、蜀國公。妣虞氏，贈燕國夫人。娶葉氏，封福國夫人。七子：峴，承議郎、主管佑神觀，未除公喪而卒；嶧，承議郎、新權通判信州軍州事，兩預秋薦；嶸，第進士，宣教郎，有旨除二令；峻，承務郎；嶒、岠，未命，皆蚤卒；岡，承奉郎、擬監兩浙路臨安府浙江渡。三女：長適從事郎、新監慶元府鄞縣大嵩鹽場支鹽官毛淮，次適迪功郎、湖州歸安縣主簿徐質夫，次尚幼。孫男五人：瑑，承務郎、新監饒州永平監；珙、璹，承奉郎；珪、璞，承務郎。孫女三人：長適迪功郎、新建寧府崇安縣主簿徐鑄，次適迪功郎、新鄂州江夏縣主簿劉常道，次尚幼。曾孫一人。

初，蜀公一兄已與分産，未幾而貧，悉以畀之。性喜濟物，飢者發粟，貸者折券，鄉里稱爲仁人長者。公奉母夫人，禄養所至，扁其堂曰「戲綵」。既没永慕，言之必泣。弟端誠，先官之，而後及己子。在官得俸，亦以分兄弟之子及其遠族云。

公孝友誠慤，公忠廉介，出於天資。自少至老，無一語欺，蹈規履矩，日自儆戒。體若不勝衣，言若不出口，及其在人主之前，骨鯁切直，攖鱗苦口，自敵以下有不堪者。謀大事，決大疑，人所恍駭，公處之凝然，決之沛然也。不念舊惡，不阿權勢。其在當塗，有江東漕嘗使酒嫚罵公者，公與彼交章相避，遂兩罷爲祠官。後公長天官，其人爲貳，踧踖求去。公與之傾心盡歡，仍薦其壻，其人媿服，人服其厚。其在從列，時宰嘗屬公薦某人，公不承命，人服其剛。其在相位，財朞年耳，天下方望治，而謝病堅卧三月，至補外得請乃出，故天下至今惜之。

嶧與諸孤將以嘉泰三年正月十三日葬公于龍遊縣靈山鄉石壁之原，以書來請銘。銘曰：

紹熙季祚，光考違豫。仰曠居廬，俯曠機務。兆人皇皇，靡所歸赴。宅憂繼離，非上而誰？聖考有命，其代予悲。皇上益謙，十命百辭。雨泣其洏，推去天衣。公自有府，夾日以飛。時乎孔艱，公乎焉依。國有大疑，公作寶龜。國有危事，公作金隄。有昊斯岌，公作天柱。后土斯隉，公作嵩阜。皇曰汝嘉，其遂相予。自右而左，四國是孚。公感主知，其疚其劬。先昒以興，後昳以餔。以汔于痡，弗有其軀。推轂帝車，匪堯弗塗。嗚球天耳，匪臯弗謨。孰彥而翳？孰嬛而瘁？孰憲而戾？孰罅弗塈？揠而彙之，膏而遂之。繩而墨之，塹而柵之。五月而濟，朞年而乂。方駕而柅，方楫而弭。留弗可留，致其可致。楊清馬誠，韓速杜止。前五百歲，一有其四。後五百歲，一無其二。肅如清風，聞者興起。勳勞智名，帛素竹青。朱熹所稱，楊輔所譝。有麟有煙，對越圜清。侯誰濟登？汲古書生。

樞密兼參知政事權公墓誌銘

淳熙十五年四月，予上章得補外，同郡今監察御史曾公三復餞送于西湖之上，監六部門權侯安節偕來。曾公坐定，忽跽而請曰：「權侯將有請焉，願爲其祖樞密公追碣其竁。」予曰：「諾。」後五年，予歸自金陵，過清江，其太守郊迋，❶乃權侯也。前請倥偬，予忘之矣，而侯獨不忘，再請庚前諾，予其可辭？

公諱邦彦，字朝美，河間人。曾祖顯，祖慶，俱贈正奉大夫。父經，贈光禄大夫。儒學三世，而光禄公爲時名儒，號無相居士。公自兒時，嶷如成人，七歲聞講毛公《詩》，退即能爲家人説大義，自是力學，至忘寢食寒暑。十三入郡學，頭角嶄然。張廷堅與光禄公遊，見公，奇之，曰：「真名家駒，一日千里。」試，入太學。崇寧四年，賜上舍及第。釋褐，授從事郎、青州教授，歷睦親西宅宗子學正，提舉河東學事，除太學博士。

徽宗幸學，設幄堂上，延見諸生，命公講《下武》詩，音暢理明。天顔喜甚，恩錫有差。轉朝請郎，改辟廱國子司業。宣和初，遷左司員外郎。徽宗有意用公，而公與宰相王黼異議。黼嘗欲官饗人子衣之品服，公言：「孔子惜一繁纓，今以命服服奴人乎？」黼銜之，故報之。

使遼，虜酋面授國書，責公雙跪。公曰：「非南朝禮也，行人不敢承命。」虜酋大怒，竟莫奪。公之在遼也，審知女真强盛，目睹官軍驕惰，歸言於上，請檄兩河，繕甲兵，固吾圉，益厚北朝之好，無令邊臣生事敗

❶「迋」，疑當作「迎」或「迓」。

盟，不然必有唇亡齒寒之患。且言帥臣沈積中與詹度不咸，當黜，不報。尋除集英殿修撰，知易州。女真果犯京師。欽宗受禪，公復爲左司。靖康元年十月，改宗正少卿，除直徽猷閣，知冀州。辭行，欽宗勉之曰：「兵起北方，士大夫悉求南，卿獨請北，真能體國。」公道逢士夫自大名歸者，語公：「虜且再入，毋往。」公曰：「吾得死所矣。」命駕亟行。

高宗皇帝以康王爲大元帥，起兩河兵入衛王室，以公爲計議官。公將冀兵，與宗澤兵皆師于澶淵，與澤兵於丁未三月自濟徑趨古刀馬河拒賊，列砦數十。去京不遠，虜騎充斥，諸路兵約同進者皆不應。澤曰：「是以肉食虎耳。」乃師于曹之南華。及二聖北狩，上檄諸路兵追襲，公與澤兵復之衛之滑，賊已渡河。公與澤同表勸進及蚤正位號以繫民望者五。

上即位，公與澤同往大名募義兵。上亟召公與澤赴行在所，公乃回軍，自京師赴都，道除公帥荆南，澤襄陽。既抵行在所，澤以元帥事入奏。公未見間，除天章閣待制，改知東平。公言於上曰：「願陛下無輕棄南京，臣當死守東平。」一日三被詔，督之官，建炎元年六月也。時河北盡陷，京東州縣半降賊，公以疲卒孤壘抗强虜幾及二年。兀术合衆二十餘萬圍城，糧盡而救不至，人至易子而食。然公以忠義激士，猶摧鋒陷堅。虜患之，爲書射城中云：「趣降即富貴，何自苦爲？」公罵曰：「逆虜，吾受國厚恩，死無恨，豈忍臣異類？」力屈城破，兵民争扶公出城，父母妻子皆陷賊，惟一男一女一姪走及公。公自列請罪，上憐其忠，喜其至，詔曰：「鬭縠於菟毁家以紓楚國之難，顔真卿委郡而爲朝廷之歸。」遂原之。

三年，以朝散大夫、寶文閣直學士知江州。公日訓兵旅，集舟積粟，以防虜寇，請朝廷分兵守武昌、襄陽，則表裏之形成，賊不能窺我。於是李成在泗，劉文舜在舒，韓世清在蘄，孔彦舟在漢。公以爲此曹皆據江上，名曰聽朝命，受國爵，急之則詐忠，緩之則詒患，皆腹心肘腋之疾，陰備之。彦舟果欲來攻，知有備而退。屬公丁父憂解官，上惜其去，三命越紼。公固辭者七，不獲命。

四年正月，以寶文閣學士知建康。七月，改淮南、江浙、荆湖等路制置發運使。初，建康遭虜焚戮，城野一空。公竭力安集，不數月，朝市小整，人以更生。繼總漕事，轉輸六路。夕受命，朝引道走江東西，董逾懈，檢欺隱，覈逋亡，責稽滯，水陸程轍餘五千里，財用湊集於行在所者億萬計，有詔嘉歎。

紹興元年，入爲兵部尚書兼侍讀。❶二年五月，除簽書樞密院。公知無不言，言無不盡，謂：「宜乘機者三：祖宗德澤在人，人心未忘，王師一興，諸路響應，一也。內則淮海之虜騎悉往西北，以虚其南；外則林牙等浸大，患在腹心，以牽其北，二也。近覘者報虜兵疲於浚河之役，而守淮之兵皆持挺之農夫，三也。譬諸奕，争先而已，安可隨應隨解，不制人而制於人哉？不然，疆理淮堧，以連下邳；藩屏荆漢，以通上流；指顧隴蜀，以成建瓴東下之勢，亦策之次也。」朝廷用其次云。復有《中興十議》，其一謂：「宜以天下爲度，進圖洪業，恢復土宇，勿偷安于東南。」其二謂：「駕御諸將，宜威之以法而限之以爵。」其三謂：「宜命講讀之臣，於所論説之外，取累朝訓典及三代漢唐中興故事，日陳于前，以裨聖學。」其四謂：「宜監觀傷善妨賢之讒、偷安苟合之佞、市恩立威之姦、懷諼罔上之欺，聽其言，察其事，則忠邪判矣。」其五謂：「愛民先愛其力，寬

❶「兵」，原爲墨釘，今據《宋史》卷三九六《權邦彦傳》補。

民先節其用。」又謂：「朘己俸以佐國用，當自宰執始。」又謂：「分閫而屬大事，類非偏裨之所能爲，必得賢大將然後可。」又謂：「制置一官，宜可省也，盍令沿江州縣各備其境内，而總之以連帥，上自荆、鄂、江、池，下至采石、京口，講之有方，委之有人，防秋上策也。」又謂：「宗室中豈無傑然有人望可以濟艱難、贊密勿、留宿衛者？ 願求其人，置諸左右。」又謂：「人事盡則天悔禍，否則恐天未欲平治也，不可獨歸之數。」

上嘗語及《春秋》三傳異同，公曰：「孔子作《春秋》，游夏且不能措一辭。」上又曰：「至誠力行者，其善惡不可揜。」公曰：「惟天下至誠爲能化，不誠未有能動者。」上又曰：「堯舜以道治天下，不過無心。」公曰：「堯舜之治道，其要在命九官，去四凶。」公遂言曰：「願陛下無忘在濟時，無忘渡江時。」

未幾，以簽書樞密參知政事。數月，上欲大用公。三年二月己丑，以瘍髀薨于位。上震悼，親臨其喪。贈正議大夫，襚以金帛，官爲護喪，歸葬于徽之婺源。官其家七人，女家三人。

公風骨奇偉，胸次恢廓，學術才氣過人數等。性至孝，初無相在鄆卧病，公雖從戎，然沃盥必親執，藥物必親嘗，未嘗解衣而寢。及無相歸汶上，道梗不通，公在九江，每北望長號。之廬山飯僧，泣血禱佛，冀父子如初。三月而赴告至，力乞終喪，七請不獲。公感上深知，每誦曰：「責難於君謂之忠，❶吾君不能謂之賊。」

婺源之東，山水奇變，築室其上，自號且然居士。有古律詩二百八十首，雜著、書啓、章奏百三篇。其所述作，初若寂然無營，忽揮翰如飛，文不加點，雅善草聖。士大夫游其門者，如周葵、樓炤、潘良貴、吕廣問、

❶「忠」，《孟子》卷七《離婁上》作「恭」。

梁揚祖，皆爲世名臣。

配吕氏，先公卒汶上，封樂平郡夫人。繼室李氏，封隴西郡夫人。子男一人，嗣衍。女一人，嫁韓穰。孫一人，即安節也，傳家學有祖風云。銘曰：

太陽鄉晨，賓以啓明。應龍將昇，從以裔雲。巨宋再昌，天啓高皇。文武權公，襄我烈光。維時胡塵，塞于窿旻。滓于厚坤，白晝爲昏。維皇勃興，赫濯聲靈。手其青萍，叱開羶腥。維公孤忠，杖策以從。補天重光，扶日再中。如周甫申，如漢弇恂。如晉導榮，高勳昭明。迺秉鴻樞，迺預政塗。皇曰汝嘉，將遂相予。總章斯皇，胡剝我梁？巨川斯茫，胡燬我杭？新安之原，是堋是窀。佐命之元，過者式旃。

誠齋集卷第一百二十五

墓誌銘

宋故華文閣直學士贈特進程公墓誌銘

廬陵楊万里廷秀

淳熙甲辰十月一日，万里既除先太碩人之喪，又三日，江西安撫使、給事程公遣騎蹟門，遺以書曰：「江西，詩人淵林也，祖于山谷先生，派于陳、徐諸賢，謂之詩社。而社中多逸詩，某冥搜得之，今刻棗以傳，而序引缺焉，非君其誰宜爲？」万里辭不獲命，既呈似公，公不以爲不可。是時万里未識公也，自是書問還往益密，情益親厚。

後八年，万里將漕江東，被旨往上饒問囚，過新安，至休寧，公遣人送酒相勞苦，又遣其子鉉遮見于逆旅。是時以使事有指，欲見公而不敢也。私念歸塗，當庚此願。既而山路崎嶔，難以再經，拏舟東歸，至今以不識公爲恨，每每流涕。公聞之，亦流涕。蓋万里平生知舊相識而不相知者有矣，未有不相識而相知者也。不相識而相知者，公一人而已。

公既没，万里哭遣家僮弔焉。今鉉又以兵部王公寅所狀公之行實來謁銘，万里慟哭曰：「已矣，世無此知我者矣！銘其忍辭？」

公姓程，諱叔達，字元誠，徽之黟縣人。胄自重黎，氏自伯休及嬰。晉元譚守新安，民德之，詔賜田宅於歙，因家焉。梁靈洗起兵拒侯景，入陳，以功封重安公，謚忠壯，迨今廟食，至天旺始徙黟云。曾祖宗顔，以子顯謨閣直學士邁贈正議大夫。祖遠，以子楫之、千載贈奉議郎。父晉之，以公贈太中大夫。❶三世娶胡氏，贈碩人、太孺人、碩人。

公少穎異，伯父奇之，令從樞密巫公學。方丱已有俊聲，年二十三第進士，中書連除興國軍、光化軍教授，以薦改宣教郎，除湖州教授。

秩滿造朝，虜酋亮將渝盟，朝論二三。公以書抵時宰陳公康伯，請厲兵馬，守淮漢，募異軍，遣間諜，理財用。陳大喜，以爲足强人意。

除通判臨安府。府尹趙子潚待下簡而亢，公不爲屈。趙謂有臺諫風，即委以府事，且屏後覘焉，見公剖決如流，遂大相知。

除知通州，諸御史薦爲臺主簿。未三月，遷監察御史。乾道二年，二浙大饑，孝宗皇帝憂之，分遣郎官、御史行視振貸。公當行臨安諸邑，先自府始，奏謂：「受粥之令及市而不及野，請均之。」上大喜，語執政曰：「誰肯爲朕盡心如此？」既周視諸邑，見上，上迎勞曰：「卿振民良苦。」公條上便宜曰：「豐荒在天，感格在

---

❶「以公」，原殘闕，今據四部叢刊本補。

人，願益修省，以召至和。至如祖宗朝已行之荒政，若趙抃之會稽，范純仁之襄邑，斯二者可舉行也。若夫今日之急務，願詔監司與帥臣察所部之官吏，或罷耎不勝任者罷之，或奉行不應書者罰之，斯二者不可緩也。」上稱善。

除右正言。見上，首論君臣聽納，詞旨剴切。時已和戎，公言：「勿恃和以爲安，必因和以爲備。」復言：「廣盜始平，湘寇復作。蓋官於湖廣者，或昏庸貪殘，或遷客左官。欲民得其所，難矣。謂宜精擇部使者以察郡守，妙簡守臣以察縣令。孰爲公廉，孰爲苛刻，或辟置，或罷絀。至於一切科擾之政，尤宜蠲損。」上即詔群臣集議于御史府，選監司一人，遂除張維廣西提點刑獄。

郴寇李金叛，公復奏請廣開赦宥招降之門，速發旁近精鋭之師，應時討定，無使越軼二廣。又言：「龔遂治渤海，諸持鋤爲良民，持兵爲盜賊，此安之之策也。張敞治膠東，明設募賞，令相斬捕，此勝之之策也。願下攸司，著定捕斬除罪之令。」潭帥劉公珙移書謂：「賴公建明，表裏相應。」寇遂平。

中書除吏非法，公言：「法制所以維持國體也，要當遵守於上，則僥倖息於下。夫不中銓者，吏部不擬官，法也；未出階官者，中書不除官，亦法也。今則將仕、登仕除嶽祠之官矣。非詞學、上舍、甲科者不注教官，法也。今則州文學亦除教官矣。近有宜州文學高衮者，除襄陽教授，考其爵里，乃一時借補，亂法亦太甚矣。」有旨押衮歸本貫。又言：「諸郎皆華選也，近乃有爲丞十日而遽攝員者，有監門數日而亦充數者。望申詔執政，繼自今必察才望優劣，資格淺深。」時有爲淮漕者進死蝗，公言：「日者廬州守臣張師顔奏蝗徧田野，今乃諛言蝗自斃，罪其可逃？」又有以前從臣召還者，請復免役錢，公言：「身爲邇臣，不以道德寬大推廣上意，乃導爲刻剥，是可不斥？」

遷左司諫。言民困於執役及和糴四弊，上曰：「朕當遣使按察。」在諫省僅四閲月，以母老且病四請外，上再三留之，曰：「朕方欲用卿。」尋以母憂去。服除，除直敷文閣，知池州，時四年二月也。引嫌改衢，當路有不樂者，遇官期至，則輒以它人代，凡五年，至言者論其非是，始獲之官。辭行，首言：「陛下厲精圖治，未嘗不欲大有爲。然有志不可不養，養志不可不審，耗於事則易怠，速於用則或沮。願毋狃宴安，毋急事功。」上指「養志」二字曰：「此言極嘉。」

五月，改江西轉運副使。十月，易江東，鄉部也。即家，拜命奉親之官，邦人謂晝繡云。既眡事，有曰本司耗米，曰和糴本錢，曰去秋苗錢，曰宣城呰木錢，皆蠲除之。仍捐米數千石，贍宣之乏。徽州雜征有曰驛料豆錢者，多取八千緡，即奏蠲減。又言：「徽絹銖兩，昔輕而今重，民以益困。」有旨十二萬匹減四之一，公喜謂人曰：「大哉，聖主之仁！一舉革二百年之弊。」

淳熙初元十月，除浙西提點刑獄。辭行，上曰：「朕欲留卿，未可言去。」除宗正少卿、太子左庶子。既數日，上復問宰執：「程叔達已除庶子未？」其簡記如此。公言：「玉牒凡例止紬實録，而不網羅諸書，恐有放失。」

尋兼崇政殿説書。上前因論帝王之學所以治國平天下之道，願講求前代聖賢事業而施之天下。一日，講《周禮》至《泉府》，因言：「其法本欲斂市之不售與夫貸之滯者，各從其抵而予之，所以惠民也。而世儒乃假其息之説，創青苗之法，以取二十二之息，故天下卒受其弊，用經之誤如此。」因言：「今州縣知利而不知義，受田租之粟則多至加倍，理訟獄之負則專務罰金。甚至周内罪名，沒入生業。大則獻羨餘，結權貴；小則私盜取，資妄用。民日益困，不可不懲。」上曰：「亦非不懲，更當痛革。」右史蕭公燧在旁與聞，出而大言於殿門曰：「講讀官得人，可爲朝廷賀。」尋兼直學士院。

三年四月，兼中書舍人。公以兼官過多，力控免云。一日召見，因言：「傳聞江東、淮南多旱，願修德明政，省刑薄斂，庶人心悅而天意得。」上曰：「亦聞江東閔雨，方以爲憂，而劉珙奏云已得大雨，可喜。漢唐之亡皆緣歲荒盜起，朕每憂念，常至五六月不敢去心。」公退謂人曰：「有君如此，天下國家之福。」

八月，兼權給事中。言：「詔令先書西省，後至瑣闥，或昏暮丙夜，事之本末有不及知，人之賢否有不及問。望詔自今除官行事，必具事之本末、人之閥閱，連書于前，俾得參考，不然依舊制繳奏。」十一月，召見，賜坐。上曰：「卿制詔甚得體。」公稱謝。久之，辭起，命復坐，曰：「事無巨細，盡言。」公言：「近日選人除授超越。」上曰：「何也？」公言：「舊京局諸闕，本以待選人資淺之有才者，今既歸銓部，無以處之，則徑除職事官。願以京局諸闕仍舊歸朝廷。」

公每論諫，上必嘉歎，即施行之。再召見，論敬天、愛民、有志事功三事。其論敬天曰：「臣承乏司宗，纂修玉牒，因得仰窺陛下盛德，如讀《尚書》而作《敬天圖》。臣願陛下鑒圖而法文王不已之心，勿謂豐穰而怠憂勤，勿謂平泰而忘儆懼。」上曰：「朕自爲此圖，頗覺有益，每遇水旱，則必披圖修省，常獲感格。」後再召見，上顧左右取圖示公曰：「人君享國久長，皆由嚴恭寅畏，尤當以爲法。」公言：「陛下既知所以戒，又知所以法，社稷生靈之幸。」

復以親老請外，上曰：「朕方用卿，何數求去？」退而力伸前請。上欲與郡，而言者以爲親年高，恐迎侍非便，除直龍圖閣，提舉武夷山冲佑觀。

明年，丁太中憂。服除，七年五月，除湖南轉運副使。帥劉焞久病廢事，民方怨咨。公爲辨訟决囚，滌滯除弊。遇水旱，與蠲租振贍，人呼舞曰：「非運使，我等皆當死徙嶺海矣。」又下令通財，以本司緡錢助衡、郴、道、永者凡一萬三千緡，又代道州輸歲缺之錢一萬七千緡、積逋大軍錢三萬八千緡，又與總領趙汝誼奏除永州旱米四萬餘石。民感實惠，百千人相率詣安撫司，請爲表乞借留。

九年七月，再除浙西提點刑獄，餞者塞涂，其後潭帥李公椿竟以民言上聞。時江西謀帥，上命執政疏其人，上指公名曰：「某也可，近李椿奏某甚得湖湘民心。」

八月，除秘閣修撰，知隆興府。見上，極論郴、桂盜賊之由，撫御之要，選任之宜，消弭之策。洎至洪，以所部多盜，申嚴同惡及它盜捕告之令。一夕，郭外僧舍有寇，其徒來告。公免其罪，厚其犒，盡縛群寇，尸諸市。屬邑有八，而每歲之賦十逋二三，蓋有民已流徙而田實汙萊者，亦有田不汙萊而業無主名者，謂之「逃閣」。公分遣縣官精敏者核其欺，占其實，百年蠹敝，一日蕩去。州之材官曰親兵者千，曰選中禁軍者亦千，異時士卒營居、市居相半，以故驕放。公爲之築室三百餘區，聚居一營，月廩時服，給授惟時；晝訓夕警，無敢譁遨。復請州置準備將一員，擇其久於履軍者以管轄之。上以其法刻板，下之百郡云。吉之兵譟于牙門，公以守臣與兵鈐不咸，劾罷之。揭賞禽賊，皆伏誅。軍政肅然，一道惕息。

十二月，進集英殿修撰，因任。公上體聖意，下卹民隱，其惜官藏甚於家貨。帥洪五年，前後蠲除民賦爲緡錢二十三萬有奇，爲米斛一十一萬有奇，談者以爲多於王仲舒云。

十三年八月，上一日忽宣諭執政：「程叔達隆興之政甚美，與進敷文閣待制。」再因任。歲或小不雨，公每禱雨，舉室不茹葷，感召如響。部内連年有秋，民歌之曰：「公來江西熟，公去江西旱。」

十四年，引疾丐祠，章繼上，四月四日特轉一官，提舉江州太平興國宫。去之日如始至，在官束脩之問，近比宜受者積八千餘緡，皆入公帑。因任至再，宜受禮物亦以犒軍。既歸，宅旁治小圃曰「西墅」，有堂二，曰「葵心」，曰「秀野」。鑿池沼，種花竹，逍遥忘歸。

十六年二月，太上皇帝登極，轉一官。以嘗爲東宫講官，再轉兩官。時舊學悉收召，公獨以與執政隆興合符小忤，壅不以聞。奉祠四載，引年納禄，遂以顯謨閣待制致其仕。

今上皇帝即位，有詔撫問，遣使賜銀奩藥茗，詔有「渴見」之語，公感泣拜賜。

慶元二年十月，特除華文閣直學士，賜衣帶，僉論始伸。

公年高益健，一日對客，忽有「不屑人間世」之語。得疾無苦，惟日食寖減，忽命左右扶掖，端坐於正寢，奄然而逝，享年七十有八。官宣奉大夫，爵新安郡開國侯，食邑一千一百户。遺表聞，天子閔悼，加贈特進。娶黄氏，封碩人，先公五年卒。子男四人：鑄，年十九預國子第二名薦，早卒；鉉，朝請郎、行將作監主簿；錫，承議郎、知江州彭澤縣事；鎬，早夭。女四人：適進士黄汝崇，奉議郎、知潭州湘陰縣事黄棨，通判台州金僎，樞密汪公之孫義實，皆前卒。孫男：源、洵，俱登仕郎。女一人，尚幼。

公天姿静重，逮事四朝，守正不撓，始終一節。感孝宗睠厚，日思報稱，所論列封駮，無少顧忌，以故齟齬。嘗因草詔，孝宗嘉賞，顧左右，問學士爲誰，以它學士對，公終不自言。行己敬，事親孝，和於族，信於友。撫姊妹甥姪盡愛，婚喪賙之必厚。既以先夫人志養不盡爲終天之戚，復舉太中資産遺諸姪，且官伯氏子，慰下泉意。族人病於鄉正之役，則剖私田，倡義役，諸鄉倣之，其利甚博。既没，里人築堂，肖像祠焉。嗜學，至老不釋卷，六經諸史皆探根柢，書法得急就體。生平著述曰《玉堂制草》，曰《玉堂備草》，曰表牋，曰論諫，曰《承華故實詩箋》，曰宏詞賦頌，曰歌詩書啓記序雜文，凡六十八卷，藏于家。其自述出處大節，則有《四朝遺老傳》。

公之未病前數夕，忽有大星霣於庭，家人大驚。没于慶元三年七月十四日，葬于五年二月二十二日，其鄉東亭，其岡潭口。銘曰：

温温程公，日行維冬，風行維東，萬物有融。毅毅程公，玉立維嵩，雪立維松，衆正之宗。既介既通，不異不同，邦之夔龍，氓之黄龔。睠非不隆，不詭其從，不究其冲，其乖其逢。

刑部侍郎章公墓銘

紹興二十有一年，時宰顓政，燕居深念天下之忠臣義士，名相如忠獻張公，骨鯁如忠簡胡公之儔，終不附己，朝逐其一，其一夕發，將欲一網以食之既。於是開告訐，興羅織，挈廷尉府作一大穽，擇深文吏爲己所鷹。宣城章公，儒者也。高皇選於衆，迺自刑部副郎擢爲大理少卿，以式遏其熾。或摘公曰：「今日士師，非禾絹士師也，盍去諸？」公曰：「全軀以私淑，寧捐軀以庇善人。」時宰每事諭意，公念争之必不從，從之必不可，進而唯唯，退而否。士夫置對，多所全度，於是大忤其指。因惡簽書樞密章夏，諭言者擊去，併波及公，以爲宗盟同罪云。公既去，而頻年大獄起矣，至時宰死乃已。

孝宗嗣位之初，旁招正人，忠鯁輳集。一日，顧大臣曰：「光堯之朝，有一廷尉，不眎大臣喜怒爲獄者誰？」皆以公對。召見，除大理少卿，天語褒嘉曰：「以卿異時典獄，不觀望大臣，故用卿。」未幾，擢權刑部侍郎，時乾道二年也。

未幾，以疾哀懇，求祠官，除右文殿修撰，提舉江州太平興國宫。未幾，乃老，進集英殿修撰致其仕。淳熙元年十一月戊申薨于里第，得年八十有二，朝論嗟悼。

公諱燾，字彦溥，世居宣城。穉而卓偉，淵渟山峙。宣和間以《周官》經學名震場屋，自鄉校貢辟雍，升太學，會兵革俶擾，間關還家。

建炎二年，以父任調廬州司户參軍、處州龍泉主簿，改監行在贍軍酒庫，又改泰州梁家垛鹽場，又改行在酒庫所主管文字，循承直郎。

紹興十四年，除大理司直。明年，授右通直郎，除寺丞。奉使廣東，鞫達官獄，以平允稱。歸朝，轉右奉議郎，除寺正。

十八年，遷刑部員外郎。明年，轉右朝奉郎。後二年，遂除大理少卿，既以忤時宰言罷，未幾，高宗記憶，除主管台州崇道觀，轉右朝散郎。未幾，除知復州。爲政平寬，流徙皆歸，治聲上聞。二十五年，復召爲大理少卿。明年，又以言罷。又明年，轉右朝請郎。

二十九年，起知蘄州。其政如復，而簡儉有加。名箋紋簟，爲民角齒，而爲守臣階梯，自公痛革，至當暑卧榻不徹織蒲，至今士大夫媿之，邦民歌之。

三十一年，轉朝奉大夫，提點湖南刑獄。地遠畿甸，有司嫚令，老吏舞文，獄以賕成，刑多頗纇。公明不察淵，恕不縱狼，平反居多，民以不冤。全州材官執守臣以叛，公單辭諭招，即日請降，解甲還營。公獨戮其始謀者數人，餘釋不問，一郡以寧。

未幾，移病請祠而去。孝宗御極，遂見擢用。將薨，精神湛然，一語不亂，惟語子孫以孝弟忠信。明年十月八日，葬于宣之茆氏松山之原。

曾祖旦，不仕。祖珌，贈太中大夫。父元任，朝奉大夫致仕，贈光禄大夫。公初室萬氏，繼室陳氏。十子：綺，監台州黄巖縣于浦鹽監；綱，臨安府學教授；純，信州司户參軍；綰，蘄州黄梅主簿；紘，太平州當塗主簿，皆迪功郎。維，從事郎、復州推官；綜、綷、經、綸，業進士。一女，適進士汪亨舉。孫男三十人，女十二人。

公於文皆工，而尤工於詩。與里中詩人周紫芝賡酧還往，詩筒牛腰，斧藻江山，追琢風月，佳句絶唱，麗雅奇崛，芻豢衆口，籥勺群聽。至今言宣城詩人者，前有梅、謝，後有周、章云。

公天性質儉，不爲華靡，一裘補紉真三十年。仕踰三紀，不篡一簪，得禄必分族姻友朋，賙而無斁。至於一丘一壑，乘興忘返，理一山園于南山之陽，命曰「南坡」，杖屨於斯，觴詠於斯，卧興於斯。酒酣賦詩，殆無虚日，終無一言及於聲利。夜坐一燈，讀書自娯，或覓紙作字，得唐人楷法。年餘八十，筆力益遒，目力益强，今世未有也。教子無倦，自作家訓，繩以禮法，迪以文詞。純、綱相繼策第，綱尤能文，出諸老右，不幸皆蚤世。

葬後二十八年，綽自宣城徒步來廬陵訪予，泣曰：「先公之阡碑石，蒼蘚封之厚矣，而未鑱一詞以諗來者。先公之客，今惟先生在爾，獨無意乎？」万里曰：「敬受教。」乃摭侍郎陳公天麟之狀著于篇。銘曰：

紹興中年，有宰而權。竊霆之威，噎噎彼天。睅彼異己，弗翦弗止。嗾彼屠伯，宅之大理。皇咨章公，汝仁汝忠。褫圜裏方，往刓其鋒。彼火而烈，公水其焫。彼虎而咥，公户其孽。皐蘇所先，于張所艱。公笑不言，善人以全。善者是怙，權者是忤。公以是去，公以是舉。孝宗御天，谷搜巖搴。舉於幽間，寘彼甘泉。其仁其博，其裔其渥。其誰云者，楸表之鶴。

朝奉大夫起居郎吴公墓誌銘

淳熙十三年十月二十二日，皇帝會慶節，北使來賀，命朝奉大夫、起居郎吴公假禮部尚書館之。天寒，公罷於匽薄，是日嬰疾，一足不良，能行，賜告反室，俾近醫藥。予往問疾，則呼酒酌我，取祕閣新刻法書，相與展翫，疾蓋小愈。至十二月二日，奄忽而逝，疾再作云。

公諱燠，字春卿，世爲衢之西安人。紹興甲戌策進士第，調福州福清主簿，循從政郎，授撫州州學教授，以父憂去官。除喪，授隆興府府學教授。弁冕胡簋，與之一新。書策蕞殘，市之充牣。其教條不可犯，而訓誘可樂，士多卒學有就者。

改宣教郎，知建寧府浦城縣，❶轉奉議郎。邑名難治，始至，訟牒千，公疾讀，十行俱下，奮筆決遣，文書爲清。有惡少年，挾兄弟盤據椎埋，目曰五虎。公令縛至庭，皆置諸法，縈嫠吐氣。鄉校無教，公得民無後者田，皆歸之學官，於是齋房始聞誦弦聲。邑以官鬻鹽爲賦，稱責致鹽，配鹽與民，公私交病。公致鹽有貲，而下其估，民樂與官爲市，賦入有羨，至庚舊令之逋以數萬計。

部使者以治行上聞，有詔詣丞相府，察廉爲幹辦審計司，轉承議郎。有薦公材可御史，公自詭治劇，得賀州。辭行，上迎謂曰：「朕聞卿名久。」公論奏三事，上曰：「甚善。姑牧遠民，行且大用。」賀，凋郡，賦亦卬鹽，公行之如浦城。言所部便宜事，謂：「南民貧，不應租外復有丁米，請蠲除之。」又：「二廣盜之劾者，有減殊死爲城旦，往往亡命，恐貽後患。宜差擇伉健，涅而爲兵。」轉朝奉郎。踰年，詔舉可監司者，臺諫、侍從皆以公應。上語大臣曰：「用此人遲十年矣。」

自賀除荊湖北路提點刑獄公事，於是鄂之囚，有司議抵死而實未嘗殺人，公即訊，一語得情，破械出之，一郡驚異。莫傜楊秀禄嘯蠻獠寇沅湘，公即日單車引道。或惎以羽檄召兵，公曰：「此特其酋詿誤其下，群蠻何辜？」遣吏諭招，許以不死，秀禄出降，不戮一人。

十一年，召還，賜對，首言：「今日民貧，咎在踰侈，宜嚴其禁，自貴近始。」又言：「沅、靖之蠻，非無人性，官不擾之，可以無警，要在擇長吏，勸豪酋，練峒丁。」又言：「江東道路，流民纍纍，將往黃州，請耕閒田，宜

❶「寧」，原作「康」，今據《宋史》卷八九《地理志》改。

令淮南有以振業之。」上皆悦。至流民事，則蹙然曰：「非卿，朕不聞此。」

除尚書郎，典吏部右銓。有副使致仕，應官其子，吏格以策名未三十年。公折之曰：「此令謂身在官而任其子者，今致仕矣，豈得援此？」吏輩股弁。

轉朝散郎。明年，遷樞密院檢詳諸房文字，遷司農少卿。論任子之法，謂：「比年有自它官而除扈帶者，在職或兼旬或踰月則復還其舊，其意不過覬覦解帶之恩，度越止法之上，徑轉横階或防團、遥刺，免關陞，叨蔭補而已。且夫法之所謂實歷者，謂滿二歲，今縱不及，亦宜庀職滿歲。」又論：「今歲災異重仍，星變地震，仲春雨雪，仲夏積陰。近取諸身，腠理疏則正氣傷，願思所以致此者。」又言：「三省、樞密院、六部吏員，無慮一千三百人，願下有司議省冗吏。」事皆施行。

兼權中書舍人。中人有以製郊見冠服增秩者，公封還詞頭。近屬有用近比奏其門下客補官者，公論至再，遂寢。

遷起居舍人，仍兼西掖。遷起居郎。方禋祀湛恩，慶壽大賚，書命填委。公從容占吏，訓辭爾雅，得代言體。一日，造膝言：「陛下臨御二十五年，厲精爲治，而庶績未熙。意者群臣未能仰體焦勞，媮以愒日，隤靡益甚。不親細務者併當務莫之急，不按府吏者併良吏莫之舉。以甲兵之問不至廟堂爲美事，則不先無事之備；以錢穀之數問之有司爲當然，則不計國用之虚。以獻納論思爲職者，不過卑論以應故事；以寅入午出爲職者，不過充員而書紙尾。將何以使樞機皆周密，上下無苟且？盍有以振厲而一新之。」上竦然曰：「卿老成鯁亮。」

公既没，上愍之，賻金帛有加，享年五十有六。曾祖常陸、祖偲，皆不仕。父概，以太學上舍賜進士第，三爲太守，再爲部使者，所臨有稱，終官中奉大夫，累贈至通奉大夫。初室夏氏，先公三十年卒；繼室，其娣也，皆封恭人。子男三人：垣、塄、埏。女四人：長適沈韶，早卒；次適通直郎、知岳州華容縣事万俟侃；次許嫁陳汶；次幼。孫男一人：鉉。女二人。

公介而和，通而能立。與人交，粹然可即。及臨事，有不可，萬夫莫奪。其在州縣，見謂明習。及立朝，乃以讜直聞。家故貧，性清苦，每分俸以賙其族。兄弟之子，教其幼而孤者，嫁其女之貧者。

垣既返柩於衢，以來年十一月庚申葬公同山明果之原。公之弟烜狀其行來謁銘，万里與公同年，且同舍，又同志，其又奚辭？銘曰：

士呻其策，人禹家稷。言佩之縋，言擿其埴。仕邑及州，輼輬其猷。寘彼京周，何毅不柔？顯允吴公，學政兩崇。中外兩庸，風行川通。金玉天聰，山龍帝躬。推轂九重，華勛之隆。既螭我筆，盍楝我室？有奄與畢，有盡無詰。

林運使墓誌銘

公諱孝澤，字世傳，莆田人也。曾祖質，故贈朝奉郎。祖傅，故不仕。父選，故任承議郎致仕，贈右中大夫。

公少好詞章，卓然自立，一時流輩，罔不推表。大觀四年，升貢入太學。宣和六年，登進士第。建炎初，調建陽縣尉，再調南劒州順昌縣尉。會有告某賊欲犯城邑，公不謀同寮，不檄旁援，獨計以爲可先未發禽也，提兵宵征，黎明至其所。賊方椎牛釃酒，聚神祠中，乃突掩之，無一人免者。未幾，丁太夫人憂。當論功而郡僚有沮格者，通判吴逵曰：「使賊而張，州且不保，況邑乎？是可不賞？」乃以聞。

服除，授左承事郎，監建陽縣麻沙鎮税。秩滿，調泉州晉江縣丞。太守器其詳整，訟有積歲不決者，一以屬公，靡不立斷，人情愜焉。公所至，廉於身，力於職，必欲以其韞及物。至干以私，秋毫不可，上官敬憚之。通判興國軍。秩滿，謁祠官之禄，得主管台州崇道觀。知南康軍。公爲郡嚴而不苛，吏不敢欺。

提舉廣南路市舶。有胡婦蒲持環産以獻，爲子求官，得之。公持之不下，而言諸朝曰：「互市與夷接也，舶之所入，法歸有司，以俟公上之須，未有私獻無益之物者。倖源一啓，遠人何觀？」事遂寢，朝論韙之，即拜轉運判官。先是，官吏以嶺南爲非法令所能遠馭，類黷貨。有縣令挾大官要人囊橐之，墨且横。公得其受賕狀，即舉奏之，一路震虩，曰：「是何可犯！」解印綬去者十數人。

知漳州。公年彌高矣，聽决益精明。北邊有興，斂兵於漳以戍焉。前守匱於賦，故事戍者既行，居者增餐錢，而州不時給，其徒族立庭下不去，有猘色。公不爲動，徐曰：「若輩欲反，必先殺我。餐錢極無幾爾，獨不可强取。」叱令還營，取一二尤者寘之法，而令月庚之，衆服其暇。歲大疫，爲糜鬻藥，里賙路畀。死不能掩埋者，官爲棺斂。部使者上最，遷提點廣南東路刑獄，公力辭不就。天子高之，改除直秘閣，主管建寧府武夷山冲佑觀。訓詞曰：「循良之吏吾所重，止足之人吾所敬，中秘之直吾所惜。」

朝廷方行綜核之政，切齒汙吏，有言於丞相者曰：「林公雖老，持節鄉部，肅一路獨不可耶？」丞相然之，白上，除公本路轉運副使。命下，八郡聳然曰：「此真監司也。」公即以鄉里引嫌。有旨趣公入奏，公謂所知曰：「以南之命既得辭矣，顧拜今命，辭遠樂近，非人臣義。」章再上。朝廷知不可彊致，復畀祠禄，是歲乾道六年也。公則蕭然自放，因舊葺廬，疏渠引泉，周以花竹，日哦其間。故人過逢，瀹茗弈棊，杯酒淋浪，其樂殆非塵中有也。明年正月十八日疾終，得年八十有三。後九月，葬南郭五雲寺之東北。

公性澹然，無外嗜。與人交，一見傾底裏。至遇事，凛不可犯。南康、臨漳歲倚山澤之入以佐公帑，公盡捐以畀民。遇過使客，燕饗儉而敬，賓亦憮然滿意。公自律清苦，一夕視事，竟有持燭送公至閫内者，公曰：「此官燭也。」亟命持去。林氏自唐正元旌表門閭，公始葺之，敷文閣直學士王公十朋詩而碑焉。

公娶阮氏，封安人，先卒。男二人：箓，左迪功郎、新台州州學教授；枅，左奉議郎、秘書省秘書郎，出知信州。女二人，適文士方庭賁、方自誠。孫十人：文之爲信州貴溪縣尉，居之、千之並將仕郎，餘尚幼。

枅立朝歸然，弗激弗隨。予晚與枅同朝而厚，予得外補，枅追送予曰：「先君子竄而未碣，非懈，實有待，子其人哉！」予謝不能。既歸廬陵，枅又遣一介走二千里來請。銘曰：

士穉而節，石漱雪齧。蔇耇而洿，毁珠負塗。我芻我駒，我亨我衢。我日我晡，疇舒其軀？林公烺烺，閩粤之望。天子是奨，南東其蕩。公拜以辭，孰完不隳？孰溢不欹？胡耄不歸？莆城之南，佛屋之北。言蓺其柏，以妥公宅。清風肅而，冰之玉之。式訛彼貪，尚或忸之。

提刑徽猷檢正王公墓誌銘

公諱回，字亞夫，世居九江。五季有仕于閩者，因家焉，徙温之瑞安。曾祖岳、祖霈，皆不仕。父佃，贈中奉大夫。妣黄氏，贈令人。配丁氏，封宜人。

公初入太學，名聲彰徹。登紹興甲戌第，歷婺州永康縣尉、吉州左司理參軍，知建寧府建安、安豐軍安豐二縣，監行在左藏西庫幹辦諸司糧料院。出守濠州，除提舉江西常平茶鹽，改江西轉運判官，移福建轉運判官。召還，爲尚書户部郎官、將作監、大理少卿、檢正中書門下省諸房公事，除直徽猷閣、浙西提刑，主管建寧武夷山冲佑觀。改知湖州，除江東提刑。以疾請老，再得祠禄，積官至朝議大夫。享年七十有二，卒于正寢，實紹興三年十二月二十有九日也。

在永康以廉明稱，太守汪尚書聖錫尤器之，每事委公，邑人稱平。又爲之修學校，教生徒，老則教以慈，少則教以悌，有感概流涕者。廬陵地接湖廣，盜賊出没，狴犴充斥。公行以勤恕，圄空四五，每曰：「公生明，信矣。」時太守尚書王公佐風采峻邁，寮吏震聳，乃獨知公，事必詢焉，且曰：「王決曹學到古人，❶才非近用，某不及也。」卒以此語薦於朝，諸公亦交章。

改京秩，得建安。未赴，丁中奉憂，除喪，得安豐。地當邊徼，撫字之外，無日不討其高年及秀民，博諏

❶「曹」，原作「曾」，今據文義改。

形勢，熟講守禦，於是周知兩淮要害，使者上其治行。丁母憂，除喪，得左帑。畢力舉職，且曰：「韓魏公不卑此官，吾敢不勉？」遷糧料院，凡百官之奉總焉。在京百司，官爲賦錢，僦民爲傔，謂之「雇募」，乃有借兵人於外郡而以錢它用者，公請革其弊。

知濠州。辭行，壽皇曰：「守邊之道，無出威信。」公再拜而退。至郡，廩帑赤立，歲復大侵，旁郡皆然，無所告糴。淮北有粟，而非我疆。故事，守令莫敢便文。公禱於天，願以身徇，迺召里長，貸以公錢，踰淮私懋，旬挾之間，得斛數萬，民食之贏，波及旁郡。來歲大穰，慨然曰：「文事武備，闕一不可。」於是增修州學。

有民兵統轄徐弼倚官毒民，公首流之，老姦讋焉。亡命越境，莫可禁止。公取其尤二十餘人，月有廩給，使各固封守，戒之曰：「一夫其風，於汝乎得。」材官且千，役以輿皂，初不知戰。公簡軍實，肅蒐苗，厚勞來，數月間一變精鋭，威憺遐邇，盜敓屏跡。有二山，曰横澗，曰韮山，在百里所。公躍馬按行，知其緩急民可保焉，圖之以獻。

及爲江西常平使者，勤恤民隱，發擿吏姦，風稜凜凜，咸稱神明。時贛、吉、南安、建昌四郡告旱，公速振貸，請除租，荒政大修，民無流殍。江西稻鄉，而常平義倉，郡邑乾没，多去其籍。公稽之情，得小郡之負亦以萬數，然止令庚二年之粟。就改將漕，時適歲豐，公念前日之旱，迺請于朝，願以官所藏緡錢三十萬分命諸郡糴焉。明年江西果大旱，賴之以濟。

江之德安，兩税告重；袁之分宜，病於月輸，皆請損之。閩之臨汀，抑配鬻鹽，民久不堪。公諏其由，請正經界。召爲尚書郎，付以其事，文告所暨，汀民踴躍。會復召爲大匠，遷廷尉宰掾。兩省事叢，擬議精敏，刻決忠實，執政稱歎。如復敕令之司以防舞文，罷詔獄以存大體，皆壽皇從公請也。

見今天子，首陳圖中興，嚴虜備。請核名實，通言路，而法聖政之説爲尤切。其説曰：「高宗之紹興，壽皇之淳熙，致治之道，曰修身以學，約己以儉，莅政以勤，用人以公，誠心以格天，虚中以聽言，寛以接下，仁以愛民，此其要也。願陛下取兩朝聖政而觀之，使大臣時陳於前，經筵日誦於側，即其切於時者力行之。」

公在省中歲餘，求去甚力，乃使浙西。力求祠官，從之。數月，起知湖州。湖，士夫淵林也。公以耆德填之，上下悦服。又訪郡之大利，修湖漊，增城堞，建利濟院。有盗夜殺牛，牛逸。愬烏程尉，尉不省。復愬歸安尉，尉視之，傷焉。然牛怒觸人，無敢近者。尉聞于州，公遣卒傳呼，示以判事，牛即俯聽，盗竟得云。聞者異之。或歌之曰：「謂牛不能言，何以愬其冤？謂牛能觸，何以俯而伏？信及豚魚，疇不曰迂？牛聽公令，不顯公政。」

中奉家故貧，無田，有屋三楹。中奉謀於公曰：「吾兄弟四而屋楹三，將焉寘一弟？吾欲遜焉。」公即承命，僦居郭外，奉親徙焉，邑人義之。公既仕，乃有田百畝。及知濠州，盡以其入分族親，亦以承先志云。

公器識宏深，襟度寛博。議論設施，加人數等。料事如神，物無遁情。然接物裕和，亦不可犯；臨事莊毅，乃復可親。嘗曰：「吾有三不欺：一曰君，二曰人，三曰己。」自少慷慨有大志，艱勤窮空，澹無愠色。人之善必稱，過必揜，急必赴，才必拔。奉己過儉，以先一家。食不重肉，衣不綺麗。雖御僮僕，未嘗疾語。一門之内，穆如春風。初居峴山，晚卜築北湖，自號峴湖居士。在湖州，朝廷方欲用之，而求去益切。既憲江東，歸至峴湖，摩挲鄰曲，問訊親舊，喜不自勝。居亡何，移疾乞掛其冠云。

子男四人：自强，文林郎、監行在省倉上界門；自適，將仕郎；自修，以公遺澤補官；自治，尚幼。女五人：適承直郎、前安豐軍安豐縣主簿吴琰，進士項淵松、何致慮，迪功郎、前南安軍星子縣主簿周寓。孫男五人：泰之、鼎之、益之、履之、復之。女三人。公有峴湖堂、不啻足齋，予嘗爲賦之。名士如尚書程公泰之、禮部陸公務觀、倉部周公可大，賦之者尚多。

初，丁宜人先卒，公親窽二竁於峴山佛屋後而虚其一，諸孤將以十月二十八日奉公合葬焉。前期，公長子自强以公之行實來請銘。予於公爲同年，且同朝，晚且親，乃哭而銘之曰：

我入脩門，公至自温。我出建鄴，公藩苕霅。當其同朝，胥從逍遥。逮其補外，胥懋夙退。我歸幾時，聞公堋期。沱若其洟，滴爲誄辭。有煒廟器，琮璧胡簋。不裸后帝，而撩諸瘞。其既九京，疇不傷之？其未九京，疇克揚之？

知漳州監丞吴公墓誌銘

公諱松年，字公叔，永嘉人。曾祖諱北，故不仕。祖諱充，故贈右光禄大夫。父諱表臣，故任敷文閣直學士、右太中大夫、提舉江州太平興國宫，累贈少師。母鮑氏，秦國夫人；伍氏，宜人。公，伍出也。以蔭補官，初主平江崑山簿，監南嶽廟，由國子監書庫官遷删定官。書成改秩，攝登聞鼓院。將遷擢，而少師以壽皇府翊善議出閤事罷去。公亦請外，歷徽、台二州簽書判官廳公事。

其在徽州，悉力吏治，無文士脱略囊篋細碎之意。太守多病予告，以公明敏，委以郡事。吏牘填委，或累月不省者，公一日決之如流，守倚以集。秩滿，歸至中途，聞少師病篤，捐妻子，犯波濤，舟人無色，公不爲動。翼日至家，少師一見乃瞑。

台州秩滿，得湖南轉運司幹辦公事。部使者知公能文，牋奏悉以倩公，每一篇出，大者百千，小者數語，詞意絶人。給事莫公濟嘗歎曰：「公叔下筆無一點塵氣，何必減汪彦章、孫仲益？」時逆亮入寇，湖南餉師粟斛四十萬，當遣吏護送，衆懼。公獨請行，舳艫銜尾，先至師次，糧道以濟。丞相魏國張公居長沙，望重四海，名士輳集，獨視偉公，每見必促席，語移日，且勉之曰：「君不必苦心屬文，當爲有用之學。」且與其子敬夫游，公自是盡棄其學而學焉。魏公再相，首薦公于朝。及其宣撫江淮，招公議軍政，公以國事方急，不告妻子而行。

通判明州。太守滎陽趙公伯圭母秀王夫人疾革，委攝郡事。公宿于郡舍，盡瘁戮力，事整而辦。時有死囚數十，公察其有冤色，即呼而前，温色辭以問之，皆號泣曰：「我海漁也，吏執以來，日夜笞掠，使誣服爲盗。」公密遣吏驗問海濱枯魚之肆，果然。一日釋二十七人，郡中驚服。

先是，詔郎官以上舉所知，尚書薛公良朋、中書舍人洪公邁、給事胡公沂、直院莫公濟、少卿胡公襄，皆以公名聞。秩滿造朝，丞相陳公俊卿一見奇之，除將作監丞。會中都官待次者例補外，改江西安撫司參議官。江西饑，米斗數十百錢，公捐俸以活饑者。

除知南劒州。賜對便殿，壽皇勞曰：「吾舊學之子也。」因訪以天下事，公敷奏詳明，所陳四事如得天意、固民心、録名將子孫、革武舉試文，上甚喜。

至延平，首條上民事，一曰差注巡檢須武舉中選或任子曉民事者，二曰理訟先逮詞首，三曰商旅不得操兵事，皆施行。有氓誣其主人以殺其子者，獄久不决。公驗問，不三日得實。又明日，獲其子於建寧，蓋氓匿之云，人以爲神。暇日則召掾史與之論文，入學校與諸生講經義。時薦舉久敝，有挾諸公貴人書至者，公一不省，廷語于衆曰：「薦舉本意，舉賢才及治行而已，挾貴而問，豈薦舉本意哉？」先是，郡之材官多以請託隸尺籍，公一不聽。一日，入蒐庭大閱，許其子弟畢集，試其藝能，簡其驍勇，涅以爲兵。俄有旨集諸郡材官詣行在所按試，士氣奮甚，挽強穿札，爲閩郡最，第賞減會課三年。其治郡，大氐慕朱邑。及去，延平之民遮道涕泣，爲之立祠。

既入朝，執政議以公爲尚書郎。上曰：「吴某治郡有聲，朕欲再畀以名郡。」遂得漳州。未之官而卒，實淳熙七年二月丁酉也，得年六十有二，終官朝散大夫。

初，少師官通判，夢一浮屠頎然而瘠，謂己曰：「帝詔予爲而子。」視其謁，云「杭州祥符寺」。及解官道杭，公生焉。幼穎悟，甫六七歲，日誦數千言。年二十三，侍少師居婺州，晝夜讀書，甚至嘔血。少師以文名一世，公盡得其學。弟三人，皆師友公，得同薦書，而公獨不第。乃試宏詞科，隱秩秘文，過目不忘，同學如丞相洪公适、給事莫公濟皆推其業之精。

公風神高邁，談問傾坐，超然如晉宋間人物。好古樂道，經明行脩，不競於進。慤而澹，介而通，寡欲而有守。平居簡出，終日簡編筆研間，遇會心處即書于牖户。爲文深厚古雅，有前輩風。有詩文二十卷，曰《江湖集》。尤友愛于兄弟。從兄御史臺主簿某病革，託以死生。弟宗學教授某在閩中屬疾，公聞之，疾走至其官下。未幾卒，公護喪以歸，力貧以葬，拊二室之孤不啻己子。所至得俸，不以入門，不買田宅，分以周族親同寮之急。與游皆名勝，如王公十朋、鄭公伯熊、林公光朝、吕公祖謙尤厚云。

初室周氏，封宜人，永嘉先生行己弟之子也。能通《孝經》、《論語》、《孟子》諸書，與公德對云，前五年卒。繼室潘氏，亦封宜人，後十二年卒。子男四人：瓌，文林郎、前饒州軍事推官；璪，承直郎、前監建康府提領所南酒庫；琰，文林郎、前安豐軍安豐縣主簿，幼爲人後，公卒，歸其宗，以公蔭；瑄，尚幼。女六人：希韞，適文林郎、瑞州軍事推官周若鑑；希孟，適迪功郎、前潮州司法參軍薛澤；季蘭，適進士周及；次未嫁；次適修職郎、永州零陵縣主簿楊長孺；次適進士鄒畢。孫男三人：洵、澥、深。女四人。諸孤以八年九月乙酉葬公于吹臺鄉西山法濟院之陽，遷周氏宜人祔焉。至紹熙壬子二月壬寅，復以潘氏宜人祔其左方。

予與公初定交長沙，中同官豫章。公之子璪，晚復與予同官高安。大兒長孺因得壻公之門，交莫厚焉，親莫至焉。公既葬之十二年癸丑四月，璪以書來，曰：「先人未有銘詩，微先生其誰宜爲？」則追銘之曰：

公叔風神，白而長身，如光風霽月之無塵。公叔詩文，老而日新，如日光玉潔而不陳。公叔搢紳，意行無津，如我馬既同而躄其趾，我車既攻而方其輪。嗟嗟公叔，一炊黍之詘，而萬斯年之伸。公叔一去，于今幾春？意其上虚空而跨緑耳，下大荒而騎麒麟也耶！

朝議大夫直徽猷閣江東運判徐公墓誌銘

淳熙有賢御史建寧徐公，予聞之舊矣，而願見莫之遂，立朝莫之同也。歲在庚子，予爲常平使者于嶺表之東，公爲刑獄使者于其西。是秋，澤宫當貢士，公之子逸試于東漕之有司，首遺予書，其詞甚度，其意甚暱也，且呼予爲同年之兄，予答書亦以是呼公。退而閲同年小録，求公姓名而不見。至慶元己未七月十一日，偶閲本朝登科記，得公姓名，甚喜，熟視乃紹興辛未牓也。蓋前予一牓云，不知公何以云爾也，豈其知愛之深而誤墨及之耶？後七日，其子達遺予書，叙先契，且以朝奉大夫、宗正少卿郭公德麟所狀言行來謁銘。予歎曰：「豈偶然哉！予其可辭？」

公諱詡，字元敏。胄自太末，五季亂，徙建之浦城臨江。曾祖諱伯，祖諱安常，父諱彭年，以公贈朝散大夫。母楊，所生母張，皆贈太恭人。大夫公早棄場屋，爲詩千百，自號散翁，事見吏部朱公松《韋齋集》中。曰彦猷者，其字也。三子，公其仲也。年二十九策進士，授左迪功郎、主紹興府會稽縣簿。帥曹泳，權臣姻家也，詭公督租。公首捕府之胥長逋租者二人杖之，荷校以徇，帥噎默不敢問。

陞左從事郎，移建康府上元縣丞。帥貴倨甚，府縣官日趨走庭下。公始進見如律，三日禮畢，獨趨賓次。帥知其不屈，乃皆免之。公有《十論》，極陳時政利病，未嘗出於人。漕使左司郎中徐公度不知於何見之，稱歎以爲通達國體，一再薦於朝。後帥韓公仲通每疑事必諏於公，公言無不盡，頗忤意，而卒薦公。

改左宣教郎，知處州龍泉縣。宗室子有寓居浮屠者，散子錢，漁厚息，市民物不讎直。一日，有鬻薪炭者數人，皆碎首來訴。公即分遣吏卒逮捕，卒置諸法。有達官私橋黄柟水而請官役民者，公不可。讒之郡守錢竿，竿反薦公，讒者恧焉。歲饑，公將發常平之廪以振民，丞難之。公曰：「儻有罰，吾任其咎。」

丁母憂，除喪，中書除監行在榷貨務。一日，孝宗皇帝召見，時宰席久虚，公首論：「宰相難其人者，由職事官不精擇也。今日之宰相，前日之侍從、給舍、臺諫也。今日之侍從、給舍、臺諫，前日之職事官也。陛下於用人之際常苦乏材，而不知職事官乃宰相所由入之門，不可不擇也。」上曰：「甚善。」又論：「凡薦舉，當以廉爲本，而才藝次焉。古之薦舉，兼舉其已行之事，不但任其未爲之過。謂宜增其所舉之詞曰『某人有某能，嘗任某官，爲某事』以知其廉，庶不敢欺。」上首肯之，且勞公曰：「知卿靖退，不事請謁。」是日，除監察御史，乃參知政事李公彦潁薦也。公初不知，明年李公出帥東浙，以書抵公曰：「剛方挺特，良副所期。」蓋李公知公久矣。屬有詔令朝臣言事，公極論時弊數千言，其要有八，曰正朝綱，杜私謁，節吏員之入流，審進言之聽納，立根本以自治，嚴守禦以防邊，盡地力以捄荒，禁奢侈以正俗。章下，時宰不悦。

公姿貌嚴冷，未嘗以辭色假人，中外嚴憚，蜀人號爲「鐵面御史」。公受詔監秋試，有國子生江元者，陳牒願與太學生同試。元，殿中侍御史宰掾溥之猶子也。溥以文書諷有司，公不答。又爲時宰所不悦，遂除廣南西路提點刑獄。至部，詔兼攝漕事。時容盜李接竊發，前漕臣韓磊請留餉鄂州大軍錢五萬緡，及丐鹽事司錢二十萬緡，以給求盗之費，朝廷從之。公辭焉，請自給主帥。盗平，以給餉不匱增一秩，訓詞曰：「不仰給於朝廷，不支移於鄰路。」接既擒，帥臣奏功，而將士匈匈。公因極論：「有未嘗親矢石、去賊百餘里而得官者，其胥曰蔣璘、陳正、陳永輔，其卒長曰劉政。至於將臣王圭、張麟，既克復鬱林，又解化州之圍，而賞反太薄。化州守臣何偉，以數百市人弱卒，抗數千方張之盜，保全一城，有以見其才；不顧家室，守節不貳，有以見其忠；上官冥搜其罪，而秋豪無實，有以見其廉。今不蒙賞而反削籍，孰不冤之？」不報，貶公兩秩。

吏部尚書鄭公丙訟公冤，上遂除公湖北路提點刑獄，而何偉亦復官畀郡。又改公成都、利州路，復官兩秩。又改成都府路轉運判官。窒罅漏，節浮費，以紓遠民之力。州縣兩税往往加斂，及粟帛芻秣之估皆重，公嚴爲禁止。蜀之大家，多僞占名數以逭征徭，至有一户析爲四五十者，中産下農，寔受其弊。公與之爲期，許其自占，得實者二萬有餘，細民頓蘇。黎州邊事有興，其費無藝，公前後庚輸緡錢凡二十三萬云。

改知遂寧府，除直徽猷閣。公所至，政必先學校。去西路日，盡捐公錢七千餘緡，市田一百六十畝，以廩成都之府學。彭州郡文學劉大臨來告曰：「生員滋衆而食不足，將散矣。」公曰：「此吾職也。」於是蠲其州榷酤之錢四百萬，及官所没入民田數百畝以給之。公凡再奉詔監護蜀之類省試，其場屋之弊至預泄試題，及是夜半鋟板已定，公盡易之，宿弊頓革，所得皆儒先。公嘗按縣令楊世方，又却前淮東總領宇文子震之私謁，兩家怨之，至移謗書於本路憲趙善譽，按公聚斂至十餘萬緡，不俟朝命，而徑以此錢爲民代輸夏租，欲以是媚於民，而掩其貪暴之迹。上省其章，顧謂宰臣王淮曰：「徐某能以十萬緡爲民代輸，貪暴者能之乎？」改知泉州。歸至上饒，改江東路轉運判官，受命一日而没，淳熙十五年二月十有三日也。享年六十有六，積官至朝議大夫，爵至浦成縣開國男，食邑三百户。

公在金陵，時帥韓公委公受芻秣之輸。故事，東芻私其一錢，公獨不受。韓公一日稱公之廉而及之，客有對曰：「一錢亦何足愛？」韓公曰：「不然。積而計之，歲得千緡，誰其不愛？」後公在廣右，嘗論奏，以爲：「監司、郡守應用之錢曰『公使』者，自有名錢，今乃於上供留州之錢，肆其轉移，無有限制，漕計、郡計安得不乏而取之民乎？謂宜第州郡爲三等，帥守、監司凡五等，公使之錢，月給幾何，迎送幾何，帟幕帷帳幾何，過是者以簠簋不飾坐之。」赴利路憲，至郢，始值候吏以官錢蜀券數千緡來，曰：「道里費之外，皆應歸中府。」公不啓封，到部盡還諸郡。公自爲監司、郡守，帟幕未嘗更造。至興元未久而去，悉還於官，不留一物。所至騶閧、宴集、饋餉，悉從簡儉。其行部，非故事秋毫無所受。

公性寡耦，然所交皆當世名流。如陳公之茂、莫公濟、趙公彦端、翁公蒙之、沈公度、蕭公之敏、丞相周公必大、葛公邲最厚，晚乃受知於鄭公丙、李公椿、陳公居仁。在蜀所敬畏者，范公仲圭、胡公晉臣。公篤於宗親，周卹中表，自廣右還，葬死者之無歸，營孤女之未嫁。性嗜學，隆冬沍寒，爇膏申旦。尤邃於經，熟於《左氏春秋》、《西漢書》，酷好《資治通鑑》。所居不庇風雨，日哦其間，人不見其喜愠。自蜀還，❶蜀貨無一物，惟載書百餘篋。有詩文、奏議、經解八十九卷，目曰《東野居士集》，藏于家。

公初娶陳氏，繼全氏、董氏，皆贈封恭人。子二人：達，文林郎、新監台州黄巖買納鹽監；逸，迪功郎、前監常州糴納倉。女二人：長適鄉貢進士周端書，次進士楊楫。孫男三人：損之，將仕郎；吴郎、山奴。及孫女二人，俱幼。以紹熙元年十二月二十六日葬于忠信鄉新興里之夏村師姑原。銘曰：

靡乎其爲流，奚陟弗遒？規乎其爲運，奚騖弗進？頎頎徐公，單杭而逆風，曰予其通。方輪而九曲，曰予其速。惟金玉爾身，皭然不塵，以對于古人。

❶「自」，原殘闕，今據四部叢刊本補。

誠齋集卷第一百二十六

廬陵楊万里廷秀

墓誌銘

蕭希韓母彭氏墓誌銘

予友蕭希韓久不見，忽衰絰謁予，請曰：「森不天，幼無父，今又無母，痛至骨，不知所報。今以某年月日葬吾母於某鄉，敢介外弟王城所譔次吾母行狀乞銘，以揜諸幽，惟裁哀之。」予曰：「諾。」

夫人彭氏，廬陵人，鄉先生伯莊之女，潛溪先生蕭叔展之孫婦，進士彦績之妻也。彦績諱唐卿，其宗貴而大，即所謂兩御史之家者也，惟潛溪舉孝廉不就。其友曰孔武仲、文仲、平仲。潛溪少時，文名與三孔相頡頏。既歸隱，武仲高之，爲序其文集，有「歎慕不可及」之語。至希韓，文學凡幾世矣，而未有顯人。天其或者久其渟以溥其流，是在希韓乎？惜也，夫人能教子而不逮於有就也。夫人以某年月日卒，年若干。銘曰：

耿然夫人，允節且仁。迪子以文，其疚其勤。既曰疚只，曷不壽只？曷不諏只？有昊幽只。

曾時仲母王氏墓誌銘

予爲童子時，從先君宦學四方，其去其歸，先君必過所謂曾表民者。每過之，必見賓客滿堂，杯酒淋漓，叫呼大笑以爲樂。予是時雖幼，聞將過表民，則心獨喜。蓋表民之好賓客，至能使童子喜之。予既仕而歸里中，問表民安否，或曰：「嘻，死矣。」問其家生産作業如初否，或曰：「嘻，貧矣。」問其子弟才不才，或曰：「其孫有行中者，以文學名其里，里之人稱重之。不惟文學也，其母死，其族謂之曰：『汝有父莫之饋養，且汝年長矣，盍如唐德宗所謂民俗有借吉成昏者而受室焉？』行中慟哭曰：『吾獨以吾父故不敢死，吾又忍爲此哉？』其爲行也卓矣，不惟文學也。」予曰：「表民有後矣。」今年行中來學於予叔父麻陽縣尹之門，予始識之，叩其有，過其所聞。因間謁予曰：「吾母將葬，敢以銘累矣。」予曰：「賢母宜銘。」

夫人王氏，吉之廬陵人，表民次子紹榮之妻也。觀曾氏之貧，則知夫人能傾貲以奉其舅之賓客；觀紹榮之能教子，則知夫人之有助；觀行中之文行，則知夫人之賢。至於撫紹榮元配朱氏之一女如己子，館置親戚之不能自存者於其鄉而葬其死無歸者，皆夫人之懿也。夫人年四十九，卒於乾道二年五月六日。後一年，葬於儒行鄉福田之原，蓋今年十月某日也。生四子：行可、行己、行義，行中其次也。行己文學亦爲時輩所推。女二人。銘曰：

閨壼淵靚，婦道則閟於詠；子弟有聞，母德則煒於文。夫人有子，門踣而起，夫人死而不死。

羅元通墓誌銘

元通姓羅氏，諱上達，廬陵人，其先以五季之亂自豫章徙也。曾祖輧，祖仇，皆不仕。父紼，字天文，以儒先文師伏一州。嘗貢至春官，不第，以仲子左奉議郎、安仁縣知縣上行，追秩右承事郎。元通，天文長子。

元通以詩學名家，授徒數十百人，自三舍盛時，有聲庠序，如澹菴先生胡侍讀諸公，皆其與游也。蓋一時同研席者光顯矣，而元通猶在場屋。至紹興癸酉，元通年五十有八，始與其子維藩同薦名。又三年，元通再薦名。又三年，其子維藩、維申、維翰俱薦名。又十年，維藩、維翰同登進士第，吉語至，而元通之死旬時矣。

元通事天文至孝。天文貧而好客，每客至，置醴踐豆，客主必盡歡。客既去，天文視元通一寒不可忍，蓋以衣爲食也，元通卒不自言。天文嘗以非罪繫吏，吏誅貨不厭，將當以重劾。元通徧走昏友，稱子本以脱天文於罟擭中。元通年逾三十未有子，天文曰：「吾兒孝而無子，無天則已。」

建炎之亂，里中盗有號李賊者，執元通欲必殺，摩頸將揮刀矣，而其徒有念元通恩紀者，免之。未幾賊敗，有縛李賊來獻者，請甘心，元通一笑而釋之。元通性慷慨，以義自任，如廩給族兄之老貧者曰子正、曰忱叔，救焚築室以居其族者曰德凝，收其故人子之貧且失學而教育之者曰左龍卿，葬其親戚之不能葬者曰李懷忠、李晞祖之母，嬴糧以送致里人之孥者曰劉生，蓋不可勝紀也。

元通年七十有四，以某年某月某日卒。初配李氏，士族平國女也。繼室李氏，靖州通判章之妹也。繼室之李，名爲羅氏之孝婦，三子二女皆其所生。長女適彭臯，次適丁南隱。孫男四人：澥、瀛、浩、沂。孫女三人。元通卒之明年，將以某月某日葬于某所，其孤維藩以書抵予曰：「子於先人，至親也，非子莫之宜銘。」乃銘之曰：

學周于身，孝周于親，義周于人，元通之伸。才不于職，謀不于國，有挾不白，元通之抑。不昌其己，以昌其子，元通之傷，元通之喜。

曾正臣妻劉氏墓誌銘

夫人劉氏，故太師、楚國公諱沆之曾孫，韓王諱普趙氏之甥。祖諱瑄，知滑州，累贈至金紫光禄大夫。父諱伾，將仕郎，世爲吉州永新人。夫人九歲喪母，伯父徽猷閣待制公倜以爲己女。及笄擇對，謀於其客賓州録事謝唐臣。唐臣以故人零陵令之子、今惠州文學曾君敏學對，故歸于曾氏。

夫人逮事零陵公，執婦禮惟謹。其姑劉氏，今年九十，夫人每謂妯娌曰：「勝日不爲樂以娱老人，顧嗇於財乎？」故其姑特愛之。文學公壯而老於文，老而壯於學，館士教子。夫人主膳羞，必躬必飾。其門填然，未嘗無人；其室落然，若未嘗有人，秋毫無所慁於文學公父子。文學公父子業專學就，趾美續聞，則夫人實使之。外家死不克葬，夫人葬之。其兄仲修之子德開，幼孤而無歸，夫人教之塾而畢其娶。乾道戊子，男三省舉於禮部，文學公亦以五舉恩謁集英，奉大對。夫人謂三省曰：「而父無遇，非而薦名，不偕而行，而可不勉？」去年冬十月晦，夫人病且亟，恐傷其姑之意，力疾起坐如平時，凡十日而没。其姑驚慟曰：「吾婦無疾，何逝之遽？」得年五十有一。

子男五人：三省、三恕、三顧、三協、三達，皆力學。女五人：長適簡璹，次適李良佐，餘未嫁。孫男三人，尚幼。今年歲在辛卯二月丙午，葬夫人於某縣某鄉某里龍城山之陰。將葬，其孤三省以簡璹所論次夫人行狀來請銘。銘曰：

懿厥夫人，異姓王之甥，大丞相之孫，靡挾其門，而淑於嬪。方昌厥家，不昌厥身，奈何乎夫人！

鄒應可墓誌銘❶

應可，鄒氏，諱定，應可其字也，豫章新吴人。曾祖廉夫，祖積，皆不仕。父彦昇，以應可贈宣教郎。母盧氏，封孺人。

應可自幼知刻意讀書，年十七，見府帥，大丞相趙公某驚異之。紹興乙丑登科，授左迪功郎、臨江軍司户參軍。歲餘，廣東帥王鈇辟爲屬。一歲，宅宣教府君憂，服除，授湖南安撫司屬官。時溪蠻楊再興寇武岡、全、永、邵數州，❷朝廷命統制李道討之，潭帥檄應可饟師。數月，再興就擒，惟益溪、牛皮、黃李三砦恃

❶ 此題，《江西出土墓誌選編》作「左奉議郎知隨州隨縣主管學事勸農營田公事鄒公墓誌銘」。

❷ 「邵」，《江西出土墓誌選編》無此字。

險不下。❶朝廷命部使者選清幹爲蠻俗所信者招徠之，咸以應可應書，同列危之。應可單騎從老兵直抵窟穴，群蠻以兵迎應可。應可諭以朝廷威德，蠻酋悦，以大杯酌酒爲應可壽。應可飲之不疑，一舉而釂。群蠻感其誠，驩呼拜庭下曰：「吾屬無慮矣。」於是相率就降者一千三百人，溪洞悉平。應可不言功，賞亦不及。

秩滿，受永州軍事判官。全州兵劫太守爲變，諸郡兵皆摇心動目，❷永州卒亦相挻從之。太守召應可計事，應可即招其勇而有謀者，諭以禍福，以離其黨，擒其渠魁，白郡斬之，餘悉不問，衆遂肅然，零陵之民至今德之。用薦者十有六人，改左通直郎、知潭之湘鄉縣。一日，有寇數百人驟至，官吏及豪民四走，闔邑震恐。有白應可以家逃者，應可叱之曰：「百姓視吾爲動静，吾動則一邑騷然矣。」衆知應可不去，乃少安。應可於是身率邑兵出郊禦之，相持兩晝夜，寇不能入而去。尉捕農民十輩送縣，欲鍛鍊爲盜以希賞。應可問囚非是，盡釋之。尉大怒，訴之於州。州移書責應可，應可即趣裝曰：「吾以一身易十人之命，不亦可乎？」既而獲真盜，尉大慚。未幾，以疾丐祠去官。疾愈，以奉議郎知隨州隨縣。疾復劇，以乾道庚寅六月七日終于家，享年五十有九。❸

---

❶「溪」下，《江西出土墓誌選編》有「殘黨與」三字。「三」，《江西出土墓誌選編》作「二」。

❷「諸郡」至「從之」，《江西出土墓誌選編》作「應可稟郡守遣人持榜諭之許白其事咸解甲聽命未幾永州卒以賞給稽遲欲叛」。

❸「九」下，《江西出土墓誌選編》有「明年七月十九日壬辰葬於筠州高安縣雲居山」十九字。

應可初娶張氏，追封孺人。再娶胡氏，封孺人。子三人：宗愈、宗旦、宗甫，❶皆業進士。女二人：長適成忠郎、監南嶽廟趙善欣，次未嫁。應可爲人孝友質直，表夷裏方，色辭晏温，可狎而親。義所不可，堅執不猗，衆不敢爲，奮以直前。學浹文古，其詩特奇，其句法自徐師川上泝魯直，以趨少陵户牖，餘不數也。清以立之，平以出之，不險不幽，若故而新。有詩集若干卷。予與應可皆江西人，且嘗同僚於永州，驩甚。其子宗愈以岳州通判陳友直所狀應可之行來請曰：「先人與子最故，納石土中，子又奚辭？」則銘之曰：

應可之詩，其誰莫珍？應可之才，其卒莫陳。莫珍匪人，莫陳匪天。能使不陳，獨能使不傳？

夫人朱氏墓誌銘

夫人朱氏，温州瑞安人也，處士諱俊之女，林君文質之夫人，長溪主簿頤叔之母也。夫人事父母以孝聞，及歸林氏爲冢婦，事舅姑如事父母。逮事祖姑陳夫人，陳春秋高，齒落盡，舅嬰末疾，母子飲食異嗜。夫人治庖食上二老，各爲之飽。調腼重仍，夫人忘勞。姑馮夫人性勤以嚴，日以昒爽興視家政。夫人盥櫛已，輯事以待，姑來有懌無詰。馮既老，有幼女最愛念，託之夫人。夫人與同卧興，補紉必躬。既長及笄，飭厲則劬，德言容功，不教以今，惟古是若。辦裝歸于陳氏，遂爲賢婦。每懷夫人，必曰：「人有一母，吾有二母。」處士既没，窶不克葬，夫人言涕俱出，謂林君曰：「吾父母未葬，尚以生爲？」竟傾貲以堋焉。

---

❶「愈」，《江西出土墓誌選編》作「禹」。下一「愈」字同此。

夫人初得二子，輒失之。懼舅姑之傷，乃養張氏子曰義叔。後十年，夢遇三男於田，玉雪娟好，累累若挽衣不釋者，欣然挈携以歸，已而生頤叔、淵叔、賁叔云。義叔以護作戈船功授承信郎，轉承節郎，先夫人而卒。頤叔舉進士中第，淵叔、賁叔皆殖學。女一人，嫁夫人弟之子伯山。孫十人，七男三女，皆幼。夫人年六十三，乾道六年三月甲子卒。後二年三月某日，葬于邑之峴山，頤叔以同郡陳傅良之書來請銘於廬陵楊某。銘曰：

親恙靡已，何敬弗弛？曰予孝子。忍瞑託孤，何誼弗渝？曰予丈夫。宜弛而㭊，宜渝而否，乃有此婦。子兮方騫，母兮下泉，彼蒼者天。

劉處謙墓誌銘

乾道八年十有一月五日，里之傖寔來，得余友劉彦純書，謂余：「盍碣劉處謙之窆？」處謙之行，彦純所狀。處謙與予好，方懷其賢，遽攬其赴，浥若以悲。不於予徵，予猶碣之，況彦純言耶？

處謙諱大有，其先曰瑕，守安城卒。母魏夫人學僊，因壇于浮山，遂爲吉之安福人。曾祖益，祖臣忠，父仲珪，皆不位。處謙於書無簡不狃，魯經漢緯，齊志虞初，鈎貫跌宕，❶既飫既酣。學林幽幽，我則宅之。人庋以篋，我庋以腹。吐爲厥章，博麗剞劂，韡而敷菜，有蔚有煌。三詣太常，輒觸報聞，將逕入帝閽，衹奉大對，展布其挾，不幸死矣，蓋七年二月十一日也，年六十一。配郭氏。男曰夔，績文是似。一女，未嫁。孫男

❶「宕」，原作「岩」，今據文義改。

二人，挺、振；孫女一人，皆幼。

處謙孝友天得，少而喪其母歐陽夫人，事繼母蕭夫人，宗族後生有不知蕭之爲繼者也。伯兄亮、季兄偉先卒，處謙實葬之；亮之子曰宏、曰宇，弱不樹立，處謙實扶之；偉之子曰衡、曰大猷，處謙實多遜土田以畀之。大猷受業有聞，遂偕計吏。仲兄樞有女擇對，處謙以妻吉水名儒桃源縣丞李次魚直卿。處謙有文五百篇，曰《遯齋野録》。將葬，夔以筳篿卦之，塋得黄岡石壁，日得八月庚申。銘曰：

有頎其容，有介其躬，有涵其中。爲澤爲淵，不雨不川，其人其天。

羅元忠墓誌銘

昔歲予自朝列丐外得請，犯雪出關，觸熱至舍，則移書親故曰：「亟欲相見，盛秋其可。」然予心耿耿，念元忠至親，誰能待秋？偶入州府，元忠在焉，一見握手相勞苦，各自慶非所圖也。猝猝而别，元忠歸，頃之以病告，又頃之以赴告，實淳熙元年十月七日也。嗟乎，痛哉！使余與元忠各不入州府，幾失此一見，庸知此見乃死别也耶！

元忠，羅氏，諱上義，元忠其字也，廬陵人。曾祖輧，祖仇。父紼，字天文。元忠，天文之季子也。羅氏自上世皆穡於業，變而儒，自天文始。天文以卜子夏《詩》學爲崇寧大觀學舍師表，以仲子左奉議郎、饒州安仁知縣上行，追秩右承事郎。元忠自束髮與伯兄元通、仲兄安仁公元亨從天文入郡庠，父子兄弟聲光有煒。既而父兄三人俱名薦書，元亨擢第。元忠老矣無遇，於是棄捐舉子筆研，還山治生，如計然、白圭之爲者，濫觴一簪，其究千金。與武岡太守羅欽若、今常德通判郭仲質、族子廣西轉運主管巨濟爲丘壑交。一觴一詠，容與事外，一時想見其風流。而元忠特爲談者魁，滑稽玩世，舉胸中百家書傳畢以資滑稽，聞者絶倒，而元忠凝然也。每恨曰：「使吾與蘇東坡、劉貢父並世，未知誰執談囿牛耳。」其視一世怙勢死權若膚寸雲物，獨於教子不遺餘力，歲以家之半財聘名士爲子弟師。才望與孚，皆以文有雋聲。孚既薦名，元忠差慰意，曰：「士有挾，當爲時施。我山林人也，而勿我之似。」然後士大夫始知元忠非滑稽者。

得年六十八。配李氏，有淑聞。子四人：才愈、才望俱先元忠卒，葬元忠者孚與采也。一女，嫁文士劉一德。孫男十人：林、杲、柟、大明、大川、辟、淮、炳、煒、煇。後一年某月日，葬元忠於某郡某山，其妹婿楊某哭而銘之曰：

趯然元忠，眇視太空，稊視鼎鍾。卷舒河江，于舌其滂，如彼東方。瓘斝金匜，厥包塗泥，其將疇知。有渟弗流，靡蓑弗秋，厥胄之秼。❶

❶「秼」，原殘闕，今據四部叢刊本補。

誠齋集卷第一百二十七

廬陵楊万里廷秀

墓誌銘

羅彦節墓誌銘

予既退居，杜門避喧，鄰曲有竟歲莫予覿者。一日，予故人羅如圭、羅惟一、羅孝廉、羅子潛相與闖然剥啄予門。予方及新雨蓺蔬，亟攝野服迎之。坐未定，四子起拜，且請曰：「如圭輩將有求於先生。先生固不可以勢利求，所求者非勢利也。如圭輩有族子曰彦節者，❶不位又不年，今不幸死。不死也，❷惟先生實財哀之。」予曰：「諾。」

彦節，羅其姓，如松其名，彦節其字也，世爲吉州廬陵人。曾祖安，祖稷，父緯，皆不仕。彦節未冠而喪其父，其弟妹尚襁褓。彦節辛勤當門户，仰奉母夫人彭氏，俯畢弟妹婚嫁。初，彦節之父經國兄弟五人皆早

❶「子」，原殘闕，今據四部叢刊本補。
❷「也」，原殘闕，今據四部叢刊本補。

世，曰廷璋、敏仲、和叔，皆無子；曰仁仲，有子三人；經國，有子二人。祖母嘗有命，以三孫繼絶，分田惟均。既而有難之者，彦節曰：「使其父、叔父不祀而多以田自畀，於心安乎？」衆而後定。彦節有妹，嫁里之人彭忠卿。忠卿儻蕩，扺憲網，彦節傾囊脱之。未幾，忠卿卒，彦節葬之。嫠妹來歸，未幾亦卒，彦節又葬之，撫其孤甥如己子焉。彦節每獨處一室，書不去手，顧以自少得疾，亦不苦心績文。疾革，如圭輩問之，謂曰：「頗憶《邵氏聞見録》否？」彦節笑曰：「得非謂尹師魯事耶？聞道夕死，《聞見録》云乎哉！」卒年四十二。族叔父价卿哭之曰：「此里中之瑞也，今亡矣夫！」

彦節娶彭氏。二子：曰廉，曰度。四女，未嫁。以某年月日葬于某所。彦節之弟曰如栢者喪彦節，服衰麻以報云。銘曰：

稺而孤只，冠而痛只。强而殂只，天莫呼只。人其吁只，躬則都只。

通直劉君裴夫人墓誌銘

夫人裴氏，世居開封府祥符縣，故武功大夫、提點河東刑獄諱珪之女，右通直郎劉君諱滁之繼室，宣教郎、贛州州學教授靖之，宣教郎、太常寺主簿清之之母也。夫人天性孝友，父母兄弟没已久矣，時思歲悲，至老不衰。通直君自元配趙夫人没，家道不振，夫人始佐通直君，烝嘗冠昏，載蕆載穆。初，劉氏自江西徙京師，建炎南渡，流離貧困。夫人之歸也，通直君仕未久。其後廪給寖贏，二子繼仕，而通直群從兄弟來者日益衆。夫人篤於骨肉之義，待之有盡禮，無盡費，曰：「喪亂而骨肉之散者聚，此吾所樂也，豈約邉恤哉！」

夫人當暑，燕私必衣冠，里婦至者命坐下坐，弗與均禮。士之升堂拜夫人者，退皆曰：「此母誠可拜也。」夫人精書計而不屑，信陰陽而不牽，敬鬼神而不諂。凡有血氣之類，未嘗身翦也。一月之中，蔬食者三之一。謹於衛生，服食必戒，終其身髮黑而目明。得疾既革，精爽不亂，盥櫛不廢。將謝醫藥，戒家人勿哭，偶若假寐，奄然已逝，享年八十。

男女五人，皆趙出也。長女嫁進士晁子綺，次嫁迪功郎、監鄂州在城酒務黄朋從，次嫁保義郎、監撫州金谿縣酒税張謨。孫男若干人。夫人慈其子甚，雖親近者莫知其非己出也。夫人之没，以淳熙三年六月三日，以八月某甲子祔于吉州某縣某鄉某山通直君之塋。靖之以書及人士丁立志、張謙所述夫人之行實來請銘。銘曰：

維宋四葉多異人，江西之劉勃以興。公是、公非兩先生，金春玉應以道鳴。歐陽、臨川皆其朋，四海仰目避文星。大家繼繼有典刑，夫人淑問儀厥庭。芝蘭雨露方春榮，諼草霜雪一夕零。有歸者阡栢青青，有萬其古安無傾。

李母曾氏墓誌銘

吾友李春之母曾氏，吉之廬陵人。居西郭，世以農圃自業。未齔而父母繼没，鞠于外家羅氏。母既孤苦，痛自砥礪，女訓婦功，靡不習知。長適李君諱富，君亦市隱，以仁厚自將，犯者弗校，終身不入公門，州閭稱其長者。母性簡澹，每以不逮事父母與舅姑自痛。歲時祀事，既蠲既嘉，必躬必誠。紹興己酉盗起，有婦人至，自言從夫宦游，兵間相失，母惻然憐而館之。居無何，其夫亦至，母資遣之。乙卯大旱，母爲飯以鬻於市，里之餓者貰於母家，母折券不取庚焉。鄉鄰有流徙者，棄其赤子，母皆收養之，俟其返而歸之。母初未有子，養里中孤兒如己出。既冠娶矣，一日不告而去。人皆切齒無狀子，母獨喟然曰：「彼亦人爾，當不我負。彼既我負，彊留何爲？」以禮歸其帑，而憐之不衰。年雖高，視明聽聰，筋力益强。髮微斑白，而齒脱復生，聞者異之。母見其子春幼而穎異，令從師問學。方居貧寒，不可忍聞其無錢市書，以衣易之。或笑其迂，曰：「富而後教，是吾兒老而後學歟？」春既有文名，輩流推表，後學朋從。然屢躓于有司，每以未副母望爲戚。母曰：「汝學而未就，是吾憂也。學就而身未亨，豈吾憂哉？」母不知書，而喜默誦釋氏語。既感疾，六日而逝，蓋淳熙二年六月壬申也，享年七十有八。子男二人，長曰廷俊，次即春也。女一人，適曾堅。孫八人，男曰球、琳、璹、琯，女四人，皆幼。後一年，其孤以某月日葬母于某山。銘曰：

茅禰于蕙，橘胄而枳，母必者類。或壤而芝，亦蕖于泥，俟不曰奇？才于其門，不于其人，何傑弗淪？彼李之子，茁自卑鄙，尚其母之懿。

羅仲謀墓誌銘

仲謀，羅氏，諱全略。其先避五季亂，自豫章徙也。曾祖仇。祖紼，字天文，宣和間以毛萇《詩》學爲諸儒宗師，嘗薦名，兩學之士稱重之，以子贈右承事郎。父上行，字元亨，登建炎進士第，有廉名，終官左奉議郎、饒州安仁知縣。

仲謀三舉於禮部，擢第，授永州司户參軍。湖南歲大侵，部使者檄仲謀廪潭、衡兩州飢民。故事，有司坐傳舍，廪人發陳粟，府史具文書，上官取閲之，欣然以爲活千萬人，不悟其皆子虚烏有者流也。仲謀捧檄，即騎一馬入墟落、大山、長谷，家至里詣，民蒙實惠。部使者以聞，行賞減磨勘三年。永州檄仲謀案境内之旱，仲謀白減其租過半，掾曹有沮之者曰：「欲盡捐邦賦乎？」仲謀曰：「得邦賦，失邦本，其患孰亟？」太守從之。郡民皆曰：「生我者父母，活我者户曹也。」永之邑曰東安，久無縣令，邑事荒弗，吏乘爲姦，郡俾仲謀攝之。至之日，教條一新，簡而節，寬而信，訟不苛而理，租不迫而輸，不朞月東安大治。先是，元亨嘗爲是邑，有惠政。後二十年而仲謀至，父老猶識之，曰：「是非吾父羅明府郎君乎？」有歎且泣者。攝邑凡八月，去之日，有未給俸錢四十萬，以邑之匱也，置之而去。秩滿，以薦者授從政郎、湖南轉運司主管帳司。淳熙二年秋九月，以疾告于朝，願致其仕。授宣教郎，未拜命而卒，享年四十有八。

仲謀之爲人，恢疎而夷曠。其學醇懿，爲文粹然，不立異論。與人交，和而久。弟三人：全德、全材、全功，皆仲謀教之，自幼以及成人。全德再薦名，全材後仲謀六年登第，里之人皆曰：「此兄之教。」元亨之没，全功尚幼，畢其昏者亦仲謀也。仲謀娶劉氏。男二人：方大、方正。女二人：長適劉某，次幼。後一年某月某日，葬仲謀于某山，其孤方大以仲謀從弟迪功郎、南雄州保昌縣尉維藩所論次行狀來謁銘。予於仲謀至親，初同舉於鄉，既聞罷而歸，未半塗，予得疾垂死，同行者皆棄去，仲謀獨留謁醫，親嘗藥，晝夜視予，至廢寢食。予昏甚，惘然不知也，蓋十有五日乃瘳。予今年五十矣，仲謀少予一歲，方將爲山林投老相依之約，仲謀乃舍予而逝乎！則哭而銘之曰：

聖田每每，天文蓺之。有煒元亨，培之溉之。世劬于耕，未銍于登。登且銍忌，在仲謀忌。維夏而霜，何苗不黄？罹此鞠凶，疇不汝恫？控于彼旻，❶則莫我聞。旻則聞忌，其如命忌。命之不遐，德之孔多。咨爾孫子，勿替厥耜。

夫人歐陽氏墓誌銘

夫人姓歐陽，世居廬陵之林平。曾祖懷，祖鋭，父斌，皆不仕。夫人生而孝謹，父母愛異焉。年十八，歸修職郎王邦乂字俊臣。俊臣兄弟三人，二弟生最晚。夫人主饋祀三十年，上事舅姑，下撫俊臣之弟妹，補紉必躬，敬愛匪懈。姑太孺人蕭氏年八十，每夫人上食，侍立不去，下氣怡色，不敢左右視，食竟乃退。太孺人曰：「吾老矣，不多食，今日不自知其飽也。」太孺人每言及夫人，必流涕曰：「誰獨無婦？吾有斯婦，非吾婦也，吾女也。」夫人訓諸子以學問，每夕吹燈，視其讀書，默聽古人語，時若有得，曰：「某書某語殆謂某事耶？」往往暗合文義。至鬻簪珥、惡衣服以資其子，使從四方名士游。次子嶠，年十七薦名禮部，夫人曰：「而勿以是自足。」俊臣喜賓客，來者如林，至者如歸，或夜漏下四十刻，燕賓客散，夫人乃食。夫人一兄早世，夫人經紀其家至今。俊臣謁吏部選，除夕宿臨川，夢夫人若告訣者。俊臣驚而歸，及門七日而夫人卒，實淳熙三年正月十五日也，享年五十。臨終色詞甚暇，獨以姑老不得養爲恨。男四人：有開、嶠、有功、有

❶「于」，原作「手」，今據文義改。

德。女一人，許嫁迪功郎李如圭。孫男一人：大年。女三人。以十二月壬申葬夫人於廬陵縣宣化鄉社背之原。銘曰：

姑得孝婦，夫得良助，子得賢母。既曰得之，而遽失之，云誰厄之？不年者天，不死者賢，母悼下泉。

浩齋先生劉公向夫人墓誌銘

夫人向氏，諱茳，文簡公敏中之裔，欽慈憲肅皇后之曾孫，武經郎、高陽關將領子齊之女，江東運使、直祕閣子忞之姪也。

初，武經公政和間劇盜竊發，公遣人諭招之，不從。公怒，出兵與戰，不利，曰：「吾世受國恩，死吾職也。」再戰，死之。朝廷憫其忠，贈武功郎。靖康初，衣冠南渡，夫人依于叔父直閣公。直閣公守衡州日，部使者憚其剛正，劾免之。寓居吉之安福縣，爲夫人擇對，無一可者。時廣東帳幹劉公禹錫與直閣公同生於丁丑，雅相厚，而禹錫之弟浩齋先生諱廷直字謂卿者初喪其元配。先生方薦名禮部，直閣公喜其文，以夫人歸焉。

夫人生長相門后家，乃嫁布衣，欣然處之若窶人子。後十二年，先生登進士第，初調武昌户掾，再調武陵丞，所至以清名著，夫人之恭儉有助焉。又調知臨江軍新喻縣，未之官而先生卒。夫人身任家責，撫訓諸孤，畢其男若女若孫之昏嫁者七人。夫人天性裕和，與妯娌輯睦，有先没者，哭之盡哀。又十有二年，敕其子得中治第。既落之，安且寧矣。淳熙甲午七月感微疾，明年二月疾益進。四月，其姪承弼試南宫歸，夫人見之，喜曰：「自新喻老人即世，門户付汝。吾病矣，不自意得一見汝。」五月戊子，疾且革，噤不得語，猶目謝家人來視者。竟卒，享年六十有三。

子男三人：宏中、處中，其季即得中也。女一人，適承信郎王晉之。凡十五孫，男六人：仍、倜、佺、億、儔、倫，餘女也。曾孫男一人，曰澄。又明年十一月庚申，葬夫人於清化鄉櫟岡之原，其孤得中以其從兄承弼所狀夫人之行實來謁某曰：「子盍銘吾母？」某，先生門下士，且親也，則敬諾而銘諸。銘曰：

奕奕厥門，有閎而黄。崇崇厥家，有椒其房。是生夫人，載淑載穆。心不族矜，彌盛彌肅。抵其玉笄，易以著簪。從吾先生，水石山林。胡不耋矣，慨其逝矣。弗躬其祉，式貽其嗣。

彭叔牙墓誌銘

鄉先生尚書郎彭公有四子，而第三子叔牙者，皙而長身，美髯漆黑，稠人廣衆望見之者，不問而知其郎中之子也。不寧惟貌，行粹學明，靡不是似，人謂再昌厥家。今年二月，叔牙謁予，語離之官。一日忽赴告至，予失聲驚悼。未幾，其孤堯咨、堯佐以州學教授連君茹所論次叔牙行實來乞銘，予謝且泣曰：「不見叔牙幾日耶，而遽銘叔牙乎？」

叔牙諱周老，叔牙其字也，世爲廬陵人。曾祖士忠，贈朝請郎。祖衎，登進士第，終官朝奉郎、開封府刑曹，贈左正議大夫。父合，仕至右朝請大夫、尚書户部郎中，總領湖廣、江西、京西路財賦。君以蔭補將仕郎，授右迪功郎、德慶府端溪縣主簿，辭不赴。居郎中憂，服除，授臨江軍新淦縣主簿。

辛卯大旱，臨江三邑，新喻特甚。宰以病免，守擇所宜攝，遂以檄君。君詣郡，言：「旱勢如此，攝邑有政，捄荒、治賦何先？」守笑而不言。至邑，發廩勸分，裁抑翔貴。適漕司取羨粟于袁，過邑舟膠，俟秋水至。君亟白漕曰：「民瀕死，而粟儲無用之地，願假以振，及秋成，請庚之。」不俟報，輒發粟，百里呼舞。郡督賦且急，君詣郡歷疏旱饑，宜少寬假。守怒，謂君：「寧得罪於州，無寧得罪於百姓，非干譽乎？」君不爲動。還邑及境，居者焚香以迎。郡丞行縣督錢，錢出無從。故事，當借來年夏租。君曰：「民今旰未食，而官欲前一年借租耶？」乃鬻酒器以輸。分宜賊起，張甚，部使者至親壓賊營。君謂：「鼠輩以飢至此，豈誠好亂？然不可無備。」乃什伍其民，治兵以需。遣文法吏曉以禍福，其黨果潰，得還民者千數。時所在枹鼓相聞，新喻獨否。去之日，廪給數十萬錢，一無所受，曰：「吾無功，胡取禄？」

君兄弟偕仕臨江，部使者議所薦。君知其難兩得，力請先兄。同邑監河官闕舉者一人，前守薦君，君以其章遺焉。秩滿，授從政郎、静江府古縣令。先是，郎中守零陵，忠獻魏國張公在焉，君以才受知於公。至是，公之子侍講適帥桂林，日遲君來。君既抵府，未趨尹而疾作，竟卒於傳舍，蓋淳熙三年四月二十六日也，享年四十有八。其孤反柩于家，以十一月庚申葬于廬陵縣儒行鄉福田里環子谷之原。

君五歲已知詩，《杏園絶句》詩流傳誦。既冠，業進士，綜貫百氏，尤熟《左氏傳》、班固《漢書》。時任子憚於銓曹試藝，君一試前列，輩行歆艷。君事親篤孝，自幼及壯，未嘗一日忍離膝下。端溪之辭，士友多勸及親在而仕易以進者，君頷之而已。娶曾氏，子男五人：堯臣、堯咨、堯佐、堯俊、堯舉，皆嗜學。女二人：長適進士黄逵，次適將仕郎康寧之。堯臣及康氏女皆先君卒。孫女一人，尚幼。銘曰：

仕則不願，繫親之戀。既晚而官，則耆之年。適彼千里，失旦假寐。載巾我車，日亦暮止。莫紓匪身，莫亟匪親。以此易彼，君憾無垠。君失其憾，而得其坎。可碣者詩，不可碣者悲。

王叔雅墓誌銘

叔雅，王氏，諱頔。九世祖該，自太原徙家吉之廬陵，又徙安福。曾祖祥、祖奭，皆隱德不仕。父庭珪，字民瞻，登進士第，終官左承奉郎、直敷文閣、主管台州崇道觀，號瀘溪先生云。

叔雅自束髮受書，性警敏，六經百氏，悉鉤其深，尤邃於《春秋》。初，文定胡公過瀘溪先生草堂，與先生講《春秋》，叔雅從傍聽之，即能陳説大義。筆削衮斧，洞視聖祕，諸儒陳陳，一武不隨。夏秋侯卿讞以王法，恕不及漏，威不病刻。然謦欬其詞，以賈於時，我實耻之。一再試於有司即棄去，曰：「持古睎今，可乎？」

先生詩句得法於杜子美，自江西而下不論也。叔雅少從先生賦《早行篇》，先生驚喜曰：「吾子亦能詩乎？」遂授以句法。龍圖閣學士胡公以直言謫嶺表，先生以詩送行，有「名高北斗，身落南州」之句，人争傳誦，一日滿四海。權臣聞而惡之，下江西帥司，興詔獄，名捕先生。叔雅泣以從，父子俱繫獄。叔雅請於決曹掾蘇庠曰：「吾父老矣，願以身代之罪。若笞死瘐死唯命，翦之市朝亦唯命，願以聞焉。」蘇喜，受辭白帥。帥怒，屏不奏，先生竟謫夜郎。既赴貶所，族大口衆，不能偕往，留叔雅經紀家事。夜郎猩嘷鼯嘯，非人所居，崖路攀天，下則入井，距家二千餘里。叔雅徒步省覲，胝足血指，一歲再行，行不可至，至不忍歸，凡八年。權臣殂，先生始得放還，年八十矣。

上即位，聞先生名，兩詔召見。先生往來道塗，叔雅皆侍行。禮部侍郎周公嘉叔雅之勤，欲白之朝，有以旌寵之者，叔雅力辭焉。

先生没之四年而叔雅卒。叔雅未嘗疾，一日與客飲酒，至丙夜無惰容。明日夙興，坐而逝云，實淳熙二年閏九月一日也，享年五十有三。娶劉氏。男二人：詹、澹。女二人：長適將仕郎葛耆年，次許嫁進士劉逢原。孫男五人，女二人。將以明年十一月庚申葬于安福縣翔鸞鄉青陂之原。

叔雅，静者，視之若不能言，及論當世人物，如水監影。人犯之不校，或疑其矯，退而察之，終不言其非。其胸中自與甚高，望之蕭然簡遠，若晉宋間人，蓋近之若踈，遠之若親，即之若遺，去之若思者也。群從與叔雅分田既定，有一人若不滿意者，叔雅復剖分己田以多畀之。與從兄二人同居且同食，二兄没，叔雅字其孤，人不知其爲猶子也。里之人有伍其性者，❶以貧不自食，至欲扣其祖宫教墓中之藏。叔雅呼謂之曰：「汝欲錢耶？吾汝畀，墓不可發也。」至今松柏不刊。

某少出先生門下，與叔雅有五十年之舊，晚復託昏焉，於誼宜銘。銘曰：

瀘溪之詩，叔雅胡得其傳？瀘溪之壽，叔雅胡半其年？豈可傳者人，不可傳者天耶？抑瀘溪既逝，叔雅不留人間耶？將父子騎麟翳鳳，追少陵、太白而俱仙耶？

---

❶「性」，汲本、庫本作「姓」。

誠齋集卷第一百二十八

墓　誌　銘

盧陵楊万里廷秀

鈐轄趙公墓誌銘

公諱不獨，字彦親，濮安懿王四世孫也。曾王父宗隱，贈太師、潤王。王父仲癸，贈少師、莘王。父士譚，贈武勝軍節度使。

公自總角，儀觀秀傑，端重寡言，以五月五日生。莘王每異之，曰：「此吾家千里駒。」以蔭補左班殿直。政和三年，授成忠郎、添差西京永寧縣酒税。建炎元年，光堯登極，轉忠翊郎。二年，以京西北路制置司辟命，權知西京永寧縣事，兼總轄軍馬。時胡騎南牧，所在盜起，永寧當賊衝。公毅然以維城爲己任，繕修戰械，峙糧立壁，振作士氣，屢立戰功。鄰邑相繼不守，公境獨全。紹興三年，内外阻絶，西京遂陷。公與弟不庶，不忙率公族及鄉里豪傑，各塹山爲砦以拒賊，來則禦，去則襲。一日，僞齊步軍太尉王勝大軍倏至，遠近震擾。公挺身與戰，屢捷。七年，糧盡援絶，勢不能復支，遂率所部數千人南歸。天子嘉歎，賚予優渥，特轉四官，令吏部授優異職。未幾，轉武節郎，又轉武德郎，授建康府兵馬都監。制曰：「趙某忠義可嘉。」又曰：

「以勸臣節。」

公在建康，威名焯著，盜敓屏迹。留守晁謙之倡諸公間，論薦章交公車，轉武功郎，歷撫、吉、南康、臨江兵馬都監，官吉者再。公屢總材官，習執李法，操切吏士，威信斬斬，匹馬夕擲，獄市寧壹。偷兒相戒曰：「是嘗赤手抗虜，何可犯也！」三十年，轉武翼大夫、衡州兵馬鈐轄。上即位，轉武經大夫，主管台州崇道觀，後轉武節大夫、吉州兵馬鈐轄，再遷武德大夫。光堯聖壽七十，湛恩轉武功大夫。

公雖帝王子孫，而少歷行陣，精騎射，善用兵，孫吴之書，口講心計，洞達奇正，沈涵策謀，臨機料敵，冰解雪釋。每誦賈生語曰「何不試以臣爲屬國，請必繫單于，笞中行説」，輒太息北嚮，髮上衝冠。及南北罷兵，公亦老矣，戎馬之氣，浣以詩書，群居燕閒，黄帽野服，投壺奕棊，一觴一詠，市書充棟，用訓子弟，風流文雅，翩翩佳公子也。天性仁厚，方在洛，金虜所過必屠，遺胔横道。公見之，躬取虆梩掩之。雖在兵間，不忘愛物，嚴不重傷，勝不多殺。晚喜浮屠，昒爽盥漱，清坐齊如，誦其語必萬周。

淳熙三年九月辛未卒，年七十一。十一月某日，葬于吉州城北螺子山女冠平之原。配徐氏，累封安人；男善搏，秉義郎、監潭州南嶽廟，皆先公卒。女二人：長適成忠郎、新岳州平江巡檢管鎔，次早世。孫男四人：長曰汝弼，承節郎、新監潭州南嶽廟；次曰汝諧、汝賢、汝翼，皆以公蔭補官。孫女四人：長適李純，次許嫁徐洪、王珏、王希尹。汝弼以公族子善滂所論次行實來謁銘。銘曰：

維嵩之蒼，維洛之茫，鞠爲狄鄉。趙公之氒，不粒不兵，身作之城。有倬者節，有燁者烈，日光玉潔。位不功侔，名不風休。詩于兹丘，賁彼柏楸。

鬱林州教授毛嵩老墓誌銘

嵩老，毛氏，諱惠直。其先三衢人，八世祖侍御公爲吉州太守，道出吉水之龍城，愛其佳山水，官滿家焉。歷四世而生九皋，九皋生琦，琦生珵，俱不仕。珵字平國，生二子，季曰惠明，長則嵩老也。

平國性簡澹，落然與世若不相接，以是家窮空。嵩老少長强學，授徒以業其家，於是親若弟始忘其貧。平國死，惠明亦早世，嵩老字其孤終身。嫠妹孤甥，煢然無歸，嵩老皆聚而衣食之。嵩老既壯，文名彰施，再貢于鄉。登進士第，授左迪功郎，主邵武縣簿。太守以嵩老儒先，厚禮之。光澤縣令某以非罪繫獄，部使者命嵩老往鞫之。令懼不能自白，使所親語嵩老，願毋周内深文。嵩老笑曰：「所坐有無在彼，所當輕重在令甲，我何與焉？」既至，取具獄閲之，皆文致讕辭也，即平反之。

用薦者授左從政郎、漢陽軍漢川縣令。縣故荒餘，又承兵亂，公私赤立。嵩老畢力撫摩，民少昭蘇。尉某獻掊克之策，嵩老謝不納。尉懟甚，思所以害嵩老者，夜遣卒斧縣庫，盜官緡錢。事覺，跡至尉所。人謂嵩老將甘心，必痛繩治，株連及尉。嵩老曰：「吾知求盜爾，既得盜，又何求？」太守某黷貨，諸邑争剥民以啗之，嵩老獨否。守怒，求嵩老罪百端，竟無有，然誅貨未已。嵩老喟曰：「浚民以自安，去官以安民，兩言决爾。」遂引疾上還印綬，漢川之民，遮留莫可。既去，俸之未給數十萬錢。嵩老曰：「吾棄官，尚言禄？」漢川之民，至今思之。

授鬱林州州學教授。以上登極，恩加左文林郎。鬱林瘴癘地，士不知學。嵩老曰：「人謂教官無職事，育人材非職事耶？」日入黌室，爲諸生講古今聖經賢傳，口授指畫。士得所宗，始競于學，中州文風，五嶺不隔。而嵩老不幸死矣，蓋隆興二年七月十有三日也，於是嵩老生六十九年矣。

嵩老於鄉黨，其族親之貧不自振者，子弟之弱不樹立者，可教教之，不可教覆護之。嵩老焉依以就其才，妥其家者豈少也？然類負嵩老，嵩老不怨不悔，亦不改爲。初配張氏。繼室羅氏，廬陵名儒天文之女，有淑德。既歸嵩老，傾橐中裝治生，梱内之政不以毫髮累嵩老。男二人：良臣、良弼，學有雋聲，方增而未已者也。女一人，適進士曾晞説。孫男三人：長曰靈運，餘未名。嵩老既葬，良臣尋卒。乾道辛卯八月某日，良弼改葬嵩老于等岡山之原，先事移書走都下，以左從政郎、吉州録事參軍謝諤狀來謁銘。某與嵩老有連，習孰其賢。銘曰：

嵩老之仕，其征無車。嵩老之没，其熹無廬。嵩老之廉，其獨無俱。矜彼之腴，嗤吾之臞。後千斯年，誰之潔汙？老驥斯殂，亦龍其駒。其驤超如，此其昌乎？

故承事郎通判鎮江府蔡公墓誌銘

公諱湍，字子東，莆之仙遊人。曾大父諱襄，端明殿學士、禮部侍郎，贈吏部侍郎。大父諱旻，宣義郎，贈少傅。考諱伸，左中大夫，贈光禄大夫。光禄四子，公其長也。

公以門子爲將仕郎，尉台之天長，郡守畢良史材之，羅致幕下。頃之宅憂，免喪，尉台之寧海。邑多盗，皆藪於海，晝則魚潛，宵則虎冠。公以嚴治，盗發輒得，境以清寧。州上功狀，授承務郎、知池州貴池縣。貴池於邑爲劇，公更平寬，邑人宜之。然不可干以私，大官要人爲姦利者噤莫敢伸。庚寅無秋，江淮流民道殣相望。元夕，守欲出遨，符縣張燈。公曰：「此遊觀時耶？」竟不奉教。大江之瀕，因渚爲田，議征其畝，州縣奉詔，並緣侵牟。朝廷知之，乃命有司歸田于甿，除租于官。適議臣爲部使者，沮格成命。公争不可，力請於朝，以南卒被上賜。使者怒，欲當以重劾，爬羅瘢疵，毫毛莫得也。

居二年，弟洸給餼江東，公以嫌引去，除通判鎮江府。未之官，乙未冬得上氣疾。明年正月疾革，命其子戩、武曰：「譚墅先塋也，我死葬焉，庶幾從先人於地下。」疾少間，家人咸喜，公忽屏醫藥，曰：「我生止今日爾。」乃盥櫛更衣，拱而危坐。初，隱隱聞鼻息聲，倏而逝，實丙申正月二十有九日也，得年五十六，官止承事郎。諸孤以其年四月二十七日葬公于武進縣懷德鄉譚墅，公命也。

公性闓明，幼所佔畢，耋而不忘，毅毅頎頎，其資則天。事親愨孝，見利瑟縮，嘗曰：「富非吾志，姑紓吾貧。有田二頃，歸耕何卜。」先是，光禄以清白遺後之人，不事生業。而公爲吏狷且廉，歷官半世，而在官之日堇五稔，故其家貧甚。衆指數百，自奉甚薄，寧窮不一折節，人不堪憂，公晏如也。既殁，家垂橐，諸孤以賻布棺斂焉。公裏方褟圜，粹温成春，善與人交，一見傾蓋，人人自以得公重。比其没也，莫不隕涕。

公娶方氏，封孺人。長曰戩，覃思道學，下筆超詣，舉進士甲科，授簡三館，誦言水旱所召，上嘉其忠，擢祕書省正字。因賜對，極陳士大夫敢言者非好名，乃愛君，善類怙焉。今爲承議郎、新知道州。次曰武，績文，應進士舉。女六人：長適進士鄒彦謙，先公卒；次適迪功郎、新德安府應山縣尉孫敏問；次適通直郎、知江陵府松滋縣張棱；次適張元涣；次適胡塈；次尚幼。孫男一人：康。女二人。丁酉之夏，某來守毗陵，戡以户部尚書洸所狀公行實來請銘。某雖不及上堂拜公，而與戡同朝甚厚，義不得辭，乃爲之銘。銘曰：

士無巧愚，惟珍爾迂，惟疢爾諛。蔡公卒痻，不寧其軀，本本有初。而祖君謨，其貞玉如，公其肖諸。不薺而荼，不刓其觚，宜躄而驅。靡究其塗，而啬其攄，厥聲則都。

王南鵬墓誌銘

南鵬諱翊，世家廬陵之宣溪。蓋其先仲舒觀察江西，其子孫有家焉者，其別爲宣溪之王云。南鵬兄弟四人，其長邦英，業儒得官。南鵬蚤游庠校有聲，射科未有就，而逢靖康之亂，兄弟奉其親轉徙兵間。亂定，南鵬年已逾壯，乃得一官，非其志也。因棄去，歸隱故山老焉。乃傾厥家，市萬卷書，闢館百楹，爰誨子弟，爰來士友。晝趾其堂，賓森裾織，壺觴淋浪，高吟大噱。夕耳其牖，經聲史音，咏歌千祀，既飫既酣。南鵬角巾野服，逍摇是間，送鴻揮弦，其樂無央，皐壤山林，凡四十年。其或秋罷，人遏厥糴，我廪我囷，傾倒既竭，縮估不嬴，泯泣其仁。昏友族親，以寠來歸，乃充乃求，不懈益劬。里有狡焉，非意我干，匪校伊愉，彼則風休。狡自罟擭，既阽於誅，或甚於余，盍爈之乘，我畀之哂，怍是甚者。南鵬乾道九年二月二十五日卒，年八十二。屬纊不亂，猶進子孫，枚訓以善，言訖而逝。以淳熙二年正月二十三日葬于宣化鄉山塘之原。

曾祖贇，祖居，父珝。初娶樊氏，繼室劉氏。二男：秉直、秉國。女適蕭汝稱。孫男十一人：揚名、厚、揚祖、琳、芻、揚善、揚仁、揚烈、揚武、揚庭、揚輝。女五人。曾孫男十二人，女十四人。夫人二子一女，皆先卒。秉國補登仕郎，厚、琳、芻皆預薦，而琳再上，餘皆學，蓋方昌而未已也。万里舊聞秉國有父風，而琳又有一日雅。琳父子以從政郎、興國軍教授李侯盛所論次南鵬行實來謁銘。銘曰：

有鬱彼松，于澗之中。不匠而槁，雪霜雨風。茁是孫枝，既灌既繁。孔秀孔妍，遷彼景山。宣溪之王，其承方碩。謂淑不夭，盍覾斯石。

蕭嶽英墓誌銘

公諱許，字嶽英，蕭氏。其先自唐丞相復觀察湖南，其子儉留家長沙，六世而徙盧陵。其後武寧令霽子焕國初徙白沙，今遂爲吉水人。自定基與其孫服相繼入爲御史，至公之曾祖汝賢爲將作監主簿，蕭氏遂爲盧陵大家。公，服之從孫也。祖公瑾，不仕。父昂，以公贈承務郎。

公七歲知屬文，鄉先生李端臣一見期以偉器。年十二三，有聲郡學，三舉於禮部不第。今天子嗣位，慶賴海内，公以特奏名授將仕郎。公事親無遺恨，獨恨親不及禄。既受官，則喟曰：「白頭非折腰具，於功令選調者六考，老焉則爵父母，吾得藉手，下泉其可。」初調監常州犇牛鎮。犇牛中切邦甸，外通疆埸，行李還往，空道攸出，大農之供，歲五百萬；大賓儲偫，則又稱是。踐厥職者，聞罷自免，非慝則懦，凡二十輩。蓋廣出狹入，官吏並緣，封剥市利，虐取苛留，征商其咨，間道以逋，官用告匱。公既戾止，搜蠹剔弊，白之郡將，自詭刮磨，税外乾没，罔不滌除。曾不旬時，商旅走集，初年增至千萬，明年二千萬，又明年乃三千萬。時北鄙有興，天兵濯征，虎符羽檄，夙宵崇降，塗出毗陵，州不乏興，犇牛焉依。葉丞相衡實典是州，嘉公之才，論薦于朝，迺移公爲無錫令，奏令爲真。會公秩滿，力請自解，以犇牛課最，增秩從政郎、監潭州南嶽廟。户部按近比懋賞符州賜錢四百萬，公辭不受。

嶽祠秩滿，調全州清湘丞，改常德府武陵丞。官期至，公雅不欲之官，則請老于朝。上有旨，以通直郎致其仕。淳熙三年春，光堯慶壽，恩加奉議郎，賜五品服。故事，仕而告休者半其俸，太府檄鄉郡廩之，公辭焉。是歲十一月，朝廷有事于南郊，大賚臣庶。公以通籍朝列，遂得追秩考妣，如公始願，則欣然曰：「吾志畢矣。」奏牘既上，未幾以疾卒，年七十有五。方子孫侍疾，涕泣不止，而公神氣清夷，顧曰：「吾無一物以遺子孫，平生所學，獨得『中庸』二字，今以遺汝。」言訖而逝。公嘗客臨安，同舍多鄰曲，前古縣令楊元皋病棘，則皆棄去，公獨留，晝夜助其子謁醫。元皋死，又助其喪紀，其急義類此。公有文集三十卷，皆有律令。又有《五一堂叢目》十卷。

初室彭氏，繼室黄氏，皆先卒，贈孺人。男一人：特起，彭出也。孫男六人：必得、必固、必簡、必取、必恭、必東。女一人，適進士李棣。特起將葬公於吉水墨潭之上，以奉議郎、知袁州分宜縣謝諤之狀來請銘於某，則哭而銘之曰：

郢隆之階，何聘非璟？何斲非材？何刈非萊？嶽英之才，而不逢哉。墨潭之涯，堂斧斯嵬，松栢斯哀，疇不永懷？

李縣丞叔周墓誌銘

叔周諱澮，叔周其字也，李氏。故汜水人，後徙洛，以贈少師諱章者爲曾祖，以贈少傅諱百朋者爲祖，而左中奉大夫諱元孺之子也。中奉累贈至正議大夫。叔周年六十四卒於從兄迎明州通判之署，積階至奉議郎，而所更者通仕郎、從事郎、文林郎、承直郎、通直郎；終官知贛州興國丞，而所更者監秀州華亭税、監秀州酒、楊州節度推官、吉州軍事推官、知潭州安化縣。

初，靖康南渡，叔周爲虜所得，屈叔周使拜。不可，且曰：「吾家世荷國恩，可爲虜屈？」虜怒，擊叔周首，流血且死，遇天雨得蘇。其任華亭税，以父憂不赴。其任秀州監酒日，叔周被檄視潦，舟行民田中，問所主，曰：「監司圭田也。」吏側目摇手，不敢以潦聞。叔周曰：「水潦爲患，上供且應復，況圭田乎？」盡復其租。常平使者鄭公某聞而奇之。又被檄覆視平江府經界，時立法嚴甚，胥吏、鄉正並緣爲姦，高下定賦，不以實聞。叔周躬行田畝，悉爲正之，使得其均。吴人德之，歸日野夫羅拜於道，有具香火送叔周出境者。

楊州帥向公子固馭吏如束濕，獨樂叔周之賢，將首薦焉。時録事參軍施興祖且更盡，而薦員未具，請于向，向曰：「今歲止一牘，將薦從事李君，媿不君及。」叔周在傍，亟曰：「願先薦施。」向以爲長者，從其請，施以是得先改京秩。吉之材官以主將掊剋，一夕潰。議者欲調外砦兵捕之，叔周曰：「此輩非有憾於州郡，招之則定，激之則叛。」郡守葉公仁用其計，潰者果歸，民用不驚。安化舊令逋府錢數百萬，既辭滿，羈縻不得去。叔周白帥張公孝祥，願解縱代者，當庚所逋。張公高其誼，代者即解。既而沈公介代張公，有不悦於張，怒及所與。有攝尉董部者，以私謁不遂，譖叔周於沈，叔周自免去。既調興國，未之官而没。

初，正議没時，家有餘貲。叔周既仕，則悉以委諸昆弟，不名一錢也。嘗攝楚州寶應尉，適有旨捕淮北逸寇甚急，叔周獲四人，詔加官一列。故事，選調有武功，受此詔者即爲京官。叔周曰：「以人命爲功，吾不忍也。」置而不問。及以薦改秩，叔周曰：「吾不奉詔，今亦改官。」叔周有雜詩百餘篇，皆慷慨憤激，一飯不忘君之語。

初娶劉氏，繼趙氏，皆先卒。子男四人：長夭，次純、綸、約。女四人：長未嫁卒，次適朱俌，及保義郎黄良能，及進士楊楫，皆趙出也。孫男二人：大中、大昌。叔周卒之日，無田一畝，無宅一區。其柩旅殯於霅川，其子純無所於歸，以叔周嘗官於吉，吉其所甚愛者，且趙夫人之墓在今居焉，純將返柩以葬於吉之馬岡山趙夫人墓之左，前期以吾弟楫之狀來謁銘。銘曰：

朔犺方獗，裂顙不折。讒夫豈多？平陸九河。無晦可耜，無錐可置。榮榮孫子，將焉寘此？羈忌之魂，歸哉丘墳。襄我後人，尚亨其屯。

陳先生墓誌銘

先生諱維，字子綱，姓陳氏，鎮江金壇人也。曾考亢，朝散郎致仕，贈朝奉大夫。王考廓，登進士第，朝奉大夫、提點利州路刑獄公事。考瑊，登進士第，終文林郎、知真州楊子。

先生早失所怙。母蔡夫人，殿中侍御史蹈女也，念陳氏孤未樹立，厲節自古，拊育訓誨，以底有造。年十三，游鄉校，試藝輒最，譽問藹然。諸先生愛之，曰：「幸哉，陳氏有子！」紹興丁巳，方與計偕，數試禮部無遇。子從古，幼而穎異，先生歎曰：「吾有志無成，成吾志者，不在吾子？」家本窮空，至爲從古求師，則鬻別業以行束脩，人皆難之。從古既策上第，先生喜曰：「吾祖孫射科三葉矣，何必我躬？」晚乃以恩得官，主信州弋陽簿，竟不赴。隆興甲申，從古既籍朝列，先生於令甲當行封，曰：「吾老得一官，未能及親，今先自及，安乎？」奏上輒止。

先生讀書不顓决科，抉斸根株，探索源泉。尤邃於詩，孤澹古雅，遹追陶柳，一時名士如蘇養直、呂居仁、韓子蒼、張處文，皆忘年友。故養直嘗稱曰：「子綗好古博雅，結交皆天下知名士云。」先生急義拯物，瀕死不疚，不侵然諾，聞人一善，躍如以喜。然資素剛，是是非非，有昭無聾，理所偭者，鼎貴必争，毅色正辭，折恧其人。鄰曲有競，必就而正，决以片言，靡不悅服。蓋其素履，服仁食義，身中徽墨，言中椝矱，人皆諶之，非一日也。金壇之征，藕菽有布，甿不病輸而病不均。先生曰：「我乃無田，言之無嫌。」倡邑之人白之有司，復除十半。太守寶文閣學士劉公子羽以書謝先生曰：「見仁人之用心。」

從古始尉富陽，迎先生就養。邑有黠胥受賕，獄具，縣令所憎，欲瘐死之，先生諭從古，使力争，胥竟免。有中人倚勢漁牟學田，從古欲直之，質諸先生，先生曰：「當官而行，何畏焉？」從古以獲海盗當改秩，先生戒之曰：「以盗得官，前輩不忍，汝其力辭。」

先生雖布衣，善論天下事，每從容商榷今古成敗利害，如卜筳篿，如秉爟火，位不才侔，士者啃之。先生耻言利，家徒四壁，併食易衣，妻子愠見，先生泊如也。家無長物，獨藏書數百卷。先生嘗自贊曰：「貌乎槁癯，形乎侏儒。外褊忤物，中空洞而無隅。至於爲人之所不爲而不爲人之所爲，庶幾古之愚者歟？」暮年深詣理學，得喪死生，如覺言夢，寥然不能入其中。既疾，子孫在旁，則告曰：「吾必不起。吾所藏書，勿逸於儲，勿憧於鋤，以淑而軀。」言畢，坐而逝云，享年若干。

先生娶譚氏，大理少卿知柔女也。生三男：從古，承議郎、前差監行在左藏東庫；學古、稽古，俱舉進士。一女，歸中書舍人張忞之子興宗。孫男六人：伯震、仲巽、叔謙、伯泰、季咸、季益。孫女四人。先生之没，以隆興二年十一月二十五日。其葬，以乾道元年九月十四日。其兆在縣之唐安鄉茂城村楊子府君之墓側。後十五年，從古書先生遺事，泣以告其友楊万里，屬以銘詩。銘曰：

之德之學，古彦所作。播播其詞，渢渢其詩。麟卧弗馳，十駕先之。彼群其飛，覆此之嗤。弗懟弗咨，與古而嬉。不沽乃玉，亦不毁于櫝。卒完其璞，以對于先覺。覿我於庭乎而，其蘭其芝，其茁離離。伯也最怒，是若其父。方垂天而翥，式奂其宇。

胡英彦墓誌銘

澹庵先生胡公，以道德文學師表一世，仁濡義染，丕變大江以西，而其宗族家庭，俊茂尤角立。其好學刻深，厲操清苦，克肖先生者，猶子英彦也。

英彦諱公武，年十三爲黨庠《春秋》弟子員，一試出諸老生上。郡博士汪俣、劉夙譽之吃吃也，招爲《春秋》師以風學者。英彦覃思經訓，鈎沈聖處，出入百氏，洞視根穴。至論道原，獨謂求聖道當自《論語》始，以韓子始孟爲非是。乃取賈誼、楊雄、李翺《筆解》等爲《集註論語》若干卷，傅以新意。自鄭康成、王肅、馬融之外，《史》、《漢》所引，臣瓚、顔祕書輩所注釋，闕文異義，靡不裒萃，成一家言。今參政周公甚愛其書，爲之序。

性嗜文，尤工於詩，其句法祖元白而宗蘇黄，追琢光景，繪事萬彙，金舂玉應，山高水深，獨造其極。晚自號學林居士，澹庵先生賡《符讀書城南》韻以勗之。蜀人何子應亦寄以詩，而予亦嘗爲賦之云。其論交極不苟，如范浚明，尤所厚者。嘗以書與之，上下其論，往復千里。歲在癸巳，嬰末疾，自是沈綿無瘳。後六年卒，實淳熙六年十二月晦也，享年五十有五。有詩若干篇，《詩話》若干卷，《論語叢書》三卷。又《集音》二卷、《文髓》十卷，注《蘭臺詩》及《淮海詞》各若干卷。

曾祖諒，故將仕郎。祖方中，父宗古，皆隱不仕。娶劉氏，故丞相楚公沆之曾孫。男四人：梠、楀、梶、棁，皆志學。女適劉德衍、鄧執規，次許嫁蕭景衡，餘尚幼。梠將卜葬英彦于某所，其兄箕狀其言行來謁銘。銘曰：

嗜古入骨，琱句得髓。不爵不齒，竟以窮死。既獲乎此，又覗乎彼，不曰責天無已？吁！

誠齋集卷第一百二十九

廬陵楊万里廷秀

墓誌銘

羅价卿墓誌銘

予外舅羅公天文，以詩學鳴政和間，爲横舍明師。自天文至其曾孫瀛，繼繼里選者十有二人，策第者六人。元亨、仲謀父子仕皆不達，至价卿其文方昌，其德方茂，其聞方焯，士友謂大天文之家在是矣。年五十有二，淳熙八年正月望一疾而卒，❶天乎痛哉！

初，价卿父子同薦名，而价卿爲《詩》學舉首，再舉與兄弟六人同升，三舉擢進士第。未擬官，居父憂，復居母憂，毁瘠逾制。除喪，授迪功郎、南雄州保昌縣尉。始至，湖北寇逸入江西，將犯廣東，提點刑獄、司業林公光朝宿重兵南雄禦之。价卿謁曰：「南安前，章貢後，賊來南雄，將焉寄徑？惟韶州仁化，其徑有三：曰朱子嶺，曰九曲嶺，其險可守；曰芙溪長岡，其地坦夷，寇所必趨。盍遣一軍爲覆以待之，可熸也。」林公

❶「望一」，原殘闕，今據四部叢刊本補。

從之。賊果至，大破之。

廣東轉運司厥貢惟銀，異時歲以緡錢十五萬市於州縣，近歲止給三一。官無自出，始以民産高下征之，民弗堪。適林公遷轉運副使，价卿謁曰：「緡錢日朘而銀如初，不剥民，焉取之？盍請諸朝，使盡給異時緡錢之數，則一路蒙福。」林公嘉歎，即席草奏，薦之公車。

韶之樂昌有眄詣部使者，言其令盜所臨。部使者怒，遣价卿廉之，至則以無罪告。部使者疑其有所左右，移价卿乳源尉，下其事司敗，凡三易官典理其獄，令竟得釋。

秩滿造朝，見丞相衛國史公浩，極論二廣煮海改法之弊，請一用舊章。又作《平邊策》，論戰守，疏民瘼，欲與内治，以俟天時，丞相奇之。用薦者陞秩從政郎，調監行在省倉中界門。既歸，日聚族子弟尊酒論文，澹如也。官期將及，未赴而卒。

价卿性簡而厲，言動從繩，静以御繁，勇以行義。里閭族黨欲辨曲直，有不之官府而之价卿者，一語曉之，聞者意沮。其猶子子琳與劉振英貧而無教，則迪之以文；其鄰曲小民以饑歲不能自給，則書其名數而廪之以粟。二弟曰維申，曰維翰，皆自幼教之。既而維申薦名，維翰與价卿同日擢弟，人咸曰：「价卿之教。」父之既没，悉舉先疇以遜二弟，曰：「堇堇足矣，奚以多爲？」廬陵縣令梁君兑聞之，爲文以風流俗，而二弟亦固辭不受，盡以給族親之貧，時稱義門云。

价卿居官，秋豪不苟。保昌學官燬無尺椽，亟白縣令，啓度一新。春秋釋菜，禮用無曠。講武營表，鞠爲樲棘，擘張逋播，存者十五。价卿既至，習射有亭，築場有垣，逋者來歸，旗幟精明，見謂稱職。

价卿諱維藩，廬陵人。曾祖仇。祖紼，字天文。父上達，字元通。母李氏。娶蕭氏。男一人：澥，弱冠與里選。女一人，適進士楊奎，予叔父麻陽知縣子也。女孫一人，尚幼。有古賦二卷、詩十卷、史論二卷、《平邊策》四卷、《詩解》二卷、《左傳説》二卷、《論語解》二卷、雜著六卷、《棣華集》二十卷，目曰《印山集》。

卒之歲十二月庚申，澥奉价卿之喪葬于吉水縣，鄉曰同水，原曰醴泉。前事來請銘，予泣曰：「予出入舅家三十年耳，而銘元通、元亨、元忠、仲謀矣，今又銘价卿乎？」銘曰：

惟文惟德，后帝所嗇，多取奚益？汝文斯艷，汝德斯碩，汝聞斯白。探珠既獲，歸覩其宅，則毀其璧。而祖之澤，厥世有奕，尚瞑汝窆。

王舜輔墓誌銘

君諱大臨，字舜輔，姓王氏，醉軒其自號也。系出臨川，自高祖徙吉，家焉，今爲吉水人。曾祖景，視大丞相荆國文公爲從祖，教授于吉，從之者傾一州，龍圖蕭公世京、大博彭公夔、著作楊公純師皆從之授業。著書數百卷，號《野民集》。祖端禮，幼以文名。元祐三年，蘇公子瞻、孔公經父、孫公莘老知貢舉，而秦少游、黄魯直、張文潛、晁無咎諸公皆佐春官，第去取，於是策第。仕止賀州富川令，有《易》《論語傳》。父鴻舉，以文行再薦于鄉，號非非老人。

君生而濩落有大志，不肯入小學，老人不之强。建炎中，胡馬南牧，老人避盜，爲虜所掠。君年十二三，唬跌以從，行數十里。老人得脱，歸與盜遇，盜欲兵之。君抱持老人，號呼請代，群盜義而免之。時州里新被兵，跬步敚觳，君度單弱不能自達，因説群盜，乞護送還舍，請謝錢萬，盜許之。君乃前行，陰結里中少年，嚴兵伏閭左。盜以老人至，諸少年譟而出，拜庭下，問故，老人云云。諸少年目盜，欲縛之。君稽首曰：「吾父免矣，可若何？」乃殺一豕，貰斗酒遺。盜讋而去，不敢索一錢。

年十六七始奮於學，日誦數千言。自經史外，虞初小説、道家釋氏之書無不貫穿沈浸，尤熟於《左氏傳》與三國七朝史，口講指畫，若身履然。紹興庚午，客永和鎮，館于曾氏。會贛卒以城叛，民訛言寇至，曾氏欲徙以避之。君設三策以料賊，乃不果徙，鎮賴以寧。未幾寇平，悉如君言。

晚歲號是是翁，自放於酒，燕處之室名曰「醉軒」，又號醉軒居士，酣嬉淋漓，萬事不省。得錢不計多寡，悉送酒家，不足則裘褐衣襦悉捐以予之，不計直。客有具衣冠儼然造焉，則箕踞慢駡不容口。行遇田夫野父，輒强之使坐，與爲賓主，爲説經義，論古今不能休。父謝不能解，乃笑，聽去。淳熙乙巳冬十二月望屬疾，詔諸子曰：「明年吾不復此矣。」至正月朔，晝漏未盡一刻而逝，得年七十。

娶蕭氏，故兩御史家也。子男四人：子仁、子俊、子偲、子信。女一人，適歐陽次周。孫男七人：少愚、少魯、少愿、少忠、少慤，餘尚幼。孫女四人。諸孤將以其年之　月葬君于所居之東胡塘之原，前期子俊以朝奉郎、提轄行在文思院曾三復所狀君之行來謁銘。子俊嘗從予游，義不得辭，則敬諾而銘諸。銘曰：

陟彼糟丘，天風颼颼。望彼醉鄉，大荒蒼蒼。八仙于疆，于廬于糧。舜輔從之，酌其天漿。駕麴車而追歡伯，❶淩閬風而超扶桑。拘拘者方哭送其遺蛻，又焉知舜輔之不亡？吁！仲尼之門不用酒也，如仲尼之門用酒，則太白入室、舜輔升堂者耶？

陳擇之墓誌銘

君諱琦，字擇之，陳氏，清江人。祖宗禮，以高年賜爵迪功郎。父善，明經，尤邃於《易》。

君幼刻苦自奮，必欲續聞。既冠，以《易》學再貢，擢乾道丙戌第，主衡州衡陽簿。未上，張公孝祥帥潭，愛其材，招與之俱，因從南軒先生張公栻受學焉。及官衡陽，有殺人于野而主名不立，提點刑獄鄭公丙責游徼甚急。吏迹一驛卒其襜有血，掠訊誣服。吏獻之鄭，鄭下之州，詰之皆不冤。州下之邑，君攝邑，疑之。初，診屍得死者襉，署曰羅仲美。君即揭諸衢，有見而哭者曰：「吾子也。」蓋仲美與其族弟餘偕商，而仲美貲倍，餘殺而取之。君逮餘，辭服。白之鄭，釋驛卒，由是名聞一路。

郴饑，官糴無紀，人相蹂死，部使者命君往振之。書當糴者伍之而畀以一券，日許一人持券，遞遞以糴，簡而周，整而無譁，諸郡法焉。

用薦舉循從事郎，調贛州贛縣丞。南軒先生帥桂，招君攝莫府。廣西諸郡計仰漕司鹽子錢，漕輒嗇，帥以聞，請益，下漕，漕輒格。會漕闕，帥攝漕，君贊帥歲增諸郡子錢十三。邕歲市大理馬，馬來已二千里，自

---

❶「麴」，原作「麹」，本書卷二七《初食太原生蒲萄时十二月二日》：「君不見道逢麴車口流涎。」今據改。

邕達諸軍又倍，故多道斃。桂舊有圉，君請憩而飼之，瘠者止，良者行，後者至，先者發，馬用不耗。帥辟奏爲真，不報。

既至贛，太守尚書留公正待以客。縣賦不給，每訟不直者令入金錢，君首除之。官錢曰經總制者，隸提點刑獄司，有使者析秋毫計，一路逋錢大萬。君亟言曰：「此錢舊制所無，借未能除，不失凡最足矣。今又益之，可乎？」媿而止。部使者列其治于朝，詔中書書其姓名。

用薦舉轉宣教郎，知贛州興國縣。未上，會留公制置四川，辟掌機宜文字。西南夷舊爲蜀患，近時復創馬市，歲不能徹戍。議者欲用利路義士法，什伍黎、雅之民，如李德裕雄邊子弟，以代更卒。朝廷下其議，制置司檄君經紀之。君言其不可，「兩州之士無慮六千，盍析爲二，擇壯者二千以備邊，餘以居守，則民可用，戍可徹」。蜀法榷酒錢曰折估者病民，上欲損甚，下蜀議，制置檄君益昌定議。君上書總領馮公憲，詞甚懇惻，卒減緡錢三十萬。

初，蜀之民私以楮券爲貨，謂之交子。至天聖中，官始權之。再歲一易，謂之交界。其後有司並緣巧取，凡券之微壞者皆没入之，不賂不易。蜀之兵爲屯十有八，所隸之將三，士之廩給當折物爲錢者，必視其所屯之地，稱其土物之直，以直之低昂爲錢之多寡。故米之估則龍州得仙人關之半，絹之估則興元得西和州三之一，銀之估則大安得龍州之半而過之，乃有軍在某州之屯反用它州之估者，故軍多怨讟。留公憂之，乃與君謀，杜交界之姦以信楮券，平廩給之估以慰士心。君雖在遠，而賢稱日至于朝，近臣有欲薦君爲郡而君死矣，人皆惜其用之不盡也。

君天資敏而静，密而寛，遇事迎刃而解，亦不自功。事至不拒，事已不有。聽訟從明，决訟從恕。與人言若無所拂，而實有所規。事上官細麤，介通不同，不爲逢迎，每言輒聽。與同寮處如家人，不見崖異，亦不詭從。君自受學於南軒，進進日新，嘗扁其齋曰「克」，南軒銘焉，其屬意於君蓋甚遠云。爲文覃思深湛，詞乃夷易，尤工於詩，得江西體。

年四十有九，淳熙十一年五月二十有六日卒于官。明年二月，其孤返柩自蜀。九月丁酉，葬于建安鄉古堂之原。娶曾氏，子三人：男復之、涣之，女適郭琛，皆舉進士。孫三人，二男一女。復之不遠二千里走行在所，以太學博士彭龜年所狀君之行謁銘於某。某與君雅故，敬銘之曰：

猗嗟擇之，其挾不訾，其趨不卑。南軒是師，趾其堂基，衷其璧圭。一笑而歸，將遐其輩，而蚤其披。侯豐其資，侯嗇其施，云誰之司？

太宜人蕭氏墓誌銘

太宜人蕭氏，吉之西昌人，故安遠主簿王季安之妻也。季安即世，太宜人以勤儉齊家，以詩禮迪子，淑問益茂，家政益葺。自壽皇聖帝時，尊親錫類，介賚海内，若大夫，若士，若氓，父母高年者，詔縣以姓名上之郡，郡上之朝，賜爵行封有差。吉州以夫人年德高邵應書，初封太孺人，再封太安人。新天子御極，湛恩厖洪，三封太宜人。絲綸褒表，式如金玉；象服焜燿，有嚴山河，族親州里，罔不以手加額，以太宜人爲母師。

太宜人自幼在父母家，以柔嫕聞。暨歸季安，王氏在廬陵，族大家昌。季安砥行好脩，以不及當世之賢而知名者爲耻，傾身下士，傾家序賓，其門長者車轍常滿，其堂日具數百人之饌，而其室落然，若無人聲，以故士多從季安游。季安潛伏巖谷之下，而其聞彰焯江湖之外。里中以賢多太宜人，太宜人每退然恐不勝也。長子邦乂，季安前室黄所生也。仲子孚，季子仁，皆季安季年所生。太宜人拊鞠顧復，人以爲三子一母，三子亦云然也。太宜人生以崇寧甲申丁巳，❶没以紹熙庚戌八月癸巳，得年八十有七。將瞑，與其子訣，問其所欲言者，勉以孝悌。葬以十月己酉，地曰蕭塘。

曾祖某，祖某，父桂。三男：邦乂，修職郎，先卒；孚，保義郎；仁，承節郎。五女：適將仕郎黄文郁、胡諮，文林郎劉伯源、嚴可久、譚鳳。孫男七人：藉、嶠、嶼、有德、峴、岎、某，嶠舉鄉貢進士。女一人，適修職郎李如圭。曾孫男六人：大年、于大、保大、彌大、方大、有大。女五人：適劉揚祖、張淵，餘幼。先事，孚走一个行李，以從政郎、主管刑工部架閣文字雷孝友之狀來中都謁銘於某。某職在太史，銘之爲宜，矧與孚游最故？銘曰：

人鮮克壽，姥九其齡。壽鮮克貴，三命其承。有子有孫，有孫有曾。盍高其閎？後當有興。

夫人趙氏墓誌銘

夫人趙氏，保義郎廬陵王孚信臣之妻，濮安懿王之七世孫，華原郡王仲佺之曾孫，武翼大夫、隆興府兵

❶「申」下，疑脱月份。

馬鈐轄不忔之女也。夫人自幼警敏，年十有六歸信臣，事舅姑夙夜寅恭。其理家有綱有條，下至醯醢調胹，米鹽靡密，絺紵織紝，必躬必手，人不知其天宗之貴也。信臣尊賢下士，賓客滿門，殆無虚日。夫人爲具，豐儉等衰，率與信臣意合。劒佩鏘鳴，杯杓淋浪，日昳夜艾，夫人無憧容。垂橐倒廩，其室婁空。信臣交游半天下，聲聞日焯，夫人益喜。路鈐公暨伯兄相繼淪謝，諸孤方穉，夫人與信臣畢力經紀其家。今二弟若姪駸駸宦塗，所至有稱，人謂路鈐公有賢女云。信臣少力學，既長，以夫人貤屬籍恩得官，非其好也，則杜門里居，延師儒以才其子。夫人暇日督課程，嘗曰：「汝家群從預賓薦、取科級者項背相望，自棄爲門户羞。」長曰峴，嘗以所著文謁丞相益國周公。公不輕許可，一見峴輒稱異之。次曰岍，亹亹有立。信臣事母太夫人某氏至孝，夫人日侍盥櫛，不懈益虔。太夫人年九秩，而夫人奉養如一日。紹熙初元夏五月，夫人嬰疾。秋八月，太夫人復嬰疾。夫人力疾起，進飡鬻，治藥物。太夫人驚曰：「汝舍汝療而吾療乎？」太夫人竟不起。冬十月甲辰，夫人亦不起。年三十有八，以十有二月丁酉葬于廬陵縣宣化鄉朱岡之原。信臣以承議郎、知隆興府分寧縣陳夢材所狀夫人之行實來謁銘。銘曰：

賨婺分焯，天孫輟機，周宗之姬。來嬪士鄉，宣溪之王，淑問用光。何恙載纏，婦姑後先，竭彼下泉。養姑于幽，不年奚尤，樂哉斯丘。

太令人方氏墓誌銘

余淳熙七年爲廣南東路常平使者，而友人蔡定夫實護漕事，治所皆在番禺。是時同列五人，而並居番禺者四，其有母者二人而已。蓋余母年七十有九，蔡母年六十有五，二母生朝，兩家交賀，同列羅拜，奉觴上千歲壽，南人咨嗟，以爲盛事。後三年，余母即世。又九年，蔡母亦即世。定夫哀號，遣使者以書赴告，且持朝請大夫、廣東提點刑獄方侯崧卿所紀夫人行實來抵余曰：「子昔銘吾父，今可不銘吾母？」余嘗升堂拜夫人，夫人視以子姓者，則哭而銘諸。

夫人姓方氏，諱道堅，興化軍莆田人。方爲莆大族，自祕監而下登巍科、歷顯仕者踵接。曾祖宿，故朝奉郎。祖齊卿，故中散大夫。父松，隱德不仕。惟夫人一女，酷愛之，必欲配名閥，故歸于同郡承事郎、通判鎮江府、贈朝散大夫蔡公湍。

夫人自幼聰而裕，淑而恪，事親篤孝，嘗欲祝髮爲比丘，以報鞠育，親力止之。既嫁，奉事尊章，肅恭誠至，時其飲食起居，色養無違。皇姑濟南郡夫人多疾，罕能中其意者，藥非夫人所和、食非夫人所視不御。躬定省，侍匜帨，或經月不少懈。濟南疽于腰，幾殆，夫人吮血乃愈，每稱其孝爲宗族師。

夫人嫁時，槖中裝甚豐，悉以歸兩姑，貧而不悔。其於娣姒姑叔，調娛曲盡，愛譽無間言。佐其夫正以從，治家有法。大夫公既宅特進憂，生理中微，夫人悉力經理，攻苦絶甘以濟。春秋烝嘗，親滌濯羞，簠簋細務，至醯酒醢醢必躬。至老遇事迎解，緩急輕重，皆曲而當。大夫公仰成，不知家之有無也。

教子慈而不縱，幼課以詩書，長勉以名節。見其子登進士甲科，名次復踐其祖端明之舊，五持使節，再總軍儲，入爲館職，爲郎，爲卿，爲宰士。從其子遊宦，踰嶺涉湖，上漢沔，歷江浙，幾半天下，人皆榮之。夫人以盈爲懼，每戒其子曰：「我爲汝家婦，逮事乃祖。乃祖仕不過二千石，汝父一官四十年，而在官僅五稔。

汝趾美襲慶，今幸有田廬，家不啻足，無不知足，以貽吾憂。」故其子安義命，恬進取，夫人之教也。晚更多難，幼子、冢婦相繼淪喪。夫人不樂遠適，嘗曰：「我得死於吾廬，幸矣。」其子屢以親老辭寵禄，蓋母志也。誨飭諸女不少弛，言動惟法，故諸女適仕族，皆宜其夫家。待内外姻戚，恩稱而禮得。馭臧獲，不嚴而肅，勤儉慈愛，出於天性。子既宦達，悉力致養，夫人必欲均及，自享其薄。春秋益高，以禮自飭，歲時宴享，肅雍温克，如始嫁婦云。性淡泊，早受道家籙，齋戒之日，十居四五。晨起誦浮屠書，非疾病不廢。

初，遇今天子正位儲宫，以子登朝，三遇慶壽恩霈，自孺人累封至太令人。紹熙二年五月乙卯，卒于常州之私第，享年七十有七。男二人：長定夫也，名戡，今爲朝散大夫、直寶文閣、主管建寧府武夷山冲佑觀；次曰武，先夫人卒。女五人：長適進士鄒彦謙，蚤卒；次適儒林郎、監泰州角斜鹽場孫敏問；次適朝散大夫、知信州張棱；次適承奉郎、監隆興府糴納倉張元涣；次適文林郎、定江軍節度推官胡鑒。孫男二人：康，修職郎、新建康府江寧縣主簿；庾，尚幼。孫女二人。戡將以是年六月丙午舉夫人之柩祔於武進縣懷德南鄉譚墅大夫公之墓。銘曰：

大令之孫，端明之婦。大夫之妻，宰士之母。莆宗疇昌，維蔡及方。懿厥夫人，兩家之光。象服斯皇，魚軒斯鏘。八秩斯長，有煒莆常。人知其福，莫知其德。維碣可泐，維德彌白。

夏侯世珍墓誌銘

世珍諱琳，夏侯其姓也。其先有自譙徙壽春者，五季時爲宜春掾，因家焉，今爲分宜人。曾祖藩，祖敏，父繹，俱不仕。世珍弱不好弄，從群兒遨習弦誦之聲。父異其雋，市書萬卷，博延師儒，用楙其學。一時名公鉅儒，若今刑部尚書蕭公、直顯謨閣楊公、監察御史艮齋謝公，皆折輩行與世珍交，以故耳濡目染，前言往行，叢于厥躬。嘗以文辭薦名春官，既給札，而父赴告至。徒步二千里，淚血頮面，骨立足繭，見者爲動。祖母春秋高，母夫人在堂，弟娣六人，幼不更事，生理棼紊，總于世珍。晝理家，夜誦書。奉老者，司顏色，盡孝敬；字幼者，勤教載，時昏嫁。宗族之貧者資之，失職者業之。親鄰之見者勖以善，不記其過，正其失，卹其災。用是其行信於家，其賢著於鄉，凡縣令之省風謠，問民瘼，必諏度焉。

袁之庾僑於臨江舊矣。蓋袁之爲州，地陿田寡，粟財堇堇，州民必山伐陸取，方舟乘流，貿之臨江，易粟以輸。議者建欲遷庾於分宜，世珍以不便民白州。州以聞，主計不從，至今民病之。邑有瀦澤曰泉塘者，溉田畮千，而嚚者顓利，歲有水訟，澤不均宏。世珍自詭司水，不以租挈有無，自源徂流，靡不波及。有武經郎、巡檢張攜弩之官邕筦，客死分宜。其孤生十年矣，囊無一簪，存亡無歸。世珍聞之，既爲之棺斂，館置其孤，白縣若郡，爲之上聞。其孤授承信郎，世珍厚其道費而歸之。亡卒胡弄兵，略居民，逆顏行，部使者帥師討之，不能禽。賊語人曰：「得夏侯某一言即降。」竟平之。

祖母、母夫人既除喪，家議出分。世珍語弟姪曰：「先廬既堅，某姪居之。山墅既華，某弟居之。誅茅水濱，吾將老焉。」邑有鄉校，徙之非是，士欲復故，世珍攘袂屬役，以劬得疾。祀明堂，德音許世珍詣集英西箱奉大對。將應書，未行而卒，實淳熙十年十二月癸酉也，得年五十一。初室何，臨江人，給事某之從孫。繼室羅，廬陵人，奉議郎、安仁知縣某之女。子男四人：詮、謨、謙、識。女五人：適進士羅介、周穡、鄒廷瑞，其一許嫁李，其一尚幼。孫男一人：發。將以甲辰十二月二十一日葬世珍于化全鄉德全里赤塘之原，詮以文林郎、新永州教授歐陽某之狀來請銘。某與世珍雅素且親，乃哭而銘之曰：

傷哉世珍，言折其玉。言就于木，言穸于谷。視人以身，視疏以親。視金以塵，無復斯人。有實在鼎，有泉在井。可薦可羞，莫予云省。我有嘉賓，誰其酧之？我有窮人，誰其收之？賓筵散矣，行道嘆矣。傷哉世珍，古斯萬矣。

夫人李氏墓誌銘

故承務郎、監淮西江東總領所惠民局胡君泳字季永之夫人，姓李氏，紹興府上虞人。曾大父高，累贈太子太保。大父光，擢進士第，宣、靖間爲侍御史，有敢諫聲。紹興參大政，會宰相秦檜主和議，公力詆其非，坐削爵，貶儋耳。檜死，復資政殿學士，謚莊簡。父孟堅，氣慷慨。方莊簡在謫籍，里人誣以私史，下詔獄，貶夷陵，父子各天一方。既偕莊簡復官，丞晉陵，宰錫山，守嘉禾，俱以最聞。方用爲淮東提舉常平而没，善類嗟惜。

夫人慧淑莊重，容止有度，喜愠未嘗見聲氣，莊簡愛之。甫齔，而祖、父俱遠謫，復罹母鄭憂，泣呱呱然，哀動左右。乳下弟疾甚，夫人視之不少置，卒賴以安，姻族稱其孝友。忠簡胡公之再謫珠厓也，季永侍行，年十有二。莊簡見而異之，問其始生之歲辰，適與己相似。莊簡喜，謂忠簡曰：「是兒氣質不凡，爲胡邦衡子，而命復類我。他日寧爲畸人，必不爲佞人。吾有孫女，當以奉箕帚。」故夫人年十有九歸于胡氏。

事舅姑如父母，笑言不聞于中閨。敬夫如賓，時節朔望必端拜。待諸姑妯娌如同産，未始有絲髮畦畛。忠簡嚴於事先夫人，躬眡滌濯，爲諸婦倡。季永志遠業，夫人以米鹽自詭，不以累其夫。至諸姑之有行，每輟囊篋相之。婦德優優，式是里居。忠簡每訓諸女，必曰：「冢婦非而輩法邪？」季永官金陵，不幸蚤世。夫人才三十有三，撫群幼，泣且誓之死靡他。不御鉛澤，不服華侈，惟飭諸孤從師就學，比其長也，皆奮然有立。槻始筮仕，監鉛山酒税務，以廉介爲今參政蕭公、尚書葉公論薦。榘自明州比較務攝令象山，郡太守岳公以尤異薦于朝，有旨書姓名于中書，人以爲母訓之修云。

初，夫人念父母家，欲其子官于浙，幾一歸省。榘既官甬水，遂奉板輿以東。夫人歸拜松楸，見諸父昆弟，心甚喜。淳熙戊申冬，自象山復還上虞，閲數月以疾卒，實己酉七月十日也，饗年四十有七。男三人：長即槻，今爲承事郎、簽書光化軍判官廳公事；次即榘，修職郎；次桯，亦好學。孫男一人：復孫。孫女四人：婉孫、壽孫、粲孫、李孫。諸孤將以紹熙改元五月庚申葬夫人于廬陵縣順化鄉龍回之原，先事以通直郎、江州駐劄御前諸軍都統制司幹辦公事王宗孟所紀夫人行實移書乞銘于万里。万里與季永父子間游最故，且師事忠簡公先生，其何敢辭？銘曰：

胡李兩翁，僋崖相從。昏姻南東，一世清風。季永不年，夫人其艱。松雪其寒，蘭玉其蕃。漕邑言歸，言慰其思。《載馳》一詩，嘻其廢而。

誠齋集卷第一百三十

盧陵楊万里廷秀

墓誌銘

蕭君國華墓銘

君諱飾，字國華，蕭氏，世居廬陵之横溪。曾祖吉，祖琇玠，皆隱德不仕。父倜，字伯寬，博聞强記，爲崇觀三舍名貢士。國華生九歲而孤，母朱日誦《柏舟》之詩以自誓。是時兵亂未敉，强宗内逼，豪氓外陵，殆無以安其居。母爨藜飯糗，教育國華兄弟三人，耨以詩書，耘以師友。國華幼而穎異，長而温冲，方頤廣顙，重厚寡言。事母至孝，友兄弟以義，有愉色，無間言。宵爾誦絃，晝爾幹蠱，術業有聞，士林稱焉。

歲在隆興甲申冬，國華改葬伯寬，而雨雪兼旬，國華憂之。前一夕，齋沐禱於庭曰：「天其或者假某半日之霽，得奉窀穸，不然請以死報。」詰朝昒爽，物開除，❶日光穿漏，得以襄事，咸啃國華之孝感云。淳熙十年歲大饑，郡守趙侯方講荒政，國華兄弟首請于郡，願身先之。凡活饑民三百餘人，侯甚誼之。年三十餘喪

❶「物」上，疑脱「雲」字。按：本書卷六九《癸巳輪對第一劄子》：「燎熏紫壇而雲物開除。」

室，師玉陽子非華元之戒，乃於所居之偏别築一堂，揭以「仁壽」，幅巾藜杖，徜徉其間。棐几明窻，爐香獨坐，盡繙佛老之書而呻之。中夜夙興，終始無倦者五十餘年。一日，嫡孫謙侍國華於堂上，國華曰：「居，吾語汝。吾子孫森然矣，吾年八十有二，將何之？汝其大吾門乎？」謙掖國華以歸，沐浴而逝，實紹熙二年八月十有七日也。國華處己以敬，待人以誠，鄉人有争，不詣官府，就折衷焉。樂好施，歲饑則倒廩活人，豐則輿梁甓路，非求利益也。

子男三人：揆、振、拱。揆好學，善談論。振、拱以乾道間輸粟助振貸，官奏之朝，補將仕郎。鄉先生廣西主管羅巨濟器重之，言於部使者，檄振以邕州上幕，檄拱以封州遂溪尉。揆、振皆前卒。女一人，適周侃。孫男八人：謙、樞、權、謌、謨、機、紀，皆强學。女五人：適陳作礪、葉孚榮、劉燦、胡塤、劉千載。曾孫男六人，女三人，皆幼。拱與謙、樞將以紹熙四年七月十有三日丙子葬國華于高澤鄉余陂之原，國華所預卜也。拱介予弟万遇，以國華之行實來請銘。銘曰：

岵兮斯徂，屺兮嫠居，呱兮其孤。横溪之蕭，衆睨厥巢，雨風摇摇。予手予劬，予口予書，其妥鷊如。既培其根，孰韡其芬？彼茁者蘭。

劉君季從墓銘

君諱大同，字季從，姓劉氏，世居廬陵之石塘。曾祖華，祖珍，父逢辰，皆不仕。父以儒學行義，劬躬會友，所與游皆州里名士。嘗從參政董公學，參政賢之，爲其子聘其女焉。君生三歲而母胡夫人卒，又八歲而孤，哀毁已如成人。有兄既壯不壽，君撫其猶子而教之，因謂曰：「先人門户託予二人，若不力學，何由自立？」乃聘人士之善講習、能文辭者，相與北面師之。君種學績文，彌久不懈，月生日長，從進士舉，數無遇於有司，君舉益不懈。性謹厚，不妄笑語，平居接物，色怡氣平，惟恐傷之。嘗曰：「與物無競，吾樂也。」篤親宣慈，善行純表，終始若一。姪寖長，欲分田疇，畀之沃壤，而已取其瘠焉。量入爲出，不蠅營於錐刀，倒廩於穀貴之歲，輒痛損其估以濟人，人多德之。

里有大東塘，溉田數十百頃，歲久不治，將遂圮廢，衆憚其費，莫敢議其役。君一旦視之，慨然曰：「吾田須此水者甚寡，然使水既瀦，亦衆利也。」乃捐金鳩氓築之，疏爲溝塍，取之不竭，旱有先備，歲無大侵。吉塘有小溪横道，患無輿梁，每雨集暴漲，及隆冬凝寒，往來者病涉。君乃召匠計工，伐石它山橋其上，費一錢粒粟不徵於人。橋成，行道呼舞。君之樂於利人類此，使天假之年，則其推有餘、濟不足，其事當益宏大，又非今所見聞者比也。

紹熙三年三月乙亥，君以疾卒于正寢，年三十有八。娶楊氏，贈左中大夫、徽猷閣待制謚忠襄邦乂之孫，故右朝奉郎、都大提點坑冶鑄錢司主管文字振文之女。生三男：箐、督、蓍，皆競爽。四女：許嫁羅步蕭昌齡、宣溪王桯、盧溪王溉、泉江郭栖鳳。君卒之明年，其孤欲以九月甲申葬君於高澤鄉遥塘之原，前期以迪功郎、潭州瀏陽縣丞蕭一致之狀來謁銘於予。忠襄，予叔祖也；主管，予叔父也。雖予宦游北南，與君未覿面，然與君親也，且聞其賢，則哭而銘之曰：

亂而不天，壯而不年，學而不騫。其立匪易，其劬匪置，其折匪意。莫賢者淵，莫孝者騫，則亦云然。君也何懟，子也可誨，庸詎不大？

孺人賀氏墓誌銘

孺人賀氏，吉之永新人，故迪功郎致仕甯君名雋字公才之妻也。元祐、宣、政間有文名于辟雍，號「江西大小賀」者，其先也。父師孟，潛德不仕。

孺人生有淑問，嶷然其殊，女紅婦德，兼茂並秀。二親愛之，選所宜歸，以適公才。入門下氣怡聲，允協上下，婦職所宜，靡務不輯。姑嫠居二十餘年，孺人晨昏肅祗，閫内之事，稟命無遂。紹興丙辰，米斗千錢，豪右藴年，孺人語致政曰：「鄉有餓莩，積而不散，非仁也。」迺平直倒廩，且爲粥於路，以食丐者，所活甚夥。鄱陽有賊，聚不逞掠居民，致政女弟之夫爲所劫質。孺人聞之號泣，傾橐贖之，一簪不留。致政叔母寡居婁空，字二幼孫，稃橡不給。孺人白致政，迎致于家，生養死葬，以所事姑禮事之。蚤鞠一孤女，自髫及笄，訓之劬愉，嫁之敷腴。閨壺妯娌以爲愛女賢於愛子，蓋甥也。

致政雅好賓客，一日無客，意象悶悶。客至，必取車轄投之井，壺觴淋浪，豆籩旁午，卜夜繼晝，盡驩竭貲，靡有小靳。孺人躬饋，未嘗形惰容。乾道之季歲大侵，帥參政龔公奉詔勸分，懸爵博諭。致政謀之孺人，孺人喟曰：「活州里之饑，此吾願也。握粟貿官，豈吾榮哉？且吾兒欲取官以啓吾宇，何不讀書？」於是傾家市書萬卷，旁招名勝秀孝，以淑其子。居亡幾何，其子綜貫《易經》，種績藝文，琢切行義，聲聞日章，孺人之教也。

性賤貨貴義，梁川甓塗，捐金賣珠。至於浮屠、老子之宫，罔不肸飾。州里冠昏喪祭莫能舉者，戚疎薄厚，周之無倦，了無德色。一日，立子孫於堂下而誨之曰：「貴出如糞土，賤取如珠玉，此貨殖家者流所謂上策也。吾則不然，富爲怨府，利爲身仇，亶免凍餒，奚以贏爲？小子志之。」淳熙甲辰遇東朝慶，貤恩老老，封爲孺人，遂與致政同日，尚書艮齋謝公扁其堂曰「華壽」云。致政既逝，孺人體力康强，有加無衰。後六年，忽晨起屬疾。子孫嘗藥以進，孺人却之曰：「人生百年，七十者稀。吾今濟登上壽，又奚藥焉？」復舉似它日堂下之誨，言終而逝，實癸丑二月二十有八日也。

子男三人：千齡、千能、昌英。女二人：適進士吴少陽、劉藻，皆士族云。千齡及二女皆前卒。孫男九人：有志、有謙、有秩、有功、有開、有爲、有文、有永、有興，俱力學有俊聲。女六人：適進士曾邁、將仕郎劉宻一、譚宗元、吴有興、顔世德，其季許嫁劉載。曾孫男四人：炳、燁、煇、燧。女四人。其孤千能、昌英命詹尹諏大蔡葬宜某日某地，詹尹卦之曰：「是在嗣歲，其月星紀，干丙支午，其堋之晷，義和之里，一牛鳴地，石角之潭，封之右臂。」先事，昌英以太常少卿曾公三復所狀孺人之行來請銘於予。先是，予嘗銘公才矣，今其可辭？銘曰：

允孝迺姑，允恭迺夫，允才迺雝，其莊其劭。金珠之氛，羅縠之塵，黼布之緡，濯以蘭芬。有青者編，有鏘者篇，有來者賢，儒我子孫。子孫昌昌，厥閥斯張，我銘其藏，訖古其光。

通判吉州向侯墓誌銘

侯諱澥，字節之，向氏，河內人丞相文簡公五世孫也。少以父祕閣蔭補將仕郎，授右迪功郎，再監潭州南嶽廟。循右從政郎，監洪州修舡場。改宣教郎，知潭州安化縣，歷廣西經略司幹辦公事、湖北安撫司幹辦公事。五轉左朝散郎，錫五品服，通判吉州，未之官而卒，享年六十，蓋淳熙辛丑三月二十有八日也。

江西舊以官舟轉饟，漏者輒棄。逢侯汝霖總東西饟事，請置舡官於洪，歲取舊舟，更其十三，聽之漕司，州不預焉。歲久官失，併修舟艦，侯曰：「是可不正言於轉運使？」使家是之，州不敢强。安化，故梅山地，拊以誠愨，率以公廉，稅節賦時，氓獠安業。丁祕閣憂。始，祕閣問學于文定胡公，故喪祭不事浮屠法。或以爲宜雜用俗尚者，侯曰：「先志不可違。」乃悉遵司馬氏儀。侯執喪哀毁，禮無違者。母畢夫人先祕閣三十五年卒，旅殯于洪。侯方九歲，能記其物色，至是始克易棺斂遷祔，又訪收畢氏後。自祕閣没，宗族留落異方，侯必載以歸而振業之。廣右連谿峒，官屬之辟置，馬政之便宜，悉隸帥司幕府。侯每贊其長，行之盡公。桂帥李寶文浩與侯有舊，每盡言不隱。浩欲於近城爲營田，從事皆承意，籍取逃氓絕産以廣其數。侯曰：「所籍磽确，無勤師徒。」後竟廢之。侯嘗至中都，故人劉公珙在西府，使人問訊，侯已於銓曹得湖北掾，始見珙，珙敬歎久之。荆州再歲易五帥，侯澹然自守，不可戚疏。沈資政复委侯行城於襄陽，爲之盡力，條具其宜，复深器之。既得吉之貳，喜曰：「文簡頃嘗居此官，吾甚榮之。」戍期方及，而侯已病矣。

曾祖受，西京左藏庫副使。祖宗琦，太中大夫致仕，累贈少師。父子忞，奉直大夫、直祕閣致仕，累贈太中大夫。自建炎南渡，中原故家崎嶇兵亂，多失其序。祕閣寓湘中，糾合群從，卹孤繼絶，始掇程氏書建家廟，❶正神主，嚴祭祀事。恩澤生産，先猶子，後己子。長幼雍肅，侯率而守之，故江南稱舊族之有家法者，曰伊山向氏。

侯資質直，遇事鯁挺，義不可者，雖上官亦面折不少借。至接親族，慈愛款曲，人有緩急，傾橐濟之，故所至人畏而親，敬而樂。方秦丞相檜用事，張魏公居二水，祕閣家伊山，侯每往來魏公所問起居。魏公甚愛重之，遂以其姪孫女妻侯之長子。

娶黄氏，今封太宜人。六男：士克，從政郎、武岡軍武岡縣令；士允，未仕；士充，迪功郎、永州祁陽縣主簿；士光、士寬、士先，皆未仕。四女：長適從政郎、潭州湘陰縣丞宋剛仲，次適免解進士田奇，次適進士王瑊，次適承務郎、前隨州酒税李正夫。孫男八人，女四人，尚幼。以其年六月十五日葬于法輪寺高塘山祕閣塋之右，❷從侯志也。士克以其壻宋剛仲狀侯之行乞銘於予。銘曰：

富而好禮，非貴介公子，如彼寒士。敏而好學，非樂驕樂如，金玉追琢。故家子孫，不澳厥身，不阤厥門。文獻具存，于湘之濱，維伊山之向云。

❶「掇」，汲本、庫本作「按」。
❷「塋」，原作「瑩」，今據文義改。

端溪主簿曾東老墓誌銘

予生二十七，因入州府謁友人郭克誠。郭於曾乎館，暄凉外道舊故，未竟，主人子出，年可十七八許，頎然玉立，眉目如畫，即之似不能言，與之語泉迸雷出。予驚喜自失，遂與定交。曾其姓，栝其名，禹任其字也。一字伯貢，後更名震，字東老云。其先金陵人，五季徙袁，又徙吉之吉水，里曰蘭溪。曾大父君彦，隱不肯仕。大父光遠，補將仕郎。至父敏恭，始自奮發，有志於當世。會外舅匠監丞歐陽珣使虜死焉，無子，朝廷官其壻。三遷知興安縣，以宣教郎致其仕。

東老結髮不好弄，不妄言笑。入小學，日誦數千言。少長，發藻蔚甚。是時今尚書焕章閣學士艮齋每課諸生，所肄業未嘗不首東老，且謂興安曰：「是將亢而宗。」年甫踰冠，亟薦于鄉，侍興安往官下。興安卒，東老自桂林徒跣護喪以歸，間關數千里，毁瘠立骨，見者爲泣。奉繼母彭夫人，拊二第四妹尚丱，允孝允仁，族黨州閭稱焉。築文友、詠歸二堂，旁招明師，躬率二弟與其子問業焉。父子兄弟，講畫醲郁，誦音弦聲，洋洋如也。以故弟雩雖蚤世，已嶄然露頭角，需亦再薦名。天朝荐行錫類之典，母夫人以東老兄弟得封，寵錫便蕃，珈翟焜燿，歲時奉觴爲壽，率子弟拜堂下，孝友怡愉，叶氣靄然。

東老自少馳俊聲，人謂一第不足慁也。晚乃試集英得仕，非東老雅意也。予與艮齋先生皆勉之曰：「官無小，政無不可爲。君臣之義，廢之可乎？」則相與剡章薦諸朝。調德慶府端溪縣主簿，單車之官。會郡博士闕，府選東老攝焉。諸生望其容貌，聽其議論，起敬起畏，得所矜式。秋大比，士子譁，訟某官墨不可監試者，復選東老攝通判州事，往董之。入鏁闈，語考官曰：「諸君毋陋南州，異時張曲江、余襄公皆一代人物之英，願留意，勿草草。」既揭牓，士稱得人。

鍾官冶金之課屢殿，使者病之，符東老行諸郡督其滯。還至章貢，遇侍郎趙公彥操經略番禺，一見懽甚，曰：「南海事叢，吾憊，其孰助我？子其與我偕開府。」亟以户曹掾辟東老。東老爲盡力，補弊剸繁，一府嘉賴。鹽使者歲責羡金，每若干鎰謂之一綱，積綱至三，未得所宜畀，謂東老廉且才，俾盡護以歸水衡。東老辭不能，使者曰：「吾求其人久矣，微君莫可。」東老不得已遂行。至贛屬疾，卧舟中，其子克己遡洄及之於西昌，則東老病矣。然一見其子，獨問母夫人安否，語訖而逝，時紹熙四年十月十日也，得年五十有八。

東老風誼甚高，有以患難空乏告者，不以有無爲解，可賙賙之，久假不庚不問。性不好麗羞服，取給未嘗過制，至奉先事親則否。治家始若不肅，終而不弛。友朋至，隨所有治具，爵不踰五，客主不及亂。罷則談經説理，商略終古，紙窻竹屋，風雪蕭然，寒爐青燈，相對終夕，人人自以爲得所欲也。所居面玉笥諸峰，多晉梁隱君子之蹟，嘗暇日杖屨往遊，每有誅茅山側之興，因自號群玉隱居。

言語文章，自出機軸，無一語襲前作。尤喜爲詩，平淡簡古，深得陳、黄句法。凡悲歡憂樂，登高懷遠，覽古行役，一切寓之於詩。得若干篇，并雜文凡若干卷，目曰《群玉集》。又於書字畫遒勁，人比虞、褚云。藏書數萬卷，又得歐陽氏故書數千卷，閣以庋之，終日徜徉其間，雖陰陽卜筮、天官地理、浮屠老子之説，無不綜貫。人有問者，隨扣隨應，時輩見謂殫洽。

配毛氏，同邑貢士顥士之女，先東老二十三年卒。四男子：克己、克允、克寬、克家，皆嗜學。克己、克寬嘗預秋薦。二女：長適朝散郎、荆湖南路安撫司幹辦公事陳夢材之子東，次在室。孫男女二人，尚幼。諸孤厝東老於仁壽鄉佛塔岡之原，將以十二月己未塴。克己持陳君夢材之狀來見，拜且哭曰：「先君子辱先生與游，先生不銘之，孰銘之？」銘曰：

近世勃興，蘭溪之曾，蘭玉盈庭。四士收科，東老則那，暨仕而皤。二士舒英，曲臺承明，東老伶俜。文行可傳，詩可管弦，人後己前。其生不昌，其死不亡，東老何傷？

臨賀太守簡公墓誌銘

公諱世傑，字伯俊，姓簡氏。其上世遠矣，周有大夫師父，漢有昭德將軍雍。至公之先，自建業徙豫章，今爲進賢人。曾祖真，祖英，世有隱德。考喬，累贈朝請郎。妣安人宋氏。

公自幼穎異，讀書略章句，要爲有用之學。隆興癸未第進士，授左迪功郎、辰州録事參軍。丁父憂，服除，調静江府司理參軍。有兄弟殺人者，吏當以重比，且連坐。公閲其實，弟初不與謀，卒以讞奏。外邑以盜上府凡六七輩，府以屬公。公物色非是，出之，後果獲真盜。時參知政事范公成大爲帥，將重劾邑令而請賞公，公力辭。范公薦公治獄詳明，有詔記公於中書載籍。

淳熙初元，范公徙鎮全蜀，辟署公爲四川制置司准備差遣。蜀自中興以來，置帥尤重，于時頻易帥。西南夷寇邊，前帥坐免，至是邊防機事，范公專以委公。公悉心贊贊，夙夜不懈。所辟客惟公一人，相倚如肺腑。邊備稍飭，則考論四蜀利害，次第興除。其大者如對減折估歲五十萬緡，罷關外四州之和糴以蘇民力，實自公白發其端，蜀人大和。異時士大夫有謁於制司者，不得則讟幕府，故僚屬往往怵於權利。公廉己和物，援寒畯，通下情，事有未安，必盡言不阿，范公虛心以聽。尚書鄭公丙手書貽公云：「聞蜀士翹楚，皆爲范公得，可謂『自吾有回，門人益親』。」

范公召還，薦公於上前，乞不次擢用。上方留意吏治，以公新改秩，詔中書除知鄂州蒲圻縣。當承平時，賦入甚夥，今視舊十不能一，且經界不正，徭役失平，以作業若干訾民，民皆竄易名數，吏手得以上下。公下令覈欺隱，第甲乙，爲書藏之，有司至今利焉。頻歲洊饑，振廩勸分，境無流莩。諸使者列公治行以聞，有詔秩滿詣中書察廉。

丁母憂，服除，通判靖州。靖深入五溪，環以夷獠，王民土爬山耕，荒傖相望。而官賦無定式，錢曰經總制者歲五十萬，其出無從，往往虐侵巧奪，以啓蠻心。乃尼穿漏，檢贏餘，相爲補除，削其苛政。蠻官林順才者，要結五砦，坎用牲於夷鬼，將有異志。公諜知之，亟白郡守，遣腹心諭以禍福，莫徭聽命。有羅鬼蠻者，開山通道，以馬市爲名，包藏不測，符公經紀其事。公躬涉險阻，創立砦栅，折其姦萌，邊以無事。於是丞相趙衛公與諸使者以公才能列於朝，除權知賀州。入見，紹熙新天子因問公：「往在制幙，成都榷酤之課近年益殿，何也？」公對以：「昔趙開籠䤖麴酒之利以佐軍興，因此猶張弓也，今數十年不弛，民其有不困乎？比年西蜀歲豐物賤而民愈貧，養生之須有急於酒者，課之殿也則宜。」上深然之。

元年冬，公始至郡，首修孔子廟及郡學。民知公意在教化，相率服從。嶺外自鹽筴數更，復用官自鬻之法，民以爲病。公一切罷之，乃痛自酌損，必由身始，齋厨不炊，賓筵生塵，佐吏服其清苦云。諸使者疏一道郡守之課，以公爲第一，書聞而公已疾，以紹熙三年十月十有七日致其事。未幾卒，享年六十有六，州民罷市巷哭。積官爲朝請郎，假服三品。娶帥氏，靖安貢士亢之女，封安人。子男三人：約、綸、紳，約、紳先亡。女六人：二女早夭，次適進士吕仲良，次適進武校尉、新監涔陽鎮酒務葉洪，幼許嫁進士葉沂。孫男二人：❶廉、度。孫女四人。

公風度凝遠，不形喜愠，其學問通古今，其議論守大體，其好善出天性。自試進士爲范公所識拔，因是游公之門。及在廣、蜀，再爲其屬，主賓相懽，金石不愉。及范公退歸，公亦婆娑于外。范公所薦蜀士數十人，公爲之首。同薦輩流有至執政者，公了無羡心。當路諸公有欲鈎致，竟謝不往。

初，公宦粤、蜀，皆單車之官，妻子不至官寺。暮年，安人及其子始偕往臨賀。更未盡，安人先歸，聞公赴，悲傷感疾而殁。綸將以明年二月甲申奉公及安人之柩合葬于靖安縣長安鄉石馬岡。予與公雅素且厚，綸以公壻眉山吕仲良之狀來請銘，❷則哭而銘之曰：

范公帥蜀，載萬隻玉，歸獻黄屋。大者鈞樞，小猶伏蒲，剌天魚魚。上客伯俊，而馬不進，卒老于郡。我能非賢，我否非天，毋悼下泉。

❶「孫」，原脱，今據文義補。
❷「良」，原作「艮」，今據上文改。

夫人鄒氏墓誌銘

夫人鄒氏，世居臨江軍新淦縣。曾祖復，祖昌齡，父敦禮。昌齡字永年，大觀間登進士第，終建昌士曹。敦禮字和仲，紹興初乙科登第，仕至通直郎、贛州節度推官。

鄒氏世儒，而士曹教子尤篤，嘗仕於衡，因家焉。故通直兩以貢士冠于衡，又以類省試冠湖南，娶衡人都曹谷氏之女。谷夫人適鄒氏，兩族薦紳文學相高，禮法相礪，故諸女日閑訓誨。夫人有女德，通直尤愛之，每曰：「吾此女不妄與人。」紹興丙子，朝廷行鄉飲酒禮，縣尹黄君鉞與人士約，試畢而後行禮。於是曾君德賢以《書》一經就試，黄君喜其文。及行禮，通直攝僎介事，黄君出德賢文卷示之，且於行禮間覘其人物，儀矩秀茂。通直一見傾蓋，遂許以夫人歸之。

夫人歸曾氏，時德賢之大父仲平年七十餘，方康强，好歡樂，其子慶美、慶善日娱侍左右。夫人於娣姒間序爲下陳，凡膳羞牢醴，頃刻而辦，仲平得優游。晚歲與親賓相娱悦，雖其家之肥，亦夫人先意承志之助。仲平既終，而慶善夫婦亦老矣。夫人下氣怡色，昏定晨省，奉醴以進，必極其旨；奉饌以進，必極其豐。退又探其所嗜，羅列而進。慶善尤喜賓客，每與客燕集，必卜其夜，式歌且舞，曼衍畢陳，以極賓歡，彌日乃罷。其蔬果腶脩，山膚海錯，何珍不致，徹已不進，慶善每喜。其後春秋益高，牙車豁摇，宰夫烹熬，皆不合意。至夫人刀匕所供，每事必嘗，曰：「有婦如此，吾無飢矣。」

方其時，慶善二女將及笄，其長子德元適早世，孤女三人俱幼。慶善夫婦既愛其女，擇對惟艱，又憂其孫之無歸。夫人於侍膳間必寬其意，願以身任，至五女者言動視聽、織紝纂組，必手擕面命，俾如《内則》之禮。慶善視女若孫，婉娩聽從，嘆曰：「微吾婦之賢，疇克爾？」厥後以其長適臨武令、奉議郎蔣君昂，其次適静江府觀察支使、文林郎洪君光謙，諸孫亦各擇良匹而嫁之。其橐中裝皆夫人協力營之，加隆乃已。蔣、洪二君既没，則又勸德賢收卹其孤。

淳熙乙巳，慶善夫婦與德賢兄嫂相繼而逝。德賢治喪，哀毁不支，夫人晝夜哭臨，總齊内外。及至葬，車轍填門，夫人戮力應接，終日忘食，由是感疾。紹熙辛亥，畢幼子趙氏姻。趙氏尤爲夫人所愛，入門未幾而卒。夫人益哀，由是疾篤，以是年十二月二十日終于正寢，享年五十有五。子男二人：千能、千齡。女五人：長適從政郎、新州新興縣令李昌齡，次適迪功郎、建昌軍司户參軍胡卿月，餘在室。

夫人生於儒家，甚德而度，禮無違者。敬事尊章，爲諸姒率，同室千指，俱無間言。下而媵僕，撫柔慈惠，各適其意。方德賢少之時，篤志問學，求師結友，夫人經紀家事，井井不紊。逮子之長，訓誨尤力，好學之士，願與子游者悉招延之，故其子學以成。每母子尊俎談笑間，時以班姬《女誡》及古今《列女傳》反覆評論，聽者忘倦，鄉里之爲婦爲女者，是則是式。

其孤以今年某月某日歸夫人之柩於同鄉西江之石蘭原。前期，千齡以迪功郎、新廣州增城縣主簿劉汝明之狀來請銘於予。予與和仲居則鄰郡，官嘗同寮。和仲，江西詩人也，夫人當能詩，而未聞者，何也？銘曰：

伯喈之子，封胡之娣。林下之風，閨中之懿。婦德婦言，彤管有煒。豈無《胡笳》之辭？應有柳絮之詩。胡不傳兮？應見其二子而問之。

安人王氏墓誌銘

安人王氏，慶人也，贈少保茂之曾孫，樞密副使、資政殿學士贈太子少師庶之孫，知歸州之道之女，朝請大夫、直祕閣張公允蹈之介婦，朝奉郎、新通判隆興軍府事奭之妻也。奭字叔保，叔保當靖康初，侍直閣公崎嶇兵間，自亳社南來，居廬陵，今再世矣。

安人自幼警悟，德性敏淑，樞使尤所鍾愛，遴擇名閥良對，年十七歸張氏。時直閣公猶未脱吏部選，賦禄甚薄，兒女在髫齓者數人，尤重義好客，有無盡費。安人不逮事姑，歸先長姒，閨閫之政，一出經理。仰盡婦禮，俯育諸幼，益斥簪珥，以葺生理。初年堇堇，今則裕如，穉者壯，壯者娟，聘不汰，裝不褊。粤自設帨，首造祭器，祭日必躬滌濯，必致豐潔，如是者終其身。年既莫止，子婦滿前，不以屬也。

張氏有遠屬三女落南，直閣公歸而字之。未及適人，公已捐館，安人力贊叔保擇可妻者，費皆己出不靳。叔保異居從弟兩孤女貧不能嫁，安人尤不忘，俱有歸。己有孤姪，則納爲仲子婦。仁及中表，舉族親間，範焉楷焉。叔保莅官，所至有聲，亦惟内助寔賢，不以秋毫家事爲官事累。延師儒以淑其子弟尤篤。平時自奉苦淡，不妄費一錢，至賙人急難，欣然傾倒。遇妾媵不可犯，而無小大皆懷其恩紀。

先是，柄臣當國，樞使公以異議退居江之德安，薨。子之奇兄弟爲其下所告，時直閣公爲邑長，爲白其誣。再告于朝，直閣公坐殿課。之奇謫嶺表，道廬陵，謝直閣公曰：「一日見天日，誓不忘。」後之奇僉書樞密院事，有舉前恩賀叔保者，安人獨曰：「此古人所絶口者。」報亦不及。《語》、《孟》、《詩》、《史》，皆蚤歲成誦。每與家人語，輒訓以古義。

初封孺人，再封安人。五子：履、賁、隨、臨、觀。孫男三人，孫女七人。屬纊無他語，惟勉諸子以學，且深念叔保執當爲舉案者。寔紹熙三年五月二日也，得年六十有一。里之人見者蠹，聞者惻，至出涕曰：「安人之賢，而止於斯！」卜以九月十三日葬于廬陵縣高澤鄉永和鎮新莊之原。將辟，叔保以其女弟之夫監察御史曾公三復所狀安人之行來請銘。銘曰：

外家方屯，焘以捐身，尊者之仁。外家復亨，不嚏于庚，親者其宏。北客南翔，家孰其昌，今稱曰張。非鸞幬依，非曜幬齊，不偕其耆。

誠齋集卷第一百三十一

廬陵楊万里廷秀

墓誌銘

太孺人劉氏墓誌銘

吾州鄉貢進士胡籛，與其弟太學待補生問，自瑶環瑜珥衣文褓時，已嬰陟岵之戚。惟胡氏有西昌黄潭之胡，有廬陵值夏之胡。籛之先諱衍，第慶曆十一年進士，❶官至朝奉大夫者，黄潭之胡也。近世澹庵先生資政殿學士忠簡公，值夏之胡也。二族同源而異委，皆爲吾州名族，而籛、問以侲子而孤。人謂是家其不競矣夫，則有賢母，以母之鞠，兼父之訓，倒橐胠篋，一簪不留，盡用以招聘一郡之明師，遠方之良朋，以儒其二子。

二子少長，雋聲四馳，文學韡如。淳熙十年，籛貢詣太常，問亦婁中待試太學生員。明年，壽聖皇太后

❶《全宋文》校記：「慶曆無十一年，此當有誤。」按：《（嘉靖）江西通志》卷二六載胡衍爲慶曆六年丙戌賈黯榜進士。

聖壽郅隆，天子率百官奉玉巵上千萬歲壽。上自公卿大夫，下逮士之嘗與計偕者，其父母皆行封有差，於是籛之母錫紫告象軸，封太孺人。又三年，光堯大上皇慶壽湛恩，加賜冠帔，於是里之人喈曰：「微此母，孰才是子？微此子，孰祉是母？」二子乃取綸言「子與賓興，身逢休慶」之詞，作堂奉親，扁以「逢慶」。艮齋尚書謝公特書以記其事，乘成先生監丞周公大書以揭其扁，少傅、大觀文、左丞相益國周公賦詩以侈其榮，一時名勝，和者山則。歲時二子及婦若孫，百拜於庭，升堂上壽，芝蘭相輝，俎壺即敘。太孺人朱顔鶴髮，正坐舉觴，觀者艷焉。一日，御板輿，升輕軒，盛服往外家，留連竟日，與諸戚屬款語，特異平時，周諄若遠別者。暮歸，又與婦子談外家事甚悉。詰朝夙興，盥漱冠衣危坐，忽若得疾，人無覺者。問家人子曰：「日將午否？」曰：「過午矣。」即奄然而逝，實慶元戊午十一月十九日也，享年八十有六。

太孺人姓劉氏，吉之太和人也。父諱獬，左奉議郎、通判德慶府。太孺人自幼柔惠警敏，父授以《孝經》、《論語》、《孟子》，一過能誦，略通大義，終身不忘。父愛之異諸女，擇對，得邑子胡著字慤仲，即以女焉。慤仲茹古績文，士友推表，於是胡氏、劉氏兩族皆以文儒相高，以詞鋒相摩，州閭敬焉。無禄慤仲蚤世，而太孺人迪子能家，自苗而實，將蘙而浡，君子以爲難。太孺人經理家政，有紀有條，于儉于勤，初約終豐，視前過之，無不及者。然天性急義，銖視貨寶，雍内睦外，宗附姻懷。孰兒而孤，我與室之；孰女而嫠，我與嫁之；孰寒孰飢，穀之絲之。晚好浮屠書，若有得者，常語家人子曰：「吾它日當無疾而逝。」已而果然。

二子四孫，長曰天麟，中待補太學生。四女孫，長適進士劉處愚，餘皆幼。後二年，其歲庚申，其月中呂，其日丙申，其縣吉水，其鄉中鵠，其原楊梅，太孺人葬焉。先是，籛與問以奉直大夫、廣南東路轉運判官黄公夏之狀來謁銘。銘曰：

天孫雲機，織錦爲詞，如綸如絲。桂棟蘭梁，荷蓋爲堂，龍炙玉漿。有軒斯魚，有綵斯裾，壽觴斯愉。胡松胡楸，言閟其丘，言千其秋。

節婦劉氏墓銘

予亡友安福西溪先生劉君彦純，育德丘園，遁光閟芬，孝友忠信，茂于家庭，藹于州里，聞于冕旒。淳熙聖人，駿發書詔，褒嘉幽潛，表厥門閭，用旌高蹈。先生既没，其名益尊，其善彌章，過其門而聞誦弦之聲，登其堂而薰雍睦之風，遇諸塗而遜行，臨乎財而遜得者，不問而知其爲先生家子弟也，然未足觀先生之化也。先生有女，生長見聞，餐義服仁，襲禮安詩。自毁齒時，不待姆訓，不繇師誨，有齊且淑。宗婦詠贊者，不問而知其爲先生女也，然未足觀先生之德也。

後數十年，則聞安福彭氏有節婦劉其姓者，予聞而驚異焉。一日，有客自彼來者，問以劉節婦者爲誰，曰：「同邑人士彭雲翼之妻，應時之母，而西溪先生之女也。」予曰：「其節何居？」曰：「劉之歸于雲翼也，春秋二十有三。至其嫠也，二十有六。其没也，一星終者五。始，其夫以苦學屬疾，授室三年，竟不起云。是時舅姑俱存而子未晬也，里之人曰：『夫亡疇依？子幼疇希？是能安其室而疇歸乎？』夫人聞之曰：『曾謂世無共姜，婦皆文君乎？舜何人也？予何人也？』則鬻簪珥以葬其夫，祝鬒髢以訓其子，潔蘭膳以奉其舅姑。至於吉蠲蘋蘩，經紀生業，不懈益勤，不約益豐。買書充棟，秩賓滿座，明師諒友，自遠雲集，子學日新，子譽日聞。於是周急施惠，拊生收死，族親表裏，咸被麻藾。至其自奉，荆釵葛製，嚼冰脱粟，蕭然一窶人子也。夫人一女子耳，而彭氏之烝嘗託焉，父母託焉，子孫託焉，而其身則四十年無儷而安焉，兹不謂節婦而謂之何哉？」

予於是毛髮盡竪，胸臆憤發，不覺起立而長太息曰：「伯夷家兒無奪席，后稷之孫無惰穡，非其性有乎爾，則亦習有乎爾。故不知西溪之德者，蓋亦無觀其人而觀其子弟，無觀其子弟而觀其女乎？可謂今之宋伯姬、陳孝婦也已。」

夫人一子，即應時也，秋闈三預，待試太學生員之選。一女，適進士羅日新。孫女一人，許嫁歐陽三傑。夫人没于慶元五年八月乙酉，葬以明年十月己酉，鄉曰慶雲，山曰潭北。先是，其孤應時以通直郎、新知隆興府武寧縣事歐陽俁之狀來請銘。予與西溪先生友且親，非予銘之而誰也？銘曰：

鳌哉二親，呱哉一嬰，夫也不存。嗟未亡人，言煢其身，而當其門。胡寧有旻？言遺之屯。烈彼松筠，外鑠霜冰，上貫月星。彭氏有祀，西溪有子，維節婦之韙。

陳養廉墓誌銘

天下有獨立之士乎？無也。蓋有之矣，我未之見也。若永豐陳生懋簡者，其庶矣乎？邑之里曰沙溪，故有六一先生祠堂，久而圮，圮而莫之葺，葺與不葺不校也。而生一日過之，若大戚焉，獨奮而葺之，新而大之。予聞而嘉之曰：「此庶幾所謂獨立之士也，非乎？」或曰：「此士之細也，奚嘉焉？」曰：「漢世《春秋》之學嘗尊《公羊》矣，又嘗尊《左氏》矣。時之所尊，勢之所歸也。歸乎彼必叛乎此，在彼無歸，在此無叛，其獨立之士也歟？陳生是已。」

生字養廉，懋簡其名也，世居吉之永豐。曾祖言，祖深，考略，俱不仕。養廉幼敏慧，意趣磊落。少長勵志問學，從試有司累無遇，則喟曰：「經不耕不得道，田不耕不得食，是可一廢乎？」每讀書小極，則取陶朱治生之書而考問焉。晝爾于田，宵爾于簡編，經史内飫，食貨外羨，卒擅一鄉士農之贏。然營以胼胝，亨以錙撮；積以豆區，施以庾釜。遭父喪，及葬，送車數十百兩。母夫人春秋高，養志養體，情文兼隆。食上必察所膳，食下必請所與，先意將迎，先事貯儲。擇地爽塏，築室廣深，凡數百楹。聚兄弟子姪，無得異居，無不合食。爾學於斯，爾稼於斯，宅里冲裕，親庭怡愉，鄉人儀之，罔蹈非義。其子自伯虎而下，競爽有令質，可才可儒，則擇明師以迪之，厚禮幣以資之，今皆有稱。復命伯虎築一精舍，不囂不塵，度書於間，其專其勤，艮齋先生謝公扁曰「立齋」以勖之云。

歲辛卯大侵，繡漕者流乘之蘊年，官勸之分，則上其估以浚民。養廉痛下其估，遠至旁郡異縣，咸賴以活。百里之内，疾者藥，死者藏，婚者不失時。緩急叩門，不以在亡爲辭，不以有無爲解。

養廉既一新六一先生之祠，大夫士翕然稱之。適新太守方侯崧卿下車聞之，馳書致禮，且諗瀧岡阡無恙否。亟出公布，屬邑尉陳元勳汛除焉，又請養廉贊之。養廉欣然曰：「吾志也。」即盡力佐費，屋廬垣墉，是葺是周，是堅是飾。工告成，而養廉以疾逝矣，蓋紹熙二年八月一日也，享年六十有五。

娶徐氏，先卒。八子：長伯虎也，次朔、大度、大明、大用、大中、大雅、大敏。二女：適進士徐少逸、鄉貢進士毛作賓。孫男十六人:❶無悔、僉、無僞、無莫、介、無咎、無勉、無伐、會、弇、無己、無競、無倦、無違、無惑。女四人,俱幼。其來年正月辛酉,諸孤葬養廉于邑之明德鄉沙溪里之塘原。予嘗以羅椿之請爲養廉記六一先生祠堂之役矣,今其孤又以迪功郎、新臨江軍清江縣主簿曾焕狀因予猶子壽森來請銘。銘曰:

道初一源,派百其川。自百而千,以燕伐燕。六一皇皇,仁義其相。金玉其章,與韓相望。祠之奚巍,莫祠奚卑。陳生其嘻,其梧其枝。有爲爲之,無爲不爲。陳生不知,知者其誰?

大恭人董氏墓誌銘

孝婦董氏,衢之西安人,贈奉直大夫劉公諱藴之妻,朝請大夫、司農少卿、總領淮西江東軍馬錢糧頴之母也。

初,皇姑某氏性嚴且急,里人以爲難事,惟夫人能得其懽心。姑被末疾,起居飲食,非人不動。夫人夙興問安否,退區處日用,復適姑所,掖以興,爲之衣服,率家人舁置便坐,理髮靧面,具藥餌,腼膳飲,節寒煖而進之,且代之手匕筯,間則虞侍左右,至夜寐始敢休息。抑搔苛癢,澡沐垢汙,罔弗躬者。每有肴核,必導其旨甘,密爲貯儲,問所欲而敬薦之,如是八年猶一日。叔姒,姑之猶子也,至前輒麾卻,曰:「大婦事我有和氣,無倦色,吾心安焉。」顧謂夫人:「汝盡孝,他日子孫必孝汝。」姑疾竟不起,其父母皆年耄無恙,每語夫

❶ 「十六」,下所列僅十五人,當有一誤。

人：「吾女不幸，久嬰沈痼，夫人事之孝，雖死吾無恨，恨無以報夫人，天必能爲我報之。」姑之弟兄來過，夫人出拜，輒引避，或不覺膝爲之屈，曰：「夫人事吾姊孝，莫能報，其敢辱尊禮以重吾過？」夫人無勤，願厚自愛，當必享後福。」姻族敬慕，鄉里稱願，教其女婦，必以夫人爲言。

夫人之先，好善樂施，鄉人以佛稱之。夫人生而家已貧，歸劉氏又貧，以冢婦任家政，艱難辛苦，有人所不堪者。烹餁滌濯，織紝紉縫，靡不親之。劉自五季居西安之潘村，世服田畝。奉直公始入小學，簞瓢不能自給，先進多憐而教之，或與之訓童蒙而受業焉。自是敎學于外，惟歲時歸覲其親，家事一不暇問蓋二十餘年，遂以賢能薦於鄉。上書天子，又免鄉薦，學成行尊，爲鄉國善士，後輩多師從之。奉直公所以能忘内顧之憂，得一意於學，既以美其身，又以淑其子，皆夫人之助也。

姑之没十年，少卿君甫冠，遂以進士起家。夫人享其養蓋三十有六年，累封至太恭人。晚歲益康寧，面有孺子色，步履啖啜如少壯。自少卿君入官中都，出使右輔、江淮，迎侍板輿，幾徧東南。居處膳服之奉，燕游登覽之勝，子婦孫曾扶床坐膝、朝夕笑語嬉戲之樂，皆人所難全者，人以夫人壽考安榮爲孝感之報。

夫人雖未嘗習知圖史，而天性敏悟，言行中於義。承賓祭，穆姻族，交鄉鄰，待奴隸，誠敬恩意，無不曲盡。事有是非，立語可決。人有善，爲之喜躍；不善，多面折之，有烈丈夫所不如者。自其貧時，或告之急，解衣推食惟恐後。少卿君仕有餘俸，率推以補不足，皆夫人之志也。姻族家事有疑，必於夫人謀之，可否斟酌，咸服其當。鄉鄰之至者，無老幼必請拜夫人，以得見言色爲喜幸。資勤儉，至老未嘗一日晏起。服新麗不常御，食多品不辨嘗，間輟以與僮御。人謂夫人以養福，夫人曰：「吾知不忘其初。」

少卿君不擇仕，宰壯縣，佐莫府，治賦調兵，備嘗險阻。後所歷多劇煩，夫人念其勞而勉其忠。在官下未嘗問外事，惟以寬刑罰、恤貧弱、成就寒晚爲訓。素少疾，一旦暴下，顧謂家人曰：「吾平生六腑堅壯，今若此，吾其死矣。」家人曉譬之，笑曰：「不然。」夜半啜粥，晨起飲湯，復小卧，奄然而逝，享年八十一。初，少卿君解褐爲溧陽簿，始奉重親至建業，仰斗食。洎夫人再至，視舊什百，甚自慰悦，乃終始于是。喪車東歸，幾二千里，皆少卿君舊所臨者。官吏迎弔相屬，人士耋老奔走塞塗，觀瞻嗟嘆，至於泣下，可謂五福備順、生榮死哀也已。

男三人：長即少卿君，次顥，次頎。女二人。孫男七人：長强學，迪功郎、新全州清湘縣主簿；次正學，迪功郎、潭州寧鄉縣主簿；次志學，次務學，餘未名。孫女五人，曾孫男女八人。其卒以紹熙三年六月十八日，少卿君卜以某年某月某日合葬于奉直公之兆，實其邑靖安縣濟川里蔣家塢云。將辟，遣一个走書二千里，以朝散大夫、權知惠州陸律狀來請銘于万里。万里與少卿君最故，且同官于金陵，雖未致升堂之拜，然嘗置生芻，送美櫝，銘其敢辭？銘曰：

宋有孝婦，有孝無古。有痡其姑，得婦不痡。指不挾匕，爾我之指。身不屈伸，爾我之身。三千朝夕，不懈彌力。姑瞑而神，請于帝旻。報以榮光，褕狄伊煌。報以耋壽，開秩伊九。報以子孫，是生名卿。天表此老，式是東土。爰碣其窆，俾夜作晨。

夫人張氏墓誌銘

予頃職在太史，當世之孝子慈孫不以予不能文，往往詭以銘，狀其先世鉅人長德之功行，用諗于後千年者。予欲拒，得而拒哉？如莆田大丞相魏國陳公、樞密權公、資政胡公，或以知己，或以師友，或以其孫子契好，皆欣然爲之落筆。既歸自江左，得臂痛之疾，且心罷於績文，囊研櫝筆，今數年矣。予亡友之子劉庭杞，一日犯風雪款予門，跽而請曰：「庭杞知先生以作文爲諱，然有士友廖執中自長沙走數百里以來屬庭杞，以其母夫人葴而未葬，非不葬，無以葬也。今天下名能文詞，不在誠齋先生乎？妣氏不得先生銘之，其何以葬？惟先生動心焉。」予曰：「諾。」今三年矣。丙辰八月望，庭杞再至，予迎勞之曰：「子不趣廖氏銘詩乎？」再拜曰：「幸甚。」則因其携至朝請郎、新通判袁州曾光祖之狀而序次焉。

夫人張氏，湘潭人也。祖大任，貢上舍，嘗注《春秋》，學子爭傳之。父曄，迪功郎，能傳業。夫人鬌而警敏，筓而婉嫕，授《孝經》、《女訓》於其祖，略通大義。攸縣人廖君主簿聞其淑問，以次子天經請昏。入門而娣姒咸喜，既饋而尊章胥慶。雞鳴盥漱，勤以先衆；著簪大布，儉以率下。每遇秋罷，必勉其君子以下粟之估，用活捐瘠，道無殣者。主簿既没，又勉其君子以悌于同産，貨不己豐，食不己獨，再閱一星，乃如一日。艮齋先生謝公嘗銘廖氏先阡，深啃其奕葉之雍睦云。

夫人尤喜教子，爲其子聘明師，徠益友，延名勝，賓客輳集，川至林立，講習洋洋。夫人嘗曰：「鬄鬒秣薦，❶實心慕之，陶嫗何人哉！」年五十一，終于紹熙辛亥孟冬之晦前一日，葳塗于來年之季秋，葬于乙卯二月五日，鄉曰清陽，里曰宣化，原曰曹衝。男女六人：執中、用中、致中，皆業進士有稱。用中爲季氏後云。女適成忠郎、監建昌軍廣昌縣酒税李希道、進士譚知言，季尚幼。銘曰：

彼儒者子，嬪于斯士。同德有煒，維詩及禮。詒爾子孫，無忝爾親。聿脩厥身，對于母勤。《詩》《禮》一卷，爾畬爾甽。匪懈爾蓑，用載爾稛。

夫人左氏墓銘

乾道戊子，亡友劉彥純嘗與予語州里儒家者流，其子孫能世其業者鮮焉，因及永新譚氏曰：「是儒其躬者四世矣。」未幾，譚君微仲以彥純書來，屬予記其一經之堂，又書其桂林精舍之扁。未幾，又識微仲之弟明仲於行在所之客舍，自是予與譚氏子弟還往。今年九月朔，予族弟奎來請曰：「微仲之季子鳳，能世微仲者也。其家無禄，以紹熙五年十二月某甲子喪其母，以今年十二月某甲子襄事，敬介奎以謁於兄，有明仲之狀在，願徼福於兄，乞銘以託不腐。」則序而銘諸。

夫人姓左氏，世爲吉之永新人。父時彥，紹熙間爲鄉里儒宗，晚以累舉得官，終於安遠丞，以奉議郎致

❶「秣」，原作「秼」，《世説新語》卷下《賢媛》載陶侃母湛氏「剉諸薦以爲馬草」待客事，今據改。

其仕。夫人之生，穎異絶群，奉議公奇之，每語所親曰：「欲爲是女擇對，未見可者。」其所親曰：「姑徐之。」是時邑里先進譚公致政朝奉諱某名能文詞，妙齡鄉賦薦名，既以累舉得官，不願仕，後學者從之游者，奉議公亦在焉。致政之子，長諱某，蚤策上第，終官朝奉郎。子景先即明仲，今爲朝散大夫、昌化軍。❶次諱觀復，觀復之長子諱吉先，微仲其字也。微仲嗜學，爲文下筆不休。奉議公見之，欣然曰：「是子非池中物，吾得佳壻矣。」遂以夫人歸之。

夫人之歸也，當致政朝奉公大耋康强，群從叢居，不啻千指。夫人平心以處，一無間言。朝奉公喜曰：「吾家得此孫婦，譚氏其昌乎？」夫人聞之，不矜不懈。事姑尹，晨夕側立無媠容，視姑顔色愉悦，夫人始喜，不然徐請曰：「得無有不可於意者？」姑見妯娌，必稱夫人之賢，常俾諸婦視以爲矜式。久之，朝奉公及舅姑相繼即世，夫人送終，無一不盡。時節烝嘗，必痛哭流涕，聞者惻楚。

夫人既荐履艱疚，覺生理寖微，謂微仲曰：「世有無職而食者乎？男職耕耘，女職組紃，弗耘弗紃，寒飢其臻。」於是傾橐倒篚，一簪不以着身，盡用以爲生。績麻條桑，以燭繼晷；脱粟菅蒯，以菲自奉。三年而成室廬，五年而闢菑畬，七年而倍其初，於是微仲得顓顓於文字間，延師儒，訓子弟，暇則從賓客投壺奕棊，釃酒賦詩，蕭然有出塵之想。諸子感父母之訓，相高以行，相先以學，相琢以文。州庠邑序，春秋課試，非兄以《詩經》首選，則弟以《書經》首選。夫人曰：「未也，有大於是者。」歲當上熟，穀價如土，夫人必贊微仲上

❶「昌」上，疑脱「知」字。

其估以斂之；及歲大侵，穀價如玉，夫人必贊微仲下其估以散之，邑人德之。微仲既没，夫人數從中表族親諏之曰：「今儒士中誰可爲子弟師？」或曰某人，又博諏之，僉曰然，夫人始命其子聘之。及至，其禮益加於前。

夫人天性寬裕，而理家肅嚴。諸婦事女紅，不夜分不得息。夫人坐堂上，夜聽諸子讀書，喜而不寐，或至申旦。既屬疾，猶語諸子曰：「汝等宜自强爲善，以纘乃祖、父之志。紹興乙卯大饑，汝大父與汝曾大父朝奉公爲粥以食餓者，所活甚衆。朝奉公糲食惡衣，坎瘞緡錢，將終以告汝父。汝父不省者三十年，一日出此錢以畀群從諸弟。小子識之，第力學，後豈無興者？」言終而逝，得年七十有六。

夫人男女各四人。長男鶚，志學勤家，先卒。次鴻鵠，好書，以氣節自許。次鵬，性慤而志大，爲文出儕輩右。早世無子，鳳以其次子卿月後焉。次鳳，至性孝悌，刻意學問，屬文盈編，才敏意新。長女適段昌冑，次適龍光朝，皆進士。次適訓武郎、新融州管界都巡檢使張安世，次適秉義郎、新監行在省倉上界張鎰。孫女八人，曾孫男三人，曾女孫八人。銘曰：

謂姥不齡，八秩其年。謂姥不昌，四葉其孫。謂姥不福，五者其全。中正之里，漢山之趾。姥宫於間，祚爾孫子。後以五鼎，其不源於此？

静庵居士曾君墓銘

艮齋先生尚書清江謝公未仕日，嘗假館於廬陵蘭溪曾氏之槐堂，授徒講學，一時俊秀自遠來學者，北自九江，南暨五嶺，西而三湘，東則二浙，鱗襲於堂下。詩禮之訓，仁義之實，誦弦之音，洋洋如也。後數十年，異材林立，列布朝野，或以學傳，或以行著，或以能稱，或以文炳者，多艮齋之門人弟子也，曾氏爲加多。其大者首出二史，兼官六卿，冠豸柏臺，拂芸道山；其次者乘別駕車，試治縣譜；其小者猶累舉補官，薦名太常也。惟静庵居士，其學得艮齋之源委，其人經艮齋之品題，遠之爲同業，邇之爲同宗，皆推之爲艮齋之高弟。乃韞玉而莫之與沽，種德而莫之與秋，有司不以薦揚，天子不聞幽仄，既左於人而邦弗獲其用，復畸於天而躬乃嬰其疾，兹命也耶？兹命也耶？

居士諱機，字伯虞，姓曾氏。其先金陵人，五季自宜春徙吉之吉水。祖光遠，將仕郎。父敏才，宣、政間游太學有聲，紹興間以秉義郎終官監虔州船場。君生而小異，幼而穎出，夙興呻佔，夜誦申旦，請飪忘嘗，請席忘牀。家人憐之，曰：「書誰之不讀，一何自苦如此？」竟不改。既冠，從謝公學。公語人曰：「静敏寡言，不事表襮，必是子也，興曾氏者。」既無遇于有司，則歎曰：「學，殖也。晝而弗殖，吾則我咎也；殖而弗稔，吾復誰咎哉？」既而又奮曰：「原夫之輩，豈學也乎？」自是不以《阿房》誦於人，浩然賦《招隱》之詩。所居正對玉笥諸峰，每弦琴觴酒，卧興揖之曰：「清風招我，明月呼我，諸峰友我，尚應接不暇，而暇問槐花之黄否乎？」築一室獨居之，揭曰「静庵」，監丞周公扁以二大字，而大丞相益國公銘之曰：「不出户庭，能定能應。」蓋惜其定應之兩能，而卷懷之無施也。

君於書無所不觀，於文既敏而工，於詩尤幽而淡。晚得末疾，安之若無，有來問者，笑答之曰：「大塊勞我以生，逸我以疾。」慶元庚申八月己亥，談笑而終，年六十有四。有詩文十卷，目曰《静庵猥藁》。

配妻氏，承務郎天任女也。二男，曰克定、克永，俱好學有文。克永嘗與計偕。一女，妻進士婁鞏。孫男曰暐、旼、曄、昉。三女。明年二月丙午，其孤葬君于縣之仁壽鄉歸仙里龍子岡之原。克永嘗以詩謁予，予讀之，驚曰：「是何黯然有後山之味。」至是，持通直郎、新知全州灌陽縣事王夢得之狀來請銘。予既善克永，又嘗記君之庵者，其何辭？銘曰：

幽哉若人，如淵斯衜，如璞斯珍，如衢斯堙。珍莫予售，堙莫予疚，維静乎守，維德乎楙。尚書之稱，丞相之銘，有鍠有聲，有妶其齡。

太宜人郎氏墓誌銘

慶元六年五月八日，小男幼輿歸自中都，因問昔同朝故人今在列者幾人，抑有未忘老朽者否。幼輿首出朝請大夫、太常少卿虞公書二札，其一問暄凉，訪生死，寄藥物；其一則曰：「儔不天，喪所恃，堋七年矣，而未有以焯諸幽，夙夜祗懼，無以詔孫子，稔將來，俾母德其埋，厥辜誰歸？託契不淺，言立而傳，微執事疇控焉？有朝散大夫、尚書吏部郎中林公湜之狀在。」某敬再拜，序而銘旃。

太宜人郎氏，寧國府寧國縣人。父侗，鄉先生也。太宜人生而静專，先生特異之，嘗曰：「此女類我，雖貧，不以妻凡子。」故朝散郎虞公璠，先生忘年友也，遂歸之。太宜人既自忘其外家之貧，朝散公亦自覺其婦德之富。君子謂郎先生善於擇壻，朝散公慶於宜家，兩族有煒，州里儀之。

太宜人事姑孝。姑嘗寢疾，適免乳，且哺子，且執事，于膳于藥，匪躬弗置，匪嘗弗進。姑見其勤，諭遣之曰：「汝自須人扶，吾小愈，毋久汝苦。」太宜人曰：「敬諾。」然終不斯須離也。既亡，春秋祭祀之日，雞初鳴，急起盥漱，滌豆籩，具牲酒，皆出其手。既秩既蠲，而家人有未知者，如是者終其身。朝散公每觀書至夜分而歸，太宜人逆之闌右，如大賓大客，肅雝莊栗。慈撫諸子，每見朝散公義方嚴甚，從容言曰：「兒誠嗜學，彼自彼勵，頻督過之，將無傷恩？」遇下以寬，有過失未嘗笞罵，又爲之開釋。一家之中，上無卞急，下無齎咨。

朝散公平日詩酒爲樂，客至，必取其車轄投井中，摽從者出之門外，禁毋得歌《驪駒》，於是卧尊罍，飛琖斝，投壺奕碁，賡酬詩句，大笑爲樂，不極驩不止。太宜人既不憚煩，且爲備先具，以待不時之須，是以朝散公益得以交天下名勝。至於家人燕集，絲竹間作，則獨凝然危坐，若不聞者，一坐肅然。平居似不能言，時發一語，理盡而氣和。每謂婦有長舌，維厲之階，多言祇以賈禍。

其子儔，自監察御史按刑湖南，孝宗皇帝以太宜人春秋高，改使浙東。四明闕守，復命兼攝。繡衣玉節，導迎板輿，翟茀朱幩，❶暉映行路。往來千巖十洲之間，每至登臨勝處，芝蘭詵詵，冠蓋欣欣，綵服後先，上千歲壽，士夫艷之。半歲，御史得郡九江，諸子恐動老人之念，不敢言。既而聞之，喜曰：「吾久矣動歸興，今得過家，天賜也。」既歸，會親戚諸姥之高年者，杯酒接歡，恩意周洽。家有名園，日涉其間。御史承迎母心，欲求爲祠官，以便色養，遽以疾捐館，紹熙三年九月二十四日也。臨絶湛然，享年八十五。

---

❶「幩」，原作「憤」，今據文義改。

太宜人生長儒素，歸大家，見其子冠豸爲部使者，又以高宗、慈福慶恩，三封至太宜人。人謂貧富異觀，貴賤易志，而自奉甚薄，自視甚卑，一毫不怵其心。御史嘗諗同院御史林公湜曰：「吾母雖當燕衎，未嘗不勉儔以名節，常懼無以稱塞。」人見御史立朝以直言見排，居外以振職左遷，皆韙御史，不知家有師也。晚耽釋氏書，風雨不渝，清晨未嘗茹葷，蓋五十年云。

諸孤以五年正月壬午祔于西山竇干朝散公之墓，從治命也。男五人：价、伸、儔、佃、倬。伸，迪功郎、新黄州黄陂縣主簿。倬，以鄉貢進士入大學，前卒。女四人，俱嫁士人，今惟季在。孫男六人：衜、衎、衢、衡、衛、術。衜，國子進士。衢，迪功郎、新鎮江府丹陽縣主簿。女九人。曾孫男六人：熹，餘未名。女一人。銘曰：

朝散造家，相維淑嬪。奉常蹇躬，匪師它人。奉常何師？萱堂老椿。帝曰此母，是生鯁臣。予狄汝服，予錦汝綸。若節春秋，壽觴其芬。九齡有開，言歸其真。有西者山，有巋者墳。雨葉而根，禔厥子孫。

誠齋集卷第一百三十二

廬陵楊万里廷秀

墓誌銘

贛縣主簿李仲承墓誌銘

予中男次公之婦翁李仲承主簿窀穸有日，其子仁羸然衰服來謁予，再拜，哭而請曰：「先君主簿，幼辱先生與之游，又辱與之婣，今且納石壤下，微先生孰與特書其蹟？有迪功郎、蘄州黄梅主簿羅君惟一所書之狀在，惟先生財哀之。」予哀而弔之，❶曰：「諾。」即發書觀之，其辭曰：

仲承諱槩，仲承字也，姓李氏。李故爲宦族，世有名人，其支派有仕至二千石者，獨仲承之曾祖兆、祖循皆潛德不耀。至其父通直郎次魚，薦詣太常得官，爲長沙酒正，歷桃源、金谿丞以卒，有田僅百畝，無贏儲。仲承少時起於貧，襟度軒豁，言貌矜莊，若貴公子，見者敬之，稱爲秀子弟。力學自奮，爲文抽軋氣力，磨濯肝肺，務出奇，不與人爲同。歲壬午，試鄉舉，其弟渠聯中。戊子，仲承復魁經。試禮部，發策論風俗之弊，

❶「哀而弔之曰」，原殘闕，今據四部叢刊本補。

謂：「天下之患莫大於上作而下不應，尤莫大於下不應而上輒止。」雜引經傳，指據明切，而主之以《孟子》禮、忠、仁三自反之説。同試者異之，口傳以熟。榜既揭，不中，又相傳稱屈。印山羅君价卿、宗卿、月橋丁君無競故與仲承爲友，又同試。三君與選而仲承不第，然不敢以得失相重輕，咸遜仲承頭角，身遁而聲昌，翕然敬其爲名進士。

仲承既不偶，漸不喜爲文，務涵蓄，專爲己學，❶釀郁六經。❷以爲《語》、《孟》者，經之門也，爲之訓解成編，發摘聖祕，辭理淵澈。人士有蕭伯和者、王才臣者，與仲承之族子天麟者，皆一時之俊，而往來質辨，以仲承爲宗，推爲鄉先生云。

仲承持身謹，處家儉，教授鄉里，以淑諸人。束脩之入，亦量而後受，苟未憤悱者，必却之曰：「此無功之禄也，義不素飡焉。」事繼母，有異母弟，人不能間言。凡三娶，子男皆前二娶謝氏所生，今夫人陳氏獨無所生。仲承以身淑之，閨門雍如，無戚踈意，可謂有德君子矣。

仲承自少而壯，名聲日張。不惟仲承有以自期，而人亦以澤世望仲承。至晚無遇，仲承若無意矣，而望仲承者猶前日也，然卒齟齬。淳熙丁未，始以累舉試集英，初調武岡軍武岡縣主簿。丁母劉氏大孺人憂，再調贛州贛縣主簿。贛守侍郎黄公艾、憲使大卿俞公澂咸敬重焉。發政論人物，皆取平於仲承，稱爲先生，不

❶「專」，原殘闕，今據四部叢刊本補。
❷「釀」，原殘闕，今據四部叢刊本補。

以屬史視之。仲承之所挾，纔小用之若此，終官來歸，浩然林下，又未遂其樂而死，人以是尤惜焉。

仲承善與人交，鄉里名流、縉紳賢大夫咸尚友之。大卿楊公獬尹吉水，以書幣迎致縣齋，使其子受學，而身自友之。退而詢政，仲承推心不隱。嘗自家趨邑，夜止逆旅，耳屬于壁，得二人談劉某之冤甚悉。仲承詰朝以告尹，尹曰：「此重獄也。」詰之，果得其情，劉得釋，且全其家。然仲承不言，而劉莫之知。仲承於義所當言，不愛力類如此。

得年六十八，實慶元庚申七月十四日終。三子：仁、伋、僑，僑先卒。女三人：長適承務郎、監衡州安仁縣税楊次公，次適免解進士羅子介，次適鄉貢進士孔伯元。孫男二人：執中、用中。女八人。將以某年某月某日葬于某所，羅君之狀云爾。羅君亦予友且親，其所書仲承之行，其事核，其辭公。銘曰：

謏學吃吃，指堿爲室。君詣理窟，刮見經骨。身亨位窒，功屯言蔚。厥聞有崒，千祀一日。

李商霖墓誌銘

淳熙閼逢執徐歲，月集星紀，既生霸之三日，逢腋學子數十百輩，大會而慟于南昌縣嵩安鄉榻岡之野。東西行者皆不得行，且小觀之，亦爲之惻楚，則諏其居人曰：「是何物大人之堋，一何送者如雨、傢者如父也？」曰：「近故竹林先生，李其姓，商霖其字也。送而傢者，其弟子員也。」「先生隱者歟？」曰：「否。先生墨兵之與居，客卿之與娱。上泝巢燧，下沿劉李。魯壁之庾，汲壄之裒。鳥跡之茫，稗説之荒。立天立人，義陽仁陰。疇得疇失，疇理疇忽。心櫝榦根，手攬匯源。姟春兆秋，千徵萬幽，❶繅之若抽。玉鳴金舂，彌撞彌洪，有答罔窮。厥志孔武，斡今以古，逝將虙堯后皇，黃虞我甿，挈世之漓，于雍于熙，竟不其逢。韞襲于于，百一其試，其就豈細哉？先生隱乎哉？」「然則先生仕者歟？」曰：「否。先生竹君之與處，儀狄之與語。節者處之，凋者去之。聖者語之，賢者吐之。得意二子，死友不死。君唱余賡，狄哦余唫。陵武五詞，柏梁七之。建安熠起，義熙孤峙。甫白坡谷，霆辟電蹙。東籬之馨，西洛之英。魄淵秋明，凌陰夏清。柳嘒晚咽，❷谷嚶晨發。崖溜寒骨，瀣濤沃日。楚客雌風，燕俠白虹。于句于聯，大翫厥篇。有癖于此，曷睨于彼哉？先生仕乎哉？」

後九年，客有過我者，爲余道之。余憑烏皮几而耳之，蓋一語九太息也。未幾，先生之子從政郎、新武岡令君恕己，自豐城犯隆暑走五百里，謁余於廬陵南溪之北涯，再拜者再，伏而哭，哭而起，袖出文書二通，跽而請曰：「此吾兄朝奉郎、成州史君脩己之書詞與先君竹林先生之行狀也。先君即世，既窆，距今十有八祀，而宿草拱木，寂寂無紀，惟先生罔靳其勤，特書以焯諸幽，不寧惟諸孤如天之福，抑先君而尚有知也，欣欣其樂康哉！」語畢，又再拜者再。余敬答拜曰：「諾。」

先生諱晞説，商霖字也，世家豐城。冠而孤，事母夫人黃盡孝。當是時，兵荒荐仍，生業婁空。于耜帶

❶「徵」，疑當作「微」。

❷「嘒」，原殘闕，今據四部叢刊本補。

經，負米致養。嘗藥侍疾，無愛體膚。執喪哀疚，有人所難。免喪十年，言及其親，必泣如始喪者。同産一弟，字之訓之，淑而才之，同室同爨逾三十年。湫隘離居，則與之市腴田，築善室，盡遜先業，身不著一簪云。三試禮部無遇，退歸竹林，先生後以子追秩奉議郎。曾祖仲元，祖安常，父倬，皆不仕。妻黄，贈安人。四子：脩己、虚己、勝己、恕己。伯季第進士，仲叔未仕。三女：適人士黄應、何端仁、劉堯仁。孫男九人：義方、義章、義問、義和、義行、義榮、義隆、義端、義山。女八人。先生之没以堋歲之六月二十日，得年六十有一。銘曰：

若有人兮嵩之岡，衷寶璐兮握夜光，芰荷衣兮夫容裳。曠一世而莫我知兮，退將反余竹鄉。溘埃風余上征兮，晞余髮於扶桑。登閬風而倚閶闔兮，揭斗柄以酌天漿。曷不化鶴而來歸兮，獨令子孫之涕滂。

夫人劉氏墓銘

客有自安福來者曰：「邑之西林有孝子朱雲孫者，一日衰絰羸然，踵門而愬曰：『雲孫不天，有二痛極焉。吾父母幸而偕老，謂百其年，以撫我子孫，而母獨先即世，一痛極也。艮齋先生尚書謝公謂嘗言：「朱氏孝子事宜書汗青。」未及載筆於公之《孝史》，吾母無傳焉，二痛極也。雲孫竊聞之，誠齋楊先生嘗職太史，又嘗銘當世公卿名臣之功德言行。子，誠齋故人也，願徼福於子，爲我乞銘於先生，則吾母死而不死，雲孫與吾父不天而天也。』」

余曰：「雲孫奚而得孝子之稱？謝公奚而欲書朱氏之事？」客曰：「雲孫以母病革，血指書詞以禱焉，又剔股爲饔以進焉，翼日有瘳。它日復病革，其妻曰：『子殤尚新，妾也當進此饔。』翼日復瘳。它日父病疽，雲孫丙夜炳爇於臂，以禱于天，請以身代，翼日疽潰。里之士張鑑、彭維岳等四十有二人上其事于縣者至再，前縣令黄奭之、尉張椿年記之，後令趙師日序之，鄉大夫歐陽俣又詩之，謝公跋之，是以有孝子之稱，而謝公之跋謂宜書者也。」余即取謝公所述《孝史》與客閲之。剔股之事，由隋而上，未之前聞也。惟唐有三人焉，曰王友正，曰何澄粹，曰李興。謝公既書三人者以爲孝，則謂朱氏事宜書，豈不然哉？客曰：「柳子頌李興，而韓子絀鄠人，何也？」余曰：「皆是也。柳子恫其志，故頌之，以厲辞色；韓子坊其流，故絀之，以儆毁傷。」於是客袖出夫人行狀以請銘，蓋從政郎、提點坑冶鑄錢司幹辦公事陳章作也。

夫人劉氏，邑之谷口人也。自其穉齒，靖恭明淑。父文藴授以《孝經》、《内則》、劉向《列女傳》，一讀成誦。奇之，曰：「是不可以女凡子。」擇對，得朱君邦衡字正卿。歸事尊章，伈伈孝儆。勉正卿以學，閫内之政，囊篋細碎，米鹽靡密，夙宵盡瘁，秋豪不以累其夫。正卿招聘師友，市書充棟，以訓雲孫。夫人垂橐以佐其費，無小靳色。正卿嘗出，見道旁棄一女子，方晬，雍樹以歸。夫人鞠爲己子，既長嫁之。歲大侵，穀貴，必痛下其估，寒者衣，疚者藥，昬喪而匱者賙。酷嗜葱嶺書，祁寒隆暑，朝誦不懈。梵宫壞隤，傾家必葺。每語夫子曰：「積之涓流，散之皐丘，其富優優。」歲在丙辰除夕前二日，雲孫帥婦子雞鳴沃盥，秩初筵，潔犧象，楚籩豆，豐肴蔌，將百拜堂下，上二親千歲壽，夫人坐未安而逝，享年五十有九。一男，雲孫也。一女，適人士王大崧。孫男一人：定，未冠。爰謀窀穸，爰諏僂句，曰其歲壬戌，其月癸卯，其日甲申，其山上湖。銘曰：

不有斯母，不有斯子。子不愛體，母也痓只。其痓其延，考終厥年。母年有止，子心靡已。古求忠臣，不于而門。有九其旻，無籥其闇。

宋故彭遵道墓誌銘

一鄉之人能皆富乎？曰：否，有富必有貧。能皆貧乎？曰：否，有貧必有富。然則天之生斯人一何其均，而其賦斯人又何其不齊也？曰：不能。曷爲不能？曰：吾之於十指，吾能使之齊，則天之於萬人，天亦能使之齊矣。然則天之於人，其漠然無愛矣乎？曰：否。然則曷爲弗愛夫貧者而獨愛夫富者乎？曰：其愛貧者有甚於富者。奚其甚？曰：一家之中，有壯子焉，有弱子焉。父母之愛弱子有甚於壯子，故必以弱子屬之於壯子，天之於人也亦然。一鄉之中，有富者焉，有貧者焉。貧者，天之弱子也。惟其甚愛之，故必賦富者而屬之。賦一富者，所以屬十百貧者也。富者若曰：「吾自富也，彼自貧也。」坐觀貧者之凍餒，若觀凍蟻飢禽焉，其不負天之所屬乎？孟子曰：「一鄉之善士，斯友一鄉之善士。」能不負乎天之所屬，斯可謂一鄉之善士矣，斯中乎孟子可友之科矣。若吾州安福之士彭遵道者，其孟子所謂「一鄉之善士」者歟？其中孟子可友之科者歟？其吾所謂不負天之所屬者歟？

遵道諱懷，胸次恢踈，曠無邊幅，結交耐久，耻言人過。其事後母，人無間言，中表稱孝。同居從兄，不異同生，士友稱悌。通孔安國《尚書》，穿穴姚姒，跌宕盤誥，試文有司，一再無逢，喟曰：「言采其薇，獨不可樂吾飢；取彼狐狸，獨不可紉吾衣。」則山巾芰製，藜杖芒屩，奔命雲月，定交猿鶴，旁招勝流，觴咏談謔，窮追幽事，造極物外之樂，悠然不知日之將夕、夜之申旦也。至於教子追師，不遠千里，厚幣異禮，以聘以延。艮齋先生尚書謝公聞而悅之，命其書堂曰「經訓」，大書三字，揭之楣間。

遵道，學者也，非世之所謂富者也。然慈而哀貧，惠而勸分，富者所弗如也。每謂緩急人所有，俗子多藏，吾所唾去。故凡有扣者，必稱家贏縮，倒囊垂橐，無小靳色。人有凍餒，於我乎濟；人有札瘥，於我乎劑；人有窀穸，於我乎瘞。一鄉之民，愛之如親；四方之士，慕之如歸。吾所謂不負天之所屬，孟子之所謂一鄉之善士而可友，不在斯人，又將誰在？

嘉泰元祀八月乙巳，無疾而逝，享年五十有六。三祀十有一月壬辰，葬于安平之鄉，思塘之原。曾祖璿，祖儀，父大球，皆不仕。配劉氏。二子：尚德，蚤世；尚賓。孫一男二女。將窆，尚賓以迪功郎、新饒州餘干縣主簿羅子介之狀來乞銘。銘曰：

山暉虹升，中韜連城。川光夜發，下韞明月。老彭之扮，氣和以醇。何物不春？何人不欣？曷其而轃？其環曰遵。學環于身，惠環于人。穹隴其淑，維蘭維玉。馬鬣封之，過者其肅。

王同父墓誌銘

賢否烏乎定？曰：定于衆。曷爲定于衆？曰：今有人焉，一賢之與十賢之，孰賢？曰：一不若十。十賢之與百賢之，孰賢？曰：十不若百。然則賢否不定于衆而奚定乎？故孟子論用人之法，終於國人皆曰賢。夫豈不以衆乎哉？然則康章一康章也，國人稱其不孝，而孟子獨稱其孝；於陵一於陵也，國人皆信其廉，而孟子不信其廉。將奚從？曰：吾從孟子。然則國人衆乎？孟子衆乎？曰：國人寡矣，孟子衆也。獨不見《春秋傳》之論商周乎？商以兆人亡，周以十人興，而傳乃謂周能用衆。非人之衆也，善之衆也。然則一孟子不衆於國人乎哉？孔子曰：「論篤是與，君子者乎？」夫天下之議論，至君子然後爲篤論。是一君子之論已衆於天下之論矣，而況一國之論乎？今吾州之士有王同父者，衆君子之論合辭皆稱其賢，豈不又衆乎哉？同父之賢，於是乎論定矣。

同父諱異，同父其字，世居廬陵之桂溪。其先有諱懷者，生八子，長曰勳，次曰讚。讚者瀘溪先生之五世祖也，勳者同父之九世祖也。曾祖瑞，祖章，父度。祖與父再世薦名春官，皆有文名。同父未冠喪二親，發憤自樹立，耕學穫文，鑽礪追琢，至忘寢食。不數年貫綜經史，如月入牖，靡罅不照；操觚臨紙，如泉出山，所向淙然也。再試有司，連中待試太學弟子員之選。作樓百尋，儲書充棟，署曰「藝芳」，以敎諸子。紓於殖貨而棘於序賓，嗇於奉身而汰於濟物，莊於正家而寬於御下。每遇年飢，必發廩以活餓者；其或水毁，必方舟以拯溺者，斯非賢而能之乎？

於是乘成先生監丞周公賦詩稱之，有「朋儔會集」之辭，有「天葩奇芬」之辭；平園先生大丞相益國周公賦詩又稱之，有「清芬藹階庭」之辭，有「贖馥霑黨術」之辭；艮齋先生尚書謝公作記又稱之，有「君子長者」之辭，有「忠信孝弟」之辭。夫是三先生者，一人稱之，此已賢矣；三先生同稱之，此又賢也。一辭稱之，此已賢矣；特稱之，屢稱之，不一稱之，此又賢也。然則同父之賢，衆君子之論皆無異辭，其賢於是乎論定，其不然矣乎？

同父娶羅氏，祕書丞日宣之孫也。五男：謙中、養中、敏中，皆業進士有聲。時中、執中及一女皆幼。同父之卒，以嘉泰壬戌閏十二月十五日，年四十六。其葬以明年十一月某日，其墓在某鄉某原。將辟，謙中以迪功郎、潭州長沙主簿徐楚之狀來乞銘。銘曰：

附驥伊超，千里匪遥。附鳳伊飄，千仞匪高。猗歟同父，洵敏且晤。是綴是附，疇予敢侮。維三先生，焯彼日星。適觀厥評，適成厥名。維昔千駟，維死無紀。維爾同父，維死無死。

西和州陳史君墓誌銘

君諱公璟，師宋其字，陳其姓，新蔡人也，今居袁之宜春，胄出舜後嬀滿。朝奉郎、守司農少卿、贈銀青光禄大夫式者，其曾祖。朝請大夫、贈金紫光禄大夫之純者，其祖。朝請大夫、贈正議大夫升者，其考。贈碩人晁氏、贈宜人徐氏者，其妣也。君某氏出也，以父任歷鄂之蒲圻、韶之曲江主簿，澧州司理參軍。未赴，丁母憂。除喪，爲贛之會昌令，又爲静江府義寧令，以薦者改宣教郎、知筠州高安縣，通判德安府，知開州、西和州。未赴西和，請爲祠官，改主管建昌軍仙都觀。卒年六十四，終官朝散大夫。

君在蒲圻，適武昌軍壘增葺區廬，發諸縣屬役，它邑良擾，獨君所即工，取佛老之廢宫以爲材，僦市井之庸保以爲使，不日而成，卒乘交賀而田里罔覺。嘉魚缺令，諸部使者檄君攝之。邑之地卑，背江面湖，每歲桃華水生，環邑之境滙爲巨澤，亘數百里，三邑之民不可以稼。政和間，唐令築萬頃隄以郭之，隄潰四十年莫之能復。君率乃僚，行視故跡，荒度地埶，於是徙廣就陿，舍舊相新，距故隄三百舉武，因兩山之阸，搤外水之咽。發耕者七百人治之，勞賚勸相，勉以久利，董以大家，三旬而隄成，截若霽虹，隱若金城，連歲大穰，民厭魚稻。民歌之曰：「馮夷不仁兮，奄吾疇以爲湫。天惠陳侯兮，涸彼湫以爲疇。黄雲兮被野，后稷欣欣兮乘白雲而來下。一飯兮祝侯，與大椿兮相永乎春秋。」總領王公炎聞而薦之，後爲樞使，又薦之。

君在會昌，屬摘山之盗突入贛境，張甚。君首揭格外賞，募猛士，以蝥弧爲前鋒。盗退，太守侍郎陳公天麟表其績。以父憂去。義寧地雜蠻漢，崇山複嶺，商旅道斷，而官自鬻鹽，府散之縣，縣散之鄉。故事，皆强民售之。君爲設場，聽民自售，罔不呼舞。溪蠻間發，乘以大盗師旅之後，加以年飢，君專意撫字，民用昭蘇。蠻有吴其姓者，黠而勇，陰嘯群醜，時闖漢疆。君以策縛致麾下，諸酋出謝。君勞饗之，諭以忠孝，開以福慼，感悦而去，一境寧謐，帥劉焞、漕梁安世合章薦之。宜州蠻叛，帥王卿月招君議事，遣往攝守。君遜不敢當，而條上平蠻方略。卿月用之，蠻汔平定。高安茶租挈重，君痛節百費，以它賦之贏代民輸之，民力頓寬，政聲籍甚，冠冕一路。太守侍郎俞公澂首薦之，万里相繼假守，亦薦之。

君秩滿造朝，万里祗召繼至，復薦於朝，而君已詣銓曹，署德安郡丞矣。有旨理爲中書除命，時戎帥兼知德安，政用戎索，鷹擊毛摯，覘民細事，以神其明，道路以目。君每事盡規，横政小霽。復州缺守，諸部使者列于朝，請以君攝。凡五閲月，作水樓以代民兵之役，嚴邊備以激義勇之士，提舉尚書張公孝伯、漕使劉立義、提刑張垓交章薦之。辰蠻叛，帥樞使王公藺檄君議事，將辟爲真守。君復遜不敢當，而條上平蠻方略。君凡再辭辟郡，談者高之。

君至開州，治賦不擾而裕，聽訟不察而明，朞年而治，民氣和樂。迨暇，訪求唐刺史柳公綽、韋處厚之遺跡，而追和其詩句，峽中爭傳之。有嘉禾一莖九穗，生其境内，部使者表其事，以爲君之異政所致。制帥龍學尚書劉公德秀率茶使王某同薦之，給事程公叔達、中書舍人陳公居仁亦屢薦之，前後舉者二十餘人。既歸自蜀，意已倦飛，得請祠官，超然自得，悠然自放。迺築池館，迺蓺松竹，芳晨勝日，策杖孤往。詩狂酒聖，胥命同社。園翁溪友，所至爭席。往往登山臨水，吟風弄月，窮日之力，至夕忘返。嘉泰二年十一月朔，子孫方羅拜稱賀，君忽慨然曰：「吾其歸乎？」皆問曰：「翁既歸矣，又將焉歸？」君笑而不答。後五日，夙興焚香，立而逝云。

娶駱氏，賓王之裔也，封宜人，前一年卒。二子：元勳，從政郎、前道州軍事判官；元老，將仕郎，後君數月卒。四女：長適進士馮百藥，次適文林郎、泉州觀察推官孟尭，皆前卒；次許武德郎、贛州正將夏用中之子允德，次許進士易光廷之子。孫男二人：衎、衢，治命以納禄之澤奏補衢。孫女二人，俱幼。

君色粹氣温，表裏一如，可愛可親。至涖官謹度，遇事必爲，凛不可奪。然睦家庭，篤親故，上信誼，下勢利。聞人一善，若己有之。見人急難，若身逢焉。尤爲龍學尚書劉公所知。公帥長沙，道宜春，聞君之喪，親臨弔焉。哭之慟，襚之渥，撫存其孤，意惻惻也。元勳將襄君大事，以夫人駱氏祔焉。諏之玄夫，重告曰：「其歲癸亥，其月辛酉，其日丙申，茲謂良辰。縣曰宜春，鄉曰信義，里曰德成，原曰貂石，茲謂良窀。」迺走一騎，持李監嶽逢原所書官簿求請銘。銘曰：

世罔能吏，何以立我事？我事未立，我民已泣。世罔惠人，何以字我民？我民弗字，彼姦蒙仁。有煒陳君，罔臨不春。有惠之政，無惠之病。有能之能，無能之稱。謂無知己，薦累其紙。謂不逢時，手兩其麾。俾或克壽，可量厥就？未就而萎，何司爲斯？爲君問天，天且弗知。

宋故朝請郎賀州斛史君墓銘

賀州斛史君，諱僖，字公和，一字宗魯，其先河北胡氏。在太祖皇帝時，有勳臣曰興、曰概者，其祖也。在仁宗時，有爲永定陵官屬曰安石者，四世祖也。會丁謂、雷允恭擅移皇堂，安石懼，棄官，遁身變姓名曰斛某云。後家開封，今寓廬陵。曾大父道，故將仕郎。大父祥，累贈金紫光禄大夫。父繼善，故朝請大夫、知汀州，累贈中奉大夫。

君幼警敏好學，未冠能賦，試閩之鎖廳，薦名前列，後以父任，非其志。自右迪功郎用舉者改宣教郎，終官朝請郎，歷郴州郴縣主簿、邵州推官、臨江軍新淦縣丞、隆興府豐城縣令，知贛州興國縣，通判衡州。知賀州，未赴卒，年六十二，嘉泰二年八月十三日。惟新淦以母憂不赴。

初主郴簿，❶李金亂初定，加之年饑，溪蠻出掠，漢民震擾。太守擇官轉粟以振群蠻，莫敢行。君請行，郡中壯之。郡檄宜章令與俱，至則令已移病矣。君笑曰：「洞中真虎穴耶？」匹馬孤往，悉召酋長，諭以朝廷威德，太守慈惠，家詣人撫，賙之無遺。蠻衆感悦，相率送踰境。既歸，太守舉酒相勞曰：「非主簿孰了吾

❶「郴」，原殘闕，今據四部叢刊本補。

事！」是時孫公侍郎逢吉、吴公郎中鎰初仕於郴，與君同寮，俱稱重焉。在郴勾稽一年，其餘歲月，或攝邑事，或攝幕賓，或攝掾曹，並以才擇，人歎獨勞，君裕如也。

逮贊邵幕，民有兄弟以産訟者，閲七八有司，至是三十年。部使者以屬君，君决以文法之平，訓以骨肉之恩，相與感泣罷訟。里民輸租，異時有司受輸，往往虐取，利其赢以自入，民甚病之。及君，下不民漁，上不官朘，赢則歸之官，輸者懽呼，以爲創見。逮令豐城，乃豫章劇，鉓箭日四百紙。君卯出辰畢，老吏駴駴。退食再出，吏呼一人立庭下以試君，君顧曰：「此非晨來投牒者。」❶吏争曰：「即是矣。」詰之，非也，即杖吏。觀者如堵，皆稱神明。

居亡何，新連帥樞使王公藺至，幕府初開，凛然風生，諸邑震恐。公笑曰：「惟正人可與極言民瘼矣。」首條三事以告，如：「關市之征，有歲入之常，有庚逋之奇。逋者一，庚者十，病民一也。公使之帑，有紙估之布，有醯估之布，大府之僚又有圭田估之布。圭田者，其田半，其粟倍；其粟一，其估三。是數者皆徵於縣，縣將安出？出於吏耳。吏又將安出？出於民耳。夫以官戢吏，吏猶漁民；以官漁吏，吏不漁民乎？病民二也。經總之布，不及其初已三十年，積而爲逋鉅萬矣，不舉而蠲之，徒爲黠吏之外府耳，病民三也。」王公曰：「微君憂民，吾安聞此？」於是蠲征商之積逋，减經總之緡錢。光宗登極，詔議免諸郡無名賦以寬縣道。君白府，祈痛蠲月貢之布謂之月樁者，遂免十四。

❶「者」，原殘闕，今據汲本、庫本補。

邑地窪瀕江，恃隄爲安。異時一水，縣爲巨浸，民皆登屋，不炊死者十一。至是水復然，蓋甲子一周矣。父老以囊事告，皆泣。君曰：「我在此，若等毋恐。」君即循行隄上，躬負一土囊以苴罅漏。吏民争先趨之，惟東北隅隄壞莫敢往。君寢食隄上，夜漏二十刻，視隄不没者三寸。君默禱，且沈牲酒。有頃，水勢頓却，父老驩呼來賀。水既落，隄朽而陁，君丐諸帥漕，得錢三百萬，躬帥吏民，勸相板築，市木石，擇揵菑，增卑培薄，朞月之間，新隄告成，至今水不爲灾。

隆興繭絲之征曰和買者征之不均，君上帥書，請損益其政，使盡善可久，幕府沮之。後漕使鄭公汝諧變其法，與君合云。未幾，王公召登政地，樞使施公師點忽表薦君改秩，君驚曰：「吾與施公未嘗有一日雅。」蓋王公薦之。時鄭公汝諧爲祥刑使者，行部過邑，見囹空已喜，又見耆老士民數百人遮道請借留君。鄭曰：「若等應故事耶？」皆曰：「令之於民，若保赤子。」即表薦君改秩。

逮宰興國，時贛之十邑治賦印罰金，君盡罷之，一裁以法，宿姦讋伏，善良吐氣。助役之征，歛之過厚，民皆病之。君計出爲入，歲蠲緡錢數千。郡丐粟于朝，以惠諸邑，得二萬斛。吏鬻之，君不賕吏，興國獨寡。君發吏姦，乃均得之。盜入老子宫，殺守者。尉求盜不得，執平民掠笞誣服，君直其冤。祥刑使者趙公不遏聞之，以語大守，俱論薦之。

逮丞衡陽，郡有部使者二臺，與太守而三，君中立不倚，皆蒙其知。常平使者李公楫薦以所知，祥刑使者陸公世良薦以廉吏，吏部尚書劉公德秀薦以公正聰明。桂陽缺守，漕檄君攝之。郡小而窶，君痛省穡，去日有羨。郡介蠻洞，無城無兵，❶君募驍勇，繕干甲，訓技擊，軍聲載振，群蠻遠遁。漕使陳公研薦君可二千石，得臨賀。辭行，詔免見，令中書取君奏議以聞，一曰君德，二曰役法，其言端實可行，朝論嘉之。待次未上而君病矣，竟以不起，士夫嗟悼。

初，臨汀府君没，太恭人性嚴，奉迎之官，承顔養志，惟恐忤焉。及屬疾，嘗藥上食，不以妻妾。居親喪，以孝聞。兄弟二人，仲氏蚤世，君字其孤，訓迪迄成，仕有能稱。君性簡易，曠無畦畛。其居官也，吏憚其嚴，民樂其寬。愛惜公藏，甚於家産。坐曹聽訟，至忘寢食。遇事精明，終歸寬厚。性本冲素，不事華靡。暇則讀書，或鳴琴奕棊，雖家人子莫見喜怒。

初，太恭人將及月辰，臨汀府君假寐，夢一釋子曳杖及階，曰：「能仁寺僧也。」驚寤而君生。娶陶氏，朝請大夫堯夫之子；繼室董氏，朝散大夫昌裔之季，皆封安人。三子：述、蘧、逮。一女，適文林郎、監廣州都鹽曾宏父。孫男二人：聞禮、立禮。女一人。病且亟，語述、蘧曰：「吾官止外郎，澤不能徧汝。伯仲齒長矣，仕恐時過，盍以畀逮？」二子曰：「願遜逮。」來年八月壬寅，諸孤葬君于廬陵縣美化坊明月崗之原，以中散大夫、提舉亳州明道宫林公祖洽之狀來謁銘。銘曰：

士患不位，君夙乎仕。位患不才，君刃乎恢。才患不遇，君歘乎翥。我魚我書，我菟我符。一麾在手，千騎在廐。蓑弗困兮，弋弗鶉兮。齡弗椿兮，于嗟旻兮。

❶「無城無兵」至「吏憚其嚴」，原殘闕，今據庫本補。

劉隱君墓誌銘

出安福縣北門四十里所曰東江之劉者，儒家者流也。予所識者曰堯京，暨其子子柬、子方；曰立道、曰仲謙，暨其子希韓、希仁。蓋予與堯京父子同登瀘溪先生王公之門，而立道、仲謙又與予同僚於贛也。獨隱君季齡無一日雅，然亦聞其賢。予猶子壽森忽攜族弟夢信所狀季齡之行來求予銘，予驚啃曰：「季齡未老，何至於斯？」曰：「年五十有一。」「何時？」曰：「嘉泰壬戌二月五日。」嗟乎！予年七十有六，而閱諸劉在亡者四五世矣。信矣，人壽幾何也耶？則論次而筆之。

君諱庭老，季齡其字也。其先出漢長沙定王發，在唐曰景，居高安，徙東江。景十二世曰曼，於君爲曾大父。曰彦卓，於君爲大父。曰汪，於君爲考。此君之系世也。

安福之名儒，故桂陽縣丞歐陽彦文，今通直郎戴仲弼者，此君之外舅與母舅且師範也。其初從彦文、仲弼講習切磋，學進進而文增增，朝異而夕不同。每一文出，二公必稱焉，謂同學子皆當避君三舍。及買于有司，輒不讎。年四十即歸隱，曰：「此豈古人爲己之學耶？」署其堂曰「養浩」，尚書謝公爲書之，且記焉。杜門取故書讀之，源乎六藝，以鈎其沈；派乎諸子，以泝其流；泳乎遷固晉唐之史，以博其瀾厲；揭乎韓柳歐蘇之文，以演迤其畔崖，此君之文學也。

武經郎高某夫婦僑死于里中老子之宫，未葬。其子器之如武昌謁親故，又僑死于塗。器之有子尚幼，有女兄新寡無子，挈一孤女以依其弟，至是無所於歸。君葬其三喪，教育其子而廩其家，以族子娶其甥而迎其妻母。歲大侵，細民棄嬰兒於野數百，君爲粥以食之，至西成以歸其父母。二甿相仇，甲欲潛兵其乙，君呼來前，折其不直者，俾謝其直者，釋然解去。慶元五年秋，鄉鄰有山市曰雙田虚者，兩山墻立，一溪蛇行，其間居民數百家在焉。一日，天欲明，溪水涌出，傾一市往觀。未至，水已登岸，觀者反走入室，隨入室；又升樓，水至樓；又升屋，水至屋。未一瞬間，數百家者忽失所在，廬舍人畜蔽流而下。未午水涸，漂尸滿野，哭聲震天。君往拯之，載糗糧，具棺櫓，恤生瘞死，活者何數。此君之行誼也。

配歐陽氏，彦文女也。二子：紹元、紹雲，皆業文有稱。紹雲秋闈選充太學待試弟子員。二女，嫁進士張子華、彭逢辰。此君之家人也。鄉曰某鄉，原曰某原，山曰某山，此君之宅里也。其歲某甲子，其日某甲子，此君之堋時也。銘曰：

猗嗟季齡，洵惠且文。文不于其邦于其身，惠不于其民于其鄰。疇尼其伸，莫亨其屯？一豈其天？一豈其人？吁！

誠齋集卷第一百三十三

廬陵楊万里廷秀

歷官告詞

國子博士告詞乾道六年十月六日

中書舍人范成大行

敕左宣義郎、國子博士丘密等：奉常禮樂之司，成均教養之地，號爲博士，非若它官，正緊名儒，始稱清選。爾密行藝傑出，氣養以剛。爾万里詞華蔚然，思覃於古。俱以可大之業，際夫有爲之時。歲當郊禋，方欲刺六經而作王制；士樂絃誦，要能本三代以明人倫。各勉厥修，毋負所學。可依前件。

太常博士告詞乾道七年七月二十八日

中書舍人范成大行

敕左奉議郎、國子博士楊万里：六經之道同歸，禮樂之用爲急。故學官有博士員，而奉常亦設焉，皆所以訪論稽古而佐興人文也。爾湛思典籍，風操甚厲，繇儒林徙禮寺，職名不殊，柬擢之意則厚。高議顯相，以大厥官。可依前件。

太常丞告詞乾道八年九月七日

中書舍人林機行

敕左奉議郎、太常博士楊万里等：史而求野，以言其文勝；名爲聚訟，❶以言其說繁，此禮家所以爲難也。曲臺列屬，非博雅之士無取焉。爾等克應兹選，同升厥官，究爾所學，助吾著誠去僞之化，顧不美歟？可依前件。

將作少監告詞乾道九年四月二十八日

中書舍人王淮行

敕左奉議郎、守太常丞楊万里等：昔漢宣帝練群臣、核名實于時，技巧器械，自元、成間鮮及其精，於中興有助焉。朕以敦朴先天下，設監置貳，奉郊廟、嚴武備外，固無所事，必擇人而授者，蓋養資望以待用耳。惟爾万里，古學精深，嶷然多士之秀；爾元鼎，文才超邁，出於衆俊之表，肆膺並命，往司少事。辨其物之良窳，稽其工之衆寡，務爲稱職，朕將汝觀。可依前件。

廣東提舉告詞淳熙六年正月二十一日

中書舍人陳騤行

敕奉議郎、直徽猷閣、江東提刑丁時發等：昔大禹之敘九功，曰利用以阜財，厚生以養民，以是播之於

❶「聚」，原作「娶」，今據文義改。

歌，朕每惜其無傳也。後世斂取之無藝，適足以虧用；刑獄之不清，適足以傷生，頌聲奚由而作乎？今使者按臨諸道，慮或有此。爾時發，剛執而不回，宜將漕事於湖疆。爾憲，通決而不惑，宜將獄事於益道。爾佃，謀慮而必審，宜將漕事於益道。爾万里，端實而無欺，宜將庾事於廣部。夫蹈容容之習，固不能以奮事；作赫赫之聲，亦不能以濟功。各適厥中，斯協于選。可依前件。

廣東提刑告詞淳熙八年二月五日　中書舍人施師點行

敕朝請郎、廣東提刑王晐等：國家分道以置使，分使以建臺，鼎峙厥司，各領厥職，而通察列城官吏之臧否。廣之東爲州十數，朕常患其土地險遠而漕運難，民夷雜處而訟獄繁，常平或虧而茶鹽之利不登也。思欲選擇詳練政經之士，爲朕分理而振舉之。以爾晐質行廉肅，爾万里志識通敏，爾枅操尚清簡，皆以儒學之彥持節剖符，有聲于時。茲予同畀以三者之命，其往敬哉！使人咸謂朕不忘遠，而部刺史能得人如此，則予汝嘉。可依前件。

直祕閣告詞淳熙九年八月五日　中書舍人宇文价行

敕朝請郎、直祕閣、新福建路運副陳孺等：朕以閩廣之間，盜賊相翔，肆命執拘，以肅姦慝。爾等備禦惟謹，節制有方，坐令徒黨之禽夷，旋致民萌之安集。式推殊渥，以懋厥功。或陞寓直之華，或畀增秩之寵。往祗休命，益既乃心。可依前件。

吏部員外郎告詞

中書舍人王信行

敕朝奉郎、直祕閣、賜緋魚袋楊万里：朕虚郎選以待監司、郡守之高第者，又擇儒學之士爲之望。爾刻意耆古，外和内剛，發爲慈祥，動見稱述。三易麾節，民甚安之。擢冠星曹，以贊而長。往其謹法守，肅吏姦，用無愧清通之譽。可特授尚書吏部員外郎。

吏部郎中告詞淳熙十二年五月二十三日

中書舍人王信行

敕朝奉郎、尚書吏部員外郎、賜緋魚袋楊万里：選部郎自魏晉妙於時選，以諸曹功高者爲之。歷代因革不同，班品皆崇於它部。本朝之制，正郎之序益高。爾明經達學，論議持正，踐揚滋久，譽日轉聞。擢冠星曹，精力於職，功論稽狀，積閲當遷，爰率彝章，用晉厥次。往祗茂渥，益勉爾庸。可特授尚書吏部郎中。

檢詳告詞淳熙十三年正月十八日

中書舍人吴煥行

敕朝奉大夫、樞密院檢詳諸房文字陳仲謂等：中臺紀綱之所綜，宥廷密命之所基，彌綸裨贊，實資司屬。汝仲謂粹而審，爾万里鯁而亮，揚歷周行，譽處俱茂，簡知既久，宜有遞升。或自樞掾而爲都公，或自省郎而爲樞掾。其察朝綱之得失，稽兵政之治否，以告而長，使廟堂無過舉，則爲稱職。可依前件。

朝請郎告詞淳熙十三年五月二十六日

中書舍人陳居仁行

敕朝散郎、樞密院檢詳諸房文字兼太子侍讀、賜緋魚袋楊万里：朕妙柬耆儒，列之儲禁，若經若史，敷繹發揮，必期有補於聞見，因不徒倣古具文而已。唐臣諫篇，兹焉徹卷，疇庸顧可後諸？爾以淵源正大之學，再召爲郎。兹列屬於樞廷，仍參華於宮寀。凡誦説講劘之次，皆箴規篤實之言。直諒不阿，忠嘉可尚。一官之賞，未足以酬卿也。惟贊忱誠勁節，論切事情，道本仁義，數十百篇之旨，爾固知之熟矣。兹欲見於舉行，尚毋嫌於條奏。可特授朝請郎。

右司郎中告詞

中書舍人王信行

敕中奉大夫、尚書右司郎中尤袤等：中臺之屬，隋唐有左右司郎官，後因之。右府置檢詳，自本朝熙寧始。彌綸省闥，舉正稽違，蓋其職也。事劇地要，選用不輕。爾袤問學該洽，輔之以敏。爾万里操履純茂，濟之以和。爾宻一才術通練，持之以静。兹予分命汝等，往贊吾二三大臣之政。天下之事，得習熟於聞見，議論其可否，推而行之，何有不可哉？往懋遠業，以俟超擢。可依前件。

左司郎中告詞淳熙十三年十一月二十五日

中書舍人陳居仁行

敕朝請郎、守尚書右司郎中兼太子侍讀兼提領措置拘催錢物所、賜緋魚袋楊万里等：東西府掾，得日造政事堂，與大臣商略可否，屬任顧不重哉？爾万里問學醇深，優爲時用。爾大麟見聞殫洽，不求人知。爾仲藝論議闓通，可濟世美。或晉厥序，或需其才，並命同升，師言惟允。往其彌綸檢用，叶贊而長，毋負有懷不盡之愧，則官無曠事，而朕爲得人。欽哉！可依前件。

中書舍人陳居仁行

秘書少監告詞淳熙十四年十月十一日

敕朝請郎、守尚書左司郎中兼太子侍讀、賜緋魚袋楊万里：圖書所萃，英俊所躔，號群玉府，爲之領袖，必以英儒。爾博古通經，士林翹楚。外官朝蹟，具著勞能；公府樞庭，藹有問譽。貳于芸省，亶謂殊遷。班峻地嚴，職閒心佚。對茲新渥，懋爾遠圖。可特授秘書少監。

中書舍人葉翥行

再復直秘閣告詞淳熙十六年五月四日

敕朝奉大夫、知筠州軍州事楊万里：朕登踐寶位，緬懷儒英，因其寄職之未還，遂閲有司之列上，復其舊物，以示慶恩。爾學造淵源，文工雅健，獨信道而甚篤，每見義而必爲。自召寘於星郎，即彌綸於省闥。俾領群彦，擢冠道山，顯用有期，遽從治郡。矧寓直之延閣，乃固有之青氊。復以美名，爲爾之寵。佇聞報最，嗣有褒陞。可特授直祕閣。

朝散大夫告詞淳熙十六年四月二日　　中書舍人葉翥行

敕朝奉大夫陳秀實等：朕承壽皇之休，嗣大歷服。無疆惟慶，海寓同之。肆霈至恩，周徧祉福。京秩而上，序進一列。其楙職業，以熙庶務。可依前件。

朝議大夫告詞淳熙十六年六月五日　　中書舍人葉翥行

敕朝散大夫、直秘閣、知筠州軍州事楊万里：朕初踐寶位，省録舊僚。眷言宏達之儒，嘗資論説之益。用稽彝典，亟疏異恩。爾學逢其原，文貫乎道。自登郎省，升都司，雖有銓敘彌綸之勞，而能從容於園綺之列，勸讀古訓，開道朕心。逮夫進貳蓬山，職清無事，方日陳道術智誼之指，乃遽引去，遂分高安之符。朕惟不忘故蓋所以示情，將褒賢則莫先涣寵。爰躋榮於兩秩，斯慶會於千齡。祗服殊私，勉圖共理。可特授朝議大夫。

秘書監告詞淳熙十六年十月二十九日　　中書舍人羅點行

敕朝議大夫、直秘閣、知筠州軍州事楊万里：士惟精於學識，然後其是非公；充於道義，然後其去就果。斯人之進，將不爲本朝之光乎？以爾學有本原，行無瑕玷。爲仁必勇，平生自信而前；議論不阿，諸儒益高其退。素履方安於外補，裹言咸願其來歸，是用予之賜環，咨之前席。惟資秩之美，嘗貳夫蓬山矣；名德既升，兹晉爲之長焉。夫收直節以厲風俗，開公道以廣論議，朕之意不苟然也。可特授秘書監。

中書舍人莫叔先行

中奉大夫告詞紹熙元年十月二十六日

敕朝議大夫、試秘書監兼實録院檢討官楊万里：朕承付託之重，欲奉謨訓，以熙治功。惟吾東觀，萃名世之英，職繫日之史，乃詔纂修，以時來上，迨此旬歲，粲然成書。爾奥學探源，懿文摛藻，踐歷中外，風節寀昭，鴻碩之倫，實再爲其領袖，屬當懋賞，宜首進階。夫儒者博通古今，❶故眷寵特異，况一朝大典，成於其手，推此以爲裨益，朕豈無望於爾哉？可特授中奉大夫。

中書舍人倪思行

江東運副告詞紹熙元年十一月十三日

敕中奉大夫、守秘書監兼實録院檢討官楊万里：直諒多聞之士，留諸班著，以重本朝，固善矣。然使賢者皆處乎内，越在外服，誰與任之？故其人可以付一道寄者，雖在清近，朕不惜輟之以往。眷倚惟均，非有輕重。爾學問詞采，固已絶人。至於挺特之操，白首不渝，士論尤嘉焉。領袖蓬山，急流勇退，兹庸命爾寓直羲圖，將漕江介，既可遂爾之志，又克分予之憂，奏計有聞，朕終不汝忘也。可特授直龍圖閣江東轉運副使。

❶「今」，原作「令」，今據文義改。

知贛州告詞紹熙三年八月十一日　　中書舍人黄裳行

敕中奉大夫、直龍圖閣、江東運副楊万里：朕所以待士大夫之心一也，而於儲僚之舊尤加厚焉。伐木之情，誰能忘之？況爾万里，久從吾游，奇文高標，朕所加禮。召還自外，固將用之，至而不留，豈朕素望？江東近地，宜可少安，何嫌何疑，復有去志？得無使人謂朕踈賢而忘故歟？君臣之好，朕忍忘之？爲爾相攸，贛土足樂，往其小憩，毋有遐心。可特授知贛州軍州事。

祕閣修撰宫觀告詞紹熙四年三月二十三日　　中書舍人樓鑰行

敕中奉大夫、直龍圖閣、知贛州軍州事楊万里：朝廷之於賢者，用而盡其才，上也；用不盡而勇退，寵其歸而全其高，次也。上焉者，朕之本心；次焉者，非得已也。爾以清節雅道，冠冕一時。高文大篇，追配古作。出入中外，聞望日休。計臺丐歸，俾守章貢。古郡卧治，庶以優賢。抗章自列，欲留不可。畀真祠之佚，升論譔之華。《詩》不云乎：「雖無老成人，尚有典刑。」朕不汝忘也。可特授祕閣修撰、提舉隆興府玉隆萬壽宫。

中大夫告詞紹熙五年十月八日　　中書舍人陳傅良行

敕奉直大夫、主管建寧府武夷山冲佑觀葉大廉等：朕奉太上之慈訓，嗣守丕圖，踐祚之初，大敷霈澤，京秩而上，咸進厥官，蓋將樂與士夫共起治功也。各揚乃職，以稱異恩。可依前件。

焕章閣待制告詞 慶元元年九月十七日

中書舍人黄艾行

敕：朕權輿治道，夢想老成。出召節以趣還，莫回雅尚；畀祠官而均佚，式遂忱辭。爰視從班，以敷命綍。中大夫充祕閣修撰、吉水縣開國男、食邑三百户楊万里，氣全剛大，學造精微。入冠群玉之山，望禁塗而垂上；出馳六牡之轡，守儒道以獨高。比分章貢之符，已動江湖之志。顧仰止以雖切，乃招之而不來。重惟當世偉人，務全素節。太上舊學，猶在庶僚。迺陞次對之華，姑從閒館之適。尊德樂道，朕方懷擢用之遲；憂國愛君，爾猶有論思之責。亟其祗命，無替告猷。可特授焕章閣待制，提舉江州太平興國宫。

進封吉水縣開國子食邑五百户告詞 慶元四年正月六日

中書舍人高文虎行

敕：甘泉之祠泰一，聿新建祀之詩；宣室之思賈生，孰奉受釐之問。有嘉瓌望，共茂綸褒。中大夫、焕章閣待制、提舉江州太平興國宫、吉水縣開國男、食邑三百户、賜紫金魚袋楊万里，學擅名儒，辭高哲匠。早著斯文之望，晚分次對之榮。豹尾屬車，念未親於篤誨；珍臺閒館，乃自樂於冲懷。緬想風流，可忘眷迪。兹承休而均澤，爰啓爵以賜畬。尚欽體於恩徽，用益綏於福履。可進封吉水縣開國子，加食邑二百户。

太中大夫告詞慶元四年正月十七日　中書舍人高文虎行

敕：八柄詔王道，莫先於馭幸；三載攷績命，尤謹於陟明。有嘉儒宗，敘進恩秩。中大夫、焕章閣待制、吉水縣開國子、食邑五百户、賜紫金魚袋楊万里，風猷峻邁，德履端方。籠絡百家，早共推於學術；度越諸子，晚特擅於詩名。盍儀論獻之班，莫奪燕閒之志。朝夕納誨，念莫罄於遠圖；日月爲功，姑共循於公典。欽承徽渥，毋有遐心。可特授太中大夫，依前焕章閣待制。

通議大夫寶文閣待制致仕告詞　中書舍人高文虎行慶元五年三月十七日

敕：爵禄厲世，化莫大於表廉；明哲保身，道尤嚴於植節。眷言壽俊，祈謝官榮。爰頒出綍之恩，式棘垂車之寵。太中大夫、焕章閣待制、吉水縣開國子、食邑五百户、賜紫金魚袋楊万里，中和簡亮，方重端嚴。維一代之典刑，亶三朝之儒學。不有君子，孰彰立國之規；豈無老成，尚緊乞言之表。思香山之自適，望神武以丐歸。爰進列於華階，仍躋榮於奎職。俾爾耆艾，雖有羡於冲規；告后謀猷，尚有期於名誨。祇承涣渥，益衍脩齡。可特授通議大夫、寶文閣待制致仕。

吉水縣伯告詞慶元六年十二月二十五日　中書舍人張濤行

敕：朕嚴恭吉報，涓選休成。乃秋行當萬寶之成，而陽館奉一純之薦。粢牲潔備，奉璋咸賴於群工；風馬顧歆，委監並蒙於多祉。眷予侍從之列，已遂歸休之榮。爰舉徽章，共承嘉貺。通議大夫、寶文閣待制致仕、吉水縣開國子、食邑五百户楊万里，道隆而德備，識遠而才周。應變不窮，翼然蓍蔡之決；持謙有度，粹若圭璋之和。夙班持橐之聯，久適掛冠之願。壽祺斯永，祭澤惟均。爰申衍於圭畬，庸載新於命爵。俾緝熙而受純嘏，敢忘恤祀之恭；惟良顯而告嘉猷，勿替復君之益。可進封吉水縣開國伯，食邑二百户。

中書舍人王容行

寶謨閣直學士告詞嘉泰三年八月十六日

敕：直諒之臣，國家所賴。進陪論議，其言常有益於朝廷；歸老江湖，當代亦想聞其風采。宜加異數，以聳群工。通議大夫、充寶文閣待制致仕、吉水縣開國伯、食邑七百户楊万里，學欲濟時，心常憂國。封章剴切，有賈誼、陸贄之風；篇什流傳，得白傅、杜甫之意。凛乎難進而易退，浩然獨樂而無求。身歷四朝，年將八袠。有名一世，如爾幾人。束帛蒲輪，未講優賢之禮；幅巾藜杖，有嘉知止之高。爰陞學士之華，以示老臣之貴。雖已掛冠於神武，此固儻來；然而列閣於西清，所期增重。往祇成命，益介壽祺。可特授寶謨閣直學士致仕。

中書舍人李大異行

廬陵郡侯告詞嘉泰四年正月二十六日

敕：朕薦鬯太室，奉瑄崇丘。懷翼翼之心，克備靈承之典；降穰穰之福，靡聞專鄉之私。肆疇紫橐之臣，均畀蓼蕭之澤。寶謨閣直學士、通議大夫致仕、吉水縣開國伯、食邑七百户楊万里，地負海涵之學，日光玉潔之文。皋陶陳謨，底三朝之偉績；祁奚告老，垂百世之清規。陸邃宇之穹班，遂平泉之雅志。屬我禋祠之舉，迄兹熙事之成。爾惟既膺解組之榮，是以莫陪奉璋之列。緬懷舊德，用涣新恩。進之列爵之崇，錫以爰田之入。既明且哲，已追山甫之風；俾壽而臧，更享魯侯之祉。可進封廬陵郡開國侯，加食邑三百户。

寶謨閣學士告詞開禧二年二月二十二日　中書舍人宇文紹節行

敕：賢者之於國家，猶拱璧大圭之重；公器之在天下，亦厲世磨鈍之資。若予之非以假人，則賞也足以示勸。寶謨閣直學士、通奉大夫致仕、廬陵郡開國侯、食邑一千户楊万里，沉潛而有守，勁直而不回。奇偉之文，若日星之麗萬物；傑特之操，殆松柏之貫四時。蚤袖手於林泉，幾忘情於軒冕。每眷三朝之望，頗遲一老之歸。温詔婁頒，雅志莫奪。少愧貪榮之俗，姑全知止之風。其俾通真學士之班，使皆有賢大夫之歎。三公不以易介，豈寵利之足云；一飯未嘗忘君，尚遠猷之入告。可特授寶謨閣學士。

贈光禄大夫告詞開禧三年正月二十八日　中書舍人毛憲行

敕：三逕清遊，安享垂車之樂；一封遺奏，駭聞易簀之言。有愴予懷，肆朌愍册。故寶謨閣學士、通奉大夫致仕、廬陵郡侯、食邑一千户楊万里，巋然天下之老，淵乎學者之師。外而民庸，則迭更麾節之繁；内而朝望，則典領圖書之秘。仁者有勇，至形烈祖之玉音；誠以名齋，嘗侈先皇之奎畫。睠方隆而身勇退，詔屢下而辭益堅。早挂神武之冠，自栽彭澤之柳。家雖若窶，道則甚豐。燕頤真學士之班，踐履古君子之事。

文規姚姒，蓋一百三十卷之多；詩到陰何，積四千二百首之富。禄萬鍾而弗睨，年九秩之方開。所期黄髪之必詢，豈料白駒之易過。耆英已矣，太息久之。追崇四等之階，增賁重泉之隧。進以禮，退以義，爾其無愧於前聞；生也榮，死也哀，朕亦有加於恤典。營魂如在，渥命其歆。可特贈光禄大夫。

詔　書

辭免除寶謨閣直學士不允詔書九月三十日

敕万里：省所奏辭免除寶謨閣直學士恩命事具悉。賢者爲名節地，則辭受寧嚴；人主爲風俗計，則褒勸宜厚。卿文鳴一世，忠事累朝。雅操孤騫，蔚爲天下之老；雄詞逸韻，籍甚大江之西。方四馳作者之聲，迺蚤賦歸歟之興。比閲正元之朝士，獨餘魯殿之靈光。可無微恩，以華晚節。爰峻禹謨之邃直，用旌光廟之儲寮。胡獨徇於謙撝，祈力回於涣汗。念政諮耋老，尚思議論之嶢然；使人識典刑，是乃勸懲之大者。所辭宜不允，故兹詔示，想宜知悉。秋冷，卿比平安好。遣書，指不多及。

辭免召命不允詔書十月二十一日

敕万里：省所奏辭免召赴行在恩命事具悉。朕謂老成之益，過於典刑；王公之尊，屈於道義。矧朝廷半老儒之日，可無天下三達尊之人。以卿巋然獨存，如魯靈光；盍歸乎來，如周大老。曾無爲王留者，俾致爲臣而歸。至今渴見其儀形，有來必問其安否。數朝士於正元之後，今已無多；招先生於齊國之間，理須可致。其知此意，毋以疾辭。所辭宜不允，故兹詔示，想宜知悉。冬寒，卿比平安好。遣書，指不多及。

辭免除寶謨閣學士不允詔書三月十四日

敕万里：省所奏辭免除寶謨閣學士恩命事具悉。緇衣之好，未嘗忘求舊之心；赤松之游，自難回知足之志。因進爾職，庸昭至懷。彼休休焉，方自樂於閑暇；是區區者，要不繫其重輕。當付無心，何事多遜。况海濱之大老惟二，今幸獨存；而天下之達尊有三，誰能兼備。亟其祗服，不必重陳。所辭宜不允，故兹詔示，想宜知悉。春暖，卿比平安好。遣書，指不多及。

謚　告

謚文節公告議

太常博士陳貴誼

考功郎官李道傳

敕中書、門下省：尚書省送到吏部狀準禮部關準都省付下楊長孺、楊次公、楊幼輿狀奏乞故父楊万里賜謚事，今具下項：

一、準嘉定陸年貳月拾玖日禮部關，據太常寺申，準嘉定元年肆月拾玖日敕，尚書省送到故寶謨閣學士、贈光禄大夫楊万里男草土臣楊長孺、楊次公、楊幼輿狀奏：

伏念臣先父故寶謨閣學士、通奉大夫致仕、廬陵郡開國侯、食邑一千户、贈光禄大夫臣万里，寒遠書生，蒙高宗皇帝賜進士及第，以忠義剛正、直言敢諫受知孝宗皇帝。淳熙間妙簡東宫官僚，御筆親擢先臣万里爲太子侍讀。凡先臣万里有所奏陳，孝宗皇帝嘉納如流。先臣万里感激主知，未嘗不喜極而繼之以泣也。又以忠義剛正、直言敢諫受知光宗皇帝。初登寶位，首召先臣万里爲秘書監，屢欲擢侍從官，大臣有不樂者。先臣万里不肯少屈，出爲江東轉運副使，因抗章論事忤宰相從臣，改知贛州。不赴，力請祠禄，尋乞致仕。恭遇皇帝陛下飛龍御天，以先臣万里爲光宗皇帝潛邸舊人，念其閑退，一再收召。先臣万里多病不能造朝，疊蒙聖恩，即家除授爲直學士。先臣万里歷事四朝，遭逢若此，每思報國，念念不忘。自姦臣韓侂胄竊弄陛下威福之柄，專恣狂悖，有無君之心，先臣万里常憤怒不平。既而侂胄平章軍國事，先臣万里驚歎憂懼，以至得疾。開禧元年歲在乙丑孟秋之月，嘗慨然上奏，極陳侂胄之姦，竟以壅閼，不得自達而止。開禧二年歲在丙寅，侂胄矯詔生事，開邊釁，啓兵端。臣等家人知先臣万里憂國愛君，忠誠深切，而又老病，恐傷其心，凡聞時事，皆不敢告。忽有族姪楊士元者，端午節自吉州郡城書會所歸省其親。伍月柒日，來訪先臣万里，方坐未定，遽言及邸報中所報侂胄用兵事。先臣万里失聲慟哭，謂：「姦臣妄作，一至於此。」流涕長太息者久之。是夕不寐，次朝不食，兀坐齋房，取春膏紙一幅，手書八十有四言，其辭曰：「吾年八秩，吾官三品，吾爵通侯，子孫滿前，吾復何憾？老而不死，惡况難堪。韓侂胄姦臣，專權無上，動兵殘民，狼子野心，謀危社稷。吾頭顱如許，報國無路，惟有孤憤，不免逃移。今日遂行，書此爲别，汝等好將息，萬古萬萬古。」其後又書十有四言，其辭曰：「右辭長孺母子兄弟姊妹，伍月八日押。」又自緘封題云：「遺囑付長孺母子兄弟姊妹，吾押。」既書題畢，擲筆隱几而没，實五月八日午時也。臣長孺、臣次公、臣幼輿得先臣万里遺囑，泣血收藏。是時侂冑氣焰熏灼，生殺自肆，鉗制中外，道路以目。臣長孺、臣次公、臣幼輿上則恐貽老母之憂，下則懼爲家門之禍，深思熟慮，塞口吞聲，抱恨茹哀，不敢赴訴。自謂先臣万里齎志九泉，銜冤千載，忘身徇國，此意莫明，不肖諸孤甘受不孝之罪。已矣！無可言者矣！誠不自料，先臣万里亡没之後未及兩年，天日清明，姦臣竄殛，英斷奮發，薄海歡欣。天憫神恫，賜此幸會，先臣万里之志於是時而可明，先臣万里之冤於是時而可白。闔門老幼哀號躃踊，遥瞻天闕，仰籲天聰，謹以先臣万里亡没之由具狀奏聞，仍以先臣万里遺囑刻石碑本連黏在前，隨狀上進。欲乞聖慈特賜睿覽，將上件事迹宣付史館，使先臣万里遺忠大節暴白於天下後世，臣長孺、臣次公、臣幼輿志願畢矣，孤苦餘生，死不恨矣。臣無任叫呼控告，痛苦悲摧，祈天俟命，激切屏營之至。所有先臣万里遺囑親筆，見係臣家收管，乞賜宣取施行，伏候敕旨。

肆月拾玖日，三省同奉聖旨，令宣付史館，仍與賜謚。今檢準淳熙叁年肆月拾伍日敕：「三省同奉聖旨，今後王公及職事官三品以上，法應得謚，并勳德節義，聲實彰著，不以官品，特命謚者，並先經有司議定，申中書、門下省具奏取旨，依舊制更不命詞，止備坐所議給告，吏部牒本家照會。」本寺今準宣教郎、太常博士陳貴誼公文，擬撰到謚議壹本，頭連在前，伏乞省部備關吏部照應淳熙叁年已降聖旨指揮施行申部。所有謚議，隨關前去，今關請照會一面施行。

一、於當月拾玖日，禮部連到太常博士陳貴誼撰到謚文議曰：

昔孟子嘗稱：「我知言，我善養吾浩然之氣。」又曰：「其爲氣也，至大至剛，以直養而無害，則塞乎天地之間。」嗟乎！人之同得于天者，始豈有不善哉？所養一乖，外物一汩，臨利害堇若豪髮，則將東馳西騖之不足，寧復知有所謂剛直大者？如寶謨閣學士楊公，其能以直養者歟？故推以事君，則國爾以忘家；見之出處，則尚義而賤利；作爲文章，則陋今而追古。公奮由踈遠，獨朿上知，外則荐膺分符乘傳之行，內則長蓬山，位儲宷，浸歷休顯。然而宏謨劘上，孤立直前，即有弗合，則極人情之所難而不容挽。初，公嘗抗疏留右司張栻，而請罷少監韓玉。又嘗援天無二日之説，請緩開議事堂，孝廟悉嘉納之。逮侑食之議一與衆異，進書序文既出公手，而一時它有更革，則連章決退，至煩宸指諭勉，而汔弗少留也。將漕江左，值詔書令部內兼用鐵錢楮券，則又上疏力争，言不便狀，竟坐易職。於是杜門高卧凡十有伍年，恩詔數起之而輒辭。其學日益宏，其詩文日益峻古，洪深奥衍，自成一家。蓋根柢乎六經仁義，而凌踔乎百家諸子。《易傳》貳拾卷，多先賢未發之藴，真所謂有德必有言者也。垂絶數語，痛憤時事，遂忘其生，公朝固已褒顯之矣。嗚呼，賢哉！夫士之以所長自見者，勉於暫則必變於後；風采見於立朝者，其身在外則亦已矣。至於臨死生之際，而忠不忘君者，幾何人哉？其有若公之剛大不撓、終始一節者乎？雖弗至大用，不得雍容獻替於內，然即其言論出處而觀之，與夫攬轡澄清之時，斥遠權利，人不敢有私請，高風義概，到于今凜然，則公之所以能全是節者，豈一日之積邪？按《謚法》：「道德博聞曰文，能固所守曰節。」公實兼有斯美，敢以爲公謚。公舊自號誠齋，光廟嘗大書以寵嘉之，而海內人士舉稱公爲誠齋先生而無異詞。惟誠與節，同出而異名者也，其爲擇善而固執之義均焉。公生則以誠稱，没則以節稱，君子謂尊名之典於是爲得其實。謹議。

一、本部請官覆謚去後，於當年肆月拾叁日，承承議郎、祕書省著作郎兼魏惠憲王府小學教授兼權考功郎官李道傳撰到謚文議曰：

切觀國朝文章之士，特盛於江西。如歐陽文忠公、王文公、集賢學士劉公兄弟、中書舍人曾公兄弟、李公泰伯、劉公恕、黄公庭堅。其大者古文經術足以名世，其餘則博學多識見於議論，溢於詞章者，亦皆各自名家。求之他方，未有若是其衆者。然嘗論之，此八九公所以光明雋偉，著於時而垂於後者，非以其文，以其節也。蓋文不高則不傳，文高矣而節不能與之俱高，則雖傳而不久，是故君子惟其節之爲貴也。此八九公者，出處不同，用舍各異，而皆挺然自立，不肯少貶以求合。有如王公，學術政事雖負天下之責，而高風特操固有一時諸賢所不敢望以及者。以如是之節，有如是之文，此其所以著於時而垂於後也。南渡以來，世不乏人，求之近歲，若寶謨閣學士楊公者，其真所謂有是文而有是節者乎！公之文辯博雄放，自其少日已盛行於世，晚年所著，益復洪深。其爲詩，始而清新，中而奇逸，終而平澹，如長江漫流，物無不載，遇風觸石，噴薄駭人，蓋不復可以詩人繩尺拘之者。天下之士，固莫不知有楊公之文矣。其平生出處，則初見知於孝宗，未久即去；終見知於光宗，又未久即去。今天子乙再收召，竟以老不復出。始終四五十年間，非特不悦於流俗而已，雖一時名卿賢大夫彙征之際，苟惟論議少異，則亦未嘗少屈以徇之，公之節爲如何哉？昔人論蘇文忠公，在元豐不容於元豐，在元祐不容於元祐，以爲非隨時上下人，公其有焉。公没後二年，其子長孺自言於朝，謂公雖已老，不忘天下之憂。及聞韓侂胄首開兵端，爲之流涕歎息。夕不寐，朝不食，手書八十四言以示子孫，皆孤憤訣絶之詞。書畢自緘題之，擲筆隱几而没。長孺乞以其事宣付史館，天子從之，且詔有司定謚。太常博士謚公「文節」，道傳曰：它人之文以詞勝，公之文以氣勝。惟其有是節，故能有是氣。惟其有是氣，故能有是文也。此公所以特立於近歲以來，而無媿於江西先賢之盛也。博士按道德博文、能固所守之法易公名，當矣，道傳尚何詞？謹議。

今來本官合行賜謚，候敕命指揮下日，出給謚告付本家，仍牒照會，伏候指揮。

十二月八日，三省同奉聖旨，依吏部所申，奉敕如右，牒到奉行。

嘉定六年十二月八日，尚書吏部：故寶謨閣學士、通奉大夫致仕、廬陵郡開國侯、食邑一千户、贈光禄大夫楊万里，牒奉敕宜賜謚曰「文節」。牒至準敕，故牒。嘉定七年正月　日。

書令史許安善、給令史金友諒、主事尹良佐、秘書省著作佐郎兼吴王益王府教授兼權李、考功郎中闕、兵部侍郎兼中書門下省檢正諸房公事兼同詳定敕令官兼權薛、户部侍郎兼同詳定敕令官兼權李、侍郎闕、侍郎闕、尚書兼太子詹事兼修國史實録院修撰汪。

劉煒叔序

天㠯誠而覆，地以誠而載，日月以誠而久照，江河㠯誠而晝夜。混混不息，誠之一字，非聖人疇克盡此？文節楊公㠯誠名齋，要亦自明而誠，苟有爲皆若是也。人皆知先生之孤標勁節可以薄秋霜、可以沮金石而始終不撓，不知始終之所㠯不撓，先生之誠也。人皆知先生之文如甕繭繅絲，璀璨奪目，取而不竭，不知文以氣爲主，充浩然之氣見諸文而老益壯者，先生之誠也。負天下之望如誠齋，真所謂一代不數人，而復有東山爲之子。是子是父，前後一轍，非家學㠯誠，其能是乎？

東山先生曩帥東廣，煒叔貳令南海，辱寘門墻，益深敬慕。迺令假守通德之鄉，誠齋文集獨闕未傳。尊先生之道義，㠯倡儒學；表先生之志節，㠯激士習；發先生之詞藻，㠯振文氣。冒茲承乏，政孰先此？東山首從所請，且獲手爲是正。以卷計一百三十有三，㠯字計八十萬七千一百有八，鋟木於端平初元六月一日，畢工於次年乙未六月之既望。煒叔累被朝旨，搜訪遺書，遂獲群書之未備者，❶悉上送官藏之書府云。端平二年月日，劉煒叔序。

❶「群書」至篇末，原殘闕，今據四部叢刊本補。

附録一：序跋

誠齋先生江湖集序

古人之學皆有悟入，司馬文正公自□謾語入，范忠宣公自忠恕入。韓魏□□朝居室，其言語一出於誠。劉器之從温公遊凡五年，得一語，亦不出誠之一字。是數公者，以此脩身，以此齊家，以此治國平天下，發爲文章，特其緒餘土苴爾。誠齋先生楊公，與諸公相望於數百載之上，以道相傳，以心相授，藴於中，發於外，莫不有所自來。少年鋭意爲文，周柱□□□□□□□渠唐館□□□秩□□幾盡，酖酣醞藉，吐爲辭章，人以爲不可及矣。□（疑爲「一」字）旦喟然而歎，盡棄其業，而爲□（疑爲「曾」字）思《中庸》之學。紹興戊寅，復以所學求證於大丞相和國公，以究其業。公以正心誠意之説語之，於是所造益深，著□（疑爲「爲」字）《心學論》以發其淵源，陳爲《千慮策》以攄其負抱。猶以爲未也，鎔取三百□□奥義，鑄爲數千首之瑰詞，意新而異□常，語高而出於衆。雖自謂學五字於後山，❶學七字於半山，學絶句於唐人。其實□於□學出於天然，自成一家，盡掩□□（疑爲「衆作」二字），固非末學所能窺測也。既以《荆溪》、《西歸》、《南海》、《朝天》四集而行於世

❶「後」，原殘闕，楊万里《荆溪集序》自云「學後山五字韻」，今據補。

矣，又有數十篇號曰《江湖集》者，蓋公之舊作也。嗚呼！公之文章如繁星麗天，光不可掩，行將□（疑爲「叛」字）花視草，演絲爲綸，追二雅之辭，復三盤之體，泓渟演迤，日大以肆，□（疑爲「又」字）豈□□□而已！里人魏仲□有□□□□□□《江湖集》示□□□□□□□□□□□不待□而見，公之□亦不待序而傳。□□□得以掛名於其間，豈非夙昔之幸也□？於是□（疑爲「乎」字）書。淳熙己酉仲冬朔日，□□□應行謹序。

（《誠齋先生江湖集》卷首，宋遞刻本）

誠齋先生□□序

建安馬□（疑爲「子」字）嚴

君□□□以成己，而立言以垂□□□□□□而辭主乎達，辭脩則誠□□□□□無邪矣，可以正人心，闢邪說，蓋先師孟子之事，而今世廬陵先生楊公之所學也。先生之學，見於行事，天下之人能知之。至於風朝月夕、□□（疑爲「戲」字）吟詠，皆不思而得也。至治興而鸞鳳□□□□□□□應，亦其自□□嘗觀□代以降采詩廢官三百十一篇之□，邈焉弗繼。自漢始有枚乘、蘇武、李陵之作。曹魏晉宋，寖有能名。唐世詞人習爲一藝，李杜而下，爛如繁星。造意以求精，□（疑爲「琢」字）語以求工。苦其心志，玩以歲月，□□□二，驚世駭俗。姓字有□□□□□□□□□出處之大致考其始□□□□□□□□□（疑爲「江」字）西諸公體法相尚，□□□□□□□謂□□□□□□□□□□□身立言□□□□□□□□□□□□□□□□□□□嚴竊□□□□□時爲□□之□士傾蓋相與。一日，出所□□數□曰《荊溪集》、曰《西歸集》、曰《南海集》、曰《朝天集》，皆其門人刻牘以傳者，因得以□（疑爲「悉」字）觀之。既而鄉之士有請於余者，遂合其帙而題其端以授之，且囑之曰：「學先生者，復當求之於此詩之外也。」先生名萬里，字廷秀，其所居室，牓曰「誠齋」，□□□爲之書，四方學者謂之誠齋先生□。

（《誠齋先生荆溪集》卷首，宋遞刻本）

誠齋先生荆溪（下闕）

將之□□□□□事誠□□□□□陵始獲參杖屨之後，❶聽□□□末，未嘗不退而與諸生誦之，以矜□□。惟先生問學文章爲□□□，詩特其餘事爾。毗陵在□（疑爲「浙」字）右號劇郡，異時雖武□（疑爲「健」字）吏居之，猶捄過不暇。□□□（疑爲「先生於」三字）此，從容撥煩，飾以儒雅，不□（疑爲「廢」字）吟哦，而□□□□。是時每一□□□□□□□争□□抄，將之嘗得其《□□□梅》（疑爲《雪後尋梅》，詩見《誠齋集》卷八）及《□□園宴尤郎中》、《題太平寺水壁》與其他絶句，僅五六十篇，以爲清新瑰奇、興寄高邁，獨能脱去近世詩人宗派之累，自成一家。每以示鄉人陳希顔，□□□（疑爲「未」字）嘗不擊節也。其後先生歸次江西，將之繼亦受代而去，雖知有所謂《荆溪集》□，常以未克請爲恨。丙午春，始來□□□□縣□□□汨没，每思浣刀筆之塵□□□□□□□□□□□□吟之不覺□□□□□□□勞也。□（疑爲「今」字）年夏四月□□（疑爲「克」字）□書□

❶「將之」，原殘闕，本文作者爲鍾將之，今據補。

（疑爲「請」字），既得□，則喟然曰：「囊之所睹，非太山毫□耶！」因刻棗與同好者共之，亦以見先生治郡有餘力如此。他日東歸，當以斯集置諸常學，以慰□□□棠之思，則是詩也，其與獨孤文憲之集並傳於不朽無疑矣。淳熙丁未八月十九日，門生承議郎、知和州歷陽縣事鍾將之謹題。

（同上卷末）

誠齋先生西歸集跋

騷人詞客之得句，常在於□□（疑爲「幽閑」二字）寂静之時，惟□賢君子，資性之異，學問之博，其發於詞藻者，優游自得，靡有所拘。雖當倚馬之際，肆筆成章。今以先生之大才，豈一郡之繁劇能減先生之詩思乎？參政范公問先生索詩，而先生□（疑爲「乃」字）□山林城市之説爲謝，豈先生之在毗陵獨無詩乎？此先生之謙言也。先生不欲於宗工哲匠之前矜耀其能，故於還舍待次之後始有所寄焉，學者當宜識先生之斯意。淳熙□□□□（疑爲「丁未十月」四字）朔，門生承事郎、新權通判肇慶軍府兼管内勸農事劉涣□（疑爲「謹」字）跋。❶

（《誠齋先生西歸集》卷末，宋遞刻本）

---

❶「涣」，原殘闕，《誠齋先生南海集跋》亦爲劉涣所撰，今據補。

誠齋先生南海集跋

詩人之作，類皆流於一偏，如樂天之俗，孟郊之寒，賈島之窮苦。是豈不欲變而通之，去其偏而蹈於全？由其技之所局，不能改耳。至如韓昌黎，則無施而不可，其發談笑，助諧謔，叙人情，狀物態，一寓於詩，而曲盡其妙。初不見其諸子之偏，蓋其所禀之高，所藴之富，則形之吟詠者，自然日光玉潔，周情孔思，千態萬貌，豈一偏之所能囿哉？侍讀誠齋先生，乃今日之昌黎公也，爲詩之多，❶至于一千八百餘首，分爲五集，而其風雅之變有三焉。世之論文者，嘗謂自漢至魏四百餘年，文體三變。史臣亦謂唐有天下三百年，文章無慮三變。文之在天下，其變也如此之艱，而先生自紹興壬午以迄于今，方歷二紀，抑何變之之易？豈非胸中涵蓄者淵泫澄深，無以異於昌黎，則詞源之溢，横流逆折，紆徐迅激，新奇百出，宜夫變之之亟，而非一體之可定也。❷先生之詩既與昌黎並駕，則知比諸劉夢得者亦未爲確論。涣幸出於先生之門，今得《南海》一集，總四百篇，不敢掩爲家藏，刊而傳之，以爲騷人之規範。餘四集將繼以請，則又當與學者共之。淳熙丙午十二月朔，門生承事郎、新權通判肇慶軍府兼管内勸農事劉涣謹跋。

（《誠齋先生南海集》卷末，日藏宋淳熙本）

---

❶「爲詩」，原殘闕，今據宋遞刻本補。

❷「非」，原殘闕，今據宋遞刻本補。

誠齋先生江西道院集跋

誠齋先生德行文章，氣□名節，一代□表，翺翺清貫，聲譽赫然。方將□□□□禁途，經綸天下。戊申夏，力丐□補□□出守筠陽。下車以來，究心郡政，□息□遑。民或嚚訟，而先生公生明而民訟不能嚚。財或乏□，而先生儉足用而財用不爲乏。故退□□□□（疑爲「暇俯」二字）□奇觀，收拾湣□□□□□□□之間，一言一字，足以追蹤□□□□□間不足論也。崇古爲生最晚，從事先生幾十閱月，朝夕承教，聞所未聞。每侍先生，先生必舉似政事之餘一二賦詠，□（疑爲「令」字）□心清□（疑爲「塵」字）滌，畏仰不已，第恨未能□□□帙。未幾，先生祇□□□夏□（疑爲「潁」字）濱宋公□□以□□（疑爲「書來」二字）□先生《江西道院集》二百有五十首，學□所願矜式，不可不廣其傳。崇古□□□先生，既得是集，即告于今太守曾公先生。公尤欣然曰：「知是集久矣，今幸一見，□（疑爲「當」字）刻之郡齋。」即日趣崇古畢其事，閱月而書成。崇古何人，敢綴名于先生製作之後？竊念事先生之日最久，辱先生之知最厚，步趨惟先生是歸，不敢不歷叙其顛末，而且願託名於不朽云。紹熙改元庚戌初秋望日，門生承直郎、筠州軍事判官趙崇古敬書。

（《誠齋先生江西道院集》卷末，宋遞刻本）

附録二：補遺

黄司法妻歐陽氏孺人挽詩❶

題曾景山通判壽衍堂

風月暫平分，爲霖喜有人。斯堂非浪扁，佐主壽躋民。

送劉茂材主簿之官理定

梅子青青荔未丹，葵丘縮戍便之官。莫言屋矮位卑甚，早晚高人振羽翰。

蕭照隣參政大資挽詩

公如月欠一分圓，生死應同昼與昏。鼎鼐□□□□露，□□（疑爲「要留」二字）好□□□□。

❶ 按：原詩殘闕不可辨識。

贈盱江謝正之

策馬訪柴扉，庭前草亦□。談今復談古，□□（疑爲「如子」二字）□□□。

太守趙山父命劉秀才寫予老醜索贊

窮□□□□皃醜，❶丹青寫出十分真。淩煙繪像吾無望，喜在山林老此身。

寄題舒州宿松知縣戴在伯重新紫霄亭

高高亭聳紫霄端，借榻高眠塵市間。輪奐重新無俗□，何如來此伴雲閑。

（《誠齋先生退休集》卷七，宋遞刻本，第8b—9b頁）❷

雨後至溪上

□□□□一番□，□□風光□□□。□□渭川公子在，此時□□理絲綸。

---

❶「□□□□」，《全宋詩》識作「相如斯兼」。

❷按：以上數首與《誠齋集》卷三九所載題同詩異。

扁舟一葉泊□□（疑爲「溪灣」二字），一雨初收蓬未乾。風浪依然平帖後，漁翁□出把漁竿。擬借丹青畫作圖，退休老子作漁夫。鳳凰池上雖榮貴，何似清閑看浴鳬。

寄題太和宰趙嘉言勸民二圖

特借丹青寫二圖，二圖之意果何如。請君細看□毋□，是亦□□無逸書。□民毋視作□□，勉力耕桑貴及時。上古□□猶畫象，老夫喜贈二篇詩。

上元前一日遊東園看梅

誰占百花頭上魁，花神推許□□□，□（疑爲「東」字）園春信知多少，今日喜晴拚一來。東園把酒問□（疑爲「東」字）皇，何事梅花壓衆芳。和靖當年一題品，到今幾載句猶香。春到東□（疑爲「園」字）恰□□，臘前□□（疑爲「聞已」二字）破南枝。□□□□□□□，□（疑爲「明」字）旦元□□□詩。

（同上卷九，第9ab頁）❶

---

❶ 按：以上數首與《誠齋集》卷四〇所載題同詩異。

羅溪望夫嶺其二

行役家家寄尺刀，❶誰將枯骨帶心頭。惟有望夫心志苦，甘霖偏爲七娘流。

題羅溪李店其二

誰道村郊埜味侵，❷柴扉竹榻草花清。行行且止成佳夢，不減崔張鶯夢身。

（《誠齋集》卷二五，汲本，第54册第281頁）

自跋江西道院集戲答客問其二

客從南渡向儂來，我馬西征拜北臺。❸若問個中何所有，一腔熱血和詩裁。

（同上卷二六，第295頁）

---

❶「尺刀」，庫本、同治重刊乾隆六十年帶經軒刻本此二字互乙。

❷「味」，同治重刊乾隆六十年帶經軒刻本作「未」。

❸「北」，庫本作「此」。

李原之主簿投贈長篇謝以唐律❶

寶氣亭前雙太阿，龍光再吐射銀河。伯兮西欵巴山月，❷仲氏南嬉楚水波。贈以四愁真絕唱，不如一語聽長哦。❸簿書何至煩勾校，歸校芸香蠹簡訛。

慶元丁巳八月二十六日，季父初筮文江，❹執贄文節公之門，辱報以詩。集中偶未登載，輒循剩于此卷之末。❺淳祐丁未秋八月，後學豫章李茂山謹識。

（同上卷三七，第442頁）

寄題西昌彭孝求求志堂

西江山水何處好，觀山夜泉快閣風。山奇水秀産瓌寶，彭氏四葉隱此中。斗間異氣如白虹，少微芒寒搖太空。占言非劍亦非玉，長松下有幽人屋。似聞鳴騶入空谷，籬邊老却陶潛菊。

（《誠齋詩集》卷四二《退休集補遺》，同治重刊乾隆六十年帶經軒刻本，第又23a頁。）

---

❶「原」，辛更儒《楊萬里集箋校》云當作「厚」。

❷「欵」，庫本作「嘯」。

❸「語」，庫本作「詣」。

❹「筮」下，同治重刊乾隆六十年帶經軒刻本有「仕」字。

❺「循剩」，庫本作「附刻」。

寄題施安福戲綵堂❶

微雨新晴桃李春，輕軒迎奉太夫人。讀書臺上一尊酒，戲綵堂中千歲壽。老萊衣綵潛深林，施父衣綵還鳴琴。有親八十地百里，卓魯不如君燕喜。

題向伯僑雲莊

歷下雲莊渺何許，向秀移着清江浦。薌林東偏桂隱西，茂林幽處寒溪湄。山齋莫笑斗來大，丞相聞孫曲肱卧。歸來注了南華經，新箋五傳到獲麟。姓名已登大宗伯，茂林寒溪底留得。清江淡墨雙鼇頭，與子爲三看怒翼，再起相門撞斗極。

永豐宰霍與可考滿有期以書告别贈以長句

恩江縣尹吾門生，君家伯父吾年兄。江東與君作僚契，江西蒙君作鄰庇。君作恩江無美稱，摧科不擾獄訟平。不作俗吏健决名，只聞山童快活聲。聞君上印不數月，即看奔趨擁三節。

❶ 按：此詩題又見宋遞刻本《退休集》目録卷五，正文已殘闕。

寄題永豐丞弋陽鄭之望梅澗

鄉來崔丞松對衙，只今鄭丞梅滿坡。古根分得禹穴種，蒼苔碧蘚繡雪柯。泉從玉峰腳下井，石劚靈山霞外頂。未須澗裏哦疏影，煙雨黄時要調鼎。

（《誠齋先生吟稿》卷五、一二、一四、一四，日本抄本，今據秦寰明《日本抄本〈誠齋先生吟稿〉讀札》移録，《古籍整理出版情況簡報》2004年第9期，第11頁）

壽朱侍郎正月初一

綵勝相隨柏葉銘，初頒鳳曆玉墀春。首稱嶽降生賢佐，指數虹流遇聖人。已覺蕭光依日月，行看鄭履上星辰。紫陽素有經綸譜，膏澤須公始下民。

（李更、陳新《分門纂類唐宋時賢千家詩選校證·後集》卷四，人民文學出版社2002年版，第686頁）

謝人惠筆

鐵硯心猶壯，毛錐用不通。無才當給札，有恨獨書空。但喜鄉關信，寧知翰墨工。如君稱此物，視草玉堂中。

（同上卷九，第819頁）

和徐淵子

夜對三更月，朝揮五朵雲。葛藤前輩話，衣鉢古人文。濁酒唯山果，藜羹趁水芹。看承無一物，清絶炷爐熏。

（宋趙與虤《娱書堂詩話》，臺灣商務印書館影印文淵閣《四庫全書》本，第1481册第480頁）

浯溪磨厓懷古

湘江曾聞有浯溪，片帆今挂湘東西。上磨石厓與天齊，江頭落日雲凄凄。山昏雨暗哀猿嘯，步入烟蘿轉深峭。元顔千古蹟不朽，星斗蛟龍兩奇妙。中興當時頌大唐，大唐家國天爲昌。妖環忽見誠非祥，土花失色悲壽王。明皇父子紊大綱，從此晏朝躭色荒。天下黎庶暗罹殃，鼙損梧桐按霓裳。誰知鼙鼓動漁陽，肅宗靈武何倉皇。回來張后年初芳，前楊後李真匪良。養以天下理所常，胡爲南内成凄凉。三千宫女爲誰妝，空遺兩髩愁秋霜。千載父子堪悲傷，修身齊家肇明皇。後來歷歷事愈彰，源流有自咎誰當。豈惟當日留錦囊，至今馬嵬坡上塵土香。

（清王士禛《浯溪考》卷下，清康熙刻本，第9b—10a頁）

黄陵二妃廟

古祠蕭瑟淺山傍，目極平沙雁落行。霜後寒波洲吐尾，蘆花十里雪茫茫。

（《永樂大典》卷五七六九「沙」字韵引《古羅志》，中華書局1986年影印本，第3册第2519頁）

贈曾戭

吾黨曾童字叔桀，八歲文科試童子。舌端九經若翻水，屬句方員超阿泌。精神玉雪照人寒，骨格麟鳳夾道看。金殿前頭奏篇了，一日風雲生羽翰。

（《（萬曆）吉安府志》卷三一，《日本藏中國罕見地方志叢刊》，第425—426頁）

金沙臺

省耕出郭且搴帷，正是東風二月時。吊古懷賢頻駐節，登臺撫景謾裁詩。霜侵兩鬢傷民瘼，日下孤城强酒巵。北望遥遥懷不盡，丹心一點正傾葵。

（《（康熙）高安縣志》卷一〇，《中國方志叢書》，第846號第1518—1519頁）

清永亭

桃李一年春事休，緑陰亭外盡清幽。草花盡日幾開落，山鳥無人自唱酬。未必喧嘩不到耳，頗因名利懶低頭。只今宦業紛如許，轉眼春光似舊遊。

（《（康熙）奉新縣志》卷一二，今據徐冰雲、彭學樵《頗因名利懶低頭——讀楊萬里知奉新縣詩作》移録，收入唐富水主編《楊萬里》，吉水縣政協古代名人叢書編輯部2007年版，第240頁）

筆鋒

筆鋒插霄漢，雲氣蘸鋒芒。時時同揮灑，散作甘露香。

鑑泉

捋鬚俯寒光，可鑑不可唾。一泓湛虚明，中有白雲過。

（《（乾隆）安福縣志》卷二一，清乾隆四十七年刻本，第34a頁）

題墨潭

墨潭深杳氣吞天，知有神龍躍在淵。風静紋回千級皺，雨餘漚起萬珠圓。滄江緑樹陰浮動，翠壁丹崖影倒懸。自是武寧歸葬後，回流萬古護牛眠。

題石牛潭

數丈深潭石作牛，何曾喘月卧滄洲。峥嶸頭角波心現，潤滑皮毛水面浮。春到魚龍驚變化，秋來鷗鳥狎交游。長年守護夫人墓，豈解躬耕事緑疇。

題石獅潭

一拳怪石卧江邊，名曰狻猊不計年。猛態雄姿潭底伏，鋸牙鉤爪水中眠。朝涵勁氣摩蒼漢，夜吐精光照碧淵。永鎮君家侯相宅，子孫科第世蟬聯。

（《螺陂蕭氏族譜》，今據蕭東海《〈誠齋集〉蕭氏人物及楊萬里有關佚作考略》移録，收入劉慶雲、杜方智主編《映日荷花别樣紅——首届全國楊萬里學術討論會論文集》，嶽麓書社1993年版，第181—182頁）❶

殘句

露窠蛛衂緯，風語燕懷春。

立岸風大壯，還舟燈小明。

踈星煜煜沙貫日，緑雲擾擾水舞苔。

❶ 按：蕭東海云：「《三潭詩》爲《誠齋集》所不載，當是楊萬里的佚詩。然而《世譜總綱》繫作詩時間於『嘉定元年戊辰（1208）』，卻與楊萬里卒於開禧二年丙寅（1206）史實不合。考楊萬里《跋彭道原詩》（卷100）、《跋蕭服與劉逵唱和詩軸》皆作於嘉泰元年辛酉（1201），疑『嘉定』乃『嘉泰』之訛抄而『戊辰』爲後人所誤加耳。」

坐忘日月三杯酒，卧護江湖一釣舡。

（《誠齋江湖集序》，《誠齋集》卷八〇，第8ab頁）

憶秦娥

新春早，春前十日春歸了。春歸了，落梅如雪，野桃紅小。　老夫不管春催老，只圖爛醉花前倒。花前倒，兒扶歸去，醒來牎曉。

（《答周丞相》，《誠齋集》卷一〇六，第10a頁）

輓蕭伯振

樂山樂水仁智者，中清中濁聖賢人。

（《螺陂蕭氏族譜》，今據蕭東海《〈誠齋集〉蕭氏人物及楊萬里有關佚作考略》移録，第184頁）

賀余都承啓

伏審妙簡傑才，特疏曠渥。通班書殿，越陞論譔之華；導旨機廷，寖預謀謨之秘。置傳四出，頌嘆一新。竊以文武兼全，在今殊少；君臣相得，自昔尤難。倘非負離倫之識，而一洗空于須臾；曷能膺特達之知，而萬世遇于旦暮。是爲希濶，孰與等夷。維持宥密之廷，有宣基命；粤自熙寧之載，始用儒臣。仍兼修書撰次之榮，以寵定策亞勛之職。嗣登近輔，實階于此。爰繼盛事，非公而誰。恭惟都承，問學精微，行能高妙。河漢黼黻，雅優華國之辭；雷雲經綸，深蘊際時之略。親承妙注，偏歷華塗。樞府簡僚，參兩禁鵷鷺之列；端闈服采，肅九關虎豹之儀。名聲重於朝廷，言語妙於天下。果頒制檢，易踐文階。贊帝命於籌帷，夙夜出納；亞官儀于從槖，朝夕論思。某素仰下風，欣傳新命。猥服勞于原隰，阻贊善于門墻。佇錫儒科，酬稽古辛勤之力；更恢賢業，贊興邦閎遠之謀。

（宋魏齊賢、葉棻《五百家播芳大全文粹》卷一四，臺灣商務印書館影印文淵閣《四庫全書》本，第1352冊第376—377頁）

賀張都運啓

伏審妙簡清衷，肅將隆指。寵陞論撰，亞僊禁之高華；任督將輸，統神皋之浩穰。有識交頌，不謀同辭。永惟聖哲之經營，先自國家之根本。疆連吴越，昔嘗啓於霸圖；運際唐虞，今遂成於帝甸。天驕將欸於渭上，人傑宜漕於關中。伏惟運使殿撰少卿，奥學研幾，周才濟劇。巨室一國所慕，亟躋獻納之聯；皇華六轡載馳，屢畀按澄之職。然負全才者，要須綿歷；而將大任者，豈厭回翔。尚屈壯圖，式觀殊最。長安三輔，暫煩蕩節之臨；文昌六聯，即被贊書之寵。是惟公望，夫豈私期。某猥殿于蕃，寔當所部。審初交於軺傳，庸遠寓於緘縢。聲雖成文，言莫盡意。

（宋魏齊賢、葉棻《聖宋名賢五百家播芳大全文粹》卷一九，《中華再造善本》影印宋刻本，第10a頁）

賀傅都運啓

伏審荐膺綸制，改付使權。惟七寺之近班，已推茂實；故三秦之劇部，復賴周才。成命既傳，輿情胥慶。恭以某官，材猷英博，識量宏通。蚤預賓筵，謀深帷幄。俄趨召節，名動搢紳。蓋惟磊落之資，宜在光華之選。寖陪郎省，屢典藩符。愛有甚於棠陰，榮每憐於棣萼。周廬千列，方觀不識之才；積粟九年，更茂夷吾之略。某行能甚下，門户已衰。不自知其疲駑，猶未忘於奮發。獲塵周序，猶聞《樂職》之詩；幸與邦人，共仰登車之志。使旌在望，驩頌載深。

（同上，第10ab頁）

賀周參政

敷錫明綸，丕釐大政。會雲龍於千載，王素識其精忠；排虎豹於九關，人始知其定力。和氣布護，浮雲豁清。切以聖賢之遇合，相須爲最難；而功名之進爲，欲速則不達。陸贄論諫之久，晚乃被於延登；元稹私交之多，終不逃於罷免。與其多驅横騖，以售媚竈之策；孰若孤立一意，以俟當陽之知。進也無朋，居之不作。共惟某官，盛名播於九牧，孤忠耿於一天。玉札丹砂之良可用，而續千歲之脉；天球河圖之瑞不言，❶

❶「河」，原作「何」，今據文義改。

而爲萬乘之珍。兩去國而其節爲最高，三入朝而其進無所挾。以正水清明之鑑，而銓叙群品；以補天造化之筆，而裁成帝墳。勇退益堅，眷留愈篤。道大，故萬鍾不以嬰其志；天定，故群辟無所肆其讒。泰山巖巖，自足帡幪於萬宇；❶中台兩兩，又將膠轕於三辰。維今太平之基，在我自治之策。建道德之輔，則元氣實；收謇諤之助，則衆睍消。考覈軍實，以察其名存實亡之欺；寬阜民力，以救夫上溢下漏之失。凡經緯之密勿，皆次第而推行。鑒謨烈於祖宗，坐躋慶曆、嘉祐之治；書勳名於竹帛，將播《嵩高》、《韓奕》之詩。某喜中興之有期，知真儒之無敵。乾坤既正，覺山川宇宙之頓新；霖雨來蘇，想草木昆虫之咸喜。輒冒攄於狂瞽，思有補於高明。願寬不韙之誅，少借曲成之造。

（《新編翰苑新書・續集》卷二，《北京圖書館古籍珍本叢刊》第74册第849頁）

賀雷參政

妙簡中宸，峻迁亞相。一臺正而朝廷治，方觀風采之新；元首明而股肱良，亟玉弼諧之任。適當九重更化之始，首膺兩社執政之除。國用正人，士无異論。共惟某官，英猷經遠，雅量鎮浮。道本心傳，發揮《中庸》、《大學》之奥；文推手筆，塗改《生民》、《清庙》之篇。逆長風而孤騫，干層霄而直上。西省演綸之妙，東臺批敕之忠。廣厦細旃，半夜前席。見諸謀正斷國之際，妙有旋乾轉坤之功。此其疇咨，不應皐緩。升華

❶「宇」，原作「於」，今據文義改。

獨坐，曾制墨之未乾；晉位同寅，果恩綸之狎至。然官高故其責必重，眷渥則其望必隆。要宏厥施，以副斯企。方今主威僅振，權尤戒於多門；虜好且成，幣勿增於常歲。所謂大政，无越於斯，若不早圖，有悔而已。洪惟閣下，素定胸中，會當盡行其所言，毋謂有牽而莫可。掀揭天地，要將大紀於旂常；感會風雲，可但立登於鼎鼐。

（同上，第854—855頁）

賀袁參政

簡隆宸陛，序陟政塗。耀神武，折遐衝，既資庙筭；建太平，興大政，式藉弼諧。綸綍疎傳，紳綏胥慶。共惟某官，直方剛大，廣博精深。道德所宗，孰不知泰山北斗之仰；文章之作，蓋取三代兩漢之餘。早繇郎省之華，旋被侯藩之寄。辰猷入告，方司雨露之邊；夜席俄前，遽攝星辰之上。比課坤維之績，亟疏涣汗之恩。蓋自琴鶴出蜀以來，咸傒舟楫濟川之久。甫聽尚書之履，又懷會稽之章。惟其持方以入圓，是以難進而易退。迨復青氈之舊，荐膺黄紙之除。宥府同寅，曾未乾於詔墨；宰廷贊化，果正拜於册書。仰涵養之素深，諒規模之先定。中台虚席，職已總於機衡；顓面正朝，位佇登於魁柄。某甫介行李，欽聆制麻。屬嬰采薪之憂，致稽削牘之敬。尚憶拜公於鄭鄉之日，頗辱稱譽其蕭寺之題。曁再入於脩門，遂屢瞻於翹棗。乃至間曹之常伯，尤蒙刮目於旅人。今兩賢皆升於宗工，而一介陸沉於邑儻。

（同上，第855頁）

回李憲

揆辰桑蔭陟夏，麥信作秋。共惟澄桉日餞，振揚風采。陰拱百霧，台候萬福。某崦嵫餘日，泉石百年。比承誤恩，冒趍嚴召。踏破青鞋之底，入聯紫槖之班。膂力既愆，知折腰之難任；頭顱如此，徒屈指以望鳴。鼎來藤緘，過相黼黻。應念攬轡之所，亦嘗切廩其間。故雖衰殘，猶加勞問。飛鴻踏雪，知指爪之曾留；老驥伏輿，笑塵根之猶在。聊謝先辱，不成報章。其他頌言，不敢贅請。

（宋周公恕《誠齋先生四六發遺膏馥》卷一〇，《中華再造善本》影印宋余卓刻本，第1b—2a頁）

呈達孝宫使判府中大劄子

万里伏以首夏清和，恭惟達孝宫使判府中大，新拜祝釐，高蹈事外，天相台候動止萬福。万里素餐有著，亡補縣官，未以罪行，庇焉所逮，知感知幸。尚遥良覿，敢幾盡珍愛理，即膺予環之寵。右謹具呈。四月廿二日，朝請郎、守尚書左司郎中兼太子侍讀楊万里劄子。

（《宋元尺牘》所載手跡圖版，上海書店出版社2000年版，第383—384頁）

與王子俊饋歲啓

萬里適當凋年，聿修餽歲。輒分常平使者之春酒，壽以乘壺；併遺良二千石之盤飧，致諸百輩。願介履端之慶，亟膺舉首之榮。

（宋王子俊《格齋四六》卷二《回誠齋餽歲》篇首，《豫章叢書》本，第40b—41a頁）

帶經軒記❶

楊子將闢軒於南溪之北涯，其地甚肥而美，可爲畦以蔬，而朝夕挾書於斯。一日與客觀之，且今其地。客曰：「美則美矣，然今之人目辨紅紫者，其心不能應答問之是非；手捉方圓者，其耳不能聽英莖之節奏。子於此乎書，則蕪子之蔬；子於此乎蔬，則蕪子之書，又焉在於帶經而鋤？」余曰：「不然。書者，吾事；蔬者，所以寓吾意也。早夜孜孜，披閱古今，非徒爲是譊譊者，而其志在乎堯舜禹湯文武之事業，故謂之吾之事。然既藏必遊息也，由是寓志於韮菘葵菊之間，而忘言於韮菘葵菊之外，非意矣乎？雖事者本也，意則末矣，烏在乎其意也？然學道自洒掃應對進退，皆足入乎道，雖末也，無害其爲本，故説者謂『君子不當忘乎意』。况畦而列之，横斜有徑，高卑有陳，則君子之宫庭壇宇也；種植有時，采掇有芳，芬馨辛烈，有類有族，則君子之陳立經紀也。灌之溉之，由是得涵養之術；鋤之耰之，由是得修慝之理。如是則荷鋤而趦趄，不害其爲書；帶經而囁嚅，不害其爲蔬。吾豈若樊遲哉，規規然專務爲老圃之事，而董仲舒又不爲窺之勤。

❶ 按：同治重刊乾隆六十年帶經軒刻本《誠齋文集》卷二七已輯入此文，並有按語云：「此記全集失載，今從《合璧事類》採補。」

彼二子者，所謂『楚失而齊亦未得也』。」

（《古今合璧事類備要·別集》卷二一，《中華再造善本》影印宋刻本，第8ab頁）

螺陂五一堂記❶

鄉先生蕭嶽英，三舉於禮部不就，以特奏名官。三遷常德府武陵縣丞，官期至，不肯之官。余在朝，亟白吏部趣其行，符下，又不果往。未幾，余補外，還家，見嶽英，問故，則笑曰：「吾老矣，堪伈伈折腰乎！」余方歎且高之。未幾，嶽英竟請老於朝。丞相止之，不可，乃言於上，以通直郎致其仕。寵命播敷，名流諸公爭以書賀之。龍圖閣學士胡公則曰「勇退絶人」，兵部侍郎周公則曰「林下見一」，中書舍人蕭公則曰「急流勇退」。余聞，亦往賀之，見其所居之西偏新榜曰「五一堂」，問其名之之意，嶽英曰：「此吾曾大父君美五福之故基也。吾膚於學而凉於德，且貧病，於謀五之一，吾竊庶幾於吾祖也；二而五，豈吾所敢庶幾於吾祖哉？願子記之。」余嘗燕居，深念天下不難治，獨患爲者不能，能者不爲，二者每工於相違而憎於相遭，天下不難治，不在此其將焉在？如嶽英之才，易事不足以見之，愈難當愈見耳。今雖老，其精神材力則尚少也，

---

❶ 按：蕭東海《新發現楊萬里佚文〈五一堂記〉述考》（《文獻》1990年第3期）曾據《螺陂蕭氏族譜》輯入此文，末署「淳熙二年十月二十七日誠齋野客楊萬里」。

而又去其位，余方以爲嶽英賀，又以爲國家惜也。嶽英之居，梁柱榱桷皆寶元、慶曆以前物也，❶而左右前後環以數百年之老木壽藤。其上有鶴，夜寒露下，則戛然而唳，聲聞數里，又不知何代物也。嶽英葛巾藜杖相羊是間，年七十四而見如五十許人，鬢鬚黝然，無一莖白，其將與老木壽藤相永乎？亦又馭風騎鶴，餐朝露，酌天漿，以往乎山間也。余願從之遊焉。淳熙二年記。

（《誠齋文集》卷二七《補遺》，同治重刊乾隆六十年帶經軒刻本，第66ab頁）

復齋記

鄉先生李直卿諱次魚，爲酒正於長沙之明年，遺余書：「吾得一官老矣，林壑之棄而塵囂之歸，忽忽乎未知爲官之樂也。吾即公館之左右爲齋房焉，旦則詣太府憲曹，公事已則獨騎一瘦馬，從三四老兵以歸。歸則休於齋，掃地焚香盥手，取架上《周易》、《論語》、《中庸》、《大學》、濂溪、伊川等書縱觀之，欣然若有得焉，渺渺乎吾未知古人之遠。因取《易》之『不遠復』與夫子所以告顔子之説，銘吾齋曰『復』焉。子盍爲吾記之？吾將持子記以見帥府張公求賦詩焉，子其勿遲。」余曰：「心無放焉，有復；復無説焉，有記。抑吾嘗觀物有感矣。客有吴於家而蜀於游者，蓋其所見天下之奇觀未嘗有也。見天下未曾有亦足樂矣，而有不樂

❶「曆」，原作「歷」，此避清高宗弘曆諱，今回改。

焉。羈離焉，愁思焉，身在蜀也，心未始不吴也。何也？居者思行，行者思居也。思故歸，歸故樂，士之於學，❶有如吴之家者乎？士之言曰：『人不可以孔顔也。』且夫見儒子之入井則惻然，强之爲穿窬則艴然，士獨無此心乎？士無此心，則信不可以孔顔矣。此心，吾之家也。家焉而不家其家，客焉而不歸其歸，又從而尤之曰家不可歸，惑矣哉！歸之近者，心必覺其中充然，其外愉然。先生之學，以復爲主，先生其初不知爲官之樂，今乃不知古人之遠，先生之復，其近乎？其遠乎？吾將候其愉然，以賀其充然也。」

（《谷村仰承集》卷九，收入《江西旅遊文獻·名跡卷》下，江西人民出版社2018年版，第387頁）

永新縣春風堂記

歲在乙未，摘山之寇起湖北，歷湖南，入江西。吉之永新，首罹其毒。寇平之明年冬，縣令臨川黄君希夢得佩縣印之初，於是邑民告多盜，不問，一日盡呼掫者圖之。邑民大驚，莫知其何，蓋警盜者即盜也，咸伏其辜。吏忿，抱文書立於庭不去。君問之，吏叩頭曰：「故府文書若干，寇退今亡若干。」君笑曰：「書不亡也，吾與爾乎取之，三日不得，必論如律。」果盡得亡書。疑事至前，物凝縷解，期月民大悦。君迨其暇，方於縣治之東，因其堂之舊掃溉之，增以兩廡，植以花木。偶閲於壁，得前縣令元公厚之之詩於塵埃縵繩之中，拂拭而讀之，愛其「春風桃李」之句，遂以名堂，因吾友劉俊景明謁予記之。夢得之學，淹有古今，喜作詩，慕

❶「士」，原作「十」，今據文義改。

少陵。方其時未擢第，開門授徒，江西、閩中之士從之有數千百人。予雖未識面，昔聞其賢矣，獨不知元公之爲邑於斯今幾年矣，其所種桃李今皆在乎？抑存者不多，不存者不少乎？其樹，公之所手植也；其臺其池，公之所經行也。景明其爲余諗之夢得，問之故老，攀桃李之故枝，挹春風之新吹，亦足以仰而思，俯而嘆，見桃李如見公，而百年之事恍如昨日也。

（《（萬曆）吉安府志》卷三五，第564—565頁）

種愛堂記

零陵之爲邑，負郭也，而遠於朝。然山川水石之奇古，不求聞於世，而爲天下之所慕尚。故生於其間者多秀民，至於前輩諸鉅公不容而南者，名德相望而寓於此，其人士見聞而熟化焉，往往以行義文學浚發而焯著，視中州無所與遜也。其士風美矣，而其民俗尚有難治之歎，豈其民果難治與？抑治之者未得其易之之道與？紹興二十九年，東平吕侯行中聖與來爲宰，❶視事三日，進吏民於庭，且問其民之所以戚休者，俗之所以薄厚者，政之可以罷行者。吏有應於列者曰：「邑之民扞格而險健，非痛斷根株，欲治則否。」侯笑曰：「吾得之矣，異時之繼治者，非以其人先言故耶？」則諭告其民以禍福，使得憣然而徙義，知邑長之可親而不自他。凡賦租之非經常者，議蠲除之。批導滯訟，犴獄屢空。耘鋤宿姦，民用靖嘉。期年，民信而順，罔有違者。又明年，因縣治西偏之故基，作堂以樂其暇裕。堂成，問名於太守左史狀元王公，公爲榜之曰「種

❶「與」，原作「輿」，今據本書卷七八《書吕聖與零陵事序》改。

愛」，侯退而屬萬里記焉。萬里曰：「公之所以期侯者遠矣，顧薄陋，何足以與知之？」因指堂下花木而問侯曰：「此非侯之手種也耶？其始種也，必深其根，未茂則憂其瘁，茂矣則又視其蠹，侯於此勤矣。夫木之於人，無言語以相通，無意於求封植者也。然一失其理，則非所以盡物之性，況於吾民者乎？」侯嘗以治狀受知於太丞相和國公，稱其公勤而勉矣無倦。侯既秪承格言而師之矣，於種愛何有？予又奚言？

（《（嘉靖）湖廣圖經志書》卷一三，《日本藏中國罕見地方志叢刊》，第1154頁）

霜節堂記

淦江之胡，俗尚真素，故其緒願以愨，業尚勤肄；故其室亭以盈，襟帶圖史；故其子孫文而秀，尸祝師友；故其賓客英且□，如清江二嚴、艮齋一謝皆與之還往，予雖耳剽而未面識也。予方造朝庀職，友生蕭森追送予於白沙，固請曰：「胡君邦仲經始一堂，旁羅六齋，前陳萬竹，將使其子弟耕於是，獵於是，以獲享百聖之皋壤。願因森以假寵於門，請名斯堂而記之。」予曰：「子不觀夫堂下之竹乎？石老而瘦，土悍且堅，若無物也。春雷夜興，土膏并裂，朝起視之，牙者角者、長者短者、彪者炳者、洪者纖者，如錐出囊，如羝觸藩，人固玩而怡之。雨一濯焉，風一揠焉，漂然鳳蹌，踠然龍升，拔起平地，蕩靡昭回。君子之學，出乎士，極乎聖，發乎身，加乎天下國家，固不當爾乎？」不知其人視其友，不知胡氏視其竹。退之云「縹節儲霜」，嘗試以「霜節」名之其可。齋曰存、曰率、曰敏、曰養、曰求、曰悱云。

（宋劉震孫《新編諸儒批點古今文章正印·前集》卷一四，今據李由、陳怡慧《新見楊萬里佚文〈霜節堂記〉考證》移録，《江海學刊》2020年第4期，第159頁）

北牕集序

北牕先生鄒公和仲紹興丙子爲章貢觀察推官，予時爲户曹掾，以鄉鄰故，相得驩甚，每見必論詩，未嘗不移日也。公之詩祖山谷，記其誦所作，如《久霖》云「勸雷且卧鼓」，如《讀人詩卷》云「聲名藹作紫蘭馥，詩句清於黄菊秋」，若置之江西社，不知温似越石乎？越石似温乎？今其外孫曾叔遇盡得公之詩文若干卷，將刻板以傳於學者，豈惟學者之幸，抑亦予之幸。慶元庚申六月二十七日，誠齋野客楊萬里書。

（《誠齋集》卷八四，庫本，第1161冊第113頁）

北海集序

記覽極其博，辭章極其麗，而正君定國，扶世立教，根於自然。其進言也，曰畏天，曰愛民，曰法祖宗，曰務學，曰從諫，曰進賢退不肖。其説經也，探聖賢之本指，别訓詁之是非，取正而舍奇，尚通而惡鑿，以今準古，據舊鑒新，皆正心、修身、齊家、治國、平天下之要，何其多取哉！鴻筆麗藻，冠於一時，有功中興，獨當上意，如威鳳祥麟，斯亦偉矣。而自放泉石，深入仙城回縈之中，雖萬鍾千駟，不與易也。一觴一詠，興寄事外，雖不多賦，顧其閒雅澹泊，弗琱而工，豈營度悲鳴所能幾耶？

（宋李幼武《宋名臣言行録·别集》卷七「綦崇禮」條，清順治十八年林雲銘刻本，第10b頁）

重修楊氏族譜序

楊氏之先，蓋周姬姓之序也。霍楊韓魏及楊食我父子，載於《左氏春秋》；伯僑載於揚雄自序；尚父與章、與震至承修，載於《唐相世系表》；喜至潭，載於《前漢書·高惠功臣表》；震子奉，載於《後漢書》本傳，今族譜所書是已。惟碩之八子，《唐表》七人有名而無字，乃令有其字。奉之後八世孫結，其間六世失其名，今乃有其名者五，蓋本之吕夏卿《大同譜》也。然古之書傳，楊姓偏傍皆從木，而或者見子雲傳之「無它揚」，遂以子雲之姓爲抑揚之「揚」。初亦信之，及觀德祖《答曹子建書》曰「修家子雲，老不曉事」，則雄與修果異其姓乎？本朝歐陽文忠公志楊大雅之墓曰「九世祖隱朝生燕客，燕客生堪，堪生承休」，而公作《世系表》則曰「隱朝生燕客，燕客生亢一，亢一生虞卿，虞卿生堪」，何其自相異也？及考之宋景文公作《虞卿傳》云「虞卿之父曰亢一，子曰堪」，乃與表合，蓋志誤也。今從表與傳。舊譜云：「巖之曾孫輅，仕江南李氏，爲虞部侍郎。」按《唐·百官志》無此官，或者偏方創爲此官名乎？不然則傳者誤也。輅之二子鋭、鋋居廬陵城中，其居楊家莊自鋭徙也，今延安、延規之子孫，其後也。二族自國朝以來至於今，第進士者十有三人，楊家莊居其九：曰丕，曰純師，曰安平，曰求，曰同，曰邦乂，曰邁，曰炎正，曰夢信；湴塘居其四：曰存，曰杞，曰輔世，曰萬里。蓋楊氏從太尉伯起以來，大抵以忠孝文學遞遞相傳，而近世卓然冠吾族者，忠襄公也。公之死節，予既爲之行狀，上之史官，已有傳矣，而十三人者，公父子及二孫凡一家而四人焉，謂天不報施善人，可乎？公之名豈待族譜而後傳，而族譜得公則爲光榮也。其餘或以節行，或以文名，或以吏能，能不辱漢太尉者。顧萬里之愚不肖，亦徼福一人之數，獨無愧於諸老乎？楊氏子孫，其懋之哉！譜中顧之第三子名虘字仲龍，第四子名儵字叔彪，疑當互易。「儵」疑當作「儵」，「鷃」疑當作「鷗」，然不敢易者，疑以傳疑也。今既考訂其誤，重爲一書，析作七卷。蓋廬陵之楊，其遠者出於震季子奉八世孫結，而近者分自宀一、虞卿、堪、承休云。其《唐表序》、吕夏卿《大同譜序》中《奉府君族系圖系》，今列於篇首，俾來者有稽焉。慶元己未六月一日，孫通奉大夫、寶文閣待制致仕萬里謹序。

（《（泰和）楊氏族譜》卷首，今據王琦珍《楊萬里詩文集·補遺》移録，江西人民出版社2003年版，第2206—2207頁）

桃林羅氏族譜序

吾郡多著姓，而印崗之羅，其一也。由印崗而之竹溪者，率稱士族。竹溪有隱君子曰季温氏，余忘年友也，世有姻連之好，常相往復。見其族人心術皆良善，倫紀皆篤厚，習尚皆文雅，無流漓詭譎粗鄙之俗，其有以服季温之化德也。嘗以譜牒之未修質言於余，謂以族之顯晦不專繫乎富貴貧賤，苟位極乎公卿，財雄乎鄉邑，一時號稱顯族，數代之後而消歇，則昔之赫赫以顯者，能保其不昧昧以晦耶？晉之王謝、唐之崔盧是也。然何爲使之常顯而不晦？曰：「魯叔孫穆子有云，立德、立功、立言而已。夫言也者，表在天地間，久而不僨不躓也。世之譜其族者不知其幾，而稱歐譜、蘇譜者，何與？以永叔、明允之言立故也。」季温曰：「謹受教。」余不家食者十數年，季温益潛心於理學，著有《竹谷叢稿》若干卷，取正於余與丞相周公必大，觀之，所撰《畏説》，胥歎其有不可及處，此其言之立也。若夫德之立，足以尊族人，化鄉里，貽後世，俾用於世，功之立不難矣。余謝事之暇，乃以所編之譜囑引其端。吁乎！先世之種德也深，後世之流芳也遠，季温所造就有如是，是以贊其族之蕃衍昌大，常顯而不晦矣，雖世守之可也，余復何言！《詩》曰：「子子孫孫，勿替引之。」爲其後者，能如季温氏之樹立，斯譜爲不朽矣！斯譜爲不朽矣！嘉泰三年癸亥秋，寶謨閣直學士、通議大夫致仕、吉水開國伯、食邑七百户楊萬里廷秀撰。

（《桃林羅氏族譜》，今據楊瑞《楊萬里佚文考》移録，《文教資料》2010年第21期，第8頁）

泥田舊序

周氏系出汝南，❶源遠派分，莫可殫紀。子姓之蕃，❷有居吉水泥田者，相傳爲吴周瑜之少子都鄉侯允（胤），❸謫官廬陵而卒，子孫遂家焉。遥遥世胄，❹歷晉唐而至我朝。元符、崇銀（甯）間，有曰致道，生諤字

❶「周氏」至「派分」，清光緒四年刻本《泥田周氏族譜》作「詩云綿綿瓜瓞言周之所自也周自后稷爰封于邰千有餘年中間迭生聖賢積功累仁至文王昌而聖德尤著始授天命開八百年之丕基有道靈長澤流沛遠不斬於五世莫京於八世非周家之忠厚曷克臻此哉後世源流而派蓋分」。按：「蓋分」，疑當作「分蓋」。

❷「之蕃」，《泥田周氏族譜》作「蕃昌」。

❸「相傳」，《泥田周氏族譜》作「按其圖系」。

❹「遥遥世胄」，《泥田周氏族譜》作「幹碩枝榮」。

鯁臣，遊太學，與杉溪先生劉尚書才邵爲同舍，世稱爲浩齋。及其卒也，尚書公爲之作哀辭，譔墓誌。浩齋生尚忠，尚忠受學於予，以予謝事之暇，重以譜序爲請。予竊謂忠厚之德莫若周，子孫之綿遠者亦莫若周，孰謂有德之報，天不可必乎？或曰：「君子之澤，❶有時而斬；賢哲之後，❷有時而振，❸天何獨私於周乎？」蓋先世之種德也遠，❹故後世之流芳也長。若盛衰之不齊，則又顧其子孫賢不肖何如爾！苟能服膺以詩書，培植以仁義，防檢以家範，敦彝倫之要，明尊卑之秩，内雍睦而外和敬，承承繼繼，賢其賢而親其親，上視祖宗，罔敢失墜，俾詩禮之教與德澤同流，❺雖子孫千萬世而弗替也。矧今尚忠宗姓與予同仕於朝者，有若丞若公必大，從容廊廟，黼黻皇猷，其文章德業，焕然當時，一人而已。且予所居與泥田不遠，伊於周有通家好，❻爲母黨婣，而尚忠復從予遊，駸駸問學，崇德象賢。周之子孫，將有匹休於李栖筠、王晉公，食報

❶「君子」，《泥田周氏族譜》作「聖賢」。
❷「賢哲」，《泥田周氏族譜》作「聖賢」。
❸「振」上，《泥田周氏族譜》有「不」字。
❹「德」，《泥田周氏族譜》作「澤」。
❺「詩禮之教」，《泥田周氏族譜》作「詩書之訓」。
❻「伊」下，《泥田周氏族譜》有「邇」字。

而興，其有窮乎！予雖老，將復見亢宗者焉。❶

（《周氏五修族譜》，今據周遠成《〈周氏五修族譜〉泥田舊序——宋楊萬里佚文一篇》移録全文及校記，《衡陽師範學院學報》2016年第37期，第163—164頁）

跋彭大博零陵縣廳記 採西岸彭氏家集補

珏溪彭德宣，奉其祖太常公傳于南溪，楊萬里讀至章聖皇帝御筆，有「彭齊文章」之目，則變色端拜，且恨其文之不得見。德宣又袖出公《零陵縣廳記》，曰：「吾祖之文也。」其文平淡而不雕，明白而無滯，蓋是時承平久矣，文章氣格未盡如古，此文獨無國初一點習氣，他可觸類也。故附書于左，庶觀公之傳、聞公之文者有稽焉。

（《誠齋文集》卷三二，第2b—3a頁）

跋蘇東坡黄山谷石刻

蘇黄皆落南，而嶺南無二先生帖，大似魯人不識麟，惟韶有之。耿光異氣，上燭南斗，下貫碧海矣。

（同上，第5a頁）

❶「焉」下，《泥田周氏族譜》有「嘉定四年辛未春正月上瀚日寶謨閣直學士通儀答覆致仕吉水開國食邑七百户楊萬里撰」三十七字。按：「儀」，疑當作「議」。「答覆」，疑當作「大夫」。周遠成云：「此處年號有誤，這裏『嘉定』應爲『嘉泰』，即嘉泰四年辛未（1204年）春正月。」

跋孔明公瑾忠節

孔明盡心于蜀，垂成而死；公瑾盡心于吴，未幾而死，皆豪傑之士，爲漢死也。抱天下之義氣，直欲誅漢賊而後已，豈不謂豪傑之士？不然，則五月渡瀘，有何時勢？中塗告病，有何壯心？而其氣節凛凛，直與秋霜烈日争嚴耶？

（同上，第5b頁）

跋本朝蘇馬忠節

吾觀蘇文忠公平生鯁介，用之則金馬玉堂，舍之則朱崖儋耳，而英風直氣，終身不衰。司馬温公進而秉軸，退而居獨樂園，而誠之一念，終始不易。遺芳餘馥，至今襲人，慨想遐思，儼然如在。君子人歟，可多得也？

（同上，第6a頁）

跋蕭御史詩軸❶名服，侍御之孫，歷官監察御史、吏部郎中。

吏部蕭公清名勁節，聞其風者猶使人興起，況見其詩軸字畫耶？公家子孫，永言寶之。嘉泰辛酉至

❶ 按：蕭東海《〈誠齋集〉蕭氏人物及楊萬里有關佚作考略》曾據《螺陂蕭氏族譜》輯入此跋，題作《跋蕭服劉逵唱和詩軸》。

日跋。

（同上，第6b頁）

跋范文正公與尹師魯二帖

「佳客千山得得來，主人雙眼爲渠開。逢人莫説當時事，且泊南亭把一杯。」❶右第二紙當是尹自均來訪范于南陽時也。范戒尹以不須與衆云云，此意最深。淳熙戊申三月廿八日，廬陵楊萬里敬書。

（明趙琦美《趙氏鐵網珊瑚》卷二，臺灣商務印書館影印文淵閣《四庫全書》本，第815册第332頁）

睢陽五老圖題記

紹熙辛亥除夕前一日，廬陵楊万里敬觀于金陵籌思堂。

（《行書睢陽五老圖題記》，黄山書社2008年版，第39頁）

跋金尚書撰陳丞相誌銘藁

某隆興元年冬詣吏部受署，一日，謁中書舍人澹庵胡先生，坐未定，門外傳呼重客至，某亟屏齋房避之，

❶ 按：此詩已收入《誠齋集》卷二四。

見主賓四人，皆鬢髯皓白，衣冠峻整，進退莊敬。以問先生之子泳，指曰：「此爲彦亨金公，此爲龜齡王公，此爲邦彦陳公。」是時群賢充朝，氣象如此。慶曆、元祐間，而兹四人者又其選也，其名日著，望之若神人。然而某乃得以瞻其聲，尤私竊自慶，以謂雖商山之皓，何必咸焉。後三十六年，得金公之文稿於其孫箎，首篇蓋公所作文恭陳公墓誌銘也。讀之終篇，蓋自歐陽公碑、王文正公之後才見此耳，蓋二相之文相爲頡頏云。敬書其後。慶元戊午季冬中幹日，太中大夫、焕章閣待制楊某書。

（宋真德秀《西山先生真文忠公文集》卷三四，《四部叢刊初編》影印明正德刊本，第28ab頁）

宋左朝散大夫知武岡軍事羅公行狀 採山原羅氏家集補入

公之先，襄陽人也。高祖諱拯，景祐中擢進士第，知吉州，因家焉。贈公翁朝議府君，以學行爲鄉先生，挾策射科竟無遇。疾革，命公曰：「吾故家衣冠文物，今以屬汝，不墜惟汝。」公涕泣識之，辛苦讀書，至不頮不冠。或曰：「何至是？」公曰：「客子敗人意，吾無以謝之。彼望見我蓬頭垢面，當少却。」其勤如此。既而嘆曰：「里居不識，其何以就吾業？」於是乃徒步入大學。後三年，于光堯壽聖太上皇帝龍飛榜登進士，蓋建炎二年也。

授迪功郎、虔州司理參軍。宣諭使李公寀命公鞫賊，賊富且黠，故有以待有司，有司莫能決。至是，復以錢二十萬遺公求脱。公笑曰：「是復以他有司待我也。」卒論殺者三十人。移潭州司里參軍，平反死刑者盗九人，胥二人。湘潭士人鄧深者以事繫獄，公爲白其冤于帥府侍郎謝公祖信，且薦其能，請釋之。明年，鄧深策第，今爲達官。紹興十二年，公用薦者陞秩左從政郎，遷静江荔浦縣令。異時廣西轉運司每符荔浦，以税高下輓粟五千石餉宜州。公奏記于轉運使曰：「荔浦抵宜州，不惟絶遠，又不通舟楫，民往焉則以粟易銀，至焉則以銀易粟，率以賤粟得貴銀，以賤銀得貴粟，惟財哀之。」轉運使即命改符，令輸者止詣縣，至今荔浦之民思公不衰。桂帥龍圖閣學士張公宗元有薦牘一，而求者十八人，皆不與。一日，張公召公食，即席授簡薦公，公未嘗有求于張也。十七年，公改秩左宣教郎、知虔州石城縣，以重賞捕十年未獲之盗七十人，減民税以經界增者，葬前主簿之無歸者。二十二年，授左承議郎、簽書道州軍事判官廳公事。明年，賜牙緋。公至道州之初，朝旨命公鞫邵州民張臣駟獄。初，臣駟等以讐家誣告其與賊通，獄吏楊錫得賂，力主讐家，大守之子弟與知之，遂起大獄，連坐者三百餘人，瘐死者六十七人，黥而流者二十八人，没入貲産者十八家。公具得其實，楊錫不得隱，即首服。公正其罪，而返二十八人之黥而流者，還十八家之没入者。冤民得直，皆畫公像而祀焉。提刑蘇公籍見公，歎曰：「公直則直矣，郡守方位于朝，光顯，不疚于禍，仁者之勇與！」二十九年，授左朝散郎、通判贛州。贛俗大抵憎女，生則殺之。公乃以頃在石城所作《戒殺女文》下之十邑，善諭而嚴禁之，活者何數。贛之廩人月給兵餉，率以公量入，私量出，兵人口語藉藉，公窮治其狀。太守陳公輝不樂，陰代公作奏，請祠於朝。命既下，或勸公自辨，公曰：「祠禄，吾願也。」未幾，公之友澹庵先生胡公銓爲兵部侍郎，力薦公於上，授左朝奉大夫、知武岡軍事。官期至矣，公以老疾，懇請奉祠。乾道四年三月，授左朝散大夫。四月，得祠禄而疾作矣。是月二十九日庚申，坐而逝。

初室彭氏，太常博士彭公齊之孫女也。繼室喬氏、趙氏。喬氏，貴妃之族；趙氏，濮安懿王之孫女，皆贈宜人。彭氏生三男：齊賢、尚賢、世賢，皆能傳業。齊賢補將仕郎，尚賢以父致仕補官，未命；世賢業進士。女嫁李叔浩，次嫁陳叔虎，其季許黄洽。男孫二人，尚幼。

公之學邃於名數字書，故其文長於序事，其碑板之作尤掘起，間出廋辭難語、切響奇字，讀者皆駭。或問公：「是出何書？」公即命其子齊賢曰：「取架上某書某卷第幾簡。」其强記蓋天德也。余常嘆今代備顧問者惟公可，而止於斯，天耶？人乎？公有詩文三十卷，號《不欺集》。又有《增廣左氏指南》、《春秋會盟圖》二書，《歐陽文忠公年譜》并序并《辯謗》一卷。里中後輩從公授業者多登第，如羅君上行、郭君有憑，皆其選也。

其孤以乾道六年庚寅歲某月初八日庚申，卜葬公於吉水縣仁壽鄉大平里東郭山，將乞銘於立言不朽之君子。萬里登公門最近，故得公言行最真，論次行實，萬里奚能辭？謹狀。

左宣教郎、新差知隆興府奉新縣、主管學事勸農營田公事楊萬里狀。❶

（《誠齋文集》卷三七，第51b—54a頁）

---

❶ 按：文末有楊振鱗識語云：「武岡公本里人，即本集《羅氏萬卷樓記》内所云完塘之羅也。又按：《誠齋詩集》亦有《和羅武岡酴醾長句》二首，獨此文原集偶逸，而縣志撰《羅武岡公傳》，内云『楊廷秀稱其可備顧問』，其源蓋出於此，今採録補遺。」

故富川居士羅子高行狀

本貫吉州吉水縣同水鄉歸宗里。曾祖仕倫不仕，祖處厚不仕，父知成不仕。富川之羅，其本系豫章西山出也。國初有自西山來學於廬陵者，樂富川之山水秀邃，家焉，故居士以富川自號云。

居士諱崇，字子高，年十四而孤，從其祖德輿薄游長沙。德輿少以易學名家，晚喜陰陽家者流，相宅卜葬，妙極象外，子高從之，盡得其學。德輿客死，子高行冰雪之中，輿之以歸，夜則同床同衾。既至其家，家人皆賀曰：「阿翁□（疑爲「歸」字）□。」負載下車，而後大驚，哭失聲，蓋德輿暝之九日而後蓋棺也。德輿諱處厚。是時子高年十五，於是一□（疑爲「日」字）□□□（疑爲「孝」字）者達吾州矣，至今鄉里長老每談子高此事，聞者猶泣下歎息。子高母劉，其族父杉溪先生尚書□□□□（疑爲「子」字）有外家之法，既寡居，子高與弟子茂皆未冠，三女皆幼。子高奉其母，與弟妹崎嶇兵亂，剽掠强宗□□□間田宗，蕩然盡矣。子高嵍耳鏁吭，夜行晝伏，訴之官二十年而後復其生業，於是以富甲一鄉。紹興□（疑爲「庚」字）□，朝廷經界法既行，有同縣異鄉曰仁壽鄉者，欲嫁其田租之重者於同水。子高倡衆爭之於官，得直，一鄉免加賦者，子高之力也。子高之鄉有陂曰杭者，其源出宜春，行三百里，陂廣一千尺，深居其二十之一，釃爲八十四渠，溉田二千頃。陂廢二十年，至是吉水丞龔尹謂陂當復，然役與費不貲，行鄉來觀，慨然而返。子高謁之塗，曰：「崇請辦此。」乃傾橐捐帑，費皆己出；誅山斂阜，爲木爲土；犯星觸熱，僝功不日，於是户口之流者止，田水之止者流矣。五年，子高卜築泉口之山，因其故居，撤而新之。一日，蚤作巡功，倚一藤□（疑爲「杖」字），立而逝，得年七十有四。

配劉氏，亦尚書公族子也。生二子，長曰合，次曰謐，今補官承信郎，德壽宫主管進奉。劉夫人及長子皆先子高卒。女四人：長適李栖遠，次適郭彌年，次適李叔豹，季女未嫁而卒。子高居富川，時方兵亂，嘗有一惡少欲殺二甿，逐之急，突入子高室。子高匿二甿，而身當惡少於户，以無人告，惡少乃去，竟活二甿，其好義如此。其孤謐將以七年八月庚申葬子高於中鵠鄉長春洞口之原，來請万里狀子高之行，將以乞銘於當世之老於文者。万里於子高世姻，於書爲宜。謹狀。乾道七年六月，表姪左奉議郎、新太常博士楊万里狀。

（方愛龍《楊万里撰并行楷書〈故富川居士羅子高行狀〉》所載圖版，《杭州師範大學學報（社會科學版）》2021年第2期）

宋故太孺人叚氏墓誌銘

中奉大夫、直龍圖閣、新知贛州軍州事兼管内勸農營田使、江南西路兵馬鈐轄楊万里撰。

正議大夫、給事中兼侍講兼實録院同修撰尤袤書。

焕章閣直學士、朝奉大夫、提舉江州太平興國宫謝諤題蓋。

太孺人叚其氏，王君正臣其夫也，世家吉之廬陵。曾大父世臣，大父子冲，父賁于。大父府君以文行著政和間，朝廷舉遺逸及八行，州家俱以君應書。有詩文十卷曰《螺川集》，太守程祁、資政胡公皆爲之序。

太孺人生長名門，動中詩禮。及婦王氏，淑慈宣明，妯娌作則。王氏家故饒，正臣最喜士，而乃翁南鵬所與交游皆一世偉人，歲時束脩之問，朝夕饟牽之供，不匱不瀆，甚度甚敬，緊太孺之助云。太孺人少而孤，一弟纔數歲，在傅時已深以門户爲憂。既歸，正臣立取其弟使就學，程督術業如嚴父兄。既又爲之擇配，又爲之經紀其家。

太孺人六男子：揚名、厚、揚祖、芻、魏、揚庭。初，太孺人未有己子，而揚名居長，太孺人顧復勤斯，過於己出。❶正臣踈於生業，而生業經史不踈，賓至，對床秉燭，論文申旦，諸子僅勝衣。追師求友，不遠千里，倒廩垂橐，❷曾罔小靳。正臣既没，諸子皆未向立，太孺人日夜訓迪如正臣在時，而其意愈勵不懈，夙興未及盥櫛，而精舍書几所須已目存心了。匕梜觚罍，滌濯必手。常跋燭獨坐，丙夜不寐，諸子誦書有倦聲，隨即小詰，或相與議論，亹亹可喜，亦亟稱焉，以故諸子皆有文。厚、揚祖、芻、魏、厚之子登相繼充鄉賦，而登纔弱冠，以故蒙光堯慶壽恩封太孺人，又賜冠帔。以紹熙辛亥十月二十二日卒，享年九十有九。

揚名、芻及女適進士胡謙亨，皆前卒。孫男十二人：登、楠、樞、棟、杜、枅、桯、木、欐、樠、樾、槐，女二十一人。曾孫男三人，女五人。諸孤將以壬子十二月庚申葬太孺人於乾塘高真山，厚走一个以承議郎、知隆興府分寧縣陳夢材狀來請銘。銘曰：

三秀一門，古艷其芬。今五其英，邁于前聞。以子以孫，世蔚其文。孰培其根，緊叚夫人。猗嗟正臣，

❶ 「於」，原漫漶不清，今據《廬陵古碑録》補。

❷ 「垂」，原漫漶不清，今據《廬陵古碑録》補。

不羞于身。不倚于嬪，孰昌爾賁。有魚斯軒，有齡斯椿。彼答孝旻，姥功曰勛。

（方愛龍《楊万里撰、尤袤書〈宋故太孺人叚氏墓誌銘〉》所載圖版，《杭州師範大學學報（社會科學版）》2021 年第 3 期）

祭吕伯恭文

維淳熙九年歲次壬寅二月一日壬寅朔初九日庚戌，朝奉郎、權發遣廣南東路提點刑獄公事楊萬里，謹以清酌之奠，敬致祭于近故參議大著吕公之靈：

嗚呼！英英伯恭，近世鮮儔。瑩彼靈府，燁然英猷。窮經講道，不但文字。闖孟之户，得程之髓。鼓篋摳衣，至者千里。沾丐緒餘，亦名佳士。謂宜均弘，膏澤生民。胡爲彼蒼，霣霜於春。董教國子，豈究英規。載筆東觀，奚足發揮。賢謨未抒，沉痾遽嬰。孰云大德，降此促齡。國失蓍龜，士失宗師。一涕均之，豈惟我悲。曩歲賢關，備聞誨言。同志聯事，情好益敦。違離斯何，有願長存。宦役是縻，夜馳夢魂。及聞彫亡，秪摧心肝。生死路殊，有淚到泉。嗚呼哀哉！九京不作，已矣斯人。一盃往奠，以寫酸辛。尚饗！

（宋吕祖謙《東萊吕太史文集·附録》卷二，《中華再造善本》影印宋嘉泰四年吕喬年刻元明遞修本，第5ab頁）

自贊二則

江風索我吟，山月喚我飲。醉倒落花前，天地爲衾枕。

青白不形眼底，雌黄不出口中。只有一罪不赦，唐突明月清風。

（宋羅大經《鶴林玉露·甲編》卷一四，中華書局1983年版，第63頁）

誠齋文節公家訓

吾今老矣，虚度時光。終日奔波，爲衣食而不足；隨時高下，度寒暑以無窮。片瓦條椽，❶皆非容易；寸田尺地，毋使抛荒。疏惰乃敗家之源，勤勞是立身之本。大富由命，小富由勤。男子以燈火爲運。夜坐三更一點，尚不思眠；枕聽曉鷄一聲，全家早起。門户多事，并力支持。栽苧種麻，助辦四時之衣食；耕田鑿井，安排一歲之糧儲。育養犧牲，追陪親友。看蠶織絹，了納官租。日用有餘，全家快活。世間破蕩之輩，懶惰之家，天明日晏，尚不開門，及至日中，何嘗早食。居常愛説大話，説得成，做不成；少年多好閑遊，只好吃，不好作。男長女大，家火難當。❷用度日日如常，喫著朝朝相似。欠米將衣去典，無衣出當賣田。豈知淺水易乾，真實窮坑難填。不思實效，惟務虚花。萬頃良田，❸坐食亦難保守；光

---

❶「條」，原作「倏」，今據辛更儒《楊萬里集箋校·補遺》改。

❷「火」，原作「大」，今據辛更儒《楊萬里集箋校·補遺》改。

❸「良」，原作「粮」，今據辛更儒《楊萬里集箋校·補遺》改。

陰迅速，一年又過一年。早宜竭力向前，庶免饑寒在後。❶吾今訓汝，莫效迍邅。因示後生，各宜體悉。

忠，上而事君，下而交友，此心不虧，終能長久。

孝，敬父如天，敬母如地，汝之子孫，亦復如是。

勤，日出而作，日入而息，鑿井而飲，耕田而食。

儉，量其所入，度其所出，若不節用，俯仰何益。

（《忠節楊氏總譜》，今據楊巴金《楊萬里家族紀略》移録，江西人民出版社2017年版，第114頁。）

❶「免」，原作「勉」，今據辛更儒《楊萬里集箋校・補遺》改。

《儒藏》精華編選刊已出書目

上海博物館藏楚竹書十九種校釋
尚書集注音疏
詩本義
詩經世本古義
詩毛氏傳疏
詩三家義集疏
書疑　東坡書傳　尚書表注
書傳大全
四書集編
四書蒙引
四書纂疏
宋名臣言行録
孫明復先生小集　春秋尊王發微
文定集
五峰集　胡子知言

小學集註
孝經注解　温公易説　司馬氏書儀　家範
曌經室集
伊川擊壤集
儀禮圖
儀禮章句
易漢學
游定夫先生集
御選明臣奏議
周易口義　洪範口義
周易姚氏學